Wladimir Dudinzew

Weiße Gewänder

Roman

Aus dem Russischen
von Erich Ahrndt
und Ingeborg Schröder

Verlag
Volk und Welt
Berlin

ISBN 3-353-00508-0

1. Auflage

L. N. 302, 410/19/90
Originaltitel: *Belye odeždy;* © Zs. »Neva«, Leningrad 1987, Nr. 1–4
Printed in the German Democratic Republic

Einbandentwurf: Hans-Joachim Petzak
Satz, Druck und Einband: Karl-Marx-Werk Pößneck V15/30
LSV 7201
Bestell-Nr. 649 014 8

01800

N. A. und A. A. Lebedew gewidmet

Erster Teil

1

Es war ein stiller September. Der Sonntagmorgen, vielleicht der letzte freundliche Morgen des vergehenden Sommers, spielte still wie ein Säugling mit Sonnenflecken und Schatten. Der riesige Institutspark dämmerte vor sich hin. Er erstreckte sich über zwei Hügel, die sogenannte Kleine Schweiz, und war durch Längs- und Queralleen in regelmäßige Rechtecke aufgeteilt. An der einen Seite war am Ende jeder Querallee helle Leere, eine Senke vermutlich, aus dem leichten Dunst dort tönte gelegentlich tiefes Dampfertuten herüber. Dort war der Fluß. Drüben auf der gegenüberliegenden Seite schimmerten die rötlichen Mauern des Instituts für Landwirtschaftswissenschaft hinter dem Grün hervor.

Auf der – längsverlaufenden – Hauptallee, die fast am Rand der Senke verlief, saßen auf Gitterbänken Studenten mit Büchern. Das Studienjahr hatte schon begonnen. Weit unten zwischen den Bäumen sah man einen Volleyball springen, von Zeit zu Zeit kreuzten Läufer in enganliegendem blauem Trikot oder Turnhosen – ein Student oder ein sehniger Professor – die Allee.

Auf der saubergefegten Allee schlenderte an diesem Morgen ein Mann in rostrotem kariertem Sporthemd mit aufgekrempelten Ärmeln und dünner hellgrauer Hose zwischen den beiden Reihen alter Lindenbäume dahin. Er war ungefähr dreißig, mittelgroß, schmal in der Taille und hielt die Arme auf dem Rücken verschränkt. Sein breites, aber hageres Gesicht mit der ziemlich auffallenden wachen Nase war lebhaft, manchmal zog er eine seiner dunkelblonden Brauen hoch, was von der für Wissenschaftler nicht unüblichen Gewohnheit zeugte, ständig nachzudenken. Das Gesicht hatte eine Besonderheit: die stark ausgeprägte Rinne über der Oberlippe setzte sich an der Unterlippe fort und lief in einer tiefen Kinnkerbe aus, so daß die untere Gesichtshälfte gewissermaßen von einer deutlichen Vertikalen markiert wurde. Der nachdenkliche Mann schritt ruhig aus, holte aber trotzdem zwei merkwürdige ältere Läufer ein und ließ sie hinter sich – einen Mann und eine Frau in blauen Wolltrikots und weißen Turnschuhen. Das Paar lief im leichten Trab, trippelte nahezu auf der Stelle. Der Mann hatte einen rosigen Scheitel gleich über dem Ohr, schütteres gelblichgraues Haar bedeckte seine Glatze nur spärlich. Er hatte dem Alter sichtlich Tribut gezollt. Bei der Frau unterstrich die Sportkleidung die unproportional verteilte Fülle: alles staute sich in dem oberen Teil des breiten, taillenlosen Rumpfes, in den breiten Schultern. Sie wirkte energisch und naiv.

Sie führten ein Gespräch. Als der Spaziergänger im karierten Hemd, den Mann erkennend, die beiden mit respektvoller Verbeugung passierte, wobei er den Ellbogen an den Körper drückte, sah der Läufer ihn an, als erinnere er sich von fern, und sprach weiter: »Er fixiert nach Nawaschin. Kommt mit zwölf Stunden aus. Er will, daß es schnell geht – Tausende Hybriden, und alles muß kontrolliert werden.«

Die Frau sagte: »Mit seinem Mikrotom lassen sich Schnitte von Zellenstärke herstellen. Die Chromosome lassen sich genau zählen. Er hat Teile, die wir schon abgeschrieben hatten, von der Müllhalde aufgelesen und selbst repariert – und bitteschön . . . Auch du hättest ja . . .«

»Ganz so einfach ist das nicht. Es kommt ganz allein auf die Mikrometerschraube an. Die hat er sich bei einem Meister in Moskau machen lassen.«

Der Spaziergänger im Sporthemd begriff sofort, wovon sie sprachen. Es waren Zytologen, Fachleute für die Erforschung von Pflanzenzellen. Ihre Unterhaltung roch ein bißchen nach Weismannismus-Morganismus, der vor einem Monat auf der Augusttagung der Allunionsakademie der Landwirtschaftswissenschaften offiziell verurteilt worden war. Der Spaziergänger sah sich mit gerunzelter Braue rasch nach den Läufern um, verneigte sich flüchtig vor dem Mann und entschwand den Blicken des Paares.

Danach ging er noch lange die Allee entlang und grübelte über seine vielen Probleme nach. Die Allee führte ihn auf einen kahlen Hügel, auf dessen Kuppe eine einfache Bank in den Boden eingelassen war. Er setzte sich – das Gesicht der in der Sonne glitzernden Flußbucht und der hügligen blauen Ferne hinter dem Fluß zugewandt: Dort lag die Große Schweiz.

Der Spaziergänger hatte eine Beziehung zur Botanik und kannte sich in vielem aus. Zum Beispiel wußte er, was eine schlafende Knospe ist. Beim Apfelbaum ist sie nicht zu sehen, aber ein Gärtner kann sie durch einen geschickten Einschnitt in den Baum zum Erwachen bringen, dann schießt aus der glatten Rinde plötzlich ein neuer Trieb. Ein alter Bekannter von ihm, der Gartenbauer und Pflanzenzüchter Wassili Stepanowitsch Zwjach, ein Freund eigenwilliger Gedanken, hatte mal zu ihm gesagt, etwas Ähnliches gebe es auch beim Menschen. Du kannst ein biblisches Alter erreichen und schließlich das Zeitliche segnen, hatte er gesagt, ohne erfahren zu haben, wer du warst – ein Schuft oder ein Held. Weil dein Leben eben so verläuft, weil es dir keine Prüfungen abverlangt, die dich in ein Eisenrohr jagen, wo es nur zwei Ausgänge gibt – nach vorn oder nach hinten. Es kann sie dir aber auch abverlangen. Der Mann im karierten Hemd hatte nie versucht, diesen Gedanken auf sich zu beziehen, war aber jederzeit bereit, mit einem interessanten Gesprächspartner darüber zu diskutieren, welche Rätsel im Menschen schlummern.

Dabei sollte er sich bald davon überzeugen, daß er gerade dieser Tage seine ersten Schritte in die Richtung tat, die der Gartenbauer meinte – in Verhältnisse nämlich, die das Erwachen schlummernder Eigenschaften begünstigen. Womöglich spürte er sogar, daß Derartiges in ihm keimte, achtete aber nicht weiter darauf, war sich des Vorgangs noch nicht bewußt: dieser vollzog sich rascher, als er ihn geistig erfaßte. Während der Mann auf der Bank saß und über seine Probleme nachsann, schwoll die schlafende Knospe bereits, ging er schon auf sein Eisenrohr zu, das ihn in dieser Stadt erwartete, damit sich entschied, wer er war – ein verwegener, waghalsiger Wahrheitssucher oder ein Feigling, der sein bißchen Besitz an sich preßt. Das Erstaunliche war, daß das ein echtes, enormes Eisenrohr war, das neben seiner konkreten Bestimmung auch noch die eines Prüfsteins vor der Geschichte haben sollte.

Schritte und Stimmen in der Allee ließen den Mann im Sporthemd aufhorchen. Es war wieder das blaue Läuferpaar – sie liefen nicht mehr im Zuckeltrab, sondern gingen im Schritt, eine für sie erheblich schnellere Gangart. Auf dem Hügel angekommen, setzten sie sich auf die Bank.

»So ist das«, sagte der Mann und rieb sich mit einem Tuch Stirn und Hals trocken. »Du wirst es ja erleben. Und zwar in nicht mehr ferner, überschaubarer Zukunft.«

»Hast du Angst?« fragte die Frau leise.

»Ich zittere wie eine Balalaika.«

»Dir wird ja nichts geschehen.«

»Ich vermute, daß deine *Euphorie* unbegründet ist«, schnitt er ihr mit unnachahmlichem Ächzen, im Ton eines Snobs, das Wort ab. »Das letzte Wort hast nicht du, sondern Ihre Eminenz. Und Ihre Eminenz lieben keine Ketzer.« Hier sah der Läufer aufgeräumt zu dem Unbekannten im Sporthemd. Der verbeugte sich freundlich lächelnd zum drittenmal kaum merklich, und von da an sprach der Läufer nur noch für ihn. »Erinnerst du dich, wer Torquemada war?« sagte er zu der Frau, sah aber ihren jungen Nachbarn an. »Nun, Torquemada, der spanische Generalinquisitor. Und erinnerst du dich, wodurch er sich auszeichnete? Durch religiösen Fanatismus, theologische Belesenheit.«

»Na, hier bist du in deinem Element. Außer dir weiß das natürlich niemand, hat niemand die Enzyklopädie studiert«, sagte die Frau mit einem Blick auf den Unbekannten.

»Du *persiflierst* vergeblich, große Meisterin der Persiflage«, sagte der Läufer nun schon direkt zu dem Mann im Sporthemd. Der lächelte und breitete die Arme aus: »Ich kenne das Wort nicht.«

»Schmeichelei, die Spott kunstvoll kaschiert. Den Spott überhöre ich, die Schmeichelei aber akzeptiere ich. Ich habe

Torquemada hier nicht von ungefähr erwähnt. Ich meine nicht den Torquemada, der in Spanien die berüchtigten Scheiterhaufen der Inquisition entfachte, sondern einen anderen – jemanden, den ich hier vor dem Krieg in Zytologie unterrichtet und dem ich das Testat abgenommen habe, der jetzt Hohepriester geworden ist und offenbar morgen in unsere Einrichtung kommt. Um dort für ein großes Kniezittern zu sorgen. Dieser Torquemada ist zwar ein Neuling auf seinem Gebiet, aber nach dem Urteil von Kennern seines spanischen Vorbilds würdig. Er ist genauso fanatisch und belesen, ein großer Theologe in seinem Geschäft, und unter seinem Einfluß stehen Kardinale.«

»Fairerweise sollte man einräumen, daß der spanische Torquemada im Unterschied zu anderen Inquisitoren nichts für sich nahm und ein überaus strenger Asket war«, bemerkte der Mann im Sporthemd. »Er hat richtig gefastet.«

»Die armen Ketzer hatten es dadurch nicht leichter«, sagte die Frau.

»Kein bißchen leichter«, stimmte der blaue Läufer zu. »Bei Darwin gibt es folgende Überlegung: In Spanien landete jahrhundertelang jeder, der denken konnte, auf dem Scheiterhaufen. Dadurch kam es zu einem Niedergang des Denkens im Lande. Ich meine, daß auch die Franco-Diktatur nicht ohne ursächlichen Zusammenhang mit den historischen Umständen entstanden ist. So daß wir keinerlei *Detumeszenz* zu erwarten haben.«

»Entschuldigen Sie . . .«

»Ich will sagen, daß die Leidenschaften nicht erlöschen, sondern entbrennen werden. Der Löwe und das scheue Reh, die einander bisher einigermaßen toleriert haben . . .«

»Ich hoffe, ich spreche mit einem Löwen?« fragte der Unbekannte im Sporthemd in respektvollem Ton.

»Sieh an, auch Ihnen ist die Persiflage nicht fremd! Nein, nein! Was bin ich schon für ein Löwe. Löwen habe ich überhaupt lange nicht gesehen. Kurz, machen wir uns auf Verhöre und Folterungen gefaßt.«

»Sogar auf Folterungen?«

»Eine Eiserne Jungfrau wird es da natürlich nicht geben. Aber wissen Sie, wir, zumindest wir Biologen, sind heute mit

Pawlows Hunden zu vergleichen. Zwar ist bei uns das Experiment ein bißchen anders aufgebaut. Jeder Wissenschaftler hängt an einem Gummischlauch, durch den Nährsäfte fließen. Alle Schläuche laufen in einem bestimmten Zentrum zusammen. Ein gewisses Akademiemitglied kann, sagen wir, meinen Schlauch zudrücken, und Schluß – ich gehe ein, strecke alle viere von mir. Natürlich drückt er ihn nicht gleich ganz zu. Aber er verringert den Querschnitt, das passiert. Und noch öfter passiert's, daß er ihn zärtlich streichelt, sacht drückt und wieder losläßt. Gleich schrei ich: Ich will's nicht wieder tun! Ich bereue!«

Die Frau zupfte den Läufer schon am Ärmel, sie standen bereits beide auf, um zu gehen, aber der konnte sich trotzdem nicht bremsen: »Unser Torquemada wird diese Schläuche durch die Finger gleiten lassen und sie zärtlich streicheln, und die Leute werden zittern. Wo ist da der Unterschied zur Eisernen Jungfrau?«

Damit verabschiedete man sich, das Paar entfernte sich ein paar Schritte, der blaue Läufer verneigte sich nochmals, und sie trabten wieder die Allee hinunter.

Der Mann im Sporthemd sah ihnen eine Weile verlegen lächelnd nach und wiederholte leise: Torquemada.

Danach schaute er auf die Uhr – es war kurz nach zehn – und erhob sich. Wohin? Vor ihm lag ein ganzer Tag. Er schlenderte die Allee entlang – langsam, um die blauen Läufer nicht einzuholen, die vorn ihren Zuckeltrab liefen. Eiserne Jungfrau, dachte er kopfschüttelnd und stellte sich das mittelalterliche Folterwerkzeug vor, eine Art eisernen Geigenkasten von Menschengröße, innen mit Eisenspitzen gespickt. Da wehte ihn ein Luftzug an, und, ihn überholend, eilte in langen Sätzen ein weiterer Läufer vorbei – ein zierlicher kleiner Mann, der mit gewinkelten Ellbogen lief. Er trug einen Trainingsanzug, gleichfalls blau, aber verwaschen. Auf dem Rücken sah man einen dunklen Schweißfleck. Seine Gestalt verkleinerte sich rasch, was auf sein Tempo schließen ließ. Leicht zur Seite geneigt – auch bei der Kavallerie gibt es diese Haltung – überquerte der Läufer die Allee und tauchte in die Senke, lief den gefährlichen Steilhang bis hinunter zur Talsohle, wo der Volleyball aufflog, dann sah man seine Gestalt zwischen Kiefern am gegenüberliegenden Hang schimmern, wo sie sich, wie von einer Schnur gezupft, in rhythmischen Sätzen bewegte. Der Mann im Sporthemd sah ihm lange nach. Er hatte den Läufer erkannt – es war Akademiemitglied Possoschkow. Bei ihm hatte er früher hier, an diesem Institut, Genetikvorlesungen gehört. Vor sieben Jahren – im ersten Kriegsjahr – hatte Possoschkow seine blutjunge Aspirantin geheiratet. Damals war er schon sechzig. Von seiner Trauung kursierte am Institut folgende Geschichte: Als er im guten Anzug mit seiner Braut im Standesamt erschien, prustete die Beamtin laut heraus und lachte. »Wegen des Altersunterschieds?« fragte er. »Hm«, antwortete sie errötend. »Dann passen sie auf«, sagte er, holte kurz mit den Armen Schwung und sprang auf ihren Schreibtisch, wobei er seine Lackschuhe exakt zu beiden Seiten des Tintenfasses aufsetzte. Nach einer kleinen Pause holte er nochmals Schwung und sprang, ohne sich umzudrehen, elegant wieder vom Tisch herunter – landete genau auf der Stelle, wo er vorher gestanden hatte, und sagte: »Ich wünschte, das könnte mir einer von den anderen Bräutigamen nachmachen, meine Liebe.« Während der Schüler von einst dem rhythmisch zwischen Kiefern hüpfenden fernen blauen Fleck nachsah, hatte er das Gefühl, langsam an diese Legende zu glauben. Ein komplizierter Mensch, dieser Swetosar Alexejewitsch, dachte er seufzend und runzelte die Stirn. Akademiemitglied Possoschkow, in den dreißiger Jahren einer der bekannten Mendel-Anhänger, ein Anhänger jener Lehre in der Biologie, auf die auch das Hitlerregime zurückgegriffen hat, um seinen Rassenwahn zu begründen. Natürlich hielt niemand Possoschkow für einen Rassisten, sonst wäre es ihm auch schlecht ergangen. Trotzdem machten diejenigen, die die harte Gangart lieben und schnell mit dem Wort »Feind« bei der Hand sind, drohende Äußerungen über ihn. Mach was dagegen! Denn immerhin enthält der Mendelismus-Morganismus (manche hängten noch »Weismannismus« daran), Thesen, die sich ausnutzen lassen. Und man hat sie ausgenutzt! Wer kann denn im 20. Jahrhundert von Erbsubstanz reden! Was für ein Unsinn! Possoschkow hat sich noch rechtzeitig von seinen Irrtümern losgesagt und eine überarbeitete Vorlesung gehalten, in der er überzeugend, wenn auch etwas zu lautstark gegen den Mönch Mendel wetterte. Akademiemitglied Lyssenko – der führende Vertreter der Mitschurinschen Lehre – konnte ihm jedoch die alten Sünden absolut nicht verzeihen, wohl weil Possoschkow ein wirklich hartgesottener Mendelanhänger gewesen ist. Und auch weil er nach seinem Umschwenken und seiner Lossagung in seinem Eifer eigentlich ziemlich rasch nachgelassen und sich aus der militanten Wissenschaft zurückgezogen hat. Aber bereut hat er. Das letztemal auf der Augusttagung, da hat er ganz schön auf den Putz gehauen, hat versprochen, Akademiemitglied Lyssenko, dem Präsidenten der Agrobiologen, seine Loyalität versichert. Auch vor der anderen Koryphäe, Akademiemitglied Rjadno, hat er sich entschuldigt. Er hat Mitschurins neue Biologie verständlich gelehrt, von den Studenten, die seine Vorlesungen gehört haben, sind viele eingeschlagen und überzeugte Gegner jeder Scholastik geworden. Offenbar hat er sich wirklich losgesagt. Aber ob er's aus tiefstem Herzen getan hat? Man möchte ihm glauben. Im übrigen hieß es, er habe nach seiner Lossagung die Hälfte beider Genetiklehrstühle und fast das ganze Forschungslabor davongejagt. Jetzt wollen wir mal sehen, lieber Lehrer, wie du sie verjagt hast.

So dachte der Mann im Sporthemd, während er dem unermüdlichen Alten nachschaute. Das ferne blaue Pünktchen aber hüpfte weiter zwischen Kiefern dahin, stieg höher und höher den Hang hinauf. Der einstige Schüler des Akademiemitglieds Possoschkow wußte noch nicht, wieviel persönliches Leid und glühende Leidenschaft dieser hagere Läufer mit sich herumtrug.

Womöglich denkt er, daß ich ein Torquemada bin, grübelte der Mann im Sporthemd unfroh. Und vielleicht hat gerade er diesen hübschen Vergleich erfunden. Um so nötiger ist es, daß ich mal zu ihm gehe, dem Lehrer einen Besuch mache. Außerdem ist er ja auch Prorektor. In einer Stunde ist er bestimmt zu Hause.

Er schritt gemächlich die Allee entlang und bog dann zu dem rötlich im Hintergrund schimmernden Institutskomplex ab. Nach der Einschätzung von Kennern, erinnerte er sich plötzlich an die Worte des blauen Läufers, der mit ihm geplaudert hatte, wird er zudrücken und wieder loslassen. Bei der Erinnerung daran warf er heftig den Kopf herum und bleckte die Zähne vor Scham. Also hat man die Inquisitorenfreundlichkeit an mir bemerkt! Aber worin kommt sie zum Ausdruck? Wo habe ich das her?

Er bemerkte niemanden – weder Spaziergänger, an denen er vorbeiging, noch Läufer, die ihn überholten. Er ging schon auf Asphalt, in einer Zone stärkeren Verkehrs. Auf nie gesehenen selbstgebauten Rollen flitzten auch im Sommer trainierende Skiläufer mit Stöcken an ihm vorbei; von vorn begegneten ihm Kinderwagen mit Säuglingen. Zwei Männer erkannten ihn und verneigten sich, doch er bemerkte auch sie nicht.

»Fjodor Iwanowitsch! Fedja Deshkin!« rief jemand dicht an seinem Ohr, und er kam zu sich. Ein sanfter, zur Glatze neigender Rotblonder – es gibt ja solche Leute mit durchsichtigem Haar – ging Schulter an Schulter neben ihm und breitete lächelnd die Arme aus wie zu einer Umarmung. Der hat sie auch, diese Freundlichkeit! dachte Fjodor, der in seinem Nebenmann den Obersten der Staatssicherheit Sweschnikow erkannte. Eine vergessene Gewohnheit zog Fjodors hagere Wangen ganz von selbst auseinander, und einen Moment lang sahen die beiden Gesprächspartner sich ähnlich.

»Aah! Michail Porfirjewitsch! Wir haben uns ja eine Ewigkeit nicht gesehen! Bestimmt sind Sie schon General?«

»Nein, immer noch Oberst. Bei euch ist das so – heute die Hochschule absolviert, und morgen, schwupp, ist er schon Kandidat, überprüft schon seine Professoren. Ich habe gehört, Sie sind gekommen, um die Weismann-Morgan-Anhänger zu filzen?«

»Befehl von oben.«

»Wie ist es, bestimmt das Sein noch immer nicht das Bewußtsein? Bestehen Sie nach wie vor darauf?«

»Tu ich nicht mehr, Michail Porfirjewitsch. Ich bin älter und klüger geworden. Aber Ihnen gegenüber kann ich's zugeben. Doch, ich denke noch immer wie früher. Und Sie verstehen mich noch immer nicht.«

»Also immer noch! Leugnen Sie die Bedeutung des Seins!«

»Verzeihen Sie. Ich bin mir sehr wohl bewußt, daß ich das Ergebnis einer Vielzahl vorausgegangener Prozesse bin. Wenn es mein Sein nicht gäbe, gäbe es auch mein Bewußtsein nicht. Aber ich bin gegen das platte Auswendiglernen klassischer Formeln. Gegen mechanische Vorstellungen. Das Ergebnis der Einflußnahme des Seins auf mich wird auch von meiner Persönlichkeit abhängen. Mich darf man nicht einfach ausklammern, ich bin kein Wassermolekül. Darf ich's deutlicher sagen? Ich bestehe auf folgendem. Auf die Einwirkung des Seins kann ich auf eine für viele höchst unerwartete Weise reagieren.«

»Das möchte ich sehen!«

»Warum nicht – wir leben ja noch ein Weilchen. Wir sprechen uns wieder. Wie Sie zugeben werden, war die Augusttagung der Akademie ein klassischer Faktor des gesellschaftlichen Seins. Und was war: Ein Akademiemitglied hat dort seine Fehler eingesehen und voll bereut. Ist vor unseren Gesetzgebern auf die Knie gefallen. Ein anderer Morgan-Anhänger, Doktor der Wissenschaften, hat mit Einschränkungen bereut. Und ein gewisser Professor hat laut in den Saal geschrien: ›Dunkelmänner!‹ und wurde hinausgeführt. Sehen Sie, diese drei zum Beispiel haben unter den gleichen Bedingungen jeder auf seine Weise gezeigt, wer sie sind.«

»Aber das Sein kann Sie ernsthaft auf die Probe stellen.«

»Michail Porfirjewitsch, das Sein setzt durch seine Art, uns die verschiedensten und kompliziertesten Aufgaben zu stellen, unterschiedliche Reaktionen voraus. Als Bestärkung dessen, daß wir alle verschieden sind. Wenn es mich auf die Probe stellt, werde ich auf höchst unerwartete Weise reagieren – so, daß sogar das Sein darüber staunen wird.«

»Entwickeln Sie so was bloß nicht vor anderen. Bei mir können Sie's. Aber bei anderen sollten Sie's bleiben lassen.«

»Das kann ich nicht. Ich entwickele es vor jedem, der sich gern mit mir unterhält.«

»Ihre Erfahrung sollte Sie lehren . . .«

»Wieso? Meinen Sie Onkelchen Borik? Hat er was angestellt?«

»Nein, mit Boris Nikolajewitsch ist Gott sei Dank alles in Ordnung, er ist sogar Kandidat der Wissenschaften geworden. Aber es war doch niemand anders als Sie, der ihm durch seine Unvorsichtigkeit Unannehmlichkeiten bereitet hat. Seine Reputation hat sozusagen einen Kratzer behalten. Ziehen Sie wenigstens daraus Ihre Schlußfolgerungen. Wo sind Sie untergebracht – in der Gästeunterkunft?«

»Ja«, antwortete Fjodor Iwanowitsch etwas verlegen.

»Machen Sie jetzt keinen Bogen um mich. Wir müssen mal gründlich über alles reden wie vor sieben Jahren. Über Willensfreiheit, Gut und Böse ... Ich habe unsere Gespräche schon vermißt.«

»Ja, natürlich. Verstehe.«

Sie verabschiedeten sich, wie auch schon früher mit einem Gefühl rätselhafter Verlegenheit, und der Oberst im tabakbraunen Zivilanzug ging rasch und bekümmert weiter. Die Falten auf seinem Rücken gerieten kreuzweis in Bewegung, das schmale kleine Gesäß, die schmalste Stelle seiner Figur, rollte hin und her. Wie vor acht Jahren erschien Sweschnikows Kopf dem nachdenklich gewordenen Fjodor abermals wie ein Topf mit zwei schräg nach oben abstehenden Henkeln.

Mit Onkelchen Borik war folgendes passiert. Noch vor dem Krieg, als Fjodor hier studierte, hatte er sich mit ebendiesem Boris Nikolajewitsch Porai angefreundet, einem Dozenten von der Mechanisierungsfakultät. Fjodor hatte schon immer Freunde gehabt, die zehn, fünfzehn Jahre älter waren als er. Und stets gern philosophiert. So kam es, daß der Student seinen Lehrer mit diesem Gedanken von der erhabenen Selbständigkeit unseres Bewußtseins infizierte, dem Gedanken von der komplizierten, indirekten Einflußnahme des prägenden Seins auf unsere Persönlichkeit. Onkelchen Borik hatte Fjodor lächelnd nur noch den Lehrer genannt und unter den Dozenten eine Diskussion organisiert. Danach war er plötzlich in das sogenannte Haus 62 bestellt und dabehalten worden. Der Student Deshkin gab dort sofort eine Erklärung ab, in der er die ganze Sache gründlich darlegte und fairerweise die Verantwortung übernahm. Er wollte den Untersuchungsführer sprechen, geriet aber an einen leitenden Genossen, den Oberst Sweschnikow. Die Erklärung wurde angenommen, man führte ein Gespräch mit dem Studenten und ließ ihn gehen. Seitdem grüßte der Oberst ihn auf der Straße und trachtete, ihre Bekanntschaft zu vertiefen. Onkelchen Borik hatte trotzdem noch drei Monate in U-Haft gesessen.

Doch woher wußte dieser Sweschnikow, auch wenn er Oberst der Staatssicherheit war, woher wußte er, daß der Kandidat der Wissenschaften Deshkin hergekommen war, um »Weismann-Morgan-Anhänger zu filzen«? Hatte er, Fjodor, doch vor vier Tagen selbst noch nicht geahnt, weshalb Akademiemitglied Rjadno ihn zu sich bat! Wer hatte die Nachricht übermittelt? Wieder die gleichen »informierten Leute«?

Vor vier Tagen hatte er morgens in seinem ewig halbdunklen Moskauer Junggesellenzimmer seinen Junggesellentee getrunken, als ein Nachbar aus der kommunalen Mehrzimmerwohnung ihn ans Telefon rief.

»Söhnchen?« Es war der heisere, nasale Tenor von Kassian Rjadno. Wegen dieser Stimme hatte ein Widersacher, ebenfalls Akademiemitglied, von ihm gesagt: »Ein Röchler, ein Erdrosselter, ein Fagott.« Er hatte tatsächlich jene hölzerne näselnde Stimme, die manchmal in Sinfonieorchestern zu hören ist.

»Söhnchen?« fragte das Akademiemitglied. »Was machste? Tee trinkste? Also nu folgendes: Trink schön aus, und dann dalli zu mir. Ich bin in einer Stunde da. Los, trink dein Teechen.«

Kassian Damianowitsch erschien genau eine Stunde später im Vorzimmer. Er zog den hellen Staubmantel aus und legte ihn achtlos irgendwohin neben sich – die Sekretärin hob ihn sofort auf und trug ihn zum Schrank, um ihn aufzuhängen. Der hochgewachsene, hagere Chef ging, mit seinem kräftigen Körper schwankend wie ein Elch, in sein Zimmer und winkte Fjodor unterwegs gebieterisch, ihm zu folgen.

Überall in Rjadnos Arbeitszimmer hingen und standen von ihm gezüchtete Wunder. In den Ecken lehnten Garben von Winterweizen, den das Akademiemitglied des Volkes, wie die Zeitungen ihn nannten, jarowisiert, und von Sommerweizen, dem er Winterweizeneigenschaften anerzogen hatte. In einer entfernten Ecke sah man eine bescheidene struwwelige kleine Garbe mit riesigen Ähren – Zweigweizen, auf den Trofim Lyssenko besondere Hoffnungen gesetzt hatte, woraus bekanntlich nichts wurde. Akademiemitglied Rjadno hatte ebenso erfolglos an diesem Weizen gearbeitet. An den Wänden hingen aus Pappmaché geformte, gelb gefärbte Tomaten – eine Kopie der nach Pfropfung am selben Strauch mit roten geernteten. Daneben hingen große gerahmte Fotografien: die berühmte kaukasische Weißbuche, an der ein Haselnußtrieb gewachsen war, und die Kiefer aus dem Baltikum, die einen Fichtenzweig hervorgebracht hatte. Auf einem Extrabord mitten an der Wand lagen große rosa Kartoffeln – die berühmte »Maiblume«, eine unter schwierigen Witterungsverhältnissen wissenschaftlich – durch Pfropfung und Erziehung – gezüchtete überfrühe und frostbeständige Sorte.

Fjodor streifte die Fotos mit einem Blick und sah weg. Seit einiger Zeit quälten ihn Zweifel. Von der Weißbuche, die einen Haselnußzweig hervorgebracht hatte, wußte er genau, daß das kein natürliches Wachstum, sondern nur eine einfache Pfropfung war – ein Förster hatte sich einen Spaß erlaubt. Fjodor hatte noch nicht den Mut aufgebracht, mit dem Akademiemitglied darüber zu sprechen. Die »Maiblume« hatte seine Zweifel immer wieder zerstreut. Das war eine echte neue Sorte, ein Wunder der Pflanzenzüchtung.

Das Akademiemitglied kämmte sich gemächlich das glatte graue Haar, kämmte es nach vorn. Dann legte er die Hand mit gespreizten Fingern auf die Stirn. Nach einer flinken und heftigen Drehung der Hand um eine unsichtbare Achse nahm er sie wieder weg – auf der Stirn prangte jetzt ein aufgewirbelter und dadurch nebelhaft wirkender Pony. Über diesen Pony hatte jenes ihm feindlich gesonnene Akademiemitglied vor langer Zeit, vor dreißig Jahren vielleicht, gesagt: In dieser Nebelhaftigkeit kündigt sich die Geburt eines absolut neuen Sterns an. Er hatte sich nicht geirrt.

Akademiemitglied Rjadno nahm ächzend an seinem Schreibtisch Platz. Sogleich brachte die Sekretärin heißen Tee in einem Glas im Untersatz herein. Das Akademiemitglied warf eine große Tablette in das Glas und rührte lange schweigend mit dem Teelöffel um. Dann nahm er einen Schluck, um seine Arznei zu probieren, wobei seine Goldbrücken klapperten. Es war, als kaue ein Pferd auf der Kandare.

»Willste 'ne Reise machen?« fragte er plötzlich und setzte das Glas ab. »Los, Söhnchen, pack deine Sachen. Du warst zwar erst vor kurzem auf Dienstreise, aber macht nichts. Die Zeit is stürmisch, wir müssen rumfahren. Hinterher ruhn wir aus.« Er nahm wieder einen Schluck Tee, schlug die Zähne gegeneinander, stellte das Glas hin. »Zur Zeit geht's hoch her. Fahr raus, dann siehst du's selber. Hast's ja auch schon gesehen. Ein Kampf der Ideen geht vor sich. Die Idealisten, die Dunkelmänner blasen zum Angriff. Wo du hinfährst, in die Stadt nämlich, wo du studiert hast, da gibt's seit langem 'n ganzes *Nest* von Weismann-Morgan-Anhängern. Nach der Tagung, die ihnen und ihren Theorien eins auf die Rübe gegeben hat, sind sie in die Defensive gegangen. Aber die Halunken wissen, wohin sie zielen müssen. Sie haben gegen die Zukunft unserer Wissenschaft ausgeholt – gegen unsere Ablösung, die Jugend. Sie vergiften die Hirne.«

Schweigen trat ein. Das Akademiemitglied hatte große, vorstehende gelbliche Zähne, über die er von Zeit zu Zeit die widerspenstige Oberlippe zog. Er sah ungehalten aus dem Fenster – schaute dem Feind blinzelnd ins Auge.

»Da ist'n Professor – uff, Fedja, 'ne alte, geprügelte Ratte. Und dann noch'n Akademiemitglied. Dein Lehrer übrigens. Er hat natürlich geflennt auf der Tagung, laute Treueschwüre verzapft. Ihm bleibt jetzt auch nichts als die totale Defensive. Genau wie dem andern, dem Professor. Bloß der kommt von selber, du brauchst ihm bloß das Messer hinzuhalten, er rennt von selber rein. Bei dem Akademiemitglied ist's komplizierter. Der sucht keine Händel. Hat seine Vorlesungen umgearbeitet, liest unsere Wissenschaft. Schön, soll er. Was er aber denkt – vorläufig wollen wir da noch nich nachgraben. Vorläufig. Soll er sich seins denken. Wenn er mir noch so einen ausbildet wie dich, vielleicht verzeihn wir ihm sogar. Aber wegen den beiden würde ich dich nich hinschicken. Ich hab Informationen, Söhnchen, daß dort 'n illegales *Nest* besteht. Junge Leute – Studenten, Aspiranten . . . Die Leitung hat . . . – 's gibt dort einen namens Obus. Hab ich erfahren. Merk dir: Obus. Das is kein Name, die Studenten haben ihn so getauft. Der Name is mir entfallen. Na, du wirst ihn schon erkennen. Die ganze Bagage wirste kaum ertappen. Aber den Obus – den fang mir. Möcht wissen, was das für'n Früchtchen is. Ihn mir mal ansehn. Er hat sich natürlich auch 'ne Maske aufgesetzt. Soll Pfropfungen machen – scheinbar unsern Weg eingeschlagen haben. Wie du ihn entlarvst, darüber mach dir dort Gedanken. Auf Gespräche mit ihm laß dich nicht groß ein. Mach's wie Odysseus, verstehste. Verstopf dir die Ohren mit Wachs und pack's an.«

Das Akademiemitglied beugte sich, freundlich blinzelnd, zu Fjodor und erkundigte sich: »Was haste, Söhnchen? Dein Aussehen gefällt mir nich. Du siehst ganz und gar nich wie Hektor aus, den Andromache in'n Kampf schickt. Biste etwa krank? Oder haste gestern getrunken? So was kommt ja vor . . . Na?«

Fjodor war tatsächlich blaß und schlapp, er hätte sich am liebsten reumütig dem Chef vor die Füße geworfen: Sein Glaubensquell war versiegt! Gestern hatte er fast bis Mitternacht – wohl schon zum fünften- oder sechstenmal – Dobshanskis Buch »Grundlagen der Vererbung« gelesen, das er ganz unten im Koffer versteckt hatte. Seltsam – er kannte das Buch an die sieben Jahre, doch erst gestern hatten ihm die schlichten Überlegungen, die Rjadno so spöttisch abtat – diese schlichten Überlegungen hatten ihm, Fjodor, plötzlich Angst gemacht, und er hatte sich den Schweiß von der Stirn gewischt und zum erstenmal gesagt: Das muß man alles überprüfen.

»Also was is? Fahrn wir oder nich?« fragte Rjadno. »Ich kann auch Saul schicken. Hätt's beinah schon getan. Er is schon an zwei Orten gewesen, und 's zieht ihn an den dritten, er lechzt nach Kampf. Hat auch persönliche Interessen dort. Amouröse. Aber ich hab mir gedacht: Soll Söhnchen fahren. Hier is so'n Fall, wo du Fingerspitzengefühl brauchst. Intelligenz. Soll er sich umtun, sich umgucken, wo er die Milch der Wissenschaft getrunken hat. Wo er Vieren gekriegt hat.«

Als der Name Saul Brusshak fiel, entschied Fjodor sich sofort. »Ich fahre, Kassian Damianowitsch. Guck mich um, wo ich Vieren gekriegt hab.«

Rjadno sah ihn noch einmal an und reichte ihm eine Zeitschrift: »Nimm das mit auf'n Weg, sieh's dir an. Da sind zwei Artikel drin – von Choderjachin und von Krasnow. Das sind Jungs von uns. Sie warten dort auf dich. Du lernst sie kennen. Sie haben schon was geleistet. Bloß vergiß nich – du findest dort auch schlaue Jesuiten, die verstehen's, 'n Experiment für ihre metaphysischen Zwecke auszudeuten. Erinnerste dich an das Dshungelgesetz bei Kipling? Zuerst schlag, danach gib Laut.«

Rjadno verstummte und sah Fjodor liebevoll an. Dann zückte er ein großes kariertes Taschentuch, um die auf dem Tisch liegende Brille zu putzen. Er griff schon nach der Brille, da rieselte aus dem Tuch Erde auf den Tisch. Aufgeräumt rief er: »He! Na, so was! Hab ich's doch immer noch nich ausgeschüttelt! Verstehste, gestern in der Vorlesung zieh ich's Taschentuch, und da kommt Erde raus! Ich bin in den Parzellen rumgekrochen – dabei is mir welche in die Tasche gekommen. Die Erde hat den Alten gern, was? Der kriecht ja auch überall rum.«

Er wiegte gerührt den Kopf und wischte den Sand vom Tisch. Dann legte er den Finger auf den Tischrand.

»Mit dir fährt Wassja Zwjach. Du weißt, er is'n Kämpfer, dabei diszipliniert und Parteimitglied. Hilf ihm den Bericht schreiben. Er hilft dir. Los, Söhnchen, pack den Koffer.«

Leider fiel Rjadno der Name desjenigen, der das illegale »Nest« leitete, nicht mehr ein. Na schön, dachte Fjodor. Vor mir wird sich dieser Obus schon nicht verstecken.

Er machte sich auf den Weg. Vor ihm her eilte die von »informierten Leuten« verbreitete Neuigkeit: »Ein Torquemada kommt. Ein belesener, hartnäckiger, freundlicher Torquemada.«

Nach seinem Parkspaziergang und einem kurzen Verweilen unten am Fluß schlenderte Fjodor noch durch die Gassen zwischen den zweistöckigen Institutsgebäuden und den Nebengebäuden, sah dann auf die Uhr und begab sich in die Straße, die an die Versuchsfelder des Instituts grenzte. Das riesige Anwesen war von einem Stacheldrahtzaun umgeben, und der Umzäunung gegenüber standen zwischen hohen Kiefern voreinander versteckte, gleichartige kleine Ziegelhäuser mit Mansarden. Hier wohnten die Professoren und Dozenten. Er fand das Haus von Akademiemitglied Possoschkow sofort, öffnete die Pforte, ging zwischen Rosenstöcken hindurch und klingelte an der Eichentür. Ihm öffnete eine ziemlich hochgewachsene, fast weißblonde junge Frau mit zwei störrisch abstehenden dicken kurzen Zöpfen und gleichsam mit schwarzer Schuhkrem eingefärbten Augenpartien. Sie hatte sehr zarte nackte Arme mit rauhen Stellen an den Ellbogen. Seine Frau, dachte Fjodor. Er wurde in ein großes Zimmer mit Bildern an den Wänden geführt. An sichtbarer Stelle hing das Porträt einer jungen Arbeiterin in rotem Kopftuch von Petrow-Wodkin. Darunter lagen auf einem niedrigen Tischchen einige Bücher, zwischen denen provozierend das aufrührerische Werk von T. Morgan »Strukturelle Grundlagen der Vererbung« prangte, schräg darauf der blaue Bibliotheksstempel »Nicht ausleihen«. Fjodor stutzte und riß unwillkürlich die Augen weit auf. Er besann sich aber sofort, wandte sich ab und begegnete dem aufmerksamen Blick der Blondine, die sogleich ihre teerschwarzen Wimpern senkte.

Exakte schnelle Tritte eiliger Füße auf knarrenden Stufen wurden hörbar. Wie sich herausstellte, gab es in diesem Zimmer eine Treppe zur Mansarde. Mit den gewinkelten Ellbogen wippend, kam Akademiemitglied Possoschkow herunter – immer noch im verwaschenen Trainingsanzug. »Bitte?« fragte er, weil er den Besucher nicht erkannte. Doch schon erstrahlte er: »He, wer da zu uns kommt! Wer da zu uns kommt! Fedja Deshkin! Kandidat der Wissenschaften Fjodor Iwanowitsch Deshkin! Guten Tag, mein Freund.« Er sah seine Frau sanft an, und sie ging hinaus. »Setz dich, Fedja. Du brauchst mir nichts zu erzählen, ich weiß alles. Du bist gekommen, um die Weismann-Morgan-Anhänger ein bißchen auf Trab zu bringen. Recht so. Endlich nimmt Kassian Damianowitsch sich auch uns vor. Bei uns hier heißt es, du wärst seine rechte Hand. Er müßte noch genauso eine linke haben.«

Dann hätten die Weismann-Morgan-Anhänger nichts zu lachen, wollte Fjodor seinen Gedanken verärgert beenden, aber er sagte nichts, starrte das Akademiemitglied nur leicht errötend an. Der gab nicht nach – im Sessel zurückgelehnt, musterte er seinen ehemaligen Schüler mit seinen wie Oliven schwarzen, sanft leuchtenden Augen ein wenig von oben herab. Er hatte ein auffallend hageres, fast braunes Gesicht mit grünlich wirkenden Wangenhöhlungen und einen kurzgestutzten grauen Schnurrbart.

»Die Zeit, Fedja, die Zeit«, sagte er. »Immerhin sieben Jahre. In sieben Jahren, heißt es, werden alle Stoffe im Organismus ausgetauscht, erneuern sich.«

»Quantitativ«, wandte Fjodor ein. »Aber nicht qualitativ.«

Akademiemitglied Possoschkow nahm die Worte offenbar als Anspielung auf die weismannistisch-morganistische Vergangenheit des Sprechers – den Buckligen heilt erst der Tod, mochte das heißen. Seine kampflustigen Augen weiteten sich.

»Wenn Sie mich wirklich mal für einen guten Menschen gehalten haben, wenn Sie sich nicht getäuscht haben«, Fjodor sagte das mit Leidenschaft, »dann werde ich auch als solcher ins Grab gehen. Der Mensch läßt sich nicht anders machen, als er einmal ist.«

»Aber wie korrigiert man dann . . .«

»Swetosar Alexejewitsch, man korrigiert nicht, man zügelt. Zähmt. Für wen gibt es denn den Machtapparat? Für diejenigen, die sich nicht korrigieren lassen.«

»Ja . . .« Das Akademiemitglied sprang vom Sessel auf und schritt rasch durchs Zimmer. Noch einmal sah er Fjodor an. »Ich erkenne dich wieder, Fedja. Das bist du.«

Die Frau kam herein. Possoschkow und sie wechselten einen Blick, und Swetosar stand auf, neigte den Grauschopf und meinte mit einladender Geste: »Wunderbar! Der Samowar hat schon gekocht. Komm zu Tisch.«

Während Fjodor sich erhob, warf er unwillkürlich einen Blick auf das Tischchen mit den Büchern. Das von Morgan verdeckte bereits die Mitschurin-Zeitschrift »Agrobiologie«, in der Akademiemitglied Rjadno einer der wichtigsten Mitarbeiter war.

Der Hausherr öffnete die Glastür und legte Fjodor den Arm um die Schulter.

»An Gott glaubst du noch nicht?«

»An Gott nicht. Aber einiges habe ich entdeckt. Für mich. So was wie einen Schlüssel. Um die eigenen Handlungen zu steuern und mich in denen anderer zurechtzufinden.«

»Oho! Sehr interessant.« Swetosar sah ihn flüchtig an. »Komm schon, setz dich, nimm dir ein Beispiel an Andrjuscha Possoschkow.«

An dem hübsch und akkurat für vier Personen gedeckten quadratischen weißen Tisch saß schon ein flachsblonder Junge in leinenem Matrosenanzug und rührte mit dem Löffel in dem orangeroten Gemisch auf seinem Teller: Brotbrocken in dünnem Rührei. Als der Junge den Gast erblickte, stand er auf und begrüßte ihn, wobei er ihm in die Augen sah.

»Guck mal, hier ist Sternhausen«, sagte Possoschkow, als alle saßen. »Nimm nur, nimm, der steht für dich da. Und hier ist herrlicher kalter Kalbsbraten. Guck dir den Aspik an, der zerläuft schon. Meine Materie« – dabei nahm er den Teller von dem Glas Quark, das vor ihm stand –, »meine Materie befindet sich schon im Stadium des Endkampfes um die Erhaltung seines Organisationsniveaus.«

»Aber Sie sind doch noch jung! Man könnte Sie für fünfundvierzig halten!«

»Ja? Kann sein, kann sein. In der Schule hat man mir das Gesetz von der Erhaltung der Energie erklärt. Ich habe mich mein Leben lang bemüht, Energie sparsam zu verbrauchen.«

Bist du vielleicht aus Sparsamkeitsgründen dem Kampf ausgewichen? dachte Fjodor.

»Und Ihre Waldläufe?« fragte er.

»Sparsamkeit ist die Vermeidung unnötiger, sinnloser Reibereien«, sagte Possoschkow, als könne er die Gedanken des Gastes lesen. »Waldläufe aber sind Kampf gegen die Entropie. Trägheit, Schlaf, Ruhe – all das begünstigt die Entropie, den Verfall, durch den wir zu Staub werden. Um sich behaupten zu können, muß man Energie verbrauchen! So gerät man zwischen zwei Feuer. Einerseits Sparsamkeit, andererseits Verbrauch. Los, nimm dir unbedingt mehr Aspik mit dem Braten. Hier, nimm dir dieses Stück – das ist was ganz Delikates!« sagte er plötzlich und achtete mit leuchtenden Augen darauf, daß das Stück genommen und ein zitterndes Stück Aspik draufgelegt wurde. »Na, wie schmeckt das?«

»Mmm!« brummte Fjodor dankbar mit vollem Mund.

»Ich darf nicht mehr. Nimm noch eins. Nimm, nimm«, sagte Possoschkow, sich selbst Quark auffüllend. »Ja, anscheinend hast du recht«, er sah dem Gast direkt und fragend in die Augen, »einen guten Menschen kann man nicht zwingen, schlecht zu sein.«

»Angst vor Strafe und sittliches Empfinden sind verschiedene Dinge«, entgegnete Fjodor, der seinen Kalbsbraten zerschnitt und gar nicht bemerkte, daß der Hausherr ihm plötzlich besonders aufmerksam zuhörte. »Angst fällt ins Gebiet der Physiologie. Feigheit dagegen in das der Moral.«

Possoschkow knurrte, Quark kauend, etwas Fragendes und blickte noch interessierter.

»Feigheit ist nicht einfach Angst, sondern Angst, die uns vor einer edlen, guten Tat zurückhält. Sie unterscheidet sich von Angst. Ein Motorradfahrer hat keine Angst davor, sich zu Tode zu stürzen. Er rast wie ein Verrückter. Wenn er aber in der Versammlung so stimmen soll, wie das Gewissen es verlangt, kriegt er die Hand nicht hoch. Er ist feige. Ein guter Mensch überwindet das Angstgefühl, das Physiologische in sich. Aber wenn die Drohung sehr stark ist, kann es vorkommen . . . Auch ein guter Mensch kann umfallen. Das wäre dann nicht mehr Feigheit, sondern eine Katastrophe. Aber das würde sein moralisches Gesicht nicht ändern. Er würde der bleiben, der er vor seinem Versagen war. Und würde nach Sühne trachten. Ich meine natürlich eine übermächtige Drohung, die unsere Kräfte übersteigt.«

»Da stimme ich Ihnen nicht zu«, sagte plötzlich die Blondine. »Es wäre trotzdem Feigheit. Und durch nichts zu rechtfertigen.«

»Sie stimmen nicht zu?« sagte Fjodor ruhig mit einem nachdenklichen Blick auf sie. »Wenn Ihnen nun jemand Ihr Kind wegnähme?«

»Richtig, richtig, Fedja! Bravo!« gab der Hausherr, den diese Dinge heftig bewegten, ihm mit unerklärlichem Nachdruck recht. Er spürte nicht, daß Fjodors Plädoyer eigens für ihn und seine Frau gedacht gewesen war. Der »Anwalt« betrachtete die Sache anders. Sich selbst hätte er eine solche Katastrophe nicht verziehen.

»Ernste Dinge sagst du da, Fedja«, meinte Swetosar. »Ich denke so: Ein Mensch, der sich mit dem Gedanken trägt, seinem Leben durch Selbstmord ein Ende zu machen, müßte die, wie du sagst, physiologische Angst verwinden. Und damit die Feigheit, die ihn jedem Knüppel, jeder Knute unterwirft. Doch sein sittliches Empfinden würde ihn noch immer leiten. Er würde Freiheit von allem gewinnen, nur nicht von seinem Gewissen. Und sich bemühen, seine Schuld zu sühnen. Mich beschäftigt die Figur des Hamlet, Fedja. Als er erfährt, daß er von einem vergifteten Degen verwundet ist, fallen gleichsam alle Fesseln, die einem guten Menschen auf dieser Erde die Hände binden, von ihm. Er hört auf, Untertan des Königs zu sein, und wird Bürger des Kosmos. Mit einemmal ist alles, was ihn äußeren Zwängen unterwirft, von ihm genommen.«

Nun war die Reihe an Fjodor, aufzuhorchen. Dies war ein neuer Gesichtspunkt für ihn, und es reizte ihn sehr, das interessante Thema auszudiskutieren. Aber die Blondine warf ihr Messer auf den Teller, daß es klirrte.

»Hör auf! Da wird einem ja angst, wenn er von seinem Hamlet anfängt. Als ob er aus dem Leben gehen wollte. Kannst du denn nicht von was anderem reden!«

»Tjaa . . .« In Possoschkows Miene trat ein düsterer, nachdenklicher Zug. »Dieser . . . dieser Mensch wäre in einer sehr interessanten Rechtslage.«

»Darf ich Ihnen Tee nachgießen«, fragte die Blondine Fjodor.

»Entschuldigen Sie bitte, wie heißen Sie?«

»Olga Sergejewna.«

Sie hatte glattes Blondhaar, weiß wie ein gehobeltes Kiefernbrett, und ihre seitlich abstehenden dicken kurzen Zöpfe wippten wie zwei Semmelzöpfe. Ihre weiße, mit einem großen violetten Stein geschmückte Hand reichte Fjodor die

Tasse. Während er den Tee von ihr entgegennahm, spürte er eine merkwürdige Stille im Raum und sah zu Possoschkow. Swetosar schlief, den müden Kopf gesenkt. Ein glasiger Speichelfaden hing ihm auf die Brust und glitt übers verwaschene Trikot. Olga Sergejewna legte den Finger an die Lippen.

Nach einer halben Minute schlug der Alte die Augen auf und blickte, sich besinnend, eine Weile reglos vor sich hin. Dann wurde er vollends wach und sah Fjodor und seine Frau durchdringend an, ob sie etwas bemerkt hätten. Nein, niemand hatte etwas bemerkt. Der Gast nahm sich noch ein Stück Kalbsbraten. Olga schaute in den kleinen elektrischen Samowar. Der Junge trank mit niedergeschlagenen Augen Tee.

Beruhigt schob sich der Alte einen Löffel Quark in den Mund.

»Einen Schlüssel!« sagte er, den Schnurrbart bewegend, und starrte nachdenklich auf den Löffel. »Interessante Dinge sagst du, Fedja. Wie ist es, hast du die Lage schon sondiert?«

»Noch nicht. Aber wie's aussieht, hab ich sie im Griff.«

»Jaa . . . Bei uns kannst du sie sondieren.« Possoschkows Blick wurde wieder eindringlich prüfend. Er hatte ein wenig Angst vor Fjodor, deshalb trieb es ihn, immer wieder den Zweck seines Hierseins zu erkunden. Auch Olga betrachtete den Gast von Zeit zu Zeit merklich beunruhigt. »In deiner jetzigen Stellung, Fedja, ist so ein Schlüssel für dich einfach unerläßlich, denke ich mir«, sagte Possoschkow nach kurzem Schweigen. »Nur, wird dich das nicht zu selbstsicher machen? Du könntest den Schlüssel ja auch auf falscher Grundlage benutzen. Bist du dir deiner Grundlage sicher?«

»Wir beide, Swetosar Alexejewitsch, Sie und ich, sind uns doch unserer wissenschaftlichen Grundlage gleichermaßen sicher«, sagte Fjodor errötend. »Wenn sich der Lehrer sicher ist, wie sollte sein fleißiger Schüler es dann nicht sein?«

Possoschkow lehnte sich wie schon vorher einmal auf dem Stuhl zurück und betrachtete den Gast gleichsam von oben.

»Du hast mich mit fester Hand an eine Frage geführt, Fedja, auf die man stehend antworten müßte. Zumal Sie einer Kommission angehören.« Er bemerkte nicht, daß er seinen Gast nun siezte. »Hören Sie also: Ich bin mir voll und ganz des Schadens bewußt, den die Wissenschaft möglicherweise durch meine . . .«

Deine Verirrungen oder dein feiges Schwanken? Fjodor las die Fragen deutlich aus dem raschen und herausfordernden Blick, den Olga ihrem Mann zuwarf.

». . . Verirrungen erleiden kann«, sprach Swetosar betont deutlich zu Ende. »Und das habe ich schon mehrmals ehrlich am Rednerpult erklärt.«

Versuch mal mit einem Sensiblen zu reden. Niemand hätte Akademiemitglied Possoschkows wunden Punkt behutsamer berühren können, als das hier geschehen war. Wobei er ihn sogar selbst bloßgelegt hatte. Aber auch so durfte man ihn nicht berühren, wie sich zeigte. Schon gar nicht in Gegenwart einer Dame. Fjodor errötete heftig.

»Hab ich doch gesagt!« meinte er sanft. »Hab ich doch gesagt! Einen guten Menschen kann man nicht zum schlechten machen. – Selbst unter extremen Bedingungen nicht. Das kann man nicht!«

Sie versöhnten sich natürlich sofort, nebelten sich beide ein, erörterten die phänomenale Fähigkeit des Menschen, sich seinesgleichen auch in diffizilsten Dingen verständlich zu machen.

»Freilich, einen zweiten Wortklauber wie mich oder dich hat es nie gegeben und wird es auch nie geben. In der Zeit so wenig wie im Raum«, sagte Possoschkow. »Phantastisch!«

Das Akademiemitglied nach Obus zu fragen, hütete sich Fjodor. Eine leise Stimme flüsterte ihm von fern ins Ohr: Kein Wort davon.

Ungefähr zwei Stunden später strebte Fjodor eilig auf einer Parkallee nach Hause, das heißt zu einem der rötlichen Institutsgebäude, wo ihn ein Zimmer in der Gästeunterkunft erwartete. Plötzlich fesselte eine außergewöhnliche Gestalt seine Aufmerksamkeit – ein stattlicher, imposanter Bärtiger, der auf der Alleenkreuzung stand. Er trug eine silbern-gelbe Hose aus Schantungseide, einen gleichfalls rohseidenen Kittel mit halblangen Ärmeln, aluminiumfarbene Schuhe mit Frauenabsätzen und eine cremefarbene Mütze mit Kapitänskokarde und hatte eine recht ansehnliche Figur, allerdings mit einer übermäßigen Taillenausbuchtung, die die Linie seines schweren Hängebauchs nachzeichnete. Der Bärtige hielt interessiert nach etwas Ausschau.

»Innokenti!« rief Fjodor. Er hatte den Ortspoeten Kondakow erkannt.

Der Dichter strahlte übers ganze, sonnenblumenähnliche Gesicht.

»Du? Was treibt dich zu uns?«

Angeregt und laut plaudernd gingen sie zusammen die Allee hinunter. Fjodor bemerkte bald, daß das laute Gerede des Dichters Verstellung war, daß ihre Unterhaltung Kondakow überhaupt nicht interessierte und ihn etwas anderes erregte. Dann bedeutete er Fjodor durch ein Zeichen: Moment!, ruderte mit den Ellbogen und beschleunigte hüftwedelnd den Schritt. Ach, das war der Grund: vorn ging eine junge Frau. Der Dichter rief ihr leise etwas zu. Sie gab keine Antwort. Er lief schneller und sagte noch etwas. Sie reagierte mit einer nachlässigen halben Wendung des Kopfes. Der Dichter holte sie ein und lief mal von der einen, mal von der anderen Seite vor ihr her. Die Ärmste kam aus dem Tritt, und sogleich faßte er sie unter. Er wechselte rasch den Schritt und trippelte mit herausgerecktem Hintern im Gleichschritt mit ihr. Am Ende der Allee blieb die Frau stehen und sprach lange belehrend auf ihn ein. Danach ging sie weiter, er aber stand geknickt da – freilich nicht lange. Seine triumphierende Sonnenblumenphysiognomie wendete sich wieder Fjodor zu.

»Warst du auf Jagd?« fragte der.

»Wie hast du das erraten?« Der Dichter zeigte seine sämtlichen maisgelben Zähne.

»Du hast doch bestimmt . . .«

»Eine in Reserve. Die Natur duldet keinen Stillstand. Hör zu, wie gefällt dir das.« Bemüht, sich an ein paar Verszeilen zu erinnern, gab er unartikulierte Laute von sich, geriet dann in Eifer und begann zu deklamieren, wobei er sich noch nach links und rechts umschaute:

»Seht mich an – Haare zottig,
Augen wäßrigblau, zart,
Habe Flicken am Hemd zwar,
aber dafür 'nen Bart!

Mag ich auch noch kein Held sein,
dem schon Großes gelang,
stimme ich die Antenne
dennoch voll auf Empfang.

Der Erneuerung Rhythmus,
unsres Aufbauwerks Klang
dringt uns tief ins Bewußtsein,
schlägt für immer in Bann.

Übt der Baß der Fabriken
in der Früh neu den Chor,
wall'n aus niederen Hütten
tausend Riesen hervor.

Ernst und streng ist ihr Antlitz,
Augen wie Anthrazit,
's Fundament der Epoche
bauten sie aus Granit.

Auf den Feldern die Saat uns
reiche Ernte verspricht.
Wo des Zweigweizens Halme
reifen golden im Licht,

ist der Fortschritt zu spüren,
ist vertraut mir die Zeit,
brennt mir Unrast im Herzen,
und die Brust wird mir weit:

Wunder schmiede mein Hammer,
Diamant sei mein Pflug!
Und des Arbeitsruhms Läuten
sei als Lohn mir genug.

Einsam rang ich um Klarheit,
krauste grübelnd die Stirn,
bis die Stimme des Führers
löste Zweifel und Wirr'n.

Seine Ruhe ist Stärke,
garantiert und beschwingt,
und den glücklosen Schwachen
die Erleuchtung er bringt:

Nein, nicht nur den Giganten
soll man Großes zutraun!
Jeder Mensch hat Begabung,
alle müssen drauf baun:

Auch ein namenlos Schräubchen
tut uns not und wiegt viel,
auch die leisere Harfe
rührt ans Herz durch ihr Spiel.

Na, wie findest du's?« Der Dichter faßte Fjodor Iwanowitsch unter.

Fjodor wußte, was man Dichtern über ihre Verse zu sagen hat.

»Prima, Kescha. Besonders das: ›Habe Flicken am Hemd zwar, aber dafür 'nen Bart‹. Das bist du!«

»Machst du dich etwa lustig?«

»Aber nein, was du wieder denkst. Du beschreibst doch nicht die Kleidung, sondern den Charakter, den Charakter!«

»Na schön, mit dieser Korrektur akzeptier ich's. Sag noch was.«

»Du meinst die Rede von Stalin, wo er von den kleinen Leuten spricht? Hervorragend. Sehr gut: ›Wall'n aus niederen Hütten tausend Riesen hervor‹.«

»Bravo. Sag noch was. Du bist ein guter Kritiker.«

»Diamant sei mein Pflug – das hast du meines Erachtens von Kljujew stibitzt. Bei ihm gibt's so was: ›. . . hüten den diamantenen Pflug‹.«

»Noch was?« Kondakow ließ Fjodors Ellbogen los.

»Zum Zweigweizen noch was. Du schreibst über etwas, wovon du nichts verstehst. Da warst du zu voreilig. Die Ähren reifen noch nicht. Da ist doch bei unserm Akademiemitglied nichts draus geworden. Das kann man dir ankreiden.«

»Das schlimmste Laster des Menschen ist der Neid«, sagte Kondakow.

»Was hat denn das mit ...«

»Fedja, laß gut sein. Nicht neidisch werden. Die Verse sind schon in Satz gegangen.«

Ohne sich zu verabschieden, drehte sich der Dichter scharf um und schritt die Allee hinunter, und sein Anblick drückte aus, daß die Beleidigung nur mit Blut abzuwaschen sei.

Kondakow verstand es, einen am Ende mit einem Ballast unklarer Schuldgefühle stehenzulassen. Fjodor war diesen Gefühlsballast immer noch nicht los, als er das Zimmer betrat, das der angereisten Kommission in dieser Stadt als Wohnraum zugewiesen war.

2

Am nächsten Tag, einem Montagmorgen, saßen in Sesseln und auf Stühlen in dem mit hohen Schränken vollgestellten Arbeitsraum des Lehrstuhls für Genetik und Pflanzenzucht der Lehrstuhlleiter, Professor Chejfez – mit faltenreichem, weißem Gesicht und stechenden Orientalenaugen –, der Prorektor, Akademiemitglied Possoschkow, der Leiter des Forschungslabors, Dozent Strigaljow, und zwei Zytologen, das Ehepaar Wonljarljarski. In der dunkelsten Ecke des Raums züngelte die ganze Zeit die blauviolette Flamme eines Spirituskochers – ein hübsches Mädchen mit Brille, die wissenschaftliche Mitarbeiterin Lena Blashko, kochte Kaffee in einem großen Kolben, goß ihn in langgezogenen Trinkgläsern ähnelnde Reagenzgläser und reichte sie mit aparten kleinen Verbeugungen wie eine Geisha den Teilnehmern der Runde. Über dem Schreibtisch des Professors hing ein großes Bild von Mendel. Der Mönch in schwarzer Soutane mit schmalem weißen Kragen sah, die Arme vor der Brust verschränkt, ruhig hinter seiner Brille hervor und hielt ein Buch in der Hand, einen Finger zwischen den Seiten. Daneben hing in ebensolchem Eichenholzrahmen ein Bild von Morgan. Der Alte mit dem Bärtchen schaute, die Brille auf der Nasenspitze, von einem binokularen Mikroskop zu jemand auf. Es war das leuchtend-farbige, große gerahmte Porträt von Trofim Denissowitsch Lyssenko. Das Akademiemitglied betrachtete eine Ähre des Zweigweizens, Triticum turgidum, durch ein Vergrößerungsglas. Gerüchten zufolge war er mit diesem Weizen bei Stalin gewesen. Er sollte ihm versprochen haben, den Weizen unseren Ackerbedingungen anzupassen, ihn für unsere Felder geeignet zu züchten, was eine fünffache Ertragssteigerung erbringen sollte. Die Züchtung war nicht gelungen, und die Mendel-Morgan-Anhänger ließen sich die Gelegenheit nicht entgehen, zu betonen, hier hätten sich die Gesetze der Genetik bemerkbar gemacht, die Lyssenko bekämpfte, wobei er Mitschurins Namen nicht sehr erfolgreich für seine Idee vereinnahmte. Dieser Weizen ließ den gelehrten Amerikaner wohl auch vom Mikroskop aufblicken und die Stirn runzeln.

Im Raum waren bereits die ersten Worte über die an der Fakultät begonnene Revision gesagt, und in der nun eintretenden Pause schlürften alle nachdenklich ihren Kaffee.

»Ist bei Ihnen, in Ihren Niederschriften, alles in Ordnung?« fragte Professor Chejfez, sich mit den Ellbogen auf seinen reichlich breiten Schreibtisch stützend und sich ganz Strigaljow zuwendend. »Bedenken Sie, Sie stehen stark unter Beschuß.«

»Ich habe alles noch mal durchgesehen«, sagte Strigaljow, ein sonnenverbrannter Dunkelhaariger mit langen grauen Fäden in den ungekämmten Zotteln. Er war sommerlich gekleidet, trug ein weißes Hemd mit aufgekrempelten Ärmeln. »Geben Sie mir ein bißchen Kaffee, Lenotschka.« Er hielt Lena den ausgestreckten, behaarten Arm hin, lang wie der eines Gibbons.

Lena antwortete, ohne aufzublicken, mit einer anmutigen leichten Handbewegung: Sofort, gleich bekommen Sie Ihren vorzüglichen, herrlichen Kaffee. Dabei reichte sie ihm schon, leicht den Kopf neigend, ein volles Reagenzglas.

»Ich hatte befürchtet, sie würden diesen . . . dieses Zwergmännchen schicken«, meinte das Akademiemitglied lächelnd.

Zwergmännchen nannte man hier den das Institut häufig besuchenden Saul Brusshak, die »linke Hand« von Akademiemitglied Rjadno, weil er so klein war und eine allen bekannte skandalöse Beziehung zu einer Studentin unterhielt – einem hochgewachsenen Mädchen von kräftiger Konstitution.

»Diese Schamkowa ist meines Wissens schon Aspirantin. Saul bringt sie vorwärts«, teilte die Wonljarljarskaja mit.

»Sie ist bei mir«, murmelte Strigaljow stirnrunzelnd. »Ich weiß nicht, was mal aus ihr wird.«

»Gottes Werke sind wundersam!« ließ sich der Professor vernehmen. »Bekanntlich fressen bei einigen Spinnenarten mit zwergwüchsigen Männchen die Weibchen ihre Begatter auf. Nachdem sie entbehrlich geworden sind.«

»Na, Saul läßt sich nicht ohne weiteres fressen«, bemerkte Possoschkow.

»Warum Rjadno diesen Deshkin geschickt hat, müssen wir noch interpretieren«, meinte der Professor.

»Er war gestern bei mir«, sagte Possoschkow. »Er ist bei weitem kein Dummkopf. Ist ziemlich feinfühlig und reagiert richtig. Lächelt sehr freundlich. Er sagt, er hätte einen Schlüssel zum Verständnis von Gut und Böse entdeckt. Weiter ausgeführt hat er das allerdings nicht.«

»Eritis sicut dei, scientes bonum et malum«, sagte Wonljarljarski und ächzte.

»Übersetzen Sie, bitte«, bat Lena.

»Ihr werdet wie Götter werden, wissen, was Gut und Böse ist.«

»Sagte die Schlange – das darf man nicht vergessen, selbst wenn man von jemandem spricht, der den Schlüssel zum Verständnis von Gut und Böse entdeckt hat«, flocht Strigaljow ein und entblößte in leisem Lächeln seine Stahlzähne. »Warum haben Sie denn Ihre Paradeuniform angezogen, Stefan Ignatjewitsch? Neuer Anzug, Schleife . . .«

»Ich habe mich sauber angezogen«, sagte Wonljarljarski. »Nach Seemannsbrauch.«

»Um auf Grund zu gehen?« fragte Professor Chejfez, was alle mit spärlichem Lachen quittierten.

»Panikmacher«, sagte die Wonljarljarskaja mit tiefer Stimme.

»Ich war noch nicht fertig«, meinte Akademiemitglied Possoschkow. »Er ist kein Dummkopf, aber eisern davon überzeugt, daß er recht hat.«

»Wenn er kein Dummkopf ist, heißt das, er hat eine komplizierte eigene Konzeption von Lyssenkos Unsinn.« Der Professor wiegte den Kopf. »Also ist er ein Sklave dieser Doktrin. Er ist zu uns gekommen, um uns zu helfen. Uns von der Verirrung zu heilen, uns wieder in den Schoß der . . .«

»Mit christlicher Liebe, ohne Blutvergießen, durch rettendes, reinigendes Feuer«, fiel Wonljarljarski ein.

»Ich werde nicht Buße tun«, fauchte der Professor leise. »Ich ziehe mir nicht das Sanbenito an.«

»Das würde auch nichts nutzen«, bemerkte Possoschkow, und in seinen Augen glitzerte es mild. »Jetzt ist nicht das fünfzehnte Jahrhundert.«

»Wie soll ich das verstehen?« Der Professor drehte sich nach ihm um.

Im gleichen Moment wurden alle still. Es klopfte leise an die Tür. Vier gemessene Schläge. Lena sah den Professor an, der nickte, und sie drehte den schweren altertümlichen Schlüssel in der massiven Tür. Fjodor Deshkin trat ein – offenbar mit einem wichtigen Anliegen. »Genau aufs Stichwort«, sagte er und musterte sie alle. »Meinen Gruß der verehrten Konferenz. Verzeihen Sie, ich muß eine Erklärung abgeben. Darf ich? Sie haben weder mich noch meinen Kollegen Wassili Stepanowitsch Zwjach zu dieser Sitzung eingeladen. Dennoch waren wir gegen unseren Willen unter Ihnen, wenn auch ohne Stimmrecht. Sie haben hier eine Trennwand . . . Aus Sperrholz, glaube ich. Wir haben drüben in Akten geblättert, schon anderthalb Stunden lang. Ich bin ermächtigt, Ihnen zu sagen, daß wir keine bösen Absichten haben, daß wir uns Ihre Ausrutscher nicht zunutze machen wollen.«

»Machen wir uns bekannt«, sagte Akademiemitglied Possoschkow und erhob sich in seinem dunkel-preiselbeerfarbenen Anzug wie ein eleganter junger Mann aus dem Sessel.

»Das ist Professor Natan Michailowitsch Chejfez. Das der Kandidat der Wissenschaften Fjodor Iwanowitsch Deshkin, früher Student bei uns. Unser Laborleiter, der Genetiker und Pflanzenzüchter Iwan Iljitsch Strigaljow, Dozent, Doktor der Wissenschaften.«

Strigaljow, langgliedrig und hager wie ein Wilder, reckte sich, als stiege er aus einem Käfig, und zeigte seine Stahlzähne, und Fjodor versetzte es einen Stich. Er hatte solch ein zerfurchtes Gesicht mit Stahlzähnen schon vor langer Zeit mal bei einem Geologen gesehen . . .

»Iwan Iljitsch«, sagte Strigaljow. »Doktor, nur noch nicht bestätigt.«

»Das ist Lenotschka Blashko, Kandidatin . . .«

»Ebenfalls nicht bestätigt«, teilte Lena lächelnd und mit angedeuteter Verbeugung mit.

»Und das sind unsere Zytologen.«

Sogleich erhob sich ein adretter Alter mit bunter Schleife am Hals, um den Neuankömmling zu begrüßen: der blaue Läufer von gestern.

»Torquemada«, flüsterte Fjodor ihm zu.

»Ihre Eminenz . . .«, murmelte der Läufer mit einer angedeuteten Verbeugung, als wolle er Fjodor Iwanowitsch die Hand küssen. Aber gleich darauf hob er den Kopf und nannte seinen Namen: »Wonljarljarski, Stefan Ignatjewitsch. Wie konnte ich meinen Studenten nicht erkennen!«

»Lenotschka, Kaffee für den Gast«, sagte Possoschkow.

Lenotschka brachte schon ein volles Reagenzglas, und ihre Gesten sagten, Hieroglyphen gleich, die Fjodor Iwanowitsch sofort entzifferte: Wenn Sie auch ein Revisor sind, ich habe kein bißchen Angst vor Ihnen und bin sogar neugierig auf Sie.

»Das ist bei uns das Kaffeegeschirr«, sagte Possoschkow.

»Ich ahne ungefähr, was für Geschirr das ist« – Fjodor nahm den Kaffee mit kaum verhohlener Ironie entgegen. »Bei Ihnen hat es natürlich rituellen Charakter.«

Just in diesem Augenblick ging ein kleines Fünkchen sanft bei ihm nieder, landete schließlich auf seinem kleinen Finger. Es war eine Taufliege – das berühmte Versuchsobjekt der Morgan-Anhänger. Sie breitete ihre kleinen Flügel mehrmals aus und legte sie wieder an den Körper, lief ein Stück nach rechts und ein Stück nach links und verschwand.

»Eine Drosophila melanogaster, wie es scheint«, sagte Fjodor. »Allerdings bin ich mir dessen nicht ganz . . .«

»Eine gewöhnliche Essigfliege, sie kann von draußen reingeflogen sein, wir haben Sommer«, warf Strigaljow lässig ein.

»Mir schien, sie hatte rote Augen«, widersprach Fjodor lächelnd. »Ich habe Dobshanski gelesen.«

»Setzen wir ein Protokoll auf?« sagte Professor Chejfez halb drohend, halb resignierend.

»Was nicht noch alles! Aber die Fliege hatte so was Provokatorisches. Sie ist auf Ihrer Seite!«

»Die ganze Natur ist auf unserer Seite«, sagte der Professor. Er lief bereits ins Messer. Possoschkow ging zu ihm und legte ihm die Hand auf die Schulter.

»Natan Michailowitsch, vergessen Sie nicht, Sie sind in der Defensive.«

»Wer ist in der Defensive?« tönte eine kräftige Stimme von der Tür. Dort stand eine schwergewichtige mittelgroße Frau mit pfannkuchenartigem Dreifachkinn, so als trüge sie ein dreifaches Kollier, und darunter baumelte noch eine doppelreihige dicke rote Halskette. »Sprechen Sie von sich? Fjodor Iwanowitsch! Laß mal sehen, was sie dir zu trinken geben. Das ist doch eins der Reagenzgläser, in dem die Formalgenetiker ihre Fliegen züchten! Na und, trink, damit kann man uns nicht erschüttern! Also wer ist in der Defensive?«

»Anna Bogumilowna, jetzt, wo Sie gekommen sind, werden wir uns bestimmt alle verschanzen«, sagte Professor Chejfez.

»Fjodor Iwanowitsch! Swetosar Alexejewitsch! Was denn für eine Defensive! Wieso hat man hier ein Bild von unserem Präsidenten mit dem Zweigweizen aufgehängt, wo man doch weiß, daß er damit Ärger hat?«

»Ich will Ihnen sagen, wieso«, entgegnete der Professor. »Offen kritisieren dürfen wir Sie nicht. Also mögen Ihre eigenen Posen, Worte und Taten die Kritik für Sie sein. Das fehlte noch, daß wir uns für Sie den Kopf zerbrechen, wie man Sie vor Schande bewahren könnte.«

Fjodor errötete.

»Sind Sie sich wirklich Ihrer Sache so sicher?«

»Keineswegs, über unsere Sache wissen wir noch sehr wenig Bescheid. Gut, hervorragend kennen wir nur Ihre. Die war vor zweihundert Jahren aktuell. Als man nicht durchs Mikroskop beobachtete, sondern durch die Leeuwenhoek-Linse.«

»Dann muß ich Ihnen auch mal meinen Standpunkt darlegen. Mir scheint, Ihre Wissenschaft tastet sich von Fakt zu Fakt, so wie Geologen die Erde anbohren. Immer tiefer und tiefer. Sie meinen, das Bohrloch verläuft gerade, aber es ist nach einer Seite verrutscht. Nach welcher Seite aber und ob es überhaupt verrutscht ist, wissen Sie nicht. Sie kennen nur eins: bohren, und meinen, daß es gerade ist.«

»Na, so wird heute nicht mehr gebohrt.«

»Genau so bohren Sie aber. Setzen Bohrer um Bohrer an und bohren unentwegt. Wir dagegen . . .«

»Dialektisch? Sprunghaft?«

»Natan Michailowitsch! Das ist ein verbotener Griff!«

»Und Ihr poetischer Vergleich?«

»Das habe ich im Eifer gesagt. Ansonsten kann ich Ihnen sogar unsern ganzen Revisionsplan im voraus zeigen. Morgen komme ich zum Beispiel zu Iwan Iljitsch, werde mir sein Tagebuch und seine Arbeiten ansehen. Ihnen bleiben vierundzwanzig Stunden für die Vorbereitung. Wenn sich unser Verhältnis nicht auf Kollegialität gründen würde, hätte ich das nicht gesagt. Ich meine, wir sollten damit aufhören, gegeneinander zu sticheln.«

»Was unsere Wissenschaft betrifft«, erscholl Annas Baß, »stützt sie sich auf völlig andere Grundlagen. Wir schlagen Brücken. Stützen uns auf die Dialektik, die eine universelle Wissenschaft ist und uns die Bewegungsgesetze der gesamten Materie in die Hand gibt. Wir errichten aus vorhandenen Punkten eine Hypothese und finden die noch unbekannten Punkte. Die können in ferner Zukunft liegen. Die Praktiker werden Weizen erhalten.«

»Zweigweizen, Anna Bogumilowna«, murmelte der Professor matt.

»Weizen«, pflichtete Fjodor Iwanowitsch ihr bei. »Und

Ihre Wissenschaft wird die einzelnen Lücken füllen. Wie in einem Skeletthaus – das Dach ist schon gebaut, aber die Öffnungen werden noch mit Ziegeln gefüllt.«

»Akademiemitglied Rjadno hatte einen besseren Namen für uns – Beute-Kommando.«

Der Professor lag nun müde mit dem Oberkörper auf dem Schreibtisch. Als die Rede auf die Dialektik kam, war er kleinlaut geworden und hatte das Interesse am Disput verloren. Possoschkow, der zurückgelehnt dasaß, schien seinen ehemaligen Schüler zu bewundern und trommelte mit den mageren Fingern auf die Armlehne.

»Eure Eminenz, geben Sie ein Zeichen«, sagte Wonljarljarski leise, aber deutlich, und sein einer welken, verdorrenden Frucht ähnelndes Gesicht grinste. Er überschritt die Grenze, und das schmerzte Fjodor.

»Das Zeichen werden Sie schon noch erhalten. Zu gegebener . . .«

Er merkte sofort, daß er sich sehr zweideutig und häßlich ausgedrückt hatte, hielt errötend inne und erklärte deutlich: »Alles, was ich jetzt hier Dummes geredet habe, ist im Übereifer geschehen. Ich nehme es zurück und bitte Sie alle um Verzeihung. Und noch um ein Glas Kaffee.«

Nach diesen Worten lächelte er flehend. Alle um ihn verstummten, als sie sahen, wie ungewöhnlich freundlich seine Miene plötzlich wurde. Er hatte kein glattes Gesicht, es machte den Eindruck grausamer Strenge. Vielleicht erschien sein seltenes Lächeln seinen Gesprächspartnern deshalb immer wie ein langersehnter Lichtblick, eine Erholungspause. Man hatte ihn schon mehrmals auf diese Eigenart seines Lächelns aufmerksam gemacht, und aus Furcht, daß es falsch werden und er sich seinen ungewollten Charme vielleicht doch einmal zunutze machen könnte, behielt er sich stets unter Kontrolle, lächelte fast nie.

»Solche Polemik fördert die Wahrheitsfindung freilich wenig«, sagte Wonljarljarski verlegen, wobei er sich nach Anna umsah. »Wenn man unsere Arbeit von der Warte der *Kontenance* betrachtet, sind alle in diesem Zimmer im Kern konsequente Mitschurinanhänger.«

Den halb auf dem Schreibtisch liegenden Professor

Chejfez erschütterte ein kurzes Lachen. Er betrachtete belustigt Wonljarljarskis Hinterkopf, den ein komplizierter Scheitel zierte.

»Außer mir«, betonte er deutlich. »So eine Kontenance paßt mir nicht.«

»Gehen wir weg von hier«, sagte Anna ungestüm und zog Deshkin zur Tür. Er sah sich mit einer Geste der Verlegenheit nach den anderen um. »Gehen wir, gehen wir! Du mußt arbeiten, sie machen dich noch kaputt mit ihrer Kontenance. Du hast doch versprochen, daß du dir meinen Weizen ansehen willst. Ich bin doch Anna Bogumilowna Pobijacho, hast du mich vergessen?«

Die Kommission mußte mit in ihr Zimmer im ersten Stock, das voller Garben stand und wie eine Korndarre nach der Ernte duftete. Wassili Zwjach – ein muskulöser, unerschütterlicher Graukopf – drückte Fjodor auf dem Korridor schmerzhaft die Hand.

»Bravo. Ich hab alles gehört. Hast ihnen lässig eins zwischen die Augen gesetzt!«

Aber er verschwieg etwas. Er guckte, kaute mit den Lippen und sprach nicht zu Ende.

Im Arbeitszimmer hielt die vorhin eingetretene Stille noch lange an. Dann trat Professor Chejfez müde ächzend hinter dem Schreibtisch hervor und stapfte mit geneigtem Kopf zur Tür. Seine Schritte im Korridor waren zu hören – er sah in das durch eine Trennwand entstandene Nebenzimmer. Ins Arbeitszimmer zurückgekehrt, schloß er die Tür ab.

»Er ist meiner Meinung nach ein anständiger Mensch. Zum erstenmal begegne ich so einem unter Lyssenkoleuten. Swetosar Alexejewitsch, wie kann sich ein Mensch wie er für die schlagen? Ich wundere mich . . .«

»Er war schon als Student so«, sagte Possoschkow.

»Mir gefällt er auch«, meinte Strigaljow.

»Das ist ja das Schlimme«, fuhr der Professor fort. »Mir erscheint er kreuzgefährlich. Gerade solche heiligen Mönche waren die schlimmsten Ketzerverbrenner. Und man kann ihnen nichts vorwerfen – sie handelten ja aus geheiligten Motiven!«

»Ein Mönch, das stimmt.« Wonljarljarski seufzte. »Ein

Dominikanermönch mit einem Strick um den Leib. Statt des Stricks trägt er ein Sporthemd.«

»Wir müßten unsere Lenotschka beauftragen«, sagte der Professor, »daß sie mit ihm kokettiert. Damit sie in Erfahrung bringt, wann wir sozusagen unser Hartbrot einpacken müssen.«

»Ausgerechnet Sie werden Hartbrot brauchen«, warf Strigaljow von seinem Platz aus ein.

»Und Sie, Iwan Iljitsch, bereiten Sie sich vor. Sie haben ja noch die Nacht.«

»Wozu. Ich habe Pfropfungen. Ich mache alles, wie die Koryphäe es befiehlt. Auch die Ergebnisse sind die gleichen.«

Alle lachten.

»Ihm die Zunge zu lösen wäre natürlich gut«, sagte der Professor, und alle sahen Lena an.

Sie wärmte einen Kolben mit Kaffee auf, den Kopf zur Seite geneigt. Ja, ich hör's, ich hör's ja, sagte ihre Haltung.

Gegen vier Uhr nachmittags gingen Fjodor und sein »Chef« Wassili Zwjach, von ihrer Kontrolltätigkeit gehörig ermüdet, auf ein einstöckiges, wie alle anderen rötliches Ziegelgebäude zu. Hier wohnten Institutsmitarbeiter, und im Erdgeschoß war den Kommissionsmitgliedern eine gewölbte Klause mit meterdicken Mauern zugewiesen worden. Die Prüfer aus Moskau näherten sich zwischen Häusern und zahlreichen Schuppen der beträchtlich in den Boden eingesunkenen gemauerten Vortreppe. Daneben stand ein mit einem Drahtnetz überspanntes kubisches Lattengestell. Darin machte sich ein Schwarm von ungefähr zwanzig schmutzigweißen Küken eifrig an etwas zu schaffen. Die Reinemachefrau Tante Polja stand über den Käfig gebeugt.

»Was machen sie da, was machen sie da, das verdammte Pack!« jammerte sie, als sie ihre Gäste erblickte. »Nein, reineweg wie die Menschen!«

»Was ist passiert?« fragte Zwjach, als Rangälterer der Kommission.

»Guck doch, sieh's dir an, was sie machen. Erst zwei Monate alt, und schon wollen sie Blut von Lebendigen. Reineweg wie die Menschen. Kschsch!«

Der Schwarm im Käfig stob flügelschlagend auseinander, und Fjodor sah einen Napf und daneben ein mickriges Küken mit blutigem Kopf.

»Den Kamm zerpicken sie ihm. Wenn ich das jetzt rausnehme, suchen sie sich ein neues! Harmloses Geflügel soll das sein.«

»Tatsächlich«, staunte Zwjach. Im übrigen hatte er andere Sorgen, er blieb auf der Vortreppe stehen und sagte plötzlich: »Und wenn sie dreist Doktor der Wissenschaften ist, diese Pobijacho, an ihren Weizen glaube ich nicht. Sie hat mir ihren Sommerweizen einfach zu schnell in Winterweizen verwandelt.«

»Aber der Weizen ist gut«, bemerkte Fjodor.

Im Zimmer schlenkerte Zwjach sich geschickt die Schuhe von den Füßen und streckte sich behaglich auf seinem Bett aus. Fjodor klappte seine enorm große, schäbige Aktenmappe vor ihm auf, die voller langer Papirossy war, und sagte zur Erklärung, das seien selbstgestopfte, denn er mische sich seinen Tabak am liebsten selbst, seine Mischung enthalte ein paar ihm bekannte Kräuter, darunter auch *melilotus officinalis.* Als Zwjach erfuhr, daß es sich um gewöhnlichen Steinklee handelte, sagte er: »Ich ziehe die Marke Priboi vor. Aber ich probiere sie mal.«

Sie steckten sich jeder eine an. Ehe Fjodor sich hinlegte, ging er ans Telefon – von einem Zettel angezogen, auf dem in großen Krakeln stand: »Noch die Tumanowa antelefonieren.«

Ungefähr vierzig Minuten später klingelte das Telefon. Eine tiefe, volle, triumphierende Frauenstimme erklang: »Bist du das, Taugenichts? Der Schlag soll dich treffen! Vorgestern bist du angekommen und läßt dich nicht mal . . .«

»Antonina Prokofjewna!« rief Fjodor und ging vor Freude in die Hocke. »Antonina Prokofjewna!«

»Er soll unter die Mönche gegangen sein, den Kandidatentitel gekriegt haben, solche Veränderungen, aber daß er mal alten Freunden guten Tag sagt . . .«

»Antonina Prokofjewna! Heute noch werd ich . . .«

»Darum ruf ich dich ja an. Heut ist in meiner Bude Treff. Schwant dir was? Um sieben! Wird 'ne nette Runde, komm also. Um sieben, vergiß nicht. Am besten, du kommst um halb sechs. Damit wir ein bißchen schwatzen können.«

»Bloß ich bin nicht allein.«

»Weiß ich. Sag Genossen Zwjach, er soll auch kommen. Um sieben. Aber du komm um halb sechs. Onkelchen Borik wird auch da sein. Wir werden ein Weilchen zu dritt beisammensitzen . . .«

Es war die Tumanowa, eine ehemalige Operettensängerin. Einst war sie im Begriff, berühmt zu werden, aber unvorhergesehene Umstände hatten ihr Leben völlig verändert, und nun lag sie schon fast fünfzehn Jahre lang an beiden Beinen gelähmt und verdiente sich Geld durch Zeitungs- und Zeitschriftenartikel.

»Wir machen heute einen interessanten Besuch«, sagte Fjodor Iwanowitsch zu seinem Kollegen.

Um halb sechs, nach einem Bummel durch die mit ein- und zweistöckigen alten Häusern bebauten Straßen der Stadt, betrat er die Neubauviertel mit ihren einförmigen Fünfgeschossern aus grauen Silikatziegeln. Er fand das gesuchte Haus, stieg zum zweiten Stock hinauf und drückte an der dunklen Tür auf den Klingelknopf. Aus dem netzbespannten runden Rachen der Sprechanlage ertönte die bekannte klangvolle Stimme: »Bist duu's?«

»Ja, ich«, sagte er.

Ein metallisches Schnappen folgte, und die Tür ging auf. Er trat in den Korridor. Zwei alte Frauen erstarrten wortlos an der Küchentür wie zwei dunkle Sträucher mit hängenden Zweigen. Er durchquerte ein enges Zimmer, ging an einem vernickelten Rollstuhl vorbei und gelangte in ein helleres, quadratisches. Sofort flatterte ein grüner Wellensittich auf und setzte sich ihm auf die Schulter.

Die Tumanowa ruhte, halb sitzend, zwischen mehreren großen Kissen in einem hohen Bett aus Ebenholz. Das von den alten Frauen ordentlich gekämmte, gleichsam schwebende schwarze Haar schlängelte sich in drei schwarzen Bahnen über die rosa und weißen Spitzenkissenberge. Im erschlafften, teigigen weißen Gesicht und auf den frechroten

Lippen nistete Ironie über das Schicksal. In bräunlichen Schatten verbargen sich freundlich glänzende schwarze Augen.

Fjodor küßte sie auf Wange und Schläfe. Im Niederbeugen sah er den bekannten Maiglöckchenstengel aus Platin mit den großen länglichen Brillantblüten in ihrem Haar. Einst waren es acht Blüten gewesen, alle von verschiedener Farbe. Die sagenhafte Kostbarkeit war in den sieben Jahren zusammengeschmolzen – nur noch fünf Brillantblüten waren übrig: eine weiße, eine violette, eine rosa, eine grünliche und eine gelbe. Die anderen Platinkelche waren leer.

»Wo hast du die drei Brillanten gelassen?« fragte Fjodor absichtlich grob. »Da war doch auch ein schwarzer . . .«

»War, waar!« versetzte sie ebenso grob, wie ein Flintenweib. »Das ist 'ne lange Geschichte! Mein Mann, daß ihn der Schlag treffe. Er hat geheiratet!«

Manche Ärzte sprechen in lautem, aufmunterndem Ton und witzeln gern, wenn sie mit Patienten reden. Zum Zeichen, daß alles gar nicht so schlimm ist. Hier aber sprach eine Kranke und obendrein gröblich Beleidigte im gleichen munteren Doktorton mit einem Gesunden, damit er sie ja nicht etwa bedauerte.

»Geheiratet hat er, der Parasit! So sind die Männer. Die nehmen sich ihrs allemal! Aber in die er sich verknallt hat, die müßtest du mal sehen. Eine mit Ohrringen. Hab ich ihm also ein Hochzeitsgeschenk gemacht. Ein Auto gekauft. Mannsvolk ist Mannsvolk, das macht sich aus'm Auto mehr als aus der eigenen Frau! Wenn's nun mal so ist, soll er's haben. Zwei Steine sind dafür draufgegangen. Danach kam der Krümel zur Welt, da hab ich noch einen verkauft. Dem Krümel ins Kissen gebunden, hihi!«

»Du hast mir früher gar nichts von ihm erzählt.«

»Was gab's da zu erzählen? Es war 'ne glückliche Ehe.«

»Ist er von hier?«

»Ja. Kann mich jeden Tag durchs Fenster an ihm sattsehn, wenn er zur Arbeit geht.«

»Heißt er auch Tumanow?«

»Nee, seinen Familiennamen hab ich ihm nicht abgekauft« – sie liebte es, in diesem Stil zu sprechen. »Weil mir sein Familienname nicht gefallen hat. War so'n selbstgemachter. Überhaupt war er'n ganz schöner Schuft.«

»Aber warum hast du . . .«

»So war ich eben. Weich wie Ton in 'ner liebenden Hand. Ich hätte die Abtreibung nicht machen sollen, weil ich nach dem Straßenbahnunfall . . . Hab ich dir davon nicht erzählt? Vor fünfzehn Jahren hab ich doch Pech gehabt und bin in'n richtigen Verkehrsunfall reingeraten. Huuh! Mit Toten! Danach hat's angefangen – ich zog ein Bein bißchen nach. Und er legt mir so, wie ich's zeige, die Hand aufs Knie: Laß es abtreiben, Schätzchen, ich hab auch schon einen Doktor für dich. Danach bin ich nie wieder aufgestanden. Ein Bock war er, das stimmt, und was für einer. Jetzt ist er freilich mickrig geworden.«

Sie schwiegen. Der Wellensittich hüpfte auf Fjodors Schulter herum, verbeugte sich, plapperte leise ein paar Worte.

»So lieg ich eben, Fedja. Bis heute. Wie lange haben wir uns nicht gesehen? Sieben Jahre? Manchmal setzen die Omas mich in den Tarantas dort, wie Onkelchen Borik das Ding getauft hat, und wir fahren durch die Zimmer. Manchmal auch raus auf den Balkon. Vor Langeweile hab ich angefangen, Weismannismus-Morganismus zu studieren, Fedja. Hab mir den verruchten Thomas Morgan besorgt.«

»Hast du keine Angst?«

»Wovor denn? Was kann man einer Invalidin ohne Beine anhaben? Wenn sie mich einlochen wollen, müssen sie mich doch pflegen! Sitzen tu ich ja so schon. Auch euern Glatzkopf, den Lyssenko, führ ich mir zu Gemüte. ›Fleischzelle‹, ›Speckzelle‹. Ich glaube, eure Feinde sind der Wahrheit näher. Paß auf, daß du keinen Unsinn verzapfst.«

»Wo hast du denn den Morgan aufgegabelt?«

»Darauf antworte ich erst beim Jüngsten Gericht. Und wenn ich's dir mal sage, Fedja, dann später. Wenn du keine juristischen Vollmachten mehr hast.«

In diesem Moment ertönte ein paradiesischer Laut im Raum – als schlüge jemand mit einem Bleistift an eine Kristallschale. Die Tumanowa griff unters Kopfkissen. Ihr Arm war füllig und schön. Sie zog ein Mikrofon mit Kabel hervor.

»Onkelchen Borik?« fragte sie mit sonorer Stimme. »Ooh! Ihr kommt sogar zu zweit! Stefan Ignatjewitsch! Willkommen, Sie werden schon erwartet.«

Die beiden traten, von einem Disput erhitzt, ins Zimmer, ihnen folgte wie ein Schatten die Wonljarljarskaja. Stefan Ignatjewitsch küßte der Tumanowa die Hand, hakte einen Finger in die Schleife am Hals, drehte, ohne sich aufzurichten, den glattgekämmten, spärlich behaarten Kopf und versetzte seinem Opponenten noch von unten einen Stich: »Vielleicht ist das Platinmaß für das Gute irgendwo in der Erde vergraben? Was ist gut? Was ist böse? Zuerst einmal die *Definition!*«

»Wir beide werden uns hier streiten, und der ›Lehrer‹ gibt uns dann eine Zensur«, sagte der riesengroße Boris Nikolajewitsch mit dem spitzbübischen, gutmütigen Gesicht, das lang war wie das eines Windhunds. Er nickte freudig, während er Fjodor begrüßte und nach seiner Hand griff. Dann nahm er seine Ingenieursmütze mit der Kokarde ab und legte sie behutsam aufs Bücherregal. »Auf dem Weg hierher habe ich mich an Ihren historischen Beweis erinnert, Fjodor Iwanowitsch, und den hier aufs Kreuz gelegt. Aber das war ihm noch nicht genug. Er hat offenbar nichts begriffen. Eine Definition will er. Sagen Sie mir, Stefan Ignatjewitsch, muß man einen Ertrinkenden retten?«

»Ja. Warum?« Der schon ziemlich bejahrte Wonljarljarski sank mit einem Seufzer der Erleichterung auf einen Stuhl. Auch Onkelchen Borik setzte sich und schlug ein Bein übers andere, und Fjodor Iwanowitsch kam es so vor, als wickle er das eine Bein zweimal um das andere wie einen Lappen.

»Aber vielleicht muß man's nicht?« Onkelchen Borik zeigte seinen zahnlosen Mund.

»Zur Sache! Warum nicht?«

»Und warum sollte man?«

»Weiß ich nicht.«

»Wenn Sie mir eine Definition geben, warum man ihn retten muß, gebe ich Ihnen eine Definition des Guten!«

»Warum, man kann sie auch vorher geben«, warf Fjodor ruhig ein. »Nur muß man – wie man einen Apfelbaum ausgräbt – an den Stamm rangehen und bei den feinsten Wurzeln anfangen. Sagen Sie mir doch – erkennen Sie an, daß das Leiden absolut ist?«

»Dem kann man wohl zustimmen«. Wonljarljarski neigte den Kopf, als koste er etwas. »Ja, einverstanden.«

»Darf ich?« mischte die Tumanowa sich kapriziös ein. »Fedja, und wenn's mir gefällt, daß es wehtut?«

»Dann wäre es kein Leiden! Dann wäre es Genuß! Bring das nicht durcheinander – die Ursachen des Leidens, ja, können verschieden sein. Aber das Leiden selbst ist Leiden. Das kann einem nicht gefallen.«

»Ich stimme Ihnen zu. Und ahne sogar, worauf Sie hinauswollen.«

»Sie ahnen was, aber nicht das Richtige, Stefan Ignatjewitsch. Wenn Ihnen nun ein Ziegelstein auf den Kopf fällt und Leiden verursacht. Was ist das?«

»Das Böse.«

»Und ebendas ist falsch. Kann ein Stein denn böse sein? Heißt es nicht in der Bibel: Zürne nicht dem Stein, über den du gestrauchelt bist? Ein Stein, ein Nagel im Schuh – das sind indifferente Umstände, die Sie leiden lassen. Nicht mehr. Wenn ich Ihnen aber nun Qual bereiten wollte und einen Stein auf sie würfe, wie würde das Gericht diese Handlung nennen? Bös-wil-lig! Das Böse ist also die Eigenschaft meiner Absicht, wenn ich Ihnen Leid zufügen will. Da haben Sie die Definition.«

»Und wenn ich jemandem bewußt Leid zufüge, um ihn zu heilen?« fragte die Tumanowa.

»Schlau gefragt! Alles hängt genau davon ab, was du eigentlich willst: Heilen oder Leid zufügen. Was du tatsächlich willst, das ist auch deine Absicht. Vielleicht bist du böse und willst, daß ich leide, und das Gerede über Heilung ist nur Tarnung.«

»Fedja, ich hab alles verstanden.«

Boris Nikolajewitsch hob die Hand wie ein Schüler.

»Und wenn ich Ihnen, Stefan Ignatjewitsch, Freude bereiten will – verstehen Sie? Dann ist die Eigenschaft meiner Absicht gut.« Dabei verneigte er sich zuerst leicht vor der Tumanowa und dann betont vor Wonljarljarski. »Die gleiche Definition, nur mit positivem Vorzeichen.«

»Onkelchen Borik ist unser Musterschüler. Er kriegt eine Eins plus«, bestimmte Fjodor. »Aber ich kann mich nicht genug wundern, Freunde. Warum wir hier soviel über Relativität diskutieren! Manchmal erlebt man Güte und Boshaftigkeit ja sogar in reiner Form! Wenn man mir ein gutes Wort sagt, das meinem Geldbeutel nichts einbringt, erhalte ich nichts. Das heißt nichts als ein Glücksgefühl! Ebenso ist es mit dem Bösen. Du fängst einen haßerfüllten Blick auf, der dir gilt, und leidest. So war es schon vor dreitausend Jahren.«

»Ein richtiger Disput!« rief Antonina Prokofjewna. »Hast du dir das alles jetzt eben ausgedacht?«

»Ich hab sieben Jahre darüber gebrütet. Nein, länger. An die fünfzehn. Seitdem ich das erstemal etwas angerichtet hatte, wodurch ein anständiger Kerl ernstlich leiden mußte.«

Abermals schwebte der singende Laut im Raum.

»Lenotschka« rief Antonina Prokofjewna erfreut, aber auch jetzt noch im Doktorton. »Komm schon, komm! Immer rein zu uns! Ohoho! Besuch!«

Lena Blashko trat ein. Sie trug ein weiß gepünkteltes blauschwarzes Kleid. Die Strickjacke hatte sie schon ausgezogen und hielt sie in der Hand. Dann drehte sie sich um und warf sie über die Kopflehne des Bettes. Im Drehen schien sie sich zweizuteilen, so schmal war ihre Taille. Wenn man sie umarmt, dachte Fjodor, berührt man bestimmt mit den Fingern die eigene Brust und der Kreis schließt sich.

Wie als Antwort darauf wandte sie sich zu ihm um und musterte ihn sehr streng durch ihre große Brille.

»Guten Tag«, sagte Fjodor verlegen.

»Guten Tag«, antwortete hoch über ihm eine Männerstimme.

Wie sich herausstellte, war gleich nach ihr Strigaljow hereingekommen. Er trug diesmal einen himbeerroten Rollkragenpullover, der seinen dünnen Hals mit dem spitzen Adamsapfel fest umschloß. Sein grauer Zottelkopf war noch immer nicht gekämmt.

»Worüber habt ihr palavert?« fragte er, mit der Schulter am Türrahmen.

»Eine interessante Unterhaltung war das, Iwan Iljitsch«,

sagte die Tumanowa. »Schade, daß du nicht da warst. Über Gut und Böse. Übrigens, Fedja, du hattest da doch noch einen historischen Beweis. Laß ihn hören!«

»Er will beweisen, daß Gut und Böse variantenlos sind«, äußerte Wonljarljarski nachdenklich.

»Aber das stimmt doch!« rief die Tumanowa ein wenig lauter als nötig. »Wenn jemand einen Menschen gerettet hat – warum geht der Retter danach vor Stolz rückwärts? Er hat was in sich entdeckt! Auch wenn er's keinem sagen darf – trotzdem!«

»Mir scheint«, bemerkte Wonljarljarski vorsichtig, »er geht, wie Sie sagten, vor Stolz rückwärts, weil in der Güte ein Quentchen Egoismus ist. Mit der guten Tat befriedigt der Mensch vor allem sein Bedürfnis nach einem spezifischen, hohen Genuß . . .«

»Es ist anders«, sagte Fjodor, merkwürdigerweise verfinsterte sich seine Miene dabei. »Das Gute ist Leiden. Manchmal kaum erträgliches.«

Alle verstummten, Wonljarljarski kicherte leise. Strigaljow machte runde Augen und wandte ausdrucksvoll den Kopf, als spitze er ein Ohr.

»Weil du die gute Regung hauptsächlich dann spürst, wenn du fremdes Leid siehst. Oder ahnst. Und es dich drängt zu helfen. Warum aber drängt es dich? Doch deshalb, weil fremdes Leid dir unerträglich ist. Weil du es nicht mit ansehen kannst. Als die Krankenschwester mir in der Sanitätsstelle die Wunde verband, was sie da für ein Gesicht machte, wißt ihr. So viel Schmerz stand darin geschrieben. So ungefähr. Die angenehme Empfindung stellt sich erst hinterher ein, wenn alles getan ist. Wenn du ihn gerettet hast und selbst nicht dabei ertrunken bist. Da kann einer schon vor Stolz rückwärts gehen! Es steckt also kein Egoismus hinter guten Taten, Stefan Ignatjewitsch. Wenn doch, sind es keine guten Taten.«

Nach kurzem allgemeinem Schweigen klatschte die Tumanowa in die Hände, daß ihre Fingerringe funkelten, und verkündete: »So, genug gelitten! Du, Fedja, gehst in die Küche, die Omas geben dir den Samowar. Die anderen Jungs rücken den Tisch in die Mitte.«

Der Samowar war aus Kupfer und voller senkrechter Rillen, er blitzte und summte laut. Sein Hahn war in Form eines Hahnenkamms aus Kupfer getrieben, ganz eigen sah er aus, und um ihn zu öffnen, mußte man ihn nicht drehen, sondern nach unten ziehen. Fjodor trug den Samowar herein und stellte ihn fest auf den Tisch, auf dem schon eine Decke lag. Lena brachte Gläser und Untertassen. Dann setzte sich Fjodor etwas abseits hin und schaute ab und an finster zu Lena. Er bemerkte, daß sie schönes, dunkles, allerdings nicht schwarzes Haar hatte, das glatt über die Ohren gekämmt und hinten zu einer komplizierten Rolle gedreht war. Ihre braunen Augen musterten ihn abermals durch die Brille. Er bemerkte auch ihre breiten, klaren Brauen. Sie muß ein selten reines Gemüt haben – was immer sie denkt, verrät sie sofort mit einer Bewegung, schoß es ihm plötzlich durch den Kopf. Auch den sinnlichen, aufgeworfenen kleinen rosa Mund nahm er wahr. Da aber sah er eine – alles Fleischliche offenbar verurteilende – messerscharfe Bewegung der Lippen und der Nasenwurzel, und er dachte: Sieh an, so eine bist du.

»Wenn bloß die Gläser nicht platzen«, sagte Onkelchen Borik. Auch am Tisch überragte er alle um einen Kopf. »Kommen Sie, Lenotschka, gießen Sie mir ein, damit laß ich mir wahrsagen, ob sie mich zu dem Kongreß ins Ausland schicken oder nicht.«

In die Runde kam fröhliche Bewegung.

»Jetzt fangen alle an zu orakeln«, sagte Strigaljow kopfschüttelnd. »Kommen Sie, Lenotschka, gießen Sie mir auch ein. Damit ich weiß, ob sie mir den Doktortitel bestätigen!«

Hell tönte der Strahl heißen Wassers in der Stille. Die Gläser sprangen nicht.

»Sie werden ihn nicht bestätigen«, sagte Strigaljow.

»Parasiten«, pflichtete die Tumanowa ihm bei.

»Wollen Sie sich auch wahrsagen lassen?« fragte Lena Fjodor.

»Ich glaube nicht an Vorsehung. Eine Enttäuschung mehr.«

»Und woran glauben Sie?«

»An gar nichts. Im übrigen, gießen Sie ein, eins will ich mir mal wahrsagen lassen. Ausnahmsweise.«

»Und was soll's bei Ihnen sein?« fragte Wonljarljarski.

»Das ist mein Geheimnis.«

Wenn mein Glas platzt, wird das, was mir vorschwebt, wahr, und ich heirate sie, orakelte Fjodor.

»Ich habe mir auch was bei diesem Glas gedacht«, sagte Lena und zog den kunstvoll getriebenen Hahnenkamm herunter. Das heiße Wasser im Glas sprudelte und schäumte.

Alle schwiegen. Nachdem Lena etwas gewartet hatte, ob es platzte, schob sie das Glas auf der Untertasse schließlich zu Fjodor und lächelte triumphierend – als wüßte sie alles. Er hob die Braue und nahm ein wenig enttäuscht seinen Tee.

»Gießen wir jetzt mir ein«, bat die Tumanowa.

Im selben Moment knallte es wie ein Schuß. Einer hatte beim Wahrsagen Glück gehabt. Fjodor sah sich nach dem Glückspilz um und schrie plötzlich auf, weil er sich verbrannt hatte – sein eigenes Glas war zersprungen, das heiße Wasser war auf die Untertasse geflossen und hatte ihm die Hose naßgemacht. Der Boden vom Glas war abgeplatzt.

»Donnerwetter, das hat seinen Preis!« fauchte der glückliche Fjodor vor Schmerz. »Das war sozusagen ein Blick in die Zukunft!«

Lena sah ihn tadelnd an. Du hast dir was Verdächtiges wahrsagen lassen, sprach ihre Miene.

Verrate ich mich am Ende schon mit dem Gesichtsausdruck, und sie liest mir's von den Augen ab! dachte Fjodor.

»Fedja, es wird bestimmt in Erfüllung gehen«, sagte die Tumanowa. »Das garantiert dir eine qualifizierte Wahrsagerin. Aber mach dich auf was gefaßt. Du wirst auch leiden.«

»Wie aber steht es mit dem Glauben bei Ihnen?« fragte Strigaljow und sah in sein Glas.

»Es gibt drei Arten der Einstellung zu Zukunft und Gegenwart, Iwan Iljitsch«, sagte Fjodor ebenso ernst und hielt drei Finger hoch. »Die erste, das Wissen«, er bog den ersten Finger ein, »gründet sich auf ausreichende und glaubwürdige Fakten. Die zweite, die Hoffnung, gründet sich auch auf glaubwürdige Fakten, aber nicht auf ausreichende. Die dritte schließlich, die uns jetzt interessiert, der Glaube, gründet sich auf unzureichende und unglaubwürdige Fakten. Der Glaube schließt sich seinem Sinn nach selbst aus.«

Als er das gesagt hatte, blickte er zufällig zu Wonljarljarski. Der sah ihn forschend an, schlug aber, etwas verspätet, sofort die Augen nieder. Um ihn nicht in Verlegenheit zu bringen, wandte Fjodor sich ab und begegnete dem ernsten, ein wenig mürrischen Blick Strigaljows. Auch der senkte die bebenden Lider. Sie haben alle Angst vor mir, dachte Fjodor und sah weg. Dabei stieß er direkt auf Lenas strengen, aufmerksamen Blick durch die Brille. Die Tumanowa hatte wohl den ganzen Abend auf Bestellung veranstaltet – damit sich alle den Torquemada »auf neutralem Boden« besehen konnten. Deshalb hatte sich auch Onkelchen Borik neben ihn gesetzt und faßte ihn sogar manchmal leicht um die Schulter – er wußte alles und wollte den »Lehrer« unterstützen.

Wieder ertönte der singende Laut.

Es war Wassili Zwjach in seinem nicht mehr frischen dunklen Dienstreiseanzug, rotwangig, muskulös und grauhaarig. Er erschien in der Tür und ließ seinen wohlwollenden Blick in die Runde schweifen. Als er die Tumanowa erblickte, ging er mit seinem blondschimmernden Grauschopf zu ihr, stellte sich vor und zog sich mit einer Verbeugung zur Tür zurück.

»Ich bitte um Entschuldigung«, sagte er, »ich habe Ihr Gespräch unterbrochen.«

»Aber Wassili Stepanowitsch!« beschwichtigte ihn die Tumanowa mit tiefer Altstimme. »Durch Ihre Beteiligung wird sie noch munterer verlaufen! Jetzt haben wir jemanden, den wir fragen können. Sie haben unsere Diskussion nicht gehört. Was glauben Sie, Wassili Stepanowitsch, kann im Guten Leiden enthalten sein?«

»Im Guten? Durchaus. Das war das Lieblingsthema meines Vaters. Ich habe mir ein paar Aussprüche von ihm gemerkt. Einer paßt hierher. ›Wer sind diese, mit den weißen Gewändern angetan, und woher sind sie gekommen?‹« Hier hob Zwjach einen Finger. »›Aus der großen Trübsal sind sie gekommen.‹«

»Oho!« sagte Strigaljow fast erschrocken. »Hat er solche Sachen selbst verfaßt?«

»Solche Sachen verfaßt man nicht«, sagte Wassili im Ton ruhiger Überlegenheit. »Man greift sie aus dem Leben, schreibt sie auf. Und der Text wird sofort zum klassischen Werk. Das ist Johannes der Gottesgelehrte, es gab so einen Denker. Ihre Frage hat die Menschen schon vor tausend Jahren bewegt.«

Langes Schweigen trat ein.

»Wassili Stepanowitsch . . .«, sprach Lena ihn vorsichtig an. »Wir haben uns hier wahrsagen lassen. Wollen Sie auch mal?«

»Ich lasse mir nie wahrsagen. Auch nicht zum Scherz.«

»Sie glauben nicht an die Vorsehung, wie?« soufflierte die Tumanowa listig.

»An überhaupt nichts«, war die bescheidene Antwort. Fjodor sah seinen »Chef« verwundert an.

»Verzeihen Sie, aber Sie haben doch mal geglaubt? Jemandem vertraut«, erkundigte sich Wonljarljarski, zitternd vor Alter und Erstaunen.

»Früher . . . Als ich noch gar nicht dachte. Man kann doch nur denken oder glauben. Aber, Freunde, jeder macht seine Erfahrungen. Ich eben diese.«

»Noch einer, der nichts glaubt!« Die Tumanowa klatschte in die Hände. »Erzählen Sie uns davon?«

»Was gibt's da zu erzählen, das ist ganz einfach.« Zwjach ging zum Tisch, nahm Platz und bat mit Hausherrengeste um Tee für sich. Lena antwortete mit kaum merklichem Kopfneigen.

»Glauben kann ich nur auf Grund persönlicher Erfahrungen«, sagte Zwjach, während er das Glas von ihr entgegennahm. »Die zum Beispiel besagen: Großvater Timofej sagt das Wetter immer richtig voraus. Hier vertraue ich meiner Erfahrung, darum ist das nicht mehr Glauben, sondern schon so gut wie Wissen. Wenn aber ein mir Unbekannter vom Wetter spricht, kann ich nur höflichkeitshalber heucheln, es zu glauben. Also glaube ich nicht. An keine Trugbilder.«

»Verzeihen Sie, verzeihen Sie . . .« Es war Wonljarljarski, der sprach. Diese Gedanken waren neu für ihn, und er stellte auf merkwürdige Weise den Kopf schief, damit sie sich richtig setzen konnten. »Verzeihen Sie«, sagte er, »wie kann ich denn in Familie leben, wenn ich nicht glaube?«

»Wozu denn glauben? Du weißt ja, daß sie dich nicht betrügen, 'tschuldigung, ich meinte, Sie wissen's. Das ist doch besser, als ihnen zu sagen: Ich nehm an, ihr betrügt mich nicht, ich glaub euch. Besonders wenn ich das bißchen zögernd sage. Nein: Ich kenn euch! Und ihr könnt alles von mir haben, ohne Bedenken oder Glaubenszweifel. Immer nehmt's.« Manchmal verfiel Wassili Stepanowitsch in ländliche Redeweise.

»Auch an den Kommunismus darf man nicht glauben, sondern kann nur wissen?« Mit runden Augen und schiefem Kopf ließ Wonljarljarski nicht locker. Fjodor sah ihn tadelnd an.

»Man kann nicht, man muß wissen«, antwortete Zwjach. »Dadurch unterscheidet sich der Kommunismus ja von der Religion.«

»Im allgemeinen, ja, natürlich. Wissen Sie denn viel?«

»Wenn ich ehrlich sein soll, sehr wenig. Ich kenne nicht genügend Fakten.«

»Sehen Sie. Und da sagen Sie, man darf nicht glauben. Wie geht es denn ohne Glauben?«

»Ganz einfach. Das heißt, eher schwer. Ich such nach Fakten und such, bis ich sie gefunden hab.«

»Schon wieder Fakten! Haben Sie sich vielleicht mit Fjodor abgesprochen?« fragte Wonljarljarski erstaunt.

»Wieso abgesprochen? Darauf kommen wir alle mal irgendwann. Wozu soll ich glauben, daß A gleich A ist, wenn ich es weiß. Wozu soll ich glauben, daß A gleich B ist, wenn ich weiß, daß es nicht so ist. Die Weisen von heute behaupten allerdings . . . Na, sollen sie's beweisen. Glauben heißt seine Souveränität verschenken. Der Mutter – ja. Dem Freund auch. Auch einer bewährten Autorität. Einer bewährten. Aber alles nur bis zu einem gewissen Punkt. Ich glaub der Mutter, weiß aber, daß sie nicht genügend gebildet ist. Und wenn sie bei einem epileptischen Anfall sagt: ›Faß deinen kleinen Finger, halt ihn fest, und alles geht vorbei‹, weich ich sacht ihrem Rat aus, um sie nicht zu kränken. Ich würd auch niemand anderem glauben, der mir sagt: Faß deinen kleinen Finger. Auch wenn es der Allergrößte sagen würde. Ich streich jedes Glauben ein für allemal aus und komm mit dem Wissen allein ausgezeichnet zurecht, Freunde. Erst recht, weil mir klar ist, daß ich ziemlich wenig weiß.«

»Wie meinen Sie das?« staunte Wonljarljarski.

»Eben so. Ich misch mich nicht ein!«

»Fedja, und du, warum glaubst du an gar nichts, kann man das erfahren?«

»Ich? Mein Weg war der gleiche. Es gibt Begegnungen, Konflikte. Die prägen einen fürs ganze Leben.«

»So viele prägende Erlebnisse? Man merkt, du hast dich ausgetobt in der Jugend, seh ich das richtig?«

»Wer hat sich in der Jugend nicht ausgetobt?« bemerkte Zwjach gutmütig. »Alle toben sich aus.«

»Fedja, erzähl uns was. Vielleicht eins von deinen Erlebnissen.«

»Also gut.« Fjodor sah Lena an: »Bitte ein Gläschen Tee für mich.«

»Vielleicht wollen die Männer ein Schnäpschen?« bot die Tumanowa an. »Können sie haben.«

»Nein«, Zwjach lehnte mit einer Handbewegung ab. »Mit Wodka läßt sich's so nicht reden. Den Samowar! Machen Sie den noch mal voll! Und brühn Sie noch mal Tee!«

Fjodor Iwanowitsch bekam seinen Tee und rührte eine Weile mit dem Löffel im Glas.

»Bloß die erste Geschichte, wo's um Gut und Böse ging, wird es noch nicht. Die behalt ich vorläufig für mich. Aber hier ein kleines Märchen. Von einem schwarzen Hund.« Hier sah er alle furchterregend an und fügte hinzu: ». . . mit gebrochenem Bein. Es war so ein schwarzer, ein niedlicher kleiner Hund. Er konnte nichts dafür, daß er mit dem hübschen, glänzenden schwarzen Fell auf die Welt kam, wie schwarz lackiert . . . Er konnte auch nichts dafür, daß die

Leute ausgerechnet Schwarz für die Farbe des Verwünschens und Unglücks halten. Als Farbe geheimen Unheils. Nicht Grau oder Gelb oder sonst eine Farbe, sondern Schwarz.«

Da er spürte, daß alle interessiert zuhörten und ihr anderweitiges Interesse an ihm vergessen hatten, trank er gemächlich ein halbes Glas Tee.

»Also, das war so. In Sibirien war es, im Jahre dreißig, glaube ich. Ich war zwölf, und die Eltern hatten mich für den Sommer bei einem bekannten Bauern auf dem Lande untergebracht.«

»Stör nicht!« blaffte Wonljarljarski seine Frau an, schüttelte ihren Arm von seiner Schulter und konzentrierte sich ganz auf den Erzähler.

»Es war natürlich ein Einzelbauer. Haus, Scheune, Korndarre. Ich schlief mit seinem Sohn auf einem Kornkasten in der Scheune. Der Hausherr, weiß ich noch, sprach immer vom Teufel. Schlaft nicht in der Scheune, wo keine Ikonen sind, sagte er, in der Scheune und auf der Darre spukt er. Ich ging auch mit aufs Feld helfen. Da ging's lustig zu. Lustig war's auch, wenn wir uns an Feiertagen mit dem Nachbardorf prügelten. Ja. Geprügelt haben wir uns, aber um eine Hexe zu jagen taten wir uns zusammen. Beide Dörfer. Die Hexe wohnte in unserem Dorf, am Rande. War mal Lehrerin gewesen. Alle hatten Angst vor ihr. Der Bauer sagte: Hexe bleibt Hexe. Merken Sie was? Er glaubte so dran, daß es wie Wissen wirkte. Sie ist halt eine. Wenn's Nacht wird, verwandelt sie sich in einen schwarzen Hund, läuft durch die Gärten und schnüffelt rum. Die Kuh gibt danach keine Milch. Und frißt nicht mehr. Die Hexe kann uns nicht leiden, sagte der Bauer, ich hab ihr kein Brennholz hingefahren. Ich hatte keine Zeit, wer will auch was mit 'ner Hexe zu tun haben? Alles war ihm klar, dem Bauern. So zogen denn beide Dörfer los und wir mit, die ganze Familie. Die Eltern, die Tochter – fünfte Klasse –, der Sohn von der Fachschule, sechzehn war er, und ich, mit Verlaub. Putzen uns beide die Zähne mit Chlorodont, aber glauben an den Teufel! Gegen Morgen kehrten wir siegreich zurück. Hatten in den Gärten einen schwarzen Hund aufgestöbert und gejagt. Unser Tolja hatte einen Knüppel nach ihm geworfen und getroffen, ihm eine Vorderpfote zerschmettert. Er war auf drei Beinen entwischt. Am nächsten Tag aber kam die Hexe aus ihrem Haus, wir gucken – ihr Arm war mit einem Lappen umwickelt. Und sie trug ihn in einer Schlinge. Ein paar Tage danach ist die Hexe verschwunden. Ihr Haus blieb leer. Keiner zog rein. Ich denke, die Lehrerin ist absichtlich weggegangen – um den Dummköpfen einen Schreck einzujagen, sie zu veralbern. Den Arm hab ich selber gesehen. Tolja traf ich dann ungefähr acht Jahre später wieder – er hatte schon einen Posten im Kreis. War schon in der Partei. Ich sage zu ihm: ›Weißt du noch, Tolja, wie du der Hexe den Arm gebrochen hast?‹ Wie verlegen er wurde, wie nervös! ›Ach, das meinst du. Das war eine Dummheit, ein Dummejungenstreich, nichts zum Erinnern.‹ Dabei sah er sich um – wir waren ja nicht allein. Ich meine, viele sind in ihrem Leben so einem schwarzen Hund begegnet. Nicht nur rückständige Bauern. Sie jagen ihn – und glauben, sie jagen eine Hexe.«

»Der Hund sucht auch Gebildete heim«, sagte die Tumanowa. »Bloß bei denen ist es ein Rassehund. So'n schwarzes Schoßhündchen.«

»Eben«, bekräftigte Zwjach. »Wobei es hier nicht mal um Bildung geht, sondern ums Augenaufreißen. Manch einer ist gebildet, reißt die Augen aber früher auf, als er denkt. Ich erinnere mich, in den dreißiger Jahren kriegten die Leute gleich reihenweise 'ne Macke. Der reinste Wahn kam über sie. Mit einemmal suchen alle nach einem faschistischen Symbol, das angeblich raffiniert in 'nem einfachen Streichholzschachtelbild versteckt sein soll. Sie suchen – alle mit Glotzaugen. Gegen den unglückseligen Künstler wird was eingeleitet, versteht sich. Oder auf einem Schulheftumschlag erkennt man plötzlich eine Hand, die nach dem sowjetischen Wappen ausgestreckt ist und es runterreißen will. Und los geht's: Getuschel auf geheimen Versammlungen, die Kinder kriegen die Hefte weggenommen. Ins Feuer damit! Sie wissen zuwenig, darum bilden sie sich alles mögliche ein. Sie glauben's! Glauben allerlei Teufelszeug.«

»Wie etwa den Weismannismus-Morganismus«, soufflierte Strigaljow.

Die Augen der Gäste funkelten spöttisch auf. Aber Zwjach bemerkte es nicht.

»Erinnere mal die, die am Leben geblieben sind, an die Hefte oder die Streichholzschachtel. ›Waaas?‹ werden sie schreien. ›Auf was für Ideen du kommst – solche alten Kamellen aufzuwärmen!‹«

»Trotzdem bin ich noch nicht ganz befriedigt«, widersprach Wonljarljarski gekränkt. »Was machen wir denn dann mit den herrlichen Versen: ›Ehrt den Tollkopf, der der Menschheit kündet einen goldnen Traum‹?«

»Erstens kommt danach ein Wenn, Stefan Ignatjewitsch. Wenn die Welt den Weg nicht findet«, hielt die Tumanowa dagegen. »Und die Welt wird ihn letzten Endes finden. Glaub ich jedenfalls.«

»Nicht glaub ich, sondern hoff ich«, korrigierte Zwjach. »Doch was bedeutet goldener Traum? Die einen schlafen, und die anderen wühlen ihnen währenddessen die Taschen durch. Wo geglaubt wird, ist man vor allem drauf aus, was vom Glaubenden zu ergattern. Auf Vorschuß. Bares Geld. Oder ihm einen Wisch hinzuhalten, zum Unterschreiben. Nein, Träume brauchen wir keine. Nur Wissen.«

Als die Gäste gingen, winkte die Tumanowa Fjodor zu sich und flüsterte: »Halt dein Ohr hierher. Wie haben dir meine Leute gefallen? Was sagst du zu dem Mädchen? Nicht wahr, sie ist hübsch? Sie hat auch einen passenden Bräutigam, kann ich dir verraten.«

»Wer ist es?«

»Der hier gestanden hat. Strigaljow, du kennst ihn schon. Sie arbeiten zusammen an Kartoffeln. Er hat einen Spitznamen, von den Studenten. Obus, hihihi! Rühr die beiden nicht an, wenn du mit der Revision anfängst. Ihm reicht's auch so, er hat schon gesessen. Wegen demselben – Mendel und Morgan. Außerdem war er wie du an der Front. In Ordnung?«

Fjodor war deshalb kühl, als er sich von Lena verabschiedete, unterhielt sich unhöflicherweise sogar weiter mit Zwjach, um zu zeigen, daß ihn ganz andere Dinge interessierten. Das alles geschah von selbst – anders hätte er nicht verbergen können, wie sehr er plötzlich litt. Sie dagegen sah ihn fest an, während sie seine Hand hielt und leicht drückte. Doch dann mußte sie gehen – sie zog sich die Strickjacke an und eilte zur Tür, hinter der der mürrische Obus auf dem Treppenabsatz auf sie wartete.

Sogar wer diese Stadt gut kannte, bemerkte abends jedesmal etwas Besonderes an ihr. Erschien sie mit ihren überwiegend einstöckigen Häusern vorrevolutionärer Bauweise tagsüber einförmig und verschlafen, so erwachte sie mit Eintritt der Dunkelheit gleichsam zum Leben. Die verschiedenen Menschenschicksale, tagsüber hinter den gleichartigen schmutziggelben Wänden und einförmigen Fenstern verborgen, traten dann deutlich in Erscheinung, so als ob hier nachts erst das wahre Leben begann. Hier ein Licht – sternenhell wie das Fenster eines Operationssaals. Dort ein pistaziengrünes – das einer Boudoir-Nixe. Das gelbe Fenster da drüben glich einem Glas dünnen Tees. Das einem Glas Wein. Und dort war künstliches Tageslicht, leichenfahl wie im Schauhaus. Bestimmt versteckte sich da ein hartnäckiger Kybernetiker und Idealist vor dem Gericht seiner die Presse verfolgenden Zeitgenossen, machte ein Weismann-Morgan-Anhänger seine menschenfeindlichen Erfindungen. Von denen, die diese Stadt nur bei Tage betrachteten, konnte freilich niemand ahnen, daß sich hier einmal die berühmte, aufsehenerregende Geschichte jener aus Professoren und Studenten gebildeten Gruppe abspielen könnte.

Deshkin und sein »Chef« Zwjach schlenderten langsam durch die trübe beleuchteten Straßen, rauchend und schweigend. Auch sie waren von der lebendigen Vielfalt lustiger, blinzelnder Fenster beeindruckt. Sie hatten die Hälfte des Weges zurückgelegt, als Zwjach plötzlich sagte: »Je mehr ich lese, Fedja, um so mehr Urwald ist ringsrum. Als wenn ich über der Taiga aufsteige und die kein Ende nimmt. Dabei war unten, auf der sauberen Lichtung, alles so klar! Wir reden, verdammen und spotten, und sie – bestätigt sich.«

»Wer?«

»Die wir verdammen. Die Pseudowissenschaft.«

Sie schwiegen eine Weile. Plötzlich verhielt Zwjach mitten im Schritt.

»Soll ich dir was gestehen, Fedja? Hinter unserm Dorf, wo ich geboren bin, war ein Hügel auf dem Feld. Eine Art Hünengrab. Darauf ein Steinkreuz. In den zwanziger Jahren versammelte sich dort die Dorfjugend – wir warfen einen Strick über das Kreuz und rissen's um, schleppten's irgendwohin. Heute liegt's wer weiß wo. Und ich habe mitgemacht – war mein Leben lang stolz auf die Heldentat. Aber jetzt habe ich was aus der Geschichte drüber erfahren. Der Mongolen-Chan Baty und die Tataren sind durch diese Gegend gezogen. In den Hünengräbern liegen russische Gebeine. Von unseren Verteidigern. Das Kreuz hat aus gutem Grund dagestanden, Fedja. Da siehst du, worauf ich so lange stolz gewesen bin!«

Sie gingen wieder weiter. Zwjach breitete die Arme aus: »Was soll ich tun? Umlernen? Alles umgekehrt machen und umgekehrt verstehen? Aber hat das einen Sinn? Lohnt es, sich das ganze Chaos einzubimsen, wenn wir für die Sache maximale Klarheit brauchen?«

»Du bimst dir immerhin kein Chaos, sondern Klarheit ein.«

»Das haben sie früher auch gedacht – meinten wunder wie klar zu sehen. Aber auch die neue Klarheit muß überprüft werden, verdammt . . .«

»Wenn du aber keine Klarheit schaffst, wird das Chaos noch größer. Dann müßten wir in unserem Fall die Geschichte abändern. Verdienste, Leiden, vergossenes Blut ausstreichen. Eine normale menschliche Seele muß immer wenigstens ein paar Prozent von ihrem Volumen für Zweifel übrig haben. Damit es später kein Chaos gibt.«

Sie legten sich schlafen, ohne Licht zu machen. Zwjach zog sich ächzend die Schuhe aus.

»Tjaa . . . Und jetzt bist du mit zur Revision hier. Revision! Also hast du diese paar Prozent Zweifel nicht? Warum sagst du nichts?«

Zwjach blieb eine Weile still, wartete auf Antwort, bekam aber keine.

»Du hast heute morgen gut gesprochen«, sagte er endlich, sich kratzend. »Das ist wahr, unsre Wissenschaft ist anders. Sie hat offensiven Charakter.« Zwjach hatte sich anscheinend etwas klargemacht und beruhigte sich. »Die paar Prozent in der Seele braucht sie nicht. Die fünfte Kolonne der Zweifel. Wir stützen uns auf ein sicheres Fundament. Darum triffst du auch im Gespräch mit denen den richtigen Ton, das stimmt. Du kannst überzeugen.«

»Aber das vom Kuckuck – haben Sie das schon gehört, Wassili Stepanowitsch? Daß er überhaupt keine Eier legt, sondern bloß sprunghaft als neue Art im Ei eines anderen Vogels, einer bestimmten anderen Art entsteht. Als Folge von Nahrungsbedingungen. Auf was für'n Fundament sich das wohl gründet?«

»Ja, ich hab davon gehört. Die Äußerung hat am Ende auch mich stutzig gemacht. Tja. Aber nicht mal Josef Wissarionowitsch hat unser Akademiemitglied zurechtgewiesen. Und Josef Wissarionowitsch kann man ja die Kenntnis der Dialektik nicht absprechen.«

Der Bettnachbar wurde still, Fjodor wurde allmählich warm unter der Decke. Er stellte sich Jelena vor, wie sie sich in einer Gesellschaft wie der heute abend bewegte – wie rein sie war, für jeden, dem ihr Blick begegnete, hatte sie ein leichtes, freundliches Kopfneigen. Plötzlich schien es ihm, als ob im Zimmer jemand flüstere: Wassja, Wassja, Wassja. Er fuhr zusammen, riß die Augen auf – und mußte lachen, als er merkte, was los war: Wassili Stepanowitsch kratzte sich nachdenklich die behaarte Brust. Dann mischte sich ein langer, tiefer Seufzer in das Geräusch.

»Ich hab den Schlips nicht abgemacht. Ich denk, was stört mich da? Muß es ja, das Hemd hab ich ausgezogen, den Schlips aber umbehalten. Der war auch mal ein schwarzer Hund. Schlipse wurden ja abgelehnt.«

Er kratzte sich abermals die Brust.

»Du denkst, ich erhöhe mein Niveau nicht? Weißt du, je mehr du's erhöhst, um so mehr Zweifel entstehen. Nimm nur die Erbsubstanz. Wir verdammen sie so leicht. In allen Lehrbüchern. Aber wo gibt's sonst Vererbung, wenn nicht im Stoff?« Zwjach sprach lauter und geradezu weinerlich. »Am Ende kommt alles vom heiligen Geist? Was Drittes gibt's doch nicht!«

3

»Da sagen alle: Die Intelligenz!« gab Tante Polja laut von sich, als sie mit Schrubber und Eimer das Zimmer betrat, in dem die Kommissionsmitglieder noch im leichten Morgenschlaf lagen.

»Wieder mal in Fahrt, Praskowja?« brummte Wassili Stepanowitsch verschlafen.

»Und noch ein Dichter!« Tante Polja ließ Wasser aus dem Eimer schwappen und schüttelte den Kopf. »Die alte Truhe. Ich wollt sie wegschmeißen. Wird Zeit, denk ich, ist fünfzig Jahre alt, wenn nicht mehr. Überall Risse, der Deckel lose. Hab sie hintern Schuppen geworfen. Da stromert der Bartmensch mit den Frauenschuhen rum. Wie'n Aschenputtel. Zuerst ging er immer im Kreis rum. Ich denk, was ist, hat sich wohl 'ne Studentin ausgeguckt. Auf einmal schnappt er sich die Truhe – aber wie geschickt! – und trippelt los. Trippelt und trippelt. Ein Kreuz ist das mit euch Intelligenzlern!«

»So, so. Und was will er mit der Truhe?«

»Er weiß schon, was. Wird sie brauchen. Wann sind Sie heute zu erwarten?«

»Heute gehen wir in die Lehrgärtnerei. Gegen Abend.«

In die Lehrgärtnerei kamen sie gegen neun. Als sie durch das Tor gingen, sah Fjodor ein in viele Parzellen aufgeteiltes Feld. Zwischen den Parzellen bewegten sich Gestalten – Studenten und ältere Dozenten mit aufgeschlagenen Tagebüchern. Am aufgepflügten Rand des Feldes entlang fuhr, von einer Gruppe Studenten begleitet, ein Traktor und schleifte ein kompliziertes System aus Rädern und Hebeln hinter sich her. Weiter hinten standen zwei verschnörkelte Gewächshäuser. Dorthin ging die Kommission.

»Wahrscheinlich haben sich jetzt dort alle versammelt und beobachten uns durch die Scheiben«, sagte Zwjach. »Sie warten.«

»Es hätte auch umgekehrt sein können«, bemerkte Fjodor. »Sie hätten auch uns überprüfen können.«

»Da hast du recht. Wenn sie die Oberhand hätten.«

Heute war der erste eigentliche Revisionstag – die Kontrolle der Arbeiten in der Praxis, der erste entscheidende Tag. Fjodor empfand im tiefsten Innern einen Schmerz – dort keimte schon eine vage, schmerzhafte Sympathie für Strigaljow: vielleicht weil Obus nicht allein durch seine Stahlzähne, nicht allein durch seine Manieren einem Geologen ähnelte, der nicht mehr lebte und um den Fjodor noch die unvernarbte Wunde einer ungesühnten Schuld in sich trug. Zudem hatte auch Obus »gesessen«.

Eine neue Wunde war im Entstehen, schmerzte bereits – denn Fjodor sollte nicht irgendwem »eine Grube graben«, sondern ausgerechnet dem Mann, der Lenas Verlobter war. Ganz wie der sanftmütige, Psalmen dichtende König David, der Bathseba begehrte und deshalb ihren Mann Uria ins dichteste Schlachtgetümmel schickte, damit er dort umkäme. Erstaunlich, dachte Fjodor unfroh, was im Leben auch geschieht, was für eine Situation sich auch ergibt – in der Bibel läßt sich immer eine Variante davon finden!

Sie traten durch eine kleine Seitentür in warme, stickige Treibhausluft. Tatsächlich hatten sich am Eingang ungefähr acht Leute versammelt, unter ihnen Strigaljow in einem grauen Kittel, der wie auf ein Kreuz gehängt wirkte. Hände wurden gedrückt, ein paar Scherze gemacht, die aber wie Frühjahrsfliegen nicht aufflogen, sondern nur ein Stück krabbelten und in Erwartung von Wärme erstarrten. Höfliches Lachen verstärkte nur die Spannung. Fjodor identifizierte sofort einige als »seine« Leute, also als akkurate Anhänger der sogenannten Mitschurinschen Richtung. Diese schlugen vor, den Anfang bei ihnen zu machen, und blätterten munter in ihren Tagebüchern, bereit, ihre Leistungen vorzuführen.

»Warum nicht«, sagte Fjodor und wurde sich bewußt, daß seine Augen nervös umherirrten, vergebens jemanden suchten. Lena war nicht da. Doch nein – dort war sie ja, hinter Strigaljow stand sie. Als Fjodor sie gesehen hatte, wurde er unsicher – er durfte jetzt nicht mehr in ihre Richtung sehen.

»Bitte, fangen wir an. Wessen Arbeiten sind das?« sprach er heiser und trat an ein Gestell, auf dem dicht gedrängt Blumentöpfe mit dunkelgrünen Kartoffelstauden standen. Fjodor erkannte sie sofort als Pfropfungen – man befaßte sich hier mit dem Einfluß der Unterlage auf den Pfröpfling und umgekehrt, nach der Methode von Akademiemitglied Rjadno.

»Das sind meine Arbeiten«, antwortete ein blasser älterer Mann mit kohlschwarzen Brauen und tiefliegenden, traurigen schwarzen Augen, die an eingeschlagene Nägel erinnerten. »Mein Name ist Choderjachin. Kandidat der Wissenschaften Choderjachin. Hier sind einige Arten der wilden Kartoffel sowie die Kultursorten Epikur, Wohltmann und Early Rose zu sehen.«

Ausführlich wie ein Reiseleiter vor Besuchern aus der Provinz im botanischen Garten zeigte er Kultur- und Wildpflanzen. Die Stauden sahen gut aus. Die dunklen, festen Blätter glänzten.

»Sie geben ein bißchen zu viel Stickstoff«, sagte Fjodor.

»Bei Versuchen zur vegetativen Wechselwirkung schadet das nichts«, parierte Choderjachin und setzte seine weitschweifigen Ausführungen fort.

Fjodor hörte gesenkten Kopfes zu, er preßte die Lippen immer fester aufeinander.

»Verzeihen Sie, ich will Ihnen helfen«, unterbrach er Choderjachin endlich. »Sie, Kollege . . ., schreiben hier, in dieser Moskauer Zeitschrift, von Ihren Arbeitsergebnissen. ›Die Sorte Epikur‹, das sind Ihre Worte, ›gepfropft auf die Sorte Phytophtoraresistente, bekommt eine weitverzweigte Staude, die Blätter sind weniger zerschnitten . . .‹ und so weiter. ›Die Blätter der Sorte Early Rose werden bei der Pfropfung mit Solanum demissum den Blättern dieser Wildkartoffel ähnlich‹ etcetera . . .«

Er merkte beim Lesen, während er den schon unterwegs vorbereiteten Torpedo auf den unglücklichen Choderjachin abschoß, daß seine Stimme die eines freundlichen, unbestechlichen Torquemadas wurde. Und konnte nicht dagegen an.

»Bitte, Kollege Choderjachin, zeigen Sie uns diese Arbeiten«, bat er.

Choderjachin, der ihn gequält ansah, stellte die Töpfe mit den Kartoffelstauden nach vorn.

»Richtig, das ist die Epikur«, sagte Fjodor. »Und wo sind

die weniger zerschnittenen Blätter? Hier in Ihrem Aufsatz zeigen Sie Fotos, die diese Veränderungen illustrieren sollen. Sie wissen natürlich, daß bei jeder Kartoffelsorte die Zerschnittenheit der Blätter je nach ihrer Lage am Stengel variiert. Bei Blättern, die an der Mitte des Stengels wachsen, ist sie am größten und nimmt nach oben und unten ab. Habe ich recht? Warum aber« – Fjodor errötete heftig, er erledigte Choderjachin und litt zugleich mit ihm –, »warum, frage ich, fotografieren Sie Blätter von der Mitte, wenn Sie stärker zerschnittene vorweisen müssen, und nehmen Blätter von unten oder von oben, wenn Sie uns weniger zerschnittene vorführen wollen? Wissen Sie, wie man das nennt? Anpassen der Versuchsergebnisse an die Theorie!«

Man hätte jetzt eine Fliege im Gewächshaus surren hören können.

»Kassian Damianowitsch hat sich die Arbeit angesehen«, sagte Choderjachin. Er seufzte tief auf und hielt den Atem an.

»Weiter schreiben Sie hier in der Zeitschrift: ›Die blauknollige Phytophtoraresistente, auf die rosaknollige Early Rose gepfropft, verändert die Knollenfärbung der Unterlage. An derselben Staude finden wir weiße, schwachviolette, blaßrosa und blaßviolette Färbungen ...‹ Zeigen Sie mir bitte diese Knollen. Aaha. Die legen Sie mal beiseite, sie ist durch Licht dunkel geworden. Die blassen aber«, Fjodor hielt eine Kartoffel in der zitternden Hand und sah Choderjachin eindringlich an. »Das ist doch Gotik! Mal davon gehört? Die Viruskrankheit, bei der sich die Knollen verlängern, die Zahl der Augen zunimmt und die Färbung verblaßt, wie es in den Lehrbüchern heißt. Und das ist Ihr Veredlungsergebnis?«

»Das ist es«, stieß Choderjachin mit einer Art Galgenhumor trotzig und wütend hervor.

»Mager. Ich fürchte, wir werden der Zeitschrift noch einen Beitrag über Ihre Experimente liefern müssen. Schreiben Sie mit, Wassili Stepanowitsch? Bitte notieren Sie. Das ist wichtig.«

Als nächste waren einige Aspiranten Choderjachins an der Reihe – jeder stand vor seinen Pflanzen. Fjodor straffte sich wie zu einem Kampf, sah nun nichts mehr als den jeweiligen Blumentopf mit der Kartoffelstaude und das jeweilige, seine Unruhe verbergende Gesicht. So ging er von einem Gestell zum andern – weniger kontrollierend als die jungen Leute belehrend.

»Haben Sie mal versucht, die Augen mit einem zylindrischen Pfropfbohrer aus den Knollen zu schneiden?« Seine Stimme klang nun schon ruhig und sanft. »Probieren Sie's, es macht sich sehr gut, und der Pfröpfling paßt genau in das ausgeschnittene Loch in der Knolle der Unterlage.«

»Keine auch nur im geringsten beachtenswerten Ergebnisse«, sagte er leise zu Zwjach. Einer hörte es trotzdem – unter den weiter weg Stehenden wurde geflüstert.

»Hier fangen schon meine Pflanzen an«, krähte über seinem Ohr ein herablassender Tenor. »Kandidat der Wissenschaften Krasnow.«

»Der Name ist mir bekannt«, sagte Fjodor und ließ den Blick auf der schmalen und gebogenen Nase des sich höflich zu ihm herabbeugenden, schon spärlich behaarten Sportlers mit Abzeichen verweilen. »Ich habe Ihren Aufsatz gelesen, Kollege Krasnow.«

»Ich . . . wir konnten feststellen«, begann der Sportler darzulegen und reckte sich in den kräftigen Schultern, doch seine gewohnte krumme Haltung zog sie wieder zusammen und nach unten, »daß die Sorten Lorch und Wohltmann, die unweit der hiesigen Sorte Sholtuschka wuchsen – auf der gegenüberliegenden Wegseite –, von deren Pollen bestäubt wurden, was auch die Knollen beider Sorten beeinflußte. Letztere wurden überwiegend den Knollen der Sorte Sholtuschka ähnlich.«

»Das habe ich alles in Ihrem Aufsatz gelesen«, sagte Fjodor und verstummte, wobei er langsam rot anlief. Nach kurzem Schweigen fragte er: »Sie wollen also beweisen, daß bei einer blonden Mutter und einem brünetten Vater nicht nur die Kinder dunkelhaarig werden, sondern auch Augen und Haar der Mutter im Verlauf der Schwangerschaft dunkel werden müssen. Solche Fälle kennt die Wissenschaft noch nicht. Sie werden Ihr Experiment im nächsten Frühjahr sicherlich wiederholen?«

»Wozu?« Krasnow zuckte gekränkt, aber beherrscht die mädchenhaft schmalen Brauen. »Ich habe schon ein anderes geplant.«

»Ist Ihnen bekannt, Kollege Krasnow, daß die Kartoffeln keine fremdbefruchtete, sondern eine selbstbestäubende Pflanze ist? Sie haben doch eine Hochschule absolviert! Der Blütenstaub Ihrer Sholtuschka hat hier nichts zu suchen. Könnten Sie sich das vorstellen? Und er würde niemals über den Weg fliegen!«

Krasnow, mit seinem kleinen Mund sonderbar lächelnd, sah zur Seite. Fjodor streifte seine Gestalt mit einem raschen Blick und verweilte unwillkürlich auf der riesigen rotvioletten Faust, die sich unten wie ein selbständiges Lebewesen bewegte. Was macht er da? dachte er und entdeckte auch schon einen in der Faust zusammengepreßten Tennisball. Ah, er trainiert seine Faust, kam ihm die Erleuchtung. Er hob kurz die Braue und schüttelte den Kopf.

»Kollege Krasnow! Ich sehe, Sie sind nicht einverstanden. Aber Sie müßten wissen, daß die Kartoffel keine windblütige Pflanze ist. Ihr Blütenstaub ist nicht wie der von Gräsern, er kann nicht fliegen. Er ist schwer, ist Stärke. Ihre Staubbeutel sind anders beschaffen – sie öffnen sich nie ganz. Es gibt dort eine kleine Pore – durch sie wird der Blütenstaub, sowie er reif ist, direkt auf die eigene Narbe ausgeschüttet. Beobachten Sie das mal, Insekten fliegen Kartoffelblüten nicht an – dort gibt es nichts zu holen. Und nicht etwa, weil der Pollen nicht schmackhaft wäre. Ich selbst habe als Student . . . Wenn im Reagenzglas manchmal etwas Kartoffelpollen übrigblieb, schüttete ich ihn an einem Bienenkorb auf das Anflugbrett. Die Bienen sammelten im Nu alles weg! Haben Sie verstanden? Was Sie sagen, ist physikalisch unmöglich: der schwere Pollen fällt senkrecht auf die Erde, wenn er nicht an der Narbe kleben bleibt. Gott sei Dank, ich bin froh, daß ich Ihren Versuch nicht mit einem bestimmten Wort zu benennen brauche. Hier liegt zum Glück einfach absolute Unkenntnis der Materie vor. Herrje, Kollegen – schon zwei Uhr? Nein, für heute bin ich geschafft.«

»Machen wir morgen weiter?« fragte Zwjach.

»Genau das.« Merkwürdig mit einem Auge zwinkernd und die biegsame Braue hochziehend, verließ Fjodor das Gewächshaus.

Zwjach konnte ihm kaum folgen.

»Du hast sie ja tüchtig . . . Ohne Nachsicht. Kassian wird das nicht gefallen. Was ist mit dir?«

»Aber warum hat er ihre Aufsätze in seiner Zeitschrift drucken lassen?« Fjodor blieb stehen. »Warum hat Kassian sie drucken lassen!«

»Laß gut sein, Fedja, genug der Wahrheitssuche. Gehen wir in die Kantine.«

Im Speiseraum setzte Fjodor sich an einen Tisch, nahm irgendeine Vorspeise, stocherte auf seinem Teller herum und starrte fortwährend Löcher in die Wand. Er sah nicht, daß einen Tisch weiter Strigaljow mit Jelena Wladimirowna und einigen Aspiranten Platz nahm. Lena rief etwas, und Zwjach antwortete, Deshkin aber sah sich nur verständnislos nach ihnen um.

»Haben die aber Eindruck auf dich gemacht«, bemerkte Zwjach, während er sich den Nudelauflauf vornahm.

Nach dem Essen setzten sie sich auf die Bank vor dem Speiseraum und rauchten.

»Was machen wir jetzt?« fragte Zwjach.

»Ich gehe ein Stündchen spazieren.«

»Und ich leg mich nach altbewährter Gewohnheit aufs Ohr. Nudeln machen faul und rund, da schläfst du 'ne Stund.«

Sowie Zwjach hinter dem Tor der Lehrgärtnerei verschwunden war, kam Jelena eilig aus dem Speiseraum. Fjodor hatte inzwischen einen vor der Bank auf dem Rücken liegenden hübschen Bockkäfer aufgehoben. Auf ihm krabbelten Ameisen, die wohl schon überlegten, wie sie ihn am besten bei lebendigem Leibe fressen könnten. Fjodor blies die Ameisen eifrig herunter. Dabei dachte er an Strigaljow. Gut, daß wir ihn auf morgen verschoben haben, dachte er, während er den Käfer betrachtete. Es war ein großer, schlanker Käfer mit lebhaften schwarzen Augen und langen Fühlern, er ähnelte einem intelligenten Piloten aus vorrevolutionärer Zeit, mit bis obenhin zugeknöpfter Weste aus glänzender schwarzer Seide. Sein Gehrock war dunkelgrau mit feinen hellen Tupfen.

»Darf ich mich zu Ihnen setzen?« fragte Jelena Wladimirowna und nahm Platz. »Was machen Sie hier? Oh, was haben Sie denn da!«

»Ja, sehen Sie, ein Käfer . . . Ein Bockkäfer.«

Nachdem Fjodor den Käfer genug betrachtet hatte, setzte er ihn behutsam auf die Erde, und der »Pilot« nahm Reißaus, wobei er die Beine warf wie Spazierstöcke, ohne aber den Halt zu verlieren.

»Wie haben Ihnen unsere Genetiker und Pflanzenzüchter gefallen?«

»Über jedes Lob erhaben. Erstaunlich!«

»Was haben Sie heute vor?« Sie bückte sich und zeichnete mit dem Finger einen Bogen in den Sand.

Er sah fragend auf.

»Haben Sie meine Frage nicht gehört?« mahnte sie.

»Ich habe pantomimisch geantwortet.«

»Tun Sie's mit Worten. Und zur Sache.«

»Ich gehe jetzt irgendwohin. Nur der Natur ist gegeben zu heilen des Geistes unsichtbare Leiden.«

»Heilen wir sie zusammen. Ich zeige Ihnen unsere Felder.«

»Na schön«, sagte Fjodor träge.

Sie musterte ihn erstaunt.

»Vielleicht warten wir auf Iwan Iljitsch?« fragte er.

»Iwan Iljitsch ist schon gegangen«, sie sah ihn noch kühler von der Seite an und errötete leicht.

»Dann lassen Sie uns gehen.« Er erhob sich energisch.

Sie schritten lange schweigend an einem Graben entlang. Jelena Wladimirownas Wangen liefen allmählich hochrot an wie im Fieber.

»Hören Sie«, sagte sie entschlossen, nachdem sie zwei Schritt von ihm weggegangen war. »Sie sind heute ganz anders als gestern. Wonljarljarski würde sagen, Ihnen ist die Kommunikationsfähigkeit abhanden gekommen. Lassen Sie uns wie Zufallsreisende in einem Fernzug, wie Weggefährten . . . Sie kennen mich nicht und ich Sie nicht. Sie fahren ja wieder weg.«

»Und wer übernimmt die Verantwortung für die Unterhaltung? Der, der die Fragen stellt?«

»Ja. Sie fahren weg – und die Unterhaltung hat es nicht gegeben!«

»Also bitte. Stellen Sie Fragen.«

»Wo ist Ihre Kommunikationsfähigkeit?«

»Ich habe mich rauskatapultiert.«

»Was bedeutet das?« Sie hatte immer noch fiebrig gerötete Wangen, sah ihn aber fröhlich an.

»Ich drücke auf einen Knopf und werde rausgeschleudert. Danach öffnet sich ein Fallschirm, und ich lande weich in einer anderen Welt, wo von den . . . Störungen, die ich an Bord hatte, nie auch nur die Rede war.«

»Und das Flugzeug?«

»Fliegt weiter.«

»Und zerschellt?«

»Das kann ich von der Erde aus nicht sehen. Außerdem ist da noch der Pilot. Und ich bin gar kein Flieger, sondern ein Dilettant ohne Diplom.«

»Und wenn es gar keinen Piloten gibt? Das Flugzeug kann doch abstürzen. Der Dilettant ohne Diplom hätte gar nicht damit aufsteigen dürfen. Es ist Staatseigentum.«

»Ich habe es auch nicht geflogen. Wie ich in das Flugzeug geraten bin, weiß ich selbst nicht. Ich stelle fest, die Besatzung wurde aufgefüllt. Zuviel Leute an Bord. Deshalb habe ich so schnell wie möglich auf den Knopf gedrückt. Was ist – habe ich nicht recht?«

»Wer hat Ihnen das von der Besatzung gesagt?« fragte Jelena gereizt.

»Gestern schien es einem Genossen . . . dem Dispatcher, daß ich laienhaftes Interesse an der Fliegerei bekunde.«

»Ach, so! Jetzt ist alles klar. Ewig verheiratet sie mich! Es gibt keinen Piloten, haben Sie verstanden? Niemand wird Sie zum Duell fordern, also lassen Sie uns reden und das Katapult nicht berühren.«

»Geben Sie Ihr Ehrenwort«, verlangte Fjodor rauh.

»Gut, ich geb's. Ehrenwort.«

»Also. Womit fangen wir an?«

Sie suchte etwas am Grabenrand. Dann bückte sie sich

und pflückte einen zierlichen Stengel mit leuchtend gelben Blüten.

»Die Natur wird jetzt alle unsere unsichtbaren Leiden heilen. Was ist das? Ich sehe es zum erstenmal.«

»Das?« Fjodor nahm den Stengel und runzelte die Brauen. »Das findet man tatsächlich nicht oft. Potentilla tormentilla ist das. Tormentillenwurz. Haben Sie den Namen mal gehört?«

»Oho!« Sie sah ihn fast entsetzt an. »Nicht schlecht. Ich hätte es auf keinen Fall bestimmen können. Potentilla – wie war's weiter?«

»Tormentilla. Tormentillenwurz oder, wie man's noch nennt, Fingerkraut. Und jetzt will ich Ihnen mal . . . Einen kleinen Moment . . .« Er suchte im Gras und pflückte etwas. »Was ist das?«

»Plantago!« sagte Jelena Wladimirowna triumphierend.

»Und welche? Es gibt viele Wegeriche. Major, maritima und media . . .«

»Na, maritima natürlich nicht.«

»Major. Plantago major, Breitwegerich. Sehen Sie, ein langer, geriefelter Blattstiel.«

»Schön, Fjodor Iwanowitsch, und warum die unsichtbaren Leiden?« Sie sah ihm ins Gesicht.

»Haben Sie etwa nichts gemerkt?«

»Meiner Meinung nach müßte der Triumph der Gerechtigkeit zu einem Ausbruch von . . .«

»Aber dieser Triumph kommt so unerwartet. Ich sag's Ihnen geradeheraus: Solche Dummköpfe sind mir noch nicht vorgekommen. Und dann noch unter den eigenen Leuten.«

»Nun, unter den jungen Leuten von Strigaljow und mir werden Sie solche nicht finden. Wenn wir Sie reinlegen, dann im großen Stil. Ritterlich.«

Sie blieben stehen. Er sah ihr in die Augen. Sie hielt dem Blick stand.

»Bedenken Sie, ich werde tief graben«, sagte er.

»Na und? Dann graben Sie eben und stellen fest, daß ich eine Morgan-Anhängerin bin, die Wasser auf die Mühle . . .«

»Das weiß ich auch so. Ich habe Ihre Dissertation gelesen. Über die Nichtkreuzbarkeit, wenn ich mich recht erinnere. Es gibt strittige Stellen darin. So daß ich über Sie Klarheit habe.« Er sah sie an und mußte lächeln. Sie ging nur zu deutlich auf sein Lächeln ein. Aber er bemerkte nichts und begriff die entstehende Pause nicht. »Wie Sie die Studenten unterrichten, wissen wir«, fuhr er fort. »Zwjach ist in Ihrer Gruppe gewesen. Er sagt, bei der Genossin Blashko ist der Unterricht in Ordnung.«

»Aber ich spüre an Ihrer scharfen Gangart, Fjodor Iwanowitsch, daß sich einer von uns wird Hartbrot trocknen müssen. Oder? Das sage nicht ich. Darüber wird bei uns am Lehrstuhl getuschelt.«

»Ich persönlich würde diese beiden rausschmeißen. Und weiter keinen. Vorläufig.«

»Sie haben da eben was Riskantes gesagt. Ich sehe, Sie vertrauen mir.«

»Nein. Ich vertraue Ihnen nicht. Aber ich weiß, daß Sie mich nicht verraten werden. Darum begebe ich mich ganz in Ihre Hände. Immer nehmt mich!«

Sie lachten beide, und ihnen wurde wohl zumute.

»Woher wollen Sie das wissen? Wie lange kennen wir uns? Zwei Tage!«

»Ich will Ihnen jetzt eine ausgefallene Theorie verraten. In unserem Bewußtsein, Jelena Wladimirowna, ertönt immer eine ferne Stimme. Neben den Stimmen unserer Gedanken. Und neben den Instinkten. Die Gedanken dröhnen, die Stimme aber ist kaum zu hören. Ich bemühe mich immer, sie unter den übrigen Geräuschen herauszuhören, und gebe viel auf sie. Meiner Meinung nach verhält es sich so: Kein Mensch kann sein Wesen ganz verbergen. Verbergen läßt sich das, was man durch oberflächliche Aufmerksamkeit erfassen kann. Die Stimme ist Ausdruck unserer unbewußten Verbundenheit mit jenem Wesen, das niemand verbergen kann. Und sei es nur darum, weil man selbst dieses Wesen in sich nicht spürt. Tiere lassen sich meiner Ansicht nach am meisten von der fernen Stimme leiten, sie ist bei ihnen stärker entwickelt und wird nicht vom Geklapper des Intellekts übertönt. Darum lügen Tiere auch nicht.«

»Möglicherweise ist das so.« Jelena berührte seinen Arm. »Die Stimme hat ihnen zu Recht zugeraunt, daß ich Sie nicht verraten werde.«

Fjodor wurde durch diese übergroße gegenseitige Offenheit etwas verlegen und suchte darum Zuflucht bei der Natur – er trat aufs Gras und hielt nach etwas Seltenem Ausschau.

»Hier«, sagte er. »Sehen Sie, was ist das?«

»Sauerampfer!« Jelena nahm ihm den rötlichen Stengel mit den spitzen Blättern ab und kaute ihn. »Richtiger, echter Rumex.«

»Nicht so schnell mit der Antwort, Kollegin Blashko. Die Gattung Rumex besteht aus mehreren Arten. Alles ist Sauerampfer. Sie kauen . . . Was kauen Sie?«

»Rumex acetosella«, sagte sie und ging triumphierend, den Kopf nach rechts und links wiegend, voraus.

In der Tat rückte die Natur gleich alles ins Lot, machte alle Peinlichkeiten ungeschehen.

Sie hatten das Lehrgartengelände längst durch eine Pforte verlassen und schlenderten nun auf dem Feldrain zwischen Ackerland zum dunkelnden Institutspark, näherten sich ihm von hinten. Jelena ging vorn, drehte sich manchmal nach ihm um und gab ihm botanische Rätsel auf, und während er sie mit fehlerfreien Antworten überraschte, genoß er ihren Anblick, ihre eigenartige, nur allzu deutliche weibliche Macht. Sie war eine uneinnehmbare fröhliche kleine Festung. Schon nach dem ersten Blick auf das Brillenmädchen hätte ein Mann Abstand nehmen müssen, weil sie Ansprüche erahnen ließ, die durchaus nicht jeder erfüllen konnte. Sie schien sich in einem kaum merklichen Tanz zu bewegen, ein heiteres Spiel zu spielen, und ihre Finger und ihre wunderbar schlanke Figur im straff gegürteten grauen Kittel schrieben ununterbrochen Texte, die nicht jeder zu lesen verstand. Fjodor hatte schon gestern von vornherein auf die üblichen nichtssagenden Komplimente verzichtet, die man einer Frau macht, wenn man ihr Blumen schenkt. Die strengste Warnung, das zu tun, las er aus Lenas zusammengezogenen schwarzen Brauen, in denen sich wohl ihre ganze Macht konzentrierte. Heute wölbten sich die Brauen zwar friedfertig getrennt, schienen aber ständig zu grausamer Abrechnung bereit.

Nachdem sie fast die Hälfte des Parks von hinten umgangen hatten, überquerten sie auf einer Bohlenbrücke eine Schlucht über einen Bach, der in den breiten Fluß, unsichtbar hinter dem Park versteckt, mündete. Die ersten fünfgeschossigen Häuser der grauen Ziegelstadt kamen in Sicht.

»Weiter begleiten Sie mich bitte nicht«, sagte Jelena plötzlich.

Nach einem Blick auf ihre strengen Brauen verzichtete er natürlich darauf, sich seine Verwunderung anmerken zu lassen. Er zog sich sofort in sich zurück und nahm einen halben Schritt Abstand von ihr.

»Ich hatte eigentlich auch nicht vor . . .«

Jelena erklärte: »Ich habe eine Menge zu tun. Muß noch einkaufen. Und danach gehe ich zur Tumanowa. Heute koche ich ihr Borstsch.«

Das hätte sie nicht zu sagen brauchen, raunte die ferne Stimme ihm zu. Niemand hat solche genauen Auskünfte von ihr verlangt.

»Ist ja toll«, sagte er halb im Scherz, im Begriff, sich steif umzudrehen und zu gehen. Sie aber stand mit ausgestreckter Hand da. Katapultieren Sie sich immer noch? sprach ihre Miene.

Er gab ihr die Hand. Ich habe mich ja schon gestern katapultiert, antwortete seine gehobene Braue. Jetzt stehe ich fest auf der Erde, fern von allen Flugapparaten.

Dann ging er, ohne sich umzudrehen, zum Park, dorthin, wo von fern die rötlichen Institutsgebäude schimmerten.

Er betrat das Gästezimmer und sah seinen »Chef« auf dem Bett sitzen und essen. Vor ihm auf einem Stuhl lag eine Zeitung, und darauf hatte er die von zu Hause mitgebrachten harten Eier, einen zerfetzten Hering und im Koffer zerdrückte hausgemachte Piroggen ausgebreitet. Daneben lag Engels' Buch »Dialektik der Natur«.

»Komm, setz dich, Fjodor Iwanowitsch«, sagte er. »Kannst mir helfen, die Vorräte zu verputzen, sonst werden sie noch stinkig. Gleich ruft Moskau. Ich erzähl Kassian von unseren Erfolgen.«

Fjodor setzte sich zu ihm und nahm eine Pirogge.

»Weißt du, Fedja«, Zwjach aß, energisch das ganze Gesicht bewegend, »weißt du, ich hab dich heut beobachtet. Prima, wie du deine Sache verstehst. Prima, nichts dawider. Bloß ertapp ich mich manchmal dabei, daß ich denke: Wie soll 'ne solche Revision ausgehen? Ich allein hätt allesamt gutgeheißen. Den Choderjachin wie den Krasnow. Hast's ihnen anständig gegeben. Wie konnten die sich bloß so lange halten? Ich weiß freilich nicht so viel wie du. Bin Praktiker. Den Doktor haben sie mir für meine Züchtungserfolge gegeben. Mein Großvater und mein Vater – die waren Pflanzenzüchter aus Liebhaberei – haben mir so viel Material, so viel Zeug hinterlassen, daß ich voll zu tun hatte, alles aufzunehmen und die seit fast hundert Jahren vorbereiteten Sorten rauszubringen. Zwei Apfelsorten von mir sind schon lange im Kreis eingeführt. Dabei ist das noch längst nicht alles. Na, und die wissenschaftliche Begründung – dir will ich's beichten – haben mir Akademiemitglied Rjadno und Saul gemacht. Der Saul, Mann, der kann quasseln. Komm dem ja nicht mal in die Quere. Der läßt keinen guten Faden an dir.«

Das Telefon schrillte. Zwjach ergriff den Hörer, wischte sich den Mund ab und begann errötend das Gespräch mit Moskau.

»Hallo? Ja, ja! Hab ich bestellt. Wiederholen Sie, Fräulein. Hallo? Akademiemitglied Rjadno? Kassian?«

»Wie oft hab ich dir gesagt«, quäkte es als Antwort im Hörer, Zwjach hielt ihn etwas vom Ohr ab, damit Fjodor mithören konnte, »was bin ich für 'n Kassian für dich? Kassian Damianowitsch heißt's. Los, wiederhol.«

»Kassian Damianowitsch.«

»Hab ich dir doch gesagt!« Das Akademiemitglied wieherte fröhlich. »Wenn ich auch aus'm Volk bin, Namen hab ich byzantinische. Kaiserliche. So, Wassja. Los, erzähl, wie unser junger Mann sich dort . . .«

»Was heißt hier junger Mann, Kassian Damianowitsch! Jung, aber schlau. Er packt an, daß die Federn fliegen. Wie er's ihnen gleich bei der ersten Begegnung gegeben hat. Die Leviten hat er ihnen gelesen, den Kopf zurechtgesetzt. Und heute haben wir uns die Arbeiten angesehen. Nein, nein, die Formalgenetiker haben wir bis jetzt nicht angerührt. Das geht nicht so ruck zuck – hier heißt's erst die Lage peilen. Aber Fedja beschnuppert sie schon, greift hart durch. Er versteht seine Sa ... Was? Zwei von unsern Leuten mußten wir ... die hatten gepfuscht. Reine Fälschung. Wissen's selber, waren verwirrt. Wollten uns über'n Löffel balbieren, dachten, 's geht ihnen durch. Choderjachin und Krasnow.«

»Komisch«, quäkte es aus der Muschel. »Und die hatten nichts dagegen?«

»Ob sie was dagegen haben oder nicht, ist hier egal, Kassian Damianowitsch. Wenn du nämlich an der Hand gepackt wirst und hast 'ne geklaute Geldbörse drin ...«

»Na schön. Er hat mir zwar 'n Strich durch ... Obwohl, das Material krieg ich ja ohnehin. Wir werden sehen. Und was is mit den Weismann-Anhängern, habt ihr die noch nich beim Wickel?«

»Morgen früh.«

»Na, dann los ...«

Zwjach legte auf. Und sofort klingelte das Telefon wieder.

»Wer zum Teufel will denn jetzt noch was«, murmelte Zwjach unwirsch und hielt den Hörer ans Ohr. »Hallo!«

»Ich!« meldete sich eine einschmeichelnde, klangvolle Stimme. »Ich will noch was, Wassili Stepanowitsch! Ist Fedja da?«

»Guten Tag, Antonina Prokofjewna!« Fjodor hatte den Hörer ergriffen. »Jawohl, ich bin da!«

»Guten Tag, Fedja. Ich bin's, wollt dich mal anrufen. Dachte, mußt ihm doch mal sagen, wie die Damen im Institut von ihm reden. Willst du's wissen? Dort gibt's eine Schamkowa. Angela. Aspirantin. Sie hat dich bemerkt und sagt zu den anderen Damen vom Lehrstuhl: Seht mal den, unseren Kontrolleur. Ist euch aufgefallen, wie korrekt und umgänglich er ist, und die Beherrschung, der Takt! Ein richtiger Pedant!«

Fjodor wollte lachen, aber etwas schnürte ihm die Kehle zu. Er wartete anstandshalber etwas ab und fragte dann leichthin: »Na, wie sieht's aus, hat Jelena Wladimirowna Ihnen einen guten Borstsch gekocht?«

»Gut ist gar kein Ausdruck. Du kriegst mich nicht davon weg. Bin grad mit Essen fertig. Weißt du, wenn er einen Tag steht und richtig durchzieht, schluckst du den Löffel mit!«

»Dann hätten Sie ihn stehen lassen sollen!«

»Wie lange denn noch? Sie hat ihn doch gestern gekocht.«

»Ach soo. Und was hat sie heute gekocht?«

»Heute gibt's für sie nichts bei mir zu tun. Sag mal, spionierst du ihr etwa nach? Fedja!«

Fjodor mußte die Enttäuschung erst verdauen. Er stand mit dem Hörer am Ohr und strich sich über den Kopf.

»Bist du verschütt gegangen?«

»Was heißt, verschütt gegangen, ich bin noch da.«

»Hör mal, ich hab 'ne gute Idee: Lad sie ins Kino ein! Bist du ein sehr strenger Revisor? Darfst du?«

»Wieso?«

»Aber kein Wort davon, ja? Sie muß mit dir reden. Den Ärmsten schwant da was . . .«

»Wohl vom Hartbrot? Darüber haben wir schon geredet.«

»Ja? Bist ein Pfundskerl! Genau das hab ich zu ihr gesagt. Hab keine Angst, ihn mußt du direkt fragen, er wird nichts verhehlen, das ist nicht seine Art.«

»Tjaa . . .«, sagte Fjodor. »Tjaa . . . Also, das hat alles seine Richtigkeit.«

Nach dem Gespräch sank er neben dem »Chef« aufs Bett.

»Was hast du?« fragte der und sah ihn argwöhnisch an.

»Nichts weiter, Wassili Stepanowitsch. Ich muß mich katapultieren.«

Am nächsten Tag gegen neun gingen sie wieder zu den Gewächshäusern. Sie traten durch dieselbe Tür ein wie am Vortag, tauchten in die Treibhauswärme und wurden wiederum von etwa acht ein wenig unruhigen Leuten empfangen. Darunter waren der wie immer ein bißchen mürrische Strigaljow, der in seinem Kittel ganz flach wirkte, und Jelena, die Fjodor einen freundlichen Blick zuwarf. Man begrüßte sich, und wie tags zuvor entspann sich eine zwanglose und doch spannungsvolle Unterhaltung.

»Beim Rektor, genauer, bei Rajetschka, der Sekretärin, liegt ein interessantes Büchlein«, sagte Strigaljow halblaut und beiläufig. »Ich dachte, es ist ein Eisenbahnfahrplan.«

Fjodor sah auf die Uhr. Sie mußten anfangen.

»Ich hab es aufgeschlagen«, fuhr Strigaljow fort, »innen sah es auch wie ein Fahrplan aus – wie lauter untereinandergedruckte Bahnhöfe und Haltepunkte. Dann sehe ich: Heiliger Strohsack! Es sind Namen! Wissen Sie, was es war? Nein, darauf kommen Sie nicht. Eine Anweisung vom Minister Kaftanow über die Entlassung von Professoren und Dozenten, die, wie es dort hieß, ›aktiv gegen Mitschurins Lehre gekämpft haben‹.«

Fjodor senkte den Kopf.

»War Ihr Institut auch erwähnt?«

»Bei uns ist ja die Revision noch nicht abgeschlossen«, warf der stattliche Krasnow ein und machte freche Kulleraugen. »Die Daten über uns sind ja noch nicht abgegangen.«

Alle verstummten angesichts dieser Taktlosigkeit. Fjodor errötete.

»Du, Kollege Krasnow, hast doch nichts zu befürchten«, sagte Zwjach. »So wie du die Lehre Mitschurins unterstützt.«

Donnerwetter, der Chef! Das hat gesessen! dachte Fjodor erleichtert.

Nach diesem Wortgeplänkel gingen alle weiter ins Gewächshaus hinein. Auf Gestellen standen Töpfe und Kästen mit verschiedenen Pflanzen, unter denen Fjodor sogleich ein Prachtexemplar mit hohem, verzweigtem Stengel und mehreren glockenförmigen lila-rosa Blüten ins Auge fiel.

»Wessen Kasten ist das?« fragte er, im Nu interessiert.

»Das ist meine Kreation«, sagte Strigaljow mit Selbstironie. »Auch weiter ist alles von mir, von Jelena Blashko und meinen Aspiranten.«

»Aber was macht die Atropa belladonna hier bei Ihnen?« Fjodor wich nicht von der Tollkirsche, er ahnte sofort ein interessantes Experiment.

»Sie ist doch auch ein Nachtschattengewächs. Ich habe sie auf eine Kartoffel gepfropft. Sehen Sie, wie sie gewachsen ist! Kartoffelblätter sind keine mehr da, aber, stellen Sie sich vor, Kartoffelknollen haben sich gebildet! Sie dürfen nachgraben.«

»Sehr interessant!« sagte Fjodor, legte den Notizblock beiseite und griff in die weiche, warme Erde. Seine Finger stießen gleich auf eine große, harte Knolle.

»Sehr interessant!« wiederholte er, sich die Finger abklopfend. »Wurde die Pfropfung vor der Knollenbildung vorgenommen?«

»Vorher. Wir holen weit aus.«

»Ja, das war mir sofort klar.« Fjodor nickte hastig und begegnete Strigaljows Blick. »Sie müssen Knollen abnehmen und auf Alkaloide testen, auf Atropin. Man muß bis zur letzten Konsequenz gehen«, sagte er bedeutsam.

Du gehst riskant vor, dachte er, während er Strigaljow immer wieder ansah. Möglicherweise ist kein Atropin mehr in den Knollen, was ein guter Knüppel in euern Händen wäre. Gegen uns ... Gegen Mitschurins Richtung.

Er mochte diesen Mann, der sich so unvorsichtig als Zielscheibe darbot, nicht anschießen. Darf ich ihn denn dafür strafen? fragte er sich plötzlich. Was er getan hat, hätten nämlich wir tun müssen, ehe wir lauthals erklärten ... Immer wieder trieb ihn ein wachsendes schmerzliches Interesse, Strigaljow zu ergründen. Strigaljows Gesicht überzog das krankhafte Gelb der Abzehrung, hier und da bemerkte man lila Flecken abgeheilter Furunkel, erloschenen Vulkanen gleich – einer neben dem Adamsapfel schien noch tätig zu sein, er war mit einem runden Stück Mull überklebt.

Strigaljow berichtete weiter: »Sehr effektiv ist die Methode der vorausgehenden Erziehung beider Eltern auf ein und denselben Unterlagen.«

Als der Mitschurinanhänger Zwjach das vertraute Wort Erziehung hörte, nickte er eifrig.

»Wir haben ausgewachsene, bereits blühende Tomatenpflanzen der Sorte Bison genommen. Einigen davon wurden junge Kartoffelsämlinge von Kultursorten aufgepfropft, anderen Wildpflanzensämlinge. Als sie aufgeblüht waren, kreuzten wir die wilden Pfröpflinge mit denen der Kultursorten. Die Kreuzungen gelangen bis zu hundert Prozent. Hier, sehen Sie, hat eine Wildpflanze Früchte angesetzt. Die Tomate erschüttert offenbar die Erbgrundlage.«

Zwjach nickte wiederum mehrmals. Erschütterung, Erbgrundlage – das war ihm wohlbekannt.

Fjodor lag eine gefährliche Frage auf der Zunge. Das erste Experiment verneint die Beziehung zwischen Unterlage und Pfröpfling, das zweite dagegen bestätigt sie – wie soll man das verstehen? Auf solche Feinheiten wollen wir uns nicht einlassen, sagte er sich. –

Alle bewegten sich weiter am Gestell entlang und blieben vor jedem neuen Topf oder Kasten stehen. Die Kommission besichtigte schweigend auf Kartoffeln gepfropfte Tabak- und Petunienstengel. Fjodor grub nicht mehr nach, er wußte schon: auch dort waren Knollen. Hier reifte, als Mitschurinscher Versuch getarnt, eine hübsche kleine Überraschung für Akademiemitglied Rjadno. Freilich hing alles davon ab, wie man darüber berichtete. Doch ob man's meldete oder nicht, es war saubere Arbeit – die Natur sprach zu ihren Gunsten.

»Und hier sind schon Beeren dran«, sagte Fjodor zerstreut, als er vor der nächsten Pfropfung stehenblieb.

»Das sind Saschas Arbeiten«, bemerkte Strigaljow. Er war so groß, daß er gleichsam dicht unterm First des Gewächshauses sprach. »Komm, Sascha, berichte.«

Aus der Aspirantengruppe trat ein hübscher junger Mann vor, fast ein Knabe noch, mit schmalem Gesicht und glattem strohblondem Haar, das mit einem altertümlichen Holzkamm gestriegelt zu sein schien.

»Hier haben wir Kartoffel auf schwarzen Nachtschatten und Stechapfel gepfropft«, sagte er und sah Fjodor mit seinen grauen Augen mutig an. »Mit dem gleichen Ziel – Erschütterung der Erbgrundlage. Die Pfropfungen sind meiner Ansicht nach gut gelungen.«

»Das ist unser Sascha Shukow«, bemerkte Strigaljow und legte ihm die Hand auf die Schulter. »Unser Aktivist. Student des vierten Studienjahrs. Sein Vater ist ein berühmter Stahlwerker. Bestarbeiter.«

»Wo hast du denn das Pfropfen so gut weggekriegt?« fragte Zwjach. Alle lächelten.

»Bei Iwan Iljitsch hab ich's weggekriegt«, antwortete Sascha.

»Es wäre gut, die Beeren auf Hyoszyamin zu untersuchen«, sagte Fjodor. »Denn beim Stechapfel enthalten alle Bestandteile dieses Alkaloid. Unserer Theorie nach müßte es auch in den Beeren sein.«

Sascha sah sich nach Strigaljow um.

»Na, wenn die Theorie das sagt . . .«, sagte der, als er dem Blick des Moskauer Revisors begegnet war, vor dem sich nichts verbergen ließ.

Nicht umsonst hat Kassian ihn aufs Korn genommen, dachte Fjodor. Stark beunruhigt inspizierte er die vor ihn hingestellten Pflanzen, las an ihnen die geheime, kluge Taktik des ungebrochenen Kämpfers ab. Und nickte nur, billigte die gut und sauber ausgeführten Pfropfungen und schien die Falle nicht zu bemerken. Nur einmal, als er einen bekannten Namen hörte, schien er wach zu werden.

»Schamkowa«, ertönte eine tiefe, einschmeichelnde Stimme neben ihm. Danach ein langgezogener Seufzer. »Angela . . .« Als hätten sie sich beim Tanzen kennengelernt.

»Bitte, was haben Sie?« fragte er kurz nach einem jähen, scharfen Blick auf sie.

Sie war groß und hatte einen kleinen Kopf mit dichtem, straffem gelbweißem Haar, ein Ring mit rotem Stein leuchtete an überaus zarten, hell manikürten Fingern. Wie buddelst du bloß damit in der Erde? dachte Fjodor. Er warf einen flüchtigen Blick auf einige ihrer Hybriden, vermerkte im Notizblock, daß es ordentliche Arbeit war, die das gleiche zum Ziel hatte wie die der anderen, und ging weiter.

Die Früchte ihrer Arbeit wie auf dem Markt zur Schau gestellt, stand dort in Kittel und Brille Jelena Wladimirowna.

»Was handeln Sie?« fragte Zwjach und trat zu ihr.

»Bitte«, sagte sie mit leichter Verbeugung und schob ein paar Töpfe ein Stück nach vorn. »Wir verkaufen Kartoffeln. Das sind Wildpflanzen Solanum punae, Solanum hibberulesum und Solanum schikkii. Alle auf Tomaten gepfropft, alle haben durch Blütenstaub von Kultursorten Beeren angesetzt.«

»Interessante Ware«, sagte Zwjach.

»Na, wie geht's dem Katapult?« fragte sie und sah Fjodor offen an.

Er antwortete mit dem kühlen, durchdringenden Blick von Tizians Christus, dem der Pharisäer den Zinsgroschen anbietet: »Ein Katapult ist ein gutes Mittel, um aus einer Notlage herauszukommen.«

»Davon hat er gestern auch zu mir gesprochen«, meinte Zwjach.

»Das tut er bei allen«, bemerkte sie.

»Pfropfen Sie selbst?« fragte Fjodor.

»Mit diesen Werkzeugen hier«, sie zeigte kleine, fast kindliche Hände mit rissigen Gärtnernägeln. Fjodor erinnerte sich an Angela Schamkowas Hände. Die Natur hat sich wirklich nicht umsonst bemüht, als sie die Hände schuf, und das Endprodukt waren nicht nur Greifwerkzeuge, sondern auch Signalgeber, würde ein Techniker sagen.

»Saubere Arbeit«, lobte er, die gepfropften Stauden betrachtend. Plötzlich stutzte er. »Und was ist das?« Er stürzte nahezu nach vorn und zeigte auf einen weiter hinten stehenden Topf mit einem merkwürdigen einzelnen Stengel. Der Stengel war mit mehreren Zeilen großer Blätter bewachsen und ähnelte einem kleinen Regal. »Ich erkenne das nicht ganz. Ist das eine Kartoffel?«

»Das ist meine Solanum contumax«*, ertönte über ihm Strigaljows Stimme. »Ich wollte sie der Kommission aus den Augen rücken, aber vor Ihnen kann man ja nichts verstecken.«

»Vor ihm?« sagte Zwjach begeistert. »Vor ihm läßt sich nichts verstecken!«

»Sehen Sie«, Strigaljow trat vor, »ich kann einfach seine Sterilität gegenüber Kultursorten nicht überwinden. Er setzt keine Beeren an.«

»Eine merkwürdige Contumax«, sagte Fjodor. »Ich kenne doch die Art. Bei Ihrer ist der ganze Habitus größer. Womit haben Sie sie ernährt?«

»Wenn man sie gut ernährt, wächst sie auch gut«, warf der sorglose Zwjach begütigend ein.

* contumax (lat.) = störrisch; übertragen: Person, die einer gerichtlichen Vorladung nicht Folge leistet.

»Da haben Sie sich ja allerhand vorgenommen«, meinte Fjodor mißtrauisch. »Bis jetzt ist es meines Wissens noch niemandem gelungen, von einer solchen Kreuzung Beeren zu erhalten. Eine Zeitlang waren ausländische Zeitschriften«, fuhr er, an Zwjach gewandt, fort, »voll von Meldungen über Versuche, diese Wildpflanze zur Kreuzung zu bringen. Dann trat Ruhe ein, und die internationale Wissenschaft gab sich geschlagen. Sie resignierten. Meiner Meinung nach alle – habe ich recht?« Die Frage war bereits an Strigaljow gerichtet.

»Im Grunde stimmt das«, murmelte Iwan Iljitsch und sah dabei zur Seite. »Aber wir hoffen nun – die Sowjetwissenschaft in unserer Person hofft trotzdem ...«

»Solch ein Experiment, solch ein Versuch – und steht so bescheiden im Hintergrund ...«

Fjodor besann sich, gehorchte seiner fernen Stimme und sprach nicht weiter. Er wandte sich von der seltsamen Pflanze ab. Die Besichtigung zog sich in die Länge, es wurde Zeit, sie zu beenden.

»Jelena Wladimirowna, Iwan Iljitsch«, sagte er, sich umschauend, wie um festzustellen, ob auch kein Unbefugter in der Nähe war. »Ihre Pflanzen sind vier, höchstens fünf Monate alt. Wann war unsere Akademietagung zu Ende? Vor zwanzig Tagen. Ich muß mit Befriedigung, wenn auch nicht ohne Erstaunen konstatieren«, – er konnte sich ein breites Lächeln nicht versagen – »ich muß konstatieren, daß Ihre Umstellung in die nötige Richtung ein halbes Jahr früher begonnen hat, als auf der Tagung der Aufruf dazu erging. Das macht Ihnen Ehre, ist aber womöglich nicht allen verständlich. Ihre theoretischen Positionen sind vielen klar. In Vorbereitung auf diese Revision habe ich einige Zeitschriften durchgeblättert. Meines Wissens hat sich Iwan Iljitsch noch einen Monat vor der Tagung dahingehend geäußert ...«

Zwjach stieß ihn vor Begeisterung schmerzhaft in die Seite: Los, gib's ihnen! Strigaljow schwieg. Jelena starrte ihn leicht errötend an. Die Aspiranten standen wie versteinert, erwarteten den Schlag.

Fjodor erinnerte sich plötzlich an Wonljarljarskis Worte:

›Spielerisch, zärtlich berührt er die nährenden Schläuche . . .‹

»Ansonsten meinen wir, daß die Überprüfung Ihrer Arbeiten positive Ergebnisse gebracht hat.« Er wurde undurchdringlich und wandte sich zum Ausgang.

Was ist mit mir passiert? dachte er, während er zwischen den Gestellen hindurchschritt. Noch vor einem Monat hätte ich mich in das Problem verbissen und wäre ihm weiter nachgegangen.

Sie aßen am selben Tisch zu Mittag.

»Du gehst hart ran«, sagte Zwjach zu ihm. »Ich bin fast gestorben vor Schreck, als du sie an der Kehle gepackt hast. Im Grunde hast du's richtig gemacht, daß du losgelassen hast. Die Leute sind in Ordnung.«

Als sie an die Bank kamen, um eine zu rauchen, saßen Strigaljow und Jelena schon da.

»Na, haben Sie gestern den Borstsch gekocht?« fragte Fjodor und sah ihr direkt ins Gesicht.

»Und was für einen! Aus schönem Rindfleisch und frischem Gemüse. Für drei Tage.«

»Man müßte sich morgen zum Mittagessen bei ihr einladen.«

»Ich muß gehen«, sagte Strigaljow und stand auf.

»Ich komme mit.« Zwjach erhob sich gleichfalls. »Sollen sich die jungen Leute unterhalten.«

4

Sie gingen, ohne sich umzusehen. Da stand Jelena auf, machte ein paar Schritte, blieb stehen und malte mit der Schuhspitze eine unentschlossene Kurve im Sand.

»Na, was ist? Botanisieren wir?«

»Ich weiß nicht, ob die Natur mir heute helfen wird.« Er stand aber trotzdem auf.

Sie gingen schweigend bis zur Pforte, und als sie hindurchgegangen waren und freies Feld vor ihnen lag, sah sie ihn mit zusammengepreßten Lippen fragend an.

»Ich bin gekränkt und traurig und weiß nicht, wie ich darüber hinwegkomme«, sagte er.

Jelena schwieg.

»In weniger als vierundzwanzig Stunden haben Sie mich dreimal hinters Licht geführt.« Er sah sie wohlwollend und kühl an.

Sie ließ den Kopf sinken.

»Gestern«, fuhr er fort, »sind Sie durchaus nicht mit mir spazierengegangen, sondern auf Erkundung wegen des Hartbrotes. Ich fürchte, auch heute haben Sie einen Kampfauftrag.«

»Ich habe auch heute einen«, sagte sie, und ihr Kopf zitterte vor Verwirrung. »Aber ich wäre auch ohne Auftrag gegangen.«

»Was diesen Auftrag betrifft: Sie alle wollen erfahren, wie die Kommission diese Ihre leicht durchschaubaren Mitschurinschen Arbeiten aufgenommen hat. Also, erstens ähneln sie immerhin guten Mitschurinarbeiten. Zweitens kann man das alles durchaus als Eifer auffassen: Sie sind bestrebt, auf den Appell der Tagung mit Taten zu antworten. Zwjach hat es auch so verstanden. Drittens wissen Sie, daß ich erraten habe, daß sich die Sache gar nicht so verhält. Doch ich stürze mich nicht wie ein Jagdhund auf die heiße Spur. Mir gefallen diese Anweisungen von Minister Kaftanow nicht. Ich sehe darin einen Schlag gegen die Wissenschaft. Wäre es eine echte Diskussion, keine, bei der die Obrigkeit unsere Nährschläuche zärtlich durch die Hände gleiten läßt . . . Sie wissen, was ich damit meine?«

Sie nickte.

»Ich hätte mir vielleicht auch in dem Fall, unter solchen Bedingungen, Ihre Pfropfungen genauer angesehen. Aber ich habe mich schon vor siebzehn Jahren bei der Wahrheitssuche mal tüchtig verbrannt. Ich habe damals mit geschlossenen Augen gesucht. Heute suche ich auch. Aber ich gucke dabei auf den Kompaß.«

Nach diesen Worten blieb Fjodor stehen und sah sie immer noch kühl und wohlwollend an.

»So daß wir Ihren Kampfauftrag als erfüllt betrachten können. Sie können jetzt zu mir sagen: Begleiten Sie mich nicht weiter, ich gehe für die Tumanowa Beefsteaks braten. Ich gehe nicht weiter, bevor Sie mir gesagt haben, warum Sie mich zum Lohn für meine Offenheit, an der Sie nicht gezweifelt haben, dreimal – dreimal! – belogen haben.«

»Also gut, ich will's Ihnen sagen«, antwortete Jelena, bückte sich und pflückte im Gehen einen Grashalm. »Ich habe auch so meine ausgefallene Idee, eine Schwindeltheorie, Fjodor Iwanowitsch. Auch ich habe mich schon mehrmals im Leben verbrannt, und ich ahne, daß das größte Feuer mir noch bevorsteht. Es gibt so viel Gemeinheit bei uns. Voriges Jahr fuhr ich mit der Straßenbahn und verlegte meinen Fahrschein. Ein Fahrschein kostet fünfzehn Kopeken. Ich finde, man sollte wortlos einen Rubel Strafe dafür kassieren und gut. Aber nein – alle waren darauf versessen, mich zu erziehen. Ihr Akademiemitglied erzieht Kartoffeln, andere Leute dagegen erwachsene Menschen. Sie erziehen auf Schritt und Tritt. Die Kontrolleure – junge Leute, Studenten – erwischten mich und nahmen mich mit in ein Kabuff. Verhörten mich, fotografierten mich – alles mit einer idiotischen Freude, als wären sie glücklich, daß sie mich ertappt hatten und peinigen durften. Für alle Argumente, alle Bitten um Nachsicht waren sie taub. Danach hängten sie ihre ›Geht-nicht-vorbei‹-Steckbriefe in der ganzen Stadt aus, und ich hing dort als ›böswilliger Schwarzfahrer‹ neben Säufern und Rowdys. Wie Ihr kleiner schwarzer Hund wurde ich gehetzt. Dabei fand ich den Fahrschein später und ging hin. Ihr Leiter – auch ein Student, einer mit lauter Pickeln im Gesicht – hat nur gelacht: ›Wegen so 'ner Kleinigkeit!‹ Auch bei uns am Institut haben wir Leute, die gern andere erziehen.« Jelenas Stimme zitterte. »Einmal kam ich vielleicht drei Minuten zu spät. Eine Woche später fand ich mich plötzlich auf einem ›Geht-nicht-vorbei-Anschlag‹ wieder. Mit einem Foto, wie ich ganz zerzaust, mit solchen Augen zur Arbeit renne. Bei uns gibt es einen gewissen Lylow, einen Gewerkschaftsfunktionär. Der steigt auf den Boden oder versteckt sich hinter einer Ecke und fotografiert alle, die zu spät kommen oder fünf Minuten früher gehen, und bringt sie in seine Zeitung. Wenn wir drei Stunden länger bleiben, um ein Experiment abzuschließen, sieht er das natürlich nicht. Wenn wir an freien Tagen statt ins Kino ins Gemüselager gehen und leicht bekleidet im eiskalten Kühlraum faule Kartoffeln auslesen, interessiert ihn das nicht. Ach, es ist traurig, Fjodor Iwanowitsch.«

Jelena faßte ihn am Ärmel seines Sporthemds, und sie gingen lange schweigend nebeneinander.

»So ist das. Und wie viele noch schlimmere Fälle gab es. Als ich wegen meiner Überzeugung angegriffen wurde. ›Sie haben Drosophila zu Hause‹, ›Sie haben ein Buch von Morgan‹, ›Sie waren da und da‹, ›Sie haben das und das gesagt‹. Und so weiter und so fort, Fjodor Iwanowitsch. Und ich merke, man hat keine Chance, sich zu verteidigen! Aber auch gar keine! Überall Verständnislosigkeit. ›Lena, du hast doch aber wirklich Taufliegen zu Hause. Wenn du willst, kommen wir mit zu dir nach Hause und zeigen sie dir, sie sind bei dir im Schrank! Ich an deiner Stelle würde sie in kochendes Wasser werfen.‹ Das sagt eine Freundin. Eine gute. Da habe ich mir gedacht: Wenn sich die Ljudmila im Märchen eine Tarnkappe aufgesetzt hat und vor dem Zauberer Tschernomor davongelaufen ist, warum soll ich das nicht auch können! Auf alle Fälle sollte ich fortwährend schwindeln. Nicht bloß was verheimlichen, sondern schwindeln, dreist was behaupten, was gar nicht gewesen ist, den Leuten alles mögliche vorspinnen, um sie von den wirklichen Tatsachen abzulenken. Ihnen abzugewöhnen, auf Menschen Jagd zu machen. Sie möchten sich ja so schrecklich gern auf jemandes Kosten amüsieren. Bitte, amüsiert euch! Der Chef schickt mich zum Beispiel in die Stadt – da sage ich im Labor: Mädchen, ich flitze schnell mal einkaufen. Lylow berichtet natürlich prompt davon in seinem Blättchen. Die Korrespondentin hat's sofort gemeldet. Als die Wandzeitung dann hängt, sage ich: Komm, Lylow, nimm deine Schmähschrift ab und schreib sie um. Man muß seine Informationen schon nachprüfen. Und halte ihm mein Alibi unter die Nase. Alle lachen. Er aber ist wütend – wie konnte sein bewährter Apparat nur so versagen!«

Sie faßte Fjodor fester am Ärmel.

»Und dann wissen Sie ja, wer ich bin. Ich bin ein Agent des Weltimperialismus, ich bin eine Hexe. Ich verwandle mich nachts in einen schwarzen Hund. Jetzt habe ich mich umgestellt und unterrichte, was Ihr Rjadno befiehlt. Aber kann man dann sein Bewußtsein umstellen? Immerhin bin ich ein bißchen Wissenschaftlerin und will Fakten sehen. Wenn man eine Kartoffel durchschneidet und Jod draufträufelt, färbt sie sich blau. Ob man's hier tut oder in Amerika, bleibt sich gleich. Wenn ich das mal gesehen habe, kann man mich nicht zwingen zu denken, daß sie rot wird und nicht blau. Das zu sagen, hat mich Ihr Akademiemitglied gezwungen. Aber denken tu ich, wie's wirklich ist. Und wenn ich rede, wie's befohlen ist, ist es schlicht gelogen. Und aus gutem Grund – um die wahre Wissenschaft, die Kollegen zu retten. Sie waren ja auch ein Feind für mich. Ihnen geht der Ruf voraus, Sie seien unbestechlich, scharfsichtig, gründlich, undurchschaubar ... Was noch? Sie mimten den Bescheidenen, seien unbarmherzig. Noch schlimmer als Saul. Wenn Sie's wissen wollen, ich hatte gestern große Angst, eine Unterhaltung mit Ihnen anzufangen. Auch heute bin ich fast gestorben. Eine ferne Stimme hat mir allerdings was anderes zugeflüstert.«

»Ist es nicht ein bißchen früh, Jelena Wladimirowna, mir Ihr ... Ihr inneres Gesicht zu zeigen?«

»Wennschon. Immer gucken's.«

Beide lachten, und ihnen wurde leicht davon. Lena hängte sich bei ihm ein.

»Uns trennt Blut«, sagte er plötzlich. »Sie und ich gehören verfeindeten Familien an. Den Montecchi und den Capulleti.«

Sie sagte nichts, faßte ihn noch fester unter, und sie gingen lange im gleichen Schritt auf Feldrainen entlang, ohne etwas zu sagen, ganz im Bann der fernen Stimme.

»Erzählen Sie, wie Sie sich vor siebzehn Jahren den Mund verbrannt haben«, bat sie, ohne seinen Arm loszulassen.

»Das läßt sich nicht so einfach erzählen«, begann Fjodor unsicher, nachdenklich. »Verstehen Sie, es gibt Kränkungen, für die man sich rächen, zurückschlagen möchte. Aber das vergeht. Ich kann mir nicht vorstellen, wie das ist – sich ein Leben lang an eine Beleidigung zu erinnern. Ich bringe es nicht mal fertig, einem widerwärtigen Kerl nicht die Hand zu geben. Ich begrüße ihn! Aber ich weiß, daß mancher an meiner Stelle sie ihm nicht gegeben hätte. Es gibt Leute mit ewiger Rachsucht. Ich kann das verstehen. Wozu sage ich das? Ach ja, dazu: Wie sich zeigt, gibt es die gleiche Sucht auch mit umgekehrtem Vorzeichen. Etwas, das einem die Seele knebelt, die Freiheit nimmt. So ein Gefühl, als wenn ein Toter – der aber längst verwest ist, den es nicht mehr gibt – unsichtbar anwesend ist und voller Schmerzen auf Genugtuung wartet. Aber wie soll man sie ihm geben, wenn er gar nicht da ist? So trägt man die Schuld statt dessen bei anderen ab, endlos. Doch das Gefühl will nicht vergehen.«

»Haben Sie – etwa jemanden umgebracht?«

»Ich war daran beteiligt.«

»Aber das ist siebzehn Jahre her. Wie alt sind Sie jetzt?«

»Einunddreißig.«

»Sie waren also vierzehn?«

»Sogar erst dreizehn. Aber für die Verantwortlichkeit, für das persönliche Schuldgefühl bedeutet das nichts. Begonnen hat die Geschichte noch früher – da war ich zwölf. Nach dem Sommer, in dem wir den schwarzen Hund jagten. In unserer Klasse hing neben der Tafel ein Plakat: Ein Pionier sagt immer die Wahrheit, die Gruppenehre ist ihm teuer. Die Abbildung daneben erklärte mir, wie ich das machen sollte, die Wahrheit sagen. Sie zeigte eine Schulbank und daran zwei Kerlchen, wie ich damals einer war. Der eine sitzt ganz verlegen da, weil er auf die nagelneue Bank seinen Namen – Tolja – gekratzt hat und dabei ertappt worden ist. Der andere aber, ein blitzsauberer, strenger Junge mit rotem Halstuch, war aufgestanden und hebt die Hand. Mit gerunzelten Brauen. Dabei zeigt er auf seinen Kameraden. So und nicht anders, sprach das Plakat, muß sich ein echter Pionier verhalten. Verstehen Sie? Ich überlegte damals, Tag für Tag das Plakat vor Augen, wie ich die Wahrheit wohl am besten sagen könnte. Und nie bot sich Gelegenheit dazu. Einen Kameraden zu verpetzen, weil er seinen Namen in die Bank geritzt hatte, dazu fand ich nicht den Mut. Außerdem kam mir das kleinlich vor. Ich lechzte nach Größerem. Und wartete auf meine Stunde. Ja . . . Und die Stunde kam.«

Er hatte Jelena an den kritischen Punkt seiner Geschichte

geführt, verstummte und sah sie an. Nein, ihre Hand wurde nicht schlaff, sank nicht herab, hielt sich an ihm fest.

»Ja, also. Es war in Sibirien. Einmal im Frühling kam ein junger Geologe zu uns in die Klasse. Ein Bursche von vielleicht achtundzwanzig Jahren. Aber schon mit Stahlzähnen. Und hielt uns eine Rede. So und so, sagte er, ich habe in euerm Kreis ein Nickelvorkommen entdeckt. Nickel bedeutet Verteidigung, bedeutet Panzer, Flugzeuge. Ich brauche Helfer, sagte er, zuverlässige Jungs, für den ganzen Sommer. Wir werden bis zum Oktober in Zelten wohnen und arbeiten, schürfen. Die hiesigen Behörden, sagte er, beweisen Patriotismus, sie haben mir Geld und Lebensmittel bewilligt, mir Pferd und Wagen gegeben, auch Werkzeuge. Na, von uns ließen sich an die zehn Mann als Gehilfen anwerben. Ich war der jüngste. Wir fuhren raus. An Ort und Stelle brachte er uns dann vorsichtig bei, wie die Dinge wirklich lagen. Er war gar nicht zur Erkundung von Nickel hergeschickt worden, sondern zur prosaischen Berechnung bereits bekannter Ockervorkommen. Auf das Nickel war er zufällig gestoßen – und hatte Feuer gefangen. Im Tagebuch mußte er aber Ockerschürfen nachweisen. Er hatte sämtliche Mittel verbraucht, aber nicht für die Ockerberechnung, war mächtig abgebrannt und konnte keine Arbeiter mehr bezahlen, deshalb hatte er sich an die örtlichen Behörden gewandt. Zum Glück war er an gute Menschen geraten, die ihn verstanden. Wir müßten also auch jetzt im Tagebuch Ockerschürfen nachweisen. Vom Nickel sollten wir schweigen. Die hiesigen Organisationen seien im Bilde, alle hätten Feuer gefangen, und alle hielten dicht. Das ganze Unternehmen sei geheim. Er erklärte uns auch, warum. In ihrer Wissenschaft war es ungefähr so wie jetzt bei uns in der Biologie. Das heißt, was das Haupt der Richtung, der Nickelgott, sagte, war die Wahrheit. Wenn die und die geologischen Bedingungen festgestellt worden waren, durfte nach Nickel gesucht werden. Waren aber andere Bedingungen da, hatte das Suchen keinen Sinn, es war sogar schädlich. Wenn du trotzdem welches entdeckt hattest und nicht dort suchtest, wo es erlaubt war, also staatliche Mittel vergeudetest, gefiel das dem Nickelgott nicht, und du gerietest in Verdacht. Damals, wie übrigens auch heute, war oft das harte Wort Volksfeind zu hören. Dieses Beispiel, Jelena Wladimirowna, öffnet einem die Augen, was solche Götter in der Gesellschaft bedeuten. So ein Gott kann zum Balken werden, der dem Fortschritt im Wege liegt. Wann wird der mal faulen! Ein einzelner, und sei er ein Genie, kann nie alle Naturgeheimnisse erforschen. – Unter diesen Voraussetzungen also gingen wir an die Arbeit. Gewöhnten uns an den Spaten und ließen uns braun brennen.Diese Ruhe in der Steppe! Einmal sah ich am Morgen aus dem Zelt und erblickte zwischen den schon ausgeblichenen Steppenpflanzen einen sandbraunen Fuchs. Ziemlich große Ohren hatte er. In den Fängen einen Vogel mit herabhängendem Flügel. Er sah mich an. Wie das Gesetz der Ewigkeit. Zeigte mir seine Augen – die an Eisenblech erinnerten – und verschwand. Wie eine Momentaufnahme. Ein Gespenst. In diesem Augenblick begriff ich die Ewigkeit gewisser Beziehungen in der Tierwelt und unter denjenigen Menschen, die sozusagen noch eine Entwicklungsschwelle zu überschreiten haben. Es gibt diese Schwelle. Sie geht durchs Volk, teilt uns als alle. Einer schiebt Katzen mit dem Fuß beiseite, der andere überlegt, was er tun soll, wenn auf seinem Stuhl eine Mieze sitzt und er aufgefordert wird, sich zu setzen. – Dieser Fuchs ist mir in Erinnerung geblieben wie ein Symbol. – Wir arbeiteten also, er hatte schon einen Nickelniederschlag im Reagenzglas. In einem Köfferchen hatte er ein Labor. Im August war das Gras noch stärker verbrannt, die Stille noch tiefer. Und wir gruben. Da hören wir Flugzeuggebrumm. Eine U-2. Sie kam zu uns. Ein Revisor erschien, so wie ich jetzt bei euch. Jemand hatte uns denunziert und dem Nickelgott Angst eingejagt. Wir alle erklärten es dem Revisor so, wie es uns unser Geologe gesagt hatte. Anders gesagt, wir logen. Der Prüfer war zwar jung, aber gründlich. Etwas kriegte er mit. Er schrieb eine Menge auf, dann flog er weg. Einen Monat danach sehen wir, es kommen wieder Flugzeuge. Zwei diesmal, und jetzt kam ein junger Offizier – mit Nagant und Aktentasche. Er nahm uns ein Zelt weg und bestellte uns einzeln zum Verhör. Die älteren Jungs warnten mich: Paß ja auf, Fedja, sag alles so wie vorher. Dann rief er mich rein.

Zuerst sah er mir eine Weile wortlos in die Augen, machte Gedankenanatomie bei mir. Danach fing er an, mir ins Gewissen zu reden. Du bist Pionier? Du weißt doch, daß Wladimir Iljitsch von jedem verlangt, die Wahrheit zu sagen? Aber wenn wir uns untereinander nicht die Wahrheit sagen, wie wollen wir dann gegen die Feinde bestehen? Wie können wir dann die Errungenschaften des Oktober verteidigen? Natürlich habe ich ihm alles erzählt, mit leuchtenden Augen – vom Ocker und auch vom Nickel. Gab mir Mühe, keine Kleinigkeit zu vergessen. Er lobte mich. Prachtkerl, sagte er, laß dir Zeit, erzähl alles der Reihe nach. Eine Stunde später liefen die Jungs alle rum wie begossene Pudel. Mich guckte keiner an. Der Geologe aber sagte zu mir: Macht nichts, macht nichts, Fedja, und klopfte mir auf die Schulter. Danach setzten sie ihn ins Flugzeug, und Schluß – ich habe ihn nie wieder gesehen. Seitdem bin ich wie ein tibetanischer Mönch. In Tibet gibt es Mönche, die kehren bei jedem Schritt mit einem Reisigbesen vor sich her. Um ja keinem Käfer das Leben zu nehmen. Tja, eine große Sache – das Leben. Jetzt kehre auch ich fortwährend, kehre voller Entsetzen vor mir her, aber es gelingt mir schlecht, wissen Sie. Ich fege schlecht. Wie vorsichtig ich schon geworden bin, jeden Schritt prüfe ich. Soll ich mich ganz von allem zurückziehen? Als Hirte aufs Land gehen? Aber auch da würde man mal jemandem schaden. Und bestimmt einem anständigen Menschen. Aber ich hab mir vorgenommen, niemals wieder eines Menschen Unglück zu verschulden, und mich gut zehn Jahre lang daran gehalten. Aber dann – im vierten Studienjahr am Institut – führte ich mal eine harmlose Diskussion. Über Sein und Bewußtsein. Blieb an irgendeinem Fädchen hängen, und Onkelchen Borik . . .«

»Ich kenne die Geschichte. Ich meine, hier trifft Sie keinerlei Schuld. Sie waren nicht schuld daran.«

»Aber ein kausaler Zusammenhang besteht. Es gab ja ein Verfahren. Man läßt ihn auch nicht mehr ins Ausland. Und wissen Sie, wohin meine Überlegungen mich geführt haben? Daß der Hauptgrund die unbegründete Überzeugung ist, hundertprozentig im Recht zu sein. Warum hat die alte Frau einen Armvoll Reisig vor Jan Hus auf den Scheiterhaufen geworfen? Weil sie überzeugt war, ohne hinreichend Grund dazu zu haben. Ich habe recht, ich bin rein, er aber ist mit dem Satan im Bunde.«

»Wer war denn bei Onkelchen Borik so überzeugt? Sie doch nicht?«

»Ich denke, derjenige, der die Sache meldete.«

»Und sagen Sie, das Nickel – hat man Nickel gefunden?«

»Ja. Noch im selben Sommer. Er hatte den großen Jungs noch alles beigebracht, und sie machten alles, wie es nötig war, und erzielten im Spätherbst einen reichen Niederschlag. Damit fuhren sie dann los – zuerst nach Nowosibirsk, dann nach Moskau. Jetzt steht ein Kombinat dort.«

Jelena wollte etwas zu Fjodor sagen, sah ihn aber nur an und seufzte tief.

»Und raus kommt: die alten Sünden halten mich beständig beim Wickel. Sowie ein verantwortungsvoller Schritt bevorsteht, denkt man bloß noch an den tibetanischen Besen. Und was für ausweglose Situationen es da gibt! Da schickt der Chef mich auf diese Revision. Sofort spür ich die Hand am Kragen, die mich zurückhält. Kaum denk ich, das lehnst du ab, scheint Kassian den Gedanken erraten zu haben: ›Also, was ist? Fahren wir oder nicht? Ich kann auch Saul schicken.‹ Und er hätte Saul zu Ihnen geschickt! Er hätte es getan. Dann schon lieber mich!«

Sie gingen gerade über die Holzbrücke, die die Schlucht mit dem Bach überquerte. Deshkin besann sich und blieb stehen.

»Hier ist unsere Grenzwache.«

Sie rüttelte ihn heftig am Arm.

»Jetzt ist's aber genug. Jetzt ist doch wohl alles klar. Hören Sie? Genug davon.«

Sie zog ihn weiter auf eine Straße, die fast ganz aus gleichartigen grauen Ziegelhäusern bestand. Sie erschien ihnen schöner als alle Straßen der Welt.

»Wenn Sie wollen, können wir zu mir gehen«, sagte Lena. »Biegen wir hier ab. Ich zeige Sie meiner Oma.«

Sie kamen zum ersten städtischen Platz und hätten in den Torbogen eines großen achtgeschossigen Hauses einbiegen müssen. Aber Fjodor erblickte auf einem Balkon im dritten Stock einen roten Rettungsring.

»Da, sehen Sie . . . Ein Rettungsring!« sagte er.

»Da wohnt ein Dichter.«

»Etwa Kescha Kondakow?«

»Warum nennen Sie ihn Kescha? Kennen Sie ihn?«

»Schon lange. Seit der Studentenzeit. Er wohnte damals in Saretschje.«

»Wie finden Sie ihn?«

»So ohne weiteres kann ich ihn nicht einschätzen.«

»Merkwürdig. Wen man auch fragt, alle antworten so. Wie sich zeigt, haben Sie viele Bekannte in unserer Stadt. Mehr als in Moskau, nicht?«

Sie passierten den Torbogen und standen zwischen einigen auf städtische Art eng um einen Hof gebauten kasernenähnlichen Siebengeschossern. In einem dieser gleichförmigen Häuser bewohnte Jelena mit ihrer kleinen ergrauten Großmutter eine Zweizimmerwohnung im dritten Stock.

Sie tranken gute zwei Stunden Tee, saßen an einem großen Tisch um eine altertümliche versilberte Zinnteekanne, die auf dem durchbrochenen versilberten Zinnuntersatz wackelte, schwatzten allen möglichen Unsinn und lachten. Manchmal fing Fjodor einen prüfenden Blick der Großmutter auf und dachte: Wenn ich fort bin, werden sie über mich reden. Das machte ihn noch unbeschwerter und fröhlicher.

Als sie mit Teetrinken fertig waren, winkte Jelena ihn ins andere Zimmer. Hier standen ein reinliches Bett unter einer blassen Pikeedecke und an der Wand zwei dunkle Schränke. Sie faßte ihn von hinten an beiden Ellbogen und schob ihn zu einem Schrank. Dann öffnete sie plötzlich seine Türen. Helles gelbbläuliches Licht strahlte aus allen Fächern. In Pappständern standen Dutzende Reagenzgläser – aus solchen hatte Fjodor vor zwei Tagen in Professor Chejfez' Arbeitszimmer Kaffee getrunken. Sie funkelten und schillerten wie Lichter an einem Kristallkronleuchter. Jedes Reagenzglas war mit Watte verstopft, und in allen wimmelte es von Leben – schwirrten und krabbelten, einander stoßend, kleine, hirsekorngroße Fliegen. Drosophila.

Kassian hatte recht, dachte Fjodor verwirrt, sie haben hier

ein richtiges *Nest,* und ich hab's nicht begriffen. Aber wieso muß ich die Revision auf eine Privatwohnung ausdehnen, unters Schädeldach dieser Menschen dringen? Sollen sie ihre Taufliegen züchten, wenn sie wollen.

Doch einen Augenblick lang mußte er wohl vor diesen Drosophila zurückgefahren sein wie Martin Luther, als er vor dem Fenster seiner Mönchszelle den Teufel erblickte. Jelena packte plötzlich überschwengliche Fröhlichkeit.

»Haben Sie doch widerstanden! Ich dachte schon, Sie ergreifen die Flucht. Sie dürfen ruhig näher treten. Wissen Sie jetzt, woher neulich bei Chejfez im Zimmer die Taufliege kam? Hier sind sie! Die von Akademiemitgliedern und sogar Politikern geschmähten Fliegen! Sehen Sie, in den verschiedenen Reagenzgläsern sind verschiedene Fliegen. Mutationen. Wenn Sie sich an den Anblick gewöhnt haben, denken Sie mal über folgendes nach. Ich möchte Ihnen ein solches Reagenzglas mit Fliegen schenken, damit Sie bei sich zu Hause ein Experiment mit ihnen machen. Auch wenn Sie andere Ansichten vertreten. Vertreten Sie andere Ansichten?« Sie sah ihm ins Gesicht. »Auch wenn Sie ein konsequenter Gesinnungsgenosse von Akademiemitglied Rjadno sind. Sind Sie ein Gesinnungsgenosse von Akademiemitglied Rjadno?«

»Nicht in allen Punkten.«

»Dann erst recht. Sie müssen doch wissen, worauf die Familie Capulleti ihre Argumente gründet. Der Versuch dauert fünfundzwanzig Tage.«

»Ich fahre doch weg.«

»Ach ja. Ich hatte mir eingebildet, Sie würden nirgends hinfahren und für immer hier bleiben. Egal. Nehmen Sie sie mit, dann haben Sie ein Andenken an unsere . . . An diese Revision.«

Damit nahm sie zwei Reagenzgläser aus dem Schrank, tropfte auf jeden Wattestopfen etwas aus einem flachen Fläschchen. Es roch stark nach Äther. Die gesamte Population der beiden Gläser schlief augenblicklich ein. Jelena schüttete die Fliegen auf zwei Bögen Papier, zählte mit einem Streichholz zehn Fliegen ab und tat sie in ein leeres Glas.

»Sehen Sie, was sie für offenherzige Frätzchen haben. Sie können sich nicht verstellen«, sagte sie, das wieder mit Watte verstopfte Reagenzglas betrachtend, und ihre Züge verschönten sich dabei. »Darum sind sie auch so unbeliebt.«

»Vielleicht sollte ich sie mitnehmen«, meinte er. »Ich habe schon lange gedacht . . .«

»Die fünf rotäugigen sind Weibchen, die fünf flügellosen Männchen. Das wird ein reines Experiment, das jede Möglichkeit der Tatsachenverdrehung um der heiligen Idee willen ausschließt.« Sie schob das Reagenzglas in seine Hemdtasche. »Zu füttern brauchen Sie sie nicht – am Boden des Glases ist Nährbrei.«

Er nahm die Fliegen mit ins Gästezimmer, setzte das Reagenzglas – sich verlegen nach Zwjach umsehend – in ein Wasserglas auf dem Fensterbrett und bedeckte es mit einem Blatt Papier, damit man nicht sehen konnte, was darin war, wenn man aus dem Fenster sah.

Am Abend, als die Lichter angegangen waren, verließ Fjodor das Haus, um auf einem Spaziergang nochmals die Ereignisse des Tages zu überdenken. Von der Vortreppe aus sah er vor dem Nachbarblock Strigaljows roten Rollkragenpullover unter einer Laterne. Iwan Iljitsch stand in der Pose angestrengten Nachdenkens da, als suche er einen Ausweg aus einer Sackgasse. Dann stemmte er einen Arm in die Seite und griff sich energisch ans Kinn. Die Laternenschatten ließen sein Gesicht noch hohlwangiger und magerer erscheinen. Er schien um einen Entschluß zu ringen. Nach einer fragenden Handbewegung, einem Schulterzucken faßte er wohl einen und ging los, genau auf Fjodor zu. Der schlenderte ihm freundlich lächelnd entgegen. Strigaljow kreuzte seinen Blick, ohne jedoch stehenzubleiben. Er strebte eilig einem Ziel zu, den Blick nach oben gerichtet, als hinge sein Blick an einer unsichtbaren Leitung über ihm. Fjodor schaute ihm lange nach, bis seine Gestalt nach einem letzten Aufschimmern unter den Laternen in der Dunkelheit verschwand. Nun wurde ihm endlich klar, warum die Studenten ihn Obus getauft hatten. So ein Spitzname will verdient sein, dachte er. Es war der Spitzname für einen Denker, für einen von einer Idee Besessenen.

Den ganzen folgenden Tag hindurch schrieben sie am Bericht. Im Grunde ergab sich ein günstiges Bild. Alle ehemaligen Vertreter der Formalgenetik außer dem Leiter des Lehrstuhls für Genetik und Pflanzenzüchtung, Professor N. M. Chejfez, hätten sich umgestellt und bewiesen ihre Loyalität gegenüber den von der Augusttagung der Akademie verkündeten Prinzipien der fortschrittlichen Mitschurinschen Lehre durch Taten. Professor N. M. Chejfez dagegen beziehe eine merkwürdige Position, erkläre sich offen mit den Grundlagen der Mitschurin-Theorie nicht einverstanden und mache in Lehrveranstaltungen vor den Studenten Bemerkungen, aus denen sie den Schluß ziehen müßten, daß die Vorlesung falsch sei und er sie nur gezwungenermaßen halte. Sie flochten in den Bericht die Empfehlung ein, den Lehrstuhl durch zwei, drei Fachleute zu verstärken, die ihre Treue zur wahren Lehre bewiesen hätten.

»Kassian wird das tun«, murmelte Zwjach, als er diesen Punkt hinschrieb. »Kassian wird ihn so verstärken, Fedja, daß . . . du bis an die Weisheitszähne lachst, wie er sagt.«

»Was soll denn das heißen, Wassili Stepanowitsch?«

»Das fragst gerade du?« versetzte Zwjach gutmütig, während er zu Ende schrieb. »Verkehrst mit Kassian und weißt's nicht! Das heißt, du heulst, Fedja, daß deine hintersten Backenzähne zu sehen sind. So hast du noch nie geheult. Versuch mal, es nicht hinzuschreiben. Wenn der Narr doch selber in die Schlinge geht.«

»Und wenn man's etwas milder schreibt?«

»Dann erfährt derselbe Narr, daß wir's abgemildert haben, und schickt einen Protestschrieb los: Nichts dergleichen, ich lehne eure Pseudowissenschaft von Grund auf entschieden ab! Ich hab sie erlebt, die grimmig entschlossenen Versuchskaninchen. Und wenn alles zum Teufel geht, Hauptsache meine weiße Weste bleibt blendend rein. Leuten wie ihm gehe ich am liebsten aus dem Weg. Die lassen sich keinen Bären aufbinden.«

Als sie mit dem Bericht fertig waren, machten sie sich an das Referat, das Zwjach auf der Fakultätsvollversammlung halten sollte. Er verteilte das Stenogrammprotokoll der Augusttagung sowie Zeitschriften mit Beiträgen der Akademiemitglieder Lyssenko und Rjadno auf Bett und Stühle und machte sich ziemlich geschickt an die Montage der Einleitung. An den stärksten Stellen in den Reden der Tagungsteilnehmer lagen bereits Lesezeichen, und die Stellen waren sogar numeriert.

»Genossen!« schrieb er am Anfang. »Wie unser Präsident, Akademiemitglied Trofim Denissowitsch Lyssenko, sagte, ist die Geschichte der Biologie eine Arena des ideologischen Kampfes. Die zwei Welten, lehrt er, sind zwei Ideologien in der Biologie. Den Konflikt zwischen der materialistischen und der idealistischen Weltanschauung in der biologischen Wissenschaft hat es in der gesamten bisherigen Geschichte gegeben. Besonders scharf haben sich diese Richtungen in der Epoche des Kampfes der beiden Welten manifestiert.«

Nachdem Zwjach noch einige aussagekräftige Abschnitte aus dem Referat des Akademiemitglieds Lyssenko abgeschrieben hatte, las er vor:

»Hör mal, was er sagt: ›Die neue wirksame Richtung in der Biologie, genauer, die neue, sowjetische Agrobiologie findet geharnischte Aufnahme bei den Vertretern der reaktionären ausländischen Biologie, aber auch bei einer Reihe von Wissenschaftlern unseres Landes.‹ Merkst du, wie er die Basis schafft?« Er wiegte den Kopf. »Was bleibt uns denn übrig? Ich muß es schreiben. Schließlich ist's ein Referat!«

Damit schrieb er weiter, mit der Brust fast auf dem Papier, malte er eifrig die Worte und versah manche Buchstaben mit kunstvollen Schnörkeln.

»Die Mendel-Morgan-Anhänger behaupten, Weismann folgend«, schrieb er, »daß in den Chromosomen eine bestimmte ›Erbstubstanz‹ existiert.«

Hier hielt er inne.

»Da siehst du's, Lyssenko ist gegen die Substanz. Aber wo die Vererbung sitzt, sagt er nicht! Siehst du, er umgeht die Frage. Da: ›Die Vererbung ist der Effekt konzentrierter Einwirkungen der Umweltbedingungen‹! Aber versuch mal, den Effekt mit Händen zu greifen! Ihn durchs Mikroskop zu betrachten! Darüber mach ich mir schon lange Gedanken, Fedja. Mein Wissen reicht bloß nicht, sonst würd ich kämpfen. Ich muß schreiben, was er schreibt.«

Gegen zwei Uhr nachts war auch das Referat fertig. Beim Zubettgehen konnte Zwjach sich noch immer nicht beruhigen.

»Warum redet er dauernd vom ›Lebenden‹ und ›Nichtlebenden‹. Das ist nichts Exaktes. Solche Formulierungen lassen dich quasseln, was du willst. So reden Philosophen. Ein Naturforscher dagegen . . . Meiner Meinung nach, wenn du's wissen willst, kann's zwischen Lebendem und Nichtlebendem keine Grenze geben. Wenn du's chemisch untersuchst, in Reagenzgläsern, Retorten und so, kann's passieren, du bist noch mitten im Untersuchen, und das Molekül bewegt sich schon . . .«

Nach dem Teetrinken am Morgen verließen sie ihr Quartier. Bis drei Uhr nachmittags – dann sollte die Fakultätsversammlung beginnen – war noch viel Zeit. Plaudernd schlenderten sie durch den Park, den Pfad entlang zu den Feldern, zur Brücke über die Schlucht. Sie waren gleich groß, und man hätte denken können, daß sich hier ein Vater aus der Provinz mit seinem gebildeten Sohn unterhielt. Zwjach sprach gemächlich und »argumentierte« eindrucksvoll mit beiden Händen, und Fjodor hörte zu, den Kopf gesenkt, daß ihm braune Haarsträhnen in die Stirn fielen.

»Ich denk dauernd drüber nach«, sagte Zwjach unter anderem, als sie schon über die Felder gingen, »ich überleg dauernd, weißt du, ob du überhaupt reden mußt. Ich merk's dir doch an. Ich merk, daß dir das alles nicht leicht fällt. Das ist mir vom ersten Tag an klar gewesen. Ich versteh dich, Fedja. Vielleicht mach ich's lieber allein? Ans Rednerpult muß ich so oder so, das Referat haben sie mir aufgehalst. Aber was willst du bei alledem? Bleib du im Saal sitzen und hör dir an, was ich ihnen über Lebendes und Nichtlebendes eintrichtere. Bei mir ist es egal, ich hab mir sowieso schon genug aufgeladen. Mit mir haben sie im Jenseits ohnehin 'n Hühnchen zu rupfen. Aber auch wissenschaftlich gesehen. Ich mach die Augen ja grad erst ein bißchen auf, seh's bloß durch die Ritzen schimmern. Vielleicht krieg ich sie auch gar nicht ganz auf. Zu spät für mich. Was können die also von mir verlangen? Du dagegen bist schon ein Wissenschaftler, bestimmst die Richtung mit. Wenn ich dein Vater wär, würd ich zu dir sagen: Halt dich zurück. Halt dich zurück, Fedja.«

»Danke, Wassili Stepanowitsch.«

»Na schön, so ist's in Ordnung. Abgemacht.«

Als sie an die Brücke kamen, blieb Zwjach plötzlich stehen, schlug sich mit der Faust in die Hand, schüttelte energisch den Kopf und sagte: »Bummel du allein weiter. Ich geh nach Hause, blätter 'n bißchen im Referat und in den Materialien. Muß ja auf alles vorbereitet sein, Fedja.«

Er stakte eilig zurück. Fjodor überquerte auf der Brücke die Schlucht, ging das Trottoir an der grauen Häuserfront entlang, und aus Einzelheiten, die sich ihm eingeprägt hatten und sich beständig unmerklich in Erinnerung brachten, erstand vor ihm Jelenas klares Bild. Welch nie gekannte Blume plötzlich in dieser Stadt erblüht war, welch Geschick ihn plötzlich hergeführt hatte, damit er sie sah!

Er ging und sah *sie,* las die Botschaften, die sie mit Handbewegungen, leichtem Kopfwenden und Körperneigen oder einem Schulterzucken signalisierte. Auch ihren grauen Kittel mit der schmalen Taille und den Initialen J. W. B. auf der Tasche sah er deutlich vor sich. Sein Arm bog sich unwillkürlich zu einem Ring, seine Finger berührten die Brust – ja, so würde es sein, wenn . . .

Er trat unter den Torbogen – genau unter dem roten Rettungsring – und ging um ihr Haus herum, bemüht zu erraten, wo ihr Fenster war. Dann kehrte er durch denselben Torbogen auf die Straße zurück und schlenderte lächelnd weiter, ohne seine Umgebung wahrzunehmen, bis er auf einen großen zentralen Platz gelangte. Hier standen überall alte Kaufmannshäuser mit Säulen, nur auf einer Seite, hinter der Grünanlage mit der dunklen bronzenen Leninfigur, ragte ein modernes vier- oder fünfgeschossiges Gebäude auf, das aus Granitsäulen bis unters Dach und ebenso hohen Glasflächen bestand. Hier waren das Stadtparteikomitee und das Stadtexekutivkomitee untergebracht. Als Fjodor näher trat, erblickte er in der Grünanlage auf einem Postament eine breite rote Tafel in bronzebraunem Rahmen, von roten Fahnen aus Sperrholz flankiert. Daran hingen ungefähr zwanzig große Fotos – Porträts von Bestarbeitern der Produktion. Er ging an der Tafel entlang und betrachtete die Gesichter, las die Namen der berühmten Leute mit unwillkürlichem Respekt. »Perchuschkowa, Lidija Alexejewna, Spinnerin«, las er, »Tulikow, Iwan Sergejewitsch, Schlosser der Fahrbereitschaft. Shukow, Alexander Alexandrowitsch, Stahlwerker.«

Aha, dachte Fjodor, das ist er. Der Vater von Sascha Shukow.

Er stand eine Weile vor dem Porträt und musterte das grimmige Gesicht mit dem Schnurrbart, den starken Brauen und der dunklen Brille über dem Mützenschirm.

Der Sohn heißt auch Alexander, Sascha gerufen. Familientradition, dachte er. Aber der Sohn ist in die Biologie abgewandert. Jemand hat ihn dazu verführt. Wer wohl? Obus?

Sein Blick verdunkelte sich etwas, und er verließ die Anlage und bog auf einen langen Boulevard mit Bänken im Schatten von Linden ein. Er ging den Boulevard entlang, bis ihn ein vorn auftauchender gelblicher Lichtfleck aus seinem Dämmerzustand riß.

Es war der Dichter in seiner Hemdbluse aus goldschimmernder Schantungseide. Einen Arm in die Seite gestemmt, stand er mitten auf dem Boulevard vor einem Bierstand und trank in der Pose eines blasenden Roland eine Flasche Bier. Langsam nahm er mehrere Schluck und ließ dann die Hand mit der Flasche auf den vorstehenden Bauch sinken, um zu pausieren. Nachdem er ein wenig verschnauft und sinniert hatte, richtete er sich wieder auf, hob die Flasche und erblickte Fjodor. Mit einem Finger der Hand, die die Flasche hielt, winkte er ihn energisch heran.

»Was willst du, Kescha?«

»Warte, siehst du nicht, ich bin beschäftigt.«

Fjodor schmunzelte unwillkürlich – er kannte diese Marotte von Kondakow.

Als der Dichter ausgetrunken hatte, stellte er die Flasche auf eine Bank, wischte sich mit zwei Fingern über Bart und Schnurrbart, nahm Fjodor beim Arm und sagte, ihn mit Bierdunst anhauchend: »So, jetzt hör zu. Was Neues.«

Mit verräucherter, etwas weibischer Stimme deklamierte er:

»Fünf Widerkäuer und drei Zossen
und eine Darre trocknes Korn.
Solch Reichtum hat jemand verdrossen,
drum hieß Kulak er, ging verlorn.
Dein Vater war er. Du verfluchst ihn,
sagst laut, du wärst nicht mehr sein Sohn,
wirfst ab die alte Haut und flugs hin
zum Neuen rennst du, blähst dich schon.
Hast deinen Namen gar verschandelt:
Einst warst du Prochor Breweschkow,
jetzt hast du listig dich verwandelt
und nennst dich Kim und Rot-Krasnow –
damit beim Blättern deiner Akte
mit deinem Krasnow-Konterfei
ja niemand denkt, daß ein vertrackter
moderner Ausbeuter dies sei.

»Na, was sagst du? Spürst du, was das ist?«

»Ja. Was Ernsthaftes.«

»Wirklich?« Kondakow sah Fjodor mißtrauisch an.

»Ja, Kescha. Da hast du was Gutes, Ernsthaftes gemacht. Du verstehst zu reagieren.«

»Findest du?« fragte der Dichter geschmeichelt. »Komm, gehen wir ein Stück. Sag noch was.«

»Wozu hast du unserer Alten die Truhe gemaust? Hättest ihr wenigstens fünf Rubel geben können.«

Kondakow blieb stehen, als hätte einer mit Schrot auf ihn geschossen. Dann faßte er sich, und sein von einer graumelierten rötlichen Bartkrause umrahmtes Gesicht zog sich grinsend in die Breite.

»Hast du mir einen Schreck eingejagt. War das etwa ihre? Hat sie's gesehen?«

»Was denn sonst. Jetzt läuft sie rum und zieht deinen ehrlichen Namen in den Dreck.«

»Warum hast du sie denn nicht gebremst? Da, gib ihr zwei Rubel. Und von dir was dazu. Sag, sie soll damit aufhören.«

»Alten Plunder von der Straße aufzusammeln . . .«

»Plunder? Weißt du auch, was das für Plunder ist? Die

Truhe von ihr ist innen ganz mit Zeitungen beklebt. Von 1930. Da sind Erklärungen drin, Fedja ... Erklärungen, sag ich dir ... ›Ich breche die Verbindung zu meinem Vater als einem Kulakenelement ab.‹ – ›Ich breche alle Beziehungen zu meinen Eltern ab, die den Werktätigen das Bewußtsein mit religiösem Opium vernebeln.‹ – ›Ich ändere meinen Familien- und Vatersnamen.‹ Und welche Namen sie annehmen: Oktjabr, Mai, Kim, Revola ... Mir kam das Gruseln, weißt du. Ich hab die ganze Nacht nicht geschlafen.«

»Zeigst du sie mir?«

»Ich hab sie nicht mehr. Hab sie jemandem geschenkt.«

»Schade.«

»Der hat mich drum gebeten. Es stand jemand von seinen Verwandten drin. Hättest du sie ihm da nicht gegeben?«

»Meiner Meinung nach hast du etwas Wesentliches richtig dargestellt. Vielleicht war's so, vielleicht haben's manche in Ekstase getan. Solche Lossagungen von den Eltern haben nämlich Tradition. Aber weißt du, Abraham, der das Messer gegen seinen Sohn gezückt hat, – wenn der Gott nun nicht geliebt, sondern gefürchtet hat? Entwickeltere, gebildetere Menschen hätten gefragt: Was sollen solche Opfer überhaupt?«

»Warte, Fedja. Warte, das notier ich mir.« Der Dichter hielt schon einen Kugelschreiber und eine Zigarettenpakkung in der Hand. »Los, weiter.«

»Ich meine, nützen solche Traditionen der Revolution? Die Eltern – das ist eine Sache für sich. Aber zum Beispiel das Kreuz, das früher getragen werden mußte. Das hat was mit dem Menschenopfern zu tun, Kescha. Nicht jeder von denen war in Ekstase. Nicht alle waren hell begeistert, du hast recht. Manche haben ganz nüchtern Verrat begangen, um sich zu retten, andere – um hochzukommen.«

»Glaubst du? Na, los. Sprich weiter.«

Fjodor sah traurig auf die vollgeschriebene Zigarettenpakkung.

»Solch eine öffentliche Erklärung ist kein Beweis für revolutionäre Denkart. Im Gegenteil! Damit wird bekräftigt: Denk, was du willst, aber bloß für dich. Begeh eine solche

Gemeinheit, und du setzt einen Schlußpunkt. Die Zeitung wird in einem Archiv sicher verwahrt – der Schlüssel kommt in zuverlässige Hände –, und du bist die altmodischen Kulakenressentiments für immer los. Wenn einer von denen noch am Leben ist und man würde ihm die Truhe mit der Zeitung zeigen, sie ihm so richtig unter die Nase reiben . . . Dann würde sich manch einer vielleicht aufhängen.«

»Sprich weiter! Warum schreibst du keine Gedichte!«

»Ja, Kescha. Wer verlangt, daß einer den eigenen Vater verrät – der soll nicht auf irgend jemands Treue rechnen.«

»Sprich weiter . . .«

»Nein. Mehr möchte ich darüber nicht sagen.«

»Na, ein bißchen noch. Gehen wir zu mir, ich mach dir ein gutes Frühstück. Fleisch! Fleisch, Fedja! Fleisch und Zwiebeln! Es ist hier ganz in der Nähe. Da ist das Haus. Siehst du den Rettungsring? Sag noch was.«

»Ich hab mich leergeredet.« Fjodor sah den anderen interessiert an. »Na gut, Frühstücken wäre nicht schlecht. Gehen wir.«

Im dritten Stock öffnete Innokenti Kondakow mit einem Flachschlüssel eine mit gestepptem schwarzem Kunstleder bespannte, mit Messingknöpfen blitzende elegante Tür. Sie betraten einen düsteren Vorraum, in dem es wie in einer Garküche stark nach gebratenem Fleisch roch. Kondakow machte Licht und legte sofort ab. Bluse, Hemd und seidene Hose hängte er in einen Wandschrank, wohin er auch die aluminiumfarbenen Schuhe mit den Damenabsätzen stellte. Er zog einen himbeerroten Frotteemorgenmantel aus dem Schrank, warf ihn sich über, band ihn unter dem Bauch mit einem Gürtel mit Troddeln zu und präsentierte sich goldigbehaart, den Bauch eingezogen, der dennoch aus dem Mantel quoll. Im Goldhaardickicht gähnte frech ein trichterartiger Bauchnabel.

»Herrlich!« rief Fjodor. »Ein Holbein!«

»Was ist das, Fedja?«

»Das war ein Maler. Er hat einen englischen König gemalt, der dir ähnlich sah.«

»Danke, mein Lieber.«

»Der König wechselte sechsmal die Frau.«

»Aber ja! Das bin genau ich. Danke, nett von dir. Gehen wir in die Küche.«

Sobald sie die Küche betraten, floh eine Unmenge Schaben über Fußboden und Wände und war kurz darauf irgendwo verschwunden. Der Dichter holte aus der Backröhre eine glänzende Bratpfanne mit vier Stücken Fleisch, die auf einer dicken Streu aus gebratenen Zwiebelringen lagen. Er schnupperte daran und zwinkerte dem Gast zu. Jedes Fleischstück war so groß wie eine Männerfaust.

»Das hast du alles für dich gebraten?« staunte Fjodor.

»Ich muß Fleisch essen. Am Abend kriege ich Damenbesuch.«

»Du gehst die Sache ernsthaft an.«

Der Dichter hörte auf, mit seiner Bratpfanne zu liebäugeln. »Wärmen wir's auf?« fragte er, funkelte mit den verrückten, hellen Augen und antwortete selbst: »Wird gemacht!«

Das Gas in der Backröhre flammte auf. Kondakow schob die Pfanne hinein. Fjodor betrachtete inzwischen ein über dem Tisch befestigtes Farbfoto einer nackten Frau, offenbar aus einer ausländischen Zeitschrift.

Der Dichter zupfte den Gast am Ärmel. Sie gingen durch die kleine Diele und durch ein Zimmer mit verdunkeltem Fenster, in dem zwischen getrockneten Weinlachen auf dem Tisch eine schirmlose Lampe stand; auf dem Fußboden ragte ein gutes Dutzend Flaschen auf, und an den Wänden hingen Plakate, auf denen mit großen Buchstaben »Innokenti Kondakow« zu lesen war. Im anderen Zimmer stand ein niedriges altertümliches Bett – ein quadratischer Eichenholzkasten mit dunklen Lehnen, an denen irgendwo ausgeschnittene langhaarige, glubschäugige Mädchen, zwischen Rosen und Feuervögeln schwebend, schimmerten. Zwei schmuddlige Kissen, eine riesige Steppdecke, Bettlaken – alles lag zerknüllt durcheinander. Der Dichter nahm die Sperrholzplatte vom Fenster, zog an der Gardinenschnur und ließ das Tageslicht herein, worauf schmutziges Parkett, Staub und Zigarettenkippen in den Ecken, schmutzige Muster und Inschriften an den Wänden zum Vorschein kamen. »Kamel!« stand mit Lippenstift an sehr auffälliger Stelle.

Auch in diesem Zimmer hingen Plakate mit dem gleichen großgedruckten Namen und etliche Fotos – auf allen, von drei Seiten beleuchtet, der Dichter Kondakow, versonnen oder freundschaftlich grinsend.

»Hier lasse ich mich inspirieren«, sagte er und wies auf sein Lager.

»Ich sehe, ich sehe. Man besucht dich«, bemerkte Fjodor. »Womöglich nehmen sie auch gleich Reißaus, wenn sie sehen, wie du wohnst.«

»Du kennst die Frauen nicht, Fedja. Sowie sie das sehen, werden sie geradezu wie die Tiere. Man muß die Frauen kennen. Nach einem Blick auf das alles – die Schaben, die Flaschen, den Dreck – brechen sie zuerst in wildes Gelächter aus. Dann stürzen sie sich auf mich und trommeln mit den Fäusten auf mich ein. Schließlich fallen sie entkräftet . . . hier hin.« Er grinste. »Eine kommt zu mir, die müßtest zu sehen. So eine Stille, so ein braves Kindchen, sag ich dir, so was von fein! Aber wenn der Moment kommt, wird sie zum Biest!«

»Angeber!« sagte Fjodor, der sich immer noch im Zimmer umsah. Sein Leben war anders verlaufen, solche Menschen und solch ein Milieu waren ihm noch nicht begegnet.

»Gehen wir rüber!« Der Dichter schnupperte und rannte plötzlich in die Küche.

Fjodor setzte sich an den Tisch. Innokenti stellte die heiße Bratpfanne auf ein Buch und gab dem Gast eine schmutzige Gabel und ein fettiges Messer mit gespaltenem Holzgriff.

»Hier hast du Brot«, er legte zwei spitz zulaufende Weißbrote auf den Tisch, »hier ist was zu trinken, den Wein haben wir gestern allegemacht«, er stellte zwei Flaschen Milch hin. »Hau rein!« Er zerschnitt ein Fleischstück in der Pfanne und schob sich den ersten Happen in den Rachen.

»Moment, die Gabeln müssen doch abgewaschen werden! Und der Tisch . . .«

»Du kannst auch den Fußboden aufwischen. Ich erlaube es.« Mit einer weit ausholenden Kopfbewegung riß der Dichter ein Ende vom Weißbrot mit den Zähnen ab, steckte sich den zweiten Happen Fleisch in den Mund und schob eine ordentliche Ladung Zwiebeln hinterher.

Nachdem Fjodor Gabel und Messer abgewaschen hatte, machte er sich an seinem Sektor in der Pfanne zu schaffen.

»Warum sagst du nichts? Bewirte ich dich umsonst?« brummte der Dichter kauend.

Aber dem Gast war nicht nach Reden zumute. Neben der Pfanne waren aus der Ritze zwischen Tisch und Wand ungeheure tastende Fühler zum Vorschein gekommen. Fjodor holte aus, um den Späher zu verscheuchen, aber Innokenti hielt ihn davon ab.

»Rühr ihn nicht an, das ist Xaveri.«

Er tunkte einen Brocken Weißbrot in Fett und legte ihn vor die unruhigen Fühler. Sogleich kam Xaveri hervorgekrochen und stubste an das Brot. Es war eine streichholzschachtellange schwarze Schabe.

»Siehst du, er frißt. Wir kennen uns schon lange, haben über viele Dinge die gleichen Ansichten.«

Aus der Ritze kam eilig eine etwas kleinere Schabe und machte sich ans Brot. Xaveri versetzte ihr mit seinem fünften oder sechsten Bein einen Schwinger, und die Schabe überschlug sich, daß der Bauch nach oben zeigte, erstarrte und stellte sich tot. Danach drehte sie sich jäh um und verschwand in der Ritze.

»Sie kämpfen um die Macht«, kommentierte Innokenti, vergnügt grinsend, während er ein zweites Stück Weißbrot ins Fett tunkte. »Da, friß, du Dummkopf.« Er legte den Brocken direkt vor die Ritze. »Deine Tapferkeit gefällt mir!«

Nach ein paar Schluck aus der Flasche zerschnitt er das zweite Stück Fleisch. Vom ersten war nichts mehr übrig.

»Gefällt dir das Mädchen?« fragte Kondakow kauend und sah auf das Foto über dem Tisch.

»Das k-kann ich nicht sagen. Sie läßt sich nackt fotografieren und wird nicht rot, versteckt nicht ihr Gesicht. Eine normale Frau würde in dieser Situation glühend rot vor Scham. Mir scheint, Kescha, ohne Liebe darf man Nacktheit nicht mal verstohlen betrachten. Ein Liebender darf das. Liebe reinigt den Blick.«

»Wie hast du gesagt? Warte, laß mich notieren. Jaa . . .

Und warum ist sie nicht errötet? Sie sieht einem direkt in die Augen.«

»Das ist eine Schamlose. Sie macht's doch für Geld. Und hat natürlich einen Grund, mit dem sie's bemäntelt. Aber das ändert nichts an der Sache.«

»Und ein nackter Mann – soll der sich schämen?«

»Nur vor einer Frau. Das erhält ihr die Schamhaftigkeit.«

»Und im Paradies? Da waren doch beide nackt.«

»Paradies und Liebe, das ist eins, Kescha.«

»Wie, wie? Sag das noch mal. Komm, wir teilen uns noch ein Stück. Vom Weißbrot hast du fast gar nichts gegessen!«

»Ich habe genug, ich bin satt.«

»Na, wie du meinst. Also drei zu eins für mich. Und wie denkst du über folgende Beobachtung von mir. Du hast recht, ich kriege oft Besuch. Ich hab gemerkt, daß dabei Ausdauer gut ist. Auf halbem Wege abbrechen geht nicht. Man muß sich eine Woche mit ihr einschließen. Dazu gehört ein Beutel Lebensmittel auf den Balkon, und zwar ein voller. Die, von der ich gesprochen habe, kann leider nicht so lange. Deshalb konnte ich meine Beobachtung, von der ich dir gleich erzähle, an ihr noch nicht prüfen. Sie kommt heute. Ich will dir folgendes sagen. Der Teufel weiß, wie's zu dieser Wochenfrist kommt! Ich kapier's nicht. Wir gehen als zärtlich Verliebte hier rein, und wenn wir rauskommen, guckt jeder woandershin, hassen wir uns, prügeln uns fast. Also läuft alles auf den Hunger oder die Sättigung des Körpers hinaus. Wenn ich satt bin, kommen mir gleich Gedanken wie: Wozu habe ich mich bloß mit dieser Ziege eingelassen? Schade um die Zeit! Was habe ich bloß an der hübsch gefunden? Eine Nase – wie von drei Seiten mit 'nem Taschenmesser behobelt. Puh! Kurz, ein Abschied ohne Bedauern. Doch kaum ist 'ne Woche vergangen, vermisse ich sie schon wieder. Und sie mich auch. Auf einmal ist sie für mich wieder ein außergewöhnliches Wesen. Woher nur die Beredsamkeit, die Verse! Ich sprühe nur so. Schön ist sie! Eine Göttin! Ein Engel! Dieser Gegenstand eignet sich bestens zu Selbstbeobachtungen, Fedja. Ich bemerke seit langem, daß es beim Menschen überall so ist: Alles, was ihm nützen kann, ist richtig. Und was ihm schadet, ihn stört oder langweilt, ist falsch. Ihm fallen auch gleich überzeugende Argumente ein. Um sich zu rechtfertigen. Ist dir das nicht auch schon aufgefallen?«

»Ich habe Ähnliches beobachtet. Nur nicht an diesem . . . Gegenstand.« Fjodor suchte verlegen nach Worten. »Verstehst du, du hast mir eben einen Beweis mehr geliefert. Daß das Gefühl, im Recht zu sein, nicht immer mit der wirklichen Lage der Dinge zusammenfällt. Daß sich damit oft die Erwartung eines Vorteils verbindet. Den man selber haben wird. Wer sich hier beherrscht, Kescha, der ist weise.«

»Danke, Fedja. Trink doch Milch.«

»Ich spreche gar nicht von dir. Ob du dich beherrschst oder nicht, weiß ich nicht.«

Alles war aufgegessen und ausgetrunken. Kondakow war merklich schwerfällig, wortkarg und mürrisch geworden. Schweigend gingen sie aus der Küche in die Diele. Fjodor wollte ins Zimmer, doch der Dichter stellte sich ihm wortlos in den Weg und kratzte sich die nackte behaarte Brust. Seine Miene verdüsterte sich noch mehr, und schließlich sagte er: »Na, dann geh mal, Fedja. Geh, ich muß mich ausruhen.«

Und damit schob er ihn zur Tür.

5

Um zwei Uhr holte Fjodor seinen »Sir Percy« aus dem Schrank – seinen Lieblingssportsakko mit aufgesetzten Taschen. Der Sakko hatte die Farbe eines herdfrischen Gemüseauflaufs mit gut gebräunten Zwiebeln, Tomatenfasern und zahlreichen Pünktchen von gemahlenem Pfeffer. Als Fjodor ein feingetüpfeltes Hemd mit rotbrauner Krawatte und den »Sir Percy« angezogen hatte, ähnelte er einem selbstbewußten Halbmittelgewichtsboxer. Sein Gesicht mit der spitzen Nase, der vertikalen Linie im unteren Teil und der tiefen, kommaartig gebogenen Kerbe im Kinn hatte einen strengen Ausdruck angenommen – er begab sich auf ein Schlachtfeld, obwohl er jetzt erheblich weniger zuversichtlich war als vor drei Tagen.

Auch Zwjach traf Vorbereitungen – er hatte schon seinen dunklen Dienstreiseanzug gebügelt und ähnelte nun, da er ihn angezogen, eine Krawatte umgebunden und sich einen Scheitel gekämmt hatte, einem grauhaarigen Bauern, der sich zum Kirchgang fertig macht.

Sie verließen das Haus, als gingen sie zu einer Feierlichkeit, und steuerten auf der einzigen Straße des Institutsstädtchens einen fernen Punkt an. Rechts und links kamen Leute von verschiedenen Enden des Städtchens – alle wollten dahin. In dem zweistöckigen rötlichen Gebäude dort befand sich die Aula.

»Kassian hat heute angerufen«, teilte Zwjach mit. »Irgend etwas ist ihm geflüstert worden. Was, das sagt er nicht, aber er war ungehalten. Wir hätten was versaubeutelt, sagt er. Aber was wir versaubeutelt haben sollen, hab ich nicht kapiert.«

Fjodor erwiderte nichts, wandte nur beredt ein wenig den Kopf.

»Sieh bloß mal, was hier alles zusammenströmt. Von allen drei Fakultäten«, meinte Zwjach nach längerem Schweigen.

Als sie die Hälfte des Wegs zurückgelegt hatten, sagte er noch: »Bei den Zoologen haben sie vor drei Wochen einen Drosophilisten entdeckt. Und schnellstens davongejagt, jetzt ist Ruhe dort.«

Als sie durch den langen Korridor zum Saaleingang schritten, blieb Zwjach stehen.

»Also dann. Ich gehe ins Präsidium.«

Fjodor betrat den unruhigen Saal. Fast alle Plätze waren besetzt, aber er fand noch einen in den zwanziger Reihen, setzte sich und beobachtete. Zuallererst erblickte er über der leeren Bühne ein rotes Spruchband mit der bekannten Aufschrift in weißen Buchstaben: »Unsere in den Arbeiten von Timirjasew, Mitschurin, Wiljams und Lyssenko entwickelte agrobiologische Wissenschaft ist die fortschrittlichste Landwirtschaftswissenschaft der Welt!« Er hatte diese Worte mehrfach auf der Augusttagung gehört. Dann entdeckte er ungefähr zehn Reihen weiter vorn, von oben ein wenig durch einen Knoten aus dunklen, fast schwarzen Haarflechten verdeckt, den weißen Hals Jelenas. Neben ihr sah er Strigaljow mit zerzaustem Schopf und im roten Pullover. Den Kopf gesenkt, sagte Iwan Iljitsch etwas zu Jelena. Hinter Fjodor und rechts und links von ihm saßen ihm unbekannte Leute, alle miteinander bekannt und sich erregt und mit glänzenden Augen unterhaltend.

»Massenpsychosen gelingen gut, wenn sie jemandem nützen«, sagte hinter ihm ein älterer Mann in ruhigem, etwas blechernem Baß. »Ich sehe hinter solchen Psychosen kein religiöses Ritual, sondern den persönlichen Nutzen der Beteiligten. Obwohl – es gibt sie schon, die Menge und die alten Weiber darin ... Die Reisigbündel ins Feuer werfen, wenn man Ketzer verbrennt.«

»Nein, immerhin ist ein Fortschritt zu verzeichnen«, widersprach kaum hörbar ein noch hinfälliger klingender Tenor – ein Kirchenchor-Tenor. »Wenn man von den Hinrichtungen im alten Rom liest, zu denen Tausende Schaulustige strömten ... Sogar ehrbare Frauen mit Säuglingen. Ja. Fenster haben sie gekauft, um zuzusehen. Der erste Tag des Karnevals wurde mit einer Hinrichtung begangen, und die Menge billigte das durch ihre Anwesenheit. Nach alledem sind wir doch vorangekommen. Eine nützliche Lektüre.«

»Besonders vor so einer Versammlung. Sind Sie sicher, daß sich hier niemand ein Fenster kaufen würde?«

In diesem Moment entdeckte Fjodor direkt vor sich Wonljarljarski. Er war sehr erregt, schob fortwährend den Finger in den Hemdkragen, und sein Kopf mit dem naß gekämmten, spärlichen Haar drehte sich hin und her wie eine sehnige Faust in einer Manschette. Fjodor wollte dem rosigweißen Hinterkopf mit dem vom Ohr her verlaufenden Scheitel Grußworte zurufen, doch da schritten die Präsidiumsmitglieder auf die Bühne. Einer nach dem anderen kamen sie hinter einer grauen Leinwand hervor und defilierten, sich schwerfällig in den Hüften drehend, in weit auseinander gezogener Reihe zum Tisch. Der Dekan, der Rektor, noch zwei Dekane, weitere würdig aussehende, korpulente Männer, eine Frau. Auch Zwjach war darunter – mit dem gleichen behäbigen Drehen der Hüften stakte er zu seinem Stuhl, setzte sich und senkte die Stirn gleichsam über die Augen. Dann schritt leichtfüßig Akademiemitglied Possoschkow über die Bühne und nahm sofort den Platz des Versammlungsleiters ein – aufrecht, elegant, in schwarzem Anzug mit himbeerrot-perlmuttgrauer Fliege, die ihn stark verjüngte. Er brachte mit dem schweren Ehering die Wasserkaraffe zum Klingen und sah wortlos, Aufmerksamkeit heischend, in den Saal.

»Kollegen!« rief er. »Wir alle, die wir in zahlreichen Zweigen der sowjetischen biologischen Wissenschaft tätig sind, feiern in diesen Tagen den hervorragenden Sieg der Mitschurinschen Richtung mit Trofim Denissowitsch Lyssenko an der Spitze, den Sieg über die reaktionär-idealistische Richtung, deren Begründer die Reaktionäre Mendel, Morgan und Weismann sind. Vielen von uns ist dieser Sieg nicht leichtgefallen. Die jahrelang waltenden Verirrungen sitzen tief, die Befreiung davon geschieht nicht ohne schwere Wunden.«

»Wissen wir, wissen wir«, sagte der Alte mit dem Baß hinter Fjodor. »Genug der schönen Reue.«

Nach ein paar weiteren feierlichen Sätzen und abermaligen Schmähungen gegen die Weismann-Morgan-Anhänger eröffnete Akademiemitglied Possoschkow die Versammlung und erteilte dem Rektor, Pjotr Leonidowitsch Waritschew, das Wort zum Referat. Der erhob sich und trug seinen schweren Bauch zum Rednerpult.

»Ein Pottwal«, brummte hinten der Alte mit dem Baß, als hätte er die tiefste Kontrabaßseite berührt. »Als er seinen Posten erhielt, war er wie ein Cherub. Heute aber bin ich ihm am Eingang begegnet – was für eine Physiognomie! Wie eine Futterrübe!«

»Das Bier und die Zukost bringen ihn ins Jenseits«, säuselte der zweite Alte.

»Haben Sie mal Kaftanow gesehen? Das nenn ich Geometrie! Der hat 'ne isodiametrische Figur!«

»Unser kommt genau dahin. Tritt in seine Fußstapfen.«

Der Rektor war ans Rednerpult gelangt und legte sich sein Manuskript zurecht.

»Kollegen!« begann er mit etwas dumpfer Stimme und las vom Blatt ab: »Die Geschichte der Biologie ist eine Arena des ideologischen Kampfes. Das sind die Worte unseres hervorragenden Präsidenten Trofim Denissowitsch Lyssenko. Die zwei Welten sind zwei Ideologien in der Biologie. In der gesamten bisherigen Geschichte der biologischen Wissenschaft haben auf diesem Kampffeld die materialistische und die idealistische Weltanschauung einen Konflikt ausgetragen . . .«

Fjodor hob belustigt die Brauen: Der Rektor schien sein Referat nach der gleichen Methode verfaßt zu haben wie Zwjach und er. Und nach denselben Quellen.

Wassili Stepanowitsch im Präsidium sah den Redner verdattert an und rieb sich den Nacken.

»Nicht von ungefähr fand die neue sowjetische Biologie bei den Vertretern der reaktionären ausländischen Wissenschaft geharnischte Aufnahme«, las Waritschew, beide Hände aufs Pult gestemmt. »Aber auch bei einer Reihe von Wissenschaftlern unseres Landes . . .«

Im Präsidium blätterte Zwjach eilig in seinem Vortrag und strich energisch etwas aus.

»Die Mendel-Morgan-Anhänger behaupten, Weismann folgend«, las Waritschew rasch weiter, »daß die Chromosomen eine besondere ›Erbsubstanz‹ enthalten. Wir dagegen behaupten, unseren hervorragenden Führern, den Akademiemitgliedern Lyssenko und Rjadno folgend, daß die Vererbung der Effekt einer konzentrierten Einwirkung der Umweltbedingungen ist.«

So floß das jedermann bekannte Referat dahin, das alle in verschiedenen Varianten schon in der Zeitung gelesen oder im Radio gehört hatten. Die leise Unruhe im Saal verstärkte sich, überall flackerten Gespräche auf. Sie verstummten aber sofort, als in der Stimme des Redners ein besonderer, drohender Unterton hörbar wurde und man merkte, daß er nun auf Institutsangelegenheiten zu sprechen kam.

»Selbst an unserem Institut fanden sich, mit Verlaub gesagt, Wissenschaftler, die sich das jungfräuliche Bewußtsein sowjetischer Studenten zum Schauplatz ihres Kampfes gegen die wissenschaftliche Wahrheit erkoren. Ich will hier nicht diejenigen nennen, die den Mut gefunden haben, sich rechtzeitig von ihren langjährigen Verirrungen loszusagen.«

Der Redner warf dennoch einen Blick ins Präsidium. »Wir werden ihnen helfen, ihre Wunden zu heilen.«

Heiterkeit erfaßte den Saal. Wer lacht da nur? dachte Fjodor und sah sich um. Alle ringsum lächelten, einzig Wonljarljarski zuckte nervös und drehte den Kopf hin und her.

»Indem wir den Mendelismus-Morganismus-Weismannismus aus unserer Wissenschaft verbannen«, fuhr Waritschew lauter fort, »verbannen wir damit auch den Zufall aus der biologischen Wissenschaft. Die Wissenschaft ist ein Feind des Zufalls. Wir haben nichts mit denen gemein, die unter Verwendung des giftigen Kolchizins aus dem Kaffeesatz wahrsagen, Mißwuchs züchten und unerfüllbare Hoffnungen in ihn setzen. Wir haben uns bereits ohne Bedauern von zwei solchen Wahrsagern getrennt, und das war offenbar noch nicht genug. Professor Chejfez, ich wende mich speziell an Sie. Bis jetzt haben wir uns Ihre an die Adresse der sowjetischen Wissenschaft gerichteten Beschimpfungen noch geduldig angehört und waren liberale Zeugen Ihres pharisäerhaften Kokettierens mit unserem Nachwuchs, den Studenten und Aspiranten. Sie und Ihre heimlichen Verbündeten müssen endlich begreifen, daß diese Geduld und dieser Liberalismus Grenzen haben. Wählen Sie selbst, wonach Ihnen der Sinn steht – sich dem Siegeszug der sowjetischen Wissenschaftler mit unseren anerkannten Bannerträgern an der Spitze anzuschließen und mit uns gemeinsam die Zukunft zu erschaffen oder, auf den Hinterhof der Geschichte geworfen, sich unter so angenehmen Nachbarn wie Mendel, Morgan und Weismann auf dem Müllhaufen wiederzufinden.«

Beifall prasselte los wie Gewehrfeuer, wurde lauter und heftiger.

Als sich der Saal beruhigt hatte, brachte Waritschew einen Hochruf auf die im Werk von Mitschurin, Wiljams und Lyssenko entwickelte fortgeschrittenste agrobiologische Wissenschaft aus. Erneut brandeten stürmische Ovationen auf, und er raffte seine Manuskriptbögen zusammen und verließ das Pult.

Nächster Redner war Zwjach. Er lobte eingehend das Referat des Rektors, seine präzisen Formulierungen.

»Die Vielfalt der auf der Akademietagung geäußerten neuen Gedanken wird uns noch über Jahre hinaus anregen, auf das Tagungsprotokoll als Leitdokument zurückzugreifen«, erklärte er. »In solchen historischen Tagen werden sich zwei gewissenhaft vorbereitete Referate, die ein und dieselbe Frage behandeln, zwangsläufig in vielem gleichen. Die gemeinsame Quelle bedingt die Ähnlichkeit der Formulierungen. Daher lasse ich den einleitenden Teil meines Koreferats weg, weil er fast wörtlich bereits Gesagtes wiederholt, zu meinem ... Bedauern, möchte ich gar nicht mal sagen ...«

Allgemeines Gelächter im Saal übertönte die Worte. Auch Zwjach lächelte schlau und spähte, über das Pult gelehnt, abwartend in den Saal. Dann hob er die Hand, worauf sogleich Ruhe eintrat, setzte eine strenge Miene auf und begann, den Fjodor bekannten Text mit der ausführlichen Analyse der Lehr- und Forschungstätigkeit der Fakultät und des Forschungslabors zu verlesen. Die Abweichung komme deutlich zum Ausdruck – die Kommission mache alle Professoren und Dozenten nachdrücklich auf hier und da festgestellte Spuren der unlängst überstandenen Weismann-Morgan-Krankheit aufmerksam und empfehle, diese Überbleibsel schleunigst auszumerzen. Dennoch könne die Kommission nicht umhin, die militante Position von Professor Chejfez und seine offene Ablehnung des von der Tagung verkündeten Kurses zu vermerken.

»Obwohl noch nicht entschieden ist, was besser ist – eine offen ablehnende Haltung oder eine heuchlerische Umstellung als Tarnung«, gab Zwjach vielsagend zu bedenken. »Tarnung ist seit jeher ein taktischer Kunstgriff und zugleich ein sicheres Kennzeichen für bewußte, verbohrte Widersetzlichkeit seitens jeder Art Antiwissenschaft.«

Seine Worte gingen in frenetischem Beifall unter.

»Auf offene Ablehnung und Direktheit«, fuhr Zwjach nach einer Pause fort, »treffen wir bei ehrlichen Wissenschaftlern, und das läßt noch hoffen, daß der Betreffende in der Lage ist, ehrlich ...« Der Satz war zu kompliziert, er stand nicht im Manuskript, und Zwjach verhaspelte sich.

»Ehrliche Anstrengungen zu unternehmen, um sich bewußt zu werden ... Um den Fehler abzustellen, und ich bin sicher, es finden sich unter uns ... es gibt viele wohlgesinnte und begabte Wissenschaftler unter uns, die ihm – durch schöpferischen Gedankenaustausch – helfen können, Klarheit zu gewinnen.«

Er will ihm die Hand reichen, dachte Fjodor.

Als der Kommissionsvorsitzende vom Pult abtrat, entstand Unruhe im Saal – die zahllosen Gesprächsgruppen lebten wieder auf. Akademiemitglied Possoschkow klingelte lange mit dem Goldring an die Karaffe und rief plötzlich: »Kollege Choderjachin!«

Am Rednerpult erschien der Fjodor bekannte Mann mit dem gelblich-blassen Teint und den traurigen schwarzen Augen. Er legte sein Manuskript hin und verlas, wie es Fjodor vorkam, den Aufsatz aus der Zeitschrift, der Anlaß zu dem peinlichen Gespräch in der Lehrgärtnerei gewesen war.

»Diese Arbeit«, schloß er, »hat Kassian Damianowitsch gesehen. Und gebilligt.«

Choderjachin wußte, daß der Moskauer Revisor im Saal saß, und wollte ihm auf diese Weise antworten.

»Ich habe dazu Schopenhauer ... Schopenhau-er gelesen«, fuhr er fort, griff sich mit den gelben Fingern ins schwarze Haar und strich es kräftig zurück. Eine Woge von Heiterkeit rollte durch den Saal. »Kritisch, kritisch gelesen«, korrigierte er sich.

Der Saal tobte. Der Versammlungsleiter schlug mit dem Ring an die Karaffe.

»Bei diesem reaktionären Philosophen gibt es eine Stelle«, sprach Choderjachin weiter, »die paßt meiner Meinung nach hierher. Wer klar denkt, der spricht auch klar. Das sind seine Worte. Ich glaube, wir können auch so sagen: Wer in seinen Darlegungen dunkel ist, der ist es auch im Denken. Weiter sagte er: Das Unverständliche ist dem Unverständigen verwandt. Wozu sage ich das? Ich bin doch mal bei denen gewesen. Bei den Weismann-Morgan-Anhängern. Nein, nicht als einer, der ihre Ansichten teilte, da dürfen Sie sicher sein – als ein Neugieriger, der nichts verstand. Meiner Meinung nach verstehen sie selbst nicht alles, was sie sagen. Crossingover . . . Reziprozität . . . Allel . . . Sie werfen nur so damit herum. Ich meine, ein klarer Gedanke hätte sich in einfacheren Worten ausdrücken lassen. Wenn dagegen Akademiemitglied Kassian Damianowitsch Rjadno spricht, ist alles klar. Und die Bestätigung ist keine Tabelle, keine Fliege ohne Flügel, sondern unsere heimische Kartoffel! Maiblume! Wie Tschapajew – an der Kartoffel beweist er's! Oder unsere Anna Bogumilowna – in den Seminaren spricht sie einfach und klar, daß ihr zuzuhören eine Freude ist. Und einen Weizen legt sie vor, reicht ihn demnächst zur Sortenprüfung ein . . . Gestatten Sie mir hier nochmals ein kurzes Zitat, Genossen.«

»Wieder reaktionäre Philosophie?« fragte Waritschew heiter aus dem Präsidium.

»Pjotr Leonidowitsch, Sie haben's erraten. Aber wir kehren diese Waffen gegen die Reaktionäre. Schopenhauer schreibt folgendes: ›Während nun also die Geisteswerke der höchsten Art meistens erst vor dem Richterstuhle der Nachwelt Anerkennung finden‹, das sagt er, der Philosoph, ›so ist ein umgekehrtes Schicksal gewissen glänzenden Irrtümern bereitet, welche . . . welche so scheinbar begründet auftreten und mit so viel Verstand und Kenntnis verteidigt werden, daß sie, bei ihren Zeitgenossen, Ruhm und Ansehn erlangen . . .‹« Choderjachin hob den Finger. »›Dieser Art sind manche falschen Theorien, falschen Kritizismen . . . Da soll man nämlich sich nicht ereifern, noch weniger verzagen, sondern denken‹«, er schraubte den Finger noch höher, »›daß sie schon davon zurückkommen werden und nur der Zeit und Erfahrung bedürfen, um selbst, aus eigenen Mitteln, das zu erkennen, was der schärfer Sehende auf den ersten Blick sah.‹«

Choderjachin spürte eine verdächtige Stille im Saal und hielt inne. Nach einem Blick aufs Präsidium, wo Waritschew, die Mundwinkel merkwürdig herabgezogen, mit den Fingern auf den Tisch trommelte, legte er das Blatt mit dem langen Zitat beiseite und schloß:

»So sieht es aus, Genossen! Dann sagt er noch: ›Im schlimmsten Falle wird es zuletzt im Theoretischen gehn wie im Praktischen . . . wo Täuschung und Betrug, durch den günstigen Erfolg dreist gemacht, immer weiter- und weitergetrieben werden, bis die Entdeckung fast unvermeidlich eintritt. So wächst ... das Absurde immer höher, bis es endlich so groß geworden, daß auch das blödeste Auge es erkennt ...‹«

Hier unterbrach den Redner rasendes Beifallsklatschen am Ende der ersten Reihe.

»Bravo, bravo, Kollege Choderjachin!« rief jemand mit quäkender Stimme.

Fjodor erhob sich ein wenig. Der Choderjachin Applaudierende war der vor Anstrengung rot gewordene Professor Chejfez. Wonljarljarski sah entsetzt zu ihm hinüber.

»Eins zu null, wie mein Enkel sagt!« erscholl durch den zunehmenden Lärm von hinten der Baß. »Eins zu null für Mendel!«

»Kollegen Sportfreunde! Sie sind nicht auf dem Fußballplatz«, mischte sich, ebenfalls von hinten, eine heftige Stimme ein.

Die Karaffe klirrte ununterbrochen. Als die Gemüter sich beruhigt hatten, ertönte die Stimme von Akademiemitglied Possoschkow: »Kollege Chejfez! Natan Michailowitsch! Zur Ordnung, bitte. Kollege Choderjachin! Meiner Ansicht nach war das genug Philosophie. Wir sind alle hingerissen.«

»Ich bin fertig«, sagte Choderjachin und verließ traurig lächelnd die Bühne. Ehe er sich auf seinen Platz in der ersten Reihe setzte, drückte er einigen Freunden die Hand, als nähme er Glückwünsche entgegen.

»Ja, Kollegen, ja! Lassen wir uns nicht von der Hauptsache ablenken!« ertönte von überallher eine kräftige Frauenstimme aus den Lautsprechern. Am Rednerpult wallte und wogte Anna Bogumilowna Pobijacho, es wogten ihre sämtlichen, auf den voluminösen Busen quellenden Kinne, die rote Kette hüpfte auf der Bluse. »Jawohl, kehren wir auf die Bahn zurück, die uns die historische Tagung vorgezeichnet hat. Bekanntlich leugnen die Mendel-Morgan-Anhänger den Einfluß der Züchtungsbedingungen auf die Veränderung der Sorteneigenschaften. Mutagene, Kolchizin, Röntgenstrahlen – alles, was die Organismen verunstaltet: das ist ihr Arsenal. Als Gegengewicht zu dieser falschen und schädlichen Methode haben Trofim Denissowitsch und Kassian Damianowitsch ein diametral entgegengesetztes Prinzip erarbeitet und seine Gültigkeit in der Praxis nachgewiesen. Ich persönlich habe in meiner langjährigen Tätigkeit . . .«

Sie schlug ein Heft auf und hielt einen ausführlichen Vortrag über die Umwandlung von Weizensorten – Winterweizen in Sommerweizen und Sommerweizen in Winterweizen. Ihre einschläfernde Stimme ging allmählich in allgemeiner Unruhe unter.

»Puh, ist das 'ne Hitze«, stöhnte jemand. »Wenn sie wenigstens die Fenster aufmachen würden.«

Fjodor ließ den Blick durch den Saal wandern und entdeckte links vor sich die junge Frau mit dem kiefernholzhellen Haar, den dicken Zöpfen, die diesmal zu einem üppigen Kranz im Nacken aufgesteckt waren. Die Frau saß da wie versteinert, den Blick tief gesenkt, und das Saalgetöse hüllte sie ein wie Schneetreiben. Nachdem Fjodor sie eingehend betrachtet hatte, richtete er den Blick auf Akademiemitglied Possoschkow, der im Präsidium hinter der Karaffe saß – gleichfalls mit gesenktem Kopf. Heute war er merkwürdig blaß und farblos – so hatte Fjodor ihn noch nie erlebt.

»Gerade darum«, donnerte die Stimme der Pobijacho plötzlich deutlicher und lauter aus den Lautsprechern, »gerade darum kann ich nicht umhin, hier meine Verwunderung über die von Professor Chejfez bezogene Position auszudrücken. Seine betonte Opposition gegen uns, seine Kollegen, gegen die sowjetische Wissenschaft ist mir unbegreiflich, unbegreiflich wie seine Haltung und sein Auftreten, die an das Verhalten der bekannten Fabelfigur von Krylow zu der sie ernährenden Eiche erinnern.«

Fjodor verfärbte sich und runzelte die Brauen – jede Taktlosigkeit ging ihm schmerzlich nahe. Noch heftiger traf ihn der donnernde Beifall – als rasten über ihm mehrere Züge über eine Stahlbrücke. Er sah zu Boden und hörte das Ende der Rede nicht mehr. Die Karaffe klirrte.

»Natan Michailowitsch Chejfez!« schrie der Versammlungsleiter.

Der Saal wurde sofort still. Professor Chejfez schritt eilig mit vorgeneigtem Kopf zur Bühne – blaß, mit leuchtend weißem Haar, in einer langen, selbstgestrickten moorbraunen Jacke. Hastig trat er ans Rednerpult, seine nervösen Finger umklammerten es. Lange blieb er stumm, obwohl er innerlich zu toben schien.

»Ihr beschimpft mich!« rief er jäh, es war, als sei ihm die Stimme ausgerutscht. »Wofür? Bin ich denn nicht vor aller Augen von früh bis in die Nacht auf den Beinen – im Labor, in der Bibliothek, im Hörsaal? Seht ihr denn nicht, daß es für mich nichts gibt als meine geliebte Wissenschaft und die Wahrheit?«

»Demagogie!« rief jemand in Wonljarljarskis Nähe. Der zuckte zur Seite.

»Beschimpft, wie Sie sich ausdrückten, werden Sie für Idealismus«, sagte Waritschew lächelnd. »Dafür, daß Sie ein idealistischer Romantiker sind und nicht auf die Stimme der Allgemeinheit hören wollen.«

»Nichts dergleichen! Ich bin kein Romantiker, bin der strengste Materialist. Bei mir beruht alles auf Berechnung, Glaubwürdigkeit. Ich muß alles in Händen halten, unterm Mikroskop sehen, durch chemische Reagenzien überprüfen. Idealisten und Romantiker seid ihr. Bei euch ist alles morgen statt heute. Bei euch hält man nichts in Händen. Ihr seid gegen die Substanz – gegen materielle Substanz! Und verkündet das noch stolz. Man stelle sich vor – Kommunisten und gegen materielle Substanz! Bei euch gibt es in der Natur die unbefleckte Empfängnis. Ihr meint, wenn ich wie Jakob in der Bibel einen bunten Gegenstand vor ein Schaf lege, bringt es bunte Lämmer zur Welt. Warum ich Choderjachin applaudiert habe? Heben Sie Ihre heutige Rede zwanzig Jahre auf, Pjotr Leonidowitsch. Tun Sie das. In zwanzig Jahren werden wir Sie daran erinnern! Sie werden sehen, wie sich die Standpunkte mit zunehmender Erfahrung und zunehmendem Wissen ändern. Überlegen Sie doch – Sie reden immer von der Vererbung erworbener Eigenschaften. Genau wie Lamarck. Aber die Zelle kann sich ihre Veränderungen nicht selbst bestellen. Chemie und Physik haben das zweifelsfrei bewiesen. Warten Sie ab, ehe Sie Lärm schlagen, begreifen Sie das erst – nehmen Sie sich die Zeit.«

»Kennen Sie den Aufsatz in der ›Science‹?« mischte sich

Waritschew abermals ein. »Jeffrey hat begründeten Zweifel an der Richtigkeit der Chromosomentheorie geäußert.«

»Habe ich gelesen, ich kenne den Aufsatz. Ja, er äußert sich dazu. Doch das ist kein Beweis, sondern ein begründeter Zweifel. Aber der Erkenntnis sind doch keine Grenzen gesetzt! Wahre Wissenschaft prätendiert nicht – wie Sie es tun! – auf hundertprozentig endgültiges Wissen! Und publiziert deshalb alles Neue, was sie findet, auch ihre Zweifel. Wir fürchten uns nicht vor Leuten, die nur darauf warten, uns in die offene Flanke zu fallen. Bei denen, die nach Wahrheit suchen, ist so etwas nicht üblich. Wer es dennoch tut, der sucht nicht nach Wahrheit. Was soll's! Vielleicht gibt es auch im Plasma Strukturen, die mit Vererbung zu tun haben. Vielleicht entdecken wir sie. Aber was bereits als sicher feststeht, davon werden wir uns niemals lossagen! Soviel Schelte wir dafür auch einstecken! Auch wenn wir, ich weiß, zur Zeit selbst auf Kamtschatka nicht die Wahrheit finden werden.«

»Kollege Chejfez«, sagte Waritschew, »es stimmt nicht, was Sie sagen. Anzuerkennen, daß Sie recht haben, wäre ein Irrtum. Und solch einen Irrtum, das stimmt, werden Sie nicht mal auf Kamtschatka finden.«

Zustimmender Beifall flatterte durch den Saal wie ein kleiner Vogelschwarm.

»Aber heben Sie Ihre Rede trotzdem auf«, sagte Chejfez. »Und jetzt möchte ich Anna Bogumilowna ihre von Großvater Krylow entliehene künstlerische Metapher zurückgeben. Zuerst ein kleiner Witz aus dem Leben. Ein wahrer. Zwei Mitschurinleute sitzen zusammen. Der eine sagt: ›Was sollen wir machen?‹ Darauf der andere: ›Wieso?‹ Der erste: ›Bei Strigaljow haben zwei Pflanzen Beeren angesetzt.‹ Da sagt der zweite: ›So ein Schuft!‹«

Durch den Saal ging ein Aufatmen und heiteres Raunen. Spärlicher Beifall wurde laut.

»Und jetzt zur Sache. Anna Bogumilowna! Ich erinnere mich, daß Sie vor etwa zehn Jahren, vor dem Krieg, mit einer Notiz von mir in ein Ihnen bekanntes Institut nach Moskau gefahren sind. Sie brachten einen Beutel Weizensamen hin. Man hat Ihnen den Samen dort bestrahlt. Mit

Gammastrahlen. Am Institut ist das registriert. Ich weiß noch, Sie sagten: ›Möglich ist alles.‹ Sie säten die bestrahlten Samenkörner in der Lehrgärtnerei aus, und es wuchsen viele, wie Sie sagen, Mißbildungen. Zwei Pflanzen aber fielen Ihnen sofort auf, immerhin sind Sie Pflanzenzüchterin. Aus diesen sind dann die Sorten geworden, auf die Sie heute zu Recht stolz sind. Die Zytologen und ich haben das Schicksal dieser Pflanzen verfolgt, so was läßt sich ein echter Wissenschaftler nie entgehen. Zusammen mit Stefan Ignatjewitsch haben wir ins Mikroskop geschaut. Aber die Eiche zu unterwühlen, die Ihnen diese Eicheln geschenkt hat, Anna Bogumilowna, das schickt sich nicht. Das ist unwürdig.«

Wonljarljarskis Kopf drehte sich noch unruhiger hin und her, sobald er seinen Namen hörte. Seine Hände tasteten mechanisch den Anzug ab, er zog ein Notizbuch aus der Tasche und schrieb krampfhaft etwas hinein. Dann riß er das Blatt heraus und reichte es nach vorn. Von Reihe zu Reihe hüpfend, wanderte der weiße Zettel ins Präsidium.

»In der Wissenschaft muß man sich des gewählten Weges sicher sein«, beendete Waritschew inzwischen eine lange belehrende Antwort.

»Sie reden sehr siegesbewußt!« entgegnete Chejfez. »Aber Kolumbus wollte nicht Amerika entdecken, sondern Indien. Auch er war sich des gewählten Weges sicher. Und geriet nach Amerika! Und Sie sagen, man muß sich sicher sein. Ein wahrer Wissenschaftler würde sich gar nicht erst mit einer Sache befassen, wüßte er die Antwort im voraus! Wie kann es Sicherheit geben, wenn man einen weißen Fleck erforscht! Verzeihen Sie, Ihre Worte reflektieren nicht wissenschaftliches Denken, sondern profanes. Bei uns ist nicht Sicherheit vonnöten, sondern Neugier! Und Ehrlichkeit! Beharrlicher guter Wille! Sie haben ein Argument erhalten – bitte setzen Sie sich damit auseinander, wenn Sie Wissenschaftler sind. Aber trampeln Sie nicht darauf herum. Doch das alles ist ja in den Wind geredet.« Chejfez winkte ab, trat vom Pult zurück und ging wie zuvor mit vorgebeugtem Kopf, ohne jemanden anzusehen, zu seinem Platz.

Eine Pause trat ein. Im Präsidium las man Wonljarljarskis

Zettel, steckte die Köpfe zusammen und flüsterte. Dann stand Akademiemitglied Possoschkow auf.

»Kollege Wonljarljarski! Stefan Ignatjewitsch, bitte.«

Nachdem Wonljarljarski sich aus seiner Reihe gedrängt hatte, strebte er energischen Schritts durch den Gang, mit hängender Schulter und nur einen Arm schwingend. Als er zum Rednerpult hinaufgestiegen war, stellte er sich in Positur und drehte den Kopf mit einem Ruck zum Präsidium.

»Kollegen! Ja, ich bin der hier erwähnte Zytologe. Aber der Art der Tätigkeit nach gehört das mehr zur Morphologie. Nicht der Strom selbst, sondern das Ufer. Wenn jemand damit gerechnet hat, daß ich, wenn man mich so am Schlafittchen packt ... wenn er mit meiner unfreiwilligen Unterstützung gerechnet hat ... Oder daß ich mich im schlimmsten Fall auf *Resignation* beschränke ... Würde ich gewisse Redner bitten, die Zytologen nicht in ihre verworrenen Probleme hineinzuzerren und sich ..., wenn sie mit Unterstützung rechnen ..., vor jeglichen nutzlosen *Euphemismen* zu hüten.«

Im Saal brandete schallendes Gelächter.

»Obwohl es nur meine Aufgabe ist, das zu untersuchen, was auf dem Objekttischchen des Mikroskops liegt, hat diese schwere Krankheit mich dennoch offenbar auch angesteckt. Nicht so sehr natürlich, lediglich indirekt.«

»Aber dich hat doch keiner ans Rednerpult gezerrt!« ertönte eine tiefe deutliche Stimme im Saal. Wonljarljarski blieb der Mund offen stehen.

»Nichtsdestoweniger«, fuhr er nach mehrfachem Zucken fort, »muß ich mit aller Offenheit gestehen ... indem ich zuweilen dem vorherrschenden Ton nachgab, der ... obwohl ...«

Er zitterte, sein Kopf zuckte hin und her – er litt entsetzlich bei seinem Auftritt.

»Insbesondere dem von Natan Michailowitsch, der ... den ich ... Den ich nie verstanden habe. Wenn Sie derartige Dinge in Arbeitsbesprechungen, im kleinen Kreis Sympathisierender sagen ...«

Er denunziert! dachte Fjodor. Das ist seine Art zu denunzieren!

»In der Erkenntnis, daß die Weltanschauung zur Waffe wurde...«

»Was soll hier die Weltanschauung!« unterbrach ihn dieselbe nüchterne Stimme aus dem Saal. Die Karaffe klirrte.

»... zur Waffe in der Hand unserer Feinde... Ich verstehe nicht, Natan Michailowitsch, ich halte es für meine Pflicht... wenn auch nur als Parteiloser... der aber auf dem Wege ist... halte ich es für meine Pflicht, damit zu brechen.«

Er fuchtelte mit den Armen, sank in sich zusammen, verließ das Pult – von den Stufen wäre er beinah längelang in den Saal gestürzt – und schleppte sich mit weit aufgerissenen Augen durch den Gang. Er zitterte wie eine Balalaika – Fjodor erinnerte sich an seinen Ausdruck. Jemanden stoßend, zwängte Wonljarljarski sich in seine Reihe, sank auf seinen Platz und ruckte mit dem Kopf.

Die ganze Zeit über hatte im Saal Stille geherrscht. Alle hatten auf ihn geschaut, hatten zugesehen, wie er auf seinen Platz ging. Dann ertönte die Stimme des Versammlungsleiters: »Wir legen eine Pause ein.«

Fjodor zog eine seiner langen Papirossy aus der Tasche und begab sich auf die Suche nach einem Platz, wo geraucht werden durfte. Auf dem Flur war Stimmengemurmel, die Versammlungsteilnehmer strömten in Scharen hinaus. Wenn er sich vorbeidrängte, verstummten Gesprächsrunden jäh, und man musterte ihn. In einer der Nischen des gewölbeartigen Flurs sah er Chejfez, der einsam und wie betäubt dastand. Niemand ging zu ihm. Fjodor versetzte es einen Stich, und er trat mit ausgestreckter Hand zu ihm.

»Den niedergeworfenen Feind sollst du aufheben und küssen«, sagte der Professor spöttisch zu ihm und wandte sich ab. Er gab ihm nicht die Hand.

Peinlich berührt blieb Fjodor eine Weile stehen, dann machte er eine leichte Verbeugung zu Chejfez' Rücken und entfernte sich. Wie benebelt ging er zum Ausgang, um auf der Vortreppe, an der frischen Luft endlich beim Rauchen Entspannung zu finden. Etwas beunruhigte ihn, und als er schließlich aufsah, bemerkte er, daß jemand dicht neben ihm ging und heftig auf ihn einredete.

Es war Wonljarljarski. Mit seinen vorstehenden Augen schaute er Fjodor vor die Füße und sagte: »Es gibt jetzt eine Menge solche überhebliche Intelligenzler bei uns . . . die auf der Straße alle drei Schritt nach rechts und links ausspukken. Wenn sich alle auf diese Weise selber davonjagen wollten . . . Wissen Sie, was das ist? Bösartiger Hochmut, das ist es! Andere gehen kaputt, ich selber komme in des Teufels Küche, aber dafür bin ich ja so anständig! Helden sind das! Rinaldos! Erinnern Sie sich, was ich von den Schläuchen gesagt habe? Wenn ich doch an so 'nem Schlauch hänge! Und wenn das Schlauchsystem so ist, daß ich keinen anderen Anschluß finde! Einen zweiten Schlauch gibt es nicht, den man vielleicht . . . einem verdammten Weismann-Morgan-Anhänger . . . Amplifikationen sind jetzt nicht gefragt! Also heißt es still sitzen und sich nicht mucksen. Und aufpassen, daß niemand dein Tremolo bemerkt. Ich sehe auch keinerlei Alternative.«

»Kollegin Schamkowa!« rief Akademiemitglied Possoschkow, nachdem er finster umhergeblickt und mit der Karaffe geklingelt hatte. Im Saal trat allmählich Ruhe ein, Wonljarljarski saß bereits auf seinem Platz und rührte sich nicht. Weit vorn waren Jelena und ihr großer zausköpfiger Nachbar in ein Gespräch vertieft. Strigaljow beugte sich zu ihr und machte ihr etwas klar. Dann bückte er sich tiefer und nahm einen Schluck aus einem weißen Fläschchen. Durch den Gang lief eilig und mit den Schultern balancierend ein großes, kräftiges Mädchen, in der unteren Körperhälfte etwas plump, mit kleinem, weißblond behaartem Kopf und großen roten Ohrringen. Die Ohrringe verliehen ihr Ähnlichkeit mit einem weißen Huhn. Alle wußten von ihrer Liaison mit Saul und blickten ihr interessiert nach.

Am Rednerpult angelangt, sah sie wie lauschend in den Saal, wendete den Kopf zum Präsidium und sah danach wieder in den Saal. Sie ähnelte einem Huhn, das es im Gebüsch rascheln gehört hat.

»Vor zwei Tagen hat eine Kommission unsere Arbeiten in der Lehrgärtnerei überprüft«, las sie ruhig vom Blatt ab. »Die Genossen waren im allgemeinen mit unseren Versuchen zur vegetativen Annäherung kreuzbarer Pflanzen zufrieden. Unsere Pfropfungen fanden Beifall, und es war natürlich angenehm, aus dem Munde eines Fachmannes wie Fjodor Deshkin eine so hohe Einschätzung zu hören. Ein Umstand blieb jedoch dem scharfen Auge des Prüfers nicht verborgen, und wenn er sich auch nicht weiter darüber ausließ, gab er uns allen doch deutlich zu verstehen, daß er ihm aufgefallen war. Und Befremden und Beunruhigung ausgelöst hat.«

Schleichende Wärme drang Fjodor in die Kehle, stieg ihm in den Kopf, in die Ohren, die Haarwurzeln. Es ist wirklich wieder dasselbe! dachte er und lockerte die Krawatte am Hals. Schon wieder ich! Wieder wird aus dem, was ich sage, einem anständigen Menschen ein Strick gedreht! Wiederholt sich wirklich alles?

»Fjodor Iwanowitsch erschien es merkwürdig, daß all unsere schönen Pfropfungen mindestens vier Monate vor der Akademietagung vorgenommen wurden, die an uns alle appellierte, uns um das von unseren hervorragenden Führern Trofim Denissowitsch und Kassian Damianowitsch erhobene Banner der Mitschurinbiologie zu scharen. Ich möchte darauf hinweisen, daß es nicht vier Monate waren, sondern ein halbes Jahr – im Februar haben wir unsere Unterlagen bereits eingetopft. Also, Kollegen, ehemalige approbierte Weismann-Morgan-Anhänger, denen die Attestationskommission die akademischen Grade nicht zuerkannt hat – folgt daraus nicht, daß Sie mit Ihrer Umstellung schon lange vor der Tagung begonnen haben? Das würde Ihnen natürlich Ehre machen. Aber wenn Sie Ihre Pfropfungen schon vorher geplant, Ihre Mitarbeiter und Aspiranten bereits im Herbst darauf orientiert hatten, warum ziehen Sie dann nicht Ihre Dissertationen zurück und publizieren Aufsätze ganz anderen Inhalts? Freilich hat der Aufsatz fast ein Jahr in der Redaktion gelegen – warum aber geben Sie dann nicht eine Grundsatzerklärung ab, wenigstens mündlich? Vergeßlichkeit? Charakterschwäche? Weil Sie noch zu wenig Mitschurinsche Kampfmoral haben?«

Sie machte eine Pause und atmete tief durch, um sich neu zu sammeln. Den Saal schien es gar nicht zu geben – so still war es. Jelena saß vorn reglos und aufrecht. Strigaljow, gleichfalls versteinert, hielt die Arme vor der Brust verschränkt, als umarme er sich selbst.

»Nein, Kollegen«, sagte die Schamkowa leise. »Nicht aus Vergeßlichkeit. Und Charakter – wenn nur jeder soviel hätte! Auch Ihre Kampfmoral ist nur zu bewundern. Die Sache ist bei weitem einfacher und betrüblicher. Und betrüblicher! Alle diese schönen und gut ausgeführten Pfropfungen sind glatter Betrug, sind nichts als eine virtuose Fälschung, die nur ein Mann mit feiner Intuition durchschauen kann, einer wie Fjodor Deshkin. Mit Hilfe dieser Fälschung betrügt man die Öffentlichkeit, den Staat, die Partei und letzten Endes sich selbst. Nicht nur Wildlinge wurden von ihnen gepfropft, Kollegen. Polyploide! Die Kolchizinierung geschieht zu Hause auf dem Fensterbrett – irgendwoher hat man sich importiertes Kolchizin besorgt! Fragt sich, woher? Wir importieren das Zeug meiner Meinung nach nicht. Und dann bringen sie den gezüchteten Mißwuchs ins Institut. Wenn er auf einer eigenen Wurzel gewachsen ist, wird er auch auf einer Unterlage wachsen! Unterdessen kreuzen wir das Polyploid mit einer Kultursorte, suchen den Stein des Weisen, belegen kostbare Bodenfläche, geben staatliche Mittel aus! Wie Sie sehen, verschone ich auch mich nicht. Als Aspirantin von Iwan Iljitsch Strigaljow, die alles mit angesehen hat, die um die doppelte Buchführung weiß, die mein Betreuer geführt hat. Er hat schon vor einem Jahr gespürt, daß für Weismann-Morgan-Anhänger schwere Zeiten kommen, und zwei Tagebücher angelegt. Zwei! Einmal ein Mitschurintagebuch, ein falsches, zum anderen ein chiffriertes formalgenetisches. Im falschen schreibt er: Veränderung der Chromosomenzahl durch Pfropfung. Aber er verändert sie durch Kol-chi-zin!«

»Und ist was dabei rausgekommen?« fragte jemand tückisch im Saal. Gelächter ertönte, jemand klatschte.

»Es geht nicht darum, ob was dabei rausgekommen ist, sondern darum, daß falsche Eintragungen vorgenommen wurden«, sagte die Schamkowa ruhig. »Ich hätte das alles der Öffentlichkeit zur Kenntnis bringen müssen – und habe es nicht rechtzeitig getan.«

Sie hatte all das ruhig gesagt und sah, sich eine Pause gönnend, ruhig in den Saal.

»Sind Sie fertig, Angela Danilowna?« fragte der Versammlungsleiter stirnrunzelnd.

»Nein, noch nicht ganz.« Sie warf einen Blick auf ihr Konzept. Leise fuhr sie fort: »Mich wundert, Kollegen – in unserer Zeit, wo das ganze Land den großen Kampf um die Erneuerung der wissenschaftlichen Grundlagen unserer Landwirtschaft führt, in dieser Zeit eine Position zu beziehen, die nur von Nutzen ist für . . . die man im Ausland beklatschen wird . . . Ja, wenn's nur um ihn selber ginge. Aber die Studenten, Sascha Shukow mit hineinzuziehen, zu verwirren! Der Komsomol bemüht sich um feste moralische Standpunkte, will eine weltanschauliche Überzeugung anerziehen . . . Und plitz, platz wird so einem Jungen einfach das Leben ruiniert, die Zukunft verpfuscht. Ich habe nie verstehen können . . . So ein erbarmungsloser Egoismus . . .«

Sie verließ das Rednerpult unter lautem Getöse im Saal. Die Karaffe klingelte kaum hörbar. Sofort schnellten mehrere Hände hoch.

»Kollegen! Kollegen, Wortmeldungen vom Platz nehmen wir nicht entgegen, geben Sie Zettel nach vorn!« rief der Versammlungsleiter.

»Jetzt geht's los«, sagte der Alte mit der Baßstimme hinter Fjodor ziemlich laut.

Und es ging wirklich los. Freiwillige Diskussionsredner eilten nacheinander ans Pult und forderten, heftig gestikulierend, strengste, entschiedenste Maßnahmen.

»Kollegen!« rief eine ältere Frau mit rotem Haar. »Stellt euch vor, was wäre, wenn nicht wir, sondern die Faschisten gesiegt hätten. Sie hätten uns Mitschurin-Biologen alle bis zum letzten aufgehängt! Und den da, den eingefleischten Weismann-Morgan-Anhänger . . . Der ihnen für ihren Rassenwahn die Argumente liefert . . .«

»Die Christen den Löwen vorwerfen!« sagte plötzlich jemand deutlich im Saal.

»Sie sind Historiker, sagen Sie mir doch«, brummte hinten halblaut der Alte, »Wissen Sie vielleicht, wie das kommt: Wenn jemand zu steinigen ist oder jemandem die

Füße mit Tränen gewaschen werden sollen – immer sind die Frauen die ersten ... Haben Sie mal überlegt, woher das kommt?«

Nach ungefähr zwanzig Minuten, als sich sechs oder sieben Redner auf der Bühne abgelöst und im heißen Dunst und Getöse angestrengt Gehör verschafft hatten, stand Waritschew im Präsidium auf.

»Kollegen!« sagte er, während noch die Karaffe des Versammlungsleiters klingelte. »Kollegen. Ich verstehe Ihren Protest gut. Ich meine, die Wahrheit in unserm Streit mit den Weismann-Morgan-Anhängern ist bereits mehr als klar. Die Stimme der wissenschaftlichen Öffentlichkeit darf man nicht übergehen. Ich würde gern hören, wie sich jene dazu stellen ... Iwan Iljitsch«, sagte er friedfertig, »wir würden gern hören ... Das Auditorium erwartet von Ihnen ...«

Der Lärm ebbte rasch ab. Fjodor spähte nach vorn. Jelena drückte Strigaljow kaum merklich die Hand. Er nahm wieder einen Schluck aus dem weißen Fläschchen und stand auf – sehr hager, zerzaust, als hätte er geschlafen, ohne sich auszuziehen, und wäre soeben geweckt worden. Er blickte sich mürrisch im Saal um und drängte sich aus der Reihe. Gemächlich schritt er durch den Gang, gemächlich stieg er zum Pult hinauf, legte sich fast mit den Ellbogen darauf und sah, auf Ruhe wartend, an die Decke.

»Ja, ich hatte, ich hatte zwei Tagebücher. Zwei«, begann er leise, gleichsam ungehalten und legte sich noch schwerer aufs Pult, wobei er immer noch nach oben sah. »Im Grunde ergibt sich folgendes. Freiheit gibt es nicht für jedes Wort, höre ich oft sagen. Der Gegner würde seine Propaganda auch gern an den Mann bringen, darum darf man ihm nicht die Tribüne überlassen. Stimmt das etwa nicht? Und ich bin ein Gegner. Vom Standpunkt der sowjetischen Wissenschaft aus, die auf den richtigen Positionen steht. Das ist heute jedem klar. Wem überlassen wir die Tribüne? Wem geben wir materielle Mittel, grünes Licht? Mitschurins Lehre in Gestalt der Akademiemitglieder Lyssenko und Rjadno. Natürlich nicht in Gestalt Mitschurins. Es ist noch nicht heraus, wie der alte Mitschurin dazu gedacht hätte. Wer aber, sagen Sie mir« – hier blickte er zum erstenmal unverwandt in den

Saal –, »wer weiß genau, ob unsere Akademiemitglieder die richtigen Positionen einnehmen? Kassian Damianowitsch selbst wird das natürlich behaupten. Aber der Gegner, also ich, behauptet, daß er sich irrt, daß wir um ein halbes Jahrhundert hinterherhinken werden, wenn Akademiemitglied Rjadno freie Hand behält. Daß wir hungern werden. Doch das Kollektiv – ein objektives Kriterium – ruft dazu: Ich warne dich zum letztenmal! Mach es so, wie Akademiemitglied Rjadno es verlangt. Ich wende mich an die Obrigkeit. Sie aber begreift nichts und ist feindselig. Auch sie wird von den beiden Akademiemitgliedern behutsam gelenkt. Wer also trägt letztendlich die Verantwortung für die Wissenschaft und folglich auch für die Praxis? Die Obrigkeit? Wohl kaum – denn sie wird sagen: Man hat mich getäuscht, hat zu oft die Worte dialektisch, sprungartig gebraucht, und ich hab's geglaubt. Denn ich habe ja keine Fachausbildung. Auch das Kollektiv wird die Verantwortung nicht tragen. Es wird sagen: Ich habe mich geirrt, man hat mich mit diesem . . . Lachgas benebelt. Die Verantwortung wird der tragen, der alles begreift, auf den das Gas nicht wirkt, der die Maske aufhat. Ich, ich trage die Verantwortung. Mich wird man richten müssen, wenn ich nachgebe und nicht imstande bin . . . Wozu bin ich sonst in der sowjetischen Schule erzogen worden? Unter solchen Bedingungen heißt es eben . . .«

»Und Sie irren sich trotzdem«, unterbrach ihn der Rektor, der große Augen bekommen hatte, aus dem Präsidium.

»Ich kann nicht auf einen Knopf an mir drücken und aufhören, mich zu irren.«

»Wir werden drauf drücken!« rief jemand im Saal.

»Sie negieren die Umwelt«, sagte Waritschew sanft, geradezu väterlich.

»Kein wahrer Wissenschaftler wird etwas leugnen oder behaupten, was er nicht zuverlässig kennt. Mir ist zuverlässig bekannt . . .«

»Sie sehen fortwährend an die Decke«, unterbrach der Rektor ihn ebenso sanft und mit einem Lächeln. »Zu wem sprechen Sie?«

»Zu Gott, zu Gott . . .«, antwortete Strigaljow mit ebensolchem Lächeln, seine Stahlzähne entblößend. Fjodor spürte, daß im Saal sofort Sympathie aufkam. Jedoch nicht für lange.

»Ich sage also: Mir ist zuverlässig bekannt, daß erstens eine reichlich halbprozentige Kolchizinlösung bei einer Kartoffelpflanze eine Verdopplung der Chromosomen ergibt. Ich habe diese Verdopplung Hunderte Male erzielt. Und weiß, wie und warum das geschieht. Ich habe es unterm Mikroskop gesehen und in Händen gehalten. Zweitens: Diese Verdopplung bringt Organismen hervor, die sich in vielem von den Ausgangsorganismen unterscheiden. Drittens: Waren die neuen Pflanzen vor dem Experiment Wildkartoffeln aus Mexiko, so erwerben sie nunmehr neue Eigenschaften und lassen sich mit Solanum tuberosum, der Kartoffel, kreuzen! Es eröffnen sich also neue Wege für die Pflanzenzüchtung. Soll ich denn darauf verzichten?«

»Sie verunstalten die Natur!« schrie jemand verzweifelt im Saal.

Strigaljow sah zu dem Schreier und schüttelte traurig den Kopf.

»Die Stimme eines Ignoranten. Alle unsere Experimente sind doch lediglich eine Wiederholung dessen, was seit Millionen Jahren in der Natur vor sich geht. Aber wenn Sie sagen: ›Nicht warten, daß es gnädig gewährt wird, sondern nehmen‹, dann kommt das eher einer Vergewaltigung gleich. Nur erreicht man bei der Natur mit Gewalt nicht viel. Und auch bei mir nicht. Ich könnte der Gewalt nachgeben. Aber ich tue es nicht. Und meine Überzeugung zu ändern, bin ich nicht imstande. Auch Ihnen gelingt das vorläufig nicht.«

»Warum nicht?« fragte Waritschew. »Unter uns sind Kollegen, die wir überzeugt haben. Sie haben den Mut aufgebracht.«

»Diesen Mut kann ich nicht aufbringen.«

Strigaljow schwieg eine Weile, als erwarte er neue Fragen.

»Den Bauern, den Bauern haben Sie vergessen!« rief jemand in einer entfernten Saalecke. »Was würde er zu Ihrem Kolchizin sagen?«

»Der Bauer ist kein Wissenschaftler, sondern Praktiker«, sagte Strigaljow leise. »Praxis ist die Erinnerung an herkömmlich aufeinanderfolgende Erscheinungen. Man hat ein

Samenkorn gelegt – also muß es sprießen. Und das tut es, es keimt. Das ist keine Wissenschaft, sondern Erinnerung an Kausalzusammenhänge. Einen Wissenschaftler kennzeichnet das Wissen um die Grundlagen des Vorgangs. Vor zwei Jahren fand Kollege Choderjachin im Urlaub in seiner Heimat Ähren von nacktkörniger Gerste auf einem Feld. Er brachte sie mit, säte sie auf einer Parzelle aus, erntete sie und sagte: Ich habe eine neue Sorte gezüchtet! Sogar ein Akademiemitglied gratulierte ihm. Dabei war es weiter nichts als die weit verbreitete chinesische Gerste ›Celeste‹. Er wußte nicht mal das! Kollege Choderjachin war hierin ein typischer bäuerlicher Praktiker, kein Wissenschaftler. Ein Bauer kann eine gute Ernte haben, doch das berechtigt ihn nicht, sich Wissenschaftler zu nennen.«

»Ihrer Meinung nach ist dann wohl eine schlechte Ernte Wissenschaft?« rief es aus dem Saal. »Und eine gute Praxis?«

»Ich habe Ihnen meinen Standpunkt dargelegt«, sagte Strigaljow, den Zwischenruf überhörend. »Der von niemandem ernsthaft widerlegt wurde.«

Er stand noch eine Weile am Rednerpult, blickte in den Saal, sah sich nach dem Präsidium um und stieg gemächlich hinunter.

Im Saal herrschte gleichmäßiger Lärm. An verschiedenen Stellen wurde diskutiert. Im Präsidium hörte Zwjach aufmerksam zu, drehte den Kopf mal nach der einen, mal nach der anderen Seite und stellte seinen Bleistift von Zeit zu Zeit senkrecht vor sich hin. Possoschkow – ein erfahrener Versammlungsleiter – klingelte nicht mit der Karaffe, ließ alle sich aussprechen. Als er schließlich den Finger mit dem Goldring an die Karaffe hielt, erscholl vor Fjodor, direkt von der Bühne her, Professor Chejfez' klirrende Stimme: »Ich bitte ums Wort für eine Erklärung!«

»Will er etwa bereuen?« sagte jemand hinten.

»Denken Sie, er hat es eingesehen?« fragte der Alte mit dem Baß.

»Ich weiß nicht. Aber er macht einen entschlossenen Eindruck.«

Chejfez stand bereits feierlich zurückgelehnt am Rednerpult.

»Ich will folgende Erklärung abgeben«, klirrte seine Stimme in merkwürdige Stille hinein. »Aus falscher Sentimentalität habe ich mich nicht früher zu Wort gemeldet – es wollte mir nicht von der Zunge. Ich konnte es nicht glauben, daß solche Methoden möglich sind. Beim Anhören Ihres Referats, Pjotr Leonidowitsch, habe ich immerzu darauf gewartet, daß Sie den Namen Iwan Strigaljow nennen würden. Sie nannten ihn nicht, und ich dachte: »Na, er ist großzügig ... Das nötigte mir Achtung ab, darum beschloß ich, meinerseits zu verschweigen, was ich wußte. Jetzt aber erkläre ich, daß ich Ihnen recht gebe: Wir haben wirklich nichts gemeinsam! Gestern, Kollegen, haben zwei der hier im Saal Anwesenden folgendes Gespräch der Kollegen Waritschew und Pobijacho mit Angela Schamkowa mitangehört und notiert. Sie kamen in das Zimmer ... nun, eins mit einer Sperrholztrennwand. Was man auf die Schnelle nicht alles hinbaut. Hinter der Trennwand, in meinem Arbeitszimmer – noch ist es meins – befanden sich zufällig die beiden Kollegen. Sie hörten und notierten folgendes. Hören Sie! Waritschew: Kollegin Schamkowa, du weißt, daß dein Betreuer ein Formalgenetiker ist? Sie: Nein. Er: Aber wir wissen es. Du wirst auf der Versammlung reden müssen. Sie: Wie komme ich dazu? Er: Na, wie schon. Wir alle wissen, daß Fjodor Deshkin euch bei seiner Revision bloßgestellt hat. Stell dich also nicht stur, wir wissen alles. Wenn du nicht redest, fliegst du aus der Aspirantur. Den Betreuer werden wir entlassen, soviel ist schon klar, dann fliegst du gleich mit. Wenn du aber redest, kriegst du ein neues Thema und einen neuen Betreuer. Beachten Sie, in welchem Ton man mit ihr redet! Wie mit einem Taschendieb bei der Miliz! Na, danach hat es sich die Schamkowa überlegt und ihnen alles erzählt, was Sie gehört haben. Dann ging Pjotr Leonidowitsch, und die Pobijacho bearbeitete die Schamkowa allein weiter. Jetzt holten die Kollegen auch mich hinzu. Sie, Anna Bogumilowna, sagten: ›Hach, Kindchen, wie schnell ich dich zur Promotion bringen werde!‹«

»Genosse Chejfez, tragen Sie nicht zu dick auf!« donnerte Waritschew aus dem Präsidium. »Solch ein Gespräch hat es gegeben, aber unter ganz anderem Vorzeichen.«

»Gut! Jetzt fehlt die Zeit für Beweise. Aber Sie taten doch, als wüßten Sie von nichts! Sie hätten es von vornherein ehrlich sagen, ins Referat aufnehmen müssen! So aber wurde es als sensationelle Neuigkeit aufgetischt! Sie heizen die Stimmung an.«

»Wir haben geschwiegen, um Iwan Iljitsch selbst die Möglichkeit zu geben . . .«

»Eben, eben! Sie haben ihm aufgelauert wie einem Wolf! Ganz bewußt!«

»Und Ihre Tarnung – war das kein Trick?« rief jemand aus dem Saal.

»Wir sind in der Defensive. Das war Taktik.«

»Und wir sind in der Offensive!« sagte Waritschew und stand auf. »Hören Sie auf den Saal, Genosse Chejfez! Hören Sie gut hin! Das Kollektiv ist nicht auf Ihrer Seite.«

»Wie kann ich auf das Kollektiv hören, wo es ganz vom Dogma benebelt ist und, wenn's genug davon eingeatmet hat, wie im Finstern wandelt und, ohne die Abgründe zu sehen, Unschuldige zertrampelt! Erst wenn es wieder frei atmet . . .«

»Kollege Chejfez! Kollege Chejfez!« meldete der Versammlungsleiter sich wieder und klirrte mit der Karaffe.

»Erst wenn es sich besinnt, werde ich mich seinem Urteil stellen. Heute aber ist es das beste kollektive Vorgehen, das beste Handeln im Dienst der Gesellschaft, im Sinne aller, sich von einem solchen Kollektiv zu trennen.«

»Kollege Chejfez! Ich nehme Ihre mündliche Erklärung an«, schmetterte Waritschew in eisigem Ton. »Und treffe meine Anordnung gleichfalls mündlich. Sie sind nicht mehr Mitglied unseres Kollektivs. Sie können . . .«

»Ich habe hier auch nichts zu schaffen!« Mit einer abwehrenden Geste stieg er in den Saal hinunter. »Man hat aus der Biologie eine *Philosophie* gemacht! Dunkelmänner, wohin man sieht!«

»Schande!« schrie jemand verzweifelt im Saal.

»Macht nichts, ich werde alleine weitermachen!« rief Chejfez, während er den Gang hinunter schritt. »Mir einen Garten unterm Bett anlegen! Sie werden schon noch zu sich kommen, das werden Sie!« Die schwere Tür schlug zu.

In der späten Dämmerung kehrten Fjodor und sein »Chef« in ihr Gästezimmer zurück. Fjodor rauchte schweigend und in sich gekehrt, er fühlte sich plötzlich merkwürdig matt. Erstens hatte ihn erschüttert, daß Strigaljow außer Stahlzähnen, einer Lagervergangenheit und der allgemeinen Ähnlichkeit mit dem nickelfündigen Geologen auch noch zwei Tagebücher, eine doppelte Buchführung hatte. Und daß er, Fjodor, sich wieder mal dazu hergegeben hatte, einem solchen Mann das Leben zu vergällen. Er spürte auch bereits, daß der Mann recht hatte.

Zweitens hatte er gerade gesehen: Jelena und Strigaljow waren rasch an ihm vorbeigegangen, fast gerannt, und im mittlerweile dunklen Park verschwunden. Jelena hatte Strigaljow untergefaßt und ihm ins Gesicht gesehen. Ja, dachte Fjodor, natürlich ist er besser als ich, wenn ich ehrlich sein soll. Und ich? Habe wieder mal »versehentlich« jemandem ein Bein gestellt! Und wie komme ich dazu, was habe ich für ein Recht, mich als Außenstehender in ihre längst bestehenden, stabilen und allem Anschein nach ernsthaften Beziehungen einzumischen.

Zwjach hing auf seine Weise durch. Er guckte vor sich hin und sinnierte laut: »Ich staun immer wieder, Fedja, wenn ich beobachte, wie sich Schwärme fortbewegen. Zum Beispiel Jungfischschwärme. Das ist doch unheimlich! Erst schwimmen alle parallel. Dann plötzlich, auf einen Schlag, alle wie auf Kommando nach rechts. Oder nach links. Bei solchem gemeinsamen Manövrieren wachsen sie ran, geraten dann zusammen ins selbe Netz und von da ins selbe Faß . . . Was ist das für'n Gesetz?«

Soll ich mich wirklich, meinem Stern getreu, auch hier einmischen – und diesmal gleich zwei Schicksale zerstören? dachte Fjodor.

»Ja, Fedja«, Zwjach seufzte. »Ich glaube, heute haben wir beide noch mal einen schwarzen Hund gejagt. So was wirst du nicht wieder los.«

Nein, nein, auf keinen Fall misch ich mich ein! Fliehen muß ich, fliehen! Ich habe genug Schicksale zerstört, dachte Fjodor und nickte Zwjach zu.

»Als ich klein war«, sagte Zwjach lächelnd, »und meine

Mutter Piroggen gebacken hat, blieb manchmal Teig übrig, manchmal Füllung. War's Teig, buk sie ein Brötchen, schön knusprig. War's Füllung, briet sie ein Beefstaek. Ich meine, Fedja, Wonljarljarski ist so'n Brötchen.«

»Ohne Füllung«, stimmte Fjodor ihm zu. »Und wieviele davon gibt's in der Bäckerei.«

»Und die Freiwilligen! Wie gierig die über sie hergefallen sind! Hast du die Augen gesehen? Ein Jahrhunderträtsel.«

»Ein Rätsel vieler Jahrhunderte«, sagte Fjodor. »Ein Rätsel der ganzen menschlichen Zivilisation.«

»Trotzdem ist die Welt nicht restlos erkennbar«, sagte Zwjach plötzlich. »Weißt du, ich hab mich vorhin mit einem von den Freiwilligen unterhalten. Einem jungen. Solange es um den Weismannismus ging, glotzte er verbohrt. Dann frag ich ihn: ›Sie haben bestimmt eine Mutter?‹ – ›Natürlich!‹ Da wurde er schon weicher. ›Lieben Sie sie denn?‹ – ›Wer liebt denn seine Mutter nicht?‹ – ›Wie heißt du, Söhnchen?‹ – ›Slawa.‹ Er reibt sich die Stirn, sieht mich mit klaren und gutmütigen Augen an. Ein völlig anderer Mensch! Freilich, in seinem Blick lag was Spitzbübisches. Er ahnte, daß ich mich nicht von ungefähr interessiere. Jedenfalls ein ganz schönes Rätsel!«

Sie schwiegen eine Weile.

»Und ich frag mich«, fuhr Zwjach fort. »Im Amazonasdschungel hängt so ein merkwürdiges Geschöpf mit grünem Fell und runden Augen mit dem Kopf nach unten an 'ner Liane. Was denkt es? Und wie? Was denkt ein Hund? Was hat sich unser Dorftrottel Goscha in seinem großen Schädel gedacht? Was bewegt diesen Freiwilligen? Was denkt Waritschew in Wirklichkeit, im stillen? Doch bestimmt nicht das, was er sagt! Das kriegst du nicht raus. Es zersprengt dir den Schädel! Ich zum Beispiel – wer bin ich? Wahrscheinlich hat Strigaljow recht – ein ganz gewöhnlicher Bauer. Die Kausalzusammenhänge, die Aufeinanderfolge der Fakten hab ich mir gemerkt und tu alles, wie's der Zusammenhang verlangt. Wenn ich ein Samenkorn gelegt hab, seh ich, es keimt: Das leuchtet mir ein, verstehst du . . . Aber sie – wenn sie genauso wenig wissen wie ich, was mischen sie sich ein? Was machen sie so ein

Geschrei? Ich habe denen ... zum Beispiel sehr genau zugehört. Sie argumentieren nämlich gut. Und das begreifen die nicht, Fedja! Soll ich dir was gestehen? Ich habe bis heute nie denen ihre Argumente gehört, bloß unsere. Ich sehe zu, daß ich übermorgen die Kurve kratze. Ich geh zu meinen Apfelbäumen zurück, davon versteh ich was, das ist was Einfaches, einfacher als denen ihre Fragen. Wir haben unsere Arbeit hier gemacht, und mit gefesselten Händen zusehen, was aus dem ganzen Schlamassel wird, geht über meine Kraft. Du hast ja so recht gehabt bei der Tumanowa. Das Gute ist Leiden. Ich hab im Präsidium gesessen und gefühlt: ich werd immer besser. Viel fehlt nicht, und ich polier einem die Fresse. Komm, Fedja, übermorgen früh mit dem ersten Zug, ja?«

Das ist es! dachte Fjodor. Genau das ist der Ausweg. Ich fahre weg!

Traurig, aber entschieden nahm er Abschied von seinem Traum. Er verlangsamte sogar vor plötzlicher Schwäche den Schritt, holte tief Luft.

»Was hast du, Fedja? Was stöhnst du?«

»Ach, nichts.«

»Nimm's nicht so schwer. Ich hätt da ja fast 'n Luftsprung gemacht. So begeistert war ich von dir. So was überkommt einen doch einfach – Freude über den eigenen Scharfsinn. Ist wie Freude über 'ne wissenschaftliche Entdeckung. Da schnappst du fast über. Du hast dich ja noch gebremst. Ich hab's genau gemerkt – hast dich besonnen. Bloß 'ne Idee zu spät. Nicht umsonst heißt's: Gesagt ist gesagt.«

Fjodor schwieg. Er sog heftiger an seiner Papirossa.

»In der biologischen Wissenschaft ist jetzt jeder 'n Untersuchungsführer«, knurrte Zwjach. »Jeder belauert den anderen, versucht das Pferd vom Schwanz aufzuzäumen. Unter solchen Bedingungen mußt du die Ohren steif halten. Sobald du dich verplapperst, kann einer abgehen.«

Ohne es zu bemerken, holten sie allmählich eine Gruppe Studentinnen ein. Die Mädchen ereiferten sich über etwas, sie blieben immer wieder, heftig gestikulierend, stehen. Als Fjodor und Zwjach dicht an sie heran kamen, blieben sie gerade wieder stehen. »Wir müssen ihn aus dem Komsomol jagen!« riefen die Mädchen ein ums andere Mal. Ihre Köpfe nickten dazu.

»Auf wen schimpft ihr denn so, Mädchen?« Zwjach verhielt, breit lächelnd, vor ihnen den Schritt.

»Waren Sie auf der Versammlung?« Eine von der Diskussion erhitzte jugendliche Schöne trat aus dem Dunkel.

»Wir kommen von dort.«

»Dann haben Sie ja alles gehört!« schnatterten die Mädchen gleich wütend durcheinander. »Aber ja doch! Er ist ein Weismann-Morgan-Anhänger! Gestern haben wir mit ihm diskutiert.«

»Ist er denn ein Kommilitone von euch?«

»Saschka Shukow? Der und unser Kommilitone! Er hat Tag und Nacht bei Strigaljow gesteckt. Hat alles gewußt und geschwiegen.«

»Aah«, krächzte plötzlich ein schmächtiges Bürschchen in der Dunkelheit, das von hinten herangekommen war. »Dann geschieht es ihm recht! Ist noch viel zu wenig für solchen Dreckskerl! Ausschließen müßte man den! Einlochen! Erschießen!« krächzte er mit höhnischem Unterton, während er sich entfernte.

»Da seht ihr's!« sagte Zwjach, allmählich zur Strafpredigt übergehend. »Wenn ihr so unbedacht auf der Straße rumschreit, wird noch 'ne Denunziation draus. Am Ende schmeißt man ihn aus'm Institut.«

»Und das geschähe ihm recht!« rief die Hübsche und kniff die Lippen zusammen. »Mit dem reden wir nicht mehr!«

Fjodor und Zwjach flohen beinahe vor ihnen.

»Diese Küken!« stöhnte Zwjach und schüttelte den Kopf. »Ganz wie die bei Tante Polja! Picken und hacken.«

»Ich kann sie nicht verurteilen«, sagte Fjodor leise. »Ich hab als Kind selber gehackt.«

»Ja, du hast recht. Junge Leute können einem Angst machen. Selbst wenn sie für 'ne gerechte Sache kämpfen, machen sie einem Angst, weil sie nichts verstehn, rein gar nichts! Dabei haben die schon Kräfte wie Erwachsene. Ich war damals ja genauso jung, als wir das Kreuz mit 'nem Strick . . .«

Sie schwiegen lange. Dann reckte Zwjach die Arme, als

wollte er die anbrechende Nacht umarmen, und sog tief die Luft ein.

»Ist ja zusehends dunkel geworden. Riechst du die Luft, Fedja? Eine Nacht der Liebe! Gehen wir zum Schluß noch ein Stück?«

Fjodor ordnete sich gehorsam unter, und sie bogen in den Park ein.

»Laß das Rauchen an so 'nem Abend«, sagte Zwjach, riß ihm die Papirossa aus dem Mund und warf sie in weitem Bogen weg. »Atme und träume. Weißt du, von was? Von einer schönen Frau.«

Sie schlenderten fast im Dunkeln zwischen Bäumen entlang. Manchmal huschten, körperhaften Geheimnissen gleich, dunkle menschliche Gestalten in der lauen Finsternis an ihnen vorbei, die unhörbar zur Seite auswichen – jedesmal zwei: ein großer und ein etwas kleinerer Schatten. Fjodor starrte jedesmal verdrossen zu ihnen hin und lauschte den leisen Stimmen nach.

Am Sonnabendmorgen warfen sie ihre Sachen auf die Betten und packten die Koffer.

»Der gestrige Tag will mir nicht aus 'm Kopf«, sagte Zwjach. »Ich meine, Fedja, bei allen, die gestern dabei waren, ist gestern was aufgewacht. Erinnerst du dich, ich hab dir mal von der schlummernden Knospe erzählt. Von Helden und Schurken. Meiner Meinung nach bei allen.«

»Und bei Ihnen?«

»Rührt sich was, Fedja. Wir fahren gerade noch rechtzeitig. Entgehn so jeder Versuchung.«

Fjodor erinnerte sich an sein unabgeschlossenes Experiment. Das Reagenzglas mit den zehn Fliegen und dem trübrosa Brei am Boden stand noch immer, vor unbefugten Blikken geschützt, im Wasserglas auf dem Fensterbrett. Bei den Fliegen herrschte reges Leben. Am Rande des Breis klebte dicht über dem Boden bereits eine Art kleine Grießklümpchen am Glas: Fliegeneier.

»Man muß sie rauslassen«, sagte Fjodor nachdenklich.

»Was hast du dich dann erst drauf eingelassen?« fragte Zwjach hinter ihm. »Du hast selber gesagt: Man muß Klarheit schaffen. Nehmen wir sie mit nach Moskau. Wenn's dich nicht interessiert, nehme ich sie.«

Nach dem Frühstück in der Kantine trennten sie sich. Zwjach begab sich ins Rektorat, um die Dienstreiseaufträge abstempeln zu lassen, und Fjodor streifte, auf Beute hoffend wie ein Jäger, durch den Park und schlenderte zur Lehrgärtnerei. Aber die, an die er dachte, traf er auf dem Parkweg zu den Institutsgebäuden nicht. In der Lehrgärtnerei waren an diesem Tag keine Praktika. Im Institut liefen selbstredend die Lehrveranstaltungen, war alles in den Hörsälen.

Um zwei Uhr mittags, nach Tisch, legten sie sich aufs Ohr. Fjodor ging nur ins Bett, um mit seiner Sehnsucht allein zu sein, schlief aber erstaunlich rasch ein und wachte erst gegen fünf wieder auf. Er setzte sich und schüttelte vor Verwunderung über sich den Kopf. Dann sprang er aus dem Bett und machte sich auf den Weg zu Boris Nikolajewitsch Porai, Onkelchen Borik, um sich zu verabschieden. Zuerst durch den Park, dann übers Feld, und nachdem er die Brücke über den Bach passiert hatte, gelangte er auf die bekannte Straße, ging bis zum ersten Platz und blieb eine Weile unter dem Torbogen des großen Hauses stehen – genau unter dem Balkon des Dichters Kondakow, unter dessen Rettungsring. Er musterte das vertraute sechsstöckige Gebäude, konnte aber Jelenas Fenster beim besten Willen nicht finden.

Onkelchen Borik wohnte abseits von der neuen Straße mit den grauen Ziegelhäusern. In seiner kleinen Seitengasse gab es durchweg verputzte Holzhäuschen mit kleinen Zwischengeschossen – alles uralt, wie zur Zarenzeit. Fjodor überquerte den Hof, stieg die knarrende Holztreppe zum ersten Stock hinauf und klingelte an der hohen, altmodischen Tür. Porais Frau, klein, mit gelbem Teint, machte ihm auf. Sie erkannte Fjodor sofort und rief mit klangvoller Stimme: »Sind Sie aber lange nicht hiergewesen! Und unser Onkelchen Borik hat heut wieder seinen Tag des Mechanisators. Boris!« rief sie ärgerlich in die Wohnung hinein. »Er hört nichts. Wach auf, du hast Besuch! Der Lehrer ist gekommen!«

»Ich wollte mich verabschieden«, sagte Fjodor, als er das

große Zimmer mit den beiden die Decke abstützenden Kiefernholzpfeilern in der Mitte betrat. An den Seiten türmten sich alle möglichen altertümlichen Möbel, zwischen den Pfeilern aber thronte an der Stirnseite eines langen Tisches in einem altmodischen Ohrensessel Onkelchen Borik – die Ellbogen auf den Tisch und den Kopf in beide Hände gestützt, zwei Finger im Mund, auf denen er mit zahnlosen Kiefern herumbiß –, in einer Pose tiefsten Grübelns. Die schweren Lider über die Augäpfel gesenkt, fettige ungekämmte Haarsträhnen in der Stirn. Vor ihm stand eine Bratpfanne, in der ein paar Beefsteaks und eine Gabel mit einem angespießten Fleischstück lagen. Eine zu zwei Dritteln geleerte Wodkaflasche und ein geschliffenes Glas mit einer Neige verrieten den Sinn des »Tags des Mechanisators«, der Fjodor ohnehin längst bekannt war.

»Wach auf, Kandidat der Wissenschaften!« Die Frau rüttelte ihn heftig an der Schulter. »Komm zu dir. Du hast Besuch! Fjodor Iwanowitsch, der Lehrer, ist da!«

»Still!« gebot er, fast ohne die fleischigen Lippen zu bewegen. In sich vertieft, atmete er bekümmert schniefend. Dann hoben sich seine Lider allmählich. Er führte die Hand an die Flasche und schnipste einladend mit dem Finger dagegen. Ein beredter Blick verweilte auf dem Gast.

»Nein, nein, ich möchte nicht«, sagte Fjodor eilig.

»Nicht alle sind wie du«, pflichtete die Frau bei.

»Still! Du zernagst mir mein Gehirn«, knurrte Onkelchen Borik gedehnt und zwischen den Worten schniefend. »Das sage ich statt einem energischen Terminus, einem deftigen, der ihr nicht gefällt.« Er grinste. »Ja, Lehrer, Onkelchen Borik hat heute . . . Heute hat er Tag des Mechanisators. Vorfristig. Wenn Sie sich beteiligen wollen . . .«

»Danke, Onkelchen Borik, danke. Warum vorfristig?«

»Ich hab einen Grund. Kommen Sie in, sagen wir, drei Tagen wieder. Jetzt rede ich mit der Ewigkeit. Nüchterne können wir dabei nicht gebrauchen. Kommen Sie wieder, Onkelchen Borik wollte Ihnen . . . Ich hab's vergessen.«

»Ich fahre doch weg.«

»Nach Moskau? Na dann, mit Gott. Gute Reise. Besuchen Sie mich mal.«

Seine Lider sanken schwer herab.

Auf dem Rückweg hielt Fjodor abermals nach allen Seiten Ausschau, ein leise brennender Schmerz brachte sich immer noch dumpf in Erinnerung.

Er betrat das Gästezimmer geläutert, einen neuen Weg vor Augen. Diese Reise war eine ernsthafte Prüfung für ihn gewesen, hatte ihn manches gelehrt, ihn ordentlich durchgerüttelt.

Zwjach erwartete ihn auf seinem Bett sitzend.

»Kassian hat eben angerufen. Ich soll allein nach Moskau fahren.«

»Was ist los?«

»Dir befiehlt er zu bleiben. Ich hab ihm für dich geantwortet, daß du auch schon dran gedacht hast.«

»Sie hätten mich fragen sollen«, sagte Fjodor mürrisch. »Ich fahre mit Ihnen zusammen. Was gucken Sie? Ich fahre mit, ich fahre mit.«

»Das wirst du nicht, Fedja. Weißt du, was hier losgeht? Du wirst nicht fahren. Du wirst mich einen Monat hier vertreten und jemandem vorsichtig helfen. Widerspenstige sacht bremsen. Du mußt, du mußt bleiben, ich hab ihm dein Einverständnis gegeben. Sonst schickt er Saul. Die Leute werden es sehr begrüßen.«

»Wie konnten Sie nur!« Fjodor setzte sich – ließ sich auf sein Bett plumpsen, schlug sich mit der Hand auf den Schenkel. Und fühlte im gleichen Augenblick, daß all sein Gehabe geheuchelt war. Er verharrte, lauschte nach innen, bis die ferne Stimme sich meldete. Sie hatte ihn schon mehrmals zu einem Entschluß gebracht. In menschliche Sprache übersetzt, klang das ungefähr so: Hättest du dich wirklich aus dem Staub machen können, wo durch deine Schuld ein Leben zerstört wurde? Denn hättest du dich nicht so aufgespielt, um vor Jelena zu glänzen, dir nicht diesen Ausrutscher im Gewächshaus geleistet, dann hätte alles anders kommen können. Dieser Strigaljow ist doch die genaue Kopie jenes Geologen, der Nickel suchte.

»Er ruft heut noch mal an«, sagte Zwjach.

Das Telefon klingelte, als es im Zimmer schon völlig dunkel war – nur das blaue Fenster war noch zu sehen. Fjodor nahm ab und hörte das muntere gänseartige Geschnatter von Akademiemitglied Rjadno.

»Ich ruf dich an, weil: Erstens bin ich mit deiner Arbeit zufrieden, Söhnchen. Du hast 'n schwierigen und verantwortungsvollen Auftrag erfüllt. Hast's geschafft. Hast Takt bewiesen, hast's zu Recht auch unsern Leuten gegeben. Geschieht ihnen recht, den Trotteln. Objektivität über alles! Und den Obus haste entlarvt – das war doch denen ihr Feldmarschall! Du selber hast dich aus allem rausgehalten – damit sie nicht denken, Akademiemitglied Rjadno braucht Opfer. Ich hab schon gewußt, wen ich schicke! Saul ist für solche Feinarbeit nicht geeignet. Also, ich geb dir 'ne Eins, Söhnchen, 'ne Eins plus. Auch Waritschew ist zufrieden. Jetzt hör zweitens. Weißt du, 'ne begonnene Sache mußte zu Ende führen. Was du gemacht hast, war erst der Anfang. Ich brauch dich zwar auch hier, dich mit deiner Begabung«, er verstummte für ein Weilchen. »Aber auch dort . . . Die Sache muß gefördert und gefestigt werden. Dort werden sie jetzt die Weismannschen Talmude verbrennen – keine Angst, das tun sie ohne dich, ich hab's Waritschew gesagt. Mit solchen Dingen brauchste dich nich abzugeben, ich kenn dich doch, Söhnchen. Rangier du mir den Lehrprozeß aufs neue Gleis. Lehrbücher, Methodik – alles kriegste geschickt. Ich kümmre mich drum. Und das Forschungslabor. Da rühr vorläufig nichts dran, laß alles, wie's is. Ich brau hier schon wieder an 'nem Sonderprogramm für dich. Mit der alten Würze, aber neuer Hefe. Für jetzt genug davon. Ein Ideechen is das – 's schmeißt dich um, wenn du's erfährst. Aber darüber reden wir später.«

»Alles kla-ar«, sagte Fjodor.

»Ich merk dir keine Begeisterung an, Fedja.«

»Was heißt hier Begeisterung, wenn . . .«

»Der Kampf der Ideen tobt, Söhnchen. Härt dich ab.«

6

Am frühen Sonntagmorgen hupte der Institutsbus vor dem Fenster. Fjodor nahm den Koffer seines Kollegen und folgte Zwjach auf die Vortreppe.

»So«, sagte Wassili Stepanowitsch aufmunternd, »ich hab dich in die Sache reingehetzt, jetzt halt dich wacker.«

Sie drückten einander kräftig die Hand, und Zwjach fuhr ab.

Damit war Fjodor allein. Der Sonntag verging sehr langsam. Zu allem Überfluß fing es noch an zu tröpfeln, und später wurde wahrhaftig ein feiner Herbstregen daraus. Fjodor lag fast den ganzen Tag auf dem Bett und starrte zur gewölbten altmodischen Decke.

Am Montag ging er gleich früh ins Rektorat. Die Sekretärin Rajetschka gab ihm eine Anweisung zu lesen, in der es hieß, daß der Kandidat der biologischen Wissenschaften Fjodor Deshkin »vom heutigen Tage an bis auf besondere Weisung« zum kommissarischen Leiter des Lehrstuhls für Genetik und Pflanzenzüchtung ernannt werde und zugleich kommissarisch die Leitung des Forschungslabors übernehme. Nachdem er seine etwas biedere Unterschrift darunter gesetzt hatte, ging er in »sein« Gebäude.

Alle Dozenten saßen bereits in dem Raum, der an den des Lehrstuhlleiters grenzte. Choderjachin lächelte fein und traurig, Krasnow blickte höflich zu Boden. Anna Bogumilowna schmetterte fröhlich: »Da kommt ja unser Leiter!«

Auch Professor Chejfez saß mit am Tisch. Er stand auf, tippte Fjodor an den Ellbogen und bat leise und respektvoll: »Erlauben Sie mir, die Bilder mitzunehmen?«

»Bitte«, antwortete Fjodor ebenso leise. »Ich habe Ihren Lehrstuhl noch nicht übernommen.«

»Was gibt es da zu übernehmen.« Der alte Mann sah ihn mit biblischer Schwermut an. Fjodor berührte daraufhin auch seinen Arm.

»Bitte nehmen Sie alles, was Sie brauchen. Ich wünschte, daß Sie nicht für immer . . .«

»Was machen wir mit dem Ikonostas?« blaffte die Pobijacho laut. »Vielleicht bringen wir die Bilder auch auf den Wirtschaftshof?«

»Wozu auf den Wirtschaftshof?«

»Wissen Sie das noch nicht, Fjodor Iwanowitsch?« knurrte Chejfez leise neben ihm. »Dort brennt schon seit sieben Uhr früh ein Feuer. Sie verbrennen Bücher. Bejahrte Talentlosigkeit und jugendliche Torheit verbrennen klassische Lehrbücher.«

»Die Bilder geben wir Natan Michailowitsch«, sagte Fjodor deutlich.

»Das Porträt von Akademiemitglied Lyssenko muß ersetzt werden«, bemerkte die Pobijacho.

»Und wozu das?« sagte Chejfez lächelnd zu ihr.

»Damit beauftragen wir Sie, Anna Bogumilowna.« Fjodor heftete den sanften, undurchdringlichen Blick auf sie.

»Und was soll ich tun?« meldete sich Strigaljow zu Wort. Er war auch da, saß in einer Ecke.

»Wieso? Wie ich sehe, sind Sie in Jackett und Krawatte. Meines Wissens haben Sie heute eine Vorlesung. Also müssen Sie in den Hörsaal gehen.«

Jetzt erst bemerkte er Jelena. Die ganze Zeit hatte sie ihn unverwandt angesehen, doch er war damit beschäftigt gewesen, mit den anderen zu reden. Nun nahm er sie wahr und ließ seinen sanften kühlen Tizianblick auf ihr verweilen. Er wollte wohl damit sagen: Mit den Kampfaufträgen ist jetzt hoffentlich endlich Schluß. Gott sei Dank. Jetzt können wir auf der Basis der Rektoranweisung zu ruhigen, sachlichen Beziehungen übergehen.

»Ich denke, alles sollte so weiterlaufen wie bisher«, sagte er. »Allerdings mit einigen Korrekturen, deren Sinn vermutlich allen klar ist.«

Etwas in ihm erschauerte, und er sah nicht mehr zu Jelena hin. Er wußte, Mängel hatte er mehr als genug – er war unscheinbar, klein, zu offenherzig und naiv und geriet leicht in die Klemme, sie dagegen war ganz anders – gab sich gar nicht zu erkennen. Nein, ihm reichte esl Er ließ die Jalousien herunter.

Sie hatte natürlich all das in seinem Blick gelesen, zog die ehrlichen klaren Brauen zornig zusammen und blickte kühl aus dem Fenster.

Strigaljow erhob sich, nahm seine dünne Ledermappe und ging hinaus. Das Zimmer leerte sich allmählich. Fjodor tippte Professor Chejfez an die Strickjacke.

»Natan Michailowitsch, kommen Sie, ich helfe Ihnen die Bilder abnehmen.«

Leise schniefend ging der alte Mann gehorsam hinter ihm her. Im Chefzimmer nahm Fjodor den Spirituskocher, auf dem Lenotschka vor einer Woche Kaffee gekocht hatte, vom Tisch und stellte ihn unter das Mendelporträt, plazierte einen Stuhl auf den Tisch – und wenig später stand das Bild auf dem Fußboden, und der kleinlaut gewordene Chejfez wischte mit dem Ärmel seiner Strickjacke die Spinnweben vom schweren Eichenrahmen.

Als auf diese Weise auch Morgan abgenommen worden war, klopfte es zaghaft an die Tür, sie öffnete sich einen Spalt, und herein sah verdrossen Strigaljow.

»Sie sind nicht reingegangen?« Fjodor sprang vom Tisch.

»Sehen Sie sich doch an, was da los ist.«

Fjodor fragte nicht viel. Er klopfte sich den Staub von den Händen und eilte raschen, energischen Schritts in den Korridor.

Beide Türflügel des Kleinen Hörsaals standen weit offen. Die Studentengruppen in den amphitheaterähnlich zur Decke ansteigenden Sitzreihen verharrten reglos, man merkte, das Erscheinen des strengen und energischen neuen Lehrstuhlleiters hatte hitzige Diskussionen beendet. Alle drehten die Köpfe zum Eingang. Die größte Gruppe hatte sich unten auf dem Podest versammelt, wo das Katheder und ein Vorführungstisch standen. Dort war auch Angela Schamkowa. Ihr weißer Finger schien mit bleichem Nagel nervöse Schnörkel auf ein Blatt Papier auf dem Tisch zu malen.

Fjodor trat näher.

»Nein, du wirst unterschreiben«, sagte die Schamkowa zu einem heftig erröteten blutjungen Studenten. »Seine Vorlesungen waren uninteressant. Und Mitschurins Lehre hatte bei ihm einen doppelten Boden und war Betrug. Er ist doch ein Weismann-Morgan-Anhänger! Man hat ihn sowieso bereits . . .«

Der Student sah sich entsetzt um, erblickte Deshkin und errötete noch heftiger.

»Was ist hier los?« fragte Fjodor laut, um den armen Kerl vor der ihn bedrängenden Schamkowa zu retten. Er nahm das Blatt vom Tisch. Der Student warf seinen Kameraden aus weit aufgerissenen Augen einen befreiten Blick zu und trat sofort zur Seite.

»Wir, die Studenten der Fakultät Genetik und Pflanzenzüchtung bitten das Rektorat«, las Fjodor mit undurchdringlicher Miene laut und jedes Wort deutlich betonend vor, »uns von den Pflichtvorlesungen bei I. I. Strigaljow zu entbinden, der, wie sich herausgestellt hat . . .«

Auf Fjodors Gesicht fiel der Schatten dienstlicher Unnahbarkeit, seine Lippen wurden schmaler.

»Warum weiß ich nichts davon? Angela Danilowna! Immerhin bin ich hier der . . .«

»Das ist abgesprochen, Fjodor Iwanowitsch.«

»Sie sagten doch eben: Man hat ihn sowieso bereits . . . Wozu dann noch dieses zusätzliche . . . Ritual?«

»Fjodor Iwanowitsch!« Die Schamkowa stieß einen verärgerten Seufzer aus. »Dieses Schreiben wurde im Parteikomitee und in der Komsomolorganisation diskutiert. Es wird morgen gedruckt in unserer . . .«

»Jaa? Dann natürlich. Obwohl, im Grunde ist es sonderbar. Na, und wie läuft die Sache?«

»Manche haben nicht unterschrieben. Es war keine Zeit, die Sache zu organisieren.«

»Sehen wir doch mal, was dabei rausgekommen ist. Oho, das ist ja schon was! An die dreißig Unterschriften, schätze ich. Und Sie sagen, es war keine Zeit. Aber was ist das? Angela Danilowna!« Er machte eine Pause, sah sie erstaunt an. »Wieso haben denn Sie als Initiator das historische Dokument nicht unterschrieben? Sie haben wohl Angst? Weil's in die Zeitung kommt?«

Die Schamkowa errötete leicht und schlug die Augen nieder.

»Interessant.« Er senkte die Stimme. »Haben Sie Angst

gekriegt? Wissen Sie, wie die Bibel Pharisäer charakterisiert? Anderen bürden sie schwere, kaum tragbare Lasten auf. Sie selbst dagegen rühren keinen Finger.«

Die Schamkowa wurde puterrot und sah sich nach den Studenten um.

»Ich kann doch nicht ... Immerhin bin ich Aspirantin.«

»Vor allen Dingen sind Sie diejenige, die hier appelliert. Die die Sache organisiert, wie Sie sagen.«

Hastig und gereizt, mit einem lauten Seufzer ergriff sie den Kugelschreiber.

»Vorn, vorn«, sagte Fjodor und musterte sie kalt. »Vor allen anderen. So, jawohl. Jetzt sind Sie berechtigt, Ihre ... Sache zu organisieren.«

Er musterte sie, drehte sich um und ging hinaus.

Hinten im Flur, unweit des Zimmers des Lehrstuhlleiters, lehnte Strigaljow an der Wand und wartete auf ihn.

»Sie sollten da besser nicht reingehen, Iwan Iljitsch. Eine hoffnungslose Sache. Väter und Söhne . . .«

Strigaljow erwartete noch etwas. Er sah ihn an, als hoffte er auf Hilfe.

»Lassen Sie sich nicht einfallen, die Tür zuzuschlagen«, sagte Fjodor zu ihm. »Sie sind unter Beschuß geraten. Teilweise auch durch meine Schuld, Iwan Iljitsch. Ich werde mich bemühen, meinen Teil wiedergutzumachen.«

Mein Anteil daran ist groß, und ich werde alles wiedergutmachen, wollte er noch sagen, hielt sich aber rechtzeitig zurück und schwieg. Solche Dinge sagt man nicht. Man tut sie einfach.

»Sie dürfen jetzt keine Fehler machen. Emotionen sind fehl am Platz. Überlegen Sie sich genau, wie Sie weiter vorgehen wollen.«

»Das habe ich längst getan«, brummte Strigaljow drohend und zugleich vertrauensvoll. Stirnrunzelnd zog er an einem Bindfaden und holte das weiße Fläschchen aus der Brusttasche. »Es gibt nur einen Weg.« Er nahm einen Schluck. »Und ich denke, von mir aus ist alles getan.«

»Was haben Sie da?«

»Sahne. Ich habe doch ein Magengeschwür.«

»Ach so.«

»Es hat sich eingenistet, hol's der Teufel.« Strigaljow lächelte, daß die Stahlzähne blitzten.

Sie standen eine Weile wortlos da. Fjodor drückte dem anderen die Hand, hielt sie fest. Strigaljow zog die Hand nicht zurück, so als griffe er nach der letzten Chance.

Iwan Iljitsch! Fjodor drängte sich ein hitziger Schwur auf die Lippen, aber er behielt ihn für sich. Ich mache es wieder gut, dachte er. Nicht so gut ich kann, sondern so, wie's meine Schuldigkeit ist!

Wie schnell manche Dinge geschehen! Zwei Tage später konnte man am Morgen vor Beginn der Lehrveranstaltungen in allen Hörsälen, Arbeitszimmern und Labors eine frischgedruckte kleine Zeitung lesen – die Institutszeitung. »Runter vom Feld mit dem Unkraut!« las Fjodor eine fette Schlagzeile auf der zweiten Seite. Es ging um die Sache von vorgestern. Die Unterschrift der Schamkowa stand an erster Stelle. Abscheulich, dachte er und konstatierte zugleich befriedigt: Sie hat sich immerhin nicht getraut, sich von der Liste zu streichen.

Als er am selben Morgen ins Rektorat schaute, blätterte er in einer bei der Sekretärin ausliegenden Broschüre. Es war eine weitere Anweisung von Minister Kaftanow. Das Heft hatte wirklich Ähnlichkeit mit einem Taschenfahrplan. Chejfez, Natan Michailowitsch, las er auf der letzten Seite. Er blätterte einige Seiten zurück und sah: Strigaljow, Iwan Iljitsch. Er überlegte, und langsam stieg ihm Röte in die Wangen. Ob sie wirklich für jeden, der in solchen Listen steht, solch ein römisches Spektakel veranstaltet haben? dachte er, nahm sich zusammen und fragte: »Wann ist das gekommen?«

»Aus Moskau? Schon am Donnerstag, glaube ich«, erwiderte Rajetschka, mit ihren Akten beschäftigt, ruhig und beiläufig. »Und von Pjotr Leonidowitsch heute früh.«

»Die Anweisung hat also bei ihm gelegen?«

Die Sekretärin zuckte die Achseln.

Er hat sie zurückgehalten! dachte er. Trotzdem wahrte er die nötigen Sekunden lang die vorgetäuschte Gleichgültigkeit, verriet sich durch keinen Laut, nur die gesenkten Lider bebten. Er konnte sich einfach nicht an solche Entdeckungen gewöhnen. Wortlos legte er die Anweisung hin und ging hinaus. Vier Tage bei sich behalten! Absichtlich! Er schüttelte den Kopf, während er den Korridor entlangschlenderte. Um es dann mit Hilfe der Massen kundzutun! So waren sie es und nicht Kassian ... Kassian wird das gefallen.

Gegen Mittag erschien im Zimmer des Lehrstuhlleiters – jetzt Fjodors zeitweiligem Arbeitszimmer – der schon bekannte hochgewachsene und etwas dickliche Athlet mit der sportlich geschmeidigen Taille. Fjodor schaute von seinen Papieren auf und sah ihn prüfend an. Dieser Krasnow hatte einen kleinen Mund wie ein Ringkämpfer aus der Antike, einer harten kleinen Blüte ähnlich, und ein breites, muskulöses, mit Fettpölsterchen durchsetztes Gesicht. Seiner Veranlagung nach hätte er hager sein müssen, deshalb war seine Nase dünn, gebogen und spitz geblieben, und die dünnen, fast pergamentenen Ohren, von Fettwülsten umgeben, ähnelten Trichtern. Die Stirn war niedrig, durch das helle, gewellte Haar schimmerte stark das Rosa einer künftigen Glatze. Das Haar war so gleichmäßig gewellt, daß Fjodor eine Lockwelle vermutete.

»Gestatten Sie?« sagte Krasnow, zog sich einen Stuhl heran und nahm vor Fjodor Platz. An der Brust seiner mit vier Taschen besetzten Jacke aus weichem, dunkelblauem Kordsamt steckte ein Bergsteigerabzeichen: der schneebedeckte Elbrusgipfel vor blauem Himmel, im Vordergrund ein Eispickel. Die breiten Schultern reckend, griff er in die Brusttasche und legte nacheinander sechs kleine Päckchen auf den Tisch. Worauf er den Tennisball in der Hand knetete und rätselhaft schwieg.

»Was ist das?« fragte Fjodor, den anderen beobachtend. Seine innere Stimme sandte ihm von weither eine verschwommene Warnung zu, in deren Nebel Abneigung driftete.

»Samen.« Krasnow richtete seine blauen Mädchenaugen auf ihn. »Strigaljow hat sie im Schubfach liegen lassen. Seine Polyploide.«

»Was sollen wir damit?«

»Etwas davon wird sich schon verwenden lassen. Das Material verkommt ja sonst.«

»Aber das ist doch Mißwuchs. Eingebildete Werte. Und einer bloßen Mutmaßung wegen . . .«

»Natürlich ist es Mißwuchs«, sagte Krasnow und wurde verlegen. »Aber ich würde ihn aussäen. Etwas wird schon wachsen. Die Bogumilowna hat ja auch nach der Bestrahlung mit Gammastrahlen gesät. Bestimmt wird die Grundlage stark erschüttert sein. Wenn man erzieherisch Einfluß nimmt und aussondert . . . Die Weismann-Anhänger verstehen womöglich gar nicht . . .«

Er lüftete die Maske, hatte sich gut vorbereitet. Wenn er wenigstens sagen würde: Mausen wir's, machen wir halbehalbe, dachte Fjodor. Dieser Krasnow amüsierte ihn. Krasnow grinste zurück, denn er nahm Fjodors schiefes Lächeln als Zeichen gegenseitigen Einvernehmens.

»Mausen wir's?« Fjodor lächelte breiter. Krasnow schlug die Augen nieder. »Und wenn der Besitzer später Forderungen stellt?«

»Wenn er sie gebraucht hätte, dann hätte er sie nicht in den Schubfächern liegen lassen.«

»Aber wir wissen nicht, was es ist! Hier stehen Ziffern, Buchstaben . . .«

»Fjodor Iwanowitsch! Wofür arbeiten wir? Für Ziffern und Buchstaben? Wir arbeiten doch für das Endergebnis! Das wird es uns zeigen. Wenn es was ist.«

»Na schön.« Fjodor wischte die Päckchen vom Schreibtisch ins Schubfach. »Ich guck es mir an.«

Dabei wandte er den Blick nicht von den Fettpölsterchen und dem Abzeichen. Aus dem dunklen Strudel, den Waritschew Kollektiv genannt hatte, war noch ein kompliziertes und gefährliches Wesen aufgetaucht.

»Ich hatte in meiner Jugend einen guten Freund, eine herzensgute Seele«, sagte Fjodor, sah dabei ins Schreibtischschubfach und spielte mit den Päckchen. »Wir beide haben uns immer gut verstanden. Ich brauchte bloß zu sagen: Hör mal, Breweschkow. Dann wußte er schon, was ich von ihm wollte.«

Auf der anderen Seite des Schreibtischs war es still geworden. Sieh nicht auf! rief die innere Stimme Fjodor zu. Und wie in Gogols Märchen hielt er der teuflischen Kraft nicht stand, hob langsam den Blick, und tropfenweise drang ihm aus Krasnows zarten Mädchenaugen tödliche Kälte in die Seele. Aber so etwas konnte Fjodor nicht einschüchtern. Was in ihm aus Eisen war, verhärtete sich, und wenig später traf ein Gegenpfeil Krasnow – der zweite.

»Sagen Sie, hat man Sie mit den Kaderakten Ihrer künftigen Mitarbeiter bekanntgemacht?« fragte der Bergsteiger sehr ruhig.

»Nein, mit solchen Dingen noch nicht. Ich bin ja kommissarisch eingesetzt.« Hier lächelte Fjodor und schüttelte, in Erinnerung an vergangene Zeiten, gerührt den Kopf. »Ein guter Kumpel war das. Gena Breweschkow.«

»Sagten Sie Gena?«

»Wieso, haben Sie ihn gekannt?«

»Ich kannte einen Breweschkow. Nur mit anderem Vornamen.«

Krasnow schien erleichtert. Er stand auf, nagte unentschlossen an seiner schmalen Lippe.

»Schaun Sie, Fjodor Iwanowitsch. Wir können sie in Kästen säen. Vielleicht wird was draus . . .«

Ebenso unentschlossen und unbestimmt verließ er das Zimmer und lehnte er die Tür an.

Es funktioniert, dachte Fjodor. Er hatte soeben die Wirkung seines *Schlüssels* ausprobiert. Er wußte bereits seit langem, daß sich der schlechte Mensch seiner Bosheit bewußt ist. Mit dieser Erkenntnis zu leben ist schwer, dachte er. Das bedeutet, fortwährend Grimassen zu ziehen, die passende Miene aufzusetzen.

Er saß noch eine Weile allein da, zog grübelnd die dunkle Braue hoch. Doch, es gibt so was! dachte er, nachdem sich das nun schon mehrmals bestätigt hatte. Es gibt eine Kraft, der sich einer, der mal von ihr beherrscht wird, wohl nie entziehen kann. Wie könnte man aus diesem Breweschkow bloß einen Menschen machen, der nicht nach Fremdem schielt und sogar vom Eigenen abgibt? Nein, das schafft keiner. Man kann ihn nur dran hindern, ihn einsperren. Oder ihm Angst machen. Dabei weiß er doch genau, was schlecht und was gut ist. Und womit tarnt er sich – natürlich mit einer guten Absicht! ›Das Material verkommt sonst!‹ – ›Wir arbeiten für das Endergebnis!‹ Nein, es gibt dieses Etwas.

Vom Flur drang schon eine Weile ein merkwürdiges Keuchen herein. Gekränkt erscholl Wonljarljarskis professorales Organ: »Das ist Selbstherrlichkeit! Eigenmächtigkeit! Ganz egal, auch wenn keine Inventarnummer dran ist. Und Sie werden es nicht wagen, ich gebe es sowieso nicht her!« Er keuchte wieder.

Fjodor eilte vor die Tür. Auf dem Gang waren Wonljarljarski und Jelena aneinander geraten, zerrten an etwas herum und versuchten, es sich aus den Händen zu reißen. Stefan Ignatjewitsch, schweißüberströmt, in weißem Hemd und kremfarbener Hose, eine Schleife am Hals, klammerte sich mit beiden Händen an ein schwarzes Gerät, das einer Schreibmaschine ähnelte. An seinen sehnigen, zähen, blaugeäderten gelben Armen zogen weiße Mädchenarme. Jelena schüttelte den Alten energisch, zerrte ihn über den Flur und versuchte, ihm das Gerät abzunehmen. Um die beiden herum lief, mit den Armen fuchtelnd, die Wonljarljarskaja, wagte aber nicht einzugreifen.

»Oho!« rief Fjodor lachend. »Da kommt die Hilfe ja zur rechten Zeit!«

Alle hielten inne. Jeder war überzeugt, daß die Hilfe ihm galt.

»Dieses Mikrotom gehört Strigaljow!« sagte Jelena und holte tief Luft. »Sie wollen es wegnehmen.«

»Mikroskope und Mikrotome sind Eigentum des zytologischen Labors!« Wonljarljarski riß die Augen auf.

»Er hat es selbst gebaut, aus Einzelteilen. Er wollte es nach Hause holen. Er bat mich . . . Das ist nicht fair, Stefan Ignatjewitsch, man hat den Mann sowieso schon . . .«

»Sie setzen sich umsonst ein, Jelena Wladimirowna, völlig umsonst. Das ist schließlich Staatseigentuml Ich begreife nicht, wie Sie es rausbringen wollten. Heimlich? In solchen Zeiten.«

»Ich habe nie betrogen«, kollerte die Wonljarljarskaja drohend mit tiefer Stimme, »weder direkt noch indirekt, unter keinen Umständen habe ich betrogen oder in meinem Beisein Betrug geduldet.« Damit trat sie hochmütig zur Seite.

»Ich bin in jedem Fall ein Institutspatriot und lasse mich nicht in solche Machenschaften verwickeln, auch nicht in der Form von Zugeständnissen an Sie.«

Beide Eheleute sahen Fjodor an. Mit allem, was sie taten, denunzierten sie Jelena.

»Ich habe Sie nicht verstanden«, sagte Fjodor. Und während die beiden verlegen schwiegen und zu einer genaueren Denunziation ausholen wollten, fügte er hinzu: »Stefan Ignatjewitsch! Als Sie mit Ihrer Frau im Park liefen – erinnern Sie sich? – und ich Sie einholte, sprachen Sie gerade von diesem Mikrotom. Was sagten Sie doch gleich? Daß er abgeschriebene Teile von der Müllhalde aufgelesen hat, daß er sich die Schraube in Moskau machen ließ.«

Die Wonljarljarskis sahen einander an.

»Na? So war's doch? Kurz, ich sehe nichts, ich höre nichts und ich sage nichts. Und das Mikrotom bringen Sie und Jelena Wladimirowna in mein Zimmer. Ich sehe es mir an und entscheide.«

»Soll sie's allein tragen. So wie die zupackt. Die bringt ja einen Gaul zum Stehen.«

»Geben Sie her, dann trage ich es.« Fjodor nahm ihnen das schwere Mikrotom ab und trug es lachend und kopfschüttelnd in sein Zimmer.

Jelena trat hinter ihm ein. Nachdem Fjodor das Gerät auf dem Tisch abgestellt hatte, bewegte er den Schlitten, drehte an der Schraube und sah zu Jelena auf.

»Fjodor Iwanowitsch, das ist Iwan Iljitschs Mikrotom . . .«

»Ich weiß«, antwortete er.

»Erlauben Sie, es rauszubringen? Dazu brauche ich eine Bescheinigung.«

»Brauchen Sie nicht, ich schaffe es selbst raus.« Fjodor sagte das leise. »Besorgen Sie mir eine Tasche oder eine große Aktentasche. Am Abend kommen Sie an dieses Fenster. Draußen ist eine Blumenrabatte. Ich reiche es Ihnen hinaus. Dann komme ich nach, und wir bringen's dem Eigentümer.«

»Und diese Makellosen? Die werden doch Lärm schlagen.«

»Worüber? Wie kann man Lärm über etwas schlagen, das gar nicht da war? Das Ding ist ja nirgends geführt!«

Wieder kam ein warmer, duftender Abend. Gegen Ende des Tages hatte Jelena eine riesige, in Leder gefaßte Segeltuchtasche gebracht, und Fjodor hatte das Gerät hineingelegt. Als es dunkel wurde, setzte er sich ans Fenster, ohne Licht zu machen. Durchs geöffnete Fenster wehte die etwas trockene, duftende abendliche Kühle des Parks. In der Ferne huschten Schatten und verschwanden in der zunehmenden Dunkelheit.

»Ins Grübeln geraten?« ertönte leise neben ihm Jelenas tiefe Stimme. Sie stand dicht am Fensterbrett, war wie ein Junge auf den Sockel geklettert. Fjodor gab ihr die Tasche hinunter, stahl sich mit lautlosem, elastischem Verschwörerschritt hinaus und lief um das Gebäude.

Ihr hellgrauer Schatten wartete ein Stück abseits. Jelena trug ihren Kittel. Fjodor nahm ihr die Tasche ab, und sie liefen schweigend in den Park. Als sie in den schwarzen Rauch der Nacht tauchten, die den Park schon umfing, hakte Jelena sich bei ihm ein.

»Darf ich? Damit Sie mir nicht verloren gehen. Haben Sie keine Angst?«

»Warum sollte ich.«

»Spüren Sie denn nicht, alle sind jetzt befallen von so einer . . .«

»Na, alle sind nicht davon befallen.«

»Auf dem Wirtschaftshof verbrennen sie immer noch Bücher. Die es tun, sind alle so merkwürdig stumm. Chejfez hat gesagt: Das Feuer hat die gleiche chemische Zusammensetzung wie vor fünfhundert Jahren.«

»Demnach doch nicht ganz die gleiche, wenn sie nicht tanzen, sondern stumm sind.«

»Fjodor Iwanowitsch, soll ich Ihnen was sagen? Sie stellen Ihre Einstellung . . . Ihre Objektivität zu sehr zur Schau. Sie sind unsere letzte Chance. Wir müssen Sie beschützen. Sowieso wissen alle schon, daß Ihre Gewänder weiß sind. Man muß sie manchmal in den Schrank hängen.«

»In den Schrank auf keinen Fall.«
»Dann ziehen Sie sich etwas drüber.«
»Nach Ihrer Schwindeltheorie?«
»Hm.«
»Fürchten Sie denn nicht, daß keine weißen Gewänder mehr da sein werden, wenn die Zeit kommt, dieses Etwas abzulegen?«
»Ihretwegen bin ich unbesorgt. Sie haben uns doch vom Guten gesprochen. Und vom Bösen. Sie sagten, daß das eine Eigenschaft der Absicht ist. Wonljarljarski nannte es va-ri-an-ten-los. Sie haben hinzugefügt: Man kann es dem Menschen weder einimpfen noch nehmen.«
»Ich habe da noch nicht alles gesagt, Jelena Wladimirowna. Die Eigenschaft der Absicht – mal ist sie da, mal verliert sie sich. Wirklich da ist sie nur, wenn die Absichten entstehen. Das Allerwichtigste, das Bleibende aber ist die Kraft, die in manchen Menschen steckt, die man aber nicht mit dem Zorn eines Aufbrausenden und Nervösen verwechseln darf. Unsere Tante Polja, die Reinemachefrau, wissen Sie, was die gesagt hat? Sie sagt, wenn sich eine Katze über deine Pfanne hergemacht hat und du sie mit Wonne verdrischst, kannst du kein Leiter und auch kein Richter sein. Das sind die Nerven, das ist krankhaft und noch kein Böses. Ein schlechter, böser Mensch verdrischt die Katze nicht, sondern steckt sie seelenruhig in einen Sack. Wer das Böse in sich hat, kann es spüren. Wenn er genug davon hat. Und doch läßt es sich absolut nicht begreifen oder definieren. Wir haben vieles in uns, vieles, das wir gar nicht bemerken. Das Böse aber spürt man, Jelena Wladimirowna.«
»Ich werde in mich hineinhorchen.«
Sie gingen langsamer.
»Ich will Ihnen dabei helfen. Stellen Sie sich folgendes vor: In der Presse erscheint ein sensationeller Aufsatz. Wissenschaftler verschiedener Länder haben unabhängig voneinander entdeckt, daß die furchtbarste Krankheit des Jahrhunderts, sagen wir, der Krebs, beim Menschen durch bestimmte zerstörerische Emotionen hervorgerufen wird. Durch Emotionen des Bösen, durch den Vorsatz, anderen Leid zuzufügen, ihnen das Leben zu vergällen, andere rein-

zulegen, sie zu bestehlen. Wie die Wonljarljarskis, die Iwan Iljitsch klammheimlich bestehlen wollten. Bestimmt hatten sie alles vorher miteinander besprochen.«

»Sie haben schon lange mit dem Mikrotom geliebäugelt.«

»Im Grunde gibt es solche Emotionen wohl bei allen. Bei manchen nur ganz wenig, die werden rot, wenn sie sich dessen bewußt werden. Bei anderen dagegen machen sie das Wesen, die Persönlichkeit aus. Stellen Sie sich also vor, solch ein Aufsatz erscheint und stellt Krebs als eine regulierende Reaktion der Natur dar. Mit der sie sich gegen das bedrohliche Anwachsen des Einflusses des unerkannten Bösen im Menschen zur Wehr setzt. Zumal jetzt, wo die Religionen zurückgedrängt sind. Weshalb, heißt es in diesem – imaginären – Aufsatz, weshalb fällt die Zunahme der Krebserkrankungen mit dem Verschwinden der Religionen zusammen? Die Religionen hätten uns zurückgehalten – durch die Furcht vor Strafe. Jetzt aber habe sich ein anderer Faktor eingeschaltet. Wer stirbt denn an Krebs, hätten Wissenschaftler sich gefragt. Die Statistik habe gezeigt: Böse Menschen. Ich behaupte das nicht, ich konstruiere das nur mal. Damit es leichter wird, in sich hineinzuhorchen, wie Sie sagen. Angenommen, solch ein Aufsatz ist erschienen, und seine Fakten und die Namen der Autoren stimmen nachdenklich. Die .Frage geht schon an Sie. Wie denken Sie, Jelena Wladimirowna, wird nach diesem Aufsatz nicht jeder, der leben will, sich bei schlimmen, bösen Absichten ertappen, sie in sich unterdrücken, und zwar ausnahmslos? Nicht gelegentliche Wut, nicht Gereiztsein aus Müdigkeit, die eigentliche Macht des Bösen in sich wird er bekämpfen! Und das Übel in sich mit größter Exaktheit ermitteln! Ohne jeden Apparat.«

»Ich fühle manchmal etwas in der Art«, sagte Jelena nachdenklich. »Aber fühle ich es eigentlich? Jedenfalls habe ich nie ein fremdes Mikrotom begehrt. Ihnen hätte ich's bestimmt gestanden. Nein, nie. Und wenn ich nach meiner Schwindeltheorie etwas fühle – dann nichts als diebisches Vergnügen, daß ich diesen Kerl anschmieren konnte. Aber Sie haben recht, die Wonljarljarskis hatten es auf das Mikrotom abgesehen. Ohne jedes Mitleid mit Iwan Iljitsch.«

»Ich habe so viel über diese Dinge nachgedacht, daß ich mich manchmal hinsetzen und ein Buch darüber schreiben möchte. Ich würde es ›Brille für das kurzsichtige Gute‹ nennen. Bei Solowjow gibt es eine ›Rechtfertigung des Guten‹. Aber ich verstehe den Titel nicht. Das Gute bedarf keiner Rechtfertigung. Es wird nicht beschuldigt, sondern geschlagen und verspottet, wozu es freilich manchmal selbst Anlaß gibt. Da jagt das Gute zum Beispiel hinter dem Bösen her, das ein Verbrechen begangen hat. Auf seinem Weg ist Rasen mit dem Schild ›Betreten verboten‹. Das Böse rennt bedenkenlos über den Rasen. Das Gute aber läuft drum herum, ohne das Schild auch nur zu lesen – Gras darf man nicht zertreten. Und läßt den Verbrecher entwischen. Gutmütigkeit, Jelena Wladimirowna, klingt heute für viele wie Feigheit, Laschheit, Unentschlossenheit, Kneifen vor verbindlichen Schritten. Aber dem ist natürlich bei weitem nicht so. Bei weitem nicht. Alles ist nur ein Wirrwarr, geschaffen durch heimliche Bosheit, um leichter handeln zu können. Dieses Wirrwarr gilt es zu entwirren.«

»Moment. Und wenn das Gute doch über den Rasen läuft und sich geirrt hat?«

»Ich möchte lieber durch den Irrtum eines guten Menschen leiden als durch fehlerfreie Arglist. Ein wirklich guter Mensch wird auch, wenn er verurteilt, noch leiden und sich quälen. Er wird sein Urteil fünfmal überprüfen.«

»Sie schließen sich ja meiner Schwindeltheorie an! Soll ich Ihnen sagen, wie ich sie neulich praktisch angewendet habe?«

Der Park wurde heller, warmer Geruch herbstlicher Felder wehte ihnen entgegen. Sie traten ins Freie wie in eine weite, still und gleichmäßig summende Werkhalle.

»Wie die Grillen heute zirpen«, sagte Jelena. »Vielleicht ist es ihre letzte Nacht. Fürchten Sie nicht, es könnte die letzte sein?«

»Ich verstehe Sie nicht.« Fjodor preßte ihren Arm mit dem Ellbogen an sich.

»Schön, ich erzähl's Ihnen jetzt, mir ist danach. Vor einem halben Jahr bekam ich eine Drucksache. Darin lag ein Brief mit einer wichtigen Nachricht. Die Oberste Zulassungskommission teilte mit, man erkenne mir den Kandidatengrad ab. Wegen falscher Prämissen, wenig tragfähiger Basis, ungenügender Ausarbeitung, ungesicherter Grundlage und so weiter. Zwei Wochen später kam noch eine Drucksache – die erhielt Strigaljow. Auch ihm wurde der Doktorgrad aberkannt. Mit den gleichen Argumenten. Beide erhielten wir den Bescheid zum Geburtstag! Die Schufte – sie können nicht nur lügen, sondern sind auch noch gemein. Alles können sie! Und sie kriegen keinen Krebs! Danach hatte ich in Moskau zu tun und dachte, geh doch mal zu der Kommission. Ich gehe also hin. Dorthin, wo die Dissertationsschriften aufbewahrt werden. Zwei alte Weiblein halten die verwahrt. Ich sage im Vorgesetztenton: ›Geben sie mir den Ordner mit der und der Akte‹. Eine Alte läuft trapp-trapp-trapp los, und ich sehe, sie bringt meine Akte! Ich suche sofort den Grund für die Aberkennung: Als Schülerin von dem und dem und von den und den mit dem Bannfluch belegten Weismann-Morgan-Anhängern. Ich konnte mir rasch einiges rausschreiben. Jetzt geben Sie mir die Akte von Strigaljow, sage ich. Trapp-trapp-trapp, brachten sie mir auch die. Ich wollte gerade darin blättern, da kam ein Vorgesetzter, und ich wurde hinausgeworfen. Ja, so habe ich . . . die Vorschrift verletzt.«

Sie gingen eine Weile schweigend.

»Da haben wir also miteinander geredet. Wie soll man denn nicht lügen?« Im Dunkeln sah er ihre Brille glitzern – Jelena blickte ihm ins Gesicht. »Wie soll man nicht lügen, Fjodor Iwanowitsch! Das ist doch ein Schwindeln besonderer Art! Ich tue es doch für die Sache! Wenn sie dahinter kommen, werden sie alles vernichten und sich dann die Verursacher vorknöpfen. Ich habe gar nicht das Gefühl, daß ich lüge.«

»An Ihrem Lügen ist kein Trug. Schönes Wort – Trug.«

»Glauben Sie, ich allein bin so? Aus euch, der Familie Montecchi, wird man auch nicht klug. Vor zwei Jahren stand gerade Polyploidie auf meinem Plan, noch ganz offen. Da kam ein Doktor von Ihnen. Von Ihrem Kassian. Ich war Aspirantin bei Possoschkow, er hatte mich beauftragt, Pfropfungen und Polyploide bei der Kartoffel zu vergleichen. Mein Gott, konnte man damals noch vergleichen! Ich hatte gerade die ersten guten Ergebnisse mit Kolchizin erzielt. Possoschkow sagte: ›Zeigen Sie Ihre Kartoffeln dem Moskauer.‹ Und der Doktor kommt zur Inspektion auf meine Parzelle. Ich erkläre, wo welche Pflanzen sind. Der Doktor: ›Ja, Sie haben interessante Pfropfungen.‹ Ich: ›Das sind aber Polyploide und keine Pfropfungen!‹ Er kehrte den Pflanzen den Rücken. ›Sie haben eine leichte Hand, ich habe noch nie gesehen, daß Unterlage und Pfröpfling so gut zusammengewachsen sind.‹ Dreimal habe ich versucht, das richtigzustellen, und dreimal hat er seine Variante wiederholt. Meine Freundin sagte danach: ›Der war doch nicht normal!‹ Possoschkow hat mir dann am Abend erklärt: ›Es kommen jetzt solche Zeiten, Kindchen. Er hat kein Vertrauen zu Ihnen.‹ So war das. Schon vor zwei Jahren!«

Im Weitergehen bemerkten sie seitlich von ihrem Pfad etwas Dunkles, das einem dichten Zaun glich. Der Pfad führte sie allmählich immer näher heran.

»Hier entlang«, sagte Jelena und zog Fjodor zu dem länglichen, Wärme atmenden Dunkel. »Hierher, hier ist ein Durchgang. Eine Lücke.«

»Was ist das?«

»Ein Rohr. Ein Eisenrohr.«

»Ein Rohr, sagen Sie?« Fjodor streckte die Hände aus und berührte die warme, rund abfallende Fläche. »Ein Rohr . . .«, wiederholte er.

»Sie verlegen hier was. Für Wasser wahrscheinlich«, sagte Jelena leise. »Haben sie kürzlich erst gebracht.«

Sie traten in einen breiten Zwischenraum zwischen zwei Rohrenden. Fjodor betastete den Rand. Es war ein großes Rohr, reichte ihm fast bis an die Schultern.

»Da haben wir so ein Eisenrohr. Wissen Sie, Jelena Wladimirowna, Zwjach hat mir mal gesagt, auf so manchen von uns wartet ein Eisenrohr. Wenn man hineingerät, gibt es nur zwei Ausgänge: vorwärts oder zurück. Keine Kompromißlösungen.«

Er setzte den Fuß in die dunkle Leere, in den warmen hallenden Tunnel. Gebückt steckte er den Kopf hinein. Er wollte etwas Verwegenes rufen, aber seltsamerweise versagte ihm die Stimme.

»He, Schicksal!« sagte er leise und schlug mit der Faust gegen die runde Wand.

»Alalal!« echote vibrierend ein aufgeschreckter Eisenchor, und obwohl Fjodor ein belesener und gebildeter Mann war, der den Dingen ins Auge sah, benahm ihm etwas wie Furcht den Atem.

»Sie haben das sehr zum Fürchten gesagt«, flüsterte Jelena neben ihm. »Machen Sie mal Platz, ich will auch was rufen.« Sie stand neben ihm im Rohr. »Rücken Sie doch ein Stück, der Platz reicht für uns beide.« Sie zog den Kopf fast gar nicht ein, ging sogar weiter hinein und kicherte. »Merken Sie, was ich Komisches gesagt habe? Der Platz reicht für uns beide! Welche Symbolik! Meinen Sie nicht, daß so ein Rohr auf uns beide wartet? Ein gemeinsames, ein Rohr für zwei . . .«

»Jelena Wladimirowna, mir kommt das manchmal auch so vor. Ich habe das Gefühl, die Umstände locken mich gerade hierher. Auch Kassian treibt mich her. Ich hätte ja heute schon den vierten Tag in Moskau sein müssen. Hatte ja auch die Dienstreise schon abzeichnen lassen.«

»Was machen denn Ihre Fliegen?«

»Darüber haben wir diskutiert. Ob ich sie rauslassen oder mitnehmen soll.«

»Und Sie haben . . .«

»Ich habe vorgeschlagen, sie rauszulassen. Zwjach wollte sie mit nach Moskau nehmen. Jetzt steht die Frage nicht mehr.«

»Da sehen Sie, wie leicht Sie . . . Ohne das Experiment abzuschließen . . . Die Eltern müssen jetzt aus dem Reagenzglas raus. Haben Sie das auch nicht vergessen?«

»Ich habe sie schon rausgenommen.«

»Passen Sie auf. Sie müssen nach Mendel eins zu drei erhalten.«

Sie gingen wieder langsam im gleichen Schritt über den hell schimmernden Pfad. Jelena hielt ihn unsicher am Arm.

»Hier ist es«, sagte sie plötzlich leise, »hier wollen wir uns trennen.« Sie lachte. »Gehen Sie allein weiter.«

Direkt vor ihnen leuchtete gelb und friedlich das kleine Fenster eines dörflichen Hauses.

»Der Pfad führt Sie zu einer Pforte. Rechts ist ein Klingelknopf. Drücken Sie ihn, und er wird Ihnen aufmachen.«

»Haben Sie keine Angst, allein nach Hause zu gehen? Oder wo Sie sonst hin wollen.«

»Nein, ich habe es nicht weit. Und sagen Sie nicht, daß ich Sie hergebracht habe.«

»Ich stelle Ihnen keine Fragen mehr. Ich bin solche ... Wendungen von Ihnen schon gewöhnt.«

»Vielleicht erkläre ich es mal. Vielleicht schon bald. Vielleicht auch nie.« Sie sprach mit nachdenklichen Pausen. »Es ist noch nicht an der Zeit. Es fehlt, wie Sie sagen, an zuverlässigen und ausreichenden Informationen.«

Fjodor spürte trotz der Finsternis: Während sie das sagte, drehte sie sich auf einem Bein um, schrieb ihre rätselhaften Zeichen in den Raum. Wäre es Tag gewesen, hätte er sie lesen können.

»Irgendwann erkläre ich's«, sagte sie und schlug ihn mit der kleinen Faust auf den Arm.

»Gehen Sie, ich werde nichts mehr fragen. Wenn was ist, schreien Sie, so laut Sie können.«

Lächelnd strich sie ihm mit der Hand über den ganzen Arm – von der Schulter bis zu den Fingern. Und verschwand.

Er stand noch ein Weilchen, lauschte in die Nacht. War dann mit fünf entschlossenen Schritten an dem gelben Fenster und drückte auf den Knopf. Fast gleichzeitig ging über ihm eine Glühlampe an. Hinten auf dem Hof klapperte es hölzern, und er hörte Schritte.

»Wer beehrt uns denn da!« brummte eine freundliche, beinah erfreute Stimme hinter der Pforte. Die Pforte öffnete sich knarrend.

»Ich bringe Ihnen was«, begann Fjodor, während er in den Hof trat. »Hier. Jelena und ich haben's den Wonljarljarskis weggenommen. Ihr Mikrotom.«

Er folgte dem hochgewachsenen Hausherrn mit dem üppigen Haarschopf in die Diele und danach in die hell erleuchtete gute Stube. Unter einem selbstgebastelten Schirm aus Zeichenkarton hing eine große, fast weiß glühende Lampe. Auf dem Tisch darunter funkelte das Messing eines Mikroskops deutscher Fabrikation aus dem vorigen Jahrhundert. Daneben schimmerten in einem langen Kästchen grüne Objektträger mit Präparaten und lag ein aufgeschlagenes Heft. Strigaljow nahm wortlos sein Mikrotom aus der Tasche und trug es eilig hinter den Ofen. Als er zurückkam, erwarteten ihn die sechs Samenpäckchen, von Fjodor vor das Mikroskop in eine Reihe gelegt.

»Was ist denn das noch? Haben Sie das auch mitgebracht?«

»Einer von meinen ... Mitstreitern hatte Ihnen die gemaust. Er sagt, wenn Sie sie gebrauchen könnten, hätten Sie sie nicht in Ihrem Schreibtisch liegenlassen.«

Strigaljow hob fragend die buschigen Brauen. Er wartete auf Erklärungen.

»Er sagt, bei Ihnen, den Weismann-Morgan-Anhängern, würde es sowieso verkommen. Wir dagegen könnten vielleicht was davon verwenden.«

»Für Ihr Akademiemitglied?« sagte Strigaljow, verstummte und ließ den etwas scheu gewordenen Blick von Gegenstand zu Gegenstand wandern. »Wissen Sie was? Behalten Sie doch die Samen. Nehmen Sie sie mit ins Institut und arbeiten Sie damit. Als hätten Sie sie mir nicht gezeigt.«

»Ich begreife nicht. Sie haben wahrscheinlich nicht ganz verstanden, was ich gesagt habe.«

»Aber ja doch, ich habe alles verstanden. Nehmen Sie sie mit. Und so, daß Ihr ... Mitstreiter nicht merkt, daß Sie sie mir geben wollten. Lassen Sie sie im Schrank liegen. Ich weiß genug über diese Samen. Im März säen Sie sie aus. Den Mann ziehen wir ganz sacht auf unsere Seite. Er hat Feuer gefangen. Soll er sein gemaustes Ergebnis haben. Er wird ja dann wissen, wie er zu den Hybriden gekommen ist.«

»Es sind doch Ihre.«

»Ich habe genug davon.« Iwan Iljitsch deutete mit schwungvoller Geste auf einen Karteischrank an der Wand. »Das reicht für drei Institute. Der Mann ist mehr wert.«

Sie schwiegen. Plötzlich musterte Strigaljow den Gast mit einem scheuen, doch verwegen-fröhlichen Blick – er schien sich an etwas zu erinnern.

»Haben Sie schon mal in ein Mikroskop geschaut?«

»In so eins noch nicht«, antwortete Fjodor freundlich, aber zurückhaltend.

»Kommen Sie, wir sehen rein. Ich habe gerade gute Präparate da. Extra für Sie ausgewählt.«

»Sie haben gewußt, daß ich zu Ihnen komme?«

»Ja, natürlich. Ich habe Sie sogar erwartet. Schauen Sie, schauen Sie.«

Fjodor setzte sich an den Tisch und beugte sich über das Mikroskop. Anfangs war im Okular alles trüb, hatte er nur eine von grellem Licht durchleuchtete seifige Flüssigkeit vor sich. Er drehte an der Schraube, und aus dem hellen Nebel schwamm ein ungleichmäßiger Kreis wie mit schwarzen Teeblättchen in der Mitte auf ihn zu.

»Ich sehe . . . Das sind meiner Meinung nach Chromosomen. Gut gefärbt, das Präparat.«

»Immerhin hat er's erkannt«, brummte Strigaljow.

»Sie sind so gut zu sehen, daß man sie zählen kann. Manche sind hufeisenförmig, andere haben Einschnürungen. Sechs, sieben . . .«

»Sparen Sie sich die Mühe. Es sind insgesamt 48.«

Strigaljow wollte auf etwas hinaus. Er hatte etwas vor. Fjodor sah sich nach ihm um, verharrte einen Augenblick und beugte sich erneut über das Okular.

»Wollen Sie einen Tee?«

»Warum nicht. Was ist das für ein Präparat?«

»Was für eins kann ich wohl schon haben? Eine Kartoffel. Solanum tuberosum. Jetzt sehen Sie sich das an.«

Strigaljow zog mit zähen langen Fingern das Glasplättchen unter dem Objektiv hervor und legte ein neues auf. Fjodor erkannte wieder eine von grellem Licht durchschienene Zelle im Okular. Nur war in den Chromosomen eine kaum merkliche Veränderung vor sich gegangen. Sie waren diesmal eine Spur kleiner.

»Die Chromosomen scheinen leicht abgemagert zu sein. Was ist das?«

»Aha, Sie haben den Unterschied bemerkt. Das ist die gleiche Kartoffel, nur ist das Präparat bei einem Grad plus angefertigt. Das ist die Grenze. Wenn man noch ein Grad runtergeht, zerfallen sie.«

»Ich verstehe.«

»Nein, noch verstehen Sie gar nichts. Jetzt schauen Sie mal hierher.«

Strigaljow wechselte abermals blitzschnell das Glasplättchen, und Fjodor sah wieder die gleiche Zelle, nur ähnelten die Chromosomen darin feinem Büchsenschrot.

»Oho! So was habe ich noch nicht gesehen. Was ist damit passiert?« fragte er mit jäh erwachtem Interesse.

»Das ist ein anderes Objekt. Solanum verrucosum, eine Wildkartoffel. Bei derselben Temperatur von einem Grad. Sehen Sie, die Chromosomen sind hier zu Kügelchen geschrumpft – als ich sie in den Kühlschrank tat. Vorher waren sie genauso wie die ersten. Jetzt die Hauptattraktion.«

Ein neues Glasplättchen klapperte. Wieder leuchtete hell eine Zelle auf, sah Fjodor in ihrer Mitte Chromosomen. Die gleichen wie bei einer gewöhnlichen Kartoffel – hufeisenförmige und Stäbchen mit Einschnürungen. Diesmal aber waren auch runde Schrotkörnchen darunter verstreut.

»Und was ist das für ein Präparat?«

»Sehen Sie hin. Auf dem Glas ist ein Etikett.«

Fjodor fand es sofort und las: Maiblume, +1°.

»Sie geben mir immer wieder Rätsel auf. Warum ist hier so ein Gemisch?«

»Haben Sie denn während des Studiums nie was von der ›Maiblume‹ gehört? Ich dachte, sie wird ausführlich und obligatorisch . . .«

»Ich habe überhaupt lange vor keinem Mikroskop gesessen.«

»Erinnern Sie sich wenigstens, wieviel Chromosomen sie hat?«

»Aber ja. Achtundvierzig, wie alle Kartoffeln.«

»Sieh mal an, die rechte Hand vom Akademiemitglied weiß ja was!«

»Schon gut, schon gut. Warum haben wir hier dieses seltsame Gemisch?«

»Maiblume ist eine ganz besondere Hybride. Davon hat Ihr Kassian, der sie gezüchtet hat, noch nichts gehört. Das habe ich ihm nicht gesagt. Wenn Sie ihn treffen, fragen Sie ihn. Sehen Sie die Kügelchen? Das sind die väterlichen Chromosomen. Der Vater ist eine Wildkartoffel, Solanum verrucosum, dieselbe, die Sie eben vor dieser gesehen haben.«

»Aber die Wildkartoffel läßt sich doch nicht kreuzen!«

»Er begreift immer noch nicht!« Und bei Strigaljows klagendem Ausruf durchschoß es Fjodor wie ein Blitz, kam ihm wie ein Donnerschlag die Vermutung. Er schob das Mikroskop mit beiden Händen von sich und drehte sich um, mit wirrem Haar.

»Warten Sie, bleiben Sie dran. Gleich zeige ich Ihnen noch eins.«

»Gezeigt haben Sie genug. Es wird Zeit, daß wir reden. Sie wollen also damit sagen . . .«

»Ich will gar nichts sagen, sagen Sie's selber.«

»Maiblume ist also eine Hybride mit dieser Wildkartoffel?«

»Richtig. Doch die wilde läßt sich nicht kreuzen. Nur wenn man daraus ein für eure Züchterei unvorstellbares Polyploid macht. Genau das habe ich getan. Mit Kolchizin, Kolchizin! Und er erfuhr davon . . .«

»Wer?«

»Na, er.« Striglajow drückte sich mit zwei Fingern die Nase zu und näselte: »Kassian Damianowitsch!«

»Dann hat er dieses Polyploid von Ihnen . . .«

»Wenn's nur das gewesen wäre!« Strigaljow lachte auf, runzelte die Stirn und lief hinter den Ofen. »Wenn's nur das gewesen wäre!« wiederholte er halb rufend, halb klagend hinter dem Ofen, wo er etwas schluckte, offenbar seine Sahne aus dem Fläschchen. »Wenn's nur das gewesen wäre, Fjodor Iwanowitsch!« Sich mit der Hand die Lippen abwischend, kam er wieder zum Vorschein. »Ihr Gott hat nicht die Hände dazu, eine Kartoffel selbst mit einem fertigen Polyploid zu kreuzen. Das Akademiemitglied des Volkes erhielt die fertige Sorte von mir!«

Fjodor legte das Präparat »Maiblume« auf das Objekttischchen des Mikroskops, sah durchs Okular und drehte an der Schraube.

»Warum ich jetzt nicht kapituliere?« brummte Strigaljow beharrlich über ihm. »Warum ich nicht zu Kreuze krieche wie Possoschkow? Sie sehen ja, ich bin müde und krank, würde nur zu gern die Hände in den Schoß legen. Zum Teufel mit euch, ihr sollt euren Willen haben, meinetwegen soll alles, was mir geglückt ist, nach Lyssenkos und Kassian Rjadnos Methode erreicht worden sein. Aber erstens betrifft das nicht nur mich. Das würde denen ja den Rücken stärken, danach würden sie sich meine Kollegen vornehmen. Erinnern Sie sich, wie sie unseren ... Wie sie das Akademiemitglied von uns ins Saratower Gefängnis sperrten? Die kennen kein Erbarmen. Und zweitens, auch wenn ich umkippe und klein beigebe ... Denn Sie sehen ja, einmal habe ich das schon getan! Ich habe ihnen doch meine beste Arbeit überlassen! Ihnen schändlich den Rükken gestärkt!«

Ja, Maiblume, die Sorte, die das Akademiemitglied Rjadno berühmt gemacht hatte, war in die Lehrbücher und Zeitungen gekommen – sie hatte ihn wirklich stark gemacht. Die Präparate wechselnd, betrachtete Fjodor die Zelle dieser Sorte und die Zelle der Wildkartoffel.

»Das war der Preis, den ich für drei Jahre relativ ruhigen Arbeitens gezahlt habe. Aus dem Krieg zurückgekommen, konnte ich mich in die geliebte Arbeit stürzen. Ich ließ mich darauf ein, weil die Maiblume nur ein Zwischenergebnis von mir war, wenn man so sagen kann. Ich durfte nicht gegen Kassian auftreten, habe mich auch lange dran gehalten. Er sagte: ›Hör zu, Obus. Du hast jetzt lange genug gemuddelt. Komm, laß uns mal reden. Gib mir die Kartoffel, Bruderherz, auf die bin ich schon lange scharf.‹ Dazu fletschte er die Zähne so – sehen Sie? Wie ein Waschbär.«

Auf Strigaljows Gesicht erschien und verschwand das Grinsen von Akademiemitglied Rjadno.

»Er hat sie natürlich ›fertiggezüchtet‹, ›erzogen‹ ... Dabei war die Sorte längst fertig. Kassian hielt die ausgemachten vier Jahre nicht ein – schon nach zwei Jahren kam er wieder: Gib mir noch mal was. Ich gab ihm. Aber bei ihm wurde nichts draus – er hat nicht die Hände dazu. Er wurde wütend. Hat er Sie auf Obus angesetzt?«

»Ja«, flüsterte Fjodor. »Er hat gesagt: Einer namens Obus. Ich dachte, er kennt Sie gar nicht.«

»So, so. Er kennt mich nicht. Wenn er Obus nicht mehr kennt, würde es auch nichts nützen, wenn ich jetzt klein beigäbe. Mein Schicksal hat mich in die vorderste Front gestellt. Ich werde auf dem gewählten Weg weiter gehen müssen, Fjodor Iwanowitsch. Bis zum Ende.«

Er verstummte, setzte sich hin, um auszuruhen. Fjodor schob das Mikroskop schließlich von sich, drehte sich auf dem Stuhl dem Gastgeber zu, und sie sahen einander lange in die Augen und nickten sich von Zeit zu Zeit verständnisinnig zu.

»Maiblume, Fjodor Iwanowitsch, ist das Ergebnis einer geschäftlichen Abmachung und meiner Weichherzigkeit. Meiner Naivität. Kassian hatte sie der Regierung versprochen und konnte sein Versprechen nicht einlösen. Er kam zu mir gerannt. Ich habe ihm damals aus der Patsche geholfen. Was mein Fehler und mein Verhängnis war. Sonst wäre er ruiniert gewesen. Er sagte: ›Ich deck dich Trofim gegenüber.‹ Stimmt, er hat mich gedeckt. Aber was bedeutet das ganze? Ich frage Sie, was?«

Deshkin nickte deprimiert. Er wußte bereits, was es bedeutete.

»Rjadno hat also Bescheid gewußt! Er hat sich und seine Lehre richtig eingeschätzt. Genau wie unsere. Er ist ein Schädling, Fjodor Iwanowitsch! Nach den Vorstellungen der dreißiger Jahre ist er ein echter Volksfeind! Aber er sitzt in Präsidien! Steht in der Zeitung!«

Strigaljow ging hinter den Ofen und holte einen Teekessel.

»Jetzt sind sie wieder eingebrochen. Obendrein hat ihre Aufklärung ihnen gemeldet, daß ich, Obus, an einer neuen Sorte arbeite. Die die Maiblume noch übertrifft. Da würden sie doch ins Hintertreffen geraten, nicht wahr. Also beschlossen sie, erst mal eine Revision durchzuführen, und schickten dazu einen möglichst beschlagenen und geschickten Mann. Auch das Schreiben haben sie organisiert. Und die lieben Kinder haben unterschrieben. Jetzt werden sie mir was anhängen, gründlich was anhängen, einen ganzen Hänger voll.«

Er ging nochmals hinter den Ofen, brachte eine Dose mit Würfelzucker und Gebäck. Groß, mit dem Kopf fast die verräucherte Holzdecke berührend, stand er am Tisch.

»Jetzt ist mein Labor hier. Mein Labor und meine Festung. Ich gebe mein letztes Geld für ein Tor, hinter dem ich mich verbarrikadieren kann. Zum Glück hab ich mir beizeiten das Haus gekauft. Ein gutes Haus«, er schlug mit der Faust leicht gegen das Flechtwerk der niedrigen Decke. »Diene, Privateigentum, diene der Sache des Sozialismus. So wie das sozialistische dazu dient, Genossen Waritschew einen Specknacken anzumästen.«

Er stellte zwei dünne Gläser in verschnörkelte Untersätze aus Neusilber und machte Anstalten, heißes Teewasser hineinzugießen.

»Jetzt wollen wir uns wahrsagen«, sagte er, während er den Teekessel über sein Glas neigte. »Sagen wir so: Wenn es platzt, heirate ich diesen Winter. Und Sie lade ich zur Hochzeit ein. – Das Mistvieh platzt nicht. Dabei gieße ich extra heißes Wasser ein.«

Das Glas zersprang fast unhörbar, und das Wasser rann als dampfende schwarze Schlange über den Tisch und tröpfelte bleigrau auf den Fußboden.

»Jetzt ist es doch zersprungen!« Bekümmert die ungekämmten Zotteln schüttelnd, sammelte Strigaljow die Scherben aus dem Untersatz. Dann strahlte er. »Wahrsagerei, Fjodor Iwanowitsch! Kaffeesatz! Ich habe manches versäumt. Einfach keine Zeit gefunden zu heiraten. Mißerfolge auf der ganzen Linie. Als Wissenschaftler hatte ich zwar auch Erfolge. Aber in persönlicher Hinsicht bin ich total eingebrochen. Und wenn ich jetzt unter den Menschentöchtern nach einer Frau suche, weiß ich auf einmal meine Zunge nicht mehr zu gebrauchen. Bringe kein Wort heraus. Wahrscheinlich gelte ich als Sonderling. Vielleicht auch als fad. Mir ist, als läge ich in einem Rüttelsieb, aus dem ich nicht wieder rauskomme. Sie sind auch Junggeselle, habe ich gehört?«

Sie tranken Tee und schwiegen. Nur das Anschlagen der

Stahlzähne an den Glasrand war zu hören. Fjodor wartete voller Bangen auf die Klarheit, die er brauchte wie die Luft zum Atmen. Die Klarheit rückte näher.

»Vielleicht wird's wirklich was – mich hat mal eine besucht. Und mir ein Licht aufgesteckt. Eigentlich ist das lange her, aber wir beide waren uns im Grunde einig. Und jetzt nach dem Hexenkessel, wo man mich ... Da hat sich gleich alles geklärt. Da gab's einen Moment. Sie hat's mir durch die Blume angedeutet.«

Sie schwiegen wieder. Strigaljow kratzte mit dem Fingernagel an der Wachstuchdecke und neigte den Zottelkopf mal zur einen, mal zur anderen Schulter. Er hatte das Bedürfnis, sich auszusprechen.

»Sie ist ein ganz natürliches Mädchen ... Aber eine solche Natürlichkeit, Fjodor Iwanowitsch, muß man zu nehmen verstehen. Ich hab zwei Jahre lang nichts bemerkt, hab nur Chromosomen und Kolchizin gesehen.«

Abermals trat Stille ein. Strigaljow lächelte plötzlich schief – aus Selbstironie.

»Wissen Sie – es war, als wenn man ein verrostetes Schloß aufkriegt. Ich habe es physisch gespürt. In so 'nem Schloß ist ein Mechanismus, ein verborgener Teil. Der bewegte sich wieder, und das Schloß ging auf. Wie das quietschte!« Er lächelte Fjodor vertrauensvoll zu. »Er bewegte sich, und etwas davon war mir wohl auch anzumerken. Wir fanden sofort Kontakt zueinander.«

Fjodor trank fortwährend gierig Tee, trank ihn wie ein Lebenselexier, die Augen auf sein Glas gesenkt. Er vibrierte innerlich, fürchtete sich, Strigaljow anzusehen. Wie konnte ich mich bloß gleich so verlieben, so vertrauensselig sein? dachte er. Auch die Tumanowa hat mich ja gewarnt, und nach alledem war doch klar ...

»Ich wäre ja auch beinah ein vorbildlicher Mitschurin-Anhänger geworden«, sagte Iwan plötzlich. »In der Jugend habe ich ihn ebenfalls angebetet.«

»Wen?«

»Wen?« Strigaljow drückte sich wieder die Nase mit den Fingern zu und gackerte: »Na, ebenden.«

Fjodor lachte.

»Womit hat er Sie denn bezirzt?«

»Und womit Sie?«

»Ach – ich! Ich habe eine Entwicklung hinter mir . . .«

»Ich doch die gleiche! Die schlimmen dreißiger Jahre. Die zugleich merkwürdigen! Manche sagten sich von den Eltern los, andere kultivierten ihre bäurische Redeweise, ihr Unvermögen, sich auszudrücken. Die ewige bekannte Maskerade. ›Unter Masken blinkten Sterne, tarnte lächelnd sich manch Schicksal . . .‹ Ich war damals wie Sie noch ein großer Junge. Ein bißchen älter natürlich, schon aus der Schule. Sensibel reagierte ich auf alles, was zum Gepriesenen, Sowjetischen, Kommunistischen gehörte. Ich hatte ein besonderes Verhältnis zu allem, was vom Volk, von den Arbeitern und Bauern ausging. Intelligenz – das war zweite Wahl, Fäulnis. ›Schwächlicher Intellijenzler, Skeptiker mit zitternden Knien‹ – das sind doch Kassians Worte. Zittern Ihnen sehr die Knie? So einem zittern sie bestimmt nicht sehr.«

»Wie meinen Sie das?«

»Nur gut, Fjodor Iwanowitsch. Ich habe Sie von Anfang an verstanden. Wir beide haben vieles gemeinsam.«

Fjodor nickte kaum merklich. Er erinnerte sich an die Zeit, da auch er auf seine Sternstunde gewartet, sich der Wahrheit und dem Wissen verschworen hatte, aber in die entgegengesetzte Richtung gegangen war.

»Im großen ganzen war ich ein Bürschchen, das gelernt hatte, sich zu begeistern. Die Wissenschaft gab's noch nicht. Die stand uns noch bevor. Die versprach man uns. Wir alle glaubten: die Wissenschaft wird kommen. Aus dem Volk. Eine neue Wissenschaft! Und da erschien er, wie Onegin vor Tatjana. ›Das ist er!‹ Ich hab damals noch nicht gewußt, was Russenhemd mit Stehkragen, nach Teer riechende Stiefel, besohlte Filzstiefel und dergleichen Merkmale des einfachen Mannes bedeuten. Erst heute hab ich begriffen, daß einer, der in die moderne Wissenschaft kommt und auch in . . . zig Jahren nicht lernt, sich Bildung und die richtige russische Aussprache anzueignen, entweder entsetzlich unbegabt oder ein Lump, ein Heuchler ist, der seine proletarische Einfachheit absichtlich kultiviert. Um die Leute auszunehmen.«

Fjodor fiel Zwjach mit seiner manchmal durchbrechenden Redeweise ein. Ein anständiger Kerl, dachte er. Aber er kokettiert ein bißchen damit.

»Damals habe ich das nicht begriffen. Ich habe Stehkragen und Stiefel angebetet. Und selber welche getragen. Krawatte? Kam nicht in Frage!«

»Ja, ja«, bestätigte Fjodor. »Ich genauso. Was mich an Akademiemitglied Rjadno verblüfft und unheimlich fasziniert hat, das waren seine volkstümliche Unmittelbarkeit und Geradheit. Diese Natürlichkeit, diese unnachahmliche Eigenart, die sozusagen auf Bauernland gewachsen war . . .«

»Genau! Damals gab es einen alten Herrn, ebenfalls Akademiemitglied, er lebt jetzt nicht mehr. Der hat wirklich noch selbst Revolution gemacht, kann man sagen. Er kam nicht zum Oktober, weil er leere Taschen hatte, weil er was zu gewinnen hoffte, sondern im Gegenteil. Er war der Sohn eines namhaften Gelehrten, stammte aus gesicherten Verhältnissen. Der kam zur Revolution, um anderen von sich abzugeben. Sagen Sie, was Sie wollen, ich habe Respekt vor Leuten, die nicht nehmen, sondern geben, ohne an ihre Zukunft zu denken. Dieser Mann kam aus ideellen Beweggründen. Er trug immer ein Band, ein rotes Band zu den Feiertagen. Auch noch, als alle schon vergaßen, es anzulegen. Und endlich fand er, was er schon lange gesucht hatte – ein Naturtalent, das ganz dem Ideal entsprach. Er kümmerte sich um das Talent, so eins in Filzstiefeln. Um unseren Kassian. Voll Begeisterung weihte er den Mann aus dem Volk in sein Allerheiligstes ein. Der junge Kuckuck aber wuchs nicht in Tagen, sondern in Stunden. Das Papachen packte er mit seinem Haken am Hintern, und schwupp war er aus dem Nest. Kuckucksjunge haben so einen Haken, mit dem sie Konkurrenten aus dem Nest werfen. Der Arme fiel auch, fiel tief. Er besann sich und lief zum Genossen Stalin. Doch unser Kuckuck trank schon bei Stalin Tee. Und lutschte Würfelzucker dazu. Aber damals wußte ich noch nichts von dieser Geschichte. Ich vergötterte ihn. Er war ja ein Meister im Reden und benutzte effektvoll revolutionäre Schlagworte. Er hielt sich an die rote Fahne, wie man sich im alten Rom an den Opferaltar hielt. Wenn er am Streiten war, durfte man ihn ja nicht behelligen. Er selbst saß fest im Sattel, andere aber ließ er sich nicht festsetzen. Biedere dich nicht an! sagte er dann. Schließlich tauchte Saul bei ihm auf. Als sein Souffleur. Von da an warf er mit Ausdrücken um sich wie ›Negation der Negation‹, ›sprunghaft‹, ›Einheit der Gegensätze‹. Der Regierung machte er Versprechungen: In zwei Jahren gebe ich euch eine neue Sorte! Ich überschütte das Land mit Getreide! Überschwemme es mit Milch! Ständig führte er die Mutter Erde im Mund. Wissenschaftliche Tagungen verlegte er gern aufs Feld, die Professoren sollten direkt auf der Erde sitzen. Auf diesen Steckenpferden erschlich er sich Vertrauen. Aber ich bin schon bei der Kritik angelangt. Hören sie zuerst, wie's mit der großen Liebe zu Ende ging. Sie erlosch rasch. Starke Liebe duldet keinen Betrug. Einmal hörte ich Kassian in einem Hörsaal sprechen. Natürlich in Stiefeln und Russenhemd, mit blitzenden Augen und Zähnen wie eine Harmonika – der reinste Traktorist. Wir hörten also sein gesamtes Repertoire, der Saal brechend voll, Ovationen. Am Tag darauf hatte ich Glück und sah ihn zufällig auf einer Datsche. Anzug mit Vergangenheitsrelikt – Krawatte. Also konnte er eine binden! Seine Zähne versteckte er. Und wie er redete! Ganz anders! Auf einmal erfahre ich, daß er gar kein armer Bauer gewesen ist, sein Vater war ein ›gebildeter wohlhabender Bauer‹ und besaß eine dampfbetriebene Dreschmaschine. Für mich war das die erste wissenschaftliche Entdeckung, Fjodor Iwanowitsch. Ich entdeckte, daß ein Mensch sich selbst zum ›volkstümlichen Typ‹ machen kann. Er hatte also selber nachgeholfen. Und seine Hemdsärmeligkeit vor den Leuten läßt ja nicht nach, sie nimmt mit jedem Jahr zu. Meiner Meinung nach ist er ein großer Philologe und Folklorist. Wie Dal.«

»Ich habe viel länger dazu gebraucht«, sagte Fjodor. »Fast bis heute. Wenn ich analysiert hätte, wäre ich längst hinter die Wahrheit gekommen. Da liegt der Hund begraben, Iwan Iljitsch. Ich habe nicht analysiert. Das hab ich nicht gelernt. Geglaubt habe ich, geglaubt! Statt zu analysieren, habe ich – wie ich jetzt merke – meine Ergebnisse der Konzeption angepaßt. Zehn Jahre nachträgliches Anpassen! Ich erinnere mich an Fälle, wo es nicht gelingen wollte und die plumpe

Konstruktion deutlich sichtbar war. Die Wahrheit. Wie ich erschrak! Was da zum Vorschein kam, war doch nichts Sowjetisches, nichts von uns. Fremdes war es, der Mönch Mendel.«

»So verfielst du in politischen Extremismus.«

»Ja!«

»Wer die Aufspaltung in ›drei zu eins‹ nicht mit eigenen Händen vornahm, der konnte leicht in Extremismus verfallen.«

»So auch ich. Und stellte immer mehr Ungereimtheiten fest, eine nach der anderen. Gelang aber etwas, schien der Versuch in die Konzeption zu passen, dann war ich verblüfft.«

»Also saß doch schon der Unglaube in dir.«

»Ja, Iwan Iljitsch. Ich ahnte, daß unter der Oberfläche ganz andere Fische schwammen. Und wie tief er saß! Aber ich unterdrückte ihn. Wie in einer Erzählung von einem französischen Schriftsteller. Dort brachte man einen Blinden zu einem Priester, damit er ihn heile. ›Du bist für deine Frömmigkeit bekannt – lege ihm die Hände auf die Augen und bete, so heiß du kannst‹, bat die Mutter, ›vielleicht wird er davon gesund.‹ Der Priester sperrte sich lange, aber dann legte er doch die Hand auf und betete. Nie hatte er so heiß gebetet. Da schlug der Blinde die Augen auf. ›Ich sehe!‹ Der Priester verlor fast den Verstand – das konnte doch nicht sein! Unglaublich! Er floh aus dem Amt, dankte ab. Sobald ihn der Zweifel quälte, erwies sich, daß er nie geglaubt hatte!«

»Fjodor Iwanowitsch!« Strigaljow legte seine magere behaarte Hand auf die des anderen. »Die Geschichte trifft genau ins Schwarze. In der Wissenschaft gibt es echte Forscher und solche wie dieser Priester. Die ungläubig sind, aber so tun, als ob. Meiner Meinung sind auch Sie jetzt . . .«

Fjodor nickte energisch, winkte heftig ab und hätte Strigaljow fast den Mund zugehalten. Sie lachten eine ganze Weile herzlich und kaum hörbar.

»Ich werde jetzt erst zum Wissenschaftler«, sagte Fjodor mit trübsinniger Grimasse. »Betrete gerade die allererste Stufe. Auf der ›nichts glauben!‹ steht.«

Als er gehen wollte, holte Strigaljow ein dünnes Buch hinter dem Ofen hervor. Es war das mit dem Stempel: ›nicht ausleihen‹.

»Wollen Sie mal reinschauen?«

»Das habe ich selbst.«

»Hm . . . Ich vermute, nachdem Sie die erste Stufe betreten haben, werden Sie's an Ihrem Lehrstuhl nicht gerade leicht haben.«

»Ich beabsichtige nicht, meine Lehrtätigkeit mit der hitzigen Verkündung von Axiomen zu beginnen. Wie Chejfez es getan hat. Fünf Minuten letztmalig Licht versprühen – und dann qualmend verlöschen? Was nützt das?«

»Wenn Sie's nicht tun, wird man denken, Sie seien ein Werkzeug Kassians. Viele meinen ohnehin schon . . .«

»Macht nichts. Ich bin nicht empfindlich.«

Strigaljow musterte ihn mit einem finsteren, schrägen Blick und schwieg.

»Iwan Iljitsch! Was haben wir von Wortgeklingel und Bekenntnissen?«

»Ja, natürlich . . .«, sagte Strigaljow und stieß hörbar die Luft aus. Er sah Fjodor immer noch prüfend an.

»Ich habe Ihnen das Gerät gebracht – und gut. Was weiter wird, werden wir sehen. Wir führen Gespräche, erreichen innere Vollkommenheit, aber darum geht es nicht. Kassian trinkt jetzt bestimmt seinen Tee.«

»Schon gut. Danke. Besuchen Sie mich wieder.«

Auf dem Heimweg ging Fjodor, ohne wahrzunehmen, daß er sich bewegte. Mechanisch folgte sein Körper genau den Windungen des gerade noch erkennbaren Pfads. Er sah im Dunkeln nichts von seiner irdischen Form, sah seine Arme nicht und dünkte sich in diesen Augenblicken als ein von der äußeren Hülle befreites Wesen, das fliegen konnte. In dem Energieknäuel, das da durch die milde, duftende Finsternis glitt, vollzog sich eine jähe, aber gut vorbereitete Wende. Fjodor hatte sie längst vorausgeahnt und gefürchtet und nahm sie nun freudig wahr. Lange Jahre hatten sich in ihm ausreichende und glaubwürdige Fakten angesammelt, bevor diese Nacht der letzten Enthüllungen anbrach. Im Nu schwand jede Sympathie für den gutmütigen und umgänglichen Alten, der ihm manchmal, bis ganz vor kurzem noch, wie ein Vater vorgekommen war. Auch das Wesen dieses Alten schwebte jetzt aus der Dunkelheit auf ihn zu und blieb neben ihm, widerwärtig Tee schlürfend und mit den goldenen Backenzähnen klappernd wie ein Pferd mit der Kandare. Von der anderen Seite kam ein anderes Wesen, wich ihm nicht von der Seite, wendete den mürrischen Blick nicht von ihm – der zottige, von seiner Sache überzeugte, hartnäckige Strigaljow. Weiter hinten schwebte noch jemand, zudringlich und auf seine Stunde wartend. Immer stärker von einem brennenden Gefühl alter Schuld und neuer Pflicht beherrscht, glitt Fjodor immer mit ihnen zusammen dahin. Bis weit vorn ein gelbes Lichtpünktchen schimmerte und näherkam, zur Glühlampe vor dem Eingang zum Gästequartier wurde. Als ihm das klar ins Bewußtsein drang, ließ das Bild des Alten von ihm ab und verschwand und mit ihm die beiden anderen. Fjodor hörte seine Schritte auf der gemauerten Vortreppe und betrat den Flur mit festem, zufriedenem Tritt, als neuer Mensch.

Im Zimmer, das er jetzt allein bewohnte, knipste er die Tischlampe an, nahm einen litergroßen Laborkolben, der sich oben verjüngte und mit einem Wattebausch verstopft war, vom Fenster und stellte ihn neben die Lampe. Er setzte sich davor und beobachtete. Vor fünf Tagen hatte er alle seine Fliegen aus dem Reagenzglas gelassen. Am Boden war Nährbrei zurückgeblieben, in dem flinke Würmchen wimmelten. Er hatte den Brei mit den Maden in den Kolben geschüttet und diesen mit Watte verstopft. Heute war der Kolben von neuen Fliegen bevölkert. Das war die erste Generation – F 1, wie die Genetiker sagen. Die fortpflanzungsfähigen Weibchen liefen, erregt die kleinen Flügel anhebend, an den Kolbenwänden entlang, wobei sie die Eierleger zeigten und einzogen, um die mageren Männchen anzulocken. Die verharrten reglos, überall verstreut, mit der Brust ans Glas geschmiegt und den dürren Hinterleib angehoben – wie supermoderne Abfangjäger beim Start. Dann und wann sprang eins mit einem jähen, blitzschnellen Satz auf ein Weibchen. Die gerade ausgeschlüpften langen, blaßblauen und durchsichtigen Fliegenjungfern schienen, idealistischen Unsinn träumend, beim Nährbrei eingeschlafen zu sein. Da sie ihre Bestimmung noch nicht begriffen, ahnten sie natürlich nicht, daß auch sie anderntags – farblich verändert und kürzer geworden – flügelschwingend und die Eierleger ausstellend, herumlaufen würden. Das alles war Leben, aber kleines – ohne Helden und Schurken, die es reicher machten und vom mechanischen animalischen Programm ablenkten.

Alle Fliegen der ersten Generation hatten Flügel. Die Stummelflügeligkeit war verschwunden, das war bereits die erste Bestätigung der in Dobshanskis Buch beschriebenen Entdeckung des Mönchs Mendel. Während Fjodor die Fliegen betrachtete, ahnte er schon, daß sich das klassische Verhältnis eins zu drei in der zweiten Generation auf jeden Fall herausstellen würde.

7

Die folgende Woche brachte in Deshkins Leben und in den Fakultätsangelegenheiten nichts Nennenswertes. Die auf der Augusttagung der Akademie ausgelöste Welle war schäumend in die Stadt gerollt und gegen die Mauern des Landwirtschaftsinstituts gebrandet, eine Wolke langsam niedergehender Spritzer aufwirbelnd. Dann war sie zurückgerollt und nochmals hochgeschwappt, erneut schäumte ihr Kamm von den Leidenschaften der vielen Verstrickten und Interessierten – Schurken und Helden –, und das ganze war noch angeschwollen und in andere Städte gerollt. Hier aber floß zwischen den Trümmern still der Alltag. Das Feuer auf dem Wirtschaftshof war erloschen, und drei Tage lang holten sich die Laborantinnen mit Eimern die Asche zum Düngen – bis alles weg war. Aus Moskau wurde ein neuer Dozent geschickt, der auch gleich voller Elan Vorlesungen über Mitschurins Genetik hielt, wobei er eifrig über die Weismann-Morgan-Anhänger als Verfechter der bürgerlichen Ideologie in der Biologie herzog. Fjodor, der gefürchtet hatte, am Lehrstuhl Vorlesungen halten zu müssen, war erleichtert. »Ich hab beschlossen, Söhnchen, dich nicht mit Vorlesungen zu belasten«, hatte Akademiemitglied Rjadno, der Fjodor nicht aus den Augen ließ und alles wußte, am Telefon gesagt. »Mach hin, bereite dich auf die Arbeit vor, die ich dir auftrage. Verschleudre das Erbe von Obus vorläufig nicht, führ genau Buch. Entziffre mir alles, was er da . . . kodiert hat. Was sie von ihrem Mendelquatsch noch nicht fertig haben, sollen sie zu Ende bringen, stör sie nicht dabei. Laß die Sippschaft ruhig muddeln. Fürs erste. Ich drück hier derweil 'ne Idee durch, du kriegst auch 'n Platz in meinem Plan.«

Fjodor rief sofort alle zusammen, die er bei der Revision überprüft hatte, und empfahl ihnen nachdrücklich, alle Pflanzen zu pflegen und zu erhalten, unabhängig von den ursprünglich damit verknüpften Absichten und Hoffnungen. Das betreffe auch das »Erbe« von Iwan Iljitsch. Er forderte sie auf, die Versuchsprotokolle sorgfältig weiterzuführen, Samen und Knollen abzunehmen und alle Forschungsarbeiten planmäßig abzuschließen, auch wenn die Pläne als irrig erkannt worden seien.

Während der Beratung versuchte er einen durch eine Brille aus dem Hintergrund auf ihn gerichteten ruhigen, forschenden und etwas verwunderten Blick zu übersehen und schaute um so öfter zu Krasnow, der seinen Tennisball knetete.

Als alle gegangen waren, erinnerte Fjodor sich an etwas und betrat das Zimmer von Choderjachin und Krasnow. Der Bergsteiger war nicht da, weshalb Fjodor an seinem Schreibtisch Platz nahm und, während er auf ihn wartete, zerstreut die Merkzettel unter dem Glas betrachtete. Das waren Auszüge aus einem Handbuch über Kartoffelanbau, ein Zeitungsausschnitt mit einer Fußballtabelle und ein Bogen mit folgendem maschinegeschriebenem Text:

b. Bauchpreßmuskeln anspannen und locker lassen – 30mal.

c. Gesäßmuskeln maximal zusammenpressen und locker lassen – 30mal.

d. Mastdarm maximal einziehen und locker lassen – 30mal.

Fjodor schmunzelte und stand schnellstens auf – er wollte

Krasnows Schamgefühl nicht verletzen. Da kam der Sportler auch schon herein.

»Ich will zu Ihnen«, sagte Fjodor, unterdrückte das Lächeln und legte die sechs Päckchen auf den Tisch. Beinah flüsternd fügte er hinzu: »Ich bin einverstanden, wir dürfen solche Dinge nicht unnütz rumliegen lassen. Auch das Akademiemitglied rät davon ab.«

»Wir haben kein Recht dazu!« pflichtete Krasnow bei, setzte sich an den Schreibtisch und schob die Päckchen ins Schubfach.

»Sie heißen, glaube ich, Kim?« fragte Fjodor plötzlich und sah ihn nachdenklich an.

»Kim Saweljewitsch.«

»Kim Saweljewitsch! Ich gehe davon aus, daß durch Zufall auch wertvolles Material entstehen kann.«

»Und wenn's nur ein Fall von Millionen ist, wir dürfen nicht drauf verzichten.«

Fjodor hielt inne. Sein Schlüssel funktionierte einwandfrei. Das Böse, seiner selbst durchaus bewußt, tarnte sich wie immer hinter guten Absichten.

Er beobachtete Krasnow eine Weile, doch der merkte nichts. Aber halt – etwas hatte er wohl gespürt: »Sie sind rot geworden, Fjodor Iwanowitsch. Keine Sorge, ich säe sie gleich an einem schönen Plätzchen aus und lege ein Extrabuch dafür an.«

»Für alle Fälle, falls er kommt und sie sich holen will.«

»Dann schicken Sie ihn zu mir. Sie dürfen sich das nicht aufhalsen. Sagen Sie, ich hätte Ihnen gegenüber die Päckchen erwähnt. Ich lasse mir dann schon was einfallen.«

»Nein, nein. Ich habe ihm schon gesagt . . . deutlich gesagt, daß wir sie gefunden haben.«

»Ja, dann«, meinte Krasnow enttäuscht. »Dann freilich.«

»Keine Angst! Ich habe mit ihm abgemacht, daß die Samen an unserem Lehrstuhl verbleiben, im Labor. Ich sage Ihnen das für alle Fälle, damit Sie's wissen. Falls Sie mal drauf eingehen müssen. Wir werden sie aussäen, zur Kontrolle. Denn wir werden ja nicht alles, was davon aufgeht, gebrauchen können.«

»So ist es vielleicht noch besser! Ich werde Ihr verläßlichster Laborant sein.«

»Sie machen also alles wie besprochen. Wir werden's gemeinsam beobachten.«

»Ich bin sicher, daß wir Ergebnisse erzielen werden. Bei solcher Übereinstimmung der Ansichten . . .«

»Die einer Komplizenschaft gleichkommt«, ließ Fjodor kichernd fallen.

Krasnow zuckte die Achseln.

»Davon kann keine Rede sein! Sich wegen solcher Lappalien Vorwürfe zu machen – wenn ich Sie recht verstanden habe – lohnt meiner Meinung nach nicht.«

Er merkte gar nicht, daß man ihm auf den Zahn fühlte.

»Eins würde mich mal interessieren«, sagte Fjodor nachdenklich. »Die Leute, die eine schlimme Krankheit haben . . . Ob sie ihre Geschwüre in der Dispensairebetreuung voreinander verbergen?«

»Das ist kein Gegenstand für tiefgreifende Analysen«, sagte Krasnow. Und wurde plötzlich verlegen. Er mußte was begriffen haben. »Wer hat heutzutage kein Geschwür?«

»Das stimmt«, gab Fjodor zu und sah ihn dabei unverwandt an. »Tjaa, das stimmt.«

»Eben, Fjodor Iwanowitsch! Wir sind alle nur Menschen!«

Fjodor baute ihm eine Brücke: »So genau sieht man da besser nicht hin.«

»Eben!« schrie Krasnow erfreut und erhob sich – leicht gebeugt, durch das gut geführte wichtige Gespräch beschwingt –, um den Vorgesetzten auf den Flur hinauszubegleiten.

Ich muß mir das Rotwerden abgewöhnen, dachte Fjodor.

Im rosigen Breipfützchen am Boden des Kolbens waren wiederum quicklebendige und behende weiße Würmchen entstanden. Der Brei brodelte und wimmelte von den vielen Lebewesen, die ihn durchlöcherten. Einige braune Larven klebten erstarrt an der Kolbenwand. Eines frühen Morgens hatte Fjodor den Kolben ins Freie gebracht und abermals alle Fliegen hinausgelassen. Jetzt reifte in dem mit Watte verschlossenen Glaskegel endgültig eine genauso unbestreitbare Tatsache heran wie die, daß sich ein Jodtropfen, der auf eine Kartoffelscheibe fällt, in einen blauen Klecks verwandelt.

Nach weiteren sieben, acht Tagen bemerkte Fjodor, als er am Morgen ins Institut gehen wollte, Bewegung im Glas. Fünf oder sechs Fliegen – die zweite Generation – quirlten und hüpften bereits darin herum. Unter den blaßblauen Jungfern am Boden liefen unruhig zwei flügellose Wesen umher – liefen ein Stück und hüpften, liefen ein Stück und hüpften. Sie versuchten zu fliegen.

Ich muß es ihr sagen, dachte Fjodor. Er wußte, daß inzwischen alles entschieden war, wußte, daß sich als Dritter in fremde Beziehungen einzumischen hoffnungslos ist und sich auch nicht gehört. Aber er wollte gern ihre Stimme hören. Ich werde mich in keiner Weise verraten, werde ruhig und unbeteiligt erscheinen, dachte er. Immerhin geht es um eine Richtung in der Wissenschaft. Das ist ein völlig legitimer Anlaß.

Er ging etwas eher ins Institut, setzte sich in seinem Zimmer ans Fenster und beobachtete mit einem Herzklopfen, als hätte er mehrere Tassen starken Kaffee getrunken, ungefähr zwanzig Minuten lang den zum Eingang führenden Asphaltweg. In ein Gespräch vertieft, erschienen Anna Bogumilowna und Angela. Dann kam mit der Aktentasche unterm Arm der neue Dozent aus Moskau. Mit dem Tennisball in der Faust erschien Krasnow, von weitem einem ungeschlachten, etwas gebeugten Urmenschen ähnlich, der nach Wurzeln sucht. Dann endlich kam sie – in der vertrauten Strickjacke, klein, geheimnisvoll. Sie schien an etwas Schönes zu denken und rannte fast, ein verlockendes Ziel schien sie anzuziehen. Fjodor sprang auf, daß der Stuhl polternd umfiel, und sauste, die Tür hinter sich offen lassend, auf den Flur, wo er sofort eine unbeteiligte Miene aufsetzte. Mit gesenktem Kopf, als denke er über etwas nach, hatte er fast die Hälfte des Ganges zurückgelegt, als plötzlich Jelena um die Ecke kam und mit ihm zusammenprallte, ihm beide Hände vor die Brust stieß.

»Verzeihen Sie!« sagte sie mit schuldbewußtem Lächeln, innerlich aber war sie schon woanders und strebte zerstreut weiter.

»Ich bin selbst schuld«, sagte er, gemessen lächelnd, und gab ihr den Weg frei. Sie stürzte davon. Er sah ihr nach und rief, als sei es ihm gerade eingefallen: »Ach ja, Jelena Wladimirowna! Bei mir ist schon die dritte Generation ausgeschlüpft! Heute früh sehe ich hin . . .«

Sie drehte sich rasch um.

»Psst!« flüsterte sie zornig. Sie legte ihre ganze Kraft in die zusammengezogenen, kompromißlosen Brauen. Dann trat sie dicht an ihn heran.

»Sind Sie verrückt geworden!« knurrte sie leise in tiefem Alt. »Schreit, daß es im ganzen Institut zu hören ist. Schließlich sind Sie ein heimlicher Weismann-Anhänger!« Sie verstummte, spähte durch die große Brille nach allen Seiten. Auf ihrer klaren Stirn malte sich schöner Zorn. Diese klare Stirn verstand zu befehlen.

Dann beruhigte sie sich und sah ihn mit jäh erwachtem Interesse an. Das Interesse galt nicht ihm, sondern der Wissenschaft.

»Bald werden wir zählen. Morgen nehme ich mir ein Fläschchen Äther und komme. Nein, wir warten lieber noch einen Tag. Wo wollen wir zählen – bei Ihnen oder bei mir?«

»Bei mir geht's vielleicht besser«, meinte er unsicher.

»Gut. Also übermorgen. Warten Sie nach der Arbeit auf mich.«

Bis zum verabredeten Treff hieß es noch über zwei Tage warten. Bis zum Abend hielt Fjodor es noch einigermaßen aus. Dann überkam ihn Sehnsucht. Weil er sich im Gästezimmer einsam fühlte, rief er die Tumanowa an.

»Hallo!« antwortete ihre volle, geschmeidige Stimme. »Bist du's? Na, wenn dir langweilig ist, komm her. Mir ist auch langweilig. Trinken wir was zusammen.«

»Was für Wein trinkst du?«

»Ich trinke Wodka. Im Ernst. Bring einen halben Liter von dem guten alten Gesöff mit, und du liegst richtig.«

Natürlich hatten ihn nicht nur Sehnsucht und Einsamkeit zu dem Anruf getrieben. Als er, die eingewickelte Flasche in der Hand, zur Tumanowa ging, glaubte er immer deutlicher, dort weitere Aufklärung zu finden, amüsante und zugleich wichtige. Obwohl ihm die Sache auch so schon ziemlich klar war.

Antonina erwartete ihn in ihrem Bett voller bestickter Kissen. Über Kissen und Spitzen floß in Kaskaden ihr schwarzes Haar. Der Maiglöckchenstengel war an Ort und Stelle, der gelbe Brillant aber fehlte. Nachdem er der Gastgeberin die Wange geküßt hatte, sah er auf und entdeckte über ihr eine gerahmte Lithographie an der Wand. Darauf war ein nackter Mann dargestellt, der an einen Baum gebunden war und die tränengefüllten Augen zum Himmel hob. In seinem Körper steckten Pfeile. Die Hinrichtung geschah auf dem Platz einer Stadt, vor dem Hintergrund mehrstöckiger Häuser mit Torbögen.

»Das Bild habe ich noch gar nicht bei dir gesehen«, sagte er.

»Damit hat es was auf sich. Wer nicht davon berührt wird, der bemerkt es nicht. Dem entgeht es. Heute hat's dich offenbar berührt, mein Lieber. Das ist der heilige Sebastian, mußt du wissen. Er war Anführer der Leibwache beim Kaiser Diokletian. Dessen engster Vertrauter. Der Kaiser war ein grausamer Christenverfolger, aber vorm Volk hatte er Angst. Der Oberst der Leibgarde aber war ein heimlicher Christ, sogar ein sehr eifriger. Er bekehrte und taufte an die anderthalbtausend Höflinge und Soldaten. Als das herauskam, als ein Lump das meldete, befahl Diokletian, ihn dafür an einen Baum zu binden und mit tausend Pfeilen zu erschießen. Das ist hier dargestellt, Tizian hat darüber auch ein Bild gemalt.«

»Und von wem ist das hier?«

»Von einem gewissen Antonello da Messina. Mein Lieblingsbild. Er hat alle Zeitgenossen und Nachfahren gemalt, auch uns beide. Hat den Menschen bis ins Innerste geschaut.«

Fjodor reckte sich, um das Bild besser betrachten zu können.

»Nimm's doch ab. Ich erlaub's«, sagte die Tumanowa. »Nur laß uns zuerst einen trinken. Wenn wir's uns schon mal vorgenommen haben.«

Während sie sich unterhielten, hatten die beiden alten

Frauen in Schwarz geräuschlos geschliffene Gläser und etwas zum Nachessen auf den Tisch neben dem Bett gestellt. Fjodor riß die Aluminiumkapsel von der Flasche.

»Fangen wir an?«

»Nur zu, Fedja. Ich wollte schon längst mal einen mit dir trinken. Nur schenk zuerst den Omas ein.«

Die beiden Alten hielten schüchtern ihre Gläser hin, und Fjodor goß ihnen ein. Als die Omas gegangen waren, stieß die Tumanowa mit ihrem Gast an und trank langsam aus, wonach sie ihm mit schwerem Blick in die Augen sah. Da begriff er, sie hatte einen Schmerz in sich ertränken wollen, doch es war ihr nicht gelungen.

»Es tut gut, mit jemandem zu trinken, der nicht bloß offene Worte versteht«, sagte die Tumanowa. »Nimm doch das Bild mal ab. Jetzt ist die richtige Zeit, es zu betrachten. Gucken wir's uns zusammen an. Siehst du, im Vordergrund ist ein Mensch. Er stirbt. Er stirbt nicht umsonst, sondern für eine Idee. Trotzdem ist es schwer. Und hinten sind die, für die er die Gefahr auf sich genommen hat. Auf den Balkons haben die Städterinnen Teppiche aufgehängt. Keine guckt die andere an, sie stellen sich zur Schau. Eine Frau steht mit einem Säugling da, ganz ihrem Mutterglück hingegeben. Na, ihr ist es erlaubt. Ein Säufer ist lang aufs Pflaster hingeschlagen und schläft. Weiter hinten, guck doch, da gehen zwei Philosophen in langen, weiten Mänteln spazieren und diskutieren. Dreht sich die Sonne um die Erde oder die Erde um die Sonne? Ist die Urzeugung von Mäusen in einem Krug mit schmutziger Wäsche und Weizenkörnern möglich? Bewiesen haben sie noch nichts davon, aber den Philosophenmantel haben sie sich schon angezogen. Und hier rechts sind zwei Krieger. Sie unterhalten sich darüber, wie sie die gestrige Nacht verbracht haben. ›Kanaillen‹, sagt der eine. ›Im Spiel hab ich alles verloren, hol's der Teufel. Aber gesoffen haben wir nicht schlecht. Hab grad noch in die Kaserne zurückgefunden.‹ Der andere setzt ihm ernsthaft was auseinander. Zur gleichen Zeit stirbt mitten auf dem Platz ein Mensch. Und alle, siehst du, kriegen es fertig, das nicht zu bemerken! Es ist ihnen schnuppe, Fedja. Absolut schnuppe ist es ihnen.«

»Aber er hat doch anderthalbtausend getauft? Demnach war's manchen nicht schnuppe.«

»Tröste dich nur! Die Ungetauften waren in der Mehrzahl, Fedja. Präg dir dieses Bild ein, so wie ich. Und sieh dich im Leben um. Als sie bei uns die Bücher auf dem Wirtschaftshof verbrannten, habe ich mir dauernd das Bild angeguckt.«

Das Bild war wirklich bedeutend und von einem Maler, der die bitteren Seiten des Lebens kannte.

»Meiner Meinung nach hat der Künstler sich noch was anderes dabei gedacht«, sagte Fjodor.

»Laß uns erst noch einen trinken, dann erzählst du's mir«, bat die Tumanowa.

Sie tranken. Antonina Prokofjewna biß sich auf die Lippen und sah eine Weile zur Seite, dann drehte sie sich mit einem Lächeln zu ihm um, als wäre nichts gewesen.

»Na, dann erzähl mal, was er sich dabei gedacht hat.«

»Er ist doch von Heiden umgeben, Antonina Prokofjewna! Sie halten ihn für eine Art Weismann-Morgan-Anhänger, sie selber dagegen haben natürlich die Weisheit mit Löffeln gefressen! Er will seine Welt jedoch nicht preisgeben. Meiner Meinung nach kam Ihnen genau das in den Sinn, als bei uns die Bücher brannten.«

»Mir kam vieles in den Sinn, Fedja. Komm, iß Wurst.«

»Antonina Prokofjewna! Was sehe ich!«

»Das hast du gut gesagt. Von Heiden umgeben. Das hatte ich außer acht gelassen.«

»Was sehe ich, Antonina! Schon als ich reinkam, fiel mir's auf. Wo hast du den gelben gelassen?«

»Was sollte ich damit, zum Ball gehn? Ich hab ihn verkauft. Mußte meinem Blödian aus der Patsche helfen. Er wußte gar nicht, daß sich über seinem ondulierten Nischel was zusammenbraute. Eine richtige Gewitterwolke, Fedja. Da, siehst du sie, da hinten steht sie . . . Ich hab sie gekauft.«

In der Ecke erblickte er eine ungestrichene kleine Kiefernholztruhe ländlicher Machart, gut fünfzig Jahre alt. Ihr Deckel war durch einen Riß in zwei Teile gespalten. Fjodor sprang auf – er wollte sie näher betrachten, den Deckel anheben. Doch die Tumanowa hielt ihn gebieterisch zurück.

»Sitzen geblieben! Reingucken ist verboten. Da sitzt ein Kobold drin.«

»Meiner Meinung nach hat Kescha Kondakow dir die geschenkt. Stimmt's?«

»Geschenkt!« Sie lachte spöttisch. »Kein schlechtes Geschenk für sich! Fünfhundert Rubel. Du hast die Truhe also bei ihm gesehen? Dieser Lump, mir hat er gesagt, keine Menschenseele . . . Ich hab ihm das viele Geld doch nicht für die Holzkiste gegeben, sondern für das Geheimnis.«

»Nein, Antonina Prokofjewna. Gesehen habe ich die Truhe bei ihm nicht. Bloß gehört davon. Die Geschichte der Truhe.«

»Ich bot ihm zuerst hundert. Nein, sagt er, so was ist nicht mit Geld zu bezahlen. Das hat doch historischen Wert. Ich habe sogar ein Gedicht darauf gemacht! Na, da gab ich ihm halt zweihundert für den historischen Wert. Und dreihundert für das Gedicht. Er hat sie auch gleich hergebracht.«

»Das Gedicht kenne ich. Einst warst du Prochor Breweschkow, jetzt nennst dich Kim und Rot-Krasnow.«

»Woher kennst du das?«

»Er hat's mir auf der Straße . . .«

»Schwätzer«, zischte die Tumanowa und schlug mit ihrer beringten kleinen Faust aufs Kissen. »Dreckiger Schwätzer auf Damenabsätzen. Und ein gewissenloser Schürzenjäger dazu. Die ihm gefällt, gehört ihm schon. Genau wie meiner. Aber dichten kann er.«

Sie schwiegen. Fjodor nahm wieder den Rahmen mit dem Farbdruck zur Hand.

»Dein Krasnow schämt sich wohl seiner Jugendsünden?«

»Er hat auch jetzt genug auf dem Kerbholz. Bloß das ist der Karriere förderlich, das Alte dagegen könnte Auswirkungen haben.«

»Aber bestimmt wissen sie dort, wo man sich für so was interessiert, längst genau Bescheid. Über Papachen Breweschkow wie über seinen lieben, treuen Sohn.«

»Kann sein. Kann aber auch sein, sie wissen nicht alles. Vielleicht wissen sie was, tun aber, als wüßten sie nichts. Wenn aber jetzt so eine Truhengeschichte in Umlauf kommt, müssen sie der nachgehen, ob sie wollen oder nicht.

In den Kaderunterlagen hat er einiges angegeben, aber vor mir hat er's verheimlicht, als er hinter mir her war.«

»Sehr interessant«, sagte Fjodor nachdenklich.

»Soll ich dir mal was Angenehmes sagen? Eure Biologiedamen haben dich die ganze Zeit im Visier. Beobachten dich und tauschen sich aus. Vor kurzem haben Lenotschka und ich hier gut von dir gesprochen. Die Kleine, die Blashko. Die neulich mit Obus bei mir war. Erinnerst du dich?«

»Ich glaube, ich erinnere mich.«

»Sie hat mich ausgefragt, woher ich dich kenne, wie du wirklich bist, ob du verheiratet warst. Ob du verheiratet warst!«

»Ich muß ihr vorkommen wie ein Buhmann. Ich hab mich ja hier hervorgetan!«

»Ja, Fedja, du hast dich hervorgetan. Darüber haben wir auch gesprochen. Sie sagte: ›Bei uns meinen manche, er ist gefährlich. Ich habe das zuerst auch gedacht.‹ Als ich ihr Interesse spürte, hab ich dich gleich verteidigt. ›Was sollte er denn tun?‹ hab ich gesagt. ›Er war doch dienstlich dazu verpflichtet! Wir haben hier einen Oberst im Haus 62, Sweschnikow. Was soll der jetzt machen – Advokat werden? Welche werden auch dafür gebraucht. Dazu ist der Hecht im Meer, damit ihr Karauschen nicht döst, Kindchen!‹ Da siehst du, wie ich für dich eingetreten bin. Solltest mir's danken!«

»Jaa . . . Hecht, das hast du gut gesagt. Sehr schmeichelhaft.«

»Warum hast du denn bis jetzt nicht geheiratet, Fedja?«

»Die Armee, der Krieg. Ich lauf ja erst seit vorigem Jahr wieder ohne Krücke.«

»Na, dich verheirate ich hier. Bleib noch drei Monate, und du nimmst eine Frau mit nach Moskau. Aber mit mir solltest du Mitleid haben, hörst du? Und diesen Schweinehund von Dichter stoppen. Damit er's nicht rumtratscht.«

»Was liegt dir denn an diesem Krasnow?«

»Werd erst mal eine Frau, und dann gerat in meine Lage, dann wirst Du's verstehen. Ich hab doch nicht mal einen Sohn! Für dich ist das jetzt ein Buch mit sieben Siegeln.

Auch wenn du dich in Gut und Böse auskennst. Du hast mir immer noch nicht von deinem historischen Beweis erzählt. Onkelchen Borik hast du's erzählt und mir nicht.«

»Na, hier liegt alles ganz einfach. Man sieht bloß nie, was man dicht vor der Nase hat. Bei uns heißt es immer, Gut und Böse wären relativ. An einem Ort sei etwas schlecht, am anderen gut. Was gestern schlecht war, ist heute gut. Enzyklopädien, Wörterbücher, Lehrbücher – alles. Aber das ist ganz und gar nicht so. Bei Gut oder Böse darf es kein Gestern und Heute geben. Was gestern als gut hingestellt wurde, kann getarnte Schlechtigkeit gewesen sein, der man heute nur die Maske abgerissen hat. So daß es gestern genau so war wie heute. Schlechtigkeit, die gestern für alle erkennbar war, kann in unsere Zeit übergehen und dieselbe Schlechtigkeit bleiben, eine hübsche Maske aufsetzen und Leid zufügen. Einst Breweschkow, jetzt Rot-Krasnow, verstehst du? Einfaltspinsel denken dann, sie haben die pure Gerechtigkeit, das Gute in Reinkultur vor sich. Die Lebenspraxis hat nachgewiesen, Antonina Prokofjewna, exakt nachgewiesen, daß das Böse von gestern und von heute ein und dasselbe ist und bleibt. Da gibt's nichts durcheinanderzubringen! Gestern wie heute tritt das Böse als gegen einen anderen gerichtete Absicht auf, ihm Leid zuzufügen. Die Lebenspraxis sucht seit den allerersten Schritten des Menschen in allen Handlungen vor allem nach dem Zweck des Handelnden. Nach dem Urzweck, würde ich sagen. Sie fragt danach, wer aus einer Tat Vorteil zieht und wer dadurch leidet. Von den frühesten Anfängen an – vor dreitausend Jahren schon – wurde in den allerersten Gesetzen die böse Absicht erwähnt. Die böse! Sie wurde bemerkt und von Unachtsamkeit unterschieden, die nicht auf böser Absicht beruht. Diese böse Absicht bleibt von Jahrhundert zu Jahrhundert, von Gesetz zu Gesetz unverändert. Und das genau ist der Fakt, der die historische Unveränderlichkeit des Bösen beweist. Seine Variantenlosigkeit, wie Wonljarljarski sagt.«

»Ich bin nicht einverstanden, Fedja. Ein Sklave erhebt sich gegen seinen Ausbeuter und erschlägt ihn. Er fügt Leid zu und hat recht!«

»Nein, Antonina Prokofjewna. Er befreit sich von dem

Leid, das ihm der Sklavenhalter in böser Absicht zugefügt hat. Bei Gogol gibt es den Ataman Mossi Schilo. Als die Türken ihn und seine Kosaken in die Sklaverei entführten, tat er, als wäre er ein treuer Diener des Paschas, und verstellte sich so, daß seine Leute ihn dafür haßten. Als er aber volles Vertrauen errungen hatte, schloß er die Kosaken von den Galeerenketten los und gab ihnen Säbel zum Kampf gegen den Feind. Alles, was Mossi Schilo tat, hat ein positives Vorzeichen. Denn voraus ging das den Kosaken zugefügte Leid – die Türken hatten sie versklavt und ließen sie hungern. Der Sklave war also im Recht, Antonina Prokofjewna! Diese Beziehungen lassen sich sogar mathematisch ausdrükken. Wenn man ein Glied einer Gleichung von der rechten Seite auf die linke setzt, ändert es sein Vorzeichen. Was hier minus war, wird dort plus!«

»Warte, laß mich überlegen. Hm, eine Gleichung. Stimmt. Weißt du, warum ich dich nach alledem frage? Nach unserem Gespräch neulich probiere ich alles anzuwenden auf . . . Ich seh meinen Blödian und sein ganzes Verhalten von deiner Warte aus, Fedja.«

Sie verstummte. Auch Fjodor schwieg, bewegte nur die Braue.

»Ich finde, er war immer ein ausgemachter Lump. Er ist es nicht durch Erziehung geworden, sondern ihr zum Trotz immer selbst geblieben. Ein Weiberheld – manchmal war er der reinste Süßholzraspler. Aber immer hat er auf die Gelegenheit gewartet, eine Gemeinheit zu begehen. Ich muß dich warnen, Fedja. Daß er dir nicht etwa . . . Leid zufügt. Er arbeitet doch bei euch.«

»Ich weiß, Antonina Prokofjewna, bin ihm längst auf die Schliche gekommen. Aber warum drückt er an dem Bällchen rum?«

»Oh, das ist ernsthafte Gymnastik. Er trainiert seine Faust. Er braucht doch eine Superfaust, und seine hat einen Defekt. Komm, Fedja, schenk ein. In mir brennt was, das will ich löschen.«

Weitere vierundzwanzig Stunden waren vergangen. Im Laborglas tobte nun ein Sturm – ein dichter Schwarm surrte gegen die Glaswände, und auf dem Boden hüpften und stießen sich Dutzende flügelloser Fliegen. Am dritten Tag sah Fjodor im Institut, als er am zytologischen Labor vorbeiging, Jelena durch die offene Tür und nickte ihr kühl und beiläufig zu, wie immer in letzter Zeit. Sie nickte zurück und setzte ihre Unterhaltung mit den jungen Laborantinnen fort. An diesem Tag sah er sie im Betrieb nicht mehr. Auf dem Nachhauseweg zerbrach er sich den Kopf: Ob sie kommt? Er hatte die Einladung ja heute nicht erneuert. Sollte er Blumen kaufen? Nein, nach allem, was ihm bekannt war, ging das nicht an. Es würde Befremden hervorrufen. Sie konnte so gut mit den Schultern zucken. Konfekt? Das war dasselbe wie Blumen.

Er kaufte trotzdem eine kleine Schachtel Sahnepralinen, ein Weißbrot und dreihundert Gramm Butter – alles, was zu einem Junggesellentee gehörte. Zu Hause aß er ein paar Pralinen, damit die Schachtel nicht frisch gekauft aussah – ohne was zu schmecken. Die übrigen schüttelte er in der Schachtel durcheinander. Er versteckte die Esserei im Schreibtisch, stellte den gefüllten Aluminiumteekessel auf die Kochplatte, zündete sich eine Papirossa an und legte sich aufs Bett. Nachdem er aufgeraucht hatte, griff er zur nächsten Papirossa. Wie's mich plötzlich erwischt hat, dachte er. Richtig krank bin ich! Heftig rauchend lag er da, ohne sich zu rühren. – Gleich kommt sie, ich muß mich besinnen, mich zusammennehmen. Dieses einzige und letzte Mal muß ich durchhalten. Strigaljow ist ein anständiger Kerl, er ähnelt stark dem Geologen. Als ob er in dessen Namen erschienen ist, um die Schuld einzufordern. Ihn zu hintergehen wäre schändlich und gemein und überhaupt unmöglich. Außerdem käme dadurch eine automatische Reaktion in Gang – diejenigen, die es angeht, sehen dann ja auch, was los ist, und je mehr du dich aufdrängst, um so widerwärtiger wirst du. Nein! Pfui! Er spuckte sich in Gedanken ins Gesicht und griff nach der dritten Papirossa.

»Herein!« Er sprang vom Bett, als er es leise an die Tür klopfen hörte, und machte eiligst das Fenster auf, damit der Rauch abzog.

»Ich bin es«, sagte sie im Eintreten wie ein Arzt zum Patienten – ernst und freundlich-offiziell. Sie sah sich rasch um und stellte eine Parfümflasche mit Äther auf den Tisch. Mit einer Handbewegung forderte sie ihn auf, zur Sache zu kommen.

»Da sind sie«, sagte Fjodor und stellte den Kolben mit den Fliegen auf den Tisch. »Meiner Meinung nach ist schon so zu sehen, daß der Mönch recht hatte.«

»Es zu sehen ist noch kein Beweis. Aber wenn wir gezählt haben . . . Ich habe schon dutzendemal gezählt und stehe jedesmal neu wie vor einem Wunder. Dieses Eins zu drei läßt mir jedesmal die Hände zittern!«

»Mir ist hier auch ein bißchen komisch«, Fjodor deutete auf die kleine Grube zwischen Hals und Brust. »Ich habe ja noch nie gezählt. Ich gestehe Ihnen, daß ich überhaupt zum erstenmal . . . offenbar wirklich objektive Ergebnisse in Händen halten werde.«

»Offenbar?« fragte sie und gönnte ihm einen etwas freundlicheren Blick. »Ach ja, Sie glauben ja nicht, Sie müssen wissen. Wir schläfern sie jetzt ein«, sie neigte die Flasche über die Watte im Kolbenhals. Es roch scharf nach Äther. »Geben noch ein paar Tropfen drauf. Haben Sie sauberes Papier? Legen Sie's schnell hier hin. So . . .«

Sie nahm die Watte aus dem Kolben und schüttelte die momentan eingeschläferten Fliegen, die nun aussahen wie eine Handvoll Hirse, auf den weißen Bogen.

»Sie haben das Experiment gemacht – also zählen Sie auch.«

Fjodor schob die Fliegen mit der Bleistiftspitze auseinander, trennte die mit Flügeln von den flügellosen.

»Achtundvierzig, neunundvierzig«, flüsterte er, mit der Braue zuckend und schniefend.

»Ein bißchen schneller, sonst werden sie wach!«

»Zweiundneunzig, dreiundneunzig . . . Flügel haben achtundneunzig!«

»Notieren Sie – und zurück mit ihnen in den Kolben. Die Watte gleich drauf. Zählen Sie die Flügellosen!«

Flügellose waren es vierunddreißig.

»Insgesamt hundertzweiunddreißig«, sagte Jelena. »Jetzt schreiben Sie, können Sie Gleichungen aufstellen? 132 verhält sich zu 34«, murmelte sie ganz leise und berührte mit der Wange fast sein Ohr, »wie 4 zu x.«

»Ja, ja«, Fjodor nickte. »Ja. X ist gleich 1,03.«

Sie errechneten auch den Anteil der Fliegen mit Flügeln – er betrug 2,97.

»So. Jetzt haben Sie eigenhändig das Eins zu drei festgestellt.« Jelena lehnte sich zurück und sah ihn offen und unverwandt durch ihre große Brille an. »Die drei Hundertstel brauchen wir nicht zu zählen. Bei denen mit Flügeln können zwei Eier eingegangen sein.«

»Ja, ich verstehe, Jelena Wladimirowna, ich verstehe Ihren Blick«, sagte er errötend. »Danke. Mehr kann ich nicht sagen.«

In diesem Moment fing der Deckel des Teekessels an zu klappern. Fjodor zog die Schnur aus der Steckdose. Nachdem er eine Weile geschwiegen und mit den Fingern auf die Tischplatte getrommelt hatte, sagte er: »Ich hatte vor, Tee zu trinken. Trinken Sie mit?«

»Und wenn nicht?«

»D-dann weiß ich nicht, was ich sagen soll. Die Variante war nicht vorgesehen.«

»Sie sind so komisch in den letzten Tagen . . . Ziehen sich irgendwie zurück. So wie jetzt – kaum haben Sie die zuverlässigen Fakten, die Sie brauchten, bekommen, igeln Sie sich auch schon ein. Man hat Ihnen allerlei über mich erzählt?«

»N-nein. Ich hab vergessen, Ihnen über meinen Besuch bei Iwan Iljitsch zu berichten. Das Mikrotom habe ich ihm gebracht, er hat sich sehr gefreut, und wir haben uns gut unterhalten. Sicherlich werden wir Freunde. Wenn er meine Freundschaft annimmt. Aber auch wenn er's nicht tut . . . werde ich seine Interessen stets über meine eigenen stellen. Hat er Ihnen die Tasche zurückgegeben?«

»Ich kann nicht mehr«, stieß sie plötzlich kläglich hervor. »Was machen Sie denn! Verstecken sich hinter allen möglichen Worten. Berichten wollen Sie . . . Daß Sie sich nicht schämen, Sie sehen ja, ich bin viel weiter gegangen als Sie. Vertragen wir uns doch! Kommen Sie, vertragen wir uns, Fjodor Iwanowitsch! Fangen wir wieder an zu botanisieren!«

»Zuerst sprechen wir uns aus«, er sah ihr mit kühlem Wohlwollen in die Augen und merkte plötzlich, daß seine Hand stark zitterte. »Sprechen wir uns aus. Sie bieten mir Freundschaft an . . .«

»Die bestand doch schon. Ich schlage vor, sie zu erneuern.«

»Eine Bedingung: ohne jeden Kampfauftrag. Und Offenheit!«

»Gewisse Dinge kann ich Ihnen nicht . . .«

»Da haben wir's! Da geht es wieder los! Wer sind Sie? Eine Katze sind Sie, eine sanfte, für sich allein lebende Katze!«

Sie sah ihn mit großen Augen heiter an.

»Sie sind aber genauso voller Geheimnisse. Und können einen grundlos kränken.«

Statt einer Antwort holte Fjodor zwei Tassen und Untertassen aus dem Schreibtisch, nahm die Schachtel mit den Sahnepralinen und das Weißbrot heraus. Er brühte in einer runden weißen Teekanne einen Aufguß und goß heißes Wasser und den Aufguß in die Tassen, wobei sie ihm schweigend zusah.

»Auch Freundschaft kann mitunter furchtbar eifersüchtig sein«, sagte er und drehte sich plötzlich scharf nach ihr um. »Wissen Sie, was Sie jetzt hören? Des Freundes klagenden Erguß. Wenn wir noch mal was in uns wecken, gebe ich Sie niemandem mehr her. Dann halt ich Sie fest und geb Sie nicht her! Und erlaube Ihnen nicht länger, mit irgendwem mysteriöse . . . alle möglichen rätselhaften Dinge zu treiben. Bedenken Sie, ich meine es ernst.«

»Ich brauche nichts – und niemanden – zu bedenken.« Dabei legte sie sacht ihre leichten, mädchenhaft kleinen, wie Kartoffelschalen rauhen Finger auf seine Hand. »Darf ich? Störe ich Sie auch nicht beim Hantieren?«

»Nein«, sagte er. In diesem Augenblick schoß die aus komplizierten Zickzacks bestehende Kurve ihrer Beziehungen plötzlich fieberhaft nach oben, einem schrecklichen Absturz entgegen – sie konnte ja nicht ständig weiter steigen, das ging nicht. »Nein«, wiederholte er und wagte nicht, sich zu bewegen, »Sie stören mich nicht. Ich kann auch mit einer . . .«

Er hielt ihre Finger mit dem Zeigefinger fest, damit sie blieben, wo sie waren, und disponierte sehr geschickt mit der freien linken Hand. Er schob Jelena ihre Tasse und die Schachtel mit den Sahnepralinen hin.

»Werden Sie denn bequem trinken können? Mit einer Hand . . .«

»Von Bequemlichkeit kann ja wohl keine Rede sein«, meinte sie, leiser und sanfter geworden. »Wenn mir solch harte Bedingungen gestellt werden. Das ist ja schon Leibeigenschaft.«

»Die Bedingungen sind hart, aber ich bestehe darauf.« Er bebte, als er das sagte. Er liebte sie wahnsinnig in diesem Moment, hatte alles vergessen, was er sich vorgenommen hatte. Sie merkte das natürlich und wagte nicht, ihn anzusehen.

»Irgendwann werde ich die Bedingungen annehmen. Vielleicht schon bald. Es gibt Umstände, Fjodor Iwanowitsch, die schon bestanden, ehe Sie zu uns kamen.« Während sie das sagte, drückte sie seine Hand heftiger. »Ihre innere Stimme müßte Ihnen verraten, daß im mystischen Treiben der Katze keinerlei Gefahr für Sie liegt. Ich kann Ihnen nichts sagen, Sie würden ja sofort Nachforschungen anstellen, bei denen herauskäme, daß ich lüge. Sie werden also eine zeitweilige Lockerung der Bedingungen akzeptieren müssen.«

Sie trank aus, entzog ihm mit sanfter Beharrlichkeit ihre Hand und sah auf die Armbanduhr.

»Es geht schon auf neun. Ich muß gehen.«

»Ich begleite Sie«, sagte er, sich räuspernd.

»Gehen wir. Die Fliegen nehme ich mit. Ich will sie nicht töten.«

Sie traten auf die Vortreppe hinaus. Die gelben Laternen brannten schon. In der sich rasch verdichtenden Abendbläue lag als düstere Wolke der Park. Jelena zog ihren Begleiter am Ärmel, und sie rannten fast über die freie Fläche; im warmen Dunkel unter den Bäumen gingen sie sofort langsamer. Ihr Arm stahl sich schmeichelnd unter seinen, und er starb fast vor Aufregung. Doch kaum hatte er ein paar Schritte getan und sich von dieser Wunde erholt, als er sich selbst die nächste zufügte: Er umfaßte sie an der Stelle, von der er geträumt hatte – der schmalsten, wo der Gürtel des Kittels war. Obwohl er das nicht tun durfte. Und es war genauso, wie er es sich ausgemalt hatte: er berührte mit den Fingern die eigene Brust. Er spürte, Jelena spannte sich am ganzen Körper, wie nach einem Schlag.

Mit der freien Hand ergriff er ihre, und wortlos und über Wurzeln stolpernd schritten sie langsam ins Dunkel.

»Lenotschka!« flüsterte er ihr ins Haar, das nach frischem Heu und Feldblumen duftete.

Sie blieben stehen. Fjodor konnte sich nicht von dem Heu- und Blumenduft losreißen. »Lenotschka!« flüsterte er, zog sie an sich und küßte sie behutsam – zuerst ins Leere, dann die Brille, dann etwas Kleines, Lebendiges und Heißes: Lippen. Er drückte seine fest darauf, doch da stießen ihre Hände ihn mit unerwarteter Kraft zurück.

»Pfui! Entsetzlich!« Sie schüttelte sich. »Der reinste Pferdestall! Sie haben geraucht!« rief sie weinend und spie aus. »Ich hätte nie gedacht, daß das so ein übles Zeug ist!«

Sie gingen schweigend ein paar Schritte.

»Ein Genuß war das, wirklich!« Sie erschauerte nochmals. Und fügte mit trockenem Auflachen hinzu: »Meine Güte . . . Der erste Kuß!«

Niedergeschlagen und wortlos trottete Fjodor ihr nach durch den Park, den kleinen erbosten Schatten vor sich in der Dunkelheit kaum erkennend. Auf dem Feld beschleunigte Jelena den Schritt – sie schien es eilig zu haben. Ohne ein Wort passierten sie die Brücke, gingen die erleuchtete Straße entlang. In dem Torbogen, über dem, im Finstern fast nicht erkennbar, der Rettungsring hing, blieb Jelena stehen.

»Weiter gehe ich allein.«

»Jelena! Haben Sie mir denn nicht verziehen? Sie können wohl gar nicht verzeihen.«

»Genau das kann ich. Wer der Situation nicht gewachsen war, das waren Sie – Sie wollen mich nach Hause bringen und rauchen vorher ein so scheußliches Kraut. Ich kann durchaus verzeihen.« Sie sah sich um und hauchte ihm einen kindlichen Kuß auf die Wange. »Sehen Sie, so! Jetzt passen Sie auf: Hier ist eine Linie. Die dürfen Sie nie übertreten. Bis ich es erlaube.«

»Aber ich kann zu dem Dichter . . .«

»Zu dem Dichter? Wozu wollen Sie zu dem? Na schön. Übertreten Sie sie nicht nach sechs Uhr abends. Es könnte für uns beide ein schlechtes Ende nehmen.«

»Ich gehorche. Einverstanden. Es hat mal einen Miklucho-Maklai gegeben, Jelena, kennen Sie ihn? Einen Forschungsreisenden.«

»Ja, ich weiß.«

»Der ging auf einer Insel an Land, auf der kriegerische Papuas lebten. Er legte sich an den Strand und schlief. Ohne Waffen. Dadurch unterwarf er sich die Eingeborenen.«

»Ich bin also ein kriegerischer Papua?« Sie lachte gezwungen auf und führte die Uhr dicht an die Brille. »Und Sie wollen mich unterwerfen?«

»Wie Miklucho-Maklai. Sie können sich mit Geheimnissen umgeben, und ich werde offen sein. Ich lege mich an den Strand und schlafe, trotz Ihrer verdächtigen Tätigkeit. Vielleicht . . .«

»Gut, die Papuas haben Ihnen schon verziehen und unterwerfen sich. Ich muß mich beeilen, legen Sie sich schlafen, gute Nacht.«

Sie winkte ihm noch einmal zu und lief durch den Torbogen. Bald darauf hörte er die Haustür knarren und zuschnappen.

Fjodor blieb vor der Verbotslinie stehen. Sie wurde durch die Grenze zwischen dem neuen Trottoirasphalt und dem tiefer liegenden und älteren Hofasphalt gebildet. Er konnte den Blick nicht von dieser Grenze wenden. Es drängte ihn, sie zu überqueren und Jelena nachzustürzen. Doch zugleich sah er ein, daß sie schon zu weit fort und nicht mehr einzuholen war.

Langsamen, schleppenden Schritts schlenderte er vom Torbogen in Richtung Stadtzentrum. Nach zwei Häuserblökken besann er sich und rannte fast zurück. Ja, die Fenster des Dichters waren nach wie vor dunkel. Sogar schwärzer als die anderen dunklen Fenster des Hauses. Die Verbotslinie vergessend, rannte Fjodor durch den Torbogen, lief zum Hauseingang des Dichters, und der schwere Türflügel schlug knarrend hinter ihm zu. Immer heftiger von Erregung, ja, fast von Entsetzen gepackt, rannte er in einem Zug die Treppe bis zum dritten Stock hinauf und blieb vor der schwarzen Tür mit den Messingknöpfen stehen. Er drückte kräftig auf die rote Klingelerbse und wartete. Hinter der Tür war kein Laut zu hören. Er klingelte nochmals, ließ den Finger wohl eine Minute lang auf dem Knopf. Die Stille hinter der Tür machte ihm angst. Er legte das Ohr an das kühle Kunstleder und hielt den Atem an. Er glaubte hinter der Tür Schritte zu hören, sogar Stimmen zu unterscheiden. Er drückte abermals auf den Knopf und vernahm fern, fast unhörbar, ein silbriges dünnes Läuten. Er schlug in Abständen dreimal kräftig mit der Faust gegen die Tür, wartete und klopfte noch ein paarmal.

»Wollen Sie die Tür einschlagen?« ertönte über ihm eine dumpfe, jaulende Stimme. Eine Schnapsfahne wehte ihn an. Er sah sich um und bemerkte einen Hünen in weißem Turnhemd, das einen kolossalen sommersprossigen Fettwanst umspannte. Hinter ihm war eine andere Tür aufgegangen – die von Kondakows Nachbar.

»Wieso, sage ich, wieso randalierst du hier?« fragte er böse. »Siehst du nicht, daß keiner zu Hause ist?«

»Ich muß dringend den Dichter Kondakow sprechen.«

»Komm am Morgen wieder, dann kannst du deinen Dichter haben. Mit euerm Klopfen macht ihr noch den ganzen Aufgang wach. Mal klopft ein Alter, mal ein Junger . . .«

Fjodor begriff, daß er hier nichts ausrichten konnte. Leichtfüßig lief er die Treppe hinunter, in den zweiten Stock, den ersten. Er blickte zurück. Der zottige Schädel sah neugierig grinsend von oben herunter.

»Na, geh schon! Was sinnierst du . . .«

Als Fjodor aus dem Torbogen getreten war, blieb er stehen. Er faßte sich an die Stirn: Ihm war, als hätte er Fieber.

»Was stehst du hier rum?« ertönte hoch über ihm eine verräucherte, weibische Stimme. Fjodor hob den Kopf. Auf dem Balkon mit dem Rettungsring schimmerte Kondakows nackter Bauch, der Morgenrock war nur zu ahnen. »Mach, daß du weiterkommst!«

»Eigentlich wollte ich zu dir!« schrie Fjodor und rannte durch den Torbogen und ins Haus.

Er stürmte nach oben, um die schwarze Tür zu zertrümmern, das Leder herunterzureißen. Doch die Tür war offen. Kondakow stand in seinem himbeerroten Morgenmantel gutmütig lächelnd in der Diele. Hinter ihm bewegte sich sein ungekämmter Nachbar im weißen Turnhemd.

»Komm rein, Fedja.« Kescha ließ ihn ins erste Zimmer. Hier brannte helles Licht, auf dem Tisch stand zwischen Gläsern und Flaschen ein Schachbrett mit Figuren.

Fjodor stürzte zur Tür ins zweite Zimmer, aber Kondakow hatte sich ihm schon in den Weg gestellt.

»Du bist verrückt, Fedja! Da darfst du nicht rein.«

Fjodor wollte den Dichter beiseiteschieben, aber Kescha stellte sich breitbeinig hin.

»Nur über meine Leiche. Besser gesagt, über deine.«

Er warf dem Nachbarn im Turnhemd einen Blick zu. Der ging zwischen ihnen hindurch zum Tisch, wobei er Fjodor versehentlich anstieß und »Verzeihung« sagte, goß sich ein halbes Glas Wein ein und trank es aus.

»Eifersüchtig?« fragte Kondakow sanft. »Du Glücklicher! Ich habe schon lange vergessen, was Eifersucht ist«, er machte eine wegwerfende Bewegung. »Ich werde alt. Nur noch dienstliche Beziehungen. Trink, Fedja.«

Fjodor stierte ihn an wie ein wütender Bulle.

»Warum denkst du ... Wer hat dir gesagt, daß ich eifersüchtig bin?«

»Sieh an! Er ist wirklich eifersüchtig!« Kondakow lachte laut auf. »Du Narr, bei mir ist keiner! Ich will dir in die Augen spucken, wenn ich lüge! Du glaubst es nicht? Dann geh, guck nach, wer da bei mir ist. Überzeug dich.«

Er stieß ihn geradezu ins zweite Zimmer. Fjodor gewahrte im gelben Halbdunkel das bekannte zerrangelte Bett, Flaschen und Gläser auf dem Fußboden.

»Ich erlaube dir, auch unters Bett zu kriechen«, sagte der Dichter und sah ihn mit heiterem Interesse an. »Na los!«

Fjodor errötete. Er wußte vor Verlegenheit nicht, wohin mit sich, und ging schließlich ins erste Zimmer zurück.

»Komischer Kauz! Wir haben den ganzen Abend wie verrückt Schach gespielt! Mit deinem Namensvetter hier, mit Fedja. Haben gerade die dritte Partie angefangen.«

»Mit meinem Namensvetter ... Der war doch gar nicht hier!« Fjodor war verwirrt und warf einen zerstreuten Blick auf das Schachbrett. Dann sah er genauer hin, und das Blut schoß ihm in die Haarwurzeln. Beide Läufer von Schwarz standen auf schwarzen Feldern! Beide Könige und die weiße Dame waren doppelt bedroht. Die Figuren standen falsch – sie waren eilig aufs Geratewohl aufgestellt worden, keineswegs zum Spielen.

Fjodor glaubte jeden Moment umzukippen. Er sah Kondakow traurig an, ging dann wortlos zur Treppe und sprang die Stufen hinunter. Zwei ungekämmte Köpfe erschienen über dem Geländer und sahen ihm nach. Der »Namensvetter« belustigt, Kondakow mit gespannter, nervöser Aufmerksamkeit.

Am nächsten Tag ging er später ins Institut – um Jelena nicht über den Weg zu laufen. Das Durcheinander, das seit den gestrigen Begegnungen mit ihr und dem Dichter in ihm herrschte, veranlaßte ihn, sich einzuigeln und in tiefen Schatten zurückzuziehen, Zeit vergehen zu lassen, um allmählich wieder zu sich zu finden. Er selbst war nicht mehr fähig, Klarheit in seine Angelegenheiten zu bringen, es mußte von außen kommen. Weil von außen aber nichts kam, versteckte er sich auch am nächsten Tag, und so verging eine ganze Woche. Dann überlegte er sich, daß solch ein Verhalten auffallen und ihm womöglich ungünstig ausgelegt werden konnte. Deshalb änderte er seine Taktik und erschien am Morgen im Zimmer hinter der Sperrholztrennwand, als ob nichts gewesen wäre. An vier eng zusammengestellten Tischen war fast das ganze Personal des Forschungslabors versammelt – jeweils zwei an einem Tisch. Alle blätterten in Tagebüchern, brachten ihre Eintragungen vom Sommer in Ordnung. Fjodor tat, als schaue er nur eben mal herein, und stellte die bauchige Aktentasche auf den nächsten Tisch. Jelena, die weit entfernt saß, drehte sich strahlend nach ihm um, grüßte und ließ den glückerfüllten Blick auf ihm verweilen. Dann wandte sie sich ab, offenbar von der Kälte seines

Blicks gekränkt, und Fjodor sah ihr Gesicht nicht mehr, nur noch den dunklen Knoten, zu dem ihr geflochtenes Haar im Nacken aufgesteckt war.

»Wie steht es mit dem Plan für das nächste Jahr?« fragte Choderjachin.

»Akademiemitglied Rjadno bereitet ein Sonderprogramm für uns vor«, sagte Fjodor. »Zum Winter kriegen wir's. Einstweilen sollen alle ihr Material in Ordnung bringen. Er hat gesagt, daß Ihre Arbeit mit darin aufgenommen wird.«

»Sowohl als auch?« fragte Krasnow.

»Sowohl als auch«, antwortete Fjodor, den das schräg ondulierte durchsichtige Haar auf Krasnows Glatze amüsierte.

Choderjachin stand auf, um auf den Flur zu gehen, zog im Gehen eine Zigarettenpackung aus der Tasche und hielt sie dem Vorgesetzten hin.

»Fjodor Iwanowitsch, wollen Sie nicht eine rauchen?«

»Ich rauche nicht«, sagte Fjodor ruhig.

»Für lange?«

»Für immer.«

Jelena bekam einen roten Kopf und drehte sich halb nach ihm um, hielt aber sofort in der Bewegung inne.

Der verwunderte Choderjachin ließ nicht locker: »Was ist denn mit Ihnen passiert?«

»Mir ist klar geworden, daß das etwas völlig Unnötiges und Überflüssiges im Leben ist«, antwortete Fjodor. »Ich habe mich heute entschlossen, meinen ganzen Vorrat wegzuwerfen. Dann habe ich mir's überlegt, und ihn mit hergebracht, vielleicht findet jemand Gefallen dran. Ich stopfe die Papirossa selbst. Mit Steinklee.«

Er griff in die Mappe und legte ein Häufchen seiner langen Papirossy auf den Tisch. Alle Raucher kamen zu ihm und nahmen sich jeder eine. Die Schamkowa hielt eine Papirossa zwischen zwei bleichen Fingern, zündete sie an und legte kostend den Kopf zurück.

»Ich nehme mir die Hälfte«, erklärte Anna Bogumilowna.

»Ich kann noch mehr bringen«, sagte Fjodor. »Mein Vorrat reicht beinah für ein Jahr.«

»Ist es denn so schwer, sich das Rauchen abzugewöhnen?« ließ sich Jelena vernehmen.

»Unmöglich, Kindchen!« dröhnte die Pobijacho. »Ein Alptraum! Höllenqualen. Wie erklär ich dir's am besten. Das ist dasselbe, als wenn man sich die Liebe abgewöhnen will.«

»Sich die Liebe abgewöhnen ist leichter«, sagte die Schamkowa.

»Wi-irklich?« fragte Jelena heiter und wiegte den Kopf.

»Ich kenne Leute, die es sich abgewöhnt haben«, sagte Choderjachin. »Ich selber habe auch mal aufgehört. Aber ich kenne keinen, der nicht wieder angefangen hätte.«

»Wirklich?« fragte Jelena.

Zu Mittag begegneten sie sich am entlegenen Ende des gewölbten langen Flurs.

»Miklucho-Maklai, haben Sie wirklich das Rauchen aufgegeben?« fragte sie, ihn am Ellbogen zupfend.

»Ja.«

»Für immer?«

»Fürs ganze Leben.«

»Und warum haben Sie's aufgegeben? Na?«

Sie neckte ihn die ganze Zeit: zog ihn am Ellbogen, stieß ihn weg. Er durfte herrliche Augenblicke genießen. Doch der Abend bei dem Dichter war ihm noch zu frisch in Erinnerung. Großer Gott! dachte Fjodor. Soll sie gehen, wohin sie will. Ich ergebe mich! Wenn sie nur so lächelt und mich so neckt!

»Warum haben Sie das Rauchen aufgegeben?« fragte sie beharrlich und zupfte ihn am Ellbogen.

»Das ist mein Geheimnis. Heiraten Sie mich, dann sage ich, warum. Vorher nicht.«

»Sieh an, so einer sind Sie! Und ich heirate Sie nicht, ehe Sie's nicht sagen. Ich kaufe doch nicht die Katze im Sack.«

»Die Katze im Sack sind Sie. Was haben Sie gestern abend gemacht, nachdem . . . Sie brauchen nicht zu antworten, ich halte mich an die Abmachung.«

Sie verabredeten sich sofort für den Abend. Als es dunkel geworden war, fanden sie einander im Park auf der Zweiten Längsallee. Jelena zog wie fröstelnd die Schultern zusammen und schmiegte sich ganz von allein unter seinen Ellbogen, beider Hände fanden ihren Platz, und sie zogen rasch im Gleichschritt los, hinein in die Finsternis, aber schon ohne zu stolpern.

Sie gingen lange schweigend, und manchmal faßten sie einander fester, wie um sich zu vergewissern, daß sie endlich gefunden hatten, wonach sie so lange vergeblich suchten.

Dann fragte Jelena plötzlich: »Warum haben Sie sich die ganze Woche versteckt? Warum haben Sie nicht mal angerufen?«

»Sehen Sie ... Ich lie ... Ich bin Ihnen sehr zugetan. Sie erscheinen mir so außergewöhnlich. Wenn Sie wüßten, wie ich mich jetzt, wo ich Ihnen das sage, innerlich sehne ...«

»Und warum haben Sie nicht angerufen?«

»Na ja, lassen Sie mich ausreden. Wissen Sie noch, was ich Ihnen vorhin gesagt habe?«

»Reden Sie, reden Sie.«

»Also. Ich habe bemerkt, daß Sie etwas ... haben. Sie beschwindeln mich schon lange entsetzlich. Und machen sich keine Sorgen darum, ob es mir wehtut.«

Sie schien leicht verlegen zu sein.

»Und rufen nicht an. Und rufen auch nicht an! Ich glaube, Sie wollen, daß ich die Kraft finde ... Daß ich von selber gehe. Wenn Sie mich von sich stießen, würde mich das demütigen. Sie sind klug, wollen das nicht zugeben – darum richten Sie's so ein, daß ich von selbst gehe. Na, ich habe Sie verstanden und bin Ihnen entgegengekommen.«

»Sie sind sehr eifersüchtig.«

»Ja, Lenotschka, ja! Ich sterbe geradezu. Ich verliere den Verstand, fange an zu phantasieren.«

»Das habe ich bemerkt. Ist es schwer für Sie?«

»Ach, Lenotschka. Ich habe mich eben vor Ihnen aufgespielt. Ob ich aber die Kraft finde ...«

»Ich weiß nicht, was ich mit Ihnen machen soll. Also muß es wohl doch sein. Ich werde Sie heiraten müssen. Wenn ich Sie später über alles aufkläre, werden Sie verstehen und mir alles verzeihen. Es wird nicht mal was zu verzeihen geben.«

»Lenotschka, auch wenn es was gibt ... Es hat mich so erwischt ... Für mich führt kein Weg mehr zurück.«

»Sich das Rauchen abzugewöhnen ist also leichter?«

»Ach, das ist eine Kleinigkeit.«

»Aber Sie haben mir noch keinmal von . . . na, dieses Wort gesagt.«

»Wirklich nicht? Meiner Meinung nach habe ich's Ihnen schon viele Male entgegengeschrien.«

»Jaaa? Eigentlich doch, manchmal kam es mir vor, als ob Sie . . .«

»Gewöhnliche Worte reichen doch nicht aus, um . . . dieses Etwas auszudrücken. Es hat seine eigenen Worte. Wenn es echt ist, liebt es das Geheimnis, das Dunkel, das Allegorische. Wenn zwei auf der Straße umarmt gehen, ist nichts davon da. Oder wenn einer eine vor allen Leuten anpackt und mit ihr abschiebt.«

»Das meine ich auch. Ich hatte immer Angst davor. Ich dachte: Wenn er mich irgendwann anpackt . . . Dann ist es aus. Sehen Sie, so ist das mit uns beiden.«

Sie verstummten und schlenderten lange durch die stockdunkle Nacht.

»Wie werde ich Sie denn jetzt nennen?« fragte Jelena plötzlich. »Fedja? Darf ich Sie weiter Fjodor Iwanowitsch nennen? Fjodor Iwanowitsch . . . Richtig mystisch klingt das. Ich habe den Klang gleich am ersten Tag liebgewonnen, noch bevor ich Sie kennenlernte. Von einem Namen darf man das, glaube ich, sagen. Mit diesem Wort.« Sie drückte seine Hand und ließ sie los. »Und dann ist es jetzt so dunkel . . .«

Er wollte etwas erwidern, konnte aber nicht: Ihm war, als kämen ihm die Tränen, und er fühlte, daß die Stimme ihn verraten würde. Er wollte sie küssen, hatte aber nur die Kraft, die Wange an ihre Schläfe zu schmiegen.

»Wie schön! Jetzt trauen Sie sich nicht, nachdem . . . Nach dem Tabak.« Sie lachte leise. »Macht nichts, das ist schön. Sie meinen's ernst. Ich auch. Bei uns wird alles ernst gemeint sein.«

Kleine rauhe Gärtnerinnenfinger griffen im Dunkeln nach seinem Kopf, und viele leise, flinke, heiße Berührungen überrieselten sein Gesicht.

»Wie ist es?« fragte sie, Atem holend. »Haben Sie Frieden mit mir geschlossen?«

»Ich verstehe gar nichts«, flüsterte er.

Es gibt in der Liebe einen Zenit. Und eine Nacht des Zenits. Doch meist erkennen wir diese Nacht nicht; überrascht sie uns, sind wir nicht darauf vorbereitet, sie ganz in uns aufzunehmen, zu erkennen und uns alle ihre Momente für immer einzuprägen. In uns zu bewahren, was wir nur können. Später, da lebt sie – aber dann schon in wehmütigen Erinnerungen an Versäumtes, Übersehenes, Verkanntes ...

Um Mitternacht, nachdem Fjodor Jelena bis zu ihrer Tür gebracht hatte, ging er unsicher tappend nach Hause, wie nach einem Trinkgelage. Er hatte dieses Phänomen – den Zenit der Liebe – noch nicht für sich entdeckt. Er würde sich noch an diese Nacht erinnern und sich verzweifelt mit der Faust an die Stirn schlagen. Doch jetzt schon kündigte sich die Zeit der wehmütigen Erinnerungen an. Eine Zeit, die ein Leben lang dauern würde.

Warum habe ich nicht hinausgeschrien, daß ich sie liebe? warf er sich schon verzweifelt vor. Warum mußte ich mir eine Theorie über verbotene Wörter ausdenken? Theoretiker! Warum habe ich sie gehorsam nach Hause gebracht, warum sie nicht bis zum Morgen im Park zurückgehalten? Warum bin ich immer nur im Dunkeln herumspaziert – ich habe ja nicht mal ihre Augen gesehen, als sie sagte: ›Darf ich Sie weiter Fjodor Iwanowitsch nennen?‹ Kaum zu glauben – aber sie hat gesagt: »Ich habe den Klang gleich liebgewonnen.«

In dieser Nacht hatte Fjodor noch zwei Begegnungen. Die erste telefonisch. Er war nach Hause gekommen und hatte sich auf dem Bett ausgestreckt, ohne Licht zu machen. Hatte nach den Papirossy gegriffen und die Hand wieder zurückgezogen. Ungefähr zwanzig Minuten später schreckte ihn mit merkwürdig schrillem nächtlichem Klingeln das Telefon auf.

»Bist du's?« Kondakow klang nervös und heiser und schien direkt neben ihm zu atmen. »Schon zurück, Heimlichtuer? So schnell?«

»Wieso?«

»Ich habe dich mit deiner Dame gesehen. Du mußt wissen – wenn du eine Dame in eine dunkle Ecke zerrst, dann stehe auf jeden Fall ich dort.«

»Du irrst dich. Das war eine Kollegin. Es war bei der Arbeit spät geworden, da habe ich sie nach Hause gebracht.«

»Enttäusche mich nicht. Und mit wem warst du in der dunklen Ecke?«

»Wir haben uns nirgends aufgehalten. Sind direkt zu ihr nach Hause gegangen.«

»Gab's da etwa keine stillen Eckchen?«

Gott sei Dank, daß ich sie nicht gezerrt habe, dachte Fjodor. Er fragt das alles nicht von ungefähr. Er klopft auf den Busch.

»Ich sage doch, eine Kollegin. Ich habe sie bis an den Fahrstuhl gebracht. Du beneidest mich wohl? Eine Stimme hast du . . .«

»Wirklich! Haben wir die Rollen getauscht, ha, ha? Also ihretwegen warst du gestern auf mich eifersüchtig?«

»Aber nein, Kescha! Das war ganz was anderes.«

»Wie weit bist du mit ihr? Hast du?«

»Mit wem? Ich antworte nicht auf solche Fragen.«

»Die Begegnung mit euch hat mich zu einem Gedicht inspiriert.«

»Schieß los.«

»Warte. Es ist noch zu früh. Sag mir lieber: Warst du ihretwegen auf mich . . .«

»Aber nein! Wegen einer anderen.«

»Und wegen wem? Meiner Meinung nach warst du ganz schön in Rage.«

»Ich bin überhaupt nicht eifersüchtig. Rein dienstliche Beziehungen. Ich werde alt . . .«

»Ha, ha, ha! Er schlägt mich mit meinen eigenen Waffen! Du hättest aber durchaus Grund zur Eifersucht. Ich mag solche Kleinen. Natürlich hat auch ein üppiger, schwerer Körperbau seine . . . Aber ich habe es gern, wenn sie ein kleiner Modigliani ist.«

»Meiner Meinung nach sind bei Modigliani die Mädchen alle groß. Außerdem können sie nicht lieben.«

»Nicht die Bohne verstehst du von Frauen. Oder du tust bloß so. Modigliani steckt in jeder hübschen Frau.«

»Der Frage bin ich noch nicht so auf den Grund gegangen.«

»Kannst du dir einen kleinen Modigliani vorstellen? Schau sie dir nur mal genau an, wenn sie . . .«

»Du versuchst umsonst, mich festzunageln, Kescha. Ich habe sie nie unter diesem Blickpunkt . . . Von dieser Warte aus habe ich sie nicht zu sehen versucht. Wir haben ein ausschließlich dienstliches Interesse aneinander. Wenn man mit jemandem zusammenarbeitet, wird man meiner Meinung nach so vertraut . . .«

»Du bist ein Blaustrumpf. Oder ein schrecklicher Heuchler. Sag mir, wer war Torquemada? Dich nennt man Torquemada – weißt du das?«

»Wer hat dir das gesagt?«

»Wohl zu Recht? Siehst du, wie gut ich informiert bin.«

»Hm, ja . . . Erklär mir lieber, warum deine Schachfiguren so ungewöhnlich standen! Die schwarzen Läufer standen beide auf schwarzen Feldern.«

»Ha, ha, ha!« Kondakow brach in dumpfes Gelächter aus. In seiner Stimme schwang ständig ein verborgenes eifersüchtiges Interesse mit. »Beide Läufer, sagst du? Das verstehst du nicht, weil du nicht trinkst. Wenn ich mit deinem Namensvetter richtig einen hebe, werden für uns alle Figuren, die dir nicht richtig aufgestellt vorkamen . . .«

»Das kam mir nicht nur so vor.«

»Ich weiß nicht, ich weiß nicht. Und das hat dich beeindruckt? Eifersüchtigen und Betrunkenen kommt immer was so vor. Für uns stehen alle Figuren richtig, wenn wir getrunken haben und ein Spiel machen. Wir setzen sie doch selber. Und der Partner paßt auf. Wir überlegen die Züge und greifen uns an den Kopf, wenn der Partner einen gelungenen Zug macht. Stell dir vor, er hat mich gestern matt gesetzt, und wie! Ich hatte es schon fünf Züge vorher geahnt. Er sagt: Matt, und ich sehe, ausweglose Stellung. Und gebe mich geschlagen, drücke ihm die Hand. Aber wie sie in Wirklichkeit gestanden haben, weiß der Teufel. Das werden wir beide wohl nie erfahren.«

»Du bist eben doch ein Dichter.«

»Wenn du dein Gesicht gesehen hättest, Fedja. Du liebst

sie sehr. Ich kenne sie, sie ist ein gutes Mädchen. Als du gegangen warst, habe ich gleich ein Gedicht gemacht . . .«

»Na, komm schon, raus damit!«

»Also hör zu.«

Mit veränderter, weinerlicher Stimme fing Kondakow an zu deklamieren:

Deine Finger griffen sacht im weichen Haar
wie auf einer weißen Flöte traur'ge Weise,
und dein Blick vor banger Ahnung dunkel war.
Meine Seele spürt, wie unausweichlich mir
droht, was deine stumme Flöte klagend kündet.
Doch schon morgen abend bist du wieder hier.
Nenn den Preis mir jetzt, Geliebte, sag mir, wie
teuer mußtest du für unsre Nächte zahlen?
Liegt am End Betrug in deiner Melodie?

Es wurde still im Hörer. Beide sagten sie lange kein Wort. Dann fragte der Dichter mürrisch: »Na, wie findest du's?«

»Gut«, sagte Fjodor. Preßte das Wort vielmehr mühsam hervor. »Warum weiße Flöte?«

»Zuerst war es eine schwarze. Dann eine weiße. Hat dich das getroffen?«

»Ich sag's nur so. Ich dachte, in Gedichten darf es keine genauen Adressaten geben.«

»Aha, ich glaube, jetzt redest du ehrlich. Endlich hat er sich Luft gemacht. Weiße Flöte ist also genau adressiert? Mach weiter. Welche Adresse wäre weniger genau? Schwarze Flöte?«

»Das weiß der Autor besser.«

»Wieder ausgewichen, Heimlichtuer.«

So hatten sie sich in dieser Nacht am Telefon unterhalten, und er hatte bis zum Morgen nicht einschlafen können. Obwohl er beschlossen hatte, Miklucho-Maklai zu sein, und sich mehrmals zwang, sich waffenlos an den Strand der gefährlichen Insel zu legen, kam der Schlaf nicht. Der Dichter hatte ihn völlig durcheinandergebracht, ihm den Kopf verwirrt. Unmerklich wurde es Tag, und in der Kühle und Leere vor dem geöffneten Fenster begannen plötzlich drei oder vier Spatzen zu tschilpen. Fjodor räusperte sich tüchtig, sprang aus dem Bett und trat auf die Vortreppe. Wie ein Schwall Quellwasser schlug ihm die Morgenfrische entgegen. Man merkte, daß der September zu Ende ging.

Er ballte die Faust, boxte ein paarmal in die Luft – nach oben, nach vorn und zur Seite –, lief die Treppe hinunter und schritt munter auf den Park zu. Das Echo seiner Schritte hallte von den Mauern. Das Spatzengetschilp nahm zwar zu, aber die Einöde war noch nicht erwacht. Weder an den Institutsgebäuden noch auf den Parkalleen ließ sich auch nur eine Menschenseele blicken.

Modigliani, dachte Fjodor und versuchte, sich Kondakows nächtlichen Anruf zu erklären. Er hat nicht von ungefähr angerufen. Aber was hat das mit Modigliani zu tun? Modigliani gestaltet das von der Frau, was viele an ihr kennen. Er beraubt sie der Individualität. Hat ihr den wichtigsten Diamanten genommen . . .

In der vielen Wissenschaftlern eigenen Art hakte er sich an einem Gedanken fest, der erst weder Gestalt annahm, noch verschwommene Umrisse hatte: Blaustrumpf . . . Wie gehässig er das gesagt hat. Vielleicht weil er selbst auf dieser Ebene nicht denken und reden kann? Doch bei *ihr* ist gerade diese tieferlotende Sicht gefragt. Weil die Denkweise den Menschen beim Sprechen verrät. Er hat die Schaben über. Heute Schaben, morgen Schaben. Ist ins Stocken gekommen. Aber ich – wieso soll ich ein Blaustrumpf sein? Wo ich doch so entsetzlich . . . Ich kann nicht mehr ohne sie! gestand er sich plötzlich ein. Vom selben Moment an wurde der Dämon in ihm noch stärker. Dennoch besann er sich: So schlimm hat's mich noch bei keiner erwischt! Überall laufen doch ›kleine und große Modiglianis‹ rum, und ich bleibe ungerührt, reagiere gar nicht. Also ist es hier mehr. – Er konnte sich nicht vorstellen, wie man mit einer Frau »etwas haben« konnte, die man nicht wahnsinnig liebte. Wie man das durch Drohungen, Versprechungen, Raffinesse, gewaltsam oder gegen Bezahlung erreichen konnte. Wie es möglich war, »welche in Reserve« zu haben. Merkwürdige Menschen! Wie sollte man ihre Gefühle verstehen! Wieder dieses Geschöpf mit grünem Fell aus dem Amazonasdschungel, das mit dem Kopf nach unten hängt! Wie man nie ergründen wird, was ein Hund denkt, wie man sich nicht in den Gedankengang eines Idioten hineinversetzen kann, so unbegreiflich waren ihm diese Leute. Überhaupt log Kondakow, wenn er sagte, er hätte vergessen, was Eifersucht ist. Das war alles Rhetorik bei ihm. Ein großer schlauer Magier war er. Ihn würde er niemals verstehen! Auch was er über Modigliani sagte, stimmte nicht. War genauso gelogen. Tarnung. Aber in dem Gedicht, da hatte er sich verraten. Merkwürdig, wie unbegreiflich die Menschen einander sind. Welche Verschlossenheit! Der Mensch ist egozentrisch. Ein treffendes Wort! Vor allem mißt jeder nach seinem Maß und ist auch mit seinem Maß zu messen. Und da reden wir von Gemeinsamkeit! Eine übergreifende Gemeinsamkeit könnte es geben, wenn nicht fortwährend Verrat begangen würde – im kleinen wie im großen. Wenn es nicht überall diese verhängnisvollen Leidenschaften gäbe, die uns errötend tun lassen, was unverzeihlich ist.

Das alles schoß ihm – aus Liebe und vor geheimen Sehnsüchten – durch den Kopf, und er schritt noch schneller auf der endlosen Allee dahin.

Doch Jelena kehrte zurück und nahm ihn wieder sanft bei der Hand. Nein, gut, daß ich mich bei ihr in Schranken gehalten habe, dachte er. Ich hätte auch nicht anders gekonnt! Sie allein bestimmt mein Verhalten zu ihr. Aber wer ist sie? Kann noch jemand ihre Hieroglyphen lesen? Würde anderen das Gelesene gefallen? Und was liest sie in mir?

Weit hinten am Ende der Allee leuchteten die ersten Sonnenbahnen, durchsickerten den Park wie rötliche Sirupströme. In einer Bahn flammte etwas Rotes auf und erlosch – eine Gestalt hatte sie gekreuzt. Jemand eilte ihm langbeinig entgegen und gewann rasch an Größe. Es war der schlanke, elastische Strigaljow in seinem himbeerroten Pullover. In einen Gedanken verbissen, der an einer unsichtbaren Oberleitung über ihm entlanglief, starrte er nach vorn und nach oben.

Fjodor trat, noch vom Grübeln benommen, zur Seite, und der himbeerrote Pullover sauste vorbei.

»Iwan Iljitsch!«

Obus ging langsamer und blieb, zu sich kommend, stehen. Als er Fjodor erkannte, bewegte er kaum merklich die Wange – richtig zu lächeln schien er verlernt zu haben. Mit dem Finger machte er eine Geste wie: Ich wollte Ihnen schon lange etwas sagen.

»Sie sind also auch nachts auf den Beinen, Fjodor Iwanowitsch? Ganz wie ich . . .«

»Na ja – die Nacht ist irgendwie danach. Ich konnte nicht einschlafen.« Fjodor ging neben ihm her.

»Genau wie ich. Das verrostete Schloß ist aufgegangen. Und gleich habe ich versucht, jemandem Herz und Hand anzutragen. Was geredet wurde, habe allerdings nur ich verstanden. Sie begriff natürlich gar nichts von meinem Geschwätz.«

Und *sie* hat alles, alles verstanden, dachte Fjodor.

»Ich dagegen habe genau begriffen. Ich kann ein Kreuz dahinter machen. Wenn etwas gewesen wäre, hätte sie sofort verstanden. Hätte sie auf das kreischende Geräusch gewartet. Ich muß, ich muß ein Kreuz dahinter machen. Obus hat zu lange auf seine Leitung geschaut.« Hier lächelte er schief und sah Fjodor vertrauensvoll und freundschaftlich in die Augen. »Sie ist siebenundzwanzig, und ich bin zweiundvierzig. Fünfzehn Jahre Altersunterschied, Fjodor Iwanowitsch. Lassen Sie sich nicht zu lange Zeit damit.«

»Zuerst muß ich genau wissen, zu wem ich gehöre. Danach kann ich mir eine Frau suchen. Bei den Meinen.«

»Eben, eben. Sie werden schon noch dahinter kommen. Als ob Sie sich noch nicht entschieden hätten! Ich zähle Sie schon lange zu unserem Lager. Zu uns kommen nur gute Leute. Und wer geht . . . Die Schamkowa ist ja übergelaufen. Wie es nach dem objektiven Stand der Dinge kommen mußte. Sie ist nicht die klügste. Jetzt ist alles, wie sich's gehört. Die Schamkowa geht, Deshkin kommt.«

»Was ich aber in Ihrem Lager tun soll . . .«

»Ooh! Ihre früheren Freunde werden schon was für uns aussuchen. Über die ›Maiblume‹ wissen Sie ja jetzt Bescheid. Einst glaubten Sie, jetzt wissen Sie. Ich sag's mit Ihren Worten. Jetzt will ich Sie . . . in etwas einweihen. Ausgerechnet Sie. Ich hatte es ohnehin vor. Die Solanum Contumax kennen Sie, denke ich? Freilich, Sie haben sie ja bei der Revision gesehen.«

Fjodor wußte einiges von der berühmten, in Südamerika entdeckten wilden Kartoffel.

»Ich kenne diese Wildkartoffel«, sagte er. »Sie ist resistent gegen alle Arten von Krautfäulepilzen, gegen Viren, wurzeltötende Pilze, gegen Würmer ... Nematoden ...«

»Noch gegen was? Sie wissen's nicht? Gegen den Kartoffelkäfer?«

»Na, das ist noch nicht erwiesen.«

»Es ist erwiesen. Seine Larven entwickeln sich an dieser Kartoffel nicht, sie gehen ein. Aber das ist alles noch gar nichts, das steht in den Büchern. Das können Sie nachlesen. Sie wissen natürlich, daß die Contumax sich nicht mit Kulturkartoffeln kreuzen läßt? Ihr Kassian hat freilich schon probiert, sie zu erziehen. Er hat sie ausgepflanzt, mußte seinen Großangriff aber wieder abblasen. War ein bißchen zu hoch für seinen Pony. Die Fachwelt erhofft sich nichts mehr von der Wildkartoffel. Keiner hatte Glück damit. Nur ein gewisser Obus. Erinnern Sie sich, im Gewächshaus? Sie stand in einem Blumentopf. Ihnen berichte ich als erstem davon. Sie werden mit mir ...«

»Was kann ich schon. Höchstens als Laborant.«

»Es ist fast geschafft. Die Chromosomen sind verdoppelt! Was noch niemandem gelungen ist. Schon das zweite Jahr nehme ich Beeren ab. Wie soll man da nicht zwei Tagebücher anlegen – solch eine Arbeit in solcher Umgebung! Das wäre doch ein gefundenes Fressen für die. Sie würden alles kaputtmachen und nichts übrig lassen – weder vom Menschen noch von der Arbeit. Das sage ich nur Ihnen. Sie denken jetzt an das verrostete Schloß, das aufgeht, an höchstes Vertrauen? Nein, Fjodor Iwanowitsch. Vertrauen ist das nicht, sondern ... ein Erguß. Ich habe Sie beobachtet und weihe Sie jetzt in die Sache ein, die mich fasziniert. Das allerdings ist höchstes Vertrauen. Alles mögliche kann passieren. Wer *dort* war und noch dazu mehr als einmal, der wird klüger. Nicht jeder freilich. Und bringt einen Grundsatz von dort mit. Eine Maxime. Wenn du wissenschaftlich arbeiten willst, wenn du eine Entdeckung in den Händen hast ...

Wenn sie von unschätzbarem Wert ist . . . Wenn sie bedroht ist . . . Dann vergiß den Tod. Erhebe dich über diese biologische Erscheinung. Angst vor dem Tod ist ein Gehilfe, eine Stütze alles Bösen. Nimm dem Bösen seine einzige Stärke – die Möglichkeit, dir Freiheit und Leben zu rauben. Denken Sie daran, was Hamlet tat, als er von dem vergifteten Degen verwundet worden war.«

»Wer hat Ihnen das gesagt?«

»Unwichtig, wer. Jemand.«

»Also doch kein vollständiges Vertrauen. Mir hat das auch jemand gesagt, deshalb frage ich.«

»Wir kennen diesen Menschen beide – na wunderbar. Aber den Namen werden wir nicht nennen. Einverstanden?«

»Gut.«

»Also . . . Es gibt dabei noch eine besondere Lesart. Als Hamlet von seiner tödlichen Verwundung erfährt, hört er auf, Untertan des Königs zu sein. Er richtet sich aufs Sterben ein, zuvor aber bringt er in den zwei Minuten, die er noch zu leben hat, viel zustande – er erleichtert sein Gewissen. Bei mir ist es so: Für mich sind zwei Minuten zuwenig, in der Zeit kann ich nichts ausrichten, darum darf ich nicht sterben, sondern muß leben, was auch geschieht. Und die Sache voranbringen. Und wenn ich sterbe, wird das dem, der mich mit dem vergifteten Degen . . . Meinem Mörder . . . Wird ihm das nur so vorkommen. Ich werde auch danach am Leben bleiben, und niemand wird mich mehr ertappen, und ich werde die Sache zu Ende bringen, was immer Kassian und Saul in ihrer Zeitschrift schreiben. Weil ich nicht mehr zu erkennen sein werde. Ich werde eine Kerbe am Kinn haben und Fjodor Deshkin heißen.«

Nachdem Strigaljow das gesagt hatte, blieb er stehen, zog die Lippen tief ein und sah seinen Auserwählten an.

»Sie denken, das ist meine Art zu scherzen?«

»Nein, ich habe verstanden und schon weiter gedacht. Es gibt ein Hindernis: Ich habe doch eine etwas eigenartige Vorbildung. Ich werde mich auf die Schulbank setzen müssen.«

»Ihre wichtigste Vorbildung ist ausgezeichnet. In unserer Stadt kennen sich alle denkenden Menschen untereinander und tauschen sich aus. Es ist also leicht, einen Neuankömmling zu beobachten. Mir ist aus mehreren Quellen bekannt, daß sich Fjodor Deshkin den Kopf über die Merkmale von Gut und Böse zerbricht. Um sich im Leben weniger zu irren. Er soll auch schon auf eine frische Fährte gestoßen sein. Es soll ihm sehr ernst damit sein. Man hat ihn deshalb sogar mal den Lehrer genannt. Wer sich um solche Dinge Kopfzerbrechen macht, dem kann ich vertrauen. Und was die Schulbank betrifft, Fjodor Iwanowitsch, kann ich Sie beruhigen: Ich weiß, daß Sie ein guter Botaniker sind. Das meinen alle. In der Erde haben Sie auch schon genügend gebuddelt. Bücher lesen können Sie. Die Termini beherrschen Sie. Und ich werde Ihnen zur Seite stehen. Wenigstens die erste Zeit. Bis man mich mit dem Degen ritzt.«

»Na, hören Sie . . .«

»Ich rede ernsthaft mit Ihnen. Die Wahl ist also getroffen, auf der Grundlage ausreichender und glaubwürdiger . . .«

Sie lachten beide los und sahen einander in die Augen.

»Na? Ich wußte doch, daß Sie einverstanden sein würden!« In Strigaljows Stimme schwang jungenhafte Freude. »Und worum's geht, lohnt sich! Genau das richtige für einen, der den Schlüssel gefunden hat!«

»Iwan Iljitsch, ich warte auf ein konkretes Programm.«

»Also, erstens müssen wir die neue Sorte vermehren. Mit der ich die ›Maiblume‹ ablösen will. Wir müssen sie auch noch zu Ende entwickeln. Aber das sind Kleinigkeiten, es ist schon fast alles getan. Und zweitens wartet die Wildkartoffel auf uns, von der wir gesprochen haben. Die ist das allerwichtigste. Und geheim. Ihretwegen auch die Konspiration. Ich will Sie nicht mal mit meinen jungen Leuten bekanntmachen, die wie ich . . . Das alles muß streng geheim bleiben, Kassian hat überall seine Augen. Damit sich das Schicksal der ›Maiblume‹ nicht wiederholt. Wenn Kassian unsere neuen Arbeiten in sein Arsenal übernimmt, ist alles verloren und wir mit.«

»Das wird er nicht. Er kriegt sie nicht zu sehen.«

»Wir haben eben von den Sorten gesprochen, die gewissermaßen unsere Hauptarbeit krönen werden. Dabei geht es um folgendes. Schon vor einem Jahr, Fjodor Iwanowitsch, habe ich etwas eingefädelt und sogar schon mit der Stoffsammlung begonnen. Setzen wir uns auf die Bank hier, Sie müssen schreiben. Hier haben Sie mein Notizbuch. Hören Sie mir zu? Sie denken an etwas anderes. Wir sollten offen zueinander sein.«

»Ich will's Ihnen gestehen. Ich habe Ihre Mitteilung noch nicht verdaut. Was Sie vorhin von Herz und Hand . . .«

»Dann verdauen Sie schnell. Ich habe längst gelernt, mit Überraschungen fertig zu werden. Auch Sie müssen das lernen. Also, nehmen Sie das Notizbuch . . .«

Ach, du! dachte Fjodor bitter. Wie schnell du dein verrostetes Schloß vergessen hast. Gelehrter! Er hätte Strigaljow bei der Hand nehmen, ihm irgendwie helfen mögen. Strigaljow unterbrach seinen wissenschaftlichen Gedankengang wieder und starrte tiefsinnig auf einen Punkt.

»Sind Sie so weit? Also. Wir müssen mit Kassian fertig werden. Müssen den Balken aus dem Wege räumen. Im Interesse der Gesellschaft, im Interesse der Zukunft. Schreiben Sie deshalb. Sie werden das in Ihren Plan aufnehmen. Schreiben Sie so: ›Unter dem nach der Zerschlagung der Formalgenetiker verbliebenen Material ist vieles, das in relativ kurzer Zeit vergleichende Untersuchungen anzustellen ermöglicht. Es wird sich um einen reinen Vergleich handeln – die Hälfte der Arbeit wurde bereits von unseren Gegnern geleistet, die eine entsprechende, durch die kürzliche Überprüfung glücklicherweise unterbundene Diversion gegen unsere Wissenschaft geplant hatten. Ich sehe deutlich‹, schreiben Sie, schreiben Sie‹, ›daß der Vergleich nicht zugunsten des Weismannismus-Morganismus ausfallen wird. Diese Arbeit wird der fortschrittlichen Mitschurinschen Lehre, den Ideen von T. D. Lyssenko und K. D. Rjadno endgültig zum Siege verhelfen.‹ Haben Sie das?«

»Ja. Ich habe selbst schon daran gedacht. Gleich damals, bei der Revision.«

»Ich habe Ihnen das gleich an den Augen angesehen! Und mir gesagt: Jetzt könnte man der Bibel noch eine Geschichte hinzufügen. Ähnlich der von Judith und Holofernes. Wie sie Holofernes in Versuchung führte und ihm den Kopf abschlug.«

»Und wer wäre die Judith?« fragte Fjodor mit jähem Argwohn: Strigaljows verworrene Beziehungen zu Jelena hatten ihn völlig verunsichert.

»Na, Sie doch, Sie! Was haben Sie denn? Sie werden die Arbeit leiten! Das wird keinen Verdacht erregen. Wir beide sind jetzt Verschwörer, haben ein Geheimnis miteinander. Ich erlaube Ihnen, mich vor anderen nicht mehr zu grüßen, sich in jeder Weise geringschätzig über mich zu äußern. Nennen Sie mich vor jedem, der's hören will, Lump, Scholastiker, Eremit. Die Nacht, der Schutzmantel für böse Absichten und Taten, soll jetzt zur Zuflucht für das Gute werden. Denn was wollen wir für die Menschen tun? Sie leiden lassen? Antworten Sie, Lehrer! Freude, Freude wollen wir ihnen schenken. Wunderbare Kartoffelsorten! Den Balken wollen wir aus dem Weg räumen! Sie von Ängsten und unnötigen Sorgen befreien. Kassian ist es, von dem ständig Leid droht. Wenn wir Kassian Leid zufügen, indem wir ihm den aufgeschnappten fremden Brocken aus dem Rachen reißen, wird auch die Mathematik auf unserer Seite sein. Wie sagte doch ein gewisser Lehrer zu unserer Antonina Prokofjewna?«

»Das wissen Sie schon!«

»Solche Dinge sprechen sich mit Windeseile herum, Fjodor Iwanowitsch. Wir werden also gemeinsam ein Glied der Gleichung von der linken Seite auf die rechte bringen. Na, wie hab ich das gesagt? Verdiene ich eine Zwei?«

»Alles richtig. Eine glatte Eins.«

»Dann wollen wir uns trennen. Das Notizbuch geben Sie mir. Reißen Sie die Seite raus, das ist Ihre. Gleich machen die Wonljarljarskis ihren Morgenlauf. Ich werde Sie finden, wenn' nötig ist.«

Strigaljow hob forsch grüßend die Hand, beschleunigte den Schritt und ging rasch voraus, die leere Allee hinunter. Jede Bewegung von ihm drückte Freude aus.

8

Der Oktober und der halbe November vergingen im gleichen wallenden, undurchdringlichen Nebel. Auch vor den Fenstern war alles trüb und grau. Fjodor wartete auf die Aufgabe, von der Strigaljow gesprochen hatte, und zugleich auf das von Akademiemitglied Rjadno angekündigte Sonderprogramm. In Beratungen beim Rektor und mit seinen Mitarbeitern sprach er von Iwan Iljitsch mehrmals als vom »bedauernswerten Obus«, nannte ihn einen »sonderbaren Starrkopf« und »unglückseligen Sklaven der Formel 1 : 3, die schon so manchen verwirrt hat«, sagte, man müsse ihm helfen. Als Scholastiker diffamierte er ihn jedoch nicht. Die gewählte Verhaltensweise machte sich an ihm bemerkbar, zehrte und nagte an ihm. Er magerte rasch ab.

Wenn er kopfschüttelnd eine geringschätzige Bemerkung über Strigaljow fallen ließ, drehte Jelena sich ihm zu, musterte ihn mit einem neugierigen Blick, und durch ihre große Brille strahlte ihm frohlockendes Interesse entgegen. Sie schien alles zu verstehen!

»Warum sprechen Sie auf einmal so von Iwan Iljitsch?« fragte sie einmal, als er sie an einem naßkalten Herbstabend in der frühen Dunkelheit nach Hause begleitete.

»Geheimnisse sind nicht allein Ihr Privileg«, antwortete er. »Irgendwann werde ich Ihnen alles enthüllen, und Sie werden mir vergeben.«

»Ihr Geheimnis ist leicht durchschaubar. Sie haben einen Mantel über die weißen Gewänder gezogen! Aber machen Sie ihn nicht gar zu schlecht.«

Sie lachte hell und fröhlich auf und hängte sich bei ihm ein – so sehr gefiel ihr das alles.

Miklucho-Maklai lag nach wie vor waffenlos am gefährlichen Strand, doch die Insulaner verhielten sich rätselhaft. Die Verbotslinie auf dem Asphalt unter dem Torbogen galt noch immer. Wegen des schlechten Wetters hatten ihre Rendezvous im Park fast aufgehört; mittlerweile bat Jelena beinah jeden Tag unverhohlen und geradezu gewohnheitsmäßig: »Heute bringen Sie mich bis zur Brücke und keinen

Schritt weiter.« – »Heute gehen wir bis sieben spazieren, danach verlasse ich Sie sofort.« – »Miklucho-Maklai! Liegen Sie still und rühren Sie sich nicht!«

Ein-, zweimal sagte sie: »Heute habe ich Zeit. Sie dürfen mit mir ins Kino gehen.«

»Jelena, wann?« fragte er fast jeden Tag.

»Das ist ja schlimm. Da habe ich aus Versehen ein Wort fallen lassen, und er geht mir nicht von der Pelle«, antwortete sie, ihn mit Blicken liebkosend. »Nicht mehr lange. Nach Neujahr!«

Ende November fiel Schnee, taute aber wieder. Fjodor zog seinen »Martin Eden« an – einen kurzen, glatten Mantel von aggressivem Dunkelbraun, unauffällig rot kariert und mit Innenknöpfen. Anfang Dezember war endgültig alles weiß und die Luft milder. Nach dem Pausenklingeln strömten die Studenten in Scharen ins Freie – Schneeballschlachten waren jetzt sehr beliebt.

An einem schönen, ruhigen Sonnentag machte Fjodor gerade leicht bekleidet auf einem verschneiten Pfad einen Ausdauerlauf, als hinter dem rötlichen Gebäudekomplex das bekannte gänseartige Geschnatter ertönte. Nein, es gab keinen Zweifel. Er blieb stehen, um seiner Verwirrung Herr zu werden. Eine Prozession kam um die Ecke geschwenkt – Waritschew, die Pobijacho, Krasnow, der neue Dozent und einige Aspiranten. Alle strahlten, alle waren hoch erfreut, und im Zentrum der allgemeinen Freude stapfte großgewachsen und leicht gebeugt Kassian Damianowitsch – in schiefsitzender Papacha aus bronzen meliertem Lammfell und offenem langem, schwarzem Mantel, dessen Kragen mit dem gleichen kostbaren bronzen melierten Lammfell besetzt war. Die rostroten Felle des Futters bewegten sich wie lebendige Füchse, krochen aus den offenen Mantelschößen. Die hohen Filzstiefel glänzten weiß. Kassian, dem sein Luxus gar nicht bewußt war, entblößte »volksverbunden« seine gelben Zähne, wenn er auf die Scherze seines Gefolges einging.

Ehe Fjodor bemerkt wurde, änderte sich sein Gesichtsausdruck mehrmals. Zuerst erinnerte er sich an die Geschichte mit der »Maiblume«, an Strigaljow, und zugleich fiel ihm der Geologe ein. Er und Obus schienen Brüder zu sein. Da Fjodor ein ehrlicher Mensch mit spontanen Reaktionen war, verdüsterte sich sein Gesicht geradezu bedrohlich – man hätte glauben können, er plane einen Mord. Doch sofort drängte sich der Gedanke an die große Aufgabe in den Vordergrund und mahnte ihn, daß nicht nur das Böse, sondern auch das Gute das helle Tageslicht fliehen darf und daß ein auf die andere Seite gebrachtes Glied der Gleichung sein Vorzeichen ändert. Sein Gesicht spannte sich – er suchte nach einer Maske und konnte keine finden. Plötzlich hallte es wie ein Befehl, ein Schuß in ihm: Solanum Contumax! Sofort drückte sein Gesicht mit gemessenem Lächeln Wiedersehensfreude aus, und er lief mit ausgestreckten Armen auf Rjadno zu. Der vollführte in seinen hohen weißen Filzstiefeln einen richtiggehenden Freudentanz und breitete die Arme aus. Grau und gelb gesprenkelte Augen mit blechernem Glanz strahlten Fjodor an, und das wachsame Waldgeschöpf, das jetzt in ihm steckte, witterte in diesen Augen sofort das schlaue Raubtier mit dem Vogel in den Fängen, das immer darin gewesen war. Das kleine Geschöpf sträubte sein Fell und schmiegte sich an die Erde, um nicht entdeckt und gefressen zu werden.

Es gelang, und Fjodor gratulierte sich innerlich frohlokkend zu dem Debüt.

»Da sind sie ja, unsere jungen Kader!« Akademiemitglied Rjadno umarmte ihn, drückte ihn einen Moment an seine Fuchsfelle, klopfte ihm schmerzhaft den Rücken und ließ ihn los. »Mit solchen Kadern kann man siegen!«

Die freudigen Gesichter wandten sich alle Fjodor zu. Rjadno musterte ihn genauer.

»Nanu, Söhnchen, siehst ja so mickrig aus. Bist abgemagert!«

»Das ist mir noch nicht aufgefallen, Kassian Damianowitsch!«

»Das is gegen die Regel, Söhnchen. Beförderte müssen zunehmen und gewichtiger werden. Du aber magerst ab. Du kommst nach mir, ganz nach mir.«

»Er rennt zuviel. Immerfort sieht man ihn rennen«, röhrte die Pobijacho mit ihrem Baß.

»Er rennt? Renne, renne, das is gesund. Aber abmagern is nich gut!«

»Er hat das Rauchen aufgegeben«, meldete die Pobijacho. »Er raucht nicht mehr.«

»Das is recht«, lobte Rjadno. »Die Zeiten sind danach. Alle Kräfte auf einen Punkt konzentrieren.« .

Die Prozession bewegte sich weiter.

»Was hab ich grade gesagt?« schnatterte Rjadno nach rechts und links, das Gespräch wieder aufnehmend. »Zuerst zogen die Heere sich rote und blaue Uniformen an, stellten sich in Karrees auf und feuerten aufeinander. Wie beim Duell. Dann kam die Farbe Khaki auf. Die Tarnfarbe. Wohin du siehst, überall geht's um taktische Verbesserungen. Die Natur zeigt den Weg. Hat einer mal gesehen, wie eine Phage sich in eine Typhusbakterie bohrt? Keiner? Wie kommt ihr mir denn vor, Kollegen? Das is schlecht. Nu, unter uns gesagt, ich auch nicht. Verlaß mich auf die Bücher. Nich auf alle freilich. Die Phage bohrt sich in die Bakterie und zerstört sie von innen. Wer Ohren hat zu hören, der hört. Die Weismann-Morgan-Anhänger tragen schon lange Khaki und spritzen ihr Gift ins Bewußtsein der Jugend. Der Vergleich mit der Bakterie stimmt natürlich nicht ganz. Väterchen hat sich vergaloppiert.«

Laute Heiterkeit im Gefolge.

»Aber wir verstehen das schon richtig. Wir müssen stark sein, Kollegen. Der Gegner is erfahren und denkt nich an Kapitulation. Es gibt da so 'ne Leuchte. Am Meeresboden. So'n progressives Licht. Das freundlich blinkt, verstehst du. Und die Sprotten kommen in Scharen. Aber unter der Leuchte is'n Rachen. Wie 'ne Garage. Du schwimmst schon zwei Stunden drin und ahnst's nich. 's gibt kein Zurück mehr, aber du bleibst am Spaddeln. 'ne Fischfalle oder wie man's nennt. Die Sprotten kapiern's nich. Wir aber müssen um die Sprotten kämpfen. Dürfen sie denen nich überlassen. Wie sieht denn die Taktik von denen aus? Ich weiß Bescheid, hab mir Beulen genug geholt. Buchstabengelehrte sind das, zerren einen ins Gestrüpp der Theorie. Aber ich kenn doch all die Cuviers und *Lamatrifikationen* nich. Das is das Besondere an mir, ich geb auch offen zu – ja, ich weiß nich, was Cuvier wo gesagt hat. Wenn von dem Cuvier heute immer noch die Rede is, heißt das, daß er kein Dummkopf war. Immerhin konnt er nach 'm kleinen Knochen 'n Tier rekonstruieren. Na wennschon. Ich hab meine Zeit auch nich verplempert, hab Erfahrungen, Beobachtungen gemacht. Hab Praxis. Und die Praxis läßt einen die Dinge sehen wie den Hasen, als er die Füchsin . . .«

Lachend und scherzend näherten sie sich dem Rektoratsgebäude. Hier machten wieder alle halt. Rjadno legte Fjodor die Hand auf die Schulter. Seine Lippen spannten sich fest über die vorstehenden Zähne, öffneten sich aber wieder.

»Tja, also folgendes. Geh auf dein Zimmer, Söhnchen, und wart dort auf mich. Ich setz mich jetzt 'n Weilchen mit Pjotr Leonidowitsch zusammen, wollen was beschnasseln. Geheimnisse wälzen. Dann komm ich zu dir. 's gibt was Wichtiges zu bereden.«

Fjodor verschwand in seinem Arbeitszimmer. Als ungefähr zwei Stunden später Rjadnos Stimme auf dem Flur zu hören war, ging er ihm entgegen. Kassian Damianowitsch war wieder vom Gefolge umringt und bewegte sich, nach allen Seiten ziemlich deftige Scherze zum besten gebend, nur langsam voran. Seine Filzstiefel hinterließen nasse Spuren auf dem Steinfußboden, und die Suite betrachtete die Pfützchen mit Ehrerbietung. Als er Fjodor erblickte, verabschiedete er sich von allen, und beide zogen sich ins Arbeitszimmer zurück.

»Schließ nich ab«, sagte Kassian Damianowitsch. »Hör zu. Ihr habt hier doch wo 'ne warme Dusche. Kannst du das organisieren? Handtuch und Seife lassen sich wohl auftreiben?«

»Natürlich! Wir gucken mal rasch bei mir rein und holen uns alles, dann gehen wir rüber zu den Mechanisatoren. Die haben eine Dusche neben der mechanischen Werkstatt.«

Fjodor erkundete, ob das Gefolge sich zerstreut hatte, dann stahlen sie sich fast im Laufschritt durch den leeren Flur aus dem Gebäude und eilten zum Wohnheim, wo sie schnellstens in Fjodors Zimmer verschwanden. Rjadno betrachtete immer wieder den »Martin Eden« und befühlte mißbilligend den Stoff.

»Was bist du für 'n Ackerbauer – läufst rum wie 'n Moskauer Modefatzke! Solltest 'ne Ameise sein und bist 'ne Libelle! Holst dir ja noch die Schwindsucht! Dann heißt's, die hat er sich bei der Arbeit für Akademiemitglied Rjadno geholt«, meinte er kopfschüttelnd. »Ich schick dir 'ne Pelzjacke. 'n Überzieher, der bis an die Knie reicht. Leicht und schmuck. Aber warm wie'n Öfchen! Im Ernst, daß du mir den trägst! Und der hier, dein Gymnasium ... dein Redingote, der kommt mir bis zum Frühjahr in'n Schrank. Wenn die Jagd auf die Mädchen losgeht, dann darfst du'n wieder anziehn.«

Früher war Fjodor in solchen Fällen gerührt, hätte er das alte, an echter Landluft gebräunte, gütige Gesicht abküssen mögen. Jetzt aber, da sein *Schlüssel* einwandfrei funktionierte, erinnerte er sich sofort an frühere Begebenheiten, verstand er alles einzuordnen und begriff, daß der Alte den Boden für einen heiklen Auftrag vorbereitete. Wenn Akademiemitglied Rjadno jemanden für eine nicht allzu saubere Arbeit brauchte, wurde er stets sentimental – spielte er automatisch den herzensguten, besorgten Alten.

Söhnchen! dachte Fjodor. Ich bin schon lange kein Söhnchen mehr für dich. Eine Fallgrube mit Pfählen, das bin ich für dich. Sieh dich vor.

»Wieso biste denn rot geworden?« fragte Rjadno. »Wirst noch rot wie 'ne Jungfer.«

»Aus Dankbarkeit, Kassian Damianowitsch.«

»Komm mir nicht mit Dankbarkeit. Mach deine Arbeit!«

Mit dem Nötigen versehen, gingen sie wieder in den gleißenden Schnee hinaus.

Aus Dankbarkeit ... Gerissener Kerl! knurrte Rjadno kopfschüttelnd, während er vor Fjodor her tappte. Jetzt komm ich nich drum rum, jetzt muß ich ihm die Jacke schicken. Schön, zu Neujahr kriegst du sie.

Nach dem Gespräch mit Strigaljow, nach dem Erlebnis mit dem altertümlichen Mikroskop und der »Maiblume« – und obendrein die versprochene Joppe –, nach alledem packte Fjodor ein fieberhaftes Verlangen: Bevor er tätig wurde, mußte er sich mit eigenen Augen überzeugen, was der eigentliche, wahre Kern von Akademiemitglied Rjadno war. Es schien zwar alles klar zu sein, aber diese eine Kontrolle brauchte er noch. Und wartete auf eine Gelegenheit. Ohne sein Zutun spannte sich so etwas wie eine Stahlfeder in ihm, die bei der leisesten Berührung losschnellen mußte.

Sie gingen bereits durch die Werkstatt, in der noch gearbeitet wurde, und Fjodor entdeckte Boris Porai hinten an den Maschinen. Onkelchen Borik sah den Lehrer ebenfalls und hob grüßend die Hand. Fjodor dankte mit einer forschen Geste.

»Wen hast du gegrüßt?« fragte Kassian Damianowitsch, dem das nicht entgangen war.

Schnapp! schnellte die Feder los.

»Einen Weismann-Morgan-Anhänger. Obus.«

Dem Alten schien es die Sprache zu verschlagen.

»Den Langen da? Mit dem Abzeichen an der Mütze? Moment, wie kommst du auf Obus? Obus erkenn ich sofort an seinen Furunkeln.«

Er hatte ganz vergessen, daß er vor vier Monaten bei der Verabschiedung des jungen Revisors über Obus gesagt hatte: Möchte wissen, was das für'n Früchtchen is. Ihn mir mal ansehn. Damals hatte er es für richtig befunden, Obus nicht zu kennen. Damit Söhnchen sich nicht sträubte, nicht streikte.

»Obus is ihr hiesiger Ordensgeneral. Ha! Er hat Obus nich erkannt! Was is los mit dir, Söhnchen?«

»Kassian Damianowitsch! Das war ein schlechter Scherz von mir. Das ist Boris Nikolajewitsch Porai. Ein Mechanisator.«

Strigaljow hat recht, dachte er und holte tief Luft.

»Komische Scherze machst du.« Rjadno konnte sich nicht beruhigen. »Solche Scherze sehn dir gar nich ähnlich. Geht dir wohl nich aus'm Sinn, dein Schützling. Bestimmt tut er dir leid, ich kenn dich. Denk nicht mehr an ihn. Es gibt jetzt anderes zu tun.«

Der Duschraum glänzte vom Fußboden bis zur Decke von blitzblanken milchweißen Fliesen. Nachdem Rjadno zugeriegelt und sich ausgezogen hatte, bekam er wieder gute Laune. Er war für einen alten Mann noch gut in Schuß, war sehnig und hatte überall am Körper harte Wülste zäher Greisenmuskulatur. Das Skelett zeichnete sich deutlich ab. Bei dem kreideweißen Körper wirkte sein kleiner, dunkler, hagerer Kopf auf dem braunen Hals wie ausgeborgt. Die Scham mit der Hand bedeckend, stakte er zur Dusche, drehte die Hähne auf, schrie laut auf und verschwand stöhnend und spektakelnd in Wolken von Dampf. Eine Zeitlang waren nur Aufschreie und Klatschen auf dem nackten Körper zu hören. Dann rief er nach Fjodor: »Los, Söhnchen, komm her. Schrubb mir 'n Rücken.«

Fjodor seifte unter der zweiten Dusche einen borstigen Bastwisch ein.

»Na, dalli!« Der Alte stand gebückt und wartete. »Schrubb mich ab, mach schon. Nachher sagst du, ich hab Akademiemitglied Rjadno den Rücken geschrubbt, sollen sie ruhig Respekt kriegen. Ho, ho! Oi, joi!« Er schrie nun noch lauter. »Nur kräftig zu! Oh! Ja, ja! Wonljarljarski! Den müßt ich dazu rankriegen! Den Arschkriecher, den Intligenzler. Joi! Bißchen sachter, Teufel! Macht dir wohl Spaß! Nächstesmal bestell ich mir den dazu, das wird'n Gaudi! Denkste, er macht nich mit? Er wird schnauben, aber den Rücken wird er mir schrubben! Und dafür sorgen, daß es jeder erfährt!«

»Er wollte Strigaljows Mikrotom abstauben. Strigaljow hat ein eigenes, selbstgebautes.«

»'n eigenes? Davon weiß ich gar nichts. Bestimmt is es genauso vorsintflutlich wie sein Mikroskop.«

So genau wußte er also über Obus Bescheid!

»Als Obus den Lehrstuhl abgeben mußte, schnappte sich Wonljarljarski gleich das Mikrotom. Es kam zu Handgreiflichkeiten auf dem Flur. Ich mußte die Kampfhähne trennen.«

»So, so. Und?«

»Ich habe es dem Besitzer zurückgegeben. Auch wenn wir ihn fest an der Gurgel packen, soll er sehen, daß wir den wissenschaftlichen Meinungsstreit nicht auf solche Lappalien ausdehnen.«

»Recht so, bravo!« lobte Kassian Damianowitsch und wiederholte mit Nachdruck: »Bravo, Fedja!«

Die zweite Probe war unbemerkt geblieben. Der Alte fletschte unter der heißen Dusche das Gebiß, daß die goldenen Backenzähne funkelten. Eine bisher ungekannte rachsüchtige Neugier, die Fjodor nicht bezwingen konnte, trieb ihn zu einem dritten Versuch.

Mit Schrecken wurde er sich bewußt, daß damit so etwas wie ein tödliches Duell mit Akademiemitglied Rjadno begann. Er wußte, daß das Duell Jahre dauern und für einen von ihnen mit einer Katastrophe enden würde. Nachdem er Kassian Damianowitsch eine ganze Weile mit seinem kühl interessierten, abschätzenden Tizianblick gemustert hatte, riß er sich mit Mühe los, kniff die Augen zusammen und seifte sich den Kopf ein. Unter dem reichlichen Schaum hervor rief er: »Kassian Damianowitsch! Erinnern Sie sich, auf welcher Grundlage Sie Ihre ›Maiblume‹ gezüchtet haben?«

»Wozu willste das wissen? 'ne Kartoffel – das war die Grundlage. Und unsre unsterbliche Wissenschaft.«

»Anscheinend war die ›Verrucosum‹ dran beteiligt.«

»Wer sagt das?« Der Alte trat schnell zu ihm unter die Dusche.

»Ich habe das Präparat selbst gesehen. Und auf der Stelle eine Widerlegung vorbereitet. Daß es sich um eine klare Fälschung handle.«

»Richtig, 'ne Fälschung. Und weiter?«

»Es war eben keine. Die Widerlegung habe ich zwar parat. Für den Fall einer gefährlichen Attacke. Aber das Präparat war echt.«

»Hat Strigaljow 's dir gezeigt?«

»Kassian Damianowitsch, was hat das mit Strigaljow zu tun? Was geht Strigaljow die ›Maiblume‹ an?« Fjodor sah dem anderen scharf wie ein Richter in die ausgeblichenen Augen. »Strigaljow hatten wir da schon rausgeschmissen. Ich fand das Präparat, als ich den Weismann-Morgan-Krempel aus seinem Schreibtisch räumte. Es trug ein Datum aus dem vorvorigen Jahr und das Etikett ›Maiblume‹. Offenbar hat sich jemand von denen dafür interessiert.«

»Aber die ›Verrucosum‹ hat Chromosomen wie 'ne Kartoffel! Was konntste daran schon sehen?«

»Genug, Kassian Damianowitsch. Die das Präparat angefertigt haben, besitzen geheime Reagenzien. Ein Tropfen davon – und alles war zu erkennen. Die Kartoffel bleibt, wie sie war, bei der ›Verrucosum‹ dagegen schrumpfen die Chromosomen sofort zu Kügelchen zusammen.«

»Und du? Du hättest das doch vernichten müssen! Bist du nicht selber drauf gekommen?«

»Habe ich ja. Ich habe das Präparat noch am gleichen Tag vernichtet.«

»Wie hast du die Chromosomen überhaupt zu sehen gekriegt?« Rjadno ging nun seinerseits zum strengen Verhör über.

»Ich habe mir bei Wonljarljarski eine ganze Serie Präparate angeguckt und das mit reingeschoben. Da habe ich die Kügelchen gleich bemerkt.«

»Jaa?«

»Es kann natürlich auch eine Fälschung gewesen sein. Jemand kann ein Polyploid, einen Mißwuchs gezüchtet und als ›Maiblume‹ ausgegeben haben.«

»Genau, Fedja. Eine Diversion.«

»Nur meine ich, daß das Präparat für ihren eigenen Bedarf gedacht war. Für sich selber haben sie keine Fälschung gebraucht.«

»Glaubst du?«

»Wir müßten eine ›Maiblume‹ nehmen und selbst ein Schnittpräparat herstellen. Ich will versuchen, ihnen das Reagenz zu entlocken.«

»Wozu das?«

»Mir scheint, uns steht ein Kampf bevor. Die Leute könnten Genossen Stalin ein kleines Spielzeug zustecken. Fliegen im Reagenzglas. Flügellose, rotäugige.«

»Das werden sie nicht. Wir haben überall unsre Leute. Und wenn. Was hieße das schon?«

»Genosse Stalin würde ein bißchen damit spielen – sind ja ein hübsches Spielzeug, solche Fliegen. Dabei würde sich ergeben: eins zu drei. Und er würde eine Diskussion ansetzen.«

»Wir hatten doch schon die Tagung.«

»Wären Sie für eine Diskussion gerüstet? Man muß sich selber genau erklären können, wie es zu diesem Ergebnis kommt. Beizeiten. Wie kommt es zu diesem Eins zu drei?«

»Ich weiß nich, Fedja. Ich leide sehr drunter. Sag, Söhnchen, is das nicht bloß erfunden?«

»Das habe ich auch gedacht. Und ein Experiment angestellt.«

»Mit dem gleichen Ergebnis?«

»Ja, Kassian Damianowitsch.«

»Wozu hast du das Experiment gebraucht? Fedja, du gefällst mir heut gar nich. Schießt aus beiden Läufen auf dein Väterchen. Wozu kommst du mir mit den Kügelchen? Warum hast du nich gleich gesagt, daß es die ›Verrucosum‹ war? Du weißt's selber und fragst, auf welcher Grundlage ich . . . Examinierst mich.«

»Gefragt habe ich, Kassian Damianowitsch, weil ich dachte, vielleicht ist es doch eine Fälschung. Nur für alle Fälle. Ich meine, der Züchter muß es am besten wissen.«

»Du lügst nich schlecht. Bist mir durch die Lappen gegangen. Dabei hatt' ich dich schon am Schalfittchen!« Genauso sagte er: Schalfittchen. »Ich hatt' dich fest am Kragen.«

Er ist stutzig geworden, dachte Fjodor, sich vor Ärger räuspernd, und seifte sich zum zweitenmal den Kopf ein, um sich unter der Schaumkappe zu verstecken.

»Was is los mit dir, Söhnchen?« fragte der Alte leise nach kurzem Schweigen. »Womit haben sie dich vergiftet? Meiner Meinung nach hinkst du schon auf'm Bein der Weismann-Morgan-Anhänger. Ich seh, du merkst gar nich, mit was du da eben rausgeplatzt bist. Der ganze Gesprächsverlauf zeigt doch, daß du dich'n bißchen . . . an denen orientierst. Sieh dich vor, ich werd'n Exempel *stationieren.* Du wirst mir tausend Pfropfungen machen.«

Er witzelt, also ist es vorüber, dachte Fjodor.

»Der dickste Hund kommt zuletzt«, sagte er und lachte. »Als Strigaljow fort war, fand Krasnow bei ihm im Schreibtisch Samen. Sechs Päckchen. Ich habe entschieden, ihm die nicht zurückzugeben. Das ist kein Mikrotom.«

»Recht haste!« Kassian Damianowitschs Augen leuchteten, er übersah ganz »Söhnchens« wachsamen Blick.

»Ich dachte, und wenn mein Akademiemitglied mich verprügelt und ein Exempel *stationiert,* die Samen gebe ich nicht aus der Hand. Erst säe ich sie mal im Frühjahr aus und stelle fest, womit wir's zu tun haben, und dann . . .«

»Wer hat die Samen? Krasnow? Die kassier ich noch heut bei ihm ein. Damit sie keine Verwirrung stiften.«

»Ja, aber Krasnow wird . . .«

»Krasnow hält die Klappe.«

Eine Stunde später saßen sie, vom Duschen erhitzt und in Schweiß geraten, im Gästezimmer und tranken Tee. Nachdem Rjadno eine Tasse geleert und sie vor die Teekanne gestellt hatte, damit Fjodor ihm nachgoß, kam er endlich zur Sache.

»Zwjach hat mir geraten: Deshkin soll die ganze Kartoffelzüchterei von Obus übernehmen. Ich denk aber, wir ziehn sie noch größer auf. Außer dem Forschungslabor kommt hier 'ne Außenstelle von unserm Moskauer Institut her. Wir machen theoretische Arbeiten und liefern der Heimat Sorten. Zwjach hat 'ne sehr hohe Meinung von dir. Deine Aufgabe is: Sämtliches Material sichern, das euch zum heutigen Tag vorliegt. Im Frühjahr legen wir dann konkrete Objekte fest. Was die Sorten betrifft. Wie denkst du? Spann die Phytopathologen, Wonljarljarski, die Biochemiker ein.«

»So habe ich Sic auch verstanden, als wir telefonierten. Ich habe in ihren Tagebüchern geblättert. In dem, was sie uns hinterlassen, sind Dinge, bei denen was rauskommen kann.«

»Siehste, so gefällst du mir. Ich mache mir in Moskau Gedanken, und Fedja packt die Sache hier schon an. Das is der Stil, den ich mag.«

»Auch für die thcoretische Arbeit«, fuhr Fjodor ruhig und sachlich fort, »bieten sich viele Ansatzpunkte zu ernsthaften Überlegungen. Bei der Revision stieß ich auf . . . schien es mir, daß sie insgeheim Material für einen Vergleich der Methoden vorbereiten. Mit Schlußfolgerungen zugunsten der eigenen Theorie natürlich. Direkt ertappen dabei konnte ich sie zwar nicht. Vielleicht hatten sie das auch gar nicht vor. Jedenfalls haben sie schon ein Drittel von dem geleistet, was unsere Aufgabe gewesen wäre, Kassian Damianowitsch. Wenn wir geplant hätten, einen derartigen Vergleich anzustellen. Vor allem macht uns das unanfechtbar, der Gegner hat alles selbst gemacht und festgehalten.«

»Fedja! Genau das brauchen wir. Stell so schnell wie möglich ’n Plan auf und schick ihn mir.«

»Den habe ich schon«, sagte Fjodor. »Im Entwurf. Es wird ein großes Projekt. Für vielleicht vier Jahre.«

»Nicht für zwei? Wenn wir bummeln, überholt uns die kapitalistische Welt.«

Fjodor sah ihn aufmerksam an.

»Das Ergebnis muß aber eine neue Sorte sein. Wenigstens müssen wir fest zusagen, daß wir sie bringen.«

»Die bringen wir ja! Warum denn nicht? Wir versprechen sie in einem Jahr, und in zwei Jahren bringen wir sie!«

Wollen Sie Akademiemitglied Lyssenko ausstechen? Der Heimat einen zweiten Zweigweizen schenken? hörte Fjodor sich gehässig fragen. Aber dann ging ihm auf, daß er es gar nicht gesagt hatte. So etwas passierte ihm zum erstenmal, ganz ohne sein Zutun. Die Energie seines wütenden Protests krampfte sich plötzlich zusammen, und er schwieg. Nur ein verstecktes böses Flimmern erschien für kurze Zeit in seinem Blick.

»Schreib für zwei Jahre«, verfügte Rjadno, der nichts bemerkt hatte, energisch. »’ne grandiose Sache wird das. Zeit für dich, daß du groß einsteigst.«

Fjodor schmunzelte leise vor sich hin, und sein Schmunzeln schien zu fragen: Wie soll ich das verstehen?

»Deutele nicht an Väterchens Worten rum! Ich meine damit, daß kapitale Arbeiten auf dich zukommen. Hast dich genug über Väterchen lustig gemacht, werd endlich ’n reifer, ernsthafter Wissenschaftler. Ich leite alles. Für Publikationen geben wir grünes Licht. Mach hin, Söhnchen. Kannst du mir den Plan morgen geben?«

»Sie können ihn gleich haben. Er liegt hier im Schreibtisch.«

Kassian Damianowitsch sah ihn mit stummem Entzücken an. Dann setzte er die eckige schwarze Brille auf, ließ eine große Tablette ins Teeglas fallen und blätterte, mit klappernden »Backenzähnen« sein Getränk schlürfend, im Plan. Fjodor musterte ihn mit gleichsam kühl liebkosendem Blick und bewegte dann und wann die Braue. Während er dem Alten so zusah, wallte immer wieder Zorn in ihm auf: Akademiemitglied des Volkes! Gar nichts wird dein Strohkopf bei der Selektion zustandebringen. Du lieber Himmel, der hat mich am ›Schalfittchen‹ gehabt! Lies nur, lies. Von mir aus plane zwei Jahre. Mir und noch einem genügen zwei, und wir schaffen beides, die theoretische Arbeit und die neue Sorte!

»Was guckste mich so an?« fragte der Alte plötzlich, ohne von der Lektüre aufzublicken.

»Ich versuche mir vorzustellen, was Sie denken, Kassian Damianowitsch.«

»Nur zu, Söhnchen. Kann dir nur nützen.«

Etwas später blätterte er um, las weiter und nörgelte plötzlich los: »Und wozu versuchst du dir das vorzustellen, ha?«

»Ich überlege: Ob er mir wohl den Doktortitel geben wird?«

»Daran zweifelst du noch, du Dummkopf?«

Er legte den Plan beiseite und streckte sich auf Fjodors Bett aus.

»Hast doch nichts dagegen? Väterchen muß seine Knochen mal bißchen langmachen. Tut mir gut nach 'm Duschen. Endlich läßt er die Katze aus dem Sack! Doktor will er werden!«

»Kassian Damianowitsch! Schlecht ist der Soldat, der nicht . . .«

»General willst du werden?« Rjadno nickte mit geschlossenen Augen anerkennend vor sich hin. Er reckte sich, daß die Gelenke knackten, und dachte nach. Er schien zum Reden aufgelegt. »Du bist also 'n Mensch aus Fleisch und Blut, ich seh's. Das is gut. Wenigstens fang ich an, dich zu verstehen. Gott sei Dank rückt alles ins Lot. Natürlich, der Gedanke an den eigenen Platz in der Gesellschaft, sag ich dir, kommt mitunter auch Genies, und nich mal selten. Karrieredenken, Fedja, is aller vernunftbegabten Materie eigen. Bei dem einen äußert sich's im Drang nach materiellen Gütern. Beim Wissenschaftler dagegen . . . Auch der Wissenschaftler strebt nach was. Aber beim Wissenschaftler, beim Staatsfunktionär is es höheres Streben. Bloßer Erwerbsdrang is gar nichts. Is häßlich und kleinlich. Der Wissenschaftler möchte Gehirne besitzen. Ich zum Beispiel hab mir 'n paar zugelegt. Drunter bedeutende Köpfe. Wir wollen keine Namen nennen, du kennst sie. Wer mich widerlegen oder anschießen will, dem komm ich sofort ideologisch und übergeb ihn den Gehirnen, die mir gehören. Und die verpassen ihm – wie soll ich sagen – 'ne empfindliche Tracht Prügel. Das mußt du wohl oder übel bedenken. Das antwort ich dir auf deine jugendliche Dreistigkeit, Söhnchen. Wer sein Kind lieb hat, der züchtigt es, heißt's in der Bibel. Herrje! Für Fliegen interessiert er sich! Läßt sich einfallen, 'n alten Mann zu examinieren! Was hast du davon? Bezähm deinen Hochmut! Wer befehlen will, muß erst gehorchen lernen. Jag in Revieren, die ich dir zuweise. Daraus verscheuch ich dich nich. Ich helf dir sogar, wie du siehst. Mach dich zum Doktor, du Dummkopf. Du mußt nur mitziehn und dich nich sperren. Dann ist's gut. Versuche zu werden wie ich, dann mach ich dich zu meinem Nachfolger. Dann kannst du meine Hirsche jagen.«

»Kassian Damianowitsch! Mir scheint, alles, was Sie sagen, gilt einem ganz anderen. Etwa dem Scholastiker Obus. Doch nicht mir. Was hätte ich denn tun sollen – das mit den Kügelchen und dem Präparat für mich behalten?«

»Das hast du richtig signalisiert. Aber warum du den andern Obus genannt hast . . . Den Mechanisator . . . Das wird mir noch lange im Kopf rumgeistern. Weißt du, wie schwer . . . Solltest mal in meiner Haut stecken. Einer nach dem andern gehen sie weg. Alle zu denen. Zu den Fliegen. Von denen zu uns kommen bloß Dummköpfe, Nullen. Du bist der erste kluge Kopf, den ich halten konnte. Dafür will ich mich auch erkenntlich zeigen. Auch wenn du manchmal schwankst. Fluktuierst. Ich seh's, ich seh alles.«

Er starrte Fjodor an, mit Augen voller Qual.

»Sag mir offen: Kann ich mich noch auf dich verlassen, Söhnchen? Jetzt heißt's kämpfen, kämpfen! Legst 'n alten Mann auch nicht rein? Ich vertrau dir doch.«

»Sie können sich mehr denn je auf mich verlassen«, sagte Fjodor mit fester, klarer Stimme, sah Rjadno in die Augen und hielt seinem forschenden Blick stand.

Zweiter Teil

1

Anfang Januar hatte Fjodor ein merkwürdiges Telefongespräch mit Akademiemitglied Rjadno.

Kassian Damianowitsch rief frühmorgens direkt aus seiner Moskauer Wohnung an: Ihm sei ’ne gute Idee gekommen.

»Hör zu, Fedja, immerfort Krieg führen, was bringt uns das. Wir sollten in Verhandlungen mit ihm treten. Schließen Waffenstillstand für ’ne Weile, ja? Er arbeitet an der Kartoffel – und wir auch! Warum also nicht gemeinsam? Tun wir’s denn nicht für den Sozialismus? Kratz dich mal bei Obus ein, kannste doch.«

»Bei dem Scholastiker?« Fjodor witterte in Rjadnos Worten eine neue Finte.

»Wart doch«, nörgelte Rjadno ungehalten. »Ich mach dir ’n Vorschlag. Hör zu, red mit ihm, ich weiß, er läßt mit sich verhandeln. Bestimmt braucht er irgendwas. Er kriegt ja kein Gehalt.«

»Aber wir haben doch Ihr Programm.«

»Tu nicht so, du hast genau verstanden. Mach weiter mit dem Programm und vergiß die Taktik nich. Er muß und wird anbeißen. Soll er seinen Preis nennen, soll er sagen, was er braucht. Den gibt’s nich, der nich anbeißt. Er wird sich ziern, hat’n Trumpf in der Hand, hat Material, das ihm Freunde aus’m Ausland mitgebracht haben. Das hält er versteckt. Sollte er sich ziern, dann wechselst du den Köder, versuchst’s mit’m andern. Sei mit allem einverstanden, mach Dampf dahinter. Warum sagst du nichts? Dummkopf, das bedeutet doch nich, daß wir ihm auch alles geben. Er is zur Zeit nur drauf aus, wie er am besten seinen Schatz hüten kann. Aus dem Zustand mußte ihn rausholen.«

»Kassian Damianowitsch, wirklich, obwohl wir beide an verschiedenen Orten sind – ich denke die ganze Zeit an das Material.«

»Du sollst nicht denken, sondern handeln. Das Denken überlaß Väterchen.«

»Wir haben sowieso die Hand drauf. Wir haben doch das Material.«

»Ach, Söhnchen, doch nich alles. Red doch nich. Puh, ich kann das gar nich hören. Haste denn nich selber Revision gemacht?« Rjadnos Ton war wieder ekelhaft nörgelnd. »Was is denn bloß los mit dir? Haste vergessen?«

»Nein. Ich erinnere mich.«

»Na also.«

Sie schwiegen.

»Zieh jetzt meinen Überzieher an . . . Entschuldige, jetzt gehört er ja dir. Und geh zu ihm, bestell ihm 'n Gruß und sag, mein Alter is weich geworden, hißt die weiße Fahne und schickt mich als Parlamentär.«

Fjodor schlüpfte in den nach Hammel riechenden neuen schwarzen Überzieher mit dem dicken schwarzen Kragen und dem rostroten, an gedünsteten Kohl erinnernden zottigen Pelz, setzte dazu die schwarze Krimmermütze mit den Ohrenklappen auf – gleichfalls ein Geschenk von Rjadno – und begab sich zu Strigaljow.

Iwan Iljitsch war zu Hause.

Nachdem er Fjodor hereingelassen hatte, kehrte er an seinen Tisch zurück und setzte die begonnene Arbeit fort – Kartoffelsamen in Päckchen füllen und die Päckchen mit komplizierten Formeln beschriften, die nach einem nur ihm geläufigen Code chiffriert waren. Als er die Neuigkeit erfuhr, machte er große Augen, stellte den Zottelkopf schief und überlegte.

»Ich denke, Fjodor Iwanowitsch, Sie sollten ihm sagen, ich hätte Sie gebeten, ihm zu sagen . . .« Er lächelte verdrießlich. »Ich bäte Sie, ihm auszurichten, daß ich nicht zu Hause, nicht erreichbar bin. In Wirklichkeit aber hätte der Lump Obus in seiner Bude gesessen und Knollen und Samen abgepackt. Zweifellos um sie an einen sicheren Ort zu schicken.«

Fjodor war mit dem Vorschlag einverstanden. »So eröffnen wir das Spiel«, sagte er. »Das ist sicherer.«

Als der alte Rjadno am nächsten Morgen wieder anrief, wurde ihm diese Information durchgegeben.

»Er schickt sie nirgendwohin, jetzt ist Frost«, murmelte Kassian Damianowitsch nach längerem Nachdenken unsicher.

»Wir haben Null Grad«, bemerkte Fjodor. »Obus hat die Knollen mit Werg verpackt, es lag ein Haufen davon auf dem Fußboden. Wenn er sie nicht weit schickt, müssen sie keinen Frost abkriegen.«

»Er macht uns was vor!« schrie Rjadno verzweifelt. Danach blieb er lange stumm. Fjodor dachte schon, Moskau hätte aufgelegt. Aber das hatte es nicht – es überlegte »Meinste?« fragte der Alte in nörgelndem Ton. »Also gut . . .«

Er legte auf. Kein Wort des Abschieds, kein Scherz. Er hatte eine wichtige Entscheidung für sich getroffen.

Seitdem hatte er nichts mehr von sich hören lassen – schon zwei Monate nicht, und Fjodor vergaß das Gespräch. Was er keincsfalls hätte tun dürfen, weil die Mächtigen nicht unüberlegt in solchem Ton »Also gut« sagen. Was ohnehin selten genug vorkommt. Vielmehr bestrebt sind, derartige – üble Absichten verratende – unkontrollierte Gemütsbewegungen Außenstehenden gegenüber zu unterdrücken.

Inzwischen war es März geworden. Schon setzten – eine nach der anderen – durchgreifende Tauwetterperioden ein. Fjodors Lcben zog sich hin wie eine chronische Erkrankung. Im Grunde spielte sich seine ganze Arbeit in der Lehrgärtnerei ab – gemeinsam mit Choderjachin, Krasnow, Jelena und den Aspiranten legte er Knollen zum Keimen in Kästen, füllte Blumentöpfe mit Erde, säte Kartoffelsamen, leicht wie Schuppen, in Petrischalen. Dabei hatte er ständig das prickelnde Gefühl, ein riskantes, gefährliches Spiel zu spielen.

Unverhofft tauchte er bald hier, bald dort hinter einem der Arbeitenden auf, griff in einen Kasten oder eine der Petrischalen, die billigen gläsernen Zuckerdosen mit Deckeln ähnelten, und nahm geräuschlos Korrekturen vor. »So ist es besser, finden Sie nicht?« Die Schamkowa war nicht mehr bei ihnen. Sie war zu Anna Bogumilowna Pobijacho gegangen, arbeitete mit ihr an Gräsern.

Deshkin tauchte auch bei Jelena auf, sie spürte jedesmal seine Nähe und fragte manchmal, leicht errötend über ihre Blumentöpfe gebeugt: »Kommst du heute?« Sie duzten sich mittlerweile, und Fjodor besuchte sie fast jeden Tag. Die Oma wußte schon, er war ihr Verlobter.

Eins wunderte ihn: Krasnow arbeitete stets in Lenas Nähe bei Strigaljows ehemaligen Aspiranten, schien sich unter ihnen heimisch zu fühlen. »Wieso wimmelt ihr den Bergsteiger nicht ab?« fragte er sie mal. »Er spioniert doch für Kassian, hat Strigaljows Samen geklaut.« Lena antwortete, er habe sie nicht geklaut, sondern im Schreibtischfach gefunden, das wüßte man und fände nichts dabei.

Es war der letzte Sonntag im März. An diesem Tag sollte Fjodor gegen drei zu Lena kommen. Er stand schon um acht Uhr auf, rasierte sich und bügelte seinen neuen Anzug auf, einen dunkelgrauen mit einem kräftigen Stich ins Violette. Den hatte er sich auf Drängen Strigaljows gekauft – alle sollten sehen, daß es dem neuen Leiter des Forschungslabors gut ging. Er wollte schon drei Stunden früher aus dem Haus gehen – er brauchte einen Spaziergang im Park, um seiner Erregung Herr zu werden. Noch immer verstand er einige Dinge in Lenas Leben nicht, aber er hatte sich damit abgefunden, sich vorübergehend dreingefügt. Bei manchen Leuten setzt mit solch vorübergehendem Abfinden eine alten Hasen bestens bekannte Abkühlung ein.

In der zwölften Stunde zog er sich langsam den neuen Anzug an, was ihm sofort Ähnlichkeit mit einem asketischen, hageren Boxer verlieh, der einige Gerade eingesteckt hat und voller Konzentration zum Gegenangriff ansetzt. Als er nach dem Kleiderhaken griff, an dem, das fuchsrote zottige Innere nach außen gekehrt, Rjadnos Geschenk, der ihm schon liebgewordene schwarze Überzieher, hing, blieb er wie angewurzelt stehen: Er hatte durchs Fenster Oberst Sweschnikow entdeckt. Der kam gemächlich, eine zusammengefaltete Zeitung schwenkend, aus der Ferne auf einem Trampelpfad durch den stark getauten Schnee schräg auf Fjodors Vortreppe zu, wollte offenbar zu ihm. Er trug einen schwarzen Mantel mit schwarzem Persianerkragen, eine schwarze Persianermütze und Stiefel. Der Oberst ahnte nicht, daß er beobachtet wurde. Die vollen Lippen gespitzt, den Kopf vorgeneigt, starrte er mit den hellgrau und gelb gesprenkelten Augen vor sich hin und schien angestrengt nachzudenken. Vor gut zwei Monaten – es war kurz vor Neujahr – waren sie beide, über Willensfreiheit diskutierend, die Sowjetskaja-Straße entlang promeniert und in das große Kulturwarengeschäft eingetreten, das sich in dem Haus befand, wo der Dichter Kondakow wohnte. Weshalb sie hineingegangen waren, hatte Fjodor inzwischen vergessen. Aber an eins erinnerte er sich: Als sie an einen Ladentisch traten, erblickten sie fast gleichzeitig eine Dose Theaterschminke für Laienspieler und sahen sich an. Schminke schenk ich ihm! hatte Fjodor gedacht, genau das Richtige für ihn, und hatte mit heimlichem Schmunzeln nach dem Portemonnaie gegriffen. Aber Sweschnikow kam ihm zuvor. Er bat die Verkäuferin um die Dose, reichte sie seinem Begleiter und sagte: »Mein Neujahrsgeschenk für Sie.«

»Doch nicht eins mit Hintergedanken?« hatte Fjodor gefragt und dem anderen lächelnd in die Augen gesehen.

»Ich weiß selber nicht – ich sah's und hab's gekauft. Dafür ist es originell.«

Die Dose lag jetzt auf dem Fensterbrett. Vor dem Fenster ging, seine Zeitung schwenkend, der Mann vorbei, der sie ihm geschenkt hatte. Dann verschwand er aus dem Blickfeld. Fjodor atmete auf. Ihn beunruhigten die eigenartigen Beziehungen, die schon so lange zwischen ihnen bestanden. Sie entwickelten sich nach wie vor und bewegten sich jetzt auf einen dunkel ahnbaren Scheideweg zu. Er wäre gern aus dem Gespann ausgeschert, fand aber nicht die Kraft dazu – diesem freundlichen, verlegenen, fast kindlichen Lächeln mit einer Frechheit zu begegnen. Wie soll ich das machen, dachte er, ich kenne ja nicht mal seine Absichten. Was ist schließlich dabei, daß er einer von denen ist.

Plötzlich hörte er Schritte auf dem Flur. Der Oberst kam zu ihm. Er klopfte leise an die Tür.

»Aah!« rief Fjodor, als er öffnete. »Welche Überraschung! Wen verschlägt es denn da zu mir! Wie komme ich zu der Ehre!«

»Hier wohnt er also!« antwortete Sweschnikow im gleichen übertrieben freudigen Ton, blieb an der Tür stehen und sah sich neugierig um. »Eine Philosophenbehausung! Hier also verbringt er grübelnd die schlaflosen Nächte!«

»Michail Porfirjewitsch! Ihren Mantel, bitte!« Obwohl Fjodor die feige Verstellung in seiner Stimme spürte, trat er zu dem Gast, um ihm beim Ablegen behilflich zu sein.

Verdammt, dachte er, während er nach dem schwarzen Mantel griff, gleich wird er anfangen, mich sacht auszuholen.

»Ich mach das selbst.« Der Oberst warf ihm plötzlich einen kurzen vorwurfsvollen Blick zu und zog den Mantel aus. Zuvor hatte er die zusammengefaltete Zeitung auf den Tisch gelegt. Sie ging langsam auseinander, und zum Vorschein kam ein Buch: Th. Morgan, Strukturelle Grundlagen der Vererbung. Der bekannte blaue Stempel ›Nicht ausleihen‹ quer über dem Namen Morgan.

Was ist das, ein Erkennungszeichen? Oder ein Köder? dachte Fjodor.

Eine Pause entstand. Sweschnikow hatte Fjodors Blick bemerkt und ließ den Mantel, der ihm noch auf einer Schulter hing, einen Moment los, gewann aber sofort die Beherrschung zurück. Ruhig hängte er den Mantel an den Garderobenhaken neben der Tür. Darunter trug er eine Uniformjacke mit goldenen Schulterstücken.

»Interessiert Sie das?« fragte Fjodor und deutete mit einer Kopfbewegung auf das Buch.

»Ja, ich wollte . . . ich hab's mir bei jemandem ausgeborgt. Sie kennen die Schrift natürlich?«

»Ich habe sie gelesen.« Fjodor wollte hinzufügen: Und das Buch kenne ich auch, sogar seinen Besitzer, verkniff es sich aber. Wichtige Informationen soll man nicht ohne zwingenden Grund preisgeben. Er schwieg, und was ihn eben noch bewegt hatte, sank wieder in den Gedächtnisspeicher zurück.

Michail Porfirjewitsch hatte im Gesicht, am Hals und an

den Händen zarte, sommersprossige Haut mit rötlich schimmernden Härchen. Aber im Gesicht hatten sich trotz der Zartheit starke Falten gebildet, die auch beim kindlichen Lächeln nichts von ihrer Strenge verloren.

»Ja dann, Genosse Oberst«, sagte Fjodor nach einigem Zögern, »nehmen Sie Platz und reden Sie. Sie haben mich aufgesucht, also gibt es etwas, das Sie . . .«

»Sie denken, wir müßten immer was zu recherchieren haben? Na ja, ich verstehe. Wenn ich so ungeladen auftauche . . .«

»Ehrlich gesagt: Wenn ein Mann Ihres Metiers ins Haus kommt, ist es immer . . .«

»Sie meinen, wir sollten uns von Berufs wegen total isolieren? Glauben Sie, es ist angenehm, so erfahren zu müssen . . .«

»Das bringt Ihr Dienst eben mit sich.«

»Aber bei Ihnen bin ich nicht im Dienst, wenigstens im Moment nicht.«

»Sagte der Wolf zum Hammel.«

»Sie sind nicht sehr freundlich, Fjodor Iwanowitsch.«

»Was bleibt mir denn übrig, wenn mir gesagt wird: Bei Ihnen, mein Lieber, bin ich nicht im Dienst. Wenigstens im Moment nicht. Wissen Sie, in welchem Ton Sie das sagen?«

Beide sahen beklommen aneinander vorbei, obwohl sie sich gegenüber saßen, und trommelten mit den Fingern auf dem Tisch. Jetzt bin ich ihm frech gekommen, dachte Fjodor, jetzt bin ich ausgeschert. Er sah den Gast bereits Nachsicht heischend an, suchte nach Worten, um das Gesagte zu mildern. Sweschnikow hatte offenbar auch Schuldgefühle. Er überspielte die Peinlichkcit rasch.

»Dort auf dem Fensterbrett liegt, glaube ich, mein Geschenk. Es gefällt Ihnen?«

»Schminke ist ja . . . für eine bestimmte Verwendung gedacht. Ich weiß bis heute nicht, was ich damit anfangen soll.«

»Das brauchen Sie auch nicht. Sie ist ein Mittel zur Kommunikation«, sagte der Oberst mit freundlichem Lächeln.

»Wäre ich Ihnen damals zuvorgekommen, läge das Mittel jetzt bei Ihnen vor dem Fenster.«

»Versteht sich.« Sweschnikow schwieg abermals, sah sich im Zimmer um. »Was haben Sie denn da für geheimnisvolle Zeichen hingemalt? Gleich als ich reinkam, sind sie mir überall aufgefallen. An der Wand, auf dem Fensterbrett . . . Hier auf dem Tisch sind gleich drei davon. Ein Kreuz. Soll es X bedeuten? Haben Sie ein unlösbares Problem? Oder ist es ein Multiplikationszeichen? Was ist es?«

»Weder ein Kreuz noch ein X. Eine räumliche Figur, eine Art Sanduhr. Haben Sie mal eine Sanduhr gesehen? Sie hat zwei Konusse. Der hier öffnet sich nach oben, ins Unendliche. Der andere nach unten, auch ins Unendliche.«

»Haben Sie das gemalt, als es Ihnen zum erstenmal einfiel? Haben Sie's mit Überlegung getan?«

»Als ich zum erstenmal davon gehört hatte. Ich malte es, um mir das Gehörte begreiflich zu machen.«

»Ich vergaß – bei Ihnen sind ja immer andere Urheber eines Gedankens, nie Sie selbst. Sie interessiert mehr die Entwicklung und Interpretation fertiger Ideen.«

»Besser kann man's nicht sagen.«

»Schön. Und was demonstriert die Sanduhr?«

»Na, einmal, daß es in der Welt eine unendliche Zahl von Unendlichkeiten gibt.«

»Ein hübsches Symbol. Anschaulich. Aber eigentlich wissen wir das auch so.«

»Das sind besondere Unendlichkeiten. Die kennen Sie noch nicht. Ein Bekannter von mir hat sie entdeckt.«

»Kluger Mann. Und darf man Näheres über sie erfahren? Über die Sanduhr?«

»Später mal.«

»Sie waren wohl im Aufbruch?«

»Ja. Wenn Sie fünf Minuten später gekommen wären . . .«

»Dann gehen wir doch! Ich begleite Sie, darf ich? Fjodor Iwanowitsch! Glauben Sie mir, ich habe ein ganz unmittelbares, persönliches, freundschaftliches Interesse an Ihren . . . Konzeptionen. Ein für Sie ungefährliches. Ihre Vorstellungen sind immer sehr originell, geben einem immer wichtige Anregungen.«

Er läßt sich nicht abschütteln, dachte Fjodor. Natürlich hätte er den gefährlichen Mann loswerden, kurzerhand mit ihm brechen können. Aber er mochte ihn doch auch, empfand sogar so etwas wie Sehnsucht, wenn der Oberst sich lange nicht blicken ließ.

Sie zogen sich an, gingen in den von Tauwasserpfützen blinkenden grellen Schnee hinaus und wurden sofort von lautem, freudigem Krähengekrächz empfangen.

»Es wird Frühling!« sagte der Oberst und wiegte den Kopf.

»Ja«, sagte Fjodor, »er fordert sein Recht, doch der Mensch verfolgt immer nur eigene Zwecke.«

Der Oberst hörte die Anspielung sofort heraus und blickte auf, hing dem für ihn ungünstigen Gedanken aber nicht weiter nach. Allerdings versuchte er sich zu rechtfertigen: »Fjodor Iwanowitsch! Damit haben Sie mich doch erst angesteckt. Mit dem Philosophieren. Erinnern Sie sich, Sie erzählten mir mal von einem Schlüssel . . .«

»Von einem Schlüssel? Ihnen? Nie!«

»Und damals, als Sie herkamen? Wissen Sie nicht mehr?«

»Da hatte ich den Schlüssel noch gar nicht. Das haben Sie von jemand anderem. Von dem, der Ihnen den Morgan geliehen hat.«

»Vielleicht.« Sweschnikow bedachte Fjodor mit einem kurzen verlegenen Blick. »Sie haben mir doch schon so manches anvertraut. Also packen Sie schon ganz aus, ich verrate nichts. Erzählen Sie mir von dem Schlüssel.«

Er berannte ihn geradezu mit seinen Fragen.

»Von dem Schlüssel gibt es nicht viel zu sagen«, meinte Fjodor. »Wollen Sie eine einstündige Vorlesung?«

»Ja, ja! Genau das!«

»Na, erstens, da es ein Urheberrecht gibt, muß ich Ihnen erklären, daß alles, was ich möglicherweise darlegen werde, nicht von mir stammt, wie gesagt . . . Es ist lediglich eine freie Wiedergabe fremder Gedanken und erhebt keinen Anspruch auf Vollständigkeit. Den Namen des Urhebers nenne ich vorläufig nicht.«

»Der Name des Urhebers interessiert mich selbst dann nicht, wenn Sie es wären«, sagte Sweschnikow etwas geringschätzig, ja verächtlich, zugleich aber überlegen, und Fjodor merkte, daß sein neuerlicher Versuch auszuscheren durchkreuzt war. Doch es drängte ihn, seine Gedanken wenigstens einmal vor einem Zuhörer darzulegen. Ein neuer Gedanke gibt ja keine Ruhe, ehe er nicht mitgeteilt ist.

»Na gut. Womit fange ich an? Also, stellen Sie sich vor, jemand ist am Ertrinken. Ist im Eis eingebrochen, und ich suche eine Stange, um zu helfen. Mein Freund aber gibt mir mit Blicken zu verstehen: Bemüh dich nicht zu sehr. Ich entdecke trotzdem eine Stange und will sie nehmen. Aber sein Blick herrscht mich an: Du siehst die Stange nicht! Vielleicht ist es gar keine! Wir wollen lieber Hilfe holen, unterdessen ertrinkt er. Haben Sie nicht das Gefühl, daß dieses aus dem Leben gegriffene Beispiel unvollständig ist? Etwas fehlt daran, nicht wahr? Antworten fehlen. Warum verbietet er mir zu helfen? Warum gibt er sich mir damit preis? Rechnet er vielleicht mit meinem Einverständnis? Warum sollen wir, um Hilfe zu holen, gehen und nicht rennen? Warum überhaupt Hilfe herbeirufen, wenn doch alles getan wird, damit der Mann ertrinkt? Schließlich, wer ist der Ertrinkende, nicht wahr? Warum will ich ihn retten, während mein Freund unbedingt seinen Tod braucht?«

Fjodor sah Sweschnikow an. Die dicken hellroten Lippen des Obersten waren schon wieder gespitzt.

»Michail Porfirjewitsch, kann man solchen Beziehungen etwa mit dem Strafgesetzbuch beikommen?«

»Man kann«, bemerkte der Oberst.

»Ja, wenn eine Leiche vorhanden ist. Aber wenn das alles bei der Verteidigung einer Dissertation passiert? Oder die Besetzung einer Stelle betrifft? Oder wenn davon abhängt, ob Sie auf eine Warteliste für Mangelwaren gesetzt werden? Da gilt kein Strafgesetzbuch. Die Strafgesetzgebung ist eine alte Hakenbüchse, eine verrostete Arkebuse – in einer Panzerschlacht. Oder etwa nicht?«

»Sie sind ein origineller Denker.«

Der Pfad im tauenden Schnee führte sie direkt zum Park.

»Wir haben es mit einer Welt zu tun, in der sich überall verborgene Interessen kreuzen.« Fjodor kam in sein geliebtes Fahrwasser. »Die Aktivität eines jeden beginnt bei seinen Absichten. Dazu ein Beispiel. Ich will jemandem eine Freude machen. Ihm etwas schenken, wonach er lange erfolglos gesucht hat. Die Überraschung gelingt auch. Er strahlt vor Freude und ich mit. Eine gute Absicht von mir, nicht?«

»Ich habe davon gehört.« Der Oberst warf Fjodor lächelnd einen schrägen Blick zu. »Aber ich meine, das ist sehr abstrakt. Der Schlüssel jedenfalls . . .«

»Von dem sprechen wir bereits. Man muß sich der Sache ja erst mal nähern. Betrachten wir einen weiteren Fall. Ich beneide jemanden um seine Erfolge, möchte vielleicht etwas Bestimmtes erreichen, und derjenige ist mir unwissentlich im Wege. Hat sich eingerichtet und läßt sich nicht stören, der Idiot. Die neue Kartoffelsorte brauche ich, und der andere hat sie gezüchtet. Wo gerade ich der ideale Züchter wäre, ist doch klar. Ein berühmter Wissenschaftler, und hat keine eigene Sorte! Das nagt mein Leben lang an mir. Dabei habe ich der Regierung eine versprochen. Deshalb will ich ihm schaden, ihn ausschalten und mir die fertige Sorte unter den Nagel reißen. Noch habe ich sie nicht, liege ich nur auf der Lauer danach. Aber der Wunsch, sie zu besitzen, verfolgt mich selbst im Schlaf und brennt wie Feuer.«

»Oh ja!« pflichtete der Oberst bei. »Das tut er!«

»Genau! Dabei weiß ich, daß er, wenn ich ihm seinen Erfolg nehme, den Schlag womöglich nicht verwindet. Und trotzdem brennt er in mir, läßt sich nicht beschwichtigen. Gutes oder Böses – das eine oder andere muß unseren Absichten zugrunde liegen. Sofern sie Mitmenschen betreffen. Man kann das sogar körperlich spüren! Kennen Sie solche Wendungen wie: Vor Bosheit ersticken, die Niederlage des Gegners auskosten? Oder umgekehrt: Er strahlte vor Wohlwollen, er sah das Scheitern seiner Hoffnungen voraus und litt darunter? Solche Empfindungen können einen krank machen! So oder so, man spürt es! Gut und Böse existieren außerhalb meines Bewußtseins, wenn ich nur unbeteiligter Beobachter bin. Obwohl freilich auch da mein Bewußtsein nach Beteiligung drängt. Es gibt auch Menschen, die alles kalt läßt. Das müßte man denen sagen, Michail Porfirjewitsch, die Ihnen solcher Gedanken wegen womöglich Idealismus vorwerfen und Ihnen mitspielen, wie man Onkelchen Borik mitgespielt hat.«

»Na, na. Bei mir können Sie vorbehaltlos reden. Sprechen Sie weiter.«

»Gut und Böse bedingen bestimmte Handlungsweisen. Güte will dem anderen Leiden ersparen, Schlechtigkeit jedoch will ihm Leiden bereiten. Güte freut sich über des anderen Glück, Schlechtigkeit über des anderen Leid. Güte leidet unter fremdem Leid und Schlechtigkeit unter fremdem Glück. Das Gute schämt sich seiner Regungen, genauso das Böse. Deshalb tarnt das Gute sich als ein bißchen schlecht, das Böse dagegen als große Güte.«

»Wie?« rief der Oberst und blieb stehen. »Wie tarnt sich das Gute?«

»Ist Ihnen das denn noch nicht aufgefallen? Das erlebt man doch tagtäglich! Güte ist großherzig und schüchtern und versucht ihre edlen Motive zu verstecken, spielt sie herunter, verkehrt sie gar ins Gegenteil. ›War doch nur eine kleine Gefälligkeit, nicht der Rede wert.‹ – ›Das hat nur unnütz Platz weggenommen, ich wußte nicht, wohin damit.‹ – ›Daß Sie sich nicht irren, ich bin nicht so sentimental, ich bin furchtbar habgierig und geizig, das war bloßer Zufall, eine Laune von mir. Nehmen Sie's nur, ehe ich's mir anders überlege.‹ Ein Freund meines Vaters sagte immer, wenn er mit ihm telefonierte: ›Scheren Sie sich zum Teufel, und geben Sie Ihren Gören Kopfnüsse von mir.‹ Guten Menschen ist es peinlich, wenn man sich bei ihnen bedankt. Schlechte dagegen – diese Brüder hören sich gerne Dankesworte für Wohltaten an, auch wenn es gar nicht ihre waren, und schätzen es, wenn man ihnen laut und vor Zeugen dankt. Güte ist unbekümmert, handelt ohne Vorbedacht, Schlechtigkeit dagegen ist ein großer Moralprediger und gibt ihren Gemeinheiten auf jeden Fall eine positive Begründung. Michail Porfirjewitsch, wundert Sie denn nicht, welchen tadellosen Anstrich das alles hat? Wie blind sind doch die Menschen! Manchmal ist es allerdings schwer, Hell und Dunkel zu unterscheiden. Das Helle sagt mannhaft: Was bin ich mit meinen vielen dunklen Flecken schon für ein Helles. Das Dunkle aber schreit: Ich bin ganz aus Silber und Sonnenlicht, ein Feind, wer Fehler bei mir sucht! Anders kann das Böse sich gar nicht verhalten. Sobald es sagen würde: Seht her, auch ich habe richtige dunkle Flecken, wäre das ja Wasser auf die Mühle der Kritikaster. Nein, das geht nicht! Daß das Gute seine Vorzüge herausstellt und die Menschen durch Edelmut erdrückt, ist ebenso undenkbar, wie daß das Böse von seiner Abscheulichkeit spricht.«

»Ja, absolut.« Sweschnikow nickte. »Absolut undenkbar.« Er schien etwas Wichtiges begriffen zu haben. »Auf gar keinen Fall.« Nachdenklich rundete er die weichen Lippen. »Genau wie bei einem Theoretiker«, sagte er plötzlich harmlos. »Wenn wir ein Glied einer Gleichung auf die andere Seite bringen, ändert es sein Vorzeichen.«

Fjodor sah ihn einen Moment scharf an. Der Oberst sammelte also alle Äußerungen von ihm, die er irgendwann und irgendwo fallen ließ.

»Sie haben recht, Michail Porfirjewitsch«, sagte er, sich beherrschend. »Dahinter verbirgt sich eine ganze Wissenschaft. Ein weißer Fleck, der noch erforscht sein will. Das Böse trachtet ja nicht bloß danach, sich selbst als Gutes hinzustellen, sondern findet auch noch Gefallen daran, anständige Menschen zu verfemen. Sie als Schwarzseher, Pseudowissenschaftler abzustempeln.«

»Genau!«

Plötzlich blitzten Fünkchen in den Augen des Obersten, er berührte Fjodor am Ellbogen und sagte: »Als Weismann-Morgan-Anhänger!«

»Ich sehe, Sie versuchen den Schlüssel schon in der Praxis anzuwenden«, versetzte Fjodor lächelnd. »Zweifellos ein Erfolg!«

Er war nicht so leicht zu überrumpeln. Das Gespräch kam für eine Weile ins Stocken. Der Oberst sann nach, und Fjodor, der nicht wußte, woher ihm Gefahr drohte, behielt ihn vorsichtig im Auge.

»Für diese überaus brauchbare Wissenschaft ist die Zeit noch nicht reif«, sagte Sweschnikow plötzlich. »Oder es ist schon zu spät für sie.«

»Warum?« fragte Fjodor vorsichtig. »Das Böse wechselt die Form wie ein Nomade die Wohnstatt. Es wäre naiv ... und kreuzgefährlich, sich vorzustellen, daß mit der Revolution, mit dem Oktober das Böse völlig aus der Gesellschaft weggefiltert worden wäre. Dieser Virus ist bis jetzt durch alle Filter gegangen. Zu allen Zeiten ist im Zug der glücklichen Sklaven, die ihre Ketten abgeworfen haben, auch er gewesen, Michail Porfirjewitsch.«

»Der Fallschirmspringer ist mitmarschiert«, murmelte der Oberst nachdenklich.

»Was meinen Sie?«

»Ja . . . Das ist eine Entdeckung von mir. Ein Fallschirmspringer. Der abgesprungen ist. Aber es lohnt noch nicht, von ihm zu reden. Ihre Gedanken verstehe ich. Ich denke wie Sie. Doch das bedeutet nicht, daß gewisse . . .«

»Das ist nichts, um es offiziell kundzutun.«

»Sie hätten auch nie das Gericht auf Ihrer Seite, falls Sie die Dinge in der Praxis anwenden wollten. Der Gerichtsschreiber wüßte nicht, was er protokollieren sollte.«

»Das alles ist für keinen Schreiber und kein Protokoll. Es soll dem Menschen dort helfen, wo das Gericht machtlos ist. Es ist zum stillen inneren Gebrauch bestimmt.«

»Kann sein. Einverstanden. Ich habe Erfahrungen aus der Praxis. Auch ich habe beobachtet, nur nicht von der Seite aus. Wenn man im Brennpunkt der Ereignisse steht, sammelt man wohl oder übel Erfahrungen. Später, wenn wir uns besser kennengelernt haben . . . Es ginge auch jetzt schon, aber ich glaube, wir haben noch nicht erschöpfend . . .«

Du schießt dich gut ein, dachte Fjodor. Bist nicht umsonst Oberst geworden.

»Eine wichtige Frage haben wir noch nicht geklärt«, meinte Sweschnikow nachdenklich und blieb stehen. Die Augen, deren Weiß einen Stich ins Gelb hatten, weit geöffnet, sah er dem Gesprächspartner direkt ins Gesicht und formte die Lippen zu einer wulstigen Feige. Er geht der Sache auf den Grund! stellte Fjodor überrascht fest.

»Eins ist mir noch nicht richtig klar. Sie sagen, zum inneren Gebrauch. Wenn ich diesen Schlüssel, dieses Kriterium nun anwenden will. Genausogut kann ja auch das Böse sagen: Auch ich denke an so ein Kriterium!«

»Noch gar nichts haben Sie begriffen!« ereiferte sich Fjodor. »Schon daß Sie nach einem Kriterium fragen, ist das Kriterium. Sobald Sie danach fragen, wissen Sie, ob es aus ehrlicher Besorgnis oder zur Tarnung geschieht. Erst diese Besorgnis gibt Ihnen das Recht, tätig zu werden.«

»Und wenn mir klar ist, daß es nicht aus Besorgnis geschieht, daß meine Worte Tarnung sind?«

»Sobald es Tarnung ist, sind Sie innerlich schuldig. Wenn dem so wäre, wenn Sie sich die neue Sorte unter den Nagel reißen wollten, würde die Analyse der Absichten Sie nicht interessieren. Das Böse erforscht seine Absichten nicht. Es ist nur an der Taktik interessiert. Daran, wie es sein Ziel erreichen kann.«

»Meinetwegen. Aber wenn ich nun aufschreie, mir an den Kopf fasse! Ach, ich bin ja so besorgt!«

»Gerade deshalb würde ich Sie ertappen. Ihr Getue wäre Taktik, Tarnung einer bösen Absicht. Echte Besorgnis posaunt man nicht aus. Ich hab doch gesagt: Zum inneren Gebrauch. Wer ehrlich besorgt ist, schweigt. Leidet und sucht einen Weg. Wahrhafte Güte gibt sich anderen selten zu erkennen.«

»Recht diffizil, das alles.«

»Und ob! Überhaupt muß das alles noch genauer definiert werden. Ich sage ja – ein weißer Fleck. Ganze Bände könnte man darüber schreiben.«

»Alle Achtung!« sagte der Oberst und sah Fjodor anerkennend an. »Zum erstenmal begegne ich jemandem, der sich so gründlich mit den Problemen auseinandergesetzt hat, die uns bewegen. Meiner Meinung nach leiden Sie schon . . . beschäftigen Sie sich mit diesen Ideen schon an die acht Jahre. Sie sorgen sich darum.«

»Stimmt, ich sorge mich. Sie lassen mich nicht los. Und die Sorgen hören nicht auf. Weil ich einmal im Leben etwas verschuldet habe, womit ich einfach nicht fertig werde. Weil ich auch jetzt noch manches verschulde. Und, da ich eine Zukunft vor mir habe, auch künftig manches verschulden werde. Jedes Handeln, das geringfügigste Eingreifen schon hinterläßt eine Spur. Nicht umsonst heißt es: Zehnmal miß, einmal schneide.«

»Und darf man erfahren«, der Oberst musterte ihn noch immer, »darf man erfahren, auf welcher Warteliste Sie zu so einer Pelzjoppe gekommen sind?«

»Ein Geschenk vom Akademiemitglied Rjadno.«

»Er mag Sie. Warten Sie mal. Ich will Ihnen ... Da stimmt was nicht ganz.«

Der Oberst trat zu Fjodor und griff nach seiner Brust. Fjodor verfolgte die Handbewegung leicht verärgert, fast verwirrt. Sweschnikows sommersprossige kurze Finger packten mit den Nägeln etwas in der dicken Brustnaht der Joppe und zerrten daran – das Ende eines fest gewickelten Papierröllchens kam zum Vorschein.

»Sieh dir das an, es will nicht«, murmelte der Oberst, sich eifrig abmühend. »Meiner Meinung nach ein Liebesbrief. Poste d'amour.«

Er zog das Röllchen schließlich doch heraus und reichte es Fjodor, ohne es zu entfalten. Der konnte sich schon denken, was auf dem Zettel stand: Im letzten Vierteljahr hatte er zwei solcher Nachrichten in der Joppe gefunden – eine hatte er in einer Tasche ertastet, kaum daß er das Geschenk aus Moskau anzog, auf die zweite war er erst vor kurzem in einer zufällig entdeckten geheimen Brusttasche gestoßen.

»Da Sie es gefunden haben, müssen Sie's auch lesen«, sagte er etwas übereilt.

»Fjodor Iwanowitsch!« Sweschnikow sah ihn ernst an. »Ich bestehe nicht darauf.«

»Lesen Sie vor.«

»Na gut.« Der Oberst rollte das Röhrchen auf. »Das ist ja ... Oho! Also, hören Sie: ›Söhnchen, Vater sieht alles. Verrate Vater nicht.‹«

Sweschnikow konnte seine Freude über den Fund nicht verhehlen, als er Fjodor den Zettel überreichte.

»Meiner Meinung nach spürt er, daß das Kind flügge geworden ist. An Ihrer Stelle würde ich mir ernsthaft Gedanken darüber machen. Der Alte verfügt über gewisse Quellen. Er wird informiert. Das heißt desinformiert, wollte ich natürlich sagen.«

»Er hört das Gras wachsen. Dauernd bildet er sich Intrigen der Weismann-Morgan-Anhänger ein – darauf spekuliert der Desinformant. Und der Alte fällt drauf rein. Verdächtigt schon seine treuesten Kader.«

»Meiner Meinung nach hat er als Akademiemitglied genügend Lebenserfahrung.«

»In der Wissenschaft – ja. Da verfolgt er eisern sein Ziel. Im Leben dagegen ist Rjadno ganz naiv. Er ist bis heute ein Bauer geblieben. Vertrauensselig wie ein Kind.«

Fjodor ließ das wie beiläufig fallen und schritt erhobenen Haupts auf dem Pfad voran. Er spürte den befremdeten, scharfen Blick im Rücken – einen Späherblick unter mürrisch gesenkten gelb-weiß melierten Brauen.

Lange gingen sie schweigend auf dem festgetretenen Schnee der Querallee zwischen kahlen schwarzen Bäumen entlang. Mit ihnen und ihnen entgegen bewegte sich ein Strom von Sonntagsspaziergängern, aber sie nahmen sie nicht wahr. Der Oberst starrte nachdenklich auf einen Punkt. Fjodor wartete gespannt auf seinen nächsten Anlauf.

»Fjodor Iwanowitsch! Gehen Sie doch nicht so schnell. Wohin treibt's Sie denn? Wie war das mit der Sanduhr? Ihre beiden Kegel – Sie haben mir immer noch nicht erklärt, was es damit auf sich hat.«

»Ich hab doch gesagt, das sind nicht meine Kegel, sondern die von einem Bekannten. Auf solche Dinge würde ich nie kommen.«

»Das macht mich um so neugieriger. Vielleicht weihen Sie mich kurz ein?«

»Warum nicht. Die ›Sanduhr‹ ist eine graphische Darstellung unseres Bewußtseins, seiner Beziehung zur Außenwelt. Eine symbolische Darstellung natürlich. Der obere Kegel, der ins Unendliche geht und sich ständig verbreitert, ist das All, die Welt, die alles enthält außer meinem individuellen Bewußtsein. Beziehungsweise Ihrem.«

»Wieso? Sind Sie und ich denn nicht Bestandteile der Welt?«

»Natürlich sind wir das. Aber sobald ich über die Welt nachdenke, setze ich mich ins Verhältnis zu ihr, grenze ich mich geistig gegen sie ab.«

»Ach so.«

»Der untere Kegel, der sich ebenfalls ins Unendliche öffnet und keinen Boden hat, bin ich. Sie versuchen, ich merk's doch, durch den Durchlaß in die Unendlichkeit meines Bewußtseins vorzudringen, um zu sehen, was dort los ist. Aber das Loch ist eng, darum werden Sie sich nie in mein Ich hineinzwängen können. Sie wissen das, Sie haben doch schon genug Verhöre geführt. Geben Sie die Hoffnung endlich auf. Wir können auch die Rollen tauschen. Sie haben Ihren Kegel, Ihr Bewußtsein, dann bin ich ein Objekt der Außenwelt für Sie. Ich tripple im oberen Kegel am Eingang herum. Auch ich möchte in Ihr Bewußtsein vordringen, um mir Klarheit zu verschaffen. Wieso interessiert er sich so für mich? Was reizt ihn an mir, würde ich gern wissen wollen. Doch auch ich kann nicht zu Ihnen durchschlüpfen. Ich erfahre gar nichts, wenn Sie mir keinen Einblick gewähren wollen. Und wenn Sie's täten, würde ich auch nicht alles erfahren. Etwa wenn Ihnen aus Versehen eine Information entschlüpft. Aber auch dann ... In das Bewußtsein eines Einzelmenschen ist noch niemand vorgedrungen. Selbst dann nicht, wenn dieser Einzelmensch angeblich ganz im Kollektiv aufgeht. Unsere innere Freiheit ist stärker geschützt als die äußere. Dort droht einem kein Dolchstoß in den Rücken. Gedanken sind stumm für fremde Ohren. Noch haben die Technikfanatiker nicht den Enzephalographen erfunden, den sie so gern hätten. Solange sie nicht gelernt haben, unsere Gedanken und Gefühle auf ihre Lochstreifen aufzuzeichnen, so lange kann der im Verborgenen tätige gute Mensch, der bereit ist, sich den Machenschaften des Bösen zu widersetzen, unerkannt leben und wirken. Was gut und böse ist, wissen Sie ja schon.«

»Die ganze Zeit weicht er mir aus, und jetzt setzt er mich matt.«

Sie lachten beide.

»Fjodor Iwanowitsch! Das stimmt, wenn so ein Aufnahmegerät erst mal serienweise vom Fließband produziert wird, gibt es für Ihren unbekannten Soldaten keinen Platz mehr im Leben.«

Der Oberst konnte einen Gesprächspartner manchmal ansehen wie ein gutmütiger, weichherziger Provinzler. Er konnte sich aber auch im Nu ändern und hart wie Eisen werden. Auch nach seinen Worten jetzt, bei denen er Fjodor freundlich zugelächelt hatte, schien er plötzlich zur Sache zu kommen.

»Aber eins schreiben Sie sich hinter die Ohren, Lehrer. Das, weshalb ich mich für Sie interessiere, wie Sie es nennen, habe ich immerhin bekommen.«

»Keine Anwandlung von Prahlerei?« meinte Fjodor ruhig. »Die Taktik lehrt, daß es besser ist, sich einen errungenen Vorteil nicht anmerken zu lassen.«

Dem Oberst gefielen diese Worte. Er schwieg ein Weilchen, genoß die Schlagfertigkeit des anderen. Dann fuhr er fort: »Ansonsten können Sie mir glauben, daß ich meine Entdeckung niemandem mitteilen werde. Meine angenehme Entdeckung. Obwohl, Sie brauchen ja nicht Glauben, sondern Wissen.«

Er blieb stehen und verbeugte sich leicht. Auch Fjodor verbeugte sich kaum merklich. Beide gingen kopfschüttelnd weiter. Eine lange Gesprächspause trat ein. Dann blieb der Oberst abermals stehen.

»Wie ich sehe, hat auch das Böse seinen unteren Sanduhrkegel. Seinen inneren Konus.«

»Nur mit einem kleinen Unterschied, Michail Porfirjewitsch. Aber einem wesentlichen. Selbstbeobachtung interessiert einen schlechten Menschen nicht. Sein Leben spielt sich im äußeren Konus ab – unter den Dingen. Denen jagt er nach. Ihn treibt es ständig im äußeren Raum umher, er muß anderen schöne Dinge vor der Nase wegschnappen und allen zeigen, daß er ein guter Kerl, ein edler Spender ist. Doch die ganze Tarnung wird für das Gute, das ihn aus seiner sicheren Deckung heraus beobachtet, leicht durchschaubar. Wenn es begriffen hat. Wenn es zu sehen gelernt hat. Wenn das Gute diesen Unterschied begreift, ist es in einer günstigen Lage. Besonders wenn es mit genügend Geist gepaart ist. Punkt, damit schließe ich. Sie haben die ganze Vorlesung von mir gehört.«

Während ihrer Unterhaltung – die sich danach anderen anspruchsvollen Dingen zuwandte – hatten sie den Park hinter sich gelassen und auf einem schmalen Pfad eine Ecke des schon stark getauten, schwarzscheckigen Feldes abgeschnitten, waren über die bereits trockenen Brückenbohlen gestapft und schließlich auf die Straße gelangt, die zu Fjodors Ziel führte. Als sie sich dem bekannten Torbogen näherten, versuchte Fjodor sich nicht anmerken zu lassen, daß sein Weg genau dahinter endete. Ohne langsamer zu werden oder zum Torbogen hinzusehen, ging er vorbei. Dieses Manöver vereitelte Kescha Kondakow, der mit verräucherter Stimme plötzlich schallend von oben rief: »Lehrer! Lehrer!«

Er stand auf seinem Balkon über dem Rettungsring, in den himbeerroten Morgenmantel gehüllt.

»Promenieren wir mit Schülern? Wieso kommst du nicht rauf, Rabbi? Michail Porfirjewitsch, warum gehen Sie denn vorbei? Schauen Sie doch mal rein!«

Fjodor und der Oberst winkten ihm zu.

»Lehrer, komm rauf! Du kriegst ein Geschenk!« rief der Dichter ihm nach.

»Was sagen Sie zu unserem Gebietsgenie?« fragte Sweschnikow, als sie am Kulturwarengeschäft vorbei waren.

»Er macht gute Gedichte.«

»Ich fand ihn zuerst unsympathisch. In jeder Beziehung. Wegen bestimmter Dinge in seinem Privatleben. Weil er fast immer betrunken ist und so. Bis ich merkte, ganz so einfach ist es nicht. Er erinnert mich an einen Freund von mir auf unserem Hof. Einen Sechsjährigen. Haben Sie Kinder?«

»Nein.«

»Auch keine gehabt?«

»Nein. Aber ich träume von einem, einem kleinen Blondkopf. Nach dem Krieg hatte ich auf einmal solche Träume. Immer von diesem Kerlchen. Neulich wieder.«

»Ich habe auch keine. Darum habe ich mir einen kleinen Hoffreund angeschafft. Sein Vertrauen gewonnen. Einmal sage ich zu ihm: Wo warst du im Sommer? Er antwortet ernsthaft: Auf Reisen. So, wo warst du denn? Auf den Inseln des Grünen Kaps, sagt er. Unser Dichter ist auch so ein Reisender. Mal steckt er auf den Inseln des Grünen Kaps – und mal in der plattesten Realität. Ich versuche ihn dann zu sehen, wenn er auf den Inseln ist. Er hat ein ziemlich trauriges Gedicht über Schlammpfuhle und Kaulquappen gemacht. Recht kritische Selbstbeobachtungen.«

Auf dem Platz vor der Ehrentafel, an der auch Sascha

Shukows Vater streng von einem Foto blickte, verabschiedete sich Fjodor endlich von Sweschnikow und begab sich eiligst, fast im Laufschritt, zurück. Er hatte noch eine Stunde Zeit und gedachte, die Pelzjoppe zu Hause zu lassen und dafür den »Martin Eden« anzuziehen – was er auch tat. Bereits fünfzig Minuten später schritt ein schlanker, energischer junger Mann ohne Mütze und mit besorgter Miene – ein Journalist oder vielleicht Architekt – die Sowjetskaja-Straße entlang. So hatte der Lieblingsmantel seinen Besitzer verwandelt.

Er bog in eine Seitengasse ab und gelangte über einen Durchgangshof zu Lenas Haus. Diesen neuen Weg hatte sie ihm gezeigt. »Weil so was Heimlichkeit und Dunkel liebt«, war ihre Begründung gewesen. Er verzichtete auf den Fahrstuhl, lief zum dritten Stock hinauf und klingelte an der gestrichenen Tür mit der Nummer 47. Die Oma öffnete – reinlich, freundlich, an jungen Leuten interessiert und mit einem Kopf wie eine schwankende verblühte Pusteblume. Sie war klein und hatte Lenas sprechende Bewegungen.

»Guten Tag, Vera Lukinischna!«

»Guten Tag, Fedja. Legen Sie ab, treten Sie näher.«

»Ist Lena zu Hause?«

»Lenotschka mußte weg. Wir sollen ohne sie essen.«

»Aber es ist doch Sonntag!«

»Gerade sonntags hat sie immer was Wichtiges vor.«

»Dann werd ich wohl gehen.«

»Nichts dergleichen! Wir essen. Sie hat mir befohlen, Sie nicht wegzulassen.«

Fjodor gehorchte, hängte den Mantel auf, ließ sich, ohne die Dinge um sich her wahrzunehmen, am Arm in die Stube führen und fiel beinah auf den angebotenen Stuhl. Nachdem er Platz genommen hatte, schloß er die Augen und gab sich seiner Enttäuschung hin. Einmal seufzte er sogar laut. Die Oma sah ihn eindringlich an und ging in die Küche.

Du selber, du selber hast mich doch eingeladen, flüsterte Fjodor. Ist es wirklich so bei dir . . . Mußte es so kommen. Die Zeit hast doch du bestimmt. Drei Uhr. Hast gewußt, daß ich komme. Geflogen komme.

»So hören Sie doch«, sagte die Oma neben ihm. »Essen Sie die Suppe!«

Vor ihm stand schon ein hübscher alter Teller voll gelber Brühe, in der lustige rote Mohrrübenscheiben schwammen. Er tauchte den schweren, altmodischen, etwas abgenutzten Silberlöffel in die Brühe, und bald war der Teller leer.

»Und die Piroggen? Die hat sie doch extra für Sie gebakken!«

Er nahm eine.

»Fedja! Was haben Sie denn? Sind Sie krank? Warum sind Sie so mager geworden? Ich bin Ärztin, wissen Sie, so sehr abzumagern ist nicht gut, auch nicht aus Liebe.«

»Warum ich so mager geworden bin . . .«

»Essen Sie, essen Sie die Piroggen. Ich tu Ihnen gleich noch welche auf. Die schmecken, nicht wahr?«

»Warum ich so mager geworden bin . . . Daran ist zum Teil Ihre Enkelin schuld.«

»Aber sie hat's wirklich nicht leicht! Die Ärmste ist zwischen zwei Feuer geraten, sie reißt sich in Stücke.«

»Das gehört sich nicht, Vera Lukinischna, zwei Feuer auf einmal zu haben.«

»Wissen Sie, was? Jetzt hören Sie mal zu.« Die Oma saß ihm gegenüber und sah ihn, den Kopf mit dem flaumigen Haar zur Seite geneigt, traurig an. »Hören Sie zu, das gilt für Sie. *Eifersucht ist eine Leidenschaft, die mit Eifer sucht, was Leiden schafft.* Haben Sie verstanden?«

Sie hatte offenbar einen richtigen deutschen Satz gesagt. Deutlich ausgesprochene Wörter, nur ein bißchen gelispelt.

»Teilweise«, sagte Fjodor. »Es war was über Eifersucht. Und über Leiden.«

»Eben.« Sie übersetzte ihm die Redensart. »Leiden Sie bitte nicht, Sie haben keinen Grund. Essen Sie noch einen Teller Brühe, ich hol das Hauptgericht.«

Geistesabwesend aß er auch den zweiten Teller rasch leer.

»Recht so«, sagte die Oma, die eine Platte mit einem überaus leckeren Bratenstück hereinbrachte. Bei Fjodor erwachte trotz seines Kummers augenblicklich der Appetit.

»Sie hat noch einiges zu erledigen, die Arme«, sagte die

Oma, schnitt den Braten in Scheiben und legte ihm welche auf. »Ich kenne sie einigermaßen. Sie sind für Sie nicht gefährlich.«

»Vera Lukinischna, sie führt mich an der Nase rum!« schrie er fast.

»Nein! Wo denken Sie hin! Sie liebt Sie doch!«

»Sie ist Feuer und Flamme für das, was sie noch zu erledigen hat.«

»Intelligente Mädchen können sich für zwei ganz verschiedene Dinge gleichzeitig begeistern.«

Das ist es ja, dachte Fjodor.

»Das muß man bedenken. Sie können die verrücktesten Sachen anstellen. Manchmal setzen sie alles auf eine Karte.«

Eben! dachte er.

»Sie ist ein liebes Mädchen. Seien Sie gut zu ihr. Eine wie sie finden Sie nicht noch mal.«

»Aber ich werde das Gefühl nicht los . . . Eifersucht, die mit Eifer sucht . . . Ich brauche die Leiden nicht erst zu suchen!«

»Macht nichts, macht nichts. Alles halb so schlimm. Eifersucht ist Liebe. Liebe in anderer Erscheinungsform, wie ein Philosoph gesagt hat. Ein Philosoph meiner Jugend. Vergeuden Sie nicht die Zeit mit Torheiten, genießen Sie Ihr Glück und denken Sie sich nichts Schlimmes.«

Ungefähr drei Stunden lang saßen sie am Tisch und unterhielten sich. Die hagere warme Hand auf seiner großen knochigen Faust, erklärte Vera Lukinischna ihm mit ihrer sanften Stimme, Eifersucht habe auch eine gute Seite: das Bestreben, denjenigen festzuhalten, nach dem man sich verzehrt.

»Streben Sie weiter danach festzuhalten«, sagte sie. »Ich will nicht, daß Ihre Eifersucht nachläßt oder sie sich an sie gewöhnen. Das wäre ein schlechtes Omen.«

Fjodor lauschte ständig nach der Wohnungstür, ob sich nicht ein Schlüssel im Schloß drehte. Schließlich erhob er sich, er konnte nicht länger warten.

»Ich gehe.«

»Macht nichts, macht nichts. Alles wird gut«, sagte die

Oma, die ihm bis auf den Treppenabsatz folgte. Sie sah ihm besorgt nach.

Unten angekommen, blieb er auf dem Hof stehen. Die stark nach Frühling duftende Dämmerung schien ein Geheimnis zu verbergen. Er kam sich vor wie auf die sündhafte Erde herabgestiegen. Ja, dachte er, Eifersucht ist eine Leidenschaft, die absichtlich danach sucht, was am meisten Schmerz bereitet. Sein Blick fiel auf den Hauseingang zur Dichterwohnung. Rasch ging er hin. Die Stahlfeder knarrte, und die Tür schlug zu. »Fahrstuhl außer Betrieb«, las er im Vorübergehen und eilte die Treppe hinauf. An der schwarzen Tür mit den Messingknöpfen klingelte er. Der Dichter öffnete so prompt, als habe er ihn erwartet.

»Nanu, Kescha, hast du mich gesehen?«

»Gespürt. Nach den Umständen konnte ich's mir denken.«

»Na prima. Wo ist das Geschenk?«

»Nicht so eilig. Essen wir was?«

»Na gut, essen wir.« Fjodor sagte das nur, um einen Blick in die Küche werfen zu können.

Dort war alles nicht mehr so wie früher. Das Farbfoto mit der nackten jungen Schönen war verschwunden. Auch keine Schabe war mehr da.

»Wo ist Xaveri?«

»Hingerichtet, Fedja«, rief der Dichter aus dem hinteren Zimmer. Er kramte in seinem Beutel draußen am Fenster nach etwas Eßbarem für den Gast.

»Laß schon, bemüh dich nicht, ich hab's mir anders überlegt«, sagte Fjodor und ging aus der Küche zu ihm. »Ich habe schon gegessen. Wo ist denn nun das Geschenk?«

In den beiden halbdunklen Zimmern herrschte eine Unordnung, als sollte demnächst renoviert werden. Der Dichter knipste im Schlafzimmer eine große Lampe an, die grelles weißes Licht warf.

Mitten im Zimmer standen zwei Koffer. Das hölzerne Bett hatte der Besitzer auseinandergenommen, seine Teile waren an die Wand gelehnt. Die Rundungen der glubschäugigen Mädchen glänzten. Erst jetzt bemerkte Fjodor, daß Kondakow sich stark verändert hatte. Sein Gesicht war grau und aufgeschwemmt, er machte einen hilflosen und traurigen Eindruck.

»Was ist mit dir – hast du viel getrunken?« fragte Fjodor.

»Fragen stellst du . . . Atmest du Luft, wie? Oder hast du Kiemen und steckst den Kopf in den Wassereimer? Ich zum Beispiel habe innerlich Kiemen. Die muß ich regelmäßig begießen.«

Das Witzeln war ihm nicht vergangen, trotzdem war er voller Unruhe; alle Augenblicke rannte er irgendwohin. Endlich zwang er sich stehenzubleiben und sah Fjodor an, als wolle er etwas Wichtiges sagen.

»Gedulde dich mit deinem Geschenk«, meinte er schließlich. »Das läuft dir schon nicht davon.«

»Was hat das alles zu bedeuten?« fragte Fjodor und setzte sich auf einen Koffer. Er hatte den Mantel nicht ausgezogen, nur aufgeknöpft. »Hast du vor zu renovieren?«

Der Dichter starrte wie gebannt auf den Mantel, befühlte den Stoff.

»Hast du den schon lange? Verkauf ihn mir!«

»Willst du renovieren?« fragte Fjodor und betrachtete die Wände.

»Ja doch. Will ich. Hör mal, ich möchte dir das Bett hier schenken. Nach meinen Informationen kommen die Dinge bei dir in Fluß. Du brauchst das Bett. Während sich mein Leben verändert. Für immer, wie's aussieht.«

»Hast du geheiratet?«

»Nein, es ist eher eine Scheidung, Fedja. Also nimmst du's? Ich überlasse es dir komplett, mit Decke und sämtlichen Kissen. So was wegzuschmeißen täte mir leid. Wenn du mir was dafür bezahlen willst, sage ich nicht nein. Mir hat's auch mal ein anständiger Kerl überlassen. Unter ziemlich den gleichen Umständen.«

»Und wieso trennst du dich von dem guten Stück?«

»Deine Dame wird staunen. So was Komfortables gefällt ihnen.«

»Warum willst du plötzlich . . .«

»Eine Laune, eine Laune. Ich geh ins Kloster.«

Sie hat ihm den Laufpaß gegeben! dachte Fjodor. Sie betrügt nicht mich, sondern ihn.

»Sie hatte vor mir schon jemanden, verstehst du. Aber du mußt das richtig sehen – es ist jedesmal anders. Sie ist von ihm quasi zu mir gekommen. Verheiratet war sie, verheiratet. Aber auch mir ist sie bald davongeflogen. Als sie mich aus der Nähe sah, war ich nicht der Richtige. Da flog sie mir davon. Weg war sie, nur eine Feder hielt ich noch in der Hand. Das ist im höchsten Grade unschön, Fedja, kann ich dir sagen. Mehr noch, eine Folter ist es! Eine Hinrichtung! Ich hab sogar ein Gedicht darauf gemacht. Willst du's hören?«

Er rückte näher, sah zur Seite und deklamierte halb flüsternd mit rauher Stimme:

»Gleich der räubrischen Makrele
trübt' ich teuflisch einst die klare Flut.
Meine wüsten Lieder quälten
manches nackte Wesen bis aufs Blut.
Allem, was da kreucht und fleuchte,
war ich Richter zwischen Schilf und Tang.
Ahnungsloser Plötzen feuchtes
Fleisch ich nach Belieben gierig schlang.«

Hier hielt der Dichter inne und schüttelte traurig und leise lächelnd den Kopf:

»Es war einmal . . .«

Nachdem er seine Erinnerungen genug gehätschelt hatte, fuhr er fort:

»Kannte schläfrig-schlamm'ge Pfuhle,
wo im Seichten Kaulquappen gediehn.
Doch das Schicksal – falsche Buhle –
sollt mir grausam alles jäh entziehn.
Hagelsturm braust übers Haff!
Stöhnend sinkt aufs Wasser, treibt an Land
eine weiße Schwänin schlaff.
Purpurn färbt ihr Blut den stillen Strand.
Und als gälte es mein Leben,
flieg ich zu ihr, die, von Schmerz geblendet,
meinen Liedern lauscht ergeben.

Oft schon hatt ich damit Leid gewendet.
Als die Schöne war genesen,
sah sie ihren Tröster vor sich stehn:
Nur ein Schlammkrott war's gewesen,
nicht der Held, den sie im Traum gesehn.
Auf flog da die junge Schwänin,
silbrig glänzten Schwingen überm Strand ...
Einzig eine weiße Feder
fiel, noch warm von ihr, auf feuchten Sand.
Sehnsucht trieb ihn, sich danach zu bücken –
doch die Feder war schon grau und kalt.
Niemals wieder wird ein Lied ihm glücken,
und er fühlt sich arm und alt.«

Schweigen trat ein.

»Da siehst du, was für Verse man aus Kummer macht«, sagte Kescha endlich. »Silbrig glänzten Schwingen überm Strand, verstehst du? Sie ist weggeflogen.«

»Aber du lebst noch, Kescha, wie ich sehe«, bemerkte Fjodor.

»Ich werde nie wieder auferstehen. Nein. Sie kommt auch jetzt noch manchmal, kannst du dir die Folter vorstellen? Sie bedauert mich! Und ist sozusagen bereit, verstehst du ... Ich nehme sie, halte sie wenigstens im Arm. Aber es fehlt was. Was habe ich schon? Nur Federn. Gefieder halte ich im Arm, sie selbst ist ganz woanders, ist ganz und gar bei ihm.«

»Und früher?«

»Früher hat alles mir gehört. Gefieder und Seele. Allerdings nicht lange. Ein paar Tage nur.«

Kondakow nahm einen Reisigbesen und fegte das Zimmer aus. Mal zog er sein Gesicht in mürrische Falten, mal glättete er es angestrengt. Fjodor hob die Braue und betrachtete ihn von der Seite.

»Ich möcht mir den gern mal ansehn, bei dem sie jetzt ist«, sagte Kondakow und blieb vor ihm stehen. »Dem Glückspilz ein paar in die Schnauze hauen.«

Unter dem Papier, das er zusammenkehrte, war auch eine Künstlerpostkarte. Fjodor erkannte das Porträt: Es war Rachmaninow mit kurzem Haarschnitt, fast kahlgeschoren. Er zog die Postkarte unter dem Besen hervor und wischte sie mit dem Taschentuch ab.

»Die nehme ich mir.«

»Ich verschenke sie aber nicht. Nur wenn du mir was dafür gibst.«

»Aber du verschenkst doch sogar das Bett!«

»Wenn du das Bett nimmst, kannst du auch den Rachmaninow kriegen. Sonst nicht. Aber nur mit Wertausgleich. Ich habe Sommerschuhe bei dir gesehen, solche hübschen, durchbrochenen. Machen wir's dafür.«

»Die sind doch abgetragen!«

»Egal. Sie gehen noch für ein Jahr.«

»Na gut. Betrachte sie als deine.«

»Mir gefällt auch dein Sakko. ›Sir Percy‹, wie du's nennst. Was willst du dafür haben? Ich kann dir den Oscar Wilde hier geben. Zwei Bände. Warum sagst du nichts? Oder willst du Jessenin? Ist allerdings nur ein Band. Mit Birken, erste Auflage.«

»Komischer Tausch. Aber von mir aus! Für Jessenin – gut.«

»Bring erst den ›Sir Percy‹.«

»Er paßt dir doch gar nicht, Kescha.«

»Das laß meine Sorge sein. Ich nehme ab.«

Kescha zeigte sich von einer ganz neuen Seite. Er schien etwas im Schilde zu führen, einen seiner unerhörten Schachzüge zu planen.

»Du, äh . . . Sag mir, nimmst du das Bett? Keine Angst, Wanzen sind nicht drin. Wenn du nichts bezahlen willst, brauchst du's nicht, dann nimm's so. Ich sehe, du glaubst mir nicht. Hör zu, ich schenk es dir! Bin plötzlich spendabel geworden.«

Das hätte er nicht sagen sollen. Fjodor witterte sofort Heuchelei und zog sich zurück.

»Gut. Ich komme wieder und hole es mir. Danke, Kescha.«

»Kannst du nicht heute? Du sagst mir dann, wie es der Dame gefallen hat. Unbedingt! Das wird deine Bezahlung sein. Abgemacht?«

Blödmann! Wie leicht er zu durchschauen war. Seine Dame hatte ihm den Verstand geraubt.

»Nein, heute schaff ich's nicht.« Fjodor sah ihn traurig an. »Überhaupt brauch ich ja erst ein Fahrzeug. Nein, so bald wird's nichts.«

Kescha befiel Unruhe, er sah sich suchend im Zimmer um.«

»Ich muß dir doch was zum Andenken . . . Nimm die Büroklammern hier. Die ganze Schachtel. Solche hast du noch nicht gesehen. Ausländische.«

Fjodor warf ihm einen kurzen Blick zu und nahm die Schachtel. Er zog die Pappschachtel ungeschickt auf, so daß an die zehn große Büroklammern auf den Fußboden prasselten. Es waren wirklich besondere – orangerote, emaillierte. Fjodor kauerte sich hin und sammelte sie auf. Dabei dachte er: Ja, natürlich, sie hätte auch verheiratet sein können. Warum nicht. Wenn sich Menschen in unserem Alter zusammentun, bringt jeder seinen Koffer mit und keinen leeren. Man sieht da besser nicht rein. Er sammelte die Klammern auf, und Kondakow, der ihm zusah, bleckte merkwürdig grinsend die Zähne.

»Lehrer, ich weiß gar nicht, wieso ich die verschenke. Das sind keine gewöhnlichen Klammern. Mit ihrer Hilfe begreifst und schätzst du die Schönheit einer Frau besser.«

Fjodor richtete sich auf und sah ihn aufmerksam an.

»Eine Frau muß man jede Sekunde betrachten, Fedja. Stell dich auf die Zehenspitzen, als wenn du eine Lesginka tanzt, und wende den Blick nicht von ihr. Jede Frau ist ein Phänomen. Ein einmaliges.«

»Und doch steckt in allen Modigliani«, bemerkte Fjodor.

»Stör nicht!« fuhr Kescha ihn plötzlich an. »Das habe ich nie zu dir gesagt! Hör lieber zu.« Seine Stimme wurde leise. »Hör zu jetzt. Wenn sie sich auszieht . . . Wenn sie auf dich zuschreitet, wird sie die Schachtel sehen. Leg sie vorher hin. An eine gut sichtbare Stelle. Noch besser ist es, wenn du ein komisches Hündchen draufmalst. Sie wird danach greifen, unbedingt wird sie das! Schwupp, steckt sie den Finger rein. Und verschüttet die Klammern im ganzen Zimmer. Huch! Sie wird sie schleunigst auflesen wollen und darüber alles andere vergessen. Fedja! Diese Bewegungen! Sieh sie dir an! Sieh hin! Laß dir nichts entgehen. Das sind fünfzig Prozent Lebenserkenntnis! Soviel lebendige Schönheit kriegst du nie wieder zu sehen. Ein Wunder! Der Höhepunkt des Lebens! Wenn er vorbei ist, wird Leben vergangen sein. Das du nicht zurückholen kannst. Ich habe den Boden aus der Schachtel gerissen. Egal, wie sie sie dreht – sie werden immer rausfallen.«

»Das nenn ich Erfinder.«

»Du wirst dich noch bedanken, Dummkopf. Während mir nur deine Schilderungen bleiben.«

»Jetzt läßt du aber die Flügel hängen. Sie kommt doch auch jetzt noch zu dir.«

»Sie bedauert mich, hab ich dir doch gesagt. Ihr Mitleid ist nicht auszuhalten!«

»Aber du hast doch immer welche auf Vorrat.«

»Beleidige mich nicht, Fedja. Ich habe Kummer.«

»Na, wennschon – bald kommt sie wieder.«

»Ja, aber voll Melancholie. Unmöglich! Sie sagt, es gibt kein Zurück für uns.«

»Du bist mir einer! In so 'ner Situation denkst du an Tauschgeschäfte. Dein Bett willst du weggeben, Büroklammern ... Hör mal, wozu willst du mir ... wozu schenkst du mir die Büroklammern?« Fjodor konnte Kescha, der offenkundig log, nicht in die Augen sehen, sprach von ihm abgewandt.

»Brauchst du sie nicht? Dann gib sie zurück. Ich zähle bis drei: Eins! Zwei ... Sieh einer an, er behält sie! Ha! Du bist ein Verführer, Fedja. Paß gut auf und erzähl mir dann, wie die Vorstellung verlaufen ist. Erzählst es mir ausführlich.«

Fjodor hielt die Schachtel zwar umklammert wie eine Kostbarkeit, doch hatte er keineswegs vor, den Voyeur zu spielen und den Genuß, der ihn vielleicht wirklich in ferner Zukunft erwartete, so raffiniert auszukosten. Er wollte sich vielmehr eine Marter damit zufügen, von der er nicht wußte, ob er sie ertragen würde. Mit bewährter Feinfühligkeit hatte er Keschas Absichten gleich durchschaut, und die satanische Erfindungsgabe des Eifersüchtigen brachte ihn auf einen schlimmen Plan.

Melancholisch ist sie ... Aber es gibt kein Zurück! Lenotschka, ich verzeihe dir! Restlos! dachte er und steckte die Schachtel mit den Büroklammern in die Manteltasche. Doch nein – wer gibt mir das Recht, zu verzeihen oder nicht zu verzeihen. Ich bringe sie einfach dazu, daß sie lächelt, also ob nichts gewesen wäre.

Während er nach Hause ging, befühlte er indes immer wieder die vertrackte Schachtel in der Tasche.

Was für ein Alptraum, dachte er. Kescha hat die Klammern schon für seine ästhetischen ... Raffinessen benutzt. Natürlich hat sie eine Narbe in der Seele davon zurückbehalten. Sie ist doch so ein reines Geschöpf! Er spekuliert auf die Narbe, der Psychologe! Er will, daß ich das Bett als Ehebett nehme. Damit sie erinnert wird. Und ich soll berichten, welchen Eindruck es gemacht hat. Abscheulich! Kescha, was bist du für ein Sadist! Du willst dich ihr in dem »Sir Percy« zeigen, um ihre Reaktion zu beobachten! Jetzt hast du mir noch die Büroklammern zugesteckt, du Erfinder! Doch da wird nichts draus, absolut nicht!

Aber Klarheit mußt du haben, flüsterte ihm die Leidenschaft zu, die immer neue, unerträgliche Leiden schafft.

2

Als er am nächsten Tag im Gewächshaus Lena begegnete, blieb er stehen und sah sie ziemlich lange wortlos an, und sein Blick war wohlwollend-kühl, der Blick des Tizianschen Christus, der den Zinsgroschen zurückweist. Sie wurde glühend rot und stand wie angewurzelt, preßte den Blumentopf mit Erde, den sie in den Händen hielt, als drücke sie ihn an die Brust, und stellte ihn an seinen Platz. Er ging weiter, ohne sich auch nur einmal umzusehen, verließ das Gewächshaus und verschwand, wiederum ohne sich umzusehen, in der Finnhütte, in der er einen eigenen Arbeitsraum hatte. Hier gab es dreistöckige Regale, auf denen flache Glasgefäße – Petrischalen – standen, darin keimten auf Filterpapier in Wasser Kartoffelsamen. Während er die Schalen umstellte, hörte er, wie die Tür auf- und zuging, und wußte, wer hereingekommen war.

»Du Armer«, sagte Lena, umschlang ihn von hinten und schmiegte sich an ihn.

»Wieso bin ich arm?« fragte er, ohne sich umzusehen. »Wie kommst du darauf? Sieh mal – die Samen gehen auf!«

Dann drehte er sich rasch um.

»Weißt du, wobei ich mich eben ertappt habe? Ich bin fast gestorben, so habe ich gelitten, aber ich habe mir nichts anmerken lassen. In mir wollte sich schon etwas vor dir verschließen. Wenn das so weiter geht, fängt das Verstellen und Schwindeln auch bei mir an. Ich habe es eben nur mit Mühe unterdrückt, hätte mich so gern gleichgültig gestellt. Bedenke also . . .«

»Du Dummer, denkst du immer noch, daß ich dir untreu bin?«

»Untreue ist ein weit hergeholtes Wort«, sagte er mit einer etwas schiefen, wehmütigen Grimasse. »In der Liebe kann es keine Untreue geben. Liebe hat Anfang und Ende. Wenn das Ende da ist und die Liebe aufgehört hat, ist es doch egal, wohin einer geht, der nicht mehr liebt, und was er macht. Würde er lieben, ginge er nirgendwohin.«

Sie hielt ihm den Mund zu. Er nahm ihre Hand weg.

»Außerdem ist Liebe unwiederholbar. Bei einem anderen wärst du nicht mehr dieselbe wie bei mir. Von Untreue könnte man reden, wenn es möglich wäre, ein und dieselbe Liebe mit einem anderen zu wiederholen. Was mir gehörte, wird mir bleiben und sich nicht wiederholen. Bei mir bist du rührend rein. Aber in einer Umgebung, wo man über Reinheit mit schönen Worten mephistophelisch spöttelt, wirst du ebenso spötteln. Und was mir gehört, vergessen. Durchaus natürlich.«

Sie drückte ihm noch heftiger den Mund zu.

»Phantast! Was weißt du von dieser Umgebung? Gar nichts weißt du!«

»Vielleicht weißt du genausowenig über sie Bescheid. Dein dortiger Umgang kann ein ganz anderer sein als der mit mir.«

»Kannst du noch vierzehn Tage warten? Nein, besser einen Monat. So lange warte noch. Und verstell dich bitte nicht mehr. Schlag dir das alles aus dem Kopf. Kämpfe mit aller Kraft dagegen an.« Sie küßte ihn und schüttelte ihn heftig. »Wach auf, ja?«

»Natürlich!« sagte er, zuckte aber trotzdem lässig die Schultern und spielte den Tapferen. »Kann ich, kann ich. Ich werde warten . . .«

Am selben Tag sprach Akademiemitglied Possoschkow ihn im Gewächshaus an. Er nahm ihn sanft am Arm und führte ihn ein Stück beiseite. Wie immer hatte er hohle Wangen und einen gelblichen Teint, sein grauer Schnurrbart war zu einem schmalen Rechteck gestutzt. In seinem grauen Kittel sah er sehr adrett und jugendlich aus. Nur die Schatten unter den Brauen waren dunkler geworden, und in ihrer Mitte schienen zwei scheue Mäuse zu schnuppern, die sich mal hervorwagten, mal verschwanden.

»Fedja«, sagte er. »Ein kurzes Gespräch unter Männern. Du siehst schlecht aus. Hast du Unannehmlichkeiten?«

»Alles in Butter«, antwortete Fjodor. »Völlig in Ordnung.«

»Hast du eine Herzensdame?«

»Nein«, log Fjodor.

»Glaube ich nicht. Wenn du schon schwindelst und es abstreitest, stehen deine Sachen nicht zum besten. Stünden sie gut, könntest du dir's kaum verkneifen, damit anzugeben. Ich kann das nicht mehr mit ansehen. Manchmal sehe ich dich die Straße hinunter laufen. Die Sowjetskaja. Und in den Torbogen gehen. Verzweifle nur nicht. Weißt du, in solchen Fällen möchte man sich mitteilen. Scheu dich nicht, tu's. Du wirst in mir einen verständnisvollen Zuhörer finden. Zieh kein finsteres Gesicht, sondern versteh mich, Fedja. Ich zum Beispiel bin für großes Familienglück geboren, habe aber immerzu Pech. Eben weil ich so viele unglückliche Erfahrungen gemacht habe, spüre ich, daß du leidest. Wir bewegen uns nicht auf parallelen, sondern auf sich einander nähernden Geraden, und im Schnittpunkt erwartet uns eine gegenseitige Beichte.«

Fjodor wehrte Possoschkow mit dem Ellbogen ab.

»Ja, da kann was Wahres dran sein. Aber vorläufig bin ich

zu so einer Beichte noch nicht reif. Bald werde ich wohl den Kelch bis zum Grund leeren. Noch einen Monat. Dann komm ich schnurstracks zu Ihnen. Um zu heulen.«

»Mach das, mein Lieber, mach das.«

Doch er brauchte keinen ganzen Monat zu warten, und es war ein ganz anderer Kelch. Mitte April kam Lena kurz vor Feierabend wieder in die Finnhütte der Lehrgärtnerei. Sie fiel ihm um den Hals.

»Liebst du mich?«

»Wahrscheinlich«, sagte er und blickte müde.

Ohne ihn loszulassen, lehnte sie sich zurück und betrachtete ihn besorgt durch die Brille. Ihre Brauen zogen sich zusammen.

»Oma hat recht.«

»Wieder Geheimnisse! Worin hat sie recht?«

Sie ging ein paar Schritte, machte auf einem Fuß kehrt und sah nachdenklich zu Boden. Neue Hieroglyphen! Ganz allein für mich! dachte er und wagte nicht zu atmen.

Sie schmiegte sich an seine Brust und sah merkwürdig zitternd zu Boden. Er spürte das Zittern.

»Liebst du mich wirklich?«

»Ja. Schnell! Was willst du sagen?«

Sie legte den Kopf an seine Brust, als wolle sie seinem Herzschlag lauschen, und schwieg.

»Und wirst du mich lange lieben?«

»Immer.«

»Und mich niemals . . .«

»Niemals.«

»Paß auf, du.«

Sie schwiegen beide.

»Hast du deinen Ausweis bei dir?« fragte sie plötzlich und sah ihn streng und offen an.

»Nein. Wieso?«

»Ach, nur so. Den holen wir uns unterwegs. Da, sieh mal.«

Auf ihrem kleinen Handteller lagen zwei schwere goldene Ringe.

»Schenkt Oma uns. Es sind ihre und Opas. Gib mal deinen Finger. Fjodor, ich liebe dich wahnsinnig, mehr als mein Leben, und erwähle dich zu meinem Mann. Fürs ganze Leben. Wenn es dich nicht gäbe, hätte ich wohl niemanden mehr.«

Sie schnüffelte, nahm die Brille ab und trocknete ihr Gesicht an seinem Hemd.

»Steck du mir meinen auch auf. Hier auf den Finger. So. Richtig drauf. Küß mich. Gratuliert euch, junge Leute«, sagte sie, sich an die amtliche Aufforderung erinnernd, die sie mal gehört hatte, schnüffelte abermals und fing an zu lachen. »Ach, Fedja, Fedja, laß mich, ich muß mich ausheulen. Ich kann nicht aufhören.«

Sie schluchzte ein paarmal. Konnte nicht mehr lächeln, barg das Gesicht in seinem Hemd und trommelte ihm mit den kleinen Fäusten an die Brust.

Lange standen sie so, sich leise wiegend, neben den Petrischalen, bis sie allmählich wieder zu sich kamen. Dann wuschen sich beide über einem großen Emailleausguß und trockneten sich mit Taschentüchern ab.

»Was ist nun, gehen wir?« fragte sie.

»Wohin?«

»Wieso – ›wohin‹? Zum Standesamt!«

Sie zogen sich in Windeseile an, stürmten wie Schüler zur Pause aus der Finnhütte auf den leicht überfrorenen Schlamm hinaus. Lena trug einen kurzen, kniefreien Persianermantel – die Großmutter hatte ihren für sie geändert – und ein dünnes Wolltuch, das die Farbe von fettem, mit feingehackten Kräutern bestreutem rotem Borstsch hatte. Fjodor wollte sie fest unterfassen, aber über ihr Gesicht und ihre Hände huschte sofort die strenge Hieroglyphe: Warten wir noch mit der öffentlichen Verkündigung unserer Beziehungen. So gingen sie schweigend nebeneinander her.

»Oma hat's also erlaubt?« fragte er.

»Oma hat's befohlen! Sie hat mir deinetwegen den Marsch geblasen! Und kategorisch drauf bestanden, daß schleunigst geheiratet wird!«

Nachdem sie den Park durchquert hatten, holten sie Fjodors Ausweis und begaben sich rasch und frohgemut übers Feld, durch die Sowjetskaja-Straße und durch Seitenstraßen zum Kreisexekutivkomitee. Lena kannte den Weg genau.

Sie führte ihn durch einen langen Flur im Erdgeschoß, sagte: »Hier ist es!« – und dann standen sie stumm vor der verschlossenen Tür mit dem Anschlag: »Am 15. und 16. April geschlossen.«

»Na, schön«, sagte sie nach kurzem Schweigen. »Dann eben nicht.«

»Verschieben wir's?« fragte er leise.

»Nein, wozu. Wir gehen zu mir und leben zusammen. Es ist alles vorbereitet.«

»Und Oma?«

»Oma hat mir gestern ihren Segen gegeben und ist verreist. Eh sie wiederkommt, sondiert sie vorsichtig die Lage.«

Gemächlich schlenderten sie zurück. Beide wurden von Unruhe befallen. Lena steckte die Hand tief in seine Manteltasche und fing an, ihn so, durch die Tasche, zu schubsen und an sich zu ziehen.

»Offiziell heiraten dürfen wir gar nicht«, erklärte sie plötzlich mysteriös. »Wir können nicht heiraten. Du mißtraust mir.«

Stimmt, dachte Fjodor. Genauer gesagt, ich mißtraue dir nicht, sondern ich weiß, daß du mir was verheimlichst. Und schwieg als Antwort auf ihr fragendes Schweigen.

»Siehst du. Wir können's nicht. Und daß wir zu mir gehen, nehme ich ganz auf meine Kappe.«

Danach sah sie ihn an und nickte, als wollte sie sagen: Das kannst du verstehen, wie du willst. Er sagte nichts.

»Was heißt schon Standesamt?« Sie schubste ihn und zog ihn an sich. »Ich vertraue dir natürlich auch nicht. Ich weiß nur, daß du Fjodor Iwanowitsch bist. Und nehme dich ohne gesetzliche Garantie. Nehmen auch Sie mich ohne Garantie? Nehmen Sie mich? Was haben Sie da?« Sie zog die Schachtel aus seiner Tasche.

»Büroklammern«, sagte er.

Sie drehte die Schachtel in der Hand, als hätte sie sie nie gesehen, und steckte sie zurück.

Beim Anblick der Schachtel kam ihm wieder ein häßlicher Gedanke, der ihn lähmte.

»Du bist so feierlich«, sie näherte ihm ihre große Brille.

Hinter den Gläsern stand warm und schmeichelnd ihre Seele.

Heute mußte etwas geschehen. Nein, es soll Klarheit herrschen, rechtfertigte er sich in Gedanken. Wir wollen uns aussprechen und das Paradies rein betreten.

»Was für ein Paradies? Wovon redest du?«

Wie sich herausstellte, hatte er laut gedacht.

»Wir werden noch zu mir gehen müssen, um Sachen zu holen«, sagte Fjodor, als sie den Torbogen unter dem Rettungsring passiert hatten. Er wollte die Zeit anhalten, die ihn einem ungewissen Ausgang entgegentrieb.

»Das hat Zeit«, antwortete sie. »Ich habe alles da.«

»Müssen wir nicht noch was einkaufen?«

»Es ist alles eingekauft. Hast du Angst?«

Sie betraten den Fahrstuhl, und während die Kabine langsam in den dritten Stock schwebte, fanden Lenas beide Hände zu ihm unter den Mantel, legten sich ihm um die Schultern.

Die Tür zur Wohnung 47 ließ und ließ sich nicht aufschließen. Weil Lena die ganze Zeit ihn ansah. Endlich schnappte das Schloß.

»Die sind für dich«, sagte Lena und gab ihm neue himbeerrote Hausschuhe. »Die habe ich gekauft.«

Der Tisch im ersten Zimmer war festlich für zwei Personen gedeckt. Schwarz glänzte eine Flasche. In einer ovalen Schale lag unter einer gestärkten Serviette etwas Rundes.

»Ich war tagsüber mal rasch hier, um aufzudecken. Für dich und mich.«

Im zweiten Zimmer standen zwei Betten mit hellblauen Pikeedecken nebeneinander, mit den Kopfenden zur Rückwand. Neben jedem Bett war ein Nachttisch.

»Gefällt's dir?« fragte Lena und kuschelte sich in seinen Arm. »Das haben Oma und ich hergerichtet.«

»Und die Fliegen?«

»Hast du die denn nicht gesehen? Die sind nebenan. Zwischen den Fenstern.«

»Aha.«

»Und was machen wir jetzt?«

»Ich werde mich wohl erst mal ordentlich waschen.«

»Ja, tun wir das. Hier. Du kannst auch zuerst zu dieser Tür hinein. Nein? Und hier ist unser Badezimmer. Das Gas läßt sich so aufdrehen. Gehst du in die Wanne? Das ist dein Handtuch. Und das dein Bademantel. Ein Geschenk von Oma.«

Es war ein himbeerroter Frotteebademantel. Genauso einer wie der von Kondakow, nur neu.

Aus dem Badezimmer kam er, fast zweimal in den Bademantel gewickelt, den Gürtel straff um die Taille. Gleich darauf schlüpfte Lena ins Bad, machte ihm geheimnisvolle Augen, ehe sie die Tür hinter sich zuklinkte.

Langsam verrannen die Minuten. Die Fenster waren schon fliederblau. Er machte in beiden Zimmern Licht. Dann fiel ihm die Schachtel mit den Büroklammern ein, er holte sie aus der Manteltasche in das Zimmer mit den beiden reinlichen, blau abgedeckten Betten. Er hatte es nicht fertiggebracht, ein Hündchen auf die Schachtel zu malen, wie Kescha Kondakow ihm geraten hatte. Aber ganz auf dessen Idee verzichten mochte er auch nicht. Unerträgliche Vorstellungen wurden wieder in ihm wach, und mit einem haßerfüllten Blick auf die Schachtel legte er sie deutlich sichtbar auf das dreibeinige Tischchen neben der Tür. Gleich kriegst du ein Zeichen von dort, dachte er. Aus jener Umgebung, in der du verkehrst.

Bald darauf klappte die Badezimmertür, und in das Zimmer mit dem gedeckten Tisch trat mit leicht gerötetem Gesicht Lena in eng gegürtetem, lila getüpfeltem Morgenrock mit weißen Borten.

»Laß uns essen. Setz dich an die Stirnseite. Gewöhne dich an deine Stellung als Familienoberhaupt. Was meinst du, trinken wir Wein?«

»Vielleicht jeder ein Glas.«

»Ob das auch nicht schadet? Oma hat mich gewarnt. Wir werden doch ein Kind haben.«

»Aber auf das Glück müssen wir trinken. Ein halbes Glas. Komm, trinken wir auf das Glück.«

»Trinken wir. Ich denke, es wird nicht schaden. Schnell, gieß ein!«

Er schenkte Wein in die kleinen Gläser.

»Auf das Glück, Lenotschka. Du bist mein Leben. Was auch in Zukunft geschieht . . . oder schon geschehen ist. Auf dich. Darauf, daß wir von jetzt an, von diesem Augenblick an keine Geheimnisse mehr voreinander haben. Nicht die winzigsten.«

»Außer einem, Fedja.« Sie sah ihn flehend an. »Außer einem, das für dich nicht gefährlich ist. Und bald, denke ich, aufhören wird, eins zu sein.«

»Also darf auch ich was für mich behalten? Sonst hätte ich jetzt fast was gebeichtet.«

»Naa, wenn du's so möchtest. Wenn es sein muß. Ist das, was du beichten wolltest, auch nicht gefährlich für mich?«

»Nanu, eifersüchtig?« fragte er schnell. »Eifersucht, die mit Eifer sucht?«

»Eine andere Erscheinungsform der Liebe, wie Oma sagt.«

»Weißt du, mein Geheimnis ist ein Teil von deinem und besteht, solange dein Tabu existiert. Es kann etwas Schlimmes dahinterstecken, aber vielleicht ist es auch nur zum Lachen.«

»Wir werden uns doch bald alles sagen? Versprichst du's? Dann ist es gut. Gut!« Sie schüttelte heftig den Kopf, um ihre Zweifel zu verjagen. »Liebst du mich?«

»Ja«, sagte er fest.

»Und ich sterbe vor Liebe. Trinken wir auf unser Glück. Auf die Liebe.«

Langsam tranken sie den süßen, nach Erdbeeren duftenden Kinderwein.

Unaufhaltsam rückte das dem großen Augenblick vorausgehende Schweigen näher. Schon hatte Fjodor unter ihrem unablässigen zärtlichen Blick ein großes Stück Pute verspeist – das beste. Schon war der Tee getrunken. Das Hochzeitsmahl ging zu Ende.

»Und was machen wir jetzt?« fragte sie, und ihre Stimme erstarb zum Flüstern. Sie sah ihn an. Die entscheidenden Worte zu sprechen war Männersache. Und er sprach sie: »Gehen wir rüber?«

»Das müssen wir wohl.«

Sie gingen ins andere Zimmer. Fjodor lächelte ihr zu.

»Gehen wir ins Bett?«

»Das müssen wir wohl. Leg dich schon hin, ich bin gleich wieder da.«

Sie ging hinaus. Er zog ungeschickt die Pikeedecke von dem einen Bett, so daß eine hübsche Plüschdecke – eine weiße mit grünen Tannen und Hirschen – zum Vorschein kam. Er warf den Bademantel auf den Nachttisch und legte sich hin, versank in der nach Toilettenseife duftenden, ungewohnt weichen Kühle.

Was brauche ich? dachte er. Eigentlich brauche ich doch nur wenig. Daß der kleine Blondkopf endlich aufhört, nur ein Traum zu sein, und daß der allervertrauteste Mensch bei mir ist. Sie, die jetzt dort draußen steht. Die Mutter des Kleinen. Die nichts vor mir verheimlicht. Dann fürchte ich weder Tod noch Teufel. Mein Junge soll von klein auf lernen, schöne Worte zu durchschauen und nicht auf sie reinzufallen, herzlich zu lachen und sich vor nichts zu fürchten. Und sich vor alldem zu hüten, das diesen eigenartigen, bleibenden Gesichtsausdruck hervorruft: So als ob man an etwas Widerlichem gerochen hätte.

Plötzlich war ihm, als erwachte er. Die Tür war aufgegangen. Eine strahlende junge Frau im langen Nachthemd mit rosa Schleifen stand auf der Schwelle. Die Brille hatte sie abgenommen. Das gelöste dunkle Haar fiel ihr locker auf die Schultern.

»Wer ist denn das?« Er rutschte im Bett zurück. »Eine Neue! Wie heißen Sie?«

»Hast du mich nicht erkannt?«

»Lenotschka, Gott hat nicht diese unbekannte Schöne für mich geschaffen, sondern dich. Und das wunderhübsche Nachthemd muß ich extra bewundern. Hat Oma es dir geschenkt?«

Sie nickte, und beide lachten.

»Zieh's aus. Fürs erste Rendezvous.«

»Kann ich's nicht lieber anbehalten?«

»Du und ich sind ein Fleisch. Ich will dich ohne sehen. Du bist schöner als das Hemd.«

»Vielleicht später?«

»Nein, heute! Jetzt!«

»Gut.« Sie ging hinaus.

Vor der Tür faßte sie wohl Mut – ruhig, nackt trat sie ein, drehte sich um und schloß sorgfältig die Tür. Sie hatte den Rücken, den schmalen Hals und die Schultern eines Siebenjährigen aus einer Intelligenzlerfamilie. Um so stärker überraschte Fjodor die Reife ihrer etwas fülligen, leicht rötlich getönten weiblichen Formen. Nachdem sie die Tür noch fester zugezogen hatte, drehte sie sich um und warf das Haar zurück. Ihre Brüste schaukelten und zitterten wie zwei große, pralle Trauben. Als sie den raschen Blick des Mannes spürte, preßte sie sie mitleidlos zwischen die verschränkten Arme, und nun sahen sie verängstigt und halberstarrt dahinter hervor.

»Lenotschka! Liebste, hab keine Angst vor mir. Das alles ist doch dazu geschaffen, daß sich der Liebende, der es sehen darf, daran erfreut.«

Beide versuchten ihre Verlegenheit immer wieder hinter Scherzen zu verbergen.

»Bist du denn ein Liebender?«

»Lenotschka, ich vergehe vor Sehnsucht nach dir. Ich habe nur noch fünf Minuten zu leben.«

»Und du freust dich?«

»Ich verschmachte! Komm!«

»Dann muß ich wohl«, sagte sie und zuckte kopfschüttelnd die kindlichen Schultern, eine nur für ihn bestimmte Hieroglyphe, die einen ganz neuen Kontakt herstellte.

»Ich kann trotzdem nicht. Ich mach das Licht aus.«

»Laß sein! Im Paradies war's auch hell!«

»Man müßte was vors Fenster hängen.«

»Da hängt doch schon was. Nicht nötig.«

»Was ist denn das?« Sie hielt die Schachtel mit den Büroklammern in der Hand. »Wie kommt das hierher? Hast du's mit reingebracht?«

Zerstreut wog sie die Schachtel auf der Handfläche, steckte den Finger hinein. Prasselnd ergoß sich ein orangefarbener Regen auf den Fußboden. Sie stand starr, die leere Schachtel in der erhobenen Hand. Dann kauerte sie sich nieder, um die Klammern aufzulesen. Der Höhepunkt des Lebens! erinnerte sich Fjodor entsetzt. Plötzlich zögerte sie;

die Klammern in der hohlen Hand, senkte sie den Kopf langsam immer tiefer.

»Laß das sein!« schrie er verzweifelt. »Laß sein, wirf sie weg! Denk dir nichts dabei!«

»Was hast du auf einmal?« Sie blickte verständnislos.

»Sag – hast du solche Klammern schon mal irgendwo gesehen?«

»Natürlich. Rajetschka im Rektorat hat ein ganzes Lager davon. Irgendwas ist mit diesen Klammern. Was Rätselhaftes. Na gut. Ich fege sie später auf.«

Sie erhob sich. Die Klammern hatten ihr alle Scheu genommen. Wie ein weißes Hermelin glitt sie zu ihm unter die Decke. Fjodor griff nach ihr, aber sie wich ein wenig zurück, streckte sich aus und schwieg.

»Ich muß dir noch was sagen.«

»Brauchst du nicht. Sag nichts. Ich weiß alles.«

»Was weißt du?«

»Du brauchst nichts zu sagen.«

»Doch, ich muß. Manche sehen das merkwürdigerweise als Makel an.«

Jetzt kommt es, dachte er matt und resignierend. Aber gleich darauf ermannte er sich: Unmöglich, es geht nicht! Lieber will ich im Ungewissen bleiben!

Er hielt sich die Ohren zu und bewegte die Finger zusätzlich in den Ohren, um ja nichts zu hören. Er schloß die Augen, sah aber trotzdem unter den Wimpern hervor, wie sich die kindlichen Lippen bewegten und sie ihm dabei mit gespreizten Fingern das Brusthaar zauste. Sie beichtete ihm etwas, gestand ihm eine Sünde. Schließlich blickte sie seufzend auf, lächelte schuldbewußt. Plötzlich wurde sie gewahr, daß er sich die Ohren wirklich fest zuhielt. Lachend kitzelte sie ihn, packte seine Hände und riß sie ihm von den Ohren.

»Du hast gar nicht zugehört! Aber du mußt es doch wissen.«

Sie ließ die Hände nicht los und blies ihm direkt ins Ohr: »Uch bun une ulte Jungfur!«

So klang es. »Ich bin eine alte Jungfer! Weißt du, was ich bin? Eine blaßblaue Jungfernfliege, bloß eine alte. Siehst du denn nicht, daß ich ganz lang und durchsichtig und blaßblau bin! Na? Mußte ich dir das denn nicht sagen?«

Sachen gibt es. Er fuhr sich mit der Hand übers Gesicht, um die tagelange Halluzination abzustreifen. Sein Blick hellte sich auf. Er lächelte froh, es wurde sein schönstes Lächeln, und Lena, die die Veränderung in seinem Gesicht bemerkte, zog es zu ihm.

Um Mitternacht waren sie Mann und Frau. Neben ihm liegend, betrachtete sie mit übertriebener Aufmerksamkeit ihre Finger – auch das war eine Hieroglyphe.

»Ich hatte mehr von dem Ereignis erwartet«, sagte sie. »Eine Operation ohne Narkose.«

Er wollte etwas sagen, beherrschte sich aber, küßte sie nur sanft.

Ein ungewolltes zärtliches Auflachen verriet ihn.

»Was ist es, was wolltest du sagen? Rück schon raus.«

»Ich wollte sagen: Eine Wissenschaftlerin ist immer auf ihrem Posten.«

»Na und? Ist doch richtig so.«

»Red keinen Unsinn, alles ist, wie's sein soll. Ich bin zum Beispiel glücklich. Endlich gehörst du mir.«

»Meinst du?«

»Die Erwartungen werden sich erfüllen.«

»Glaubst du? Interessant. Halt mich nur gut fest.«

»Die Erwartungen werden sich morgen erfüllen.«

»Morgen – nein. Morgen lasse ich mich krank schreiben. Mal sehen. Ich muß ja das Kind zur Welt bringen. Unser Verhältnis vorher hat mir besser gefallen. Von dem Morgen an, als ich Kaffee kochte. Erinnerst du dich noch an die Potentilla tormentilla?«

»Natürlich. Und erinnerst du dich an meinen unglückseligen ersten Kuß?«

»Und ob! Je weiter ich zurückdenke, um so schöner ist es! Ich weiß nicht, ist es möglich – daß das ganze . . . Präludium jetzt verblaßt? Eine Dame mit Erfahrung sagt zwar, daß das alles verdrängt. Sie sagt, das kann einen völlig beherrschen. Es wäre traurig, wenn es so wäre. Ich kann mir das nicht vorstellen . . .«

Am Morgen wachten sie auf, sahen einander an und gerieten plötzlich in einen Freudentaumel. Sie stürzte sich mit einem Kissen auf ihn, er brüllte, beide wälzten sich aufs Nebenbett, das die ganze Nacht unter der Pikeedecke geblieben war. Nicht jedem mögen die unglaublichen Kindereien eines jungen Ehepaars, der vor Glück übergeschnappten ersten Paradiesbewohner, verständlich sein. Aber wenn es einen Gott gibt und er obendrein Menschengestalt hat und sehen, hören und reagieren kann, dann ist er Zeuge seltener Geschehnisse geworden. Gesehen hat er natürlich nichts, denn er hat sofort die Augen niedergeschlagen. Aber was er gehört hat, was er gehört hat!

Unter anderem dies:

»Renn nicht so, ich kann nicht so schnell. Du weißt selber, warum. Und guck nicht so. Laß mich dich lieber ansehen. Steh still, beweg dich nicht, ich geh mal um dich rum. Du siehst gar nicht schlecht aus! Ziemlich mager, aber mir gefällt das. Warst du da verwundet? Wie schrecklich. Darf ich's anfassen? Entsetzlich! Mit dem Loch in der Brust hast du auf dem Schlachtfeld gelegen? Und keiner war da? Och, noch eine Narbe. Und was für eine. Hinkst du deshalb manchmal? Im ganzen gefällst du mir. Du bist ein Held. Aber noch dünner werden darfst du nicht. Komm, wir essen die Pute auf.«

Danach sprach der Mann.

»Nein, die kommt nachher. Jetzt laß mich! Bleib mal still auf einem Fleck! Ich will dich angucken. Du bist schön! Küß mich. Meine Schöne! Das bist du? Ich habe nie solche Vollkommenheit gesehen! Himmel, ist das wirklich meine Frau! Wirklich für immer! Zieh dich doch nicht an, geh ein paar Schritte! Lauf ein Stück!«

»Fjodor, das Laufen fällt mir doch so schwer. Ich krieg doch ein Kind!«

Ich stelle mir Gott vor, wie er das alles hört. Er lächelt, er ist gerührt. Vielleicht aber auch ein bißchen traurig. Weil er dem Menschen das Allerschönste geschenkt hat, das er selbst nicht besitzt, nie besessen hat und nie besitzen kann.

Woraus ich schließen darf, daß das größte Heiligtum, die größte Kostbarkeit im All die für Liebe und Leid empfängliche reine Menschenseele ist.

Halb angekleidet – er in Unterwäsche, sie im Morgenrock – saßen die Jungvermählten lange am Tisch und aßen die Pute auf. Eine knusprige Keule ließen sie trotzdem übrig, damit Fjodor tagsüber nach Hause laufen und Mittag essen konnte. Nach dem Tee sah er auf die Uhr und zog sich an – er mußte zur Arbeit. Sie umhalste ihn, hängte sich mit beiden Armen an seine Schulter und sagte, sie würde wahrscheinlich den ganzen Tag zu Hause liegen und sich krank melden. Er wollte den Besen nehmen, um die Büroklammern aufzufegen, aber Lena nahm ihm den Besen ab.

»Später. Ich leg mich eine Weile hin, dann mach ich das schon.«

Da überlegte er kurz und sagte: »Vielleicht sollte ich dir mein Geheimnis verraten. Damit mein Gewissen mich in Ruhe läßt. Die Büroklammern hat mir unser Dichter geschenkt.«

Und unter schuldbewußtem Blick enthüllte er ihr seine ganze Leidensgeschichte – erzählte, wie er bei Kondakow einzudringen versucht hatte und dem Namensvetter begegnet war, erzählte vom Schachspiel, von den durchbrochenen Schuhen, vom »Sir Percy«, von dem geschnitzten altertümlichen Bett und den Büroklammern.

Lena ließ gleich seine Schulter los.

»Und das hast du geglaubt! Entsetzlich! Sieht dir gar nicht ähnlich!«

»Lenotschka, du siehst das von Belinskis Warte aus, der Eifersucht als ein niederes Gefühl betrachtete. Betrachte es mal von Omas Warte. Es war fast sicher, daß ich dich verlor. Du bist doch zu ihm gelaufen. In diesen Hauseingang.«

»In welchen Hauseingang?« Sie errötete tief. »Großer Gott! Du hast gesehen, wie ich ... Daß du nicht gestorben bist.«

»Wär ich vielleicht auch. Aber vorher habe ich noch einiges angestellt.«

»Wie recht Oma hatte! Den ›Sir Percy‹ gib ja nicht weg, der gehört mir, ich liebe ihn. Ach, daß ich dich so lange gequält habe!«

»Das tust du ja auch jetzt noch.«

Sie hängte sich abermals schwer an ihn.

»Schon gut. Du kriegst nichts aus mir raus. Wenn die Zeit ran ist, erfährst du alles.«

Ein Geheimnis hatte er ihr ja auch nicht enthüllt – seine Abmachung mit Iwan Iljitsch Strigaljow. Sie betraf Lena nicht und war so ernst und von so großer Bedeutung, daß er in dem Zusammenhang kein einziges Mal an Lena gedacht hatte. So als gäbe es sie gar nicht.

Um zwei Uhr kam er zur Mittagspause nach Hause. Mit seinem Schlüssel schloß er die Tür auf und rief, während er den Mantel aufhängte: »Fra-uu! Frauchen! Gattin!«

In der Wohnung blieb alles still. Er stürzte ins erste Zimmer. Nein, er hatte seinen Kelch noch nicht geleert, wie sich zeigte. Der schien bodenlos zu sein. Er sah den Tisch, mit nur einem Gedeck darauf. Neben dem Teller stand ein in der Mitte gefaltetes weißes Blatt Papier: »Iß ohne mich. Bin bald wieder da. Küßchen.«

Er setzte sich ans Fenster und wartete. Wartete vierzig Minuten, eine Stunde, anderthalb und flüsterte: »Das hätte sie nicht tun dürfen.«

Dann sprang er auf, ergriff den Mantel, knallte die Tür zu, lief die Treppe hinunter und raste über den Hof und die Straße zurück zur Lehrgärtnerei.

In seinem Zimmer in der Finnhütte stand Krasnow und betrachtete nachdenklich die Petrischalen und die langen schmalen Kästen mit Erde auf dem Gestell. Fjodor war klar, daß der Sportler die Petrischalen nur zum Schein betrachtete. Er konzentrierte sich vielmehr darauf, den Mastdarm einzuziehen und lockerzulassen und zu zählen.

»Pflanzen Sie schon in die Kästen aus?« fragte Fjodor.

Krasnow nickte – er fürchtete, sich zu verzählen.

»Sind das die Samen?«

»Hm.«

»Hat der Alte was verlauten lassen?«

»Fünf Päckchen hat er mitgenommen, eins sollte ich aussäen.«

»Haben Sie die Blashko nicht gesehen?«

»Die ist heute nicht gekommen. Die Aspiranten haben sie gesucht.«

Als er nach der Arbeit die Tür der Wohnung 47 öffnete, kam Lena ihm liebevoll und sanft entgegen.

»Warum hast du nicht gegessen?«

»Wo bist du gewesen?«

»Zwing mich nicht, darauf zu antworten. Tu's nicht, ja? Ich will dich nicht belügen.«

»Gut.«

Er schwieg. Sie wich ihm nicht von der Seite. Sie hatte sich neuerdings angewöhnt, ihn lange und durchdringend anzusehen. Außerdem: Wenn sie in seiner Nähe war, lehnte oder hängte sie sich absichtlich an ihn. Als sie einmal zusammen ans Fenster gingen, trat sie ihm plötzlich – mit Absicht – kräftig auf den Fuß, erhaschte seinen Blick und sagte: »So lächle doch mal, sonst geh ich noch ein. Zum Fürchten, wie du guckst. Lächle, hörst du nicht! Ich lebe von einem Lächeln von dir zum andern.«

An dem Abend gingen sie früh ins Bett. Ihre zweite Nacht war gekommen. Lange schwiegen sie. Dann sagte sie: »Hast du etwa vergessen, daß deine Frau neben dir liegt, die dich leidenschaftlich liebt? Küß sie doch mal. Noch mal . . .«

»Du mit deinen Schwindeltheorien«, sagte er und umarmte sie. Lena lächelte glücklich.

Männer bedenkt die Natur im Leben freigebiger als Frauen. Viele kosten dieses Privileg auch hundertprozentig aus. Ein wahrer Mann aber muß noch eine Stufe höher steigen – zum Superprivileg. Es besteht darin, sich von Zeit zu Zeit etwas – zudem Wesentliches – zu versagen. Natürlich zum Besten seines benachteiligten Freundes, der sich das nicht anmerken läßt – der Frau. Nicht leichtfertig über die Wiese der Genüsse zu rutschen ist das Höchste.

Anscheinend ist das ein Naturgesetz. Fjodor dachte an nichts dergleichen, aber die Elementargewalt des Gesetzes lebte in ihm. Mitten in der Nacht sah er, wie sich ein Schatten düsteren Grolls auf Lenas Gesicht legte, wie sich ihre zornigen Brauen fest zusammenzogen, die Lippen zusammenpreßten. In diesem Augenblick hatte sie sich in sich selbst zurückgezogen, war ganz mit sich allein. Durch die geschlossenen Wimpern bemerkte sie seinen Blick voller gierigem und etwas erschrockenem Interesse, drückte ihm mit schwachen Fingern die Augen zu und schob ihn fort. Wenige Augenblicke später lachte sie unbeschwert auf, küßte ihn und verkündete glücklich: »Es hat alles verdrängt! Stell dir vor, es hat alles verdrängt.«

Mit kindlichem Staunen und der Neugier der Wissenschaftlerin verfolgte sie den Einzug der dunklen Macht in ihr Leben. Trennte sich nicht mehr von ihr, gab sich mit jeder Nacht mehr dieser Leidenschaft hin, und die Nächte verflogen eine nach der anderen; einander unähnlich, erschrekkend neu, nahmen sie manchmal auch vom Tag Besitz. Fjodor, der Lenas Entwicklung mit unwillkürlicher Scheu beobachtete, fürchtete schon, sie werde sich demnächst auch für andere Männer interessieren.

Dann kam ein Abend, es war der letzte Sonnabend im April. Sie lagen halb angezogen auf seinem Bett, und plötzlich spürte er, daß Lena nicht bei ihm war, daß ihr ungeahnt vielfältiges, holdes Wesen, das er so liebte, woanders war. Ganz unverhofft und unverblümt löste Lena sich sanft aus seiner Umarmung und sah auf die Uhr.

»Du bist nicht bei mir«, sagte er stöhnend und wandte sich ab. Sofort überhäufte sie ihn mit Küssen.

»Bin ich jetzt etwa nicht bei dir?« Sie schmiegte sich wieder und wieder an ihn.

»Nur der Körper, nur der Körper! Die Hülle!« Er sah ihr forschend in die Augen und fügte deutlich hinzu: »Nur das Gefieder! Einzig eine Feder fiel auf feuchten Sand . . .«

»Nichts verstehst du. Sag, bist du glücklich mit mir?«

»Nicht ganz.«

»Aber ein kleines bißchen doch. Ja? Und eben das darfst du nicht aufs Spiel setzen. Ich gehe jetzt für zwei Stunden weg. Bleib du liegen, schlaf von mir aus. Aber daß du mir nicht nachgehst. Bewahre dir, was du hast. Es ist mehr, als du denkst. In Ordnung? Ach, ich bin schon spät dran!«

Sie machte sich sacht von ihm los, sprang aus dem Bett und zog sich eilig an.

In den Fenstern stand bereits das Blau der Frühlingsnacht. Lena winkte ihm zu und ging. Zurück kam sie nicht nach zwei, sondern erst nach vier Stunden. Sie sah ihm ins Gesicht, ihre Miene verdüsterte sich.

»Schon gut. Ich will versuchen, seltener hinzugehen.«

Das war am Sonnabend. Doch bereits am Sonntag mußte sie, als sie eine halbe Stunde einkaufen war, eine neue Einladung erhalten haben. Fjodor spürte das sofort. Gegen Abend verstärkte sich sein bedrückendes Gefühl – sie sah mitunter heimlich auf die Uhr, rang einmal auf dem Korridor verzweifelt die Hände.

»Ich leg mich hin«, sagte er und tat, als unterdrückte er ein Gähnen. »Belemmert, daß wir morgen wieder arbeiten müssen. Kommst du auch?«

»Mach dir's bequem, ich wasch noch ein bißchen. Leg dich hin, ich komme bald.«

Er zog sich aus, legte die Hose säuberlich über den Stuhl, hängte das Hemd auf. Griff nach der Zeitung und raschelte laut damit. Er gähnte wieder, ließ die Zeitung fallen, drehte sich auf die Seite und vergrub das Gesicht ins Kissen.

Wenn du mich fortwährend hintergehst ... Er kniff die Augen zusammen, sie sollte denken, er schliefe. Im anderen Zimmer waren leise Schritte zu hören – sie trat an die Tür und sah herein. Ging ins Badezimmer und ließ einen mächtigen Strahl Wasser rauschen. Dann schien ein Lüftchen sein Gesicht zu streifen – sie trat unhörbar näher, um nach ihm zu sehen.

Großer Gott, das ist meine Frau! dachte er. Wie geheimnisvoll die Menschen voreinander tun! Wann endlich nimmt dein mysteriöses Leben ein Ende? Jetzt zum Beispiel denkst du an alles andere, bloß nicht an mich – vielleicht sogar an einen anderen. Und gestern, erst gestern, was war da? Gestern warst du nur kurze Zeit schwach, als wir uns liebten. Auch gestern warst du in Gedanken nicht bei mir, sondern bei dem, was dich momentan bewegt. Leider geht die Schwäche schnell bei dir vorüber, dann siehst du schon wieder auf die Uhr. Auf den Fußboden sollte man sie schmeißen. Nein, das muß ein Ende haben. – Er bemühte sich, still und gleichmäßig zu atmen. – Du bist ertappt, bist ertappt, liebes Kind.

Das Wasser im Badezimmer rauschte laut. Er hob vorsichtig den Kopf. Lena war nicht da. Bestimmt ist sie schon auf der Treppe, dachte er. Er sprang aus dem Bett, kleidete sich mit exakten, raschen Bewegungen an, fuhr in die Hausschuhe. Auch auf dem Korridor war sie nicht. Er warf sich den »Martin Eden« über, öffnete geräuschlos die Wohnungstür. Weit unten klapperten ihre flinken Absätze. Die Haustür schlug zu. Ohne die Wohnung abzuschließen, sauste er in riesen Sätzen treppab, öffnete die Haustür einen Spalt breit. Lena hatte sich seine blaue Wattejacke umgehängt und lief leichtfüßig in der Dämmerung über den Hof, zu dem bekannten Hauseingang. Die Türfeder knarrte. Lena blieb kurz stehen und sah zurück zu den Fenstern und der Hoftür des eigenen Hauses. Dann verschwand sie. Die Tür hielt den Moment mit schwerem Klappen gewissermaßen fest, setzte einen Schlußpunkt.

Er rannte über den trockenen Asphalt des Hofs. Äußerst behutsam überlistete er die Türfeder und schlüpfte ohne das geringste Geräusch ins Haus. Ihre langsamer gewordenen Schritte verhallten weiter oben. »Fahrstuhl außer Betrieb« las er flüchtig und sprang, zwei Stufen auf einmal nehmend, im Takt ihrer Schritte die Treppe hinauf, begleitet von der rachsüchtigen Hoffnung: Jetzt klären wir, bei wem du dauernd steckst. Danach sprechen wir uns ein für allemal aus, und du hörst für immer auf, deine Schwindeltheorie auf mich anzuwenden. Es wird nie wieder weiße Flecke bei uns geben. Falls überhaupt noch was bleibt zwischen uns.

Da war schon der dritte Stock, die bekannte Tür mit den Knöpfen. Lenas Schritte waren weiter oben zu hören. Fjodor eilte geräuschlos noch eine Etage hinauf. In den himbeerroten Hausschuhen lief es sich wunderbar leise! Jetzt blieb Lena stehen, wohl im fünften Stock. Er hörte sie freundlich reden. Jemand antwortete – die Stimme eines noch sehr jungen Mannes. Wieder ihre Schritte. Eine Tür seufzte leise und schnappte zu, und alles wurde still. Fjodor stürmte in wenigen Sätzen drei Treppenfluchten hinauf. Auf dem Treppenabsatz oben saß ein Paar auf dem Fensterbrett: ein Mädchen und ein blonder Mann. Sascha Shukow! Fjodor nickte ihnen zu. Die beiden sprangen verspätet vom Fensterbrett, riefen ihm etwas nach, aber er riß bereits die merkwürdigerweise unverschlossene Tür auf und lief in die Diele, die ebenso klein war wie bei Kondakow. Hier war schummeriggelbes Licht, vorn gähnte schwarz eine halboffene Tür. Drinnen im Zimmer war es dunkel. Eine Männerhand in schwarzem Jackettärmel griff nach der Klinke und schloß die Tür von innen.

Fjodor klinkte gleich wieder auf und blieb auf der Schwelle stehen. In der schwarzen Finsternis, die sich vor ihm auftat, sah er nichts als ein bläulich helles Quadrat, in dem sich etwas Verschwommenes bewegte. Leise surrte ein Vorführgerät. Man sah sich einen Film an.

Fjodor spähte nach vorn. Auf der bläulichen Leinwand bewegte sich so etwas wie zwei sanft umhertastende graue Finger. Dann schienen durchsichtige Hände die grauen Finger zusammenzufügen, und sie hafteten aneinander. Den Kontakt mühsam lösend, fanden sich zwei Gebilde aus jeweils drei Fingerspitzen zusammen, doch die durchsichtigen Hände trennten sie mit sanfter Grazie erneut. Teufelsspuk, dachte Fjodor, und im gleichen Moment verstummte das Gerät, die Finger hielten in der Bewegung inne, und die Leinwand wurde dunkel.

»Genossen! Bei uns ist ein Fremder!« rief die Jungmännerstimme. »Da steht er, an der Tür.«

Sofort kam Lena aus dem Dunkeln zu ihm gestürzt, er sah ihre Brille und dahinter unsicher forschende Augen. Sie stemmte ihm beide Arme gegen die Brust. Er schob die Arme weg.

»Was machen denn Unsere? Wozu sitzt Sascha da?« empörte sich jemand. »Macht Licht!«

»Auf keinen Fall!« ertönte eine gebieterische, klirrende dünne Stimme, die einem sehr kleinen Mann zu gehören schien. »Das geht nicht, machen Sie kein Licht. Dann sieht er ja alle!«

»Guten Tag, Natan Michailowitsch!« sagte Fjodor in die Dunkelheit hinein.

Ihm war nun alles klar. Hier fand eine geheime Zusammenkunft des Nests statt, nach dem Akademiemitglied Rjadno bisher vergebens geforscht hatte, und man sah sich einen verbotenen wissenschaftlichen Film an. Das sind doch Chromosomen! Eine Zellteilung! erriet er.

»Ich verbürge mich für ihn, Kollegen.« Lena kehrte ihm

den Rücken zu, stellte sich gleichsam schützend vor ihn. »Es ist mein Mann. Mein eifersüchtiger Mann. Er ist mir nachgerannt. Bist am Ziel, lieber Mann. Ich war's, die diesen prächtigen Schweif hinter sich hergezogen hat.«

»Wenn sich Ehegeschichten mit der Arbeit vermengen . . .« gab die dünne sarkastische Stimme von Professor Chejfez nochmals zu bedenken.

»Genossen! Auch wenn er der Mann unserer wissenschaftlichen Sekretärin ist«, ertönte ein strenges Mädchenorgan, »muß ich trotzdem an unsere strikte Abmachung erinnern. Um unsere Seminare zu besuchen, ist eine Bürgschaft zu wenig.«

»Ich kann mich ebenfalls verbürgen«, meldete sich ein Tenor, der Fjodor sehr bekannt vorkam. Von der Seite trat, freundlich lächelnd, Krasnow aus dem Dunkel. »Fjodor Iwanowitsch kennen alle bei uns. Er ist eben Fjodor Iwanowitsch. Ein unbestechlicher, gerechter . . .«

»Ich bin entschieden dagegen«, ließ sich im Finstern die ruhige, wie immer mürrische Stimme Strigaljows vernehmen. »Fjodor Iwanowitsch gehört zur feindlichen Richtung. Und überhaupt kann es nicht schaden, in diesen Dingen genau zu sein.«

Strigaljow verriet in keiner Weise seine Reaktion auf die Neuigkeit, die ihn schmerzhaft berühren mußte und zudem von Lena selbst bekanntgegeben worden war. Fjodor spannte sich innerlich und lauschte, ob im rostigen Schloß nichts knirschte. Aber Obus schien Lenas offenherzige Erklärung gar nicht gehört zu haben. Er dachte nur an das Geheimnis, das ihn für immer mit Fjodor verband, und bewahrte es, indem er allen zeigte, daß er mit dem unerwarteten Gast nichts zu tun hatte und entschieden dagegen war, einen Fremden in ihren Kreis einzuführen.

»Ich gehöre genauso zur feindlichen Richtung«, beharrte Krasnow witzig. »Ihn kann man ebenso aufnehmen.«

»Sie kennen wir«, bemerkte das strenge Mädchen. »Abmachung ist Abmachung.«

»Bitte erinnern Sie sich daran, Genossen«, Chejfez' Stimme schrillte in die Höhe, »wenn die Teilnehmerzahl zunimmt, wächst auch die Basis für Befürchtungen. In jedem

Auditorium aus mehr als zwei Personen kann jemand sein, dem es Spaß macht, Denunziationen zu verfassen. Wovon sich solche Freiwilligen leiten lassen, weiß ich nicht.«

Er spielt auf meine Revision an, dachte Fjodor. Hält mich für den Hauptschuldigen an allem Unheil.

»In der Tat. Mein Leben lang denke ich über dieses Naturphänomen nach und kann keine Antwort finden«, sagte jemand von weiter hinten, offenbar an ihn gerichtet. »Das ist ein genauso immanentes Gesetz wie das Mendelsche Eins zu drei.«

Jemand von einer anderen Fakultät, dachte Fjodor.

»Erstaunlich«, klagte Chejfez im Ton eines kleinen Jungen. Er hatte sich offenbar besonnen und beruhigte sich allmählich. »Er braucht gar nicht hier zu sein, er kann in diesem Moment im Restaurant Saretschje sitzen und überbackenes Störfilet essen. Wir aber sind genötigt, bei allem, was wir tun, seine Anwesenheit einzukalkulieren. Wodurch hat er uns so im Griff?«

»Durch die Angst, durch die Angst«, antwortete eine belehrende Stimme.

»Ich bitte diese Gespräche zu unterlassen. Befassen wir uns bitte nur mit dem, womit wir uns immer beschäftigen«, gebot Strigaljow kühl und ruhig. Er hatte hier offenbar das meiste zu sagen.

»Kollegen!« begann endlich Fjodor, ins spannungsgeladene Dunkel spähend. Er war noch immer nicht zu Wort gekommen. »Kollegen! Ich muß folgendes erklären. Ich teile tatsächlich gewisse wissenschaftliche Konzeptionen nicht. Und stehe fest auf dem Standpunkt der Akademiemitglieder Trofim Denissowitsch Lyssenko und Kassian Damianowitsch Rjadno.« Damit signalisierte er Strigaljow, daß er sich ebenfalls an ihr Geheimnis erinnerte. »Ich gehöre tatsächlich zur anderen Richtung, hege aber keine feindlichen Gefühle für Sie. Und ich schwöre Ihnen feierlich: Da ich Ihre Veranstaltung nicht für gefährlich halte, werde ich nichts von dem, was ich hier gesehen und gehört habe, weitermelden. Weder mündlich noch schriftlich. Noch in Form einer Andeutung. Wie immer meine Gesinnungsgenossen hierüber denken mögen.«

»Wir kennen Sie, Sie hätten auch weniger Feuer in Ihren Schwur legen können«, sagte Strigaljow und gab Fjodor damit zu verstehen, daß er den Ton leicht verfehlt hatte, schärfere, deutlichere Worte hätte finden müssen. »Dennoch können wir Ihnen nicht gestatten . . .«

»Ich gehe gleich.«

»Soll er sich den Film mit uns zu Ende ansehen«, meinte jemand mit sichtlicher Sympathie für Fjodor. Mit Sympathie und zugleich polemisch-spöttelnd. »Das wird ihn interessieren. Als Wissenschaftler, der nach Wahrheit strebt . . .«

»Meinetwegen, dagegen ist nichts einzuwenden«, stimmte Strigaljow zu. »Fjodor Iwanowitsch hat Glück, das ist ein einmaliger Film, den so manche Doktoren und Akademiemitglieder nicht gesehen haben.« Er wurde sachlich: »Dann wollen wir ihn uns noch mal von vorn ansehen, das kann auch uns nicht schaden.«

Hinten im Raum blinkte ein Glühlämpchen auf, wie eine Taschenlampe im nächtlichen Wald. Eine Zeitlang war das Surren des zurücklaufenden Films zu hören. Etwas wurde zugemacht, etwas machte klick, dann flammte grell die Leinwand auf, und zitternd erschienen Worte eines englischen Textes. Fjodor strengte sich an – er war nicht besonders stark in Englisch. Doch da begann Strigaljow vom Platz aus mit einem Vortrag.

»Dieser Film stellt, wie gesagt, eine Höchstleistung der modernen Mikrofilmtechnik dar. Durch raffinierteste Verfahren ist es gelungen, eine lebende Zelle zu isolieren und unters Objektiv zu bekommen sowie Bedingungen zu schaffen, unter denen sie sich ganz natürlich verhält, sich weiter teilt. Farbstoffe einzugeben war nicht möglich, und trotzdem, wie Sie gesehen haben, und jetzt wieder . . . Da, Sie sehen's schon, ihre Kernstruktur. Die Chromosomen. Sie werden sie gleich in verschiedenen Stadien der Mitose sehen. Also der Zellteilung.«

Fjodor begriff: Strigaljow übersetzte das Wort extra für ihn. Das hätte er sich sparen können, was Mitose ist, weiß ich, dachte er.

»Wir haben eine Zelle vor uns. Eine lebende Amaryllis-Zelle.«

»Meines Wissens ist es aber doch Allium cepa«, wandte Chejfez mit seiner belegten Stimme friedfertig ein.

»Leider ist der Anfang abgerissen, Natan Michailowitsch. Wir können unseren Streit jetzt nicht entscheiden.«

Auf der Leinwand hatte bereits die Zellteilung begonnen. Die Chromosomen bewegten sich wie ein Knäuel grauer Würmer, gruppierten sich dann plötzlich zu einer strengen vertikalen Ordnung. Plötzlich verdoppelten sie sich – jetzt waren es Paare. Gleich darauf zog eine Kraft die Paare auseinander, die Chromosomen gehorchten, erschlafften, etwas trieb sie zu zwei verschiedenen Polen.

»Es ist dem Menschen gelungen, hinter eins der kostbarsten Geheimnisse zu kommen«, sagte Chejfez. »Wir haben eine ebensolche Tatsache vor uns wie die Bewegung der Erde um die Sonne. Und eine ebenso angefochtene.«

An der Erläuterung des Professors merkte Fjodor, daß etliche Studenten hier saßen, junge Leute, die noch an der Schwelle zur Wissenschaft standen.

»Und wenn ich so etwas gesehen habe, kann man mich nicht mehr zwingen zu denken, daß es das nicht gibt«, fuhr Chejfez fort. Seine letzten Worte galten offenbar denen, die fest Akademiemitglied Rjadnos Standpunkt vertraten.

»Natan Michailowitsch, agitieren wollen Sie bitte außerhalb dieses Raumes«, sagte Strigaljow gutmütig. »Da, sehen Sie, Genossen, jetzt wieder. Die Chromosomen haben sich getrennt und geordnet. Fertig! Eine Verdoppelung hat stattgefunden. Jetzt gehen sie auseinander. Da ist die Polarisierung schon zu sehen. Sie hat die Zellen in zwei Tochterzellen geteilt. Zwei Zellen sind entstanden, jede mit der gleichen Chromosomenzahl wie am Anfang des Vorgangs. Bitte das Gerät ausschalten. Kein Licht machen.«

Die Leinwand wurde dunkel. Strigaljow zögerte, wie um sich zu sammeln.

»Jetzt, Kollegen, bekommen Sie die Hauptsache zu sehen, derentwegen wir uns diesen Film erkämpft haben. Ihn zu besorgen war nicht leicht, es gibt zu viele Anmeldungen und nur diese eine Kopie.«

Ein Nest, dachte Fjodor. Sie haben noch jemanden weiter oben, der Anmeldungen entgegennimmt!

»Bis jetzt haben Sie hier die normale Zellteilung gesehen. Wie sie unter normalen Lebensbedingungen vor sich geht. Ohne daß sich Anomalien hinzugesellen. Sie kannten das schon von der Theorie her, haben es in Lehrbüchern gesehen. Gleich aber erleben Sie etwas, das Sie nirgends zu sehen bekommen werden. Fürs erste. Außer in diesem Raum. Ein Außenfaktor greift in den Teilungsvorgang ein. In manchen Fällen kann das ein Temperaturschock sein, in anderen ein aktives Teilchen Sonnenlicht. Oder sagen wir, ein chemischer Faktor dringt ein. In unserem Fall ist es ein solcher, der in die sich teilende Zelle eindringt. Eine sehr schwache Kolchizinlösung. Dieses Alkaloid ist in den Zwiebeln des Colchicum autumnale enthalten. Sie müssen sich ans Latein gewöhnen, das ist die Herbstzeitlose. Wir haben sie schon behandelt. Also keine synthetische Substanz, sondern ein unmittelbares Naturprodukt. Bitte Film ab.«

Die Leinwand leuchtete auf. In ihrer Mitte begann sich eine klar isolierte Zelle zu teilen.

»Hier teilt sie sich normal«, Strigaljows Stimme klang gleichsam ungehalten. »Jetzt wird Kolchizinlösung dazugegeben. Es ist schon zu bemerken: Sehen Sie, die Chromosomen spüren es, wenn man so sagen kann. Sie reagieren. Sehen Sie, wie die Bewegungen geworden sind. Nicht mehr die alte Ordnung, nicht wahr? Aber das tut nichts. Sie haben sich trotzdem getrennt, und da ist die Polarisierung. Mit Müh und Not zwar, aber sie ist zustandegekommen. Zwei normale Zellen. Ob sie allerdings normal sind, ist noch nicht bekannt. Die feinen Veränderungen werden wir später behandeln. Aber äußerlich, das sehen Sie, sind zwei lebensfähige Zellen entstanden. Jede mit der gleichen Chromosomenzahl. Die Lösung war also zu schwach. Hier noch eine Zelle. Sie teilt sich, sie teilt sich, sehen Sie? Wieder wird Kolchizin dazugegeben. Schon stärkeres, man sieht es gleich. Die Polarisierung setzt ein . . . Sehen Sie, was daraus wird! Sie bricht ab, hört auf! Sie hat nicht zur Teilung geführt. Jetzt hat sich die Zelle beruhigt. Jeder kann es sehen – eine Riesenzelle ist entstanden. Erst waren es acht Chromosomen, jetzt sind es sechzehn. Wenn sie sich färben ließen, könnten wir genau nachzählen. Aber gefärbt und gezählt habe ich mit Ihnen schon. Hier teilt sich noch eine Zelle. Und wieder das gleiche, gleich wird sich eine Doppelzelle bilden. Da ist sie schon! Sehen Sie, wie deutlich! So erhalten wir polyploide Zellen, aus denen sich dann unsere Kartoffeln mit neuen Eigenschaften entwickeln. Hier ist noch eine – sehen Sie, wie genau sich alles wiederholt! Wahrscheinlich der gleiche Alkaloidanteil in der Lösung. Schreibt euch das hinter die Ohren, Jungs. Wenn ihr jetzt in der Lehrgärtnerei Samen züchtet oder beobachtet, wie sich eure Pflanze entwickelt, macht mal die Augen zu. Um euch dieses Bild vorzustellen. Um zu wissen, was ihr tut. Nicht, um den Worten des Professors zu glauben, sondern um zu wissen, nichts als zu wissen. Wie es ein großer Gelehrter fordert, der ein sehr origineller Denker war. So. Und jetzt ist gleich zu sehen, was passiert. Da, seht – man hat Kolchizin dazugegeben, und schon geht's los. Gleich werden die Chromosomen in kleine Teilchen zerfallen. Seht ihr das Durcheinander. Das ist schon der Tod. Hier bilden sich keine neuen Zellen mehr. Hier ist die kritische Konzentration überschritten worden. Genauigkeit wird verlangt, Freunde! Genauigkeit! Auf ein Hundertstel Prozent kommt es an.«

Die ganze Zeit stand Lena neben Fjodor und hielt ihn am Arm. Als die Leinwand wieder dunkel wurde, flüsterte sie ihm im Dunkeln zu: »Geh. Warte vor den ›Kulturwaren‹ auf mich.«

Er bedankte sich auch gleich kurz bei allen, entschuldigte sich für sein Eindringen und ging. Ungefähr vierzig Minuten später riß Lena ihn fast auf dem Gehsteig um, so überraschend überfiel sie ihn von hinten.

»Na, hast du's geschafft? Hast du rausgekriegt, zu wem ich laufe? Hast du deine andere Erscheinungsform überwunden?«

»Und du – weißt du meine Heldentat endlich zu schätzen?«

»Himmel! Er ist in Hausschuhen! War es wirklich so schlimm?« Sie zog ihn in den Hof, nach Hause.

Während der Fahrstuhl hinaufglitt, schwiegen sie und hielten sich so fest umarmt wie wohl nie, seit sie sich liebten

– sie verschmolzen fast in der innig-verzweifelten Umarmung. Der Fahrstuhl hielt, sie aber standen umschlungen, mit geschlossenen Augen.

»Warum stehen wir denn noch hier?« fragte Lena endlich. Da stiegen sie aus. »Guck mal, die Tür! Sogar die Tür hast du offen gelassen!«

»Ja, meine Schuld«, sagte er. »Weil ich im höchsten Stadium der anderen Erscheinungsform war.«

»Ach, da läuft ja noch das Wasser!« erinnerte sie sich und lief ins Badezimmer, um den Hahn zuzudrehen.

Beim Teetrinken dann – jeder hatte schon eine Tasse getrunken – sagte Fjodor zu ihr: »Wir werden jedes Jahr unseren Hochzeitstag feiern. Und zwar den heutigen Tag. Den 29. April. Den Tag, an dem wir endlich mit allen Geheimnissen Schluß gemacht haben.«

»Mit allen?« Sie sah ihn rein und klar durch die Brille an. Bei ihr konnte sogar die Brille sprechen.

»Eins habe ich noch.«

»Hat es mit einer Frau zu tun?«

»Mit einem einzigen Menschen nur, einem Mann. Es ist ungefähr wie dein Geheimnis. Fast eine Kopie.«

»Ich hoffe, dieser Mann heißt nicht Kassian Rjadno?«

»Lenotschka, hab keine Angst. Nein.«

»Dann behalt es für dich. Ich will nichts weiter wissen. Um das Nest nicht zu gefährden. Ich hab schon eine Art Vogelmutter-Instinkt. Du bist jetzt ins Nest eingedrungen – meinst du, was gebessert zu haben? Du hast dir eine neue Last aufgeladen. Wie schön war es, ohne das alles . . . Auch für mich. Was soll's, wenn du die Bürde tragen willst, trag sie. Nur werden wir es beide dadurch schwerer haben. Weil es jetzt unsere gemeinsame geworden ist.«

»Wieso? Ich versteh nicht.«

»Du verstehst nicht?« Sie rückte zu ihm, lehnte sich an seine Schulter und sah ihn ernst, wie Abschied nehmend, durch die Brille an. Sie seufzte. »Gleich wirst du verstehen. Hast du gehört, was Chejfez gesagt hat? Die Basis für Befürchtungen wächst. Bei uns hören doch alle das Gras wachsen. Jeder sieht argwöhnisch auf den Nebenmann. Und der wirklich Gefährliche ißt vielleicht tatsächlich irgendwo Störfilet. Unser Chejfez verdächtigt jeden. Dich natürlich in erster Linie.«

»Also wird man jetzt auch dich . . .«

»Natürlich«, sie lächelte. »Sag, hast du wegen deines Geheimnisses erklärt, daß du fest auf dem Standpunkt stehst?«

»Nur darum.«

»Es klang echt. Du kannst das. Es war so echt und mit soviel Nachdruck gesagt, daß ich direkt erschrocken war.«

»Lenotschka! Da saß doch auch dieser . . . Spion von Rjadno!«

»Wen meinst du?«

»Na, Krasnow! Bist du nicht mit der Tumanowa befreundet? Das ist doch der, den sie ›mein Schuft‹ nennt. Oder einen ›richtigen Lumpen‹. Er drückt sich doch die ganze Zeit bei Waritschew im Rektorat und bei Kassian rum!«

»Du bist schon wie die anderen, hast dich anstecken lassen. Ich idealisiere Krasnow nicht, aber so was haben wir noch nicht an ihm bemerkt. Er ist schon ein halbes Jahr bei uns. Wir haben ihn ausgiebig überprüft.«

»Ein halbes Jahr! Kassian hat euch doch alle in der Tasche! Ich habe recht daran getan, meinen festen Standpunkt zu erklären. Es war noch nicht scharf genug, ich hätte deutlicher sein müssen. Er hat Kassian bestimmt schon von meinem Auftauchen bei euch berichtet.«

»Du irrst dich. Daß er sich dort rumdrückt, wie du sagst – es gab ja mal einen heiligen Sebastian, weißt du. Der hat sich auch rumgedrückt. Im Lager der Heiden.«

»Hat er dir das erzählt?«

»Ja, er. Ist was dabei?«

»Dann hat er der Tumanowa das historische Beispiel . . . Hat sie als Invalidin sitzen lassen und besucht sie. Erbettelt sich Geld. Frag ihn mal, wo für ihn das Heidenlager ist – bei euch oder bei denen.«

»Wir haben ihn schon gefragt. Er antwortet: natürlich bei denen. Es gab bis jetzt keinen Grund, ihm zu mißtrauen.«

»So, gab es keinen? Es wird ihn schon noch geben! Dann werdet ihr sehen, was blindes Vertrauen heißt. Ihr werdet an mich denken.«

»Ohne Risiko käme gar nichts zustande«, meinte sie mit

leisem Lächeln und legte die Hand auf seinen knochigen Unterarm.

Am späten Abend sagte er zu ihr: »Jetzt muß ich los. Zu meinem Geheimnis.«

»Komm bald wieder.« Sie umarmte ihn. »Sonst lauf ich dir nach.«

Mit elastischen und sehr schnellen Schritten – einer für ihn neuen Art zu gehen – eilte er, leicht hinkend, die Straße entlang zur Brücke, überquerte sie, bog auf den Pfad ab, der zu den Rohren führte, und klingelte drei Minuten später an Strigaljows dunkler Pforte. Der Hausherr kam sofort heraus. Er brummte etwas Freundliches, wollte ihn zum Teetrinken nötigen.

»Nein, nein«, Fjodor sträubte sich. »Raus ins Freie wollen wir gehen, wo weder Wände noch Sträucher sind. Hier lang.«

Sie gingen aufs Feld.

»Iwan Iljitsch! Ich muß Sie mit aller Entschiedenheit warnen«, begann Fjodor rasch. »Ich bin richtig gerannt hierher. Ich habe Krasnow bei Ihnen gesehen. Er ist schon ein halbes Jahr bei Ihnen! Als Rjadno mich zu Ihnen schickte, sagte er, am Institut gebe es ein illegales Nest. Woher kann er das erfahren haben? Er hat Krasnow mir gegenüber gelobt!«

Strigaljow widersprach: »Wenn Krasnow uns verraten hätte, hätte man uns längst ... Rjadno hat nichts in der Hand.«

»Er sagte, Krasnow wäre sein Mann!«

»Wir waren alle mal auf seiner Seite. Bis auf zwei, drei von uns. Offene Gegner hätte er längst ...«

»Aber er ist gefährlich! Eine völlig verkorkste Persönlichkeit. Von den eigenen Eltern hat er sich ... Er kennt Vater und Mutter nicht mehr. Er heißt Breweschkow!«

»Ja, ich habe von der Geschichte gehört.«

Fjodor fühlte, daß Strigaljows schlichte Erwiderungen und vor allem seine Gelassenheit auf ihn wirkten. Nicht, daß seine Unruhe sich legte – sie hörte einfach auf, ihn zu stören.

»Wie hat er sich bei Ihnen eingeschlichen?« fragte er.

»Wir haben ihn bei der Tumanowa kennengelernt. Die Atmosphäre dort war . . . günstig. So konnten wir ihm ein bißchen auf den Zahn fühlen. Ich merke, Sie sind sich Ihrer Sache nicht ganz sicher. Sie sind ruhiger geworden.«

»Weil ich meinen polternden Intellekt besänftigt habe.«

»Wovon reden Sie?«

»Man hat so was wie eine feine innere Stimme. Wenn man sich angewöhnt, auf sie zu hören . . .«

»Was ist das – eine Theorie?«

»Eher die Praxis. Eine Beobachtung. Ein Fakt.«

»Seien Sie unbesorgt, Fjodor Iwanowitsch. Wir haben ihn nicht sofort bei uns aufgenommen.«

»Fragen Sie mal die Tumanowa, wessen Initiative das war. Vielleicht erinnert sie sich.«

»Sehen Sie, wenn ich jetzt Maßnahmen ergreife, wird mir niemand glauben. Aber ich ahne, da ist was faul.« Strigaljow sah zur Seite, fuhr sich durchs Haar. »Jedenfalls werden wir ihn im Auge behalten.«

Am nächsten Tag gingen Fjodor und Lena getrennt zur Arbeit. Sie waren beide dafür. Fjodors Geheimnis verlangte das ebenso wie ihrs. »Heiliger Sebastian«, murmelte Fjodor, während er ausschritt. »Hast dich also eingeschlichen! Was bist du nur für eine Kreatur!«

Dennoch regten sich auch Zweifel. Es konnte ja auch sein, daß Krasnow sich mit der wahren Wissenschaft vertraut gemacht, an der Wahrheit Geschmack gefunden hatte und in ihr Lager übergetreten war. Tatsachen wie dieser Film überzeugen jeden. Wenn jemand einigermaßen denken konnte, mußte er sich sagen, daß diese Richtung am Ende siegen würde. Und weil er fraglos etwas für gute Anzüge übrig hatte und gern auf Wartelisten stand, mußte er auch etwas anderes sehen: Jeder Vorteil würde dem Sieger zufallen. Früher oder später.

Genau da liegt der Hund begraben: früher oder später, dachte er. Der Bergsteiger ist überzeugt, daß es zu spät für ihn ist, wenn er keine Anzüge mehr braucht.

In seinem Arbeitsraum in der Finnhütte lag Krasnows grauer Ball auf dem Tisch. Kim selbst stand zwischen den Gestellen am Fenster. Er hatte die Kästen mit seinen Pflanzen an den besten Platz gestellt und kam täglich mehrmals, um sich am Anblick der Keime zu erfreuen.

»Morgen!« sagte Fjodor.

Nach dem munter zwischen den Gestellen hervortönenden Antwortgruß schwieg er listig und trat zu den Kästen.

»Aha, unsere Samen! Treiben schon ein richtiges Blatt! Da, auch hier ist eins gekommen. Sieh nur, überall! Sie haben den Winter gut überstanden.« Er spannte Krasnow, den es drängte, von gestern zu sprechen, ein bißchen auf die Folter.

»Wie hat Ihnen der Film gestern gefallen?« fragte Kim schließlich.

»Ich merke, du bist auf die Fälschung reingefallen.«

Der Sportler spähte hinter den Kästen mit dem lustigen Grün hervor, sah ihn forschend an und erwiderte nichts. Ich habe wohl übertrieben, dachte Fjodor.

»Die ersten Aufnahmen, wo die normale Teilung gezeigt wurde, waren allerdings unverfälschte Natur«, fuhr er fort. »Geschickt gemacht, muß man schon sagen. Aber das mit dem Kolchizin war gefälscht. Die Engländer haben das Präparat einfach erhitzt.«

»Und die Zelle? Mit dem verdoppelten Chromosomensatz . . .«

»Die ist nicht lebensfähig.«

»Wieso . . . Und bei Obus? Die wir hier auf den Gestellen haben – im Kasten dort, von diesen Samen?«

»Ich sehe, du hast allerhand gelernt. Du bist wohl schon lange bei ihnen?«

Kim wich der Antwort aus.

»Sie glauben Ihnen auch so«, sagte er nach einer langen Pause, in der er eingehend und ernsthaft über weiß der Teufel was nachgedacht hatte. »Ihr Schwur war überflüssig. Er macht bloß stutzig.«

»Meinst du? Ist dir was aufgefallen?«

»Sie haben übertrieben. Chejfez, der mit den Studenten tuschelte, wurde sofort still. Ich kann Ihnen übrigens noch eine dritte Empfehlung besorgen. Es lohnt sich, dort hinzugehen. Es gibt dort interessante Dinge . . .«

Er klopft auf den Busch, dachte Fjodor.

»Wer hat Sie hingeschickt? Rjadno?« fragte Krasnow, ohne von seinen Pflanzen aufzublicken.

»Nein, ich bin von allein hingegangen.«

»Na ja, Sie wollen nicht sagen, wer Sie geschickt hat. Der eifersüchtige Ehemann ist Ihnen ziemlich gut gelungen.«

Er will mich festnageln, dachte Fjodor. Aber auf welcher Seite steht er?

»Ich bin wirklich ein eifersüchtiger Ehemann«, bemerkte er. »Aber dich dort zu treffen, hatte ich nicht erwartet.« Er machte ein dümmlich-schwärmerisches Gesicht. »Nein, unser Chef! Ganz schön schlau, der Alte, wie? Dir hat er auch nichts von mir gesagt?«

»Nein. Das heißt, ein bißchen was natürlich schon.«

Aha! dachte Fjodor.

»Na, ein bißchen hat er mir auch von dir ... Aber daß auch ich dort hinkomme, hat er dir das gesagt?«

»Das nicht. Und was hat er von mir gesagt?«

»So kommen wir beide weit. Was hat er dir von mir, was hat er mir von dir gesagt – das lassen wir mal. Der Alte mag das nicht. Aber die Information klappt beim Chef bestens!«

»Unser Chef ist noch der alte!« sagte Krasnow, etwas enttäuscht über das Gespräch. »Und Mitarbeiter hat er ... Der versteht Kader auszuwählen!«

»Ha, ha, ha!« rief Fjodor, ohne zu lächeln.

3

Am nächsten Sonntag – es war schon der 6. Mai – verteilte Lena am sonnigen Vormittag frischgekochte Nährlösung für ihre Fliegen auf die Reagenzgläser. Hinter der weit offenen Tür schimmerte ihr getüpfelter, eng gegürteter Morgenrock. Fjodor lag in Unterwäsche auf dem Bett, die Decke halb zurückgeschlagen, und raschelte mit der Zeitung, lugte aber die ganze Zeit dahinter hervor – er genoß es, Lena zuzusehen. Sie spürte seinen Blick, und ihre Bewegungen zeichneten in zärtlichen Wellen geheime Hieroglyphen. Die las er. Und sie wußte, daß die Zeitung durchaus nicht raschelte, weil ihr Mann sich so sehr für den nach Petroleum riechenden Text interessierte.

»Was ist bloß mit unseren Mädels los?« sagte sie plötzlich. »Sie sind völlig meschugge. Hörst du mir zu?«

»Natürlich! Ich höre dir immer zu.«

»Unsere Mädels, sage ich. Dauernd wollen sie jemanden verheiraten! Die Schamkowa wollten sie schon unter die Haube bringen. Vor einem halben Jahr nahmen sie mich aufs Korn. Damals war ein Neuer zu den Technikern gekommen. Gena. Oder Valeri, ich weiß nicht mehr. ›Aber der ist doch beschränkt!‹ sag ich zu ihnen. ›So beschränkt ist er nicht, er hat die Berufsschule abgeschlossen.‹ – ›Aber er ist sechs Jahre jünger als ich! Er riecht nach Wodka!‹ – ›Dumme Gans, sie ist noch wählerisch. Zugreifen muß man, zugreifen!‹ Das hieß, ich sollte Jagd auf ihn machen, und sie wollten mir den Mann ins Netz treiben!«

»Los, erzähl schon weiter.« Fjodor legte die Zeitung weg.

»Gestern haben sie mir zugesetzt: Trägst du da einen Trauring? Klar, sage ich. Ich bin schon einen halben Monat auf Hochzeitsflug. Du lügst! Und wo ist die Hochzeitsfeier? Wir haben das doch gar nicht begossen! Ich sage: Die Hochzeit werde ich zusammen mit der Taufe feiern. Einen Schleier setze ich mir natürlich nie auf. Aber eine kleine Feier muß ich wohl veranstalten, nicht? Für die engsten Freunde. Sobald das Studienjahr zu Ende geht, holen wir das nach.«

Fjodor war damit einverstanden. Dann schwiegen sie, und Lena beschäftigte sich wieder mit den Fliegen.

»Nein, ich wäre ewig eine Jungfernfliege geblieben«, fing sie wieder an. »Wenn ich dir nicht begegnet wäre. Und dich habe ich auch nicht einfach so genommen. Bedenke das. Sondern weil du Fjodor Iwanowitsch bist. Bist du noch Fjodor Iwanowitsch?«

Die letzte Frage traf den Kern des von ihr begonnenen Gesprächs. Den verhängnisvollen Kern. Er begriff das sofort.

Drei Tage zuvor hatte sich in Lenas Verhalten eine neue Nuance angedeutet. Die Veränderung zeichnete sich am Abend ab. Es klingelte. Fjodor öffnete und sah einen schmächtigen jungen Mann in einem irgendwie formlosen, halblangen Mantel. Er war blaß, hatte kurzgeschnittenes krauses Haar – fast ein Junge noch, ein Student wohl. Er durchbohrte Fjodor mit einem strengen Blick, zögerte ein wenig und fragte dann nach Jelena Wladimirowna. Fjodor wollte ihn in den Korridor bitten und Lena holen, aber sie erschien von allein in der Tür, schob ihn sacht beiseite, nahm den jungen Mann beim Arm und führte ihn ins große Zimmer. Fjodor ging hinterher. Der junge Mann schaute sich nach ihm um und wagte nicht, Lena den Brief auszuhändigen, den er schon aus der Tasche gezogen hatte. Lena sah Fjodor an. Kommst du wirklich nicht selbst darauf? sagte ihre gebieterische Geste, und er ging ins Schlafzimmer und schloß leise die Tür hinter sich.

Er saß im Dunkel der Abenddämmerung auf seinem Bett und starrte auf die helle Türritze, etwa vierzig Minuten lang. Dann ging die Tür einen Spalt breit auf, Lena schlüpfte herein und streckte ihm die Hand entgegen.

»Einen Bleistift, schnell, gib mir einen Bleistift.«

Fjodor gab ihr seinen, worauf sie sofort wieder verschwand. Sie achtete die ganze Zeit darauf, daß die Tür geschlossen blieb und er nicht sah, was im großen Zimmer geschah. Doch während ihrer geschickten Türschließmanöver schoß sein wachsamer Blick für einen Sekundenbruchteil eine Momentaufnahme: Mitten im Zimmer steht, hell vom elektrischen Licht beleuchtet, der fremde junge Mann und spreizt die Arme, die Schöße seines kurzen Mantels sind zurückgeschlagen, und in einem Extrafutter blitzen reihenweise Reagenzgläser mit Wattestopfen. Dieser Schnappschuß und Lenas Heimlichtuerei machten Fjodor hinreichend klar, daß sie einen mutigen, der Sache ergebenen Boten mit ihren Fliegen versorgte. Offenbar gab es in einer anderen Stadt ein weniger gut ausgestattetes »Nest«, das Hilfe brauchte.

Er sagte Lena kein Wort von seiner Entdeckung. Aber zum erstenmal bemerkte er eine lauernde Bedachtsamkeit in ihren Äußerungen, die nicht mehr schwand. Sie beide schien eine kaum spürbare Strömung mit sich fortzutragen.

»Natürlich weiß ich«, sagte sie plötzlich an demselben Sonntag, nur ungefähr drei Stunden später – sie hatte also die ganze Zeit daran gedacht! –, »daß du du bist. Anders kann es doch nicht sein, nicht? Charakteristisch für dich ist: Du suchst die Wahrheit. Und nur sie erkennst du an. Meiner Meinung nach kann dich niemand von diesem Weg abbringen. Nicht wahr? Wohin sollte ich denn, würdest du gleich fragen. Zeigt mir, wohin ich soll. Wohin und warum? Sagt mir eure Überlegungen. Beweist es mir! So ist es doch? Und trotzdem . . .«, sie schlug gequält die Augen nieder, »trotzdem werde ich einfach nicht schlau aus dir. Wozu brauchst du deinen Kassian? Deine weißen Gewänder hast du versteckt, das ist gut. Aber wozu mußt du dich dort unter Dummköpfen und gemeinen Sklavenseelen rumdrücken, wie du's nennst? Sieh mich an. Auch ich tarne mich ein bißchen. Aber ich gehe meinen Weg.«

»Weißt du auch, wohin du gehst?« konnte Fjodor sich nicht enthalten zu fragen. Er war nahe daran, ihr sein Geheimnis zu entdecken. Ich werde mit Strigaljow reden müssen. Ich muß es ihr sagen, dachte er.

»Du hast solche Flügel, Fedja. Warum fliegst du nicht?«

»Wieso glaubst du, du könntest von mir verlangen, daß ich wo hinfliege?« fragte er und hielt sich fest im Zaum, denn sie griff die ganze Zeit an die Klinke einer verbotenen Tür.

»Es steht mir zu. Wenn ich gelernt habe, dieses Fliegen zu begreifen, und es schon Leute gibt, die fliegen, dann steht es mir zu, von dir zu verlangen, daß du fliegst. Und darauf zu warten.«

»Und wenn das unmöglich ist?«

»Dann könnte es schlecht sein.«

»Weißt du, es muß durchaus nicht sein, daß du siehst, wie ich fliege. Erinnerst du dich an Lohengrin? ›Nie sollst du mich befragen‹, sagt er, erinnerst du dich? Sobald sein Name bekannt wird, gibt es Lohengrin nicht mehr. Willst du das?«

»Hier Lohengrin, da der heilige Sebastian . . . Das bringt einen noch ganz durcheinander.« Sie lachte unsicher und fremd.

»Du fängst schon an, mich zu verwechseln, mit diesem . . . diesem . . .«

»Du hast selbst gesagt, man muß wissen und nicht glauben. Genau das will ich. Du machst mir allzu rasche Fortschritte im Mimikri. Den Eisbären verrät im Schnee nur seine schwarze Nase. Du aber hast auch die mit der Tatze verdeckt. Wie soll ich da sehen, wo der Eisbär ist und wo Schnee?«

»Das tut er, wenn er sich an eine Robbe ranpirscht.«

»Und wenn plötzlich ich diese Robbe bin? Wir kommen uns alle schon wie Robben vor.«

»Lenotschka!« Er stürzte zu ihr, umarmte sie. Sie sah ihn tapfer durch die große Brille an.

»Er sagt, du bist Kassians rechte Hand. Die unersetzlich ist.«

»Und du glaubst das?«

»Fedja! Wozu gibst du dich mit denen ab? Was hast du dort zu suchen? Wozu brauchst du dieses Amt? Sie kaufen dich doch! Vielleicht haben sie dich schon gekauft, ohne daß du es ahnst. Lohengrin ist deine Rechtfertigung, du spürst das Böse in dir und versuchst, dir die Maske des Guten aufzusetzen! Für dich selbst. Als Außenstehende sehe ich das besser. So kommen ehrenhafte Kapitulationen zustande ... Laß uns wegfahren aus dieser Stadt!«

Beide mühten sie sich, die Wand des Mißverstehens niederzureißen, doch sie wuchs immer höher.

»Laß uns wegfahren, ja?« Lena machte den letzten Versuch, sich und ihn zu retten. »Wir arbeiten irgendwo in einer Sortenprüfstelle. Gehen in Wattejacken und -hosen. Und keiner weiß, daß unter den Wattejacken versteckt die größte, treueste ... na, eben das – was Dunkelheit, Heimlichkeit und Allegorisches liebt ...«

»Könntest du deine Leute denn im Stich lassen?«

»Mein Nest, willst du sagen?« Sie schwieg, ließ den Kopf hängen. »Natürlich nicht. Werde ich auch nicht.«

»Nest ... Von mir hast du das Wort meines Wissens nicht gehört. Ein anderer hat es dir gesagt. Weißt du, von wem es stammt?«

»Hör zu, rechte Hand! Darf man denn zulassen, daß das wissenschaftliche Denken dank deinem Kassian seit Jahren stagniert! Es ist doch nicht denkbar, daß sich niemand findet, der das Wagnis auf sich nimmt, die Wahrheit zu retten, die Entdeckungen zu bewahren, die die Wissenschaft in Bewegung halten. Denn früher oder später werden ja allen die Augen aufgehen. Und was werden wir dann sehen? Einen riesigen Aschehaufen. Entsetzliche Rückständigkeit! Wie kann man das alles mit ansehen, als Wissenschaftler, der Möglichkeiten hat – und nichts tun!«

»Du willst, daß ich Vernunft annehme!« schrie er. »Genau das tu ich ja!«

»Schön, tu's. Und dieser . . . Alguacil. Was will der von dir?«

»Von wem redest du?«

»Na, von dem Rotblonden, Sommersprossigen! Man sieht euch zusammen auf der Straße. Ihr führt Gespräche.«

»Das ist ein . . . ein alter Opponent von mir für Probleme der Ethik und Moral.«

»Gib dir keine Mühe, ich weiß, wer er ist. Jetzt weichst auch du aus und lügst. Willst du's abstreiten?«

»Ich kann dir alles genau erzählen.«

Sie willigte ein und hörte sich gespannt, aber ohne sich aus seiner Umarmung zu lösen, an die zwanzig Minuten lang wortlos an, was er ihr von Oberst Sweschnikow zu berichten hatte.

»Ich merke selbst, Lena, daß die Sache nicht ganz ohne ist. Entweder belauert er mich, wittert er was . . . Das nämlich, was ich dir gern erzählen würde, aber vorläufig nicht darf. Oder auch er erkennt nur die Wahrheit an und sucht nach ihr. Und erhofft sich vielleicht Aufklärung von mir. So was hat es gegeben. Ich versuche, ihn vorsichtig aufzuklären.«

»Ja?«

»Ja.«

»Tausch mich bitte gegen niemanden ein. Und gegen nichts. Gut?«

»Lenotschka! Also was du mir jetzt . . .«

»Denn wenn das geschieht . . . Ich glaub's zwar nicht. Aber wenn plötzlich . . . Ich würd's nicht überleben! Nicht eine Stunde! Ist dir klar, was das bedeuten würde? Es würde bedeuten, daß ich nicht dich, sondern ein Idol geliebt habe, etwas, das es nicht gibt.«

Ihre Stimme wurde immer schriller. »Ich würde ohne das Idol nicht mehr leben können. Würde ihm folgen. In den Äther.«

Hier löste sich ihre Spannung. Sie hing an ihm und brach in leises bitteres Weinen aus.

»Dir muß doch einer Schlimmes über mich erzählt haben«, sagte er, die weichen dunklen Zöpfe in ihrem Nacken liebkosend.

»Alle tun das. Ach, wenn man doch alles aus sich rausheulen könnte.«

Am Abend ging er mit ihr ins Kino. Danach schlenderten sie den von Frühlingsdüften erfüllten langen Boulevard entlang, sprachen ruhig und friedlich miteinander. Nach dem Tee gingen sie ins Bett. Sie waren wieder zärtliche, ja sehnsuchtsvolle Eheleute, aber ihre Umarmungen hatten gleichsam einen bitteren Beigeschmack. Lena sah plötzlich zur Seite und sagte wie zu sich selbst: »Ja . . . Sie haben unrecht.«

»Wer hat unrecht? Worin?« Er schmiegte sich an sie.

»Ach, nichts.«

Lena sah ihn mit erloschenen, traurigen Augen an.

»Die Dame hat unrecht. Die gesagt hat, daß das alles verdrängt. Daß es einen völlig beherrschen kann. Es verdrängt zwar, aber leider nicht alles, Fedja. Wenn es so kommt wie bei uns . . .«

Die unbekannte Strömung, die sie erfaßt hatte, trug sie immer weiter fort.

In der Nacht wachte er auf. Es war gegen drei. Das Fenster schimmerte bläulich – es war noch das kaum wahrnehmbare Blau der Mitternacht. Warum ich nur wach geworden bin? dachte er. Lena schlief wie immer in seinem Bett, sie lag, als hinge sie an seinem Halse – wie sie es tagsüber oft tat.

Plötzlich hörte er beharrliches Klingelschnarren, das sich mehrmals wiederholte. Dreimal wurde sanft, aber nachdrücklich an die Tür geklopft. Und wieder schnarrte, in Abständen, die Klingel. Fjodor nahm behutsam Lenas Hand von der Schulter und ging barfuß, auf leisen Sohlen, ins Nebenzimmer. Da sauste Lena wie der Wind im Halbdunkel an ihm vorbei und band sich dabei den Morgenrock zu.

»Ich mache auf«, befahl sie flüsternd. »Bleib hier.«

Sie öffnete die Wohnungstür und schloß sie hinter sich. Draußen auf dem Treppenflur flüsterte jemand schnell und heftig. »Waas!« rief Lena, und als Antwort kam wieder ein erschrockenes, diesmal noch schnelleres Geflüster. Dann fiel die Tür ins Schloß. Fjodor machte Licht. Die Hände vors Gesicht geschlagen, kam Lena zurück. Blieb stehen, sah zur Wand.

»Sascha Shukow ist verhaftet.«

Sie warf ihm einen schnellen Blick zu.

»Sie haben ihn mit dem Film erwischt. Er wollte die Kopie von neulich nach Moskau bringen. Unter der Jacke.«

Sie setzten sich beide an den Tisch. Lena sah ihn nicht an.

»Sascha! Verhaftet! Diesen jungen Bengel. Der arme Vater!« Sie seufzte verkrampft, mit verzerrten Lippen. Unterdrückte die Tränen.

»Wohin wollte Sascha sie denn bringen?«

Das hätte er nicht fragen dürfen. Tränenüberströmt, sah sie ihn fest an. »Erlaube mir, nicht zu sagen, wohin.«

Fjodor schlug die Augen nieder.

»Begreifst du die Situation? Begreifst du wirklich nicht?« sagte sie fast stöhnend. »Ach, ich hab's ja geahnt, wohin diese Freundschaft zwischen meinem Mann und diesem Kerl von der Sicherheit führt. Ein ganzes Jahr war doch nichts, so lange, bis du . . . Folgendes: Bleib jetzt zu Hause, geh nirgends hin. Ich geh nur rasch mal . . . Ich komme bald wieder, dann reden wir miteinander.«

Sie zog sich schnell, mit heftigen Bewegungen an und schlug die Tür zu. Ungefähr eineinhalb Stunden später kehrte sie zurück. Das Blau vor dem Fenster hatte sich schon stark aufgehellt. Er saß noch genauso am Tisch.

»Setzen wir unser Gespräch fort.« Sie ließ die blaue Wattejacke auf den Fußboden fallen, setzte sich neben ihn und legte ihre kleinen, rauhen, zitternden Hände auf seine beide Hände auf dem Tisch. Hinter ihrer Brille loderten Entschlossenheit und Schmerz. Lange, rätselhaft lange schwieg sie.

»Ich bin bereit«, sagte er. »Sprich.«

»Gleich. Ich lausche der fernen Stimme. Sie sagt, daß du der bist, für den ich dich immer gehalten habe. Jetzt sehe ich nur dich und glaube das nicht, was ich alles gehört habe. Aber die Gedanken dröhnen zu laut. Ich fürchte, ich kann nicht standhalten. Du weißt ja, was für ein Nest wir sind. Hör zu, unterbrich mich nicht! Wir sind, nehmen wir an, zwanzig. Du solltest sie sehen, wenn Iwan Iljitsch ein interessantes Präparat zeigt. Ich beobachte sie immer. Alle sind zerzaust, einer knabbert an den Nägeln, ein anderer fährt sich durchs Haar. Man sieht richtig, wie's in ihnen denkt. Sie sind unser Nachwuchs! Unsere Zukunft!«

Sie hielt inne und sah ihn lange an. Er schwieg.

»Weißt du, was morgen sein wird? Morgen wird man deinen Narren, die Ausgeburt des Massenwahns . . . dein morsches Idol auf den Müllhaufen schmeißen, und dort wird er liegen und glotzen. Wie eine verreckende Katze. Gestank aber wird er noch über viele Jahre verbreiten. Im ganzen All. Dissertationen wird er schreiben lassen. Über die Besonderheiten menschlicher Gemeinschaften. Und uns als Beispiel anführen. Er hat doch sämtliche Professoren . . . Du hast ja die Anweisungen des Ministers gesehen! Hast du sie im Rektorat liegen sehen? Jahrelang hat er den Studenten an allen Hochschulen Unsinn beigebracht! Wer wird morgen die wahre Wissenschaft lehren, wer? Niemand! Und da setzen wir an – begreifst du denn nicht, wie wichtig das ist? Zwanzig Leute übernehmen je vierzig Studenten – das macht fast tausend!«

»Wozu sagst du mir das alles? Wozu agitierst du mich? Lenotschka?«

»Warte. Siehst du denn nicht, daß dein Rjadno die besten Gefühle der Menschen mißbraucht? Das ist eine unerhörte Niedertracht! Akademiemitglied des Volkes – Russenhemd, Filzstiefel . . . An die müssen sie doch glauben, an diese mit Birkenteer geschmierten Stiefel. An diesen volkstümlichen Akzent. So hat sich noch niemand maskiert. Wie sollen sie nicht daran glauben!«

»Man darf eben nicht glauben! An nichts! Und vor allem nicht an seine Redeweise und die Stiefel mit Birkenteer. Und an keine Rituale . . . An Brot und Salz . . .«

»Hör doch auf!« rief sie. »Ehe ein junger Mensch lernt, nur dem Wissen zu vertrauen, betet er tausendmal diese Stiefel an, läßt er sich tausendmal von Kassian in die Pfanne hauen. Davor rettet auch Wissen nicht, so ist das Leben! Vor den Erwachsenen her laufen die Kinder, und an die hält sich das Böse zuallererst! Alle, die sich was vormachen lassen, wollen doch ein schönes Leben für alle. Wer das nicht will, der läßt sich auch nichts vormachen! Was müssen wir also tun? Was müssen wir tun?«

»Retten, was zu retten ist.«

»Und was gehört dazu? Dreifacher – nein, zehnfacher Spürsinn. Vorsicht! Denn jemand hat doch ... Ein Kain, ein Scheusal ... Das sich nicht zu erkennen gibt! Ein Kain neuen Typs! Der statt des Herzens einen Klumpen Dreck hat. Du bist das natürlich nicht. Aber alle sagen es doch! Wenn du aber ... Hör mir jetzt nicht zu!! Unglaubliche Dinge werde ich heute ... Wenn du es warst, bringe ich dich und mich um«, flüsterte sie, stieß mit dem Kopf an seine Brust, krallte sich in sein Hemd und erbebte vor Schluchzen. »Ich würde das tun ... um Luft zum Atmen zu bekommen. Und mit dir zusammen fortfliegen.«

Sie verstummten für lange. Fjodor legte behutsam den Arm um sie. Sie dachte über etwas nach, versuchte sich sein Hemd um die Faust zu wickeln.

»Auch wenn du ein gewöhnlicher Schlappschwanz wärst, wärst du trotzdem nicht mehr du. Du bist kein Schlappschwanz.«

»Lenotschka. Ich bin kein Schlappschwanz, aber ein gewöhnlicher Mensch. Kein Ideal.«

»Ich brauch dich nicht, wenn du kein Ideal bist!« flüsterte sie und schniefte.

»Na, vielleicht findest du noch ein richtiges Ideal. Dann laß ich dich zu ihm. Geh. In dem Fall würde ich sogar versuchen, nicht zu leiden.«

»Du würdest nicht leiden?« Sie hob die tränenvollen, blinden Augen zu ihm auf. »Das würdest du nicht?«

»Lenotschka! Du verstehst nicht, wie ich's meine. Du wirst keinen Besseren finden als mich.«

»Ja, ich weiß, das werde ich nicht. Ich möchte dich sogar

jetzt küssen. Dich vor allen verstecken. Aber da ist Sascha! Sie haben Sascha mitgenommen! Weißt du, ich werde dir trotzdem vorübergehend eine Trennung vorschlagen. Vorübergehend – ja? Komm, Fedja. Beschließen wir's gemeinsam. Bis sich mein Verdacht zerstreut. Obwohl, wie soll das möglich sein. Egal, wir müssen Geduld haben. Denn mein Verdacht wird sich doch zerstreuen? Du wirst hier wohnen, in diesem Zimmer.«

»Gut. Probieren wir's so. Den Ring kann ich wohl behalten?«

»Die Ringe nehmen wir ab. Symbolisch. Du kannst deinen behalten. Gleich heute holst du dein Bett hierher. Und möglichst wenig Umgang. Eine Atempause.«

Ach, die Oma, die Oma fehlt, dachte er.

»Meiner Meinung nach ... Vielleicht ist es besser ... ich gehe zurück in meine Bude?« sagte er leise und so teilnahmslos er konnte, in sachlichem Ton. »Zumal ich auch meinen Koffer noch dort habe.«

»Vielleicht ist es besser so«, willigte sie ein. »Es kann ja jemand zu mir kommen. Nach dem, was geschehen ist, haben wir nicht das Recht, glücklich zu sein. Weder du noch ich.«

Er zog sich rasch an, fuhr in den Mantel. Musterte Lena. Wollte sie küssen, doch sie trat einen Schritt zurück. Da ging er und schloß leise die Tür hinter sich.

Er ging langsam in offenem Mantel die menschenleere Straße entlang, durch kaltes, feuchtes Morgengrauen – die Stadt lag noch in tiefstem Schlaf. Wieder war er ohne Zuhause und ohne Familie. Er verlangsamte seinen ohnehin langsamen Gang noch mehr, in der Hoffnung, sie würde von hinten angerannt kommen, sich mit ihrem ganzen Körpergewicht gegen ihn werfen und ihn weinend zurückholen. So bummelte er die Straße hinunter und durch den Park bis zu seiner Ledigenwohnung. Das leere Zimmer empfing ihn mit Feindseligkeit. Er suchte nach Papirossy und fand keine. Schon wollte er wieder hinausgehen und sich irgendwo eine Zigarette schnurren, da setzte er sich kopfschüttelnd wieder hin.

»Ach!« seufzte er laut, kniff die Augen zu, daß sich sein Gesicht verzerrte, und schüttelte den Kopf. »Ach!«

Ihm war zumute wie einem Soldaten, der in den Krieg zieht und sich nun den Armen der weinenden geliebten Frau entwinden muß. Fjodor hatte viele solche Soldaten gesehen. Sie hatten genauso im Güterwagen gestöhnt und geseufzt, sich von den Kameraden abgesondert.

»Ich werde jetzt frei sein«, flüsterte er. »Es stimmt, was sie sagt: Wir haben kein Recht darauf, glücklich zu sein. Noch heute gehe ich zu Strigaljow und erzähle ihm alles – und dann: Privatleben ade. Wir werden wirklich Doppelgänger sein. Bei der Arbeit wie im persönlichen Leben.«

Nun war es also soweit. Es kam die Zeit, für alles Unglück zu bezahlen, das er in seinem von Fehlern, naivem Glauben und gerade erscheinenden krummen Wegen erfüllten Leben über andere gebracht hatte. Dieser Gedanke, der ihn ernüchterte und beruhigte, machte ihn direkt froh. Jetzt bin ich frei, um zu handeln. Um wiedergutzumachen, dachte er. Meinem Gewissen zu gehorchen.

Als er in die Lehrgärtnerei kam, fielen ihm zunächst keine Veränderungen im Gewächshaus auf. Er dachte, er wäre zu zeitig gekommen und darum der erste, und machte sich daran, Blumentöpfe zum Umpflanzen herangewachsener Sämlinge auf die Gestelle zu verteilen. Auch auf Lenas stellte er welche und klopfte sich die Hände ab.

»Fjodor Iwanowitsch! Bei der Arbeit?« rief ihm Choderjachin von seinem Platz aus zu. Und winkte fröhlich mit der Faust.

»Ist die Blashko noch nicht gekommen?« fragte er.

»Nöö!« rief Choderjachin. »Heute ist noch gar keiner da. Als hätten sie sich abgesprochen.«

Vielleicht suchte sie ihn drüben? Fjodor lief zur Finnhütte. In seinem Zimmer war Stille. In den beiden anderen arbeiteten Laborantinnen an Petrischalen. Krasnow war noch nicht da. Es dürfte Zeit sein, auch ihn an die Arbeit zu erinnern, dachte Fjodor, sah auf die Uhr und erschrak – es war schon elf. Ohne etwas zu begreifen, kehrte er voller Unruhe ins Gewächshaus zurück.

Bald darauf kam ein Mädchen in blauem Kittel aus der

Finnhütte ins Treibhaus gelaufen. »Sie werden am Telefon verlangt.«

Wieder sauste er in die Finnhütte. Rajetschka aus dem Rektorat sagte: »Pjotr Leonidowitsch bittet Sie zu halb zwei zu sich. Informieren Sie auch Choderjachin.«

Kurz nach eins saß er bereits im vollbesetzten Vorzimmer. Professoren und Dozenten drängten sich darin; Choderjachin erhob sich dauernd erregt von seinem Stuhl und setzte sich wieder. Wonljarljarski hing, total verschreckt, wie ein Sack auf seinem Stuhl und blickte sich um. Er wußte etwas. Anna Bogumilowna, mit wogendem Busen, den Kopf auf die rote Halskette gesenkt, raunte mit tiefer Stimme ihren Nachbarn etwas zu. Alle waren wie vom Schlag getroffen.

Endlich drang es auch zu Fjodor: »Verhaftet. Eine ganze Gruppe. Eine organisierte. Verbindungen zu anderen Städten. Heute früh. Chejfez ist auch festgenommen. Und Krasnow, Krasnow! Wer hätte das gedacht! Strigaljow haben sie in seiner Wohnung nicht gefunden, sind zum Bahnhof gerast. Sie kamen noch zur rechten Zeit, er stieg gerade in den Zug. Wollte einen Film wegschaffen. Auch die Blashko wollte mit fort, sie war ihre wissenschaftliche Sekretärin. Bei denen war alles genau geregelt, alles lief wie am Schnürchen. Stundenplan, Vorlesungen . . .«

Wenige Minuten später war die unglaubliche Neuigkeit im ganzen Vorzimmer herum. Nervöses, gespanntes Geraune verbreitete sich im Raum, das sich sofort legte, als die hohe Ledertür des Rektorzimmers aufging.

»Pjotr Leonidowitsch läßt bitten«, sagte Rajetschka, lächelte einigen Bekannten zu und trat beiseite.

Das geräuschvolle Gedränge, das nun entstand, schob Fjodor mit durch die Tür. Im geräumigen und hellen Rektorzimmer saß am großen Schreibtisch mit krummem Rücken Waritschew, einen Bleistift wie eine Zigarette spielerisch zwischen zwei Fingern. Unter seinen fast geschlossenen schmalen Augen hingen Tränensäcke, und ganz ähnliche Pölsterchen hatte er auch an anderen Stellen im Gesicht – wie Augen an einer großen Kartoffel. Die jugendlichen breiten Lippen schürzend, sprach der Rektor leise mit einigen der rechts und links am Schreibtisch neben ihm sitzenden aufgeschreckten Dekane, Stellvertreter und Professoren. Bei Waritschew stand ein Unbekannter mit weibischem Ausdruck im hageren gelblichen Gesicht und üppiger, nach oben strebender schwarzer Tolle. Er trug einen schwarzen Anzug mit violetter Krawatte auf dem spitzen Adamsapfel und ähnelte auf merkwürdige Weise einer nervösen, vornehmen spanischen Schönen. Der Fremde musterte jeden Eintretenden mit einem stechenden Blick seiner aufmerksamen schwarzen Augen. Neben ihm saß unbewegt, einen Arm auf der Sessellehne, mit Schleife am Hals der wie immer elegante Possoschkow. Unter schüchternem Stühlerücken nahmen die Hereingebetenen an den Wänden Platz.

»Kollegen, etwas schneller bitte, setzen Sie sich«, sagte Waritschew, indem er den Zuhörerkreis halb abgewandt und gleichsam von einem anderen Ufer aus betrachtete. »Ich habe Sie hergebeten, Kollegen, um sie kurz über einige Dinge zu informieren.«

Danach stand er auf und las von einem Blatt ab:

»Unsere Akademiemitglieder haben wieder einmal recht behalten, als sie die wissenschaftliche Öffentlichkeit warnten. Sie sind nicht nur bedeutende Forscher auf ihrem Gebiet, sondern auch erfahrene Männer, die sich im Leben und in den Menschen auskennen. Ich verneige mich vor dem hervorragenden Scharfblick der Bannerträger von Mitschurins Biologie. Haben nicht sie uns vor der Gefahr gewarnt, die in der auf den ersten Blick harmlosen Chromosomen-Vererbungstheorie liegt, in der Schwärmerei für das ach so unscheinbare Kolchizin, für die winzige Drosophila, für Mutagene und dergleichen ›Kinderspielzeug‹? Heute kann jeder sehen, was unter dem nun zerreißenden dünnen Mantel mit der Weismann-Morgan-Taube darauf zum Vorschein kommt: das schwarze Geschützrohr des Imperialismus, der kein Mittel scheut, um die sowjetische Wissenschaft zu unterminieren und zu diskreditieren, die Leistungen unserer Wissenschaftler in den Schmutz zu ziehen.«

Waritschew verstummte, musterte die Anwesenden streng und fuhr fort:

»Heute wurde von den Sicherheitsorganen eine recht beachtliche und, wie man zugeben muß, gut organisierte Gruppe unschädlich gemacht, deren Kopf ein unter dem Decknamen Obus bekannter getarnter Feind war. Er wurde seinerzeit aus unserem Institut verjagt, gab den Kampf jedoch nicht auf. Unter den Festgenommenen sind Professor Chejfez, ein Pseudoprofessor, würde ich sagen, und die Blashko, der wir seinerzeit nicht genug auf die Finger sahen, weil wir ihre zarte Intelligenz überschätzten«, hier wiegte Waritschew sich schwerfällig in der Taille, »und ihre potentielle Gefährlichkeit als überzeugte, fanatische Weismann-Morgan-Anhängerin unterschätzten. In ihren Händen lag die gesamte technisch-organisatorische Arbeit für die geheimen Zusammenkünfte. Vor einem halben Jahr errangen wir einen konkreten Sieg über die schädliche Mendel-Morgan-Richtung, die bei uns Wurzel geschlagen hatte. Dann haben wir uns, das müssen wir ehrlich zugeben, auf unseren Lorbeeren ausgeruht. Die Führer der genannten Gruppe aber haben nicht geschlafen, sie warfen geschickt ihre Netze aus, und als Beute gingen ihnen die schwächsten, labilsten Elemente unter unseren Studenten und Aspiranten ins Garn.«

Er brach ab, machte eine Pause und fuhr fort, zwischen gleichsam gelähmten Lippen Worte hervorzubringen, die zum Fürchten waren.

»Wie Sie sehen, beschränkt der Feind sich nicht auf den Frontalangriff. Er setzt manchmal auch Landetruppen ab. Das Material für ihre verbrecherische Tätigkeit bezog die Gruppe heimlich aus dem Ausland. Die Tätigkeit dieser Sektierer war Teil eines großangelegten Planes der Kräfte des Weltimperialismus, eines Plans, der auf die Unterminierung der sozialistischen Ordnung in unserem Land abzielte. Heute können wir über sie und ihre Tätigkeit bereits in der Vergangenheit sprechen. Doch das bedeutet nicht . . .«

Hier schlief Fjodor gewissermaßen ein. Niemand merkte, daß er merkwürdig auf den gedrechselten Schreibtischfuß vor sich starrte. Die Gedanken trugen ihn fort, er löste sich im All auf, nahm keine Gegenstände und Geräusche mehr wahr. Er spürte nur noch die Schutzlosigkeit eines Wesens, das ihm als zarter Hals auf schmalen Schultern mit der weißen Haut eines Siebenjährigen und einem Haarknoten aus dunklen Zöpfen vor Augen stand. Das erstaunte blasse Gesicht war ihm zugewandt, durch die große Brille blickten erschrockene Augen – die traurigen Augen der Wahrheit, an der kein Verleumderschmutz haften bleibt.

Jemand stieß ihn mehrmals an. Er fuhr zusammen.

»Ja, ja, verzeihen Sie, ich war in Gedanken . . .«

»Was haben Sie uns zu diesem Fall zu sagen?« knurrte Waritschew liebenswürdig.

Fjodor stand auf, strich sich übers Gesicht, um zu sich zu finden, und legte sich angestrengt den verantwortbaren Gedanken zurecht, den er jetzt äußern mußte.

»Ich vermute . . .«, sagte er, sich räuspernd. Dann sprach er klar und deutlich: »Was ich sagen kann, ist: Die Arbeit läuft bei uns streng nach dem mit Akademiemitglied Rjadno vereinbarten Plan. Bei Unterschreitung der Termine und unter ständiger Kontrolle. Auf meinem Frontabschnitt wird der Feind nicht durchkommen.«

»Er ist es aber schon!« sagte der neben dem Rektor sitzende Mann mit der zitronenartigen Blässe im schmalen Gesicht und dem üppigen blauschwarzen Haarschopf.

»Ja, scheint Ihnen das nicht so, Fjodor Iwanowitsch?« pflichtete der Rektor ihm bei und beugte sich gierig vor. Er fürchtete seinen schwarzäugigen Nachbarn und drängte den verständigen und redegewandten Leiter des Forschungslabors zu schärferen und deutlicheren Versicherungen. Fjodor begriff das sofort.

»Nein, Pjotr Leonidowitsch. Ich bin sicher, daß dieser Abschnitt uneinnehmbar ist. Selbst die Kollegen, die jetzt . . . Ich kenne die vollständige Liste nicht, an ihrem Arbeitsplatz haben sie jedenfalls geackert wie die Pferde. Und zwar für uns. Ich kann sofort alle, die sich dafür interessieren, durch unser Gewächshaus führen, zu ihren Arbeitsplätzen. Was sie außerhalb des Instituts gemacht haben . . . Unsere Wachsamkeit so weit auszudehnen sind wir gar nicht ermächtigt. Die Stadt ist groß. Einem Straßenpassanten kann man eben nicht unter die Hirnschale sehen.«

»Man kann es doch!« sagte der Fremde und leckte sich die Lippen.

»Finden Sie?« Fjodor musterte ihn mit kühlem, nachdenklichem Interesse. »Irgendwann einmal werden die Physiker uns ihren Enzephalographen geben, den so lang ersehnten. Dann werden wir endlich wissen, was wer denkt.«

»Meinen Sie das im Ernst?« fragte der Unbekannte.

»Im Ernst kann man davon nicht reden. Das war ein Scherz von mir zu Ihrer ernsthaften Bemerkung über das, was möglich ist. Wenn das den Physikern schon nicht gelingt . . . Heutzutage, wo die Wissenschaftler, von inkompetenten Leuten verschreckt, noch unschlüssig sind, wie sie sich verhalten sollen, ist die beste Art, Unannehmlichkeiten wie die jetzige zu vermeiden, daß jeder auf seinem Gebiet exakt seine Arbeit macht. Jeder auf seinem Platz.«

Der Rektor machte eine vorsichtig zustimmende Grimasse und blickte flüchtig, zaghaft triumphierend auf den strengen Nachbarn.

»Interessant!« ereiferte der sich und erhob sich sogar. »Verantwortlich soll also der sein, auf dessen Boden die Leiche gefunden wurde? Sie machen es sich leicht, Kollege . . . Kollege Leiter des Forschungslabors. Aber dieses außerordentliche Vorkommnis ist nicht irgendwo passiert, sondern auf unserem sowjetischen Territorium. Darüber sprechen wir noch miteinander. Wir alle, wir alle sind für solche Vorkommnisse verantwortlich. Ohne Wenn und Aber.«

»Eben das wollte ich sagen«, stimmte Fjodor ruhig zu. »Die Verantwortung tragen wir gemeinsam. Diejenigen, die unmittelbar die Arbeit machen, also wir, und diejenigen, die über alles wachen. Die strikt die Funktionen ausüben, aber nicht alles sehen.«

Nach einem haßerfüllten Blick auf den störrischen Laborleiter schüttelte der Fremde den Kopf, als wolle er zu Waritschew sagen: Also Kader habt ihr!, und seine Miene wurde wieder starr.

Bald danach endete die Zusammenkunft, die Stühle wurden diesmal beherzter gerückt, und alles strömte lebhaft zur Tür. Fjodor, der abermals geistesabwesend war, wurde mit hinausgeschoben.

Er zog den Mantel an, lief die Vortreppe hinunter und eilte mit raschen Schritten auf dem Asphaltweg entlang, damit ihn niemand an seiner Flucht hinderte. Im Park, der einen heiteren grünen Schleier angelegt hatte, wurde er schneller und lief, leicht hinkend, den weichen, austrocknenden Pfad hinunter. Das grün gewordene Feld überquerte er, ohne es zu bemerken. Die Brücke tönte kaum hörbar unter seinem Schritt. Die Häuser nahmen kein Ende. Endlich – der Torbogen. Er rannte über den Hof, riß die Haustür auf, vergaß sogar den Fahrstuhl. Aber auf dem dritten Treppenabsatz zwang ihn etwas stehenzubleiben. Hier war ein Fenster, das hell in der fröhlichen Maisonne erstrahlte. Glänzender, wie diamantener Staub auf den Scheiben brachte noch mehr Fröhlichkeit und Leben hinein. Der Staub war es, der Fjodor in Unruhe versetzte. Er trat näher und sah: Es war gar kein Staub, hunderte Drosophila funkelten, hüpfend und einander stoßend, auf den Scheiben. Im Spiel der Maisonnenstrahlen ging mühsam vorbereitetes Material zugrunde, das zum Studium der alle Formen des Lebens auf der Erde erhaltenden Gesetze bestimmt gewesen war. Die jahrelange Arbeit Dutzender kluger Menschen war verloren. Die Fliegen, die nicht ahnten, wie erbarmungslos die Freiheit außerhalb des Reagenzglases sein kann, waren von jemandem freigelassen worden, vielleicht gerade zu der Zeit, als Lena eilig ein paar Sachen zusammenpackte, um sich mit unbekannten Leuten in ein neues, unbekanntes Leben zu begeben.

Als er den Treppenabsatz im dritten Stock erreichte, sah er sofort zwei gelbe Wachssiegel an der Tür der Wohnung 47. Ohne zu zögern riß er an dem Faden, der die beiden Siegel verband, und erbrach eins davon. Ruhig knirschte der Schlüssel, das Schloß schnappte, und die Tür ging auf. Ein Schwarm Fliegen stob heraus wie schillernder Rauch, zerteilte sich unter der Decke des Treppenhauses. Als erstes gewahrte Fjodor den abgerückten dunklen Schrank mit sperrangelweit offenen Türen. Auf dem Tisch lag ein Haufen zerbrochener und heiler Reagenzgläser, auch darüber schwebte eine große Fliegenwolke. Er ging ins Schlafzimmer und sah die beiden herausgerissenen Matratzen über Kreuz aufeinander. Auf dem Fußboden lagen Kissen. Er stieß versehentlich mit dem Fuß an einen der himbeerroten Hausschuhe, die Lena ihm geschenkt hatte, hob ihn auf und steckte ihn in die Tasche. Der zweite lag merkwürdigerweise neben dem offenen Schrank, in dem die Fliegen gewesen waren. Er steckte auch ihn ein. Die Stille und Verlassenheit des Zimmers trieben ihn auf die Treppe; er eilte hinaus, nahm dabei zwei, drei Dutzend Fliegen mit, die noch auf ihm hatten landen können.

Unten angekommen, begab er sich nicht ins Institut, sondern stürmte die Sowjetskaja-Straße entlang. Er umrundete den Platz mit der Ehrentafel und folgte der gleichen Straße, die hier schon Sawodskaja-Straße hieß. Er ging noch lange, die Lippen bewegend und nach vorn Ausschau haltend, bis er vor ein hohes neues Gebäude von etwas schwerfälligem Aussehen mit Stuckportikus kam. »Sawodskaja-Str. 62« las er und ging durch den Eingang mit dem Schild »Passierscheinbüro« in Goldschrift auf schwarzem Glas. Drinnen standen in einem großen Raum Holzbänke mit Lehne an den Wänden, darauf saßen schweigende Menschen. Fjodor ging direkt zu der hohen Trennwand – sie hatte wie die Wände einen fleischfarbenen Ölanstrich – und klopfte an eine der vier Schalterklappen mit breiten Fensterbrettern davor. Die Klappe ging geräuschvoll auf. Dahinter sah Fjodor einen sehr jungen, selbstbewußten Soldaten mit neuer, oben blauer Schirmmütze.

»Bitte zu Oberst Sweschnikow. Deshkin, Fjodor Iwanowitsch.«

»Sind Sie bestellt?«

»Rufen Sie ihn an, er wird seine Anordnung treffen.«

»Ihren Ausweis.«

Erst jetzt besann sich Fjodor: Er hätte doch zuerst nach Hause gehen müssen! Aber der Ausweis war zum Glück in der Manteltasche – er steckte dort, seitdem er mit Lena zum Standesamt gegangen war. Fjodor reichte den Ausweis hinein, und das Türchen klappte geräuschvoll zu.

Er setzte sich auf eine Bank neben einen gebeugt dasitzenden Mann in blankgewetztem schwarzem Mantel. Der Mann hielt den Kopf tief gesenkt, fast zwischen den Knien. Die zerzauste Kaninchenfellmütze mit Ohrenklappen hatte er weit in den Nacken geschoben. Ungekämmte fettige Lokken, dunkel mit grauen Fäden, hingen ihm tief in die Stirn. Sein Gesicht war nicht zu sehen.

Niemand unterhielt sich in diesem Raum, es herrschte eine Stille ähnlich der in der Wohnung 47, aus der Fjodor kam. Um so deutlicher und drohender klang die unerwartete heisere Frage:

»Bist du Deshkin?«

Der sie stellte, war Fjodors Nachbar. Ohne den Kopf von den Knien zu heben, drehte er ihn, als ob er Fjodors Knie sehen wollte, und die Kaninchenfellmütze fiel zu Boden. Er bemerkte das nicht und starrte Fjodor mit einem tief unter der Braue versteckten, haßerfüllt funkelnden Auge von unten an.

»Na? Wieso sagst du nichts? Bist du's?«

»Ja.« Fjodor blickte lange in das mit schwarzen Pünktchen übersäte müde Gesicht. Der grau-gelbliche Schnurrbart zuckte.

»Bist du hier, um noch einen zu verpfeifen?«

»Ich habe niemanden verpfiffen«, antwortete Fjodor ruhig, ohne den Blick von ihm abzuwenden.

»Und meinen Sohn? Sascha? Warum?«

»Alexander Alexandrowitsch, Sascha ist von einem anderen verraten worden. Auch die übrigen. Auch meine Frau.« Fjodor hob die Stimme. »Mit Sascha wurde auch meine Frau abgeholt. Genau dahin.«

»Red doch nicht, red doch nicht. Lump! Red dich nur raus, du kriegst noch dein Teil. Sieh dich vor, du Hund. Von jetzt an sieh dich vor.«

Eine gewaltige harte Faust mit spitzen Knöcheln schoß urplötzlich aus dem abgewetzten schwarzen Mantel, und in der für einen Moment verdunkelten Welt tanzten Funken vor Fjodors Augen. Die zweite Faust wurde hinterher abgeschossen, kam aber nicht ans Ziel, denn beide wurden von Fjodors ebenso breiten, knochigen, weiß gewordenen Händen festgehalten.

»Einmal zuschlagen reicht«, keuchte Fjodor, fast pfeifend vor Wut. »Mehr ist nicht nötig. Ich hab nicht mal das verdient. Dir als Vater verzeih ich's. Streng deinen Grips an und such den andern, den richtigen. Schone deine Faust für den. Ich werde jetzt ’ne Medaille von dir tragen. Beruhigt? Na, paß auf, keine Zicken mehr.«

Vor ihnen polterte die Klappe.

»Deshkin, Fjodor Iwanowitsch!«

»Bleib sitzen und denk nach«, sagte Fjodor und gab die stattlichen Arbeiterfäuste von Shukow senior wieder frei.

Er bekam einen blauen Schein mit Kontrollabschnitt, der einer Opernkarte ähnelte, und trat auf die Straße. Im Gehen betastete er mit den Fingern die Stelle unter dem Auge – dort schwoll schon ein ansehnlicher, schmerzhafter Bluterguß. Respektvoll schüttelte er den Kopf. Er bog um die Ecke und ging in den dritten Eingang. Ein lackierter Schalter versperrte ihm den Weg. Ein geschniegelter junger Soldat hinter dem Schalterfenster nahm den Passierschein entgegen, riß den Kontrollabschnitt ab und gab ihm den Schein wortlos zurück. Fjodor ging in den ersten Stock hinauf und einen halbdunklen Korridor entlang, über dessen Form er staunte, obwohl er ihn schon mal gesehen hatte. Der Korridor war nicht gerade wie die Korridore, die er kannte, sondern bogenförmig angelegt. Er bog mal nach der einen, mal nach der anderen Seite. Solange man unter den mattgelben Deckenleuchten entlangging, konnte man immer nur eine Tür und eine Lampe sehen. Hatte man die erste Tür und die erste Lampe hinter sich gelassen, erschienen hinter der gleichmäßigen Kurve eine neue Tür und eine Lampe darüber.

Endlich sah er die Nummer 441 an einer Tür; ehe er anklopfte, dachte er flüchtig: Wieso haben Türen im ersten Stock Nummern über 400? Das Klopfen blieb unbeantwortet, und er trat ein. Drinnen war heller Tag. Der Mai brach heiter durch hohe, vergitterte Fenster. Junge Männer in Uniform und Zivil mit Aktendeckeln gingen durch mehrere Türen ein und aus. Eine Stenotypistin klapperte munter auf der Schreibmaschine, ohne von der Vorlage aufzusehen. Die mit schwarzem Kunstleder bespannte Haupttür stand halb offen, und hinten im Raum erkannte er an einem großen Schreibtisch in Uniformjacke mit glänzenden Schulterstücken den besorgt dreinschauenden Sweschnikow.

Fjodor blieb im Vorzimmer stehen und suchte nach einem Haken für den Mantel. Nachdem er den Mantel auf einen freien Stuhl gelegt hatte – er trug jetzt den Sir Percy –, ging er durch die halb offene Haupttür. Er war schon mal in diesem Zimmer gewesen.

Sweschnikow kam hinter dem Schreibtisch hervor, sein Gesicht verfinsterte sich noch mehr. Er war ungewohnt streng.

»Was haben Sie zu sagen, Fjodor Iwanowitsch?«

»Michail Porfirjewitsch, ich würde gern ... Was können Sie mir sagen?«

»Nichts Tröstliches. Zu uns zu laufen lohnt nicht. Wir sind nur Vollstrecker des Gesetzes.«

»Und meine Frau?«

»Wessen Frau? Entschuldigen Sie, wenn Sie von sich sprechen, so war mir bisher bekannt, daß Sie ledig sind.«

»Wieso ... Sie ist doch ...«

»Mir ist bekannt, daß Sie ledig sind«, unterbrach Sweschnikow ihn mit Nachdruck, er war in Wut geraten, beherrschte sich aber, und Fjodor verstummte. Er nahm vorsichtig den Ring ab und umschloß ihn mit der Faust.

Sweschnikows helle, gelb gesprenkelte Augen bemerkten es.

»Na also. Was haben Sie da unterm Auge, mein Lieber?«

»Ich mußte für die Schuld eines andern büßen. Im Passierscheinbüro hat mir ein ... Stahlwerker eine verpaßt. Er hat sich in der Adresse geirrt. Er dachte, ich hätte seinen Sohn ...«

»Gut getroffen. Meiner Meinung nach ist es sogar ein bißchen aufgeplatzt.«

»Ja. Ein hervorragender Haken. Genosse Oberst, als Laborleiter interessiere ich mich für das Schicksal meiner ehemaligen Kollegen. Bin ich berechtigt, eine solche Frage zu stellen?«

»Warum nicht. Das ist Ihr Recht. Man wird nach dem Gesetz mit ihnen verfahren. Jetzt beantworten Sie mir eine. Was ist das für ein Terminus bei den Genetikern: ›zeitweilige Verdünnung‹? Oder war es zeitweilige Trennung. Was bedeutet das?«

Sweschnikow lächelte kärglich bei der Frage, und Fjodor

fühlte, daß er blaß wurde. Er schwieg jedoch nicht lange, gewann die Selbstbeherrschung zurück.

»Das gibt es nur beim Kolchizin. Es wird auf besondere Art verdünnt.«

»Einer von ihnen, ich glaube, die Blashko, macht sich Sorgen über diese zeitweilige – oder war es vereinbarte, ich versteh ja herzlich wenig davon – Verdünnung oder Trennung. Sie bat jemandem auszurichten, daß da ein Irrtum vorliegt. Daß es eine solche Trennung nicht geben kann. Ihnen als dem Verantwortlichen wollte ich das immerhin gesagt haben. Im Interesse der Arbeit. Zumal Sie, wie ich hörte, wichtige Versuche nach einem von Akademiemitglied Rjadno bestätigten Plan anstellen. Übrigens, warum befassen Sie sich denn mit Kolchizin?«

»Nach ebendiesem Plan. Akademiemitglied Rjadno . . .«

»Ach, so ist das sogar . . . Das vor allem hatte mich etwas beunruhigt. Mehr nicht.«

»Ich hatte schon vermutet, daß da bei ihr ein Irrtum vorlag. Danke. Akademiemitglied Rjadno würde sich freuen, wenn er davon erführe.«

»Das ist eigentlich alles, was ich Ihnen sagen kann. Wenig, nicht wahr?«

»Ja. Ziemlich.«

»Das übrige erfahren Sie später. Über offizielle Kanäle. Leider ist meine Zeit bemessen.«

»Ja, ja«, beeilte Fjodor sich zu sagen und reichte dem Obersten den Passierschein. Der unterschrieb und gab ihn zurück, zeigte wortlos die Stelle, wo der Stempel hingehörte, und deutete mit dem Daumen ins Vorzimmer. Er gönnte dem Besucher noch ein flüchtiges Lächeln, dann kehrte er ihm den Rücken zu.

Draußen auf der Straße zog Fjodor die Braue hoch und neigte den Kopf, er mußte sich die erfahrene beglückende Neuigkeit erst vergegenwärtigen. Bittere Zärtlichkeit benahm ihm den Atem. »Lenotschka!« flüsterte er. Was soll ich bloß tun? Was tun? Einen Brief! Einen Brief an Stalin! dröhnten die Gedanken in ihm. Die ferne Stimme aber raunte etwas Unverständliches, Warnendes.

Den ganzen Tag arbeitete er für drei – für Lena und Krasnow mit – wie eine Präzisionsmaschine.. Er pflanzte Kartoffelsämlinge aus Kästen in Töpfe um. Leere umgab ihn – ihm fehlten die vielen Menschen, an die er gewöhnt war. Als wäre ein Zug vom Bahnhof abgefahren und der verwaiste Bahnsteig zurückgeblieben. Er stand allein auf diesem Bahnsteig und spürte die Riesenstärke der sich ihm entgegenstellenden Macht. Es wollte ihm noch immer nicht gelingen, einen so erdverbundenen, schlichten, ja sympathischen Mann wie Kassian Damianowitsch Rjadno mit dem jetzt laufenden Ermittlungsverfahren in Verbindung zu bringen, das auf einen einzigen, winzigen Fingerzeig Rjadnos hin eingeleitet worden war.

Laborantinnen und einige Aspiranten halfen Fjodor. Alle arbeiteten wortlos, niedergeschlagen – stellten Kästen bereit, steckten Nummernhölzchen, machten Tagebucheintragungen, in denen keiner außer dem Laborleiter die wahre Bedeutung der Ziffern und Buchstaben kannte, weil es die üblichen, scheinbar normalen Beschriftungen waren. Doch das war gleichsam das Negativ, das wirkliche Bild entstand erst in dem dicken Notizbuch, das immer sicher in Fjodors Kitteltasche oder auch in seiner Jackettbrusttasche verwahrt war.

Als es dunkel wurde, flackerte an der Decke des Gewächshauses das milchige Licht der Leuchtstoffröhren auf. Keiner ging, man schleppte weiter Kästen mit Sämlingen herbei oder goß Töpfe. Um halb zehn hob Fjodor die Hand und sagte: »Es reicht für heute«, und das Gewächshaus leerte sich. Ehe er die Runde an den Gestellen vorbei machte, um die Nummern der Hölzchen in den Töpfen mit den winzig geschriebenen Texten im Notizbuch zu vergleichen, ehe er sich überzeugte, daß alles genau nach dem Plan geschah, der Akademiemitglied Rjadno in gierige Begeisterung versetzt hatte, wurde es elf. Er löschte das Licht im Gewächshaus, übergab den Schlüssel dem Pförtner und trat ins Freie.

Über der Lehrgärtnerei breitete sich finstere, sternenlose Unendlichkeit. Gewaltige Massen Frühlingsluft fegten in Böen gegen die Bäume, pfiffen und stöhnten im Kiefernwäldchen, wo in weit auseinandergezogener, lustiger Reihe die Lichter der Professorenhäuser schimmerten. Fjodor trat durch die Pforte auf die Straße, und seine Beine trugen ihn rasch zum Park.

Was kann ich tun? dachte es in ihm. Mit Rjadno reden? Sicher, er könnte veranlassen, daß man Lena freiläßt. Höchstwahrscheinlich hat er nicht gewußt, daß sie und ich ... Er hätte sie nicht angerührt. Wenn er es erfährt, wird er bestimmt ihre Auslösung verlangen. Nur wird Lena allein, ohne ihre Freunde, gar nicht von dort weg wollen. Sie wird erfahren, durch wen und auf wessen Bitte hin sie freigekommen ist, wird erfahren, daß sie freigekauft wurde. Und eine solche Freiheit wird für sie schlimmer sein als ein Todesurteil. Holt man sie gewaltsam heraus, und ihr ganzes »Nest« bleibt hinter Gittern, so stellt sie noch was an. Ein intelligentes Mädchen setzt alles auf eine Karte, hat auch die Oma gesagt, und die wußte, wovon sie redet. Ich muß alle rausholen, vor allem Strigaljow, weil er krank ist, für ihn ist Gefängnis der Tod. Aber damit braucht man Kassian gar nicht erst zu kommen. Nachdem er sein Material so hübsch beisammen hat, kann er unmöglich einen Rückzieher machen. Das paßt auch nicht in seine strategischen Pläne. Obus' Erbe an sich zu bringen, und zwar so, daß er auch daraus klug wird und Nutzen davon hat – das ist es, was er braucht. Ohne mich wird er daraus aber nicht klug. Er hat bemerkt, daß ich auf dem Bein hinke. So einen Hinkefuß braucht er gerade, damit er mit dem Erbe was anfangen kann. Darum hat er mich ja auch bis jetzt nicht angerührt. Er ist überzeugt, daß er mich kirremachen kann, seine ganze Macht beruht ja darauf, daß solche Kirregemachten seine Schrottmühle für ihn fahren. Wenn ich also mit ihm feilsche, könnte Lena sicher freikommen. Wenn ich mich auf ein offenes Spiel einlasse und als Gegenwert Obus' Erbe biete. Bloß die anderen nicht.

Lenotschka! schrie es in ihm. Erlaube mir, mit ihm zu feilschen und dich rauszuholen! Danach werden wir um die anderen kämpfen.

Wag das nicht, wag das nicht mal zu denken, vernahm er aus der winderfüllten Finsternis die Antwort. Ich würde sofort in den Äther aufsteigen und dort dein früheres, wahres Ich suchen. Das sich schon den Gedanken verboten hätte, nur mich zu retten. Für dich zu retten, was dir gehört.

Aber ich habe daran gedacht. Sogar sehr ...

Solcherlei Gedanken rumorten in Fjodors Schädel, sie übertönten noch die mächtigen Windböen in den Kiefernwipfeln.

Er war bereits im Park, und vor ihm, keine dreißig Meter entfernt, ging noch jemand. Anfangs dachte Fjodor, es wäre das Echo seiner eiligen Schritte über die gummiweiche, unsichtbare Maienerde. Doch das Echo war nicht immer mit seinen Bewegungen im Einklang, es waren die Geräusche eines anderen. Wenn auch selten, so erreichten sie ihn doch immer wieder und wurden für ihn zu etwas Lästigem, das sich in seine Gedanken drängte. Wie ein Steinchen, das im Schuh hin und her rutscht.

Er wollte schon kehrtmachen und nach Hause gehen, überlegte es sich aber anders. Das Zimmer in der Gästewohnung hatte die kalten Spuren seiner einstigen Leiden bewahrt.

Er ging wieder die gleiche Allee entlang. Sie führte zum Feld, danach kam der befestigte Weg zur Brücke, danach die Straße, dann der Torbogen, der Hof. Bald gesellten sich die fremden Schritte abermals zu seinen, blieben mal zurück und eilten mal voraus. Als er aus dem Park trat, kam er sich vor wie an einem Meeresufer: Vor ihm lag dunkles Feld. Über dessen Horizont zeichnete sich endlich schwarz der obere Teil einer gehenden Gestalt ab. Ständig im gleichen Abstand überquerten sie die Brücke und betraten die schwach erleuchtete Straße. Hier blieb der Unbekannte – ein nicht sehr großer Mann – stehen und erwartete ihn mürrisch. Er trug einen unverwüstlichen, antiquierten langen Mantel aus den dreißiger Jahren und einen dunklen Schlapphut, der auch schon den Krieg überdauert hatte. Ein Gespräch stand bevor.

Im zugeknöpften glatten Mantel und ohne Mütze wirkte Fjodor streng und selbstbewußt. Er trat beherzt zu dem Unbekannten, der nun neben ihm her schritt. Unter der tiefgezogenen Hutkrempe hervor sprach ihn die Stimme von Akademiemitglied Possoschkow an.

»Fedja, ich glaube, jetzt haben wir beide unseren Kelch bis zur Neige geleert.«

»Das stimmt. Mir ist noch taumelig davon.«

»Meiner war groß wie ein Faß. Ich habe lange daran getrunken. Heute trinke ich den Rest aus.«

»Ach, Swetosar Alexejewitsch. Mein Getränk ist stärker.«

»Ich weiß nicht. Meins ist auch kein Kwaß. Du kannst noch hoffen. Du hast etwas, wofür du kämpfen kannst. Sie liebt dich.«

Woher weiß er das? dachte Fjodor.

»Im schlimmsten Fall werdet ihr sterbend die Hände nacheinander ausstrecken. Und wissen ... Das ist auch nicht wenig. Ich gäbe alles für solch einen Tod. Meine würde die Hände nach einem anderen ausstrecken. Ich habe schon lange geahnt, daß es so enden wird.«

»Soll das die gegenseitige Beichte werden?«

»Nicht doch. Ich spreche schon von was anderem. Von dem, was heute ...«

»Na, enden wird es nicht so. Was ist das für ein Ende?«

»Ich habe mich nicht richtig ausgedrückt. Nicht daß es so enden wird, sondern daß ich diese Etappe erwartet habe.«

»Enden wird es, Swetosar Alexejewitsch, nach dem Gesetz des ausreichenden Grundes.«

»Wie, was?«

»Na, so: Es liegt Papier da. Ausreichend trockenes. Ringsum ist Luft. Die ausreichend Sauerstoff enthält. Wir geben Temperatur dazu. Ausreichend hohe. Und das Papier geht in Flammen auf. Alles, was der Mensch der Natur durch seine hinreichend große Dummheit und Unwissenheit aufzwingt, stößt sie eines Tages wieder aus. Mangelerscheinungen, Krisen, Hunger – all das kommt nicht von ungefähr. All das brauchte nicht zu sein. Das ist das krampfhafte Erbrechen der Natur. So reagiert sie auf alles Falsche und Idiotische, Swetosar Alexejewitsch. Daran ist nichts zu ändern. Da helfen keine Wörter wie ›sprunghaft‹ oder ›Umschlag aus der Quantität in die Qualität‹.«

»Auf wen spielst du an?«

»Auf einen Naturumgestalter. Die Natur wird nur niesen« – hier verzog Fjodor sein Gesicht so energisch, als wolle er ausspeien. Possoschkow lächelte nur matt. »Niesen und kopfüber auf dem Boden der Tatsachen landen werden auch er und seine Pläne und unser aller Ernährung. So wird es enden.«

Possoschkow warf Fjodor unter dem Hut hervor einen strengen Blick zu, gleich darauf verbarg die Krempe wieder sein Gesicht.

»Was hast du da unter dem Auge?«

»Ein Veilchen, Swetosar Alexejewitsch. Sascha Shukows Vater hat es mir verpaßt. Er dachte, ich wär's gewesen, der sie . . .«

»Ein hübsches Veilchen.«

»Swetosar Alexejewitsch, wer war das heute morgen neben Ihnen? Während der Information?«

»Der Schwarzäugige? Mit der üppigen Tolle? Assikritow.«

»Komischer Name.«

»Ich glaube, er stammt von Altgläubigen ab. Aus dem Norden bestimmt. Aus der Gegend an der Petschora. Von dir hat er gesagt, du wärst zu frech. Eine ordentliche kalte Dusche könne dir nicht schaden.«

»Und ich überlege die ganze Zeit, wem er ähnlich sieht. Der Bojarin Morosowa, wie sie in Ketten weggebracht wird und über alle das Kreuz schlägt. Mit zwei Fingern. Und was will er bei uns?«

»Was heißt: ›Was‹? Das ist doch ein General! Aus Haus 62.«

Ein General! Fjodor erinnerte sich sofort, daß Assikritow ihm ihre baldige nähere Bekanntschaft versprochen hatte.

»Wohin gehst du, Fedja?«

»Eigentlich nirgendwohin. An einen Ort, der verlassen ist. Nur um hinzugehen, an die Tür zu tippen und umzukehren. Mich nochmals zu vergewissern, daß es kein Traum ist.«

»Mir geht es ähnlich. Ich sage jetzt was ganz Banales, halt dich fest. Ich, Fedja, gehe dorthin . . . Dorthin, wo mein Leben ist. Das verflogene, von mir gegangene. Unsere Wege stimmen ihrem Inhalt nach entfernt überein.«

Ohne es zu merken, waren sie ins Schlendern geraten und berührten einander beim Gehen mit den Ellbogen. Manchmal wie mit Absicht. Bei jedem neuen Stoß spürten sie belebende Wärme und den Wunsch, den Ellbogen des Nebenmanns nochmals zu berühren.

»Hast du jemals vor einer Frau auf den Knien gelegen?« fragte Possoschkow plötzlich.

»Nein. Aber vor einem lieben, netten, mir teuren, wunderbaren Mann wäre ich mit Freuden niedergekniet und gekrochen.«

»Ich meine ein anderes Kriechen.«

»Es hätte auch so eins sein können. Aber das wäre nie passiert. Ich kann mir keine Situation denken, wo so was nötig wäre. Wenn eine ja zu mir sagt, heißt das, sie will mich. Sagt sie nein . . . Ach, Swetosar Alexejewitsch, wenn sie nein sagt, macht Kriechen es nur noch schlimmer. Aus einem Nein kann man kein Ja machen. Kriechen sollte man überhaupt aus dem Umgang miteinander ausschließen. Wenn eine Frau keine Sehnsucht nach mir hat, dann ist meine Sehnsucht nach ihr wie das Jucken in einem amputierten Bein. Ein entsetzliches Jucken ist das, haben die Schwerbeschädigten im Lazarett gesagt. Es juckt, und das Bein ist gar nicht da! Das wäre eine Krankheit, die ich mit allen Mitteln loszuwerden versuchen würde. Ein Fuchs zum Beispiel ist imstande, sich das Bein abzubeißen, wenn er in die Falle gerät. Denn die Falle ist aus Stahl.«

»O ja, Fedja, das ist sie.«

»Sie durchbeißen zu wollen wäre ein vergebliches Unterfangen. Aber ein Bein – das ginge.«

»Du bist glücklich dran, wenn du so reden kannst. Also ist bei dir alles in Ordnung. Du hast Glück gehabt.«

»Ha, Glück gehabt . . .«

»Wink nicht ab. Du hast Glück gehabt, Fedja. Du wirst geliebt. Du hast früh die dir mögliche Harmonie erreicht.«

»Damit kann ich nichts anfangen.«

»Hör zu, hör zu – jetzt zu mir. Menschliche Vollkommenheit, Fedja, dazu gehören viele Komponenten. Zum einen physische Schönheit, Gesundheit, Kraft. Zum anderen Geistiges, Spezielles. Ich meine Begabung, Kenntnisse. Nicht Reichtum. Zum Dritten die Fähigkeit, Entwicklungen vorauszusehen. Hier kommt Reichtum von allein hinzu. Dann gibt es noch eine Komponente – daß man seine Rolle bei Kontakten mit anderen erkennt. Schließlich darf man die Liebe nicht vergessen. Eine Eigenschaft ist besondere Anziehungskraft. Worauf die sich gründet, darüber streitet man sich bis heute. Und das Schlimme ist: Viele läßt diese allseitige Vollkommenheit vertrackterweise links liegen, Fedja. Erreichen läßt sie sich nicht etwa auf einmal, sondern in Raten. Mal hat man sie, mal nicht. Die Harmonie der Teile wird längst nicht bei jedem erreicht. Und längst nicht immer. Mit zwanzig hinkt man auf dem linken Bein. Mit vierzig auf dem rechten. Und mit sechzig auf beiden. Einer ist jung, sieht gut aus, aber er erscheint unbegabt, versteht nicht zu denken, ist uninteressant und merkt obendrein nicht, daß er in die Fußstapfen anderer tritt, seiner besten Freunde! Dann endlich kommt ein bißchen Begabung zum Vorschein, aber inzwischen ist die körperliche Schönheit passé! Man hat sie aus Dummheit verplempert! Auch das Geld reicht nicht. Schwupp – regnet's welches, aber du bist noch immer uninteressant für andere. Alle gähnen in deiner Gegenwart – die Jüngeren aus einem Grund, die Älteren aus einem anderen. Endlich ist bei dir der Knoten geplatzt, hast du alles erreicht, bist weise geworden und hast Geld wie Heu. Aber wo ist das andere geblieben? Wo ist deine persönliche Anziehungskraft, deine Gesundheit? Die ist wer weiß wann verblüht und zerbröckelt! – Du verstehst natürlich, worauf ich hinaus will. Auf mein Leben, das mir davongeflogen ist. So wie in ›Ruslan und Ljudmila‹. Erinnerst du dich – der alte Finn und Naïna. Als er Hirte war, sagte sie zu ihm: Nein, kleiner Hirt, ich lieb dich nicht. Als er sein Leben wagt, ein Held wird, sagt sie: Nein, großer Held, ich lieb dich nicht. Dann wird er ein Weiser, hat Zaubersprüche gelernt, und jetzt verliebt sie sich auf einmal in ihn und ist verrückt nach ihm. Aber was ist aus ihr geworden? ›Und wenn ich heut auch graue Haare und einen kleinen Buckel hab.‹ Der Geschichte fehlt es an Konkretheit, aber bei all ihrer Abstraktheit enthält sie eine wichtige Gesetzmäßigkeit. Und Trauer, Trauer . . . Konkret gesehen hört es sich noch schlimmer an, Fedja. Bei mir war es so. Du weißt wahrscheinlich nicht, daß ich mal ein arger Stotterer war. Du hättest hören sollen, wie ich gestottert habe. Einmal wollte ich das Wort Bodenbearbeitung aussprechen . . .«

»Das habe ich gehört! Im dritten Studienjahr, in Ihrer Vorlesung. Ich erinnere mich genau an den Vorfall, das Licht ging noch aus . . .«

»Ja, ja! Fedja, es war schrecklich. Es kam doch minutenlang nicht wieder, und ich bringe keine Silbe heraus, stehe da mit offenem Mund. Dann ging es wieder an, und endlich sage ich: ›bearbeitung‹.«

»Aber, Swetosar Alexejewitsch! Ein Jahr später hat man Sie schon als redegewandt bezeichnet!«

»Ja, ich war ehrgeizig. Verletzlich. Und zu vielem fähig. Ich konnte dem Schicksal manches abtrotzen. Das kann ich übrigens heute noch. Das hat sich bei mir von klein auf entwickelt, mit dem Stottern zusammen. Meine Mutter, Fedja, hat mich nämlich . . . Sie hat mich gegen ihren Willen gekriegt. Weil ihr die Abtreibung nicht gelang, kam der Junge zur Welt, und sie haßte mich furchtbar. Wie sie mich geschlagen hat, Fedja! Einen kleinen Jungen von drei Jahren. Wie sie mich prügelte, was sie dabei schrie. Ich erinnere mich, erinnere mich an alles. Ich machte den Mund auf, wollte Mama sagen. Ich hatte sie doch lieb, Fedja! Aber ich schrie: ›Ma . . .‹ – und bekam einen Krampf. Ich kam nicht dagegen an. Stand da mit offenem Mund, zog die Luft ein und dachte, ich muß sterben. An der Liebe zu meiner Mutter und an diesem lautlosen Schrei. Immerfort zerrte sie mich am Arm, mal hierhin, mal dorthin. Und verdrosch mich. Mit dem Riemen! Dann merkte sie, was sie mit mir gemacht hatte. Ich konnte gar nicht reden, kriegte jedesmal Krämpfe. Ich war ein lebendiger Vorwurf. Da flüchtete sie vor mir, setzte mich auf raffinierte Weise aus. Bei entfernten Verwandten. Die gaben mich in ein Heim. Das Heim tat ein übriges. Seit damals strebe ich Vollkommenheit an. In ungleichmäßigen Schüben, Fedja. In mir war ein Gen angelegt, das brauchte gerade mein Stottern. Meine erste Begabung entwickelte sich. Mit achtzehn war ich ein mürrischer, stotternder Kümmerling. Aber im Lernen ein As! Ich erfaßte den Stoff im Fluge, die Lehrer staunten. In meinen Augen brannte ein Feuer, ich erfand sogar einen Namen für mich:

Swetosar.* Eine Frau fand sich auch. Es war meine erste, ich heiratete sie. Obwohl sie älter war. Bald danach war sie enttäuscht, und wir trennten uns. Ich will dir nicht alle meine ziemlich zahlreichen Affären erzählen. Es war immer eine einseitige Sache. Ich verliebte mich über die Maßen leicht. Wie übrigens noch heute. Wie ich dann zur Universität kam, ist eine Odyssee für sich. Das lassen wir aus, davon ein andermal. Mit fünfunddreißig war ich bereits Wissenschaftler, Verfasser mehrerer Arbeiten und zum viertenmal verheiratet, diesmal mit einer Studentin. Diese Ehe dauerte länger, aber wir ließen uns scheiden – mit meinem Umherreisen in der Welt und meinen botanischen Expeditionen ging ich ihr auf die Nerven. Sie mir auch. Meine eigentliche Liebe war eben die Wissenschaft. Wir trennten uns; sie hatte schon einen Bräutigam in Reserve, wie sich herausstellte, einen Techniker, Fachmann für Reparaturen an geodätischen Instrumenten. Dann war ich noch mal verheiratet, mit einer erstaunlich schönen Frau. Aber damals war ich noch nicht Akademiemitglied, und mit der Habilitationsschrift ließ man mich durchfallen – es war schon Ende der zwanziger Jahre, und ich war ein verdächtiger Intelligenzler der vorrevolutionären Schule.

Ein Intelligenzler, der sich seine eigenen Gedanken machte und nicht Auswendiggelerntes nachbetete. Damals fing das Auswendiglernen, das Ablesen von Reden gerade an. Auch sie ging weg von mir. Zu einem Doktor der Wissenschaften. Dein Professor hat einen langen Weg zurückgelegt, Fedja. Jedesmal fehlte mir etwas. In den dreißiger Jahren bekam ich Lungen-Tbc und war bald nur noch Haut und Knochen. Eine Folge davon, daß ich Tag und Nacht wissenschaftlich tätig war. Aber das hat mich zu dem gemacht, was ich bin, weißt du: einem etwas dürren, aber einigermaßen beschlagenen Mitglied der Akademie. Gestottert hab ich immer noch. Das Wort Bodenbearbeitung verfolgte mich. Da sah ich Olga – eine Studentin. Ja, du warst schon im dritten. Mit dem Kennenlernen ließ ich mir Zeit. Ich fing bei mir selbst an. Als erstes trieb ich Sport – Gehen, dann Laufen. Ich stellte mir zu Hause eine Sprossenwand auf und plagte mich daran

* Der Name setzt sich aus swet (Licht) und sarja (Morgenröte) zusammen.

wie ein Fakir. Liebe spornt an. Medizinball, Keulen, Hanteln, Expander – womit habe ich mir nicht alles Gewalt angetan. Ich drückte meine Entropie zurück. Aber Olga näherte ich mich noch nicht. In der Vorlesung warf ich ihr manchmal einen glühenden Blick zu, sah ihren gebeugten Kopf, das hellblonde Haar, die Zöpfe ... Ich verging schier, es war zuviel für mich. Dann kaufte ich mir ein Klavier und kriegte es so gut weg, wie dein Chef Zwjach zu sagen pflegte, kriegte es so gut weg, daß ich übers Jahr bereits Chopin spielte, ein ›Impromptu‹. Vielleicht kennst du es – so was Pulsierendes mit zwei ineinander verflochtenen Rhythmen. Ich richtete es so ein, daß sie mich spielen hörte. Dann befaßte ich mich mit meinem Stottern, ich überwand es in einem halben Jahr, Fedja! Du weißt es, hast es selbst erlebt. Und ich wurde redegewandt. Jawohl! Und das alles durch sie. Schlimm ist nur, Fedja, daß Leute, die gut reden können, manchmal lügen. Arg lügen. Tjaa. Dann kamen wieder Abschlußprüfungen. Du warst schon an der Front, mich Alten hatte man zurückgestellt, und ich wurde fast verrückt vor Liebe. Auf einmal kommt das schöne Kind zu mir. Gestatten Sie, die Aspirantur bei Ihnen zu absolvieren. Ich gestattete es natürlich. Auch jetzt beherrschte ich mich noch, ließ mir nichts anmerken. Ich rannte nur noch öfter durch den Park und spielte noch öfter Klavier. Und stell dir vor, nicht ich, sondern sie tat den ersten Schritt. Jetzt paß auf. Erinnere dich, wovon ich ausgegangen bin. Sie mit ihren vierundzwanzig und ich mit meinen achtundfünfzig hatten einen so hohen Stand unserer allseitigen Entwicklung erreicht, daß ich noch heute staune – selten paßt ein Paar so gut zueinander. Was wir für Gespräche führten! Wie ich ihr Chopin vorspielte! Ich spielte langsam – gerade so muß man ihn spielen, damit alles zu hören ist, besonders die Bässe. Was wir für Nächte hatten, Fedja! Nicht irgendeiner, sondern ich erschloß ihr ... Wie soll ich sagen ... den Himmel. Und ihr gefiel es dort mit mir. Überhaupt fand ich in ihr den Menschen, bei dem ich wieder frei atmen konnte, wenn man mich madig gemacht hatte. Und hier beginnt das Aber, das uns auseinandertrieb.«

Swetosar Alexejewitsch verstummte und blieb eine Zeitlang tief in sich gekehrt. Sie schlenderten die Straße entlang. Ihre Schritte schlurften schwer über den Asphalt. Der nächtliche Maiwind fegte durch die Stadt, daß die Leitungskabel schaukelten.

»Bei meiner Vorbereitung auf sie, Fedja, hatte ich alle meine Wachstumsmöglichkeiten ausgeschöpft, wenn man so sagen kann. Ich hatte die Grenze meiner Vollkommenheit erreicht und mußte mich früher oder später zurückentwikkeln. Mir blieben wenige Jahre. Vielleicht fünf, acht Jahre noch, und der Turm von Babel mußte zerbröckeln. Meinen Status aufrechterhalten konnte ich nur, wenn ich alles behielt, was ich hatte. Ich durfte nicht nach unten stürzen. Ich meine einfache Dinge: aus der Dienstwohnung ausziehen, mein hohes Gehalt, meinen Komfort verlieren, den ganzen eingespielten Lebensrhythmus. Und da fing der erste Stein im Turm an zu wackeln und fiel heraus. Ein physischer. Vielleicht hätte er nicht gewackelt und weiter seine Dienste getan, aber Rjadno nahm mich aufs Korn. Er griff mich in allen Reden an, und die ganze übrige Sippschaft tat es ihm nach. Ich wurde nervös, wurde hektisch. Und merkte, daß ich nicht mehr in allem für meine Olga interessant war. Meine Männlichkeit versiegte. Sie spürte den Verlust, sah an mir vorbei und schwieg, schwieg. Noch war sie treu. Andrjuschka war schon drei Jahre alt.

Und zugleich, Fedja, entdeckte ich in meiner früheren Harmonie noch einen Defekt. Wie sich herausstellte, hatte etwas daran gefehlt. Seit je gefehlt! Wie soll ich es nennen ... Meine Schmerzen, mein Unglück, meine Siege, mich selbst – das empfand ich sehr stark. Ich verstand es nicht, meinen Gefährten in der Wissenschaftsrichtung eine wahre Stütze zu sein. Wie auch der ganzen Richtung nicht. Ich wußte zwar, daß die Wahrheit auf ihrer Seite war, aber ich gab zuviel auf das Sprichwort: ›Mit der Peitsche kann man keinen Beilrücken zerschlagen.‹ Rjadno drängte und drängte. Und der Turm wankte schon. So opferte ich die Gefährten und die Wissenschaft, um den Turm zu retten. Der gewandte Redner lernte, fremde Worte nachzubeten, die er aus tiefster Seele haßte. Diese wichtige Entdeckung mache ich erst nachträglich. Das war schon der zweite Stein, offenbar der entscheidende. Einer fiel heraus, und der andere war nie dagewesen, statt seiner gähnte ein Loch, während Olga glaubte, er sei da. Der Turm war doch so schön, wie konnte ihm da der wichtigste Stein fehlen!

Aber belogen hat sie mich kein einziges Mal. Sie schwieg – sie wollte unsere Liebe nicht verletzen. Die Erinnerung daran. Aber weißt du, wenn eine Antilope verwundet durch die Steppe läuft und strauchelt, kreisen schon die Raubvögel über ihr. Sie wittern Beute. Beobachte das mal: Wenn eine Frau interessant ist und ihr Mann eine erbärmliche Kreatur, ein Scheißkerl, ein Säufer oder so, und wenn die Frau davon so was Fiebriges im Blick hat, stellen sich sofort feinfühlige Freunde ein. Das ist ein Gesetz, ein Gesetz. Sie war verwundet. Und der Raubvogel begann zu kreisen, schwebte über ihr. Mir ist bekannt, daß dieser ... dieses Tier, dieser Schurke, daß dieser geile Bock schon bei ihr landen konnte. Er hat sie über seine Schwelle gelockt. Er macht seine Bekanntschaften nur auf der Straße. Und stell dir vor, zu ihr, der Klugen, Scharfäugigen fand er Zugang auf der Straße, in der Menge! Die Arme ist sicher umhergetaumelt, ohne ihre Umgebung wahrzunehmen. Da hat er sich an sie rangemacht. Du kennst sicher seine Art, um eine Frau herumzutänzeln.

Einmal versuchte ich, sie vorsichtig auszuforschen. Sie merkte es sofort und lachte. Ich liebe nur dich, sagte sie, Ehrenwort. Beim zweiten Mal lachte sie und gab mir mit der Zeitung einen Klaps auf die Nase. Beim dritten Mal sagte sie: ›Zuviel wissen macht ...‹ und stockte. Sie hatte sagen wollen ›macht alt‹. Da begriff ich, Fedja. Ich war alt geworden! Leute, bereitet die Trauerfeier vor! Sie aber, die Arme, hat bei ihm auch nicht alles gefunden. Er erwies sich als sehr widersprüchlich! Er hatte nur das eine, was bei mir so katastrophal nachließ. Ansonsten – Melancholie, Schaben, Dreck. Obendrein ist er pathologisch geizig, Fedja! Wie er im Laden für einen Einkauf bezahlt, ist nicht mit anzusehen. Er kontrolliert das Gewicht, wegen einem Fünfkopekenstück zittert ihm die Hand, kriegt er Zähneklappern. Das alles hat sie ja gesehen. Er kommt zu intelligenten Leuten zu Besuch und – du wirst es nicht glauben! – stellt eine angerissene, mit einem Papierstöpsel zugekorkte Flasche auf den Tisch! Aber manchmal schreibt er Verse – ich weiß nicht, wie er das macht. Ich dachte, es würde nicht lange dauern zwischen ihr und ihm – aber nein! Ich sehe zu und schweige. Ein halbes Jahr lang läuft sie schon zu ihm. Klammert sich aber auch an mich. Das eine, was sie braucht, ist dort. Vielleicht auch noch ein zweites. Das dritte und vierte hat sie bei mir. Das ist auch wichtig, wie sich zeigt. Früher einmal hatte sie alles bei einem! So spaltete sie sich nun in zwei Teile. Es war unerträglich. Ich erduldete es, spielte ihr abends Chopin vor. Wenn sie zu Hause war. Doch dann sagte ich ihr eines Tages, daß ich alles weiß, schon lange weiß. Ich kniete vor ihr, lag ihr zu Füßen. Das war mein Fehler, du hast recht. Sie konnte das nicht ertragen. Sie wurde glühend rot, weinte fast, packte auf der Stelle ihre Sachen, nahm Andrjuscha und ... Da wären wir. Am Endziel meiner nächtlichen Wanderungen.«

Sie standen schon am Torbogen.

»Da rein, da rein gehen wir.« Possoschkow faßte Fjodor am Arm und führte ihn über die Straße. »Hier, in diesen Eingang.« Er machte die Tür auf und ließ Fjodor im Dunkeln vorangehen. »Nur zu, ich führe dich.«

Seine Hand war hart wie Stahl. Sie stiegen die menschenleere Steintreppe bis zum vierten Stock hinauf und machten dort vor einem zerbrochenen Fenster halt. Hinter der schwach erhellten Fensteröffnung, in der zur Hälfte die Scheibe fehlte, stöhnte und ächzte der kalte Wind. Ochchch! machte er, wie ein Mensch.

»Hier bleiben wir stehen. Die Scheibe habe ich eingedrückt.«

Possoschkow zog einen langen Armeefeldstecher unter dem Mantel hervor und führte ihn an die Augen. »Manchmal muß man lange warten ... Aha, heute ist sie in diesem Zimmer. Da ist sie.«

Er reichte Fjodor das Fernglas.

Hinter dem gezackten Loch in der Scheibe gähnte gleichgültig nächtlicher Raum. Drüben leuchtete ein breites Balkonfenster: Kescha Kondakows Fenster, breit und hell wie das eines Operationssaals. Fjodor wunderte sich – es war nicht verhängt, mit keiner Sperrholzplatte verdunkelt. Als er den schweren Feldstecher vor die Augen hielt, sah er sofort Olga Sergejewnas Blondkopf – weiß wie ein Kiefernbrett, mit den abstehenden dicken Zöpfen. Sie lächelte schwach und nickte jemandem zu, der unterhalb des Fensterbretts lag.

»Er liegt wahrscheinlich auf seinem Bett«, sagte Fjodor.

»Er ist nicht da, er kommt nie hierher. Es ist Andrjuscha. Sie hat ihrem . . . diesem Kerl befohlen, sich aus der Wohnung zu scheren, und er ist gehorsam ausgezogen. Damit Andrjuscha den betrunkenen fremden Onkel nicht sieht. Sie haben geheiratet, er hat sie hier angemeldet, alles hat seine Ordnung. Das ist es, was mich verblüfft. Und was mir keine Chancen läßt. Er hat sie angemeldet, trotz seines Geizes. Ist ausgezogen und kommt nie hierher. Sie besucht ihn manchmal in Saretschje. Gehen wir, Fedja.«

Aber ehe sie gingen, stieß Possoschkow die Hand mit dem Feldstecher mit einer so heftigen, aufbegehrenden Bewegung durchs Fenster, daß man glauben konnte, er würfe ihn hinaus, und verharrte danach lauschend. Unten auf dem Trottoir schlug etwas auf, es klang, als rollten Steinchen. Der Professor faßte Fjodor unter, und sie stiegen langsam die dunkle, hallende Treppe hinab.

»Hast du gemerkt?« fragte Swetosar Alexejewitsch, als sie auf die Straße getreten waren. »Der Fuchs hat sich nämlich das Bein durchgebissen und sich befreit. Das ganze Leben besteht aus Willensakten. Jeder alte Mann, dem es gelingt, einem jungen Mädchen den Kopf zu verdrehen und sie zu heiraten, muß von Anfang an mit der bitteren Perspektive der Untreue rechnen. Ich hab es mir ganz abgebissen. Dein Bein aber bleibt dran – begreifst du jetzt den Unterschied zwischen uns? Zwischen meinem Kelch und deinem? Deine Lena wird zu dir zurückkehren. Ihr werdet zu zweit sein. Und euch gar vermehren.«

Fjodor konnte zur Zeit keinen Vorteil an seiner Lage entdecken. Aber er wollte nicht streiten.

»Gehen wir nach Hause?« fragte er vorsichtig.

»Ja, wir können gehen. Gehen wir. Jetzt laß uns mal ein bißchen von dir reden. Bei dir ist alles anders, Fedja. Bei dir ist die Seite der Persönlichkeit, die sich mir erst ganz am Ende erschlossen hat, schon mit dreißig entwickelt. Schau, du zerbrichst dir den Kopf über deinen Schlüssel. Gut und Böse! Alles, worüber du dir Gedanken machst, hat unbedingt mit dem Schicksal anderer zu tun. An dich denkst du nicht. Was für ein Glück! Dein Denken richtet sich von innen nach außen. Was mich aber gänzlich umwirft – deine Lena ist genauso! Wie es der Zufall gewollt hat! Ein sensibles, reifes Mädchen! Wie habt ihr beide bloß zusammengefunden? Sie hat doch auch ihre Ecken und Kanten. Die nicht in unsere Zeit passen. Und ist erstaunlich reif für ihr Alter. Natan und ich hatten es schon aufgegeben – wir konnten keinen finden, der zu ihr gepaßt hätte. Aber als du damals in unser Zimmer tratst . . . Und zuvor so ernsthaft anklopftest . . .«

Fjodor fühlte, er mußte hier schweigen.

»Da kam mir gleich so eine Ahnung, Fedja. Von bevorstehenden Ereignissen. Vom Schicksal. Nicht nur im Hinblick auf Kassian. Natan und ich sahen uns an. Sie brachte dir gerade Kaffee. Wie sie ihn trug! Natan sagte später: ›Na, unsere Lena hat wohl endlich das richtige gefunden.‹ Er hat sie damals doch absichtlich auf Erkundung geschickt. Um die Ereignisse zu beschleunigen. Er spürte dein Wesen. Auch wenn du damals noch ein echter Kassian-Anhänger warst. Er hat dich gleich erkannt. Der Alte hat eben einen Riecher. Ja, Fedja. Ich bedaure, daß ich bald siebzig bin. Ich habe noch nicht genug gelebt. Wäre ich dreißig, würde ich alles ganz anders machen. Auch meiner Olga habe ich das Leben verpfuscht. Habe mich mit Gewalt auf eine Höhe gezerrt, auf der ich mich nicht halten konnte. Ja, das mußt du wissen, es sind noch Töpfe mit Pflanzen von ihm da, äußerst kostbaren. Ich spreche von Strigaljow. Er hat da ein selbstgebautes kleines Treibhaus. Und Samen – eine ganze Kartei. Das alles muß gerettet werden. Wir müssen uns darüber Gedanken machen, Fedja.«

»Ich habe mir schon welche gemacht.« Fjodor wollte noch sagen: »Und bereits einen Entschluß gefaßt«, aber das Geheimnis war zu groß, und er verstummte.

Possoschkow durchschaute ihn.

»Hab keine Angst vor mir. Dabei kann ich dir auch helfen. Du beschnupperst mich recht vorsichtig.«

»Ich habe einigen Grund dazu. Bei einem Genossen aus dem Haus 62 habe ich ein Buch von Morgan gesehen, und zwar nicht irgendeins, sondern genau dasselbe, das bei Ihnen unter dem Petrow-Wodkin lag und bei dem der Name des Verfassers mit ›Nicht ausleihen‹ überstempelt war.«

»Hierüber wirst du von mir keinerlei Auskünfte erhalten. Aber achte mal auf den Ton, in dem ich das sage: Jetzt bin ich dir wirklich nicht mehr gefährlich. Auch früher, als ich Kassian gegenüber Treueschwüre ablegte, habe ich trotzdem ... keine unglaublichen Gemeinheiten begangen. Wenn meine Schwüre auch ziemlich zum Himmel stanken. Aber jetzt habe ich mich generell ... von den Überbleibseln des Kapitalismus befreit. Eins von solchen früheren Überbleibselchen ist gar nicht weit ... eins mit Zöpfen. Und der Petrow-Wodkin – weißt du, was ein Petrow-Wodkin kostet? Schulden habe ich gemacht. Und um sie zurückzuzahlen ... und damit das Überbleibselchen bei mir blieb ... Mußte ich auf die Tribüne und brüllen. Fremde, eingepaukte Worte. Wenn ich jetzt die Zeit zurückbekäme, würde ich das um keinen Preis wieder tun. Und sie wäre nicht weggelaufen, nein, das wäre sie nicht! Stiefel hätte sie angezogen, in einen Kolchos wäre sie mit mir gegangen. Agronomen wären wir geworden. Mit meinem Geschrei, meinem Ziegenbockgemecker habe ich das Band durchschnitten, das sie noch an mich gefesselt hätte.«

Sie trennten sich unter einer Laterne an der Stelle, wo der Park aufhörte und die Straße anfing, die zwischen den Feldern der Lehrgärtnerei und dem Wäldchen mit den blinkenden Lichtern der Professorenhäuser verlief. Possoschkow ergriff Fjodors Hand und drückte sie lange und bedeutsam, ließ sie nicht los.

»Besuch mich mal, Fedja. Ich lebe jetzt allein.«

Aber die Nacht bei ihm zu verbringen, dazu lud er seinen ehemaligen Schüler nicht ein, obwohl der jetzt allein war. Fjodor hatte gerade darauf sehr gehofft, Possoschkow sogar extra angesehen. Er mochte nicht in das leere Gästezimmer zurück.

»Ich würde mich jederzeit freuen«, sagte Akademiemitglied Possoschkow, drehte sich um und ging leicht gebeugt zur Grenze zwischen Laternenlicht und Finsternis. Er wurde wieder zu dem mysteriösen Unbekannten im langen Mantel, dem nächtlichen Wanderer, und der Schlapphut drückte sich ihm gleichsam von allein ins Gesicht.

Als Fjodor sein Zimmer aufschloß, ging es schon auf zwei Uhr nachts zu. Beim Ausziehen des Mantels fühlte er die Hausschuhe in der Tasche. Nahm sie heraus, sah sie lange still an und wog sie in der Hand. Küßte sie. Doch im Stoffgeruch war nichts von Lena. Es gelang nicht, über die Dinge zu ihr vorzudringen. Vor Verzweiflung hieb er sich die Hausschuhe schmerzhaft ins Gesicht. Da fiel etwas heraus, schlug weich auf den Fußboden. Etwas fest Umwickeltes. Er hob es auf, faltete das zerknüllte Zeitungspapier auseinander. Ein kleiner Ehering lag darin. Ihr Ring. Ein Abschiedsgruß von ihr. Den hatte sie ihm noch dalassen können, als man sie holte. Sie hatte eilig ein paar Sachen gepackt und es dabei geschickt mit erledigt. Bravo! Bravo! rief er innerlich. Du hast gewußt, daß ich komme, daß ich deine Hausschuhe mitnehme und sie aufhebe. Tränen stiegen ihm in die Kehle, er wollte sie unterdrücken und verschluckte sich. »Und ich hebe sie auf!« Er stöhnte laut und warf sich längelang auf sein hart quietschendes Dienstreisebett.

4

Gegen vier Uhr morgens merkte er, daß er nicht schlief, daß seine Augen offen waren. Unklare, undeutbare Zukunft umdriftete ihn, kreiste ihn ein. Allmählich kristallisierten sich unaufschiebbare Aufgaben und unerledigte Pflichten heraus und gewannen Gestalt – Unerledigtes, wohin er sah. Unverheilte alte Wunden und der noch frische neue Bluterguß brannten, brachten sich bei jedem Seufzer in Erinnerung. Ich darf jetzt keinen einzigen Tag versäumen, dachte er. Aber was soll ich heute tun? Womit mich befassen?

Ächzend drehte er sich um, zündete sein Feuerzeug an

und sah zum soundsovielten Mal auf die Uhr. Die Zeit blieb nicht stehen.

Gut. Angenommen, ich schleiche mich nachts in sein Haus, hole die Samen heraus. Das kann ich auch bei Tage – schließlich bin ich Kassians rechte Hand, der ist das erlaubt. Aber was mache ich mit der neuen Sorte? Wo ist sie? Sie muß doch jetzt in die Erde! Bloß wohin? Jeder Schritt von mir wird beobachtet. Und wer ist der Beobachter, wenn nicht Kim? Wie konnte Rjadno seinen Breweschkow dazu hergeben?

Es war schon ganz hell, als seine angestrengten, bohrenden Gedanken von Tante Polja unterbrochen wurden. Sie kam herein und polterte mit dem Eimer.

»Zeit aufzustehen, junger Mann! Langschläfer! Draußen ist Frühling. Eine Wärme, das prasselt nur so! Sehn Sie mal den Ganter da. Frißt nicht, steht bei der Gans und guckt ganz bedripst.«

Geräuschvoll ging sie mit dem Schrubber zu Werke.

»Wo warst du Tausendsassa denn so lang? Ich dachte schon, sie hätten dich auch mit weggeschafft. Hier war vielleicht was los. 'ne Menge Leute haben sie gekascht. Alle spieln Spion, sind ganz ausm Häuschen. Machen alle verrückt und sehn selber schon Gespenster. Überall lauert für sie der Feind. Die eigenen Leute haben sie reihenweise ... Da dachte ich: Na, meinen Fedja haben sie mit weggekehrt.«

»Aber wofür denn, Tante Polja?«

»Dafür, daß du jung bist – das erstens. Genügt das etwa nicht? Zweitens dafür, daß dein Fräulein hübsch ist und dich liebt. So was gefällt denen nie. Und dann, weil du keinen Holzklotz oder Nachttopf als Kopf hast – das mögen sie am allerwenigsten. Aber wer kann schon vorm eigenen Kopf davonlaufen?«

Er ließ den Mantel auf dem Kleiderhaken, zog sich die Wattejacke und die Segeltuchstiefel an und begab sich in die Lehrgärtnerei, an die Arbeit von gestern. Ihn erwartete schon eine Frauenbrigade, die von den Parzellen abgezogen worden war, und alle legten sich gleich mächtig ins Zeug. Heute waren mehr Leute im Gewächshaus, aber es wurde wie gestern schweigend gearbeitet. Auch Fjodor war wortkarg. Seine Anordnungen waren ungewohnt kurz und knapp. »Hierher!« hörte man dann und wann seine leisen, kurzen Befehle. »Töpfe!«, »nicht so!«, »dichter!«.

Gegen Mittag, als er sich vergewissert hatte, daß die Arbeit flutschte, übertrug er die Leitung Choderjachin und verließ das Gewächshaus. Eilig, fast im Laufschritt durchquerte er die Lehrgärtnerei, ging durch die bekannte zweite Pforte hinaus und schritt rasch auf dem noch weichen Boden dahin, wobei er eine Ecke des bereits leuchtend grünen Felds abschnitt. Hinter der von einem Grünschleier überzogenen Parkausbuchtung war er vollends vor zufälligen Blicken geschützt. Einsam, ohne ein Ohr für das erregte Gekrächz der Saatkrähen über ihm, schritt er dahin und überdachte die Aufgabe, die er zu erledigen hatte. Er mied die gepflasterte Straße zur Brücke und gelangte, ohne es zu bemerken, auf einem grasbewachsenen Weg an ein Brombeerdickicht. Hier und da lugte aus dem jungen Grün des Gestrüpps die Reihe der aneinandergelegten, noch nicht zusammengeschweißten schwarzen Eisenrohre. Er erkannte, daß dicht an den Rohren entlang ein Pfad verlief, und folgte ihm. Als er an die bekannte Lücke zwischen den Rohren kam, machte er halt, schaute in das Rohr und brummte sogar leise: »He, he!«, als riefe er jemanden. Die vibrierende Eisenstimme gab halb flüsternd Antwort: He, he ... Die Lücke war ungefähr anderthalb Meter breit. Fjodor stand da und überlegte, zeichnete wie ein Konstrukteur etwas mit den Fingern in die Luft. Dann sah er nach beiden Seiten in die Rohre. Ein Ende leuchtete hinten hell, es war das kürzere. Sofort war ihm klar: Dieser Teil endete im Gebüsch am steilen Bachufer. Schön, sagte er und ging an den Rohren entlang zurück. Er passierte etwa zwanzig aneinandergelegte Rohre – es waren an die hundertfünfzig Meter insgesamt – und erblickte noch eine Lücke, etwas schmaler, aber groß genug, um in das Rohr hineinzusteigen. Er tat das auch gleich und begann auf allen vieren, sich auf die Lippen beißend und verdrossen schniefend, ziemlich geschickt durch das Rohr zurückzukriechen. Das Rohr gab einen unwirschen Brummton von sich. Er zog die Stiefel aus, da beruhigte es sich. Unterwegs bemerkte er noch an einer anderen Stelle einen grünen Lichtschimmer. Hier war ein Rohr um ungefähr vierzig Zentimeter zur Seite gerollt, wodurch zwei Öffnungen, hellgrüne Halbmonde, entstanden. Fjodor zwängte sich durch eine hindurch, fuhr mit den Füßen in die Stiefel und überlegte abermals. Er wußte, daß er nicht lange Kassians rechte Hand bleiben würde und ihm alles mögliche bevorstehen konnte. Solange das Rohr nicht eingegraben wurde, konnte es gut als Zugang zu Strigaljows Grundstück dienen. Als ein Zugang – bestimmt gab es mehrere. Aber es konnte auch zur Falle werden. Nachdem er das alles registriert hatte, klopfte er entschlossen an das still gewordene Rohr und ging weiter – zu Strigaljows Haus.

Die Pforte war mit großen Nägeln zugenagelt, auch hier leuchteten die bekannten beiden gelben Wachssiegel mit dem Faden dazwischen. Fjodor ging ein paar Schritte an der dichten Bretterwand entlang, trat etwas zurück, nahm kurz Anlauf und setzte, sich mit einer Hand aufstützend, im Sprung hinüber. Er befand sich in einem vom übrigen Anwesen durch ein niedriges Zäunchen und die fensterlose Balkenwand des Hauses abgetrennten kleinen Innenhof. Hier hatte Strigaljow Blumen. In der Mitte lagen etwa sechs Granitfindlinge, großen grau-grün-rötlichen Kürbissen gleich. Ein Steingarten, erriet Fjodor. Die kahlen Steinrundungen sahen unter üppig dazwischen gedeihendem Blumengrün hervor. Fjodor erkannte Dahlien; erstaunt, daß sie so groß und für die hiesige Gegend schon so früh gewachsen waren, griff er unter die Stengel, um der Sache auf den Grund zu gehen. Aha, stellte er fest, sie sind gleich im Topf eingegraben worden. Aber wieso in einem Steingarten?

Einsam pfiff der Wind, heulte sein auf- und abschwellendes, vielstimmiges Lied in den Ritzen des düsteren Holzhauses. Auf zwei zu beiden Seiten des Steingartens in die Erde gerammten Stangen klapperten und knarrten zwei kleine hölzerne Windmühlen. Ihr Geräusch klang nach Hoffnungslosigkeit und Trauer und paßte zu dem ewigen Schweigen der Findlinge. Fjodors Stirn krauste sich noch mehr. Bemüht, möglichst leise aufzutreten, überquerte er den Hof. Die weiße Kunststoffklinke mit einem rätselhaften Loch in der Mitte herunterdrückend, stieß er die Gartenpforte auf und gelangte in einen langgestreckten, sauberen Garten mit frisch gewachsenen, wie mit dem Lineal gezogenen Kartoffelstaudenzeilen, die bis an den Bach hinunter reichten. Hier wunderte er sich nicht über das frühe Grün: Ein erfahrener Kartoffelzüchter pflanzt vorgekeimte Knollen. Die kurzen Stauden waren leicht angehäufelt, zwischen den Reihen kein Unkraut. Über dem Garten klapperten drei Windmühlen, und an den Ecken standen eiserne Wassertonnen. Fleißig, der Mann, dachte Fjodor mit bitterem Respekt. Danach überlegte er: Einfache Kartoffeln und solche Pflege. Er hat natürlich ein paar Dutzend Stauden von der neuen Sorte dazwischen versteckt.

Dann entdeckte Fjodor den Treibhausanbau. Seine offenstehende, mit Filz und Bastmatten verkleidete Tür quietschte im Wind, schien ihn zu rufen wie ein wieherndes Fohlen. Innen roch es nach Erde und Feuchtigkeit. Auf einem Gestell standen ein paar leere Blumentöpfe. Pflanzen konnte Fjodor nirgends finden. Er ging hinaus, stieg die Vortreppe hinauf. An der Tür hing ein großes Schloß, außerdem sah er die Köpfe einiger tief ins Holz getriebener großer Nägel glänzen. Wieder glotzten ihn zwei gelbe Siegel mit einem Faden an. Fjodor ging um das Haus herum. Auch die vier Fenster waren sämtlich vernagelt – jedes mit drei breiten Brettern. Notfalls reiße ich die Bretter ab, dachte er. Plötzlich fiel ihm etwas ein, und er rannte ins Treibhaus zurück. Es stimmte! Strigaljow und ich haben schon eine Nase füreinander, dachte er. Unter dem Gestell war eine Holzverkleidung. Ihre Bretter ließen sich leicht entfernen – es war ein Türchen ohne Angeln. Man brauchte nur einen Nagel zur Seite zu biegen. Dahinter tat sich dunkel ein breiter Durchschlupf auf. Fjodor zwängte sich hindurch und gelangte in tiefe Kellerfinsternis. Mit dem Kopf ertastete er ein lockeres Dielenbrett, hob es an und stieg in den Vorraum. Die Tür zum Zimmer stand offen. Der Schalter war, wo er ihn vermutete; hell flammte die Lampe unter dem selbstgebastelten Pappschirm auf. Als erstes erblickte Fjodor eine Menge gleich großer flacher Samenpäckchen auf dem Fußboden. Einige davon waren aufgeplatzt – zertrampelt von Leuten, die genau gewußt hatten, daß sie schädliche Weismann-Morgan-Homöopathie zertraten. Die Karteikästen waren herausgezogen oder ganz herausgerissen, lagen auf dem Fußboden und dem Tisch.

Unter dem schmalen Bett fand er einige grobe Kartoffelsäcke aus Hanf. Er wählte den festesten, raffte eilig die Päckchen zusammen und warf sie hinein. Der Sack wurde zu einem Drittel voll. Fjodor wickelte sich noch einen Kasten mit Präparaten, den Glasplättchen, die er einst unter dem Mikroskop betrachtet hatte, fest in ein Laken und steckte ihn ebenfalls in den Sack. Das Mikroskop war nicht da. Das Mikrotom fand er in der Küche in einem Winkel, unter Wattejacken und Arbeitsstiefeln versteckt. Fjodor wickelte es in eine Wattejacke und verstaute es im Sack. Er machte das Licht aus, ging hinaus, schleppte den Sack durch den Kellerraum ins Treibhaus, setzte die Holzverkleidung wieder zusammen und lief zum Hoftor. Er übersprang den Zaun, lud sich den Sack auf den Rücken und trabte gebückt auf einem Pfad durch das Brombeerdickicht zu den Rohren. Wie ein Dieb in der Nacht, dachte er. Es scheint mich aber niemand gesehen zu haben.

Den Sack schob er in seinem Zimmer unters Bett, und als die Mittagspause zu Ende war, stand er schon wieder im Gewächshaus, kontrollierte Eintragungen im Tagebuch, zeigte den Aspiranten die Pfropfungstechnik und beaufsichtigte das Umpflanzen der Sämlinge in Töpfe. Hin und wieder waren seine kurzen Anweisungen zu hören: »Stellen Sie sie dichter. Da gehen noch hundert hin.« – »Zuwenig Sand, füllen Sie auf.«

Gegen sieben Uhr abends, als er, in sein Zimmer zurückgekehrt, auf dem Bett lag und verdrießlich an die Decke starrte, klingelte das Telefon.

»Sprechen Sie«, sagte eine Frauenstimme, und gleich darauf quarrte wie aus nächster Nähe der hölzerne Alt von Akademiemitglied Rjadno: »Wo steckste denn bloß die ganzen Tage?«

»Ich war in Ihrer . . . in unserer gemeinsamen Sache unterwegs, Kassian Damianowitsch.«

»Und was hat uns dein Rumgerenne eingebracht?«

»Die Zeit hat uns überholt . . . Ich wollte Sie gerade anrufen, da ist das passiert. Sind doch alle verhaftet worden. In einem unpassenden Moment.«

»Und Obus?«

»Gestern wurden wir zusammengerufen und informiert.«

»Und Obus, frag ich?«

»Er mit.«

»Na, und wie denkste drüber, Söhnchen?«

»Ich denke mir schon so einiges. Aber zuerst möchte ich berichten. Der Reihe nach.«

»Los, berichte der Reihe nach. Der Plan, was is mit dem Plan?«

»Gleich, der Reihe nach. Ich habe doch das Nest aufgespürt. Bin direkt zu ihnen reingeplatzt. In eine Zusammenkunft.«

»Von dieser Heldentat weiß Moskau auch schon. Pfiffig von dir, hätte ich nich erwartet. Bist eben 'n Intelligenzler. Wie haste's angestellt?«

»Das weiß ich selbst nicht.«

»Spiel nich den Bescheidnen, das kann ich nich leiden. Ich weiß es, ich weiß alles – durch 'ne Frau. Dazu gäb's noch ... Wie du rausgekriegt hast, daß die Frau zu denen ihrem Nest gehört – das war Intuition! Das nenn ich Talent!«

»Auch Krasnow war dabei, Kassian Damianowitsch.«

»Gut, daß du's meldest, Söhnchen.«

»Er ist ebenfalls verhaftet worden.«

»Väterchen weiß auch das schon.«

»Jetzt meine Gedanken zu alledem. Meine Gedanken sind die, Kassian Damianowitsch, haben wir sie alle nicht zu früh ... auf die ideologische Ebene ...?«

»Nein, nicht zu früh, Söhnchen. Genau rechtzeitig. Haste nich versucht, ihn rumzukriegen? Wenn nich mal du das geschafft hast ... Und dann hab ich ja außer dir auch noch andre Brautwerber geschickt. Nein, 's war nich zu früh, Fedja.«

Aha, dachte Fjodor. Es ging also von uns aus.

»Ich meine, es war trotzdem zu früh. Er ist doch einer neuen Sorte auf der Spur. Die Sorte hat großen Wert. Sie gehört dem Volk, wir brauchen sie, unabhängig vom Schicksal des leichtsinnigen Züchters.«

»Gut gesagt. Gute Worte. Väterchen weiß, wo die Sorte is. Du wirst mir die Sorte sicherstellen, Söhnchen.«

»Trotzdem hat man es zu eilig gehabt. Ich war drin in seinem Haus. Im versiegelten.«

»Chch-chick!« Ein rauher, scharfer Wind, der die Greisenlunge zu sprengen drohte, fauchte los und ließ kleine Pfeifen ertönen – so klang sein Lachen. »Na, Söhnchen, du machst mir ja Fortschritte. Wer hätte gedacht, daß mein Fedja . . .«

»Ich bin überall rumgekrochen.«

»Nich überall, Fedja, nich überall.«

»Doch. Ich habe nichts ausgelassen. Bis auf die Siegel.«

»Chu-chuchch! Chi-chch! Puh!« Rjadno spuckte aus und verschluckte sich. »Och, Fedja, erbarm dich, erwähn die Siegel nich mehr.«

Lach nicht zu früh, gleich wirst du *bis an die Backenzähne* lachen, dachte Fjodor.

»Um die Siegel geht es gar nicht, Kassian Damianowitsch. Unsere Sache steht nicht zum besten. Er hatte dort einen Schrank. Karteikästen mit Samenpäckchen drin. Zehn Jahre Arbeit für drei Institute. Hat er selber zu mir gesagt. Davon ist jetzt nichts mehr übrig.«

»Wo biste überhaupt gewesen? Was meinste? Biste bei Trost?«

»Ungefähr ein Dutzend habe ich vom Fußboden aufgelesen. Als nichts mehr zu retten war. Von Stiefeln zertrampelte, aufgeplatzte. Mit dem Besen habe ich die Samen zusammengekehrt. Eine Handvoll, mehr war es nicht. Wo ist der Rest? Darum bin ich . . . Solche Aktionen müssen abgestimmt werden. Man muß informiert werden.«

»Das hat Obus gemacht, der Lump. Mit Absicht.«

»Er hätte die Päckchen nicht auf dem Fußboden liegen lassen. Und die Karteikästen nicht im Zimmer rumgeschmissen.«

»Verdammt . . . Er hat mir bloß alles versaut. Dabei hat er strenge Order gehabt.«

»Wer? Obus?«

»Ach was. Jemand.«

»Ein verantwortungsloser Jemand. Ein selbstherrlicher.«

»Ich versteh das nich ... Nein, ich versteh's nich ... Grad er war doch so verantwortungsbewußt.«

»Aber ich hatte den Eindruck, daß dieser Verantwortungsbewußte – oder seine Leute –, daß die im Ofen Kartoffelkisten verheizt haben. Und die Samen gleich mit. Der Ofen war voller Asche. Mit verkohlten Holzstücken. Von den Kisten.«

»Das is 'ne Katastrophe, Fedja. Hör zu ... Warum verdächtige ich dich bloß die ganze Zeit?«

»Weil Ihr Krasnow und Ihr Saul Ihnen die ganze Zeit sonstwas über mich auftischen. Und Sie es glauben.«

»Du mußt sie verstehen, Söhnchen, Söhnchen. Du hast die beiden zu schnell überflügelt, Väterchen hat dich, verdammt noch mal, ins Herz geschlossen. Und 'n erstklassischer Hund is immer neidisch auf'n andern, den der Herr streichelt. Beißt'n, wo er kann, versucht ihm an die Gurgel zu gehen. Das is'n Gesetz. Auch beim Menschen is das so. Sag mir lieber, wer das gewesen sein kann, der uns die Samen so ...«

»Es kann auch einer von Ihren Brautwerbern gewesen sein. Waren es wenigstens einigermaßen gebildete Leute?«

»Fedja, warum rührste an mein'n wundesten Punkt? Ich kann mir's denken: Du bist eifersüchtig!«

»Sie haben mir die Augen verbunden und befehlen mir zu handeln!« rief Fjodor, damit es noch mehr nach Eifersucht aussah. »Ich weiß überhaupt nicht, wo ich die Samen suchen soll. Und dann ist da noch ein Objekt ...«

»Du meinst die neue Sorte? Den Punkt kannste streichen. Die kannste als unsre ansehen.«

»Aber man muß sie pflanzen, pflanzen. Wenn wir das nicht tun, geht sie kaputt.«

»Sie is schon in der Erde, Söhnchen. Wenn's so weit is, sag ich dir, wo sie is und was mit ihr werden soll. Aber's gibt noch'n Objekt, erinnerst du dich?«

»Sie meinen das von Obus gezüchtete Polyploid?«

»Wirst du das Wort je vergessen? Ich kann's nich aussprechen. Schlimmer als Latein. Sag, die Wildpflanze. Kontumax – sie hat ja auch 'n Namen. Du hast sie doch damals erkannt, bei der Revision. Und sie dir nicht gleich gesichert . . .«

»Wie soll ich das jetzt noch können. Sie sind so merkwürdig ruhig, Kassian Damianowitsch. Ihr Ton ist so . . . Womöglich haben Sie sich schon alles gesichert?«

»Wenn du mich sehen könntest, Söhnchen, würdste nich so reden. Dein Väterchen is vom Fleisch gefallen und blaß geworden in den letzten Tagen. Alles is verquer gegangen. Was würdste mir denn raten?«

»Gut wäre es, Obus freizulassen. Und die übrigen auch. Ich würde sie beobachten. Würde ihre ganze Hinterlassenschaft für Sie . . .«

»Mein Lieber . . . Einsperren geht leichter als freilassen. Unsere Schuld, Fedja. Du und ich haben sie bißchen zu früh . . . Hast recht. Wir hätten's sanfter, geschickter machen sollen. Aber versteh doch, er hat sich als Feind entlarvt. Den Film hat er aus'm Ausland, wie sich zeigt. Dahin führt die Spur.«

Rjadno verstummte für längere Zeit. Dann brach er unsicher das Schweigen: »Fedja . . . Hörst du mich? Fedja . . .«

»Ja, ja, Kassian Damianowitsch! Ja!«

»Was ich dir jetzt anvertraue, Söhnchen . . . Du mußt entschuldigen, ich hab dir'n bißchen auf'n Zahn gefühlt. Du warst mir verdächtig geworden. Immerzu denk ich: Verheimlicht mein Fedja mir nich was? Is er vielleicht zu denen übergelaufen?«

»Bin ich vielleicht so ein Lump wie Krasnow«, soufflierte Fjodor.

»Fedja, sei nich eifersüchtig! 's is gut, daß du eifersüchtig bist, aber trotzdem, hör auf. Väterchen gibt dich für niemand her. Krasnow is'n großes Kalb. Er sieht weder bei uns noch bei denen durch. Scharwenzelt um mich rum. Also . . . Ich hab dir die ganze Zeit auf'n Zahn gefühlt. Deshalb bin ich dir so ruhig vorgekommen. Nee, nee, Väterchen is nich ruhig. Entweder is mit mir nichts mehr los und ich bin'n alter Angsthase, oder ich seh noch gut und du bist der einzige, dem ich vertrauen kann. Hör zu, hör zu und bedaure dein Väterchen. Schwierige Situation, Söhnchen. Obus is nich gefaßt worden. Obus is geflohn.«

»Waas!« rief Fjodor laut und aus ehrlichem Herzen.

»Irgend'n Aas hat ihn gewarnt. Vielleicht war's auch'n Zusammentreffen von Umständen. Und du sagst, du willst informiert werden. Sogar bei völliger Geheimhaltung passieren noch solche Pannen. Er is wie vom Erdboden verschwunden, weißte. Natürlich sind Maßnahmen eingeleitet. Mit deiner Spürnase könntest du mir jetzt 'ne große Hilfe sein. Halt, wettre nicht gleich los, ich sag ja nich, daß du ihn fangen sollst. Geschnappt wird er auch ohne dich. 's geht um sein Erbe, das muß gerettet werden. Einfluß hab ich genug, mein Arm is lang. Was mir fehlt, is dein Talent, Fedja.«

Jetzt war es an Fjodor zu schweigen. Also hatte Rjadno nicht geprahlt, als er ihm gegenüber auf die Jagdreviere anspielte, in denen er allein seine Hirsche jage. Als er von Verlagerung auf die ideologische Ebene sprach und drohte, er könne Ungehorsamen eine gehörige Tracht Prügel verabreichen lassen. Jetzt hat er sich voll zu erkennen gegeben! dachte er. Früher kam mir das wie leeres Geschwätz, wie Angeberei vor. Da glaubte ich's nicht. Jetzt hab ich die Bestätigung. Aber wie verschlagen er ist. Alles ist mit einem Schafpelz zugedeckt. Versteck dich nur, versteck dich. Das Schäfchen hat sich längst einen Wolfspelz angezogen. Solche Schäfchen hast du noch nicht gesehen!

»Fedja . . .«

»Ja! Ich bin noch da.«

»Ach, Bruder, haben die uns beide angeschmiert.«

»Nicht uns beide, sondern Sie, Kassian Damianowitsch. Und Ihren General. Damit Sie mir endlich glauben und Ihre Kräfte nicht für meine Beobachtung verpulvern.«

»Is ja gut, is ja gut, Söhnchen. Vorsicht hat noch nie geschadet.«

»Stimmt das wirklich, daß er geflohn ist?« Fjodor besann sich einen Augenblick. Es konnte ja auch eine Falle sein. »Kassian Damianowitsch, ist die Information überprüft?«

»Genauestens, Söhnchen. Ich bin den ganzen Zirkus müde. Du solltest mich ablösen.«

»Ich würde doch nur meine Zeit verplempern, wenn es nicht stimmt.«

»Keine Angst. Verplempere deine Zeit. Aber so, daß was

rauskommt. Er rettet doch jetzt nicht bloß seine Haut. Große Werte versteckt er! Staatseigentum. Das dem Volk gehört. Versteh doch, Fedja, wir beide haben die Pflicht ... Wir müssen der Situation gewachsen sein.«

Sie schwiegen erneut – Fjodor voller Staunen, wie genau Kassians Worte seinem Schlüssel entsprachen. Und wieder meldete Rjadno sich unsicher als erster.

»Fedja ...«

»Ja, ich bin noch dran. Ich kann die Neuigkeit einfach nicht fassen.«

»Hör zu. Väterchen hat's denen oben schon versprochen. Hat auch dich mit erwähnt. Einer der besten Mitarbeiter, Deshkin, ist in der Hauptstoßrichtung eingesetzt, so hab ich's formuliert. Hast du verstanden? Wir beide sind unter Sonderkontrolle genommen. Eine neue Sorte, so is es notiert. Jetzt kriegen wir entweder die Brust voll Orden, Bruder ... Kapierst du, was das bedeutet? Geht das rein in deinen ehrgeizigen Schädel? Ich bin doch in deiner Hand, Fedja. Tu das für mich, und ich weiß sofort, daß mein Fedja ...«

»Der treuste Hund ist?«

»He, bist du bissig geworden. 'n richtig scharfer Rüde. Fährt einem gleich mang die Beine. Daß Väterchen dich nich prügelt, das heißt's. Mach du, worum ich dich bitte. Ich häng dir 'ne Medaille um. Ans Halsband, ha-ha-ha ...«

»Dazu ist es nötig, Kassian Damianowitsch, daß die übriggebliebenen Weismann-Morgan-Anhänger mir vertrauen. Sie haben doch Angst vor mir. Ich werde mich mit Honig einreiben müssen.«

»Tu das! Bitte!«

»Ich weiß nicht, wie mir das gelingen wird. Und dann könnte ja auch eine Wespe von uns auf dem Honig landen. Eine aus Ihrem Wespennest. Und mich stechen, daß ich auf der Strecke bleibe. Ihr General hat mich neulich angestarrt ...«

»Der starrt alle an, hab keine Angst. Ich sicher dich schon ab. Sag ihm Bescheid.«

»Ich brauche eine Garantie.«

»Du kannst einem den Nerv töten, Fedja. In solchen Zeiten zu feilschen. Alles, alles kannste haben, bloß beruhige mich!« schrie Kassian. »Von mir aus zieh mir die Hosen runter!«

»Schon gut, Kassian Damianowitsch. Noch heute reibe ich mich mit Honig ein.«

Er hatte kaum den Hörer aufgelegt, als das Telefon abermals klingelte.

»Fjodor Iwanowitsch? Erkennst du mich nicht? Hier ist Choderjachin.«

Wie immer schwang rätselhafte Traurigkeit in der jungenhaften, brüchigen Stimme. Der hier anrief, war nicht vom Glück verwöhnt.

»Ich höre, Anatoli Anatoljewitsch«, meldete Fjodor sich freundlich.

»Sie sind also gar nicht hingegangen?«

»An diesem Institut hatte Fjodor bereits gelernt, keine Verwunderung zu zeigen, wenn man ihm eine überraschende Frage stellte.

»Und Sie?« fragte er leichthin.

»Ich? Ich werde zu solchen internen ... in diesen engen Kreis nicht einbezogen. Ich bin nicht würdig.«

»Wohin hätte ich denn gehen sollen?«

»Ich dachte, Sie würde man unbedingt ... Man hat da einen Film aufgetrieben. Sie wissen wirklich von nichts? Dann verlieren Sie keine Zeit, hören Sie zu. Die haben irgendwo einen Film aufgetrieben. Einen Weismann-Morgan-Film. Wahrscheinlich den bewußten. Haben sich rasch ein Vorführgerät besorgt und sehen ihn sich jetzt an. Im Rektorat.«

»Die – wer ist das?«

»Na, Waritschew. Und Genossen.«

»Interes-sant. Haben Sie noch jemanden davon informiert?«

»Keine Menschenseele. Nur Ihnen wollte ich ...«

»Informieren Sie niemanden weiter. Unter der Bedingung werde auch ich keinem sagen, daß Sie mir ...«

»In Ordnung!«

Fjodor wartete höflich ab, bis der andere aus der Leitung war, dann legte er den Hörer auf. Er stand eine Weile mitten im Zimmer und starrte auf die lackierte Tischplatte. So als sähe er sein Kreuzsymbol, die Darstellung der zwei mit den Spitzen zusammenstoßenden Unendlichkeiten – der inneren und der äußeren. Die äußere konfrontierte ihn ständig mit neuen Aufgaben. Sich tief in die innere zurückziehend, überlegte er, wie die rechte Hand von Akademiemitglied Rjadno sich unter den ihm bekannt gewordenen neuen Bedingungen verhalten mußte. Nachdem er ein Weilchen mit den Fingern auf den Tisch getrommelt und den Wirbel mit einem letzten effektvollen Knaller beendet hatte, zog er sich rasch den »Sir Percy« an, verließ das Haus und begab sich schnellen Schritts zum Rektoratsgebäude. Leichtfüßig und geräuschlos, als flöge er, lief er die Vortreppe hinauf, eilte den Korridor entlang und betrat das Vorzimmer des Rektors. Es war leer. Hinter der nur angelehnten lederbezogenen Tür zum Rektorzimmer herrschte rätselhaftes bewegtes Halbdunkel, in dem die spannungsvolle Anwesenheit von Menschen zu ahnen war. Fjodor schlüpfte hinein und erblickte sofort das bläulich wie Mondlicht flimmernde Leinwandquadrat und darauf die sich bewegenden Finger zweier durchsichtiger Hände, die die Finger zu zwei Polen führten. Er drückte sich mit dem Rücken an die Wand und versuchte angestrengt die Anwesenden zu erkennen.

»Eine Reduplikation«, war durch das Surren des Geräts die selbstsichere, meckernde Stimme Wonljarljarskis zu hören. Als Fachmann für die Struktur von Pflanzenzellen gab er Erläuterungen. »Gleich tritt die Telophase ein.«

»Stefan Ignatjewitsch!« flehte Waritschew mit gutmütigem Spott. »Läßt sich das nicht russisch sagen?«

»Pjotr Leonidowitsch, das ist die internationale Terminologie der Weismann-Morgan-Anhänger.«

»Zum Teufel damit. Wir sind keine Weismann-Anbeter. Wozu brauchen wir ihre Terminologie?«

»Sie soll ja gerade unverständlich sein, darin besteht ihre . . . Würde ich sie transponieren – und mich unwillkürlich dabei bemühen, die falsche Lehre verständlich darzustellen –, dann sähe ich aus wie ein Advokat, wie ein geheimer Adept, der die Gelegenheit zur Propaganda nutzt. Und jeder ehrliche, verantwortungsbewußte Wissenschaftler, und ich denke, solche sind vorwiegend hier zugegen . . .«

»Gut, ich hab dich verstanden, du hast recht. Traktier uns weiter mit Terminologie.«

»Teufel noch mal, wollen wir nicht lieber ausschalten?« ließ sich eine bedrückte Stimme vernehmen. »Nachher wird man noch davon angesteckt. Gerade so bringen sie ja normale Menschen in Verwirrung.«

Der Apparat verstummte.

»Geschickte Propaganda!« sagte Anna Bogumilowna laut. Sie saß zwei Schritt von Fjodor entfernt im Dunkeln.

»Ist das eine Fälschung oder nicht?« fragte jemand.

»Willst du provozieren?« versetzte Anna Bogumilowna ironisch.

»Genug jetzt!« zischte es von überall. »Wir hören euch nachher zu. Los, führ ihn zu Ende vor!«

Die Chromosomen auf der Leinwand bewegten sich wieder.

»Es kommt zur Spindelfaserbildung, und die Allele wandern zu den Polen«, fuhr Wonljarljarski im herablassenden Ton des Fachmanns fort.

»Nein, Stefan Ignatjewitsch, so geht's nicht. Wir werden Deshkin holen müssen«, knurrte Waritschew gedehnt. Es war nur ein Scherz, er wollte ihnen mit Deshkin, vor dem sich alle fürchteten, ein bißchen bange machen.

»Ich bin hier!« erklärte Fjodor laut und stieß sich von der Wand ab.

Die Leinwand erlosch sofort, und der Apparat wurde ausgeschaltet.

Die Deckenleuchten gingen an, alle Verschwörer drehten sich nach dem unerwarteten Eindringling um, der Zeuge ihres starken Interesses an verbotenen Dingen geworden war. Zwanglos auf Stühlen und Sesseln zurückgelehnt, saßen Akademiemitglied Possoschkow (der vage in sich hineinlächelte), Dekane und Professoren. Die Pobijacho starrte Fjodor halb verlegen, halb erheitert an.

»Er ist schon hier! Pjotr Leonidowitsch, du kannst ja Geister beschwören!«

Waritschew, der fast aus seinem Sessel quoll, belächelte ihren Scherz und legte die riesigen, weichen Fäuste auf den Tischrand.

»Ich hätte selbst nicht gedacht, daß ich dazu imstande bin. Sie sind also hier, Fjodor Iwanowitsch!«

»Ich verstehe nicht ganz, warum das alle in Erstaunen versetzt.«

»Wir haben dich gesucht und nicht gefunden«, log die Pobijacho dreist. »Wir haben uns die Hacken abgelaufen.«

»Ich war zu Hause, und sobald ich den Anruf erhielt . . .«

»Wer war denn der . . . Glückspilz, der Sie gefunden hat?« fragte Waritschew.

»Eine Frau. Nicht Rajetschka.«

»Nicht Rajetschka?« Anna Bogumilowna sah den Rektor fragend an.

»Schön, das ist nicht wichtig«, sagte Waritschew und ließ den Blick über die Versammelten gleiten, gewillt, das Schiff ruhig zwischen Sandbänken und Riffen hindurchzusteuern. »Hauptsache, Fjodor Iwanowitsch ist hier, und wir können fortfahren. Fjodor Iwanowitsch! Für Sie ist ein Päckchen hier angekommen. Aus dem Haus 62. Rajetschka hat es voreilig geöffnet, da fiel eine mysteriöse Filmrolle raus, und von da an ging alles holterdiepolter. Wissenschaftliches Interesse, Wissensdurst, Neugier . . . Was noch, Anna Bogumilowna?«

»Der Reiz der verbotenen Frucht«, brummte die Pobijacho mit ihrer Baßstimme.

»Kurz, wir holten uns ein Vorführgerät, und nun sitzen wir hier und zerbrechen uns den Kopf, was da auf der Leinwand zu sehen ist. Irgendwelche Würmer. Stefan Ignatjewitsch sagt, das sind Chromosomen. Sie bewegen sich, verstehst du. Schade, daß Fjodor Iwanowitsch nicht da ist, dachten wir, der hätte es uns erklärt.«

»War denn ein Begleitbrief dabei?« erkundigte sich Fjodor und trat an den Tisch.

»Auch ein Begleitbrief ist da.« Waritschew schob ihm einige zusammengeheftete Bögen hin.

»Übrigens eine Nummer mit zwei Nullen«, bemerkte Fjodor, während er das offizielle Begleitschreiben las. »Wie kam sie bloß dazu, solch einen Umschlag zu öffnen? Ein streng vertrauliches Dokument . . .«

»Ja, das ist es.« Waritschew blickte träge zur Seite.

In Abstimmung mit Akademiemitglied Rjadno wurde F. I. Deshkin »hiermit«, also mit dem Schreiben, der Beschluß über die Anfertigung eines wissenschaftlichen Gutachtens mitgeteilt, das über eine im Rahmen des Ermittlungsverfahrens gegen die in der Stadt operierende verbrecherische Gruppe konfiszierte Filmrolle zu erstellen sei. Über der Überschrift »Beschluß« stand in Maschinenschrift: »Bestätigt«, und schräg durch das Wort lief steil ein langer, gezackter grüner Strich nach oben, von dessen Ende ein kekker Schweif auf den Text des Beschlusses herabhing. Fjodor las den in Klammern gesetzten Namen: »Assikritow«.

»Wollen Sie den ganzen Film sehen?« fragte er, alle im Zimmer Sitzenden streng und direkt musternd. Dabei machte er runde Augen wie ein Dogmatiker und zog die Luft durch die zusammengekniffenen Lippen ein.

Alle schwiegen.

»Das ist doch an mich adressiert. Wenn ich den Erhalt dieser erbrochenen Sendung quittiere, läuft es darauf hinaus, daß ich die Filmvorführung organisiert und die Dinge unter Ihnen verbreitet habe.«

»Wir haben alle Pjotr Leonidowitsch unser Ehrenwort gegeben«, rief die Pobijacho mit wogendem Busen. Waritschew sah sie spöttisch an und schüttelte den Kopf.

»Da ich als der Hauptverantwortliche in diese Geschichte hineingezogen wurde, werde ich wohl darüber berichten müssen.« Fjodor machte immer noch runde Augen. Er hatte in seinem Leben schon oft in solche angstvoll geweiteten, Bewußtsein heuchelnden Augen gesehen, so daß er sich leicht daran erinnerte und den Gesichtsausdruck nachahmen konnte.

Alle saßen da wie geprügelt. Nur Possoschkow lächelte fein und traurig in sich hinein und betrachtete die Finger seiner schmalen mageren Hand.

»Und wenn ich nicht berichte ... Wenn ich nicht berichte, decke ich es dann nicht? Zumal zum gegenwärtigen Zeitpunkt, wo diese Dinge so ins Blickfeld geraten sind. Wo ein Ermittlungsverfahren läuft. Ich weiß wirklich nicht, was ich tun soll. Ich sage Ihnen ehrlich – ich hätte nicht an Strigaljows Stelle sein mögen, als Sie ihn neulich ... Als wir alle ihn in der Versammlung ... Wollen Sie dafür geradestehen, Pjotr Leonidowitsch?«

»Solange das von den Anwesenden gegebene Ehrenwort gehalten wird, ist nichts zu befürchten«, sagte Waritschew nicht sehr überzeugt.

»Pjotr Leonidowitsch, dafür geradezustehen wird genau dann notwendig sein, wenn jemand weich wird und, selbstredend mit dem nötigen Takt ...«

»Was denn für Takt«, Waritschew sah sich mit unfrohem Lächeln unter den Anwesenden um, und sein Blick verweilte auf dem reglos erstarrenden Wonljarljarski. »Wenn jemand von uns glaubt, den Ereignissen vorgreifen zu müssen, nützt uns auch kein Takt mehr. Sehen Sie, Fjodor Iwanowitsch, wir alle hier sind ausgewiesene Leute. In dem Sinne, daß wir nicht mehr die Jüngsten sind, Familie haben. Und gewissermaßen gewitzt sind. Aufeinander eingespielt. Unnötig Lärm schlagen würde keiner. Wer möchte schon den gewohnten Lebensstil aufgeben? Aber das Versehen mit dem Päckchen ... Die strenge Vertraulichkeit ... Ihre begründete Besorgnis ... Das ändert die Situation wesentlich. Etwas Unberechenbares kommt ins Spiel.«

»Lassen Sie uns gemeinsam überlegen. Ich denke, wir können die Situation aus der Gefahrenzone herausmanövrieren.« Fjodor hörte auf, runde Augen zu machen und lächelte. »Wir holen sie in aller Ruhe in sicheres Fahrwasser zurück. Ich würde mich nie hinsetzen und so ein Gutachten allein abfassen, ohne mich mit erfahrenen Kollegen, mit einem ausgewählten Kreis von Fachleuten, die bewährte Mitschurinanhänger sind, zu beraten. Die Akademiemitglied Rjadno gut und seit langem kennt.«

Alle atmeten auf, es kam wieder Bewegung in die Runde.

»Außerdem müssen wir uns diesen Film ansehen. Wenn er etwas enthält, das eine Gefahr darstellt, müssen wir in aller Ausgewogenheit ...«

»Gescheit, der Mann«, brummte die Pobijacho leise.

Alle nickten. Possoschkow lächelte noch feiner.

»Der Kreis der Anwesenden ist, wie ich sehe, etwa der, wie ich ihn mir vorgestellt hätte. Wenn die Initiative von mir ausgegangen wäre. Kurz, lassen Sie uns mit der Vorführung fortfahren. Ich erläutere Ihnen dabei einiges. Danach helfen Sie mir bitte bei der Formulierung eines objektiven Standpunkts. Da ich mich, durch die Umstände dazu gedrängt, selbst zum erstenmal vor die Notwendigkeit gestellt sehe . . .«

»Also ein Diplomat bist du, Fjodor Iwanowitsch!« dröhnte die wieder gut gelaunte Pobijacho.

»Lassen Sie den Film bitte laufen«, befahl Fjodor sachlich.

»Von vorn, von vorn!« bat man aufgeräumt.

»Zeigen Sie ihn von Anfang an. Spulen Sie bitte zurück.«

Der Film wurde zurückgespult, das Licht ging aus, und auf der Leinwand erschienen zitternd die ersten Bilder. Fjodor hatte sich Strigaljows Lektion gut gemerkt.

»Wir haben eine Zelle vor uns«, begann er. »Meines Wissens Knoblauch. Allium sativum. Hier sehen wir dasselbe wie bei den Lehrpräparaten. Nur daß die Zelle lebt und sich daher nicht färben läßt. Eine Aufnahme von ungefärbtem Material. Offenbar wurde mit Lichteffekten gearbeitet.«

Die Zellteilung begann. Sobald der Zyklus beendet war, setzte allgemeines Geraune ein.

»Unglaublich!« flüsterte jemand.

»Warum?« fragte Possoschkow harmlos.

Es wurde verlangt, den Film zurücklaufen zu lassen und die Teilung nochmals zu zeigen. Schweigend sahen sie einige Minuten lang zu, worauf der Streit noch heftiger entbrannte.

»Alles Humbug!« Die Pobijacho übertönte alle. »Ruhe, Fjodor Iwanowitsch wird uns gleich sagen . . . Ausschalten, ausschalten, das Gerät!«

Es wurde Licht gemacht. Die Pobijacho, die rote Wangen bekommen hatte, beugte sich vor.

»Sag's, Fjodor Iwanowitsch, ich glaube dir. Ist es eine Fälschung?«

»Ich weiß genausoviel wie Sie. Bitte reden Sie.«

»Meiner Meinung nach ist es eine Fälschung. Der reinste Humbug.«

»Nur bitte ich Sie zu argumentieren, Anna Bogumilowna.

Jargonausdrücke mögen zwar im Lager gut sein, aber wir hier sind Wissenschaftler! Ich muß doch ein Gutachten schreiben. Auch wenn ich meine Unterschrift darunter setze, geht die Sache uns alle an.«

»Ich habe zwar mal in Moskau in einem Labor Filmaufnahmen von der Entwicklung eines Embryos im Hühnerei gesehen. Man konnte das Herz schlagen sehen. Aber daß der ganze Zellteilungsvorgang so deutlich . . . Das kann's nicht geben. Betrug.« Die Pobijacho wandte sich ab.

»Erlauben Sie.« Waritschew, der sich über den Schreibtisch lehnte, hob den dicken Daumen und den Zeigefinger, führte sie demonstrativ zusammen und meinte: »Das ist doch so eine Struktur, Fjodor Iwanowitsch. Eine Mikro . . . Mikrostruktur ist das doch! Ich kann's nicht glauben.«

»Warum nicht?« entgegnete Fjodor ruhig. »Die Mikrofilmtechnik ist weit fortgeschritten. Damit hat man sich schon vor dem Krieg beschäftigt. Übrigens steht im Keller unseres Institutsgebäudes ein erbeuteter Siemens-Apparat. Mit dem läßt sich so was machen. Ich bin nicht sicher, daß es sofort gelingt, der springende Punkt dabei ist, daß man's schafft, eine Zellkultur darzustellen. Eine lebende Zelle zu isolieren. Und das geeignete Medium zu finden. Auf Anhieb wird das nicht klappen, aber im Prinzip . . .«

»Und wie bringen Sie die Zelle unters Objektiv?« fragte Wonljarljarski herablassend. »Wie wird sie dort, *in vitro,* ihre Funktionen ausüben? Es muß doch einen ununterbrochenen Stoffwechsel geben!«

»Genau!« sagte jemand.

»Ja, ja«, pflichteten einige Stimmen halblaut bei.

»Es kommt ganz auf die Zusammensetzung des Mediums und auf die Kultur an«, erläuterte Fjodor. »Sie sollten diese Technik kennen, Stefan Ignatjewitsch. Auf das Objektglas legen Sie zwei Glaskapillaren. Darüber ein Deckglas. Befestigen es an den Ecken mit etwas Wachs. Unter das Glas geben Sie mit einer Pipette ihre Lösung. Von der anderen Seite ziehen Sie Flüssigkeit mit Filterpapier an, so daß sich ein kontinuierlicher Strom ergibt. Mit der Flüssigkeit muß man allerdings experimentieren. Und dann natürlich die Kultur – eine knifflige Sache.«

»Stimmt, im Keller steht so 'ne erbeutete Bandura«, sagte einer der Professoren, »und staubt ein. Ich dachte immer, es wäre eine Bohrmaschine.«

»Wir wollen ihn noch mal ansehen!« schlug der Moskauer Dozent vor.

Das Licht ging aus, und auf der Leinwand bewegten sich wieder die durchsichtigen graublauen Finger. Eine gigantische Zelle mit doppeltem Chromosomensatz nahm fast die ganze Leinwand ein. Der Pobijacho fiel sofort eine Unordnung auf.

»Fjodor Iwanowitsch, was macht sie da? Jetzt wieder. Was ist das?«

»Der Experimentator hat eine schwache Kolchizinlösung in die Pipette genommen und unter das Glas gegeben. Eine ganze Winzigkeit.«

»Da, da!« rief sie erfreut. »Daa, hoho! So fängt der Weismannismus-Morganismus an! Jetzt ist alles klar! Daa! Oh!«

Mehrere andere fielen ein.

Die Zellen auf der Leinwand verdoppelten sich deutlich, eine nach der anderen. Dann begannen sie zu zerfallen. Ein fremdsprachiger Text flimmerte auf, und der Apparat wurde ausgeschaltet. Das Licht ging an.

»Jaa!« sagte die Pobijacho und sah sich unter den Anwesenden um. »Schreib, Fjodor Iwanowitsch. Feindlicher Schund!«

»Anna Bogumilowna, im Moment sprechen Sie nicht wie eine Wissenschaftlerin«, ließ sich trotz der entstehenden Unruhe deutlich die brüchige Stimme von Akademiemitglied Possoschkow vernehmen. »Kann man den Weismannismus-Morganismus denn im Film darstellen? Das ist eine falsche Lehre, die den Köpfen bürgerlicher Scholastiker entstammt. Sie ließe sich in einem Text, in Kommentaren zu den Aufnahmen darlegen. Doch hier sind keine Kommentare. Wir haben es mit einer gekonnt gefilmten Teilung einer Knoblauchzelle zu tun. Zuerst hat sie sich normal geteilt, dann ist sie unter die Einwirkung von Kolchizinlösung geraten. Sowohl der Knoblauch als auch die Herbstzeitlose, aus der das Kolchizin gewonnen wird, kommen in der Natur vor, sie sind die falsche Adresse für Ihre Beschuldigungen. Auch ist ein Zusammentreffen der beiden unter natürlichen Bedingungen nicht ausgeschlossen.«

»Aber Kolchizin!«

»Ist ein Alkaloid. Es wird aus den Zwiebeln der Herbstzeitlosen gewonnen, also aus Colchicum autumnale. Wie Nikotin aus Tabak. Experimente mit Kolchizin können auch Gegner des Weismannismus-Morganismus anstellen.«

»Wenn sich solche Draufgänger finden«, sagte jemand unter allgemeinem Gelächter.

»Sie können solche Experimente anstellen, um . . . diese Pseudotheorie zu entlarven. So daß allein die Tatsache der Chromosomenverdopplung in der Zelle, wie wir sie hier gesehen haben, nicht als Weismannismus betrachtet werden kann. Wir müssen nach vollständiger Erkenntnis streben. Und dürfen uns nicht fürchten.«

»Aber es gibt Prioritäten in der Erkenntnis von Fakten, die in der Natur existieren.« Waritschew, der wieder voll da war, witterte längst die Anrüchigkeit in Possoschkows Worten. Nachdem er seine Festigkeit bewiesen hatte, sprach er zunehmend sicherer. Seine Kartoffelaugen zerflossen in einem Lächeln. »Hier muß ich Ihnen widersprechen, Swetosar Alexejewitsch. Ich muß es, ob ich will oder nicht. Der Weismannismus-Morganismus, Freunde, hat eine Besonderheit: Diese Pseudolehre benutzt unwesentliche Fakten, um die Aufmerksamkeit der fortschrittlichen Wissenschaft von der Lösung der gegenwärtig anstehenden Aufgaben abzulenken.«

»Verzeihen Sie, damit bin ich nicht einverstanden. Wie können wir denn Fakten in wesentliche und unwesentliche unterteilen? Gerade die Fakten, die gestern geringfügig erschienen, rücken heute, da man sie mehr und mehr erkennt, ins Zentrum von Wissenschaft und Praxis.«

»Entschuldigen Sie, Swetosar Alexejewitsch«, Waritschew erhob sich lächelnd und wurde laut. »Wir müssen uns daran erinnern, daß es auch in der Wissenschaft eine Kampflinie mit vorderster Front und Etappe gibt. Sagen sie, was ist heute wichtiger als Forschungsgegenstand – die Kuh oder die Drosophila? Auch die Fliege ist ein Kind der Natur, und sie hat sich nicht träumen lassen, welches Glück sie einmal haben würde. Daß der Weismannismus-Morganismus sie auf seine Fahne schreiben würde.«

»Eine Kuh erbringt im Jahr eine Generation, die Fliege dagegen über zwanzig. Daher läßt sich an der Fliege sehr gut erforschen, wie die Erbanlagen der Kuh in zweitausend Jahren aussehen werden. Die Vererbungsgesetze sind für die Kuh die gleichen wie für die Fliege. Deshalb sollte man Fliege und Kuh einander nicht gegenüberstellen. Aber ich muß hier aufhören, Pjotr Leonidowitsch.« Possoschkow wurde leiser. »Sie haben die Frage prinzipiell gestellt, wie man Fragen stellen muß. Jeder von uns wird sagen, daß das Experiment mit Knoblauch und Kolchizin zwar schön ist, aber nichts ist im Vergleich zu Ihrem Getreide, Anna Bogumilowna.«

Jetzt redeten mehrere Stimmen zugleich, und soviel man verstehen konnte, ging es um Bestrahlung von Weizensamen mit Gammastrahlen.

»Na gut, Pjotr Leonidowitsch, wir sind hier unter uns«, gestand die Pobijacho kleinlaut. »Die Bestrahlung hat stattgefunden. Das ist zwar von zweitrangiger Bedeutung, aber ich leugne es nicht. Ohne im geringsten in meiner Position wankend zu werden, möchte ich doch gern wissen, wie das zustandekam: Man legte meine Samen in einen Sarg, in dem Radioaktivität war, ließ sie ein paar Sekunden drin – und bitte! Du hättest sehen sollen, wie sie aufgingen, wieviel unvorstellbare Varianten entstanden! Du warst damals noch nicht bei uns, Pjotr Leonidowitsch. Dort, auf genau derselben Parzelle, habe ich mein Weizchen, wie Choderjachin sagt, ausgesondert. Jung und gehorsam, wie ich war, ließ ich ihn bestrahlen. Das Ergebnis, Genossen . . . Das wurde verschwiegen, aber es liegt vor.«

»Ich sehe, Sie sind bereit zu kapitulieren, Anna Bogumilowna«, sagte Waritschew.

»I wo! Nein! Ich kann schon kämpfen. Aber das zu wissen würde nicht schaden. Wie das zustandekommt. Wenn man in die Zelle hineinsehen könnte . . .«

»Wenn das Ziel erreicht ist, soll man nicht zurücksehen und ins Labyrinth des Vorgangs eindringen wollen. Zumal er zu anderen Zwecken ausgedeutet werden kann. Wenn man sich für den Vorgang ereifert, Anna Bogumilowna, vergißt man das Ziel. Wissen Sie, wer gesagt hat: ›Die Bewegung ist alles, das Ziel ist nichts‹?«

»Genossen!« Fjodor warf Waritschew einen vorwurfsvollen Blick zu. »Genossen, ich muß Sie doch bitten, zum Thema unserer Diskussion zurückzukommen. Wir können diese spontan entstandene prinzipielle Diskussion ein andernmal fortsetzen, und gewiß nicht ohne Nutzen. Im Moment kann zuviel Schärfe uns hinderlich sein. Wir sind schon über das Anliegen dieses kurzen Films hinausgegangen. Pjotr Leonidowitsch, ich bedaure bereits ... Ich glaube, man hätte das Päckchen besser nicht öffnen sollen, und sehe mich genötigt, ehe es zu spät ist ...«

»Aber warum denn.« Waritschew wurde sofort ruhiger, ließ sich in den Sessel sinken. »Sie haben hier völlig unpassend, Anna Bogumilowna ... Diese Bestrahlung aufs Tapet gebracht. Natürlich gibt der Film an und für sich, von der guten Aufnahmetechnik abgesehen, der Wissenschaft wenig. Die Teilung ist meisterhaft gezeigt, das wollen wir nicht leugnen. Aber das alles ist schon bekannt. Im Grunde ein Film fürs erste Studienjahr. Und was das Kolchizin betrifft ... So sehen wir hier die Wirkung dieses auch in der Pharmakologie bekannten Gifts. Propaganda liegt hier nicht vor. Er läßt sich zwar benutzen ... Aber man braucht das auch wieder nicht zu tun, das hängt ganz vom Zuhörerkreis und vom Kommentar ab.«

Alle nickten beruhigt. Fjodor wiederholte die Worte des Rektors bereits als Schlußfolgerungen des Gutachtens. Waritschew, der ihm aufmerksam zuhörte, nickte und klopfte nach jeder These mit dem Finger auf den Schreibtisch. Und alle nickten.

Dann trat ein merkwürdiges Schweigen ein. Keiner wollte gehen.

»Wißt ihr was, Leute«, sagte die Pobijacho errötend, »sehn wir ihn uns doch noch mal an. Von Anfang an ...«

Das im objektiven Ton eines unbestechlichen Fachmanns abgefaßte Sachverständigengutachten wurde mit Maschine geschrieben und zum Haus 62 geschickt. All die Tage hatte es nicht geregnet, deshalb ging Fjodor abends auf Strigaljows Grundstück und schleppte eimerweise Wasser aus dem Bach in die Eisentonnen an den Ecken des Kartoffelfelds. Nach sechs Abenden waren die acht Tonnen randvoll gefüllt. Er goß aber noch nicht, weder die Kartoffeln noch die Dahlien im Steingarten – es war noch genügend Feuchtigkeit im Boden. Wenn er zwei volle Eimer vom Bach den steilen lehmigen Abhang hinauf durch das Brombeergestrüpp trug, schaute er sich jedesmal um, und jedesmal kam es ihm so vor, als beobachte ihn jemand in der Dämmerung. Melancholisch klapperten die Windmühlen. Ich habe das Recht, hierher zu kommen, dachte er, besorgt zurückblickend, wahrte aber den Anschein von Gelassenheit. Ich bin Rjadnos rechte Hand, ich habe den Auftrag, mich um das »Erbe« zu kümmern, sollen sie nur versuchen, mir was am Zeuge zu flicken.

Am Montag – es war der 14. Mai – rief ihn Rajetschka aus dem Rektorat an. Es sei ein Brief aus Haus 62 für ihn da. Der Sachverständige wurde für den fünfzehnten hinbestellt.

Am Morgen des fünfzehnten wusch er sich die Haare, kämmte sich und band sich eine rosa Krawatte unter den sauberen steifen Hemdkragen. Nachdem er den »Sir Percy« angezogen und sich im Spiegel betrachtet hatte – schräg und von vorn –, begab er sich in die Sawodskaja-Straße. Er wußte, daß man bei solchen Anlässen tadellos gekleidet sein mußte. Alles wäre gut gewesen, aber das Veilchen unter dem Auge war voll erblüht – es war fast schwarz und außen leuchtend gelb.

Unterwegs überlegte er, seine Braue hob und senkte sich. Er wußte genau, die Filmrolle war ihr wichtigster Beweis, und diesen Beweis mußte er unbedingt entkräften.

Der Passierschein lag schon bereit. Fjodor ging durch die dritte Eingangstür, am Schalter mit dem Posten vorbei, stieg danach in den ersten Stock hinauf und gelangte in den bekannten bogenförmig gewundenen Korridor. Sich nach den elegant geschwungenen Wänden umsehend, passierte er die hohe Tür mit der Nummer 441. Etwas beklommen griff er nach der Klinke von Zimmer 446. Ihn empfing ein helles

Vorzimmer mit grünen Polsterbänken. Ein wortkarger junger Soldat nahm seinen Passierschein entgegen und öffnete ihm eine lederbezogene Tür. Dahinter kam noch einmal die gleiche – sie erinnerte an die gepolsterte Lehne eines Ledersessels –, dann öffnete sich ein geräumiger Saal mit einem großen rosa Teppich in der Mitte und einem großen Schreibtisch am hinteren Ende. Fjodor sah sich interessiert im Raum um und begriff nicht gleich, daß das ein Arbeitszimmer war. Dann bemerkte er, wie sich über dem Schreibtisch der bekannte hohe, ungewöhnlich üppige und dichte bläulichschwarze Haarschopf erhob. Der General – in einer Uniformbluse mit Schulterriemen und dunkelblauer Reithose, nicht mehr als mittelgroß, dünnbeinig, elegant wie eine Libelle – kam hinter dem Schreibtisch hervor, um ihn zu begrüßen. Vom ersten Schritt an begann er das Gesicht des bestellten Sachverständigen zu durchforschen. Die Hand gab er ihm nur beiläufig und musterte ihn dabei unaufhörlich. Bei dem laschen, unbestimmten Händedruck wehte Fjodor ein sanfter, angenehmer Duft entgegen. Eine Dame, die Gattin eines Stabsoffiziers, hatte ihm mal die untrüglichen Merkmale eines echten Mannes erklärt: Er müsse duften – ein bißchen nach gutem Tabak, ein bißchen nach teurem Parfüm und ein bißchen nach gutem Wein. Nach alledem duftete der glatt rasierte, vor innerer Spannung fast den Atem anhaltende, mit seinen Lederriemen knarrende General Assikritow in der Tat ein wenig.

»Was haben Sie denn da, Genosse Sachverständiger?« fragte der General, wobei sein durchdringender Blick auf der außen gelb angelaufenen dunkelvioletten Schwellung unter Fjodors Auge verweilte. »Sie hätten sich was drüber kleben sollen, ich kann eine Schwester kommen lassen.«

»Eine Kampfverletzung. Die ich auf dem mir von Kassian Damianowitsch zugewiesenen Frontabschnitt erhielt. Solcher Verwundungen braucht man sich nicht zu schämen.«

Beide zeigten sich lautlos lachend die Zähne, ließen einander nicht aus den Augen. Sie setzten sich einander gegenüber in tiefe Sessel. Der schlanke General nahm nur ein Drittel seines Sessels ein, was ihm erlaubte, sich schräg hinzusetzen, die dünnen Beine malerisch übereinanderzuschlagen und eine Hand auf den blitzblanken Stiefelschaft zu legen. Der gewaltige Haarschopf des Generals, der über seinem asketisch hageren Körper thronte, war wirklich beeindruckend.

»Nun, was gibt's Neues an der Front, Genosse Laborleiter?« fragte er. »Wie sieht's mit dem Erbe aus? Haben Sie sich auch nichts entgehen lassen?«

»Einiges schon«, sagte Fjodor.

»Was denn?« Der General setzte sich besorgt gerade.

»Bei der Haussuchung wurden viele Samenpäckchen beschädigt oder sind verschwunden. Kassian Damianowitsch war verärgert.«

»Das heißt also, die Theorie ist zwar schädlich, bringt aber Werte hervor?«

Fjodor hielt es für nötig, seinen Gesichtsausdruck bei diesen Worten zu verändern und den General erstaunt anzusehen.

»Wertvolle Dinge verlieren durch den Wechsel des Besitzers nicht an Wert«, bemerkte er kühl und eine Idee zornig. Die »rechte Hand« verteidigte die Positionen von Akademiemitglied Rjadno.

»Es gibt schlimmere Verluste«, sagte der General müde. »Hat Rjadno es Ihnen gesagt?«

»Ja. Irgendein Lump muß ihn gewarnt haben. Einer von den Eingeweihten übrigens.«

»Bald schnappen wir uns beide. Den einen wie den anderen. Auch den Lumpen. Die kommen nicht weit.«

Dann schwiegen sie. Der General knetete den Stiefelschaft und sah dem strengen, konzentrierten Denker, der ihm gegenübersaß, ins Gesicht. Dann erzitterten seine braunen Lider, als ziele er.

»Fjodor Iwanowitsch«, begann er plötzlich in verändertem Ton und tat, als recke er sich im Sessel. »Uns ist bekannt, daß Sie ein unversöhnlicher Kämpfer sind, der sein Fach versteht. Deshalb erscheint die Verschwommenheit Ihres Gutachtens etwas verwunderlich. Rechte Hand des Akademiemitglieds – wo sind denn, hä, hä, ihre Krallen? Ihre stahlharten Muskeln?«

»Genau dazu ist sie als rechte da, daß sie nicht am Ziel

vorbei schlägt. Ich wurde als Sachverständiger hinzugezogen. Als solcher habe ich nicht das Recht, Emotionen nachzugeben.«

»Hm, eine neue Konzeption, Gutachten anzufertigen?«

»Ich weiß, daß ich wirklich der bin, als den Akademiemitglied Rjadno mich Ihnen geschildert haben muß. Ich schätze Autorität, die der Sache zugute kommt. Wenn ich einmal zuschlage, bin ich schwer zu widerlegen. So ist es zumindest bis jetzt gewesen. Sie wissen ja, die ganze Sache mit Obus habe ich ins Rollen gebracht.«

»Das ist uns bekannt.«

»Wozu soll ich als Wissenschaftler, der von Nutzen sein will, kleine Fehler aufspüren und Lappalien überbewerten? Pure Krittelei betreiben?«

»Verzeihen Sie, was nennen Sie pure Krittelei?« In der Nacht unter den Generalsbrauen wetterleuchtete es mehrmals.

»Ich habe ein objektives und unwiderlegbares Gutachten abgegeben, und nur so kann man einen gefährlichen Gegner bekämpfen. Der Gegner würde doch nur lachen, wenn wir in einem einfachen Studentenfilm über die Zellteilung eine Bastion der fremden Weltanschauung suchen. Optische Geräte, Reagenzien . . . Der Vorgang wird durch Linsen gebrochen, auf Zelluloid fixiert. Er verläuft außerhalb unseres Bewußtseins.« Fjodor sprach gemessen, als diktiere er dem General.

»Aber die Texte, die Texte!«

»Wir haben sie gesehen.«

»Verzeihung, wer ist wir?«

»Ich habe die zuverlässigsten Kollegen hinzugezogen. Pjotr Waritschew, Anna Pobijacho. Den neuen Dozenten aus Moskau habe ich eingespannt. Und noch ein paar zuverlässige Kollegen. Wir sind zusammengekommen und haben uns den Film mehrmals angesehen. In den Texten waren nur wissenschaftliche Termini und die Dosierung der Lösungssubstanzen. Keine einzige Schlußfolgerung. Ein typisches Lehrmittel. Das Wesentliche bleibt dem kommentierenden Professor überlassen. Alles hängt davon ab, wer interpretiert.«

»Aber das kann auch der Feind sein!«

»Einverstanden. Im Gutachten klammern wir den Interpretierenden aus, er liegt ja dem Film nicht bei. Wir sprechen von dem, was vorliegt. Der Film ist ein Mittel. Und als solches indifferent. Unvoreingenommen.«

»Also kommt es allein auf den Zweck an? Meinen Sie das? Der Zweck rechtfertigt die Mittel?«

»Nein. Das meine ich nicht. Die Mittel sind insofern indifferent, als ihnen egal ist, welchem Zweck sie dienen und wie sie zu rechtfertigen sind. Wenn jemand, sagen wir, einen Diebstahl begeht, würden Sie ja auch nicht der Hand die Schuld geben! Verantwortlich ist immer der Kopf. Ein Mittel kann nicht Gegenstand der Rechtfertigung oder Schuldzuweisung sein. An diesem Mittel ist keine verbrecherische Absicht ablesbar. Sobald eine solche Absicht daran deutlich wird – fassen Sie den Verbrecher! Dann ist es kein Mittel mehr, sondern eine verbrecherische Handlung. Der Film ist Ihnen in die Hände gefallen, Genosse General, und Sie sind bestrebt, ihn als Mittel zu benutzen. Zu Zwecken unseres gemeinsamen Kampfes, wie ich Ihren Formulierungen im Beschluß entnehme. Ebensowenig läßt der Film sich zu unseren Gunsten auslegen! Er ist weder für die Mitschurin-Anhänger noch für die Weismann-Morgan-Anhänger. Ich halte mich aus euerm Streit raus, sagt er. Kurz, er ist indifferent. Unser Film reflektiert einen Vorgang, der jeden Moment in der gesamten belebten Welt vor sich geht. Auch in Ihrem Körper, Genosse General. Die Teilung lebender Zellen und die Abhängigkeit dieses Vorgangs von den Lebensbedingungen. Da ist nichts zurechtgebogen, alles ist wahr, kann ich als Gutachter mit Bestimmtheit versichern. Weshalb diese Leute nun, dieses . . .«

»Nest«, soufflierte der General.

»Ja, weshalb er bei ihnen gefunden wurde, was sie mit ihm vorhatten – das müssen Sie klären, wenn Sie über Informationen verfügen, wie Sie sagten. Das ist die Aufgabe der Ermittlung. Nest – der Terminus stammt übrigens vom Akademiemitglied. Ein unsterblicher Terminus.«

»Ja, ich weiß. Ich hab mit Kassian Damianowitsch gesprochen, und nicht nur einmal. Begegnungen zwischen uns bleiben nicht aus. Ein Wissenschaftler von Format. Er ist sehr gründlich.«

»Der Film ist auf jeden Fall eine hervorragende Leistung der Mikrofilmtechnik. Gewöhnlich betrachten wir eine bereits durch Äther getötete und gefärbte Zelle unter dem Mikroskop. So wie hier habe ich Chromosomen zum erstenmal beobachtet.«

Fjodor sagte das, um die Informiertheit des Generals zu testen. Der General reagierte auch sofort.

»Wir besitzen Informationen, daß Sie diese Chromosomen zum zweitenmal gesehen haben«, sagte er beiläufig. Fjodor registrierte seinen Berufsehrgeiz, an unwichtigen Details zu demonstrieren, daß er genauestens über ihn Bescheid wisse.

»Diese Informationen sind ungenau«, entgegnete er, um anzudeuten, daß er in einem höheren und wichtigeren Zusammenhang eine Rolle spiele. »Wenn Sie genaue Informationen darüber brauchen, wird Akademiemitglied Rjadno sie Ihnen geben.«

Der General stand auf und sah Fjodor eine Weile geheimnisvoll an, man hätte meinen können, ihn verzehre die Schwindsucht. Danach ging er im Zimmer hin und her und blieb hinter dem Gutachter stehen. Etwas später drehte Fjodor sich gelassen um und begegnete dem glühenden Blick des Generals – Assikritow hatte ihm offenbar unverwandt in den Nacken gestarrt. Was hat er? dachte Fjodor. Der General unterbrach seinen rätselhaften Erkundungsversuch, ging um den Schreibtisch herum, stützte sich mit der Hand auf das dort liegende Gutachten und las darin. Der Text schien ihn erneut in Wut zu versetzen. Er schlug mit seiner kleinen Faust aufs Papier, beherrschte sich aber sofort wieder. Mit funkelnden schwarzen Augen wandte er sich Fjodor zu.

»Ein schwaches Gutachten! Ein viel zu mildes! Das dem Feind gerade recht kommt. Er hat uns dieses ›Mittel‹ genau in dem Moment in die Hände gespielt, als er es brauchte, als wir zum ideologischen Kampf übergingen!«

»Diskussionen über die Zelle, ihre Struktur und Funktion betrachtete ich nicht als ideologischen Kampf«, sagte Fjodor. »Alles, was Sie vorbringen, ist nicht Aufgabe eines Gutachtens, sondern der Ermittlung.«

»Wir haben Informationen, daß Sie seit einiger Zeit mit der Pseudowissenschaft sympathisieren.«

»Ich meine, diese Informationen sind ein bißchen dürftig«, versetzte Fjodor und lachte.

»Warum lachen Sie?«

»Ich finde, wir haben im Moment beide Grund zum Lachen. Ihre Informationen sind dürftig, sonst hätten Sie mich nicht zur Mitarbeit herangezogen. Sie sollten ihnen nicht glauben.«

»Man sollte nicht glauben, sondern wissen – so sagen Sie doch gern? Ja, man muß wissen. Und wir werden alles wissen.«

»Das bezweifle ich nicht. Das Los der Wahrheit ist es, erfahren zu werden«, stimmte Fjodor ihm zu.

»Na gut.« Der General ließ sich auf die polierte Ecke des Schreibtisches nieder und setzte von dort aus, mit dem Fuß im Stiefel wippend, seine unablässige und rätselhafte Beobachtung fort. »Gut. Beweist dieser Film etwa nicht . . . Ist das etwa kein Versuch zu beweisen, daß es nur auf die Erbsubstanz ankommt?«

»Filmaufnahmen von einem lebenden Objekt beweisen jederzeit und zweifelsfrei, daß der Materialismus recht hat: das Entscheidende ist die materielle Substanz.«

Der General sprang mit funkelnden Augen von der Schreibtischecke. Gebückt und Fjodor aus verschiedenen Stellungen anvisierend wie ein Billardspieler, umrundete er den Schreibtisch. Ohne Fjodor aus den Augen zu lassen, kehrte er zum Schreibtischsessel zurück, nahm Platz und legte sich mit der Brust auf die Akten.

»Gut, ich will so sagen: Beweist das etwa nicht, daß man durch Manipulationen an Substanzen die Vererbung beeinflussen kann?«

»Das wäre ein unstrittiger Beweis, wenn ihre Theorie stimmt.«

Bemüht, den Sinn des Gesagten zu erfassen, senkte der General verwirrt den Kopf.

»Wessen Theorie?«

»Die von den Leuten im Nest.«

Gleich habe ich dich, wohin ich dich haben will, dachte Fjodor.

»Aber die Theorie ist doch falsch!« Der General lief um den Schreibtisch herum und stürzte fast dabei. Wieder blieb er reglos hinter Fjodor stehen.

»Dann widerlegt diese Tatsache sie.«

»Ich verstehe gar nichts mehr. Und wenn die Theorie stimmt?«

»Ich sagte bereits, dann wäre das ein unwiderlegbarer Beweis für sie.«

»Sie haben mich durcheinandergebracht. Was kommt zuerst? Die Tatsache? Oder die Schlußfolgerung daraus?«

»Das wissen Sie selbst«, sagte Fjodor deutlich, immer noch mit dem General im Rücken. »Aber da ich mich in diesem Haus befinde, muß ich hinzufügen: Je nachdem, worum es geht. In den meisten Fällen ergibt sich die Schlußfolgerung aus der Tatsache. In der normalen Wissenschaft, außerhalb dieser Wände. Aber es gibt Fälle, wissen Sie . . .«

»Dann schreiben Sie das doch in Ihrem Gutachten!«

»Das kann ich nicht. Das geht über den Wissenschaftsbereich hinaus. Das ist Sache des Rechtsbewußtseins.«

»Ja, ja«, sagte der General zerstreut. Er wanderte erneut durchs Zimmer. Manchmal blieb er plötzlich stehen und nahm eine sonderbare Pose ein – dabei spähte er fortwährend immer wieder zu Fjodor. Nach mehreren solchen Standortwechseln äußerte er wie nebenbei: »Ich habe Sie verstanden. Ich weiß jetzt, was Sie meinen. Und wie sieht es mit der Verantwortung aus?«

»Das weiß ich nicht«, sagte Fjodor.

»Wer trägt die Verantwortung? Wer würde einen Fehler des Rechtsbewußtseins zu verantworten haben?«

»Im Rechtsbewußtsein gibt es keine Fehler«, sagte Fjodor streng, den General beobachtend. »Sie gibt es nur in der Wissenschaft. Selbst wenn . . .«

»Was Sie da wieder sagen . . . Trotzdem, wenn das Rechtsbewußtsein sich aber irrt?«

»Es kann sich nicht irren. Es ändert sich. Und für Vergangenes wird niemand von ihm Rechenschaft fordern.«

»Kann sein. Aber hier haben wir's mit einem Sonderfall zu tun. Dabei sind wir auf Fachwissen angewiesen.«

Wovon ich nicht überzeugt bin. Fjodor merkte sofort, daß er das gar nicht ausgesprochen hatte. Statt dessen sagte er nach kurzem Zögern: »Und das liefert Ihnen das Gutachten. Im Sonderfall läßt sich freilich ... manchmal drauf verzichten.«

»Und die Verantwortung?«

»Ich hab schon gesagt ...«

»Und vor dem Gewissen?«

»Was ist Gewissen? Unter bestimmten Bedingungen muß es ja sagen.«

»Ja sagen wozu?«

»Zum Handeln der Person, die entscheidet, ob der Fall eingetreten ist, daß aufs Fachwissen verzichtet werden muß.«

»Wozu sagen Sie mir das alles?« schrie der General plötzlich wütend.

»Um meine Haltung als wissenschaftlicher Sachverständiger zu begründen. Und um die Grenzen für die Anwendung der Wissenschaft abzustecken.«

»Das ist Objektivismus bei ihnen und keine Haltung! Ein Gutachten wie Ihrs läßt sich keiner Entscheidung zugrundelegen!«

Also habe ich recht! Also wurde doch zuerst die Schlußfolgerung gezogen, erst danach brauchten Sie eine Tatsache, um sie zu untermauern! sagte Fjodor triumphierend – und stellte im selben Moment erleichtert fest, daß er auch das nur im Geist geäußert hatte. Er hatte sich rechtzeitig gebremst. Aberglauben und Borniertheit, dachte er, den General scharf beobachtend, hütete sich aber, ihm seinen Standpunkt zu verraten. Weil Aberglauben und Borniertheit – in Uniformtuch gekleidet und von knarrenden Riemen umspannt, leicht nach gutem Tabak, Parfüm und Wein duftend – hier das Sagen hatten und Fjodor kein Ende ihrer Macht sah.

Der General wanderte wieder schweigend durch den Raum, seine kohlschwarzen Augen durchstreiften ihn gesondert. Er zuckte die schmalen Schultern.

»Weiß der Teufel«, brummte er haßerfüllt. »Ein sowjetischer Wissenschaftler! In-te-ressant! Die Feinde tummeln sich direkt vor seiner Nase, holen zum Schlag aus, warten auf ihre Stunde ... Alles wird auf den Kopf gestellt, richtige Professoren gibt's nicht mehr, bald werden nur noch Anhänger von Akademiemitglied Rjadno da sein, in der Forschung tritt ein totales Vakuum ein. Irgendwann ist damit Schluß, und dann sind wir zur Stelle. Zehn Betreuer mit je vierzig Studenten, das macht vierhundert Fachleute. – Haben Sie von dieser Rechnung des Gegners gehört?«

»Das nicht, aber sie leuchtet ein. So feindlich ist die Rechnung gar nicht. Wenn man von einigen gegen das Akademiemitglied gerichteten Formulierungen – unzulässigen Formulierungen – absieht. Ich könnte darüber sogar guten Gewissens mit Ihnen streiten«, sagte Fjodor. »Diese jungen Menschen – daß sie noch sehr jung sind, merkt man sogar an Ihrer Wiedergabe, offenbar sind es Studenten –, die hatten dabei doch nicht das Ende der Sowjetmacht im Sinn, sondern weiter nichts als ...«

Der General lachte höhnisch auf.

»Weiter nichts als die Lehre von Mitschurin und Lyssenko? Die Theorie von Akademiemitglied Rjadno? Weiter nichts!«

»Nicht mal das. Sie dachten in ihrer Unerfahrenheit an eine Aufhebung des Verbots für Lehrveranstaltungen über die Zellstrukturen. Sie nehmen nicht ohne Grund an, daß Wissenslücken entstehen können.«

»Die Aufhebung der marxistischen Lehre, das ist es, woran sie dachten!« schrie Assikritow, bebend vor Zorn. »Gegen einen blühenden Zweig der sowjetischen Wissenschaft, gegen die Lehre unserer Koryphäen haben sie zum Schlag ausgeholt. Weismann wollen sie uns unterschieben, den Mönch Mendel! Malthus! Wahrhaftig. Sie setzen mich in Erstaunen, Fjodor Iwanowitsch. Wissen Sie, wie das heißt, was Sie da betreiben? De-ma-go-gie! Versuchen Sie mal das, was Sie da von Ihren Studenten gesagt haben, beim Akademiemitglied vorzubringen. Bei dem verfängt so ein Plädoyer nicht. Genausowenig wie bei uns.«

»Es gibt einfache Dinge, die sich unter vernünftigen Leuten sachlich diskutieren lassen. Es besteht kein Grund, sie auf die ideologische Ebene zu verlagern.«

»Aber das hier ist doch ein Kampf zwischen den beiden Systemen! 1918 haben die Sozialrevolutionäre Kanonen gegen die Sowjetmacht aufgefahren. Heute greift der Feind zur Waffe des Weismannismus-Morganismus. Er würde Ihr Gutachten wärmstens begrüßen. So sieht's aus, Genosse ... Genosse rechte Hand. Auf Wiedersehen. Uns beiden ist alles klar. Ihnen auch? Mir ist es mehr als klar.«

Weiter sprachen sie kein Wort. Die Tür im Hintergrund ging auf, der junge Soldat öffnete sie weit und stand da, als wolle er Fjodor in die Arme schließen. Nach einer Verbeugung verließ der Sachverständige selbstbewußt und festen Schritts den Raum. Der General stand mitten im Zimmer und sah ihm schaudernd nach.

Doch, es ist mir gelungen, es ist mir gelungen, den künstlichen Beweis zu entkräften. Ich habe dem General klargemacht, daß in dem schwarzen Hund keine Hexe steckt, dachte Fjodor, als er die helle, frühlingshafte Straße dahinschritt. An den gestutzten Bäumen schimmerte frisches, ganz junges Grün, der Wind war warm, es roch stark nach Pappelharz. Aber der General möchte sich nicht von der eingebildeten Hexe trennen, liefen die Gedanken weiter. Nein, er wird sich nicht trennen von seinem Traum, wenigstens einmal im Leben eine richtige Verschwörung aufzudecken. Ein Film mit ausländischem Text! Die Operation hatte so gut geklappt, und wo war der Film gefunden worden? Auf dem Bahnhof, unter der Jacke eines Mitglieds der geheimen Gruppe, das mit dem Zug entwischen wollte. Ganz wie im Kino! Nein, Gruppenprozesse sind nach seinem Geschmack, von einer solchen interessanten Hexe wird er sich nicht trennen. Und Rjadno wird ihn nach Kräften darin bestärken. Aber ich habe getan, was ich konnte, habe ihren Hauptbeweis wissenschaftlich durchleuchtet, und der General hat verstanden. Er hat verstanden, sonst wäre er nicht so um den Tisch gerannt – er wollte sie nicht hergeben, seine Hexe. Er wird sich zu Hause noch den Kopf kratzen und sich fragen, was er da auf sich nimmt. Auch wenn zur Zeit scheinbar alles ganz in Ordnung ist. Die richtige Einschätzung kommt noch, und das weiß er. Beide werden es jetzt eilig haben, ihre Hexe zu retten, für Irrtümer ist da kein Platz. Kassian hat sich übrigens nie geirrt. Mein Väterchen hat sich nie geirrt.

Unter solchen beklemmenden logischen Überlegungen war er, ohne es zu merken, in der Lehrgärtnerei angekommen. Im Gewächshaus arbeitete er bis in den späten Abend – stellte Töpfe mit Pflanzen um, gab auf Fragen Auskunft. Die Fenster im Gewächshaus färbten sich allmählich rötlich, auf den Scheiben malte sich der Sonnenuntergang, einige waren auch schon erloschen, bleich flammten die Neonröhren auf. Er bemerkte gar nicht, daß er inzwischen allein im Gewächshaus war, und es ging schon auf elf, als er – immer noch beklommen grübelnd und die öde Stille um sich her befragend, was wohl die Zukunft bringen würde – in der rasch hereinbrechenden Dämmerung des nahenden Sommers durch den Park heimwärts schlenderte.

Merkwürdig beschaffen ist die Seele. Schon auf der Vortreppe spürte er einen unklaren Druck. Vielleicht hatte seine Aufmerksamkeit bereits von weitem einen Moment auf dem unklaren Etwas verweilt, das an eine Menschengestalt erinnerte. Der Schatten schien im Dämmerlicht in seine Haustür geglitten zu sein und eine schwache Spur im Bewußtsein hinterlassen zu haben. Die Spur machte sich jetzt plötzlich wieder bemerkbar, als er nach der Türklinke griff, und er zögerte in der Bewegung. Im dunklen Gang brannte aus irgendeinem Grund kein Licht. Dem sollte abgeholfen werden! Er tastete an der Wand nach dem Schalter, hatte aber offenbar vergessen, wo der war. Über die staubige Wand glitt die Hand in eine Nische und stieß darin auf derben, nicht sehr dicken Segeltuchstoff. Unter dem Stoff spürte Fjodor einen Körper. Er fuhr zurück.

»Ist hier jemand?«

»Ja, ja«, antwortete beschwichtigend Strigaljows gedämpfter Baß aus der Nische.

»Moment«, flüsterte Fjodor. Er ging zu seiner Tür, schloß sie rasch auf und öffnete sie weit nach innen. Im Hintergrund des dunklen Zimmers schimmerte schwach das blaue, vom schmalen Fensterkreuz markierte Fensterviereck.

»Licht werden wir wohl nicht machen?« fragte Strigaljow leise.

»Wieso nicht? Können wir! Ich habe eine Gardine vorm Fenster. Ich will sie gleich mal . . . Setzen Sie sich hier in die Ecke, auf mein Bett. Die Tür schließen wir ab.«

»Ich will nämlich bis morgen bleiben, Fjodor Iwanowitsch. Bis morgen abend.«

»Wir können Sie auch bis zum nächsten Frühjahr hier unterbringen. Zu mir kommt niemand.«

»So, jetzt bin ich in der Ecke. Wir können Licht machen.«

Fjodor knipste, die Glühlampe erstrahlte grellgelb, und das Fenster hinter dem billigen Seidenvorhang wurde sofort dunkel. Der Gastgeber machte eine kleine Runde durchs Zimmer und räumte eilig die am Morgen achtlos abgestellten Dinge auf den Tisch: einen elektrischen Teekessel, ein angeschnittenes Weißbrot, eine Tüte Zucker, eine Butterdose, die in Wasser schwamm.

»Butter – das ist gut«, sagte Strigaljow. Er saß auf dem Bett, wo es am dunkelsten war. »Geben Sie mir ein Stückchen. Nein, nur ein Stückchen.«

Der Arme war hungrig und hatte lange seine Sahne nicht getrunken.

»Sahne gibt es morgen früh«, sagte Fjodor. »Milch kann ich vielleicht gleich besorgen.«

»Jetzt kochen Sie mir bitte Grießbrei.«

»Kann's auch Kartoffelbrei sein?«

»Meinetwegen.«

»Grießbrei wird auch gekocht. Später. Erst schälen und kochen wir mal Kartoffeln.« Fjodor zog die Kartoffelkiste unter dem Bett hervor, holte einen Aluminiumtopf aus dem untersten Schrankfach und nahm ein kurzes Messer. Eine Kartoffel nach der anderen drehte sich in seinen Händen und verlor in Spiralen ihre Schale.

»Sie können gut Kartoffeln schälen«, sagte Strigaljow aus dem Halbdunkel.

»Die Armee, die Armee«, war die kurze Antwort. Fjodor hatte sich noch nicht von der Überraschung erholt. Ihm entging jedoch nicht, daß Strigaljow sich leise ächzend auf dem Bett ausstreckte.

Die Kartoffeln standen schon auf der Kochplatte. Der Teekessel war angestellt. Fjodor hantierte am Tisch, schnitt Weißbrot.

»Das Brot ist trocken. Meiner Meinung nach ist das gut«, sagte er.

»Geben Sie mir die trockenste Scheibe. Die erste. Schön, jetzt können wir wohl die Küchenarbeit unterbrechen.« Strigaljow saß wieder, er war auch ins Licht gerückt, und Fjodor ging es durch und durch, wie abgemagert und erschöpft er war und wie entschlossen trotz allem. Strigaljow schien dem Himmel trotzen zu wollen. Sein Gesicht verzog sich einen Moment zu einer herausfordernden Grimasse. »Guten Tag, Iwan Iljitsch«, sagte er, und Fjodor zuckte vor Überraschung zusammen, besann sich aber. »Guten Tag, Iwan Iljitsch.« Jetzt lagen Hoffnung und prüfende Aufmerksamkeit in Strigaljows Lächeln. »Habe ich Sie beim rechten Namen genannt? Ihr Doppelgänger Iwan Iljitsch bittet um Ihre Gastfreundschaft. Hoffentlich hat sich bei uns beiden inzwischen nichts . . .«

»Das Wort ›hoffentlich‹ ist hier fehl am Platz«, sagte Fjodor, während er unter den Topfdeckel sah. »Es wäre berechtigt, wenn Sie dafür auch nur halbwegs einleuchtende Gründe hätten. Meiner Meinung nach . . .«

»Ja, ja. Einverstanden. Ich hoffe nicht, ich weiß, Fjodor Iwanowitsch. Ich weiß. Darum bin ich ja hier. Denn die Umstände, mit denen wir gerechnet hatten, sind eingetreten. Auch wenn wir beide damals aus der Ferne noch darüber gewitzelt haben. Sie sehen ja – sie sind eingetreten. Wir müssen . . . Ich muß Ihnen ein paar Dinge übergeben. Nach zehn Jahren stehe ich abermals vor der Situation. Diesmal probieren wir einen anderen Weg. Im Grunde müssen wir alles von mir auf Sie übertragen. Ab sofort werden Sie voll über alles verfügen.«

»Ich bin bereit«, sagte Fjodor.

»Wir brauchen zwei Abende dazu. Vielleicht auch drei.«

»Ich bin bereit. Wir können auch den Tag dazu nehmen.«

Sie schwiegen eine Weile und sahen einander an. Ich mag dich, ich bin begeistert von dir! sagte Fjodors Blick. Ich werde dich niemals verraten und dich decken, wo ich kann! Als Antwort schimmerte in Strigaljows von Strapazen gezeichneten Augen Freundlichkeit. Ich weiß, jetzt weiß ich. Ich war mir nicht ganz sicher, aber jetzt sehe ich, daß ich mit dir eine gute Wahl getroffen habe, sagten die Augen. Ich mag dich auch, wir sind Brüder, mehr als Blutsbrüder – wir sind Doppelgänger.

»Ich wollte hingehen, wissen Sie – mich stellen«, bekannte er plötzlich. »Um das Los der anderen zu teilen. Aber meine Kartoffeln gehen mir nicht aus dem Kopf.« In seinen Mundwinkeln erschienen Zweifelsfalten. »Ich hätte mich doch stellen können! Ich war längst außer Gefahr, da merkte ich, es zieht mich zurück zu meinen Leuten, ich kann nicht los. Was soll ich mit so einem Leben! Die Freunde sind mir wichtiger. Aber dann habe ich's doch nicht getan. Also ist die Kartoffel mir wichtiger. Sie als mein Doppelgänger werden das verstehen.«

»Ich habe es längst verstanden«, sagte Fjodor leise. Der Teekessel summte. »Wie ist es Ihnen überhaupt gelungen, Iwan Iljitsch?«

»Das?« Strigaljow deutete mit einer Geste seine Flucht, seine flinken Beine an. »Ich wurde gewarnt. Gewarnt von einem ... einem großartigen Menschen. Einem Bolschewiken aus den zwanziger Jahren. Die andern wurden auch gewarnt. Alle wurden rechtzeitig informiert. Unter Lebensgefahr informiert. Er verständigte mich und ich die anderen. Aber sie haben es nicht geglaubt! Bis zum letzten Augenblick nicht. Sind halt Sowjetmenschen, mit sowjetischem Bewußtsein! Kassian – das ist das eine, das ist ein Einzelfakt. Aber dort, im Haus 62, sind doch ganz andere – unsere! Ich habe ja früher mal genauso gedacht. Vielleicht habe ich darum beschlossen abzuhauen, weil Kassian sich aufs Verhandeln verlegte, das hat mir die Augen geöffnet. Mir war klar, daß ich auf der Hut sein mußte. Den andern hat vielleicht so eine Aufgabe gefehlt. Und weil ich eine habe, brachte ich auch die Energie auf. Zur Flucht. Zu diesen Nächten unter freiem Himmel.«

»Lena hatte die gleiche Aufgabe. Warum ist sie denn nicht . . .«

»Lena konnten wir nicht retten. Ich bin ja auch zu ihr gelaufen. Aber sie war ganz durcheinander wegen eurer albernen Trennung. Ich sagte ihr genau das, was ich erfahren hatte. Daß Sie kein Verdacht trifft, daß aber dieser Breweschkow . . . Fjodor hat recht gehabt, sagte ich zu ihr. Unser Bergsteiger ist das Scheusal, das verdammte Aas. Sie hat sich gleich hingesetzt. Ist auf dem Stuhl zusammengesackt. Dann sprang sie auf, wollte zu Ihnen. Im Morgenrock. Da habe ich sie zurückgehalten. Zu ihrem und meinem Schaden. Und Ihrem . . . Ziehn Sie sich an, sagte ich. Packen Sie rasch einen Koffer und gehen Sie in aller Ruhe zu ihm. Bei ihm können Sie dann beide zusammen überlegen, wie's weitergehen soll. Damit rannte ich auch schon wieder die Treppe runter. Ich hatte ja noch mehr Adressen. Ich dachte, es wäre auch noch Zeit für meinen eigenen Kram. Aber auf dem Hof stand schon ein Pobeda, ein grauer, dahinter kam ein zweiter reingefahren. Schmucke junge Kerlchen stiegen aus, einer wie der andere. Ich zurück, an ihre Tür geklopft: Sie kommen! Laufen Sie! Und ab nach oben. Unterm Boden ist dort ein Verbindungsgang zum Nachbarhaus. Auch sie hätte . . .«

Beide schwiegen lange. Der Teekessel summte seine friedliche, verschlungene Melodie.

»Und Sie genauso. Als ich spätabends zu Ihnen kam. Meiner Meinung nach hatten Sie da ein bißchen Angst. Nicht vor dem, den Sie hätten fürchten müssen, sondern vor mir.«

»Im Grunde ja. Ich war mir im Zweifel. Hätte ich gelernt, Ihre Theorie anzuwenden, hätte ich meiner inneren Stimme vertraut, sie hätte mich von meiner Blindheit befreit. Denn sie mahnte mich. Sie haben recht gehabt, unser Bergsteiger hat sich als . . .«

»Und ist selber mit ins Kittchen gegangen.«

»Keine Minute war er drin! Keine Minute! Er kommt bald wieder zur Arbeit. Ich habe genaue Informationen. Stellen Sie sich darauf ein.«

»Gut, daß Sie mir das sagen. Ich muß vorbereitet sein.«

»Das müssen Sie. Er wird sich sofort in die Überwachung einschalten.«

Der Teekessel zischte gleichmäßig und laut. Fjodor nahm ein Päckchen Tee aus dem Schrank.

»Merken Sie, was für ein Trieb aus der schlummernden Knospe geschossen ist?« fragte er über die Schulter. »Der hat's in sich.«

»Ein größerer als der Apfelbaum«, gab Strigaljow ihm verdrossen recht. Den schwarzen Zottelkopf schüttelnd, fügte er hinzu: »Ich habe nicht das Recht, ins Gefängnis zu gehen. Sie ebensowenig. Die Sorte darf denen auf keinen Fall in die Hände fallen. Das als Punkt eins, Fjodor Iwanowitsch. Im Fall einer Katastrophe vernichten Sie alles. Bedenkenlos. Die Entscheidung darüber steht bei Ihnen allein. In Kassians Händen würde das zur größten Stütze seiner Theorie. Und zur Waffe gegen anständige Leute. Dann liefert er doch noch seine versprochenen Sorten! Damit würde er sich weitere zehn Jahre halten. Und von der wahren Wissenschaft bliebe keine Spur.«

Eine lange Pause trat ein.

»Das soll ihm erst mal einer nachmachen«, Strigalow erschütterte ein bitteres Lachen, »zwanzig Jahre! Sich zwanzig Jahre zu halten, nur mit Versprechungen und Marx- und Engelszitaten. Ich bin begeistert von ihm!«

Mit dem Messer holte er sich ein Stückchen Butter aus der Dose und steckte es in den Mund. Der Kartoffeltopf auf der Herdplatte klapperte, an den Rändern sprühte Dampf unter dem Deckel hervor. Fjodor goß heißes Wasser aus dem Teekessel nach, füllte den Kessel mit Leitungswasser auf, warf noch einen prüfenden Blick auf alles und wandte sich wieder Strigaljow zu.

»Schließen Sie hinter mir ab, ich lauf rasch mal zu Tante Polja«, sagte er. »Ein bißchen Milch und Grieß schnurren. Machen Sie mir dann wieder auf – ich werde mit der Hand von oben nach unten über die Tür streichen.«

Zehn Minuten später kehrte er zurück, Grieß im Glas und eine Flasche Milch in der Hand. Er strich im Dunkeln wie vereinbart über die Tür. Wartete ein wenig und gab nochmals das Zeichen, mit den Nägeln kratzend. Hinter der Tür blieb es still. Keinerlei Reaktion. Er ist eingeschlafen, dachte Fjodor kopfschüttelnd, stellte das Glas und die Flasche an der Wand auf den Fußboden und ging auf die Vortreppe. Lange stand er da, schüttelte den Kopf oder nickte in Gedanken. Ja, mein armer Doppelgänger, dachte er, was du jetzt durchmachst, das reicht. Ich muß deine Hinterlassenschaft gut bewachen. Punkt eins ist eindeutig und klar und läßt kein Wenn und Aber zu. Wenn was ist – bedenkenlos. Aber dazu darf es nicht kommen. Das sind übrigens schon Überlegungen. Die sind unter Punkt eins nicht vorgesehen. Punkt eins betrifft nur den Fall selbst.

Nachdem er ungefähr zwanzig Minuten draußen gestanden hatte, fielen ihm die Kartoffeln ein, und er stürzte an sein gelb schimmerndes Fenster. Er klopfte mehrmals hart mit den Knöcheln an die Scheibe. Dann lief er in den Korridor und strich mit der Hand über die stumm lauschende Tür. Sofort drehte sich der Schlüssel im Schloß. Strigaljow legte sich gleich wieder aufs Bett. Er warf sich schniefend hin und her – kämpfte gegen den Schlaf an. Im Zimmer roch es stark nach gekochten Kartoffeln.

»Ich weiß nicht, soll ich schlafen oder Kartoffeln essen«, brummte Strigaljow gähnend und den Kopf schüttelnd. »Dieser Geruch läßt sich nur mit Backstubengeruch vergleichen. Wenn das frische Brot aus dem Ofen kommt. Jelena Wladimirownas Großmutter sagt immer, Kartoffeln müssen frisch vom Feuer gegessen werden. Ich werd wohl essen.« Er spähte zum Kartoffeltopf hinüber. »Richtig, wir müssen Brei machen.«

Fjodor zerdrückte die zerkochten Kartoffeln konzentriert mit dem Löffel.

»Was ist das für eine Sorte? Mohawk?« murmelte Strigaljow, der Fjodor bei der Arbeit zusah und so viel wie möglich zu reden versuchte. »Nehmen Sie sich einen Stampfer aus meiner Hinterlassenschaft. Aus Eichenholz, schenke ich Ihnen. Damit können Sie dann Kartoffeln stampfen. Sie finden ihn in der Küche, im Öfchen. Lassen Sie mich mal einen Löffel voll probieren. Sie duftet wie die Mohawk, nicht? Und so weiß ist sie. Mmm . . . Eigene Kartoffeln garantieren die Freiheit des fortschrittlichen Gedankens. Die

Zeit der humanen Feinde, der Feudalismus, ist ja vorbei. Als der Sieger den geschlagenen Feind umarmte, ihm seinen Degen wiedergab, ihn küßte und ihn einlud, mit ihm zu tafeln.«

»Sie sitzen übrigens auf einem Teil Ihrer Hinterlassenschaft«, sagte Fjodor, »alle unversehrt gebliebenen Samenpäckchen sind unterm Bett in einem Sack. Auch das Mikrotom.«

»Und das Mikroskop? Haben Sie das nicht gefunden? Waren Sie auf dem Boden? Sehen Sie dort nach, es steht da in einer Ecke. Das alles gehört jetzt Ihnen. Wir essen jetzt was, dann nehmen Sie sich ein Heft, und ich diktiere Ihnen einiges. Von der Milch ein Drittel an die Kartoffeln, ein Drittel an den Grießbrei und ein Drittel mir in den Tee.«

Fjodor rückte ans Bett, und sie aßen Abendbrot. Strigaljow war sichtlich hungrig, sein Mund schnappte gierig und schnell nach dem Löffel. Aber er zwang sich, nicht zu schlingen. Jedesmal wenn er den Löffel aus dem Mund nahm, legte er ihn sorgsam auf den Tellerrand und kaute und malmte ausgiebig auf dem ohnehin zerquetschten und verrührten Brei herum, schluckte ihn vorsichtig in kleinen Portionen. Dazu trank er warmen Tee mit Milch.

»Dankeschön, Doppelgänger!« sagte er plötzlich unvermittelt, als er wieder einen Löffel Brei in den Mund geschoben hatte. Fjodor sah Tränen in seinen Augen und wandte sich ab, weil er spürte, wie es ihm selbst warm in die Augen drang. Er bückte sich, um der Rührung Herr zu werden. Wir haben beide keine Nerven mehr, dachte er.

»Was denken Sie sich denn«, sagte Strigaljow in forschem Ton, den Löffel ableckend. »Haben unsere Hinterlassenschaft hier unter dem Bett verstaut und meinen, Sie können ruhig sein? Er wird auch hier rumschnüffeln. Er ist Kassians treuester, gehorsamster Hund.«

»'n erstklassischer Hund. Wie unser Chef sagt«, flocht Fjodor ein.

»'n erstklassischer, gehorsamer und scharfer Hund. 'n bissiger. Den Kassian gegen keinen eintauscht. Auch nicht gegen Sie. Machen Sie sich da bitte nichts vor. Ihre Illusionen haben sich meines Erachtens noch nicht ganz zerstreut. Am besten, Sie nehmen die ganze Hinterlassenschaft und fahren damit mal abends vor einem freien Tag nach Moskau. Und auch dort müssen Sie Ihren Grips anstrengen, wo Sie sie unterbringen. Der Sportler ist momentan mit mir beschäftigt, darum haben Sie eine Chance. Nutzen Sie sie. Er spürt mir nach, ist hinter mir her. Der Hund weiß, wo er zu suchen hat. Er kommt zu mir aufs Grundstück. Hat sich ein Versteck eingerichtet und lauert. Soviel ich weiß, hat er mich schon gesehen. Aber er rührt mich vorläufig nicht an – er will rausfinden, wo ich die Solanum contumax versteckt habe. Der Wolf will Fleisch, aber der Biber muß einen Damm bauen. Ich denke, wenn er sie fände, würde er sie am liebsten sogar vor Kassian verheimlichen.«

»Meinen Sie?«

»Und ob. Er hat mir ja schon vorvoriges Jahr auf dem Hof ein paar Beeren geklaut. Und im Gewächshaus einen Topf. Ich hatte die Contumax heimlich versteckt und eine andere Hybride mit ähnlichen Blättern hingestellt. Die hat er prompt geklaut. Danach fing er an, merkwürdig rumzuquatschen. Er glaubte, daß ihm auf der Grundlage von Lyssenkos Wissenschaft und Kassians Methodik endlich etwas gelungen sei. Aber bald danach verging ihm das Spinnen, und er sagte gar nichts mehr.«

»Und danach haben Sie ihm verziehen und ihn sogar ins Nest aufgenommen!«

»Ich hätte auch Kassian aufgenommen, wenn er es so gut verstanden hätte, den Wissensdurstigen zu spielen.«

Strigaljow aß immer noch an den Resten des Kartoffelbreis. Fjodor wollte ihm aus dem Topf nachfüllen, aber der Gast wehrte ab, obwohl er offensichtlich noch nicht satt war.

»In zwei Stunden nehme ich mir von selbst, wenn Sie erlauben. Jetzt nur noch ein Täßchen Tee. Mit Milch. Ich meine: Er hat ja schon im April, vor dem großen Einbruch, als alle noch in Freiheit waren, rumgeschnüffelt, was ich im Garten mache. Wo ich umgrabe, was ich pflanze. Damals wußte ich noch nicht, daß er das war. Ich brauche nur an sein Versteck im Brombeerdickicht am Ende des Gartens zu kommen, gleich springt er hoch wie ein Wildschwein und nimmt mit Karacho Reißaus. Den Bach hinunter. Wieviel Pfade er schon durchs Dickicht gebahnt hat! Wie ein Wildschwein. Ich mach mich ans Harken, und schon höre ich am anderen Ende einen Zweig knacken. Er ist wieder da, der Lump. Ich mußte nachts arbeiten. Nachts ist er zu faul aufzupassen, da will er schlafen. Auch jetzt knacken immer mal Zweige. Die Jungs aus dem Haus 62 hätten längst zugegriffen und mich abgeholt. Der aber beobachtet. Gemeldet hat er mich noch nicht.«

»Ich bring ihn um«, sagte Fjodor entschlossen.

»Lassen Sie sich das nicht einfallen! Das dürfen Sie nicht. Der ist auch ohne Sie . . . fällig. Den hat sich schon einer aufs Korn genommen. Dem er garantiert nicht entgeht.«

Strigaljow säuberte seinen Teller und stellte ihn behutsam, gleichsam Abschied nehmend, beiseite.

»Ja . . . Ich habe also dieses Interesse bei ihm festgestellt. Und obwohl ich nun nachts gießen muß, gieße ich, wie Sie verstehen werden, nicht das, was er gern möchte. Zur Tarnung mußte ich alles mögliche anpflanzen. Das Wertvolle habe ich versteckt. Ebenfalls zwischen Doppelgängern, Fjodor Iwanowitsch. Die gleiche Taktik. Die Contumax – ich vertraue sie Ihnen an – finden Sie im kleinen Hof. Dort ist ein Steingarten mit Dahlien. Sie sind ja Botaniker, die Contumax hat tatsächlich Blätter wie die Dahlie. Und mit verdoppelten Chromosomen ist sie fast eine Kopie! Ich habe sie in Töpfen in den Boden eingegraben, mitten zwischen die Dahlien. Es sind drei Töpfe. Punkt eins gilt auch für sie. Solange sie nicht aufgeblüht sind, ist nichts zu befürchten. Die Contumax hat kleine cremefarbene Blüten. Sie können sie sofort bestäuben und vierundzwanzig Stunden später die Blütenkrone abpflücken, damit sie nicht so auffällt. Notieren Sie sich das. Die Bestäubung – das ist Punkt zwei. Der besagt: Unauffällig vorgehen. Die Contumax fällt unter diesen Punkt zwei. Gießen Sie achtsam, sparen Sie auch bei den Dahlien nicht mit Wasser. Ich habe gemerkt, daß Sie alle acht Tonnen vollgemacht haben. Als ich das sah, war ich richtig froh. Mein lieber Doppelgänger war fleißig.«

»Vielleicht lassen wir's für heute genug sein, Iwan Iljitsch?« fragte Fjodor vorsichtig.

»Nein. Holen Sie sich ein sauberes Heft, wir schreiben jetzt. Der vergiftete Degen hat mich geritzt, Fjodor Iwanowitsch. Das Gift verteilt sich im Körper. Ich muß reden. Damit ich alles schaffe und nichts vergesse. Und Sie müssen schreiben. Nehmen Sie das Heft.«

Zwei Tage später, als das dicke Heft fast ganz mit Notizen, Tabellen und Formeln in einem komplizierten Code gefüllt und für Fjodor zum gedrängten Arbeitsprogramm für Jahre geworden war – es war gegen drei Uhr morgens –, diktierte Strigaljow die letzte Notiz, drückte beide Hände an die Schläfen und überlegte.

»Ich glaube, ich habe nichts vergessen. Ich glaube, das ist alles. Schluß, Fjodor Iwanowitsch.«

Er stand auf, um zu gehen.

»Ich habe noch eine letzte Frage.« Fjodor hielt ihn am Arm zurück. »Aus unserm Programm geht hervor, daß wir nur noch eine Aufgabe haben. Die Bewahrung der ›Hinterlassenschaft‹ und vielleicht bei einem Thema eine geringfügige Weiterentwicklung. Bei der Contumax.«

Strigaljow ließ sich aufs Bett nieder. Er schwieg, wartete auf die entscheidenden Worte.

»Wir werden also nur auf den vergrabenen Schätzen hokken?«

»Nein, nicht die ganze Zeit. Zum Schluß werden wir an die Öffentlichkeit treten. Wir werden Argumente sammeln, uns einen Ruck geben und publizieren. Wir werden's in einer Zeitschrift tun. Womöglich müssen Sie, Fjodor Iwanowitsch, das allein tun. Haben Sie Angst davor?«

»Dahin darf es nicht kommen.«

»Überlassen wir das der Zukunft. Die Publikation – das wird Punkt drei. Schreiben Sie über die neue Sorte, wie sie gezüchtet wurde. Über die Polyploide. Ja! Fast hätte ich's vergessen – die neue Sorte. Wir haben doch achtzehn Stauden! Sie wächst im Garten, dort habe ich die gute alte ›Silesia‹ gepflanzt – dazwischen stehen sie. Die Stauden von beiden sind völlig gleich. Ebenso die Blüten. Ich zeige Ihnen dann an Ort und Stelle, wo Sie suchen müssen. Wir bringen die Sorte heraus und veröffentlichen eine fundamentale Arbeit über die Contumax. Das wird eine hübsche Neuigkeit sein. Für viele. Die Zeitschrift wird gelesen.«

»Und wo werden wir veröffentlichen?«

»Eigentlich sollte ich nicht ohne zwingenden Grund ... Aber ich sag's Ihnen. Sie müssen es wissen. Hören Sie den Namen und vergessen Sie ihn gleich wieder.« Strigaljow beugte sich zu Fjodor und brummte ihm im Flüsterton mit heißem Atem ins Ohr: »In den ›Problemen der Botanik‹. Dort ist der ganze Redaktionsbeirat ... Sie gehen klug vor. Kassians Sensationen bringen sie auch, sogar öfter als unsere Arbeiten. Unsere nur, wenn eine wichtige, gut fundierte Arbeit vorliegt. Der Chefredakteur drängt mich schon lange. Alles ist bereits abgesprochen. Er scheut auch kein Risiko. Und ich ... Ich hab's nicht geschafft. Ich bin jetzt das Oberhaupt einer Bande. Stehe mit ›ausländischen Geheimdiensten‹ in Verbindung. Mir ist es jetzt nicht möglich. Sie, Sie werden Kontakt aufnehmen. Der Chefredakteur weiß Bescheid.«

Er stand abermals auf.

»Sie sollten etwas schlafen, Iwan Iljitsch«, bat der Gastgeber ihn niedergeschlagen, denn er wußte, daß die Bitte unbeachtet bleiben würde. »Morgen nacht würde ich Sie bringen ...«

Strigaljow sagte nichts. Mit der Rechten umarmte er seinen Freund, in die Linke nahm er den von Fjodor vorbereiteten Proviantbeutel.

»Ich gehe. Länger kann ich nicht bleiben. Man darf mich hier nicht sehen, nicht mal in Ihrer Nähe. Sie dürfen keinen Verdacht erregen. Meinen Weg noch mal zu gehen lohnt sich nicht für Sie. Denken Sie sich einen anderen aus.«

Sie gingen im Dunkeln durch den nächtlichen kalten Park, in dem bald der Morgen dämmern würde. Als sie zur Ersten Längsallee kamen, blieb Strigaljow stehen und spuckte kräftig aus.

»Wenn mir Stalin persönlich gesagt hätte, daß im Interesse von Staat und Volk diese Kartoffelsorte beseitigt und diese Arbeiten von uns vernichtet werden müssen – und das etwa hat man zu mir gesagt, so gut wie in Stalins Namen – ich hätte nichts beseitigt und wäre aufs Ganze gegangen.

Und ich bin aufs Ganze gegangen. So ist das Leben! Wenn ich's erlebe, werde ich wieder recht behalten – wie schon einmal nach ein paar Jahren, die ich im Unrecht war. Ich werde wieder recht behalten! Für die Kartoffel wird man mich sogar feiern! Wenn ich's erlebe. Ich muß durchhalten.«

An der Zweiten Längsallee stellte Strigaljow sich Fjodor in den Weg.

»Jetzt gehen Sie zurück. Nicht mal Sie dürfen wissen, wohin ich weitergehe. Auch nicht, in welche Richtung ich abbiege. Keine Angst, mein Lieber, ich komme wieder. Halten Sie immer Sahne bereit.«

5

Zwei Tage vergingen, das Wochenende kam. Fjodor arbeitete den ganzen Sonntag in Strigaljows Garten. Er fand im Anbau ein Hackmesser mit ziemlich kurzem Stiel und behäufelte damit die Kartoffelstauden. Es waren ungefähr dreitausend – dreißig Reihen zu je hundert. Der Garten war erfreulich sauber, alle Stauden gediehen, alle waren gleich hoch – sie reichten nicht ganz bis zum Knie und setzten schon Knospen an. Im Steingarten waren die blanken Rundungen der Findlinge schon völlig unter dem dunklen Grün der Dahlien verschwunden. Fjodor kannte bereits die Stengel, die er nicht bemerken durfte, und sich an das Versteck im Brombeerdickicht erinnernd, übersah er sie und ließ den Dahlien besonders liebevolle Pflege angedeihen. Manche Dahlienblätter riß er freilich rasch und ziemlich grob ab, an anderen zupfte er zu kosmetischen Zwecken herum – das waren die Blätter, die zu typisch aussahen und die zwischen ihnen versteckten Doppelgänger verraten konnten. Alles im Steingarten gedieh prächtig, und falls doch vielleicht jemand die raffinierte Täuschung entdecken sollte, dann jedenfalls nicht der Bergsteiger.

Fjodor verrichtete seine Gartenarbeit offen, machte kein Hehl aus dem, was er tat – er erfüllte gewissenhaft Akademiemitglied Rjadnos Auftrag. Auch ins Haus schaute er und entdeckte in einer Bodenecke den kleinen gelben Eichenholzkasten mit dem Mikroskop. Er warf Bretter darüber. Den Kartoffelstampfer fand er in der Küche und steckte ihn in die Tasche. Damit war alles erledigt, was er sich für den Sonntag vorgenommen hatte. Er verließ das Haus durch den Anbau, setzte mit geübtem Schwung über den Zaun und schlenderte auf dem Pfad heimwärts. Der Nachmittag ging zu Ende, es wurde Zeit, Kartoffeln zu kochen.

Fjodor war auf seinem Weg allein mit sich und der Natur – dichtem Brombeergestrüpp und bläulich durch das Grün schimmernden Feldern. Alles war wie vor hundert Jahren, aber in das stille, harmonische Rauschen der Ewigkeit brach beunruhigend der hektische Lärm der Gegenwart. Der seit Jahren grassierende Massenwahn, der sich schon mehrfach in Fjodors Leben gedrängt hatte, machte sich immer stärker bemerkbar, verfolgte ihn, erwartete ihn auch dort, wohin es jetzt ging. Das riesige Land erbebte unter dieser Tollheit. Irgendwoher war ein merkwürdiger Mann mit runden Augen und langweiliger, unscheinbarer Krawatte aufgetaucht – aber was bedeutet schon Äußerlichkeit – und hatte eine aufsehenerregende Dissertation über die Entstehung von Unkraut aus Kulturpflanzen geschrieben. Das war die sensationelle Urzeugung neuer Arten, der dialektische Sprung, von dem auch Akademiemitglied Rjadno immer sprach. Man konnte eine Zeitschrift aufschlagen und darin lesen, daß aus Roggen und Weizen Unkraut entsteht und eigene Samen verbreitet. Das Jäten im Garten erübrigte sich damit. Wenn du Korn säst, stell dich darauf ein, daß in deinem sauber gesäten Roggen Kornblumen wachsen werden. In der Praxis passierten solche absurden Dinge nicht, die Sensation mußte sich über kurz oder lang als böser Traum erweisen, anders konnte es gar nicht sein. Vorläufig aber war sie noch in aller Munde, die Journalisten schrieben darüber, und sie anzuzweifeln war riskant. An einem anderen Forschungsinstitut übertrug ein Neuerer Hühnern das Blut einer Pute und züchtete aus den Nachkommen der operierten Hühner ein Kücken mit Putenfedern. Dieser Geschichte war dasselbe Los beschieden wie der erwähnten Dissertation, aber alles sprach noch davon, der Rummel um das Experiment war noch in vollem Gange. Um die gleiche Zeit wurde viel Wind um die überraschende Entdeckung von Leben gemacht, das in einem Glas mit Heuaufguß entstanden war. Die Entdekkerin hatte das Glas mit dem durch Gaze geseihten Aufguß aufs Fensterbrett gestellt, und als sie eine Woche später einen Tropfen der Flüssigkeit unter dem Mikroskop betrachtete, war er von quicklebendigen Mikroorganismen besiedelt. Plötzlich machte Saul Brusshak von sich reden – er hatte aus einem Hühnerei einen Teil des Eiweißes ausgeblasen und das Vakuum mit dem Inhalt eines Enteneis aufgefüllt. Der dreiste Wissenschaftler, der sich schon auf vielen Gebieten erfolgreich versucht hatte, publizierte einen Aufsatz nach dem anderen mit Beschreibungen des von ihm gezüchteten Kückens mit merkwürdigem Gefieder, obwohl niemand dieses Kücken je zu Gesicht bekam. Schriftsteller verfaßten Bücher über die Umwandlung von Winter- in Sommerweizen und von Sommer- in Winterweizen. Eine Kiefer hatte einen Fichtentrieb hervorgebracht. Der an der kaukasischen Weißbuche gewachsene Haselnußtrieb war noch in aller Munde. Allen, besonders Laien – Zeitungsleuten, Armeeangehörigen, Schülern – wurde plötzlich klar: Nach jahrelangen schädlichen Irrtümern brach nun endlich die Zeit der wahren biologischen Wissenschaft an. Politiker wurden Autoritäten auf dem Gebiet des Futtergrasanbaus. Aller Welt gingen die Augen auf. Diejenigen, deren Sehvermögen anders beschaffen war als das der Mehrheit, waren klug genug zu schweigen, sie blätterten fieberhaft in Büchern, liefen, Unverständliches murmelnd, mit zerzaustem Haar herum. Das alles war Wahn, Fjodor kannte ihn schon von anderen Vorkommnissen in seinem Leben, die nichts mit Biologie zu tun hatten. Wieder war er in der ungenügend gebildeten Masse ausgebrochen, der man leicht einreden kann, daß sie im Besitz der letzten Weisheit ist. Der Wahn mußte sich ebenso wie die Geschichte mit dem schwarzen Hund einmal in Nichts auflösen und außer zerbrochenen Schicksalen sorgfältig verheimlichte Schuld- und Schamgefühle hinterlassen.

Teils in die Stille der Ewigkeit vertieft, teils von den schrillen Geräuschen der Gegenwart gemahnt, ging Fjodor den Pfad entlang und danach über das Feld, bis er schließlich in den Park gelangte. In der sonntäglichen Menge sah er plötzlich einen etwas gebeugt dahinschlendernden großen Mann in dunkelblauer Kordsamtjacke mit vielen Taschen. In seiner etwas zu engen Hose schoben sich die Gesäßbakken selbstgefällig hin und her, sie erinnerten Fjodor an einen Husaren, der sich mal das rechte, mal das linke Schnurrbartende hochzwirbelte. Es war der schon zu füllig gewordene Krasnow mit seinen schwammigen Händen und den wie stets wohlfrisierten, aber dünn gewordenen Löckchen auf dem durchschimmernden Schädel. Fjodor war bereits gewarnt, und trotzdem ging er, den Schritt verlangsamend, eine Weile hinter dem Menschen her, der ihm derart widerwärtig war, daß das Gesetz in Kraft trat, nach dem unsere Sinne abstumpfen, wenn die Reizquelle zu stark ist. Fjodor ging im Gleichschritt mit ihm und nahm unwillkürlich Maß: Dem blasierten, ondulierten Nischel des Menschenschinders könnte man einen Schlag versetzen. Etwas oberhalb des Ohrs, wo die Kopfhaut rosig durchs Haar schimmerte. Man könnte der umständlichen Justiz zuvorkommen, die sich die Augen verbunden hatte. Dorthin würde sicher auch demnächst jener Vollstrecker der Gerechtigkeit zielen, der ihn sich aufs Korn genommen hatte. Fjodor spähte eigentlich nur darum nach geeigneten Stellen, weil der rosige Schimmer ihn dazu verführte. Und auch, weil er Strigaljow mal deutlich seine Meinung dazu gesagt hatte. Doch wenn er ehrlich sein sollte, war Krasnow ihm derartig widerwärtig, daß er ihn nicht mehr allzusehr hassen konnte. Hassen fiel Fjodor überhaupt recht schwer. Er hatte noch nie richtig gehaßt.

Früher oder später mußten sie sich jedoch das erstemal begegnen, das unvermeidliche Gespräch mußte begonnen werden, und zwar so, daß der Bergsteiger nicht merkte, daß es Fjodor vor Ekel den Atem verschlug. Er ging schneller und sagte, den Sportler überholend: »Nein, wahrhaftig!«

Und da der in Gedanken versunkene Krasnow nicht hörte, wiederholte er lauter: »Hm, wahrhaftig! Also Hunger gelitten hat er dort wirklich nicht!«

Krasnow zuckte heftig zusammen, tauchte wie aus einer

Ohnmacht auf und machte ein dummes Gesicht. Endlich besann er sich und fletschte grinsend die Zähne.

»Wo kommen Sie denn her?« fragte Fjodor.

»Daher, wo Sie auch herkommen.«

»Na, ich komme aus dem Garten, Sie aber wohl aus dem Brombeergestrüpp. Meine Arbeit ist mit Ihrer nicht zu vergleichen.«

»Sie haben eine qualifizierte Arbeit«, sagte der Bergsteiger. »Ihre wird besser bezahlt. Bei mir arbeiten nur die Augen, aber bei Ihnen auch der Kopf und die Hände. Auch die Augen haben ihre Aufgabe.«

Fjodor lächelte und schwieg, weil das alles sehr zweideutig klang. Er mußte es hinnehmen.

»Wann hat man sie freigelassen?« fragte er.

»Vorgestern«, war die treuherzige Antwort, und Fjodor staunte über Krasnows Fähigkeit, zu lügen ohne rot zu werden. »Vorgestern«, wiederholte der Sportler. »Mit dem alten Chejfez zusammen. Dieser Tage sollen auch die andern rauskommen.«

»Auch Obus?«

»Nein. Obus behalten sie länger drin. Ansonsten . . . Ich weiß ja auch nicht, wie sie da entscheiden werden.«

»Na schön, kommen Sie am Montag wieder zur Arbeit.«

»Am Montag wird nicht gearbeitet.«

»Was?«

»Glauben Sie an die Entstehung einer Art aus einer anderen, Fjodor Iwanowitsch?«

»Warum sollte ich nicht? Ich glaube nicht nur, ich weiß. Und habe nie daran gezweifelt. Darwins platter Evolutionismus hat mich nie befriedigt. Diese Interpretation der Entwicklung läßt die Dialektik mit ihren Gesetzmäßigkeiten außer Betracht.«

Krasnow lachte. »Na, Sie lassen sich nicht überrumpeln.«

»Da hast du dir den Falschen ausgesucht!« versetzte Fjodor und lächelte ebenfalls, aber ziemlich hart.

»Sie glauben's trotzdem nicht, ich weiß es. Bei mir ist es anders. Ich glaube natürlich, Fjodor Iwanowitsch, ich habe weniger Erfahrungen und weniger Kenntnisse. Ich glaube einfach, habe immer geglaubt, aber im stillen habe ich immer auf den letzten Beweis gewartet.«

»Na, den werden Sie schon noch kriegen.«

»Er ist da, Fjodor Iwanowitsch. Er ist da! Am Montag wird unser gesamtes Institut eine Mitteilung von Akademiemitglied Rjadno hören.«

»Ist er hier?«

»Seit heute früh. Man hat ihm einen Brief nach Moskau geschrieben. Eine Lehrerin. Auf einem Ausflug mit ihrer Klasse hat sie im Wald eine Birke gefunden, an der ein Grauerlenzweig wuchs. Ein echter Erlenzweig. Ich habe ihn heute selbst gesehen. Keine Pfropfung. Er wächst aus einem Birkenast, verstehst du – völlig natürlich. Die Blätter sind richtig rund. Sie werden es sehen, Sie sind ja Botaniker. Ein Erlenzweig! Ihnen kann ein Beweis mehr auch nicht schaden. Zur Vervollkommnung Ihres Wissens. Sehen Sie ihn sich an, dann merken Sie, daß Sie bis jetzt auch noch nicht alles gewußt haben.«

»Ich werde nicht im geringsten erstaunt sein.«

»Na schön, dann nicht. Rjadno führt in einem fort Freudentänze auf. Sobald er dran denkt, muß er tanzen! Können Sie mir sagen, warum? Waritschew ist er um den Hals gefallen. Ist nicht wegzukriegen von dem Zweig. Beguckt ihn, befühlt ihn, traut seinen Augen nicht. Hat eine Lupe verlangt. Redet laut vor sich hin, man wird nicht schlau draus. Sogar bei ihm hat's mit dem Glauben gehapert, wie sich zeigt. So sieht's aus, Kollege Laborleiter.«

Bei mir hapert's nicht, wollte Fjodor sagen, verkniff es sich aber. Er sah ein, daß sich das für Rjadnos rechte Hand nicht gehörte, Verdacht erregen mußte.

»Tja, genau genommen kann auch ich sagen . . . Ich muß gleich mal rüber und ihn mir ansehen. Sogar im Eiltempo. In dieser Eile könnte sich etwas zeigen, Kim Saweljewitsch . . . Etwas, worüber man sich selbst keine Rechenschaft gibt.«

»Genau, Fjodor Iwanowitsch! Genau! Gut formuliert.«

»Nur ist das kein Zweifel. Man darf Wissensdurst nicht mit Zweifel verwechseln. Außerdem gibt es ja den Zweig! Wo bewahrt er ihn auf?«

»Im Safe. Geben tut es ihn, Fjodor Iwanowitsch. Aber man kann ihn ja nicht die ganze Zeit bei sich tragen. Ich hab ihn jetzt ein paar Stunden lang nicht gesehen – und möchte schon wieder einen Blick drauf werfen.«

»Ich habe eben gedacht, daß allzu großer Eifer tatsächlich bei unseren verkappten Scholastikern ... Das könnte zu Unterstellungen Anlaß geben. In der Richtung, die Sie vorhin andeuteten – daß es am Glauben gemangelt haben könnte. Wir müssen's dem Chef sagen. Daß er seine öffentlichen Freudentänze unterlassen soll.«

»Der Gedanke ist mir heute auch gekommen.«

Zwischen den rötlichen Institutsgebäuden trennte Fjodor sich von Krasnow und sah der leicht gebeugten, reichlich mit untrainierten, schlaffen Muskeln bepackten Gestalt eine Weile nach. Der Bergsteiger trug sozusagen einen zusätzlichen Zentnersack auf dem Nacken mit sich herum. Fjodor schickte ihm noch einen Blick nach und ging nach Hause, um Mittag zu essen. Während das Wasser im Teekessel heiß wurde, rief er im Rektorat an. Rajetschka war da, obwohl Sonntag war. Rjadno habe ihn mehrmals angerufen, erfuhr er, und jetzt seien sie – man war zu zweit aus Moskau angereist – mit dem Auto aufs Land gefahren, zu der Lehrerin. Den Safeschlüssel hätte Rjadno mitgenommen.

Vor Montag würde er demnach den Zweig nicht zu Gesicht bekommen.

In der Nacht klingelte das Telefon.

»Haste von unsrer Freude gehört?« fauchte es wie Steppenschneesturm aus der Muschel.

»Habe ich, habe ich, Kassian Damianowitsch!«

»Nach großer Freude klingt's aber nich grad bei dir, Söhnchen! Begreifste wenigstens, welche Tatsache die Natur uns da präsentiert? Fühlste, was für'n historischer Moment das is?«

»Kassian ...«

»Nee, du bist noch zu grün dafür. Mußt noch lange, lange wachsen bei Väterchen.«

»Kassian Damianowitsch!«

»Lutsch an dei'm Nuckel. Daß du mir morgen pünktlich zu meiner Mitteilung erscheinst. Kannst mir und dir gratulieren, Dummkopf. Jetzt können wir der ganzen bürgerlichen Scholastik den Kampf ansagen. Komm mir also nich zu spät.«

Trotzdem kam Fjodor zur Lektion des Akademiemitglieds etwas zu spät. Arbeiten in der Lehrgärtnerei hatten den ganzen Vormittag in Anspruch genommen, und als er geräuschlos die überfüllte Aula betrat, merkte er sofort, daß Rjadno das aufmerksam lauschende Auditorium fest in der Hand hatte. Kassian Damianowitsch, der wie stets einen ungebügelten altmodischen grauen Anzug mit den abstehenden Schultern und eine schmuddlige, schräg gestreifte Krawatte trug, schritt hoch aufgerichtet und siegesbewußt mit eckigen Bewegungen des verkalkten Körpers am Rand der breiten Bühne entlang. Dann machte er ruckartig kehrt, sagte etwas, das allgemeine Heiterkeit hervorrief, und zeigte dem Saal mit seinen knochigen Fingern unversehens eine Feige. An einem kleinen Tisch hinter ihm wieherte Waritschew, und neben dem Rektor lächelte, beifällig vornüber gebeugt, noch jemand – ein sehr Kleiner, Flinker. Fjodor spannte sich innerlich sofort, als er ihn sah. Der Mann hatte ein merkwürdiges Gesicht. Sein schäbiger schwarzer Haarfilz wurde vorn spärlich, und gleich an der Stirn begann die seine ganze Physiognomie beherrschende lange Hängenase. Ein Kinn besaß er nicht; dessen Platz nahm der feuchte, rote Mund ein, rund und etwas nach unten verschoben wie das Maul mancher Fische, damit sie die leckeren Happen am Grund aufschnappen können. Seine großen, süßlich blickenden schwarzen Augen wanderten ständig umher. Das war Saul Brusshak, das »Zwergmännchen«, die linke Hand von Akademiemitglied Rjadno. Nachdem Fjodor sich ihn genau angesehen hatte, spürte er, wie er sich innerlich sammelte und bereitmachte wie seinerzeit vor einem Artillerieüberfall an der Front. Denn Saul war aggressiv und erbarmungslos und nicht von ungefähr hierher gekommen. Kassian hatte ihn mitgebracht, damit er mit seinen unfehlbaren Fischlippen hier herumschnappte. Na dann, dachte Fjodor. Eigentlich ist alles in Ordnung bei mir. Mit der Hinterlassenschaft stimmt noch alles. Höchstens vielleicht das Gutachten.

»Was denn sonst?« dudelte Rjadnos Fagott fröhlich von der Bühne. »Da kann einer sagen, was er will, 's gibt keine lebendigen Moleküle. Vererbung is keine Substanz, sondern 'ne Eigenschaft. Und weil sie 'ne Eigenschaft is, kannste die Atome vergessen. Wenn von Vererbung die Rede is. Jetzt will ich euch mal 'ne Frage stellen. War Dornröschen ein lebender Körper oder nich? Denkt nach, denkt nach!«

Im Saal wurde es unruhig.

»Schön, ich will euch nich in die Irre führen, ich mach's einfacher. Nehmen wir 'nen Ertrunkenen. Wenn er wiederbelebt wird, is es natürlich 'n lebender Körper. Aber wenn nich?«

»Klinischer Tod!« rief jemand im Saal.

»Verschont mich mit Dogmas! Denken sollt ihr! Ich will's euch verraten. 'n Zweig liegt fünf Jahre im Herbarium. Gebt ihm die Bedingungen, und er grünt wieder! Versteht ihr, worauf ich raus will? 's gibt keine Grenze zwischen belebt und leblos. Nur 'ne eingebildete. Die verschiebt sich andauernd, je nachdem, wie weit der Mensch die Naturgeheimnisse erkennt.«

Er verstummte und machte ein paar Schritte an der Rampe entlang, bis die Unruhe im Saal sich legte.

»Jetz noch zur Assimilation.« Er blieb stehen. »Das is ja bloß 'n Vorgang. Scheinbar läßt er sich unterteilen. Anfang, Mitte und Ende. Das Ende – das is klar, da tritt 'ne Veränderung ein. Aber was geht in der Mitte vor? Das sagt sich so leicht dahin – Assimilation. Du sagst es und bist schon 'nem Stück Erkenntnis ausgewichen. Genauso is es mit der Evolution. Noch so'n Terminus. Schwupp, wird da so'n Terminus gesagt, und basta. Aber in der Evolution gibt's 'n ganzen Komplex von Erscheinungen! Denken müßt ihr! Auch vom Platz aus könnt ihr Fragen stellen. Was ich euch sagen will, läuft alles auf's selbe raus. Heute wollen wir die Assimilation im ganzen behandeln. Unsere stürmische Zeit läßt nicht zu, daß wir uns beim Wie und Was aufhalten. Wir packen die Erscheinung, uns geht's ums Ergebnis, ums Resultat. Die Zeit verlangt's! Theorie? Die soll machen, wer will. Wir brauchen's praktisch. Wir verändern die Bedingungen – und 'ne Winterpflanze verwandelt sich in 'ne Sommerpflanze. ›Und wie geschieht das?‹ hör ich schon die Scholastiker kritteln. ›Ich will den Vorgang verstehen.‹ So einer interessiert sich mehr fürs Drum und Dran, verstehste. Er geht einem nich von der Pelle, schnappt einem nach'n Waden, der Philosophaster. Bissig is er, der Teufel, nich abzuschütteln. Läßt einen keinen Schritt vorwärts machen. Meine Antwort is: Das erfahrt ihr schon noch, keine Bange. Das werden euch die sagen, die sich mit den Teilen vom Ganzen befassen – die Morphologen, Zytologen, Physiologen. Haben wir viele von. Nach jedem Angriff folgt den vordersten Einheiten ein Beutekommando. Also keine Sorge, die Beute wird eingesammelt. Nichts bleibt auf dem Schlachtfeld liegen.«

»Wie denken Sie über die Botanik? Ist das auch ein Beutekommando?« fragte eine helle Jungenstimme hinten aus dem Saal.

»Recht so, frag nur, Söhnchen. Deine Aufgabe is es, möglichst viel zu fragen. Die Antwort wird uns schon einfallen. Wie ich über Botanik denke? Normal. Absurd is bloß, daß sie die Pflanzen in höhere und niedere einteilt. 'n Pilz – was is'n das für 'ne Pflanze?«

»Eine niedere!« rief es aus dem Saal.

»Und Weizen?«

»Eine höhere!« ertönte es im Chor.

»Da seht ihr's selber! Ich frag aber auch: Wer frißt wen? Der Pilz den Weizen oder der Weizen den Pilz? 'n Akademiemitglied und 'n Floh – wer frißt wen?«

Der Saal antwortete mit lautem Gelächter. Rjadno ging schmunzelnd ein Stück über die Bühne. Danach kehrte er ans Rednerpult zurück. Er senkte kaum merklich den Kopf, hob kaum merklich die Hand. Im Saal wurde es sofort still.

»Ja, also, Kinder. Kommt schon, kommt, stellt eure Fragen. Ich bin nich hergekommen, um mit euch Späßchen zu machen. Wir sitzen hier nich auf 'm Erdwall vorm Haus und knabbern Sonnenblumenkerne. Ich zerstör hier Dogmas vor euch. Und ihr sollt sie zerstören lernen. Das Dogma is 'n Stein, der aus'm Weg geräumt werden muß. Denken müßt ihr, Leute, denken, Euch haben sie gesagt: Der Schmetterling Kallima ähnelt einem trocknen Blatt. Stimmt's? Na seht ihr, weiß ich doch. Tarnfarbe. Durch Auslese entstanden. Aber das Ei der Holztaube is weiß! Und wo nistet sie? Im Wald! Sie versteckt ihr Gelege nicht, sie hört nich auf euern Dozenten! Dohleneier dagegen sind bunt, und die Dohle nistet wo? Im Schornstein. Daß sie bunt sind, hat nichts zu bedeuten. Was haben Sie mir darauf zu sagen, meine Herren Frisöre von der Philosophenfakultät? Da habt ihr euren Kallima, da habt ihr eure Auslese. Warum kann ich angesichts solcher Tatsachen nich an Sprunghaftigkeit in der Natur denken? Warum nich die dialektische Methode anwenden? Wo sie vor mir schon ein Geistesriese wie Friedrich Engels bei der Naturanalyse angewendet hat?«

Er trat an eine bereitgestellte große braune Schultafel und schrieb – die Kreide so hart aufsetzend, daß sie zerbröckelte – groß darauf »dialektische Methode«. Dann klopfte er sich den Kreidestaub von den Fingern und drehte sich um.

»Er dagegen«, Rjadno wies mit der kreidebeschmierten Hand auf Brusshak. »Gestatten Sie, daß ich vorstelle, Doktor Saul Borissowitsch Brusshak, mein Kollege, Freund und Opponent. Er is mit mir nich einverstanden. Er meint . . .«

»Moment, Kassian Damianowitsch, warten Sie!« Brusshak hielt den Kopf schräg und stoppte Rjadno ziemlich dreist mit beschwichtigender Geste. »Ich bin nicht gegen die Methode. Mir geht es um etwas anderes. Sagen Sie: Ein Krokodil, das im heißen Sand aus dem Ei schlüpft – warum läuft das gleich vom ersten Augenblick an zum Wasser?«

»Tatsächlich! Warum?« Rjadno sah sich hilflos um, als wäre er überrumpelt worden. »Jetzt hat er mich ertappt, Kollegen! Ich ergänze noch, Saul Borissowitsch: Und warum die Seeschildkröte. Warum kriecht so 'ne Schildkröte, wenn sie noch ganz klein und eben erst ausgeschlüpft ist, schon zum Meer? Der Doktor der Wissenschaften Brusshak denkt, daß in ihr ein in Jahrtausenden gebildeter Mechanismus wirkt, entstanden durch die sattsam bekannte Auslese. Das stinkt ja meilenweit nach Weismann und Morgan. Ihr riecht's noch nicht, aber ich, au, ich hab 'ne Nase für solchen Dreck. Durch Auslese also. Bei wem der Mechanismus nich funktioniert hat, der is demzufolge nich zum Meer gerannt, sondern nach der andern Seite. Und natürlich umgekommen!

Und wo hast du, Saul Borissowitsch, so'n Krokodil gesehn, bei dem's nich funktionierte? So daß es vorm Wasser davonlief? Spekulation, Spekulation, Kollegen. Dogma. Der einfache Mann, der Bauer, der hat nich studiert, kommt aber der Wahrheit näher. Frag ihn mal, warum so'n Krokodil schon als winzig kleiner Däumling zum Fluß läuft. Wißt ihr, was er antwortet? Das Krokodil läuft dahin, wo's Wasser riecht. Weise Worte. Infusorien, einzellige Lebewesen riechen schon Wasser, Kollegen! Wasser is die Grundlage des Lebens. Alles Lebendige kann Wasser riechen.«

Der Saal lauschte. Alle hatten glänzende Augen. In die Stille hinein tönten quäkende Nasallaute – das Akademiemitglied sprach.

»Ihr habt euch die Landwirtschaft ausgesucht, Freunde. Die Biologie. Das is keine Mathematik und keine Physik. Das is lebendige Natur. Wer sich auf die einläßt, der braucht Begabung. Einen begabten Burschen riech ich 'ne Werst weit. Und versteh ihn. Ich weiß, Junge, dir wird was gelingen, bloß mach alles so, wie Väterchen sagt. Biologie – das is was Besonderes. Hexerei, wenn du willst. Das is keine blanke Wissenschaft. Das is Eingebung.«

Hier starrte er auf seine Hände, die voller Kreide waren, stockte und stand wie angewurzelt, die Finger gespreizt. Jeder sah: Er überlegt, was er jetzt tun soll. Waritschew wurde unruhig und sah sich suchend um.

»An die Tafel gehört 'n Schwamm. Wo Kreide is«, sagte Akademiemitglied Rjadno und zupfte mit zwei Fingern ein Tuch aus der Tasche. Als der lange bunte Stoffbausch zum Vorschein kam, krümelte Erde auf den Fußboden. Rjadno stutzte. Dann strahlte er.

»Ha, ha! Ich bin ja heute früh zwischen den Beeten rumgekrochen! In der Lehrgärtnerei! Da is die gute Mutter Erde zu mir in die Tasche . . .« Er schüttelte gerührt den Kopf. »Da siehst du's, Saul Borissowitsch. Ein Wink von oben. Wenn die Erde dir von allein in die Taschen kriecht, dann haste bei solchen Kinderfragen keine Probleme mehr. Warum das Krokodil zum Wasser läuft.«

Fjodor stand, mit dem Rücken an die lackierte Eichentäfelung gelehnt, an der hinteren Saalwand und sah sich belustigt um, ließ den Blick mal auf Rjadno verweilen, mal auf den hingerissenen Gesichtern seiner Zuhörer, die schmaler geworden zu sein schienen. Waritschew hat Rjadno keinen Schwamm neben die Tafel gelegt! vermerkte er erfreut und wollte sich innerlich ausschütten über die Entdeckung. Warum er nicht dafür gesorgt hat? Er hat's gewußt, er hat's gewußt, der alte Schlawiner! Er war schon mal dabei, wie Rjadno sein Taschentuch rauszog und Erde rausrieselte! Und Saul spielt die Posse mit Kassian auch nicht zum erstenmal!

Mit Fjodor und seiner Umgebung geschah etwas. Wieder einmal eine Veränderung. Wie viele standen ihm eigentlich noch bevor? Wieder war ein Schleier gefallen, und das helle Licht zeigte ihm die Menschen, die er so gut zu kennen geglaubt hatte, mit neuer Deutlichkeit. Wo bin ich bloß früher gewesen? dachte er. Wieso habe ich früher nichts davon bemerkt? Warum bin ich mir vor diesem Kartoffelpriester wie ein Mönchlein, wie ein Klosterdiener vorgekommen, habe ich seinen Weisheiten andächtig gelauscht? Aber jetzt nimm dich in acht, Priester. Bis heute, wurde ihm klar, war er Kassian immer noch entgegengekommen. Auch er war ja auf das Taschentuch mit Erde reingefallen, vor einem Jahr noch. Jawohl, etwas davon hatte sich bis heute erhalten! Fjodor hatte automatisch manches überhört, hatte dem urwüchsigen Talent manches verziehen, automatisch manches zu dem komplizierten Bild umgemodelt, das er sich geschaffen hatte! Jetzt durfte er nichts simplifizieren. Er sah zwar klarer, aber alles war auch schwieriger geworden. Und ein Ende war nicht abzusehen. Für Niedertracht nicht und nicht für Größe.

»Er fragt mich«, räsonierte Rjadno auf der Bühne, »wieviel Zeit brauchen Sie für eine Vorlesung? Wieviel Zeit ich brauche! Komische Frage. Wie kann ich das wissen. Soviel ich brauche, so viel nehme ich mir eben. Das is doch keine Chemie. Kein Ferum, Kalzium und all so was. Das is lebendiges Leben! Wie willste das messen und in einen Rahmen zwängen? 45 Minuten! Das kannste bei Ferum und Kalzium sagen. Da geht's.«

Heiterer Applaus flatterte auf und vermischte sich mit allgemeinem Beifallsgemurmel. Rjadno hatte die Zuhörer auf seiner Seite. Und er wußte das.

»Kommt, stellt Fragen, Kinder, fragt was, Beifall hab ich in mei'm Leben schon genug gehabt. Ich seh keine Fragen«, sagte er, väterlich lächelnd, und trat dicht an den Bühnenrand. Da fiel ihm etwas ein, und er winkte träge ab. »Neulich war ich in 'ner Leitungssitzung vom Prämienkomitee. 's ging auch um . . . 'ne Prämie fürs Sprengen. Einer war auf die Idee gekommen, was mit feuchtem Pulver zu sprengen. Hat damit gewaltige Erdmassive bewegt. Für die gewaltigen Massive also. Dann hab ich meine Meinung gesagt. Großes Erstaunen. Bei mir staun'se immer. Weil ich so frei denke. 'ne neue Sicht brauchen die Leute, keine Dogmen. Erde, sag ich, darf man nich sprengen. Erde lebt doch. Sie kriegt 'n Schreck und wird unfruchtbar. Da zogen sich die Dogmatiker in der Leitung gleich dran hoch. Wieso, warum? Darum, sage ich. Erde is 'n lebender Körper. Und als lebender Organismus is er 'n Ganzes. 'n Gan-zes! Die Natur gibt uns genug Beispiele für die Vielfalt von Lebensformen. 'n Bienenschwarm – denkt ihr, das is 'ne Gemeinschaft von Einzelwesen? Nichts dergleichen! Das is 'n Wesen mit aufgeteilten Funktionen. Eine Biene baut, eine holt Nahrung, 'ne andere kümmert sich um die sanitären Angelegenheiten und wieder 'ne andere um die Fortpflanzung. Bei den Ameisen is's genauso. Eine is Soldat, 'ne andere Arbeiterin, die dritte Mutter, die vierte Erzieherin. Und alle zusammen sind sie 'n untergliederter großer Organismus, in dem jede Ameise 'ne Zelle is. Ebenso is die Erde 'n hochkomplizierter Organismus, Kinder. Is es etwa kein Wunder, daß auf ihr alle möglichen Bäume und Gräser wachsen? Der Mensch lebt auf ihr! Ganze Welten von Mikroorganismen bevölkern sie, und alle ergänzen sich, erhalten, ernähren und heilen einander. Der Dogmatiker kommt darauf mit seiner alten Leier. Kampf ums Dasein! Kampf der Arten! Wer so redet, hat keine blasse Ahnung. Kampf? Nein! Erhaltung, Einheit, Harmonie is das! 'n Makroorganismus – das is die Erde. Und er will sie sprengen! Auf was willst du Pulverfanatiker leben! – Wißt ihr, ich hab sie überzeugt.«

Hier hielt Rjadno inne und wies gebieterisch in den Saal.

Das wortlose Picken mit dem Finger sollte offenbar jemandem Mut machen, jemanden auf die Bühne holen. Ach, das war's. Ein Zettel wanderte in gemächlichen Sprüngen nach vorn.

»Her den Zettel, her damit! Dalli!« drängte er. »Ihr fragt zuwenig. Komm, mein Lieber, bring ihn her. Genug weitergegeben. Na, mal sehen, was hier . . . Oho, das is ja 'ne ganze Epistel!«

Das Akademiemitglied faltete den Bogen auseinander, trat ans Fenster und zückte eine große Brille in quadratischer schwarzer Fassung.

»Na, dann wolln wir mal . . . ›Lieber Kassian Demjanowitsch.‹ Gleich am Anfang 'n Fehler! Kassian hieß ich, meine Lieben, als ich noch 'n armer Bauer war. Aber jetz, wo die Sowjetmacht mir 'n hohen Posten gegeben hat, jetz bin ich Kassian Damianowitsch. 'n kaiserlicher Name. Byzanz. Aber was is 'n Kaiser im Vergleich zu mein'n Titeln! Gut, weiter.« Er drehte das Blatt zum Licht und neigte sich zurück. »Hmm. Wer hat das geschrieben?«

Hinten im Saal stand jemand auf.

»Ich«, ertönte eine klare Mädchenstimme.

»Bravo. Hast viel geschrieben. Also is es dir ernst damit. Komm her, Kindchen, und lies selber vor. Deine Schrift is 'n bißchen klein. Da kommt'n Akademiemitglied nich mal mit Brille zu Rande.«

Durch den Gang klapperten flinke Absätze. Fjodor erkannte das Mädchen. Das in der Mitte gescheitelte fast schwarze Haar umschloß das zornige klare Gesicht wie zwei feste Muscheln und lief hinten in einem kurzen, dicken Zopf zusammen. Rings um den Kopf stand luftiger brauner Haarflaum. Sie war streng und schön. Das erstemal hatte Fjodor sie gesehen, als er und Zwjach am Abend nach der Versammlung eine Gruppe Studentinnen einholten. Um die Wette und einander anstachelnd waren sie über Sascha Shukow hergezogen. Und diese Hübsche hatte mit zusammengekniffenem Mündchen und pickenden Kopfbewegungen gefordert: Aus dem Komsomol jagen müssen wir ihn! Danach hatte Fjodor das Mädchen mehrmals unter den Studenten des 4. Studienjahrs gesehen. Er hatte ihr sogar das Praktikumstestat abgenommen. Sie war eine sehr gute Studentin, kannte alle Thesen der Mitschurin-Theorie und die von den Akademiemitgliedern Lyssenko und Rjadno eingebrachten Neuerungen. Als Fjodor während des Testats eine unbestrittene Tatsache aus dem ihr bekannten Stoffkomplex Physiologie der Gräser – es betraf das Blühen des Weizens – anführte und sie danach bat, diese Tatsache aus der Sicht von Mitschurins Lehre zu erklären, verlor sie sofort die Fassung – sie hätte bestätigen müssen, daß der Mönch Mendel recht hatte. Als Beststudentin konnte sie sich diese Panne nicht verzeihen, und Fjodor war es, als hasse sie ihn dafür. Der Vorfall war ihm unvergeßlich geblieben. Einer Studentin solche Fragen zu stellen hieß ein gefährliches, durch nichts gerechtfertigtes Risiko eingehen.

»Wie heißt du, Kindchen?« fragte Rjadno, als das Mädchen zu ihm auf die Bühne kam.

»Shenja Babitsch«, antwortete sie furchtlos.

»Schön, also Shenja Babitsch. Komm, lies vor, was du mir da schreibst, Shenja Babitsch.«

Shenja nahm den großen Bogen und lächelte dem Akademiemitglied und ihren Freunden im Saal zu.

»Lieber Kassian Damianowitsch«, sagte sie voller Ehrerbietung, hob die sanften dunklen Brauen und las. Ihr Mund öffnete sich dabei aller Augenblicke zu einem tiefen Seufzer. »In den vier Jahren, die ich hier am Institut studiere, habe ich mich besonders mit der Artbildung beschäftigt, die Sie, verehrtes Akademiemitglied, erforschen. Im ersten Studienjahr schloß ich mich einer Aspirantengruppe an, die den Auftrag hatte, Sommerweizen in Winterweizen zu verwandeln, und verbrachte meine ganze freie Zeit in der Lehrgärtnerei. Meine Freundin und ich legten uns dort sogar eine kleine Parzelle an. Mit großem Interesse beobachteten wir die Arbeit der Aspiranten, sie säten im Herbst Sommersorten aus. Ein großer Teil der Pflanzen erfror, aber einzelne Exemplare überwinterten und erbrachten Samen. Schon im nächsten Jahr erhielten sie nach der Wiederaussaat der gewonnenen Samen im Herbst Winterpflanzen mit stabiler Resistenz. Vererbbarer Resistenz. Das war erstaunlich! Das war ein Wunder!«

Rjadno nickte, das Mädchen gefiel ihm, er wendete keinen Blick von ihr.

»Ich las viele Bücher über Pflanzenphysiologie und wußte schon damals, daß bei normalem, also im Frühjahr gesätem Sommerweizen während der Blüte nur die Staubblätter raustreten. Nur die Pollensäcke hängen raus.« Hier unterbrach sich Shenja und erklärte: »Die Ähren sind dann so struwwelig.«

Rjadno nickte gerührt.

»So blüht er normalerweise«, las sie weiter. »Die Narbe guckt bei der Sommervariante überhaupt nicht raus, deshalb kommt es zur geschlossenen Bestäubung, also Eigenbestäubung, mit Erhaltung aller typischen Sommerweizenmerkmale bei der Nachkommenschaft. Meine Freundin und ich stellten jedoch fest: Die Sommerpflanzen, die im Herbst ausgesät wurden und überwinterten, blühten anders! Bei ihnen trat zusammen mit den Staubblättern auch die Narbe heraus. Wir schlugen sofort in den Büchern nach. In den Büchern steht, daß das immer der Fall ist, wenn eine Sommerpflanze überwintert. Weil aber im Frühjahr ringsum auch andere Gräser blühen und eine Menge Blütenstaub rumfliegt . . .«

»Wenn es geregnet hat, sind alle Pfützen gelb, soviel Blütenstaub ist in der Luft«, erklärte sie abermals, und Rjadno nickte erneut.

». . . gelangt höchstwahrscheinlich auch fremder Blütenstaub auf die Narben unserer überwinterten Weizenpflanzen«, las Shenja weiter. »Es findet bereits eine Fremdbestäubung statt. Und wir können nicht mehr mit Sicherheit sagen, ob es im Endergebnis zu einer Veränderung der Pflanze infolge Frosteinwirkung oder infolge einer zufälligen Bestäubung durch eine fremde Sorte kommt. Mit nachfolgender Spaltung nach Mendel.«

Beherzt sprach sie das gefürchtete Wort aus. Rjadno sah sie jetzt nicht mehr lächelnd an und nickte mehrmals.

»Dieser Gedanke kam meiner Freundin und mir sofort, und wir sagten es unseren Aspiranten. Wir rieten ihnen sogar, im Frühjahr den überwinterten Pflanzen Papiertütchen aufzusetzen, um so fremden Blütenstaub fernzuhalten.«

Das Akademiemitglied nickte wieder.

»Die Aspiranten waren damit einverstanden. Es wurden Tütchen aufgesetzt, aber die Betreuerin der Aspiranten nahm sie ab.«

»Wer ist die Betreuerin?« fragte Rjadno.

»Anna Bogumilowna«, antwortete das Mädchen leise.

»So-o«, meinte Rjadno. »Du bist das also, die uns das mit den Tütchen eingebrockt hat? Es muß zwei Jahre her sein. Hörste, Anna Bogumilowna? Und ich dachte, sonstwer wollte uns 'n Schreck einjagen. Schon gut, schon gut, Mädchen. Hab keine Angst. Du hast also kein Vertrauen zum Professor?«

»Meiner Meinung nach hat der Professor kein Vertrauen zu . . .«

»So is das heute!« Kassian drehte sich zu Waritschew und Brusshak um. »Sie vertrauen uns nicht mehr! Lesen in Büchern nach! Wir sollen uns wohl pensionieren lassen, was? Bei solchem Mißtrauensvotum. Väter und Söhne! Schon gut, Shenja Babitsch, keine Angst, du machst's richtig. Nur so läßt sich forschen. Nur so.«

»Darf ich weiterlesen?« fragte Shenja.

»Nur zu, Kindchen. Nur zu, meine Liebe. Ich bin gespannt, wie's bei dir ausgegangen is.«

»Es ist noch nicht zu Ende, Kassian Damianowitsch.« Shenja sprach bereits ohne Konzept. »Als bei den Aspiranten die Tütchen entfernt worden waren, verlegten wir den Versuch auf unsere Parzelle. Heimlich. Für alle Fälle, damit niemand die Tütchen abnahm. Wir säten Sommerweizen im Herbst. Es kamen starke Fröste, aber ein paar Pflanzen überstanden sie. Im Frühjahr setzten wir ihnen Tütchen auf. Die unversehrt gebliebenen Pflanzen bildeten normale Ähren. Als wir die gewonnenen Samen im nächsten Herbst aussäten, kam keine Artenveränderung zustande. Der gleiche Prozentsatz erfrorener Pflanzen, genauso wenig Sommerpflanzen, die den Winter überstanden.«

Im Saal trat beängstigende Stille ein.

Fjodor, der Schlimmes ahnte, fuhr sich mit der Hand durchs Haar, preßte sie an die Stirn, fuhr sich abermals durchs Haar.

»Ich dachte: Was soll das heißen?« sagte Shenja laut. »Hat Mendel recht? Ich erschrak.«

»Hast du Mendel gelesen?«

»Ja«, sagte das Mädchen leise. »Und ich fühlte, daß ich diese Frage ohne Sie, Kassian Damianowitsch, nicht lösen kann. Besonders nachdem ich beim Testat . . . gerade danach gefragt wurde. Der Dozent hatte wohl unsere illegale«, Shenja kicherte, »Parzelle gesehen. War uns auf die Schliche gekommen. Und fragte gerade danach. Welchen Zweck das Experiment hat. Welche Schlüsse sich daraus ziehen lassen. Eine Schlußfolgerung drängte sich auf. Sie war schlimm. Ich konnte nicht antworten.«

»Und was für 'ne Note hat er dir gegeben?«

»Eine Eins.«

»Wofür? Für die Kenntnisse, vor denen du selber erschrocken bist?«

»Ich weiß nicht.«

»Na schön, deine Eins haste verdient. Und wer war der Dozent?«

»Fjodor Iwanowitsch.«

»Er hat dir hoffentlich danach erklärt, wie das zusammenhängt?«

»Nein. Er hat gesagt: Das ist eine Frage, die über das Niveau eines Studenten hinausgeht.«

»Hat sich also vor der Erklärung gedrückt. Na, da fragen wir ihn doch gleich mal. Damit er den Studenten nich wieder Professorenfragen stellt. Fragen, die er selber nich beantworten kann. Da hinten steht er. An der Wand. Komm rauf zu uns, Fjodor Iwanowitsch. Klär uns auf, was hier Sache is.«

Fjodor stieß sich von der Wand ab und ging rasch und lächelnd durch den Saal zur Bühne. Du darfst Kassian nicht zeigen, daß du verwirrt bist, daß du weiche Knie hast, weil du eine Katastrophe auf dich zukommen siehst, dachte er. Er schritt energisch aus, dem Fiasko entgegen, das ihn vorn erwartete wie einen Soldaten die Kugel.

»Wieso hast du so 'ne Frage unbeantwortet gelassen, mein Lieber?« fragte Rjadno ihn freundlich, nachdem er ihn schweigend von Kopf bis Fuß gemustert hatte. »Also is dir auch die Puste ausgegangen? Und warum haste dann die Frage überhaupt gestellt? Was wollteste von dem Mädchen wissen?«

Auch Brusshaks süßlicher Blick fixierte ihn unverhohlen triumphierend.

Fjodor sah derweil sanft zu Shenja hinüber, die seinem Blick auswich. Er erkannte sich selbst in ihr wieder – den ehrlichen jungen Pionier, den man ins Zelt gerufen hatte, um ihn über den Geologen auszufragen. Er selber war jetzt der Geologe, und sein Blick war ebenso sanft, er verzieh Shenja die ehrliche Denunziation. Aha, du weichst mir schon aus, dachte er. Das ist gut. Wenn du nachher hier weggehst, wird dich dein Leben lang dasselbe schmerzhafte Schuldgefühl peinigen wie mich. Macht nichts, soll es dich peinigen, dadurch wirst du ein Mensch. Falls du auch so eine schlummernde Knospe an deinem Stamm hast. Interessanterweise nahm der Gedanke ihm sofort alle quälenden Ängste.

Man erwartete eine Antwort von ihm, er war der Mittelpunkt einer den ganzen Saal erfüllenden knisternden Spannung. Noch wußte er nicht, was er sagen würde, aber die Worte kamen ihm von allein, weil er das Schweigen nicht länger ausdehnen durfte.

»Kassian Damianowitsch! Das ist doch eine kinderleichte Frage! Genauso leicht wie die nach dem Krokodil und dem Wasser. Die Methodik, die zur Zeit in den klassischen Experimenten gebräuchlich ist, welche uns eine so anschauliche Vorstellung von dem – durch unsere Wissenschaft entdeckten – Phänomen der Entstehung neuer Arten aus alten vermitteln – diese Methodik krankt an einem wesentlichen Mangel. Und gibt den Feinden unserer fortschrittlichen Theorie immer wieder Trümpfe in die Hand, was sich durchaus verhindern ließe.«

»Was für Trümpfe, Söhnchen? Interessant. Erzähl schon, wir hören.«

»Kassian Damianowitsch! Bringt die Weißbuche oft Haselnußtriebe hervor? Bis jetzt ist nur ein Fall bekannt. Wachsen aus Kiefern oft Fichtentriebe? Auch höchst selten. Wird Wildhafer unmittelbar vom Hafer hervorgebracht? Oder läuft ein großer Teil dieses Unkrauts aus den Samen von vorjährigem Wildhafer auf? Ein gründlicher Naturwissenschaftler – und so einer verspricht Shenja Babitsch zu werden – muß unweigerlich zu dem Schluß gelangen, daß derartige Sprünge in der Natur im allgemeinen selten vorkommen, dafür aber stabil sind. Wir haben diese Seite des Phänomens noch nicht untersucht, aber ich vermute, Kassian Damianowitsch, hier läßt sich ein Gesetz ableiten. Und sogar ein auf die gesamte Pflanzenwelt anwendbarer zahlenmäßiger Koeffizient.«

»Ja, ja«, murmelte Rjadno, vor sich hin nickend. Der Gedanke leuchtete ihm ein, er begriff, worauf Fjodor hinauswollte.

»Warum, Kassian Damianowitsch, warum verwandeln sich jedes Jahr Sommergetreidepflanzen in winterfeste, allein auf unserem Versuchsgartengelände in Hunderten von Fällen? Warum sollte die Natur – die bekanntlich sehr konservativ ist – die Gräser so bevorzugen? Woher kommt das? Doch daher, daß die echten und dabei seltenen Fälle der Artveränderung bei Gräsern von zufälligem, das Experiment verunreinigenden Bestäubungen herrühren. Ebendas hat Shenja Babitsch festgestellt. In ihr steckt eine Forscherin! Und sie hat es genau zur rechten Zeit festgestellt. Stefan Ignatjewitsch Wonljarljarski würde diesen Verunreinigungsfaktor *Kontamination* nennen.«

Die Spannung ließ nach. Der Saal reagierte bereits mit Heiterkeit.

»Ich meine, man sollte den Einsatz von Tütchen in die tägliche Praxis einführen.«

Er spürte, er hatte es geschafft, den Schlag von sich abzuwenden. Geschafft, geschafft! Rjadno strahlte bereits. Er bewegte lächelnd die Lippen, um sich das Fremdwort einzuprägen. Er würde ein Gesetz ableiten!

»Du meinst also, selten? Aber dafür stabil, sagste? Du sagst, ein Gesetz? Vielleicht haste recht, Fjodor. Pjotr Leonidowitsch, das is der junge Mann, der mir manchmal Angst einjagt. Aber er is nich bloß bissig, er hat auch Köpfchen. Originell denken kann er.«

Kassian Damianowitsch lief jetzt auf der Bühne auf und

ab. Der ganze Saal verfolgte schweigend seinen originellen Gang mit den eckigen Bewegungen.

»Hast recht, Fedja, bei den Gräsern arbeiten wir unsauber. Aber die Stabilität, das heißt die Gesetzmäßigkeit der Veränderungen bestätigt die große Bedeutung der Umwelt bei der Formenbildung.«

Dann trat Rjadno in die Mitte der Bühne, und seine Stimme nahm einen triumphierenden Klang an: »Die formenbildende Bedeutung der Umwelt! Am Sonnabend bekam ich einen Anruf. Das paßt grade hierher. Der Augenblick is gekommen, Genossen« – in seinem Fagott versagte etwas, er wartete ein Weilchen, um den Sturm der Gefühle abzuwehren –, »der Augenblick, wegen dem ich euch hierher gebeten habe. Ein großer Augenblick! Gleich kriegt ihr die Antwort, wem noch was unklar is. Mutter Natur zerhaut mit einem Hieb alle Knoten.«

Er drehte sich zum Seitenvorhang der Bühne, hob deutlich sichtbar die Hand und trat so, mit erhobenem Arm, den Blick hinter die Kulissen gerichtet, fast tänzelnd zurück. Hinter dem grauen Vorhang hervor bewegte sich eine kleine feierliche Prozession – Schüler in roten Halstüchern: ein großes, dünnbeiniges Mädchen und mehrere Knirpse. Vor ihnen her schritt ihre ältliche Lehrerin in verschossener, ausgebeulter Strickjacke mit einem großen verwelkten Birkenzweig in der vorgestreckten Hand.

»Genossen! Applaus für die Natur!« Rjadno machte der Prozession Platz und klatschte in die Hände. Waritschew und Brusshak erhoben sich und applaudierten würdevoll.

Wohl zwei Minuten lang versanken die auf der Bühne Stehenden in einer ohrenbetäubenden Flut begeisterter Ovationen. Dann beruhigte sich der Saal, der Beifall ebbte allmählich ab und verstummte. Die Lehrerin trat zu Rjadno und reichte ihm den Zweig.

»Lieber Kassian Damianowitsch! Ihnen als anerkannter großer Autorität in der Mitschurin-Wissenschaft überreichen die jungen Biologen unserer Schule diesen Birkenzweig als Geschenk, den sie in unserem Wald gefunden haben. An dem Birkenzweig, darauf möchte ich alle Anwesenden aufmerksam machen, an einer Birke sind fünf ungewöhnliche Triebe gewachsen – Grauerlentriebe! Verehrtes Akademiemitglied, Sie werden sehen, hier ist nichts gepfropft, dieses erstaunliche Wunderexemplar schließt jeden Verdacht auf Fälschung aus. Es wird auch der strengsten Kontrolle standhalten. Junge Pioniere, Kinder haben es aus dem Wald mitgebracht. Mit ihren reinen Händen haben sie den Zweig von der Birke abgemacht. Hier dieser Pionier, Valera Barinow« – die Lehrerin legte dem Jungen die Hand auf den Kopf –, »er ist auf die Birke geklettert und hat den Zweig abgerissen. Und dieser, sein Freund Gena Gustschew, hat ihm hinaufgeholfen.«

Rjadno wußte sich vor Rührung nicht zu fassen. Er kauerte nieder, zog die Jungen an sich und umarmte sie.

»Dieser Zweig ist ein echter Beweis für die Wahrhaftigkeit unserer hervorragenden Wissenschaft.« Die Stimme der Lehrerin zitterte heftig, sie kämpfte gegen die Tränen an. »Der Wissenschaft, die Trofim Denissowitsch Lyssenko anführt und die Sie, verehrtes Akademiemitglied, bereichern. Wir haben Ihnen damit ... In Ihren Händen wird er ein machtvoller Knüppel gegen die Weismann-Morgan-Anhänger sein!« rief die Frau. »Mit diesem Knüppel werden Sie ihnen allen Beine machen! Mit diesem Zweig werden Sie den Unrat der bürgerlichen Scholastiker, denen unsere Mitschurin-Biologie verhaßt ist, für immer zur Türe hinauskehren. Denn sie widersetzen sich der wissenschaftlichen Erklärung der Welt! Ebnen den Rassentheorien des geschlagenen Faschismus den Weg!«

Fjodor stand daneben auf der Bühne, und als der Beifallssturm losbrach, klatschte er mit. Er dachte die ganze Zeit an sein Gesicht, das ihm mitunter den Gehorsam verweigerte, und lächelte etwas mechanisch. Aber innerlich war ihm ganz anders zumute. Strigaljow hat recht, dachte er, während er, mechanisch lächelnd, traurig in den Saal schaute. Man darf ihnen die neue Sorte nicht überlassen, in Kassians Händen würde sie zu einem machtvollen Knüppel werden. Es wird schwer werden, alledem zu widerstehen. Und wie lange wird das dauern? Und wie wird es enden?

Neben ihm stand Shenja Babitsch und klatschte strahlend in die kleinen Hände. Von ihren Zweifeln hinsichtlich der

Umwandlung von Weizen war keine Spur geblieben. Doch, es ist eine geblieben, dachte Fjodor, sie wird die Tütchen nicht von ihren Ähren auf der heimlichen Parzelle abnehmen.

Als man des Klatschens müde wurde und die Ovation von allein verebbte, hob Rjadno die Hand und hielt, seine Gefühle zurückdrängend, eine triumphierende Dankesrede. Er sprach witzig und ausdrucksvoll und gab den imaginären Weismann-Morgan-Anhängern sogar einen Tritt in den Hintern, schickte sie dahin, wo der Pfeffer wächst. Dann rief er Shenja Babitsch zu sich, gab ihr den Zweig und hieß sie, durch den Saal zu gehen und die Trophäe allen zu zeigen, die sie sehen wollten. Damit sie sie berühren konnten.

»'s gibt doch Kurzsichtige, Kindchen. Die gibt's! Manche haben kurzsichtige Augen, andere 'ne kurzsichtige Seele. Sollen alle sich's ansehen. Aber schön vorsichtig. Du, meine Liebe, verstehst ja, was das Ding für uns bedeutet. Nur dir kann ich's anvertraun. Du bringst mir den Zweig unversehrt zurück. Halt ihn gut fest, gib ihn nich aus der Hand.«

Fjodor trugen die Beine nicht mehr. Er wankte von der Bühne hinter die Kulissen und warf sich auf eine Wachstuchliege. Ihm war, als wäre eine unsichtbare Tür hinter ihm zugeklappt, aber er glaubte die Verfolger noch mit den Flügeln daran schlagen und mit den Schnäbeln daran kratzen zu hören. Er taumelte zurück. Bloß weg hier, mal von allem ausspannen, dachte er. Irgendwann in der Zukunft wartete dennoch unausbleiblich die Katastrophe, die Zeitbombe tickte.

Am selben Tag nahm Fjodor an einem Festessen bei Waritschew teil. Der Rektor gab es bei sich zu Hause. Kassian Damianowitsch trank nichts von dem Kognak und Wodka auf der langen Tafel. Ihm schenkte Waritschew aus einer besonderen Karaffe »Kassians Gebräu« ein, eine Mischung aus Bier und Wodka, in die Kassian seine Tablette warf. Nachdem der Alte mehrmals, mit seinen Goldbrücken klappernd, davon getrunken hatte, wurde er fidel. Er griff sich alle Augenblicke an die Stirn und wirbelte den Pony auf, um ihm Forsche zu verleihen.

»Wenn ich was zu sagen hätte«, schnatterte er, daß jeder

am Tisch es hören konnte, »würde ich dem ganzen Land 'n Feiertag bewilligen, damit zwei Tage lang gefeiert und gesoffen werden kann! Und für die Weismann-Morgan-Anhänger 'ne Amnestie machen. Jetzt ist's aus mit ihren Trümpfen, solln sie schwiemeln.«

Fjodor forderte er auf, sich neben ihn zu setzen, und warf Saul dabei einen schalkhaften und kapriziösen Blick zu.

Er umarmte Fjodor, schüttelte ihn und rief: »Na, was is, du ungläubiger Thomas! Sträub dich nich, du zweifelst doch, ich seh's dir an. Nu sträub dich doch nich! Was sagste jetzt? Daß es nich stimmt? Daß es die Haselnußtriebe an der Weißbuche, die Fichtentriebe an der Kiefer nich gibt? 's gibt sie, ungläubiger Thomas, 's gibt sie! Die Haselnußtriebe und die Fichtentriebe! Und Kornblumen kommen aus'm Roggen. Und Wildhafer aus Hafer. Thomas! Woran er gezweifelt hat! An der Sowjetmacht hat er gezweifelt! An ihrer marxistischen Grundlage! Pjotr Leonidowitsch! Sieh ihn dir an: Mit wem ich arbeiten muß! Der Kopf gehört mir, das Herz aber wer weiß wem. Nee, an das Herz komm ich nich ran. Nich mal ich.«

Ohne Fjodor aus der kräftigen, harten Umklammerung freizugeben, erteilte er Brusshak dienstliche Anweisungen, absichtlich laut, alle am Tisch sollten es hören.

»Saul! Sag mal, haben wir den Umbruch eigentlich schon an die Druckerei geschickt? Ja doch, den Umbruch. Die Bögen fürs Lehrbuch. Schon weg? Ruf morgen früh gleich an. Sie sollen ihn zurückschicken. Sag, 's käm noch was dazu. Was sehr Wichtiges. Zum siebten Kapitel. Schreib's dir auf, ich seh kein Bleistift bei dir. Sie sollen's stoppen. Wir schikken 'n Zusatz. Gleich morgen machst du 'n Entwurf. Zwei Seiten. Worüber, weißte ja.«

Dann wandte er sich an Fjodor: »Trägste noch den Überzieher?«

»Den ganzen Winter habe ich ihn getragen. Jetzt hängt er im Schrank, an einem Ehrenplatz.«

»Denkste an Väterchen?«

»Aber natürlich!«

»Tu das, Dummerjan, tu das. Der Überzieher soll dich nämlich dein Leben lang an Väterchen erinnern.«

Ihm fiel etwas Wichtiges ein, und er zog plötzlich ein finsteres Gesicht, schniefte und trommelte lange mit den Fingern auf den Tisch.

Endlich rang er sich zum Sprechen durch. »Folgendes, Fedja. Das mit den Tütchen is zwar ganz schön ... Auch das Gesetz. Später mal formulieren wir's. Später, nich jetz. Saul hat recht. Er sagt, bei so 'ner Methodik verwandelt sich der Weizen alle hundert Jahre mal. Er übertreibt natürlich. Aber 's is was dran an dem, was er sagt. Wir müssen doch Nachwuchs ausbilden. Wir müssen jedes Jahr zum Seminar 'ne Veränderung vorweisen. Obligatorisch. Deine Tütchen laß also sein. Schluß mit den Verhütungsmitteln. Mach die Studenten nich konfus damit. Klar, die Orientierung?«

»Aber die Studenten kommen doch von selbst drauf! Wie schon die Mädchen!«

»Und wozu is der Lehrer da? Verbiete es. Wir haben 'n Studienplan, 'ne Methodik, alles bestätigt. Sie sollen lernen und nich lehren. Partisanen ...«

Als der Alkohol noch stärker wirkte und dem Alten die Glieder schwer wurden, ging er in sich, und plötzlich brach die Unruhe aus ihm heraus, die ihm schon das Festessen verdorben hatte. Er mußte etwas loswerden, lehnte sich an Fjodor, blies ihm den Duft seines »Gebräus« ins Ohr und sagte wie abwesend: »Fjodor, was ich dir jetzt verrate ... Sag's keinem weiter. Irgendso'n Schuft hat 'n Trieb vom Zweig gerissen. Als das Mädchen ihn rumzeigte. Sag, wozu brauchten sie den?«

»Sobinow, dem Tenor Sobinow sollen junge Mädchen mal den ganzen Mantel zerschnippelt haben«, bemerkte Fjodor lässig. »Sie wollten ein Andenken.«

»Was is, haste zuviel getrunken? Kein bißchen Feingefühl!« Rjadno gab ihm mit seinem spitzen Ellbogen einen Stoß und rückte von ihm ab. Aber gleich darauf beugte er sich wieder über sein Ohr. »Is dir die Idee nich auch gekommen? Die Shenja Babitsch läßt sich doch nich so einfach 'n Zweig aus der Hand reißen. Die gibt 'n nich her. Hier waren mehrere Leute am Werk. Einer hat sie abgelenkt, ihr Komplimente gemacht, und 'n anderer hat's getan. Was meinst du? Denk an meine Worte, der Zweig wird mir dummem

Kerl noch zu schaffen machen. Wir haben nich das ganze Nest ausgehoben.«

Weil es spät wurde, blieb Rjadno über Nacht bei Waritschew. Saul Brusshak fuhr im Instituts-Pobeda weg, neben dem Zwergmännchen saß Angela Schamkowa im Wagen. Fjodor wurde draußen, fast schon am Park, unerwartet vom leichtfüßigen, eleganten Professor Possoschkow eingeholt. Er war auch bei Waritschew gewesen, aber bereits vor dem Tee gegangen.

»Du hast dich heute gut aus der Affäre gezogen, Fedja«, sagte er leise und faßte seinen finster dreinschauenden jungen Kollegen leicht am Arm. »Ich war richtig erschrocken, als das Mädchen so einfach deinen Namen nannte. In diesem prekären Zusammenhang. Hast dich tapfer geschlagen. Über den Zweig kann ich dich übrigens beruhigen. Das sind keine Erlentriebe an der Birke.«

»Denken Sie etwa, ich hätte das geglaubt?« Fjodor drehte sich nach ihm um. »Der Saal, der Saal hat's geglaubt, das Mädchen hat's geglaubt, das ist das Schlimme.«

»Weißt du, was sie gezeigt haben?« fragte Possoschkow mit ironischem Lächeln. »So was heißt im Volksmund seit altersher Hexenbesen. Merkst du, was das für ein Name ist? Den hat sich genauso ein Wunderdoktor ausgedacht wie dein Chef. Die Diagnose Hexenbesen ist eindeutig. Eben haben die Jungs sich Kassians Erlentrieb unter dem Mikroskop angesehen. Sie fanden Sporen des Pilzes *Exoascus baetulinus.* Er bewirkt eine pathologische erlenblattähnliche Veränderung am normalen Birkenblatt. Wir bereiten ein Experiment dazu vor, Fedja. Wir stellen einen Extrakt aus dem Pilz her und infizieren eine gesunde Birke. Wir werden solche Erlenblätter selber machen, soviel wir wollen. Die Geschichte werden wir Kassian heimzahlen.«

6

Gegen zwei Uhr nachts wachte Fjodor auf. Jemand klopfte leise an die Tür. Dann wurde es still, und er hörte deutlich eine rauhe Hand wie tastend über die Tür streichen – von oben nach unten.

Fjodor sprang aus dem Bett und schloß auf, ohne Licht zu machen. Im Dunkeln sah er Strigaljows strenges Auge funkeln.

»Ich bin's.« Strigaljow trat unhörbar wie ein körperloser Geist ins Zimmer. Das Quietschen der Matratze zeigte an, daß der Gast seinen Platz eingenommen hatte. »Brei, Sahne und heißen Tee mit Milch«, sagte er vom Bett aus.

»Alles wartet auf Sie. Den Tee machen wir sofort warm.«

»Wie war die Lektion?«

»Ich bin fast eingebrochen.«

»Ich weiß. Man hat es mir berichtet. Sie haben sich zwar geschickt verteidigt, aber Sie gehen zu weit, Fjodor Iwanowitsch. Sie kennen unsere Mädchen nicht. Die Beststudentinnen.«

»Man kann doch nicht bloß in der Defensive liegen. Das ist ja, als wenn's einen gar nicht gibt.«

»Trotzdem. Shenja Babitsch! Das ist doch die Hauptreferentin für alle möglichen Artveränderungen und sonstigen Wunder von Lyssenko und Kassian.«

»Ich wollte eben der Hauptreferentin einen Denkanstoß geben.«

Als der Grießbrei gekocht war, nahm Fjodor den Topf vom Elektrokocher, und alle sichtbaren Gegenstände im Zimmer schienen im roten Lichtschein der glühenden Spirale näherzurücken. Schwache rote Lichtflecke leuchteten ringsum auf wie in einem Fotolabor. Rote Pünktchen schimmerten auch in den Augen der beiden Männer, und Strigaljow sagte, während er langsam den ersten Löffel in den Mund schob: »Da hätten wir ja eine Tarnlampe.«

»So werden wir jetzt immer sitzen«, bemerkte Fjodor.

»Nein, wir werden nie wieder so sitzen. Meiner Meinung nach werde ich belagert. Ich muß 'ne Mücke machen.« Strigaljow flocht wie stets Ausdrücke ein, die er bei Studenten aufgeschnappt hatte. »Ach«, sagte er bitter, »wieder ’ne Mücke machen.«

»Wissen Sie, wohin?«

»Das Land ist groß. Ich muß nur noch mal kurz bei mir vorbei. Ein paar Sachen mitnehmen. Ich muß Ihnen ja auch noch zeigen, wo meine neue Sorte ist. Wie man danach suchen muß. Sonst finden Sie sie nicht, es gibt keinerlei Hinweise. Es ist extra alles so gemacht, daß keine Gesetzmäßigkeit erkennbar ist. Hab mich wohl zu sehr angestrengt.«

»Und was schlagen Sie nun vor?«

»Wir treffen uns nachts dort. Sie können durch das Rohr in den Garten kommen. Es gibt Lücken drin.«

»Ich bin schon mal drin rumgelaufen.«

»Die Schuhe müssen sie ausziehen, wissen Sie das?«

»Ja.«

»Jetzt wird es spät dunkel. Sagen wir, um zwei Uhr früh. Kriechen Sie, wenn Sie aus dem Rohr kommen, gleich wieder drunter. Es liegt dort nicht ganz auf. Es stößt auf Brombeergestrüpp, alles voller Dornen. Wenn Sie unter dem Rohr zurückrobben, etwa vier Meter weit, kommen Sie an einen Graben, der im rechten Winkel wegführt. Direkt in den Garten, in die Kartoffeln. Im Graben stoßen Sie dann auf mich.«

»Sonst hoffentlich auf niemanden?«

»Kaum. Den Weg ist noch keiner gegangen. Am Rohrende müssen Sie die dichte, stachlige Dornenwand wegdrükken. Ich vergaß zu sagen: Nehmen Sie sich einen Stock mit einer Astgabel mit. Mit der Gabel drücken Sie das Gestrüpp weg und lassen sich darunterrollen. Dann kriechen Sie unterm Rohr zurück. Gefressen?«

»Gefressen.«

Strigaljows Augen blickten streng. Fjodor sah nur sein Gesicht im Dunkeln – die spärlichen Verschiebungen seiner roten Vorsprünge und schwarzen Vertiefungen. Er hatte sich wohl wirklich schon in Strigaljows Doppelgänger verwandelt – ihn belasteten Iwan Iljitschs Sorgen und Befürchtungen nun bereits wie Strigaljow selbst. Er litt, wenn er sah, wie langsam sein Gegenüber satt wurde, stellte sich sein jetziges

Leben, die Ausweglosigkeit seiner Lage vor. Sein Freund war wie zwischen zwei Platten eingeklemmt. Die eine – aus superfestem rissigem Beton – war die organisierte Verfolgung, die Treibjagd, die das Akademiemitglied und der General samt ihrem bunt zusammengewürfelten Gefolge von Untergebenen, ihren Jagdaufsehern, Jägern und Hundewärtern veranstalteten. Es war eine große Jagd mit zahlreichen an leere Eimer dengelnden und Klappern schwingenden Treibern. Fjodor war mit in diesem Hexenkessel, lag zitternd vor Anspannung im Gras und hörte alles.

Die andere Platte war aus Stahl. Rostfreiem Stahl. Niemand würde sie je zerstören können. Auch Strigaljow nicht, obwohl sie sein Werk war. Fjodor nahm sie mit Freuden auf sich, schob die Schulter so weit wie möglich in den Spalt. Es war Strigaljows Leben, verkörpert in den Samenpäckchen, den drei Blumentöpfen mit der neu gezüchteten Pflanze, dem Heft mit den für niemanden lesbaren Zeichen und einigen im Grün eines sauberen, gepflegten großen Gartens verborgenen Kartoffelstauden. Strigaljow war rettungslos zwischen diesen beiden Platten eingekeilt, und sie schoben sich langsam weiter zusammen. Fjodor sah das. Und wollte sich möglichst weit in den Spalt zwängen, um seinem Freund, der sich schon genug geschunden hatte, herauszuhelfen. Wenigstens ein bißchen verschnaufen sollte er! Den letzten Druck der Platten wollte Fjodor auf sich nehmen. Er fühlte, er würde sich so dagegenstemmen können, daß sie nicht weiter zusammenrückten – das war die Hauptsache.

»Iwan Iljitsch, gehen Sie nicht mehr dorthin«, bat er leise und verzweifelt. »Ich schaffe das schon allein. Für mich ist es doch leichter.«

Strigaljow aber schien die Fähigkeit, Gefahren zu spüren und sie zu umgehen, völlig verloren zu haben.

»Nein, lieber Fjodor Iwanowitsch. Nein, bester Freund und Doppelgänger. Ich gehe hin. Ihre Sicherheit ist für uns beide wichtiger. Wenn ich nicht ginge – was sollte ich dann tun? Den Kaviar überlassen wir dem General und Kassian.« Unter Kaviar verstand er in seinem Studentenjargon ein sorgloses Leben.

»Kassian ernährt sich schon lange von Tabletten«, sagte Fjodor.

»Die trinken beide einen besonderen Saft«, sagte Strigaljow in gleichgültigem Ton. »Davon leben sie, von dem Saft.«

Fjodor hob die Braue und schwieg. Hinter dem Gesagten steckte etwas, und er wartete.

»Die Bienen, verstehen Sie, die Bienen. Die füttern ihre Königin mit einem besonderen Saft, Weiselsaft.«

Ach, das meint er, dachte Fjodor, der den treffenden Vergleich sofort erfaßte.

»Sie selber fressen nichts davon, füttern nur sie damit. Die Königin nimmt dadurch gigantische Ausmaße an. Bis zu einem Finger wird sie groß, kann sich kaum noch bewegen. Und die Bienen füttern und füttern sie. Ohne selbst zu fressen.«

Wie schon beim letzten Mal hantierte Strigaljow bedächtig mit dem Löffel. Genüßlich aß er den Brei in kleinen Portionen vom Löffel, ließ ihn sich geradezu auf der Zunge zergehen.

»Genauso manche Menschen. Gewöhnliche Nahrung brauchen sie gar nicht. Tabletten, ein bißchen Quark – das ist ihr ganzer Speisezettel. Aber andere demütigen – das tun sie bis ans Lebensende. Davon leben sie. Jeder soll vor so einem Onkel katzbuckeln, ihm die Tür aufmachen, ihm seine Wünsche von den Augen ablesen. Ihm zum Munde reden. So einer muß sich einfach vom gemeinen Volk abheben, und anderen muß klar sein, daß er was Besonderes ist. Der Unterschied soll den Leuten bewußt sein, soll sie wurmen. Und daß ja niemand zu ihm vordringt! Für Unbefugte verboten.«

Er verstummte und nahm bedächtig einen Löffel Brei.

»Als ich an beiden Beinen verwundet war«, begann Fjodor versonnen, »kamen wir alle nach Kemerowo. Dort wurden wir aus den Waggons geholt und in Busse geschleppt. Manche auf Tragen. Zu mir kam ein großer, kräftiger Alter, ein Sibirier, und sah mich da liegen – kahlgeschoren und dürr, wie ein Bürschchen nach der Leningrader Hungerblockade. Er hob mich auf wie eine Puppe, nahm mich huckepack. Trug mich weg. Wenn ich daran denke, kommen mir die

Tränen. Aber mit der Zeit ist mir klar geworden, Iwan Iljitsch, daß mein Gedächtnis davon noch mehr bewahrt hat. Es geht mir nicht mehr aus dem Sinn. Wissen Sie, wenn man von jemandem huckepack getragen wird, spürt man einen eigenartigen süßlichen Geschmack im Mund. Als ob man Menschenfleisch ißt. Ich weiß nicht, sind es die Nerven ... oder neige ich vielleicht dazu, mir solche Dinge vorzustellen. Ich denke, Sie kennen das auch. Sogar als Krankem auf der Trage kann's einem so gehen. Besonders, wenn man von Frauen getragen wird. Jedesmal hat man dieses kaum zu benennende Gefühl. Wenn man aber, sagen wir, auf einem Pferd sitzt, hat man's nicht. Manchen ist es unerträglich. Manche erröten von dem Gefühl. Andere aber auch nicht. Manche legen's auch darauf an, bei anderen huckepack zu reiten. Sie denken sich die verschiedensten Begründungen aus. Sogar wissenschaftliche. Verstehen Sie, auch hier scheiden sich die Geister! Ich bin damals hin und her gerutscht, wollte runter. Weil dieser widerwärtig süßliche Geschmack nicht auszuhalten ist, Iwan Iljitsch. Der Alte sagte damals zu mir: ›Was ist mit dir, Söhnchen?‹ – ›Na ja, es ist mir peinlich!‹ antwortete ich. Was sollte ich sonst sagen. Er aber lachte: ›Wieso das denn? Auf so einem Buckel, und findet's peinlich!‹«

Sie schwiegen, vergaßen für eine Weile, daß Nacht war und ein Eisenrohr auf sie wartete, das im Brombeerdickicht endete. Weil sie beide Kinder ihrer dreißiger Jahre waren, viele Wendungen unseres russischen Schicksals miterlebt hatten und es sie sogar in Augenblicken wie diesem zu Gesprächen über Gerechtigkeit und das Schicksal der Revolution drängte.

»Ich könnte mich nie an so was gewöhnen«, sagte Fjodor. »Obwohl – wir haben uns ja gewöhnt! Auch an die Sänfte. Immerhin sind wir da heute weiter. ›Besondere‹ waren das. Relikte.«

»Vergessen Sie den Weiselsaft nicht. Den Weiselsaft der Überlegenheit. Der hat die Sänfte abgelöst.«

Unversehens war der Grießbrei vertilgt. Vor Strigaljow stand der sauber abgegessene Teller. Der Tee war gebrüht, und Fjodor goß heißes Wasser in die Tassen. Genau wie damals, mußte er plötzlich denken. Aus diesen Tassen habe ich mit ihr Tee getrunken. Und am selben Tag habe ich das Rauchen aufgegeben. Ich werde nie wieder damit anfangen. – Er hatte schon den ganzen Tag großen Appetit auf eine Zigarette gehabt.

Nachdem er dem Gast eine dunkelrote Tasse und eine dunkelrote Flasche Milch hingestellt hatte, setzte er sich. Auf seinem Gesicht war wohl ein bitterer Zug erschienen, und im roten Laborlicht gewann die Bitterkeit kantige Schärfe, wurde zu einer Art grimmiger Theatermaske.

»Was haben Sie?« fragte Strigaljow.

»Gehen Sie nicht, Iwan Iljitsch.«

»Doch. Wir wollen keine Zeit verlieren. Es wird schon Tag.«

Er trank den Tee aus und erhob sich. Der Proviantbeutel lag bereit.

»Da ist auch Geld drin«, sagte Fjodor.

Strigaljow nickte.

»Sehen Sie, so geht's einem«, sagte er in forschem Ton, und Fjodor wurde weh ums Herz. »Ja. Da wollte ich mich abkapseln. Um Freiraum für meine Forschung zu bekommen. Freiraum für die Überprüfung meiner Hypothese. Mehr brauche ich doch nicht, als frei nach der Wahrheit forschen zu können! Nicht mal das eigene Haus hat mir genützt. Der Biber will einen Damm bauen, aber er hat ein begehrtes Fell. Das eine schöne Herrenmütze abgibt.«

»Ich gehe voraus und sehe nach«, sagte Fjodor. »Ich klopfe dann ans Fenster.«

Er trat auf die Vortreppe. Draußen war es frisch und hell. Kein Mensch zu sehen. Die krumme Mondsichel schimmerte niedrig über dem Park. Nachdem er nach links und rechts gespäht hatte, ging er im Halbschatten dicht an der Hauswand entlang bis zur Ecke. Auch dahinter war alles stumm. Es war die stillste, letzte Stunde der Nacht. Fjodor ging ohne Hast bis zum Parkrand, versteckte sich im dunklen Gebüsch und beobachtete eine Weile. Alles war still und leer wie zuvor. Die Zeit schien stillzustehen. Dem Parkrand folgend, schlug er einen großen Bogen und kam bei den Schuppen heraus, ging gemächlich zur Vortreppe und klopfte an sein Fenster. Sofort öffnete sich geräuschlos die Haustür. Strigaljow stand schon dort.

Fjodor trat in den Flur und sagte ihm leise von hinten ins Ohr: »Gehen Sie zu den Schuppen. Von da zum Parkrand.«

»Um zwei«, flüsterte Strigaljow.

»Um zwei«, antwortete es flüsternd hinter der Tür hervor.

Am Morgen rief Rjadno an.

»Na, brummt dir von gestern abend der Schädel?«

»Kassian Damianowitsch, ich bin voll da und zu allem bereit.«

»Na prima. Also paß auf. Wir beide machen um zwölf 'n kleinen Spaziergang. Kannste dir denken, wohin? Ach, du ahnst's schon! Hast eben doch Köpfchen! Saul hat recht, bist 'n Wunderkind. Also nu, um zwölf. Wir fahrn ja heut noch nach Moskau zurück. Wir treffen uns vor deiner Haustür. Ich will mir 'n Überblick verschaffen, was von ihm noch alles da is.«

»Werden wir die Siegel erbrechen?«

»Wozu das? Wie kommst du denn rein?«

»Na, über den Zaun.«

»Dann sieh dir mal mit Saul zusammen an, wie Väterchen über 'n Zaun setzt. Du kennst Väterchen noch nich. Überhaupt nichts weißte von ihm, Söhnchen. Immer schön an Väterchen halten, dann gehste nie fehl.«

Um zwölf Uhr erwartete Fjodor – in Stiefeln und verwaschener dünner Segeltuchjacke – die Gäste an der Vortreppe. Genau zur festgesetzten Zeit erschienen die beiden, Rjadno im selben leichten, hellen Staubmantel, den er schon vor einem Jahr getragen hatte, und der kleine, dünnbeinige, aber sonst sehr breit gebaute Brusshak in einem Jakkett mit dicken Schulterpolstern. Als sie sich begrüßten und ihre Eindrücke vom Festessen am Vorabend austauschten, ging in Sauls Mienenspiel mehrmals eine merkliche Veränderung vor sich. Im wesentlichen bemühte er sich um einen forschen Gesichtsausdruck. Aber je nach dem Gesprächsverlauf spiegelte sein Gesicht mal Zufriedenheit, gelegentlich aber auch kalte Unverschämtheit unter zuckersüßer Maske, dann warf er, mit einem Seitenblick auf Rjadno, speziell für

Fjodor ein anzügliches Bonmot ein, mit dem er witzelnd auf seine Unaufrichtigkeit gegenüber der Sowjetmacht anspielte. Der »erstklassische Hund« schnappte bei jeder sich bietenden Gelegenheit nach seiner Gurgel. Rjadno verfolgte es mit Interesse.

Gemächlich schlenderten sie durch den Park. Die Feindschaft hielt Fjodor und Brusshak einander von selbst fern und wies ihnen die Außenplätze im Dreierglied zu. Die »rechte Hand« ging rechts, was sich von selbst ergab, und Saul links – für Fjodor gar nicht zu sehen.

»Was haste dem General eigentlich vorgefaselt, Fedja?« fragte Rjadno plötzlich. »Er beschwert sich über dich. ›Ich habe kein Recht, Emotionen nachzugeben. Ich mag keine pure Krittelei.‹ Er hat recht, dein Gutachten is schwach. Die Feinde geben uns 'ne ideologische Waffe in die Hand, und deine Aufgabe war, mit dem Blick des Wissenschaftlers zu erkennen, was er mit dem Auge des Kriminalisten schon im Dunst gesehen hat. Im Dunst, aber gesehen! Du aber . . .«

»Ein Diskurs über die Zelle ist für mich kein ideologischer Kampf«, versetzte Fjodor kühl. »Und das Auge dieses Kriminalisten sieht nicht das, was ist.«

»Na, dich hat er doch durchschaut, Alter«, meinte Saul mit gespielter Freundlichkeit.

»Warum biste nich zu mir, zu dein'm Väterchen, gekommen? Wenn du schon solche schlappen Touren kriegst. Warum haste dem General was vorgebarmt? Ich empfehl ihn, stelle ihn als unversöhnlichen Kämpfer hin, und er diskreditiert mich.« Rjadno blieb stehen. »Wärste zu mir gekommen. Ich hätt's dir im Handumdrehn klargemacht. Biste für Mitschurin? Biste im Recht? Dann schlag zu!«

»Ha! Der für Mitschurin!« warf Saul lässig grinsend ein. »Alter, du bist ein Gottsucher!«

Er beugte sich hinter dem Akademiemitglied vor und sah Fjodor freundlich grinsend an.

»Misch dich nich ein!« wies Rjadno ihn zurecht. »Das nächste Mal kommste mit allem zu mir, verstanden? Ich bin dein Beichtvater, dein Seelenhirt. Du hast ihm da was von Strukturen erzählt. Von Zellstrukturen. H-ha! Ja, weißte denn, was das is? Das is der Nährboden, auf dem sich jetz die Mikrobe des Weismannismus-Morganismus entwickelt! Wie Typhus! Und du willst se den Studenten geben. Zu Studienzwecken.«

»Wenn man dich schon mal machen läßt, Alter«, setzte Saul abermals an.

»Du bist'n tüchtiger Bursche«, unterbrach Rjadno ihn stirnrunzelnd und Saul sichtlich ignorierend. »Aber du hast 'n Drall zum Akademischen. Zum Akademischen der alten Schule, mein ich. Dabei müßteste wissen, daß heutzutage, wo so'n Kampf tobt, auch die Akademiemitglieder anders werden, nich mehr wie früher sind. Wieso siehste das nich?«

»Drall zur alten Schule ist das bei dir kaum, Alter! Eher zum Rechtsopportunismus«, sagte Saul grinsend.

»Meinste mich?« Kassian blieb stehen.

»Nein, Kassian Damianowitsch! Würd ich zu Ihnen etwa ›Alter‹ sagen? Unseren künftigen Doktor der Wissenschaften meine ich.«

Ein völlig anderer sah das Akademiemitglied an – der vorbehaltlos seine Partei ergreifende, gefügige jüngere Gesprächspartner. Fjodor ertappte sich dabei, daß ihn dieses fortwährend wechselnde Mienenspiel faszinierte und er den Blick nicht abwenden konnte. Brusshaks Gesicht zog ihn an. Er zwang sich, wegzusehen. Rjadno bemerkte es und sah lange wortlos von einem zum anderen.

»Kann sein, ich bin wirklich zu schlapp«, erwiderte Fjodor dem Akademiemitglied – und nur ihm –, »kann sein. Aber abgesehen davon bin ich schließlich Ihr Mitarbeiter.«

»Alter, wozu die Rechtfertigungen?« mischte Brusshak sich ironisch ein. »Die Sowjetmacht vertraut dir ja. Einstweilen . . .«

»Und als Ihr Mitarbeiter sehe ich, daß wir uns keine Irrtümer leisten dürfen, daß der Feind sich solche Irrtümer sofort zunutze machen würde. Denn hätte ich statt einer objektiven wissenschaftlichen Expertise eine politische Bewertung des Films vorgenommen und Beschuldigungen erhoben, woran dem General sehr gelegen ist, dann hätte ich im Grunde seine Arbeit gemacht und ihm die Verantwortung für die anstehende Entscheidung abgenommen.«

»Und das macht dir Sorgen, Alter?« erkundigte sich Brusshak.

Rjadno blieb stehen. »Weißte denn nich, daß für jeden Schritt von dir Väterchen gradesteht?«

»Eben deshalb bedenke ich ja meine Schritte.«

»Schon gut, Alter. Ich habe schon ein neues Gutachten geschrieben«, sagte Brusshak. »Und eine politische Einschätzung dazu. Ich habe die Verantwortung übernommen, die du so scheust.«

»Wann hast du das denn geschafft?« fragte Fjodor erstaunt.

»In der Nacht, in der Nacht. Als du geschlafen hast.«

»Und ich dachte, du ...«

»Er schafft alles«, bemerkte Rjadno und kicherte. »Der Kopf denkt über die Expertise nach, und der Mund macht Liebeserklärungen.«

Über diesem Geplänkel, das die gefährliche Spannung zwischen ihnen noch erhöhte, hatten sie auf der gepflasterten Straße übers Feld die Rohre erreicht. Bei der Lücke zwischen den Rohren blieb Brusshak stehen und blickte eine Weile kalt in den Eisenschlund, der das kleine Männchen verschlingen zu wollen schien. Dann gingen sie weiter und gelangten an den Zaun. Kassian sah die gelben Siegel an der Pforte und grinste.

»Also nu, hier is das ... Na, dann zeig uns mal, wie du das Gesetz verletzt.«

Fjodor ging ein Stück beiseite, nahm Anlauf und setzte, sich oben aufstützend, mit einem Sprung über den Zaun. Er landete in dem bekannten kleinen Innenhof mit dem Steingarten in der Mitte. Die Geister der Verwilderung stoben erschrocken auseinander, und ihm wurde merkwürdig beklommen zumute. Auf dem Hof wucherte bereits Unkraut. Das dunkle Grün der Dahlien war üppig geworden und verdeckte die Findlinge völlig.

»He! Hast du uns vergessen?« rief Rjadno von draußen.

»Gleich, Kassian Damianowitsch. Gleich helfe ich Ihnen.«

»Helfe!« äffte Rjadno spöttisch. »Hast vergessen, daß dein Väterchen mal'n Bauernbursche war.«

Seine sehnigen Finger krallten sich um die Zaunkante, ein langes, beschuhtes Bein in Altmännerunterhose, die unter dem verrutschten Hosenbein hervorsah, schwang sich auf den Zaun. In dieser Stellung verharrte Rjadno, schnaufend und neue Kräfte sammelnd, einen Augenblick, dann holte er Schwung und wälzte sich über die Zaunkante.

»Halt mich!« konnte er noch stöhnen, und Fjodor fing den schweren, knochigen Körper auf.

Wieder auf die Füße gekommen, sah Rjadno sich um.

»Das haben wir sauber hingekriegt, Fedja. 's is gleich zu sehen, was Kerle aus'm Volke sind.« Er trat zum Steingarten. »Was hat er hier?«

»Dahlien.«

»Und drunter is nichts? Unter den Dahlien?«

»Steinbrech. Obus hat hier Blumen gezogen.« Fjodor bog die dunkelgrünen Blumenstauden zur Seite, wobei er eine verspätet aufgeblühte Kartoffel mit der Hand verdeckte und rasch dic Blüte abpflückte, und zeigte Rjadno den graugrünen Steinbrechteppich, unter dem die Findlinge hervorschimmerten.

»Mit Blümchen hat er sich abgegeben«, murmelte Rjadno nachdenklich. Seine verblichenen Steppenfuchsaugen waren schon außerhalb des Steingartens und suchten die Umgebung ab.

»Ja, also nu.« Er senkte die Stimme. »Merk dir, Fedja, du darfst dir jetz kein Fehler leisten. Der General hat sich eingehend nach dir erkundigt. Er is scharf auf dich. Wie der Kater auf die Maus. Und wo geht's hier hin?« Er stelzte zur Pforte. An der Pforte besann er sich plötzlich: »Saul! Wo bleibst du?«

Hinter dem Zaun war alles still.

»Hilf ihm«, flüsterte Rjadno.

Fjodor ertastete mit dem Fuß die Querlatte des Zauns und sprang hinüber. Er sah seinen Feind sofort. Saul hing mit ausgestreckten Armen am Zaun. Er hatte sich zwar an der Kante festkrallen können, aber seine ganze Kraft für diese Anstrengung verbraucht, und nun hing er da und wurde jeden Augenblick schwächer.

Fjodor hätte sich an seiner Notlage weiden können, aber

der Gedanke kam ihm nicht. Verlegen sah er zur Seite, als er auf Brusshak zuging.

»Fedja, faß ihn unter de Rippen«, riet Rjadno leise hinter dem Zaun.

Fjodor packte Sauls ziemlich schweren, fetten Körper also »unter de Rippen«, hob ihn an und rollte ihn über den Zaun. Drüben nahm Rjadno ihn in Empfang.

Wortlos standen sie sekundenlang zu dritt beieinander, keiner sah den anderen an. Endlich konnte Rjadno sich nicht länger beherrschen und platzte heraus: »Pch-uch-ch! Wie hast du's denn dort gekonnt? Wo du die Nacht über warst.«

Es kam keine Antwort. Rjadno ging zur Pforte und sagte dort leise zu Fjodor: »Jeder kann eben was anderes. Er hat's ja tatsächlich geschafft, das Gutachten zu schreiben. Ein scharfes. Wir haben's heute abgeschickt.«

Schweigend gingen sie in den Garten und machten langsam einen Rundgang.

»Was is das für 'ne Kartoffel, die hier wächst?« fragte Rjadno. »Was denkst du, Saul Borissowitsch, welche Sorte is's?«

Er wollte Brusshak eine Brücke bauen, ihm über die Peinlichkeit hinweghelfen, versetzte ihm jedoch ungewollt den zweiten Schlag.

Saul pflückte ein Kartoffelblatt, betrachtete es, warf es weg und ließ mit doktoraler Selbstsicherheit fallen: »Early Rose.«

»Und was sagst du, Fedja? Bloß beschwindel mich nich. Ich kenn dich, du willst mich beschwindeln. Schwindle nich. Auch nich aus höheren Erwägungen.«

Fjodor hatte Brusshak tatsächlich rechtgeben wollen. Das Mißgeschick, das Saul beim Überspringen des Zauns passiert war, ging ihm noch nahe. Er wußte, daß Brusshaks Ehrgeiz erneut verletzt werden würde, und mochte ihn nicht quälen.

»Wieso sagste nichts? Ich erlaub dir nich zu lügen. Welche Sorte is's? Ich will's wissen.«

»Silesia«, sagte Fjodor.

»Warum Silesia? Beweis es. Du sollst's mir beweisen.«

»Weil von allen Kartoffelsorten nur die ›Silesia‹ diese einseitig, asymmetrisch zerschnittenen Blätter hat. Und oben ist sie efeublättrig. Hier – die Endfiedern sind zusammengewachsen. Andere solche Sorten gibt es nicht.«

Nicht nur Saul, auch Rjadno war durch die unglückliche Frage arg in die Klemme geraten. Der Alte kannte sich in den Sorten nicht besonders aus, obwohl er als erste Autorität für Kartoffeln galt. Ideologische und philosophische Probleme hatten alles andere verdrängt. Doch er verstand es, sich aus schwierigen Situationen herauszuwinden.

»Tjaa, Fedja«, sagte er und trat nachdenklich von einem Fuß auf den anderen. »Tjaa . . . Dir geb ich 'ne Eins, Söhnchen. Und Doktor Brusshak 'ne Fünf. Wenn's um Philosophie oder Psychologie geht oder Kenntnis der Theorien des Gegners gefragt is, oder wenn ein Aufsatz zu schreiben is, dann kommt dir keiner gleich, Saul. Aber von Kartoffeln haste keine Ahnung. Deshalb rühr meinen Fedja nich an. Der versteht sein Fach. Und du, Fedja, laß dich nich in Wolle bringen. Saul meint's ja nich so. Väterchen duldet nich, daß aus Spaß Ernst wird.«

Saul sagte nichts. Er war mit sich selbst beschäftigt, nahm nichts um sich wahr, konnte kaum atmen. Sein blaß gewordenes Fischgesicht war wie versteinert. Er verpaßte sonst nie eine Gelegenheit zur Schadenfreude, war immer gern dabei, wenn andere jemand quälten. Wenn daraus mal nichts wurde, litt er, und das war ihm sofort anzumerken. Doch noch mehr litt sein Ehrgefühl, wenn er selbst in eine heikle Lage geriet, besonders dann, wenn jemand, der ihn unabsichtlich gekränkt hatte, ihn danach wie ein rohes Ei behandelte. Fjodor kannte Saul genau. Aber auch Rjadno merkte, was los war. Stirnrunzelnd sah er immer wieder zu ihm hin und versuchte, die verfahrene Situation zu retten. Er wollte seinen treuen Hund schonen.

»Die Weismann-Morgan-Anhänger, na, das is 'n Volk!« begann er. »Weißte noch, Saul Borissowitsch, wie wir beide sie in Leningrad von der Hochschule gejagt haben? Das gehört in die Annalen der Geschichte. Wir kriegten sie einfach nich zu fassen, Fedja. Das war, wie wenn du'n Eichenstubben spalten mußt. Damals hatten wir noch keine solche

Waffe wie 'ne Ministeranweisung. Du warst noch nich bei uns, Saul und ich, wir haben die Kampagne zu zweit durchgeführt. Der wissenschaftliche Rat dort, mußte wissen, der sperrte sich, deckte die Bagage. Was machten wir also? Vielmehr, was dachte Saul sich aus? Ich bin ja wahrhaftig kein heuriger Hase, aber weißte, ich sah nich mehr durch. Da schlug Saul vor, den wissenschaftlichen Rat durch Vertreter der Gesellschaftswissenschaften zu verstärken. Und da ging's: Die Hochschule wurde von Scholastikern gesäubert. Der Stubben war gespalten. Und das durch deine geniale Idee, Saul Borissowitsch. Laß also den Kopf nich hängen, dein Talent wird anerkannt. Und daß wir manchmal unsre Witze machen – mach dir nichts draus. 'ne klassische Operation war das damals!«

Brusshak schwieg. Rjadnos Lob rettete die Situation auch nicht, denn Saul wußte, wie die »rechte Hand« über diese Dinge dachte.

»Guck mal, Saul Borissowitsch«, fuhr Rjadno fort, als ob nichts gewesen wäre, »die Brombeeren wachsen bei Obus schon in die Kartoffeln rein. Siehste, wie sie wuchern? Mistviecher die, müssen jedes Jahr weggehackt werden. Ich sag dir, der hat Schweiß gelassen in dem Garten. Denkste dir nich was dabei?«

»Natürlich! So viel Schweiß, und bloß, um die . . . ›Silesia‹ anzubauen«, sagte Brusshak, nur an Rjadno gewandt.

»Ich denke mir auch was dabei«, bemerkte Fjodor. »Ich bin mir sogar sicher. Ich meine, die Sache verhält sich so. Er hat sich mit jemandem, der ein Stück Land hat, abgesprochen. Und bei dem sämtliche Versuchspflanzen untergebracht. Dazu braucht er doch nur ein paar Quadratmeter. Dort wird er auch die neue Sorte haben. Und die Speisekartoffeln, die der andere für sich braucht, hat er hier für ihn gepflanzt. Der andere fährt nicht schlecht dabei: Für seine paar Quadratmeter erhält er gute achthundert. Und eine gute Sorte wird für ihn angebaut. Dreitausend Stauden.«

»Hast du denn was Konkretes? Worauf deine Vermutung basiert?«

»Ja – daß der andere seine Kartoffeln bewacht«, sagte Fjodor selbstsicher und entschieden und machte runde

Augen dabei. »Er hat sich im Brombeergestrüpp ein Versteck angelegt. Wie oft ich ihn schon ertappen wollte. Jedesmal springt er auf und prescht davon, wie eine Wildsau. Läßt einen nicht ran.«

»Is'n schlaues Tierchen.« Rjadno lächelte mysteriös. »Ich fürchte, Fedja hat recht. Obus hat uns reingelegt.« Sein Lächeln erlosch, er sah mißmutig zum Kartoffelfeld. »Wo sollten seine Pflanzen denn sonst stehen? Die Version hat was für sich, wir müssen sie überprüfen. Bloß wo wohnt der andre?«

»Immer dasselbe. Sie und Saul Borrissowitsch wollen wieder mal alles übers Knie brechen. Das Kind mit dem Bade ausschütten. Ich habe schon immer gesagt: Wir brauchen eine klare Linie. Klugheit, Überlegung. Sie waren zu voreilig. Wo sollen wir den Mann jetzt finden? Wir werden bis zum Herbst warten müssen. Im Herbst wird er ja ernten wollen.«

»Aber dann is doch auch da alles raus. Auf den paar Quadratmetern.«

Alle drei schwiegen. Als Fjodor sich unversehens umdrehte, bemerkte er, wie Rjadno und Brusshak einen langen Blick wechselten. Er kombinierte sofort, daß sie durch Krasnow schon einiges über den Garten erfahren haben mußten. Deshalb ging er aufs Ganze: »Sie stören mich dauernd. Wie die Kriminalisten. Manchmal denke ich sogar, der in den Brombeeren ist einer von Ihnen. Sobald ich hinkomme, stürzt er auf und davon.«

»Warum guckste überhaupt nach, Söhnchen? Soll die Wildsau doch in den Brombeeren liegen, wenn's ihr gefällt.«

Fjodor sah ihn verwundert an.

»Ich hab's ja gesagt! Und ich dachte, das ist der Mann. Aber wenn's einer von Ihnen ist, warum haben Sie dann nichts gesagt? Glauben Sie, ich hätte nichts Besseres zu tun? Neulich habe ich Wasser geschleppt, acht Fässer voll.«

»Wieso schleppst du Wasser für fremde Kartoffeln, Alter?« fragte Brusshak. »Fremde Kartoffeln, Speisekartoffeln! Wieso das?«

»Kassian Damianowitsch, so geht's nicht, ich spiele nicht mehr mit. Sie selbst haben mal jemandem empfohlen, sich mit Honig einzureiben. Schluß. Ich schufte mich hier nicht weiter ab.«

»Das brauchste auch nicht, Fedja. Du brauchst nicht zu schuften.«

»Und den Honig wisch ich mir heute noch ab.«

»Auch den brauchste nicht mehr. Wisch ihn ab.«

»Na prima. Dann kann ich wieder frei atmen. Das Detektivspielen reicht mir.«

Damit wandte Fjodor sich energisch zum Gehen. Rjadno schloß sich ihm an. Unterwegs schaute er in das Treibhaus und kam bald darauf wieder heraus, einen leeren Blumentopf in der Hand. Enttäuscht ließ er ihn fallen und folgte Fjodor an die zugenagelte Pforte, den Mund so zu einer bitteren, schiefen Grimasse verzogen, daß sich nur eine Wange in Falten legte. Beide kletterten über den Zaun. Fjodor fing seinen Chef wie beim erstenmal auf, nur gab er sich jetzt reservierter.

»Halt mich, halt mich – noch 'n bißchen«, sagte Kassian, als Fjodor ihn absetzen wollte. »Alles, was recht is, Fedja, Ausdauer haste. Väterchen hat's bemerkt und weiß es zu schätzen.«

Nachdem Fjodor den Alten auf die Füße gestellt hatte, kletterte er wieder zurück und ging mit ausgebreiteten Armen zu Brusshak.

»Umarmen wir uns?«

Rjadno, der durch eine Ritze im Zaun lugte, ließ eine Art Räuspern oder Kichern vernehmen. Brusshak drehte Fjodor wortlos seinen fetten, runden Rücken zu, und Fjodor packte seinen schweigsamen Widersacher kräftig »unter de Rippen« und stemmte ihn auf den Zaun. Drüben nahm Rjadno den grimmig und stolz dreinschauenden Doktor der Wissenschaften in Empfang.

Als Fjodor den beiden über den Zaun folgte – sie hatten sich derweil auf den Weg gemacht, ohne auf ihn zu warten, und redeten heftig aufeinander ein –, er wollte sich gerade hinüberschwingen und setzte schon das Bein auf die Kante, verharrte er: Nicht weit von der versiegelten Pforte standen zwei junge Männer in schlichten, nicht mehr neuen Jacketts – weder Arbeiter noch Intellektuelle, Leute mit etwas gedunsenen, vollen Gesichtern. Ob das Studenten von uns sind? Ein Lernaktiv? dachte er. Sie standen einander halb zugewandt, ein symmetrisches Paar. Sie hatten den Einbruch in das versiegelte Anwesen mit angesehen und lächelten unbestimmt.

Rjadno und Brusshak waren an der Rohrlücke stehengeblieben. Als Fjodor herankam, trat Saul gerade an den einen der dunklen Schlünde und stellte sich, den Kopf etwas einziehend, hinein.

»Er kann durchaus hier durchgehen«, sagte er, Fjodor absichtlich übersehend. »Er geht durch das Rohr.«

Rjadno lief, vom Jagdfieber gepackt, zum anderen Rohrende, bückte sich und kroch auf allen vieren hinein, wozu er die Knie anwinkeln mußte. Diese Tortur hielt er nicht aus und kletterte gleich wieder ächzend ins Freie.

»Nein, ausgeschlossen«, sagte er. »Hier kommste keinen Meter weit, da krepierste ja. Übrigens«, er musterte Brusshak. »Für dich könnt's angehen. Lauf doch mal durch, bis ans Ende, und guck's dir an. Wir warten hier.«

Das Rohr begann zu vibrieren und rhythmisch zu atmen. Brusshaks Schritte entfernten sich.

Rjadno blieb ziemlich lange schweigsam. Fjodor, der einigemale zu ihm hinübersah, ließ ihm Zeit, brach das Schweigen nicht. Endlich sagte Kassian: »Laß gut sein, reg dich nich auf. Ich bin nich Saul, und ich versteh dich. Du bist kein Feind, das nich. Aber daß du 'n Muttersöhnchen bist, das stimmt. Dir macht's ja nich mal Spaß, 'n Feind leiden zu sehen. Nur bevor er leidet, kannst du hart mit ihm abrechnen, in Gedanken. Du gibst dir Mühe bei der Arbeit, das seh ich. Aber ich hab dich beobachtet, wie du mit Saul . . . Als er dir in die, na du weißt schon, an die empfindlichste Stelle griff . . . Ich hab extra Obacht gegeben. Du hättest dich am liebsten auf ihn gestürzt. Und hättest du's getan, wär Saul nich wieder aufgestanden. Das hat mir gefallen. Aber als es drauf ankam, da am Zaun, was seh ich! Da bedauert mein Fedja ihn schon wieder. Is schon wieder schlapp! So biste eben. So seid ihr Intelligenzler alle. Genauso bei den Kartoffeln. Als ich das Examen mit euch gemacht hab, hast du gleich wieder Mitleid mit ihm gehabt,

Fedja! Is so was möglich – du wolltest ihn decken! Ich hab das schon lange an dir bemerkt. Hab's ihm auch gesagt. Fedja is kein Jagdhund, sag ich. 'n Bluthund is er nich, und 'n Kettenhund auch nich. Aber als Lastenhund, als Zughund is er gut und wertvoll. Da is er unbezahlbar. Gegen 'n Feind zu kämpfen, sag ich, dazu hat Fedja 'n zu gutes Herz. Er hat dich Dämlack mir gegenüber decken wollen, sag ich. Das alles war für ihn wie Tabak in die Augen, Fedja. Er denkt, ich lob dich. Ging gleich die Wände hoch. Sogar laut geworden is er, gegen mich! Wirft dir Idealismus vor, Bogdanowmanieren, Karatajewtum. Das kann er, jemandem was anhängen. Also, Fedja. Dich auf Obus anzusetzen war 'n Fehler. Auf dich kann ich da keine großen Hoffnungen setzen. Genauer gesagt, gar keine. Da muß ich mich auf Saul verlassen. Saul macht es nichts aus, 'nem Feind die Gurgel durchzubeißen. Die Wissenschaft überlaß ich wie bisher dir. Aber wo's um Menschen geht, wird Saul eingesetzt. Ich denke, diese Aufteilung wird dir recht sein.«

Das Rohr vibrierte erneut, Schritte wurden hörbar, und schließlich kam Brusshak aus dem dunklen Schlund zum Vorschein.

»Das Rohr stößt auf eine Dornenwand. Schlimmer als Stacheldraht. Da kann keiner durch. Höchstens mit einem Harnisch auf dem Leib. Dieser Weg scheidet wohl tatsächlich aus.«

Alle drei gingen weiter. Auf dem ganzen Weg fiel fast kein Wort mehr – Brusshaks wegen, der nach wie vor blaß aussah und Fjodor nicht beachtete. Sie verabschiedeten sich dort, wo sie sich mittags getroffen hatten: am Wohnheimeingang. Rjadno drückte Fjodor die Hand und zwinkerte ihm zu.

»Wenn's was zu tun gibt, ruf ich dich an.«

Brusshak nahm immerhin die Hand, die Fjodor ihm reichte, blickte aber stolz und starr geradeaus wie ein Duellant, solange der bedeutsame Händedruck dauerte.

Die beiden entfernten sich, ohne sich umzudrehen. Fjodor schickte ihnen noch einen Blick nach und vergaß sie sofort. Etwas anderes drängte sich in seine Gedanken: die beiden wohlgenährten jungen Männer, die einander halb zugewandt an der Pforte gestanden hatten. Desgleichen Sauls Interesse an dem Rohr. Sie sind sich über die Möglichkeiten des Rohrs also auch dort im klaren, dachte er. Es könnte leicht zur Falle werden. Am liebsten wäre er sofort zum Brombeerdickicht gerannt, aber er beherrschte sich. Heute nacht überprüfe ich das, kurz vor der ausgemachten Zeit, dachte er. Überprüfen muß ich's jedenfalls. Und er hatte recht.

Eine Flasche Sahne, ein Stück Butter und ein Päckchen Grieß in den Taschen, machte er sich gegen ein Uhr nachts unbemerkt auf den Weg, straff, konzentriert, alle Sinne auf sein Vorhaben gerichtet. Im Park übte er, unhörbar zu gehen, und auf dem Feldweg hielt er sich am Rand und ging geduckt. Manchmal kauerte er nieder und spähte um sich, die sanfte Wärme der Maiennacht nicht beachtend. Er lauschte, gewöhnte sich an das leise Summen der Erde, unterschied zufällige Geräusche. Eine ferne Nachtschwalbe trillerte ausdauernd und hingebungsvoll, wurde immer leiser und konnte kein Ende finden.

Lautlos näherte er sich dem Rohr nicht weit von der Lücke, kauerte nieder, lauschte in die Nacht und folgte dem vertrauten Pfad, der am warmen Rohr entlang zurückführte. Er ging, wie er es vorhin geübt hatte, kein Zweig knackte unter seinem Stiefel und unterbrach die Stille. Lange und eintönig bewegte er sich so vorwärts – plötzlich roch es stark nach Tabak. Er kauerte nieder und lauschte. Es war nichts zu hören, aber nach wie vor wehte ihm Zigarettenrauch in die Nase. Fjodor bekam Appetit, atmete den Geruch gierig ein. Würde ich noch rauchen wie früher, hätte ich nichts gemerkt, dachte er und schlich leise auf allen vieren weiter. Er hatte erst wenige Meter zurückgelegt, als er sie plötzlich sah. Zwei reglose schwarze Köpfe vor dem grünen Hintergrund des Himmels. Mit klopfendem Herzen und angehaltenem Atem beobachtete er. Die beiden bewegten sich nicht und sprachen nicht, nur feiner Rauchgeruch wehte immer wieder herüber. Fjodor machte geräuschlos kehrt und kroch zurück. Ja, das waren sie. Sie lauerten Obus an dem Spalt zwischen den Rohren auf, die Stelle war gut gewählt. Obus, Lena, Blashko, Fjodor waren für sie innere Feinde, die fünfte Kolonne des Imperialismus. Erstaunlich, daß Fjodor sie zuerst entdeckt hatte, nahe an sie herangekommen war und sich unbemerkt hatte wieder zurückziehen können.

Er richtete sich auf und ging mit weichen, federnden Schritten weiter, geräuschlos, aber schnell. Vor der Rohrlücke kroch er wieder auf allen vieren. Hier mußten auch welche lauern. Er glitt lautlos hinter dem Rohr hervor und überquerte den Zwischenraum – gerade noch rechtzeitig. Der dünne Lichtschein einer Taschenlampe fiel auf den Weg, wurde länger und verschwand. Der ehemalige Infanterist und Frontsoldat zog die Stiefel aus und legte sie unters Rohr. Er wollte schon in den Wärme atmenden Schlund einsteigen, da erschien der weiße Lichtschein wieder und tastete, länger werdend, die Dunkelheit ab. Dann erlosch er. Fjodor hob einen Klumpen noch feuchter Erde auf, knetete und rollte ihn zu einer kleinen Kugel. Er zielte und warf sie ein gutes Stück hinter die Stelle, wo die Taschenlampe gewesen war. Sofort leuchtete ihr weißes Licht wieder auf und huschte unruhig hin und her. Danach tauchte der weiche Strahl ins Brombeerdickicht, tastete lange darin herum und erlosch. Der ersten Kugel folgte eine zweite. Das Licht blitzte auf, Zweige knackten. Was danach kam, hörte Fjodor nicht mehr, er kroch bereits, sich vom Einstieg entfernend, vorsichtig durch das Rohr, bemüht, das schlummernde Eisen nicht zu wecken. Es war das Eisenrohr, das schon lange auf ihn gewartet hatte und ihm nun seine einzigen beiden Ausgänge zur Wahl stellte: den nach vorn und den nach hinten.

Er stieß mit dem Kopf an Dornen, spitze Nadeln drangen ihm in Stirn und Scheitel. Der heftige Schmerz erinnerte ihn daran, daß er die am Abend bereitgelegte Astgabel nicht mitgenommen hatte. Er zog einen Jackenärmel soweit herunter, daß er ihn sich um die Faust wickeln konnte, ertastete einen starken Ast und stemmte sich kräftig dagegen. Die Dornenwand gab nach, und der Mann ließ sich unter das Rohr rollen. Er kroch zurück und dann im Graben weiter. Bald schon, noch unter dem Dornendach, ertastete er auf einem Lager aus Heu und Lumpen einen Fuß im Stiefel. Er rüttelte ihn zärtlich, da kam Leben in den Fuß, er wurde zurückgezogen und kroch weg, und statt seiner erschien dicht vor Fjodors Gesicht Strigaljows Zottelkopf.

»Iwan Iljitsch!«

»Hm. Ich bin's«, war die leise Antwort. »Also ich erkläre Ihnen jetzt . . .«

»Nein, ich. Durchs Rohr kommen wir nicht weg. Dort lauern welche. An zwei Stellen.«

»Auch an der Lücke?«

»Gerade da. Und leuchten mit 'ner Taschenlampe.«

»Ah so. Das ist ja . . . Also haben sie auch diesen Ausgang gefunden. Ich habe noch andere, ich komme raus. Schade, daß wir nicht aufs Grundstück können. Dort hocken sie auch. So daß es mit der neuen Sorte . . .«

»Später, Iwan Iljitsch. Das kriegen wir schon hin. Bis zum Herbst ist es noch weit.«

»Ich verschwinde jetzt für längere Zeit. Bleiben Sie auf der Hut. Und arbeiten Sie. In einem Monat komme ich, um mich zu informieren.«

»Und die Sahne? Ich habe welche mitgebracht, hier. Und auch Geld.«

»Geben Sie her. Schön. Vielleicht schaue ich mal wieder bei Ihnen rein, dann quatschen wir ein bißchen. Wohin gehen Sie jetzt?«

»Durchs Rohr zurück.«

»Aber die werden Sie doch . . .«

»Ich sage, ich war hinter Obus her.«

Beide lachten unhörbar und klopften einander den Rükken. Dann umarmten sie sich, küßten sich ungeschickt, und Fjodor robbte zurück.

Strigaljow lag noch ein Weilchen in seiner Höhle. Er ging in Gedanken den Weg durch, der vor ihm lag, dann kroch er los in Richtung Garten, gelangte an die erste Kartoffelreihe, die hier absichtlich hoch gehäufelt war, ließ sich in die tiefe Furche rollen und robbte hangabwärts zum Bach. Ein alter Hase wie er kannte seine Schliche. Noch bevor er das Wasser erreichte, schlug er sich unter die überhängenden Ausläufer des Brombeerdickichts und gelangte unter ihrem Schutz ungefährdet an einen kleinen freien Platz, an dem, von der im Dunkeln unsichtbaren Bachbrücke her, matt blinkend, die gepflasterte Straße vorbeiführte. An ihrem Rand ging er geräuschlos weiter. Sein weicher, geschmeidiger Schritt hatte ihn zum Verbündeten der Nacht gemacht, der seinen verwunderten Verfolgern bisher immer wieder entkam. Er mußte den Park erreichen.

Der Rhythmus des Gehens wirkte beruhigend, brachte Ordnung in die Gedanken des Flüchtlings. Bald spürte er eine unsichtbare Oberleitung über sich, hob das Gesicht zu ihr auf und schritt gleichmäßiger aus. Er war eben ein Obus – er mußte einfach der Leitung folgen. Zuerst beschäftigte ihn ein altes, ungelöstes Problem – wie man eine Kartoffel bestäuben könnte, wenn die Pollenschläuche kürzer sind als der Stempel und den Fruchtknoten nicht erreichen. Eine Chromosomenverdopplung könnte zwar Abhilfe schaffen, brauchte es aber auch nicht. Man stößt ein neues Fenster auf und denkt, jetzt lassen sich alle Probleme lösen. Aber hinter dem neuen Fenster wartet eine neue Welt mit einer Welt neuer Probleme. Und noch mehr geschlossenen Fenstern. Wenn er nun nochmals versuchte, die Narbe vorsichtig mit einer scharfen Rasierklinge anzuschneiden und Pollenkörner einzuführen? Einmal hatte er's ja schon getan. Strigaljow sah in weiter Ferne eine Lösung, sie stand ihm flimmernd vor Augen, nun schon ganz nah, und er schritt rascher aus. Als er das Tempo beschleunigte, fiel ihm ein schönes Experiment zur Bestäubung ein, er sah es deutlich vor sich. Auch die Solanum Contumax sah er. Sie blühte schon, hatte cremefarbene, in der Mitte orangefarbene Blüten. Ringsum waren Beete, dicht bepflanzt mit seinen künftigen Kartoffelsorten. Alle blühten. Die weißblühende dort war die Wildkartoffel »Chakoense«. Die blaßblaue dahinter mit den gelben Staubgefäßen – die »Demissum«. Und hier eine Familie – von samtig Rotvioletten bis nahezu Schwarzen, eine ganze Farbenpalette. Wie Usambaraveilchen. Hybriden von mehreren Arten mit Beteiligung der wilden »Solanum purecha«. Das ganze Feld war von Blüten übersät. Und alles waren Kartoffelblüten. Er sammelte ihren Blütenstaub in Glasröhrchen.

Rechts und links von ihm ertönten freundliche Stimmen,

aber Obus nahm sie nicht wahr. »Iwan Iljitsch!« rief es von links. Er schaute sich um, aber da war niemand – nur blühende Kartoffeln. Er ging schneller. »Ja, das ist er«, sagte eine Intelligenz verratende Jungmännerstimme zu seiner Rechten. »Iwan Iljitsch! Wohin denn so eilig? Man kommt ja kaum hinterher!« Und von links rief jemand: »Iwan Iljitsch! Das ist aber nicht sehr höflich!« und lachte, es war ein jugendlich unbekümmertes Lachen. Ein Auto fuhr geräuschvoll heran. Ein Scheinwerfer strahlte Strigaljow ins Gesicht. Männer standen da und lachten. Der, den sie nie zu fassen bekommen hatten, war ihnen von selbst in die Arme gelaufen. »Hierher bitte, weiter rechts«, sagte einer. Zwei nahmen ihn in die Mitte, ein dritter packte ihn an den Beinen, und mit geschicktem Schwung warfen sie ihn zu dritt in den Wagen.

Fjodor kroch derweil auf den Rachen zu, mit dem das Rohr sich in die Lücke öffnete. Das runde Loch war vom grünlich schimmernden Himmel der Maiennacht matt erhellt. Schwarz zeichneten sich die Umrisse einer Gestalt darin ab. Fjodor hatte sich auf dem Rückweg nicht sonderlich vorgesehen, zwei-, dreimal hatte das Eisenrohr unwillig im Schlaf geseufzt. Er wurde demnach am Ausgang erwartet. Als er fast heran war, beugte sich jemand ins Rohr und rief leise, halb im Flüsterton: »Iwan Iljitsch!«

Fjodor antwortete nicht.

Grell leuchtete die Taschenlampe auf, der weiße Strahl drang ihm wie Nadeln in die Augen und blendete ihn.

»Fjodor Iwanowitsch!« rief der Jemand erstaunt. »Was machen Sie denn hier?«

Er erkannte die Stimme. Es war Oberst Sweschnikow.

»Was ich hier mache?« sagte Fjodor langsam, um Zeit zu gewinnen. Sagte es voll bitterem Triumph, Enttäuschung und Trauer.

Er hatte ja schon angefangen, in Sweschnikow den großartigen Menschen zu sehen, von dem Strigaljow ihm bei seinem ersten nächtlichen Besuch berichtet hatte. Den heimlichen Kämpfer, den Anführer der kaiserlichen Leibwächter, der zu einem der berühmtesten Heiligen geworden war. Er hatte sich schon an diese seine Vermutung gewöhnt und war von entsprechenden Gefühlen erfüllt gewesen. Und nun sah er ihn hier am Rohr, mit einer Taschenlampe.

»Was ich hier mache, fragen Sie?« Den Oberst ohne Maske ertappt zu haben, bereitete Fjodor rachsüchtige Genugtuung. Derweil stiegen beide aus dem Rohr. »Na ja, es mußte ja etwas getan werden, da hab ich mich eben reingeschlichen. Ich wollte doch mal nachsehen ... mich vergewissern, wer Oberst Sweschnikow ist. Weil ich immer noch meine Zweifel hatte ...«

»Warum sind Sie hier?« fauchte der Oberst wütend.

»Um Obus zu fangen. Genau wie Sie, wißbegieriger Schminkespendierer. Ich habe allerdings meine eigene Methode. Ich bin jetzt sein nächster Vertrauter. Akademiemitglied Rjadno und ich brauchen nämlich seine Hinterlassenschaft und nicht ihn selbst. Seine Person ist für uns unwichtig. Es erscheint uns sogar günstiger, wenn er auf freiem Fuß bleibt und mir für seine Rettung dankbar ist. Ich bin Ihnen zuvorgekommen. Jetzt wird er mir bis über das Grab ...«

»Sie waren bei ihm?« stieß Sweschnikow leise und voll Verzweiflung hervor, und sein Gesicht verzerrte sich so furchterregend, daß Fjodor Unruhe beschlich.

»Ich habe ihm gesagt, daß man hier auf ihn wartet. Ihm auflauert. Mit einer Taschenlampe.«

»Was haben Sie getan! Nicht hier, dort wartet man auf ihn!« Der Oberst gab Fjodor einen Stoß. »Stehen Sie hier nicht im Wege!«

Er stürzte davon und stürmte mit hoch erhobenen Armen, Unverständliches murmelnd, mitten ins Dornengestrüpp.

Fjodor begriff sofort, fuhr in die Stiefel und rannte ihm nach. Sich Gesicht und Hände an Dornen aufreißend, holte er Sweschnikow rasch ein. Der Oberst arbeitete sich ächzend und vor Schmerz stöhnend wieder aus dem Gestrüpp heraus.

»Das führt zu nichts. Wir müssen auf dem Weg ...«

Sie rannten nebeneinander den Weg entlang.

»Der Teufel hat ihn geritten, herzukommen«, murmelte der Oberst. »Jetzt werden wir ihn nicht mehr abfangen können. Wir machen einen Umweg.«

Fjodor erreichte den kleinen freien Platz als erster. Vor ihm schimmerte weiß die glatte Pflasterstraße, und wenige Meter entfernt blinkten zwei rote Autorücklichter, schon unweit der unsichtbaren Brücke. Die geringen Motorumdrehungen waren kaum zu hören. Das Auto fuhr langsam. Dann hielt es, Männer sprangen heraus, liefen von der hinteren Wagentür zur vorderen und wieder zurück, sie hatten ein Problem. Unschlüssig standen sie vor der hinteren Tür. Endlich quetschten sie sich, einander stoßend, in den Wagen, sie konnten nicht alle Platz finden.

»Iwan Iljitsch!« rief Fjodor herankeuchend mit verzweifelter hoher Stimme und packte den Türgriff, damit die Tür nicht zugeschlagen werden konnte.

»Wir haben hier keinen Iwan Iljitsch«, versetzte eine intelligent klingende Jungmännerstimme aus dem Wagen. Die anderen drängten sich zusammen und schwiegen.

»Aber wieso denn!« schrie Fjodor noch verzweifelter. »Da ist er doch! Da ist sein Kopf, sein Haar! Iwan Iljitsch!«

Die Tür noch fester umklammernd, beugte er sich vor und spähte ins dunkle Wageninnere. Dort herrschte immer noch ein Gewühl von Leibern und Gliedern. Dann ertönte ein Lachen, und ein dünnes Bein im glänzenden Chromlederstiefel schob sich aus dem Dunkel und stemmte sich gegen seine Brust. Ein heftiger Stoß warf Fjodor zurück. Im selben Moment heulte der Motor auf, und der Wagen machte einen Satz nach vorn. Da Fjodor den Türgriff noch fest umklammert hielt, stürzte er der Länge nach aufs Pflaster. Im Nu war er wieder auf den Beinen und suchte fieberhaft nach einem lockeren Pflasterstein.

Aber das Auto war schon weit, sein Motor war nur noch leise zu hören, die roten Lichter tauchten in der Dunkelheit unter.

Aus dem Gebüsch trat eine dunkle Gestalt: Oberst Sweschnikow. Ehe er herankam, setzte er sich eine plattgedrückte dicke Schirmmütze auf. Er trug ein grobes, dunkles Jackett, das ihm fast bis zu den Knien reichte, offensichtlich ein geliehenes. Beide schwiegen lange und starrten in die Finsternis, dem verschwundenen Wagen nach.

»Passé!« sagte Sweschnikow hart und scharf. Dann drehte

er sich zu Fjodor um. »Was mischen Sie sich ein? Sie sind mir im Wege, Sie Tibetaner mit Ihrem Kehrbesen.«

Fjodor sagte nichts. Das waren dieselben, die Lena abgeholt haben, dachte er.

»Werfen Sie schon weg, was Sie da haben! Einen Pflasterstein? Weg damit.« Der Oberst schlug ihm gegen die Hand, und der Stein kullerte polternd übers Pflaster.

»Ich habe einen Stiefel gesehen«, flüsterte Fjodor. »Jemand hat damit aus dem Auto nach mir getreten.«

»Einen Stiefel!« Sweschnikow lachte höhnisch auf. »Was hat Sie eigentlich hergetrieben?«

»Die Arbeit, die Pflicht. Und Sie, was haben Sie da gemacht – mit der Taschenlampe? Haben Sie die Operation geleitet? Sie haben Blut an der Stirn.«

»Die hat ein Experte geleitet. Ein Fallschirmspringer. Oje, oje, oje!« Er rannte los, als wolle er irgendwohin, besann sich aber und lief dann langsam einen schiefen Kreis. Einmal krümmte er sich zusammen, als hätte er Bauchschmerzen, und schüttelte den Kopf. Fjodor beobachtete ihn mißtrauisch.

»Was denn für ein Fallschirmspringer? Den erwähnen Sie nicht zum erstenmal.«

»Später, später. Den Ausgang haben immerhin Sie entschieden, teurer Fjodor Iwanowitsch. Das können Sie für sich verbuchen. Sie sammeln ja solche Erinnerungen. Ich kann Rjadno ein Wörtchen flüstern. Damit er weiß, was er an Ihnen hat.«

Sie gingen lange schweigend auf der Straße Richtung Park.

»Überhaupt hätten Sie diese Nacht lieber zu Hause im Bett bleiben sollen«, sagte Sweschnikow endlich. »Ein rätselhafter Mensch sind Sie. Warum sind Sie zum Auto gerannt? Wollten Sie spazierenfahren? Was hatten Sie da rumzuschreien?«

»Na, ja . . .« Fjodors Erregung hatte sich mittlerweile gelegt, er überlegte angestrengt, was er antworten sollte. »Er hat mir doch immer noch nicht gesagt, wo er seine neue Sorte hat. Und er hatte es versprochen.«

»Aus Ihnen soll einer schlau werden. Wie aber auch alles

manchmal zusammenkommt. Momente gibt es. Und wer funkt dazwischen? Alles war so gut durchdacht.«

»Von wem?«

»Von denen. Aber von mir noch besser. Und dann so was. Wer sind Sie bloß, Fjodor Iwanowitsch?«

Sie verstummten, gingen jetzt eng nebeneinander und sahen einander lange in die Augen.

7

Nachdem Fjodor sich während des Rests der Nacht im Bett herumgewälzt und sich sämtliche Äußerungen und Handlungen Sweschnikows, seinen Durchbruchsversuch durchs Gestrüpp und sein zerkratztes, blutiges Gesicht in Erinnerung gerufen und alles kritisch überdacht hatte, kam er zu dem Schluß, daß der Oberst mit einer selbstgestellten Aufgabe vor dem Rohr gewartet hatte. Er hatte Strigaljow dort offenbar abfangen und in eine andere Richtung schicken wollen, vorbei an den von einem gewissen Fallschirmspringer gestellten Fallen, die ihm alle bekannt waren. Alle beide hatten sie Strigaljow zu retten versucht, mit dem Ergebnis, daß er dort hinkam, wo er nun war. In bester Absicht gehandelt und am Ende wieder einen guten Menschen zugrundegerichtet – dieser Gedanke hämmerte, donnerte unaufhörlich, wie ein Rammbock, der an ein Tor schlägt. Er hätte gern gewußt, wie der Oberst sich und seine Rolle bei alledem sah. Nein, dachte er, ich habe mich eingemischt, der Hauptgrund war ich. Ohne mich wäre alles gut gegangen.

Doch Fjodor gehörte nicht zu denen, die zu vernunftwidriger, übertriebener Selbstzerfleischung neigen. Gegen Morgen war er der Gewissensbisse müde und dachte ruhiger. Er überschaute bereits die Kette von Ursachen und Wirkungen. Etwas gelassener geworden, begriff er sofort, daß weder er noch der Oberst die Hauptkettenglieder waren. Er hätte sich ja auch schlafen legen können, statt in der Nacht hinzugehen und Strigaljow zu warnen, dann wäre er am Morgen von der Nachricht überrascht worden, daß die fürstliche Jagd auf den Scholastiker Erfolg gehabt hätte. Weil an der Rohrlücke nicht der Oberst gewartet hätte, sondern die beiden vage lächelnden jungen Männer. Die Karten hätten ja auch so verteilt sein können. Dann wäre er, Fjodor, wirklich schuld gewesen. Nun aber, da das Bild mit klarem Vordergrund und voller Tiefenschärfe sichtbar wurde, zeichneten sich immer deutlicher zwei nebelhaft weit entrückte ägyptische Statuen ab, Standbilder, von vielen fleißigen Arbeitsleuten aus Sandstein gehauen. Das erste war riesengroß und hager, hatte ekkige Schultern und einen Pony auf der Stirn, das andere, ein kleineres, gleichsam ein Kind des ersten, aus einem Stück desselben Felsens entstanden, war ebenfalls hager, hatte ein schmales Gesicht und einen unverhältnismäßig hohen Haarschopf. Und es wurde klar, daß Fjodor wie auch Oberst Sweschnikow genau das getan hatten, was sie hatten tun müssen. Das einzige, was man ihnen hätte vorwerfen können, war, daß sie, diese Steingötter vor Augen, einander zu lange mißtraut und Entdeckungen versäumt hatten, die volles Vertrauen oder vielmehr genaues Kennenlernen des anderen bedeutet hätten. Ohne dieses Versäumnis wäre vielleicht alles anders ausgegangen.

Wer aber war der Fallschirmspringer? Diese Frage stellte Fjodor sich mehrmals in dieser Nacht. Er nahm an, Sweschnikow habe die kleinere der beiden Statuen so genannt. Die Vermutung drängte sich auf, sie war ihm schon auf der Straße gekommen, ohne daß er wußte, woher. Doch sie hatte sich verstärkt, als er beim Abschied vom Obersten seine verletzte Schulter betastete und dabei bemerkte, daß Sweschnikow gleichfalls dahin schaute und finster den Kopf schüttelte. Er hatte die Lippen geschürzt, als wolle er endgültig einen Punkt hinter etwas setzen. Und es schließlich mit der Frage getan: »Der Stiefel. Haben Sie ihn erkannt?«

Nach all diesen Überlegungen hatte Fjodor das dringende Bedürfnis, sich noch einmal mit Sweschnikow zu treffen und sich definitiv Klarheit zu verschaffen. Wahrscheinlich bestand dieses Bedürfnis auch auf der anderen Seite. Denn als Fjodor Tags darauf nach Feierabend mit der leisen Hoffnung, Sweschnikow zu begegnen, auf der Sowjetskaja-Straße promenierte, sah er den Obersten bei der Grünanlage stehen. Und Sweschnikow kam sofort zu ihm. Mit seinem tabakfarbenen hellen Zivilanzug ähnelte der zur Glatze neigende Rotblonde mit dem breiten Kreuz einem Gewichtheber. Seine Augen waren nicht zu sehen: Er hatte bereits ein wohlwollendes professionelles Lächeln aufgesetzt. Unter der zarten, durchsichtigen Haut seiner Wangen pulsierte gesundes rotes Blut; die weichen, rosigen Lippen, um die zartgolden rasierte Bartstoppeln schimmerten, waren ständig in Bewegung – sie drückten klaren Verstand, gute Laune, Machtbewußtsein und kaum wahrnehmbare Überlegenheit über den zum Gesprächspartner erkorenen, nicht dummen Kandidaten der Wissenschaften aus, der ihm gespannt entgegensah. Fjodor kam blitzartig und scharf, wie eine Erleuchtung, der Gedanke: Warum habe ich von Sweschnikow jedesmal, wenn ich ihm begegne, im ersten Moment immer diesen bestimmten, klaren, für ihn eigentlich vorteilhaften Eindruck?

»Guten Tag, Sie argwöhnischer Mensch«, sagte der Oberst und reichte ihm gutmütig die dicke, sommersprossige Hand. »Ich hab's ja gewußt, daß Sie herkommen würden, um mich zu treffen. Gehen wir ein Stück? Ist es Ihnen recht?«

»Dazu bin ich ja hergekommen«, versetzte Fjodor trokken.

»Ein guter Anfang!« Sweschnikows Laune besserte sich noch mehr. »Gehen wir durch die Grünanlage. Recht so?«

Sie liefen zwischen zwei Reihen Linden mit frischen grünen Blättern dahin.

»Sie schauen sehr streng drein«, sagte Sweschnikow. »Lernen Sie, sich zu beherrschen, nicht jeder wird Sie verstehen wie ich. Unerfahrenheit schafft oft Leid.«

»Statt einer ernsten Miene – die dem zu erwartenden Gespräch mehr entspricht – eine übertrieben heitere zu ziehen, heißt nicht, sich beherrschen. Heiterkeit sieht nach Unsicherheit aus.«

Auf das offene, sanfte Lächeln des Obersten legte sich vorübergehend gleichsam eine feine Staubschicht – er reagierte damit auf Fjodors nicht sehr liebenswürdiges Mißtrauen. Doch gesundes Blut bleibt gesundes Blut – seine rosigen Lippen formten sich zu einem angenehmen Ausdruck, als suchten sie nach möglichst passenden Worten, in den gelb gesprenkelten hellgrauen Augen blitzte für einen Moment überschäumende Fröhlichkeit auf, ehe er sie lächelnd schloß. Er sagte nichts, suchte nur mit den Lippen nach Worten und sah Fjodor eindringlich an.

»Gehen wir jetzt hier lang, ja?« sagte er aufgeräumt. »Recht so?«

Wo will er mit mir hin? dachte Fjodor. Na schön, gehen wir. Wir werden ja sehen.

»Worüber freuen Sie sich denn die ganze Zeit?« fragte er.

»Wir dürfen auf der Straße nicht ernst sein. Lernen Sie, sich zu beherrschen. Lächeln Sie. Jetzt einen Moment hier herüber.«

Der Oberst ging zu einem Telefonhäuschen. »Ich will einen Befehl durchgeben. Wenn Sie nichts dagegen haben.« Er ging hinein, warf flink eine Münze ein, wählte und hielt lauschend den Hörer ans Ohr. »Bist du's, Petrowa?« fragte er streng. »Warum meldest du dich nicht, wie sich's gehört? Na gut, wir sind schon unterwegs. Was heißt, mit wem? Mit dem, von dem ich gesprochen habe. Ja, mit dem. Ich hatte recht, meine Nase hat mich nicht getäuscht. Also dann – ungefähr in einer Viertelstunde.«

Er hängte auf und kam eilig heraus.

»Gehen wir weiter. Sie stellen keine Fragen, das ist gut.«

»Vorläufig nicht«, sagte Fjodor.

»Nein, jetzt nach rechts.«

Sie bogen in eine Seitenstraße ein und gingen nun schweigend. Der eine steuerte auf etwas zu, der andere wartete gespannt.

»Hierher.« Sweschnikow nahm ihn beim Arm und zog ihn in den Eingang eines sechsstöckigen grauen Ziegelbaus. »Kommen Sie. Wir sind gleich da. Hier, die Treppe rauf. Und jetzt hier lang.«

»Wohin bringen Sie mich?« fragte Fjodor und blieb stehen.

Ihm war das alles längst nicht mehr geheuer. Aber er preßte die spröde gewordenen Lippen zusammen und zwang sich weiterzugehen. Also gut, es wird sich zeigen, es wird sich klären, dachte er. Ich weiß nicht, ob man so was Mut nennen kann. Sweschnikow führte ihn an eine schokoladenbraun gestrichene Tür und steckte einen Messingschlüssel ins Schlüsselloch. Die Tür ging auf. Es duftete nach in Butter gebratenem Teig.

»Wir sind bei mir zu Hause«, sagte er und ließ Fjodor in den Korridor vorgehen. »Kosten wir die Piroggen von meiner Frau. Sie müssen noch warm sein.«

Fjodor blieb stehen.

»Gleich werden Sie aufhören zu lächeln. Sie sind schon ein Profi, Michail Porfirjewitsch, und ich weiß nicht, ob Sie das jemals loswerden. Sie alle haben so was an sich – eine Art, allen und jedem die Zähne zu zeigen. Einen fröhlich einzuschüchtern. Indem Sie bloß ganz sachte beißen. Aber Sie müssen doch wissen, was einen durch den Umgang mit Ihnen erwarten kann! Schon in der Bibel heißt es: Hüte dich vor der Freundschaft mit den Mächtigen, die da Herren über Tod und Leben sind. Wenn gebissen werden muß, dann richtig. Sie aber spielen. Mit dem Tod.«

Sweschnikow riß erstaunt die hellgrauen Augen auf. Fjodor sah ihn wohlwollend an und fuhr etwas traurig fort: »Haben Sie denn vergessen, wo wir uns in der Nacht begegnet sind und was sich hier abspielt? Ich esse heute keine Piroggen bei Ihnen. Wir werden uns unterhalten, und zwar ernsthaft.«

Hinter der Glastür, die vom Korridor ins Zimmer führte, hörte man eine ziemlich tiefe, volle, jugendlich wirkende Frauenstimme singen. In den Gesang mischten sich Geräusche eines wischenden Schrubbers. Drinnen wurde saubergemacht. Die Frau sang mit altmodischen Estradentrillern, aber der Text war ernst: »Von den alten und müden Streitern übernehmen wir Jungen die Schicht. Freudig tragen die Fackel wir wei-eiter – Proletarier, vorwärts zum Licht!« Es klang sehr natürlich, und Fjodor konnte sich lebhaft vorstellen, daß, als die Frau jung gewesen war, solche Lieder im Park gesungen wurden, vielleicht sogar zur Gitarre, im Frühling. Was die jungen Leute nicht hinderte, jung zu sein.

»Nastja! Komm her! Wir haben Besuch!« rief Sweschnikow heiser. »Na, Sie haben mich ganz schön . . . Richtig heiser geworden bin ich. Nastja! Sie hört nicht.«

Die Tür ging auf. Eine Frau in buntem Kattunkleid und Stoffhausschuhen, mit ehrlichen und furchtlosen Augen im rundlichen Gesicht, kam aus der Stube. Sie stützte sich auf den Schrubber.

»Tag, Männer.«

Sie hatte derbe Männerhände. Ihr totes graues Haar war in Ohrenhöhe glatt abgeschnitten – eine Frisur, wie man sie Anfang der dreißiger Jahre trug.

»Nastja, das ist Fjodor Iwanowitsch, er hat's mir eben tüchtig gegeben, verdientermaßen. Ich kann es ihm nicht verdenken, er hat recht.«

Alle drei gingen an den gläsernen Türflügeln vorbei in ein großes Zimmer mit einem Wandteppich und einer Couch, mit einem rhombusförmigen Spitzendeckchen an der Lehne. Es roch nach Toilettenseife und Piroggen. Die Männer setzten sich auf die knarrende Couch. Die Frau rückte polternd den quadratischen Tisch heran – mit nur einer Hand, so als zöge sie einen kleinen Steppke am Ohr.

»Wir werden keine Piroggen essen«, sagte Sweschnikow.

»Wie furchtbar!« sagte sie nach einem kurzen Blick auf die Männer. »Was ist passiert?«

»Das alte Lied, du weißt schon.«

»Vorurteile. Wir beide, Mischa, haben als junge Leute auf Vorschuß einen Posten übernommen, für den drei Leben nötig sind. Die Piroggen werden sich nicht auf Ihre politische Meinung auswirken. Sie sind nicht von einem herrschaftlichen Tisch. Ich bringe sie.«

Sie sah sich aber für alle Fälle nach Fjodor um.

»Na, bring sie schon«, sagte Sweschnikow.

Die grauhaarige Frau mit den Männermanieren ging hinaus, und vom Korridor erklang es erneut: »Im Kampf gegen wei-ße Söldnerübermacht/lag tapfer ein Trupp Kommunaarden . . .« Obgleich die schreckliche Melodie von der etwas eckigen Weiblichkeit der in der Küche Hantierenden gemildert wurde, schnitten sie und der schrecklich abgehackte Text ihm wie Messer ins Ohr. So hatten sicherlich die Kommunarden gesungen. Gleich würden die Fahnen wehen, nächtliche Schüsse hallen, die hungrigen Blicke der Revolution lodern. Noch im Jahr siebzehn in Gedanken, betrachtete Fjodor von der Couch aus mechanisch das etwa eine halbe Zeitungsseite große, vergilbte Foto an der Wand gegenüber. Es war unter Glas und in einem schmalen braunen Rahmen. Fünf blutjunge Rotarmisten waren darauf, sie trugen kleine Schirmmützen mit Stern und nagelneue Uniformen. Alle fünf saßen auf einem Balken zum Pferdeanbinden nebeneinander und baumelten mit den Beinen, die in Stiefelhosen und Chromlederstiefeln mit Sporen steckten. Sie guckten keck und fidel ins Kameraobjektiv. Die Gruppe sagte Fjodor nichts, das Foto verlangte Erklärungen. Er wandte sich ab und betrachtete die graue Ziegelmauer vor dem Fenster.

»Warum sehen Sie weg? In diesem Zimmer sollte man nur dorthin schauen«, sagte Sweschnikow. Er nahm das Foto von der Wand und legte es Fjodor auf die Knie. »Sehen Sie sich's an, sehen Sie sich's an, vielleicht merken Sie was.«

Fjodor betrachtete das Foto erneut. Hinter den Rotarmisten sah man hohe Steingebäude, das änderte die Sache sofort. Es war der Kreml. Im Hintergrund zeichneten sich dunkel einige Mauerzinnen zwischen den Häusern ab.

»Junge Ritter der Revolution«, sagte Sweschnikow über ihm. »Sehen Sie noch mal hin! Vielleicht finden Sie Bekannte darauf.«

Fjodor studierte aufmerksam die Gesichter. Nein, er erkannte niemanden. Dann entdeckte er weit hinter dem Pferdebalken noch eine Gruppe von ungefähr sechs Mann zwischen den Gebäuden. Durch die Entfernung waren die Gestalten unscharf. Die Männer standen im Kreis beieinander und diskutierten, unter ihnen, im Vordergrund, ein etwas Kleinerer. Er setzte den anderen etwas auseinander, sie hörten zu, gläubig und bereit. Dieser Mann kam Fjodor bekannt vor. Er sah den Oberst an.

»Ich glaube, ich habe einen erkannt. Meiner Meinung nach den hier. Ist er's?«

»Ja. Er persönlich. Wir wollten ihn mit auf unserem Foto haben und paßten extra den Augenblick ab, wo er mit seinen Genossen dort stehenblieb.«

»Arkaschka hat es aufgenommen«, sagte die Frau. Sie

hatte die Piroggen schon hereingebracht und sah sich das Foto ebenfalls an.

»Ja, Arkaschka«, bestätigte Sweschnikow. »Er ist nicht mehr am Leben. Von allen, die hier fotografiert sind, leben nur noch zwei. Von denen, die bei Iljitsch standen, lebt keiner mehr. Und er selbst natürlich auch nicht.«

»Alle sind gefallen«, sagte die Frau etwas herausfordernd. »Alle sind gefallen. Für die Revolution. Arkaschka als erster. Die Weißen haben ihn mit dem Säbel . . .«

»Das hier ist Wassja Bogdanow«, sagte Sweschnikow leise, mit belegter Stimme. »Den haben Banditen zerrissen. Sie haben ihn mit den Beinen an zwei Birken gebunden. An heruntergebogene. Und losgelassen. Und das ist Schlitzohr. Den haben sie in ein Eisloch geworfen. 1932. Das ist Wassja Nachtigall. Zuerst haben ihn die Weißen . . . Sie haben ihm in einem Gefecht die Hand abgehauen. Unsere haben ihm dann den Rest gegeben. 1938.«

»Was heißt hier Unsere?« fragte die Frau schrill. »War Medjaschkin etwa einer von uns?«

»War er, war er, red nicht. Wer, wenn nicht Medjaschkin? Ein alter Schauermann wie ich. Allerdings ein Dummkopf.«

»Von wegen Dummkopf! Der hat immer gewußt, was er schreien muß.«

»Stimmt, das hat er. Aber den hier, der am Rand sitzt, den müßten Sie kennen, Fjodor Iwanowitsch!«

Am Rand saß einer, der fast noch ein Junge war – ein Stämmiger, Gutmütiger, Dicklippiger. Mit üppigem weißblondem Haar unter der Mütze. Er saß tief, fast ganz in sich zusammengeklappt, und hatte die dicken Pratzen zwischen die Knie geklemmt.

»Das bin ich, ich!« rief der Oberst, der sich nicht länger zurückhalten konnte. »Mischa Sweschnikow!«

»Wenn Sie Sporen trugen, hatten Sie wohl auch einen Säbel?« fragte Fjodor. »Mußten Sie auch mit dem Säbel kämpfen?«

»Jaa, mußte ich«, sagte der Oberst langsam, sich erinnernd. »Alles mußten wir. Jetzt essen wir erst mal jeder eine Pirogge.«

Die Piroggen waren wie Brötchen – viel Teig, der etwas süß schmeckte, und eine spärliche Füllung aus Kraut und gehacktem Ei.

»Einen Krug Tee könntest du uns bringen.«

»Gleich.« Die Frau ging aus dem Zimmer.

»Und wer ist das am anderen Ende? Der hier.« Fjodor tippte mit dem Finger genau ins Gesicht des fünften Rotarmisten. Es war ein schmales, dunkeläugiges Gesicht mit tiefen Schatten um die Augen. Er ähnelte einem verträumten jungen Mädchen mit Schirmmütze.

»Auch nicht erkannt? Das ist Kolja Assikritow. Mein jetziger Vorgesetzter. Ein interessanter, sehr gescheiter, begabter Genosse. Entwicklungsfähig, wie man so sagt. In einigen Dingen gehen unsere Meinungen auseinander, manchmal brüllen wir uns sogar an deshalb. Aber sonst ist er in Ordnung. Er versteht sein Fach.«

»Mir scheint, er . . .«, setzte Fjodor an, aber Sweschnikow unterbrach ihn, als ob er nicht gehört hätte, und rief laut zur Tür: »Wo bleibt der Tee? Kriegen wir ihn endlich? Zu solchen Piroggen brauchen wir welchen!«

Die Frau brachte zwei glasierte Halbliterkrüge voll Tee. Zucker war schon drin, und sie rührte umständlich jeden Becher mit dem Löffel um und behielt dann den Löffel. So war hier das Ritual des Teetrinkens. Wie an der Front.

»Dieser Assikritow . . .«, setzte Fjodor abermals an, als er einen Schluck aus dem Krug getrunken hatte. Aber Sweschnikow rief, als hätte er nicht gehört: »Dein Tee ist gut, hörst du! Ist es welcher aus Krasnodar?«

»Trink nur, kann dir doch egal sein«, antwortete die Frau. Sie ging ans offene Fenster, zündete sich eine Zigarette an und setzte sich weit hinaus aufs Fensterbrett, wie auf einen Balken zum Pferdeanbinden.

Fjodor erwähnte Assikritow nicht mehr. Das Foto wurde wieder an seinen Platz gehängt, der Gast betrachtete es von Zeit zu Zeit. Als sie den Tee ausgetrunken hatten, erhob sich Sweschnikow.

»Wir gehen noch ein Stück spazieren, Nastja, ist es dir recht?«

»Von mir aus bis morgen früh«, sagte sie.

Sie traten auf die Straße. Schweigend gingen sie bis zur Ecke.

»Wieso fragen Sie nicht nach Assikritow? Jetzt dürfen Sie«, sagte der Oberst.

»Was gibt's da groß zu fragen? Eigentlich ist alles klar. Warum nennen Sie ihn Fallschirmspringer?«

»Gut, daß du gleich damit anfängst.« Sweschnikow ging zum Du über, ohne es zu merken. Sicher saß er noch auf seinem Pferdebalken, war für ihn noch 1920. Man spürte das, er war heute anders als sonst. »Du hast die Frage richtig gestellt. Um sie zu beantworten, muß ich ausholen. Bei Dostojewski heißt es, erinnerst du dich an ›Schuld und Sühne‹? Da sagt er, die Herren Sozialisten hätten mit Logik alles gut kalkuliert, nur eins dabei vergessen: Die Natur des Menschen. Mit Logik allein, sagt Dostojewski, komme man der Natur nicht bei. Die Logik sage drei Fälle voraus, aber es gebe eine Million. Die Kommunisten haben die Natur des Menschen ebensowenig berücksichtigt. Ihr nicht rechtzeitig Schranken gesetzt. Für die Millionen Fälle. Sie hätten's wenigstens versuchen sollen. Aber sie haben's weiter so gehalten und keine Schranken gesetzt. So, als ob es die Natur nicht gäbe, sondern einzig und allein die soziale Herkunft. Vielleicht war inzwischen sogar schon Absicht dabei. Weil, als die Frage ernsthaft gestellt wurde, die Natur schon fest dort saß, wo sie sitzen wollte. Und genauso ›Genosse‹ hieß. Durch sie, durch die menschliche Natur, ist alles gekommen. Daß die Ziele am Anfang heilig waren, kann ich aus eigener Erfahrung bestätigen. Manche nennen meinen General einen Fanatiker. Wegen seiner schwarzen Augen. Was ist er schon für ein Fanatiker? Fanatiker essen ihren Speck nicht heimlich, daß andere es nicht sehen. Ziehen sich nicht dazu die Decke über den Kopf. Reißen sich nicht um Posten. Und haben keine Angst vorm Tod. Ein Fanatiker bin ich, Fjodor Iwanowitsch. Das vertraue ich nur dir an. Ich fühle, dir kann ich mich anvertrauen. Du bist übrigens der erste, dem ich es sage. Weil es leeres Gerede, Geschwätz wird, wenn man es überall rumerzählt. Auf einmal merkst du selbst nicht mehr, wie statt Taten bloß noch Worte da sind, Fjodor. Die Natur tut das ihre. Die sieht keiner, die ist in unserem inneren Konus. Auf die muß jeder selbst achten. Und das ist eine Beschäftigung für Liebhaber. Eine höchst seltene. Alle, die wir damals auf dem Pferdebalken saßen, dachten, es kommt nur auf die Klassen an. Aber der Klassenkampf verlangt auch Einsicht in die Besonderheiten der menschlichen Natur. Wir aber sahen die Dinge damals ganz einfach. Mein General kam ja aus ärmsten Verhältnissen. Erinnerst du dich an das Foto, wie dürr er da war? Ich habe auch seine Mutter gesehen. Eine Frau vom Lande mit Kopftuch. Ungebildet! Wer hätte geahnt, daß unser Kolja Assikritow mit dem Fallschirm bei uns abgesetzt würde? Aus der Welt der Gewinnsucht und des Egoismus?«

»Ich verstehe Sie, aber nicht ganz. Wie meinen Sie das – mit dem Fallschirm?«

»Du kannst nicht abstrakt denken. Und so einer hat sich die Sanduhr ausgedacht. Also hör zu. Stell dir einen ungemein praktischen, nüchtern denkenden, egoistischen Bourgeois vor. Stell dir vor, er wäre mit dem Fallschirm bei uns abgesetzt worden. Versuchsweise. Mitten in die sowjetische Wirklichkeit rein. Da ist er nun, zurück nach New York kann er nicht mehr. Jetzt laß uns überlegen: Was wird er tun, nachdem er sich umgesehen hat? Wird er eine Heugabel nehmen und allein gegen die Sowjetmacht zu Felde ziehen? Nein, Fjodor! Er wird uns was husten! Er denkt nämlich nüchtern und praktisch. Ist also nicht dumm. Was wird er mitten in der sowjetischen Wirklichkeit tun? Er will ja leben. Und nicht irgendwie, sondern gut. Fjodor, als erstes wird er sich umtun. Er wird alles aufmerksam studieren und sagen: Oho, auch hier läßt es sich leben! Er wird das machen« – hier starrte Sweschnikow Fjodor einen Moment mit großen Augen an –, »er wird das machen, wodurch er am schnellsten an die Macht und zu Wohlstand kommt. Er wird unsere spezifischen Worte schreien. Es gibt ja solche Worte, die einen sowjetischen Menschen hilflos machen. Die wird er schreien. Und das bekommen, was er haben will. Wir schreien: ›Es lebe die Weltrevolution!‹, aber er kann's noch lauter. Man sieht ja in den nicht rein, der da so schreit. So ist die Sanduhr eingerichtet, du hast recht, Fjodor. Wie will sich einer da durchzwängen, von einem Kolben in den anderen? Und beim nächsten Anlauf setzt er die unter Druck, die sich ihren klaren Blick bewahrt haben und ihn kritisch beobachten. Das werden natürlich unsere Besten sein.«

Sie schwiegen und gingen eine Zeitlang mit finsteren Gesichtern nebeneinander her, als hätten sie sich gestritten.

»Ja, so sieht's aus, Fjodor Iwanowitsch, mein Lieber. Aber Sie wissen das ja selbst. Wer am lautesten schreit, schmiedet sein Glück. Auf der Tribüne! Den Fallschirmspringer muß man unter denen suchen, die am lautesten schreien. Niemals aber unter denen, die gejagt werden. Wer gejagt wird, der hätte sich ja bloß nicht einzumischen brauchen. Dann würde er auch nicht gejagt. Er hätte nicht gegen den Strom schwimmen sollen. Wenn er sich aber einmischt ... Wenn er sich einmischt, heißt das, die Sache ist ihm wichtiger als sein Leben, Fedja. Das heißt, er ist einer von uns. Und der Fallschirmspringer nimmt ihn an die Kandare, verstehst du? Wie einen Feind.«

Hierauf blieben beide lange stumm. Schuld daran war Fjodors merkwürdig finstere Miene – er erinnerte sich an ein lange zurückliegendes Gespräch mit Strigaljow. Es war dabei um Stiefel, Russenhemd und den jungen Kuckuck gegangen, der andere Jungvögel aus dem Nest wirft. Fjodor seufzte laut in Gedanken daran.

»Oder dein Nickelgott«, sagte der Oberst, aber schon leiser – sie waren bereits auf der belebten Sowjetskaja-Straße. »Oder dein Nickelgott. Höchstwahrscheinlich hat er einst mit allen zusammen geschrien. Nicht geschrien – gebrüllt! Hat Glotzaugen gemacht und die Interessen der Revolution vertreten. Und diese Interessen dann als Vorwand benutzt, um sein eigenes Süppchen zu kochen. Solche Götter sind gesetzmäßig entstanden. Hatte der Proletarier von gestern etwa eine Ahnung, wo man nach Nickel sucht? Der Teufel wußte das! Und was sollte man überhaupt damit. Er schickt also einen jungen Proleten auf die Arbeiterfakultät. Sieht ihm lange in die Augen: ›Wenn du ein Studierter geworden bist, wirst du mich dann auch nicht verraten?‹ – ›Ich? Dich verraten? Was redest du da! Nein! Ehrenwort! Lenin-Ehrenwort!‹ Aber danach wird er zum Nickelgott. Und hat nichts Eiligeres zu tun, als eine Denunziation gegen deinen Geologen zu verfassen! Weil man der Natur keine Schranken gesetzt hat! Wie sollte man das auch machen? In dem Nickelgott hatten sie doch einen Genossen gesehen! Er hatte ja am lautesten geschrien. Schreien war Mode damals.«

»Nicht weil geschrien wurde«, bemerkte Fjodor. »Weil ihr's geglaubt habt.«

»Was hätten wir denn tun sollen? Es gab Fragen über Fragen, vieles war unklar, in der Theorie wie in der Praxis. Obendrein rückte Denikin vor, die Engländer waren gelandet, Koltschak, die Weißen aus Polen. Wir hatten keine Zeit zu warten, bis wir genug wußten. Manches mußte im guten Glauben getan werden. Wo du was nicht weißt, machst du es mit revolutionärer Leidenschaft wett, mit Haß auf den Feind. Und um so etwas vorzutäuschen, dazu braucht man kein besonderes Talent. Wie heißt es bei einem Theoretiker? Das Böse tarnt sich als Gutes! Der Fallschirmspringer wird doch zuerst in einen Kolchos, in eine Viehfarm gehen, um sich ordentlich mit Stallmist zu beschmieren. Damit er nachher sagen kann: Ich bin Arbeiterklasse. Das ist nämlich ein Schlüssel. Und was für einer! Für alle Türen! Und wenn er erst mal im richtigen Bus sitzt – hast du den Ausdruck mal gehört? Der ist von ihm, vom Fallschirmspringer. Wenn er da erst mal drin sitzt, ist er nicht mehr aufzuhalten. Dann prescht er nach oben, sieht sich um und denkt: Eh, ich bin ja gar nicht der einzige Fallschirmspringer hier!«

»Eine komplizierte Liebeserklärung ist das zwischen uns beiden, Michail Porfirjewitsch. Sie kommt bloß ein bißchen zu spät.«

»Nein, nicht zu spät, Fjodor Iwanowitsch, nicht zu spät. Wir hatten zwar eine Quarantänefrist. Aber es ist durchaus noch rechtzeitig. Haben Sie den Stiefel in der Nacht erkannt?«

»Und ob!«

»Sehen Sie, ebenso hat auch er Sie erkannt. Heute morgen hatten wir ein Gespräch. In seinem Zimmer. Strigaljow wurde vorgeführt. Er war ruhig, das hat mir gefallen. Assikritow ist ja nicht bloß ein Psychopath, er glaubt auch noch an überirdische Kräfte. An die Macht seiner Augen. Es gibt eine bestimmte Sorte von Vernehmern, die haben ihre eigene Mystik. Die glauben, ihr Blick könnte den Verhörten beeinflussen, ihn zum Reden bringen. Er hat versucht, Strigaljow zu hypnotisieren. Ist vor ihn hingetreten und hat ihn durchdringend angestarrt. Ohne sich im mindesten zu genieren. Strigaljow hat ihn ganz ruhig angesehen. Von seiner geistigen Warte aus. Hat auf ihn herabgesehen. Und die Stirn gerunzelt – der Arme hat doch ein Magengeschwür. Solange er bei uns ist, kriegt er wenigstens Milch. Aber was im Lager wird – dafür kann ich mich nicht verbürgen.

»Und was können wir tun?« fragte Fjodor.

»Physische Möglichkeiten gibt es keine. Verwandeln Sie sich schnellstens in Eis. Auch Sie sind ja, zwar noch nicht sehr lange, aber auch Sie sind schon ins Schußfeld geraten. Überhaupt hält man bei uns immer die Augen offen. Wenn wir sie wirklich alle rausholen können, dann nur mit Ihrer Hilfe. Durch Ihre Kartoffeln. Wenn eine hervorragende Sorte herauskommt, von der die Welt erfährt, und bekannt wird, daß Strigaljow ihr Züchter ist. Tun Sie was, Fjodor Iwanowitsch. Tun Sie was.«

»Und wenn wir uns an Stalin . . .«

»Fjodor Iwanowitsch! Mir ist es direkt peinlich, so was von Ihnen zu hören.«

»Ich dachte bloß, das wäre vielleicht noch eine Möglichkeit.«

»Sie würden sofort in den Klauen Ihres Kassian landen. Und danach in unseren. Nein, nur durch Ihre Kartoffeln. Ich weiß zwar nicht, was Sie da machen können . . .«

Sie näherten sich bereits der Brücke.

»Ja, also. Der General hat Strigaljow eine Weile von unten her angestarrt, dann gab er es auf – ungehalten, weil er nichts erreicht hatte – und sprach von Ihnen, Fjodor Iwanowitsch. Er sagte: ›Ihr Freund wollte sich wohl für Sie schlagen. So was von Verzweiflung.‹ Darauf Strigaljow zu ihm: ›Wenn's ein Freund wäre!‹ Beachten Sie, wie er Sie schützt, wie er kämpft. Als hätte er Ihren Gedanken erraten, sagte er: ›Er hat allen Grund, verzweifelt zu sein. Ich habe ja nicht mehr geschafft, ihm das zu übergeben, was Akademiemitglied Rjadno als Obus-Hinterlassenschaft bezeichnet hat. Es gab so viele Detailfragen im Vorfeld. Ich wollte mich schon von allem trennen. Zum Teufel mit euch allen. Einen so tüchtigen Mann wie Deshkin läßt das Akademiemitglied so verkümmern. Ich mochte ihn doch. Trotz unserer grundlegenden wissenschaftlichen Meinungsverschiedenheiten. Mit ihm zu reden war mir zwar manchmal unheimlich, weil ihm nichts entging. Nicht die kleinste Unwahrheit. So wie ich mit botanischen Problemen zu Possoschkow gehen würde, so würde ich mit Fragen zum Thema Wahrheit, Leben zu Fjodor Iwanowitsch gehen.‹ Er hat Ihnen ein glänzendes Zeugnis ausgestellt.«

»Haben Sie Lena gesehen?«

»Sie weiß alles, Fjodor Iwanowitsch. Sie wollte mir einen Brief an Sie mitgeben, aber ich habe es nicht erlaubt. Wir dürfen nichts riskieren.«

»Sagen Sie ihr, daß ich ihren Ring gefunden habe und verwahre.«

»Ich werde mich bemühen. Ich will noch von Strigaljow zu Ende erzählen. Nachdem er Ihnen dieses Zeugnis ausgestellt hatte, erklärte er: ›So einem Mann zieht das Akademiemitglied die Beine weg. Zwingt ihn, sich mit solchen Dingen abzugeben. Darum habe ich beschlossen, die ganze Methodik zu übergeben. Von mir aus nehmt sie euch doch, zum Teufel, ich kann eure elende Treibjagd nicht mehr mit ansehen. Jetzt kann Ihr Deshkin sich neue Lehrer suchen. Womit weder mir gedient ist noch Ihnen. So ist das, Bürger General. Das Akademiemitglied wird es Ihnen zu danken wissen.‹ Nein, Fjodor Iwanowitsch, unsere Aussprache kommt nicht zu spät. Unser Kolja Assikritow nämlich . . . Es ist genau an der Zeit, daß wir uns mal ernsthaft mit ihm befassen. Auch der Ort eignet sich gut, gerade für so ein Gespräch. Erkennen Sie die Stelle?«

Sie hatten die Brücke passiert und befanden sich auf der Pflasterstraße – genau dort, wo in der Nacht der Pobeda gehalten hatte.

»Kolja Assikritow . . .« Sweschnikow blieb eine Weile stehen und sah sich auf der Straße um. »Erinnern Sie sich an die Jungs, die mit mir auf dem Pferdebalken saßen? Die gefallen sind? Sie fielen für die Sowjetmacht. Einer mit Lenins Namen auf den Lippen, einer mit Stalins. Einer durch ein offenkundiges Mißverständnis. Vielleicht so wie Ihr Geologe. Infolge jüngst zutage getretener Besonderheiten der menschlichen Natur. So kann es auch gewesen sein. Wenn man es so ausdrückt, wird es einem gleich selbst klarer. Nehmen wir den Nickelgott. Als er unsere Organe für seine Zwecke einschaltete, hat er nicht gesagt: Ich will jemand vernichten, weil er es sich einfallen ließ, unserm Land vor dem furchtbaren Krieg ein für die Verteidigung wichtiges Nickelkombinat zu schenken. Und zugleich übrigens im Begriff war, den Nymbus um mein göttliches Haupt zu zerstören. Denn dem Staat Kombinate schenken kann nur ich, der Gott, und sonst keiner. Und überhaupt ist ein Nymbus etwas Unantastbares. Das hat er nicht gesagt! Statt dessen schrie er: ›Schurke, Konterrevolutionär, Feind, an die Kandare mit dem Schädling. Es liegt natürlich bei euch, liebe Tschekisten, festzustellen, wer sein Auftraggeber war. Aber als großer Fachmann, als Sowjetfachmann neuen Typs spüre ich, hier hat der Westen seine Hand im Spiel.‹ Irgendwann wird man das in einem Archiv finden. So ist das, nicht wahr. Auch in unserer Dienststelle kann man auf den Fallschirmspringer stoßen. Um ihn besser zu erkennen, bin ich in zwei entgegengesetzten Richtungen vorgegangen: von 1920 in unsere Gegenwart und aus der Gegenwart zurück in jene Zeit. Damals war Kolja völlig anders als heute. Er war keiner von den Klügsten, hinkte in allem hinter uns her. Dann war da noch eine Geschichte. Als seine Mutter ihm in einem Tuch eingewickelt ein Stück Speck mitbrachte – und das war damals so gut wie ein Stück Gold! –, versteckte er es sofort und aß davon heimlich nachts unter der Bettdecke. Schnitt sich eine Scheibe ab, zog sich die Decke über den Kopf, als ob er schliefe, und mampfte heimlich. Statt mit den Kameraden zu teilen! Zweimal haben wir ihm einen kleinen Denkzettel verpaßt – es half nicht. Doch dann, was war das? Eine Wendung um 180 Grad! Auf einmal spendiert unser Kolja allen Speck. Auch dem Kommandeur natürlich. Und wird überhaupt ein Kumpel. Wir sitzen auf dem Pferdebalken – er ist mit dabei, baumelt mit den Beinen wie wir. Es ist Bürgerkrieg, wir wollen uns fotografieren lassen, Iljitsch soll mit aufs Bild, und neben uns läßt auch Kolja die dünnen Beine baumeln. Und keiner von uns kennt diesen Kolja, alle haben ihn gern! Aber so nach und nach ging er aus sich raus. Es fing damit an, daß er uns im Ton eines Älteren *korrigierte.* Wir diskutierten gern ein bißchen auf unserem Balken, über die Weltrevolution, die internationale Lage, die Innenpolitik. Da guckt unser Kolja plötzlich einen von uns mit seinen schwarzen Äugelchen an – er konnte schon damals glühende Blicke werfen –, guckt ihn an und kanzelt ihn ab: ›Hast du uns sonst noch was zu sagen, Sweschnikow? Über die Politik unserer Partei? Komm, komm, agitier nur, wir hören. Bloß vielleicht überlegst du dir ein bißchen genauer, was du sagst. Du müßtest doch wissen, was du sagen kannst.‹ Nach dieser Bemerkung verging Sweschnikow natürlich das Reden, und auf dem Balken trat Stille ein. Kolja holte seinen Speck hervor, und alles kam ins Lot. Später ging er dazu über, uns *eine Abfuhr zu erteilen.* ›Ich weiß vorläufig noch nicht, Botscharow, wem du das nachplapperst. Vorläufig noch nicht. Aber merke dir, solche Propaganda lassen wir nicht durchgehen.‹ Da bekamen wir Angst vor ihm. Zum erstenmal überkam uns solche eigenartige Angst vor einem von uns, der sich als Aktivist aufspielte. Zum Glück wurden wir bald danach an verschiedene Fronten geschickt. Aber seitdem haben mir solche Leute immer im Magen gelegen.«

Vor ihnen lag der Park, der von abendlichem Krähengekrächz widerhallte. Der Tag war schon stark vergilbt.

»Dann sahen wir uns wieder. Nach dem zweiten Krieg. Ich hatte schon gehört, Kolja wäre vorwärtsgekommen. Und dann kommt mir ein eleganter schlanker General entgegen. Ein graziöser, würde ich sogar sagen. Er hat mir seine Wohnung gezeigt. Dort war alles: Silber aus Adels- und Kaufmannsfamilien, französisches Kristall, Meißner Porzellan. Alles gebraucht. Jetzt hatte Kolja keinen Speck mehr unter der Decke. Silber und Kristall waren für ihn übrigens schon passé. Funktionen, Posten, Autorität – das war's, was ihn jetzt reizte. Die Kapitänskabine, die Kommandobrücke. Aber seine Gewohnheit, andere einzuschüchtern, zu korrigieren und zurechtzuweisen war in eine neue Phase getreten. Er hatte jetzt eine Vorliebe für Gruppenprozesse. Verschwörungen mußten her. Die er persönlich aufdeckte. Alle Vorgesetzten müssen als Trottel dastehen, er allein muß dem als begabter Wissenschaftler getarnten Feind die Maske vom Gesicht reißen. Doch woher Verschwörungen nehmen? Er brauchte diese Delikatesse auf seinem Tisch. Alles für die Sowjetmacht! Dein Rjadno verstand ihn sofort. So haben sie sich beide in unsere Jungs verbissen und lassen sie nicht mehr los, lieber Fjodor. Du hast ja gesehen, Assikritow fährt selbst mit raus zur Festnahme. Eine Gruppe! Er wird natürlich eine Anklage zusammenzimmern, darin ist er groß. Helfer hat er ja genug. Er hat Resonanz in der Öffentlichkeit. Ob die Leute Angst haben oder ob sie sich freuen, daß das Nest bei ihnen entdeckt wurde – schwer zu sagen. Ja, also, mein Wiedersehen mit Kolja Assikritow. Ich hatte gerade meine Versetzung zu ihm erhalten, er hatte sie mir verschafft. Er zeigte mir sein Kristall. Einen altmodischen silbernen Brotkorb mit Kristalldeckel. Wir tranken was. Ich machte eine vorsichtige Bemerkung über das Kristall. Als schrieben wir noch 1918 und säßen zusammen auf unserm Balken. Da gerieten wir uns in die Haare, es wurde fast ein Kampf bis aufs Messer. Ich zeige meins nicht, er aber spürt seine Überlegenheit und fährt mir an die Gurgel. Er kann alles sagen – ich muß es mir überlegen. Sie werden noch mit ihm zu reden haben – achten Sie darauf, das merkt man sofort: Diese Leute haben immer recht. Wohin er auch kommt, überall hat er recht. Dauernd hat er die Worte ›historisch‹, ›revolutionäres Rechtsbewußtsein‹, ›Interessen der Arbeiterklasse‹ im Mund. Alles Lüge. Er ist der alte Fallschirmspringer geblieben. Aber sagen kann ich ihm das nicht, ich habe mich immer rechtzeitig gebremst. Nicht, weil ich am Leben bleiben will. Die Interessen der Arbeiterklasse erfordern es.«

»Zu schweigen?«

»Ja, stellen Sie sich vor, zu schweigen. Wir müssen schweigen und was tun. Etwas, für das es sich lohnt. Die letzte Begegnung mit ihm bleibt mir sowieso nicht erspart. Wenn es noch gelänge, Obus zu retten . . .«

Die milde Maidämmerung verdichtete sich bereits, als sie, ihr Gespräch fortsetzend, zur Sowjetskaja-Straße und zu der Stelle zurückkamen.

»Wir müssen uns einig werden«, sagte Fjodor. »Sie meinen, daß der Fallschirmspringer uns von irgendwo zugeflogen ist? Daß er auch nicht mal hätte herzukommen brauchen? Sie sind also auch davon überzeugt, daß das Überbleibsel des Kapitalismus sind?«

Sweschnikow sagte zunächst gar nichts. Sein Gesicht verzog sich, wechselte wieder mal den Ausdruck: Die Augen öffneten sich weit, die Zunge schob sich hinter die dicken rosigen Lippen. Dann blieb er stehen, tippte sich mit dem Finger an Stirn und Brust und sagte: »Nicht die Bohne hast du verstanden! Oder du tust nur so. Von da, von da ist er gekommen! Aus seiner eigenen Unendlichkeit ist der Fallschirmspringer gekommen. Das haben wir nicht vom Kapitalismus übernommen, sondern vom Menschen. Das Gerede über den Kapitalismus hat uns bloß daran gehindert, ihn rechtzeitig zu stoppen. Er saß unter uns, schon damals auf dem Balken. Wenn ich sie jetzt alle zusammenrufen könnte. Die vertrauensseligen, heiligen Schatten. Mit denen wir Schulter an Schulter . . . Dann würde ich ihnen zurufen: ›Jungs! Revolutionäre! Ihr habt euern Klassenfeind verkannt! Ihr habt euch angestrengt, habt gegen den Klassenfeind gekämpft, und er hat neben euch gesessen und die benannt, die aus dem Weg geräumt werden sollten. Euer Leben lang seid ihr mit ihm Arm in Arm gegangen. Und habt nach seiner Pfeife unsere eigenen Leute liquidiert.‹«

Zum Abschied standen sie noch ein Weilchen unter den Bäumen, schwiegen, sahen einander ins Gesicht.

»Ihren Kassian hat uns nicht der Zar geschickt. Auch nicht Amerika. Er ist von selbst gekommen. Zuerst hat er sich bloß umgesehen, gehofft, beneidet. Hat die Gänge gesucht. Dann ist er losgefahren und hat sich umgehört, was geschrien wurde. Das heißt, er ist aus seiner eigenen Unendlichkeit gekommen. Die meinem einfachen Schädel lange nicht faßbar war. Obwohl er eine Menge Bücher gesehen hat. Doch sie alle haben mich wie auf Verabredung dazu gebracht, den Fallschirmspringer nicht da zu suchen, wo er war. Alle verlangten, daß ich nach draußen gucke, über die Grenze. Oder in die Zarenzeit zurück. Nur nicht in mich hinein. Ich mußte erst auf die Sanduhr stoßen, die bei Ihnen auf den Tisch gemalt war – da fiel es mir endlich wie Schuppen von den Augen. Sowohl Kassian als auch mein Kolja sind aus ihrem inneren Kolben zu uns gekommen, der übervoll ist von Neid. Von Neid und Hoffnung auf Macht.«

Damit drückte der Oberst Fjodor mit seiner weichen, aber wie eine Krebsschere zufassenden Rechten schmerzhaft die Hand, drehte sich um und schritt, mit seinem schmalen Hinterteil wedelnd, davon. Sein Kopf sah aus wie ein Topf mit schräg nach oben stehenden Henkeln.

Dritter Teil

1

Nicht, daß gewisse Worte des Obersten besonders gewirkt hätten. Obwohl sie natürlich haften geblieben waren – seine Worte, daß Fjodor »auch schon ins Schußfeld geraten« sei. Und eine bestimmte Stelle »die Augen immer offenhält«. Fjodor hatte bereits seit längerer Zeit etwas geahnt. Irgend etwas lag in der Luft, umschwebte ihn wie Pappelflaum. Die ferne Stimme quälte ihn, mahnte: Halt ein, laß die Finger davon, überlege, was dir droht und wie du diese Bedrohung abwenden kannst. Heute, nach all den zermürbenden Empfindungen, meldete sich die Stimme besonders nachdrücklich.

Als er nach Hause kam, sah er auf die Uhr – zehn Uhr abends. Dann warf er einen Blick zum Fenster – der Himmel war bereits dunkelblau. Plötzlich kam ihm ein Gedanke, er griff zum Telefonhörer und wählte rasch eine Nummer. Gleich darauf vernahm er die klangvolle, geschmeidige Stimme der Tumanowa und freute sich unwillkürlich über ihre exakte, ausgefeilte Moskauer Bühnensprache: »Ja-a-a! Ich hö-öre!«

»Du schläfst noch nicht?«

»Fedja! Du hast mich ganz vergessen, du Schu-uft, du verdammter!«

»Ich hab immer an dich . . .«

»Moment, willst du zu mir kommen? Was hängst du dann noch an der Strippe, du Schwätzer? Komm her, so schnell du kannst, und dann sagst du mir alles ins Ohr, hi-hi-i!«

Er legte auf und zog den Sack mit den Kartoffelsamentüten unterm Bett hervor. Er steckte die Samen in eine Einkaufstasche und schob den Sack mit den übrigen Utensilien wieder unters Bett. Dann zog er seine Jacke aus dünnem Segeltuch und die Stiefel an, nahm die Tasche und trat auf die Vortreppe. Der Abend war mild und dunkel, wie geschaffen für geheime Unternehmungen.

Sich fortwährend umblickend, trug er die Tasche durch die nächtlichen Schatten des Parks und der Straßen, huschte geschickt von einem Schatten in den anderen, bis er das Neubauviertel erreichte. Hier, im zweiten Stock eines grauen Ziegelhauses, drückte er auf den Klingelknopf. Die Sprechanlage knackte, man ließ ihn hinein, die beiden alten Frauen in Schwarz nahmen ihm die Tasche ab und stellten sie in die Küche auf einen Stuhl.

Die Tumanowa, umhüllt von Kissen und Spitzen, erwartete ihn. Ihr glänzendes, wie schwelendes schwarzes Haar – ihre ganze Zierde – schlängelte sich wie ein Fluß über die Kissen, bildete Stromschnellen und gewundene Buchten und umfloß weiße Inseln. Dicht an ihr Bett war ein Sessel gerückt, und an der Lehne stand die gerahmte Lithografie, die Fjodor bereits kannte – der Heilige Sebastian, von qualvoller Folter gepeinigt, die tränengefüllten Augen zum Himmel erhoben. Antonina strahlte, als Fjodor eintrat, ergriff mit der linken Hand ihren rechten Arm und streckte ihn unter großer Anstrengung, aber immer noch mit strahlendem Gesicht. Das war neu. Wahrscheinlich war die Lähmung weiter fortgeschritten. Als sie ihren Arm in die richtige Lage gebracht hatte, reichte sie Fjodor die Hand, und er spürte, daß sie ziemlich kalt war.

»Setz dich in den Sessel. Was ist mit deinen Augen? Sie sehen heute so traurig aus.«

»Das erzähl ich dir später.«

»Gut, ich warte. Stell den Sebastian hierher, an die Wand. Wir wollen ihn gemeinsam betrachten. Je länger ich ihn ansehe, desto näher kommt er mir, unserem zwanzigsten Jahrhundert. Immer mehr Bekannte entdecke ich auf dem Bild. Hier zum Beispiel, unter dem Bogen – stolziert dein Akademiemitglied Rjadno.«

»Hör mal, weißt du, daß vor einem Monat . . .«

»Von den jungen Leuten? Ich weiß, ja, ich weiß.« Ihr Gesicht verfinsterte sich, und sie wurde nachdenklich. »Ich weiß, Fedja. Gib mir die Zigaretten, sie liegen dort. Und die Streichhölzer.«

Sie schob sich eine Zigarette zwischen die Lippen, riß ein Streichholz an und setzte den Tabak in Brand. All das machte sie geschickt mit einer Hand. Hastig und mit bitterem Lächeln nahm sie einen tiefen Zug, rundete die geschminkten Lippen und stieß genußvoll einen Rauchring aus. Dann schwenkte sie das Streichholz in der Luft, um es zu löschen.

»Du siehst, ich rauche.« Wieder nahm sie einen tiefen Zug und stieß, die Augen starr auf einen Punkt geheftet, den Rauch aus. »Früher habe ich nur so, zum Spaß geraucht, aber jetzt . . . Mein Blödian hat mich reingelegt, der Schweinehund. Er hat gesagt, er habe den neuen Glauben angenommen. Er hat ihn doch so eifrig propagiert. Hat mir sogar das Buch gebracht. Ja, er hat es mir damals gebracht. Ich habe ihm geglaubt. Und ihn in das Nest reingelassen. Sie haben sich doch bei mir getroffen, wie du weißt. Zum Tee angeblich. Aber er hatte schon was spitzgekriegt. Hatte kapiert, daß er nur über mich an sie . . .«

»Er hat immer einen Tennisball in der Hand, den er dauernd knetet und preßt.«

»Also gut, ich erzähle es dir. Alle Geheimnisse verrat ich dir. Guck dir seine Hand mal genau an. Das, was in den Büchern Handrücken genannt wird. Er zeigt ihn keinem, du mußt dir was einfallen lassen, damit du ihn sehen kannst. Er hat da eine kleine Narbe. Wie ein Kreuz. Mit dem Kreuz hat es eine besondere Bewandtnis. Etwa ein Jahr, bevor du bei uns aufgekreuzt bist, schlich sich öfter ein ungebetener Gast in Iwan Iljitschs Garten und klaute die Beeren von seinen Kartoffeln. Von seinen Polyploiden. Na ja, alle wollen schließlich eine neue Sorte züchten. Wer träumt nicht davon! Und alle scharwenzelten um Obus herum. Sie beschimpften ihn, aber klauten seine Beeren. Strigaljow merkte, daß jemand in den Garten einstieg. Ein Wissenschaftler, einer mit Köpfchen, sagte: Dem Bösen muß man einen Schreck einjagen, einen Schock versetzen. Als ob er deine Theorien kannte. Und zeichnete ein Schema. Ein Ingenieur, ebenfalls Wissenschaftler und ebenfalls mit Köpfchen, bastelte nach diesem Schema ein Gerät. In Deutschland, habe ich gehört, sollen die Bauersfrauen mit solchen Dingern Kaninchen töten. Eine Feder war darin, einfach schrecklich, nicht zu bewegen, aber von der Schlagkraft einer Kugel. Und das Ding brachten sie an der Klinke der Gartenpforte an. Dort im Innenhof gibt es noch eine zweite Gartenpforte mit einer Klinke. Eine Türklinke wie jede andere, aber wenn man sie berührt und runterdrückt, schießt es los. Direkt in die Handfläche. Ein Durchschuß! Ich sitze also zu Hause, und da kommt mein Blödian an, mit verbundener Hand, die er wie eine Puppe trägt. Aber behalt das für dich, ich hab dir ein Geheimnis anvertraut. Dieses Ding hat ihm ein paar Knochen zertrümmert. Deshalb trainiert er die Hand jetzt immer. Der Dummkopf! Ein hoffnungsloser Fall.«

Wieder nahm sie einen tiefen Zug. Dann zog sie die Nase kraus und blickte Fjodor in die Augen.

»Laß uns was trinken, ja? Wo-odka!«

Die beiden Alten, als hätten sie nur darauf gewartet, brachten sofort eine Flasche und auch einen kleinen Imbiß herein. Nachdem jede ihren Teil bekommen hatte, schlurften sie, die Hand schützend um ihr Glas haltend, wie um eine brennende Kerze, wieder in die Küche.

Nachdem die Tumanowa und Fjodor das erste Glas getrunken hatten und die nötige Pause verstrichen war, damit sich die Seelen öffnen, sagte er: »Was weißt du sonst noch, Prokofjewna?«

»Ich weiß alles.«

»Auch von Iwan Iljitsch?«

»Ja, auch das. Daß es ihm gelungen ist . . .« und flüsternd sagte sie: »Er hat damals bei mir übernachtet.«

»Weißt du auch, was letzte Nacht passiert ist?«

Sie erwachte aus ihrer Wodkaseligkeit und starrte ihn erschrocken an.

»Iwan Iljitsch wird bei niemandem mehr übernachten. Er hat jetzt ein Dauerquartier. Heute nacht hat man ihn eingeliefert.«

»Ins Haus zweiundsechzig?«

Fjodor nickte.

»Wieder bin ich schuld. Wieder ich! Großer Gott, wofür werde ich so gestraft? Das kommt alles bloß von den kleinen Sünden, Fedja. Von den harmlosen kleinen Sünden. Sie führen immer zu . . .« Die Tumanowa riß ein Streichholz an, setzte eine Zigarette in Brand und saß lange reglos da, in Rauch gehüllt, auf ihre kleine weiße Faust beißend, die die Zigarette hielt.

»Deshalb bin ich hergekommen.«

Mit leicht geneigtem Kopf hörte sie ihm zu.

»Er hat ein Erbe hinterlassen. Jetzt versuchen sie, sich dessen zu bemächtigen. Haben es schon versucht.«

»Konntest du was retten?« platzte sie heraus.

»Ja, das konnte ich. Und einen Teil davon habe ich mitgebracht. Eine große Tasche voll.«

»Was ist darin?«

»Samen. Kleine Tüten. Wie für Lorbeerblätter.«

»Gib her! Schnell!«

Er holte die Tasche. Die Tumanowa steckte ihre weiße Hand mit dem Ring hinein und nahm ein paar Tüten heraus.

»Das sind Samen? Deretwegen man die Beeren geklaut hat? Diese Schweinehunde, Parasiten! Der eine setzt sein Leben aufs Spiel, während andere . . . Er lebt noch, sie aber kommen schon angelaufen. Fedja, du bist ein Pfundskerl! Geh jetzt in die Küche und schick mir die beiden Omas rein. Meine treuen Mäuschen.«

Fjodor saß in der Küche und betrachtete die Regale, den ordentlichen Haushalt der beiden alten Frauen. Nach einer halben Stunde holte man ihn wieder ins Zimmer. Alles war unverändert. Nur die Tüten mit den Samen waren verschwunden. Die leere Tasche lag auf dem Fußboden.

»Na, was sagst du nun?« fragte die Tumanowa, während sie, die Kissen glattstreichend, ihren Blick über das Bett gleiten ließ. »Errätst du, wo unser Versteck ist? Nie im Leben kommst du drauf.«

»Auf jeden Fall ein gutes Versteck. Aber das ist noch nicht alles. Ich bringe noch drei Töpfe mit Pflanzen her.

Macht ein Plätzchen auf dem Balkon frei, aber so, daß Breweschkow, wenn er herkommt . . .«

»Einen Dreck wird er sehen, Fedja, da kannst du unbesorgt sein.«

»Der Balkon geht wohl nach Norden?«

»Nach Süden, Fedja. Also gerade richtig. Komm, kippen wir noch einen. Setz dich. Auf den Erfolg unserer Konspiration.«

Sie trank und preßte, einen Krampf unterdrückend, die Zähne zusammen, dann zündete sie sich hastig eine Zigarette an, machte einen Lungenzug und blies eine zerfaserte Rauchwolke aus, die sie völlig einhüllte. Sie lehnte sich erschöpft ins Kissen zurück und sagte, den Kopf wiegend: »Nein, eine gerechte Sache kann man nicht bekämpfen. Die Wahrheit geht sofort in den Untergrund. In die Katakomben. Und beginnt dort ihr romantisches Leben. Und es finden sich so viele getreue . . . die mit Freuden . . . Möchtest du nicht eine rauchen?«

»Und wie ich das möchte. Aber ich werde es nicht tun.«

»Na, wie du willst.« Sie machte wieder einen Lungenzug und betrachtete lange die an der Wand lehnende Lithografie. »Alle haben sich jetzt hier eingefunden. Selbst Onkelchen Borik liegt betrunken herum. Aber wo ist mein Fedja, frage ich mich immer wieder. Er muß doch auch hier sein . . .«

Ich bin auch hier, dachte Fjodor. Und die Tumanowa, als habe sie seine Gedanken erraten, sagte, die Zigarette zum Mund führend: »Sicher hat er sich unter einer Tarnkappe versteckt.«

Am nächsten Abend zog er wieder dieselbe Jacke und die Stiefel an, nahm einen leeren Kartoffelsack aus Hanf, steckte eine Sperrholzkiste ohne Boden hinein und machte sich auf den Weg. Bald darauf tauchte er in den tiefen Schatten eines Schuppens, verschmolz mit ihm und trat nach einer halben Stunde aus dem Schatten, den die Brombeersträucher auf den verwilderten Weg neben Iwan Iljitschs Gartenzaun warfen. Der Abendhimmel leuchtete am Horizont orangerot und schimmerte über ihm grünlich. Schnell und geräuschlos kletterte er über den Zaun und tauchte abermals in den Schatten ein, der sich über den ganzen kleinen Hof breitete. Nach einigen Minuten erschien er wieder am Zaun und sprang auf den Weg. Im Sack befanden sich jetzt die drei Töpfe mit dem Polyploid »Contumax«, das bereits Knospen getrieben hatte. Fjodor lief hinter die Rohre, rückte im dunklen Gebüsch die Töpfe in der bodenlosen Kiste zurecht, die verhindern sollte, daß das Kraut gedrückt würde, und ging leise am dunklen, grasbewachsenen Wegrand entlang zur Brücke.

Auf dem Balkon der Tumanowa war schon alles vorbereitet. Die beiden Alten hatten dort allerlei Gerümpel aufgetürmt. Als Fjodor sich die vorbereitete Stelle ansah, stieß er in der Dunkelheit bald an einen verwitterten Korb, bald an eine gestreifte Matratze, bald verhedderte er sich in einem riesigen Lampenschirm, der so lange Fransen hatte wie ein Schultertuch. Er stieß gegen eine Kiste mit Küchengeräten, daß es nur so schepperte. Hinter diese Barrikade stellten sie die Töpfe mit den Pflanzen, dicht an die Hauswand, damit sie vom oberen Balkon nicht zu sehen waren. Angesichts all dieser Mühen dachte Fjodor an die Worte der Tumanowa: »Und es finden sich so viele getreue ... Die mit Freuden ...«

Nachdem er die beiden alten Frauen instruiert hatte, wie sie die Pflanzen gießen sollten, verabschiedete er sich und sagte: »In drei Tagen komme ich wieder. Um die Blüten zu bestäuben. Bis dahin keinerlei Kontakt. Auch nicht telefonisch.«

Auf dem Rückweg versteckte er sich nicht mehr, und in der Sowjetskaja-Straße angelangt, pfiff er sogar leise etwas Kämpferisches vor sich hin. Als er jedoch den jetzt stockdunklen Park betrat, blickte er sich aus unerklärlichem Grunde plötzlich um und lief los, sein bei Leningrad verwundetes Bein leicht nachziehend. Für alle Fälle, sagte er sich. Als er sah, daß ihm jemand entgegenkam, ging er wieder langsam. Doch dann lief er, das Bein nachziehend, wieder los. »Ja«, sagte er laut, »das ist meine Schwachstelle.« Was war los mit ihm? Regte sich da ein Instinkt, oder trieb die ferne Stimme ihn vorwärts – er versuchte das nicht einmal für sich selbst herauszufinden.

Am Sonntag ging er in baumwollener blauer Trainingshose und kurzärmeligem orangefarbenem Hemd – leichtfüßig, mager, zum Laufen bereit – in den Park. Aber er konnte sich noch immer nicht entschließen, vor allen Leuten loszutraben. Er suchte sich abgelegene Plätze, wo er kurze zaghafte Läufe wagte. Einmal jagte eine Gruppe Sportler auf Rollskiern, mit Stöcken in den Händen, an ihm vorbei, achtzehn bis zwanzig Leute – die Skisektion des Instituts, angeführt von einem kleinwüchsigen Trainer. Fjodor begleitete sie mit Blicken. Nicht nur Studenten, auch Aspiranten und zwei junge Dozenten waren dabei. Fast neidisch sah er ihnen lange nach. Ich werde mich auch anmelden, dachte er. Und dann lief er den Weg entlang, ohne auf die Leute ringsum zu achten.

Später sollte er noch oft an dieses Phänomen denken, das sich erstmalig im dunklen Park bemerkbar gemacht und feste Wurzeln geschlagen hatte. Und er sollte sich darüber wundern, wie in den Menschen wichtige Entschlüsse heranreifen – zur rechten Zeit, unmerklich. Genauso wie in einer schlafenden Knospe neues Leben keimt – von der ersten Zellteilung an. Oder ähnlich der Regung, die den Vogel veranlaßt, den ersten Grashalm aufzupicken, um sich sein erstes Nest zu bauen.

»Gleichheit ist ein abiologischer Begriff«, pflegte Strigaljow zu sagen. »In der Natur gibt es keine Gleichheit. Gleichheit ist eine Erfindung des Menschen, und das ist einer der größten Irrtümer, der viel Leid heraufbeschworen hat. Gleichheit schlösse jede Entwicklung auf der Erde aus.«

Interessant ist, daß diesen Gedanken kein auf seine Überlegenheit bedachter reicher Mann geäußert hat, sondern ein armer Schlucker, für den, aus pekuniärer Sicht, manch einer Iwan Iljitsch halten konnte. Er selbst jedoch war mit seiner finanziellen Lage durchaus zufrieden, obwohl er nicht erklären konnte, warum. Fjodor aber hätte diese Frage mühelos beantworten können: Weil Strigaljow Reichtümer besaß, die selbst Akademiemitglied Rjadno, dessen Geldeinkünfte das Gehalt des Forschungslaborleiters mindestens um das Achtfache überstiegen, den Schlaf raubten. Das Akademiemitglied bekam die Ungleichheit besonders kraß zu spüren, weil er der Benachteiligte war.

»Die Idee der Gleichheit ermöglicht es dem Talentlosen, auf Kosten des Talentierten zu leben und ihn auszubeuten«, schlußfolgerte Iwan Iljitsch. »Und dennoch, selbst wenn sich der Talentlose den größten Teil aneignet, wird ihm das Wichtigste, nämlich das Talent, versagt bleiben. Er muß sich verstellen, muß den Talentierten spielen und jene um sich scharen, die sein nicht vorhandenes Talent rühmen werden. Die Idee der Gleichheit ermöglicht es dem erfolglosen Schurken, mit lautem Geschrei auf dem Buckel des fleißigen, besessenen Arbeitstiers zu reiten und sich die besten Früchte seiner Arbeit anzueignen.«

Iwan Iljitsch erkannte nur eine Art Gleichheit für alle an: die Gleichheit der Ausgangsbedingungen für eine Tätigkeit. Allen ist die Möglichkeit zu arbeiten gegeben. Schaffe, was du schaffen kannst, nimm dir, was dir zusteht, bezahle deine Schulden, und verfüge über den Rest nach eigenem Ermessen. Wenn du willst, verteil es, aber vergreif dich nicht an Fremdem.

Nirgends auf der Welt gibt es zwei Menschen mit den gleichen Papillarlinien an den Fingern. Diese Linien sind ein Zeichen der Ungleichheit, das die Natur sichtbar gemacht hat. Es gibt auch noch andere Kriterien – die Kriminalisten sagen, auch die Form der Ohren sei bei jedem Menschen verschieden. Und auch die Nasenform. Wie verhält es sich aber mit unseren inneren Organen, die man nicht sehen kann? Mit den feinsten Strukturen, aus denen unser Gehirn besteht? Man sagt, daß auch die Modulationen der menschlichen Stimme einmalig sind.

Ein Baum hat keine zwei gleichen Blätter, behauptete Iwan Iljitsch. In einer Beere einer Kartoffelpflanze gibt es keine zwei Samenkörner mit identischen Eigenschaften. In einem Organismus keine zwei gleichen Zellen.

»Sie können mit ein und demselben Pollen von einer einzigen Blüte sämtliche Blüten auf einem ganzen Pflanzenbeet bestäuben, die aus ein und derselben Knolle hervorgegangen sind, und nirgends wird eine Beere ansetzen, an einer Pflanze aber können gleich vier entstehen. Ich habe das oft erlebt. Aber damit noch nicht genug: an der Pflanze können diese vier Beeren an einer Traube hängen. Neben Trauben mit unbefruchteten Blüten. Und deshalb«, sagte er in schulmeisterlichem Ton zu Fjodor, »müssen Sie unermüdlich weiter bestäuben und dürfen sich von Mißerfolgen nicht entmutigen lassen.«

Strigaljow hatte bereits im vorigen Sommer viele Pflanzen mit dem Pollen der »Contumax« bestäubt. Und an seiner einzigen Contumax-Staude hatte er alle Blüten mit dem Blütenstaub unserer gewöhnlichen Kartoffelarten bestäubt. Ohne Erfolg. In der ganzen Welt hatten zwei Dutzend namhafter Biologen die raffiniertesten Methoden ersonnen, um die »Contumax« mit der gewöhnlichen Kartoffel zu kreuzen, doch bis jetzt war ihnen nicht mal der erste Schritt gelungen – die Chromosomenverdopplung bei dieser südamerikanischen Wildkartoffel. Jetzt mußte Fjodor die Bestäubung der »Contumax« wiederholen, doch nun bereits an drei Pflanzen. Er hatte Chancen, handelte es sich doch um die »Riesen-Contumax« mit doppeltem Chromosomensatz. An allen drei Pflanzen, die auf dem Balkon der Tumanowa standen, schwollen die Knospentrauben einträchtig an.

Als Fjodor am Montag in der Lehrgärtnerei arbeitete, sammelte er in das Glasröhrchen einer Augenpipette den gelben Staub von den aufgegangenen Blüten der Sorte »Silesia«, die bei den Züchtern als guter Pollenspender galt. Er verschloß das Röhrchen mit einem Wattebausch, steckte es zusammen mit einer Pinzette in die Brusttasche seiner Jacke, nahm ein Dutzend Papiertüten mit, die Akademiemitglied Rjadno »Verhütungsmittel« nannte, und begab sich nach Sonnenuntergang zur Tumanowa.

Das war am Abend des vierten Tages, und er wurde bereits erwartet. Neben dem Bett der Tumanowa stand ein kleiner runder Tisch, und sie saß bereit, der feierlichen Handlung beizuwohnen. Fjodor setzte sich an den Tisch und begann die feierliche Handlung mit einer Vorlesung. Er erzählte der Tumanowa, was Strigaljow über die Gleichheit gesagt hatte und daß er es für notwendig hielt, die störrischen Pflanzen, die sich einer Kreuzung widersetzten, jahraus jahrein beharrlich zu bestäuben. Als er geendet hatte, wies er mit einer Handbewegung zum Balkon, und schon brachte eine der beiden alten Frauen einen Topf mit einer schlanken breitblättrigen Pflanze herein, die an eine Etagere erinnerte, und stellte ihn vor ihm auf den Tisch. Die Pflanze ähnelte nur entfernt einer Kartoffelstaude. Sie bestand lediglich aus zwei dicken Stengeln, die jeweils in einer prallen Knospentraube endeten. An einer Traube war eine cremefarbene Blüte aufgegangen, zart wie die Morgendämmerung, mit einem orangefarbenen Herzstück. Fjodor knipste sie mit den Fingernägeln ab.

»Fedja«, flüsterte die Tumanowa erschrocken, »warum tust du das?«

»Aufgegangene Blüten sind ungeeignet. Sie haben sich selbst bestäubt.«

»Lehrt das der Weismannismus-Morganismus?«

»Das lehrt die Natur.«

Die drei Zuschauerinnen starrten schweigend und wie gebannt auf den Topf mit der Blüten treibenden Pflanze.

Fjodor nahm die Pinzette, öffnete eine der oberen Knospen und riß mit einer schnellen Handbewegung die unreifen, matt orangefarbenen Staubgefäße ab. Dann hielt er das Röhrchen mit dem Pollen an die verwaiste, bloßliegende Narbe. So kastrierte und bestäubte er nacheinander drei Blüten. Die übrigen vier riß er ab.

»Sie sind noch nicht reif«, erläuterte er seinen Zuschauerinnen. Über die ganze Traube stülpte er eine Papiertüte und verschloß die Öffnung mit einem dünnen Draht. An der zweiten Traube bestäubte er vier Blüten und setzte ebenfalls eine Papiertüte darüber. Dann schlug er sein geheimes Notizbuch auf und trug in bestimmten Spalten die Zahlen 28, 5 und 7 ein. Am achtundzwanzigsten Mai wurden an dieser Pflanze sieben Blüten bestäubt, besagte die Eintragung.

»Hör mal, Prokofjewna«, sagte er, als eine der beiden Alten den Topf auf den Balkon trug und den zweiten hereinholte. »Ich überlege mir die ganze Zeit, warum du diesen Menschen überhaupt reinläßt.«

»Hast du Angst um die Töpfe? Brauchst du nicht zu haben«, fiel sie ihm mit stählerner Stimme ins Wort. »Kommen wird er.«

»Du könntest ihm doch die Tür weisen.«

»Ein Dummkopf bist du, zwingst mich, über solche Intimitäten zu reden. Wie alt bin ich, was meinst du?«

Die Alte stellte den zweiten Topf auf den Tisch. Er hatte drei Stengel, die alle in Knospentrauben endeten. Mit zusammengepreßten Lippen öffnete Fjodor schweigend die reifste Knospe und kastrierte sie.

»Ich schätze, du bist um die dreißig, Prokofjewna.«

»Du lügst! Willst den galanten Kavalier spielen. Achtunddreißig bin ich. Das beste Alter für eine Frau. Bin ich eine Frau oder nicht?«

»Fragen stellst du. Wer würde das bezweifeln?«

»Gut. Ist er mein Mann?«

»Eigentlich . . .«

»Ach, ich kann Drumherumgerede nicht ausstehen. Mein Ehemann ist er natürlich nicht. Aber mein Mann ist er. Es gibt Kräfte in der Natur . . . Gegen die der Mensch machtlos ist. Und eine vollblütige Frau . . . Ach, lassen wir das. Du bist noch ein grüner Junge, du verstehst das nicht. Wenn du auch ein Wissenschaftler bist.«

Doch er hatte schon verstanden. Er erinnerte sich daran, was Lena einmal gesagt hatte. Eine lebenserfahrene Dame habe ihr erzählt . . . Er war entsetzt, errötete vor Verlegenheit, und als er das merkte, kniff er sich schmerzhaft mit der Pinzette. Aber das half auch nicht. Die Tumanowa hatte alles beobachtet.

»Kapiert? Du wirst rot? Bist selber schuld. Steck deine Nase nicht in Weiberangelegenheiten.«

Er bestäubte an der zweiten Pflanze sechzehn Blüten. Die dritte hatte zwei Stengel. Hier bestäubte er neun Blüten. Insgesamt notierte Fjodor an diesem Abend zweiunddreißig bestäubte Blüten.

»Hör mal«, sagte er, den Tisch beiseite schiebend, zur Tumanowa. »Vergessen wir meine dumme Frage, einverstanden?«

»Vergiß du sie. Mich bringen solche Dinge schon längst nicht mehr in Verlegenheit. Es wird Zeit, daß du heiratest.«

»Ich werde es mir überlegen. Sag mal, Prokofjewna, hast du eigentlich alle gut gekannt, die zum ›Nest‹ gehörten?«

»Viele habe ich natürlich gut gekannt. Mit Lenotschka Blashko war ich eng befreundet. Stimmt es, daß sie dich ihren Mann genannt hat, als du während der Filmvorführung bei ihnen reingeplatzt bist?«

»Ja, ich habe ihr gegenüber ein paarmal sowas angedeutet.«

»Jetzt ist es zu spät. Nicht andeuten hättest du sollen, sondern bestäuben. Aber du bestäubst ja immer nur Kartoffeln. Das war ein Mädchen! Die richtige Frau für dich. Sie hat dauernd von dir gesprochen. Ein Schlappschwanz bist du, weiter nichts!«

Das ist also die lebenserfahrene Dame, dachte er. Sie hat Lena von der unbezwingbaren Kraft erzählt. Gegen die man machtlos ist.

»Aber doch nicht völlig, der Mensch ist dagegen doch nicht völlig machtlos«, sagte er laut.

»Doch, Fedja, doch. Völlig machtlos.«

»Dann habe ich Angst. Du hast ihn doch in das ›Nest‹ eingeführt. Ich werde wohl die Samen und Töpfe wieder mitnehmen müssen.«

»Ein Dummkopf bist du, ein verdammter Dummkopf!« schrie die Tumanowa ihn an. »Warum mußt du immer alles so wörtlich nehmen. Ich bin klüger geworden durch die Geschichte mit dem ›Nest‹. Da kommt er nicht ran! Kraft hin, Kraft her, aber an Iwan Iljitschs Hinterlassenschaft kommt er nur über meine Leiche. Nein, nicht mal über meine Leiche.«

Das Gefühl der Ruhe, das Fjodor überkommen hatte, nachdem der größte Teil der Hinterlassenschaft von Iwan Iljitsch bei der Tumanowa versteckt war, hielt nicht lange an. Noch am gleichen Abend dachte er an die neue Sorte, und jetzt quälte ihn pausenlos die scheinbar unlösbare Frage: wie lassen sich unter den dreitausend Stauden jene achtzehn herausfinden, die er retten mußte? Und zwar noch, bevor der Herbst anbrach, denn im Oktober würden Leute kommen und sämtliche Kartoffeln roden. Und dann würde die neue

Sorte sich durch die Farbe ihrer Knollen verraten. Die ungewöhnliche Farbe eines sonnengebräunten Frauengesichts würde mit Sicherheit auffallen. Und auch die wildlederartige Stumpfheit der Schale.

Die Frage ließ Fjodor keine Ruhe, und wenn er in der Lehrgärtnerei arbeitete, hielt er oft inne und starrte vor sich hin. Krasnow entging das nicht, und eines Tages sagte er leise: »Fjodor Iwanowitsch, Sie sind in letzter Zeit so nachdenklich.«

»Kein Wunder«, antwortete Fjodor bitter und zerstreut und fixierte Krasnow mit einem rätselhaften und verwirrenden Blick. Er dachte dabei an die Tumanowa, die dem Bergsteiger so machtlos ausgeliefert war. »Kein Wunder, daß ich nachdenklich bin«, wiederholte er, ohne den Blick von Krasnow zu wenden. »Obus hat man eingesperrt, aber wo ist seine Züchtung?«

»Na, wo schon. In seinem Garten natürlich. Das sagt die Logik.«

»Aber die Morphologie leugnet das kategorisch. Jede Sorte hat ihre morphologischen Besonderheiten. Ich habe mich da umgesehen. Dort blühen schon die Kartoffeln. Alle Blüten sind weiß. Und auch die Blätter sehen alle gleich aus. Dort wächst ausschließlich ›Silesia‹. Ich würde mir keine Gedanken machen, wüßte ich, daß Strigaljows Züchtung dort ist.«

»Obus hat doch nicht ohne Grund die Sorte ›Silesia‹ angebaut. Ein Elternteil seiner neuen Züchtung ist die deutsche Sorte ›Silesia‹, von der sie auch die Zerschnittenheit der Blätter hat. So läßt sich die Tochter sehr gut neben der Mutter tarnen.«

Wie ist der Schweinehund bloß darauf gekommen? dachte Fjodor verwundert. Aber er ließ sich nichts anmerken. Er lächelte nur finster.

»Sie sind ja ein richtiger Weismann-Morgan-Anhänger, mein Lieber.«

»Bei der Arbeit mit Ihnen lernt man so manches«, antwortete Krasnow fröhlich. »Und man kann groß rauskommen.«

»Sagen Sie das bloß nicht Kassian Damianowitsch.«

»Er hat mich ja erst darauf gebracht.«

»Und wie empfiehlt er, die neue Sorte herauszufinden?«

»Der Herbst wird sie herausfinden.«

Fjodor, obwohl lebenserfahren und ein ernsthafter Wissenschaftler, wäre nicht darauf gekommen, daß die ihn beunruhigende Frage nach dem Verbleib der neuen Sorte so überraschend einfach gelöst werden könnte, durch einen kleinen aber deutlichen Fingerzeig der Natur.

In der Nacht vom ersten zum zweiten Juni saß er im Gästezimmer am Tisch, vor sich eine Kanne mit heißem Tee und Schreibpapier, und machte sich daran, die erste von drei kleinen Arbeiten zu schreiben. Er scheute sich, diese letzte Wegstrecke zu beschreiten und aufs freie Feld hinauszugehen, wo der Feind lauerte, bereit zum Kampf auf Leben und Tod. Doch einmal mußte er sich entschließen, und so setzte er sich an den Tisch und griff zur Feder. Alle drei Artikel wollte er zur Zeitschrift »Probleme der Botanik« bringen. Und jeder sollte ein Schlag gegen eine der Hauptthesen von Akademiemitglied Rjadno sein, der behauptete, daß das »Soma«, das heißt der Körper mit seinen »Säften«, wie das Akademiemitglied sich ausdrückte, wenn es auf die »Körnchen« eines anderen – veredelten – Körpers einwirkt, in ihm eine bestimmte vererbbare Veränderung hervorrufen kann. Die Versuche mit den Pfropfungen von Kartoffeln auf Tabak, Belladonna, Petunie und Tomate und umgekehrt all dieser Pflanzen auf die Kartoffel lieferten Fjodor eine Fülle von Material für seinen ersten Artikel. Diese Arbeiten mußten eine energische Reaktion des Akademiemitgliedes auslösen, vor allem die Angaben über die neue, nach einer fremden Theorie gezüchtete Sorte. Doch Fjodor war darauf vorbereitet.

Er saß am halb offenen Fenster. Die frische Nachtluft bewegte von Zeit zu Zeit die Papiere auf dem Tisch.

Gegen zwei Uhr in der Nacht ging er schlafen. Um fünf erwachte er – vor Kälte. Er lief zum Fenster, um es zu schließen. Er hatte schon die Hand ausgestreckt, aber anstatt das Fenster zu schließen, riß er es weit auf und beugte sich hinaus.

Das Gras vor dem Fenster schimmerte sonderbar weiß.

»Rauhreif!« stellte er nach genauem Hinsehen verwundert fest. Er schlug das Fenster zu, rannte barfuß und in Unterhosen auf die Vortreppe und spürte schneidende Kälte an den Füßen. Die gläserne Starrheit des kalten Frühmorgens. Ein Atemwölkchen stand ihm vor dem Mund. Zu beiden Seiten des asphaltierten Fußweges sah er weiße Reifbahnen. Als er jedoch zum blaßrosa Horizont blickte, schimmerten diese Bahnen sofort bläulich. Mindestens ein bis zwei Grad unter Null, schoß es ihm durch den Kopf. Er lief ins Haus zurück, um sich anzukleiden, zog Stiefel und Jacke an und rannte in Richtung Park. Der Reif knirschte unter seinen Füßen wie im Winter.

Der Himmel färbte sich mehr und mehr, dann brach mit Macht die Morgenröte durch und die gefrorene Erde schimmerte noch dunkler, noch bläulicher. Als er aus dem Park heraustrat, bog er nach rechts ab, dorthin, wo sich die endlosen Kartoffelfelder eines Sowchos erstreckten. Die Dunkelheit der scheidenden Nacht und die bläuliche Froststarre ringsum versperrten den Weg. Keine Menschenseele weit und breit, die Leute schliefen und ahnten nicht, daß bereits etwa siebzig Prozent der Ernte vernichtet war. Natürlich würde anstelle des binnen einer halben Stunde erfrorenen Kartoffelkrautes mit der Zeit neues sprießen, aber die besten Wachstumsmonate waren verloren. Fjodor kehrte um und ging auf der Pflasterstraße zur Stadt zurück. Als er zu den Rohren abbog, wärmten die ersten fröhlich-rosa Sonnenstrahlen seinen Rücken. Die Laute des erwachenden Morgens verschmolzen zu einem munteren, seine Kräfte erprobenden Chor. Aus allen Ecken und Enden des Parks tönte das Gekrächze der ersten Krähen, ähnlich den Lauten, die Halbwüchsige im Stimmbruch beim Fußballspiel ausstoßen. Von fern, aus der Lehrgärtnerei, hörte man Geknatter wie Pistolenschüsse, dort wurde der Motor eines Traktors angelassen. Vom Fluß drang der kurze dumpfe Schrei eines Dampfers herüber, der sich noch einige Male wiederholte. Laut hallten gleichmäßige Hammerschläge auf Metall. In den Höfen neben Strigaljows Haus krähten gleich mehrere Hähne, Fjodor hörte dieses Morgenkonzert, war in Gedanken jedoch ganz woanders: Wie mag es in Iwan Iljitschs Garten aussehen? Hat der Zaun seine Kartoffeln vor dem Frost geschützt?

Der Zaun erwies sich jedoch als unzuverlässiger Schutz. Als Fjodor, nichts Gutes ahnend, hinübersprang und zum Garten lief, bot sich ihm ein Bild, das jedem Kartoffelanbauer nur allzu vertraut ist. Der ganze Garten hatte seine Farbe verändert. Vor vier Tagen war das ein gepflegtes Stück Land gewesen, durchweg grün, mit weißen Blüten gesprenkelt, und alle Pflanzen hatten ihre Blätter in die Höhe gereckt. In dieser Nacht, kurz vor Sonnenaufgang, hatte der Garten ein ebenso grau-blaues Aussehen angenommen wie die Kartoffeln auf dem Sowchosfeld. Und jetzt, nachdem der Rauhreif getaut war, wurde das ganze Kraut welk und ließ die »Ohren« hängen, und diese fast schwarzen »Ohren« schimmerten durchsichtig wie Wachs. In ihnen vollzogen sich bereits irreversible Prozesse, die in einem einzigen kurzen Augenblick begonnen hatten. Fjodor hatte diesen Augenblick gesehen, er war auf dem bewußten Film festgehalten, der Augenblick, da die Chromosomen unter ungünstigen Lebensbedingungen zu zerfallen beginnen.

Der Tod hatte hier seinen Schlußstrich gesetzt. Und Fjodor, der aufgrund seines Berufes und seiner besonderen, fast kindlichen Sensibilität stärker als andere Menschen das Schreckliche dieser Erscheinung nachzuempfinden vermochte, und der sich aus den gleichen Gründen mehr als andere dem Leben verbunden fühlte und es schützen wollte, unser Fjodor kauerte vor den toten Kartoffelstauden, berührte behutsam ihre toten »Ohren« und litt unter dem Unglück, das dieses Fleckchen Natur ereilt hatte.

Das waren Augenblicke höchster geistiger Anspannung, und deshalb spürte er, wie es ihm manchmal passierte, seinen Körper überhaupt nicht, fühlte er nichts von dem, was sein körperliches Sein ausmachte. Nicht mal seine Hände, die die toten Blätter berührten. Er befand sich tief im unteren Kegel seiner Sanduhr, in seiner allen anderen verborgenen Unendlichkeit. Um ihn herum – in der äußeren Welt – gruppierten sich andere Wesen, ebenfalls körperlos, da sie hier keiner Hülle bedurften. Und während Saul unkompliziert und völlig durchschaubar war, obwohl er sich selbst für sehr kompliziert hielt, während Krasnow für Fjodor wie ein aufgeschlagenes Buch dalag, ausgenommen vielleicht jene besonderen Seiten, die man besser nicht berührte, um nicht unverhofft auf allzu simple Selbstverständlichkeiten zu stoßen, um die man sogar in Gedanken einen Bogen macht, wenn er an die übrigen, etwas abseits stehenden Wesen nicht einmal denken mochte – sie trachteten nicht danach, Fjodor zu entlarven, solange man sie nicht dazu zwang, sie begnügten sich mit den ihnen zugeteilten Brocken und hockten wie Kaninchen in ihren Käfigen.

Wenn einerseits im Grunde alles klar war, so war doch andererseits dort, wo aus dem Dunkel etwas Gigantisches, Grau-Nebelhaftes, vorläufig scheinbar noch wohlwollend, aber zum Schlag bereit und vielleicht schon gerüstet und deshalb so gut gelaunt, hartnäckig die Hände nach ihm ausstreckte ... Nein, du machst allen etwas vor, deine gute Laune ist nur vorgetäuscht. Auch zum Schlag bist du nicht bereit. Du brauchst die Hinterlassenschaft, davon hängt deine Zukunft ab, die durchaus noch nicht klar ist. Du hast große Versprechungen gemacht, viele Vorschußlorbeeren geerntet. Und du verfolgst mich mit den Augen deiner Helfershelfer, um herauszukriegen, was ich nachts mache, warum ich neuerdings im Park laufe, wozu ich die Tonnen mit Wasser gefüllt habe. »Der Teufel kennt sich in diesem Fedja aus, er hat so viele Häute. Wie eine Zwiebel. Sobald man ihm eine – eine von hundert! – abzieht, steigt einem schon das Wasser in die Nase. Und er hat hundert Häute!« Das hast du damals bei Waritschew leise zu jemandem am Tisch gesagt. Aber Fedja hat die Ohren gespitzt und alles gehört.

Solcher Art war Fjodors innere Anspannung, die manchmal einen kleinen Muskel an seinem mageren Körper zukken ließ. Während er so im Garten hockte, war die Staude vor ihm noch schwärzer geworden. Mechanisch, ohne sich seiner Bewegungen bewußt zu sein, ging er durch die Reihen, als schwebe er ins Innere eines kleinen Totenreiches, hockte sich wieder hin und berührte behutsam die erfrorenen Blätter.

Nicht die Augen, sondern die Finger übermittelten ihm das erste Wecksignal. Er wiederholte gedankenlos seine Bewegungen, um sich zu überprüfen, und da war das Signal wieder. Er kam zu sich, blickte auf und öffnete die Augen etwas weiter. Ja, vor ihm stand eine unversehrte Staude. Sie leuchtete grün, nur die Blüten waren wie versengt, und die Spitzen der oberen Blätter hatten ein wenig Frost bekommen.

Eine plötzliche Vermutung ließ ihn erbeben. Vor ihm stand eine Staude der neuen Sorte. Diese Sorte muß frostbeständig sein, hatte Iwan Iljitsch gesagt. Und die Pflanze hatte tatsächlich dem Bodenfrost standgehalten. Wüchse diese Sorte auf dem Sowchosfeld, hätte die Ernte nicht gelitten. Ich muß sie kennzeichnen, überlegte Fjodor und sah sich nach einem kleinen Stock um. Da erblickte er in der Nähe noch eine weitere grüne Staude. Er brauchte sie nicht zu kennzeichnen, die Staude hob sich deutlich von dem noch schwärzer gewordenen Kraut ringsum ab.

Fjodor ging weiter durch die Reihen und zählte in einer neun solcher Stauden. In der Nebenreihe waren sämtliche Pflanzen welk und schwarz geworden. In den beiden nächsten Reihen das gleiche Bild. In der dritten jedoch, das sah er schon von weitem, standen mehrere saftig-grüne, nur an den Spitzen leicht braun gewordene Stauden. Wieder neun. Er hatte also alle achtzehn gefunden!

»Ha-ha-ha!« lachte er laut und bewegte sich tänzelnd durch die engen Reihen. Doch schon im nächsten Augenblick war seine Fröhlichkeit wie weggeblasen. Er mußte unverzüglich etwas unternehmen, um die demaskierten Stauden vor fremden Blicken zu verbergen. Er sah sich um. Sofort mußte er etwas tun.

Es war erst sechs Uhr früh. Strahlend und triumphierend ging die Sonne am Himmel auf, und es war bereits klar, daß ein heißer Sommertag bevorstand, wie es ihn in diesem Jahr noch nicht gegeben hatte. Schon war der Rauhreif auch in den schattigsten Ecken verschwunden, überall glitzerte der Morgentau. Das in der Nacht erfrorene Kartoffelkraut war völlig aufgetaut und noch dunkler und welker geworden, die achtzehn Stauden aber leuchteten nach wie vor in frischem Grün, jetzt waren sie selbst von weitem deutlich zu sehen.

Fjodor ging über die Parzelle und suchte ein geeignetes

Gerät. Sein Blick fiel sofort auf einen Spaten, der neben einer Harke am Haus lehnte. Nein, das war nur für den Notfall. Er brauchte eine Sense.

Er lief zum Treibhaus. Dort waren überhaupt keine Geräte. Er kroch unter den Vorbau und von dort in den Hausflur. Als er sich im Halbdunkel umsah, fiel ihm der Griff einer großen alten Sichel ins Auge, deren gebogene Klinge zwischen Dachlatten klemmte.

Als er mit der Sichel in der Hand in den Garten ging, wiederholte er mehrmals: »Dritte und siebte Reihe.« Dann schrieb er Zahlen, die den Standort aller achtzehn Pflanzen bezeichneten, mit Tintenstift auf seinen nackten Unterarm. Als er alles notiert hatte, sichelte er wie wild das Kraut ab. Zuerst in der dritten und siebten Reihe dicht über dem Boden. Dann nahm er sich den ganzen übrigen, völlig toten Garten vor.

Nach drei Stunden fieberhafter und eintöniger Arbeit – zuerst mit der Sichel und dann mit dem Rechen – stand er schweißtriefend in dem nun kahlen Garten. Eine Hacke brauche ich, eine Hacke, war sein nächster Gedanke. Oder ein Hackmesser. Und ein Hackmesser fand sich, es stand in der Nähe des Spatens, trat gleichsam aus der Balkenwand heraus. Er hat es selber hierher gestellt! Solange er es nicht brauchte, war es ihm nicht aufgefallen. Er machte sich sofort daran, die Stauden in den Reihen zu häufeln. Dabei verging noch eine reichliche Stunde. Als er fertig war, wischte er sich den Schweiß von der Stirn. Jetzt sollen sie nur gucken. Was bedeutet das? Wer hat das abgemäht? Weshalb? Sollen sie die Augen aufreißen! Wenn das Kraut wieder ... Und dann müssen die Kartoffeln ja noch wachsen. Gerodet werden sie im Oktober. Aber wir holen sie im September raus!

»Und schaffen sie weg!« sagte er laut.

Doch plötzlich fiel ihm noch etwas ein. Er mußte aus dem abgesichelten Kraut alle grünen Blätter auslesen und vergraben. Dieser Breweschkow, überlegte er, ist zwar ein Dummkopf, aber er ist gewitzt wie ein Schurke. Der könnte die grünen Blätter entdecken. Dann wird er die Stirn in Falten legen und seinen Grips anstrengen. Er wird Kassian anrufen! Aber wir werden den Schurken überlisten! Fjodor hob sofort am Zaun eine kleine Grube aus, durchwühlte das abgemähte Kraut und sonderte alle frischen grünen Stengel aus. Dann vergrub er sie und deckte sie mit einem quadratischen Rasenstück zu. Danach harkte er das tote Kraut wieder auf einen Haufen, brachte die Sichel an ihren Platz zurück und betrachtete den Garten noch einmal mit prüfendem Blick.

»Klasse!« sagte er, dieses so beliebte Studentenwort hatte er von Iwan Iljitsch übernommen. »Kla-asse!«

Die Zahlen von seinem Arm übertrug er in sein Notizbuch und aufs Ärmelfutter seines »Sir Percy«. Es war bereits zehn Uhr. Mit einer Bürste scheuerte er überm Waschbecken die Ziffern vom Arm ab, schnitt, über seine Energie verwundert, vor dem Spiegel triumphierende Grimassen und flüsterte ab und zu: »Drei und sieben«.

Doch da waren sie wieder, die fast verstummten Angstgefühle, sie bemächtigten sich seiner, und bevor er die letzte Zahl abgewaschen hatte, war das momentane Glücksgefühl erloschen.

Als er sein Gewächshaus betrat, war er wieder der ernste, alles sehende und schnell entscheidende Leiter der Tage zuvor. Und wieder versank er plötzlich in Gedanken, mehrmals passierte ihm das und eigentlich ohne bestimmten Anlaß. Wie wohlgesonnen Kassian ihm auch sein mochte, Fjodor, der aufmerksam alles beobachtete, spürte etwas und erwartete vom Schicksal eine eindeutige Entscheidung. Er war für Klarheit und Offenheit und mochte keine Überraschungen. Und seine Eigenschaft, stets auf der Hut zu sein, hatte ihn noch niemals im Stich gelassen.

Nach der Mittagspause, als er im leer gewordenen Speiseraum, ein dickes Stück frischen Roggenbrots in der Hand, mit dem Aluminiumlöffel Sauerkrautsuppe aß, in die er den harten Hirsebrei geschüttet hatte, als er sich für kurze Zeit dieser einfachen Speise der arbeitenden Menschen hingab, ja, gerade als er sich dieser Beschäftigung hingab, verpaßte er den Augenblick, da das Schicksal ins Leben des Menschen tritt. Er spürte plötzlich, daß jemand neben ihm saß.

»Eine gute Idee, Lehrer.« Das war die gerührte nuschelnde Stimme von Onkelchen Borik, das bekannte Schniefen, der bekannte Wodkageruch. »Man kann direkt neidisch werden beim Zusehen. Ich werde mir wohl auch eine Suppe und eine halbe Portion Brei holen.«

Er ließ seine Ingenieursmütze mit der Kokarde auf dem Tisch liegen, richtete sich zu seiner vollen Größe auf, so daß sein feuchter Scheitel fast die niedrige Decke berührte, und ging wankenden Schritts zuerst zur Kasse und dann zur Essenausgabe. Groß und stattlich in seiner schwarzen Ingenieursuniform, ließ er komisch galant die Schultern spielen und brachte es sogar fertig, die Hand der Köchin zu ergreifen und an die Lippen zu führen. Dabei warf er ihr einen Blick zu, daß sie mit dem Löffel ausholte.

Doch dann ließ sie den Löffel sinken und sah Boris Nikolajewitsch ernst an. Obwohl Onkelchen Borik oft »in Stimmung« war, schien sein Aussehen sie heute zu beunruhigen. Da bemerkte auch Fjodor an ihm die Spuren eines gewaltigen »Tags des Mechanisators«. Sein Gesicht war ganz aufgedunsen.

»Jetzt werden auch wir uns was zu Gemüte führen«, sagte er, den Teller mit der Krautsuppe und dem Brei auf den Tisch stellend, »und dem Lehrer gleichzeitig eine Neuigkeit verpassen.«

Er kostete die Suppe und legte den Löffel hin, dabei bewegte er den zahnlosen Mund, eine einzige rote faltige Freßgier. Dann griff er in die Brusttasche seiner Jacke, holte etwas heraus, sah nach allen Seiten, um sich zu vergewissern, daß der Speiseraum leer war, und legte ein zerknittertes Blatt aus einem Schulheft vor Fjodor auf den Tisch.

»Lesen Sie das. Ich esse inzwischen meine Suppe. Ich wollte Ihnen schon längst . . . Aber . . . Ich bin ein schwankendes Element.«

Onkelchen Borik ließ immer noch die Schultern spielen, und wie immer paarte sich in seinen Gebärden äußerste Höflichkeit mit jungenhafter Ausgelassenheit. Die Müdigkeit, die ihn nach der Trinkerei überkam, verlieh ihm etwas Schwerfälliges. Außerdem sah man ihm an, daß er aufgeregt war.

Fjodor warf einen Blick auf den Zettel und hörte sofort

auf zu essen. Er hob eine Augenbraue und begann schweigend und mit ernster Miene zu lesen.

»Erstens. Hauptfrage«, las er laut, »was für ein Film wurde bei den Morgan-Anhängern beschlagnahmt? Zusatzfrage: Stimmt es, daß er aus dem Ausland stammt? Zusatzfr.: Aus welchem Land könnte er Ihrer Meinung nach eingeschleust worden sein? Auf welchem Wege? Es heißt, er enthalte versteckte Propaganda.«

Fjodor überflog schweigend einige Punkte. Plötzlich rief er, beinahe vom Stuhl hochschnellend: »Oho!«

»Was hat Ihnen da so gefallen?« fragte Onkelchen Borik.

»Hauptfr.:«, las Fjodor laut. »Wie stehen Sie zu den Anordnungen des Ministers Kaftanow über die Entlassung von Wissenschaftlern, Doktoren, Kandidaten und Professoren? Stimmt es, daß etwa dreitausend entlassen worden sind? Wer hat Ihnen das gesagt? Haben Sie versucht, sie zu zählen? Wirklich dreitausend? Ist das nicht zu hart?

»Ein interessantes Papier«, sagte er und wendete es um.

»Lesen Sie es aufmerksam, wenn Sie es so interessant finden«, sagte Onkelchen Borik.

Fjodor Iwanowitsch las weiter: »Hauptfr.: Ist Ihnen bekannt, daß Gen. Stalin sich für die biologischen Wissenschaften interessiert? Zusatzfr.: Wie stehen Sie dazu, daß das Referat nach Billigung durch Gen. Stalin auf der Tagung verlesen wurde? Viele finden es unfair, mit solch einer Rükkendeckung über die Gegner herzufallen. Wie ist Ihre Meinung? Zusatzfr.: Stimmt es, daß Gen. Stalin das Referat des Gen. Lyssenko persönlich gelesen und gebilligt hat? Zusatzfr.: Stimmt es, daß Gen. St. auf Empfehlungen von Lyssenko und Rjadno persönlich verfügt hat, fast dreißig neue Mitglieder ohne Wahl in die Akademie der Landwirtschaftswissenschaften aufzunehmen? Wie stehen Sie dazu, daß keine Wahl stattfand? Ist das keine Verletzung des Status der Akademie? Hauptfr.: Was bezweckten Sie mit den Fragen, die Sie der Studentin J. Babitsch bei der Zwischenprüfung gestellt haben? Sie fragten, zu welcher Schlußfolgerung das Experiment geführt habe. Und zu welcher Schlußfolgerung hat es Ihrer M. n. geführt? Wenn Sie es wußten, warum haben Sie die Frage dann gestellt? Warum haben Sie der

Studentin nicht alles vom Standpunkt Mitschurins erklärt? Sie kennen doch die Ansichten von Akademiemitglied Rjadno zu diesen Problemen?«

»Eine Falle für irgendwen«, sagte Fjodor.

»Es ist bekannt, für wen . . .«

»Na, wenn es so ist, dann können wir ja weiteressen.«

Als sie ihren Gulasch gegessen und jeder ein Glas trüben Kissels getrunken hatten, gingen sie ins Freie und setzten sich unweit des Speiseraums auf eine Bank, auf dieselbe Bank, wo Fjodor seinerzeit mit Lena die ersten Worte über das Flugzeug und das Katapultieren gewechselt hatte, die für beide später so bedeutungsvoll werden sollten. Genau hier hatte er gesessen und den Käfer in der Hand gehalten.

»Soll ich reden?« fragte Onkelchen Borik. Die Schirmmütze auf dem spitzen Knie, den Oberkörper seinem Gesprächspartner halb zugewandt, saß er da, rauchte und kaute den Rauch mit den roten Falten seines Mundes. »Wie ich sehe, sind Sie überhaupt nicht beunruhigt.«

»Reden Sie«, Fjodor setzte sich bequemer hin, wie immer, wenn er sich auf einen Schlag gefaßt machte.

»Also gut, Lehrer . . .« Onkelchen Borik neigte den Kopf zur Seite und fing an: »Gefällt Ihnen der Text? Interessant, nicht wahr?«

»Das kann man nicht gerade sagen . . .«

»Dann hören Sie mal gut zu, was ich Ihnen zu erzählen habe. Hören Sie gut zu, weil von Ihnen eine Reaktion erwartet wird. Erinnern Sie sich, wie Sie im vergangenen Jahr zu mir kamen, um sich zu verabschieden? Onkelchen Borik saß am Tisch und war ganz krank, er hatte gerade den Tag des Mechanisators. Den kleinen Tag . . .«

»Gibt es auch noch große?«

»O-o-oh. Vorgestern hatte Onkelchen Borik einen Tsunami. Aber das ist unwichtig. Was habe ich Ihnen damals, vergangenes Jahr, gesagt? Ich wollte Ihnen etwas mitteilen, bat Sie jedoch, in drei Tagen wiederzukommen, weil ich es angeblich vergessen hatte. Ich habe Sie damals belogen, ich hatte es nicht vergessen. Es war bloß nicht der passende Moment – in meinem Zustand. Auch hatte ich Angst – wie Judas. Und da sagten Sie: Ich fahre nach Moskau. Und ich . . .

Haben Sie nicht gemerkt, wie erleichtert ich war? Mir fiel regelrecht ein Stein vom Herzen, als ich das hörte.«

Onkelchen Borik hüllte sich in eine Rauchwolke, wedelte den Rauch mit der Hand weg und blickte Fjodor finster, sogar mit einem Anflug von Verzweiflung an.

»Ich dachte doch, Sie seien abgefahren. Und dann sah ich meinen Lehrer plötzlich den Pfad entlanglaufen. Ich sah, wie er mit diesem ... mit dem Akademiemitglied ankommt. Sie hatten doch unsere Abteilung besucht. Verdammt noch mal, dachte ich, das fehlte noch. Ich war nicht gerade froh darüber. Nein, ganz und gar nicht. Hab vor Kummer sogar getrunken.«

»Sie mögen mich nicht?«

»Aber Lehrer ... Ganz im Gegenteil – Onkelchen Borik mag Sie sogar sehr. Und zu all den Ungereimtheiten ist es bloß deshalb gekommen, weil ihnen noch ein Ereignis vorausgegangen war. Und dem wiederum ein anderes Ereignis, Fjodor Iwanowitsch, schon zu der Zeit, als man mich das erste Mal hinbestellte und zur Erholung dabehielt. Sie müssen sich doch daran erinnern. Sagen Sie, haben Sie nicht gemerkt, daß ich Ihnen nach meinem Aufenthalt im Knast aus dem Wege gegangen bin? Sie wissen nicht alles, damals, während meines dreimonatigen Sanatoriumsaufenthalts, hat man sich am wenigsten mit mir befaßt. Für Sie hat man sich interessiert. Über Sie hat man mich die ganze Zeit ausgequetscht. Über Sie gab es bereits eine Akte, ich habe sie selbst gesehen. Daß Sie sich freiwillig gestellt haben, hatte seine Wirkung. Wenn auch eine unerwünschte. Doch bevor sie mich laufen ließen, haben sie mir tüchtig zugesetzt, mich bearbeitet. Ich sollte mich bereiterklären, ihnen ab und zu etwas mitzuteilen. Sie nutzten meine ... Ich bin doch ein Feigling!«

»Sie sind also deren ...«

»Nein. Onkelchen Borik ist bei ihnen als Quartalssäufer registriert. Ein besonders wertvoller Kader also. Gerade damals hab ich doch erst richtig losgelegt und mich dem Suff ergeben. Die Tage des Mechanisators begannen. Dann kamen Sie mit der Revision. Und plötzlich wurde ich vorgeladen. Das war nach der Versammlung, wo man Iwan Iljitsch ... Ich habe absichtlich viel getrunken, damit ich nach Wodka und Zwiebeln stank, und ging hin. Denen aber war das – daß ich getrunken hatte – nur recht. Sie befahlen mir, Sie, Lehrer, ins ›Saretschje‹ einzuladen und bei einem Gläschen mit Ihnen über Verschiedenes zu reden. Auch den Fragebogen sollte ich abschreiben und auswendig lernen. Von dem, was auf diesem Wisch steht, ging es dort nur um die Anweisungen von Kaftanow. Und um Stalin. Vor allem aber um allgemeine Politik. Und bei dieser Beschäftigung haben Sie mich damals überrascht. Ich hatte gerade einen außerplanmäßigen Tag des Mechanisators. Ich sitze also da und zermartere mir das Gehirn, was ich machen soll. Und da sagt der Gute zu mir: ›Auf Wiedersehen, Onkelchen Borik, ich fahre weg!‹ Fahr nur, fahr, mein Lieber, mach dich aus dem Staube, geh allen Unannehmlichkeiten aus dem Weg.«

Onkelchen Borik machte einen Lungenzug und blickte gedankenverloren in die Ferne.

»Spannen Sie mich nicht auf die Folter, Onkelchen Borik. Konnten Sie die abwimmeln?«

»Sie haben mich wieder hinbestellt, Lehrer. Vor vier Tagen. Haben an den Fragebogen erinnert.«

»Also worum geht es? Ich bin auf alles gefaßt.«

»Ich wollte gar nicht deshalb ... Ich hab nicht die Absicht, Sie ins ›Saretschje‹ einzuladen. Um nichts in der Welt. Ich wollte den Lehrer bloß informieren, damit er auf der Hut ist. Weil Onkelchen Borik morgen schon weit weg sein wird. ›In fernem Land, unnahbar euren Schritten‹,« zitierte er leise und selig lächelnd eine Zeile aus »Lohengrin«, wobei er Fjodor die Hand auf die Schulter legte und ihm in die Augen sah. »Bin bloß gekommen, um mich zu verabschieden. Komm, mein Lieber, laß dich küssen.«

Und seine feuchten roten Lippen saugten sich an der Wange des Lehrers fest.

»Nein, wirklich«, sagte Boris Nikolajewitsch plötzlich ernüchtert. »Diese ganze dumme Sache hängt mir zum Halse raus. Ich hab beschlossen, mich in die Büsche zu schlagen. Ich sage Ihnen, Lehrer, ich würde es auch ohne Kur schaffen, könnte von selber ... Der moralische Stimulus hat gewirkt.«

»Werden Sie lange wegbleiben?«

»Ich denke, mindestens einen Monat.«

Am nächsten Morgen brachte der Institutsbus Boris Nikolajewitsch tatsächlich ins Krankenhaus.

2

Der Sommer im Universitäts- und Institutsstädtchen ist gewöhnlich uninteressant: Monotone Hitze und Staub oder genauso monotoner Regen und Schlamm. Das Flimmern der heißen Julitage erinnert an das Flattern einer verschlossenen Baumwollgardine im offenen Fenster, die Tage verfliegen nutzlos, und ein eigentümlicher Verdruß, ein Sommerverdruß, kommt auf. Doch das trifft nur auf jene zu, die nicht in Eile sind und keine unbezahlten Schulden haben.

Die Zeit der Prüfungen war vorbei, das Institut lag verlassen. Obwohl es erst Mitte Juni war, hatte die sommerliche Öde schon im Institutsstädtchen Einzug gehalten und alle Winkel ausgefüllt. Ein offenes Fenster klappte, der Wind trieb ein Stück Papier mit der Überschrift »Vorlesungsplan« den asphaltierten Weg entlang. Aus dem Schuppen kam Tante Poljas Schwein getrottet, warf sich ächzend zu Boden und streckte sich im Schatten neben der Vortreppe aus. Stille, Hitze und Reglosigkeit hatten alles gefesselt.

Fjodor ging morgens, wenn es noch kühl war, aus dem Haus, um im Park zu laufen. Das machte er jetzt täglich. Wenn er, leicht hinkend, einen Kilometer im Trab zurückgelegt hatte und ein Brennen in der Brust verspürte, dort wo er zwischen den Brustwarzen eine Vertiefung, so groß wie eine Frauenfaust, hatte, ein Andenken an den Krieg, verlangsamte er den Schritt und ging so lange, bis sich sein Herz beruhigt hatte und er mit dem ganzen Körper wieder den Wunsch verspürte zu laufen. Dann trabte er weiter. Er wollte sich von seiner hartnäckigen Kriegsverwundung befreien. Die Zellen in der erwachenden Knospe des Baums teilten sich beharrlich weiter, und der Vogel sammelte, seinen unverständlichen Regungen folgend, beharrlich weiter Grashalme. Die Regungen waren tatsächlich unverständlich. Was tue ich? fragte sich Fjodor manchmal im stillen. Und gab sich die verschwommene, jedoch sein Vorhaben bestärkende Antwort: Du kannst es vielleicht noch mal brauchen.

Beim dritten Kilometer kam er ein wenig ins Schwitzen, und zugleich stürmten alle möglichen Gedanken auf ihn ein. Der Auftrag, mit ihm über Themen zu sprechen, zu denen seine Zeitgenossen eine klare und eindeutige Meinung haben sollten, dieser von Onkelchen Borik so glänzend vereitelte Auftrag war ein ernstzunehmendes Zeichen. Er glaubte bereits das ferne Getrappel der beginnenden Verfolgungsjagd zu hören, was ihn veranlaßte, die Kilometerzahl seiner Läufe zu erhöhen, seinen Atem zu kontrollieren, sich in entlegenen Winkeln des Parks aufs Gras zu werfen, Liegestütze zu machen und zu zählen, wie oft seine Brust das Gras berührte.

Manchmal, wenn er mit langen, weichen und wie verzögerten Sprüngen im Morgenschatten die Allee entlanglief, überholte er das Ehepaar Wonljarljarski und verbeugte sich im Vorbeilaufen. Er merkte, daß Stefan Ignatjewitsch, statt seinen Gruß zu erwidern, den Kopf nur noch höher reckte und noch hochmütiger die Mundwinkel senkte. Ein sonderbarer Alter! Als Kassian Damianowitsch das letzte Mal hier war, hatte Wonljarljarski dem berühmten und unnahbaren Gelehrten im Duschraum den knochigen Rücken schrubben dürfen, was sofort alle erfuhren, und zwar nicht etwa aus dem Munde von Akademiemitglied Rjadno: der war gleich nach dem Duschen von einem Auto abgeholt worden und weggefahren. Wonljarljarski selbst ließ des öfteren an verschiedenen Orten ein seltsames Fremdwort fallen, aufgrund dessen die Nachricht, daß er dem Akademiemitglied den Rücken geschrubbt habe, sonderbarerweise bei allen haften blieb. Die Tatsache, daß Wonljarljarski ihm den Rücken hatte waschen dürfen, wurde immer nur wie nebenbei erwähnt. Als das Wichtigste wurde jedesmal die Entdeckung hingestellt, daß das Akademiemitglied eine richtige *gutturale* Stimme habe. Es genügte, ihm mit einem harten Bastwisch kräftig die Wirbel entlangzufahren, und der Liebhaber der gutturalen Stimmlage kam voll auf seine Kosten. Wonljarljarskis feines Lächeln besagte, daß selbst dort, zwischen Wasserspritzern und Schaum, wo der stämmige Bauer, das Akademiemitglied, frechen Blicken seine welke Nacktheit darbot, der intelligente Wissenschaftler in ihm seine stolze Überlegenheit wahrte und seine Beobachtungen fortsetzte. Die Tatsache aber, daß Wonljarljarski die Begebenheit im Duschraum vielen Leuten und zwar nicht nur einmal erzählte, diese Tatsache bestätigte, daß das Akademiemitglied recht gehabt hatte mit seiner Prophezeiung, dieser »Arschkriecher« würde ihm, wenn auch schnaubend, eines Tages den Rücken schrubben. Und es obendrein allen erzählen.

Daß Wonljarljarski im Park Fjodors Gruß nicht erwiderte, war sonderbar. Als Fjodor merkte, daß das kein Zufall war, blieb er am nächsten Morgen vor Wonljarljarski stehen und streckte ihm ehrerbietig die Hand hin. Madame Wonljarljarskaja reichte ihm ihr langfingriges schmales Pfötchen mit dem kleinen Ring, Stefan Ignatjewitsch aber verweigerte ihm seine Hand.

»Ich werde Ihnen nicht die Hand geben, Deshkin!« schrie er, sich windend und Fjodor, der ihn aufmerksam musterte, anstarrend. »Ich werde es nicht tun!«

»Aber gestern im Labor haben Sie mir doch die Hand gegeben. Und sogar mit mir gesprochen.«

»Ich bin nur ein kleines Licht«, sagte Wonljarljarski zitternd und auf der Stelle trippelnd. »Zu Zeiten, da gigantische Granitfelsen in Bewegung geraten . . . Wenn eine hundert Meter hohe Woge die Stadt überrollt und hinwegspült . . . Ich bin nicht dafür geschaffen, mich gegen Übermächtiges aufzulehnen. Der Fels erbebt, und ich bebe mit ihm. Ich werde auch morgen im Labor mit Ihnen sprechen. Und Ihnen die Hand geben. In der Öffentlichkeit bin ich nicht ich selbst. Aber jetzt wissen Sie, was mein Handgeben bedeutet. Sie wissen, wie ich mich demjenigen gegenüber verhalte, der . . . Sie sind ein richtiger Torquemada! Ein blutrünstiger Mönch! Genauso habe ich ihn mir immer vorgestellt. Intelligent! Klug! Und vor allem – sein Blick, sein Lächeln. Die Menschen haben unterschiedliche Normen. Ist einer ein Schurke, hat er auch einen entsprechenden Blick. Ein anständiger Mensch hat einen anderen. Der Blick eines

Torquemada aber ist wie ein Licht in der Steppe, es lockt alle an. Und alle fliegen darauf. Der Professor. Der Stolz des Lehrstuhls. Das Mädchen, schön und klug. Der Stolz der Fakultät. Der Torquemada aber bringt sie alle auf den Scheiterhaufen. Übrigens ist das die Meinung des ganzen Kollektivs.«

»Aber Sie haben doch selbst . . .«, schrie Fjodor außer sich, mäßigte sich jedoch gleich wieder und flüsterte erregt: »Wer hat Sie damals auf der Versammlung gezwungen zu sprechen? Sie sind ans Rednerpult gegangen. Konnten es gar nicht erwarten, sich loszusagen! Von dem Professor, dem Stolz des Kollektivs!«

»Ich sagte schon, ich bin nur ein kleines Licht. Verstehen Sie? Ein ganz klei-eines! So klei-ein, daß man mich kaum sieht. Sie, Sie haben mich eingeschüchtert. Das war wie eine Kettenreaktion, die von Ihnen ausging.«

»Nein, nicht von mir. Wer hat sich denn erboten, dem Alten den Rücken zu schrubben? Hat der Torquemada Sie etwa dazu gezwungen? Die Angst um Ihre eigene Haut war es. Heute schrubbe ich ihm den Rücken, und morgen lasse ich vorsichtig durchblicken, daß er eine gutturale Stimme hat. Damit sie Angst vor mir haben.«

»Er hat doch . . . Er selbst war es! Er hat eine Kopfbewegung gemacht, und ich . . . und meine Beine liefen von selbst los . . . Was blieb mir übrig? Mir schien, als fixiere man mich aus dem Präsidium, und so ging ich nach vorn. Waritschew hat mich doch tatsächlich angeguckt. Und ich hab mich treiben lassen wie ein Holzspan auf dem Wasser. Aber Sie! Sie-ie! Sie können sich doch wie ein Me-e-ensch verhalten«, meinte er und fuchtelte mit seiner mageren, wie Perlmutt schimmernden Hand vor Fjodors Gesicht herum.

Der kleine alte Mann schrie in einem hysterischen Anfall alles heraus, was ihn seit langem quälte. Seine Frau faßte ihn am Ellbogen und zerrte an seiner blauen Trainingsjacke.

»Laß mich los!« krächzte er heiser, weil ihm plötzlich die Stimme versagte, und griff sich an den Hals. »Er hat uns sowieso alle längst durchschaut!«

Der unbewegliche und lautlose Sommer, der sofort an

Kraft gewann und das Leben verlangsamte, hielt in seiner Langeweile also hochexplosive Überraschungen bereit.

Eine Frucht, die unbemerkt seit dem Frühjahr herangereift war, fiel überreif vom Baum und zerplatzte an einem Sonntag Mitte Juli. An diesem Tag verabschiedete sich das Institut für immer von Krasnow.

Zu diesem Zeitpunkt hatte Fjodor sein tägliches Laufpensum bereits auf zehn bis zwölf Kilometer gesteigert, die er in jeweils zwei Kilometer lange Strecken einteilte. Hinzu kamen noch mindestens sechs Kilometer schnellen Gehens, bei dem er sich zwischen den Läufen erholte. Da die Distanz ständig größer wurde, trabte er jetzt zunächst die Hauptallee entlang durch den ganzen Park, umrundete dann die hinteren Wirtschaftsgebäude der Lehrgärtnerei und lief weiter in eine abgelegene Gegend, in einen von tiefen Gräben durchzogenen ehemaligen Torfbruch. Diese von den Vögeln verlassene und mit sterbenden stummen Kiefern bestandene Gegend wurde immer verwilderter, je tiefer der Läufer in sie eindrang. Stärker wurde der angenehme, leicht chemische Geruch des Schierlings, der einen wie eine Schlange umwand und Kopfschmerzen verursachte. Die duftenden, mit kleinen blassen Blüten übersäten Stauden reichten Fjodor bis an die Brust und waren so dicht, daß sie die gefährlichen tiefen Gräben völlig verdeckten. Der Schierling stand wie ein Wächter am Eingang zu dem beerenreichen sumpfigen Wald, in den Menschen, denen Kopfschmerzen fremd waren, Blaubeeren sammeln gingen. Als Fjodor das erste Mal in diese Wildnis eindrang, sah er zufällig durch eine lichte Stelle zwischen den Stauden dorthin, wo sich ein Graben vermuten ließ. Der Blick des Schicksals traf ihn, stumpf wie der eines Krokodils, undurchdringlich, lauernd. Der Duft des Schierlings wurde stärker, schwerer, verschmolz mit der in den Gräben lauernden Ungewißheit. Fjodor machte kehrt und lief, vor den bewaffneten Kräften der Natur kapitulierend, zurück. Später drang er nie mehr so weit in diese Wildnis ein.

Als er an jenem Sonntag frühmorgens in den Park hinauslief, beschloß er, seine Tagesnorm um weitere zwei Kilometer zu erhöhen und somit an einem Tag allein im Trab vierzehn Kilometer zurückzulegen. Seit einiger Zeit fiel ihm das Laufen ebenso leicht wie das Gehen. Nur seine Kriegsverwundung machte ihm immer noch zu schaffen, und er mußte rechtzeitig das Tempo mäßigen, bevor der Schmerz hinter dem Brustbein einsetzte.

Nachdem er die ganze Erste Längsallee entlanggelaufen war, ging er neben dem Maschendraht her, der die hinteren Wirtschaftsgebäude der Lehrgärtnerei umgab. Dann lief er wieder zwei Kilometer und ging wieder, jetzt durch den Torfbruch, an einem tiefen Graben entlang. Hier überholte er ein paar Frauen, Arbeiterinnen aus der Lehrgärtnerei, und winkte ihnen zu. Jede hatte einen Eimer in der Hand, einzeln oder zu zweit zogen sie alle in eine Richtung – in die Blaubeeren. Dann trug der Wind die ersten Düfte der Schierlingsstauden herüber, die in der Ferne den Weg versperrten. Das war wie eine Warnung. Und da sah man auch schon die Stauden. Der Geruch verstärkte sich, erinnerte an eine chemische Essenz. Fjodor blieb stehen und kehrte um. Und das zur rechten Zeit, denn bei jedem Schritt verspürte er bereits einen dumpfen Schmerz im Kopf, und er konnte nicht mehr schnell laufen. Seine Schritte wurden von selbst behutsam und vorsichtig. Nachdem er so zwei Kilometer gegangen war, bog er zu dem Loch im Maschendraht ab, hinter dem die Getreideparzellen der Lehrgärtnerei lagen. Er kroch durch das Loch und blieb zwischen den Parzellen stehen, ringsum von mannshohen dichten Weizenhalmen verdeckt, die sich bereits gelb färbten. Ihm fiel etwas ein, und er schlenderte zwischen Weizen, Roggen und Gerste entlang, bis er auf einen länglichen kleinen Ackerstreifen traf. In diesem Jahr wucherte hier nur Unkraut. Shenja Babitsch und ihre Freundin hatten offenbar Angst gekriegt und beschlossen, nicht weiter zu experimentieren und den im Spätherbst ausgesäten Weizen nicht zu bestäuben. Fjodor stand eine Weile vor der Parzelle wie vor einem Grab. Den Kopf wiegend, ging er weiter, seine Beine trugen ihn von selbst zu den Scheunen. Plötzlich erregte etwas seine Aufmerksamkeit, er ging zwischen den Scheunen entlang und stieß dicht am Maschendraht auf ein dreieckiges, sauber bearbeitetes Stück Boden. Hier wiegten sich fünf oder sechs einsame

Weizenhalme mit leichten Papiertütchen auf den Ähren. Jeder Halm war an einer in die Erde gesteckten Gerte festgebunden. Fjodor strahlte, als er die Tütchen sah. Er wußte: das war Shenja Babitschs Werk. Heimlich versuchte sie dennoch, der Wahrheit auf die Spur zu kommen. Wieder mußte Fjodor an seine Jugendzeit denken. Richtig handelst du, Shenja Babitsch, dachte er. Du bist wie Kopernikus. Gib nicht auf, laß dich nicht unterkriegen. Verschwiegenheit ist jedoch hier am Platze. Alle möglichen Krasnows und Schamkowas schleichen um uns herum.

So dachte er lächelnd, als er plötzlich die Besitzerin der Parzelle erspähte, genauer gesagt, einen Teil ihres Kopfes mit dem dicken Zopf. Shenja Babitsch hockte hinter der Scheune, versteckt hinter einer senkrecht stehenden Schubkarre, an die sie sich klammerte. Fjodor lächelte noch fröhlicher und ging zu ihr. Shenja ließ die Schubkarre los und erhob sich mit abgewandtem Blick.

»Keine Angst, ich verrate Sie nicht«, sagte er lächelnd, aber entschieden. »Unter einer Bedingung: Sie dürfen keinem erzählen, daß ich Sie auf Ihrer illegalen Parzelle gesehen, es aber nicht gemeldet habe.«

Er machte kehrt und verschwand im dichten Weizenfeld, tauchte in die Düfte der Felder ein.

Gerade wollte er in den schattigen Park gehen, als er hinter dem Maschendraht in der Ferne zwischen spärlichen, kümmerlichen Kiefern eine hoch aufgeschossene Gestalt sah, die in müdem ungleichmäßigen Trab angelaufen kam. Beunruhigt kroch Fjodor durch das Loch, und als der Läufer ihn sah, hob er die Hand, stolperte und wäre beinahe hingefallen. Es war Boris Porai. Er war schon wieder aus seinem »fernen Land« zurückgekehrt. Die Hand hebend und wieder senkend, sagte er etwas, wahrscheinlich versuchte er zu schreien, was ihm jedoch nicht gelang. Fjodor lief ihm entgegen.

»Lehrer! Schnell, einen Strick«, hörte er schließlich. »Einen Strick! Schnell!!! Da ist ein Mensch. Krasnow glaube ich. Im Graben.«

»Ruhen Sie sich aus. Setzen Sie sich hin. Ich werde selber . . .«

Fjodor kroch durch das Loch im Maschendraht und rannte zur Finnhütte.

Er erinnerte sich, daß dort in der Abstellkammer immer eine hohe unerschöpfliche Bucht dicken Baumwollstricks lag. Er holte vom Wächter den Schlüssel, öffnete die Hütte und riß das Vorhängeschloß von der Sperrholztür der Abstellkammer. Dann wickelte er zwei Dutzend Windungen von der Bucht ab, schlug den Strick mit einem Beil durch, legte ihn sich wie ein Kummet um den Hals und lief zurück. Plötzlich stand Shenja vor ihm und wollte mit ihm gehen. Doch Fjodor flüsterte ihr zu: »Da ist Krasnow, Krasnow ist da, machen Sie sich lieber aus dem Staube.« Und sie blieb wortlos zurück und verschwand zwischen den Scheunen.

Schwer atmend und fortwährend stolpernd, bahnten sich die beiden Männer einen Weg durch die stark riechenden Stauden.

»Wissen Sie, Lehrer, ich komme da aus den Blaubeeren . . .«, begann Boris Nikolajewitsch, ächzend und nach Luft japsend, zu erzählen. »Ich war in diesem Jahr das erste Mal Blaubeeren sammeln. Plötzlich kommen mir Frauen entgegengelaufen. Sie schreien was. Von einem Korb. Als erstes sah ich dann auch den Korb schwimmen. Dann eine Spur auf dem Wasser. Mitten im Moder. Er schwamm also . . .«

Schließlich sagte Onkelchen Borik: »Hier!«, setzte sich auf den Boden und zeigte immer wieder ins Schierlingsdikkicht. Von dem penetranten Geruch die Nase rümpfend und bemüht, nicht tief zu atmen, schob Fjodor die mit kleinen Blüten übersäten Stauden, die geschmeidigen Schierlingsstengel, auseinander, und plötzlich starrte ihn das tiefe dunkle Auge eines Grabens an. Dort im Halbdunkel zitterte Wasser, schwarz wie Kaffee, schwammen Fladen grünen Moders. Und fast zu Fjodors Füßen schimmerte bleich ein gelichteter Kopf, an dem schüttere nasse Haarsträhnen klebten.

Fjodor schlang das eine Ende des Stricks um eine schiefe Birke in der Nähe, zog die Schlinge fest, warf das andere Ende in den Graben und stieg, sich an dem Strick festhaltend, in das stehende warme Wasser. Aber das Wasser war nur an der Oberfläche warm. Die Beine waren sofort wie von eisernen Zangen umklammert. Krasnow stand wie erstarrt in dieser Umklammerung, den Mund halb geöffnet, den Rükken an das unterspülte Ufer gelehnt. Sein Kopf war zur Seite gefallen, die Augen waren nach oben unter die Lider gerollt. Ein paar herunterhängende Stengel waren durch ein Knopfloch seiner Kordjacke gezogen und hielten den Körper aufrecht. Fjodor band Krasnow den Strick unter den Achselhöhlen fest, verknotete ihn und kletterte ans Ufer. Dann hievten Boris Nikolajewitsch und er den schweren Körper aus dem Wasser und zogen ihn durch den Schierling. Stöhnend vor Kopfschmerzen, plagten sie sich lange ab, bis sie endlich festen Boden unter den Füßen hatten, ein spärlich mit Sauerampfer und Schachtelhalm bewachsenes Torffeld. Hier ließen sie Krasnow liegen und sanken selbst, keuchend und spuckend, zu Boden.

Fjodor nahm Krasnows schweren, wie eine Wurst federnden Arm und tastete am Handgelenk nach dem Puls. Dabei begegnete er Boris Nikolajewitschs Blick und sie sahen einander lange an.

»Und?« fragte Onkelchen Borik flüsternd und beugte sich vor.

»Ich glaube, es ist zu spät.«

»Ich hätte ihn auch nicht rausgezogen.«

»Pst! Der Puls scheint doch noch zu schlagen. Ja, ja! Los, wir müssen ihn ausziehen«, befahl Fjodor. Und in dem Moment erblickte er auf dem gedunsenen bleichen Arm mit Tintenstift geschriebene Buchstaben: »Der alte Shukow ist schuld.«

Auch Onkelchen Borik sah das. Er riß die Augen auf.

»Schweinehund . . . Selbst im Verrecken denunziert er noch.«

»Jetzt wird er den alten Shukow nicht mehr aus den Klauen lassen. Boris Nikolajewitsch, ziehen Sie ihn aus, ich laufe los und rufe die Schnelle Medizinische Hilfe. Und bringe Azeton mit, um die Schrift abzuwaschen.«

Nach etwa zwanzig Minuten kam Fjodor zurück. Krasnow lag ohne Schuhe und ohne Jacke da. Seine blaßblauen Augen waren schon wieder in die normale Lage zurückgekehrt und blickten, von den Lidern halb verdeckt, trübe in den Himmel. Von Zeit zu Zeit atmete er flach. Fjodor zeigte Onkelchen Borik ein Fläschchen mit einer durchsichtigen Flüssigkeit, träufelte ein paar Tropfen davon auf ein Taschentuch und säuberte den schweren Arm des Bergsteigers.

»Wonach riecht das?« fragte Boris Nikolajewitsch. »Das ist doch kein Azeton.«

»Xylol ist das. Die Laborantinnen haben es rausgerückt. Für so einen Scheißkerl muß man Mangelware vergeuden. Aber damit geht es gut ab. Morgen im Krankenhaus muß man diesen Idioten warnen. Daß er den alten Shukow in Ruhe läßt. Bleiben Sie jetzt bei ihm, ich gehe der Schnellen Hilfe entgegen.«

Am Montag kam Onkelchen Borik in die Lehrgärtnerei, auf die Parzelle, wo der Laborleiter mit dem aufgeschlagenen Tagebuch in der Hand zwischen den Kartoffelstauden stand. Fjodor sah ihn aufmerksam an.

»Waren Sie im Krankenhaus?«

»Komme gerade von dort. Er hängt am Tropf. Seine Sprache hat gelitten. Der Arzt meint, daß er etwa drei Monate liegen muß. Er lallt nur. Aber verstehen kann man ihn.«

»Haben Sie mit ihm gesprochen?«

»Ja, hab ich. Ich frage ihn, wie er in den Graben gefallen ist. Die Stange ist unter meinen Füßen weggerutscht, sagt er. Von allein? frag ich. Er sieht mich an. Versteht alles. Zuckt mit keiner Wimper. Natürlich von allein, sagt er. Ich habe meine Hand auf die seine gelegt und gesagt: So mußt du allen antworten. Und dabei habe ich mit dem Finger auf der kreuzförmigen Narbe an seiner Hand gekratzt.«

»Hat er es verstanden?«

»Er versteht alles, Lehrer. Das sagte mir sein Blick. Es ist also alles in Ordnung.«

Am Abend, als die blaue Dämmerung heraufzog und ein erkaltendes, seltsam glasiges Rot sich über dem Horizont ausbreitete, klopfte es bei Fjodor an die Tür. Er hatte sich gerade hingesetzt, um im Dunkeln Tee zu trinken und in Ruhe über das Geschehene nachzudenken. Mit dem Stuhl schurrend, stand er auf und öffnete die Tür – sie war nicht verschlossen. Im dunklen Flur stand ein mittelgroßer, stämmiger Mann und trat auf ihn zu. Bleich, mit lässig zur Seite gestrichenen schwarzen Haarsträhnen und einem schwarzen Schnauzbart. Fjodor erkannte Shukow den Älteren und wich unwillkürlich einen Schritt zurück wie ein Boxer, um mehr Bewegungsfreiheit zum Kampf zu haben.

»Was hast du?« fragte Shukow streng mit heiserer Stimme.

»Ich hab Angst, daß du mir wieder ein Veilchen verpaßt.«

»Keine Bange. Das ist vorbei.« Er trat ein und knallte eine Halbliterflasche Wodka auf den Tisch. »Hier wohnst du also, Deshkin. Na, gib mir schon die Pfote.« Er streckte ihm seine gewaltige Pranke hin. Lange hielt er Fjodors Hand fest. »Hast es mir krumm genommen, damals?«

»Wieso? Ich hab doch gewußt, daß du nicht mich meintest.«

»Ein Irrtum war es, ja, ein Irrtum. Wir machen das wieder gut, Deshkin.«

Sie setzten sich an den Tisch.

»Was hast du hier Schönes, Wurstscheiben? Laß mich einschenken. Dann läßt sich's besser reden.«

Er goß zwei Tassen voll. Sie tranken jeder einen Schluck.

»Wohnt hier noch jemand?« Shukow sah sich aufmerksam im dunklen Zimmer um. »Weißt du, warum ich hergekommen bin? Ich war es, der ihn . . .«

»Ich weiß.«

»Und ich weiß, daß du es weißt, Fjodor Iwanowitsch. Auch daß du die Schrift von seinem Arm abgewaschen hast, weiß ich. Danke. Ich hab ihn . . . Als ich hörte, daß er oft in die Blaubeeren geht, ist mir die Idee gekommen. Ich folgte ihm. Er merkt ja nichts. Weißt du, wie der durch den Wald stapft? Wie ein Urmensch, ein Bild für Götter: den Oberkörper vorgebeugt, die Brauen gerunzelt, herabhängende Arme, und immer ist er in Gedanken versunken. Gestern war ich ganz dicht hinter ihm. Er setzte gerade einen Fuß auf die Stange, um den Graben zu überqueren. Als er in der Mitte war, hab ich an der Stange gewackelt. Er hatte Angst, sich umzudrehen, dachte wohl, ihm sei vom Schierling schwindlig geworden. Das kommt ja vor. Er balancierte, ließ den

Korb fallen, fuchtelte mit den Armen. Und dann plumpste er runter. Ich legte die Stange wieder an ihren Platz und verzog mich. Als ich ein Stück weg war, hörte ich ihn schreien. Und schwimmen. Aber wie ein Dach breitet sich dort das Schierlingsdickicht über den Graben. Es ist ganz dunkel. Er plätscherte und plätscherte. Und schrie ab und zu. Nach etwa fünf Minuten ging ich zurück. Schob den Schierling auseinander, da war er. Sah mir in die Augen. ›Wie bist du da reingekommen?‹ fragte ich. Er: ›Hör zu, rette mich. Such eine Stange und gib sie mir. Ich weiß, ich hab dir übel mitgespielt. Verzeih.‹ – ›Was hast du denn verbrochen? Wieso meinst du, daß du mir übel mitgespielt hast?‹ – ›Ich hab mich abscheulich verhalten‹, sagte er. ›Du bist doch Sascha Shukows Vater? Ich weiß nicht, warum ich so . . .‹ Und er flennte los wie ein Weib. Ich sagte zu ihm: ›Du verdammtes Arschloch, du flennst jetzt bloß deshalb, gestehst bloß deshalb alles, weil du Hund weißt, daß ich über deine Gemeinheit genau im Bilde bin. Hättest du gewußt, daß ich keine Ahnung habe, und mir dann alles erzählt und geflennt, dann hätte ich dir vielleicht eine Stange gegeben. Hier liegt eine. Aber so tue ich es nicht.‹ Trinken wir noch einen, Deshkin. Einen kleinen. Leiste mir Gesellschaft.«

Sie tranken wieder, saßen, schnaufend und Wurst kauend, im Halbdunkel. Der Himmel war jetzt dunkelblau, die Abendröte erlosch und schimmerte nur noch schwach durch die aschgrauen Wolkenstreifen.

»Er streckte mir die Arme entgegen, fuchtelte wie wild, hatte Angst, daß ich weggehe. Ich sagte zu ihm: ›Du bist ein Tier, ein Wolf. Du hast spitze Ohren, deine Großmutter hat sich mit dem Satan eingelassen. Ein Mörder bist du, hast unseren Obus in den Tod geschickt. Du wußtest doch, daß er ein Magengeschwür hat. Er wird nie mehr wiederkommen. Antworte, hast du gewußt, daß er ein Magengeschwür hat?‹ – ›Ja, hab ich‹, antwortete er. – ›Hast du gesehen, daß er immer ein Fläschchen bei sich hatte und daraus trank?‹ – ›Ja, natürlich.‹ – ›Und du hast auch gewußt, daß er was Bedeutendes entdeckt hat?‹ – ›Na, was Bedeutendes nicht gerade. Aber ich hab es gewußt, natürlich hab ich's gewußt.‹ – ›Und warum bist du dann, wenn du es nicht für so bedeutend hieltest, in seinen Garten eingestiegen? Das Loch in der Hand haben sie dir doch dort im Garten verpaßt? Als ewiges Andenken.‹ – ›Ich hab es gewußt, hab alles gewußt, dumm war ich.‹ Und er flennte noch lauter und streckte mir die Arme entgegen. ›Wie bist du bloß zu uns geraten, du komischer Kerl? Du begreifst doch, was du angerichtet hast? Oder bist du wie'n Hund und kläffst den an, auf den man dich hetzt? Wenn von denen, die du auf dem Gewissen hast, nicht jemand geblieben ist und sich versteckt hat, wenn der nicht alles rettet, werdet ihr alle morgen ohne Kartoffeln dasitzen. Nichts zu fressen werdet Ihr Idioten haben. Kapierst du das wenigstens? Dabei nennst du dich noch Kim*. Warum hast du dir einen anderen Namen zugelegt? Antworte! Denkst du, ich weiß nichts von der Truhe? Warum also?‹ – ›Das war so eine Mode‹, antwortete er. Verstehst du, Fedja. ›Mode ist was für Klamotten‹ sag ich ihm. ›Oder für Haarfrisuren‹. – ›Aber das ist eine politische Mode‹, sagt er. ›Politik hättest du auch als Prochor machen können. Nein, das hast du getan, um über die Einfaltspinsel zu triumphieren, über jene, die nicht so schlau waren, ihren Namen abzulegen und auf den leiblichen Vater zu spucken. Du wolltest groß rauskommen. Aber als Kim mußt du den Mantel nach dem Winde hängen. Beschimpft man die Weismann-Anhänger, mußt auch du über sie herfallen. Ein Prochor hätte sich da raushalten können, hätte solche Gemeinheit nicht mitzumachen brauchen, ein Kim aber kann das nicht! Ein Kim muß mitschimpfen! Und zuschlagen! Und wie groß ist die Versuchung! Du schlägst zu, immer feste drauf, aber der Mensch hinterläßt doch Schätze, große Schätze! Er hat doch gearbeitet, für das Volk, hat etwas entdeckt. Das mußt du doch mitnehmen!‹«

Sie senkten die Köpfe und schwiegen lange.

»›Wo gibt es denn sowas, sich vom eigenen Vater loszusagen!‹« begann Shukow wieder. »›Was bist du für ein Mensch, wenn du nicht verstehst, was das ist – die Blutsbande zwischen Vater und Sohn! Das sagt dir ein Vater, der

* Namensbildung aus den ersten Buchstaben der russischen Worte Kommunistitscheski international molodjoshi (Kommunistische Internationale der Jugend)

Vater Saschkas, meines einzigen Jungen. Der nicht so einer ist wie du, der sich eher eine Hand abhacken ließe, als seinen Vater zu verraten. Mein Sohn! Mein Söh-öh-öhnchen!‹«

Mit eingezogener Unterlippe und zusammengekniffenen Augen schniefte Shukow plötzlich, räusperte sich, und wie ein dünner Faden entrang sich ihm ein klägliches Weinen, das unaufhörlich lauter wurde. Es war, als ströme das Herz des alten Mannes durch ein feines Kapillargefäß aus ihm heraus. Fjodor war vor Schreck wie erstarrt. Noch nie hatte er so ein bitteres Weinen gehört, noch nie solch einen Kummer gesehen. Als der dünne Faden des Weinens abriß, seufzte der Alte schwer, und bei jedem Seufzer stieß er mit der Brust gegen den Tisch. Er grämte sich zu Tode um seinen Sohn. Aber der Tod kam nicht.

»Fedja!« schrie er kopfschüttelnd und warf sich Fjodor an die Brust.

Dann verstummte er, und beide tranken sie gierig noch jeder eine halbe Tasse.

»›Wenn es einen Gott gibt ... Wenn es ihn gibt‹, sagte ich zu ihm«, wieder schluchzte der Alte an Fjodors Brust. »›Wenn es einen Gott gibt, dann muß er dich ... muß er dich strafen. Soll er dich durch meine Hand strafen. Wenn es aber keinen Gott gibt, dann muß das menschliche Gewissen deiner Gemeinheit ein Ende machen. Mit dem Gesetz kann man solchen wie dir noch nicht beikommen. Und wird es noch lange nicht können. Es trifft immer nur die Kleinen. Aber macht nichts, das Gewissen wird die Lücke schließen. Damit du Bescheid weißt, selbst wenn du aus dem Graben rauskriechst, eines Tages erwische ich dich doch. Und falls du mir zuvorkommst, tun es andere. Schlange stehen sie nach dir. Ich könnte dich jetzt erschlagen. Dir mit einem Pfahl über die Birne hauen. Ein passender Pfahl liegt hier. Aber ich überlaß dich deinem Schicksal. Holt dich jemand hier raus, mußt du ihm die Hände küssen. Aber denk dran, Krasnow, dann hält das Schicksal eine andre Strafe für dich bereit. Eine noch schlimmere. Auf daß du zehnmal verreckst und wiederauferstehst. Und erst dann ereilt dich das Schicksal, wenn du selber drum bettelst.‹«

Krasnow lag im Krankenhaus in einem Einzelzimmer, und aus dem Tropf, der neben seinem Bett an einem vernickelten Gestell hing, tropfte durch einen durchsichtigen Schlauch in seine Vene langsam eine wundertätige, gewöhnlichen Sterblichen unzugängliche ausländische Arznei, die Akademiemitglied Rjadno geschickt hatte. Tag und Nacht wachten am Bett des Kranken abwechselnd zwei betagte Pflegerinnen, beide ausgebildete Feldscherinnen, beide waren gegen gute Bezahlung von einer Dame engagiert worden, die anonym bleiben wollte. Dennoch war es Krasnow nicht beschieden, ans Institut zurückzukehren. Man erzählte sich, Akademiemitglied Rjadno habe zweimal im Krankenhaus angerufen und jedesmal eine halbe Stunde mit dem Chefarzt über Krasnows Genesungsaussichten gesprochen. Kassian Damianowitsch war ein Mann der Tat. Der Chefarzt versicherte, garantierte dem Akademiemitglied, daß Krasnow wieder auf die Beine komme und die Krankheit seine Talente nicht beeinträchtigen werde. Bald darauf wurde bekannt, daß der Kranke, sobald er transportfähig sei, in ein Moskauer Krankenhaus verlegt und dort von hervorragenden Spezialisten betreut werden sollte. Noch hatte er keinen Gehversuch gemacht, und der Sprachheilpädagoge brachte ihm gerade bei, die Worte »dreiunddreißig« und »Artillerieschußwechsel« deutlich auszusprechen, als bei den zuständigen Behörden bereits präzise Vorschläge betreffs Zuweisung einer geeigneten Stelle für ihn in Moskau vorlagen mit den entsprechenden, durch markante, schwungvolle Unterschriften der Vorgesetzten bestätigten Anordnungen. Entschieden war auch schon die Frage seines Nachfolgers am Institut – und nicht nur dort. Als Fjodor Mitte der ersten Juliwoche in Strigaljows Garten ging, um zu sehen, wie sich die Kartoffeln entwickelten, die dem Bodenfrost standgehalten hatten, und als er sich dem Brombeergestrüpp am Ende des Gartens näherte, sprang ein großes plumpes Wesen aus dem Gebüsch und lief, Zweige zerbrechend, davon, plumpste in einen mit dem Bach verbundenen Graben und schien dabei sogar zu fluchen. Dann watete es durchs Wasser und verstummte. Fjodor kümmerte sich nicht weiter darum, es würde schon seine Richtigkeit haben. Viel wichtiger war, daß der Garten wieder in frischem Grün leuchtete. Anstelle der abgemähten Triebe waren neue gesprossen. Und wieder war die neue Sorte gut getarnt. Nachdem sich der Doppelgänger des Dahlienbesitzers ordnungshalber im Steingarten die Dahlien angesehen hatte, kletterte er über den Zaun und wiederholte auf dem Heimweg mehrmals: »Drei und sieben.«

Jetzt, da das Unglück, das dem Bergsteiger widerfahren war, bereits der Vergangenheit angehörte, und die Hitze die Erinnerung an diesen Vorfall gleichsam verdrängte, stellte Fjodor ohne besondere Verwunderung fest, daß der Vorfall weder ihn noch Onkelchen Borik besonders überrascht hatte. Etwas Ähnliches hatten sie erwartet. Ja, es erschien ihnen ganz natürlich. Sweschnikow aber sagte bei einer zufälligen Begegnung sogar: »Sie hätten ihn besser nicht retten sollen!« Und fügte noch hinzu: »Die Tugend darf dem Schicksal nicht in die Quere kommen, wenn das Schicksal das Gesetz der Gerechtigkeit vollstreckt.« So klipp und klar hatte er sich ausgedrückt.

»Hatten wir das Recht, ihn nicht zu retten?« fragte Fjodor.

»Hatten Sie das Recht, ihn zu retten?« antwortete der Oberst mit einer Gegenfrage.

Dieses Gespräch fand an der steinernen Vortreppe statt, die zur Gästewohnung führte, unweit der Stelle, wo Tante Poljas Schwein, von der Hitze erschöpft, sich im Schatten sielte. Fjodor bemerkte als erster, daß das Schwein aufmerksam dem Gespräch der weisen Männer lauschte, und lächelnd machte er Sweschnikow darauf aufmerksam.

Kurzum, die Stille, Hitze und Langeweile des Junis hatten sich als trügerisch erwiesen. Der Juli aber, für an Dienstpläne gebundene Menschen eine Strafe Gottes, enthüllte Fjodor plötzlich eines jener großen Rätsel, durch die die Natur bisweilen manche allzu selbstsicheren Akademiemitglieder in die Schranken weist, die im voraus ihre Entdeckungen planen und sogar der Regierung versichern, die neue Sorte werde, sagen wir, in zwei Jahren fertig sein. Dieses Rätsel bestätigte auch die vorausschauende Weisheit Strigaljows.

Anfang der dritten Julidekade ging Fjodor am Sonnabend

gegen Abend zur Tumanowa, um nachzusehen, was aus den vor anderthalb Monaten bestäubten Contumax-Blüten geworden war. Die beiden alten Frauen holten die drei Töpfe mit den Pflanzen vom Balkon herein und stellten sie auf das runde Tischchen. Alle staunten, wie üppig sich die Stauden in einem Monat entwickelt hatten. Die Papiertüten waren in dem dunkelgrün glänzenden Laub kaum noch zu sehen.

Die Miene der Tumanowa verriet nicht, was sie von der Krankheit ihres »Blödians« hielt, und ob sie die Dame war, die seine Behandlung so gut organisiert und finanziert hatte.

»Was meinst du, Fedja«, fragte sie, nachdem sie die Pflanzen eine Weile betrachtet hatte, »haben unsere beiden Alten nicht eine Prämie verdient?«

»Ja, das haben sie«, pflichtete er ihr bei. »Eine erstklassige Pflege.«

Er löste den Draht und zog feierlich die beiden Tüten von der ersten Pflanze.

»U-u-u!« rief die Tumanowa enttäuscht, als hätte sie eine Niete in der Lotterie gezogen. »Pfui-ui!« Und ihr welkes müdes Gesicht verzog sich zu der komischen Grimasse, mit der sie ihre nüchterne Einstellung zu Mißerfolgen auszudrücken pflegte.

Unter den Papierhütchen waren nicht nur keine Blüten, selbst die Blütenstiele waren längst vertrocknet und abgefallen.

»Eure Arbeit ist ja eine einzige Enttäuschung«, sagte die Tumanowa mit gespielt bekümmerter Stimme. »Na los, Fedja, zieh die Dinger von der nächsten Staude ab.«

Er löste den Draht von der zweiten Pflanze und zog an dem Hütchen. Es saß ziemlich fest, dann gab es nach, und Fjodor brach vor Schreck der Schweiß aus: beinahe hätte er mit der schmalen Tüte eine Traube aus drei grünen Beeren abgerissen. Zum Glück saßen sie fest an den dicken starken Stielen. Die Beeren sahen kleinen grünen Tomaten ähnlich und schienen sehr schwer zu sein, verglichen mit den drei oder vier kümmerlichen Erbsen daneben, die sich aus unerklärlichem Grunde nicht weiterentwickelt hatten.

»Fedja. Sind das die Beeren?« fragte die Tumanowa leise.

»Ja, das sind sie«, antwortete er, schwer atmend und sich die Stirn wischend. »Oh, verdammt! Beinahe wäre ein Unglück geschehen. Wie konnte ich nur . . .«

»Was für ein Unglück, Fedja? Bloß das nicht«, trällerte die Tumanowa mit unbekümmert-kapriziöser Stimme.

»Du hast nichts verstanden. Das sind doch die Beeren! Mein Gott, Prokofjewna! So ein Erfolg! So ein Erfolg! Und was für eine Ungerechtigkeit. Iwan Iljitsch hat sein ganzes Leben dafür gearbeitet, ich aber habe gleich im ersten Jahr . . .«

»Die drei kleinen grünen Tomaten?«

»Sie enthalten doch Dutzende neuer Sorten, Antonina Prokofjewna! Ganze Felder neuer guter Speisekartoffeln. Denen weder Bodenfröste noch Krankheiten etwas anhaben können. Wir nehmen die Samen dieser Beeren, säen sie nächstes Jahr aus und erhalten Material für die künftige Arbeit mehrerer Forschungsinstitute. Das ist eine Weltsensation, Prokofjewna. Du wirst noch davon hören. Keinem Menschen auf der Welt ist das bisher gelungen, Iwan Iljitsch hatte unwahrscheinliches Glück.«

»Wieso Iwan Iljitsch? Du hast doch . . .«

»Was hab ich schon gemacht? Ich hab nur die Stauden bestäubt, hab die Arbeit eines Laboranten gemacht. Die Arbeit einer Biene. Das Problem war, die Wildpflanze auf die Bestäubung vorzubereiten, und das ist Iwan Iljitschs Verdienst. Das ist eine widerstandsfähige Wildkartoffel aus Südamerika. Nur wollte sie mit unserer Kartoffel keine Ehe eingehen. Auch zum Essen eignete sie sich nicht.«

»Ja, ja, davon hab ich gehört. Man hat es mir erzählt. Und das ist sie also?«

»Iwan Iljitsch hat daraus eine neue Pflanze gezüchtet.«

»Und hinter der ist Rjadno her?«

Fjodor, der gerade sehr behutsam die Tüten von der dritten Pflanze abnahm, überhörte ihre Frage und stutzte auch nicht, weil die Tumanowa sie nicht wiederholte. Er schüttelte aus den Papiertütchen vertrocknete Blüten und Stiele und empfand dabei nicht die leiseste Enttäuschung. Die Pflanze mit den drei Beeren hatte er so hingestellt, daß die Beeren gut zu sehen waren, und er blickte sie immer wieder an. Seine Gedanken schweiften in die ferne Zukunft, und er arbeitete bereits an einer neuen Sorte.

»Ein Wunder! Ein Rätsel!« sagte er, die Beeren aufmerksam betrachtend und die Blätter zur Seite biegend. Er spürte, wie nutzlos seine Blicke waren und daß die Stahltür, die eine ruhige Hand einen Spalt breit vor ihm geöffnet und sofort wieder geschlossen hatte, undurchdringlich war. »Eines der größten Rätsel! Und niemand wird es lösen können. Jedenfalls nicht in absehbarer Zeit. Sieh dir das mal an – drei Stauden ein und derselben Pflanze. An einer Staude sind drei Blütentrauben. Ich habe alle drei Stauden in deiner Gegenwart bestäubt, mit dem gleichen Pollen. Aber nur eine Traube hat gleich drei Beeren hervorgebracht. An den übrigen aber hat sich nichts entwickelt. Gerade davon hat Iwan Iljitsch gesprochen. Das ist genauso, als hätte man einen Safe geöffnet, ohne den Code zu kennen. Reine Glückssache. Man muß immer weiterforschen. Es kann also keine Rede sein von einem einfachen Aufbau, von »Körnchen« und »Fleischzellen«. Obwohl solche Gespräche Kassian und all denen, die sich von ihm blenden lassen, sehr gefallen.«

Wieder und wieder bog er die Blätter zur Seite und merkte nicht, daß diese behutsame Geste der Tumanowa jedesmal einen Stich versetzte und sie veranlaßte, hastig und viel zu rauchen.

»Und wann wird man die neue Sorte probieren können?« fragte sie. »Die beiden Alten wollen sie schließlich auch kosten.«

»Frühestens in zehn Jahren. Wenn alles gut geht. In diesem Jahr aber bewirte ich euch mit einer anderen Sorte, die bereits fertig ist. Auch eine Züchtung Iwan Iljitschs.«

»Ach, diese Schweinehunde. Diese Sch-scheusale.« Die Tumanowa verzog ihre geschminkten Lippen, runzelte bekümmert eine Augenbraue und schlug mit der Faust aufs Kissen. Dann langte sie nach einer neuen Zigarette. Wahrscheinlich hatte sie bei der Erwähnung Iwan Iljitschs an ihren »Blödian« gedacht. Als sie die Zigarette angezündet und sich etwas beruhigt hatte, rief sie eine der beiden Alten herein.

»Hast du die Arznei hingebracht?« fragte sie, ungeduldig über das Kissen streichend.

Die Alte nickte rasch und flüsterte ihr etwas ins Ohr.

Fjodor war immer noch in den Anblick der grünen Beeren versunken. Seine Unterlippe hing schwer herab, die graublauen Augen schimmerten wie herbstliches Flußwasser. Obwohl er vorhin große Worte über das sensationelle Ereignis in der Kartoffelzüchtung gemacht hatte, wurde ihm erst jetzt so richtig bewußt, daß sich in seinen Händen ein Produkt von weltweiter Bedeutung befand, und zugleich der wichtigste Beweis dafür, daß Iwan Iljitsch recht hatte. Man hätte natürlich noch viele andere ernsthafte und rein wissenschaftliche Argumente anführen können, ein ganzes Buch voller Beweise, doch selbst ein Buch, ein Sammelband mit unwiderlegbaren wissenschaftlichen Fakten, würde von der launischen, selbstsicheren und wenig gebildeten Obrigkeit nicht verstanden, die dazu neigte, immer gleich in lautes Geschrei auszubrechen und sofort irgendwelche Beschlüsse zu fassen. Von ihr aber hing das Schicksal Strigaljows und seiner Kartoffeln ab. Die »volkstümliche« Sprache von Akademiemitglied Rjadno war der Obrigkeit verständlicher, mit ihm war sie schnell einer Meinung und billigte alle seine irrsinnigen Projekte. Das Akademiemitglied hatte versprochen, eine neue Kartoffelsorte auf den Tisch der Werktätigen zu legen – eine großknollige, wohlschmeckende, weltberühmte Rekordsorte, die ohne Worte für die Sowjetmacht agitieren würde. Er verstand es meisterhaft, die Zukunft in den schönsten Farben auszumalen. Die zartbesaiteten intellektuellen Wissenschaftler aber hielten eine solche Schönfärberei im Gespräch mit ernsthaften Leuten für unzulässig und unmoralisch. Deshalb verfinsterte sich Fjodors Gesicht – er begriff jetzt, daß seine Artikel, die er für die ›Probleme der Botanik‹ geschrieben hatte, eine völlig neue Qualität gewannen. Sie würden nicht nur die eingeweihten, aber eingeschüchterten Wissenschaftler interessieren, deren Namen in den vorjährigen Anweisungen des Ministers Kaftanow erwähnt waren. Jetzt würden die Artikel auch den anderen verständlicher sein, deren Meinungen und Anordnungen maßgeblich waren. In den Artikeln konnte er aufzeigen, welche Perspektiven die praktische Anwendung der Arbeiten Iwan Iljitschs hatte. Ich werde gleich morgen statistische Unterlagen anfordern, um wenigstens ungefähr die Verluste durch Bodenfrost und Krautfäule im Gebiet errechnen zu können, beschloß er im stillen.

»Gehst du morgen zu ihm?« fragte die Tumanowa mit finsterer Miene und hastig rauchend die alte Frau, die gleich wieder etwas flüsterte. »Du bringst ihm, was wir besprochen haben. Frag, was er noch braucht.«

Fjodor hatte plötzlich das Gefühl, als bohre sich ein Nagel in die empfindlichste Stelle seiner Brust. Noch nie hatte sich die ferne Stimme so deutlich gemeldet wie in diesem Moment. In die Sprache der Wörter ließe sich dieser immer stärker werdende Schmerz etwa so übersetzen: Anfangs hat sie einfach an ihren »Blödian« gedacht, als von den Beeren und von Iwan Iljitsch die Rede war. Jetzt aber weiß sie selbst nicht, was ihr durch den Kopf geht. Sie ahnt es nur. Und deshalb ist sie plötzlich erblaßt und raucht so hastig.

Belustigt und zornig zugleich blickte er die Tumanowa an und fragte die beiden alten Frauen: »Ist der Sack heil?«

»Ja, natürlich, er ist unversehrt, liegt auf dem Balkon.«

»Holt ihn her. Und auch die Kiste, die ohne Boden.«

Die Tumanowa hätte jetzt verwundert fragen müssen, wozu er den Sack brauche und was das plötzlich solle. Doch sie hatte schon alles verstanden, mit versteinerter Miene saß sie da und rauchte, tief inhalierend.

»Vielen Dank euch allen«, sagte Fjodor mehrmals in unbekümmertem Ton und mit wachsender Gewißheit, während er die Töpfe mit den Pflanzen im Sack verstaute. »Jetzt werde ich das alles woandershin bringen. Jetzt beginnt eine neue Etappe.«

»Stehen die Pflanzen denn hier nicht gut?« fragte die Tumanowa mit vorgeschobenem Unterkiefer und gleichgültig den Rauch ausstoßend.

»Jetzt muß ich sie öfter kontrollieren«, log er. »Fünfmal am Tag.«

»Na, wie du willst«, wieder machte sie einen Lungenzug und blickte zur Seite. Dann fragte sie, ohne ihn anzusehen: »Nimmst du auch die Samen mit?«

»Wenn du gestattest, lasse ich die vorläufig noch bei dir.«

»Da tust du recht. Was soll ihnen auch passieren?«

»Und selbst wenn ihnen was passiert, ist es nicht schlimm. Ohne den Code sind sie wertlos. Null und nichtig. Der Code ist das A und O.«

Um die peinliche Situation zu überspielen, lud sie Fjodor zu einer Tasse Tee ein, und aus dem gleichen Grund nahm er die Einladung an. Sie tranken Tee, der Sack mit den Pflanzen stand neben seinem Bein, und von Zeit zu Zeit berührte er das grobe Sackleinen. Es schien ihm, als wolle die Tumanowa ihm etwas anvertrauen, etwas, was nur ein Mensch zu sagen wagt, der viele Freuden und viele Leiden erlebt hat. Doch alles endete nur mit der nächsten Zigarette und dicken Rauchwolken.

Beim Abschied sagte sie: »Komm trotzdem mal wieder vorbei, vergiß mich nicht, Fedja, vergiß das verrückte Weib nicht.«

»Nein, meine Liebe, nein, meine Beste. Niemals werde ich dich vergessen, und ich komme bestimmt noch oft vorbei.«

Er fand die bekannte Straße und das bekannte vierstöckige graue Ziegelhaus, stieg in die dritte Etage hinauf und blieb vor der schokoladenbraun gestrichenen Tür stehen. Zweimal drückte er auf den Klingelknopf. Schritte wurden laut, die Tür öffnete sich, und in dem grellen gelben Spalt, durch den Gemütlichkeit und Abendbrotgeruch strömten, tauchte das kauende Gesicht Sweschnikows auf. Der Oberst hörte auf zu kauen und sah Fjodor streng an. Der winkte ihn wortlos heraus. Sweschnikow wies mit dem Kopf auf den Sack.

»Was ist da drin?«

»Eine Bombe. Eine Zeitbombe«, flüsterte Fjodor.

»Soll das bei mir bleiben? Machen wir erst mal einen Spaziergang.«

Sweschnikow nahm den Sack, warf einen Blick hinein und trug ihn in die Wohnung. Fjodor lief rasch die Treppe hinunter.

Er stand an der Bordkante des Fußweges – in rostrotkariertem Hemd mit aufgekrempelten Ärmeln und hellgrauer

Hose aus leichtem Stoff, genauso wie wir ihn vor einem Jahr kennengelernt haben. Nur war er bedeutend magerer geworden. Vielleicht begünstigte sein neuer ernster Blick diesen Eindruck, obwohl auch nicht ausgeschlossen war, daß das von oben herabfallende Laternenlicht die Wölbungen und Vertiefungen seines Gesichts besonders hervortreten ließ. Außerdem hatte Akademiemitglied Rjadno schon im Winter bemerkt, daß Fjodor im Gesicht »vom Fleische gefallen« sei. Kurzum, auf dem Fußweg stand ein auffallend magerer, fast verhungert aussehender Mann, der unverwandt zur Haustür starrte.

Schnellen Schrittes kam Sweschnikow in seinem tabakbraunen Anzug heraus, blickte sich nach allen Seiten um, sagte: »Gehen wir!«, und die beiden mittelgroßen Männer – der eine stämmig, der andere knochig – schritten Schulter an Schulter durch die Straße, bald im grellen Licht auftauchend, bald im schwarzen Schatten verschwindend.

»Ein schöner Abend«, sagte Sweschnikow, zog seine Jacke aus und hängte sie über die Schulter. »Was gibt es, Lehrer?«

»Etwas sehr Wichtiges. Gehen wir irgendwohin, wo man sich setzen kann!«

»Was ist in dem Sack?«

»Darum geht es gerade.«

»Schon gut, spannen Sie mich nicht auf die Folter. Was ist darin?«

»Drei Töpfe mit Pflanzen. Die berühmte ›Contumax‹.«

»Die bewußte, hinter der alle her sind?«

»Nur ist sie jetzt bedeutend im Wert gestiegen. Wovon selbst Rjadno noch nichts weiß. Iwan Iljitsch hat sich lange geplagt und immer wieder versucht, sie mit der gewöhnlichen Kartoffel zu kreuzen.«

»Geglückt?« rief der Oberst laut und ergriff Fjodors Hand. Er schien über alles genauestens unterrichtet zu sein.

»Ja, an einer Pflanze haben sich drei Beeren entwickelt. Ich würde Rjadno zutrauen, daß er wegen dieser Beeren einen Killer dingt. Wenn er es erfährt. Und mancher Züchter im Westen würde eine Million dafür hinblättern. Diese Beeren sind in dem Sack, Michail Porfirjewitsch.«

»Verstehe. Und Sie wollen sie bei mir lassen . . .«

»Der sicherste Platz.«
»Stimmt.«
»Haben Sie einen Balkon?«
»Habe ich. Instruieren Sie mich.«
»Sie müssen die Pflanzen so hinstellen, daß die Sonne drauf fällt, aber keines Menschen Blick.«
Sweschnikow nickte.
»Nicht zu viel gießen. Mit abgestandenem Leitungswasser, zweimal täglich, auf die Wurzeln, die Blätter nicht bespritzen. Die Erde muß immer feucht sein. Das Wasser soll einen Tag stehen, damit das Chlor raus ist. Das ist alles. Die Beeren ganz vorsichtig behandeln, nicht berühren. Damit sie nicht abfallen.«
»Ist das alles?«
»Sie haben einmal gesagt, Sie sind ein Fanatiker.«
»Ja, das habe ich, und dabei bleibe ich auch: ich bin ein Fanatiker. Na und?«
»Wenn die Beeren eingehen, oder noch schlimmer, in die Hände des Fallschirmspringers oder Rjadnos geraten, dann haben Sie aus der Sache damals, als Sie auf dem Balken saßen, um sich fotografieren zu lassen, keine Lehren gezogen.«
»Das ist primitiv, Fjodor Iwanowitsch. Primitives unseriöses Gerede. Es ist nicht nötig, mich . . . meine empfindlichste Stelle . . . so vulgär . . .« Der Oberst lachte kurz und nervös, es klang, als klopfe er mit dem Knöchel auf Holz. »Das muß nicht sein. Solche Worte passen nicht zu Ihnen. Wer soll sich da zurechtfinden in dem allgemeinen Durcheinander. Alles geht drunter und drüber. Würden der General und Rjadno und nach ihnen die breite Öffentlichkeit und die jungen Mitschurinanhänger erfahren, daß wir diese Beeren verstecken, wissen Sie, was da los wäre? Sie würden ein Geschrei erheben, daß wir die Interessen der Sowjetmacht auf dem wichtigsten Gebiet verraten.«
»Michail Porfirjewitsch. Man müßte es Iwan Iljitsch wissen lassen.«
»Sie sind nicht mehr in unserer Stadt.«
Beide verstummten. Fjodor ging lange Zeit, ohne etwas wahrzunehmen.

»Hat man sie schon abtransportiert?« fragte er schließlich.

»Ja, aber wohin, weiß nicht mal ich.«

»Haben sie hohe Strafen gekriegt?«

»Das übliche. Sind das alle Instruktionen?«

Fjodor Iwanowitsch schwieg und blickte zu Boden. Ein weiterer Abschnitt seines Lebens zeichnete sich mit aller Deutlichkeit ab. Der Oberst sah ihn unverwandt an.

»Ich frage, ob das alle Instruktionen sind?«

»Wenn die Beeren in Rjadnos Hände geraten . . .«

»Sie brauchen mich nicht zu belehren. Lassen wir doch die lauten Schlagworte aus dem Spiel. Richtig. Sie halten nichts von Glauben, und Sie kennen mich noch nicht. Na, macht nichts. Sie werden mich kennenlernen. Auf Wiedersehen.«

Mitte August fuhr Fjodor für einen Tag nach Moskau, um in seinem Junggesellenzimmer, das unter einer Staubschicht schlummerte, ein paar Sachen zu deponieren, die er sonst nirgends aufbewahren konnte. Zum Beispiel das Mikroskop und das Mikrotom von Iwan Iljitsch und eine Kiste mit Reagenzien zur Herstellung von Präparaten. Ferner ein Bündel Lehrbücher, wissenschaftliche Abhandlungen und Monografien zur Genetik mit dem tintenblauen Stempel »Nicht ausleihen«. Bevor er wieder wegging, zupfte er sich ein blondes Haar aus, legte es in ein gefaltetes Blatt Papier und steckte das Blatt in einen Briefumschlag, auf den er seinen Namen schrieb. Den unverschlossenen Umschlag warf er auf den Fußboden, als habe ihn jemand unter der Tür durchgesteckt. Nachdem er sich auf diese Weise eine Kontrolle über unerwünschte Besucher verschafft hatte, verschloß er die Tür und verließ das Haus in dem Gefühl, nicht so bald hierher zurückzukehren.

Er ging zur Sparkasse und bezahlte die Miete für seine Moskauer Wohnung auf ein Jahr im voraus. Dann fuhr er mit der U-Bahn ins Zentrum. Dort suchte er ein altertümliches Gebäude mit Stuckverzierungen auf, wo im düsteren Flur der vierten Etage an einer Tür ein Pappschild mit der Aufschrift »Probleme der Botanik« hing.

Der Chefredakteur wußte Bescheid. Seitlich am offenen Fenster saß ein sonnengebräunter älterer Mann in sportlich straffer Haltung, mit verblaßten Augen, vertikalen Falten auf der Nasenwurzel und einer Brille in dünner Metallfassung, von der schwarze Schnüre auf die Schultern herabhingen. Dieser gutaussehende ältere Mann blickte Fjodor kühl an und forderte ihn auf, Platz zu nehmen. Bei jedem Atemzug öffnete er, offenbar unter der Hitze leidend, ein wenig den Mund. Er sagte, die Redaktion rechne Ende September mit dem Manuskript. Dann langte er, ohne sich umzudrehen, mit der Hand hinter sich und warf lässig ein dickes Buch auf den Tisch. »K. D. Rjadno«, las Fjodor. Es war das gerade erschienene Lehrbuch für landwirtschaftliche Hochschulen und Fakultäten.

»Seite dreihundertzwanzig«, sagte der Alte.

Fjodor schlug die angegebene Seite auf und sah ein Foto des bewußten Birkenzweigs. »Der Autor selbst hat mehrfach beobachtet, daß eine Birke einen Erlenzweig hervorgebracht hat«, schrieb Rjadno in dem Lehrbuch, richtiger gesagt, Saul schrieb es im Namen Rjadnos. »Das letzte Mal im Mai 1949.«

Der Chefredakteur forderte mit einer Zeigefingerbewegung das Lehrbuch zurück und verstaute es hinter sich. Fjodor aber schob er einen Stoß noch feuchter Blätter der neuen Nummer der Zeitschrift hin. Auf dem ersten Blatt war ein großes Foto desselben Birkenzweiges, und ganz oben auf der Seite stand der Titel des Artikels: »Die Entwicklung einer Art aus einer anderen oder eine Krankheit?« Darauf folgte ein kurzer Kommentar der Redaktion: »Im August dieses Jahres ist das Biologielehrbuch des Akademiemitgliedes K. D. Rjadno für landwirtschaftliche Hochschulen und Fakultäten erschienen. Die Redaktion, die sich das Recht auf eine ausführliche Besprechung dieses großen Werkes des Wissenschaftlers vorbehält, veröffentlicht an dieser Stelle eine »interne« Mitteilung. Sie dürfte von gewissem Interesse sein, da sie zum Zeitpunkt des Erscheinens des Lehrbuches bereits in Druck war und sich ebenfalls mit dem Phänomen des aus der Birke hervorgegangenen Erlenzweiges auseinandersetzt, den der Verfasser des Lehrbuchs auf Seite 320 beschreibt. Sowohl in dem Lehrbuch als auch in dem vorliegenden Artikel werden ernsthafte Argumente angeführt. Da die dargelegten zwei Methoden wissenschaftlicher Beweisführungen einander ausschließen, wollen wir dem Leser die Möglichkeit geben, sich selbst ein Urteil zu bilden. Die Redaktion wäre dankbar, wenn die Kollegen Wissenschaftler unseren Lesern ihre Überlegungen zu diesem Thema mitteilten.«

Fjodor riß die Augen auf und begegnete dem Blick der gleichfalls aufgerissenen, verblaßten, aber entschlossenen Augen des Chefredakteurs. Fjodors Blick fragte: Wie können Sie sich noch halten? Die Augen des Chefredakteurs antworteten lächelnd: Das wissen wir selber nicht.

»Wie können Sie sich noch halten?« fragte Fjodor schließlich.

»Vorläufig halten wir uns noch. Bitte spannen Sie mich nicht auf dic Folter, was haben Sie mir mitzuteilen?«

»Wissen Sie, wie meine erste Mitteilung heißen wird? ›Die Sorte „Contumax“ erstmals mit der Sorte „Solanum tuberosum“ gekreuzt. Es wurden lebensfähige Samen gewonnen.‹«

Wieder sahen sich die beiden Männer wortlos und mit aufgerissenen Augen an.

»Hier ist das Konzept.« Fjodor entfaltete vier maschinengeschriebene, in der Gesäßtasche zerknitterte Seiten und legte sie auf den Tisch. Der Alte nahm sie und überflog sie rasch.

»Wie können Sie das beweisen?« fragte er, aufblickend. »Wir sind Sensationen gegenüber sehr vorsichtig.«

»Ich werde Ihnen ein Foto bringen, das den typischen Stengel der ›Contumax‹ mit abfallenden Blättern und drei Beeren zeigt.«

»Das könnten auch die Früchte der ›Contumax‹ sein.«

»Man kann zum Vergleich ein Foto von deren Früchten bringen. Sie sind klein wie Erbsen. Diese aber sind wie Walnüsse.«

»Ich persönlich glaube Ihnen, aber die Zeile über die Samen lassen wir vorläufig noch weg. Wenn Sie die Samen haben und sie aufgehen, bringen wir eine zweite ausführliche

Mitteilung mit einer zytologischen Analyse. Weiß Iwan Iljitsch davon?«

»Wir haben einiges unternommen, um es ihn wissen zu lassen. Aber man hat sie schon alle abtransportiert.«

»Schade. Das wäre für ihn ein Lichtstrahl. Ein ungeheurer Erfolg. Und eine ungeheure Niederlage für die Scholastiker.«

In dieser Redaktion wurden die Anhänger des Akademiemitglieds Rjadno als Scholastiker bezeichnet.

»Liefern Sie uns das Foto so schnell wie möglich, spätestens im September. Dann bringen wir es in der Oktobernummer. Wir werden Platz freilassen.«

Der alte Chefredakteur erhob sich, um Fjodor hinauszubegleiten, und reichte ihm seine feste sehnige Hand.

»Ach ja!« besann er sich. »Welches Pseudonym wollen Sie wählen? Ich gebe die Mitteilung noch heute in Druck.«

»Na vorläufig . . . sagen wir – Larionow. Aber in der Oktobernummer können Sie meinen richtigen Namen bringen.«

Der Alte sah ihn besorgt an.

»Das wäre natürlich am besten. Aber ich fürchte . . . Sie sind noch so jung . . .«

»Setzen Sie ruhig meinen Namen ein. Der Artikel allein wird nicht überzeugen. Man wird das alles als Lüge und Betrug hinstellen und eine Bestätigung verlangen. Es muß ein lebendiger Mensch dahinterstehen. Das Redaktionskollegium unterschreibt ja auch nicht mit Pseudonymen.«

»Na ja, dafür ist es auch das Redaktionskollegium.«

»Das wird ernsthafte Debatten auslösen. Setzen Sie meinen richtigen Namen ein. Aber erst im letzten Moment. Bis dahin werde ich noch frei atmen, mich satt atmen.«

Sie standen noch eine Weile in der Tür, drückten sich lange die Hand und sahen sich unverwandt und ernst in die Augen. Sie waren Kampfgefährten, der morgige Tag verhieß ihnen beiden nichts Gutes, und sie waren auf alles gefaßt. Wenn auch jeder auf seine Weise. Der alte Chefredakteur sah dem Schicksal gelassen ins Auge, er war auf einen großen Kampf gefaßt und erinnerte in der Beziehung an Chejfez. Fjodor hatte das sofort gespürt. Der Alte hatte sich wahrscheinlich schon die letzten Worte zurechtgelegt, die er den Obskuranten ins Gesicht schleudern wollte, bevor er ging und die Tür hinter sich zuknallte. Fjodor stand solchen Reaktionen skeptisch gegenüber, er war ein nachdenklicher und schwer zu durchschauender Mensch, wie Chejfez einmal über ihn gesagt hatte. Er ähnelte jenem riesigen, jedoch nicht fangbaren Fisch, der seltsamerweise im Teich bleibt, nachdem man das ganze Wasser durch Netze abgelassen hat. Dieser Eigenschaft war sich Fjodor selbst noch nicht bewußt. Aber es sei hier bemerkt, daß sie sich zur rechten Zeit bemerkbar machen würde: Er hinkte fast nicht mehr beim Laufen.

Am nächsten Morgen fuhr er in das Städtchen zurück. Als er den Institutspark betrat, fiel ihm sofort eine Veränderung auf. Auf den Bänken in den Alleen saßen linkische junge Burschen, weder Jungen noch Männer, gestrige Schüler. An ihrer Seite junge Mädchen mit schon fraulich gerundeten Formen. Und alle hatten sie das neue Lehrbuch des Akademiemitgliedes Rjadno vor sich und paukten Biologie, von dem einzigen Wunsch beseelt, in zwei Tagen die erste Prüfung zu bestehen und in die Liste der zur zweiten Prüfung Zugelassenen aufgenommen zu werden. Sie machten sich noch keine Gedanken darüber, warum in den »Körnchen des Birkenkörpers« »Körnchen des Körpers der Grauerle« entstehen können. In zwei Tagen würden sie alles so darlegen, wie es im Lehrbuch stand, und Anna Pobijacho würde sie dafür mit Einsen belohnen. Fjodor ging ein Stück und blieb immer wieder stehen, um sich diese Erscheinung des gesellschaftlichen Lebens, die sich hier in unverhüllter Echtheit bot, fest einzuprägen.

In den letzten Augusttagen lief er jeden Morgen an den jungen Leuten vorbei. Am ersten September aber leerten sich die Bänke in den Alleen, die Sommersaison war zu Ende. Da fiel ihm etwas sehr Wichtiges ein, und er bat Onkelchen Borik, die Kartoffeln in Strigaljows Garten zu roden.

In der Mittagspause ging er selbst dorthin. Eine ganz bestimmte Überlegung hatte ihn dazu veranlaßt. Vor einigen Jahren hatte Saul Brusshak seinen ersten und letzten Versuch unternommen, eine neue, gegen Phytophtora resistente

Kartoffelsorte zu züchten. In Mittelrußland befällt dieser Pilz Ende August, wenn die Herbstregen und -nebel einsetzen, die Pflanzen. Das Thema der Arbeit war aktuell, und Saul erklärte, er habe eine neue Methode entdeckt und die Sorte werde in zwei Jahren entwickelt sein. Schon nach dem ersten Jahr seiner Tätigkeit als Züchter und Ackerbauer wies er im wissenschaftlichen Rat im November mittelgroße weiße Knollen vor. Man zerschnitt sie und fand keine Spuren des Pilzes. Im zweiten Sommer kam Saul, des Erfolges sicher, oft auf das Versuchsgut bei Moskau. Man konnte ihn dort, gewöhnlich mit einem Damenfahrrad, auf dem Pfad zwischen den Parzellen und dem Laborgebäude hin- und herfahren sehen. Dabei bückte er sich und ließ die Augen nach rechts und nach links gleiten wie ein Chamäleon. Mitte August besuchte ein berühmter Kartoffelzüchter aus Mexiko, das als die Heimat der Phytophtora gilt, das Versuchsgut. In Begleitung einer Gruppe von Wissenschaftlern ging er durch die Kartoffelfelder und blieb vor Brusshaks Parzellen stehen. Dort wurden gerade die letzten Kartoffeln gerodet. Haufen sauberer weißer Knollen trockneten an der Luft vor dem Abtransport ins Lager.

»Schon bei der Ernte?« fragte der Ausländer mit Hilfe des Dolmetschers. »Und wann hat die Phytophtora bei Ihnen ihre Hauptentwicklungsperiode?«

»Im September«, wurde ihm bereitwillig geantwortet.

»Ah-a-a«, sagte der Gast gedehnt und nickte ein paarmal. Dann trat er an einen Kartoffelhaufen heran, suchte eine größere Knolle aus und kratzte mit dem Finger die Schale ab. »Aha«, sagte er abermals gedehnt.

Bei seinem Vortrag im Institut verweilte er speziell bei diesem Thema.

»Wir roden die Kartoffeln erst, nachdem die Phytophtora ihren Höhepunkt erreicht hat. Wir infizieren unsere Kartoffeln sogar extra mit dem Pilz. Nur so können wir sehen, ob die Sorte dagegen resistent ist oder nicht«, sagte er, den Zuhörern die Hände entgegenstreckend und sie leicht schüttelnd, um ihnen ganz freundschaftlich solche Binsenweisheiten beizubringen. Allen war es peinlich, weil Saul, der als einziger nichts von Selektion verstand, so sonderbare neue

Methoden eingeführt hatte. Und ausgerechnet auf ihn war der Blick des ausländischen Gastes gerichtet!

Brusshaks Thema wurde mitsamt seiner neuen Methode aus dem Unterrichtsplan gestrichen, sobald der Gast abgereist war. Seit der Zeit waren die Theorien des Akademiemitgliedes Rjadno und die Tribüne, wo man bekanntlich mit lautem Geschrei noch etwas erreichen kann, Sauls einziges Betätigungsfeld. Diese Geschichte jedoch brachte Fjodor viel später auf eine Idee. Er erinnerte sich, daß sich Sauls zu früh gerodeten, noch nicht ausgewachsenen Kartoffeln dennoch als Saatgut eigneten und im nächsten Jahr normal aufliefen. Deshalb ging er während der Mittagspause in Strigaljows Garten; er wollte sich die Knollen der neuen Sorten ansehen, bevor er alle achtzehn Stauden vor der Zeit rodete.

Und das war dringend nötig! In dem Garten breitete sich die Phytophtora mit Macht aus. Die unglückliche »Silesia«, dem Pilz fast schutzlos ausgeliefert, hatte sich schon merklich gelb gefärbt, das Kraut wies große schwarze Flecken auf. Und wieder fielen die achtzehn leuchtend grünen Stauden der neuen Sorte ins Auge. Ein versierter Fachmann würde sie sofort bemerken und sich notieren. Noch heute nacht müssen sie gerodet werden, beschloß Fjodor.

Er ging durch die siebte Reihe und bückte sich wie zufällig, seine Hand griff in die weiche Erde unter der vierten Staude und ertastete eine Kartoffel, die er rasch in seiner Jackentasche verschwinden ließ. Nachdem er den Boden wieder geebnet hatte, schlenderte er noch durch einige andere Reihen, rodete ein Netz voll junger Kartoffeln der Sorte »Silesia« und nahm es mit nach Hause. Soll er doch melden, daß ich mir ein Netz voll Kartoffeln zum Mittagessen geholt habe, sagte er in Gedanken an den eventuellen Spion im Brombeergebüsch.

Als er dann aber übers Feld ging, konnte er es nicht mehr erwarten und holte die Kartoffel aus der Jackentasche. Die ersehnte. Ja, das war eine neue Sorte. Auf seiner Hand lag das Werk Iwan Iljitschs – sauber, glatt, oval, mit kaum merklichen Augen, schälmaschinengerecht. Auch die Farbe war ungewöhnlich, die Farbe eines Weizenkorns. Oder auch des Puders »Rachel«, der einem Frauengesicht trügerische zarte Bräune verleiht. Er konnte also roden. Die Schale ist noch nicht fest genug, dachte Fjodor. Macht nichts. Sie wird zu Hause fest werden, geschützt vor gierigen Verfolgern.

Am Abend holten er und Onkelchen Borik eine Schubkarre aus der Lehrgärtnerei, einen Korb und zwei Säcke und versteckten alles im Brombeergebüsch. Als die herbstliche Nacht ihr tiefstes Dunkel erreichte, zogen beide Männer Strigaljows Gummistiefel mit den gewellten Profilsohlen an, von denen er zwei Paar besaß, schlichen sich in den Garten und rodeten dort im Schein einer Taschenlampe eine ganze Stunde lang Kartoffeln. Wortlos rodeten sie bis zwei Uhr nachts sechs Reihen und hinterließen auf einem sauber abgeernteten und glattgeharkten Fünftel des Gartens die Abdrücke seltsam gewellter Sohlenprofile.

3

Die neue Sorte lag im Korb im tiefen Keller unter Porais Küche. Dort standen auch zwei Säcke mit der Sorte »Silesia«, die Onkelchen Borik als Entschädigung für das Risiko beanspruchte. Die Gummistiefel mit den Profilsohlen lagen am Grunde des Flusses, an einer Stelle, die Boris Nikolajewitsch sich genau eingeprägt hatte. Somit war Obus' Hinterlassenschaft an drei sicheren Orten verteilt, und an keinem dieser Orte wußte man, wo sich das übrige befand. Jetzt hätte man unbesorgt sein und, mit der Hand auf den Tisch klopfend, sich vorstellen können, wie sich die Sehnen an Kassians braunem Hals unwillkürlich spannten, obwohl sein Gesicht spöttisch-ruhig blieb. Man konnte sich vorstellen, wie sich die braune Altmännerfaust ballte und die Knöchel weiß wurden. Obwohl auf seinem Gesicht ein leises tückisches Lächeln lag. Man konnte nachts die übrigen Mitteilungen für die »Probleme der Botanik« schreiben. Aber die ferne Stimme gab keine Ruhe, warnte vor der nahenden Gefahr.

Und tatsächlich, nach dem geruhsamen Leben im Sommer zeichnete sich schon in den ersten Septembertagen ein spürbarer Bruch ab – alles brach mit Macht zusammen und raste unaufhaltsam und immer schneller in die Tiefe.

Mit Semesterbeginn im September flammte unsere Geschichte, die bis jetzt wie ein Fünkchen in feuchter Watte geglommen hatte, plötzlich auf, ihr fröhliches Feuer breitete sich rasch aus und erfaßte alles Brennbare. Interessant daran war, daß alles ohne Einmischung von außen geschah und niemand die Ereignisse zu einem bestimmten Zweck aneinanderreihte. Es ergab sich, daß sie sich mit Inkrafttreten des Studienplans für das Herbst-Winter-Semester von selbst zu einer Kette zusammenfügten.

Alles begann damit, daß in dem jedermann zugänglichen Zeitungskiosk am Eingang des Rektoratsgebäudes, an gut sichtbarer Stelle, neben den noch unverkauften Lehrbüchern des Akademiemitglieds Rjadno, die etwas verspätete Augustnummer der »Probleme der Botanik« auftauchte. Ein ziemlich großer Stoß dieser Zeitschrift lag an seinem gewohnten Platz, dort, wo solche Stöße seit Jahren in regelmäßigen Abständen auftauchten und wieder verschwanden. Doch diesmal lag die Zeitschrift höchstens anderthalb oder zwei Stunden. Wie ein Lauffeuer verbreitete sich schon in den ersten Minuten die Nachricht, daß das Heft einen interessanten Artikel von einem gewissen L. Samarin über jenen Birkenzweig enthalte, dessentwegen im Mai eine außerordentliche Versammlung des gesamten Instituts einberufen worden war. Und das in dem Artikel sensationelle Angaben und Mikrofotos von dem Pilz »Exoascus baetulinus« veröffentlicht seien, der die Verwandlung der Birke verursacht hatte. Dieser Pilz war schuld daran, daß die Birkenblätter kleiner wurden und eine für die Birke untypische Form annahmen. Der Stoß schwand zusehends dahin. Und als Rajetschka mit der schriftlichen Anweisung des Rektors, den Verkauf der Zeitschrift unverzüglich einzustellen, angelaufen kam, waren bereits alle Hefte vergriffen. Die Anweisung des Rektors aber, die mit den Worten begann »Ich befehle, unverzüglich . . .«, bestärkte jene, die ein Exemplar erwischt hatten, in der Gewißheit, eine historische Rarität zu besitzen, die man hüten mußte.

Aber das wäre alles nur halb so schlimm oder auch nur

viertel so schlimm gewesen. Was war schon dabei: mit dem Akademiemitglied war die Phantasie durchgegangen. Väterchen hatte sich hinreißen lassen. Man kann sogar sagen, es wäre überhaupt nicht schlimm gewesen. Schlimm wurde es nur, weil der Alte der Favorit einer bekannten Persönlichkeit war, ihr Gesprächspartner beim Tee. Das Unglück brach herein, als etwa zwanzig Tage später im selben Kiosk das Septemberheft der »Probleme« eintraf. Dort war gleich auf der ersten Seite in riesigen schwarzen Lettern ein Beschluß abgedruckt, der die schädliche Linie der Zeitschrift, die in ihren Beiträgen eine »Hetze gegen Akademiemitglied K. D. Rjadno« zugelassen hatte, streng und scharf verurteilte. Offensichtlich hatte sich das Akademiemitglied, wie schon so oft, während der Teestunde bei Stalin beschwert und die ganze Sache in einem geeigneten Augenblick ins Rollen gebracht.

Fjodor schlug hastig die letzte Seite der Zeitschrift auf, so hastig, daß er sie fast zerriß, und las die Namen des Redaktionskollegiums. Es war vollständig ausgewechselt worden. Da standen, wie immer kursiv gedruckt, lauter neue Namen, unter denen P. L. Waritschew sofort ins Auge fiel. Die Absetzung des ganzen Redaktionskollegiums mitsamt seinem Chefredakteur, einem Akademiemitglied, wegen der Veröffentlichung einer schlichten, aber unumstößlichen Wahrheit über den unseligen Pilz »Exoascus«, der den Menschen unversehens so viele Scherereien machte, wirkte sich auf jene Studenten, die Akademiemitglied Rjadno im Mai stürmisch applaudiert hatten, verheerend aus. Diese Studenten hatten an sowjetischen Schulen gelernt, wo dem Studium der Grundlagen des Materialismus viel Zeit gewidmet wird. Eine materielle Tatsache, die man mit den Händen berühren und durchs Mikroskop sehen kann, hätte man diesen geschulten jungen Leuten gegenüber nicht leugnen dürfen. Akademiemitglied Rjadno hatte aufgrund seiner mangelnden Bildung zwei verhängnisvolle Fehler begangen. Er hätte nicht so sehr auf die Dialektik und den Materialismus pochen dürfen, auf Dinge also, von denen er selbst nicht allzuviel verstand und zu denen er auch keine innere Beziehung hatte. Sich bei Stalin beschweren und eine solche Macht –

in diesem Falle eine blinde Macht – in Gang setzen, das hätte er erst recht nicht gedurft.

Die Vorlesungen am Institut nahmen ihren Lauf, alles war wie immer. Dennoch spürte Fjodor, daß es *losging.*

Das sollte sich sehr bald bestätigen. Es wurde kurzfristig eine Versammlung der Studenten der letzten beiden Studienjahre sowie der Aspiranten und Dozenten einberufen. Sie verlief wie eine Probe vor einem leeren Zuschauersaal, obwohl der Saal voll war, die Stühle nicht ausreichten und viele sogar an den Wänden standen. Doch alles war anders als sonst. Das Auditorium lauschte in angespanntem Schweigen, und man schien von ihm auch keine Zustimmung zu erwarten. Das Präsidium war viel zu sehr damit beschäftigt, sich von dem berüchtigten Artikel L. Samarins abzugrenzen. Zumal es um den Triumph des Birkenzweiges ging, der in diesen Wänden so stürmisch gefeiert worden war. Auch die Redner von der Liste, die dem Versammlungsleiter, einem Dozenten von der Zootechnischen Fakultät, bereits zu Beginn der Versammlung vorlag, schrien nicht, brillierten nicht mit geistreichen Ausfällen, stürzten sich nicht wie sonst auf den Feind. Jeder hielt seine Rede, das heißt, er las sie vorsichtshalber vom Blatt ab, und aus diesem rein technischen Grund klangen die drohenden Worte an die Adresse des Redaktionskollegiums der »Probleme der Botanik« eher verhalten.

Auch Akademiemitglied Possoschkow trat ans Rednerpult. Alle bemerkten, daß sein Gesicht noch finsterer, noch gelblicher aussah. Aber er war elegant und korrekt wie immer. Im Unterschied zu allen anderen zog er keinen Zettel aus der Tasche.

»Ich bin entsetzt über die Haltung des ehemaligen Redaktionskollegiums dieser Zeitschrift«, sagte er mit klirrender Stimme. »In letzter Zeit habe ich vieles erkannt, Genossen. Lächerlich und altmodisch ist dieser angeblich objektive Standpunkt, man müsse beiden Seiten gleichviel Platz zubilligen.« Bei dem Wort »gleichviel« lächelte Possoschkow spöttisch. »Damit stellt man den Weismannismus-Morganismus, der bereits seit einem halben Jahrhundert, seit Timirjasew, bekämpft wird, auf eine Stufe mit der siegreichen«, an dieser Stelle hob er pathetisch die Hand, »Mitschurinschen Lehre, die hier von einem so hervorragenden Wissenschaftler wie Akademiemitglied Kassian Rjadno vertreten wird. Was für eine Gleichheit kann es da geben: die tausendmal angeprangerten Weismann-Morgan-Anhänger, die nur dank ihrer erstaunlichen Hartnäckigkeit, die sie selbst als Treue zur Wissenschaft bezeichnen, immer noch am Leben sind, und unsere Koryphäe, Akademiemitglied Rjadno! Noch mehr befremdet, entsetzt mich, ja – ich scheue nicht vor diesem Ausdruck zurück – stößt mich der Umstand ab, daß der Verfasser des Artikels, um das Akademiemitglied angreifen zu können, gezwungen war, sich hinter einem Pseudonym zu verstecken. Sie haben also Angst, Genosse L. Samarin, sich einem offenen wissenschaftlichen Wettstreit zu stellen!«

Ein Raunen ging durch den Saal. Possoschkow merkte gar nicht, daß er sich mehrmals verhaspelte. Wie in Ekstase fuhr er fort: »Kaum zu glauben, daß so etwas möglich ist. Schlecht steht es um eure Sache, meine ehemaligen Kollegen Weismann-Morgan-Anhänger, wenn ihr zum wissenschaftlichen Meinungsstreit nur maskiert antreten könnt, so wie die Helden Walter Scotts. Ich beneide euch nicht!«

Fjodor, der in der ersten Reihe saß, hob seine buschigen blonden Brauen, verblüfft über die gewagte Zweideutigkeit der Rede. Zudem wußte er, daß der Autor des Artikels, der sich hinter dem Pseudonym »L. Samarin« verbarg, niemand anders war als Akademiemitglied Possoschkow selbst. Er billigte sowohl Possoschkows Tat als auch seine Rede. War er selbst doch nicht ganz unbeteiligt daran, da er des öfteren Possoschkow gegenüber den Gedanken geäußert hatte, daß das Glied einer Gleichung sein Vorzeichen ändert, wenn man es auf die andere Seite bringt.

Allerdings wunderte sich Fjodor einen Moment lang, daß Possoschkow sich solche deutlichen Anspielungen auf die wahre Sachlage erlaubte. Denn im Grunde sagte er doch folgendes: Was für eine Gleichheit kann es geben – zwischen einem Redaktionskollegium, das aus wahren Wissenschaftlern besteht, und dem Scharlatan Rjadno! Es steht schlecht um eure Sache, meine ehemaligen Kollegen, ihr ehrlichen

Wissenschaftler, wenn ihr euch hinter einem Pseudonym verstecken müßt, um über das Verhalten des Pilzes »Exoascus« zu berichten. Fjodor wunderte sich über Possoschkows Mut und befürchtete, irgendwer könnte ihm eine Abfuhr erteilen. Doch plötzlich kam ihm ein ganz einfacher Gedanke: Derjenige, der diese unüberhörbaren Andeutungen versteht, ist klug genug, sich auf die Seite der Wahrheit zu stellen, die in diesem Falle so offenkundig ist. Und er wird sich vor anderen klugen Leuten nicht lächerlich machen wollen, indem er mit Eifer versucht, aus Schwarz Weiß zu machen. Wenn er nicht ein ausgemachter Schurke ist. Und dessen ist sich der erfahrene, vom Leben schwer geprüfte Possoschkow wohl bewußt.

Als Fjodor sich zufällig umblickte, begriff er, daß den Prorektor des Instituts, Akademiemitglied Possoschkow, noch etwas zu dieser kühnen und virtuosen Zweideutigkeit inspirierte. Seine komplizierte Rolle war doppelt schwer. In der dritten oder vierten Reihe ganz außen sah man den blonden, akkurat gekämmten Schopf seiner ehemaligen Frau Olga Sergejewna. Possoschkow hatte dieses helle Fleckchen natürlich bemerkt und war dennoch zur Tribüne gegangen. Um ihr sein wahres Gesicht zu zeigen. Und im Interesse der Sache. Was für ein Interesse das war, sollte Fjodor erst später erfahren.

Warum bist du hier, vor aller Augen, dachte Fjodor, und betrachtete verstohlen den leicht geneigten, wie aus Marmor gemeißelten Kopf mit den dicken Zöpfen. Begreifst du denn nicht mal die einfachsten Dinge? Und überhaupt, siehst du wirklich nicht, daß sich dein bärtiger Teufel auf seinen feisten Flügeln niemals in diese eisigen Höhen voller Geheimnisse und Einsamkeit erheben wird, daß sie für deinen Dichter überhaupt nicht existieren? Oder vielleicht hast du es längst begriffen? Vielleicht bist du genauso eine wie die Tumanowa, die sich selbst ein Rätsel ist. Sie kann man doch auch nicht als ausgesprochen dumm bezeichnen. Aber irgendwo fehlt ihr etwas. Der Versammlungsleiter rief Fjodors Namen auf. Die Lippen zusammenpressend, ging Fjodor zur Tribüne und hielt eine Rede. Mit verzagter Stimme sagte er:

»Gratulieren können wir heute ... Ja, Genossen, gratulieren können wir sowohl Kassian Damianowitsch als auch der ganzen Mitschurinschen Lehre ... zu dem großartigen Sieg: die letzte Bastion, in der die kühnsten und kompromißlosesten Gegner sich bis zum Schluß verschanzt hatten, ist gefallen. Jetzt wird es niemand mehr wagen, die Stimme gegen die Entdeckungen unseres Akademiemitglieds zu erheben, wie es allmonatlich die »Probleme der Botanik« unter Leitung ihres Redaktionskollegiums, ihres ehemaligen Redaktionskollegiums, getan haben. Die Werke von Akademiemitglied Rjadno haben jetzt grünes Licht, die unüberschaubaren Weiten der Zukunft stehen ihnen offen.«

Es war unüberhörbar, daß Possoschkows Rede Fjodor beeinflußt und ihn in ihren Sog gezogen hatte. Während er seine nicht allzu gut überlegten Worte in den Saal schleuderte, spürte er, daß er unverzeihliche Fehler beging. Er spürte es und konnte dennoch nicht anders.

»Die Scholastiker haben lange Zeit aus ihrem zerstörten Schützengraben zurückgeschossen, mit den Ellbogen aneinandergefesselt, damit keiner das Schlachtfeld verließ. Wie das Bergvolk Hadshi Murats. Sie haben in den letzten Jahren viel Schaden angerichtet, als sie unser Akademiemitglied des Volkes auf Schritt und Tritt verfolgten. Jeden seiner Schritte in der Wissenschaft haben sie vorsichtig, aber eindeutig in Zweifel gezogen. Die Schärfe und die Tendenz dieser Schläge war unverkennbar. Als der Wissenschaftler die Entstehung neuer Arten aus alten entdeckte, zum Beispiel, daß die Weißbuche einen Haselnußzweig hervorbringen kann, haben sie sofort ihren Spion in den Kaukasus entsandt mit dem Auftrag, um jeden Preis die nötigen Dokumente aufzutreiben, damit sie die Entdeckung diffamieren konnten. Und der pedantische Wühler fand auch einige Kleinigkeiten. Stellen Sie sich vor, er fand einen Förster, der diesen Haselnußzweig auf die Weißbuche gepfropft hatte. Kurzum, der Mißgünstige hat, mit Verlaub zu sagen, solche Fakten gesammelt, und all das haben sie veröffentlicht! Sie hatten nichts anderes im Sinn, als das Ansehen des berühmten Wissenschaftlers zu untergraben. Das Gleiche erleben wir auch jetzt mit dem Birkenzweig ...«

Als Fjodor nach der Versammlung den Saal verließ, geriet er in eine Gruppe von Dozenten und Aspiranten, die sich um Waritschew und Possoschkow drängten.

»Ihr Diskussionsbeitrag, Fjodor Iwanowitsch, ließ heute jene Klarheit vermissen, die sonst ihre Reden auszeichnet«, brummte Waritschew ihm gutmütig ins Ohr und hakte ihn unter. »Man merkte, daß dieser Pilz, den die da gefunden haben, daß dieses Geschoß auch Ihr Schiff getroffen und es Schlagseite gekriegt hat. Sie selbst haben Schlagseite gekriegt, Fjodor Iwanowitsch. Ich halte mich auch nur mit Müh und Not über Wasser«, flüsterte er. »Ich finde keine Gegenargumente und habe, ehrlich gesagt, auf Sie gehofft.«

Hier unterbrach er sein Geflüster, hob die Hand und winkte jemanden herbei.

»Hallo, Sie Beststudentin! Kommen Sie mal, kommen Sie mal her. Wir haben auf einen Diskussionsbeitrag von Ihnen gewartet. Warum haben Sie nicht im Namen der Studenten gesprochen, meine Liebe?«

Shenja Babitsch kam näher und sah dem Rektor mutig in die Augen.

»Es ist doch ohnehin allen alles klar!«

»Das hätten Sie auch sagen sollen, daß Ihnen alles klar ist.«

»Jedem ist alles, absolut alles klar«, sagte sie lächelnd. »Den Großen wie den Kleinen.«

»Aber trotzdem . . .«

»Wissen Sie, Pjotr Leonidowitsch, da gäbe es viel zu sagen. Aber wenn ich mich kurz fasse, wird es Ihnen vielleicht nicht gefallen. Natürlich hat Kassian Damianowitsch recht, die Birke hat die Erle hervorgebracht, die Weismann-Morgan-Anhänger aber wollten der sowjetischen Wissenschaft einen Schlag versetzen. Und das wurde rechtzeitig unterbunden.«

Dabei sah sie Waritschew so durchdringend an, daß der die Augen abwenden mußte.

Alle spürten, das war noch nicht das Ende. Anfang Oktober bestellte der Rektor in der Mittagspause kurzfristig alle Dozenten zu sich. Finster, als wolle er eine Grabrede halten, sah er jeden an, der sein Arbeitszimmer betrat. Unter seiner zitternden Hand auf dem Schreibtisch raschelte Papier, ein Durchschlag des mit Maschine abgetippten Artikels über den Birkenzweig aus der Zeitschrift.

»Ein Kollege ... Nun ja, ein Kollege hat mir das gebracht. Aus verständlichen Gründen kann ich seinen Namen nicht nennen.«

Mit zitternden Fingern nahm er die Blätter und schob sie verlegen zur Seite. Dann zog er sie wieder heran und ließ sie los. Sein ganzes Gesicht hing vor Angst schlaff herab und erinnerte noch mehr an eine Futterrübe. Oder an eine Kartoffel, dachte Fjodor. Diese Kartoffel könnte man drehen und wenden, es bliebe immer dasselbe Gesicht mit denselben kleinen Unebenheiten, Kerben und Mängeln, die Nase, Augen, Ohren und Mund hießen.

»Wir verlangen von Ihnen«, sagte Waritschew, mit seinen dicken Fingern erbittert auf das Manuskript hämmernd, »wir verlangen ganz entschieden Aufmerksamkeit und Wachsamkeit. Wir dürfen nicht zulassen ... Erforderlich ist ein Maximum an ... Man muß energische Maßnahmen ... Das kann doch schon morgen sonstwohin ... Man muß herauskriegen, wer ... Wir können uns doch, Genossen, nicht ewig unsere Ohnmacht eingestehen.« Er schlug mit seiner weichen Faust auf den Tisch. »Irgendwelche Schweinehunde ... Vielleicht ist es auch nur ein einzelner, aber wir ...«

Drei Tage später geschah etwas noch viel Ungeheuerlicheres. Und zwar in unmittelbarer Nähe des Rektorzimmers, im Kleinen Konferenzsaal, wo eine ganze Galerie von Porträts hing, berühmte sowjetische Bodenkundler, Tierzüchter, Agronomen und Pflanzenzüchter. Als die Putzfrau frühmorgens den Saal öffnete, entdeckte sie an der Wand eine Lücke – das Porträt von Akademiemitglied Rjadno war verschwunden. Eine halbe Stunde später fand beim Rektor eine Beratung statt. Waritschew mit dicken, blutlos herabhängenden Lippen berichtete, verzagt ins Leere blickend, von dem unerhörten »besonderen Vorkommnis«, wie er das Verschwinden des Porträts nannte. Er hatte seinen Bericht noch nicht beendet, der alle in Angst versetzte und unangenehme Veränderungen ahnen ließ, als Rajetschka hereinstürzte und ihn bat, den Telefonhörer abzunehmen. Er griff zum Telefon, lauschte, faßte sich plötzlich an den Mund und begann an seiner Unterlippe zu saugen. Dann warf er den Hörer auf.

»Gefunden.«

Das Abhandengekommene hatte man in der Fakultät für Pflanzenzucht gefunden, wo es kopfüber in der Männertoilette hing.

Es wurde unverzüglich eine Untersuchungskommission gebildet, die Choderjachin leitete. Er nahm seine Sache sehr ernst. Bevor er den nächsten verängstigten Studenten verhörte, schwieg er lange, was der ganzen Ermittlung einen Anflug von Komik verlieh. Die Spuren führten den pedantischen Sonderling in Shenja Babitschs Studiengruppe. Die Beststudentin wurde zum Verhör geladen, sie kam bereitwillig, setzte sich vor Choderjachin hin, sah ihn herausfordernd an und amüsierte sich über die feierliche und gewichtige Miene des Untersuchungsführers. Ihre Fröhlichkeit hielt bis zum Ende des Gesprächs an, als Choderjachin den Füllfederhalter aus der Hand legte und beschloß, offen mit ihr zu reden.

»Du bist doch Beststudentin«, sagte er. »Wir glauben nicht, daß du persönlich an diesem Anschlag beteiligt bist. Das sieht dir nicht ähnlich. Warum solltest du auch, kurz vor Abschluß des Studiums, wo dich ein Diplom mit Auszeichnung erwartet. Aber hör zu, du weißt sicher einiges. Hilf uns, Shenja. Es soll dein Schade nicht sein.«

Die Fröhlichkeit in Shenjas Augen erlosch augenblicklich und wurde von Zorn abgelöst. Errötend stand sie auf.

»Da sieh einer an!«

»Es bleibt natürlich unter uns«, sagte Choderjachin rasch, um sie zu beruhigen.

»Sieh einer an. Ich merke, daß ich meine Dozenten allmählich von ihrer wahren Seite kennenlerne.«

»Sag so was nicht. Ich dachte, daß du als Beststudentin . . .«

»Selbst wenn ich etwas wüßte«, sie blickte Choderjachin an, und in ihren Augen funkelten Tränen, »selbst wenn ich etwas wüßte, würde ich es Ihnen nicht sagen. Auch wenn ich mir mein Diplom damit verscherze. Das war ein Dummerjungenstreich. Verstehen Sie doch, nichts weiter. Aber Sie werden sie aus dem Institut rauswerfen. Bei Ihnen ist ja immer alles gleich ein Anschlag, ein Komplott, ein besonderes Vorkommnis. Wann werden Sie endlich wie normale Menschen . . .« Ihre letzten Worte drangen in Choderjachins Bewußtsein, als Shenja bereits die Tür hinter sich geschlossen hatte. Im Flur wurde sie von einer ganzen Schar Studenten erwartet.

Wie die sich entpuppt hatte! In wenigen Monaten hatte sie sich völlig verändert. Das war auch das Gesprächsthema in dem Zimmer hinter der Sperrholzwand, demselben Zimmer, wo Fjodor seinerzeit erklärt hatte, er höre auf zu rauchen.

»Ich sage zu ihr«, erzählte Choderjachin vertrauensselig, »versteh doch, du kriegst in einem Jahr dein Diplom mit Auszeichnung. Du dummes Mädchen, das wird man dir hoch anrechnen. Da springt die plötzlich auf . . .«

»Das Mädchen nimmt eine bedenkliche Entwicklung«, sagte die Pobijacho ernst. »Man darf sie nicht aus den Augen lassen.«

»Sie hat gesagt, wir würden *sie* hinauswerfen. *Sie,* hat sie gesagt! Merkst du was, Anna Bogumilowna? Es war also nicht nur einer. Und sie weiß natürlich . . .«

»Natür-lich!« sagte die Pobijacho mit ruhiger tiefer Stimme.

»Mit Auszeichnung darf man sie das Examen nicht machen lassen. Sie tendiert dazu, ins andere Lager überzulaufen.«

»Du verstehst gar nichts. Läßt du sie das Diplom nicht mit Auszeichnung machen, dann läuft sie mit Sicherheit über«, sagte die Pobijacho, »und wird dort zu einem wichtigen Kader. Wir müssen sie das Diplom mit Auszeichnung machen lassen und sie in die Aspirantur aufnehmen. Ich werde sie betreuen. Die bringe ich schon zur Vernunft, das Mädchen wird auf unserer Seite stehen.«

»Ich denke, das Beste wäre, sie bei der Kartoffelzüchtung einzusetzen«, sagte Fjodor, der bei diesem Gespräch zugegen war. »Ich weiß nicht, wie Sie sie zur Vernunft bringen wollen. Ich aber habe sowohl ein anderes Forschungsobjekt als auch eine andere Methode.«

»Ich weiß schon, du willst ein hübsches Mädchen zu dir locken. Das schlag dir aus dem Kopf, Fjodor Iwanowitsch. Gerade in deinem Gewächshaus wird sie diesen gefährlichen Geist atmen. Du solltest jetzt nicht an Aspiranten denken, du mußt vor dem Wissenschaftlichen Rat Rechenschaft über deine Arbeit ablegen. Über den Geist, es hat bereits ein Gespräch darüber stattgefunden. Ein ernstes Gespräch, Fedja. Auch das Akademiemitglied interessiert sich dafür.«

Sie hatte ein Geheimnis ausgeplaudert. Fjodor begriff das sofort, tat jedoch, als habe er es überhört. Nach Beendigung des Gesprächs ging er nicht, sondern rannte regelrecht aus dem Zimmer, wie um zu fliehen. Wieder meinte er das bekannte gleichmäßige Getrappel zu hören, mit dem Jagdhunde die Verfolgung des Rotwildes aufnehmen. Das Wild erstarrt für einen Augenblick, lauscht in den herbstlichen Wald hinein, in dem neue Laute unüberhörbar sind, und trabt dann langsam, immer noch lauschend, in die lockende, Rettung verheißende Richtung.

Seine ausgedehnten Läufe – er brach sie trotz des nassen Herbstes nicht ab, der plötzlich mit Nieselregen einsetzte und ihn zwang, das Fenster zu schließen – ergänzte Fjodor noch durch Spaziergänge in der Stadt. Einmal, als er in seinem »Martin Eden« schnell durch die Sowjetskaja-Straße ging, sah er im Schaufenster eines Kulturwarengeschäftes einen großen blauen Rucksack, eine Kraxe, und er erkannte sofort, daß das Gestell dem Rucksack einen festen und guten Sitz auf dem Rücken verlieh. Er betrat den Laden, verlangte den Rucksack, hob ihn an, betrachtete ihn, seinen Augen nicht trauend, von allen Seiten, und kaufte ihn sofort.

Nicht nur, daß ein Außenstehender nichts gemerkt hätte, auch ihm selbst war im Moment des Kaufs noch nicht klar, daß dieser Akt zum geheimen Laufprogramm des Rotwildes gehörte. Oder auch des schwarzen Hundes.

Zu Hause holte er den Schaffellüberzieher, der geduldig auf den nächsten Winter wartete, aus dem Schrank, knöpfte alle Knöpfe zu, zog ihn aber nicht an, sondern stopfte ihn mit dem Kragen nach unten in den Rucksack, dann stellte er den Rucksack auf den Fußboden, bückte sich, steckte die Arme bis zu den Schultern in das warme Schaffell und blieb, von einem unbestimmten neuen Gefühl erfaßt, eine Weile so stehen. Noch begriff er nicht, was in ihm vorging, aber er hatte bereits eine Vermutung. Wie so oft wurde sein Handeln mit allen technischen Einzelheiten von vagen bangen Vorahnungen bestimmt. Sein Verstand reagierte nicht so schnell.

Fjodor verstaute Rucksack und Überzieher im Schrank und dachte nicht mehr daran. Der schwarze Hund trabte weiter. Sich immer wieder umblickend und die Ohren spitzend, versuchte er, seinen wahnsinnig gewordenen Verfolgern zu entkommen. Eines Tages würde man sagen: Ach, hören Sie doch auf, es war überhaupt kein Hund da. Jetzt aber schlich er vorsichtig durchs Gebüsch, um das zu retten, was sein Leben ausmachte.

Einige Tage später schneite es plötzlich. Alles wurde weiß, aber dieses Weiß hielt sich kaum eine Stunde, dann taute es wieder. Doch diese Ankündigung des nahen Winters drang in Fjodors Bewußtsein, und er kaufte sich Skier mit Bindungen und Skischuhe. Als er in der Tischlerwerkstatt im Keller seiner Fakultät die neuen Skier mit der Lötlampe abbrannte und sie wachste, sagte plötzlich eine Stimme hinter ihm: »Sie wachsen Skier?«

Das war der kleinwüchsige Trainer, der im Sommer mit der Skisektion des Instituts an ihm vorbeigelaufen war.

»Warum keine Abfahrtsskier?« fragte er nähertretend. »Sie sind doch Abfahrtsläufer.«

»Ich laufe gern weite Strecken.« Zum erstenmal gab Fjodor indirekt seine geheimen Absichten preis. »Am liebsten querfeldein.«

»Ich auch. In diesem Winter werden wir Läufe in die Große Schweiz unternehmen. Treten Sie in unsere Sektion ein.«

»Ich bin doch Invalide, werde nicht mithalten können. Mein Bein . . .«

»Wir haben sechs Invaliden bei uns. Sie werden der siebte sein.«

Und am nächsten Sonntag lief er, in Wolltrainingshose

und Rollkragenpullover, bereits mit seinen jungen Kollegen mit. An der Spitze der Kette leuchtete die blauweiße Strickmütze des Trainers. Sie liefen in gemäßigtem Tempo, entsprechend den Möglichkeiten und dem Gesundheitszustand jedes Läufers. Seinerzeit aber hatte Fjodor den Eindruck gehabt, als flögen sie wie ein Vogelschwarm. Das sagte er auch zu dem Trainer.

»Wir werden schon noch wie Vögel fliegen«, versprach der Trainer.

Zwei Abende lang hämmerte Fjodor in seinem Zimmer. Er baute eine lange schmale und auf einer Seite wärmeisolierte Kiste mit mehreren Fächern, die er aufs Fensterbrett dicht an die Glasscheibe stellen wollte. Während dieser Arbeit kam ein Anruf aus Moskau.

Er nahm den Hörer ab und sagte: »Ja, bitte«, aber niemand antwortete. Nur ein keuchender Atem war zu hören.

»Ja, bitte!« wiederholte er ungeduldig.

»Na, wo steckste denn?« ertönte schließlich ein unzufrieden näselnder Tenor. »Nie erwisch ich dich.«

»Ich bin doch hier, Kassian Damianowitsch!«

»Ja? Wirklich? Vielleicht bist du's gar nich?«

»Doch, ich bin es, Kassian Damianowitsch.«

»Na schön, ich glaub dir. Haste gesehen, daß einer vor deiner Nase alle Kartoffeln gerodet hat?«

»Wenn einer sie gerodet hat, dann nicht vor meiner Nase, ich habe doch die klare Anweisung von Ihnen bekommen: ›Treib dich da nich rum.‹ Wessen Worte sind das?«

»Früher haste nich so mit mir geredet.«

»Früher haben Sie mir auch vertraut und mich ›Söhnchen‹ genannt.«

»›Söhnchen‹! Bist schon zu groß geworden. 'n richtiger Bulle . . .«

»Wann kommen Sie zu uns, Kassian Damianowitsch?«

»Hast wohl Sehnsucht nach Väterchen?«

»Es gibt viel Arbeit. Wir haben doch einen Plan. Haben alle Hände voll zu tun.«

»Wann ich komme, weiß ich jetz noch nich. Kann mich doch vorläufig nich bei euch blicken lassen. Jeder Dummkopf wird mit 'm Finger auf mich zeigen: das is der, der kopfüber im Klosett gehangen hat. Und was die Arbeit betrifft, so ruf ich grade deswegen an. Mach 'n Bericht für den wissenschaftlichen Rat. Erzähl ihnen, wie die Arbeit vorangeht, wie die Perspektiven sind. Antworte auf Fragen.«

»Warum das plötzlich? Wir haben doch die Arbeit des Sommers noch gar nicht ausgewertet.«

»Das hat Zeit. Sie sind beunruhigt über die Ereignisse, wollen Ordnung schaffen. Ich selber bin auch beunruhigt.«

»Warum wird denn Choderjachin nicht zur Berichterstattung hinbestellt?«

»Kindliche Fragen stellste, Fedja. Choderjachin is 'n Dummkopf. Und du bist 'ne harte Nuß. Ich hab zwar gute Zähne, aber deinen Kern hab ich noch nicht geknackt. Obwohl ich spüre, Fedja, daß unter deiner harten Schale 'n Kern steckt.«

»Denken Sie, daß sie mit vereinten Kräften die Schale durchsägen werden?«

»Ho-ho! Er macht noch Witze! Ich weiß nich. Bezweifel's. Wir wissen alle nich, was wir mit dir machen sollen, Fedja. Du bist nich so leicht zu durchschauen. 'n Dummkopf biste nich grade, du solltest mal selber unter's Mikroskop. Statt dem Pilz. Dem Exo . . . Pfui! Das is mir vielleicht 'ne Wissenschaft . . .«

Eine lange Pause folgte. Es hörte sich an, als wische in Moskau jemand mit einem derben Tuch über den Hörer.

»Du hast noch nichts von dir gegeben, was meine Seele beruhigen könnte. Und was du da auf der letzten Versammlung gesagt hast . . . Was sollte das Gequatsche von der Weißbuche und dem Haselnußzweig? Du weißt doch, was das bedeutet. Und du weißt, daß ich es weiß. Ich find nich, daß ich mich da lächerlich gemacht hab. An dem Prinzip is nich zu rütteln, also kann's auch so'n Fakt geben. 'n entsprechenden. Wenn's da was anderes gegeben hat, so is das 'n Zufall, 'n einmaliger Fehler der Natur. Da kannste dich drüber wegsetzen. Warum haste den Zufall so aufgebauscht? Wozu die Geschichte mit dem Förster? Wieso sagste nichts? Na, red schon! Hüll dich in die Toga, und schleudre mir 'n stolzes Wort entgegen, bloß sag was.«

»Kassian . . .«

»Verraten haste Väterchen, jawohl, verraten. Schmeichelst dich bei der Jugend ein. Schüttest Öl ins Feuer. Ach, hab ich das alles satt.«

»Kassian Damianowitsch . . .«

»Meinste, 's is leicht, 'n neues Wort in der Wissenschaft zu sprechen? Ich weiß, die haben nich zufällig ihren Pilz vorgeholt. Sie haben ihn dort gefunden, Fedja. Aber 'n Rückzieher können wir nich machen, nachdem wir Sturm geläutet haben. Versteh doch, 'n einmaliger Fehler! Aber dadurch kann die Wissenschaft um 'n halbes Jahrhundert zurückgeworfen werden. Die Wissenschaft, die schwimmt unten, am Boden. An der Oberfläche treiben alle möglichen ablenkenden Hülsen und Späne. In hundert Jahren macht die Wissenschaft 'n neuen Schritt nach vorn, 'n Sprung. Und dann heißt's . . . Die Nachkommen, Fedja, die sagen: Die Scholastiker, die unbedingt alles anfassen wollten, haben wegen ihrer Kurzsichtigkeit beinahe alles umgeschmissen. 'n Pilz haben sie unterm Mikroskop gesehen, und der hat ihnen die Sicht versperrt, alle Perspektiven. Die mit'm Marxismus ausgerüsteten standhaften Wissenschaftler aber haben nich aufgegeben und die Wissenschaft verteidigt, 'ne Einzelerscheinung mutig geopfert.«

»Ich habe selbst begriffen, als ich von der Tribüne ging, daß ich einen falschen Ton angeschlagen hatte.«

»Na siehste. Warum hat sich dein Spürsinn nich eher gemeldet? Nee, vorläufig will ich dich noch nich bestrafen. Ja, die alten Leute sind heute geduldig geworden. Aber du sollst begreifen, was Sache is, und gib mir endlich deine Arbeit. Ich laß sie drucken. Damit alle sehen, Fedja is wieder der Alte, kein Dämlack, 'n Mensch mit Köpfchen, unser Mann. 's kann ruhig 'ne Rohfassung sein, korrigieren kannste sie später, aber sag klipp und klar, wie du's früher getan hast: biste mit uns oder gegen uns?«

»Ich werde die Arbeit schreiben. Ich bin schon dabei, Kassian Damianowitsch. Dort ist alles klar gesagt.«

»Hab ich nich recht, Söhnchen? Denkste, ich will 'n so klugen Kopf verlieren?«

Sieh an, Klarheit will er, dachte Fjodor.

»Was den wissenschaftlichen Rat betrifft, den barbierste

sicher übern Löffel, aber denk dran, Fedja. Dein Name steht in meim Terminkalender. Auf jeder Seite.«

Er verstummte, und wieder war nur sein Atem zu hören. Laut wie eine nächtliche Brandung.

»Ach ja, was ich dir noch sagen wollte . . . Bei euch hat sich schon wieder 'n Nest gebildet! 'n großes Nest. Ich bin genau unterrichtet. Auch von den Dozenten is jemand dabei. Ach, Fedja, wehe dir, wenn auch du da reingekrochen bist. So einer wie du kann nur zu den Anführern gehören. Ich will nich, Fedja, ich will's nich, daß man dich mit denen zusammen erwischt, mit der Bande.«

»Man wird mich nicht erwischen, Kassian Damianowitsch, aber ich merke, daß Sie mir gegenüber einen harten Kurs eingeschlagen haben.«

»Kurs hin, Kurs her, hart oder weich. Ich bin dein Schicksal. Und das Schicksal kennt weder 'n harten noch 'n weichen Kurs, sondern nur einen einzigen, den gerechten. Die erwischen dich, Fedja, wenn du dazugehörst. Mach lieber Schluß mit den Kindereien. Du weißt noch nich, wie sowas schmeckt. Es schmeckt nich gut. Glaub mir. Heirate lieber. Und interessier dich dafür, was 'n normalen Mann in deinem Alter interessiert. Und Väterchen wird sich nich lumpen lassen.«

Die Verbindung mit Moskau brach ab.

Fjodor hielt noch eine Weile den Hörer ans Ohr, dann griff er wieder zum Hammer und machte sich an seine Kiste.

Der Oktober brachte eine Menge Sorgen. Es wurde ein schwerer Monat für Fjodor, deshalb freute er sich, als gegen Monatsende in der diesigen Abenddämmerung hinter den Institutsgebäuden plötzlich Akademiemitglied Possoschkow auftauchte. Er spürte sofort, daß die Begegnung kein Zufall war. Possoschkow plante offenbar einen neuen, wohlüberlegten Schritt, vielleicht sogar einen Gegenangriff. Einen klugen Schachzug.

»Fedja«, sagte Possoschkow. »Wie schön, daß ich dich treffe. Komm heute abend zu mir. Wir müssen uns unterhalten. Es gibt Gründe. Komm möglichst spät, so gegen zehn. Du kannst bei mir übernachten.«

»Haben Sie etwas Bestimmtes vor?«

»Sei still! Ich habe nichts vor, sondern eine Weisung erhalten. Und bring die Fotos mit, die von der ›Contumax‹.«

Am Abend steckte Fjodor den Briefumschlag mit den Fotos, die Oberst Sweschnikow höchstpersönlich in seinem Auftrag Ende August gemacht hatte – diese Fotos waren auch an die Zeitschrift geschickt worden –, in die Innentasche seines Mantels und begab sich zu Possoschkow. Niemand sah ihn, da er sich neuerdings angewöhnt hatte, aus einem dunklen Schatten in den anderen zu huschen. Außerdem ist es im Oktober um zehn Uhr abends bereits stockdunkel, und an diesem Abend nieselte es zudem noch pausenlos.

Possoschkow ließ ihn herein und machte erst dann Licht in der Diele. Während Fjodor den Mantel ablegte, reichte er Possoschkow schweigend den Briefumschlag mit den Fotos. Dann gingen sie in das große Zimmer, wo das Gemälde von Petrow-Wodkin hing. Possoschkow sah sich die Fotos an, fragte, ob es die gleichen seien, die er an die Zeitschrift geschickt habe, und als Fjodor es bestätigte, steckte er den Umschlag in die Tasche seiner legeren Jacke aus karmesinrotem Tuch mit dicken geflochtenen Seidenlitzen, den sogenannten Brandebourgs.

»Hier wollen wir nicht bleiben, gehen wir nach nebenan.« Possoschkow ging als erster ins Nebenzimmer, wo sie ein gedeckter Tisch mit einer schönen, wie ein Frauenkörper geformten Flasche Kognak erwartete.

»›Fine Champagne‹ – mein Lieblingsgetränk in der Jugend. Mit Zitrone und Zucker schmeckt es am besten. Ich denke, auch mein Fedja wird das zu schätzen wissen.«

Selbst die passende Musik schien er ausgewählt zu haben. Der Hausherr verschwand für wenige Sekunden, und schon ertönte von irgendwoher leise, beschwingte Klaviermusik. Fjodor erkannte sie sofort. Er mochte dieses Stück. Doch jetzt wollte er es nicht hören, sich nicht der Musik hingeben. Er konnte sich nicht entspannen, ihm fehlte die innere Ruhe.

»Verdammt nochmal, ich habe was Falsches aufgelegt«,

sagte Possoschkow plötzlich. »Diese Musik paßt heute nicht. Wir müssen reden, da kann man nicht Musik hören, stimmt's?«

Fjodor nickte. Possoschkow lief geräuschlos aus dem Zimmer, drückte auf einen Knopf, und die Klaviermusik verstummte.

»Einen Petrow-Wodkin betrachten oder solche Musik hören kann man nicht bei einer ernsthaften Zecherei«, sagte Possoschkow, der schnell wieder zurückkam und nach der Flasche griff. »Was ist das Schöne an der Jugendzeit? Die reichen und frischen Emotionen. Da braucht man keine Kunst, man schöpft alles aus dem Leben. Mit zunehmendem Alter aber sucht man Zuflucht in der Kunst. Man schließt sich ein und hört Musik. Und erlebt die gleichen Emotionen. Dazu braucht man nicht wie Faust seine Seele dem Teufel zu verkaufen. Am liebsten würde ich so bis in meine alten Tage der Musik lauschen.«

Gut gesagt – er war immerhin über fünfundsechzig.

»Aber weißt du, heute brauche ich keine Emotionen von außen, heute brodeln in mir solche Leidenschaften, schlimmer als bei . . .« Er überlegte einen Moment, aber ihm fiel kein Künstler ein, der in seinem Werk eine ähnliche Leidenschaft verewigt hätte, wie sie Possoschkow empfand. »Warum guckst du so auf die Kognakflasche? Ich will heute trinken. Du aber zerbrich dir ruhig den Kopf, das kann nur nützlich sein.«

Plötzlich stellte er die Flasche hin und huschte abermals aus dem Zimmer. Gleich darauf erklangen aus einer fernen Zimmerecke sehr angenehme Schlaghölzer, aus einer anderen Ecke antwortete ein tiefer rätselhafter Paukenschlag, der noch angenehmer klang. Leise schluchzte ein Saxophon auf, über den Boden wehte etwas, das anschwoll und wieder abebbte. Europa schien hierhergekommen zu sein, um ein sorgloses »Weekend« zu verbringen und seinen schon fast ein Jahrhundert währenden schönen Untergang bei den Klängen von Musik zu feiern.

»Das ist die richtige Untermalung zum Trinken und Reden«, sagte Possoschkow und setzte sich an den Tisch. Ein neuer Zug war an ihm zu bemerken, eine eigentümliche hastige Redseligkeit. Er nahm die Flasche und den Korkenzieher. »Wie angenehm, mit einem Korkenzieher einen richtigen Korken herauszuziehen!«

»Swetosar Alexejewitsch«, sagte der Gast, den selbst diese europäische Musik an die Verfolgung gemahnte. »Ich glaube, ich habe schon einen kleinen Kratzer abgekriegt. Meine Uhr ist aufgezogen, meine Stunden sind gezählt. Deshalb . . .«

»Nicht nur einen kleinen Kratzer, Fedja, sondern einen ganz gehörigen. Das ist auch der Grund für unsere heutige Beratung. Was denkst du, warum ich um die Fotos gebeten habe? Weil ich deine Mitteilung für das Oktoberheft der ›Probleme‹ gelesen habe. Sie war bereits gesetzt, gesetzt, verstehst du? Und umbrochen. Mit allen Fotos. Das hat mich natürlich neugierig gemacht. Wo ich das gelesen habe? In Moskau, an einem sicheren Ort. Du verstehst selbst, wenn der Umbruch da war, gab es auch genügend Abzüge. Die mit Sicherheit in die Hände all derer geraten sind, vor denen wir Angst haben müssen. Bald wird Kassian losbrüllen. Das ist nicht mehr zu vermeiden. Wir haben zu früh mit unserem Gedankenaustausch begonnen. Ich habe doch auch einen Kratzer abgekriegt, Fedja, einen eigenartigen Kratzer, einen Streifkratzer sozusagen. Doch das Gift ist bereits in die Adern gedrungen. Trinken wir ›Fine Champagne‹ darauf, daß das Gift nicht so schnell wirkt.«

Die Gläser schillerten wie Seifenblasen, der gelbe Kognak bedeckte nur den Boden. Fjodor nahm eine Zitronenscheibe in den Mund und riß die Augen auf. Possoschkow tat sich ein großes Stück kalten Kalbsbratens auf und dazu zwei Löffel Aspik.

»Aspik!« sagte er freudig. »Nach siebenjähriger Unterbrechung! Das Privileg jener, die ein vergifteter Degen geritzt hat.«

»Und wo ist der Quark?«

»Der Quark ist gestrichen. Von einer schönen Frauenhand. Was soll auch Quark beim letzten Gelage! Fedja, laß uns trinken und essen!«

Und er aß. Heute sah Fjodor ihm mit Wohlgefallen beim Essen zu. Von Zeit zu Zeit hörte Possoschkow zu kauen auf und wiegte, begeistert und verblüfft über die Wunder und Reichtümer des Universums, den Kopf.

»Was meinst du, Fedja, bin ich ein guter Mensch?« fragte er plötzlich und wurde nachdenklich. »Warte mal, ich weiß, was du sagen willst. Ich bin gut, jaja gut. Ich will gut sein. Es bedrückt mich, wenn ich jemanden leiden sehe, und ich tue alles, um die Ursache seines Leidens zu beseitigen. Ich sehe gern glückliche Menschen, freue mich über ihr Glück. Das Gleiche kann ich von dir sagen. Du bist noch besser als ich. Aber beantworte mir eine Frage. Kannst du mit diesem Ding umgehen?«

Er streckte den Arm über den Tisch und hielt seine kleine Faust dicht vor das Gesicht des Gastes. Das war etwas Neues, und Fjodor betrachtete interessiert aus nächster Nähe diese knochige Waffe des Akademiemitglieds.

»Alle denken, ich sei ein Stubengelehrter«, sagte er mit rauher Stimme. »Ein Spenglerscher Intellektueller, der wegen seines Aristokratismus und seiner latenten Amoralität zum Aussterben verurteilt ist. Ein Meerschweinchen, das den ›Untergang des Abendlandes‹ genährt hat. Nein, Fedja. Ich bin ein Intellektueller neuen Typs. Ich nähre das ›Erwachen des Abendlandes‹, das noch geschrieben werden wird. Ich ziehe eine Wattejacke an, nehme einen Spaten in die Hände und fluche fürchterlich, daß du mich nicht wiedererkennst. Auch mit dem Brecheisen kann ich zuschlagen. Und während der Schweinehund verständnislos dreinschaut, weil das nicht in seinen Kopf geht, haue ich ihm noch eins drauf. Komm, laß dir einschenken. Ein gu-uter Tropfen, wenn man ihn lange nicht getrunken hat . . . wenn man sich von der Kette losreißt.«

Fjodor langte nach dem Kalbfleisch, besann sich jedoch und saß da wie versteinert.

»Ich kann nicht. Sie werden jetzt irgendwohin transportiert.«

»Ich habe auch daran gedacht. Komm, verdirb mir nicht den Abend. Nimm und iß. Vielleicht haben wir nicht mal mehr Zeit, es zu verdauen. Das ist doch unser Abschiedsfest, zwinge mich nicht, dir Einzelheiten zu erzählen. Die erfährst du noch früh genug. Nein, nein, keine Angst, wir schaffen es schon, aber einen Monat mußt du noch durchhalten. Mehr kann ich dir einstweilen nicht sagen.«

Sie verstummten. Fjodor spießte seine Gabel in ein Stück Kalbfleisch und wollte es zum Mund führen. Doch Possoschkow gebot ihm Einhalt und legte ihm einen Löffel Aspik aufs Fleisch. Kalbfleisch und Aspik erforderten Konzentration. Fjodor aber weilte in Gedanken woanders. Ein Gedanke quälte ihn die ganze Zeit. Sie essen dort wässrige Balanda, dachte er, als er das süßliche und zugleich salzige Kalbfleisch kaute, das durchdrungen war von der Schärfe des Aspiks und der widerlichen Süße des Verrats.

»Ich habe dir da eben vom Intellektuellen neuen Typs geredet.« Possoschkow legte die Faust auf den Tisch und betrachtete sie aufmerksam. »Das Ding ist zwar klein, kein Vergleich mit Waritschews Pranke. Aber es kann was. Im Leben, in der Praxis gibt es viele Beispiele. Ich hatte mal einen Bekannten, einen Mediziner, der an einer Expedition zur Bekämpfung der Enzephalitis teilnahm. Ein guter Mensch, vorbestraft. Er kämpfte in der Taiga gegen die Enzephalitismilbe. Nicht des Geldes wegen ist er dorthin gefahren. Ich habe Hochachtung vor solchen Menschen. Dann kehrte er nach Moskau zurück. Dem Enzephalitistod war er entgangen. Aber in Moskau, als er mit seinem Rucksack vom Bahnhof kam, klein, schmächtig, mit Brille, machten sich drei Kerle an ihn heran. Gib uns eine Zigarette, Opa. Iwan Afanassjewitsch brummte: Ich bin Nichtraucher. Der eine tat, als wolle er mit den Fäusten auf ihn losgehen und trat ihm in den Bauch. Und dann trampelten sie auf dem am Boden liegenden Wissenschaftler rum. Immer auf den Kopf! Drei waren es! Der erste hob den Fuß im Schnürstiefel, um ihm mit der ganzen Sohle ins Gesicht zu treten. Doch Iwan Afanassjewitsch schoß ihn nieder. Er hatte eine Leuchtpistole bei sich und schoß ihm eine Leuchtrakete in die Leistengegend. In seinem Schlußwort vor Gericht sagte er: ›Ich habe in meinem Leben schon alles gemacht. Ich bin bereit, sogar zu sterben, und erhalte dadurch das Recht, zu tun, was mir mein Gewissen befiehlt.‹ Er ist ohne Hamlet zu meinen Überlegungen gekommen. ›Sollen das alle Schurken wissen‹, sagte er. ›Zu viele sind unter dem Schutz des Gesetzes dazu geworden. Alle Schurken sollen wissen, daß es unter den Opfern auch solche wie mich geben kann. Und wir werden uns eines Tages von diesen nächtlichen Straßenräubern befreien.‹«

Possoschkow wollte noch etwas Kalbfleisch nehmen, widerstand jedoch der Versuchung, ihm war der Appetit vergangen.

»Auch Kassian greift in der Nacht an. Genau wie diese Banditen. Zuerst hat er um sich herum finstere Nacht geschaffen, und nun greift er an. Mit zehn Mann gegen einen. In was für ein Dilemma er einen dauernd bringt! Ob du willst oder nicht, du mußt dich entscheiden. Er geht dir nicht von der Pelle und diktiert dir seinen Willen. Gib deine wissenschaftlichen Positionen auf. Ich habe sie aufgegeben – ihm genügte das nicht. Schließ dich meinem Rudel an, wir wollen gemeinsam nachts auf Raubzug gehen. Kehr zurück ins Mittelalter. Ergib dich auf Gnade und Ungnade Seiner Durchlaucht, dem Satan. Oder – und das ist es, was mir bleibt – versteck die Waffe des Teufels, die unerträglich nach Hund stinkt, im Ärmel. Laß dich zu Boden fallen und stell dich tot. Und wenn der Teufel, der von uns Aufrichtigkeit gewohnt ist, an dich herantritt, um auf dich zu pinkeln, dir einen Fußtritt zu versetzen und zu triumphieren, dann triff ihn in die Leistengegend. Hast du die Möglichkeit, den Angriff zu wiederholen, dann wiederhol ihn.«

»Der Mediziner hat auf den Schweinehund geschossen, der ihn töten wollte«, sagte Fjodor. »Er hat geschossen, er hatte die Kraft, es zu tun. Aber ich habe meinen Teufel gerettet. Jetzt wird er kein zweitesmal in den Graben kriechen.«

Mit düsterem Blick und finster gerunzelten Brauen griff er sich plötzlich an die Stirn. Eine Weile sagte er kein Wort. Er wiegte den Kopf und versuchte, sich an etwas sehr Wichtiges zu erinnern.

»Ach ja!« erinnerte er sich schließlich. »Swetosar Alexejewitsch, Sie haben gesagt, daß ich einen gehörigen Kratzer abgekriegt habe. Sie haben gesagt, Sie hätten einen Abzug gesehen. Da steht doch aber ein ganz anderer Name. Was hab ich damit zu tun?«

»Fedja, da steht kein anderer Name, sondern deiner. Ich muß hier irgendwo ein Exemplar haben.«

Possoschkow wollte aufstehen, um den Abzug zu suchen. Aber Fjodor winkte nur resigniert ab. Er brauchte keine Beweise. Wieder wiegte er den Kopf, doch diesmal aus einem anderen Grund – er spürte den Kratzer jetzt regelrecht.

»Ja-a-a«, murmelte er seufzend. »Das haben die nicht vorausgesehen. Jetzt wird mein Zug losrasen. Unaufhaltsam.«

Sie nippten am Kognak und senkten den Kopf, als wären sie eingeschlafen. Indessen strömte die europäische Musik aus allen Ecken und erfaßte die beiden grübelnden Russen, forderte sie auf, alle Gedanken und Erinnerungen abzuschütteln und sich ganz dem Genuß hinzugeben.

Fjodor hörte die Aufforderung nicht.

»Eine Woche früher oder eine Woche später«, sagte er, das Gesicht verziehend. »In vierzehn Tagen hätten sie es sowieso gedruckt. Wer konnte das voraussehen?«

Nach einer Weile sagte Possoschkow, einen Olivenkern aus dem Mund nehmend und ihn aufmerksam betrachtend: »Ich wollte dich schon immer etwas fragen, Fedja. Hast du, als du zehn Jahre warst, Kordhosen getragen? Ohne Taschen und mit Umschlag unter den Knien?«

»Es hat sich so ergeben, daß ich immer Hosen wie die Erwachsenen tragen mußte. Mit Taschen.«

»Das dachte ich mir. Aber wo gibt es denn das – mir einfach den Sohn wegzunehmen!« rief Possoschkow ohne jeden Zusammenhang mit ihrem Gespräch. Und das Gesicht mit der Hand bedeckend, drückte und zerrte er an Nase und Bärtchen, um mit diesem Schmerz einen anderen zu betäuben. »Sie hat mich verlassen, Fedja. Sie kommt nicht wieder, aber ich bin doch nicht der, für den sie mich hält und den sie verlassen hat. Ich bin der, zu dem sie einst gekommen ist. Wie kurzsichtig sie ist. Aber sie wird es bald begreifen. Sag meinem Andrjuschka eines Tages, daß sein Vater nicht nur so war, sondern auch anders.«

Die Gesprächspartner verstummten, lösten sich voneinander und flogen in Gedanken weit weg, jeder in seine Welt. Fjodor fuhr zerstreut mit der Gabel über die Serviette. Possoschkow betrachtete, Mund und Kinn in die Hand gestützt, mit zornig funkelnden Augen die halbleere schöne Flasche – vielleicht sah er in diesem Augenblick etwas, worüber er nicht sprechen wollte, seine nahe Zukunft.

»Wenn man mit Sicherheit wüßte, daß man noch einmal auf die Erde kommt, um das Nichtbewältigte zu vollenden«, sagte er plötzlich, ohne den Blick von der Flasche zu wenden, »dann wären das alles nur Lappalien, dann könnte man sich auch ans Kreuz schlagen lassen. Das wäre sogar interessant. Aber wenn man mit Sicherheit weiß, daß das der erste und letzte Aufenthalt auf Erden ist, dann muß man versuchen, dem Kreuz zu entgehen. Kassian ist doch bloß drauf aus, einen für immer aus dem Wege zu räumen.«

Er dachte über etwas nach, wollte einen Entschluß fassen, und dazu brauchte er die Anwesenheit eines schweigenden Gesprächspartners. Aber er redete nicht mit ihm, er führte nur Selbstgespräche. Der Gedanke brannte in ihm, blieb in der Tiefe, doch manchmal stieg er hoch, und dann schleuderte Possoschkow ein Knäuel von Problemen heraus, das für Fjodor bestimmt war.

»Die Natur beseitigt uns zur rechten Zeit«, sagte er nach längerer Pause. »Alle Klassiker, Schriftsteller und Komponisten, alle Venedigs und norwegischen Fjorde reichen für ein durchschnittlich langes Leben aus. Die Arie des Figaro langweilt mich bereits, derjenige aber, der sie zum erstenmal hört oder singt, ist begeistert. Genau besehen, Fedja, ist alles für diese Lebensfrist berechnet. In dieser Zeit sammelt der Mensch Erfahrungen. Aber wenn er begreift, daß man handeln muß und vor allem, wie man handeln muß, dann stirbt er. Selbst wenn er die Möglichkeit hat, einem jungen Menschen zu sagen: ›Das schmeckt nicht! Das brauchst du gar nicht erst zu probieren‹, wird dieser ihm antworten: ›Halt's Maul, Opa!‹ Er will alles selbst erfahren. Das heißt, er will die schon gemachte Arbeit noch einmal machen und seine Zeit dort vergeuden, wo ein anderer sie bereits vergeudet hat. Die Natur hat uns nicht von ungefähr eine begrenzte Lebensfrist gesetzt, damit wir auf einer Stelle verharren – Schnelligkeit mag sie nicht. Manche jedoch läßt sie einen Sprung tun.«

Wieder verstummte er, und wieder klang aus den Zimmerecken die leise europäische Musik, betäubte die Gedanken und ließ die Zeit stillstehen.

»Endlich!« rief Possoschkow plötzlich laut. »Endlich fange ich an, etwas Wahres zu tun, das Früchte tragen wird. Die letzten zehn Jahre meines Lebens waren nur die Vorbereitung darauf. Wie eine Agave werde ich drei Tage blühen! Und wie viele Möglichkeiten, wie viele weiße Flecke gibt es noch! In keiner Sache ist das letzte Wort schon gesprochen. Nur Kassian ist überzeugt, die endgültige Wahrheit gefunden zu haben. Der typische Hang zur Sackgasse. Wo man am Ende des Flurs gegen die Wand prallt und mit brennenden Augen dasteht.«

»Und wenn jemand eine Tür in dieser Wand findet und sie öffnet«, fuhr Fjodor fort, aber Possoschkow hörte nicht zu.

»Wir trinken ja gar nicht«, meinte er. »Nehmen wir noch einen zur Brust.«

Er schenkte den ganzen wohlduftenden Rest in die schillernden Gläser, stülpte die Flasche um, schüttelte die letzten Tropfen heraus, und die Lippen fest zusammenpressend, warf er die Flasche auf den Fußboden. Auch diese Geste war Ausdruck des geheimen Gedankens, der unablässig in ihm brannte und von Zeit zu Zeit hervorbrach. Er stürzte sein Glas in einem Zug hinunter und sah Fjodor an. »Gehen wir jetzt nach oben.« Sich aus dem Sessel erhebend, rief er »Markelowna! Wo bleibt der Tee?«, lauschte, den Kopf leicht zur Seite geneigt, und stellte fest: »Sie ist weg!«

Fjodor stieg zum erstenmal diese Treppe hinauf. Dort oben befand sich Possoschkows Privatsphäre. Der Boden unter dem Satteldach war durch Querwände abgeteilt. In dem äußersten Raum hatte sich der Hausherr ein großes Arbeitszimmer eingerichtet. Bücherschränke standen hier an beiden fast nur mannshohen Wänden. In der Mitte hing ein Porzellanlüster – weiß mit blauen Ornamenten – an Bronzeketten. In einer Ecke gleich am Eingang standen zwei Polstersessel und eine Couch um einen niedrigen ovalen Tisch aus hellem Holz. Auf dem Tisch blitzte ein elektrischer Samowar, standen Tassen und Schälchen und eine aufgeplusterte bunte Wattehenne, die die Teekanne in sich barg.

Auch ein paar andere blankpolierte Dinge reflektierten das Licht. Seitlich vor dem großen Fenster, das mit einer dezent gemusterten blaugrauen Gardine verhängt war, stand, sorgfältig aufgeräumt und zum Arbeiten bereit, ein wuchtiger gedrechselter Schreibtisch aus dem vorigen Jahrhundert. Doch Fjodor sah sofort, daß in diesem Zimmer schon lange nicht mehr gearbeitet worden war.

Ein grüner Fayencelampenschirm, von drei im Kreis stehenden nackten Porzellanschönen gehalten, ein Werk dänischer Künstler, warf gedämpftes Licht auf den Schreibtisch.

»Ein sehr teures Stück«, sagte Possoschkow, als er Fjodors Interesse an der Lampe bemerkte. »Heute ist sie überhaupt nicht mehr zu bezahlen. Sieh mal genau hin, die Damen sind zusammengeklebt, sie waren in tausend Stücke zerschlagen. Olja hat sie mal zerschlagen, aus Eifersucht. Ach Fedja, das war . . . das war . . .«

Er befühlte den Samowar und schaltete ihn ein, um das Wasser zu erwärmen. Nachdem er eine Weile mit den Fingern auf den Tisch getrommelt hatte, fiel ihm etwas Wichtiges ein. Er ging aus dem Zimmer und kehrte mit einer vollen Kognakflasche und zwei Gläsern zurück, die ebenfalls wie Seifenblasen schillerten.

»Ich sehe an deinen Blicken, Fedja, du hast alles verstanden, was ich dir noch gar nicht gebeichtet habe.« Er stand neben dem Gast und ließ den Blick durch das Arbeitszimmer schweifen. »Aber Waritschew ist noch viel luxuriöser eingerichtet.«

»Teurer«, präzisierte Fjodor.

»Danke. Aber auch aus diesen Sachen sprachen, wie du wohl verstehst, mahnende Stimmen, und sie sprechen immer noch. Alle Dinge sind auf der Seite des Feindes. Man muß viel konsequenter sein. Ich denke, bis das Wasser kocht, sollten wir ein Schlückchen . . .«

Er zog mit dem Korkenzieher den Korken aus der Flasche und schenkte ganz wenig Kognak in die Gläser ein. Sie nippten und gingen mit den gläsernen Kugeln in der Hand, um sie mit den Fingern zu erwärmen, im Zimmer auf und ab, und ihre Füße versanken in einem weichen, außergewöhnlich dicken Teppich.

»Noch gestern war daheim ich und geborgen, doch bald eß ich der Armut Brot«, sang Possoschkow mit weicher Tenorstimme.

Er hatte eine erstaunlich junge klare Stimme. Wie Lemeschew, dachte Fjodor verwundert. Schweigend lauschte er dem Gesang. Possoschkow aber ging gestikulierend im Arbeitszimmer auf und ab, als spreche er mit unsichtbaren Schatten.

»Der Lieben Gräber, ach, verlaß ich morgen«, er sang sogar wie Lemeschew ein bißchen zu hoch, was besonders ergreifend klang, »mein Elternhaus, die traute Jugendzeit. Den Weg des Darbens und der Sorgen geh ich in Angst und Einsamkeit. Oh, Fedja, ich sterbe.« Er nahm einen Schluck und lehnte den Kopf an Fjodors Schulter, fing sich aber sofort wieder: »Gut, trinken wir jetzt Tee. Wenn du willst, zeige ich dir, wie ich auf dem Standesamt . . .«

Er drückte Fjodor sein Glas in die Hand, ging zum Schreibtisch, blieb stehen und holte mit den Armen Schwung. Aber er war nicht mehr so gut in Form. Er schaffte den Sprung nicht, stieß mit dem Knie gegen die vorstehende eichene Tischkante, drohte zu fallen, kippte schon nach hinten über, doch Fjodor fing seinen leichten, zitternden Körper noch rechtzeitig auf. Still in seinem Arm liegend, sah Possoschkow ihn verwundert an.

»So ist das, Fedja . . . Merk's dir, schreib's dir hinter die Ohren«, sagte er schließlich. »So sind die Launen des Schicksals. Was ist? Hast du das Glas zerschlagen? Macht nichts, die Markelowna kehrt es morgen weg. Verdammt noch mal, ich hab mir das Knie geprellt.«

Er nahm die Wattehenne von der Porzellankanne, und während er Tee einschenkte, versank er wieder in Gedanken, die immer nur um das eine Thema kreisten. Nach einer Weile sagte er: »Man hat mir von deiner ›Sanduhr‹ erzählt, Fedja. Das entspricht genau meinen Gedanken über Hamlet. Als man dem Prinzen einen Kratzer zugefügt hatte, wohin verkroch er sich da? In seine innere Unendlichkeit. Und alles, was im oberen Kegel war, berührte ihn nicht mehr, dort hatte man ihn verloren.«

»Ich will Ihnen mal was sagen«, Fjodor fixierte Possoschkow mit seinem kühlen aber sanften Tizianblick. »Sie sind mit Sweschnikow befreundet.«

»Wie kommen Sie darauf?«

»Sie geben die Gedanken wieder, die ich ihm gegenüber geäußert habe. Und er gibt wieder, was ich Ihnen sage. Ich vermute, daß wir bereits zu dritt sind. Und das erhöht das Risiko.«

»Das ist purer Zufall. Ich will darüber nicht reden. Trink Tee!« Possoschkow schob Fjodor eine Tasse hin. »Dieser Fedja, sieh mal an, so ein Beobachter. Welch ein Glück, daß du nicht im Haus 62 arbeitest.«

Es war bereits nach zwei Uhr, als Possoschkows Kopf plötzlich auf die Brust sank und er einschlief. Er schlief etwa eine Minute, laut schnaufend bewegte er seinen grauen Schnurrbart, und sein Kopf pendelte mal nach rechts, mal nach links, als unterhalte er sich unwillig mit zwei Gesprächspartnern gleichzeitig. Dann wachte er auf, kam langsam zu sich, begegnete Fjodors Blick, leckte sich die trockenen Lippen und sagte: »Schlafen . . . Gehen wir schlafen, Fedja, machen wir Schluß.«

Der Rausch überwältigte ihn, und Fjodor mußte ihn ins Schlafzimmer führen, das dem Arbeitszimmer gegenüberlag. Fjodor knipste das Licht an und erblickte eine geblümte weiße Welt, den verlassenen Tempel des Glücks. Zwei fast quadratische Betten standen nebeneinander, darauf lagen graublaue Tagesdecken mit erhabenem weißem Muster, das an Eisblumen erinnerte. Rechts und links daneben kleine Schränkchen mit Nachttischlampen, jede hatte einen blassen Seidenschirm mit Rüschen. Die Wände waren mit zartem Stoff bespannt, auf dem winzige Röschen mit Blättern verstreut waren. Statt des Fensters war da eine Art Podest, und dort hing keine Gardine, sondern ein Hauch von Tüll. Dieser Tüll trennte das Schlafzimmer von einem großen Erker – am Tage mußte hier eine Flut von Sonnenlicht hereinströmen.

»Das ist es, das dumme Glück mit den weißen Fenstern zum Garten«, sagte Possoschkow.

»Ich werde lieber dort schlafen«, Fjodor zeigte hinter sich ins Arbeitszimmer.

»Auch ich will hier nicht schlafen. Ich fürchte mich, Fedja. Du hast recht.«

Sie kehrten um. Ächzend und torkelnd, zog der Hausherr hinter dem Schrank in der Ecke ein Klappbett hervor und ließ es mitten ins Zimmer fallen. Dann schleppte er zwei gestreifte Matratzen an und warf sie aufs Klappbett. Kissen, Decken und Laken fanden sich ebenfalls in einem der Schränke. Possoschkow warf alles auf die Matratzen und sank in einen Sessel.

»Richte dich auf der Couch ein. Ich schlafe hier auf dem Klappbett. Hilf mir. Ich bin es gewohnt. Einsam bin ich, hab weder Weib noch Rind noch Esel.«

Als Fjodor ihm aufs Klappbett geholfen, das Licht ausgeschaltet und sich selbst hingelegt hatte, sagte Possoschkow gedankenvoll: »Wieviel Kerosin . . . Ach, Fedja, nichts als Kerosin . . .«

Ächzend wälzte er sich hin und her. Fjodor schwieg.

»Ja, ja, es stimmt . . .«, fuhr Possoschkow fort. »Seitdem man in unsere Biologie dieses Kerosin reingelassen hat, schwimmen alle Fische mit dem Bauch nach oben . . .«

Er gähnte leise, und dann breitete sich Stille im Arbeitszimmer aus.

»Ich muß immerzu an das Gesetz denken. Wie du es ausgelegt hast. Eine ausreichende Begründung«, sagte Possoschkow, ein weiteres Gähnen unterdrückend. »Auch das Redaktionskollegium hat was abgekriegt. Man darf die Kräfte der Natur nicht stören. Komm nicht mit einer belebenden Kompresse, wenn einer schon tot ist. Aber Rjadno, der brüllt durch die ganze Welt, der kann es sich leisten. Und er läßt sein Gebrüll in alle Sprachen übersetzen. Bei ihr, bei der Natur, ist der ganze Mechanismus gut ausgebildet. Kassian, der von Tuten und Blasen keine Ahnung hat, streckt die Hand aus: das ist ein Feind, und da ist noch ein Feind. Und er zeigt auf die Klügsten. Auf die, die recht haben. Und die Fische schwimmen . . .«

»Mit dem Bauch nach oben«, setzte Fjodor fort.

»Ich will kein Fisch sein!« schrie Possoschkow verzweifelt.

Dann verstummten beide. Der Hausherr begann laut zu

schnarchen, was besagte, daß die von ihm einberufene Beratung zu Ende war.

In allen Fächern der Kiste auf dem Fensterbrett lagen bereits seltsame kleine Knollen, die einen erbsengroß, die anderen von der Form länglicher Walnüsse. All das waren Knollen von Wildkartoffelsorten, auf die Strigaljow große Hoffnungen setzte. Damit wollte Fjodor künftig arbeiten. Den Vorrat hatte er sich für den Notfall angelegt. Hier äußerte sich wieder der Instinkt des Vogels, der beharrlich Grashalme herbeischleppte und ein kompliziertes Nest baute. Den Gesamtplan des Nestes hielt die Natur geheim, sie gab nur die für den jeweiligen Tag benötigte Arbeitsskizze heraus.

Die Knollen der Sorte »Contumax« mit Chromosomenverdopplung lagen noch in der Erde, in den Töpfen, die – jetzt nicht mehr auf dem Balkon, sondern auf dem Fensterbrett – bei Sweschnikow standen. Das Kraut färbte sich bereits braun, auch die drei großen, etwas vertrockneten Beeren waren schon dunkel geworden, hingen aber noch an dem welken Stengel.

Der November war regnerisch, überall wurden eilig Vorbereitungen für die Oktoberrevolutionsfeierlichkeiten getroffen. Das war ein Hämmern und Klopfen. Arbeiter zogen mit einer Winde ein an Tauen befestigtes riesiges Stalinbild am Rektoratsgebäude hoch. Überall hing schon rotes Fahnentuch, abends leuchteten Lichterketten.

Am Morgen des siebten November formierte sich vor dem Rektoratsgebäude ein Demonstrationszug. An der Spitze blinkte das Messing des Studentenblasorchesters. Dahinter in der ersten Reihe stellten sich die Professoren und Dozenten auf, dann folgte das technische Personal und schließlich die große, in mehrere Grüppchen zersplitterte, nicht sehr disziplinierte fröhliche Schar der Studenten, die, ohne aufeinander zu achten, gleichzeitig drei oder vier Lieder sangen. Fjodor war auch da. Bald hier, bald dort leuchtete der allen bekannte rotbraune »Martin Eden« auf, und man sah den exakt gescheitelten und in der Mitte schon leicht gelichteten blonden Haarschopf des Leiters des Forschungslabors.

Fjodor begab sich nach vorn, um bei den Professoren und Dozenten seinen Platz einzunehmen. Er kam an mehreren Studentengruppen vorbei, die er sich aufmerksam ansah. Alle sangen, lachten, knufften sich, ringsum fröhliche junge Gesichter. In einer Gruppe sah er Shenja Babitsch – ohne Kopfbedeckung, in einem engen, wohl noch aus der Schulzeit stammenden Mantel mit schmalem hellblauem Fellkragen. Wie alle anderen sang sie lauthals das Lied von Budjonnys Reiterarmee. Als sie Fjodor bemerkte, blickte sie weg, wahrscheinlich dachte sie an die Begegnung auf der illegalen Parzelle.

Irgendwo in der Menge befand sich das neue »Nest«. Natürlich waren sie hier alle zusammen.

Um neun Uhr gab jemand das Kommando, die Fahnen und roten Transparente wurden hochgehoben, alles geriet in Bewegung und setzte sich in Marsch.

Als sie durch die Sowjetskaja-Straße zogen, sahen sie Waritschew auf dem Fußweg stehen. Er überragte die Menge – riesengroß, mit dunkelgrauem Hut und in graublauem leichtem Mantel, der auf seinen Schultern hing wie die Hülle auf einem Denkmal. Die Studenten schrien: »Hurra!« Der Rektor ließ seine Blicke über die Kolonne schweifen und schloß sich der Reihe an, in der Fjodor marschierte. Zuerst ging er mit weit ausladenden Schritten ganz außen, dann lief er schwerfällig in die Mitte.

»Seien Sie gegrüßt, Genosse Laborleiter«, sagte er, hob leicht die Hand und watschelte schnaufend neben Fjodor her. »Ich mag die sowjetischen Feiertage!« sagte er, zu seinem Nebenmann herunterblickend.

Fjodor hatte in seinem Leben keine anderen als sowjetische Feiertage kennengelernt. Die religiösen wurden in seinem Elternhaus nicht gefeiert, ausgenommen das Neujahrsfest mit dem Tannenbaum, ein Fest, das man in Fjodors Kindheit heimlich und auf sehr bescheidene Weise begangen hatte. Er war ein richtiger Sowjetmensch, und nicht der schlechteste. Als er im Jahre einundvierzig bei Leningrad seinen Zug zum Angriff gegen die Deutschen, die sich im Dorf Pogostje verschanzt hatten, führte, hatte er sogar begeistert geschrien: »Fürs Vaterland, für Stalin!« Heute, als er im Demonstrationszug mitmarschierte, festlich gestimmt und aufatmend, weil er dem Gespenst Kassians für eine Weile entronnen war, hörte er aus den Worten des dicken alten Waritschew einen feindseligen Unterton heraus, wahrscheinlich aufgrund der Telefongespräche mit dem Akademiemitglied. Das sagt der Dicke extra meinetwegen, dachte er sofort.

»Ich kenne nur sowjetische Feiertage, Pjotr Leonidowitsch«, antwortete er vorsichtig. »Die anderen habe ich nicht mehr mitgekriegt. Höchstens eine Hochzeitsfeier. Auf einer Hochzeit geht es wohl lustiger zu. Besonders wenn es die eigene ist. Finden Sie nicht?«

Waritschew konnte ihm in der Öffentlichkeit nicht zustimmen. Aber eine offenkundige Tatsache leugnen konnte er auch nicht. Die ganze Reihe lauschte dem Gespräch, das er selbst mit solchen pathetischen Worten angefangen hatte.

»Ein Demago-oge!« sagte er, seine breiten feuchten Zähne fletschend, so daß man das Zahnfleisch sah, und während er Fjodor den Arm freundlich um die Schultern legte, knuffte er ihn schmerzhaft in die Seite.

Dann hakte er ihn unter und beugte sich zu ihm herab.

»Kassian Damianowitsch hat Sie sicher angerufen? Aus verständlichen Gründen will er sich eine Weile von der Leitungstätigkeit bei uns fernhalten. Er hat alles dem wissenschaftlichen Rat übertragen. Und wir möchten hören, was Sie uns zu sagen haben, Fjodor Iwanowitsch. Es haben sich da etliche Fragen angesammelt. Und Sie haben den Kollegen wahrscheinlich einiges zu erzählen.«

»Wir haben das im Sommer gewonnene Material noch nicht ausgewertet.«

»Fjodor Iwanowitsch! Wir sind doch unter uns! Wir werden uns zusammensetzen und uns in aller Ruhe unterhalten. Wir schreiben ein Protokoll.« Er lächelte freundschaftlich. »Ich denke, wenn Swetosar Alexejewitsch zurückkommt.«

»Ist er denn verreist?«

»Das wissen Sie nicht? Er ist auf einem Kongreß in Schweden.«

»Ja-ja?« Fjodors Gesicht nahm sofort einen strengeren Ausdruck an.

»In Schweden, ja, in Schweden ist unser Swetosar Alexejewitsch. Berichtet der ganzen Welt von unseren Erfolgen auf dem Gebiet . . .«

Aber Fjodor hörte nicht mehr zu. Plötzlich wurde ihm alles klar – alle unverständlichen Worte Possoschkows, die er vor einer Woche beim Kognak geäußert hatte. »Endlich werde ich etwas Wahres tun. Wie eine Agave werde ich drei Tage blühen.« An diese Worte erinnerte sich Fjodor ganz deutlich, obwohl alles wie nebenbei, mit dem Glas in der Hand, gesagt worden war.

»Ein wortgewandter Redner«, hörte er wie aus weiter Ferne Waritschews Stimme. »Und Sprachen beherrscht er. Sein Referat ist natürlich redigiert worden, aber vortragen . . . Um den zwanzigsten kommt er zurück, dann werden wir eine Versammlung einberufen.«

Festtagsdemonstrationen in Gebietsstädten dauern nicht lange. Ein paar kurze Reden von dem mit Fahnentuch bespannten Pult – und alles läuft auseinander. In diesem Jahr war der siebte November klar und trocken, es herrschte sogar leichter Frost, und deshalb blieben viele Demonstranten im Zentrum. Die Menge strömte hauptsächlich auf den Boulevard, der zum Fluß hinunterführte. Auch Fjodor schloß sich an, in Gedanken schon bei seiner Rechenschaftslegung vor dem wissenschaftlichen Rat. Er hatte keine Angst davor, und die »Hinterlassenschaft« war in Sicherheit. Zwar war sein Artikel gesetzt und in verschiedene Hände geraten. Na ja . . . Er hatte plötzlich das Gefühl, keine Beine mehr zu haben, sondern Flügel, die ihn, getrieben von den heißen Strömen des unausweichlichen Zusammenpralls, davontrugen. Er flog wie im Traum, fühlte sich wie ein Bezechter, der vortritt und seine Mütze zu Boden wirft, um zu tanzen.

Jemand klopfte ihm von hinten auf die Schulter.

»Schwebst wohl in höheren Sphären, du Glücklicher?« Kescha Kondakow hatte ihn eingeholt und blies ihm seine Wodkafahne ins Gesicht. Er trug einen kurzen violetten Schafpelz mit Lederlitzen auf der Brust und eine grüne

Samtkappe mit dunklem Pelzrand. Ein bärtiger Schönling, der übers ganze Gesicht grinste. Fjodor musterte ihn.

»Das Bojarensöhnchen ist wohl auf der Jagd nach schönen Mädchen?« fragte er, da er es nicht sofort fertigbrachte zu lächeln.

»Der reinste Grischa Grjasnoi, der mit seiner Schönheit prahlt!«

»Ach, Fedja!« jammerte Kescha, obwohl er sich von dem Kompliment geschmeichelt fühlte. »Sag das nicht.« Er lächelte schon wieder. »Du verstehst es, einem etwas Angenehmes zu sagen. Aber ehrlich, Fedja, mir ist gar nicht danach zumute. Was gibt's da schon zu prahlen? Früher kam ich hierher und stand zwei Abende lang an dem Pfeiler, und siehe da, am dritten Abend kam Olja endlich raus. Und wir sind ausgegangen. Oder zu mir nach Hause. Du weißt ja, ich wohne wieder in Saretschje.«

»Der Schwan ist also nicht fortgeflogen?«

»Sie hat es sich anders überlegt, Fedja.«

»Und was hindert sie jetzt rauszukommen?«

»Sieh doch mal!«

Fjodors Blick folgte Kondakows theatralischer Gebärde, er sah dessen ehemaliges Wohnhaus und über dem Torbogen ein überdimensionales Stalinbild. Der Führer stand da auf weißem Hintergrund in Mantel, Stiefeln und offenem Budjonnyhelm mit dem Stern.

»Die Ärmsten sitzen schon seit drei Tagen im Dunkeln. Und werden das noch drei Tage tun. Siehst du? Hör mal zu.«

Und er begann mit gedämpfter Stimme zu deklamieren. Es war, als säusele ein sanfter Wind Fjodor die Worte ins Ohr:

Kommunales Wohnen schafft mir Plagen,
Sonnenschein durchs Fenster ist nicht drin!
Denn vors Fenster zu den Feiertagen
Hängt man mir mein greises Väterchen.
Zweiunddreißig Fenster füllt es aus gar!
Alle Nachbarn sehn das Bild voll Neid.
Wassja aus dem achten kriegt den Schnauzbart,
ich vom Manteltuch drei Ellen breit.

Wäre ich der Vater unsrer Massen,
hängt ich mich vor so viel Fenster nicht,
würd ich meinem Söhnchen Sonne lassen,
gönnt ich Kescha K. zum Feiertag die Sicht.«

»Was faselst du da von zweiunddreißig Fenstern?« Fjodor sah Kescha aufmerksam an und schüttelte den Kopf. »Es sind doch nur fünfzehn.«

»Achtzehn, Fedja, ich habe sie gezählt. Zweiunddreißig – das ist dichterische Freiheit, so was ist erlaubt.«

»Aber nicht in jedem Fall, Kescha. Durchaus nicht in jedem Fall. Ich rate dir, das Gedicht gut zu verstecken. Und es zu vergessen.«

»Der Generalissimus nimmt einen Scherz nicht krumm.«

»Und von wem stammt dieser Vers, Kescha:

Auch ein namenlos Schräubchen
tut uns Not und wiegt viel,
auch die leisere Harfe
rührt ans Herz durch ihr Spiel.

»Von wem ist das, Kescha, wie?«

»Das ist etwas Ernsthaftes, aber das übers Porträt, das ist doch nur Spaß, Fedja.«

»Hast es wohl schon vielen vorgelesen?«

»Das hab ich doch bloß so improvisiert! Fünf, sechs Leute haben es gehört. Mach mir keine Angst, Fedja, sonst kann ich nicht mehr schlafen . . .«

»Fünf, sechs Leute. Du bist mir einer. Ich rate dir, hör damit auf. Wegen Verbreitung lautet die Anklage. Warum gehst du nicht zu ihr ins Haus?«

»Das ist mir strengstens verboten. Andrjuschka soll den fremden Onkel nicht sehen. Am Pfeiler kann ich stehen, solange ich Lust hab. Nur zu ihrem Fenster darf ich nicht gukken. Aber jetzt ist nicht mal das Fenster zu sehen, ich muß hier auf der Lauer liegen. Solch eine Ehe führe ich, Fedja.«

4

Die Rückkehr von Akademiemitglied Possoschkow aus Schweden verzögerte sich. Der zwanzigste November stand schon vor der Tür, von ihm aber war noch keine Nachricht eingetroffen. Dann erfuhr Fjodor von Rajetschka, daß die ganze Delegation noch eine Reise durch Schweden mache. Sie wollten berühmte Institute besuchen und sich mit den Arbeiten von Wissenschaftlern vertraut machen.

Um die Zeit setzten plötzlich starke Fröste ein. Am zwanzigsten zeigte das Thermometer etwa fünfzehn Grad minus an. Der Überzieher, das Geschenk von Akademiemitglied Rjadno, hatte seinen festen Platz auf Fjodors Schultern gefunden. Auch die schwarze Lammfellmütze hatte lange genug auf den Winter gewartet. Am einundzwanzigsten fiel den ganzen Tag über leiser Schnee, richtiger Winterschnee, und die Skisektion plante für den fünfundzwanzigsten einen Ausflug in die Große Schweiz.

Fjodor lief auch vor dem fünfundzwanzigsten jeden Morgen in aller Herrgottsfrühe Ski. Er steckte die schwarzen Hosen in grob gestrickte Socken, verschnürte seine Skischuhe und zog einen wuchtigen dunkelgrauen Rollkragenpullover an, den blaue Tannen und schwarze Hirsche zierten. Er setzte die häßliche schwarze Pudelmütze mit dem Metallknopf tief über die Ohren und lief gemächlich, wie ein sich ruckartig bald nach rechts bald nach links bewegender schwarzer Schatten auf der bereits glattgefahrenen Loipe in den Park. Die erste Abfahrt führte von der Kleinen Schweiz zum Fluß hinunter. Fjodor sauste aus der Dämmerung in den klaren Morgen. Auf dem weißen Fluß in der Ferne, wo im Sommer Dampfer fuhren, sah man schwarze Punkte. Das waren mutige Angler, die Löcher ins Eis gebohrt hatten und Barsche herausholten. Fjodor verschnaufte, blickte aufmerksam nach den Anglern und weiter ans andere Ufer, wo hinter der flachen Ebene die graublau verschleierte Große Schweiz lockte. Nachdem er sich eine Weile ausgeruht hatte, kehrte er um.

Als er eines Morgens den Hang zum Fluß hinunterjagte,

bog er, ohne anzuhalten, zu einer kleinen Senke am Ufer ab, fuhr schräg auf ein verschneites Feld und lief weiter zu den Anglern. Bald geriet er in eine Skispur – jemand war schon vor ihm hier gelaufen – und die Spur führte ihn ans andere Ufer. Dort aber bog sie zur Seite ab. Fjodor begriff, daß es unklug wäre, der Spur nicht zu folgen, und folgte ihr. Und das war richtig: in den Fluß mündete ein kleiner Nebenfluß, und die Skispur, die dorthin abbog, führte Fjodor unter zwei Brücken hindurch, ermöglichte es ihm, die Eisenbahnlinie und die Chaussee zu überqueren, ohne die Skier abschnallen zu müssen. Gleich hinter der Betonbrücke aber, über die Laster fuhren, begann ein Aufstieg.

Hier ist es an der Zeit, die Aufmerksamkeit auf eine besondere Eigenschaft Fjodors zu lenken. Er besaß seit der Jugendzeit eine blühende, fast kindliche Phantasie. Wir erinnern uns, wie diese Eigenschaft in verschiedenen Situationen seines Lebens zutage trat: Stark beeindruckt hatte ihn einst ein Plakat, das neben der Wandtafel in seiner Klasse hing. Lange Zeit bestimmte es Fedjas Handlungen. Er erinnerte sich sein Leben lang daran. Außerdem wissen wir, wie er eines Tages, vor über einem Jahr, durch die Straße ging und sein Arm sich wie von selbst bog und seine Finger die Brust berührten. Seitdem wiederholte sein Arm oftmals diese Bewegung, besonders in letzter Zeit, nachdem man ihm Lenotschka genommen und sie irgendwohin transportiert hatte. Auch das metallische Klappern der Goldbrücken von Akademiemitglied Rjadno verfolgte ihn, Fjodor versuchte beim Teetrinken manchmal unbewußt, das Geräusch nachzumachen. Er konnte der Versuchung einfach nicht widerstehen!

Im letzten Jahr war seine Gabe, sich in die Welt der Phantasie zu versetzen, gleichsam im Traum zu reproduzieren, was ringsum vorging und aktiv an diesem Traum teilzuhaben, gewissermaßen durch einen besonderen Baustoff materialisiert worden. Vor Fjodors Augen waren in allen Institutionen und Instituten, wo das gelehrte Volk die Geheimnisse der organischen Welt erforschte, plötzlich, wie auf ein Signal, Leute hochgekommen, die sich bis dahin weder durch Talent noch durch regen Geist hervorgetan hatten. Mit freudiger Rachgier stürzten sie sich auf jene, die hingebungsvoll arbeiteten. Die bis dahin durch ein gemeinsames Anliegen zusammengeschweißten Gemeinschaften zersplitterten in Gruppen, die einander unermüdlich überwachten. Es wurden Versammlungen ohnegleichen abgehalten, die manchmal bis zum Morgen dauerten, wo die einen angriffen und die anderen sich, um ihren Platz im Leben kämpfend, verzweifelt aber ungeschickt verteidigten oder, nachdem sie ihr Gesicht verloren hatten, erbärmlich ihre Sünden bereuten, die in Wirklichkeit Verdienste waren, was später auch bestätigt wurde. Niemand verstand so recht das Wesen dieser Buße erfordernden Sünden, nicht einmal die Ankläger selbst. Aber laut wurden solche Zweifel nicht geäußert. Und wer sollte das denn auch verstehen, wenn man dir die Zugehörigkeit zu einer militanten aggressiven Gruppe im Ausland herrschender reaktionärer Biologen andichtete und dir eine derartige Gemeinheit nur deshalb unterstellte, weil du, von Natur aus wissensdurstig und scharfsinnig, versuchtest, mit Hilfe eines in destilliertem Wasser aufgelösten kristallinen Pulvers die Struktur der Pflanzenzelle zu ändern, und sehen wolltest, was daraus würde. Fjodor geriet, wie wir wissen, zunächst unter die aktiven Verfolger. Und dorthin führte ihn der sonderbare Umstand, daß diese Aktiven bei ihren Angriffen flammende marxistische Worte gebrauchten. Fedja Deshkin hatte seine Kindheit als Pionier und seine Jugend als Komsomolze verbracht. Flammende Worte waren ihm, mit seiner lebhaften Phantasie und seiner Bereitschaft, für jene einzutreten, die im Recht sind, sehr vertraut. »Wer nach links geht, kommt rechts an«, hatte Stalin einmal wie speziell darüber gesagt.

Zum Glück hatte Fjodor aber auch in jenem Lager nicht die Fähigkeit zu beobachten und zu vergleichen verloren. Auf Treu und Glauben nahm er nichts hin, immer suchte er eine Bestätigung. Flammende Worte aber werden oft benutzt, weil man mit dem naiven Glauben der Zuhörer rechnet. Verwundert beobachtete Fedja Deshkin die aufgewiegelten Schützen und Treiber bei der gewaltigen Menschenjagd. Und nachdem er alles durchschaut hatte, fand er sich plötzlich unter jenen wieder, die man verdächtigte, »bearbeitete«

und entließ, bei denen man manchmal aber auch härtere Maßnahmen anwandte.

Den Pionier und Komsomolzen der dreißiger Jahre konnten diese Verfolgungen nicht schrecken. Seine ganze Kindheit hatte er mit Spielen verbracht, bei denen er gemeinsam mit Budjonnys Reiterarmisten die Errungenschaften des Oktober gegen die dunklen Kräfte der Reaktion verteidigte und, den Schaft der roten Fahne umklammernd, auf dem Schlachtfeld fiel. Sein Lieblingsbild war »Das Verhör der Kommunisten« von Joganson gewesen: zwei mutige, von ihrer gerechten Sache überzeugte Männer stehen vor wutschnaubenden Weißgardisten, deren feister General schon die Pistole gezogen hat.

Diese Marksteine auf Fjodors Weg werden hier deshalb kurz angeführt, damit der Leser versteht: der erwähnte neue Baustoff traf auf einen nicht untätigen Erbauer, und er machte sich sofort ans Werk.

Immer neue Varianten bevorstehender Prüfungen malte ihm seine Phantasie aus, und flüsternd antwortete er seinen rastlosen, einfallsreichen und vor allem im Unrecht befindlichen Anklägern.

Seitdem er die kostbare »Hinterlassenschaft« verwaltete, durchlebte er – wie einen bösen Traum – in Gedanken immer öfter die Verfolgung, ohne jedoch zu begreifen, von wo und von wem sie ausging, eine hartnäckige Verfolgung, mit aller Erfahrung der Menschheit ausgestattet, die in der Jagd auf schöpferische Talente ungeheure Fertigkeiten entwickelt hat. Sie erschien ihm fast real, da er wußte, daß ihm eine unausweichliche Entscheidung bevorstand.

Und da er schon einige Erfahrungen gesammelt hatte, unter anderem mit dem Geologen und mit Iwan Iljitsch, war eine Entscheidung, die Flucht und Verfolgung einschloß, durchaus denkbar.

So daß er, als er in der Skispur leicht bergan lief und schon etwas ins Schwitzen geriet, weder den Anstieg noch die geringste Müdigkeit spürte. Selbst den Schmerz in der Brust merkte er nicht, und er beschleunigte nur noch sein Tempo. Weil man ihm nachjagte. Ja, sie jagten ihn bereits! Hinter ihm sangen schnelle Skier, knirschten Stockspitzen.

Die Verfolger waren ihm auf den Fersen, und er beschleunigte seinen Lauf.

Die Spur stieg immer höher an, rechts und links schimmerten Kiefern, und hinter den Kiefern auf der linken Seite breitete sich, wie unter einem Flugzeug, weiße Weite.

»Spur frei!« rief hinter ihm eine junge Männerstimme.

Fjodor kam zu sich und sprang nach links, dicht an den lockenden Abgrund hinter den Kiefern. An ihm vorbei flitzte eine Kette einheitlich gekleideter Skiläufer, offenbar Meister des Sports. Er nahm die Mütze ab und wischte sich mit der Hand über die nasse glühende Stirn. Er spürte einen starken Schmerz in der Brust. Auch unter ihm standen Kiefern, und noch weiter unten war ein glatter, wie mit Emaille überzogener Steilhang fast ganz von dunklen Nadelbaumwipfeln verdeckt. Zwischen den Bäumen schimmerten freie Flächen. Dort unten verlief eine Chaussee, auf der ein Laster fuhr. Er zeigte eine mögliche Fluchtvariante.

Nachdem Fjodor sich eine Weile ausgeruht hatte, stieg er noch höher, fast auf die halbe Anhöhe der Großen Schweiz. Dann wurde der Aufstieg flacher, und da Fjodor kein Ende sah, beschloß er umzukehren – in einer Stunde begann seine Arbeit. Er fuhr zurück, stieß sich ein paarmal mit den Stöcken ab, und die wachsende Geschwindigkeit versetzte ihn wieder in einen Traumzustand. Die neue Variante der Verfolgung verschlug ihm den Atem. Die eingebildete Angst, die immer realer wurde, stachelte ihn an, trieb ihn vorwärts, und Fjodor, der vor dem Feind floh, bremste weder, noch ließ er sich weich in den Schnee fallen. In leichter Hockstellung und etwas verkrampft sauste er, die neue Variante durcharbeitend, in Schußfahrt bergab. Und er hatte solch ein Tempo, daß er sich beim geringsten Fehler wohl am Betonpfeiler der ersten Brücke den Hals gebrochen hätte. Aber er machte keinen Fehler und jagte unter beiden Brücken hindurch auf die Ebene am Fluß. Als er von weitem einen entgegenkommenden Skiläufer sah, wollte er aus der Spur treten, stürzte und pflügte meterweit den Schnee auf. Er lag im Schnee, ruhte sich aus und wartete, bis der Schmerz nachließ.

Zufrieden mit dem Ergebnis, lief er nach Hause. Am

nächsten Morgen wollte er die gleiche Strecke noch einmal laufen.

Und am Sonntag, dem fünfundzwanzigsten, als sich gegen Mittag vor dem großen Gebäude, dem Wohnheim, die Skisektion des Instituts traf, setzte Fjodor alle in Erstaunen: er hatte einen großen blauen Rucksack auf dem Rücken. Der Trainer befühlte respektvoll den Rucksack, in dem Ziegelsteine lagen.

»Wie viele?« fragte er.

»Sechs«, antwortete Fjodor.

»Ist das nicht ein bißchen viel für den Anfang?«

»Das ist für mich kein Anfang«, kam die Antwort.

»Du bist ziemlich zäh, wirst es wohl schaffen«, meinte der Trainer beifällig.

Sie liefen an diesem Tag, zwar nicht sehr schnell und mit etlichen Pausen, vierundzwanzig Kilometer hin und zurück. Als Fjodor sich danach im Duschraum wusch, spitzte er die Lippen, als wolle er pfeifen, und stieß rhythmisch seinen mächtigen Atem aus, der sich nach dem Lauf noch nicht wieder beruhigt hatte. Diese Musik besagte: er hatte eine weitere Variante durchgespielt. Und der blaue Rucksack hatte sich in den Köpfen festgesetzt und würde niemand mehr verwundern.

An jenem Sonntag, als der Schnee sich schon dunkel-violett färbte und abends laut knirschte, begegnete Fjodor im Institutsstädtchen einem mittelgroßen Mann in langem Mantel und mit Schlapphut.

»Können wir zu dir gehen?« fragte der Mann. »Komm, laß uns zu dir gehen.«

»Sie sind wieder da, Swetosar Alexejewitsch?«

»Keine unnötigen Worte. Wo ist deine Tür? Hier?«

Sie traten in den Flur. Fjodor ließ das Schloß schnappen.

»Mach kein Licht. Setz dich und hör zu. Also folgendes. Ich bin gerade angekommen. Ich denke, es hat mich noch niemand gesehen. Das Wichtigste: ich hab in meinem Referat der ganzen Welt verkündet, daß wir ein Polyploid der ›Contumax‹ erhalten haben. Und daß sie mit der ›Solanum tuberosum‹ gekreuzt wurde. Und daß sich Beeren entwickelt haben. Ich habe auch den Namen des sowjetischen Wissenschaftlers genannt – Doktor Iwan Iljitsch Strigaljow. Ich habe ihnen als Beweis vier Fotos gezeigt: die wilde ›Contumax‹ mit dem Polyploid, die Beeren der Wildpflanze, die Beeren des Polyploids und deine drei Beeren. Das war eine Sensation, Fedja. Ich hätte nie gedacht, daß ganz normale Journalisten, keine Redakteure von Fachzeitschriften, sich so für die Erfolge der Naturwissenschaften interessieren. Deinen Namen habe ich nicht erwähnt, obwohl ich später von Mitgliedern unserer Delegation erfahren habe, daß dein Artikel schon in Kassians Klauen ist. Vielleicht hätte ich dich doch erwähnen sollen. Dann würde Kassian sich hüten, dich anzurühren. In den nächsten Tagen wird man uns beide hinzitieren. Wir werden uns verantworten müssen. Hast du Angst?«

»Wovor? Ich finde es sogar interessant, Swetosar Alexejewitsch. Wir werden uns verantworten. Ich denke, das ist nicht so schlimm. Sie haben doch keine Geheimnisse verraten, keinen Schmutz aus der Hütte getragen.«

»Aus der Hütte habe ich nichts getragen. Keinerlei Schmutz. Obwohl genug Schmutz da ist. Aber Kassian hab ich eins ausgewischt. Das ist schlimmer. Der tobt jetzt, sucht einen Ausweg. Bestimmt wird er Rede und Antwort stehen müssen. Später, wenn die Sache nach oben dringt. Obwohl es vielleicht auch ohne Skandal abgeht. Erstens liebt man ihn. Und zweitens wird er alles vertuschen, der Hund.«

»Was mich betrifft, Swetosar Alexejewitsch, ich bin bereit. Was auch kommen mag.«

»Du wunderst dich womöglich, warum ich dich nicht gefragt habe, bevor ich die Neuigkeit dort bekanntgab. Weil du vielleicht noch ein Dummkopf bist, Fedja. Und dann wäre alles verloren gewesen. Aber ich mußte die Wissenschaft retten. Und unsere Priorität. Dort schlägt man sich doch auch mit dem Problem herum. Viel Geld wird dafür investiert. Mit Geld sparen sie nicht, das haben mir alle erzählt. Kassian bindet uns hier die Hände, und dort arbeitet man inzwischen. Und man wird das Resultat öffentlich bekanntgeben. Dort wird immer alles sofort bekanntgegeben. Und Iwan Iljitsch wird meine Mitteilung nicht schaden. Wenn er noch am Leben ist. Aber für unseren Kassian wird das, wenn nicht das Ende, so doch ein gehöriger Tiefschlag sein. Da war ein Wissenschaftler aus Dänemark, ein gewisser Madson. Er arbeitet auch an dem Problem. Er will zu uns kommen, um alles mit eigenen Händen anzufassen.«

»Aber was will er im Winter anfassen?«

»Das habe ich ihn auch gefragt. Trotzdem komme ich, sagte er. Ich glaube es einfach nicht, sagte er. Ich will persönlich mit Herrn Strigaljow sprechen. Da wird sich Kassian ganz schön winden, die Sache mit Iwan Iljitsch ist allein sein Werk. Diese Neuigkeit wird ihn wie ein Schlag treffen. Die beiden, Kassian und Saul, erkennen keine Spielregeln an, sind aber überzeugt, daß wir mit ihnen streng nach diesen Regeln verfahren. Merkst du was, Fjodor? Deinen Schlüssel wende ich an. So, jetzt habe ich dir alles gesagt, halt dich bereit. Die historische Sitzung wird in etwa zwei Tagen stattfinden. Laß dir nicht einfallen, dort für mich einzutreten und deinen Kopf hinzuhalten. Das ist dir zuzutrauen. Man wird ein Stenogramm aufnehmen. Wälz alles auf Possoschkow ab, mir kann es nur recht sein. Ich habe keine Angst. Mir können solche Schrecken nichts mehr anhaben. Aber du mußt dich noch um Iwan Iljitschs Hinterlassenschaft kümmern. Du bist der Testamentsvollstrecker.«

Die »Sitzung«, von der Possoschkow gesprochen hatte, fand tatsächlich zwei Tage später statt – am Mittwoch, dem achtundzwanzigsten November. An diesem Tag setzte Tauwetter ein, alles begann zu tropfen und zu fließen, die Skispuren wurden schwarz, der Schnee auf den Wegen verwandelte sich in Matsch. Rajetschka aus dem Rektorat hatte in der Lehrgärtnerei angerufen und mitgeteilt, daß die Sitzung des wissenschaftlichen Rates um sechs Uhr abends im Kleinen Konferenzsaal stattfinde.

Fjodor rasierte sich, nahm ein frisches Hemd und eine Krawatte, zog seinen »Sir Percy« an und den Überzieher darüber und begab sich zur festgesetzten Zeit ins Rektoratsgebäude. Er legte die Pelzjoppe in der Garderobe ab und betrat den langen gewölbeartigen Flur. Der erste, dem er dort begegnete, war Saul Brusshak. Von weitem sah er ihn nicht, im Flur stand ein Häufchen Professoren und Dozenten im

Kreis, und alle hatten den Blick gesenkt. Als Fjodor nähertrat, fiel ihm zuerst Saul ins Auge. Klein und untersetzt, warf er devot süßliche Blicke nach allen Seiten und wand sich hin und her. Anscheinend war er in ein lebhaftes Gespräch vertieft und sah Fjodor deshalb nicht, obwohl der direkt auf ihn zukam. Vertrauensselig lächelnd, streckte Fjodor ihm die Hand hin. Fröhlich blickte Saul ihn an, ohne ihn wahrzunehmen, dann streiften ihn seine Augen, und während er nach wie vor mit Blicken und Gesten auf das interessante Gespräch in der Runde reagierte, sagte er wie nebenbei: »Entschuldige, Alter, aber die Hand gebe ich dir nicht.«

Und er machte auch keinerlei Anstalten. Er zeigte dem einen lachend die Zähne, nickte einem anderen zu.

Da streckte Fjodor, nachdem er alle mit einem Kopfnikken begrüßt hatte, Wonljarljarski, der hinter Saul stand, die Hand hin. Wonljarljarski zuckte zusammen und riß wie ein alter Wallach, dem man mit der Faust droht, den Kopf hoch. Dann hob er ihn noch höher und wandte sein verdorrtes Gesicht in angespannter Pose einem der Gesprächspartner zu. Beide begannen hastig zu reden, um die peinliche Situation zu überspielen.

Rajetschka kam und bat alle einzutreten. Man ließ Fjodor den Vortritt, ohne ihn eines Blickes zu würdigen. Die Porträtgalerie an den Wänden des kleinen Saales tat sich auf. Akademiemitglied Rjadno hing schon wieder an seinem Platz – jugendlich, den Kopf mit dem berühmten Pony leicht zur Seite geneigt. Im vorderen Teil des Saals, am Rande des schmalen Podiums, stand ein gelber Sperrholzkasten – das Rednerpult. Mitten auf dem Podium an einem langen, mit dunkelbraunem Tuch bedeckten Tisch saß Waritschew mit verdrossen hängenden Wangen und Mundwinkeln vor der Wasserkaraffe. Neben ihm hatte Saul Platz genommen. Seitlich über den Tisch gelehnt, mit der einen Hand den Kopf stützend, die andere an der Tischkante weit von sich gestreckt, musterte er, nervös mit den Fingern spielend, die Eintretenden. Alle nahmen ihre Plätze ein, im Saal herrschte die Unruhe einer sich schweigend bewegenden Menge. Noch ein paar Leute kamen schweigend, den Bauch nach rechts und links drehend, aufs Podium und setzten sich an den Tisch. Sie beugten sich zueinander und unterhielten sich flüsternd. Wie viele Leute sie eingeladen haben, dachte Fjodor, der sich in die dritte Reihe an die Seitentür gesetzt hatte. Also sind sie sich des Ausgangs sicher. Sowohl Waritschew als auch Saul.

Plötzlich kam, elegant und geschmeidig wie ein Fechtsportler, Akademiemitglied Possoschkow zur Seitentür herein. Im Vorbeigehen streifte er Fjodor absichtlich mit der Hand. Weiße Manschetten blitzten auf, ein tadellos gebügelter dunkler Anzug mit preiselbeerrotem Schimmer. Eine große Fliege – himbeerrot, mit perlgrauen Tupfen, die er statt einer Krawatte trug, leuchtete auf und entschwand dem Blick. Possoschkow nickte reserviert einigen Bekannten zu und nahm in der ersten Reihe Platz. Der Saal verstummte wie auf Kommando, in den hinteren Reihen standen sogar ein paar Leute auf, um den leibhaftigen Weismann-Morgan-Anhänger besser zu sehen, der so geschickt lavierte und nicht zu Kreuze gekrochen war.

»Swetosar Alexejewitsch!« murmelte Waritschew und wies auf den freien Stuhl im Präsidium.

Possoschkow dankte mit reserviertem Kopfnicken, hob abwehrend die Hand und blieb auf seinem Platz sitzen.

»Fangen wir an, Genossen!« sagte Waritschew, sich erhebend. »Ich denke, wir hören zuerst Swetosar Alexejewitschs Bericht über seine Reise. Oder gibt es andere Vorschläge?«

In gebückter Haltung ging Possoschkow geräuschlos am Podium vorbei und tauchte hinter dem Rednerpult auf. Fjodor mochte Possoschkows Bewegungen, seine Beherrschtheit und Korrektheit. Sein Gesicht war noch magerer geworden, die schwarzen Augen glänzten, umgeben von leichten Schatten, die seine Qual, seine Standhaftigkeit und sein Interesse an dem, was hier vorging, ahnen ließen. Das viereckige graue Bärtchen war sorgfältig gestutzt und unterstrich alle Nuancen der Stimmung von Possoschkow, der seit langem nicht mehr die Kampfarena betreten hatte und jetzt entschlossen war, die Waffe zu ziehen.

Alle spürten seine Entschlossenheit. Leichte Unruhe kam auf und legte sich gleich wieder. Saul schien nichts anderes zu sehen und lächelte im Vorgefühl des beginnenden Kampfes.

Aber Possoschkow zog seine Waffe nicht. Er berichtete lange und in aller Ruhe über die Reise der sowjetischen Delegation nach Schweden. Erzählte von den Versuchen zur Chromosomenverdopplung beim Buchweizen und bemerkte beiläufig: »Bei uns hat das alles schon viel früher Wladimir Wladimirowitsch Sacharow gemacht, und zwar mit großem Erfolg.« Dann kam er auf die polyploide Zuckerrübe zu sprechen, auf die Ernten, die in den letzten Jahren auf den Zuckerrübenplantagen erzielt wurden, sagte, womit die Schweden diese Ertragssteigerung erklären, und wieder stellte sich heraus, daß neben dem dort praktizierten Landwirtschaftssystem die Einführung der von den Genetikern vorgeschlagenen Neuerungen, die intensive Nutzung von Pflanzen mit Chromosomenverdopplung, eine bedeutende Rolle spielten. Die Hackfrüchte wurden größer und enthielten mehr Eiweiß und Stärke, waren reicher an Zucker, Säuren und Vitaminen.

»Swetosar Alexejewitsch! Swetosar Alexejewitsch!« Saul konnte nicht mehr an sich halten, und wie es seine Art war, fiel er Possoschkow lächelnd und mit der metallisch krächzenden Stimme einer jungen Saatkrähe ins Wort. »Wir alle kennen Ihre Sympathien. Wir haben genug von diesen reaktionären Theorien. Es ist nicht nötig, uns zu agitieren, nicht nötig!«

»Unverschämtheit«, sagte Possoschkow, und sein Bärtchen wandte sich angewidert Saul Brusshak zu.

Saul lächelte süßlich in den Saal. Possoschkow umklammerte mit seinen hageren Fingern den Rand des Pults, so daß man den breiten Ehering blitzen sah, überlegte, wo er stehengeblieben war, und setzte seinen Bericht fort. Ja, er war ein erfahrener Kämpfer, er wollte, daß der Gegner zuerst angriff. Er erzählte ausführlich, daß die schwedischen und die dänischen Wissenschaftler sich nicht nur mit Kolchizin begnügten, daß sie viele neue Mittel gefunden hatten, die das Zellwachstum beeinflussen. So wurden zum Beispiel neue mutagene Substanzen wie *Äthylenimin* und *Nitrosoguanidin* synthetisiert. Außerdem . . .

Eine anschwellende Woge arglosen Gelächters unterbrach ihn. Er blickte zuerst verwundert, dann neugierig in den Saal. Fjodor begriff, was die Heiterkeit ausgelöst hatte: man lachte über die seltsamen Bezeichnungen.

»Swetosar Alexejewitsch!« rief eine tiefe Frauenstimme. »Bitte wiederhole das zweite Wort nochmal. Das kann ein Frauenohr nicht so schnell aufnehmen. ›Netrogaigawnidin‹? Bitte wiederhole es.«

»A-a-anna Bogumilowna!« Possoschkow streckte ihr beide Hände entgegen. »Sie haben doch ein marxistisch geschultes Ohr! Eine Marxistin, und lacht über die Materie! Über das Denken, das die Materie erkennt!«

Saul nahm Waritschew den Bleistift aus der Hand und klopfte ein paarmal laut an die Karaffe.

»Swetosar Alexejewitsch! Behalten Sie diese Scholastik für sich! Die Materie, der soviel Gewalt angetan wurde, erkennt sich selbst nicht wieder!«

»Man hat mich hierher gebeten, wie ich annehme . . .« brüllte Possoschkow plötzlich mit überraschend sonorer Stimme, »um zu hören, was ich dort gesehen habe und um meine Rede auf dem Kongreß zu kritisieren. Taktlose, ungebildete Elemente, durch allzu große Nachsicht außer Rand und Band geraten, Leute, die keine Ahnung haben, daß es unter Wissenschaftlern gewisse Verhaltensnormen gibt . . .« Dabei blickte er Saul kühl an, »und anmaßende Wichtigtuer fallen mir hier dauernd ins Wort. Der Versammlungsleiter läßt sie gewähren. Ausgezeichnet! Also ist mein Bericht überflüssig. Das erleichtert meine Aufgabe, ich verlasse das Rednerpult.«

Und ebenso gewandt wie vorhin ging er am Podium vorbei und setzte sich wieder auf seinen Platz in der ersten Reihe.

»Swetosar Alexejewitsch!« Waritschew rutschte verlegen auf seinem Stuhl hin und her. »Wir bitten Sie um Verzeihung. Bitte fahren Sie fort, man wird Sie nicht mehr unterbrechen.«

»Nein, ich sage nichts mehr. In Schweden arbeitet niemand nach der Methode von Akademiemitglied Rjadno. Von den Errungenschaften der Anhänger Rjadnos hat auf dem Kongreß keiner gesprochen. Außer mir. Ich habe alles vorgetragen, was man mir aufgeschrieben hat. Aber die Schweden sind durchweg Weismann-Morgan-Anhänger, die die Materie vergewaltigen. Stellen Sie also Ihre Fragen. Aber nur zur Sache. Ich werde von hier aus antworten.«

»Gut, wir werden zur Sache fragen. Man hat uns mitgeteilt, daß Sie sich während Ihres Vortrags eine Abschweifung erlaubt haben. Daß Sie von dem vereinbarten Text abgewichen sind.«

»Wer hat Ihnen das mitgeteilt? Worin bestand die Abschweifung?« fragte Possoschkow mit klirrender Stimme und machte eine Bewegung, als wolle er einen Ball mit dem Kopf abwehren.

»Man hat mich angerufen. Ich denke, das ist kein Geheimnis. Akademiemitglied Rjadno hat uns offiziell darüber informiert, daß Sie während Ihres Vortrags vom genehmigten Text abgewichen sind.«

Waritschews Gesicht wurde noch schwerer. Ganz langsam sprach er die schrecklichen Worte aus, und wie einen Fremden blickte er Possoschkow neugierig an, der wie an der Stuhllehne gekreuzigt vor ihm in der ersten Reihe saß, die Arme ausgebreitet, als wolle er nach vorn springen. Im Saal herrschte Stille.

»Sie sind vom Text abgewichen. Ich wiederhole das. Mit einem Gefühl des Bedauerns. Sie haben erklärt, in der UdSSR sei die Wildkartoffel ›Contumax‹ angeblich erfolgreich mit der Kultursorte ›Solanum tuberosum‹ gekreuzt worden.«

»Kassian Damianowitsch hat recht. Das habe ich erklärt. Nur habe ich nicht ›angeblich‹ gesagt, sondern einfach die Tatsache festgestellt. Weiter . . .«

»Woher wissen Sie das?«

»Die gesamte Arbeit hat vor meinen Augen stattgefunden. Ich bin schließlich Prorektor für Forschung.«

Gelächter unterbrach für einen Augenblick die Stille.

»Kein Grund zum Lachen, Genossen. Ein wahrer Prorektor ist verpflichtet, sich mit der wahren Wissenschaft zu beschäftigen.«

»Wir nehmen Ihre herausfordernde Erklärung zur Kenntnis. Noch eine Frage. Der Artikel für die ›Probleme der Botanik‹. Haben Sie ihn benutzt?«

»Unter vielen anderen Materialien.«

»Wer ist der Autor des Artikels?«

»In der gedruckten Fassung steht: Deshkin.«

Erregung ging durch den Saal. Waritschew klopfte mit dem Bleistift an die Karaffe.

»Wer hat Ihnen einen Abzug gegeben?«

»In Moskau habe ich ihn bekommen. Ich habe geschworen, den Namen nicht zu nennen.«

»Wenn Sie geschworen haben zu schweigen, wußten Sie also, nehme ich an, daß die sowjetische Öffentlichkeit das nicht billigt, was Sie ihr verheimlichen wollen.«

»Natürlich. Heute billigt sie es nicht. Aber morgen . . .«

»Morgen werden Sie samt Ihrem Mendel auf dem Müllhaufen der Geschichte landen!« schrie jemand aus dem Saal. Waritschew wartete eine Weile und blätterte in seinen Papieren.

»Sie haben eine Einschätzung der in dem Artikel beschriebenen sogenannten Arbeit gegeben und sie als hervorragend bezeichnet.«

»Nicht ich. Obwohl sie tatsächlich hervorragend ist. Auf einem internationalen Kongreß konnte ich aus ethischen Gründen eine in unserem Land geleistete Arbeit nicht als hervorragend bezeichnen. Das schickt sich nicht. Aber die auf dem Kongreß anwesenden Wissenschaftler aus verschiedenen Ländern haben sie als glänzend bezeichnet. Manche haben sie als allergrößten Erfolg einer Wissenschaft eingeschätzt, die neue Wege in der Kartoffelzüchtung eröffnet.«

»Wer zum Beispiel?«

»Moment, ich habe hier etwas mitgebracht. Ein Interview mit dem dänischen Wissenschaftler Doktor Madson.« Possoschkow stand auf und entfaltete einen Zeitungsausschnitt. »Hier sagt er: ›Meine Kollegen und ich waren darauf gefaßt, eine Aufzählung von schon bekannten Wundern zu hören. Die berühmte Darlegung halbreligiöser Vorstellungen von der ›lebendigen Materie‹ und der Schaffung neuer Arten aus alten. Doch Akademiemitglied Possoschkow überraschte diesmal mit einer wahren Sensation. Viele von uns glaubten nicht daran. Aber ich wußte bereits, wenn auch nur vom Hörensagen, von einigen Arbeiten Doktor Strigaljows, insbesondere von seinem großartigen Experiment, das es ermöglicht, in einer Reihe von Fällen die Eltern einer hybriden Pflanze festzustellen oder auszuschließen. Dieses Experiment wird bereits in einige unserer Lehrbücher für die biologischen Fakultäten aufgenommen. Der Bericht von Akademiemitglied Possoschkow fand größtes Interesse. Denn, falls diese Kreuzung gelungen ist, werden die sowjetische Genetik und die Kartoffelzüchtung sowie die gesamte biologische Wissenschaft in diesem Lande ein neues, modernes und hohes Niveau erreichen. Es kann nicht sein, daß ein einzelner Wissenschaftler einen so großen Vorsprung gewonnen und seine Kollegen im Nebel der Verirrungen hinter sich zurückgelassen hat. Es muß da eine ganze Schule geben, und sie wird zweifellos bald von sich reden machen. Zwar gibt die Tatsache, daß sie bis jetzt nicht in Erscheinung getreten ist, Anlaß zu Mißtrauen. Und die Zweifel sind begründet – nach so vielen gescheiterten Versuchen des Westens, eine so widerspenstige Pflanze, die nicht von ungefähr ›Contumax‹, also ›widerspenstig‹ heißt, zu zähmen, erobern die Russen mit ihrem primitiven Forschungsstand sie im Sturmangriff. Darin zeigt sich etwas von ihrem Charakter. Aber der Charakter ist noch kein Beweis. So etwas kann man nur glauben, wenn man Beweise in der Hand hat . . .‹« schloß Possoschkow und setzte sich. Lange herrschte spannungsgeladenes Schweigen. Dann kratzte Saul sich mit dem Finger an der Schläfe.

»Kollegen! Besinnen wir uns doch, wer wir sind, und wessen Zeitung uns Akademiemitglied Possoschkow da vorgelesen hat!« zerschnitt er mit seiner Jünglingsstimme die Stille. »Denken wir an die altbewährte Regel! Sie hat uns noch nie im Stich gelassen: was unsere Feinde loben, müssen wir vernichten!«

»Sie vernichten es nicht, Sie stehlen es. Und geben es dann für das Ihre aus . . .«

»Swetosar Alexejewitsch!« Waritschew sprang auf. »Wovon sprechen Sie? Solche Anschuldigungen muß man begründen.«

»Wovon ich spreche? Von der ›Maiblume‹: Sie hat vor meinen Augen Iwan Iljitsch gezüchtet. Auf der Grundlage des viel geschmähten Kolchizins. Ohne das Kolchizin gäbe es diese ›Maiblume‹ nicht! Vor meinen Augen hat man mehrmals versucht, die Beeren von der Parzelle zu stehlen. Und schließlich hat Akademiemitglied Rjadno sich als Züchter der neuen Sorte ausgegeben.«

»Infame Lüge! Er hat die Sorte auf der Grundlage von Mitschurins Lehre gezüchtet!« rief jemand in den hinteren Reihen.

»Erstens hat Mitschurin dazu nur eine indirekte ... Und zweitens ist das keine Lehre, sondern eine Laune«, antwortete Possoschkow, sich ein wenig von seinem Platz erhebend und in den Saal blickend. »Mit der man nichts Neues züchten kann. Wenn man nicht von der Methode ausgeht, die diese Lehre verschweigt. Eine uns allen hinreichend bekannte Methode. Mit der Adam und Eva nach wiederholter Anwendung das Menschengeschlecht hervorgebracht haben. Die klassische weismannistisch-morganistische Methode unter Beteiligung feinster Zellstrukturen. Unter Beteiligung jenes einzigen Objekts, das die Scholastiker, wie Sie sie nennen, erforschen.«

»Zur Sache, Swetosar Alexejewitsch.« Saul legte sich fast auf den Tisch und sah Possoschkow mit süßlichem Lächeln an. »Sie sind ein Meister in bildhaften Vergleichen, das wissen wir seit langem. Sie sind sehr wortgewandt. Erklären Sie uns, warum Sie, wie Fürst Kurbski, auf der Suche nach der Wahrheit ins Lager der Feinde übergelaufen sind? Riecht das nicht nach Vaterlandsverrat?«

»Das Vaterland zu verraten bedeutet, dem Feind etwas in die Hand zu geben, das er gegen uns verwenden kann. Aber ich habe dem Feind nichts gegeben. Ich habe für das Vaterland gerettet, was Sie vernichten wollten.«

»Er hat dem Feind nichts gegeben!« schrie Saul, Possoschkow mit Blicken durchbohrend. »Außer Schmutz, Außer Schmu-u-utz! Um uns damit zu bewerfen!«

»Aha! So-so. Sie halten das für Schmutz. Ein interessantes Eingeständnis! Dann will ich Ihnen etwas sagen, dieser ganze Schmutz ist bis jetzt noch hier. Dorthin ist nur der

Ruhm gedrungen. Dort spricht man von unserer Priorität, unserem Erfolg, Sie haben es gehört. Ja, jetzt werden sich manche kratzen müssen, es ist genügend Schmutz haften geblieben. Weil jetzt alle von Iwan Iljitsch erfahren werden.«

»Soviel ich weiß, waren auch Sie ... Sie haben doch die Versammlung geleitet, auf der wir Strigaljow ...« Waritschews eine Gesichtshälfte verzog sich zu einem säuerlichen Lächeln.

»Deshalb habe ich auch meinen Teil zur Bereinigung beigetragen«, antwortete Possoschkow prompt. »Aber ich meine etwas anderes. Man wird weniger dort als vielmehr hier davon erfahren. Jene, denen Sie so eifrig alle Informationen vorenthalten haben. Schließlich wird man vielleicht Maßnahmen ergreifen, die sowohl unserem Ansehen nützen, um das Sie, denke ich, nicht aufrichtig besorgt sind, als auch frischen Wind in die Wissenschaft tragen.«

»Sie glauben, daß ein Skandal unser Ansehen hebt?« fragte Waritschew leise.

»Bis zu einem Skandal ist es noch weit. Und außerdem, müssen diejenigen ihn etwa fürchten, die sich nicht besudelt haben? Ein Skandal wirkt wie ein Signal, es macht allen klar, daß die Gesellschaft keinen Mißbrauch duldet, von keiner Seite. Ein Skandal schadet dem Ruf einzelner Leute, nicht aber der Gesellschaft. Ein Ausweichen hingegen, ein Vertuschen des Skandals schützt diese Leute und bringt die Gesellschaft in Verruf. Bitte. Sie haben die Wahl!«

»Woher haben Sie das Kolchizin?« fragte Saul.

»Das Kolchizin? Hier ist es! Ich kann es allen zeigen, die es noch nicht gesehen haben.« In Possoschkows Hand schimmerte weiß ein Fläschchen mit Pulver. Er hob es hoch. »Ein Geschenk für Iwan Iljitsch von Doktor Madson, dessen Artikel ich gerade ... Einer der bedeutendsten ...«

»Ein Erzreaktionär, der Hauptvertreter des Weismannismus-Morganismus«, warf Saul ein.

»Einer der bedeutendsten Pflanzenzellenforscher, der Züchter mehrerer bekannter Kartoffelsorten. Er hat mir das für Iwan Iljitsch mitgegeben. Das ist reines weißes Kolchizin, von außergewöhnlicher Reinheit, nirgends findet man das, nicht mal für Gold.«

»Er hat es Ihnen gegeben, und Sie haben es genommen. Begreifen Sie doch, er hat sie an der Hand ins Lager der Rassisten geführt!«

»O Gott«, seufzte Possoschkow und wandte Saul sein Bärtchen zu. »Das ist ja nicht auszuhalten. Ich erkläre Ihnen hier ganz einfache Dinge. Warum begreifen Sie das nicht?« sagte er leise, doch seltsamerweise waren diese leisen Worte besonders deutlich zu hören. »Was zeichnet ein Volk aus? Seine Arbeit. Die Früchte seiner Arbeit. Und hier in meiner Hand ... vor unser aller Augen halte ich die unleugbare Frucht schöpferischer Arbeit, die unser Ansehen hebt. Kollege Brusshak fordert, daß ich sie vernichte, sie lebendig begrabe. Weil sie entgegen der Hypothesen der ›Koryphäe‹ entstanden ist. Gewisse Leute sind übrigens ganz scharf darauf. Was also tun? Wie kann man die Frucht retten und unsere Priorität? An den Genossen Stalin schreiben? Das ist schon geschehen, es hat nichts genützt, hätte beinahe alles verdorben.«

»Unverschämtheit!« rief scharf, aber ohne sich zu ereifern, jemand im Saal.

»Sie vernichten?« fuhr Swetosar Alexejewitsch fort, als habe er den Zwischenruf nicht gehört. »Das kann man natürlich. Das wäre sogar eine patriotische Tat: die ›Koryphäe‹ wird nicht befleckt, ›die Autorität des Akademiemitglieds Rjadno bleibt gewahrt. Aber ich habe beschlossen, die Frucht nicht zu vernichten. Und wenn schon nicht den Züchter, so wenigstens seinen Namen zu retten.«

Es wurde immer lauter im Saal.

»Noch ein Wort«, sagte Possoschkow, die Fingerspitzen vor seiner Brust fest aneinanderpressend, zum Saal gewandt.

Fjodor gab es einen Stich, er biß sich auf die Unterlippe.

»Sie müßten doch begeistert sein von meiner Unversöhnlichkeit!« rief Possoschkow mit ungewöhnlich dröhnender Stimme. »Warum freuen Sie sich nicht über soviel Ehrlichkeit, Aufrichtigkeit und Prinzipientreue? Sie sollten froh sein, daß es solche Leute unter Ihnen gibt. Aber vor anderthalb Jahren, als ich vor Ihnen bereute und Sie wußten, daß ich lüge und eine Niedertracht, jawohl, eine Niedertracht! beging – warum haben Sie mir da applaudiert? Warum bestehen Sie jetzt darauf: begeh wieder eine Gemeinheit, gib auf, fall auf die Knie, und du bist unser Mann?«

»Wir glauben Ihnen nicht mehr!« rief von hinten eine Stimme.

»Swetosar Alexejewitsch, ich muß Sie unterbrechen«, rief ebenfalls scharf, und ohne sich zu ereifern, Waritschew dazwischen. »Das ist Spekulation.«

»Ja, ich werde nichts mehr sagen«, erklärte Possoschkow leise und entschieden. »Ich passe. Halten Sie den Rat ohne mich weiter ab.«

Und er verschränkte die Arme auf der Brust.

»Also, Kollegen? Eröffnen wir die Diskussion?« fragte Waritschew, als sich der Lärm gelegt hatte. Saul sagte etwas zu ihm. Waritschew riß seine hellblauen Augen auf und nickte. »Saul Borissowitsch schlägt vor, auch Deshkin anzuhören. Fjodor Iwanowitsch! Wir haben an Sie . . . einige Fragen. Dieser Aufsatz . . . Der Artikel über die neue Arbeit Strigaljows. Possoschkow hat sich in seinem Vortrag auf dem Kongreß darauf gestützt. Ist das die Arbeit, die Sie nach dem von Akademiemitglied Rjadno bestätigten Plan geschrieben haben?«

»Ja! Eine der Arbeiten.«

»Ach, Sie haben noch andere geschrieben?«

»Natürlich! Es waren etliche Arbeiten geplant.«

»Und in welchem Licht zeigen die . . .«

»Das Problem ist noch nicht gelöst«, sagte Fjodor.

»Aber so ungefähr? Die allgemeine Tendenz?«

»Sie entspricht selbstverständlich dem bestätigten Plan.«

Waritschew blickte ihn finster und aufmerksam an. »Stimmt das wirklich, Fjodor Iwanowitsch? Es geht hier schließlich um etwas sehr Ernstes.«

»Ja, das stimmt.«

»Aber wieso ist denn diese Arbeit, die . . .«

»Ich konnte doch nicht eine unbestreitbare Leistung leugnen. Wenn ich versucht hätte, sie zu ignorieren oder zu vernichten, worauf hier einige Leute bestehen . . . In den dreißiger Jahren hätte man mich dafür als Schädling, als Volksfeind gebrandmarkt. Das konnte ich nicht riskieren. Soll man doch die zu Feinden abstempeln, die darauf beharren, daß . . .«

»Hör zu, Alter . . .«, fuhr Saul ihm ins Wort.

»Sie haben mir vorhin nicht die Hand gegeben und das noch nachdrücklich mit Worten unterstrichen. Also lassen Sie diese vertrauliche Anrede. Sie müssen wissen, daß ich solche Dinge ernst nehme.«

»Fjodor Iwanowitsch!« rief hinter ihm Anna Bogumilownas kräftige tiefe Stimme. »Du bist doch ein vernünftiger Junge, was hast du Interessantes bei diesem Mönch, diesem Mendel, gefunden?«

»Er hat es gewagt, Anna Bogumilowna, obwohl er ein Mönch war, die objektive Wahrheit vor der Nase des Herrgotts zu entdecken. Und er hat das offen verkündet. Unsere Mönche dagegen . . .«

»Sie meinen also, daß die Mendelschen Gesetze die objektive Wahrheit sind?« fragte Waritschew.

Da hab ich mich aber verdammt schnell in die Enge treiben lassen, dachte Fjodor.

»Ich habe Mendels Versuche wiederholt und dasselbe Resultat erzielt«, sagte er.

»Wo haben Sie die Versuche durchgeführt?« fragte Waritschew ruhig.

Schon wieder habe ich ihnen einen Angriffspunkt geboten, dachte Fjodor.

»In Moskau, im Gewächshaus des Instituts. Die Resultate widerspiegeln eine Gesetzmäßigkeit, die außerhalb unseres Bewußtseins existiert. Das zu leugnen wäre Ignoranz oder Heuchelei.«

»Sagen Sie, Fjodor Iwanowitsch. Ist Ihnen diese Anrede recht?« fragte Saul kühl. »Dieser Aufsatz . . . Über den angeblichen Pilz. Der in den ›Problemen‹ abgedruckt ist. Wessen Arbeit ist das?«

»Meine!« ertönte Possoschkows erregter Tenor. »Ich habe die Untersuchung durchgeführt und festgestellt, daß es sich nicht um eine Grauerle handelt, sondern um dieselbe Birke, nur ist sie von einer Krankheit befallen, und ich habe die Arbeit geschrieben. Ich kann Ihnen das Konzept zeigen.«

Nach diesen Worten herrschte angespanntes Schweigen.

Solche Dreistigkeit war man nicht gewöhnt. Dann ging ein leises Raunen durch den Saal – die Spannung löste sich.

»Völlig demoralisiert«, ertönte eine Stimme aus dem Saal.

»Warum haben Sie sich ein Pseudonym zugelegt?« rief jemand von hinten.

»Natürlich um den Namen des Verfassers geheimzuhalten«, sagte Possoschkow über die Schulter, so als wolle er eine Fliege verjagen.

»Soviel Ritterlichkeit hab ich noch nie erlebt!« meinte Saul kopfschüttelnd. »Sie rennen um die Wette, um die Siegespalme der Reaktion zu erhaschen!«

Er blickte Waritschew selbstzufrieden an, stand auf und ging ans Pult, um eine Rede zu halten. Er verschwand hinter dem Kasten, nur der schwarze, in der Mitte abgewetzte Filz seiner Haare war noch zu sehen.

»Wir müssen, Kollegen, müssen endlich – endlich und ein für allemal! – Schluß machen mit dieser übermäßig in die Länge gezogenen Diskussion und die pseudowissenschaftlichen Konzeptionen der Mendel-Morgan-Weismann-Anhänger entlarven und endgültig zerschlagen«, stieß er mit schriller, lamentierender Stimme hervor, und sein Tonfall verhieß nichts Gutes. »An unseren Hochschulen wird die Geschichte der Partei gelehrt, wird der leninistische Kurs vertreten. Aber in den Ritzen nistet die zählebige morganistische Genetik. Jetzt haben die Scholastiker Mut gefaßt und gehen zum offenen Angriff über. Ist es nicht an der Zeit, Kollegen, ist es nicht an der Zeit, diese Ritzen mit dem eisernen Besen der Partei auszukehren, sie mit kochendem Wasser zu säubern?«

Aus dem soll einer schlau werden, dachte Fjodor. Er hörte Saul aufmerksam zu, und mit dem Interesse eines Forschers versuchte er, den Sinn seiner Worte zu erfassen. Er kannte Saul und wußte, daß das Zwergmännchen jetzt sein wahres Gesicht zeigte und in seinem Element war. Was mag er wohl denken? Die Frage ließ Fjodor keine Ruhe. Es kann doch nicht sein, daß er denkt, was er sagt. Er zieht eine Nummer ab, spielt eine Rolle. Seine Worte sind eine Sache, seine Gedanken eine andere.

Dieses Phänomen, das Fjodor, den Kopf in die Hand gestützt, interessiert beobachtete, lenkte ihn ab, vertrieb seine Angst.

»Nicht die Schola-astiker, nicht die Scholastiker greifen an«, sagte er laut, ohne sich zu bewegen. »Die Materie, die Materie selbst schlägt zu! Mit Fakten schlägt sie zu.«

»Die unverhohlenen Erklärungen der beiden Weismann-Anhänger . . .«, wie eine Kette aus gleichförmigen Gliedern spulte sich aus dem Sperrholzkasten die glatte Rede ab, »die unverhohlenen Erklärungen der auf frischer Tat ertappten Weismann-Anhänger, die, aufgefordert, endlich Rede und Antwort zu stehen, der Öffentlichkeit ungeniert ins Gesicht sehen, beweisen, sie wollen die Rechnung ohne uns machen. Sie ziehen es vor, sich als Teil eines militanten aggressiven Trupps der im Ausland herrschenden reaktionären Richtungen in der Biologie zu behaupten. Indem sie eine faschistische Ideologie propagieren . . .«

»Kollege! Kollege Redner!« rief jemand aus den hinteren Reihen. »Kollege, ich erkenne Sie nicht wieder. Moment mal!«

Saul verstummte.

»Was wollen Sie?« fragte er scharf und ungehalten und reckte sich auf die Zehenspitzen, um den Sprechenden zu sehen.

»Sie haben sich hinreißen lassen. Haben von faschistischer Ideologie gesprochen«, ertönte aus dem Saal eine leise Stimme. »Faschistisch haben Sie gesagt. Man muß sich seine Worte gut überlegen. Mir ist bekannt, daß Kollege Deshkin an der Front gegen die Faschisten gekämpft hat. Er wurde mehrmals verwundet . . .«

»Er hat empirisch gekämpft«, sagte Saul spöttisch lächelnd, und der Saal verstummte, starr vor Verblüffung. »Kämpfen allein genügt nicht, Kollegen. Man muß auch begreifen, wofür und wogegen man kämpft.«

Fjodor Iwanowitsch errötete leicht und wollte gerade aufstehen, als Possoschkows schneidende Stimme ertönte: »Saul Borissowitsch! Saul Borissowitsch! Faseln Sie kein dummes Zeug. Fjodor Iwanowitsch hat an seinem Körper mehr Wunden, als Sie natürliche Körperöffnungen haben.

Und glauben Sie mir, schwere Wunden beweisen deutlicher, was Faschismus ist, als Ihre Sinnesorgane.«

Der Saal reagierte mit verhaltener Heiterkeit. Selbst Waritschew schmunzelte, und nachdem er eine Weile abgewartet hatte, klopfte er träge mit dem Bleistift an die Karaffe.

»Kollegen! Kommen wir doch zu dem zurück, was uns hier zusammengeführt hat.«

»Ja, genau!« griff Saul Waritschews Vorschlag auf, der ihm gerade rechtkam. »Genau! Und veranstalten wir hier keinen Zirkus. Wir schlagen hier eine Schlacht, ich wiederhole, eine Schlacht gegen die faschistische Ideologie. Die Amerikaner wollen uns die Genetik, dieses totgeborene Kind, keineswegs deshalb unterschieben, damit unser Land blüht und gedeiht. Sie selbst brauchen sie nicht. Kann die Wirtschaft der USA unter den Bedingungen der permanenten Überproduktion etwa an der Genetik interessiert sein?«

»Also schieben sie sie uns unter, damit es auch bei uns zur Überproduktion kommt?« rief jemand belustigt.

»Noch ein Anwalt des faulenden Imperialismus!« Saul erhob sich auf die Zehenspitzen und blickte streng in den Saal. »Nicht wegen der Überproduktion, antworte ich diesem neuaufgetauchten Anwalt, nein, um den Kapitalismus zu restaurieren ... um uns in die Zeiten vor dem Großen Oktober zurückzuversetzen! Der objektive Verlauf des gesamten Prozesses zeigt, daß es sich genau so verhält. Überlegen Sie doch mal, warum unsere jungen Naseweise ... das weismannistisch-morganistische ›Nest‹, wie Kassian Damianowitsch sie so treffend genannt hat, überlegen Sie, warum sie sich von Anfang an in die tiefste Illegalität verkrochen haben?«

»Nicht sie haben sich verkrochen, nicht sie! Die Illegalität hat man um sie herum aufgebaut!« ertönte Fjodors Stimme aus dem Saal.

»Intere-essant! Nein, nein, lassen Sie ihn, soll er reden«, sagte Saul mit einer Einhalt gebietenden Geste zu Waritschew, der an die Karaffe klopfen wollte. »Reden Sie, Deshkin, Fjodor Iwanowitsch. Wie hat man diese Illegalität aufgebaut? Ein neuer taktischer Zug.«

»Sie selbst haben sich nichts Neues ausgedacht und

nichts konstruiert. Und eine Taktik verfolgten sie schon gar nicht. Bis man anfing, ihnen die Hölle heißzumachen. Sie studierten wie bisher. Dieselbe Wissenschaft. Nach denselben Lehrbüchern, die früher noch nicht mit ›nicht ausleihen‹ überstempelt waren. Aber dann wurde alles über den Haufen geworfen, die Bücher wurden verboten. Und um sie herum entstand eine neue Welt. Eine unverständliche Welt. Mit anderen Auffassungen. Sie verstanden die neue Biologie nicht, die alte dagegen war ihnen verständlich. Das waren handfeste Fakten. Doch jetzt sollten sie glauben. Was haben sie schon Schlimmes getan? Sie haben sich zusammengesetzt und auf die Seminare vorbereitet. Früher nannte man das eine lobenswerte Vertiefung des Studiums. Andere gingen tanzen, aber sie setzten sich an die Bücher. Die Blüte der Studentenschaft! Und plötzlich war das etwas Illegales! Ein ›Nest‹! Wieso? Weil die Studenten nicht glauben wollten, daß eine Weißbuche einen Haselnußzweig hervorbringt. Weil sie es wissen wollten! Liefern Sie ihnen Beweise, und sie werden es glauben! Aber statt ihnen etwas zu beweisen, versah man sie mit einem Etikett. Das ›Nest‹! Und wer hat es Ihnen angeheftet? Sie haben es selbst gesagt, Akademiemitglied Rjadno.«

»Sie werfen sehr ungeniert mit Namen um sich«, bemerkte Waritschew.

»Wenn Sie mir schon das Wort erteilt haben, lassen Sie mich auch ausreden. Ich wiederhole: Sie haben einfach behauptet, die Studenten betätigten sich illegal, und die ganze Gewalt der Staatsmaschinerie auf sie losgelassen. Ohne Erbarmen, von gesundem Menschenverstand ganz zu schweigen.«

»Was für Erbarmen verlangen Sie denn!« fiel Saul ihm rasch ins Wort. »Mit wem? Wovon reden Sie?«

»Von einer elementaren Eigenschaft jedes normalen Menschen.«

»Hören Sie auf mit dem idealistischen Gewäsch! Mitleid will er! Erbarmen!« sagte Saul voller Ironie. »Wir kennen solche Materialisten! Mit solchem Gerede versuchen sie, dem siegreichen Proletariat die Hände zu binden! Um es schließlich ins Lager der rechten Restauratoren des Kapitalismus zu ziehen! Zerschlagen muß man solche Geiferer! Mit der starken Arbeiterfaust!«

Da begann Possoschkow laut mit den Füßen zu trampeln. Saul hielt inne.

»Dieses Geschrei gilt zwar mir, aber ich trete ja ohnehin ab. Wenn auf einer Versammlung von Wissenschaftlern, von Biologen, nach der Arbeiterfaust geschrien wird und so ein Maschinengewehrfeuer losrattert, darf der Versammlungsleiter sich nicht scheuen, an seine Karaffe zu klopfen. Ich bin solcher Phrasen müde. Sie haben längst ausgedient. Genug davon! Ich bin keine Ziege, die Anschlagzettel frißt. Kommen wir zur Sache. Wenn Sie uns richten wollen, dann tun Sie es. Aber ohne Geschrei. Ohne Hysterie. Ich kann diese Schurkerei nicht länger ertragen! Sie lassen den Menschen nicht ausreden, zwingen ihm dieses Duett auf.«

»Ich wiederhole«, begann Fjodor von neuem. »Dieses ›Nest‹ hat man den jungen Leuten für nichts und wieder nichts angehängt. In fünf Jahren wird man das sicher anders sehen und die Initiative der Studenten, die sich intensiv ihrem Studium widmen, wieder als lobenswert bezeichnen. Auch jetzt wäre es lobenswert, würden die Studenten sich so in die Arbeiten von Akademiemitglied Rjadno vertiefen. Aber in diese Arbeiten kann man sich ja nicht vertiefen, weil sie jeder Tiefe entbehren.«

Da begann der Saal zu zischen und zu schreien.

»Unerhört! Schande!« hörte man halblaute, sonderbar abgehackte Zwischenrufe. Fjodor blickte sich verwundert um. Er hatte zuerst den Eindruck gehabt, der Saal stünde auf seiner Seite. Die Kriegsveteranen, die ehemaligen Soldaten – sie waren doch hier anwesend, hatten ihn doch unterstützt, als Saul da was von Faschismus gefaselt hatte. Seltsam. Wie man sich täuschen kann. Er hätte das Akademiemitglied des Volkes nicht antasten dürfen, nicht umsonst hatte Rjadno seinen Weg in Russenhemd und Stiefeln begonnen. Sein Name war heilig.

Die Karaffe klirrte kaum hörbar. Mit ernstem, strengem Blick klopfte Waritschew von Zeit zu Zeit an das Glas.

»Wollen Sie noch etwas hinzufügen, Saul Borissowitsch?« fragte er, als der Lärm sich legte.

»Ich denke, es ist die richtige Zeit, Schluß zu machen«, rief Saul, freudig in die Hände klatschend, dann breitete er die Arme aus und erhob sich auf die Zehenspitzen. »Im Orient heißt es, dein Wort entspricht der Wahrheit, wenn sofort danach ein Engel ›Amen‹ sagt. Ich denke, Kollegen, es ist nicht allzu sehr an den Haaren herbeigezogen, wenn ich dieses Bild auf den jetzigen Moment übertrage. Das Auditorium hat sich hier einmütig und unzweideutig für die Ideen unseres Bannerträgers, des Akademiemitglieds Rjadno ausgesprochen und alle Versuche, diese Ideen zu verunglimpfen, verurteilt. Danke, Kollegen, für diese Unterstützung!«

Wieder prasselte Beifall los, wie Reisig in einem gewaltigen Feuer. Dann erhob sich Waritschew, und mit hängenden Mundwinkeln, die teilnahmslosen blauen Augen nur halb geöffnet, erklärte er damit den offiziellen Teil der Sitzung für beendet und bat die Mitglieder des Rats, zu einer geschlossenen Sitzung mit besonderer Tagesordnung zu bleiben.

»Auch Sie können bleiben, Swetosar Alexejewitsch«, sagte Waritschew. »Wir haben Sie doch nicht ausgeschlossen aus dem Gremium.«

»Ich habe mich selbst ausgeschlossen. Aus dem Gremium«, antwortete Possoschkow und verschwand durch die Tür.

Im Vestibül wartete er auf Fjodor.

»Das hast du gut gemacht, hast es ihnen tüchtig gegeben. Bist du heute abend zu Hause? Ich ruf dich an. Gegen zehn. Versuch dazusein.«

Die Pfützen waren leicht überfroren, der Schneematsch fest geworden. Von überallher hörte man aus dem Dunkel das Knirschen des dünnen Eises. Die Menschen kamen von der Versammlung und unterhielten sich halblaut. Als Fjodor zu Hause war, zog er sofort seinen Skianzug an. Er wollte durch den Park laufen. Er trat auf die Vortreppe, breitete die Arme aus, schwenkte sie wie Flügel, rannte hinunter und lief den knirschenden Pfad entlang. Im stockdunklen Park schimmerte violett der Schnee, von dem sich schwarz die aufgetauten und wieder gefrorenen Pfade abhoben. Fjodor lief, die Arme gleichmäßig bewegend, und erwärmte sich langsam. Plötzlich schienen lebendige Gestalten aus der Dunkelheit aufzutauchen und ihn zu umkreisen. Ja, in seinem Schicksal gestaltete sich alles genauso wie in Gogols »Der Wij«. Zuerst hatte niemand Fjodor wahrgenommen, dann erblickten ihn plötzlich alle Teufel auf einmal. Und wie schnell das alles kam! Es ging alles Schlag auf Schlag. Der Erfolg mit der »Contumax« und sein Artikel für die »Probleme«, die Absetzung des Redaktionskollegiums und Possoschkows Reise. Und das neue »Nest«. Alles auf einmal. Das neue »Nest« ist offenbar eine ernstzunehmende Sache. Es hat aus den Erfahrungen des vorhergehenden gelernt. Wüßte man doch, wer dazu gehört! Kassians Schweigen ist verdächtig. Er gibt keinen Ton von sich. Aber dieser Swetosar Alexejewitsch! Sein ganzes Leben so umzukrempeln. Jetzt kommt alles ins Rollen. Sein Weg ist jetzt klar. Fjodors Weg übrigens auch. Nur keinen Fehler machen. Alles Weitere muß gründlich überlegt werden. Bloß was soll man überlegen – alles rast unaufhaltsam in eine Richtung. Es gibt wenig Varianten. Die Konturen des Vogelnests deuteten sich schon an, der Vogel schleppte weiter unermüdlich Grashalme herbei. Und die Variante – die einzig mögliche – zeichnete sich immer deutlicher ab.

Fjodor kehrte um. Er mußte um zehn Uhr zu Hause sein, durfte sich nicht verspäten. Leichtfüßig lief er durch das Institutsstädtchen. Alle Straßen und Wege hatten sich schon geleert, von den Hauswänden hallten seine Schritte wider. Nachdem er sich auf der Vortreppe die Füße abgetreten hatte, ging er in sein Zimmer. Teewasser wollte er nicht ansetzen. Wir werden den Samowar anstellen. Das wird wohl unsere letzte Teestunde sein, dachte er. Immer wieder auf die Uhr blickend, zog er sich langsam um. Den Rollkragenpullover konnte er eigentlich anbehalten. Nur andere Hosen und Schuhe mußte er anziehen. Und den Überzieher.

Das Telefon klingelte. Es war Possoschkow.

»Wie lange brauchst du bis zu mir? Na, auf eine halbe oder eine Stunde. Komm um elf. Es kann auch eine halbe Stunde später sein. Das ist sogar besser. Ich habe noch etwas Dringendes zu erledigen. Wenn du mich nicht antriffst, bin ich bei meinem Nachbarn. Geh nicht weg. Wir werden es so machen, du klingelst, und wenn ich nicht öffne, gehst du einfach rein. Die Tür wird nicht verschlossen sein. Drück sie auf und geh rein. Und wart auf mich, du gehörst doch zur Familie. Wart in meinem Arbeitszimmer, das kennst du ja. Ich lege dir ein paar Texte auf den Schreibtisch, die kannst du lesen, bis ich komme. Also gut, ich umarme dich, mein Freund. Bist ein guter Junge. Wenn ich solch einen Sohn hätte. Also gut.«

Fjodor legte den Hörer auf, blieb noch eine Weile stehen und überlegte. Dann zog er seine Pelzjoppe an, die so angenehm nach Schaf roch, setzte die Pelzmütze auf und ging los. Er sah auf die Uhr – es war noch viel Zeit, er brauchte sich nicht zu beeilen. Wenn Possoschkow zu seinem Nachbarn mußte, hatte er was Wichtiges mit ihm zu besprechen. Mochte er seine Angelegenheiten in aller Ruhe erledigen, allein im Arbeitszimmer zu sitzen und zu warten erschien Fjodor sinnlos.

Er ging langsam durch den Park in der Absicht, einen großen Umweg von vierzig Minuten oder auch einer Stunde zu machen. Als er durch die Erste Längsallee schritt, spürte er die Nähe des Steilabhanges, der zum unteren Park und zum Fluß führte. Diesen Hang war Possoschkow im Sommer bei einem seiner täglichen Läufe in schönen viermeterlangen Sätzen hinabgesprungen.

Fjodor hatte den Hang noch nicht gemeistert. Aber er mußte es eines Tages versuchen. Wenn ich eines Tages noch hier bin, dachte er. Vorläufig konnte er nur an sein Skitraining denken. Besser gesagt, an das, was ihn morgen erwartete. Die ganze Hinterlassenschaft war in Sicherheit, aber er mußte doch etwas festlegen für den Fall, daß ... Jetzt konnte man auf alles gefaßt sein.Er mußte an einen zweiten, an den nächsten Doppelgänger denken. Iwan Iljitsch hatte gesagt: »Ich habe nicht das Recht, ins Gefängnis zu gehen.« Und nun saß er. Vielleicht lag er sogar schon.

Fjodor beschleunigte seine Schritte. Der Gedanke an Iwan Iljitsch trieb ihn vorwärts.

Als er in die Straße einbog, wo auf der einen Seite dunkel und verlassen die Lehrgärtnerei lag, und auf der anderen –

zwischen hohen, vom Wind bewegten Kiefern einzelne Fenster in den Professorenhäusern erleuchtet waren, blickte er im Schein einer fernen Laterne auf die Uhr: es war ein paar Minuten nach elf. Langsam, um nicht zu früh dazusein, schlenderte er durch die dunkle Straße, die Lichtkegel der spärlichen Laternen kreuzend. Possoschkows Haus war kaum zu sehen im Dunkel der Bäume und Büsche. Nur in zwei Fenstern – das eine in der unteren, das andere in der oberen Etage – schimmerte durch die zugezogenen Gardinen ein schwacher Lichtschein.

Fjodor klingelte lange, aber niemand öffnete. Wie ausgemacht, drückte er gegen die Tür, und sie gab nach. In der Diele und im ersten Zimmer brannte Licht. Fjodor ging zur Treppe, und im Vorbeigehen merkte er, daß der Petrow-Wodkin nicht an seinem Platz hing. Die Holztreppe knarrte unter seinen Füßen, er betrat das Arbeitszimmer, es lag in ruhigem Halbdunkel, nur der Schreibtisch, an einer Stelle von einem gedämpften großen Lichtkegel erhellt, der unter einem sonderbaren schwarzen Lampenschirm hervordrang, schien Fjodor zu erwarten. Die Lampe mit den drei Porzellanfiguren war nicht da. An ihrer Stelle stand eine Eisenkonstruktion mit zickzackförmigen Hebeln, auf denen der schwarze Lampenschirm hing.

»Das ist für dich«, las Fjodor plötzlich eine Notiz auf dem Tisch. Auf dem Zettel stand ein versiegeltes Fläschchen mit weißem Pulver – das Kolchizin, das der Däne dem Akademiemitglied für Strigaljow mitgegeben hatte. Richtig, überlegte er, ich bin ja jetzt Strigaljow. Während er das unerwartete Geschenk nicht ohne Genugtuung in die Tasche seiner Pelzjoppe steckte und sich verwundert fragte: warum habe ich mich denn nicht ausgezogen?, erblickte er auf dem Schreibtisch noch weitere Gegenstände. »Das ist für dich«, stand auf einem anderen Zettel, auf dem ein längliches, fest verschnürtes Bündel lag. Und auf dem Bündel stand noch einmal geschrieben: »Für dich«. Fjodor riß das Papier an einer Ecke auf und sah verblichene Geldscheine. Offenbar eine große Summe. Während er mit einem vagen Gefühl von Unruhe das Bündel mühsam in die Tasche stopfte und dabei ganz unpassend dachte: Das Geld kommt mir gerade recht, sah er einen zugeklebten Briefumschlag mit der Aufschrift: »Für Fedja«. Angst befiel ihn und breitete sich aus, wie eine schmerzhafte Schwellung. Er wollte gerade den dikken Briefumschlag nehmen, um ihn aufzureißen, da erblickte er ein doppelt zusammengefaltetes Blatt Papier, auf dem in schwungvoller Schrift stand: »Sofort lesen«. Ohne das Papier zu berühren, wandte er sich entsetzt um. Im Halbdunkel des Zimmers sah er nur die Lehnen der beiden Sessel. Er stürzte zur Tür, dort war der Lichtschalter. Der breite Knopf knackte unter seinem Finger. Grell wie eine Elektroschweißflamme erstrahlte der Porzellanlüster, und obwohl Fjodor unwillkürlich die Hand vor die Augen hielt, sah er auf der Couch einen ausgestreckten Körper liegen. Die karmesinrote Hausjacke. Die goldgelben Litzen. Kleine Schuhe, etwa Größe achtunddreißig ...

Possoschkow lag still auf der Seite, das Gesicht der Couchlehne zugekehrt, beide Hände unter der Wange. Er ruhte aus von allen »Schurkereien«. Friedlich war er eingeschlafen, und so hatte er, vielleicht einen entschwindenden, lockenden Traum, vielleicht sogar die blonden Zöpfe vor Augen und etwas flüsternd, allmählich diese Welt verlassen, so wie ein großer Überseedampfer unter Orchesterklängen kaum merklich von seinem heimatlichen Kontinent ablegt.

Fjodor zog Possoschkows starre Hand unter der Wange vor und fühlte den Puls. Das Akademiemitglied war tot. Seine Hand war schon erkaltet. Alles war gerade erst geschehen, vielleicht vor einer halben Stunde.

Auf dem Fußboden lag ein weißes Plaströhrchen. Mit einer Aufschrift in lateinischen Buchstaben. Ein paar weiße Tabletten waren herausgefallen. Auf dem ovalen Tisch neben dem kalten Samowar standen eine Flasche Kognak »Fine Champagne«, zu einem Drittel geleert, und ein schillerndes Glas, darin ein Rest des gelblichen Kognaks. Fjodor blickte auf die Gegenstände, und sie erzählten ihm, wie alles vor sich gegangen war.

Dann besann er sich. Etwas anderes fesselte plötzlich seine Aufmerksamkeit, im nächsten Moment war er schon am Schreibtisch und las einen unzusammengefalteten weißen Zettel. »Fedja! Tu, um was ich dich bitte, tu es mit aller gebotenen Konsequenz. Und laß dir nicht einfallen, irgend etwas zu ändern. Tugend ist hier fehl am Platze. Das Geld ist für deine Arbeit bestimmt. Ebenso das Kolchizin. Unter dem Schreibtisch stehen zwei Pakete: die Lampe und der Petrow-W. Die Lampe sollst du haben. Dir kommt sie eher zu als irgend jemandem sonst. Mit dieser Lampe erkläre ich dich zu meinem Sohn. Den Petrow gib Andrjuscha, wenn er fünfzehn wird. Zusammen mit dem Brief, der unter dem Paket liegt. Übergib ihm alles ungeöffnet. Mich laß hier liegen. Schaff alles fort, solange es noch Nacht ist, die Tür laß angelehnt, schnapp sie nicht zu. Den zugeklebten, nicht adressierten Umschlag laß auf dem Schreibtisch liegen. Die anderen nimm mit nach Hause und sortier sie dort. Alle Briefe mit der Aufschrift ›per Post‹ steck in Briefkästen. In verschiedene. Die Briefe mit dem Vermerk ›persönlich aushändigen‹ übergib der Frau, deren junger Sommergast immer so interessiert und mit überlegenem Lächeln den philosophischen Gesprächen gelauscht hat. Sie wird sie den Adressaten aushändigen. Übergib die Briefe gleich morgen. Den Brief ›An meine unbegreiflichen Gegner‹ lies, er ist nicht verschlossen, dann kleb ihn zu. Es sind drei Exemplare, eins schick mit der Post an den Satan persönlich. Ich denke, du weißt schon, an wen. Gemeint ist K. D. R. Ich bitte um Verzeihung. Den zweiten schick ans Rektorat. Den vierten (hier hatte er sich – wohl in der Erregung – geirrt) – ans Präsidium der Akademie. So wie es auf den Umschlägen steht. Alle drei Briefe schick gleich morgen früh per Einschreiben ab. Nach zwei Uhr in der Nacht komm nicht mehr her. Um mich mach dir keine Sorgen, man wird alle nötigen Maßnahmen ergreifen. Den Brief an dich lies in Ruhe, wenn du genügend Zeit hast. Lies ihn hintereinander. Und mit der gebührenden Achtung, dein Lehrer hat ihn geschrieben, der des Lebens durchaus nicht überdrüssig war, aber alle Fäden im Knäuel verwirrt hat. Den Ehering laß an meinem Finger. Schaff die Pakete durch den Hintereingang (aus der Küche) weg, er ist offen. Geh durch die Pforte und von dort in den Wald, geh immer geradeaus bis zum Waldrand, dort bieg links ein zum Park. Diesen Brief verbrenn in der Küche. Da liegen Streichhölzer. Also, mein Fedja, leb wohl.«

Offenbar hatte er in diesem Augenblick angefangen, die Tabletten zu schlucken und war zur Couch gegangen.

Nachdem Fjodor alle Briefe – es waren anderthalb Dutzend – in seinen Taschen verstaut hatte, zog er unter dem Schreibtisch die beiden in Packpapier gewickelten und mit Bindfäden verschnürten Gegenstände hervor. Form und Gewicht sagten ihm, daß es das gerahmte Bild und die schwere Lampe mit dem Schirm waren. Die Hand am Lichtschalter, blickte Fjodor noch lange auf den reglosen Körper. Dann drückte er energisch auf den Knopf, der Schalter knackte laut, und die Dunkelheit trennte ihn für immer von einem wertvollen Teil seiner Vergangenheit, der eine weitere schmerzhafte Spur in seinem Leben hinterließ.

Dem Wunsch des Toten entsprechend, trug Fjodor alle Sachen in die Küche hinunter. Auf dem Küchentisch lag eine Schachtel Streichhölzer. Fjodor zündete den Zettel mit den Anweisungen an und blies die schwarzen Flocken aus. Dann stieß er mit dem Fuß die unverschlossene Tür auf und trat in die frostkalte Nacht. Kaum hörbar knirschte das Eis unter seinen Füßen, als er zu der weit offenstehenden Gartenpforte ging und die Dunkelheit den einsamen Menschen umfing und in ihren schwarzen, nach Kiefernnadeln duftenden Mantel hüllte.

Zu Hause las Fjodor zuerst den an mehrere Stellen adressierten Brief Possoschkows.

»Für Sie, Genossen Akademiemitglieder und verdienstvolle Kollegen, wird mein Brief nicht uninteressant sein«, stand da in schöner schwungvoller Schrift geschrieben. »Besonders für die Verfasser grundlegender Werke, für die heute weißhaarigen Doktoren und Akademiemitglieder, die für die Aufnahme des talentlosen Scharlatans in unsere Reihen gestimmt haben. Ich persönlich habe gegen ihn gestimmt – jetzt kann ich das Wahlgeheimnis ja lüften. Vielleicht ist mein Haar deshalb noch nicht so weiß – meine Seele war nicht krank, und ich hatte nachts keine Alpträume. Denken Sie immer daran, das Vaterland wird niemals vergessen, daß Sie, einige meiner Kollegen, ihm dieses Ungeheuer aufgezwungen haben, und Sie also die Verantwortung tragen für das Schicksal vieler wissenschaftlicher Entdeckungen und für das Los der Entdecker. Sie haben doch gesehen, daß der von Ihnen unterstützte Unsinn einer ständigen Verteidigung durch die Obrigkeit und des Hinweises auf die Billigung Stalins bedarf! Haben Sie wirklich nicht gemerkt, daß das jeder wissenschaftlichen Grundlage entbehrt? Ich weiß, was Sie mir antworten werden: ›Sieh an, er plustert sich sogar noch im Sarg auf. Ein Toter versteht den Lebenden nicht‹. Aber ich war doch lebendig und habe den Namen gestrichen, der auch Ihnen verhaßt war. Ich habe ihn auf dem Wahlzettel gestrichen. Was hatten Sie zu befürchten? Ich habe mich immer gefragt: was braucht ein alter Mann noch, dem alle Auszeichnungen und Ehren zuteil geworden sind? Er könnte doch vor dem Tod wenigstens eine mutige Tat vollbringen, damit die Nachkommen seiner in Ehren gedenken. Ich sehe schon die verdrossenen Gesichter, die herabgezogenen Mundwinkel mancher Kollegen, die ebenso wie ich in jungen Jahren auf dem rechten Weg waren und dann – wie ich auch! – aus ›irdischen‹, das heißt aus niederen, selbstsüchtigen Erwägungen zu Helfershelfern des ›Akademiemitglieds des Volkes‹ geworden sind. Was ist mit Ihnen geschehen? Ja, ja ich weiß: dasselbe, was auch mit mir geschehen ist. Ich habe es selbst erfahren: es gibt noch eine Ehre, die viele Grauköpfe zu verlieren fürchten. Man muß die Kraft aufbringen, die noch verbliebene, manchmal recht lange Zeitspanne vom letzten Orden bis zum letzten Atemzug ohne Makel zurückzulegen. Damit für eine halbe Minute der Verkehr auf dem Gartenring gestoppt wird, um die Wagenkolonne passieren zu lassen, und damit man auf dem Nowodewitschje-Friedhof neben anderen ebenso Makellosen begraben wird. Im Alter sieht man alles klarer. Alles liegt offen auf der Hand. Aber auch eine Gemeinheit kann man im Alter nicht mehr als ›Jugendsünde‹ hinstellen. Wenn ein denkender alter Mensch eine Gemeinheit begeht, nimmt er diese Gemeinheit mit ins Grab. Aber ich kann mich rühmen, wenigstens noch zum Schluß den menschlichen Weg beschritten zu haben. Ich habe eine Tat vollbracht. Dafür wird man mir eines Tages noch danken. Ich glaube, daß jetzt der Deich brechen wird, mit dem dieser gelbzähnige Biber den natürlichen Fluß der Wissenschaft nur deshalb zugeschüttet hat, weil er sich eine bequeme Behausung schaffen wollte. Wie ich sie durchschaue, diese Spekulanten! Ich mußte natürlich mit Unannehmlichkeiten rechnen – schließlich bin ich vom offiziellen Text abgewichen, habe das Werk eines verfluchten Weismann-Morgan-Anhängers gelobt! Früher wurde man nur wegen Trotzkismus so angeprangert wie ich. Aber jetzt bin ich exterritorial. Ich bin unantastbarer als ein amerikanischer Botschafter. Und wenn Sie angelaufen kommen, um mich auf Ihrem verlogenen ›Ehrengericht‹ zu zerfleischen, werden Sie nur noch den Leichnam eines alten Mannes vorfinden, ein paar Kilo Knochen. Machen Sie damit, was Sie wollen, meinetwegen können Sie Kleister daraus kochen, ›das bin ja nicht mehr ich‹, wie Gogol sehr richtig gesagt hat!

Ja, ich habe mit dem Kolchizin einem ganzen Genetikerteam geholfen. Welch ein Glück, laut verkünden zu können: ich habe mein Leben riskiert und Kopernikus geholfen! Ist es etwa kein Glück, Kassian ins Gesicht zu sagen: eine zweite ›Maiblume‹ wird es nicht geben! Und auch die erste wird noch den Namen ihres wahren Schöpfers bekommen. Beeil dich, Kassian, versuch, deine Haut zu retten, und erkläre öffentlich, daß die ›Maiblume‹ von Strigaljow und von dir gezüchtet worden ist. Dich nenn an zweiter Stelle! Denk daran, daß bereits ein Mechanismus in Gang ist. Strigaljow hat die ›Maiblume‹ entwickelt. Sein Name ist schon bekannt. Bald wird man deine Sorten unter die Lupe nehmen. Wenn du eine öffentliche Erklärung abgibst, setzt der Mechanismus automatisch aus, und du kannst noch ein wenig Luft holen. Tust du es nicht, mußt du dir selber die Schuld zuschreiben. Viele werden erröten müssen, aber dich wird das Erröten der Obrigkeit teuer zu stehen kommen. Beeil dich, du Dilettant, und bedank dich, daß man dich gewarnt hat. Ich tue es nicht deinetwegen, sondern unser aller wegen, um der Schande zu entgehen. Ach, Freunde, es ist nicht mitanzusehen, wie die einst so schöne Wirtschaft unter den Händen dieses ›Sohns eines bettelarmen Bauern‹ verkommt. Das ist er, der wahre Kulak, der Konterrevolutionär! Das hat nichts zu tun mit Wiederkäuern und drei Zossen. Für dich sage ich das, Saul, du ›Theoretiker‹, der von fremdem Leid lebt. Mit deiner Arithmetik (die du natürlich ›materialistisch‹ nennst) kann man den Kulaken nicht bestimmen, man vernichtet nur die besessenen Arbeiter, die ihre Arbeit lieben und fähig sind, etwas zu schaffen. Was solche großmäuligen Buchhalterseelen wie du ja auch getan haben, Kulak, das ist ein Persönlichkeitsmerkmal. Das ist ein Parasit, der die für seine Zeit vorteilhafteste Maske aufgesetzt hat. Sieh dich an, Brusshak! Und halt Kassian den Spiegel vor!

Ich befürchte, daß Sie nichts von all dem Gesagten begreifen, oder wenn Sie es begreifen, so tun werden, als ob mein erbarmungsloser Angriff Sie abstößt. Sonst würde ich in lebendiger Gestalt zu Ihnen sprechen. Da keinerlei Hoffnung auf dieses ›sonst‹ besteht, ich mich aber physisch nicht stark genug fühle, Ihre ›ehrenvollen‹ Verhöhnungen des höchsten Geheimnisses, das der Mensch darstellt, zu ertragen, mache ich von meinem Recht Gebrauch, meinen privaten Hubschrauber zu besteigen und winkend davonzufliegen.«

Nachdem Fjodor den Brief ein zweites Mal gelesen und eine Weile reglos dagesessen hatte, steckte er alle drei Kopien in die von Possoschkow beschrifteten Umschläge und legte sie mitten auf den Tisch. Daneben stapelte er die Briefe, die er in verschiedene Briefkästen einwerfen sollte. Auch das, was er Tante Polja zu übergeben hatte, schob er beiseite. Dann nahm er den dicken Umschlag mit der Aufschrift »für Fedja«, riß ihn auf und zog viele eng beschriebene Blätter, fast ein ganzes Heft, heraus.

Das war eine ausführliche Lebensbeschreibung von Akademiemitglied Possoschkow. Fjodor brauchte über eine Stunde, um sie zu lesen. Vieles wußte er bereits aus Gesprächen mit Possoschkow und aus der Beichte, die er eines Nachts auf dem Weg zu jenem großen Fenster gehört hatte, das hell erleuchtet war wie das Fenster eines Operationssaals.

»Mein lieber Fedja, ich hatte recht!« so begann der Teil des Briefes, der die Überschrift trug: »Gedanken für dich«.

»Mein Lieber, du hast die Möglichkeit, eine Exkursion in

den inneren Kegel eines anderen Menschen zu unternehmen. Die ganze Weite wirst du nicht durchwandern können, sie ist unendlich. Aber in einigen Kammern verweile. Ich hatte recht, Fedja! Und du hattest recht. Und Shakespeare! Ja, alle Gesetze, alle menschlichen Normen, alle Konventionen gelten nicht für denjenigen, der von einem vergifteten Degen geritzt worden ist. Aber die Stimme des Gewissens tönt laut wie nie zuvor. Sie war tatsächlich von ›selbstsüchtigen Erwägungen‹ und kühlen Berechnungen übertönt. Auf der Welt ist ein seltsames Wesen aufgetaucht – nicht mehr Mensch, aber noch nicht Stein. Ich habe mir erlaubt, das größte Opfer zu bringen, habe lange daran gedacht, mich aber nicht dazu entschließen können. Ich habe dem Wissen geholfen, über den Aberglauben zu triumphieren. Dafür muß man immer mit dem Leben bezahlen. Versuch, das meinem Jungen zu erklären, wenn du ihm das Bild übergibst. Seine Mutter wird dich rausschmeißen, sobald du auch nur meinen Namen erwähnst. Aber laß dich nicht einschüchtern. Sag auch ihr alles, was du über mich denkst.«

Der Brief hatte keinen durchdachten Plan, und Fjodor begriff plötzlich, daß Possoschkow sich einfach nicht vom Papier hatte trennen wollen, daß allein der Kontakt mit einem anderen Menschen ihn noch mit dem Leben verbunden hatte. Und zwei Seiten weiter wurde seine Vermutung bestätigt.

»Eigentlich müßte doch all das, was ich verloren habe und was mir droht, mich veranlassen, augenblicklich einen Schlußpunkt zu setzen«, diese Zeilen sprangen Fjodor förmlich ins Auge. »Aber es ist ganz anders. Die Möglichkeit, mit einem Menschen zu sprechen, der dich verstehen kann, ist eine starke Kette, die du nicht mit einem Hieb zerhauen kannst. Deshalb habe ich auch nicht die Kraft, diesen Brief zu beenden.«

Ein Satz auf der elften Seite veranlaßte Fjodor wieder zu längerem Nachdenken. Nach einigen gleichsam vorbereitenden Zeilen: »Ich habe dennoch einiges tun können. Manches ist dir bekannt, anderes nicht, dabei soll es auch bleiben. Jetzt bin ich am Ende und packe meine Instrumente ein. Mit dem General, diesem abergläubischen Mystiker, zu sprechen, habe ich kein Verlangen. Er dagegen ist, wie du siehst, jetzt erst richtig in Fahrt gekommen. Mir ist bekannt, daß auch du schon in den Brennpunkt seines beruflichen Interesses geraten bist. Ich fordere dich keinesfalls auf, mir zu folgen, sondern will dir nur meine Beobachtungen mitteilen.«

Dann folgte der Satz: »Der Wunsch zu sterben bedeutet nicht, den Tod zu wollen. Es ist nur die Suche nach einem besseren Zustand. Was in der Endkonsequenz ein extremer Ausdruck des Wunsches zu leben ist.«

Nachdem Fjodor diesen Satz wieder und wieder gelesen hatte, saß er lange wie versteinert. Dann schlug er energisch mit der Hand auf den Tisch. »Ich habe nicht das Recht zu sterben«, sagte er und erhob sich sogar ein wenig, als wolle er irgendwohin laufen. Dann setzte er sich wieder und las weiter:

»Glück ist das, was Vergnügen bereitet, oder das, was Leiden beendet. Das ist deine Formulierung. Für den Leidenden, der den Tod sucht, ist der Tod ein Glück. Merk es dir und beruf dich auf die Aussage eines Augenzeugen.«

Er liebt schöne Worte. Er ist nicht tot, schoß es Fjodor durch den Kopf. Doch sofort wies er den Gedanken von sich. Er hatte nicht das Recht, einen Menschen zu verurteilen, der das Geheimnis des Todes schon erfahren hatte.

Gegen Ende des Briefes kam auch die Bestätigung, daß es dem alten Mann nicht um schöne Worte ging. »Wenn ich ein Dummkopf bin«, schrieb er, »wenn ich einfache Dinge nicht verstehe und eine mangelhafte Bildung besitze, aber dennoch nach einer führenden Position strebe und mir das Recht anmaße, mich in Dinge einzumischen, die ich nicht verstehe, die jedoch das Schicksal vieler Menschen berühren, dann kann dabei das herauskommen, was unser Chejfez ›Elite der Dummen‹ genannt hat. Das Unverständliche wird leichtfertig abgetan. Mit Stimmenmehrheit natürlich. Heute sind das alles schädliche Ideen, der Weismannismus-Morganismus und die Kybernetik. Aber in dem, was uns verständlich ist, herrscht Einstimmigkeit mit den Kollegen, die genauso viel verstehen wie ich, und nicht mehr. Von solchen

Typen wie uns gibt es eine ganze Menge. Und wenn sich genügend zusammengefunden haben, können wir aus unserer Mitte einen neuen Beethoven ernennen anstelle des uns unverständlichen, den wir nicht mehr wollen. Wir können auch einen großen Biologen wählen und ihn über Darwin stellen! Und Darwin eines trivialen Evolutionismus bezichtigen. Und ein Verfahren gegen ihn einleiten, gegen einen Toten. Wir können Kaftanowsche Anweisungen verfassen. Versteh bitte, wozu ich das alles . . . Jetzt mache ich's.« Possoschkow hatte diesen Satz energisch durchgestrichen und darüber geschrieben: »Ich habe es gemacht!« Und er wiederholte: »Ich habe jetzt etwas getan, was den Lebenden ein ewiges Geheimnis bleiben wird. Das kann nur der verstehen, der selbst diesen Weg beschreitet. Ich hätte es auch nicht zu machen brauchen, mein Geist ist noch stark. Aber der Körper, Fedja, der Körper. Der schwarze Hund würde gern noch eine Weile herumlaufen und die Dummköpfe erschrecken, aber er ist nicht mehr jung genug. Hat alle Kraft vergeudet. Hier braucht man jedoch ungeheure Willenskraft. Ich kann mich noch beherrschen, wenn zur Sitzung unser byzantinischer Imperator Kassian wie ein übler Geruch angekrochen kommt. Und mich fertigmacht. Oder wenn Saul wie eine Küchenschabe hereinhuscht. Das kann ich ertragen! Ich höre mir sogar ihre Rede an. Analysiere sie. Mache mir meine Gedanken. Aber Kassian schläft nicht, er sinnt die ganze Zeit darüber nach, wie er mich noch quälen könnte. Jetzt wird man mich auf sein Geheiß vor den engstirnigen Karrieristen schleppen, der zu der oben erwähnten Elite gehört und sich anmaßt, über mich zu bestimmen. Ich hatte schon einmal mit ihm zu tun. Für eine solche Konfrontation braucht man Kraft. Braucht man jugendlichen Elan. Sonst kann man nur nach seiner Pfeife tanzen. Nein, diese Freude will ich Kassian nicht machen. Petronius öffnet sich die Pulsader, so ist es besser, würdiger.«

Am nächsten Morgen zog Fjodor seine Pelzjoppe an, setzte die Pelzmütze auf und ging los, um die Briefe einzuwerfen. Zuvor klopfte er an Tante Poljas Tür.

Sie nahm die Briefe entgegen, als gebe man ihr einen geliehenen Rubel zurück, nickte und steckte sie unter die

Schürze. Sieh mal an, neben wem ich da gewohnt habe, ohne es zu wissen, dachte Fjodor verwundert.

Er ging schnell die ganze Sowjetskaja-Straße entlang und warf die Briefe in verschiedene Kästen. Dann gab er auf der Post die drei Einschreibbriefe auf. Die Quittungen zerriß er sofort. Als er durch den Park ins Institutsstädtchen zurückkehrte, schneite es leicht. Der Himmel war grau und verhangen. Ein Schneesturm kündigte sich an.

Fjodor lief den schmalen Fußweg entlang und bog zum Rektoratsgebäude ab, angelockt von den vielen Menschen, die eilig hineingingen und herauskamen. Auch er eilte die Vortreppe hinauf. Im Vestibül blickte ihn ein großes Porträtfoto von Akademiemitglied Possoschkow an, das an einer Ecke mit einem Trauerflor versehen war. Es stand auf einer Art selbstgebauter Staffelei. Den schönen Kopf zur Seite geneigt, blickte Possoschkow aufmerksam und nachdenklich. Er trug die getüpfelte Fliege. Auf einer zweiten Staffelei stand, auf einen Blendrahmen gespannt und in Schönschrift geschrieben, die Mitteilung vom plötzlichen Tod des hervorragenden Wissenschaftlers, des Akademiemitglieds Swetosar Alexejewitsch Possoschkow, der in der Nacht eingetreten war.

Fjodor las den Text ohne die leiseste Verwunderung. Er nickte sogar zufrieden. Richtig, dachte er. Sie wollen das Feuer löschen. Haben eine Decke darüber gedeckt, damit es nicht nach Rauch riecht. Wenn ich seinem Beispiel folgte, würde man auch mich betrauern. So aber wird man mich mit großem Krach rausschmeißen. Aus dem Institut und aus der Wissenschaft.

Und tatsächlich lag im Vorzimmer des Rektors bereits eine Anweisung. Nach einer langen Einleitung, die Fjodor nicht las, folgte der Beschluß: »Wegen aktiven illegalen Kampfes gegen die fortschrittliche Mitschurinsche Lehre, wegen Propagierung der reaktionären Ideen des Weismanismus-Morganismus . . . wird der Kandidat der biologischen Wissenschaften Fjodor Iwanowitsch Deshkin mit Wirkung vom 28. November dieses Jahres aus dem Institut ausgeschlossen.«

»Unterschreiben Sie bitte«, sagte Rajetschka.

»Nein. Ich will erst mit Waritschew sprechen.«

»Pjotr Leonidowitsch hat gesagt, daß er Sie nicht empfängt.«

»Das werden wir noch sehen . . .«, Fjodor warf ihr einen kühlen, aber sanften Blick zu und verließ das Zimmer.

5

Noch am selben Tag, am 29. November, gleich nachdem Fjodor im Rektorat die unerbittliche Anweisung gelesen hatte, die alle Bande zerschnitt, fuhr er nach Moskau. Er wollte in seinem Junggesellenzimmer einige Sachen deponieren, darunter auch die in Packpapier eingewickelten und mit Bindfaden verschnürten Gegenstände, die er aus Possoschkows Haus weggeschafft hatte, und einen Koffer mit seinen eigenen Habseligkeiten. Der Briefumschlag, den er an der Tür liegengelassen hatte, lag unberührt auf dem Fußboden, auch das blonde Haar war noch darin. Bevor er den Umschlag wieder an den alten Platz legte und die Tür von außen verschloß, stand er noch eine Weile da und betrachtete sein stilles, verstaubtes Domizil. Er hatte sich schon an das Gästezimmer des Instituts gewöhnt, jetzt mußte er sich wieder auf Moskau umstellen. Die Verbindung zum Institut lockerte sich immer mehr, und je länger dieser Faden wurde, desto schmerzlicher empfand Fjodor, daß er unvermeidlich zerreißen würde. Nicht die Trennung von dem Institut mit seinem aus sechs Worten bestehenden Namensschild fiel ihm schwer, sondern die Trennung von der geistigen Atmosphäre, die ihm aus den Hörsälen, aus den gewölbeartigen Fluren entgegenschlug und die sogar zwischen den Bäumen im Park zu spüren war.

Jetzt mußte er nur noch die Entlassungspapiere und sein letztes Gehalt abholen. Flüchtig dachte er an seine künftige Arbeitsstelle, an die unbekannte neue Tätigkeit. In seinen Papieren würde natürlich auch etwas über seine Entlassung stehen. Mit solchen Papieren konnte er kaum auf eine anständige, seiner Qualifizierung entsprechende Stelle hoffen.

An eine anständige Arbeitsstelle dachte Fjodor eher aus

Gewohnheit, denn reale Chancen hatte er keine. Außerdem lag, als er am Morgen des 30. November aus Moskau zurückkam, im Rektorat bereits eine Vorladung ins Haus 62. Keine Einladung zu einem Gespräch über Fragen des Gutachtens, sondern eine Vorladung: Sie werden aufgefordert. Er wurde aufgefordert, sich am 1. Dezember um 10 Uhr morgens einzufinden, und bei Nichterscheinen wurde ihm sogar mit Zwangsvorführung gedroht.

Im Rektorat erhielt Fjodor seine Papiere und einen Auszug aus der Anweisung. Er leistete gehorsam alle notwendigen Unterschriften, nahm den Umschlag mit der Vorladung und ging. Als er auf die Straße trat, fühlte er sich schon ganz fremd. Das gemütliche Institutsstädtchen mit all seinen Bewohnern glitt wie ein riesiges Floß langsam an ihm vorbei. Die Menschen auf dem Floß wußten nicht und wollten auch nicht wissen, was der einsame Fremdling, der am anderen, ihnen unbekannten und gefährlichen Flußufer stand, dachte und zu tun beabsichtigte.

Der aber hatte eine tollkühne Idee. Er beschloß, morgen früh nicht im Haus Nummer 62 zu erscheinen, sondern hier ein letztes Mal zu übernachten und noch vor Tagesanbruch unbemerkt zu verschwinden, die ganze Hinterlassenschaft Iwan Iljitschs mitzunehmen, nach Moskau zu fahren und fürs erste in der Riesenstadt unterzutauchen. Dort wollte er in einem sicheren Versteck seine weiteren Schritte überdenken. Den Entschluß diktierte ihm nicht das in Zeitungen und von Rednerpulten proklamierte Pflichtgefühl, sondern das wahre Verantwortungsbewußtsein, über das man nicht spricht. Sein Training im Park, der Kauf des blauen Rucksacks und der Skier sowie die Kiste auf dem Fensterbrett – all das waren Teile eines genauen Plans, der seit dem Sommer heranreifte, ohne daß Fjodor bewußt darüber nachgedacht hatte. Solche Gestalt hatte also das Nest angenommen, an dem der Vogel schon seit Juli baute.

Sobald Fjodor sich über sein Schicksal im klaren war, glätteten sich die scharfen Falten, die in Erwartung einer ungewissen nahenden Gefahr in den letzten Tagen sein Gesicht gezeichnet hatten. Aus seinen Bewegungen sprach jetzt eine gewisse Unbekümmertheit, ja sogar Heiterkeit. Doch all das war nur Tarnung für jene rundgesichtigen jungen Leute, für die »Aktivisten« des Instituts, die wahrscheinlich schon beauftragt waren, den entlarvten Weismann-Morgan-Anhänger, der eine so ernste Vorladung bekommen hatte, nicht aus den Augen zu lassen. Fjodor hatte diese jungen Leute, den Stolz ihrer Mütter, bereits im Sommer gesehen, und jetzt war seine empfindliche Seele auf alles gefaßt. Mögen sie denken, daß das ahnungslose Wild friedlich weidet und sogar ausgelassen herumtollt. Er trat auf die Vortreppe, schwang die Schöße seines Überziehers wie Flügel und flog geradezu auf den Pfad hinunter. Die Hände in den Taschen, dirigierte er das leichtsinnige Spiel der offenen Joppe. Dann begab er sich wieder zum Haus, und das zersplitternde Eis knirschte unter seinen Füßen. Hinter der Haustür stehend, beobachtete er durch einen Spalt eine Zeitlang die Straße. Er würde seinen Bewacher sogar aus der Ferne erkennen. Doch diesmal bekam er ihn nicht zu Gesicht. Er verschloß die Zimmertür, schleuderte die Schuhe von den Füßen, warf sich aufs Bett, um zu schlafen, und deckte sich mit der Joppe zu. Dann öffnete er die Augen wieder – nach einer halben Minute, wie er glaubte –, hob die Hand und starrte verwundert auf das Zifferblatt seiner Armbanduhr – er hatte vier Stunden geschlafen!

Bald sollte der Trauerzug vom Rektoratsgebäude abfahren. Fjodor hatte eigentlich keine Lust, an der Beerdigung teilzunehmen. Dem Sarg würden unangenehme Leute folgen, die siegreichen Gegner Possoschkows, die ihn so beschimpft hatten. Sie hatten ihn gemeinsam in den Tod getrieben und würden jetzt sagen: »Da sieht man mal wieder, wie der altmodische Kampf um die Wahrheit endet! Solch ein Schicksal erwartet einen naiven Intellektuellen. Nicht umsonst heißt es: Mit der Peitsche kann man keinen Beilrücken zerschlagen. Auch die übrigen Trauergäste wollte er nicht unbedingt sehen. Das waren Menschen, die viele Willkürakte miterlebt hatten und nun, zahm geworden, fest entschlossen waren, nur noch das zu tun und zu sagen, was Kassian Damianowitsch wollte. Ihnen allen hinterließ Possoschkow ein paar Kilo seiner Knochen. Aber sie würden nicht diese Knochen begraben, sondern nur so tun, damit die wahren Umstände seines Todes nicht den falschen Leuten zu Ohren kämen. Lieber sollten die Kleister aus seinen Knochen kochen! Als Fjodor am Morgen an der weitgeöffneten Aulatür vorbeigegangen war, hatte er ein Stück des mit gefälteltem rotem Stoff bespannten Sarges gesehen, das Heck des Bootes, in dem Possoschkow heute feierlich davonfahren würde. Ein Meer von Blumenkörben und Kränzen. Auf einer schwarzen Schleife fielen bronzefarbene Buchstaben ins Auge: »Vom Rektorat«. Nach einem verächtlichen Blick auf den Kranz beschleunigte Fjodor seinen Schritt. Natürlich war Possoschkow nicht dort.

Fjodor wusch sich über dem Waschbecken, und während er sich abtrocknete, blickte er hinter der Gardine hervor auf die Straße. Nein, niemand überwachte ihn. Fjodor wunderte sich sogar: Hat der General denn aus der Flucht und der Verhaftung Iwan Iljitschs nichts gelernt? Er zog seine Joppe an, setzte die Mütze auf und begab sich langsam zum Rektoratsgebäude. Dort hatte sich bereits eine schwarze Menschenmenge versammelt, überragt von den weißen Dächern dreier Autobusse.

Wie ein Fremder lief Fjodor durch die Menge, nickte reserviert Bekannten zu, die ihrerseits mit noch reservierteren, noch fremderen Gesten antworteten. Als Wonljarljarski, in blauem Pelzüberrock mit bläulichem Lammfellkragen und einer ebenso bläulichen ovalen Persianermütze, ihn von weitem sah, huschte er weg, um dem mit großem Skandal entlassenen geheimen Propagandisten der Pseudowissenschaft nicht zu begegnen. Doch unglücklicherweise stand gerade dort, wohin er sich flüchten wollte, Onkelchen Borik, der, abgemagert und mit hervortretenden Augen, schon die Hand hob, um Fjodor zu begrüßen. Wonljarljarski sah sich ängstlich um und fühlte sich verfolgt. Wieder ergriff er die Flucht, jetzt schon im Laufschritt, und versteckte sich hinter einem Bus. Sein Überrock flatterte wie ein exotischer Schmetterling. Fjodors Blick begleitete ihn, während er Onkelchen Boriks entgegengestreckte Hand ergriff. Die beiden standen sich eine Weile schweigend gegenüber, sahen sich in die Augen und nickten kaum merklich wie zur Bestätigung, daß sie beide das Gleiche dachten.

»Ich habe eine Bitte«, sagte Fjodor. »Könnte Onkelchen Borik mir wohl ungefähr vierzig Stück von meinen Kartoffeln bringen? Schöne glatte wie Eier. Heute abend, wenn es ganz dunkel ist . . .«

»Um zehn?«

»Es kann auch später sein, um elf.«

In dem Moment stimmte das Studentenblasorchester vor dem Eingang zum Rektoratsgebäude einen langsamen Trauermarsch an. Gemessen dröhnte der Baß, als knarrten Stiefel, schrill fiel der Sopran der Trompete ein, und heraus trat die Prozession. Dekane und Professoren mit entblößtem weißem oder kahlem Haupt trugen den Sarg. Die Prozession verschmolz mit der Menge, und der rote Sarg schwebte über den Köpfen durch die trübe Abenddämmerung zum nächsten Bus. Davor stand der unglückselige Wonljarljarski. Er fürchtete sich vor dem Tod, und nun kam der Tod direkt auf ihn zu. Zum drittenmal mußte er die Flucht ergreifen, sein blauer Pelzüberrock flatterte und flog in den letzten, den dritten Bus.

»Kommen Sie, gehen wir auch in den letzten«, sagte Boris Nikolajewitsch.

Sie stiegen in den halbleeren Bus, und nach ihnen drängten sich viele Leute hinein.

»Setzen wir uns hierher«, sagte Onkelchen Borik. »Nehmen Sie am Fenster Platz, Lehrer!«

Fjodor rückte auf dem Kunststoffsitz zur Seite, um Boris Nikolajewitsch Platz zu machen. Doch der wurde plötzlich beiseitegeschubst, und ein flinkerer Mann im schwarzen Mantel kam ihm zuvor. Er ließ sich auf den Sitz fallen und drängte Fjodor in die Ecke. Ungehalten schnaufend und die neben ihm Stehenden anstoßend, machte er es sich auf dem Sitz bequem. Es war Oberst Sweschnikow. Mit aufgeblasenen Wangen stieß er ein langes »U-f-f-f« aus, und die Augen nach vorn gerichtet, nickte er Fjodor unauffällig zu. Der spürte plötzlich im Rücken einen harten, etwa faustgroßen Gegenstand. Er griff danach, ertastete ein Stoffsäckchen und wußte sofort, was darin war. Schnell ließ er es in seiner Joppentasche verschwinden. Es waren die Knollen der »Contumax«. Er setzte eine unbeteiligte Miene auf und wollte gerade nach den Beeren fragen, als Sweschnikow mit ebenso unbeteiligter Miene brummte: »Es ist alles drin, alles.«

Fjodor nickte unauffällig und sah aus dem Fenster.

»Sie sind in keiner beneidenswerten Lage«, bemerkte Sweschnikow leise. Wieder nickte Fjodor unauffällig.

»Ich habe eine Bitte«, sagte er nach kurzem Schweigen.

Sweschnikow rührte sich nicht und blickte unverwandt nach vorn.

»Ich brauche die Adresse von Lena Blashkos Großmutter.«

»Verstehe«, brummte Sweschnikow. Und nach einer Pause: »Unmöglich. Die Adresse haben wir nicht.«

Der Bus setzte sich in Bewegung. Sie fuhren lange, zuerst über ein Feld, dann durch die Stadt, auf dem Straßenpflaster wurden sie tüchtig durchgerüttelt.

»Ein Däne kommt zu Ihnen. Wissen Sie Bescheid?« murmelte Sweschnikow leise.

»Ja, ich weiß«, antwortete Fjodor.

»Sie haben also noch Zeit«, sagte der Oberst. »Sie werden den Dänen empfangen müssen. Und ihm alles zeigen.«

»Wieso ich?«

»Das werden Sie später erfahren. Es ist kein anderer da, deshalb hat man beschlossen, Sie damit zu beauftragen. Wenn der Däne aber weg ist . . .«

Fjodor hörte angespannt zu. Der Oberst sprach sehr leise.

»Bis er kommt, sind Sie sicher. Und so lange er hier ist, auch. Aber dann . . .« Er verstummte. Der Bus war auf einen Waldweg eingebogen.

»Was ist dann?« fragte Fjodor.

»Das ist doch wohl klar.«

In der blauen Dämmerung sah man einen langen, nicht allzu dichten Lattenzaun und dahinter unzählige Grabmäler, kleine Betonpyramiden mit Blechsternen an der Spitze, schwarze Grabsteine und Kreuze.

»Wir sind da«, sagte Sweschnikow. »Sie haben noch Zeit, sich Gedanken über Iwan Iljitschs Hinterlassenschaft zu machen. Sie gehören zwar nicht zu den Leuten, die man antreiben muß. Aber zu übereilen brauchen Sie auch nichts. Der Däne bleibt etwa fünf Tage hier.«

Der Bus hielt. Mit lautem Knall flogen die Türen auf.

»Ich habe eine Vorladung«, bemerkte Fjodor leise, »für morgen.«

»Gehen Sie unbedingt hin. Und treten Sie selbstbewußt auf. Dann werden Sie klarer sehen«, flüsterte der Oberst mit ernstem Blick. »Er ist sehr gesprächig. Hören Sie genau zu und merken Sie sich alles. Der Däne bleibt fünf Tage hier, fünf Tage.«

»Wenn sie mich nun aber . . .«

»Nicht, solange der Däne hier ist.« Sweschnikow warf ihm noch einen ernsten strengen Blick zu und zwängte sich langsam nach vorn durch.

Lange Zeit gingen alle schweigend, nur der violett schimmernde Schnee knirschte. Dann eilten alle nach vorn, und die wohlgeordnete Prozession löste sich auf. In der Ferne schimmerte der gelbe Sand eines frisch ausgehobenen Grabes. Das Ende aller Träume, aller sündigen Gedanken. Der Triumph der Entropie. Aber war es wirklich ein Triumph? Wäre Possoschkow nicht vom vorgeschriebenen Text abgewichen, dann ja . . . Dann wäre es ein Triumph gewesen.

Der offene Sarg stand auf dem gelben Hügel. Wie ein schwacher Funke blinkte der goldene Ring an der weißen Hand. Fjodor sah sich um und erblickte hinter den Bussen einen hellgrauen Pobeda mit schwarzweißem Schachbrettstreifen, und neben dem Taxi stand, sich am Türgriff festhaltend, eine bekannte Gestalt im offenen violetten Schafpelz. Kondakow! Also ist auch sie hier, dachte Fjodor.

»Kollegen!« tönte in der Ferne Waritschews gedämpfte Stimme. »Heute nehmen wir Abschied von . . .«

Fjodor trat, bis zu den Knien im Schnee einsinkend, aus der Menge, blieb zurück und senkte den Kopf. Folglich habe ich außer den fünf noch zwei oder drei Tage, dachte er. Eine Menge Zeit. Wem wird diese Zeit nützen?

»Meinungsverschiedenheiten, ganz natürliche Widersprüche, die in jeder menschlichen Gemeinschaft vorkommen«, tönte es von fern. »Der Meinungsstreit hat niemals . . . und wird auch niemals die lichte Gestalt des Wissenschaftlers trüben . . .«

Wieso soll ich eigentlich auf den Dänen warten? Dieser

plötzliche Gedanke ließ Fjodor den Kopf noch tiefer senken. Er will doch nicht zu mir, sondern zu Iwan Iljitsch, dachte er mit finsterer Miene.

Er sah sich nach allen Seiten um und suchte in der sich auflösenden Menge die schwarze Persianermütze des Obersts.

»Hier bin ich, hier«, hörte er dicht hinter sich die leise Stimme Michail Porfirjewitschs. »Ich habe vergessen, Ihnen noch etwas zu sagen. Seien Sie auf der Hut. Sie werden überwacht. Nehmen Sie das ernst.«

»Wozu brauche ich diese fünf Tage?«

»Ich habe keine Zeit, es Ihnen zu erklären. Man wird Ihnen den Auftrag erteilen, dem Dänen Verschiedenes zu zeigen, alle Ihre ... Warten Sie es ab. Kassian hat Sie für diese fünf Tage ausgebeten. Sie werden noch erfahren, wozu. Und dann können Sie selbst entscheiden. Lassen Sie sich nicht anmerken, daß Sie Bescheid wissen. Laufen Sie Ski.«

Fjodor nickte. Er hörte hinter sich das immer leiser werdende Knirschen des Schnees und überlegte. Übermorgen macht die Skisektion wieder einen Ausflug in die Große Schweiz. Ich fahre mit, genau wie früher. Als wäre nichts geschehen. Ich will herausfinden, wer mich überwacht. Wer mag es sein?

Spät abends klopfte es an die Tür des Gästezimmers. Völlig verschneit trat Boris Nikolajewitsch ein. Er holte die Kartoffeln aus seinen Taschen und legte sie auf den Tisch. Alle waren mittelgroß und hatten die angenehme Farbe eines sonnengebräunten Frauengesichts.

»Es schneit wie verrückt«, sagte Onkelchen Borik. »Hier haben Sie Ihre Kartoffeln. Ich frage nicht, wozu. Was der Lehrer sagt, wird gemacht. Hat er befohlen ... Was soll ich mit den übrigen machen? Ich meine, mit denen von dieser Sorte. Darf Onkelchen Borik sie aufessen?«

»Lassen Sie die übrigen im Korb liegen. Vielleicht schreibe ich Ihnen im Frühjahr einen Brief, dann schicken Sie sie mir im Paket. Wenn Sie jedoch bis Mai nichts von mir hören, dann können Sie alle Kartoffeln aufessen; aber unbedingt mit der Schale kochen, nicht schälen!«

»Wann verlassen Sie uns?«

»In etwa zehn Tagen, ich habe noch keinen Nachfolger. Ich muß erst alles meinem Nachfolger übergeben, bevor ich an die Abreise denken kann.«

»Onkelchen Borik ist da eine Idee gekommen. Er will eine Abschiedsfeier machen. Am neunten, nächsten Sonntag also, da hat er nämlich Geburtstag. Gänsebraten wird es geben.«

»Ich komme ganz bestimmt, Boris Nikolajewitsch. Wir werden Abschied feiern.«

Am nächsten Morgen um zehn Uhr schritt Fjodor durch den bogenförmigen Flur in der zweiten Etage von Haus 62. Er sah sich immer wieder um, konnte sich einfach nicht an die Rundungen der Mauern gewöhnen, die bald nach rechts, bald nach links führten. Obwohl er sie nicht zum erstenmal sah. Fjodor war streng und korrekt gekleidet. Sein »Sir Percy« war in der Taille auf einen Knopf geknöpft, die dunkelrote, fast schwarze Krawatte hatte er kürzlich in Moskau gekauft, auf dem dunklen Untergrund schimmerten wie ferne Katzenaugen einzelne helle Pünktchen. Die Krawatte war nicht fest geknotet, sondern lose gebunden – eine Erfindung ihres Besitzers. Fjodor ahnte, daß General Assikritow im Grunde seines Herzens ein modebewußter eitler Mann war, daß er sich die Krawatte bestimmt genau ansehen und von der demokratischen Lässigkeit des Knotens beeindruckt sein würde. Er würde zu gern das Geheimnis des Knotens ergründen wollen, doch seine Stellung verbot ihm, danach zu fragen. So war Fjodor immer. Sein Gefühl eilte dem Verstand voraus und vermochte in Ecken und Winkel zu blikken, die dem Verstand verschlossen blieben. Durch diesen winzigen Spalt drang er fast in den inneren Kegel des Generals ein und schaltete dort nach eigenem Ermessen.

Auf dem Passierschein war die Zimmernummer angegeben – 432. Als Fjodor die Tür gefunden hatte, klopfte er und betrat einen kleinen schwachbeleuchteten Raum, in dem es säuerlich penetrant nach kaltem abgestandenem Tabaksqualm roch. Ein Drittel des Raums nahm ein schmutzigheller Schreibtisch ein, hinter dem sich ein mittelgroßer untersetzter Mann mit müdem, etwas gedunsenem Gesicht erhob. Er trug einen abgewetzten braunen Anzug und eine schmuddlige graublaue Krawatte, deren Ränder sich eingerollt hatten.

»Setzen Sie sich bitte . . . Deshkin«, sagte er und nahm Fjodors Passierschein und Ausweis. Dann blätterte er lange in einer Pappmappe von bräunlich-rosa Farbe. Die Farbe eines sonnengebräunten Frauengesichts! dachte Fjodor. Die Farbe der neuen Kartoffel! Die Akte war fingerdick, zwischen einigen Seiten lagen lange Papierstreifen. Der Untersuchungsführer, schlußfolgerte Fjodor. Der Untersuchungsführer nahm den Hörer ab und sprach leise ein paar Worte hinein. Fjodor verstand sie nicht, er war zu aufgeregt. Dann nahm der Untersuchungsführer eine Seite aus der Mappe und überflog sie. Der Plan des Verhörs, überlegte Fjodor. Nachdem der Untersuchungsführer das genau durchdachte Schema und die Reihenfolge der Fragen in seinem Gedächtnis rekapituliert hatte, schien er aufzuleben. Er schob das Blatt unter die Mappe, formte die Hände zu einer hohlen Faust und blies hinein, wobei er mit dem Fingernagel leicht gegen die Zähne stieß. Er überlegte sich die erste Frage.

»Ich habe Sie herbestellt, weil, wie Sie wohl ahnen . . «

In dem Moment wurde die Tür geöffnet, und eine junge Frau mit einem großen Notizblock und einer Hand voll gespitzter Bleistifte kam herein. Sie setzte sich wortlos in eine Ecke und begann etwas zu schreiben. Die Stenotypistin, erriet Fjodor.

»Ich bitte Sie, der Reihe nach wahrheitsgemäß alles zu erzählen, was Ihnen über die Tätigkeit der illegalen Gruppe der Weismann-Morgan-Anhänger an Ihrem Institut und über deren Verbindungen zu den Vertretern der ausländischen Reaktion bekannt ist.«

»Mir ist davon nichts bekannt.«

Der Untersuchungsführer machte der Stenotypistin ein Zeichen, und ihr Bleistift flitzte über den Notizblock. Der Untersuchungsführer blickte Fjodor abwartend an, und als er begriff, daß der nichts mehr hinzufügen wollte, fragte er weiter: »Inwiefern waren Sie daran beteiligt?«

»Ich weiß nichts von einer Gruppe und habe mich natürlich auch an keiner Tätigkeit beteiligt.«

Wieder notierte die Stenotypistin auf ein Zeichen des Untersuchungsführers die Antwort.

»Na gut«, sagte der Untersuchungsführer. »Ist Ihnen bekannt, daß Akademiemitglied Possoschkow bei seinem Vortrag auf dem Kongreß in Schweden eigenmächtig eine Mitteilung über die angeblich in der UdSSR von dem Biologen Strigaljow durchgeführte Kreuzung der Wildkartoffel ›Contumax‹ mit einer Kultursorte gemacht hat?«

»Das ist mir bekannt. Die Kreuzung wurde nicht angeblich, sondern tatsächlich durchgeführt.«

»Das ist Ihre Meinung. Ich habe eine andere. Antworten Sie nur auf meine Frage.«

»Ich weiß von Akademiemitglied Possoschkow, daß er eine solche Mitteilung auf dem Kongreß gemacht hat.«

»Gut. Wurde diese Kreuzung tatsächlich durchgeführt? Überlegen Sie in aller Ruhe und antworten Sie dann wahrheitsgemäß.«

Der Untersuchungsführer war nicht so redselig wie General Assikritow. Er hielt sich streng an seinen Plan und verfolgte eine bestimmte Linie, die am Ende einen gefährlichen Haken haben konnte. Er sah Fjodor nicht an, sein nachdenklicher Blick schien nur auf sein Ziel gerichtet zu sein.

»Die Kreuzung ist durchgeführt worden. Darüber . . .«

»Ohne überflüssige Worte. Sie haben die Frage bereits beantwortet.« Der Untersuchungsführer warf der Stenotypistin einen Blick zu. »Sagen Sie jetzt, woher Sie wissen, daß eine solche Kreuzung durchgeführt worden ist.«

»Das weiß ich von Akademiemitglied Possoschkow, und von Strigaljow.«

»Und aufgrund dieser Kenntnisse haben Sie den Artikel für die wissenschaftliche Zeitschrift geschrieben?«

»Ja.«

»Haben Sie ihn selbst geschrieben?«

»Ja, natürlich.«

»Finden Sie nicht, daß die von Ihnen genannten Fakten für einen wissenschaftlichen Artikel unzureichend sind?«

»Nein, das finde ich nicht. Ich habe das alles überprüft. Ich habe diese Pflanze in ihren verschiedenen Entwicklungsstadien gesehen, habe sie gepflegt und zytologische Untersuchungen durchgeführt. Zy-to-lo-gische«, wiederholte Fjodor für die Stenotypistin.

»Keine Sorge, unseren Stenotypistinnen sind solche Worte geläufig«, sagte der Untersuchungsführer. »Wo haben Sie die Pflanze gesehen? Wo sie gepflegt, und wo haben Sie die Untersuchungen durchgeführt?«

»Bei Akademiemitglied Possoschkow zu Hause.«

»Waren viele Leute in diese Arbeit eingeweiht?«

»Nur wir drei.«

»War Strigaljow dabei?«

»Ja, natürlich«, phantasierte Fjodor drauflos, »er war doch der Initiator. Es ist seine Züchtung.«

»Danach habe ich Sie nicht gefragt. Wer hat die Fotos gemacht?«

»Akademiemitglied Possoschkow hat mir die fertigen Fotos gezeigt. Wahrscheinlich hat er sie von jemandem machen lassen.«

»Wer hat die Pflanze gezüchtet, von der Possoschkow auf dem Kongreß berichtet hat?«

»Iwan Iljitsch Strigaljow«, sagte Fjodor schulterzuckend.

»Was heißt das?«

»Das heißt . . .« Fjodor wunderte sich über die Frage, ließ sich jedoch nichts anmerken. »Das heißt, daß Iwan Iljitsch diese Kreuzung geplant und durchgeführt hat.«

»Bitte, sehen Sie sich das hier an.« Der Untersuchungsführer schlug eine Seite in der Akte auf, in der ein Papierstreifen lag, verdeckte die eine Hälfte der Seite mit einem leeren Blatt Papier und schob Fjodor die Akte hin. »Erkennen Sie die Unterschrift?«

Unter dem maschinegeschriebenen Text stand die Unterschrift »I. Strigaljow«.

»Ich habe seine Unterschrift nie gesehen«, sagte Fjodor.

»Lesen Sie das«, forderte der Untersuchungsführer leise. »Lesen Sie es laut vor.«

»Ich arbeite seit langem mit der Wildkartoffel ›Contumax‹«, las Fjodor. »Gelänge es mir, diese Sorte mit unserer Speisekartoffel zu kreuzen, würde das ungeheure Möglichkeiten für die Kartoffelzüchtung eröffnen. Aber bis heute ist es mir noch nicht gelungen.«

Die letzten Worte waren rot unterstrichen.

»Diese Aussagen hat Strigaljow gemacht, als er sich bereits in Haft befand. Danach, in der Zelle, hat er natürlich nicht mehr an seinen Pflanzen gearbeitet. Wer hat also recht – Possoschkow, der die Mitteilung auf dem Kongreß gemacht hat, Deshkin, der den Artikel für die Zeitschrift geschrieben hat, oder der angebliche Züchter der Pflanze, auf den Sie sich berufen?«

Fjodor schwieg verblüfft. Damit hatte er nicht gerechnet. Ihm war klar, welche Version da im Plan des Untersuchungsführers stand. Der Untersuchungsführer hatte ihn mit einer »Gabel« konfrontiert, wie die Schachspieler sagen. Das heißt, er hatte ihn in eine Position gedrängt, in der zwei Figuren gleichzeitig bedroht werden und man nur zwischen zwei Verlusten wählen kann. Wenn er sagte, daß es die Hybride gebe, dann mußte er auch die Beeren vorweisen, sie würden dem Beweismaterial zugefügt, und morgen würde der General Akademiemitglied Rjadno eine angenehme Überraschung bereiten, wenn er ihm eine Expertise der Beeren vorlegte. Behauptete er aber, die Hybride sei eine Erfindung, dann erschienen sowohl sein Artikel für die Zeitschrift als auch Possoschkows Mitteilung auf dem Kongreß im zweifelhaften Licht. Warum habt ihr über etwas geschrieben und es der ganzen Welt mitgeteilt, was es gar nicht gibt? Der Untersuchungsführer war kein Dummkopf. Kein Vergleich mit dem General.

»Soll ich die Frage wiederholen?« sagte er mit ruhiger Stimme und einem tiefen Seufzer.

»Nein, nicht nötig. Akademiemitglied Possoschkow hatte recht und Strigaljow auch, weil . . .«

»Nicht abschweifen. Das werden wir gesondert klären. Also haben beide recht.« Der Untersuchungsführer blickte zur Stenotypistin. »Und Deshkin? Hat er nicht recht?«

»Auch Deshkin hat recht.«

Der Untersuchungsführer sah Fjodor zum erstenmal aufmerksam an. Seine Hauptversion brach zusammen. Etwas hatte er nicht berücksichtigt. Nein, er verlor nicht die Fassung, bestürmte Fjodor nicht mit Fragen. Er leckte sich die Lippen, starrte aufs Papier und zeichnete etwas. Er verstand alles.

»Nächste Frage. Hat zwischen Ihnen und Possoschkow ein vorbereitendes Gespräch stattgefunden?«

»Was denn für ein Gespräch? Worüber?«

»Überlegen Sie in Ruhe. Wir haben Zeit. Ich werde die Frage genauer formulieren. Hat Possoschkow Ihnen gesagt, daß er die Mitteilung auf dem Kongreß machen wolle?«

»Daß Possoschkow zu einem Kongreß gefahren war, erfuhr ich erst während der Demonstration am siebenten November von Waritschew.«

»Beantworten Sie meine Frage. Möglich, daß Waritschew es Ihnen gesagt hat. Dennoch konnte ein Gespräch mit Possoschkow stattgefunden haben. Das eine schließt das andere nicht aus.«

»Solch ein Gespräch mit Possoschkow hat es nicht gegeben.«

»Woher hatte er dann die Fotos?«

»Ich sagte Ihnen bereits, das weiß ich nicht. Er hat mir die fertigen Fotos gezeigt.«

»Alle vier?«

»Ja, alle vier.« Wieder wunderte sich Fjodor über die unsinnige Frage.

»Sie wollen alles auf Possoschkow abwälzen«, sagte der Untersuchungsführer mit gleichgültiger Miene, »und vergessen dabei, daß wir sogar Tote vernehmen können. Hier, lesen Sie.« Wieder schlug er eine Seite auf, in der ein Papierstreifen lag, deckte ein leeres Blatt darauf und ließ nur wenige Zeilen frei. »Erkennen Sie die Unterschrift? Sie können mir glauben, es ist Possoschkows Unterschrift. Lesen Sie laut . . .«

Fjodor las:

»Frage: Woher hatten Sie die Fotos, die Sie auf dem Kongreß gezeigt haben? Antwort: Der Autor hatte sie, wie es üblich ist, seinem Artikel beigefügt. Frage: Die dem Artikel beigefügten Fotos sind hier in der Akte. Ich zeige Sie Ihnen. Sie haben Abzüge davon mit nach Schweden genommen. Woher hatten Sie die Abzüge? Antwort: Von dem Autor des Artikels, von Fjodor Iwanowitsch Deshkin. Frage: Alle vier? Antwort: Ja, alle vier. Frage: Haben Sie Deshkin gesagt, zu welchem Zweck Sie diese . . .«

Hier schlug der Untersuchungsführer die Mappe schnell zu.

»Das genügt. Antworten Sie: woher haben Sie die Fotos?«

»Von Akademiemitglied Possoschkow. Das sage ich auch bei einer Gegenüberstellung mit dem Toten.«

»Gut pariert«, der Untersuchungsführer senkte den Kopf und versank in Gedanken. Dann machte er der Stenotypistin ein Zeichen, als wolle er diktieren: »Akademiemitglied Possoschkow hat seinen ... freiwilligen Tod vorausgesehen, ja, sogar geplant. Das erklärt seine Äußerungen, die seit einiger Zeit recht kühn, sogar herausfordernd waren. Ich habe hier ein Diagramm zusammengestellt. Früher wollte er unbeschwert leben, sorgte sich um sein Wohlergehen und war deshalb vorsichtiger in seinen Äußerungen. Was können wir daraus schlußfolgern? Daß Possoschkow nicht zu lügen brauchte, um sein Los zu erleichtern.«

Oho! dachte Fjodor verblüfft, auch er nähert sich der Position Hamlets, der mit dem vergifteten Degen geritzt worden ist. Wenn auch von einer ganz anderen Seite.

Nach kurzem Nachdenken bestätigte der Untersuchungsführer Fjodors Vermutung: »Was Possoschkow persönlich betraf, so interessierte ihn das nicht mehr. Gelogen hätte er höchstens, um anderen zu helfen. Zum Beispiel Ihnen. Folglich hat er, was die Fotos betrifft, die Wahrheit gesagt. Hätte er meine Frage geahnt, hätte er alles auf sich und mit ins Grab genommen. Aber er hat sie nicht vorausgesehen. Wollen Sie nach alledem immer noch behaupten, daß er die Fotos nicht von Ihnen bekommen hat?«

»Ja, das behaupte ich«, sagte Fjodor, obwohl er sich in diesem Punkt ertappt fühlte.

»So-so«, sagte der Untersuchungsführer und zündete sich, zufrieden mit dem Verlauf der Untersuchung, eine Zigarette an. Er blies eine Rauchwolke aus und blickte zu dem vergitterten Fenster. Dann zog er mit zwei Fingern seinen Plan unter der Mappe hervor und vertiefte sich in eine Stelle, in eine weitere Version.

»Sagen Sie, Deshkin. Was ist auf den besagten vier Fotos dargestellt?«

Fjodor spannte alle Kräfte an. Er hatte jetzt bereits Angst vor den so harmlos erscheinenden Fragen.

»Dargestellt. Auf einem Foto – die wilde ›Contumax‹. Auf dem zweiten das Polyploid. Die gleiche ›Contumax‹, bloß mit doppelter Anzahl . . .«

»Schon gut, ich weiß, was ein Polyploid ist. Was ist auf dem dritten Foto?«

»Auf dem dritten sind die Beeren der Wildpflanze und des Polyploids, zum Vergleich. Auf dem vierten werden die Beeren des Polyploids mit den drei Beeren der erhaltenen Hybride verglichen. Von der dort die Rede ist.«

»Bleiben wir bei den drei Beeren. Was bedeuten sie?«

»Sie sind durch Bestäubung der Blüten des Polyploids mit dem Pollen der Kulturkartoffel entstanden.«

»Hat die Hybride irgendwelche neuen Eigenschaften?«

»Die muß sie haben. Das heißt, natürlich hat sie die. Das wird sich endgültig herausstellen, wenn die erhaltenen Samen aufgehen.«

»Könnten Sie schon jetzt die neuen Eigenschaften der Hybride nennen?«

»Nicht alle. Aber einige schon.«

»Wer wird die Samen aussäen?«

»Derjenige, in dessen Händen sich die Beeren zur Zeit befinden.«

»Sein Name, Adresse . . .«

»Das ist mir nicht bekannt. Possoschkow hat das organisiert.«

»Sollen wir Possoschkow etwa danach fragen? Wenn niemand die Beeren hat, dann gibt es sie also auch nicht. Können Sie mit Sicherheit sagen, daß die Beeren unbeschädigt sind?«

»Ich bin sicher, daß sie es sind.«

»Sind Sie dessen sicher, oder wissen Sie es? Zwischen diesen Begriffen besteht ein Unterschied, wie Sie es ja selbst predigen.«

Er ist schlau, dachte Fjodor. Und raffiniert. Wenn ich sage, ich weiß es, wird er sofort fragen, woher. Der Untersuchungsführer trieb ihn beharrlich in die Enge.

»Ich bin sicher, weiß es aber nicht«, sagte Fjodor.

»Wenn Sie es nicht wissen, warum haben Sie dann den Artikel geschrieben?«

»Als ich ihn schrieb, wußte ich es.«

»Sie sprechen mit solcher Sicherheit über die Eigenschaften der Hybride. Worauf gründet sich Ihre Sicherheit? Strigaljow sagt, es gäbe keine Hybride. Possoschkow liegt im Grab. Sie selbst wissen nicht, ob die Beeren unbeschädigt sind und wo sie sich befinden. Und Sie sind immer noch sicher?«

»Ich bin sicher, weil . . .«

»Schon gut, ich weiß, was Sie sagen wollen. Sie wollen sagen: weil man die Beeren nach der richtigen Methode erhalten hat. Habe ich recht?«

»Nach der einzig richtigen.«

»Die sowjetische Wissenschaft nennt diese Methode weismannistisch-morganistisch. Es stellt sich also heraus, daß Sie ein hartgesottener überzeugter Weismann-Morgan-Anhänger sind.«

»Nicht ganz. Das ist die Logik eines Unwissenden.«

»So-so. Dann wollen wir mal die Logik eines Wissenden hören.«

»Es geht hier nicht um Überzeugungen, sondern um kausale Zusammenhänge. Hält man eine Flamme an Ihre erloschene Zigarette, so kann man zu Recht annehmen, daß sich der Tabak entzündet. Überträgt man den Pollen der Kulturkartoffel auf die Narbe dieses Polyploids, so kann es zu einer Befruchtung kommen, die der Landwirtschaft großen Nutzen bringt.«

»Gut«, sagte der Untersuchungsführer nachdenklich. »Ihre drei Beeren befinden sich an einem unbekannten Ort. Folglich haben Sie deren Eigenschaften noch nicht untersucht. Warum haben Sie Possoschkow dann erlaubt, alle diese Unklarheiten im Ausland als große Errungenschaften hinzustellen? Nur, weil die Methode richtig war?«

»Erstens habe ich überhaupt nichts erlaubt. Zweitens stellen Sie die Frage falsch.«

»Hören Sie doch auf.« Der Untersuchungsführer steckte die erloschene Zigarette zwischen die Lippen, zündete sie an und blies eine Rauchwolke aus. »Es gibt keine Hybride und hat nie eine gegeben. Sagen Sie es doch offen heraus.«

»Doch, es hat eine Hybride gegeben«, antwortete Fjodor unbeirrt.

»Sie können sonstwas behaupten, aber aus Ihren eigenen Worten wird klar, daß es keine gibt. Nun gut, angenommen, es gibt sie. Angenommen, Sie weisen uns irgendwelche Beeren vor. Angenommen! Wer könnte uns sagen, was für Beeren das sind?«

»Ein Experte.«

»Der Experte wird sagen, daß man zuerst aus den Beeren lebensfähige Samen gewinnen und aussäen muß. Der Experte wird sagen: Her mit den Beeren! Denken Sie etwa, daß sich der ›Experte‹, ein sowjetischer Wissenschaftler, ein Mitschurin-Anhänger, von weismannistisch-morganistischen Naturdeutern, von Idealisten ins Schlepptau nehmen läßt?« Der Untersuchungsführer blickte zur Stenotypistin, die eilig mitschrieb.

Idealisten sind Ihre Mitschurinleute, wollte Fjodor erwidern, unterließ es jedoch.

»Ja, das verstehe ich«, sagte er. »Das bedeutet aber nicht . . .«

»Na Gott sei Dank, daß Sie es wenigstens verstehen. Immerhin habe ich Ihnen bewiesen, daß es keine Hybride gibt.« Der Untersuchungsführer sog den Rauch tief ein, legte die Zigarette auf die Streichholzschachtel und klappte die Akte zu. »Für heute machen wir Schluß.«

Die Stenotypistin verließ sofort das Zimmer. Die beiden Männer saßen noch lange in dem verräucherten, düsteren Raum, ohne einander anzublicken. Dann hob der Untersuchungsführer den Kopf. Gedankenvoll sah er Fjodor eine Weile an. Plötzlich hellte sich sein Gesicht auf: »Was für eine interessante Krawatte! So etwas sehe ich zum erstenmal. Wie haben Sie den Knoten gebunden?«

Fjodor hörte aus den Worten die kritische Neugier eines Menschen von einer anderen Welt heraus, wo das Interesse für Krawatten als Eitelkeit galt.

»Ganz einfach«, sagte er verlegen. »Ich mag nicht, wenn mein Hals eingezwängt ist, deshalb schiebe ich einen Finger dazwischen und lockere so den Knoten.«

»Sehr interessant«, sagte der Untersuchungsführer, auf

seltsame Weise, nur mit den Augen, lächelnd. »Eine Wissenschaft für sich!«

»Das ist tatsächlich eine Wissenschaft, im Ernst«, bemerkte Fjodor. »Sie wissen ja, die Papillarlinien an den Fingern. Bei jedem Menschen sind sie anders. Oder die Form der Ohren. Auch die Krawatte spiegelt etwas wider. Wie der Mensch, so seine Krawatte.«

Die Hand des Untersuchungsführers griff nach der eingerollten Krawatte, um sie zu glätten, doch die gekränkte Eigenliebe stoppte die Bewegung sofort. Und die beiden Männer wechselten belustigte Blicke. In dem Moment kam die Stenotypistin wieder herein. Sie legte das abgeschriebene Protokoll auf den Tisch. Immer noch lächelnd, las es der Untersuchungsführer. Dann schob er Fjodor die Seiten hin. Der las seine Aussagen aufmerksam durch, wunderte sich, daß sie keinen einzigen Tippfehler enthielten und unterschrieb jede einzelne Seite.

Danach stellte der Untersuchungsführer einen Stuhl in den Flur neben die Tür und bat Fjodor, eine Weile dort zu warten. Energisch schloß er die Tür, steckte den Schlüssel in die Tasche und verschwand mit der Mappe unterm Arm hinter einer Flurbiegung. Fjodor war überzeugt, daß er zum General ging, um sich mit ihm zu beraten, vielleicht sogar über Fjodors Festnahme. Damit er die weitere Untersuchung nicht störte. In welcher Tür der geschäftige Mann verschwand, war jedoch nicht festzustellen. Das gehörte zu den Besonderheiten dieser bogenförmigen Flure. Fjodor sann über die seltsamen Wege nach, die der menschliche Genius manchmal geht.

Die Beratung dauerte mindestens eine Stunde. Dann kam der Untersuchungsführer fast im Laufschritt ohne die Mappe zurück, sagte: »Kommen Sie mit«, und schnell schritten sie durch den Flur. Der Untersuchungsführer hatte es eilig, er war ein beflissener Vollstrecker des Willens seiner gestrengen Vorgesetzten. Der General – obwohl er die Entscheidungen traf, ereiferte er sich rasch – brauchte eine innere Stütze für seine Handlungen. Der Untersuchungsführer aber stützte sich offenbar allein auf den Befehl. Er duldete weder Hitzigkeit noch ungezügelte Überlegungen, die das Genuß bereitende unbeirrte und logische Vorwärtsschreiten zum Ziel nur behinderten.

Ja, sie näherten sich Zimmer 446. Mit unvermindertem Tempo durchmaßen sie das helle Vorzimmer mit den grünen Polsterbänken. Der Untersuchungsführer öffnete einen Spaltbreit die lederbezogene Tür und fragte: »Dürfen wir, Genosse General?« Assikritow brüllte mit schriller Stimme »Ja-ja-ja-aa!«, und sie betraten einen riesigen Raum, das Arbeitszimmer des Generals. Assikritow, den Kopf mit dem bläulich schwarzen Haarschopf leicht zur Seite geneigt, lief, in Gedanken vertieft, nervös auf dem rosa Teppich auf und ab. Von weitem wirkte er noch magerer. Die üppige neue Uniformbluse und die weiche dunkelblaue Stiefelhose wurden gebändigt von Riemen, Manschetten und schmalen Bündchen an Hals, Ellbogen und Knien, von röhrenförmigen glänzenden Stiefelschäften, die sich an den Knöcheln weich wellten. All diese schmalen Stellen verliehen ihm Ähnlichkeit mit einem flinken nervösen Gliederfüßler, und das machte seine besondere Eleganz aus.

Der Untersuchungsführer glitt lautlos durch den großen Raum und nahm in einer fernen Ecke auf einer Polsterbank Platz. Da sich der ehemalige Gutachter heute in einer anderen Situation befand, ging Assikritow nicht auf ihn zu, um ihn zu begrüßen. Fjodor merkte das sofort und blieb stirnrunzelnd mitten auf dem Teppich stehen. Er sah sich in dem riesigen Zimmer um. Jetzt war das ein großes Labor, in dem heute ein interessantes Experiment stattfinden sollte. Das Interesse an dem Resultat des Experiments überwog die Angst, die sich in Fjodor regte.

»Setzen Sie sich, Deshkin«, sagte der General mit haßerfülltem Blick und begab sich zu dem hohen Sessel hinter dem Schreibtisch.

Fjodor nahm in demselben Sessel Platz, in dem er schon einmal gesessen hatte. Assikritow blätterte im Vernehmungsprotokoll. Dann schob er es beiseite und fixierte den *Untersuchungsgefangenen* mit hämischem Lächeln.

»Er hat Sie also doch überführt, Deshkin. Nicht wahr? In zwei Punkten hat er Sie mühelos überführt.«

»Dürfen wir eintreten, Genosse General?« rief eine Stimme an der Tür.

»Kommt rein!« sagte Assikritow barsch, und zwei Uniformierte schlossen hinter sich die Tür, eilten auf Zehenspitzen zur Polsterbank und nahmen neben dem Untersuchungsführer Platz. Vier vor Neugier brennende Augen starrten Fjodor an.

Man hält mich hier für eine wichtige Person! dachte er.

»Haben Sie kapiert, Deshkin? Er hat Sie überführt. Haben Sie gemerkt, wie schlau er das angestellt hat?«

»Es hat mir gefallen«, sagte Fjodor.

Assikritow ließ seine großen gelblichen Zähne blitzen.

»Gefallen hat es Ihnen? Hörst du, Timur Jegorowitsch, wie man deine Arbeit einschätzt? Timur ist unser bester Untersuchungsführer. Sie werden noch öfter mit ihm zu tun haben. Er wird Sie ganz abhaspeln. Haben Sie mal gesehen, wie die Seidenzüchter in Mittelasien die Kokons abhaspeln? Am Anfang geht es mühsam voran. Dann werden sie im Wasserbad gedämpft und danach wieder abgehaspelt. Bei der nächsten Stockung werden sie wieder gedämpft. Bis ein glatter Faden abläuft.«

Fjodors Augen weiteten sich. Der zwölfjährige Pionier mit dem roten Halstuch, der noch immer in ihm lebte, riß sich von seinem schönen Buch los und blickte, eine neue Seite des Lebens begreifend, in einen Abgrund.

»Störe ich?« fragte jemand an der Tür. Oberst Sweschnikow in seiner Uniformjacke mit den Schulterstücken kam herein.

»Komm rein«, sagte der General. Die Hand in der Tasche, ging Sweschnikow energischen Schrittes zur Polsterbank, setzte sich und schlug ein Bein über das andere.

»Das Besondere an Timur Jegorowitsch ist, daß er mit Schwerpunkten arbeitet, mit Bauteilen sozusagen. Jeder Schwerpunkt hat bei ihm eine eigene Struktur. Zum Beispiel der mit den vier Fotos. Es ist doch bewundernswert, wie er Sie unmerklich in die Enge getrieben hat. Sie, den Ahnungslosen, der seelenruhig gelogen hat. Was für ein treffender Gedanke: Wer beschlossen hat zu sterben, der lügt nicht, um seine Haut zu retten.«

»Er hat diese Gesetzmäßigkeit hervorragend zu nutzen gewußt«, sagte Fjodor. »Ich habe das vorhin schon gewürdigt. Timur Jegorowitsch denkt sehr logisch. Aber er kennt die Wissenschaftler nicht. Wenn ein echter Wissenschaftler zu sterben beschließt, bleibt er nicht nur der Stimme des Gewissens treu. Er läßt sich auch noch von einigen theoretischen Überlegungen leiten, die er ebenfalls nicht aufgibt. Nicht mal auf dem Sterbebett. Possoschkow hat Sie belogen, Timor Jegorowitsch! Nicht, um sich zu retten, hat er gelogen. Er hatte so eine besondere Theorie, Schwindeltheorie nannte er sie. Er sagte: In allen unklaren Situationen des Lebens muß man schwindeln. Und sei es aufs Geratewohl. Auf keinen Fall darf man die Wahrheit sagen. Damit der Gegner sich Ihre Unwissenheit nicht zunutze macht. In diesem Fall hat er Timur Jegorowitschs Seidenfaden verfitzt.«

Assikritow sprang vom Sessel auf und lief auf dem Teppich hin und her. Seine kohlschwarzen Augen funkelten.

»Das ist nur ein Schachzug von Ihnen«, ertönte die Stimme des Untersuchungsführers aus der Ecke. »Ein geschickter Schachzug, weiter nichts, und das werde ich Ihnen beweisen. Beim nächsten Mal.«

»Da bin ich mir nicht so sicher«, sagte Fjodor, sich zu ihm umwendend. »Das wird wieder so an den Haaren herbeigezogen sein. Und außerdem . . . Selbst wenn Sie das alles beweisen könnten . . . Na und? Nehmen wir mal einen Augenblick an, ich hätte die Fotos gemacht. Und sie Possoschkow übergeben . . .«

Fjodor begriff sofort: diese Worte hatte ihm die ferne Stimme diktiert, damit der hitzige, redselige General, einmal in Fahrt gekommen, weiterging als nötig und, ohne es zu wollen, wertvolle Einzelheiten preisgab. Und so geschah es auch, der General legte sofort los: »Schluß, Schluß mit dem Theater, Deshkin! Das ist keine Kleinigkeit, das ist der Schlüssel. Ihr Lieblingswort. Der Schlüssel zu all Ihren Verbrechen. Und den haben wir jetzt in der Hand. Erstens«, der General hielt Fjodor einen gekrümmten Finger vors Gesicht, »haben Sie eine Sensation, die keine ist, im Ausland verbreitet. Sie hätten sich noch retten können, wenn an der Sache etwas Wahres dran wäre, wenn sie der sowjetischen Wissenschaft Ruhm gebracht hätte. Womit Possoschkow sich ja auch rausreden wollte. Aber das ist doch eine Ente! Eine unfruchtbare Kuh ist Ihre Hybride, das hat Kassian Damianowitsch gesagt. Jawohl, eine unfruchtbare Kuh! Zweitens«, der General krümmte den zweiten Finger, »Sie haben ein Komplott mit Possoschkow geschmiedet. Ein Komplo-ott! Die Fotos hat er nicht von irgendwem bekommen, sondern von Ihnen! Wofür? Zum Andenken? Und drittens beweist das Ihre faktische Zugehörigkeit zur Untergrundbewegung. Und folglich auch die Tatsache, daß Sie ganz bewußt versucht haben, unserer Wissenschaft nicht nur von außen, sondern auch von innen zu schaden. Denn jeder Student, dem Sie die Rübe mit Ihrem Quatsch vernebeln, steht in unserem Volkswirtschaftsplan. Für jeden wurden Mittel ausgegeben!«

Selbstzufrieden drehte er noch eine Runde über den Teppich und blieb dann hinter Fjodors Rücken stehen. Die entstandene Pause wurde immer länger. Fjodor spürte, daß der General ihn die ganze Zeit anstarrte.

»Auch das Mädchen, die Shenja Babitsch. Nicht von ungefähr haben Sie ihr bei der Zwischenprüfung so eine Frage gestellt. Und wie Sie sich für ihre Aspirantur eingesetzt haben! Die Professoren haben Ihnen nicht ohne Grund eine Abfuhr erteilt. In das Nest wollten Sie das Mädchen locken! In das neue Nest. So entsteht es also. Einer nach dem anderen kommt hinzu. Jetzt aber, da wir den Schlüssel haben, durchschauen wir alles. Sie sind doch ein vernünftiger Mensch, Deshkin, geben Sie auf, strecken Sie die Waffen. Machen Sie eine Aussage, wir nehmen alles auf und lassen Sie laufen.«

»Haben Sie keine Angst, daß ich weglaufe?«

»Wohin sollten Sie schon laufen? Wie wollen Sie das anstellen? Und wozu? Damit endgültig klar wird, daß Sie ein Feind sind? Alle Ihre Freunde, Deshkin, sind von irgendeinem Schweinehund gewarnt worden, und doch ist niemand geflohen. Sie haben auf uns gewartet. Der sowjetische Mensch, selbst wenn er ein Verbrechen begeht, läuft vor der Justiz nicht weg. Er vertraut ihr. Das hängt nicht von Ihnen ab, Deshkin. Wenn Sie ein sowjetischer Mensch sind und unsere Luft atmen. Von klein auf. Ich wiederhole, wenn Sie kein Feind sind.«

»Im Grunde haben Sie natürlich recht«, Fjodor Iwanowitsch verkniff sich noch rechtzeitig eine Erwiderung und blickte betrübt drein.

»Sicherheitshalber werden wir Sie an die Leine legen, an eine lange Leine. Damit sie Sie beim Spazierengehen nicht behindert. Sie kennen uns noch nicht. Geben Sie auf. Machen Sie Schluß mit der Geheimnistuerei.«

Er trat hinter dem Sessel hervor, blieb vor Fjodor stehen und sah ihn scheinbar wohlwollend an.

»War Strigaljow bei Ihnen? In Ihrem Zimmer?«

Der General verstand es meisterhaft, im Dunkeln zu schießen, das heißt, unverhoffte Fragen zu stellen. Und manchmal traf er dabei ins Schwarze. Als Fjodor die Frage hörte, zuckte er vor Schreck zusammen, was Assikritow, dem das nicht entging, mit einem Gefühl des Triumphes registrierte.

»Obus hat die ganze Zeit bei Ihnen übernachtet«, schrie er los. »Wir sind genau unterrichtet, Deshkin!«

Jetzt war er zu weit gegangen. Fjodor atmete vorsichtig auf. Der General merkte es nicht. Er sah sich zu den Zuschauern auf der Polsterbank um und begann mit seinem berühmten Trick, mit der Hypnosevorstellung, die ihm in diesen Räumen Ruhm eingebracht hatte. Er trat ganz dicht an Fjodor heran und hob mit schöner Geste die Hand über dessen Kopf. Fjodor spürte einen leichten Duft nach gutem Parfüm, Wein und Tabak. Der General legte seine knochigen Finger auf den Scheitel des Mannes, der in angespannter Haltung vor ihm saß, drehte dessen Kopf ein wenig zur Seite und fixierte ihn.

Das ist wohl unnötig, sagte Fjodor, packte den General fest am Handgelenk und schob seine Hand weg. Aber nein, er tat es weder, noch sagte er es. Und die harten Finger lagen immer noch auf seinem Kopf. Fjodor lehnte sich im weichen Sessel zurück. Die flammenden Blicke Assikritows begegneten dem nachdenklichen Blick der graublauen Augen des Wissenschaftlers, der gerade etwas Neues entdeckt hatte. Der General, der sich plötzlich als Objekt fühlte, wandte seine kohlschwarzen Augen ab und trat einen Schritt zurück.

»Was denken Sie in diesem Augenblick, Fjodor Iwanowitsch?« drängte der General, während er zu den Zuschauern blickte. »Sprechen Sie! Sagen Sie sofort alles, was Sie gerade denken!«

»Ich denke«, begann Fjodor ganz ruhig, »ich denke, daß es in unserer Vergangenheit, in unserer ruhmreichen Vergangenheit, vielleicht eine Seite gibt, die es besser nicht gegeben hätte. Aus heutiger Sicht gesehen. Und es wird sich herausstellen, daß derjenige, der beizeiten alles erkannt und diese Seite hatte herausreißen wollen ... Der sie nicht aus selbstsüchtigen Gründen in den höchsten Tönen gelobt, der nicht zugelassen hat, daß man darauf einen schändlichen, verlogenen Text schreibt, oder der diese Seite mit einem anderen guten Text hatte ausfüllen wollen ... und der dafür von allen verurteilt wurde ... Es kann sich also herausstellen, daß er seiner Zeit voraus, daß er ein progressiver Mensch war, ein Patriot, an dem wir uns ein Beispiel hätten nehmen müssen. Er besaß eine erstaunliche Weitsicht, blickte zehn Jahre voraus und verstand alles: Er hatte keine Angst, so zu handeln, wie die Interessen der Zukunft es erfordern. Das denke ich, Genosse General.«

Das lange Schweigen verriet Fjodor, daß er diese Worte nicht hätte sagen sollen. Doch nun war es zu spät. Der General sah die anderen mit vielsagendem Blick an: die Hypnose hatte gewirkt!

»So-o! Sie haben Ihre Meinung gesagt. Aber wen speziell meinen Sie damit, Herr Verteidiger? Doch nicht etwa den Volksfeind mit dem Spitznamen Obus? Wer hat richtig gehandelt? Los, reden Sie, schnell!«

»Nein, Obus hat damit nichts zu tun, das war nur eine abstrakte Überlegung. Sie haben doch verlangt ...«

»Hören Sie. Dieser, Ihr Mandant, ich weiß sehr wohl, wer das ist«, knurrte der General mit zusammengepreßten Zähnen. »Er hätte genauso wie alle anderen Fehler machen müssen. Dann wäre er unser Mann gewesen. Fehler machen selbst die klügsten Köpfe. Wenn damals Fehler gemacht wurden, dann von allen. Ich weiß genau, wen Sie meinen. Wenn er damals keine Fehler gemacht hat, dann war er auch nicht besessen von unserer gemeinsamen Sache, träumte er nicht den revolutionären Traum. Er war ein kühler Beobachter – daher hielt er alles, was wir taten, für falsch. Bestenfalls! Unsere Kinder, Deshkin, unsere Kinder werden uns rühmen, jeden unserer Schritte. Aber wenn das so ist, dann dürfen wir unsere Gehirne nicht mit so nutzlosen, schädlichen Überlegungen vollstopfen, die einem nur die Hände binden, wenn es gilt, schnell und entschlossen zu handeln. Den Feind kümmert es nicht, was man morgen über ihn sagen wird. Er will alles heute haben. Sehen Sie, man hat einen schädlichen Film bei uns eingeschleust, ein feindliches Machwerk, hat das Bewußtsein der Menschen vergiftet.«

»Ja, Sie haben recht«, sagte Fjodor, den General nachdenklich anblickend. »Auch Kassian Damianowitsch hat Ähnliches geäußert.«

»Stimmt! Der Gedanke stammt von ihm. Im Prinzip. Obwohl er das in anderem Zusammenhang gesagt hat, er bezog sich auf den Angriff der Weismann-Morgan-Anhänger in der Zeitschrift, die angeblich die Wahrheit gefunden haben. In Gestalt eines Pilzes. Nicht immer muß die Wahrheit verteidigt werden. Wenn sie uns im Wege steht. Wenn ich zum Beispiel eine Hochspannungsleitung bauen will und auf meinem Weg ein Getreifeld liegt, so fahre ich mit meinem Traktor durch den Weizen, jawohl, mitten durch den Weizen! Den Zieselmäusen, die dort ihre Höhlen gebaut haben, gefällt das natürlich nicht. Haben Sie jemals einen Apfelbaum beschnitten? Wenn Sie einen Zweig, der nicht an der richtigen Stelle wächst, abschneiden müssen, denken sie dann etwa daran, was die Nachkommen dazu sagen werden? Sie knipsen den Zweig ab und den nächsten auch. Mit der Baumschere. Ein ganzer Haufen liegt zu Ihren Füßen. Der Apfelbaum aber erblüht in all seiner Pracht, und nach seinen Früchten werden die Nachkommen die Arbeit des Gärtners beurteilen. Darin zeigt sich die Lebensfähigkeit einer gesunden Gesellschaft. Daß jede Aktivität des verborgenen Feindes gleich im Keim erstickt wird. Auf jeden Fall, unausbleiblich, unter allen Umständen. Das ist das Allerwichtigste.«

Der General trat wieder einen Schritt vor und blickte Fjodor mit funkelnden Augen an. »Na, wie denken Sie darüber? Sind Sie anderer Meinung?«

Nein, nicht darin zeigt sich die Lebensfähigkeit einer gesunden Gesellschaft, sondern darin, daß sich auf jeden Fall, unausbleiblich, unter allen Umständen ein Mensch finden wird, der sich von Ihrer Baumschere nicht einschüchtern läßt. Die Hand mit der Schere ist nicht immer im Recht.

Fjodor erschrak über seine eigenen Worte. Doch die unbewegte Miene des Generals verriet, daß er sie gar nicht gesprochen hatte. Er hatte also seinen ganzen Protest in sein Inneres verdrängt. Alles in ihm schrie: Schweig! Mit ihm darf man nicht streiten. Und der General schien den Schrei vernommen zu haben, er beugte sich herab, als wolle er ihm mit einer Taschenlampe ins Gesicht leuchten. Fjodor setzte eine devote Miene auf, blickte immer demütiger. Und die Aufmerksamkeit des »Fallschirmspringers« erlahmte. Schweigend ging er auf dem Teppich hin und her. Ein kurzes Lachen erschütterte ihn, überrascht und verwundert schüttelte er den Kopf und stieß sogar einen Pfiff aus.

»Diese Intelligenzler! Einen Dreck verstehen Sie. Er aber sitzt da und denkt das Gleiche über uns. Nei-ein, Freunde! Wir klären hier eine Angelegenheit, mit der man uns betraut hat. Wir kennen sehr wohl den Unterschied zwischen Wonljarljarski und Deshkin. Wonljarljarski hat auch einen Pferdefuß, auch er liest von Zeit zu Zeit Morgan. Aber es kommt darauf an, wie man liest. Michail Porfirjewitsch und ich haben uns den Unsinn auch angeguckt. Haben den Geist geschnuppert. Man kann das auf verschiedene Weise lesen. Wonljarljarski hat noch einen anderen Pferdefuß. Er schnitzt aus Aprikosenkernen alle möglichen Fratzen. Sonntags läuft er zuerst durch den Park, läuft dem Infarkt davon, dann setzt er sich an die Arbeit. Niemand hat was dagegen. Immer feste, Opa! Schnitz du nur, zersäg deine Kernchen. Mendel und Morgan liegen bei ihm im gleichen Fach wie die Aprikosenkerne. Aber Deshkin – das ist was Neues. Ehrlich gesagt, habe ich ihn noch nicht völlig durchschaut. Eine ernste soziale Erscheinung. Die ausländische Redaktion hat das auch sofort gewittert, streckt ihm ihre hilfreiche Hand entgegen. Krächzt gleich los. Wie ein Schwarm Krähen: Zeig uns die Hybride, wir wollen sie sehen! Na gut, kommt her, guckt sie euch an. Hier ist sie, die Hybride. Seht mal seine Krawatte. Wie er den Knoten gebunden hat! Ein Komiker.«

Wieder blieb der General vor Fjodor stehen und sah ihn verzückt an, betrachtete seine Krawatte, das Oberhemd, das Sakko. Und nach einer sehr langen Pause sagte er plötzlich: »Timur Jegorowitsch, gib ihm den Passierschein und den Paß zurück. Er kann gehen.«

Fjodor, fassungslos über die unverhoffte Freiheit, ging beschwingt und fast im Laufschritt die Straße entlang, die ihm noch vor drei Stunden so fremd vorgekommen war. Er fühlte sich wie ein Ausländer. Doch das ging schnell vorbei. Na so was! dachte er kopfschüttelnd. Keine zehn Pferde bringen mich noch mal zu euch, da könnt ihr lange warten. Ich hab genug von eurer Hypnose. Er erinnerte sich an Possoschkows Worte über den abergläubischen General und Mystiker, der seine merkwürdigen Reden mit noch merkwürdigeren Gesten unterstrich. Ja, er konnte Possoschkow verstehen. Aber mein schwarzer Hund wedelt noch mit dem Schwanz. Schnell fort ins Gebüsch, in den Wald!

6

Der Ruf verstummte jetzt nicht mehr. Laut tönte er auch am Sonntagmorgen aus dem Radio, aus dem roten Kunststoffkasten auf dem Fensterbrett. Auf, zum Skilaufen! Auf die Bretter! In dem Ruf schwang ein besonderer Unterton mit, den nur der vernahm, der, um sechs Uhr früh erwachend, angespannt seinen gefährlichen Plan durchdachte.

Kaum war die Stimme des Gebietsradioansagers verstummt, der noch vor Tagesanbruch die Schönheiten des sonnigen Morgens und des Skilaufens durch den verschneiten Park pries, da holte Fjodor auch schon den mit Ziegelsteinen beschwerten leuchtend blauen Rucksack aus dem Schrank. Er packte alle sechs Steine auf den Tisch, steckte seine zugeknöpfte Pelzjoppe in den Rucksack und legte die Ziegelsteine obenauf. Jetzt handelte er nicht mehr unbewußt, sondern mit kühler Berechnung, viele Seiten seines Vorhabens berücksichtigend. Die Skivariante war bereits erprobt. Und dazu wurde gerade ein so großer Rucksack benötigt. Wie gut, daß er ihn seinerzeit in dem Laden entdeckt hatte! Die Pelzjoppe steckte er hinein, weil es an der Zeit war, die anderen Sektionsmitglieder an den großen Umfang dieses Schultersacks zu gewöhnen. Die Neugier der Menschen mußte unbedingt eingeschläfert werden. Fjodor stopfte auch seine Wattejacke, die Segeltuchjacke und die Stiefel hinein, zog alle Riemen fest und freute sich über die schöne Form und die Kompaktheit des Rucksacks.

Jetzt stand sozusagen die Generalprobe bevor. Das ganze Stück mußte noch einmal durchgespielt werden, mit sämtlichen Schauspielern, in Kostümen und für manche auch schon in Maske.

Als sich Fjodor gegen zehn Uhr dem Wohnheim näherte, vor dem sich eine große Gruppe von Skiläufern versammelt hatte, sah er schon von weitem, daß viele einen Rucksack hatten. Die Idee, die ihm vor einem halben Monat gekommen war, hatte Schule gemacht.

»Wozu hast du dich so beladen?« fragte der kleine Trainer, Fjodors Rucksack betastend und mit der Hand anhebend.

»Das sind nur die sechs Ziegelsteine«, sagte Fjodor. »Ich habe bloß alle möglichen Sachen hineingestopft, damit ich mir nicht den Rücken dran stoße.«

»Warum bin ich nicht darauf gekommen«, sagte der Trainer ärgerlich. »Ich werde mir den Rücken stoßen.«

»Ich kann Ihnen etwas abgeben.« Fjodor nahm seinen Rucksack ab und öffnete ihn vor aller Augen. Alle umringten ihn. Unter den Zuschauern befand sich wohl auch die »lange Leine«, an der der General seinen »Untersuchungsgefangenen« hielt. Fjodor zerrte seine Segeltuchjacke aus dem Rucksack und reichte sie dem Trainer.

»Wunderbar, vielen Dank!« Der Zwerg öffnete seinen Rucksack. »Hast du denn auch noch genug? Oho, er hat sogar eine Wattejacke mitgenommen!«

»Ich kann noch jemandem aushelfen.« Fjodor zog auch die Wattejacke heraus. »Bitte, wer will noch was haben, bloß die Ziegelsteine gebe ich nicht her.«

Die Wattejacke brauchte niemand. Gelassen und ohne jemanden anzusehen, stopfte Fjodor die Jacke wieder in den Rucksack. Der Trainer kommandierte: »Auf geht's!«, und die lange Kette der Skiläufer begab sich in die Loipe und steigerte allmählich das Tempo. Bis jetzt verlief alles normal, der blaue Rucksack erregte keine besondere Aufmerksamkeit mehr.

Sie überquerten das in der Sonne funkelnde Schneefeld – den mit schwarzen Punkten, mit Anglern, übersäten Fluß –, liefen unter den beiden Brücken hindurch und begannen den Aufstieg. Die schlanken Kiefern der Großen Schweiz kamen immer näher. Fjodor arbeitete mit den Armen, achtete auf richtige Atmung, seine Gedanken aber liefen eigene Wege. Es waren höchst sonderbare, ganz ungewohnte Gedanken, keine Überlegungen, sondern vielmehr Vorstellungen von der drohenden Gefahr. Wahrscheinlich meldete sich die ferne Stimme in diesen entscheidenden, bedrohlichen Minuten besonders deutlich, um den Menschen zu lenken, und verdrängte den simplen, nicht mehr zuverlässigen Denkmechanismus. Unter den Skiläufern ist kein Fremder, sagte diese Stimme und machte Fjodor plötzlich etwas sehr Wichtiges bewußt. Wenn die »lange Leine« also bereits existierte, und natürlich existierte sie – und nicht erst seit heute –, dann war sein Bewacher nicht einer von Assikritows Angestellten, sondern jemand vom Institut. Einer jener energischen jungen Leute, die sich immer freiwillig meldeten und die Fjodor seit langem ein Rätsel waren. Und natürlich hatte Kassian dabei seine Hand im Spiel, war Akademiemitglied Rjadno direkt daran beteiligt, der sein »Söhnchen« auf die »ideologische Ebene« verlagert und den »Fallschirmspringer« auf ihn angesetzt hatte. Offenbar hatte er bereits eine fertige Leine zur Hand, die, ebenso wie Krasnow, dem Chef höchstwahrscheinlich schon öfter gedient und ihm, genauso wie der Bergsteiger, den Weg in die Wissenschaft geebnet hatte.

Vielleicht ist es der Trainer? dachte Fjodor erschrocken.

Nein! protestierte sein gesunder Menschenverstand. Er ist ja kein Biologe.

Auch gehen von ihm keine Signale aus. Die ferne Stimme schweigt. Warum schweigt sie? Ist das etwa kein Signal? durchzuckte es ihn schmerzlich.

Der Hang wurde flacher und ging in die Horizontale über. Danach begann der Aufstieg zum höchsten Punkt, zum Kamm der Schweiz. Hier auf der ebenen Strecke erhöhten sie das Tempo, und nachdem sie etwa zehn Minuten schnell gelaufen waren, machten sie halt. Alle waren schweißüberströmt und atmeten schwer. Mißvergnügt betrachteten sie den neuerlichen Aufstieg, der sie erwartete. Fjodor stützte sich mit seinem ganzen Körpergewicht auf die Stöcke und suchte eine bequeme Stellung, um den Schmerz in der Brust zu lindern.

»Ich sehe schon«, sagte der Trainer, »ihr habt wohl genug? Wollen wir umkehren?«

Fast alle waren der Meinung, daß es für heute reichte, sie wendeten schon die Skier und machten sich auf den Rückweg, in der Annahme, daß sich alle einig seien. Vier Mann jedoch beschlossen weiterzulaufen, sie waren schon lange nicht mehr auf dem Kamm des Berges gewesen, wollten noch einmal bei der ziemlich riskanten, atemberaubenden Abfahrt ihre Kräfte erproben und den acht Kilometer langen Steilhang zum Fluß in Schußfahrt hinuntersausen. Vier Mann liefen weiter.

Die beiden Gruppen trennten sich, die Entscheidung war gefallen.

Da trat Fjodor, der fernen Stimme gehorchend, die ihn heute so deutlich lenkte, plötzlich aus der Loipe.

»Ich laufe lieber mit den anderen mit«, rief er, machte kehrt und jagte trotz des Schmerzes in der Brust los, um die vier einzuholen. »He-he-he! Ho-ho!« rief er laut, sich mit den Stöcken abstoßend. »He, ihr da vorn! Wartet!«

Und sofort hörte er hinter sich Stöcke knirschen und Bretter singen. Er wandte sich um. Zwei Studenten versuchten, ihn einzuholen. Und noch ein dritter löste sich aus der großen Gruppe und jagte, wild mit den Schultern arbeitend, hinter ihm her. Der dritte war der Trainer.

»Dann laufe auch ich mit euch!« rief er fröhlich, als er sie eingeholt hatte. »Legt einen Zahn zu, damit wir sie einholen.«

Fjodor hatte also eine Aufgabe mit drei Unbekannten zu lösen. Diese drei X liefen hinter ihm her. Der Aufstieg wurde spürbar steiler. Fjodor trat aus der Loipe, um die drei vorbeizulassen.

»Was ist los?« fragte der Trainer im Vorbeilaufen.

»Ich muß mich ausruhen.« Fjodor atmete schwer und griff sich an die Brust. »Ich hab mir wohl zuviel zugemutet.«

Zwei Mann – der Trainer und ein Student – liefen weiter. Der dritte aber, Slawa, ein Student von der Fakultät für Pflanzenzüchtung, blieb bei ihm. Er stützte sich mit seinem ganzen Gewicht auf die Stöcke.

»Ich habe Stiche. Hier . . .«, sagte er keuchend und zeigte auf seine Brust. Er sah aus wie ein Blinder, seine von den Lidern verdeckten Augen waren tief eingesunken. Er öffnete den Mund, und bei jedem Atemzug sank sein Kopf kraftlos auf die Brust.

»Du siehst sehr schlecht aus, Slawa«, sagte Fjodor voller Mitgefühl. »Lauf zurück, mein Guter. Ruh dich hier ein Weilchen aus und lauf schön langsam hinunter, die Skier tragen dich von selbst zurück. Ich aber flitze los, um die anderen einzuholen.«

Er wollte schon aufbrechen, um den Hang hinauf zum Kamm der Großen Schweiz zu laufen. Der nach Luft ringende Student würde ihm folgen. Und man würde notieren können: die Leine ist entdeckt. Das wäre zu offensichtlich, dachte Fjodor plötzlich. Der Student wird alles durchschauen und melden, daß er enttarnt ist. Und zwar durch einen Trick. Und dann würden der General und Kassian neue Maßnahmen ergreifen. Deshalb änderte Fjodor seinen Entschluß, winkte ab und sagte: »Nein, ich lauf lieber mit dir zurück. Ich hab doch eine Kriegsverwundung, die macht mir immer noch zu schaffen.«

Sie stießen sich mit den Stöcken ab und sausten bergab. Bestimmt ein Leistungssportler, dachte Fjodor.

Nachdem sie den Fluß überquert hatten, bewältigten sie ohne Eile den Aufstieg auf die Kleine Schweiz. Im Institutsstädtchen trennten sie sich. Fjodor hob müde einen Skistock und winkte unbekümmert dem sich entfernenden Slawa, der zerstreut und ohne sich umzudrehen, zurückwinkte.

Es war gegen Mittag. Fjodor lief zur Vortreppe, schnallte in aller Ruhe die Skier ab, klopfte den Schnee von den Schuhen und trat in den dunklen Flur. Als er mit dem Schlüssel nach dem Türschloß tastete, berührte seine Hand festes Papier, das im Türschlitz steckte. Er zog es hastig heraus, schloß die Tür auf und knipste das Licht an. In der Hand hielt er einen zugeklebten Briefumschlag, unfrankiert und ungestempelt, auf dem in schöner kleiner Schrift stand: »An Fjodor Iwanowitsch Deshkin«. Alle Buchstaben mit Ober- oder Unterlängen hatten schwungvolle Schnörkel. Er riß den Umschlag auf und zog zusammengefaltete Blätter aus einem Schulheft heraus. Ohne nach dem Anfang zu suchen, begann er zu lesen.

»Mein Verhältnis zu Ihnen hat sich mehrmals geändert, seitdem Sie bei uns arbeiten«, stand da in kleinen, akkurat aneinandergereihten Buchstaben, deren Ober- und Unterlängen ebenfalls verschnörkelt waren. Die Handschrift einer Frau! Dennoch dachte Fjodor im ersten Augenblick: ob Krasnow mir geschrieben hat? »Anfangs habe auch ich Sie für einen Torquemada gehalten.« (Nein, das ist nicht Krasnow, schlußfolgerte Fjodor) »Und ganz zuerst war ich von Ihrer wissenschaftlichen Argumentation begeistert. Ich las Ihre Artikel, die mir übrigens seinerzeit sehr halfen, an Akademiemitglied Rjadno zu glauben. Später, als ich die Wahrheit erkannte, als sich mir Mendel und Morgan offenbarten, fragte ich mich verwundert: wie konnte ein Mensch wie Sie solche einfachen und logischen Dinge nicht begreifen? Ich glaubte, Sie befänden sich noch dort, von wo ich für immer ausgebrochen war. Dann wieder schien es mir, ja, ich war sogar fest davon überzeugt, daß Sie längst alles durchschaut hatten. Und da stand für mich fest: er ist ein Schurke, wie ihn die Welt noch nicht gesehen hat. Ich dachte sogar daran, Ihnen etwas Böses anzutun, was in meiner Macht stand. Aber das gelang mir nicht. Gleichzeitig versuchte ich, diese Gedanken zu verdrängen, irgend etwas sagte mir: er kann nicht der Mensch sein, für den ich ihn, ohne groß nachzudenken, gehalten habe. Genauer gesagt, ich hatte viel über Sie nachgedacht, vielleicht zuviel, nur war mein Denkapparat noch unvollkommen. Als man Sie dann ›entlarvte‹, habe ich mich gewundert, obwohl das doch eigentlich zu erwarten war. Endlich reimte sich alles zusammen und gewann an Klarheit. Ich habe die Anordnung über Ihre Entlassung gelesen. Wie schlecht kennt man sich doch in einem Menschen aus! Es bedarf erst einer Anweisung, damit einem die Augen aufgehen. Schrecklich! Wie soll man weiterleben? Mir war sofort klar, daß Sie wegfahren müssen und daß mir nur wenige Tage bleiben. Ich wollte Ihnen doch zur Seite stehen, Ihnen etwas Gutes sagen. Als ich beobachtete, wie Sie einsam und allein ins Rektorat und von dort in Ihre Kemenate, ins Gästezimmer liefen, als ich hörte, was die Studenten und Dozenten über Sie redeten, spürte ich, daß Sie in dieser außerordentlichen Situation, die nicht von langer Dauer sein und ein schlimmes Ende nehmen wird, einen Menschen brauchen, auf den Sie sich verlassen können. Ich wollte sogar mit Ihnen wegfahren, egal wohin, und egal, ob Sie damit einverstanden sind oder nicht. Wenn alles anders gekommen wäre und keine Gefahr drohte, hätte ich nicht die Initiative ergriffen und so offen gesprochen. Ich hätte unsere Beziehungen, wenn es sie gäbe, sich normal entwikkeln lassen. Denn gerade in solch einer ›normalen‹ Entwicklung besteht das Glück. Vorausgesetzt, daß vor einem kein Abgrund klafft. Aber auch dann . . . Genauer gesagt, wenn ein schrecklicher Abgrund klafft, läßt sich dieser Zustand nicht in Worte fassen. Und da muß ich Ihnen einfach zur Seite stehen.«

Eine reife, ernsthafte Frau, dachte Fjodor, die Lektüre unterbrechend, und blickte in die Ferne wie durch Wände.

»Wenn es anders wäre! Hier aber ist alles, alles unnormal!« las er weiter. »Ich weiß doch sehr vieles, was ich dem Papier nicht anvertrauen kann. Und deshalb schreibe ich Ihnen, allen Normen und Anstandsregeln zum Trotz, und ich habe viel eher ein Recht dazu als Onegins Tatjana.«

»Eine Studentin!« dachte Fjodor und erschrak. Er wußte schon, von wem der Brief war. Die kleine Schrift, die schulischen Literaturkenntnisse. Sie hatte offenbar lange über dem Brief gesessen und ihn sicher zuerst ins Unreine geschrieben.

»Ich habe begriffen, daß Sie der einzige Mensch sind, dem ich treu und selbstlos dienen könnte und für den ich jede Prüfung auf mich nehmen würde. Ich kann eine aufopferungsvolle Freundin sein. Glücklich die Frau, der ein solches Los zuteil wird! Glückliche Hendrickje, die ihren Rembrandt gefunden hat! Wäre sie sonst etwa zu der bescheidenen, für alle Zeit in seinem Schatten leuchtenden Hendrickje geworden? Sie wurde ein neuer Mensch, nachdem sie ihm begegnet war. Mir aber ist ein solches Los nicht beschieden. Ich darf nicht leuchten. Ihnen steht ein Kampf bevor, eine Schlacht. Sie jagen an mir vorbei, irgendwohin in weite Ferne, wo es für mich wohl kaum einen Platz gibt. Aber der Luftstrom hat mich gestreift und mich aus meiner Bahn geworfen. Sie werden fortfliegen – wie könnte ich nach dieser ›nicht geplanten‹ Begegnung jemand anderem gehören? Wie soll ich weiterleben, ohne mich für jemanden aufopfern zu können, in dem Wissen, daß es dieses Glück gibt, jedoch nicht für mich? Verstehen Sie jetzt, warum ich die Anstandsregeln verletze und Ihnen diesen Brief schreibe? Ich glaube, es kann Ihnen nicht entgangen sein, was ich für Sie empfinde, und ich bin sicher, Sie erraten, wer der Absender des Briefes ist.«

Er blätterte die Seite um. »Lieber Fjodor Iwanowitsch! Ihnen schreibt ein Mensch, eine Person, die Sie fast täglich sehen . . .« Das war der Anfang des Briefes. Fjodor las alle sechs Seiten. Der Brief hatte keinen Schluß und trug keine Unterschrift.

»Na gut«, sagte er laut.

Ohne hinzusehen, steckte er die Schnur des Elektrokochers in die Steckdose. Ohne hinzusehen, setzte er einen Topf mit Wasser auf, um Kartoffeln zu kochen.

Der Brief der Unbekannten, deren Namen er kannte, den er aber nicht einmal im stillen, nicht einmal in Gedanken zu nennen wagte, erinnerte ihn an etwas. Und am Montagmorgen rannte er beinahe in die Stadt zu jenem Haus, in dem er und Lena einmal ein paar glückliche Tage verbracht hatten. Er lief durch den Torbogen in den Hof, dachte nicht an den Fahrstuhl und stürzte die Treppe hinauf zur Wohnung 47. Sekundenlang glaubte er, Lena sei dort, sie sei zu Hause und erwarte ihn zum Mittagessen. Seit jenem Besuch, als er im Treppenhaus und in der Wohnung die schillernden Fliegenschwärme vorgefunden hatte, war er noch ein paarmal hier gewesen. Zuerst hatte er die Wohnung noch ein zweites Mal durchsuchen wollen, in der Hoffnung, irgendwelche Adressen zu finden. Oder vielleicht ein Foto von Lena. Doch nur ein einziges Mal war es ihm gelungen, die Wohnung zu betreten. Eben damals hatte er hier den goldig schimmernden Fliegenschwarm vorgefunden. Als er das nächste Mal herkam, waren die gelben Siegel schon von der Tür verschwunden, und der neue Wohnungsinhaber hatte statt des alten Schlosses zwei neue eingebaut. Niemand reagierte damals auf sein Klingeln.

Die dritte Etage, die vierte . . . Da war sie, die Wohnung 47. Fjodors Hand zuckte, wollte in die Jackentasche nach dem Schlüssel greifen. Er unterdrückte die sinnlose Handbewegung und starrte auf das in Augenhöhe angebrachte nagelneue Messingschild: »L. I. Tjurdenew«. Der sonderbare, von komplizierten Schnörkeln umrahmte Name war tief ins Messing eingraviert. Fjodor schüttelte den Kopf, um zu sich zu kommen und den Schleier der Verwirrung zu zerreißen, der ihn plötzlich umhüllte. Warum stand gerade hier und noch dazu auf glänzendem Messing ein so absonderlicher Name, der die Vergangenheit vollends auszulöschen schien?

Ohne jede Hoffnung drückte er auf den Klingelknopf. Er klingelte mehrmals lang und etliche Male kurz.

Und plötzlich waren hinter der Tür Schritte zu hören, die sich langsam näherten. Wie die Schritte eines Komturs. Eine ganze Minute dauerte es, bis L. I. Tjurdenew schließlich die beiden Schlösser aufschloß und die Kette abnahm. Dann öffnete er einen Spaltbreit die Tür, und als er einen intelligent aussehenden seriösen Mann in einer schönen Pelzjoppe erblickte, öffnete er sie etwas weiter.

»Sind Sie der Inhaber dieser Wohnung?« fragte Fjodor.

»Ja«, sagte der Mann und hielt ihm, den Kopf ein wenig

zur Seite geneigt, das Ohr hin, in Erwartung der nächsten Frage – wie ein Beamter, der hinter dem Schreibtisch sitzt und einen Besucher empfängt. Er war wie mit Staub berieselt, mit dem Staub des Dienstzimmers eines mittleren Beamten.

»In dieser Wohnung hat meine Frau gewohnt«, sagte Fjodor.

Der Mann schwieg in der Annahme, daß der Satz noch nicht zu Ende sei und keine Frage enthalte.

»Sie hat versprochen, mir an diese Adresse zu schreiben.«

»Und wer sind Sie?«

»Ihr Mann, Fjodor Iwanowitsch Deshkin.«

»Ja, da ist ein Brief gekommen. Er liegt auf dem Fensterbrett. Moment!«

Er schlug die Tür zu, und seine Schritte entfernten sich langsam. Fjodor stützte sich mit der Hand an die Wand und knöpfte die Joppe auf. Er hörte sein Blut mit heftigen rhythmischen Schlägen im ganzen Körper pulsieren. Wieder näherten sich Schritte. Jetzt öffnete der Mann die Tür schon etwas beherzter. Er hatte sich eine Krawatte umgebunden, trug aber kein Jackett. Sein Bauch guckte über der Hose heraus. Er schob sein rundes teigiges Gesicht mit der spitzen glänzenden Nase vor. Jetzt war er bereits Herr der Situation und blickte Fjodor streng und durchdringend an. Und aus seinem Blick sprach das Verlangen, mehr zu erfahren, als er schon wußte.

»Hier ist der Brief. Über zwei Wochen liegt er schon hier!«

Fjodor nahm den mit Schlemmkreide bespritzten Brief, riß ihn auf und zog ein zu einem Dreieck zusammengefaltetes Stück groben grauen Papiers hervor, aus dem gewöhnlich Zucker- und Graupentüten gemacht werden. Auf dem Dreieck stand mit stumpfem Bleistift geschrieben: »Bitte!!! Schicken Sie den Brief ab!!!« und darunter die Adresse und Fjodors Familienname mit den Initialen seines Vor- und Vatersnamens. Das Dreieck öffnete sich unter seinen zitternden Fingern von selbst.

»Fjodor Iwanowitsch! Fedja! Der Fuchs schleppt mich

hinter die dunklen Wälder, hinter die Berge des Urals. Ich weiß nicht, was werden soll. Ich heule und reiß mich zusammen. Ich lasse mich nicht gehen. Damit es sich nicht auf das Kind auswirkt. Wir werden nämlich ein Kind haben. Du sollst wissen, daß du bald Vater wirst. Hab keine Angst, wir halten durch. Und dich werden wir nie wieder beleidigen, sondern nur noch lieben. Wir küssen dich.«

Der Brief war mit demselben stumpfen Bleistift geschrieben.

»Ich hab eine Bitte . . .«, sagte Fjodor mit stockendem Atem. Seine Augen blickten wieder und wieder auf das graue Papier und die Worte: »hinter die Berge des Urals . . .ein Kind . . . du sollst wissen . . .«

»Kommen Sie bitte rein«, sagte L. I. Tjurdenew, neugierig geworden, und ließ ihn in den Korridor. Ach, deshalb war der Komtur so langsam zur Tür gegangen! Er konnte sich nicht sattsehen an seiner langersehnten, neuen und noch ganz leeren Wohnung mit den neuen dunkelrot und goldschimmernden Tapeten und den strahlend weiß gestrichenen Türen und Fenstern, in der es nach Firnis und Terpentin roch.

»Ich möchte Sie bitten . . .«, sagte Fjodor und spürte, wie er immer flehender blickte und eine immer demütigere Pose einnahm. »Falls noch mehr Briefe kommen . . . Könnten Sie die vielleicht aufbewahren? Bitte . . . Es kann sein, daß ich lange Zeit fort bin. Eventuell sogar ein ganzes Jahr. Ich würde Ihnen dann . . .«

»Wieso gehen die Briefe nicht an Ihre Adresse?« L. I. Tjurdenew kam sich plötzlich wichtig vor, als er seine Macht über einen anderen Menschen spürte. Das ewige, unergründliche Geheimnis zwischenmenschlicher Beziehungen.

»Sie kennt meine Adresse nicht. Sie wissen sicher, woher der Brief kommt.«

»Ja, ich kann es mir denken. Gehört sie zu dieser Gruppe? Aber wie kommt es, daß Sie nicht . . .«

»Wir hatten uns gestritten. Ich war nicht zu Hause.«

»Aber Sie müssen doch eine Adresse haben, wo Sie . . . Ihre Gattin könnte doch dorthin . . .«

»Ich habe keine Adresse. Ich schreibe Ihnen die Adresse eines Freundes auf. Oder ich gebe ihm Ihre Adresse.«

»Das ist alles sehr merkwürdig. Ich kann mich auf so etwas nicht einlassen. Entschuldigen Sie, eben aus dem Grund ... Ich bin nicht im Bilde, wie und weshalb ... Und warum Sie ...«

Seine Neugier war befriedigt. Jetzt wurde er vor Angst ganz blaß. Noch zögerte er mutig, wohl wissend, daß diese Angst nichts weiter als erbärmliche Feigheit war. Dann reckte er den Kopf wie ein Beamter, der einen Bittsteller aus seinem Büro jagen will, und drängte Fjodor wortlos aus der Wohnung.

»Ich bitte Sie ganz entschieden, nicht mehr hierherzukommen und auch keine Freunde zu schicken.«

»Hören Sie. Bitte!« Fjodor sah ihn flehentlich an.

»Ich habe doch schon gesagt ... Ich habe doch gesagt, es ist unmöglich«, antwortete der Mann mit erhobener Stimme. »Hierher werden keine Briefe mehr kommen. Entschuldigen Sie, ich muß zur Arbeit.«

Und die Tür fiel zu. Man hörte das Schnappen der Schlösser und das Klirren der Kette.

Am Abend begann Fjodor im Schutz seiner vier Wände zu packen. Er sah seine Garderobe durch. Fast alle Krawatten ließ er unten im Schrank liegen. Er brauchte sie nicht mehr. Den »Sir Percy« wollte er mitnehmen. Das war ihre Jacke. Sie hatte ihr immer so gefallen. Den »Martin Eden« hängte er nach kurzem Zögern wieder in den Schrank. Von seinen Oberhemden wollte er nur drei mitnehmen. Er hätte die übrigen Sachen nach Moskau bringen können, aber das war zu riskant. Seine Bewacher würden stutzig werden, sich Gedanken machen und etwas aushecken. Auf die Klamotten konnte er verzichten, wenn er sich auch an sie gewöhnt hatte. Eine streng begrenzte Anzahl von Kleidungsstücken legte er auf den Tisch und deckte sie mit einer Zeitung zu.

Am Dienstagmorgen ging er zur Tumanowa, um alle Samen von ihr zu holen. Er steckte die Tüten in die Einkaufstasche. Für alle Fälle fragte er die Tumanowa, ob sie nicht eine Adresse von Lenas Verwandten oder Freunden wisse.

Vielleicht die Adresse ihrer Großmutter. Die Tumanowa schüttelte den Kopf. Sie wisse nichts. Sie hätten nebeneinander gewohnt und sich keine Briefe geschrieben. Wenn Lena etwas gewollt habe, sei sie zu ihr gekommen.

»Auch meine Adresse hat sie offenbar vergessen, die Dumme. Sie könnte mir doch mal schreiben. Ich hoffe, das ist nicht dein letzter Besuch?«

»Natürlich nicht!« antwortete er leichthin in unbekümmertem Ton. »Ich habe noch soviel zu erledigen. Das dauert mindestens zwei Wochen.«

Sie spürte, daß er nicht aufrichtig war.

»Wenn du damals solche Angst vor meinem Blödian hattest, so kannst du jetzt unbesorgt sein. Der wird keinen Fuß mehr hierher setzen. Er ist jetzt in Moskau. Davon hat er ja immer geträumt.«

Verbittert und nervös zündete sie sich eine Zigarette an, sog den Rauch tief ein und schloß: »Du willst doch auch dahin. Komisch, wie das Schicksal euch immer wieder zusammenführt! Meinen Blödian und dich. Ich habe so eine Vorahnung: es wird eine Fortsetzung geben.«

An diesem Tag, am Dienstag, wurde auch der letzte entscheidende Punkt gesetzt. Gegen vier Uhr rief Rajetschka an und sagte mit freundlicher Stimme: »Fjodor Iwanowitsch? Moment, ich verbinde.«

Und gleich darauf dröhnte und vibrierte im Hörer Waritschews sanfter und bittender Baß:

»Fjodor Iwanowitsch? Wir müßten uns mal unterhalten.«

»Ich denke, ich habe alle Papiere unterschrieben. Alles ist entschieden.«

»Nicht alles, mein Lieber. Es fängt erst an. Komm her, laß uns reden.«

Fjodor wollte ihm eine barsche Antwort geben, er hatte ja sowieso nichts mehr zu verlieren, doch er beherrschte sich. Er wußte bereits, daß man von der Natur lernen muß zu schweigen. Barsche Worte und Gesten sind ein gefundenes Fressen für ein geübtes Ohr. Sie enthüllen nur, was man tief im Herzen verbirgt.

Aber auch sein Schweigen schien vieles auszudrücken.

»Fjodor Iwanowitsch, du bist sicher böse auf uns. Steig

runter von deiner Palme. Die Sache betrifft dich wie uns. Uns wohl in erster Linie. Aber du spielst dabei auch eine Rolle. Also komm her. Am besten nach Feierabend, nach sechs. Es wird ein langes Gespräch werden. Lauf noch ein bißchen Ski, und dann komm her.«

Waritschews Rat befolgend, schnallte Fjodor die Bretter an, buckelte sich den Rucksack auf und lief bis zum Aufstieg auf den Kamm der Großen Schweiz. Dann kehrte er um. Unbekannte Skiläufer überholten ihn, überall im Wald knirschte und pfiff der Schnee. Fjodor wollte prüfen, ob die »lange Leine« des Generals existierte, aber sein Experiment zeitigte keine Ergebnisse.

Nach Hause zurückgekehrt, wusch er sich über dem Waschbecken, zog seinen »Sir Percy« an, band eine Krawatte um und lief leichtfüßig den Pfad entlang zum Rektoratsgebäude.

Waritschew erwartete ihn schon. Die große Kartoffelknolle lächelte mit all ihren Augen. Die dicken Hände ruhten auf dem Schreibtisch. Gemächlich erhob sich Waritschew, ging in die Mitte des Zimmers, legte Fjodor den Arm um die Schulter und führte ihn in die intime Ecke, wo Sessel und ein kleiner Tisch standen. Dabei sprach er über das Skilaufen, über das schöne Wetter, sagte, er würde auch gern Ski laufen, aber . . .

»Die Arbeit!« rief er, und seine schief gezogene, jugendlich volle Oberlippe zitterte. Für einen Augenblick ließ er seine hellblauen Augen sehen. »Dringende Angelegenheiten, eine immer komplizierter als die andere. Die Arbeit wächst mir über den Kopf.«

Sie nahmen in den Polstersesseln Platz. Waritschew buhlte sichtlich um Fjodors Gunst, wollte ihn mit etwas überraschen. Er erinnerte an einen riesigen anschmiegsamen Welpen, der bald die Brust, bald den Kopf an den Boden preßt, um den Menschen in sein Spiel einzubeziehen und ihm seine Freundschaft anzubieten. Fjodor meinte unter dem Tisch sogar das weiche Klopfen des schweren Hundeschwanzes zu hören. Waritschew reckte und streckte sich, warb in verschiedenen Posen um Fjodors Offenheit. Plötzlich sprang er auf, ging flink, wenn auch leicht watschelnd, zur Tür und sagte etwas zu Rajetschka. Dann kehrte er auf Zehenspitzen zu seinem Sessel zurück.

»Gleich gibt es Tee.«

Der Tee war offensichtlich schon fertig – Rajetschka kam mit einem Tablett herein und stellte es auf den Tisch zwischen die beiden Gesprächspartner. Auf dem Tablett glänzte etwas Feuchtes, Gelbes – Zitronenscheiben vermutlich.

Der ehemalige Leiter des Forschungslabors, aus dem Institut entlassen und jetzt zum Rektor geladen, hüllte sich in Schweigen.

»Hör mal, Fjodor Iwanowitsch«, sagte Waritschew, sich schließlich ein Herz fassend. »Hast du da in der Lehrgärtnerei nicht etwas, was man vorzeigen könnte? Irgendwelche Polyploide? Ist da noch was von Obus geblieben?«

»Sehr wenig.«

»Wieso? Diese ... ist doch hoffentlich noch da, die du damals bei der Revision ... Die ›Contumax‹.«

»Eben die ist nicht mehr da. Iwan Iljitsch hat sie damals weggeschafft.«

»Worüber hat Possoschkow denn da auf dem Kongreß gesprochen?«

»Pjotr Leonidowitsch, die haben doch alles versteckt.«

»Aber du hast in deinem Artikel doch auch ... Worauf basiert der denn?«

»Ich habe alles mit eigenen Augen gesehen, alles in den Händen gehalten und durchs Mikroskop betrachtet.«

»Und wo ist das alles geblieben?«

»Ich habe keine blasse Ahnung.«

»Verdammt noch mal. Wir müssen etwas finden. Du mußt uns helfen, Fjodor Iwanowitsch.«

»Worum geht es eigentlich?«

»Na dieser ... der Däne, Madson heißt er wohl. Ich habe gedacht, Possoschkow wollte uns bloß Angst machen. Aber er ist wirklich gekommen. Morgen wird er hier sein. Er ist sogar ein Preisträger. Ein hohes Tier. Morgen übernehme ich ihn. Er trifft nach dem Mittagessen ein. Natürlich muß er sich erst mal ausruhen. Dann werden wir mit ihm zu Abend essen. Ist schon alles vorbereitet. Das Kalbfleisch ist auch schon geliefert. Eine Haxe. Aber übermorgen mußt du ihn übernehmen, ob du willst oder nicht. Na? Gibt es irgendwelche Einwände?«

»Einwände nicht. Aber er will doch zu Iwan Iljitsch.«

Da schmiegte der Welpe wieder Brust und Kopf an den Tisch, schwieg lächelnd eine Weile und ließ kaum merklich seinen ganzen Körper spielen, das Wichtigste listig zurückhaltend. Und wieder klopfte unter dem Tisch der weiche Hundeschwanz.

»Andere Einwände hast du nicht?«

»Iwan Iljitsch . . . ist ja nicht mehr da.«

»Wieso ist er nicht da? Warum nicht? Wer sagt das? Und wer bist du? Du bist doch Iwan Iljitsch!«

Fjodor hatte sofort verstanden. In solchen Dingen war er sehr hellhörig. Es bleibt ihnen kein anderer Ausweg, war sein erster Gedanke, dem sofort der nächste folgte: Die reinste Mystik! Wieder bin ich Iwan Iljitsch. Ein Doppelgänger! Ein Double! Und noch ein Gedanke kam ihm: Das ist die Gemeinheit, die Unverschämtheit, die ich ihnen hätte demonstrieren sollen. Aber bedeutend früher. Dann würde ich ihr volles Vertrauen genießen. Krasnow vertrauen sie ja auch. Doch sofort begriff er: Wenn ich jetzt so handle, werden sie mich nicht mehr von der Leine lassen. Aber fünf Tage kann ich noch frei herumlaufen. Sweschnikow hatte recht. Und schließlich kam ihm noch eine nüchterne Überlegung, die ihm die ferne Stimme soufflierte. »Bedenkenlos«, hatte Iwan Iljitsch gesagt. Aber dieses Wort bekam jetzt einen ganz anderen Sinn. In den Vordergrund trat das Prinzip selbst, das Prinzip, selbständig sofort verantwortungsvolle Entscheidungen zu treffen.

Er wurde beharrlich in einen Kampf auf unbekannten Höhen verwickelt. In einen furchtbaren, tödlichen Kampf. Und er sah bereits die behaarte, unvorsichtig und unbedacht entblößte Flanke. Und sofort ließ die innere Anspannung nach. Er mußte sogar leise lächeln.

»Was bin ich für ein Iwan Iljitsch?« sagte er, schon bereit, sich auf den Handel einzulassen.

»Soll ich vielleicht diese Rolle spielen?« Waritschew spürte, daß Fjodor nachgab und redete weiter in scherzhaftem Ton auf ihn ein. »Außer dir ist keiner dazu fähig. *Ich* kann doch Choderjachin nicht zwingen, sich als Genie auszugeben!« sagte er in einem merkwürdigen Ton und fixierte Fjodor dabei mit seinen hellblauen Augen, die auf einmal fast rund wurden. Dann schwieg er eine Weile. »Es gibt keinen anderen Ausweg. Oder ich muß dem Ausländer sagen: Wir haben deinen Strigaljow eingesperrt. Er sitzt mitsamt seiner ganzen Schule im Knast. Zehn Jahre haben sie für ihre Propaganda gekriegt. Das kann man ihm doch nicht sagen, er wird es nicht verstehen. Unsere einzige Rettung bist du. Du mußt die Rolle übernehmen. Wir haben uns im Rat etwas zu sehr über dich ereifert. Natürlich kann ein Wissenschaftler eigene Ansichten, eigene Gedanken haben. Aber du bist doch ein sowjetischer Mensch, und du verstehst, daß dieser Däne die Geschichte in der ganzen Welt ausposaunen wird.«

»Ich werde dich erwürgen, aber du sollst schweigen, darfst nicht röcheln, sonst hört es der Nachbar und könnte schlecht über uns denken«, sagte Fjodor mit bitterem Lächeln.

»Ja, ungefähr nach dem Motto. Aber du übertreibst.« Und wieder klopfte der weiche Hundeschwanz unter dem Tisch.

»Und was wird Kassian Damianowitsch dazu sagen?«

»Das ist doch seine Idee. Ich bin nicht so kühn. Schon gut, ich sehe, daß mein Vorschlag dich zwar nicht umhaut, aber doch ganz schön nervös macht. Ich verstehe dich. Als er mich anrief, habe ich erst mal eine halbe Flasche Kognak getrunken, um das zu verkraften. Soll ich Kassian zitieren? Direkt sagt er ja nichts. Aber er hat eine unmißverständliche Andeutung gemacht. Ich habe ihm auf den Kopf zugesagt: Deshkin macht so etwas nicht mit. Er antwortete: ›Er macht mit. Er hat keine andre Wahl. Über ihn gibt's schon 'ne Akte, und das weiß er. Er hofft, daß ich mich für ihn einsetz. Und ich setz mich ein‹, so sagte er. ›Ich haue ihn da raus. Wenn er mich raushaut.‹ Gib mir mal die Kanne, ich schenk dir ein.« Waritschew nahm die Teekanne und spreizte dabei seinen dicken kleinen Finger ab. »Schön stark, die Intelligenz mag starken Tee. Ob du Zitrone nimmst, bleibt dir überlassen. Ich kenne deinen Geschmack ja nicht. Hier sind Pralinen. Möchtest du Kognak? Ich hole welchen. Na?«

Ich muß den Kognak annehmen, dachte Fjodor. Dann sieht das noch mehr nach einer Kapitulation aus.

Schon kam Waritschew schwerfällig angetrabt und stellte eine Flasche und zwei Gläser auf den Tisch. Er schenkte die Gläser voll.

»Trinken wir . . .« Er stieß mit Fjodor an, stürzte den Kognak hinunter und nahm eine Praline aus der Schachtel. Fjodor trank langsam ein paar Schlucke.

Hier muß gesagt werden, daß Fjodor ein echter Russe war, ein Sohn der russischen Weiten, und das nicht nur äußerlich. Er hatte ein von den Vätern ererbtes und durch die jüngsten Ereignisse und die vom Krieg geschlagenen Wunden noch verstärktes reserviertes Verhältnis zu Ausländern. Er konnte gastfreundlich lächeln, wenn er mit einem arglosen Ausländer sprach, blieb jedoch innerlich ungerührt wie ein Granitfindling in der Steppe und beobachtete alles mit wachsamem argwöhnischem Blick. Mit Ausländern verbanden sich Erinnerungen an endlose, wie schwarze Wolken heraufziehende Invasionen, an brennende Städte, zerwühlte Felder, zur Zwangsarbeit verschickte junge Mädchen, an Schmähungen der Heiligtümer, an denen sein Herz hing. Er hatte mit eigenen Augen vor nicht langer Zeit das brennende Gdow gesehen. Die ganze Stadt war im Handumdrehen vollständig niedergebrannt. Eine entfernte Verwandte Fjodors war als zwölfjähriges Mädchen nach Deutschland verschickt worden und kürzlich als erwachsene Frau, die Zigaretten rauchte, von dort zurückgekehrt. Sie hatte ein perlmuttverziertes Akkordeon mitgebracht, das an einem Riemen über der Schulter getragen wurde. Seitdem mochte Fjodor keine Akkordeons mehr. Die Erinnerungen würden nicht so schnell verblassen, sie hatten sich tief in sein Herz eingegraben und seinen Charakter geprägt. Deshalb erschrak er zwar, als er Waritschews Vorschlag hörte, verstand aber durchaus die *heikle Lage,* in der sich alle, besonders Kassian, befanden. Und Kassian, der Waritschew mit dieser delikaten Angelegenheit betraut hatte, wußte, daß Fjodor diese Mission schwer ablehnen konnte, und wollte dessen aufrichtigen, tief verwurzelten Patriotismus für seine Zwecke ausnutzen. Er rieb sich bestimmt die Hände, so sicher war er sich seiner Sache. All das erkannte auch Fjodor. Und er bewunderte beinahe das große Schachtalent des Akademiemitglieds.

»Das heißt, außer mir gibt es niemanden.« In düstere, rätselhafte Gedanken versunken, rührte der ehemalige Laborleiter, mit dem Löffel klirrend, in seinem Teeglas. Seine Gedanken bewegten sich in für Waritschew unzugänglichen Höhen.

»Fjodor Iwanowitsch, du willst also mit uns handeln. R-richtig, stell deine Bedingungen. Genier dich nicht, wir werden uns schon einigen!«

»Was soll ich ihm sagen?«

»Du zeigst ihm das Gewächshaus, zeigst ihm die Pfropfungen. Aber so, daß er merkt, du bist kein hartgesottener Mitschurinanhänger, sondern so einer, wie du wirklich bist. Daß du dich auch im Kolchizin auskennst.«

»Gut. Das ist alles?«

»Außerdem sagst du ihm noch ... Du heißt natürlich Iwan Iljitsch.«

Fjodor nickte.

»Er wird sich bestimmt ranpirschen: Zeig mir doch die Hybride. Von der Possoschkow auf dem Kongreß ... Du sagst ihm: es gibt keine Hybride. Hörst du? Es gibt keine, das ist das Wichtigste. Keine! Was anderes bleibt dir gar nicht übrig, wenn du sagst, daß es sie gibt, dann mußt du auch den nächsten Schritt tun und sie ihm zeigen. Aber woher willst du sie nehmen?« Waritschew blickte ihn aufmerksam an. »Woher, hm? Oder vielleicht gibt es sie doch irgendwo? Nein, es gibt keine! Ein Hirngespinst des Verstorbenen.«

»Muß ich auch über den Tod ...?«

»Das weiß er schon. Aber von der Hybride mußt du, ohne zu stocken ... Du sagst ihm klipp und klar, daß es keine gibt. Die Voraussetzungen dafür sind da, so sagst du ihm.«

»Wird er bald wieder abfahren?«

»Am Montag. Oder am Dienstag.«

»Was wird er denn fünf Tage hier machen?«

»Er wollte sich mit der ›Contumax‹ befassen. Sie unterm Mikroskop begucken und all so was, du kennst dich da besser aus. Vielleicht dampft er auch schon eher ab, wenn er die Situation durchschaut hat. Aber beschäftigen werden wir ihn schon irgendwie. Ins Theater kannst du mit ihm gehen. Eintrittskarten besorgen wir.«

»Solche Dinge kommen immer ans Licht«, sagte Fjodor nachdenklich. »Das ist so ein Glücksspiel. Was man verbergen will, das kommt gerade heraus. Es wird in die Memoiren eingehen. Dort erregt so etwas immer das größte Interesse, das auch nach hundert Jahren noch nicht erlischt.«

»Wir werden alles tun, daß es erst nach unserem Tod in die Memoiren eingeht. In fünfzig Jahren ist das eine interessante Anekdote, die das Ansehen der Beteiligten sogar noch hebt.«

»Es kann so viel Unvorhergesehenes passieren. So eine Lüge . . . so ein unerhörter, unglaublicher Schwindel ist ein höchst interessanter Fall für jene, die die Geheimnisse des Menschen erforschen. Einer der weißen Flecke seiner Seele.«

»Zugegeben. Du hast recht. Aber warum ist das ein weißer Fleck? Weil die an solchen Machenschaften Beteiligten über sich selbst nie was Schlechtes geschrieben haben. Machenschaften aber hat es gegeben. Wenn man da mal reinstochert, nachforscht . . . A-ach, Fjodor Iwanowitsch! Aber das werden wir nicht zulassen. So daß du diese Sünde unbesorgt auf dich nehmen kannst.«

Während Waritschew sprach, blickte er Fjodor mißtrauisch und durchdringend an: wird dieser Tugendbold darauf eingehen oder nicht? Er wird eine Weile mitspielen und zu guter Letzt abspringen, aus Angst, sich die Pfoten schmutzig zu machen. Und dann geht das Gequatsche wieder los. Noch nie hatte diese Kartoffel so verdrossen und mißtrauisch dreingeblickt.

»Die Aufgabe ist übrigens gar nicht so kompliziert«, redete er auf Fjodor ein. »Du, ich und Kassian Damianowitsch, außer uns dreien wird niemand davon erfahren. Wir schweigen wie ein Grab. Selbst Assikritow ist nicht eingeweiht. Und wir können schweigen. Der Ausländer wird dich ja nicht grade nach deinem Ausweis fragen.«

»Bei solch einem Lotteriespiel kann man viel gewinnen

oder viel verlieren«, sagte Fjodor. »Und Sie sind doch gerade erst Mitglied des Redaktionskollegiums geworden.«

»Du machst mir Angst«, Waritschew lachte nervös. »Es hilft nichts, Fjodor Iwanowitsch, wir müssen das Risiko eingehen. Unser Akademiemitglied ist streng. Er läßt einen nicht übermütig werden.«

»Er hat ja auch nichts zu befürchten. Er wird sagen, das war Pjotr Leonidowitschs Idee. Und ausgeführt . . .«

»Dann leben wir eben eine Weile in Ungnade. Zappeln am Boden. Das Akademiemitglied wird uns wieder aufstehen lassen aus der Asche. Und was dich betrifft, in deiner Lage ist es sogar nützlich, ein bißchen zu leiden. Das Akademiemitglied vergißt keinen, der ihm einen Dienst erweist.«

»Wenn wir ins Gewächshaus gehen und dort jemand hört, wie der Däne mich Iwan Iljitsch nennt . . . Und wie ich darauf reagiere . . . Irgendeine Kleinigkeit kann man übersehen. Oder wenn im Theater jemand . . .«

»Im Gewächshaus wird niemand sein. Und im Theater werden entsprechende Vorkehrungen getroffen. Ins Theater brauchst du nicht unbedingt mitzugehen. Du sagst einfach, du fühlst dich nicht wohl.«

»Eigentlich . . . Eigentlich könnte ich das machen«, Fjodor sah Waritschew in die Augen. »Aber ich mache es nur unter einer Bedingung. Wenn Sie die Anweisung über meine Entlassung rückgängig machen.«

»Das mache ich noch heute!« sagte Waritschew, und zur Bestätigung schlug er mit seiner dicken Hand auf den Tisch.

»Und erklären Sie, daß ich aus gesundheitlichen Gründen gehe, wegen meiner Kriegsinvalidität. Auf eigenen Wunsch. Damit ich irgendwo anders eine Stelle finde.«

»Und warum willst du nicht bei uns bleiben?«

»Es ist mir zu anstrengend bei Ihnen, Pjotr Leonidowitsch. Sie bürden mir zuviel auf.«

»Im Ernst, Fedja. Es wäre gut, so einen wie dich zu haben, als festen Mitarbeiter. Für solche Extremfälle. Und was die Bedingungen betrifft . . . du würdest zufrieden sein.«

»Pjotr Leonidowitsch, in solchen Fällen ist Akkordlohn vorteilhafter.«

Waritschew lachte auf, ging zum Schreibtisch und drückte auf den Klingelknopf. Rajetschka kam angelaufen.

»Tipp das gleich mal ab, Raissa Wassiljewna.« Er saß schon am Schreibtisch und schrieb. »Und dann hängst du es ans Schwarze Brett. Morgen früh machst du Fjodor Iwanowitsch die Papiere fertig, und die alten nimmst du zurück. Fjodor Iwanowitsch, paßt es dir morgen früh? Ich schreibe dir auch noch eine Beurteilung. Eine angemessene. Morgen früh tippt Raissa Wassiljewna alles ab, und ich unterschreibe es.«

Rajetschka ging hinaus. Lächelnd kehrte Waritschew an den kleinen Tisch zurück.

»Das Geschäft des Jahrhunderts!« sagte er. »Richtig schade, daß man es keinem erzählen kann!«

Du wirst es erzählen, dachte Fjodor. All deinen Leuten wirst du es erzählen. Und ihr werdet euch köstlich amüsieren.

Noch eine oder anderthalb Stunden lang besprachen sie alle Einzelheiten, und jeder notierte sich, wann Fjodor was sagen und tun sollte, und welche Vorkehrungen Waritschew treffen mußte. Sie vereinbarten, daß Iwan Iljitsch Strigaljow dem Dänen morgen nachmittags um fünf Uhr im Zimmer des Rektors vorgestellt werden sollte. Waritschew wollte anrufen. Und ein weiteres Treffen sollte beim Abendessen stattfinden.

»Zieh einen neuen Kittel an. Hellgraue sind da. Man wird dir einen bringen«, sagte Waritschew. »Als ob du von der Arbeit kommst, aus dem Gewächshaus.«

»Wenn wir ins Gewächshaus gehen, ziehen wir dort Kittel an«, widersprach Fjodor. »Um mich vorzustellen, werde ich so kommen wie jetzt, in Sakko und Krawatte.«

»Du warst immer ein schlauer Kopf. Ich sehe, du nimmst die Sache ernst«, sagte Waritschew. »Denk trotzdem mal über mein Angebot nach.«

Nachdenklich ging Fjodor nach Hause. Er merkte gar nicht, daß es ziemlich kalt geworden war. Große, schwerwiegende Ereignisse standen bevor. Sweschnikow hatte recht: er mußte auf den Dänen warten. Einen Sieg hatte er schon errungen – die Papiere! Wo wäre er ohne Papiere untergeschlüpft!

Er dachte angespannt darüber nach, was er jetzt tun mußte, überlegte, welche Schritte in der nötigen Richtung er bereits getan hatte, und versuchte zu begreifen, was ihm bevorstand und welche Konsequenzen sich daraus ergeben könnten. Seine Handlungen zogen immer eine ganze Kette von Konsequenzen nach sich. Jetzt hatte er keine Wahl, er sah keinen Seitenweg, auf den er dem verantwortungsvollen Schritt hätte ausweichen können. Er konnte nur die Flucht ergreifen, den Rückzug antreten und dem Kleinmut nachgeben, von dem er weiche Knie gekriegt hatte. Er konnte das »Geschäft des Jahrhunderts« ausweiten, seinen geheimen Plan aufgeben, der schon fertig und bis ins letzte Detail durchdacht war. Dabei konnte er auch über das »Angebot« nachdenken, Erleichterungen für sich aushandeln und zu einem ruhigen normalen Leben ohne Gefahren zurückkehren.

Der zweite Weg aber, den er jetzt eingeschlagen hatte, führte irgendwohin weit nach vorn, dorthin, wo der morgige Tag im Nebel lag und sich unübersehbare Konsequenzen ergaben. Irgendwem vielleicht sogar eine Katastrophe drohte. Und dort kümmerte es niemanden mehr, was aus ihm mit seinem schwachen Körper würde, aus der weichen Puppe, die die Augen auf- und zumachen kann. Wenn Zwjach das wüßte, dachte er. Das ist wahrlich ein Eisenrohr.

Ungezügelt und rastlos irrten seine Gedanken in verschiedene Richtungen. Er flüsterte vor sich hin, seine Augen blitzten. Das war typisch für ihn.

Und noch etwas war zum Glück für ihn typisch. Was für Probleme ihn auch quälten, er brauchte sich nur hinzulegen, den Kopf entschlossen aufs Kissen betten, schon verlor er das Bewußtsein, versank er gleichsam in einem Haufen duftenden Korns.

So daß das Telefon in der Nacht lange läuten mußte, bis Fjodor unter dieser Last auftauchte. Taumelnd und langsam zu sich kommend, ging er zum Telefon.

»'n festen Schlaf haste«, keuchte das Gespenst in den Hörer, das ihn so oft umschwebte, ihn aus der Ferne beobachtete und sein Schicksal bestimmte. Er keuchte und klapperte mit den Goldbrücken. »K-chch! Als ob du ’n reines Gewissen hättest. Wie’n Säugling. Hast Väterchen verraten, pfui Deiwel! Hast es verraten und schläfst! K-chch! Und schläfst!« Und er heulte laut in den Hörer. Aber das war nur seine besondere Art zu lachen. »Endlich, Fedja, haste mir die Zähne gezeigt. Hast mich dein’ Kern probieren lassen. Da siehste, wie sich die ausländische Reaktion interessiert. Ein Sowjetmensch braucht bloß zu stolpern, schon kommen sie angerannt! Pfui-ui!«

Schweigen im Hörer. Das Gespenst seufzte schwer, machte eine lange Pause, damit Fjodor sich seine Worte zu Herzen nähme.

»Was soll ich mit dir machen, ich seh da nich mehr durch. Weiß Gott! Vielleicht gibste mir ’n Rat? Ich hab so schon ’n Haufen Ärger. Zur Regierung haben sie mich bestellt. Und jetz macht das apolitische Söhnchen solche Schweinereien.«

»Kassian Damianowitsch. Haben Sie heute mit Waritschew gesprochen?«

»Hab ich, na und? Du lügst doch bloß, jawohl du lügst! Du bist doch nich mehr normal. Dich sollten sie mal mit so ’nem Indikator beträufeln, mit Phenolphthalein, und gukken, ob du rot oder blau anläufst. Aber dazu mußte erst mal ’n richtigen Indikator finden. Ach Gott, ach Gott, was für Scherereien!«

»Ich habe Waritschew eine klare Antwort gegeben.«

»Ich wei-eiß. Und ich sag dir klipp und klar, laß das Gelüge, die Versprechungen. Guck den Tatsachen ins Auge. Was Waritschew dir da vorschlägt, is der einzige Ausweg. Mach, um was der Mann dich bittet. Ich hab genug von deiner Wichtigtuerei. Handfeste Fakten will ich. Dann sehn wir weiter. Willste Absolution von mir, dann mach, was Waritschew dir gesagt hat. Du hast die Suppe eingebrockt, nu löffel se auch aus. Wenn du den Teller blank geleckt hast, dann verzeih ich dir.«

»Ich möchte auch eine Forderung an Sie stellen. Was die ›Maiblume‹ betrifft.«

»Wovon redst du? Daß ich den zweiten Züchter nich genannt hab? Ach, du Kleinigkeitskrämer. Das war 'n Versehen, aber nich von mir. Das is längst gradegebogen. Ich hab 'n Schriftwechsel geführt – da wird überall Strigaljow erwähnt. Jetz wird 'ne Publikation vorbereitet – da stehn schon beide Namen drin. Ich hab mich noch nie mit fremden Federn geschmückt. Meins reicht mir.«

»Für diese Neuigkeit, Kassian Damianowitsch, bin ich bereit, jeden Auftrag von Ihnen . . .«

»Er lügt! Er lügt wie gedruckt! Auf die Bühne gehört er und nich in die Wissenschaft! Hach, so 'n Früchtchen! Großer Gott, warum hör ich bloß auf ihn? Das Alter ist's, das hat mich weich gemacht. Ich möcht's ja gern glauben. Vielleicht hat mein Fedja tatsächlich die Lage endlich erkannt? Die Lage is ernst. Fedja, da irrst du dich nich. Ich wünschte mir, daß du kein' Rückzieher machst. 's is deine letzte Chance. Gott selber hat dir Pjotr Leonidowitsch geschickt. Gott weiß, wie 'n Mensch auf die Probe zu stellen is. Haste die Bibel gelesen? Wie er Abraham auf die Probe gestellt hat? Schlacht dein' einzgen Sohn und bring ihn mir zum Opfer, dann glaub ich dir, daß du mich liebst. Abraham war treu, nich so einer wie du. Er hat gleich nach 'm Messer gegriffen. Also, Fedja . . . Wenn du's tust, vergißt Väterchen alles, wir fangen unsere Beziehungen neu an, und die ganze Geschichte is bloß 'ne ärgerliche Episode.«

»Wie sollen wir beide denn ein neues Leben anfangen, wenn . . .«

»Wir fangen's an. Bei Null!«

». . . wenn Sie mich schon dem General ausgeliefert haben. Er hält mich jetzt an der Leine. Morgen wird er die Leine fest anziehen, und ich lande in demselben Sanatorium, in dem Obus ist.«

»Was denn für 'ne Leine?«

»Er hat es mir selbst gesagt. Er ist doch sehr redselig. Er hat gesagt: jetzt hat das Akademiemitglied Sie offiziell mir übergeben. Hat die Angelegenheit auf die ideologische Ebene verlagert. Kommt Ihnen die Formulierung bekannt vor? Und was heißt ›offiziell‹? Vielleicht haben Sie ihm irgendwas schriftlich gegeben?«

Fjodor sagte das alles auf gut Glück. Ebenso wie der General versuchte er im Dunkeln zu schießen. Und er traf ins Schwarze.

»Pu-uh!« Das Akademiemitglied zappelte in der Schlinge, er lachte lange und heiser krächzend. In seinen Lungen pfiff es, und Fjodor sah in Gedanken seinen geöffneten Mund mit den Goldzähnen. Kassian lachte, hustete, um Zeit zu gewinnen und sich eine passende Antwort zu überlegen.

»K-ch, puch-ch, Fedja . . . Mit dir is's nich langweilig. Oi, joi-joi, weiß Gott nich langweilig, dafür hab ich dich immer geliebt, du Miststück. Wir beide sind wie zwei Flieger. Wie Maressjew und so'n faschistisches Fliegeras. Wer wohl zuerst mit 'm Bauch nach oben zeigt.«

»Das Bild verstehe ich nicht, Kassian Damianowitsch. Mir ist nicht klar, wer von uns das faschistische Fliegeras sein soll.«

»Na, na, tu nich so, du verstehst alles. Bei mir qualmt's schon hinten raus von dein' ewigen Volltreffern. Das ganze Leben haust du mir hinten eins rein, Fedja. Aber macht nichts, vorläufig halt ich mich noch und flieg weiter. Wenn du endlich kapiert hast, was ich dir schon seit tausend Jahren einzuhämmern versuch, dann ist's höchste Zeit für dich, auch die letzte Konsequenz zu ziehn.« Die Stimme des Akademiemitglieds erstarb. »Wird Zeit, daß du endlich erwachsen wirst. Siehst doch selber, du Dummkopf. Überall gilt's, das Leben irgendwie zurechtzubiegen. Vielleicht hörste endlich auf, auszuschlagen und läufst im Gespann, hm? Im Gespann is dein Platz, statt auszuschlagen. Und die Leine holen wir vom General zurück. Auch Hafer gibt's genug in meinem Stall.«

»Ich bin immer brav in Ihrem Gespann gelaufen, Kassian Damianowitsch. Nur bin ich ein Paßgänger. Aber Sie begreifen das nicht. Und wissen es nicht zu schätzen.«

»Hu-uch! Wie schön der reden kann. Morgen werd ich sehn, was für 'n Paßgänger du bist. Waritschew erzählt's mir.«

7

Am nächsten Morgen lief Fjodor, aufgeregt und in angespannter Erwartung, gleich früh ins Rektoratsgebäude. Schon von weitem sah er den schmächtigen Wonljarljarski vor dem Schwarzen Brett stehen, das er an einer Stelle rauf und runter abzulecken schien, so aufmerksam studierte er die neue Anweisung. Auf einem schmalen Blatt Papier standen nur vier Zeilen: »Wird aufgehoben . . . Entlassen aus gesundheitlichen Gründen, auf eigenen Wunsch . . .« Wonljarljarski blickte auf das rätselhafte Papier und las es wieder und wieder, mal kopfschüttelnd, mal starr vor Verwunderung. Als er Fjodor neben sich sah, schreckte er zurück, ergriff jedoch nicht die Flucht, sondern wartete in verkrampfter Pose auf eine Erklärung von ihm, dem Betroffenen.

»Solange Sie mir nicht die Hand geben, sage ich Ihnen auch nichts.« Fjodor lächelte und berührte sogar Wonljarljarskis krummen Rücken.

Der alte Mann war völlig verunsichert. Das schmale Blatt flößte ihm Entsetzen ein, genauso wie kürzlich der Sarg, der ihn verfolgt und schließlich in den Bus getrieben hatte. Es erinnerte an die bleiche Hand mit dem Goldring. Und deshalb zuckte er zusammen und lief weg. Nur äußerste Vorsicht konnte ihn retten. Er stolperte und wankte mit ausgebreiteten Armen durch den Flur, hilflos, verängstigt wie ein kleines Kind. Fjodor sah ihm mitleidig nach.

Rajetschka hatte den Umschlag mit allen Papieren schon bereitgelegt, er lag, gut sichtbar, an einer Schreibtischecke. Die abgebrühte Sekretärin tat, als sei das die normalste Sache der Welt. Fjodor sah sich lange und aufmerksam alle Schriftstücke an, die auf gutem weißem Papier getippt waren. Alles war mit Unterschriften und Amtssiegeln versehen. Auch die Beurteilung klang eindrucksvoll: »Politisch konsequent, moralisch standhaft, genoß er verdiente Autorität . . .« Alles Nötige stand dort. Und sogar noch solch ein sehr nützlicher Satz: »In letzter Zeit litt er an den Folgen seiner Kriegsverletzungen.« Fjodor steckte den Umschlag in die Brusttasche seiner Jacke, fühlte mit der Hand, ob er dort gut aufgehoben war, und hätte beinahe einen Freudensprung vollführt. Das Triumphgefühl unterdrückend, bat er Rajetschka, ihrem Chef auszurichten, daß Deshkin mit den Papieren zufrieden sei. Doch beim Hinausgehen spürte er, wie der Gedanke an seine nächste Zukunft die Freude überschattete. Die Papiere waren zu gut, zu makellos. Waritschew wußte natürlich, daß sie nicht länger als fünf Tage in der Jackentasche des entlassenen Laborleiters stecken würden – bis zur Abreise des Ausländers. Dann würde man ihm im Haus 62 alles abnehmen, den Durchschlag konnte man mühelos aus der Akte entfernen und wieder die erste Anweisung einheften, jene, aus der die unerbittliche Stimme des Rektors sprach, des Mitglieds des neuen Redaktionskollegiums der »Probleme der Botanik« und Kampfgenossen von Akademiemitglied Rjadno.

Zu Hause zog Fjodor sich rasch um, nahm Rucksack und Skier und ging los, um seine übliche Strecke zu laufen. Die Große Schweiz war wieder von Skiläufern belebt, zwischen den Kiefern leuchteten bunte Rollkragenpullover und Jakken.

Da er spürte, daß die entscheidende Stunde nahte, erklomm er erstmals den Kamm der Anhöhe. Hier stand zwischen spärlichen Kiefern eine Schutzhütte, im Halbkreis waren Bänke in den Boden eingelassen. Man konnte hier sitzen und auf die Stadt hinunterschauen, auf die rauchenden Fabrikschlote am Stadtrand und in der Umgebung. Nachdem er sich auf einer Bank ausgeruht hatte, begab er sich wieder in die Loipe, stieß sich ein paarmal ab und glitt sanft den ihm noch unbekannten Abhang der Schweiz hinunter. Am Ende dieser zehn Kilometer langen Abfahrt erwartete den Fliehenden seit langem die Eisenbahnstation Ussjaty. Er wollte den Hang erproben! Und das war richtig. Der Hang war zwar nicht so steil, hatte jedoch zwei scharfe Kurven, die den mit hoher Geschwindigkeit dahinjagenden Skiläufer in einen jungen Kiefernwald führten. So daß er diesen Teil der Abfahrt wiederholen mußte. Nach der zweiten Kurve kam eine gleichmäßige, fast schnurgerade Loipe, die es ermöglichte, die fünf Kilometer bis zur Bahnstation in rascher

Fahrt zurückzulegen. Zur Linken blendete weiße Weite. Sie lockte, bot eine ganz neue Lösung, eine weitere Variante an.

Auf halber Strecke machte Fjodor halt und blickte aufmerksam den steil abfallenden, kiefernbewachsenen Hang hinunter. Zwischen den Bäumen sah er Laster die Chaussee entlangfahren. Der Abgrund lockte ihn, seine Phantasie arbeitete fieberhaft, er suchte schon nach einem Ausweg aus einer schwierigen Situation. Er konnte der Versuchung nicht widerstehen und lief vorsichtig auf dem emailleglänzenden Schnee. Mit schräg gestellten Skiern trat er an den Abhang, der ihn mit Macht in die Tiefe zog. Nicht schlecht! dachte er, mit Mühe den entgegenfliegenden Kiefern ausweichend. In der Mitte des Abhangs stürzte er, überschlug sich und grub sich tief in den Schnee ein. Aber das war eigentlich nicht schlimm. Er wiederholte noch mehrmals die Abfahrt und auch den Sturz, jedesmal an einer anderen Stelle. Obwohl er nicht wußte, wozu ihm das nützen sollte. Irgend etwas veranlaßte ihn, noch einmal den Berg hinabzufahren. Es würde ihm wohl immer unbegreiflich bleiben, warum er sich auf diesem steilen Hang so abstrampelte. Und das nicht zu seinem Vergnügen, sondern so, als wüßte er, daß bald das Startzeichen gegeben würde zu jener letzten unvorhergesehenen Abfahrt, die *schon gewertet wurde.*

Seine Beschäftigung nahm Fjodor völlig gefangen, und er brach sie erst ab, als sich ihm zwei fröhliche junge Sportler näherten, die oben die Loipe entlangliefen. Die jungen Leute sahen ihm eine Weile zu, sprangen dann auf den Hang und schwangen sich zwischen den Kiefern in die Tiefe, als wollten sie Fjodor zeigen, wie Experten das machten. Fjodor erkannte sofort, daß er sich mit denen noch lange nicht messen konnte. Er sank noch tiefer in den Schnee ein, fiel hin, rutschte, mit dem Ellbogen fast den Hang berührend, hinunter und landete, über und über schneebedeckt, schließlich auf der Chaussee. Er klopfte den Schnee von seinen Sachen, schnallte die Skier ab und ging mit erhobener Hand den stadtwärts fahrenden Lastern entgegen. Die beiden jungen Sportler waren schon wieder oben in der Loipe. Sie winkten mit ihren Skistöcken, als Fjodor in die Fahrerkabine eines Lasters stieg.

Als er im Institutsstädtchen, die Skier geschultert, die nassen Fausthandschuhe über die Skispitzen gestülpt, langsam und gedankenverloren auf sein von weitem rötlich schimmerndes Haus zuging, hörte er wie im Traum hinter sich eine gedämpfte Stimme rufen: »Fjodor Iwanowitsch . . .«

Jemand, den er überholt hatte, rief seinen Namen. Offenbar hatte dieser Jemand hier auf ihn gewartet. Er trug ein enges Mäntelchen mit kleinem Stehkragen aus bläulichem Fehpelz, schwarze Filzstiefel, rote Fausthandschuhe und keine Kopfbedeckung – er war sich der Schönheit seiner dunklen, leicht rötlich schimmernden Haare bewußt, die den Kopf wie zwei Muschelschalen umgaben. Über dem Kragen ragte ein kurzer dicker Zopf in die Höhe.

Shenja hatte ihn gerufen, jedoch ihre Würde wahrend, beschleunigte sie nicht ihren Schritt und stellte ihm so die erste unschuldige Falle. Er mußte stehenbleiben und warten, bis sie langsam näherkam. Er ging ihr sogar entgegen.

»Ich komme gerade aus dem Rektorat«, sagte sie mit gedämpfter Stimme, in der starke Gefühle mitschwangen, vor allem Hingabe.

»Interessant, nicht wahr?« sagte er und gab ihr damit zu verstehen, daß er wußte, was sie meinte. Sie hatte die neue Anweisung gelesen und mit der gestrigen verglichen. Das war bereits eine unbewußte Falle von ihm. Und Shenja tappte bereitwillig hinein.

»Hm-hm, sehr interessant«, sagte sie, ihn unverwandt anblickend. Und plötzlich trat sie dicht an ihn heran und ließ ihren Gefühlen freien Lauf. »Das ist entsetzlich! Fjodor Iwanowitsch! Was bedeutet die Anweisung? Ich habe sie aufmerksam gelesen, auch zwischen den Zeilen. Es kann nicht sein, daß man Sie mir nichts, dir nichts plötzlich verschont. Lassen Sie sich nicht täuschen. Die kennen kein Erbarmen. Meiner Meinung nach ist dem ein Handel vorausgegangen. Ich habe immerzu darüber nachgedacht. Warum gucken Sie weg? Es stimmt also! Sie haben denen etwas verkauft. Und ich weiß auch, daß es nichts Unwesentliches war. Habe ich recht? Für eine Kleinigkeit hätten die nicht eine schon ausgehängte Anweisung geändert. Doch etwas Wesentliches können Sie ihnen nicht verkauft haben. Das ist unmöglich, eher würden Sie sterben. Wie Swetosar Alexejewitsch. Ich denke, Sie haben einen geschickten Schachzug gemacht. Aber damit gehen Sie ein Risiko ein. Vielleicht sogar ein tödliches. Ich kenne mich da aus, Fjodor Iwanowitsch. Das ist kein Spaß. Na, habe ich für meine Ahnungen nicht eine Eins verdient?«

»Eine Vier«, sagte Fjodor und sah sie mit abwesendem Blick an. Er witterte auch in ihr schon die »Leine«.

»Richtig. Aber ich gebe Ihnen für Ihre Antwort eine Eins plus«, sagte sie mit hingebungsvollem Lächeln und verstummte. Sie gingen ein paar Schritte nebeneinander. »Sie glauben mir nicht. Verständlich. Ich habe Sie doch damals . . .«

Da schwante Fjodor etwas. Instinktiv eilte er ein Stück voraus, und Shenja blieb eine Skilänge hinter ihm zurück. In ihrer Situation war jeder Schritt gleichbedeutend mit einem Wort. Sie stellte Fjodor auf die Probe, es war wie eine stumme Frage, bei der sie die wichtigste Entscheidung ihm überließ. Ein für allemal. Aber er war grausam, er lief voraus, ohne seine Schritte zu verlangsamen, damit sie ihn einholen konnte. Und so gingen sie lange Zeit, und alles zwischen ihnen war ungewiß.

»Sie sind an ihrer Treppe vorbeigegangen«, sagte sie leise, ihm ohne jede Hoffnung eine neue Falle stellend.

»Ich war so in Gedanken. Macht nichts«, antwortete er.

Sie stieß einen tiefen Seufzer aus: »Ach, ich habe so viele Dummheiten gemacht. Große Dummheiten. Haben Sie erraten, wer Ihnen den Brief geschrieben hat?«

»Das war nicht schwer zu erraten. Natürlich.«

»Warum schweigen Sie dann, Fjodor Iwanowitsch?« sagte sie, immer noch hinter ihm gehend. »Sie müssen mir antworten.«

»Ich bin verheiratet«, sagte er. »Ich habe ein Kind.«

»Verstehe. Das habe ich erwartet, ich habe es geahnt. Obwohl alle behaupten, Sie seien Junggeselle.«

Wieder schwiegen sie lange. Dann hörte er sie mit verzagter Stimme sagen: »Fjodor Iwanowitsch . . . ich will Sie doch nicht heiraten. Ich begnüge mich auch mit einer zweitrangigen ... Nur, denken Sie bitte nicht ... Wie soll ich denn ohne Sie ...?«

»Es ist unmöglich.«

»Es ist möglich! Es ist möglich! Unmöglich ist es für jene, die auf der glatten Straße gehen. Da ist es unmöglich, da herrscht das Gesetz. Aber Sie schweben in höheren Regionen. Sie sind anders als alle anderen. Sie leben nicht nur für sich. Sie sind ... ein Traum! Und ich werde für Sie ein kurzer Traum sein. Das werden Sie nicht als Treuebruch empfinden.«

»An so etwas dürfen Sie nicht denken.«

»Wer bin ich schon? Mich gibt es gar nicht. Ich wache auf – und alles ist vorbei.«

Fjodor wandte sich um. Sie hatte ihn schon eingeholt und seine Hand ergriffen. Er blickte in ihr geschminktes Gesicht. Ja, sie hatte sich stark geschminkt! Die Augenbrauen waren dick geschwärzt, die Wimpern ungeschickt mit schwarzer Schuhcreme getuscht. Er blickte Shenja an – und sofort verlor seine Beziehung zu ihr die Ungezwungenheit und Reinheit. Statt dessen kam eine gewisse Angst auf, wie man sie vor einem Mord empfinden mag. Das Gefühl wurde stärker, und die Distel, die zählebige Distel des verantwortungslosen Denkens, alles sei erlaubt, wucherte und verströmte ihren wilden, honigsüßen Duft. Diese Distel verbirgt man vor jedem, nachdem man sich an ihr verletzt und sie ausgerissen hat, und man schlägt dabei sogar vor dem Freund die Augen nieder.

Schönheit ist unendlich vielfältig, flüsterte ihm eine fremde, noch nie gehörte Stimme zu. Das ist das Wichtigste im Leben. Eine einmalige Gelegenheit. Ergreif sie. Sie kommt nie wieder, und ein Stück deines Lebens geht dir verloren. Du könntest etwas ganz Neues entdecken.

Wenn es geschähe ... obwohl dir klar ist, daß nichts geschehen wird – das war bereits seine eigene ferne Stimme –, aber wenn es geschähe, hättest du einen langen Weg vor dir. Nach Lenotschka wäre Shenja die zweite. Die erste könnte sie nicht mehr sein. Und die zweite ist die, die vor der dritten kommt. Shenja wäre natürlich das Opfer, weil es bei ihr Liebe ist. Ihr Leben wäre zerstört. Ebenso wie das Leben der anderen, der ersten. Es wäre ein einziger Verlust. Alles würde verblassen und abstumpfen. Und am Ende würdest du dich fragen: gibt es dieses Gefühl überhaupt, was man nicht einmal auszusprechen wagt, was Dunkelheit, Heimlichkeit und Allegorisches liebt?

»Mit Ihnen ist es wie auf einer Auktion.« Mit ihrem unerfahrenen Spott versuchte Shenja ihn aus der Fassung zu bringen. »Sie überlegen so lange, als ob sie Ihr Kapital zählen. Ich schlage jetzt mit dem Hammer zu.«

»Schlagen Sie zu«, sagte er. »Schlagen Sie energisch zu, Shenja, ich kaufe Ihre Perlen nicht.«

»Sie tun mir weh, Fjodor Iwanowitsch. Sie tun mir sehr ... das hätte ich nie von Ihnen gedacht.«

Sie beschleunigte ein wenig ihren Schritt. Wartete noch, daß er ... Aber er holte sie nicht ein. Sie ging weiter und entfernte sich langsam. Als fröre sie plötzlich, schien sie mit beiden Händen ihren engen Mantel über der Brust zuzuknöpfen.

Er aber verlangsamte unbewußt seinen Schritt, sah ihr nach und prägte sich für immer ein, wie sie beleidigt fortging.

Fjodor konnte sich lange nicht beruhigen, immer wieder schien es ihm, als gehe er durch den Schnee und blicke der puppenhaften Gestalt in dem zu engen Mantel nach. Er zog seine nassen Sachen aus, um sie auf die Heizung zu legen, blieb jedoch wie angewurzelt mitten im Zimmer stehen und ließ unbewußt alles auf den Fußboden fallen. Dann legte er sich auf sein Bett, runzelte die Brauen und strich sich mit dem Finger über die Stirn.

Als er die Augen öffnete, waren drei Stunden vergangen. Er hatte geschlafen! Es blieb nur noch eine halbe Stunde Zeit! Er rasierte sich am Wasserhahn, ohne das kalte Wasser zu bemerken, wusch sich, machte sich fertig für die Begegnung mit dem Dänen. Es war nicht seine Art, sich vorher jeden Schritt zu überlegen. Er machte sich einfach fertig. Geriet in eine ganz ungewohnte Stimmung.

Gegen fünf klingelte das Telefon.

»Ist dort Kollege Strigaljow? Iwan Iljitsch?« Rajetschka

rief an. Also war auch sie eingeweiht. Wie unbekümmert, wie mühelos sie ihre Rolle spielte! »Iwan Iljitsch, Sie haben Besuch, aus Dänemark, von Doktor Madson. Er will Sie sehen. Könnten Sie herkommen? Er ist in Pjotr Leonidowitschs Arbeitszimmer. Kommen Sie? Bitte, Iwan Iljitsch, man erwartet Sie.«

Fjodor war schon angezogen. Er erkannte sich selbst kaum wieder – seine Miene war schroff und abweisend, die Augen blickten, nichts sehend, ins Leere, die Hände fanden von selbst den Mantelknopf und den Türgriff. Er blieb eine Weile auf der Vortreppe stehen wie vor einem gefährlichen Sprung und rannte dann die Stufen hinunter.

Als er das Vorzimmer des Rektors betrat, hörte er hinter der angelehnten, lederbezogenen Tür Waritschews fröhliche Stimme. Sind sie beide dort? fragte er Rajetschka mit dem Blick.

»Ja, ja, Sie werden erwartet«, sagte sie nickend. »Gehen Sie nur rein.«

Und er trat ein.

Waritschew saß am Schreibtisch. Seine flachen asiatischen Lippen waren lächelnd in die Breite gezogen und entblößten bis ans feuchte Zahnfleisch eine Reihe kräftiger gelblicher Zähne.

»Da ist ja unser Doktor Strigaljow!« Er erhob sich und streckte beide Hände aus, die eine streckte er Fjodor entgegen, die andere dem aus dem Sessel aufstehenden hochgewachsenen und verzückt lächelnden Ausländer mit der goldblond schimmernden Glatze und der riesigen Brille im dünnen Drahtgestell. Der Ausländer starrte Fjodor an wie ein Wunder und lächelte noch verzückter.

Mit reserviertem Lächeln drückte Fjodor die langen Finger des Dänen. Dann ergriff er die zarte, fast ätherische Hand der jungen Frau im dunklen Kostüm, die neben Madson auf dem Stuhl saß.

»Madame?« sagte er, überzeugt, sie sei eine Dänin.

»Ich bin vom Außenministerium«, sagte sie.

Er sah sie nachdenklich an und nahm dann nach Hausherrenart im zweiten Sessel Platz.

»Ich freue mich sehr, Ihre Bekanntschaft zu machen,

Doktor Strigaljow«, sagte Madson in exakt artikuliertem, aber hartem Russisch, das infolge zu intensiven Lernens ein wenig von seiner Lebendigkeit eingebüßt hatte. »Ich bin in Ihr Land gekommen, eigens, um Sie zu sehen. Verzeihung, wie war doch gleich Ihr Name?«

Sein Gesicht gehorchte Fjodor nicht mehr, statt zu antworten, lächelte er nur unsicher, und Waritschew kam ihm schnell zu Hilfe: »Iwan Iljitsch.«

»Iwan Iljitsch, genauso habe ich Sie mir vorgestellt. Ja, genauso! Mit diesem Grübchen am Kinn. Sie ahnen ja nicht, welche Sensation die Mitteilung über Ihre Arbeit bei uns ausgelöst hat.« Immer begeisterter funkelten hinter den Brillengläsern die Augen des Ausländers. »Ich bin glücklich, daß ich hier sitzen und mit dem sowjetischen Wissenschaftler sprechen kann, der uns alle so unverhofft in den Schatten gestellt hat.«

»Mir scheint, Sie übertreiben die Bedeutung meiner Arbeiten«, sagte Fjodor schließlich, etwas mutiger geworden. Waritschew nickte ihm schweigend zu.

Der Däne ließ kein Auge von »Doktor Strigaljow«, der ihm gegenüber saß. Einen Moment lang verweilte sein Blick auf der Krawatte mit dem »demokratischen« Knoten.

»Bei uns schätzt man Ihre Arbeiten sehr hoch ein. Ich habe ein paar Sonderdrucke mitgebracht. Das sind Artikel, in denen Ihr Name und Ihre hervorragende Arbeit zur Differenzierung der elterlichen Chromosomen erwähnt werden. Die Autoren haben diese Sonderdrucke eigenhändig für Sie signiert, kann man so sagen?«

»Das habe ich vor langer Zeit, noch als Student, geschrieben«, sagte Fjodor, was den Dänen noch mehr begeisterte.

»Ich weiß, ich weiß! Deshalb habe ich Akademiemitglied Possoschkow auch sofort geglaubt, als er sagte, Doktor Strigaljow habe die ›Solanum contumax‹ mit der ›Solanum tuberosum‹ erfolgreich gekreuzt. Diese Hybride ist eine Weltsensation!«

»Diese Hybride gibt es nicht«, sagte Fjodor scharf und unerbittlich, und keiner der Anwesenden ahnte, wie dieser eiskalt wirkende hagere Mann in dem Sportsakko mit sich selbst kämpfte und fast den Verstand verlor.

»Die Antwort habe ich erwartet«, meinte der Däne. »Meine Kollegen haben mich gewarnt, sie haben mir gleich gesagt, daß bei Ihnen jede wissenschaftliche Entdeckung ein Staatsgeheimnis ist. Außerdem haben sie noch gesagt, daß Akademiemitglied Possoschkow Probleme . . . Schwierigkeiten kriegen würde, weil er dieses Geheimnis preisgegeben hat. Wenn ich nicht schon damals geglaubt hätte, daß es diese Hybride gibt, so wäre ich jetzt, nach Ihrer Antwort endgültig sicher, daß es sie gibt! Es gibt sie! Sie müssen mir beweisen, daß es sie nicht gibt. Das wird schwer zu machen sein, Herr Strigaljow!«

»Es gibt sie nicht«, wiederholte Fjodor und schlug, ohne eine Miene zu verziehen, mit der Hand auf die Sessellehne. »Was Akademiemitglied Possoschkow erklärt hat, hat er ganz allein zu verantworten.«

Er sah Waritschew an, und der nickte mehrmals.

»Ich kenne Akademiemitglied Possoschkow, er ist ein ehrlicher Wissenschaftler. Geben Sie mir eine Nadel, ich will mich an die bewußte Stelle stechen«, sagte Madson lachend, und, um keinen Zweifel aufkommen zu lassen, welche Stelle er meinte, erhob er sich ein wenig aus dem Sessel und setzte sich wieder hin. »Sagen Sie mir doch noch einmal, wo ich hier bin? Sind Sie wirklich Doktor Strigalow?«

»Hier haben Sie eine Nadel«, antwortete Fjodor ebenfalls lachend und reichte ihm eine Nadel, die er nach Soldatenart im Revers seines Sakkos trug. »Hier bitte, stechen Sie sich . . . Ich bin Doktor Strigaljow, und ich wiederhole, es gibt die Hybride nicht. Aber gearbeitet wird daran, Akademiemitglied Possoschkow hat mir Ihr Geschenk übergeben.«

Er holte das Fläschchen mit dem Kolchizin aus der Brusttasche und hob es hoch. Madsons Augen hinter den Brillengläsern wurden immer größer. Waritschew sah den Dänen an und senkte zufrieden den Kopf.

»Vielen Dank dafür. In den nächsten Tagen werden wir eine Lösung daraus bereiten und die Samen damit befeuchten.«

Der Ausländer hörte nicht mehr zu. Mit der Nadel in der Hand saß er da, und wie ein junges Mädchen sah er Fjodor verzückt an.

»Ich bin begeistert, Iwan Iljitsch! Gestatten Sie einem verruchten Kapitalisten, sich mit Ihnen fotografieren zu lassen. Zur Erinnerung. Meinen Apparat habe ich im Koffer, hier, hinter dem Sessel. Einen Moment.«

Waritschew wäre beinahe von seinem Platz aufgesprungen.

»Wozu ein gemeinsames Foto?« sagte Fjodor, Waritschew zuvorkommend, und hob abwehrend die Hand. »Hätten wir die Hybride, wäre es etwas anderes. Aber eine Enttäuschung zu verewigen, lohnt sich das?«

Ich bin anscheinend wirklich ein Intellektueller neuen Typus, dachte er.

»Ich könnte Ihnen einige unserer Polyploide zeigen«, fügte er hinzu. »Aber das ist ja für Sie nichts Besonderes.«

»Sie haben doch ein Polyploid der Wildkartoffel ›Contumax‹.«

»Ich habe viele Polyploide, aber mit der ›Contumax‹ hatte ich bisher noch kein Glück . . .«

Waritschew beugte sein Kartoffelgesicht über den Tisch und begann lächelnd etwas zu zeichnen. Ab und zu hob er ein hellblaues Auge und blinzelte mal Fjodor, mal den Dänen fröhlich an. Die junge Frau vom Außenministerium saß während des komplizierten Gesprächs der Männer geduldig da und war mit ihren eigenen Gedanken beschäftigt. Das Schicksal hat vier grundverschiedene Menschen in einem Zimmer zusammengeführt. Wahrscheinlich gibt es auf der ganzen Welt keine anderen vier Wesen, die einander so fern stehen, dachte Fjodor.

Um acht Uhr abends trafen sich, wie von Waritschew geplant, diese vier wieder, diesmal in Waritschews Haus, in derselben Straße, in der Possoschkow gewohnt hatte.

»Kassian Damianowitsch ist sehr zufrieden«, sagte Waritschew, Fjodor aus der Joppe helfend, und legte ihm den Arm um die Schultern. »Ich habe ihn gleich angerufen. Wir haben dem Alten aus der Patsche geholfen. Ihm ist ein Stein vom Herzen gefallen, sagte er.«

Bei Tisch regierte Waritschews Frau, mit Gold und Edelsteinen an den rundlichen nackten Armen, in den Ohren und am gedrungenen Hals und mit einem hohen Turm rotbraun gefärbter Haare. Sie legte allen Fleisch auf, eifrig darauf bedacht, dem Ausländer ein besonders großes Stück aufzutun. Der beobachtete interessiert diese übertriebene Gastfreundschaft. Die junge Frau vom Außenministerium saß neben Madson und sagte von Zeit zu Zeit etwas auf Dänisch zu ihm. Fjodor, der ihnen gegenüber saß, gab sich alle Mühe, den begeisterten Blicken des Dänen standzuhalten. Dem aber schien es Spaß zu machen, ihn unverwandt anzustarren, und wenn er seinen Blick auffing, jedesmal lachend zu sagen: »Iwan Iljitsch! Ich glaube, wir werden uns gut verstehen. Kann man so sagen?«

Oder: »Ich möchte mich schrecklich gern mit Iwan Iljitsch Strigalow fotografieren lassen! Und mit Professor Waritschew!«

Immerzu wollte er den Fotoapparat aus seinem Koffer holen.

Nachdem er etliche Wodka getrunken hatte, erzählte er von seinen Erlebnissen in Moskau.

»Ich wollte mit Kassianowitsch sprechen . . . mit Herrn Akademiemitglied Rjadno. Er wünschte nicht, mich zu empfangen. Ich hab es aber doch durchgesetzt! Oh, ich kann sehr hartnäckig sein! Und er hat mich empfangen. Ein origineller Mensch. Der hat Köpfchen. Kann man so sagen? Ich frage ihn nach der ›Solanum Contumax‹. Er sagt: ›Trinken Sie Tee.‹ Ich: ›Sie haben mir nicht geantwortet!‹ Er: ›Trinken Sie, trinken Sie Tee.‹ Ich wende ein: ›Ich trinke ja schon das zweite Glas!‹ Er: ›Trinken Sie noch mehr. Sie müssen versuchen, die Worte zu verstehen.‹ Und dann sagte er noch etwas Altertümliches, ich habe es mir aufgeschrieben. Hier steht es: ›Wer es fassen kann, der fasse es!‹ Ich verstand nicht, wovon er redete. Vom Tee? Dann schwiegen wir lange, und danach hat er lange geredet. Er behauptete, es gäbe überhaupt keinen sensationellen Erfolg. Er sagte: ›Das ist Bluff, heißt das nicht so bei Ihnen in Dänemark? Bluff, ein Hirngespinst, Schizophrenie.‹ So hat er sich ausgedrückt. Er sagte: ›Euch Ausländer kann man leicht an der Nase rumführen, oder am Fühler wie 'ne Schabe. Akademiemitglied Possoschkow hat euch auf dem Kongreß was vorgesponnen.‹ Neben Kassianowitsch saß sein kleiner Referent oder vielleicht sein Leibwächter. Professor Brusshak. Sie scheinen ein gespanntes Verhältnis zu haben. Bei heiklen Passagen stieß er das Akademiemitglied unauffällig an. Aber Kassianowitsch brüllte: ›Laß das, was stößt du mich andauernd?‹«

Madson gab den Tonfall des Akademiemitglieds treffend wieder. Alle lachten schallend. Der Däne erhob sein Glas: »Auf die Gesundheit von Akademiemitglied Rjadno!«

Sie tranken, dann begannen sie zu essen.

»Akademiemitglied Possoschkow hat ganz anders geredet«, sagte Madson.

»Er ist leider verstorben«, sagte Waritschew im Ton eines Versammlungsleiters, wie um das Thema zu beenden.

»Aber er hat mir Fotos gezeigt! Das war die ›Solanum contumax‹! Ich habe zehn Jahre daran gearbeitet. Es ist natürlich nicht gerade angenehm, wenn ein anderer den Schlüssel zum Schloß findet. Aber ich habe mich gefreut und bin hergekommen! Ich bin gekommen, um Sie zu beglückwünschen! Iwan Iljitsch, bitte, führen Sie mich nicht am Fühler herum wie ein Insekt.«

»Es gibt keine Hybride«, sagte Fjodor.

»Es gibt sie doch. Mein Gefühl sagt es mir. Wahrscheinlich können Sie meine Enttäuschung nicht verstehen. Sie wissen aber, welche Bedeutung unser gemeinsames Forschungsobjekt für die Menschheit hat. Ich habe Akademiemitglied Rjadno in seinem Arbeitszimmer eine Kartoffel gezeigt, und zwar so«, Madson nahm eine gebratene Kartoffelscheibe zwischen zwei Finger und hielt sie feierlich hoch. Er sprach die ganze Zeit in leicht scherzhaftem Ton, aber aus seinen Worten klang Bitterkeit. Und Unruhe. »Ich sage zu dem Akademiemitglied: die Kartoffel hat sehr viele Feinde. Mehr als Mitschurins Lehre. Ich mache gern Späße, genau wie Akademiemitglied Rjadno, und deshalb habe ich mir diese vorsichtige Anspielung erlaubt. Das Akademiemitglied nahm es nicht übel. Da sagte ich: die Kartoffel wird bald zugrunde gehen, wenn wir sie nicht retten. Phytophtora, Rhizoctonia, Helminthen, Nemathelminthen, Viren . . . Solch ein Heer von Feinden zu besiegen und den Sieg geheimzuhalten vor seinen Kampfgenossen . . . Über dieses Wort lachte das Akademiemitglied lange. Ich weiß ja, daß er auch mich für einen Feind der Kartoffel hält. Für einen Weismann-Morgan-Anhänger. Schre-ecklich! Und für einen Kapitalisten. Aber ich bin kein Kapitalist und kein Unternehmer. Und ich gieße kein Wasser auf die Mühle des Faschismus. Ich habe, wie viele Dänen, gegen den Faschismus außer globalen auch noch ganz persönliche Vorbehalte. Und ich könnte mich zu Ihrem System bekehren, wenn man bei Ihnen nicht einzig und allein Akademiemitglied Rjadno huldigte und jenen mit Strafen drohte, die nicht seiner Meinung sind.«

»Bei uns droht man niemandem, der nicht Rjadnos Meinung ist«, antwortete Fjodor laut und deutlich. »Aus dem einfachen Grund, weil es bei uns solche Leute nicht gibt.«

Waritschew warf ihm verstohlen einen beifälligen Blick zu.

Na, heute habe ich mir große Verdienste erworben, dachte Fjodor, als er gegen elf Uhr nach Hause ging. In Gedanken versunken, schüttelte er von Zeit zu Zeit den Kopf. Beim Abschied hatte der bezechte Däne seine Hände ergriffen und ihm in die Augen geblickt, als müsse er sich für immer von einem Traum lossagen. »Ich glaube es nicht!« wiederholte er, sich kraftlos aus der scherzhaften Umarmung Waritschews befreiend. Der aber lächelte, die Lider gesenkt, glücklich, weil alles so glatt gelaufen war. Tief beschämt war Fjodor rasch weggegangen.

Was ist los mit mir? dachte er. Habe ich Angst, daß etwas Unvorhergesehenes passieren und meine so erfolgreich begonnene Benefizvorstellung abbrechen könnte und alles in dieser Version festgehalten und bekannt würde? Habe ich davor Angst? Zwar ist das Kassians Einfall, nicht meiner. Oder Waritschews. Aber die Hände schmutzig gemacht habe auch ich mir. Es darf nicht so enden. Warum habe ich mich darauf eingelassen! Mußte ich diese Rolle spielen? Den Namen eines Menschen annehmen, der zu lebenslangen Qualen verurteilt ist, nur weil er Verstand, Talent und ein gutes Herz besitzt. Beweisen, daß Iwan Iljitsch nichts Schlimmes zugestoßen, daß er gesund und munter und gar kein so großes Talent ist, über das man auf Kongressen große Worte verlieren müßte. Mußte ich das tun?

Ja, er hatte diese Rolle übernehmen und genau das tun müssen, was er getan hatte: bedenkenlos. Sonst hätte der einfallsreiche Kassian sich etwas anderes ausgedacht, und Fjodor säße jetzt schon im Haus 62. Aber er hatte nicht das Recht, ins Gefängnis zu gehen. Denn dann würde Kassian die ganze »Hinterlassenschaft« an sich reißen. Und Strigaljow und sein Werk könnte man abschreiben. Seine Arbeit würde als bedeutender Erfolg von Akademiemitglied Rjadno hingestellt. Dem Doppelgänger Strigaljows blieb also nichts weiter übrig, als die Waffe zu ergreifen, die ihm der Teufel selbst gewaltsam in die Hand gedrückt hatte. Obwohl die Waffe so widerlich nach Hund stank und der penetrante Gestank jetzt auch auf Fjodor übergegangen war. Aber das interessierte ihn jetzt nicht mehr. Seine Stunden waren gezählt, die Zeit nahte, den Teufel in die Leistengegend zu treffen.

Ohne es zu merken, beschleunigte Fjodor seine Schritte. Er lief beinahe, bis ein neuer Gedanke plötzlich wie eine Wand vor ihm auftauchte und ihn innehalten ließ. Hatte er sich in seiner Rolle nicht zu sehr ereifert? Offenbar hatte er doch erreicht, was Kassian wollte. Wenn Madson nun plötzlich noch heute nacht abreiste, ein Interview gab und erklärte: Es ist sehr bedauerlich, aber diese sensationelle Hybride gibt es überhaupt nicht. Und das ist auch gar nicht möglich, so rückständig wie die Russen sind. Ich, Madson, habe mich persönlich davon überzeugt. Und Doktor Strigaljow ist gar keine so bedeutende Persönlichkeit. Er hat gar kein ernsthaftes Interesse an der Wissenschaft, gibt einsilbige Antworten, der typische Vertreter einer halbreligiösen Anschauung. Und dauernd guckt er ängstlich auf seinen Chef. Fjodor hatte also doch zu viel Eifer an den Tag gelegt. Jetzt konnte man dem General ein Zeichen geben, der würde seine Leine straff ziehen und das tun, was er seit langem wollte. Und Kassian könnte getrost von Waritschew den Schlüssel holen, ins Gästezimmer gehen und sich alle dort aufbewahrten Schätze aneignen.

Wenn ich nur noch den morgigen Tag erlebe, dachte Fjodor, wenn ich bloß nicht sterbe. Wenn Madson bloß nicht vorzeitig abreist! Sonst wird dieses ganze Lügengebirge ein Lügengebirge bleiben, auf dem man dem größten aller Lügner ein Denkmal errichten kann. Den Nachfahren zur Mahnung.

Und noch ein Gedanke ließ ihm keine Ruhe. Erstmals war der Gedanke schon am Tage aufgetaucht, war wie ein leichter Windstoß drei-viermal aufgekommen und gleich wieder abgeflaut, ohne tief ins Bewußtsein einzudringen. Jetzt jedoch war er schon wie ein Warnsignal, und dieses Signal tönte laut in seinem Inneren, das gewohnt war, der fernen Stimme zu lauschen. Wenn man diesen Schmutz nicht aus der Hütte kehrt und eine so furchtbare Lüge auftürmt, ist das nur der Anschein einer Befreiung. Ein ganzer Schlammsee sammelt sich an, wie es in den Bergen geschieht, er vermischt sich mit anderem Schlamm und staut sich, bis das erste unvorhergesehene Ereignis den schwachen Damm zerbricht. Und solch ein Ereignis kann jetzt gleich, noch heute nacht eintreten und alle Pläne von Strigaljows Doppelgänger durchkreuzen.

Worüber sprachen Madson und Waritschew jetzt wohl? Warum hatte der Ausländer ihn so unverwandt angesehen. Und sich unbedingt mit ihm zusammen fotografieren lassen wollen! Andauernd wollte er seinen Fotoapparat holen! Um diese ungewöhnliche Begebenheit zu verewigen und mit nach Hause zu nehmen? Gefühlsmäßig war Fjodor sofort alles klar gewesen, was sein Verstand noch nicht erfaßt hatte. Deshalb erschrak er auch so und ließ sich nicht fotografieren.

Der Ausländer weiß, daß ich nicht Iwan Iljitsch bin. Fjodor brach der Schweiß aus bei dem Gedanken, der schließlich klare Konturen angenommen hatte. Er weiß es, weiß alles! Ein wahrer Wissenschaftler ist fähig, einzelne kleine Fakten zu einer Kette zusammenzufügen, die am Ende zu einer Entdeckung führt. Es ist nicht ausgeschlossen, daß auch Possoschkow im Gespräch mit ihm eine Bemerkung gemacht hat, die der Däne aufgeschnappt, sich gemerkt und jetzt in die Kette eingefügt hat. Amüsiert hatte Madson der ganzen Komödie zugesehen und seine der Wahrheit nahekommenden Schlußfolgerungen gezogen.

Dieser schreckliche Gedanke quälte Fjodor auch noch zu Hause und raubte ihm die Ruhe, bis er sich ins Bett legte und sofort das Bewußtsein verlor – anders konnte man das nicht nennen. Als er erwachte, graute vor den Fenstern bereits zaghaft der Wintermorgen und verzweifelt klingelte das Telefon.

»Iwan Iljitsch?« Es war Waritschew. »Wie ausgemacht, fährt Doktor Madson heute mit Ihnen in die Lehrgärtnerei. Gleich kommt der Wagen und holt den Doktor und mich ab. Ich lasse mich beim Direktorat absetzen, und der Doktor kommt zu Ihnen. Dann fahren Sie los. Sie haben vierzig Minuten Zeit, sich fertig zu machen. Mittag essen wir bei mir zu Hause.«

»In Ordnung!« rief Fjodor erleichtert. Alles lief nach Plan, in der Nacht war also nichts Unvorhergesehenes passiert. Er hatte sich umsonst so aufgeregt. Und der Tag gehört mir! sagte er sich.

Als er, angezogen und gekämmt, seinen Tee trank, brummte draußen der Motor des Pobeda. Er warf seine Pelzjoppe über und ging mit ernster Miene hinaus. Neben dem Wagen stand Madson in einem Lammfellmantel von der Farbe der vierzig Kartoffelknollen der neuen Sorte, die in der Kiste auf dem Fensterbrett lagen. Er trug eine schwarze Kaninchenfellmütze mit Ohrenklappen, die er sich wahrscheinlich in Moskau gekauft hatte. Sie war schon mit feinen Schneeflocken bedeckt, die senkrecht darauf herabfielen. Auf die offene Hintertür gestützt, sprach der Däne mit der jungen Frau vom Außenministerium im Wagen, die ihn aus Moskau herbegleitet hatte. Verdammt, dachte Fjodor, die habe ich ja völlig vergessen. Die Frau war doch bestimmt von Kassian instruiert worden.

»Ich denke, wir können uns durchaus zweiteilen. Die Dame fährt mit dem Wagen, und ich gehe mit Doktor Strigalow zu Fuß«, sagte Madson, als er Fjodor sah. »Guten Tag, Iwan Iljitsch, wie geht es Ihnen? Sind Sie einverstanden, daß wir beide ein Stück zu Fuß gehen? Es ist so angenehm im Schnee, finden Sie nicht auch? Bei uns in Dänemark ist es üblich, zu Fuß zur Arbeit zu gehen. Wir haben nicht solchen Luxus wie einen Dienstwagen.«

Er zog die Pelzmütze, sich von der Frau und dem Fahrer verabschiedend, und der Wagen fuhr los.

»Sie fährt in die Stadt, nach Theaterkarten«, sagte der Däne. »Ich gehe sehr gern ins Theater. Das menschliche Leben ist ein einziges Theater. Morgen gehe ich mit Ihnen ins Theater.« Sie schlenderten den Pfad entlang in Richtung Park.

»Nach der Vorstellung will ich für Sie und Herrn Waritschew ein Abendessen im Restaurant ›Saretschje‹ geben. Werden Sie dann auch wieder Hunger haben nach unserem gestrigen Gelage? Ich beabsichtige, Sie aufs Beste zu bewirten.«

»Uns steht heute noch ein Mittagessen bevor. Bei Professor Waritschew.«

»Oho«, sagte der Däne fröhlich und riß die Augen auf. »Wissen Sie, Doktor Strigalow, ich habe heute bei ihm übernachtet. Wie im siebenten Himmel habe ich geschlafen. Wie die Prinzessin auf der Erbse. Und heute morgen haben der Professor und ich das restliche Kalbfleisch aufgegessen. Wie zwei Löwen – ein großer und ein kleiner – haben wir uns darüber hergemacht. Aber selbst das beste Essen kann die Enttäuschung nicht wettmachen. Ich habe mich noch immer nicht damit abgefunden, daß ich die Hybride nicht sehen . . .«

»Sie werden Sie sehen«, sagte Fjodor. »Iwan Iljitsch hat es geschafft.«

Nach diesen ruhig gesagten Worten herrschte lange Zeit Schweigen. Nur der Schnee knirschte unter den Füßen. Sie näherten sich den ersten Linden des Parks.

»Habe ich mich nicht verhorcht? Kann man so sagen?« fragte Madson schließlich ebenfalls mit ziemlich ruhiger Stimme, die von widersprüchlichen Gefühlen zeugte. Anscheinend hatte er die Worte seit langem erwartet.

»Sie haben sich nicht verhört«, bestätigte Fjodor, ihn behutsam korrigierend.

»Ich verstehe«, sagte der Däne, dann schwiegen sie wieder.

»Ich bin nicht Doktor Strigaljow«, sagte Fjodor mit gesenktem Kopf und beharrlich zu Boden blickend.

Madson blieb stehen.

»Zunächst einmal lassen Sie mich diesem ehrlichen, mutigen Unbekannten die Hand drücken, der es gewagt hat, das Spinnennetz zu zerreißen.« Er hielt Fjodors Hand fest und blickte ihm streng in die Augen. »Ich wußte es schon gestern«, sagte er, ohne Fjodors Hand loszulassen. »Von der ersten Sekunde an, als Sie hereinkamen. Ich bin ein Idealist, ich glaube, daß es viel Geheimnisvolles im Seelenleben des Menschen gibt. Sie sind ein Materialist. Sie leugnen das. Aber ich hatte sofort alles durchschaut, stellen Sie sich vor. Wie erklären Sie sich das? Ich hätte beinahe aufgeschrien. Ich hätte das ganze hervorragend inszenierte Theater verderben können. Ein paar Stunden des schrecklichen Dramas, in dem ich selbst nicht die schlechteste Rolle spielte. Bin ich nicht ein guter Schauspieler, was meinen Sie?«

»Aufgrund welcher Symptome haben Sie alles durchschaut?«

»Ich werde Sie gleich mit noch etwas überraschen. Mit etwas ganz Materiellem. Aber ich hatte schon alles durchschaut, bevor ich mich daran erinnerte. Ich habe als erstes einen sehr sympathischen Menschen hereinkommen sehen. Und mir war sofort klar, daß unser beider Seelen durch eine *Astralschnur* verbunden sind. Das ist eine komplizierte mystische Sache, darüber will ich jetzt nicht . . . Weil sonst eine Diskussion mit einem orthodoxen Atheisten entbrennt, bei der ich den kürzeren ziehe. Ich wiederhole: Sie waren mir vom ersten Augenblick an sehr sympathisch. Dann merkte ich auch, daß Sie schreckliche Qualen litten, und ich wollte Ihnen helfen. Ich wußte schon, daß Sie die Unwahrheit sagten und darunter litten. Und erst zuallerletzt fiel mir das wieder ein, was ich seit langem wußte und was ich unbegreiflicherweise zehn Minuten lang vergessen hatte – wegen meiner Aufregung. Mit Mühe konnte ich einen Aufschrei unterdrücken. Den Herrn Oberleutnant Strigalow habe ich schon im Frühjahr fünfundvierzig kennengelernt. In Deutschland. Ich war damals in einem kleinen deutschen KZ. Nicht in Buchenwald, aber auch in einem Vernichtungslager. In einer Filiale.«

Langsam gingen sie weiter. Als sie die Allee erreicht hatten, fuhr Madson fort: »Die sowjetischen Soldaten kamen gerade noch zur rechten Zeit, wie ein Sturmwind. Sonst hätten die Deutschen uns alle erschossen. Keine sehr verlokkende Variante. Wir waren nicht viele, hundertfünfzig Mann vielleicht. Das wäre schnell erledigt gewesen – rat-tat-tat-tat aus der Maschinenpistole. Doktor Strigalow war Kommandeur einer Gruppe, einer Kompanie, ja? Kann man so sagen? Er schenkte mir eine Dose Kondensmilch. Ich dankte ihm auf Russisch, ich konnte schon damals ein paar russische Wörter. Und dann stellten wir fest, daß wir eine gemeinsame internationale Wurzel hatten – die Wissenschaft. Ich sagte zu ihm: Genetik! Er antwortete: Mendel! Ich rief fröhlich: Chromosomen! Er, scharfsinnig wie er ist, antwortete: Polyploide! Ich rief: Solanum! Und er antwortete plötzlich: ›Contumax‹! Den ganzen Abend unterhielten wir uns. Und als wir unter der Armut meines damals kümmerlichen russischen Wortschatzes zu leiden begannen, gingen wir zum Englischen über. Und ich habe mit Herrn Strigalow ewige Freundschaft geschlossen. Das war auch der Grund, weshalb ich anfing, intensiv Russisch zu lernen. Deshalb bin ich auch hergekommen. Und erst in zweiter Linie wegen der Hybride. Als ich auf dem Kongreß erfuhr, daß Doktor Strigalow der Schöpfer ist, war mir sofort klar, daß das keinesfalls Bluff oder Schizophrenie war. Und als ich diese Worte von Akademiemitglied Rjadno hörte, war mir das nur noch eine Bestätigung. Wenn solch ein kompetenter Mann sowas sagt, muß man seine Worte um hundertachtzig Grad herumdrehen, dann entspricht es der Wahrheit. Ich war auf die Bekanntschaft mit Ihnen gut vorbereitet. Und ich bin glücklich, daß Sie das nicht wußten und mir alles von selbst gesagt haben . . . freiwillig. Es gibt keine schönere Musik als das ehrliche Wort eines guten mutigen Menschen, der die Gefahr und den trennenden Nebel nicht fürchtet. Weil solch ein Mensch nicht betrügen kann. Machen wir uns bekannt, wie heißen Sie?«

»Das müssen Sie nicht wissen. Nennen Sie mich wie bisher Iwan Iljitsch.«

»Aber kann ich . . . den wirklichen Iwan Iljitsch sehen?«

»Nein, das können Sie nicht.«

»In dem Falle werde ich Akademiemitglied Rjadno und Professor Waritschew eine Überraschung bereiten. Der Plan dazu ist in meinem Kopf entstanden, gleich nachdem Professor Waritschew Sie Strigalow genannt hatte. Ich beschloß, eine Weile zu beobachten, wie die Komödie weitergeht und in der letzten Szene allen eine Nase zu drehen. Wir werden so tun, als hätte dieses Gespräch nicht stattgefunden. Finden Sie meinen Entschluß nicht gut? Ich werde Sie noch drei Tage lang Iwan Iljitsch nennen. Dann werde ich dagegen protestieren, daß man mir statt des mir gut bekannten Oberleutnants Strigalow, meines Freundes, einen falschen Mann vorgestellt hat. Und ich werde eine Begegnung mit Doktor Strigalow fordern. Billigen Sie meinen Plan?«

»Ich kann nicht mit Ihnen darüber reden.«

»Warum nicht?« fragte der Däne verwundert.

In dem Augenblick hörten sie hinter sich Skistöcke knirschen, und eine fröhliche Stimme rief: »Fjodor Iwanowitsch!«

Madson blickte sich um, trat beiseite und beobachtete aufmerksam, was nun geschah. Erhitzt und schwitzend kam der kleinwüchsige Trainer angelaufen.

»Fjodor Iwanowitsch! Was haben Sie morgen vor?«

»Wieso?«

»Morgen trifft sich eine ausgewählte kleine Gruppe unserer Sektion. Wir könnten einen Wettkampf veranstalten. Ich nehme die Stoppuhr mit. Mal sehen, wie schnell wir laufen.«

Fjodor blickte den Dänen an.

»Doktor Madson . . .«

»Bitte sehr! Sie wollen Ski laufen? Das kann ich nur begrüßen . . . Fjodor Iwanowitsch«, der Däne sah die beiden Männer an. »Ich laufe auch gern Ski. Ich werde morgen einen Spaziergang machen und mir Ihre Stadt ansehen.«

»Abgemacht«, sagte Fjodor zu dem Trainer. Der hob einen Stock, musterte beide mit verständnisinnigem Blick und jagte die Allee entlang.

»Um neun!« rief er im Laufen. »Ohne Rucksäcke!«

Der Däne sah ihm nach und blickte seinen Begleiter fragend an.

»Ich darf wohl annehmen, Fjodor Iwanowitsch, daß ich jetzt Ihre wahre Legitimation kenne.«

»Nur müssen Sie meinen Namen sofort wieder vergessen. Und dürfen sich niemals, nirgends und in keiner Situation daran erinnern.«

»Ich habe schon alles vergessen. Augenblicklich. Aber da sehen Sie mal, Iwan Iljitsch ... Selbst wenn ich Doktor Strigalow nicht von Angesicht gekannt hätte, der Skiläufer hätte Sie verraten. Eine gefährliche Sache, eine Schabe am Fühler herumzuführen. Wenn ich nach Moskau fahre, werde ich Akademiemitglied Rjadno das sagen. Iwan Iljitsch, ich bin ein aufmerksamer Beobachter. Mir scheint, die Begegnung mit dem kleinen Trainer hat Sie beunruhigt.«

Er hatte richtig vermutet. Über Fjodors Gesicht war gleichsam die Hand des Schicksals gestrichen. Ein unumstößlicher Entschluß reifte plötzlich in ihm heran und ließ ihn erbeben. Es schneit! Wenn es den ganzen Tag so weiterschneit, muß ich abhauen. Noch heute. Solange es schneit.

»Das ist unser Skitrainer, wieso sollte er mich beunruhigen?« sagte Fjodor, und seine Miene hellte sich plötzlich auf.

Ja, ja, heute nach dem Mittagessen katapultiere ich mich.

»Iwan Iljitsch, Sie haben versprochen, mir die Hybride zu zeigen.«

»Ach ja, dann lassen Sie uns umkehren. Sie ist bei mir zu Hause.«

Fast im Laufschritt begaben Sie sich ins Städtchen. Wie Verschwörer liefen Sie die steinernen Stufen hinauf. Fjodor schloß sein Zimmer auf. Madson trat ein, blickte sich um und sagte nachdenklich: »Iwan Iljitsch, mir gefällt dieser Zufluchtsort. In solcher Atmosphäre kann kein Betrug gedeihen. Ach, hören Sie nicht auf meine Worte, das Geschwätz eines Idealisten. Ich sehe, Sie haben hier ein Thermostat ...« Er zeigte auf die an der Fensterscheibe lehnende Kiste.

»Einen Kühlschrank«, korrigierte Fjodor ihn.

»Eine bemerkenswerte Ausstattung«, sagte der Däne in ernstem Ton. »Sie haben zwei Thermometer. Das ist richtig. Jetzt vertraue ich Ihnen endgültig. Das Wichtigste in der

Wissenschaft ist nicht eine neue Ausstattung, sondern eine neue Idee. Und was ist das?« Er nahm die flache Schachtel vom Fensterbrett, die Fjodor längst vergessen hatte. »Ist das Konfekt? Oho, wie interessant!« rief Madson, nachdem er die Schachtel geöffnet hatte. »Das ist ja Theaterschminke!« Eine Weile betrachtete er schweigend die Schachtel. »Wissen Sie, manche Dinge kommen einem gerade im rechten Augenblick unter die Hände. Haben Sie jemals die Stimme der Dinge gehört? Ich werde mir auch so eine Schachtel kaufen.«

»Ich schenke sie Ihnen als Andenken.«

»Oh, ich nehme sie gern, vielen Dank! Iwan Iljitsch! Was für eine große mahnende Bedeutung kann ein solches Souvenir haben.«

»Ich habe die Schachtel auch geschenkt bekommen. Auch als Mahnung.«

»Das mußte so sein. Die Schachtel hat immer eine besondere Rolle gespielt.«

»Ich würde sie Ihnen nicht geben, befände ich mich nicht in einer besonderen Situation, in der ich sie nicht gebrauchen kann.«

»Sie verstehen mich falsch. Ich meine es anders: für mich ist die Zeit gekommen, einem rätselhaften Menschen zu begegnen, der den Namen meines Freundes trägt, und die Schachtel hat nur auf ihren Auftritt auf der Bühne gewartet.«

»Kommen wir lieber zur Sache. Hier . . .« Fjodor entnahm der am Fenster lehnenden Kiste eine karierte Socke, in der die Knollen lagen, die Sweschnikow ihm übergeben hatte. »Das ist das Polyploid. Die Knollen allein sind noch kein Beweis. Man muß sie zum Keimen bringen, muß eine zytologische Analyse machen, sie vergleichen. Das kostet eine Woche Arbeit.«

»Oh, ich sehe es schon an der Farbe und der Anordnung der Augen. Das ist die ›Contumax‹! Das ist ein echtes Polyploid! Schenken Sie mir eine Knolle, ich flehe Sie an. Ich werde sie zu Hause analysieren.«

Fjodor nahm ihm die Knolle aus der Hand und steckte sie wieder in die Socke. »Sie besitzen ein Foto. Jetzt haben Sie noch einen weiteren Beweis – Sie haben das Polyploid gesehen.«

»Sie enttäuschen mich . . .«

»Und das sind die Beeren«, sagte Fjodor. »Das ist die bewußte Hybride. Die Sensation.«

»Phänomenal!« Madson hielt eine Beere zwischen den Fingern und drehte sie behutsam um. »Warum werden sie nicht bewacht?«

»Wie Sie sehen, sind die Beeren vertrocknet. Wären Sie im Frühling oder im Sommer hergekommen, hätte ich Ihnen zeigen können, was aus den Samen hervorgeht.«

»Ich werde im Sommer wiederkommen! Aber besser wäre, Sie würden mir ein paar Samen mitgeben.«

»Das gehört mir nicht. Ich bewahre es nur auf.«

»Ich weiß, bei Ihnen gehört alles dem Staat. Weiß der Staat von der Hybride?«

»Er weiß nichts davon.«

»Aber Akademiemitglied Possoschkow hat doch klipp und klar gesagt . . .«

»Und der Züchter, Iwan Iljitsch Strigaljow, hat Doktor Madson ebenso klipp und klar gesagt, daß es die Hybride nicht gibt. Und Akademiemitglied Rjadno hat gesagt . . .«

»Ich erinnere mich an diese autoritären Erklärungen. Also gut, es gibt keine Hybride. Das ist nur eine Fiktion. Und Sie können mir unbesorgt Samen von der ominösen . . . nichtexistierenden Pflanze geben. Ich werde die Samen mit einem Maximum an Aufmerksamkeit zum Keimen bringen. Und ich verspreche feierlich, die Priorität Doktor Strigalows zu wahren. Das gebe ich Ihnen jetzt schriftlich.«

»Ich kann nicht«, sagte Fjodor mit mattem Lächeln und legte alle drei Beeren in die Kiste zurück. »Die Samen sind eine große Kostbarkeit, aber ich bin, verglichen damit, nur ein kleiner Mensch. Ich habe nicht das Recht, darüber zu verfügen.«

»Aber Ihr Staat will doch von diesen Kartoffeln nichts wissen. Sie sind doch nach einer reaktionären, dem Sozialismus feindlichen Methode gezüchtet worden«, sagte Madson in ernstem Ton.

»Kommen Sie«, Fjodor öffnete die Tür. »Gehen wir,

sonst wundert man sich in der Lehrgärtnerei, wo wir bleiben.«

Als sie in den sanft rieselnden Schnee hinausgingen und sich schon dem Park näherten, sagte Fjodor: »Wissen Sie, Doktor Madson, der Staat – das ist ein allgemeiner Begriff. Allen Menschen, die bei uns Kartoffeln essen, gehört die Hybride.«

»Aber wer die neue Sorte ißt, sie aber offiziell verleugnet . . .«

»Wer sie offiziell verleugnet, den gibt es morgen nicht mehr.«

Sie blieben stehen. Zwei Welten blickten sich an, die einander nicht verstanden. Fjodor war ein leidenschaftlicher Kritiker seiner Zeit, anders als Saul oder Rjadno. Und Madson war durchaus kein Apologet seiner Gesellschaftsordnung und natürlich kein Rockefeller. Er zeigte sogar Interesse für Fjodors Land. Aber das half alles nichts. Zwar brachte Fjodor immerhin ein gewisses Verständnis auf, und er hätte dem Dänen sogar Samen abgeben können. Doch seine im Studium erworbenen Kenntnisse auf dem Gebiet der Politischen Ökonomie sagten ihm, daß *dort* die Hybride sofort zu einem Objekt des Handels oder gar der Spekulation würde. Mit der Hybride aber waren so viele sinnlose Verluste verbunden. Sinnlose Verluste sind besonders schmerzlich, und mit dem um einen so hohen Preis Errungenen und Gehüteten darf man keinen Handel treiben. Auch der Däne hätte nicht zu scherzen gewagt, wenn er alles gewußt hätte, was ein Ausländer unter keinen Umständen wissen durfte. So daß nur eine theoretische Verständigungsmöglichkeit übrig blieb. Madson würde niemals alles erfahren. Nicht einmal von dem, mit dem er durch eine »Astralschnur« verbunden war. Weil der Feldstein in der Steppe seine Geheimnisse nicht preisgibt.

8

Es war drei Uhr und wurde schon dunkel. Vom trüben Himmel fielen immer noch senkrecht und sacht nasse weiße Flocken. Die Natur schien Fjodors Entschluß zu unterstützen. Als er in sein Zimmer trat, knipste er das Licht an. Er zog die Pelzjoppe aus, schüttelte den Schnee ab, knöpfte alle Knöpfe wieder zu und warf den »Torso« auf sein Bett. Dann holte er den Rucksack aus dem Schrank, schüttete die nicht mehr benötigten Ziegelsteine aus und stieß sie mit dem Fuß unters Bett. In den leeren Rucksack stopfte er die Pelzjoppe mit dem Kragen nach unten, er steckte beide Arme hinein und kehrte den dicken Kragen nach innen. Auf diese warme Fellunterlage legte er zwei Oberhemden. Seine Bewegungen waren exakt und genau überlegt. Obwohl ihm in einer Stunde ein ungewöhnlicher Weg bevorstand, den, soweit er sich erinnerte, noch niemand gegangen war, handelte er wie nach einem einstudierten Plan, so wie es Feuerwehrleute bei Alarm zu tun pflegen.

Plötzlich besann er sich und zog die Gardine am Fenster zu. Er nahm die Kühlkiste vom Fensterbrett und stellte sie auf den Tisch. Dann holte er unten aus dem Schrank einen Haufen Socken heraus und steckte in jede Socke eine Handvoll kleiner Knollen und einen Zettel, auf dem mit großer Schrift der lateinische Name stand. Auch die drei Beeren der Hybride, das Heft und das Notizbuch mit den chiffrierten Eintragungen steckte er in die Socken. Die vierzig glatten Knollen der neuen Sorte wickelte er in ein drittes Hemd, das er ebenfalls in den Rucksack legte. Schnell die Lippen bewegend, flüsterte er ironisch vor sich hin: »Du eugenetische ... du weismannistisch-morganistische ... Oder wie du sonst noch heißen magst. Du klassenfremde Kartoffel! Rein mit dir in den Rucksack, du Klassenfeindin! Hopp, hopp! Bleib da liegen, du Biest!«

Danach zog er seine Hose aus und nähte in Gürtel und Taschen die Geldscheine ein, die ihm Possoschkow hinterlassen und die er bis jetzt noch nicht gezählt hatte. Es waren zwanzig –, vielleicht auch vierzigtausend Rubel – ein riesiges Kapital. Aus einer kleinen Geheimtasche, die er mit einer Sicherheitsnadel zugesteckt hatte, holte er zwei goldene Ringe und setzte sie auf – den einen auf den Ringfinger, den anderen auf die Spitze des kleinen Fingers. Gedankenverloren sah er sie lange an. Dann fuhr er sich mit der Hand übers Gesicht, legte die Ringe wieder in die kleine Tasche und nähte sie zu. Nach eingehender Untersuchung der Gesäßtaschen steckte er alle seine Papiere und Lenas Brief dort hinein. Den mit stumpfem Bleistift auf grauem Papier geschriebenen Brief hatte er viele Male gelesen, um sich die charakteristischen Besonderheiten der vertrauten Handschrift einzuprägen. Dann fädelte er einen neuen Faden ein. Beim Zunähen der Tasche hielt er plötzlich inne und legte die Hose aus der Hand. Er knipste das Licht aus, trat ans Fenster und schob die Gardine ein wenig zurück. Draußen herrschte schon tiefe winterliche Dämmerung. Es schneite noch stärker, schon waren die Schuppen nicht mehr zu sehen, langsam senkte sich der schwere, endlos scheinende Vorhang.

»Es schneit immer noch. Das ist gut«, flüsterte Fjodor. »Das ist sehr gut.«

Das Telefon klingelte. Waritschews Stimme dröhnte im Hörer.

»Ich habe mich gerade ein bißchen aufs Ohr gelegt . . . nach unserem frugalen Mahl«, sagte er lachend. »Und da dachte ich mir, mußt doch mal Iwan Iljitsch anrufen. Wie fühlst du dich?«

»Nicht besonders«, sagte Fjodor. »Ich glaube, ich habe schon gestern zuviel gegessen. Und heute erst recht.«

»Das kommt davon, weil du überhaupt keinen Wodka getrunken hast. Und gegessen habt ihr beide, du und der Doktor, wie zwei feine Dämchen.«

»Mein Magen macht mir zu schaffen. Ich fühle mich nicht gut. Liege im Bett. Habe Tabletten geschluckt, vielleicht schlaf ich ein Stündchen.«

»Madson hat mir gesagt, daß du morgen früh Ski laufen willst?«

»Vor dem Essen hatte ich noch die Absicht, das stimmt. Um fit zu bleiben. Aber jetzt weiß ich nicht . . . Wenn mein

Magen bis morgen wieder in Ordnung ist, versuche ich es. Wenn nicht, bleib ich im Bett.«

»Gut, bleib liegen. Das ist sogar sehr gut. Ich ruf dich morgen an. Wir gehen doch abends ins Restaurant.«

»Ich werde Sie anrufen, Pjotr Leonidowitsch. Und Ihnen Bericht erstatten.«

Fjodor legte auf, ließ seine Hand jedoch noch lange auf dem Hörer liegen. Ihm kam eine Vermutung. Waritschew! Das war sein Bewacher! Deshalb rief er dauernd an. Mal er, mal Rajetschka. Wahrscheinlich war er dem General gegenüber für ihn verantwortlich. Na bitte, überwach mich. Den Teufel wirst du sehen bei dem Schnee.

Als Fjodor alles zugenäht hatte, kehrte er seinen »Sir Percy« auf die linke Seite und preßte damit wie mit einem Ladepfropf alle Kartoffeln in den Rucksack. Es blieb immer noch viel Platz. Da holte er den verlassenen »Martin Eden« aus dem Schrank, sagte »Es soll wohl nicht sein, daß wir uns trennen« und stopfte auch ihn in den Rucksack. Obenauf packte er Stiefel, Wattejacke und die Pelzmütze und deckte alles mit einem Hanfsack zu. Er verfolgte einen ganz bestimmten Plan: alles, was er sofort brauchte, sollte obenauf liegen. Wozu brauchte er es? Er wußte schon, wozu. Während er eilig seine Sachen packte, hielt er mehrmals inne und blickte sinnend vor sich hin. In der vom pausenlos fallenden Schnee belebten Dunkelheit sah er in Gedanken Lichter blinken. Die Lichter der Bahnstation Ussjaty. Ruhig und gesetzt betrat er den Wartesaal, ein unauffälliger Mann aus der Vorstadt, gebeugt unter der Last des großen grauen Sacks, in weiter Wattejacke, Stiefeln und schwarzer Pelzmütze.

Wieder schrillte das Telefon.

Waritschew, dieser Schweinehund, würde ihm jetzt keine Ruhe mehr lassen, wahrscheinlich hat er jemanden beauftragt, mich zu überwachen, dachte Fjodor und nahm den Hörer ab.

»Ja-a!« sagte er laut. Keine Antwort. Er wartete noch eine Weile und legte auf.

Endlich war der Rucksack verschnürt, waren sämtliche Riemen an den Taschen geschlossen. Im Zimmer war nichts

Wichtiges mehr geblieben, und sofort wirkte es ganz fremd. Nur die an der Wand und auf dem Tisch eingeritzten Zeichen, die an ein X oder an eine Sanduhr erinnerten, sahen Fjodor wie Komplizen an. Er wog sein Gepäck mit der Hand ab. Es war leichter als mit den sechs Ziegelsteinen. Dann stellte er den Rucksack auf den Tisch und betrachtete ihn von weitem. Er sah aus wie immer, Gott sei Dank, der Rucksack durfte keinen Verdacht erregen.

Es ging schon auf fünf. Um keine Zeit zu verlieren, zog Fjodor rasch Hosen und Pullover an und schnürte die Skischuhe zu. Bevor er für immer das Zimmer verließ, wo wie in einer Schale seine Einstellung zu dem rücksichtslos im Leben waltenden Bösen herangereift und schließlich zum Durchbruch gekommen war, ging er, ohne das Licht zu löschen, leise in den Flur und öffnete einen Spaltbreit die Haustür. Immer noch fielen dichte Flocken senkrecht vom dunklen Himmel herab wie endlose Vorhänge. Hinter dem ersten sah man weitere, vom gelben Licht der Fenster beleuchtet und wie von Wellen bewegt. Es war alles still.

Fjodor öffnete die Tür etwas weiter, spähte noch einmal nach allen Seiten und trat auf die Vortreppe – und da sah er unweit der Vortreppe, hinter dem dritten oder vierten Schneevorhang, etwas Kleines, Dunkles aufragen. Dort stand reglos ein Mensch.

Fjodor lief die Stufen hinunter und ging zornigen Schrittes auf den Menschen zu, der sich nicht vom Fleck rührte. Mit festem Griff packte er ihn am Ärmel. Es war Shenja. Wortlos zog er sie mit sich, und sie lief stolpernd und strauchelnd hinter ihm her wie ein kleiner Junge, der etwas ausgefressen hat. Wieviel Glück sprach aus ihrem Gezappel! Stolpernd lief sie hinter ihm her und versuchte sich zu rechtfertigen: »Ich habe gespürt, daß Sie fortgehen. Ich mußte . . .«

Er zog sie in sein Zimmer und verschloß die Tür.

»Jetzt werden Sie bis morgen früh hierbleiben«, sagte er energisch.

»Einverstanden.« Sie sah ihn herausfordernd an.

In dem Moment schrillte das Telefon.

»Ja-a!« brüllte Fjodor in den Hörer. »Ja-a!« schrie er, am ganzen Leibe zitternd. »Weiß der Teufel, was das . . .« Er warf den Hörer auf und wandte sich zu Shenja um – völlig verändert, ruhig und sanftmütig. »Warum haben Sie nichts auf dem Kopf? Sie müssen den Schnee aus den Haaren schütteln. Ja, so. Ziehen Sie den Mantel aus. Wir legen ihn hierher zum Trocknen. Keine Angst, am Telefon habe ich mich bloß verstellt. Damit die denken, ich sei furchtbar wütend. Sie rufen andauernd bei mir an. Auch Sie müssen lernen, sich zu verstellen. Wenn Sie sich ernsthaft zur wahren Wissenschaft bekehrt haben.«

»Aber ich habe schon lange . . . Ich war es doch, die den Jungs erlaubt hat, den Zweig abzureißen. Wir haben uns gestritten. Ich spürte, daß sie recht hatten. Wollte aber nicht sofort klein beigeben.« Sie lachte. »Und überhaupt mußte ich mich danach andauernd verstellen. Ich habe der Bogumilowna geschworen, meine Irrtümer einzusehen, alles zu vergessen, was ich bei Mendel gelesen hatte. Und dann habe ich im Spätherbst doch wieder Weizen gesät. Sie haben ihn ja gesehen, den mit den Papiertütchen.«

»Das ist es, was uns verbindet. Die Wissenschaft. Etwas anderes ist nicht möglich.«

Sie senkte den Kopf und wandte sich ab.

»Nicht mal im Traum. Was Sie gesagt haben, ist nicht möglich. Sie sehen ja, mein Rucksack ist schon gepackt. Das Zimmer ist leer. Ich gehe, gehe weg. Für immer. Wohin weiß ich selbst noch nicht. Es gibt Träume, denen man sich nicht hingeben darf. In einem Jahr werden Sie darüber hinweg sein. Um der zu bleiben, für den Sie mich halten, muß ich so handeln, wie ich handle. Oder soll ich etwa wie Professor Brusshak werden? Oder wie Krasnow? Es geht nicht, Shenja, das ist uns nicht beschieden.«

Sie saßen sich gegenüber. Shenja war klug, sie verstand alles. Sie hob den Kopf und sah ihn traurig an.

»Und in einem Sonderfall? Wenn ich die ganze Verantwortung auf mich nehme?« fragte sie leise.

»Dazu haben Sie kein Recht.«

»Ich verstehe nicht.«

»Sie haben kein Recht dazu. Ihr Leben ist noch nicht in

den zweiten Kreis eingetreten. Sie haben den ersten noch nicht vollendet.«

»Was denn für einen Kreis? Ich weiß nicht und will auch nicht . . .«

»Das brauchen Sie auch nicht zu wissen. Das Wissen kommt von selbst. Und dann beginnt der zweite Kreis.«

Das Telefon klingelte. Shenja wollte den Hörer abnehmen. Er fing ihre Hand ab, und die Hand wurde gefügig und überließ sich ihm. So wie ihr hoffnungsvoller Blick. Nachdem Fjodor die Hand eine Weile festgehalten hatte, legte er sie auf den Tisch und klopfte vorsichtig mit der Faust darauf.

»So, da bleibt sie liegen.«

Aber das Telefon klingelte unerbittlich. Fjodor nahm den Hörer ab und sagte stöhnend: »O Gott, kann man denn nicht . . . Kann man denn einen kranken Menschen nicht schlafen lassen? Unterlassen Sie das doch um Gottes willen!« jammerte er. »Was ist das für eine . . .«

Er ließ den Hörer fallen, hob ihn ächzend und stöhnend auf, als gelänge es ihm nicht, ihn richtig hinzulegen. Aber als er endlich an seinem Platz lag, sagte Fjodor, auf den Apparat blickend: »Sie überwachen mich. Begreifen Sie jetzt, daß es uns nicht beschieden ist?«

»Aber wieso . . . Warum soll ich dann hierbleiben . . . bis morgen früh?«

»Warum? Das werde ich Ihnen gleich erklären. Sehen Sie den Rucksack? Die Skier? Ich verschwinde jetzt von hier und komme nie wieder zurück. Und Sie bleiben allein hier sitzen. Auf diesem Stuhl.«

»Und Ihr Ausländer?« fragte sie flüsternd.

»Eben deshalb werde ich ja überwacht, damit ich hierbleibe. Damit ich dem Ausländer was vorspiele und nicht weglaufe. Ich breche jetzt sofort auf, Sie aber sollen bis morgen früh hier wachen. Falls Sie einverstanden sind. Und wenn das Telefon klingelt, nehmen Sie den Hörer ab. Und legen gleich wieder auf. Damit die denken, ich sitze hier und nehme ab. Lassen Sie das Licht brennen. So können Sie mir helfen. Bevor Sie hier aufgetaucht sind, Shenja, habe ich mir den Kopf zerbrochen, wie ich meine Bewacher abschütteln könnte. Ich weiß nicht, wer sie sind. Aber jetzt geht alles in Ordnung. Und Sie können gewiß sein, daß Sie mich gerettet, mich befreit haben. Mein Leben lang werde ich daran denken. Ich werde es nie vergessen. Jetzt warten wir noch bis zum nächsten Anruf.«

Sie schwiegen. Shenja ergriff seine Hand.

»Bis zum nächsten Anruf«, flüsterte sie, beugte den Kopf und preßte ihre Wange an seine Hand. »Ich liebe Sie, Fjodor Iwanowitsch. Es ist mir sehr ernst. Aber Sie brauchen nichts zu befürchten. Ich bin zu spät gekommen, zu spät. Ich verstehe alles, Sie sind schon ganz weit fort. Ihre Augen glänzen. Sie warten auf den Anruf, lauschen gespannt. Aber wenn es den Weismannismus-Morganismus nicht gäbe ... Und Akademiemitglied Rjadno und alle die Umstände ... Dann hätte ich Sie vielleicht gar nicht bemerkt. Und Sie würden jetzt nicht irgendwohin fliehen, sondern Vorlesungen halten, irgend etwas Friedliches unterrichten. Die Biologie ist doch eine friedliche Wissenschaft, nicht wahr? Und ich hätte mich vielleicht für einen erstklassigen Skiläufer, einen Institutsmeister, interessiert.«

»Warum gerade für einen Skiläufer?«

»Das habe ich nur so gesagt. Als ich vor Ihrem Fenster auf und ab ging ... wie ein Wächter ...«, flüsterte sie kaum hörbar, »ja, wie ein Wächter bin ich auf und ab gegangen. Da sind zwei- oder dreimal welche vorbeigelaufen. Unsere Leute, vom Institut.«

»Wieviele waren es?«

»Ich weiß nicht genau, vier oder fünf ...«

»Aha-a! Zwei- oder dreimal ... Das sind meine Bewacher, Shenja. Sie haben Angst, daß ich weggehe. Verstehen Sie jetzt, wie wichtig es ist, daß Sie hier bleiben?«

»Ich habe längst alles verstanden, Fjodor Iwanowitsch. Lassen Sie mich von Ihnen Abschied nehmen. Ach, Fjodor Iwanowitsch, mein Lieber, ich wäre Ihnen eine so treue Freundin gewesen. Vergessen Sie mich wenigstens nicht. Sie werden sowieso immer an mich denken und mich eines Tages liebgewinnen. Aus der Ferne. Und auf unsere alten Tage«, sagte sie lächelnd, »wenn wir in den zweiten Kreis eintreten, werde ich Sie finden. Man sagt, die größte Liebe erfährt man im Alter.«

Er schwieg.

»Sie schweigen. Sagen kein Wort. Und ich werde auf das Alter warten. Sie können mir nicht verbieten zu träumen. Ich gebe nicht auf, Fjodor Iwanowitsch. Ich kann nicht auf einen Knopf an meinem Körper drücken und aufhören zu träumen. Das hat Strigaljow gesagt.«

»Waren Sie auch dort, vor einem Jahr?«

»Ich hätte auch Strigaljow lieben können«, sagte sie leise. »Sonst niemanden. Außer einem«, sie lächelte und schniefte.

Da klingelte schrill und markerschütternd das Telefon.

»Noch nicht, das ist zu früh«, sagte Fjodor. »Ich schlafe doch. Er muß mich erst wecken.«

Dann nahm er den Hörer ab und merkte, daß seine Hand ganz naß war. Als hätte er sie in einen Eimer Wasser getaucht. Er sah Shenja aufmerksam an. Sie blickte nachdenklich zu Boden. Im Hörer geheimnisvolles Schweigen. »Verdammt . . .«, sagte Fjodor und legte auf. Einige Sekunden später klingelte das Telefon wieder.

»Hört mal zu, Leute!« schrie Fjodor und stöhnte. »Ich decke den Apparat jetzt mit einem Kissen zu, dann könnt ihr das alberne Spiel meinetwegen bis morgen früh treiben. Gute Nacht!«

Er legte den Hörer auf und schob Shenja behutsam weg. Dann erhob er sich, setzte seine Strickmütze mit dem kleinen Knopf auf, schnallte sich den Rucksack über und nahm die Skier.

»Shenja, jetzt liegt alles in Ihren Händen. Nehmen Sie den Hörer nicht gleich ab, legen Sie aber sofort wieder auf. Das ist Ihre ganze Arbeit. Leben Sie wohl. Na, jetzt werde ich Sie küssen. Wie ein kleines Mädchen, auf den Kopf. Großer Gott, haben Sie sich geschminkt! Alles meinetwegen?«

Sie nickte mehrmals.

»Ihretwegen, Fjodor Iwanowitsch. Das ist keine Laune. Es ist mir ganz ernst. Alles Ihretwegen.«

Und sie hing an seinem Hals. Er küßte ihren Kopf, das

duftende jugendliche Haar. Dann drückte er das kraftlose, willenlose Mädchen auf den Stuhl und ging in den Flur. Leise schloß er die Tür.

Da größte Vorsicht geboten war, verließ er das Haus nicht sofort. Hinter der Haustür versteckt, wartete er etwa zwanzig Minuten. In seinem Zimmer läutete wieder das Telefon. Erst nach einer ganzen Weile wurde das Klingeln jäh unterbrochen – Shenja hatte den Hörer abgenommen. Sie wartete eine Weile, fauchte laut in die Sprechmuschel – das hatte sie sich selbst ausgedacht – und knallte den Hörer auf. Ein großartiges Mädchen, dachte er. Eine treue Freundin.

Dann trat er auf die Vortreppe und lief schnell die Stufen hinunter. An der dunkelsten Stelle, dicht an der Hauswand, schnallte er die Skier an und bog geräuschlos um die Hausecke. Dann blieb er eine Weile stehen und lauschte.

Es war gegen sieben Uhr, aber ringsum herrschte tiefes nächtliches Dunkel, und Fjodor meinte das leise Klingen der dicht fallenden Flocken zu hören. Es war angenehm, diesem hellen Rieseln zu lauschen. In dem Geräusch kristallisierte sich für Fjodor sofort zweierlei heraus. Die Musik übertönte sanft alle anderen Laute. Die Natur war eins mit Fjodor. Weil er ihren mütterlichen Willen vollstreckte und vor dem vielköpfigen, der Natur feindlichen Wahnsinn floh. Was man immer tun sollte, wenn man nicht die Kraft und die Mittel hat, alle diese Köpfe zu heilen, denen der sinnlose Untergang anderer Menschen Befriedigung verschafft. Er ging fort, um das Lebenswerk eines anderen, ihm sehr nahestehenden Menschen zu retten, das Resultat seiner jahrelangen Forschungsarbeit in Sicherheit zu bringen. Und nicht zuletzt, um sich auf die Suche nach den beiden – bald würden es zwei sein – vertrauten Menschen zu begeben, die ihm am nächsten standen.

Und ihm nach blickten zwei andere ergebene Augen, die er bereits vergessen hatte. Das gelang ihm mühelos, weil er jung war, seine Erwerbungen auf diesem Weg noch nicht zählte und nicht die Absicht hatte, sich ein zweites Opfer »in Reserve« zu halten, wie das ein ihm gut bekannter Dichter zu tun pflegte.

Ihm gelang der Absprung, der unbewußt und deshalb fehlerlos vorbereitet worden war. Und die Natur tarnte nicht nur seine Flucht, sie sang leise, als billige sie seinen Schritt. Ja, sie sang. Das wurde Fjodor erst später bewußt, als er mit gleichmäßigen Bewegungen durch den finsteren menschenleeren Park glitt, als er das im frühen nächtlichen Dunkel trüb-weiß schimmernde Schneefeld des Flusses erreichte und darüber hinflog, ohne die Skier unter den Füßen zu spüren. Ringsum war keine Menschenseele, selbst der Lastwagenverkehr auf der Chaussee ruhte vorübergehend. Die Natur hatte ein anderes Register gezogen, und mit anschwellendem melodischen Klingen belohnte sie freigebig den durch ihre Weiten jagenden Menschen, der unfähig war, an Gefahren zu denken, sie jedoch schon von weitem zu hören vermochte.

Er lief unter beiden Brücken hindurch, begann den Aufstieg zur Großen Schweiz, und der einsetzende Schneesturm verwehte eilig die schmale Skispur. Um seine Kräfte zu schonen, blieb Fjodor oft stehen, damit sich sein Atem beruhigte, und lauschte. Es schneite immer noch unvermindert stark, und ringsum tönte es wie leise Musik. Die Schneeschleier schimmerten jetzt rosa – vom unsichtbaren Lichterschein der Stadt – und wogten schneller, immer in dieselbe Richtung. Durch die wogenden Schleier zeichneten sich links und rechts die düsteren Schatten der Bäume ab.

Fjodor überquerte den Kamm der Schweiz und jagte lautlos auf dem bremsenden weichen Schnee vorwärts, der Bahnstation Ussjaty entgegen. Mitten auf dem stillen Hang hielt er plötzlich inne. Nicht, um sich auszuruhen, nein, er glaubte, ein Geräusch gehört zu haben. Ja, irgendwo weit hinter ihm sangen schnelle Skier, knirschten Stockspitzen. Genau wie damals bei seinem ersten Aufstieg zur Großen Schweiz. Diesmal war es nicht seine lebhafte Phantasie, die mit ihm durchging. Die Geräusche kamen rasch näher, gefolgt von einer kleinen Gruppe ungestümer junger Skiläufer.

Fjodor bog entschlossen nach links ab, lief immer weiter nach links, ohne zu sehen wohin. Eine gewaltige Kraft riß ihn plötzlich in die Tiefe. In Hockstellung, bemüht, quer zum Steilhang hinunterzufahren, bewältigte er die Hälfte des Abhangs. Dann verlor er den festen Boden unter den Füßen, er merkte, wie er zwei, drei Sekunden lang durch die Dunkelheit flog, bis er wieder den Steilhang berührte, und im nächsten Moment wuchs aus dem Dunkel etwas Schwarzes vor ihm auf. Ein Stoß gegen die Brust beendete die Schußfahrt. Ein bläulicher Blitz zuckte in Fjodors Bewußtsein auf und erlosch. Er ließ beide Stöcke fallen, umschlang einen knorrigen schwarzen Baumstamm und sank kraftlos an ihm herab in den weichen Schnee.

Als er wieder zu sich kam, bewegte er ruckartig den Kopf, um den auf seinem Gesicht tauenden Schnee abzuschütteln.

»Slawa! Slawa!« hörte er oben jemanden rufen.

»Weshalb seid ihr stehengeblieben?« Fjodor erkannte die Stimme des kleinen Trainers. »Zur Bahnstation ist er gelaufen, zur Bahnstation! Los, Jungs, vorwärts!«

Die Jungen vom Plakat, dachte Fjodor, behaglich im Schnee liegend. Die Söhne dessen, der seinen Schulfreund Tolja denunziert hatte.

Die Geräusche über ihm entfernten sich in Richtung der Bahnstation Ussjaty. Fjodor versuchte aufzustehen und spürte einen heftigen Schmerz in der Brust und der ganzen linken Seite. Sofort brach ihm der Schweiß aus, auf der Stirn und auf dem Rücken.

Ein Stöhnen unterdrückend und die seltsam weiche linke Seite schonend, arbeitete er sich hinter dem dicken Baumstamm hervor.

Unten, fast neben ihm bewegte sich langsam eine Kette von Autoscheinwerfern. Eine Kolonne von Schneeräumfahrzeugen, drei oder vier Laster mit Schneepflügen, fuhr gestaffelt die Chaussee entlang. Fjodor schnallte die Skier ab, ließ sie bei dem Baum zurück und kroch zur Chaussee hinunter, wo er sich eine gute Stunde am Rucksack zu schaffen machte. Gekrümmt, um seine linke Seite nicht noch mehr zu strapazieren und sich immer wieder in den Schnee legend, um sich auszuruhen, zog er die Skischuhe aus und die Stiefel an. Dann mühte er sich in die Wattejacke und stülpte die Pelzmütze tief ins Gesicht. Seinen Rucksack ließ er in dem großen Hanfsack verschwinden, den er fest zuschnürte. Nachdem er sich so in einen geschäftigen, seltsam gebeugten Mann aus der Vorstadt verwandelt hatte, stellte er sich mit seinem Sack an den Straßenrand und wartete auf einen Laster.

Es kam nur selten ein Wagen. Der erste hielt nicht, und Fjodor blickte ihm verzagt nach, obwohl er einsah, daß es schwierig war, bei den Schneemassen einen Laster zum Stehen zu bringen. Der zweite Wagen, mit trüben gelblichen Scheinwerfern, bremste vorsichtig, als er mit dem Mann am Straßenrand auf gleicher Höhe war. Mit den blockierten Rädern im Schnee knirschend, rutschte der Laster noch etwa zwanzig Meter weiter und hielt. Die Tür öffnete sich. Unter Aufbietung aller Willenskraft humpelte Fjodor, den Sack hinter sich herschleifend, zu dem Laster, reichte ihn, das Gesicht verziehend und leise stöhnend, dem Fahrer hoch, kletterte selbst in die Kabine und legte sich die nach Sackleinen riechende Last auf die Knie. Seine rechte Hand griff sofort unter die Wattejacke, an die geschwollene schmerzende Brust.

»Was hast du?« fragte der junge Fahrer. Ein grünes Lämpchen am Armaturenbrett beleuchtete sein Gesicht.

»Nichts weiter. Fahr los . . .«

»Willst du nach Ussjaty?«

»Wenn du noch weiter fährst . . . Ich würde lieber in Prochoristschi aussteigen.«

Die Bahnstation Prochoristschi lag vierzig Kilometer hinter Ussjaty.

Der Fahrer antwortete nicht. Er ließ den Motor an und gab vorsichtig Gas. Die Scheibenwischer mühten sich mit dem Schnee ab. Der Heizungsventilator heulte auf. Dicht vor ihnen, fast vor dem Kühler, entstand ein heller Lichtkreis, aus dem die weiße Straße unter den Laster kroch.

Ohne ein Wort zu sprechen, fuhren sie etwa zwanzig Minuten. Fjodor wickelte sich fest in seine Wattejacke. Er fror. Die glühendheiße Luft, die aus einer unsichtbaren Öffnung strömte und gegen seine Beine blies, konnte ihn nicht erwärmen.

»Was hast du, bist du krank?« fragte der Fahrer und blickte nach Fjodors rechter Hand, die immer noch unter der Wattejacke steckte.

»Ein bißchen«, sagte Fjodor, dann schwiegen sie wieder.

In dem Schneekreis blitzte, sekundenlang hell angestrahlt, eine weiße Tafel mit der Aufschrift »Ussjaty« auf und blieb verblassend hinter dem Laster zurück. Man erkannte schneeverwehte Häuser, spürte das Leben, das sich hinter die Mauern zurückgezogen hatte. Für einen kurzen Moment geriet ein Milizionär mit gestreiftem Signalstab in den Lichtkreis. Nein, er hielt den Laster nicht an. Dann waren die Häuser zu Ende. Fjodor setzte sich bequemer hin und schloß die Augen.

»Bis Prochoristschi willst du?« fragte der Fahrer.

Die schwarze Pelzmütze seines Fahrgastes nickte, und dann wechselten sie kein Wort mehr. Trotz der eisigen Schauer des Schüttelfrosts überkam Fjodor heiße Schläfrigkeit. Der Schmerz in der Seite und in der Brust ließ nach, und er schlief ein.

»Prochoristschi!« ertönte neben ihm plötzlich die laute jungenhafte Stimme des Fahrers.

Fjodor kam zu sich. Der Wagen hielt langsam an. Zu beiden Seiten der Chaussee waren wieder Häuser zu erahnen, friedlich leuchteten die Fenster. Unter dem aufmerksamen Blick des Fahrers zog Fjodor die Hand aus der Wattejacke. Ächzend vor Schmerz, öffnete er die Tür und wälzte sich mitsamt dem Sack auf die Straße. Der Fahrer beugte sich heraus, um die Tür zu schließen, und fixierte den Mann in der Wattejacke, als wolle er sich ihn einprägen. Dann schlug er die Tür zu, gab Gas, schaltete den Gang ein, und der Laster fuhr langsam an.

Fjodor hockte sich hin, um den Sack auf den Rücken zu heben, und quälte sich hoch. Mit dem Sack auf dem Rücken und leise stöhnend schleppte er sich vorwärts. Eine Frau kam ihm entgegen und zeigte ihm den Weg zur Bahnstation.

Der Zug traf am frühen Morgen in Moskau ein. Langsam fuhr er unter die gewölbte Überdachung des Bahnhofs. Eine endlose Menge Reisender ergoß sich auf den Bahnsteig, strömte zum Ausgang unter der großen Uhr, die sechs Uhr siebenunddreißig anzeigte. Dort warteten Gepäckträger mit

Schürzen und Nummernschildern sowie einige Leute, die jemanden abholen wollten und angestrengt in die Menge spähten. Vielleicht wurde auch Fjodor erwartet – dieser Umstand blieb ungeklärt, weil er den Bahnhof auf einem anderen Wege verließ. Zwei Männer in weißen Kitteln über den Mänteln und noch ein dritter in einer grauen Wattejacke arbeiteten sich, eine zusammengerollte Segeltuchtrage über den Köpfen haltend, gegen den Strom der Reisenden fast bis ans Ende des Zuges durch. Sie suchten den Wagen zwölf. »Hierher, hierher«, rief die Schaffnerin, und, die Reisenden am Aussteigen hindernd und auf die Plattform zurückdrängend, stiegen die drei Männer schnell ein und bahnten sich einen Weg ans Ende des Gangs, wo es schon leer geworden war. Dort lag in einem Abteil auf einer Schlafpritsche ein bewußtloser Mann in weiter Wattejacke und Soldatenstiefeln. Sein Kopf mit den schweißnassen blonden Haaren ruhte auf einem grauen Hanfsack, seine großen knochigen Hände hatten sich fest in das Sackleinen gekrallt.

»Der hier?« fragte einer der beiden Weißbekittelten. »Stell die Trage auf.«

»Er hat hohes Fieber«, sagte der andere. »Den hat's ja tüchtig erwischt auf der Reise.«

»Los, faß ihn unter den Knien an. Ho-opp!«

Sie legten den Kranken auf die Trage, und der tastete sofort, ohne die Augen zu öffnen, um sich.

»Hier ist sie, deine Mütze! Ich setz sie dir auf.«

»Den Sack sucht er«, sagte der in der Wattejacke.

»Hier ist er, dein Schatz! Am Fußende. Los, heb an!«

Sie bugsierten die Trage aus dem Zug und begaben sich schnell, fast im Laufschritt, ans andere Ende des Bahnsteigs, stiegen eine Treppe hinunter, überquerten die Gleise und trugen die Trage durch eine Pforte. Dort stand ein weißes Auto mit rotem Kreuz, in das sie die Trage mit dem Kranken hineinrollten. Der Mann in der Wattejacke setzte sich ans Steuer, und der Motor heulte auf. Der Arzt nahm neben dem Fahrer Platz.

Kaum war der Wagen losgefahren, als der Kranke wieder, mit geschlossenen Augen, um sich tastete. Von Zeit zu Zeit versuchte er sogar, sich aufzurichten, dabei stöhnte er leise und schwer. Der Pfleger im weißen Kittel, der neben ihm saß, verstand, was er suchte.

»Hier ist er, hier ist doch dein kostbarer Schatz!«

Er stellte den Sack ans Kopfende des Kranken und legte dessen Hand darauf. Die kräftigen dunklen Finger des Mannes wurden ruhig, sobald sie das grobe Hanfgewebe spürten.

Der Arzt, der neben dem Fahrer saß, beobachtete alles durch das kleine ovale Fenster.

»Los, pack ihn«, er zeigte mit dem Finger auf den Sack. »Zieh ihn weg . . .«

Der Pfleger griff nach dem Hanfsack und rückte ihn leicht von der Stelle. Sofort krallten sich die dunklen Finger hinein, so daß sich sogar Falten bildeten.

»Inter-es-sant!« sagte der Arzt verwundert. »Er ist doch ohne Bewußtsein! Niemand wird es mir glauben, wenn ich das erzähle.«

Epilog

Im Juli 1953 kam Boris Nikolajewitsch Porai, ein Freund von mir, dem Autor dieses Buches, aus privaten Gründen nach Moskau. Er wohnte in einer anderen Stadt und kam nicht oft nach Moskau, und wie immer hatte er auch diesmal drei Tage von seinem Urlaub abgeknapst, um mit mir angeln zu fahren. Diese Angelfahrten erhielten jedesmal einen besonderen, überraschenden Sinn – dafür sorgte Boris. Wie üblich, fuhren wir an einen neuen Fluß. Einen interessanten Platz zum Angeln auszusuchen hatte auch diesmal mein Freund übernommen. Er verfolgte stets einen besonderen Zweck mit seiner Wahl.

Es war der erste Sommer nach Stalins Tod. Wir wollten miteinander reden.

Wir packten die nötigen Dinge und Vorräte in meinen Pobeda und starteten. Unser Ziel lag in der Nähe der Stadt Juchnow im Gebiet Kaluga. Hinten im Wagen saß unser ständiger Begleiter, Boris' Neffe Pawel – ein hagerer Spötter mit Schnurrbart und Goldzahn. Er war ein geschickter Schlosser und außerdem Fachmann für die Herstellung erstklassiger Blinker. Als Boris sich einmal verplapperte, erfuhr ich, daß Pawel seinerzeit nach seinen Zeichnungen eine Vorrichtung gebaut hatte, die an einer bestimmten Pforte anstelle der Klinke angebracht wurde und einem gefährlichen Schurken, der durch die Pforte wollte, um einem Forscher die Frucht jahrelanger Arbeit zu stehlen, die Hand durchschlug.

Unterwegs rief Neffe Pawel aus Langeweile manchmal von hinten: »Onkelchen Borik!« Boris drehte sich jedesmal um, obwohl er seinen Neffen kannte, und bekam dann von ihm zu hören: »Bist 'n Sonntagsangler.«

Nach ungefähr zwei Stunden erreichten wir Juchnow, fuhren durch die Hauptstraße, wo auf Brandstätten schon Nachkriegshäuser gebaut wurden, ließen die Stadt hinter uns, bogen auf einen Seitenweg ein und drangen tief in das üppige dunkle Grün der Kalugaer Wälder. Ein grüner Vorhang tat sich auf und schloß sich hinter uns, trennte uns von allen menschlichen Ansiedlungen. Wir schwiegen. Sogar Pawel ließ von seinem Onkel ab. Eine ganze Stunde lang kurvten wir auf vom Regen aufgeweichten und vom Krieg verunstalteten Waldwegen herum und versuchten zum Fluß durchzustoßen. Mehrmals öffnete sich der Waldvorhang, dann gelangten wir auf breite Lichtungen mit wild wucherndem, mannshohem Steppengras, aus dem die rauchgeschwärzten Schornsteine jener niedergebrannten Dörfer ragten, die einst die Gegend geziert hatten. Zwischen den Schornsteinen sprangen Hasen herum, nahmen vor uns Reißaus.

»Dudik«, sagte Boris (so nannte er mich). »Wieder ein Dorf. Solche Formen nimmt das Leben nach dem Untergang der Menschheit an.«

Die ganze Zeit, die wir auf der Suche nach einer gefahrlosen Zufahrt zum Fluß durch die Landschaft zuckelten, sahen wir keinen einzigen Menschen – auch nicht den Schatten einer lebenden Seele. Wie Gäste von einem anderen Planeten schlugen wir uns in unserem unirdischen Benzingefährt endlich an das helle, sanft abfallende Ufer eines nicht sehr breiten, aber schnellen und lebhaften Flusses durch. Onkelchen Borik stieg aus, um sich die Beine zu vertreten, und verschwand. Später sah ich ihn hinten am Wasser. Seine lange Gestalt drückte Spannung aus, leise Körperbewegungen verrieten Staunen. Er schien von einem Wunder gebannt zu sein und winkte uns mit hoch erhobener Hand zu sich, malte damit nervöse, gebieterische Schnörkel in die Luft.

Ich lief als erster hin und sah im seichten Uferwasser auf dem Sand einen großen, fast armlangen Döbel, der auf der Seite lag und mit seinem großen Maul Schaum einsog. Als die zurückflutenden Wellen ihn wegschwemmen wollten, wedelte er sich mit seinen roten Flossen, die nur zum Teil im Wasser waren, wieder in die Seitenlage und trieb sich mit der Schwanzflosse zurück, eine Welle überspülte seinen Kopf, und sofort erschien in ihrem Schaum wieder ein großer Saugtrichter.

»Hierher, hierher!« rief Boris mich ächzend schon wieder woandershin, in ein dichtes, niedriges Weidengebüsch. »Schnell, komm her!«

Unter den zum Fluß geneigten Weiden war durch das klare Wasser wie durch eine große Lupe der mit weißen Steinen bedeckte Grund zu sehen. Über dem durch die rasche Strömung flirrenden, leuchtend weißen Untergrund schienen hier und da Spiegel in der Spätnachmittagssonne aufzublinken. Plötzlich glitt ein dunkler Schatten durch die flimmernde Helle: eine große Brasse. Halb auf der Seite liegend, glitzerte sie einen Moment im Sonnenlicht auf, wendete und schwamm, mit den Flossen spielend, zum gegenüberliegenden Ufer, das in tiefen Schatten getaucht war.

»Onkelchen Borik!« rief derweil Pawel vom Auto. »Wo hast du die Würmer hingetan?«

»Sage ich nicht«, antwortete Boris versonnen. »Mit unserer Zivilisation kommen wir noch früh genug. Erst wollen wir uns mal die Natur ansehen. Wie sie ohne den Menschen, ohne seine Passionen aufgeatmet hat.«

Vor uns ragte, der chinesischen Mauer gleich, das ganz im Schatten liegende rostbraune Lehmufer der anderen Seite auf. Es stürzte fast senkrecht zum Wasser ab, Stufen und Schichten des Erdinneren entblößend. Den Kopf im Nakken, starrten wir lange an der steilen Wand hinauf.

Eine Stunde später lagerten wir schon wie Perows rastende Jäger auf einem trockenen Hügel um ein Tischtuch mit Esserei. Onkelchen Borik entkorkte eine Flasche und goß Wodka in die Gläser. Er war ernst geworden und sah immer wieder zum anderen Ufer hinüber. Die mächtige, hohe Wand faszinierte uns. Die Sonne stand noch hoch, berührte aber schon die Bäume, die dort oben über dem Steilhang wuchsen. Nach einem Schluck aus den Gläsern machten wir uns über die dick mit Wurst belegten Schnitten her. Immer wieder schauten wir dabei verstohlen und gleichsam beklommen nach drüben.

»Wer von euch kann mir sagen, Freunde«, begann Onkelchen Borik das Anglergespräch, »warum das Ufer drüben so hoch und unsers hier so flach und niedrig ist? Wie kommt das?«

»Ganz einfach: weil hier eine Aue ist«, sagte Pawel.

»Versteh mal, Pawel, das ist nicht die Ursache, sondern die Folge. Na gut, ihr habt euch noch nicht damit beschäftigt. Das Ufer drüben ist hoch, weil es das rechte ist. Die Erde dreht sich von Westen nach Osten, verstehst du? Das Ufer drückt ständig gegen den Fluß, das Wasser drängt nach dem Trägheitsgesetz dagegen und spült es aus. Habt ihr mal vom Baerschen Gesetz gehört? Das wirkt hier. Und nach unserer Seite weicht der Fluß immer mehr aus, bewegt das Ufer sich nach Osten. Hier lagert der Fluß Schlamm und Sand ab. Darum bleibt hier eine Niederung, bildet sich eine Aue. Die gleiche Erscheinung wie bei Foucaulds Pendel.«

»Wessen Pendel?« fragte Pawel.

»Iß und sei still.«

»Trotzdem, Onkelchen Borik . . .«

»Ja, was ist denn noch?«

»Bist du'n Sonntagsangler!«

Boris sah ihn stirnrunzelnd und mitleidig an.

»Nein, im Ernst, du bist'n Sonntagsangler. Du reagierst gar nicht. Wenn man solche Fische sieht . . .«

»Sitz du lieber still, guck dich um und denk nach.«

An diesem Abend verbot Boris Porai aus Ehrfurcht vor der Natur, Feuer zu machen. Wir legten uns zum Schlafen ins Auto, klappten dazu die Vordersitze herunter.

Pawel und ich wurden zwar ziemlich früh wach, aber Onkelchen Borik war schon weg. Wir suchten rasch die Schachtel mit den Würmern und rannten zum Fluß. Ungeduldig entrollten wir die Angeln und warfen sie am Weidengebüsch aus. Nach ungefähr vierzig Minuten fing mein Schwimmer an zu zucken und zu tanzen, und ich zog eine sich heftig wehrende Brasse heraus.

Da tippte mich der unbemerkt herangekommene Boris an die Schulter.

»Dudik«, rief er eindringlich flüsternd und winkte mir mit dem Finger. »Fische können Sie sich noch genug ansehen. Der Barsch ist überall gestreift. Sehen Sie sich lieber die Natur an. Zwar gibt es auch die überall . . .«

Wir waren schon losgegangen, vom Ufer weg.

»Natur gibt's überall. Bloß ihre Erscheinungsformen sind verschieden. Gleich kriegen Sie was zu sehen. Der junge Schnösel soll angeln. Er ist erst dreißig.«

Nachdem er Pawel befohlen hatte, Feuer zu machen und Fischsuppe zu kochen, forderte er mich mit gebieterischer Geste und strengem Blick auf, mitzukommen. Wortlos entfernten wir uns vom Fluß und gelangten in dichtes, leuchtend grünes Gestrüpp, das sich entlang der Uferlinie angesiedelt hatte. Als wir es durchquert hatten, befanden wir uns auf ebenem, offenem Gelände mit Löchern und Gräben, in denen Moos und Grasbüschel wuchsen.

»Schützengräben«, flüsterte mein ehrfürchtig verstummter Freund und kauerte vor einem kleinen bemoosten Erdhügel nieder. Behutsam nahm er das Moospolster ab. Darunter lag ein geschwärzter, zerschmetterter Menschenschädel.

»Sieh mal, es war ein junger Mann. Hatte noch alle Zähne, nicht eine Plombe. Hier, seine Patronentasche. Das Leder, siehst du, ist unversehrt. Auch die Patronen. Aber wie grün die geworden sind. Da, sein Becher. Der hat auch was abgekriegt.«

Onkelchen Borik hob einen von einer Kugel durchschlagenen blauen Emaillebecher auf, hielt ihn eine Weile in der Hand und legte ihn zurück. Ich sah mich inzwischen um und fand, was von den Stiefeln des Soldaten übriggeblieben war: Die Spitzen aus Juchtenleder. Als Boris sie sah, knetete er das Leder.

»Siehst du, das Segeltuch ist vermodert, aber die Spitzen sind noch wie neu. Birkenteer konserviert.«

Onkelchen Borik deckte den Schädel wieder mit dem Moospolster zu und richtete sich auf, in der Hand den grauen Unterkiefer mit den kräftigen hellen Zähnen. Wir schauten uns um. Ringsum waren hier und da ebensolche Mooshügel zu sehen. Boris hob von einem das Moos an, ließ es aber gleich wieder los und blickte noch düsterer.

»Das gleiche.«

Wir standen eine Weile zwischen den Erdhuckeln. Dann sagte Boris mit veränderter, zaghafter Stimme: »Dudik . . .«

Er hielt den grauen Unterkiefer immer noch in der Hand. Ich schwieg – die Hauptsache hatte mein langjähriger, vertrauter Gesprächspartner mir noch nicht gesagt. Doch ich wußte, er hatte schon lange was auf dem Herzen.

»Onkelchen Borik bittet um Entschuldigung, daß er Ihnen den Zweck der Fahrt nicht gleich verraten hat. Ich meine, Gedanken entwickeln sich am besten, wenn man den Gegenstand direkt vor Augen hat. Ich war schon mal hier.«

Er lächelte matt und entblößte dabei seine zahnlosen Kiefer. Danach wandte er den Blick dem Fluß zu, genauer, der majestätischen rostroten Wand des gegenüberliegenden Ufers, dessen Schichten und Vorsprünge sich deutlich in der Morgensonne abzeichneten.

»Sie sind alle drüben gewesen, auf dem Steilufer. Eine günstige Stellung. Immer versuchen sie, die Höhen einzunehmen. Von da oben konnten sie in aller Ruhe runterballern. Und unsere Jungs, Dudik, haben in der Niederung gelegen. Wie auf dem Präsentierteller. Auch wenn sie sich eingegraben hatten. Die andern brauchten sich bloß auszusuchen, wen sie abknallen wollten. Fragt sich, warum nicht unsere zurückgegangen sind, sondern die Deutschen? Zum Beispiel der junge Soldat – warum ist er nicht weggelaufen?« Onkelchen Borik betrachtete den Kieferknochen, den er immer noch in der Hand hielt, mit ehrfürchtigem Schauder. »Er sah doch, wie die Kameraden ringsum fielen. Und der Wald war ganz nah! Warum sollte er nicht sein Leben retten? Bei uns im Betrieb ist man für 'ne Prämie, für zehn Rubel zu wer weiß was fähig. Und hier ging's ums Leben . . . Wer desertiert, den kann man zwar erwischen, vors Kriegsgericht stellen und erschießen. Trotzdem, wird er gedacht haben, vier, fünf Tage wirst du leben. Fünf Tage! Vielleicht erschießen sie dich auch gar nicht, erwischen dich nicht mal. Hier dagegen trifft's dich schon in einer Stunde. Oder in einer Minute. Und doch ist er nicht weggelaufen! Da liegt er, Dudik. Er ist hiergeblieben. Wie die anderen. Und die da oben, die so gut ausgerüstet waren, die die beherrschende

Höhe besetzt hielten, zogen sich auf einmal zurück. Sie sind nicht weggelaufen, haben sich organisiert und vorsichtig abgesetzt. Am Morgen war das andere Ufer auf einmal vom Feind geräumt. Sie hatten sich verdrückt, verstehst du.«

Onkelchen Borik war schon eifrig dabei, seinen Gedanken zu entwickeln.

»Schlaue Leute können sagen: Der Feind hat den Rückzug angetreten, weil die Lage für ihn ungünstig geworden war. Einverstanden, einverstanden. So war's ja auch. Aber wie kam es dazu. Denn bis Berlin mußten ja noch viele Flüsse überquert werden, und wenn sie ein hohes Ufer hatten, lag das immer drüben, war's das westliche. Und auf unserer Seite war die Niederung. Das Baersche Gesetz war gegen uns. Und trotzdem gestaltete sich die Lage so, daß nicht wir, sondern sie zurückgehen mußten. Warte, ich weiß, was du sagen willst. Die Heerführer. Ja, ja, ja. Die Heerführer haben das Ihrige getan. Und sonst? Warum ist dieser Soldat nicht weggelaufen, sondern hat dem Heerführer gehorcht und ist hier liegen geblieben, hat sein junges Leben geopfert?«

Wir schwiegen und starrten auf die rotbraune Wand des Steilufers, das immer heller in der Morgensonne leuchtete.

»Ich will's dir sagen, Dudik.« Boris faßte mich unter. »Dies Phänomen hat's in sich. So deutlich wirst du's freilich nicht überall zu sehen kriegen. Das ist ja nicht bloß ein Einzelfall aus dem Krieg. Im Gegenteil, das ist 'ne Gesetzmäßigkeit. Die im Krieg nur auf besondere Weise in Erscheinung trat. Die aber ebensogut unter anderen Umständen im Leben, in anderen kritischen Situationen auftreten kann. Ich habe folgendes erkannt. Nehmen Sie zum Beispiel die Inquisition.« Hier hakte Onkelchen Boriks Blick sich irgendwo fest: Er kam auf das zu sprechen, worüber er schon gründlich nachgedacht hatte und worum es ihm eigentlich ging.

»Die Inquisition hat ihre Feinde und das einfache Volk immer vom hohen Ufer aus bekämpft. Vom hohen Ufer aus hat sie zugeschlagen, wie's ihr beliebte. Christus, die Jungfrau Maria, das Christentum – die Stellung war doch nicht schlecht! Das war doch so ein hohes Ufer! Ehe die alte Frau freiwillig Reisig auf den Scheiterhaufen warf, auf dem Jan Hus verbrannt wurde, mußte sie ja erst mal so weit gebracht werden. Und wie ging alles aus? Wie ging's aus? Keiner hat die Inquisitoren angegriffen oder verfolgt, die Hände hat man ihnen geküßt – und trotzdem sind sie plötzlich ganz von selbst von ihrem hohen Ufer runtergestiegen und verschwunden. Als ob's sie nie gegeben hätte.«

»Onkelchen Bo-orik!« rief Pawel vom Fluß.

»Sie merkten von Tag zu Tag mehr, daß sie im Unrecht waren, daß sie Verbrecher waren, denen man nichts vergessen würde. Schon lichteten sich ihre Reihen, gab es Deserteure unter ihnen. Und die in der Niederung lagen, erkannten immer deutlicher ihr Recht. Wußten, daß die auf dem Steilufer schon an geordneten Rückzug dachten, ihr Gesicht zu wahren versuchten. Allgemeine Aufklärung setzte ein, Klarheit, wie sie auch in diesem Kopf geherrscht hat.« Onkelchen Borik betrachtete den grauen Kiefer auf seinem Handteller. »Dieser Schädel war vom ewigen Licht der Gerechtigkeit erleuchtet. Und eben darum ist der Junge nicht aufgesprungen und weggerannt.«

»Onkelchen Bo-o-o!« erscholl es vom Fluß.

»Was gibt's denn?« rief Boris Porai und hob den Kopf wie ein Adler.

»Sonntagsangler! Guck mal, was ich gefangen hab!«

»Ach, scher dich . . .« Boris winkte ab. »Jemand, der mich mit seinen Gedanken angesteckt hat, hat mal Kriterien rausgefunden, nach denen sich das Böse jederzeit erkennen läßt. Auf das hohe Ufer ist er nicht gekommen. Da hätte er eingehakt. Gibt ja auch was her. Das ist schon so, Dudik, denken Sie mal drüber nach. Wer im Recht ist, hat's nicht nötig, sich an die Brust zu schlagen. Der hat einfache Beweise. Noch ein Beispiel. Vor vier Jahren war bei uns im Institut allerhand los, Dudik, da tobten die Leidenschaften. Alle fielen über einen Wissenschaftler her – einen anständigen, klugen Mann. Von beispielloser Güte war er, fleißig. Und den machten sie fertig. Natürlich griffen sie ihn vom hohen Ufer aus an, weil sie im Unrecht waren. Jeder Redner sah in ihm ein fremdes Element, einen Feind, einen Vergifter der Hirne. Sie predigten von Marxismus und fortschrittlicher

Sowjetwissenschaft, von den Interessen des Volkes und der Mitschurinbiologie als der einzig wahren. Das waren ihre Höhen. Den Mann haben sie eingebuchtet, er störte sie. Danach knöpften sie sich die Jugend vor, ein Zirkel flog auf. Die jungen Leute waren in Ordnung, sie hatten heimlich die Zellstrukturen, die wahre Wissenschaft studiert. Sie hatten niemanden angegriffen, kein hohes Ufer gesucht. Sie wurden von derselben hohen Warte aus verurteilt. Verstehst du das Kriterium? Dann wurde auf noch einen Jagd gemacht. Den hatten sie zuerst nicht durchschaut und für einen der ihren gehalten. Er aber war Wissenschaftler, nicht mehr und nicht weniger. Als sie dann dahinterkamen, war vielleicht was los! Ich weiß nicht, wo er jetzt ist, ob er noch lebt. Ob's nicht sein Kieferknochen ist, den ich hier habe.«

Vom Fluß zog Rauchgeruch herüber, und wir schlenderten langsam zum Lagerfeuer.

»Dieser letzte, der hat mich mit seinen Ideen angesteckt. Fjodor Deshkin. Er hatte recht. Das Leiden, so sagte er, ist ewig. Solange es lebendige Menschen gibt, solange sie nicht aus Kunststoff gemacht werden, leiden sie. Das ist seine Hauptthese. So sicher wie's den lebendigen Menschen gibt, so sicher wird ihm auch jemand Leid zufügen wollen. Ebendas ist das Böse. Und das ist immer frei, niemand verbietet ihm was. Das könnte auch keiner. Wer kann mir verbieten, die Frau, den Esel und den Ochsen meines Nächsten zu begehren? Wer kann Wünsche verbieten? Ich werde freundlich lächeln, aber begehren, o ja! Das werde ich! Wünsche und Begierden bestraft das Gesetz nicht, es sieht sie gar nicht. Und machen, was ich möchte – pah! Kleinigkeit! Hauptsache, ich habe den Wunsch. Dann geht's nur noch darum, ob ich ihn mir erfüllen kann. Siehst du, und um das zu können, braucht das Böse nur hoch genug zu sitzen. Dudik, das Böse ist immer drauf aus, vom hohen Ufer, von oben runter zu ballern.«

Wir durchquerten bereits das Gebüsch, das den einstigen Kampfplatz vom Ufer trennte, als Onkelchen Borik etwas einfiel. Er bedeutete mir, auf ihn zu warten, und trabte zurück. Bald darauf kam er mit einem gutmütigen, zahnlosen Lächeln wieder.

»Ich hab den Knochen an seinen Platz gelegt, wo er gelegen hat.«

Ungefähr eine Stunde später saßen wir am Feuer und löffelten einträchtig aus einem großen Topf kräftige heiße Fischsuppe. Onkelchen Borik aß wortkarg und mürrisch; jedesmal, wenn er den Löffel in den Mund schob, rollte er einen Moment zornig die Augen, ein Zeichen dafür, daß er ungemein konzentriert war.

»Onkelchen Borik!« sagte Pawel zu ihm und fügte hinzu, ohne die Antwort abzuwarten: »Bist doch'n Sonntagsangler. Wer ißt schon extra starke Fischsuppe und denkt dabei an ganz was anderes!«

Aber auch darauf erwiderte Boris Porai nichts. Statt dessen stand er auf und ging zum Auto. Dort nahm er sein schwarzes Jackett, wühlte in den Brusttaschen und holte schließlich ein zusammengefaltetes Blatt Papier heraus. Er kam zurück und reichte es mir.

»Da haben Sie's schwarz auf weiß. Hier können Sie sehen, wie so was vor sich ging.«

Unter seinem strengen Blick faltete ich das Blatt auseinander. Die Längs- und Querfalten im Papier erinnerten an ein Fensterkreuz. Es war ein durch ein mir unbekanntes Verfahren auf Pauspapier kopierter Zeitungstext. »Runter vom Feld mit dem Unkraut!« lautete die fette Schlagzeile. Darunter folgte der ziemlich groß gedruckte Text: »Wir, die Studenten der Fakultät Genetik und Pflanzenzüchtung, bitten das Rektorat, uns von den Pflichtvorlesungen bei I. I. Strigaljow zu entbinden, der . . .«

Damals las ich diesen entsetzlichen kollektiven Brief zum erstenmal. Ich starrte wie gebannt auf die Unterschriften, die in zwei ansehnlichen Spalten folgten.

»Wer ist diese Schamkowa? Kennen Sie sie?« fragte ich.

»Ich habe bemerkt, daß Ihr Gesicht sich verfinstert hat, richtig düster haben Sie dreingeschaut, als Sie den Text lasen. Ich möchte Sie auf etwas aufmerksam machen. Als das Blättchen damals erschien, wurde es ganz anders aufgenommen. Damals war das der normale Ton. Solche Sachen wurden manchmal sogar in Extase verfaßt. Der Text tönte nur so vom hohen Ufer runter. Im Namen einer glücklichen Zukunft der Menschheit. Manche haben mit Freuden unterschrieben! Ebendiesen Aufruf, denselben! Heute liest man ihn anders. Ist vielleicht was damit vorgegangen? Oder mit den Menschen? Auch Sie, Dudik, haben doch solche Texte noch vor fünf Jahren mit einem ganz anderen Gefühl gelesen! Sie sind entsetzt, aber die Phraseologie muß Ihnen doch bekannt vorkommen. Sie waren ihr doch mal ausgesetzt! Wo ist die Veränderung vor sich gegangen? Antworten Sie mir! Fakt ist: Eines Nachts hat das Böse klammheimlich und ohne Aufhebens die Stellung aufgegeben. Hat sich zurückgezogen, um sich ein neues hohes Ufer zu suchen.«

Ich bat Boris, mir das Blatt zur Erinnerung zu schenken. Mein Freund sagte, ehe er weiter seine Fischsuppe löffelte: »Das geht beim besten Willen nicht, mein Lieber. Nächstesmal bringe ich Ihnen eine andere Kopie mit. Diese brauche ich noch. Für eine wichtige Geheimaktion. Die mir das Schicksal auferlegt hat.«

Im selben Sommer, schon Ende August, fand in einer altmodisch großen Moskauer Kommunalwohnung mit trübe beleuchtetem, verwinkeltem Korridor – um genauer zu sein, in einem der vierzehn Zimmer dieser Wohnung, einem vierzig Quadratmeter großen, langen Raum mit Stuckdecke, eine Feier statt: Man beging den 70. Geburtstag des alten Chemieprofessors, der es bewohnte. An einer aus verborgenen Gegenständen und Brettern gebildeten, mit mindestens fünf gestärkten Tischtüchern gedeckten langen Tafel saßen die angeregten Gäste, vorwiegend muntere ältere Herren. Am Tafelende saßen in dichter Reihe auf Brettern, das nicht ganz alltägliche Tischgespräch gespannt verfolgend, etwas jüngere Männer und Frauen, und hinter ihnen drängten sich junge Leute – Assistenten, Aspiranten und sogar Studenten. Einige schmuck angezogene, schlanke junge Mädchen, davon zwei oder drei mit Brille, zwängten sich mit Tabletts durch die Menge der Gäste und servierten Wurstbrote, mit Schnittlauch bestreuten und mit Öl übergossenen Hering in ovalen Schälchen, Salzgurken und geöffnete Konservendosen mit Hecht in Tomate. Viele Flaschen blinkten, über die ganze Tafellänge verteilt.

Es war schon auf den Jubilar getrunken worden, gleichmäßiges allgemeines Gemurmel hatte eingesetzt. In diesem Gemurmel, das über der Tafel hing wie ein Schwarm Spatzen, war kaum ein Wort zu verstehen. Aber auch der neu Hinzukommende merkte bald: Nicht der Chemiker wurde hier gefeiert. Obwohl der Professor organische Chemie lehrte, hatte er erst dieser Tage die Promotion B in seinem Fach verteidigt. Vor vier Jahren war er Doktor der biologischen Wissenschaften gewesen, aber Akademiemitglied Rjadno hatte seinen Namen auf die Anweisung von Minister Kaftanow gesetzt. Dieser Umstand wurde seit einiger Zeit nicht mehr verschwiegen, und seit neuestem sprach man sogar darüber wie über eine Heldentat oder Auszeichnung.

Der standhafte Weismann-Morgan-Anhänger am Kopf der Tafel, der an einer chemischen Fakultät fern von Moskau untergekommen war und Kassian nie auch nur mit einem Lächeln hofiert hatte, erregte naturgemäß Interesse, und er genoß die verdiente allgemeine Sympathie auch sichtlich. Die da an der langen Tafel vor ihm saßen, waren in der Mehrzahl wie er Biologen der Schule, die man noch vor kurzem als für immer zerschlagen wähnte.

An der Tafel ging es lustig zu, man plauderte bereits in Gruppen, und überall gab es Interessantes zu hören. In einer Gruppe erzählte ein ehemaliger Genetikdozent, wie er in einem Zoo untertauchte, wo Freunde ihm die Pflege der Elefanten anvertrauten. In einer anderen gab ein blonder, rotwangiger Doktor der Biologie, der nach seiner Entlassung Pharmazeut geworden war, andeutungsweise zu verstehen, daß er insgeheim über zwanzig junge Leute ausgebildet hatte, aus denen tüchtige Genetiker werden könnten. Obwohl er sich in Allegorien ausdrückte, konnte man seinen Worten entnehmen, daß er ein »Nest« ausgebildet hatte – und er sprach ohne Angst.

»Gestern war Wahl in der Forschungsgesellschaft«, sagte einer. »Wissen Sie, wer jetzt unser Vorsitzender ist? Kim Saweljewitsch Krasnow!«

»Was denn für ein Krasnow?« fragten mehrere auf einmal. Niemand kannte den Namen, und das flüchtige Interesse der Runde für den unbekannten Namen erlosch wieder und wandte sich den Themen in den Gesprächsgruppen zu.

Plötzlich unterbrach lautes Gelächter am Kopf der Tafel alle Unterhaltungen. Einer der engsten Mitstreiter und Freunde des Jubilars, ein etwas stutzerhaft gekleideter, gutaussehender alter Herr mit Scheitel – von solchen sagt man bis zuletzt: das ist ein Mann – gab Geschichten über Akademiemitglied Rjadno zum besten. Seinen Namen nannte er nicht: In den vier Jahren, die auf die berühmt-berüchtigte Akademietagung folgten, hatten alle gelernt zu reden, ohne sich in Gefahr zu bringen.

»Sie erinnern sich, dieser leuchtende Stern fing bereits selbstsicher an zu sinken.« Der Erzähler merkte, er gefiel, und wiegte sich verstohlen schmunzelnd in den Hüften. »Der Stern sank selbstsicher zum Horizont. Natürlich hatte man ihm die Blamage mit der ›Maiblume‹ und die Sache mit Madson nicht vergessen. Er gab doch einen von seinen Getreuen als Iwan Iljitsch Strigaljow aus, den er ja hatte verschwinden lassen. Stellte den Strohmann also dem Ausländer als Strigaljow vor. Raffiniert ausgedacht, was? Nur, der Däne kannte Strigaljow noch vom Kriege her.«

»Die Sache war komplizierter«, mischte sich eine dünne, brüchige Altmännerstimme ein. »Der Mann, der für Strigaljow ausgegeben wurde, war im Endeffekt gar kein Getreuer, da hatte unsere Koryphäe einen Bock geschossen.«

»Ja, davon hab ich auch gehört.«

»Der unbekannte Fachmann hat sich geopfert: Er benutzte die Gelegenheit, um die Wissenschaft von dem Röchler zu befreien.«

»Genau so war's. Aber ich bringe hier bloß das zur Sprache, was ich für meine kleine Geschichte brauche. Ja, also . . . Mein Held hatte, wie sich zeigte, einen mächtigen Gegner. Was der Klassiker in seinem Ruhmestaumel nicht ahnte. Redegewandt, wie er war, hat er eine bestimmte Persönlichkeit, deren Namen ich nicht mal anzudeuten wage, in gewissen Teestunden rücksichtslos schlecht gemacht, ihre landwirtschaftlichen Kenntnisse verspottet, besonders ihre Schwäche für ›Agrostädte‹. Wodurch der andere sogar was abbekam – seine Abreibung hatte er unserem Mitschurinanhänger zu verdanken. Der Dummkopf, nach seinem Reinfall mit dem Ausländer hätte er lieber hübsch ruhig sein und sich die Wunden lecken sollen. Aber woher denn, Freunde! Doch nicht ein Haudegen wie er!«

Alle wußten, von wem die Rede war, und genossen ihr konspiratives Spiel, das in Wahrheit der erste frische Wind der Freiheit war, wenn auch erst ein zaghaftes, vorsichtiges Lüftchen – vor vier Jahren noch war so eine spielerische Maskierung undenkbar gewesen.

»Als Josef Wissarionowitsch starb«, fuhr der stutzerhafte Freund des Jubilars fort, »hörten die Teestunden natürlich auf. Und Kränkungen sind ja nun eine zählebige Sache, wovon wir alle ein Liedchen singen können. Unser Liebhaber von wissenschaftlichen Tagungen auf dem Felde, bei denen die Teilnehmer auf der Erde sitzen mußten, hatte denjenigen beleidigt, der von Agrostädten träumte, und die Aktien des Beleidigten stiegen auf einmal fast senkrecht in die Höhe. Er nahm bereits, sagen wir, den fünften Platz im Staate ein, mit ihm war ernstlich zu rechnen. Unser Mitschurinfreund bekam Wind davon und machte sich ran an den aussichtsreichen Genossen, bleckte grinsend sein Gebiß. Doch o weh! Man gab ihm nicht die Hand! Man wünschte nicht mit ihm zu reden! Von der Sonne versengt, zog er ab. Eine Woche darauf hat's unser abgedankter byzantinischer Kaiser noch mal versucht – mit einem Telefonanruf. Aber er wurde gar nicht erst verbunden. Obendrein schickte man ihm sein Manuskript zurück, sein neues Lehrbuch, das er schreiben wollte. Das bekam er mit kritischen Bemerkungen zurück. So sank unser Stern immer weiter. Sic transit – na, Studiosi, wie geht's weiter?«

»Gloria mundi!« riefen munter mehrere Stimmen.

»Aber wenn er in unserm Fall auch ›transit‹, Kollegen, dann noch lange nicht ›sic‹. Im Gegenteil, das war erst eine leichte Erschütterung. Ein Alarmsignal, eine Warnung des Schicksals. Bis zum ›sic transit‹ war es noch ziemlich weit.«

Stille trat ein. Man wartete auf die Fortsetzung, doch der Erzähler ließ sich Zeit. Er goß sich Wodka in ein kleines, fingerhutgroßes Schnapsglas und stellte es vor sich hin.

»Ich möchte nämlich einen Trinkspruch ausbringen, Kollegen. Legt mir schon mal einen Happen Hering zurecht. Jetzt kann's weitergehen. Tja ... Er war also auf Talfahrt. Ein Monat verging, ein Vierteljahr. Die Persönlichkeit, die beleidigt worden war, besucht verschiedene Kolchose. Der aussichtsreiche Genosse, der inzwischen schon im Ministerrang ist, interessiert sich ernsthaft für die Landwirtschaft, für Ernteerträge und Sorten. Freilich nicht für unsere scholastische Wissenschaft, nicht für Genetik. Unsere Formeln sagen ihm nichts, über die Fliegen lacht er nur. Was interessiert, sind rasche Ergebnisse und die im Volk schlummernden Kräfte. In einem Kolchos will er sich mit Fachleuten aus der Praxis unterhalten. Der Vorsitzende stellt ihm sein Zimmer zur Verfügung. Er kommt rein, und wer ist drin? Unser Diokletian. Wie? Hab ich mich geirrt? Unser Vespasian des Volkes ist drin, in Stiefeln und Wattejacke. Steht verlegen da und grient. Wie's dazu kam, wie er sich da Zutritt verschafft hat, weiß ich auch nicht. Fakt ist, die Begegnung fand statt. Die Tür wurde zugeschlagen, und dann waren drinnen Schreie und lautes Klatschen zu hören. Hörte sich ganz so an, als ob der Kaiser ein paar in die Fresse bekam. Von staatsmännischer Hand. Danach wurde es still. Man spähte ins Zimmer, sah aber nur ihre Rücken. Sie unterhielten sich. Eine gute Stunde hielt die Ruhe an. Dann ging die Tür auf, und die beiden kamen strahlend und Arm in Arm raus. Unser Gelehrter allerdings mit leicht geschwollener Visage. Der besagte Genosse – wir wollen keine Namen nennen – hält eine Waage mit Elfenbeinschalen in der einen Hand. In der anderen eine Handvoll Ähren. Und daneben zwischen zwei Fingern eine Superähre. Eine ungewöhnlich dicke, achtfach verzweigte. Unser Näseler hatte das Wunder irgendwo aufgegabelt. Solche Anomalien findet man mitunter auf normalen Weizenschlägen. Der Bauer weiß: Wenn man Körner von solchen Ähren sät, werden wieder gewöhnliche Pflanzen draus. Aber der betreffende Genosse wußte das nicht. Alles stand um die beiden rum und guckte, berichtet ein Augenzeuge. Der Genosse legt die Ähre feierlich auf die Waage und fordert die Umstehenden auf, sie mit normalen Ähren aufzuwiegen. Man legt eine drauf, zwei ... eine dritte, eine vierte ... Erst bei der fünften geht die Waagschale runter.

›Bring die Sorte schnellstens auf die Felder!‹ ruft der Genosse begeistert. ›Wieviel Jahre brauchst du?‹ ›Vier‹, verspricht das Naturtalent. ›In vier Jahren bringe ich einen Weizen, der alle Sorten der Welt vom Ertrag her übertrifft!‹ Mit dieser Ähre hat er sich die Obrigkeit gewogen gemacht. Und den Verlauf der Geschichte aufgehalten. Im Nu war alles vergessen – die ›Maiblume‹, Strigaljow, der Däne. Der Stern durfte ein zweites Mal auf die Umlaufbahn. Natürlich stürzt er sich jetzt auf die Superähre. Er will sie ›durch die Lebensbedingungen erziehen‹. Wenn er die Samen von dieser Ähre sät und die Naturgesetze – die er nicht begreift und nicht anerkennt – in Kraft treten, dann endlich können wir ›sic transit‹ sagen. Dann fängt für uns alle wieder das richtige Arbeiten an. So einfach ist das! ›Vier Jahre, und ich gebe euch die Sorte! Wir dürfen nicht drauf warten, daß die Natur uns was schenkt, wir müssen's uns nehmen!‹ ›Nehmen‹ ist für sie Augenblickssache. Schwupp! wollen sie geschenkt haben, was sie brauchen. Freunde, stoßen wir an auf die großartigen Naturgesetze, für die weder hohe Ämter noch große Worte zählen. Auf ihre Unausweichlichkeit! Auf daß wir sie erkennen!«

»Verzeihung!« Der Jubilar klopfte plötzlich mit dem Messer ans Glas und stand auf. »Ich billige den Trinkspruch rückhaltlos und begeistert. Aber im Rahmen unserer heutigen Zusammenkunft möchte ich noch, ehe wir trinken ... Wir haben heute etwas Wichtiges versäumt. Ich möchte darum bitten, daß wir für eine Minute unterbrechen und das Andenken derjenigen unserer hervorragenden Brüder und Kollegen ehren, die aus den einen oder anderen Gründen heute nicht mehr unter uns sind. Und denen wir es zu verdanken haben, wenn es im nächsten Jahrhundert heißen wird, daß es mehr Unsterbliche bei uns gab als nur Akademiemitglied Rjadno. Wir wollen ihre Namen nennen.«

Kurzes, geräuschvolles Stühlerücken, dann trat Ruhe ein. Alle standen.

»Ich nenne den ersten Namen. Nikolai Iwanowitsch Wawilow«, sagte der Jubilar und verneigte sich.

Anhaltendes, tiefes Schweigen folgte. Dann sprach eine deutliche Stimme: »Georgi Dmitrijewitsch Karpetschenko.«

Sofort rief es vom Ende der Tafel: »Dmitri Anatoljewitsch Sabinin.«

»Grigori Andrejewitsch Lewitski.«

»Nikolai Maximowitsch Tulaikow.«

Eine ganze Minute lang fiel ein bekannter Name nach dem anderen in die Stille. Die Väter der Wissenschaft, Begründer von Schulen und Helden der Labors schienen aus der Ewigkeit herauszutreten, sich zu verbeugen und wieder zu verschwinden. Dann wurden die Gedächtnislücken gleichenden, spannungsvollen Pausen länger. Man wartete schweigend, aus Furcht, einen würdigen Namen auszulassen. Dann und wann erinnerte sich aber wieder jemand und nannte achtungsvoll einen allen bekannten Namen. Als wieder alle schwiegen und die Stille im Raum ein allen verständliches Maß überschritt, schurrten die Stühle erneut. Die Gäste nahmen Platz. Alle saßen schon, die Gespräche waren aber noch nicht wieder aufgelebt, als am Ende der Tafel, wo auf provisorischen Bänken dicht gedrängt die Jüngeren saßen, eine leise, klangvolle Frauenstimme deutlich vernehmbar sagte: »Iwan Iljitsch Strigaljow.«

Und es wäre nichts weiter geschehen, hätte nicht der alte Herr mit der dünnen, brüchigen Stimme, der beim Jubilar saß, zum Tischende gespäht und wäre er nicht sogar kurz dabei aufgestanden.

»Entschuldigen Sie. Ich setz mal die andere Brille auf. Ich glaube, ich kenne die Frau, die da . . .« Er zitterte plötzlich. »Entschuldigen Sie. Sie sind Angela Schamkowa. Wie können Sie denn«, er erzitterte heftiger, und seine Stimme fing an zu trudeln wie ein von der Achse gesprungenes Rad. »Entschuldigen Sie, wie können Sie als eine der ersten, die den Tod dieses hervorragenden Menschen verschuldet haben . . . Woher nehmen Sie die Stirn, hier, heute, auf unserer Feier . . .«

»Ich sehe es jetzt anders«, sagte die Schamkowa leise. »Ich bin nicht mehr bei denen.«

»Sie sehen's jetzt anders!« Der alte Mann lief rot an, riß die Augen auf und hustete. »Aber bevor Sie es anders sahen . . .«

»Natan Michailowitsch«, sein stutzerhaft gekleideter, gutaussehender Nachbar breitete die Arme aus und verharrte so lange in dieser Pose, bis Chejfez den Widerstand verlegen aufgab. »Lohnt es, bei unserm schönen Treffen Töne anzuschlagen, von denen wir uns ... die wir schon so lange nicht mehr gehört, schon lange vergessen haben? Müssen wir Überholtes, längst Verjährtes noch galvanisieren?«

»Aber was tun Sie denn jetzt anderes!« dröhnte jemand am selben Tischende in tiefem Baß. »Ich verstehe Sie nicht, mein Lieber.«

»Ein Sieger, der im Recht ist ... Daß wir im Recht sind, war schon immer klar. Und daß wir die Sieger sind, darf wohl als entschieden gelten, wenn auch erst für die Zukunft. Der Sieger – derjenige, der im Recht ist – beweist seine Überlegenheit durch Vernunft, Beherrschung, Humor und Nachsicht.«

»Verzeihung, Verzeihung ...« Der stark gealterte Chejfez stand abermals zitternd auf, die Stimme versagte ihm, doch der alte Mann war entschlossen, nicht aufzugeben. »Sie war's doch! Sie! Als Schülerin und Aspirantin von Iwan Iljitsch – diesem hervorragenden, anständigen Menschen. Sie hat ihn in meinem Beisein in einer Versammlung ... denunziert! Zwanzig Schritt von mir entfernt! Hat ihn als Feind entlarvt, wie es damals hieß. Diesen ausgezeichneten Wissenschaftler ... Diesen aufrechten, gütigen, tapferen Menschen hat sie in den Schmutz getreten. Und danach hat dieselbe Person, verzeihen Sie! – noch eine politische Denunziation gegen ihn in die Zeitung gebracht! Das waren doch Sie, Angela Danilowna, die von Gruppe zu Gruppe ging und die Studenten zwang, diese Gemeinheit, die später gedruckt wurde, zu unterschreiben! Erst gestern bin ich in der Bibliothek auf diese widerwärtige ... organisierte Denunziation mit dreißig Unterschriften gestoßen. Ich traute meinen Augen nicht! Sie ist noch da, diese Zeitung! Der ganze Jahrgang! Angela Danilowna, dort steht auch Ihre Unterschrift. Ganz vorn, an erster Stelle. Ich rate Ihnen, sehen Sie sich das mal an, wenn Sie so schnell vergessen. Ich wäre fast erstickt. Kollegen, man darf einen Menschen nicht dran hindern, sich als Verbrecher und Schurke zu fühlen, wenn er einer ist. Die beste Medizin ...«

Alle schwiegen. Niemand wagte sich einzumischen oder der schweren Anschuldigung etwas hinzuzufügen. Man vermied sogar, die Schamkowa anzusehen. Sie saß ruhig und gerade da und ähnelte mit ihrem hellblonden Haar und den flachen roten Ohrringen wie früher einem lauschenden Huhn. Um so mehr erschraken alle, als ein Brett, auf dem fünf Leute, darunter die Schamkowa, gesessen hatten, laut polternd zu Boden fiel. Der Grund dafür war, daß der fünfte, der alle im Gleichgewicht gehalten hatte, ein etwas fettleibiger, grauhaariger Hüne in weißem Importanzug mit Achselklappen und schnallenverzierten Taschen, steif und abrupt zum Ausgang strebte. Ohne sich nach der von ihm verursachten Katastrophe umzusehen, drängte er sich energisch zur Tür und verschwand. Angela Schamkowa, nach dem Sturz rasch wieder auf den Beinen, eilte hinterher. Alle sahen ihnen schweigend nach.

Bereits 1950 hatte der Doktor der Wissenschaften Saul Brusshak, engster Mitarbeiter von Akademiemitglied Rjadno, die Versetzung der Schamkowa nach Moskau durchgesetzt. Sie siedelte in die Hauptstadt über, ohne ihre Arbeit bei Anna Bogumilowna abgeschlossen zu haben und ohne Kandidat der Wissenschaften geworden zu sein. In Moskau drückte Saul durch, daß sie in einem Forschungsinstitut unterkam, in einer Abteilung, wo man sich mit einem ihr wenig bekannten Gebiet befaßte, mit der Physiologie der Pflanzenzelle. Brusshak, der ihr den Wechsel empfahl, sagte, Physiologie sei eine sichere Sache, da müsse sie einsteigen. Angela ahnte sofort, daß die Umwandlung von Sommerweizensorten in Winterweizen eine unsichere Sache war. Ihr fiel auch gleich der Brief ein, den eine mutige Studentin an Akademiemitglied Rjadno geschrieben hatte. Sie hätte den Versuch mit den Tütchen damals selber machen, sich vergewissern sollen.

Also hängte sie die Umwandlung von Weizen an den Nagel, zog sich als frischgebackene Moskauerin und Physiologin einen weißen Kittel an und setzte sich ans Mikroskop. Brusshak vergaß sie nicht und fand bald darauf ein Dissertationsthema für sie. Jetzt hielt er ihr bei ihren häufiger gewordenen Rendezvous Vorträge über die Kälteresistenz der Pflanzen. Angela, die ihn genau kannte, wußte, daß die Idee nicht von ihm stammte, und spitzte deshalb die Ohren. »Wenn du die Kälteresistenz im Sommer ermittelst, wird sie gering sein«, dozierte er. »Im Winter dagegen nimmt sie stark zu. Warum? Denk mal drüber nach und beobachte, dann siehst du, daß die Zellen sich mit der Anpassung an die Kälte verändern. Ihr Protoplasma tritt durch die Zellbegrenzung nach außen. Fang sofort mit dem Sommerstadium an. Im Winter schließt du die Beobachtungen ab. Im Februar fährst du nach Leningrad und verteidigst. Dort wird alles vorbereitet sein und auf hohem Niveau vor sich gehen.«

Angela beobachtete, und alles war, wie Saul gesagt hatte. Bei vielen Zellen trat das Protoplasma aus. Das Herz stockte ihr, zum erstenmal erlebte sie das prickelnde Gefühl einer Entdeckung. Sie schrieb ihre Dissertation, versah sie mit Fotos und fuhr Anfang Februar nach Leningrad, um vor dem wissenschaftlichen Rat über ihre Ergebnisse zu referieren. Nach ihrem kurzen Vortrag stand ein etwas erstaunter Doktor dieses Spezialgebiets auf – er war noch ganz jung, gleichaltrig mit Angela – und gestand freimütig, eine Protoplasmaausscheidung wie die eben geschilderte noch nie gesehen zu haben. Er bat die Bewerberin um den Kandidatentitel, den bei ihr nur auf Fotos dargestellten Vorgang in seinem Labor zu demonstrieren. Am nächsten Tag fand Angela Schamkowa sich mit ihrer aus Moskau mitgebrachten Laborantin bei ihm ein. Sie gingen in den Garten und schnitten dort Zweige ab, an denen die Entdeckung demonstriert werden sollte. Angela fertigte mit einer Rasierklinge einige Knospenschnitte an, legte sie auf ein Glasplättchen und gab Wasser dazu. Sie sah ins Mikroskop, stellte es ein und machte danach mit einer schönen Geste dem interessierten, aber skeptischen jungen Doktor Platz, der mit aufgekrempelten Ärmeln daneben stand. »Sehen Sie, hier ist so eine Zelle. Das Protoplasma hat sich von der Zellbegrenzung gelöst. Zwischen ihm und der Membran ist ein leerer Raum. Eine Vakuole.« Dieser wäre besser als Brusshak, dachte sie flüchtig. Der Doktor sah ins Mikroskop und trommelte mit den Fingern auf den Tisch. »Wissen Sie, was das ist, Kollegin Schamkowa? Eine traumatische Plasmolyse! Die Zelle ist bei der Anfertigung des Schnitts beschädigt worden. Das Protoplasma in ihr ist geronnen. Eiweiß koaguliert immer bei Beschädigungen. Wenn Sie dahin sehen, wohin Ihre Rasierklinge nicht gedrungen ist... Verändern wir mal den Brennpunkt. Da! Überzeugen Sie sich. Unbeschädigtes Protoplasma. Keinerlei Austritt von Protoplasma!«

Die Bewerberin beugte sich übers Okular – und verlor, wie schon so manchesmal in ihrem Leben, den Mut. Eine so einfache, klare Sache – und sie hatte sie übersehen! Versagerin! Ein ganzes Jahr hatte sie hingeguckt und nichts bemerkt. An allem bist du schuld, Saul, murmelten ihre Lippen tonlos, Brusshak verfluchend. Weil weder du noch deine Freunde eine blasse Ahnung haben und ihr trotzdem überall mitreden wollt! Aber eingebildet bis dort hinaus! Doktor! Berater des Akademiemitglieds!

»Damit Sie sich überzeugen können, daß Ihre erste Zelle tot war«, sagte der wahre Wissenschaftler freundlich zu ihr, »hier ist ein Fläschchen mit Neutralrot. In lebenden Zellen färbt es nur die Vakuole, in toten auch den Kern. Eine allgemein bekannte Methode, um Lebendes von Totem zu unterscheiden. So, jetzt geben wir etwas Farbe drauf. Wie ich gesagt habe!«

Die Dissertation wurde nicht zur Verteidigung zugelassen. Ironische Blicke trafen die Moskauerin. Abschätzende Blicke. Angela war in den letzten Jahren unten in die Breite gegangen und hatte dabei noch den gleichen kleinen, weißblonden Kopf. Sie näherte sich einer kritischen Grenze.

Während sie sich in Leningrad aufhielt, erfuhr sie, daß Brusshak sich an der Universität eine neue Liebschaft zugelegt hatte, eine blutjunge Studentin. Er kam jede Woche aus Moskau, um Vorlesungen zu halten, und nahm sie abends im Auto mit. Er hatte ihr einen kostbaren Ring und eine goldene Uhr gekauft und war ganz verrückt nach ihr. Darüber kam es mitten auf dem Newski-Prospekt zu einer Aussprache. Angela weinte bitterlich – sie war sich ihres häßlichen Zwergs so sicher gewesen, hatte gedacht, so einen brauche keiner, hatte ihn sogar gern gehabt. Saul sah sie kalt an und sagte, sie müßten sich trennen, er habe aber noch nie eine

Dame verlassen, ohne für ihr weiteres Auskommen zu sorgen. Die Abfindung war recht ordentlich: eine Stelle als wissenschaftlicher Mitarbeiter an einem Moskauer Institut und eine Einraumwohnung. So trennten sie sich.

Im Sommer 1952, am Strand von Chimki, wurde ein nicht mehr junger, ergrauender stattlicher Hüne auf sie aufmerksam. Während sie sich unterhielten, ließ er seine breiten Schultern spielen. Er trug eine schlangenartig glitzernde, bunte japanische Badehose, und Angela konnte den Blick nicht von seinem sonnengebräunten Bauch wenden, an dem trotz der einsetzenden Verfettung noch Muskelwölbungen zu erkennen waren. Angela dachte, er wäre ein Filmschauspieler, doch der kolossale Mann erwies sich als ziemlich bekannter Bildhauer. Die Mädels aus dem Labor, denen sie ihre Entdeckung präsentierte, rieten ihr begeistert zu. Der Bildhauer war ein treuherziger Kerl und schien etwas für sie zu empfinden. Im Frühjahr 1953 gab er ihr den zweiten Schlüssel zu seinem Atelier am Stadtrand von Moskau. Das Atelier stand wie eine Datsche in einem Garten mit Glaskugeln und war durch einen hohen, dichten Zaun gegen die stille Straße abgeschirmt. Trotzdem konnte man von draußen vier oder fünf gipserne Stalinköpfe sehen: fertige, aber nicht mehr ausgelieferte Denkmalsfiguren. Sie schienen in einer Ecke des Gartens plaudernd beieinanderzustehen. Angela fühlte sich bei dem Bildhauer bald wie zu Hause, plante sogar schon Veränderungen im Atelier. Der Hühne war hingerissen von der hübschen Frau im sauberen weißen Kittel, die interessant über Pflanzen plaudern konnte. Die Dinge wären bis zur Hochzeit gediehen, wenn Angela nicht auf die Idee gekommen wäre, das auf alles Neue erpichte große Kind zu dem Jubiläum des Wissenschaftlers mitzunehmen, wenn es sie nicht plötzlich gejuckt hätte, vor dem naiven starken Mann ein bißchen anzugeben und sich in das feierliche Gedenken der Biologen einzumischen.

Sie kam in dem Moment auf die Straße gerannt, als der vor ihr flüchtende Hüne die Tür seines Pobeda zuschlug. Er quälte den Starter mehrmals vergeblich, ohne daß der Motor ansprang. Angela wollte schon den Türgriff fassen, als endlich Leben in den Motor kam: er heulte auf, die hinteren

Reifen quietschten, und der Pobeda schoß mit einem Satz davon. Zurück blieb der Geruch von versengtem Gummi.

Diesen und den ganzen folgenden Tag war Angela in sich gekehrt, gab den Kolleginnen ungereimte Antworten und dachte angestrengt nach. Am dritten Tag sagte sie im Institut, sie müsse in die Bücherei, und machte sich mit undurchdringlicher Miene auf den Weg, ihre Lesekarte einer großen Bibliothek im Zentrum von Moskau in der Tasche. Sie schritt durch die Säulen des Portals und stieg langsam zu der Abteilung hinauf, in der alle Zeitungen des Landes aufbewahrt werden. Im Katalog suchte sie den Jahrgang 1949 einer kleinen, ihr bekannten Zeitung heraus und bestellte ihn. Als man ihr zehn Minuten später die dicke Mappe aushändigte, ging sie in eine Ecke des Lesesaals, legte die Mappe auf ein Pult, setzte sich davor und blätterte langsam in den abgehefteten Zeitungen. »Runter vom Feld mit dem Unkraut!« leuchtete ihr plötzlich eine fette Schlagzeile entgegen, deren Buchstaben zu tanzen schienen. Sie strich die Zeitungen sorgfältig glatt, nahm eine Rasierklinge, sah sich flüchtig um und fuhr mit der Klinge dicht am inneren Rand einer Seite entlang. Die Seite löste sich. Angela faltete sie hastig mit einer Hand zusammen und steckte ihre Beute in die Seitentasche ihres schmucken dunkelblauen Jacketts. Nachdenklich blätterte sie noch eine Weile in der Mappe, dann klappte sie sie zu und brachte sie zu dem Ausleihpult, an dem sie sie erhalten hatte. Eine Frau, an deren Gesicht sie sich ihrer starken Erregung wegen nicht mehr erinnern konnte, nahm die Mappe entgegen, stempelte aber den Bestellschein, der auch als Passierschein galt, nicht ab.

»Kommen Sie bitte mal her«, sagte jemand neben ihr.

Die Klappe, durch die man hinter das Pult gelangte, wurde hochgehoben. Dahinter stand noch eine Frau. Angela ging hinter das Pult und von da durch die Tür, die man ihr wies, in ein Zimmer. Mittlerweile begleiteten sie drei Frauen, eine davon trug eine blaue Milizuniform.

»Nehmen Sie bitte aus der Tasche, was Sie aus der Zeitungsmappe herausgeschnitten haben. Und geben Sie es uns«, sagte eine Stimme.

Ihr Arm war wie gelähmt. Mühsam zog sie das zusammengefaltete Blatt aus der Tasche.

»Warum haben Sie das getan?«

Angela schwieg. Gesicht und Lippen waren gefühllos, gehorchten ihr ebensowenig wie der Arm.

»Schon wieder diese Seite«, sagte jemand. »Kollegin Schamkowa, sehen Sie her. Was Sie rausgeschnitten haben! Geben Sie mir bitte Ihre Lesekarte. Sehen Sie her, Angela Danilowna. Sehen Sie sich genau an, was Sie rausgeschnitten haben.«

»Sie nimmt doch gar nichts wahr«, hörte sie eine zweite Stimme sagen.

»Sehen Sie, Sie haben nicht das Original rausgetrennt, sondern eine Xerokopie. Sie sind nicht die erste, die hinter der Seite her ist. Jemand hat schon vor Ihnen die echte rausgeschnitten. Schon vor einem halben Jahr. Sie wurde durch eine Kopie ersetzt, und auch die hat jemand rausgeschnitten. Sie wurde abermals ersetzt.«

»Verstehen Sie, worum es geht? Vor allem«, sie glaubte verschiedene Stimmen reden zu hören, aber es war immer noch die von vorhin, »setzen Sie sich und beruhigen Sie sich. Das Merkwürdige an der Sache ist, daß nicht wir das Einkleben besorgt haben. Wir haben einen anonymen Helfer, speziell bei dieser Seite.«

»Gucken Sie her, sie sieht doch schon ganz mitgenommen aus! Jemand hat sie in der Tasche getragen, darum ist sie so zerknittert. Sie ist dreimal gefaltet gewesen, dann wurde sie glattgestrichen und eingeklebt. Aber die Falten sind noch da – sehen Sie! Ist Ihnen das denn nicht aufgefallen?«

»Wir passen auf den Jahrgang extra gut auf. Wir fahnden nach dem Einkleber, um uns den Mann mal anzusehen – und können ihn nicht fassen.«

»Das ist nicht bloß die Bequemlichkeit eines Aspiranten, der das Material griffbereit bei sich zu Hause haben will.« Jetzt redeten sie schon unter sich. »Hier sind Kräfte am Werk, die entgegengesetzte Interessen haben. Und wenn Sie die Seite noch so oft rausschneiden, Angela Danilowna – alle, die hier unterschrieben haben, wollen sie rausschneiden –, sie wird doch immer wieder eingeklebt. Jeder, den es interessiert, wird herkommen und sie lesen können. Wir verstehen Ihre Lage. Ihr Name ist ja wohl auch dabei. Ja, da ist er. Sie sind nicht zu beneiden.«

»Natürlich liegt uns nichts daran, Sie zu bestrafen. Von einem Protokoll sehen wir deshalb ab. So, ich stemple Ihren Bestellschein. Sie sind frei. Gehen Sie.«

Ohne die Frauen, die mit ihr sprachen, gesehen zu haben, ging sie, mit den Schultern balancierend, wie eine Schlafwandlerin hinaus. Die drei Frauen – zwei in Kitteln, die dritte in Milizuniform – sahen ihr nach.

»Sie tut mir leid«, sagte eine von ihnen.

Auf Straßen und Plätzen von Großstädten bewegt sich im Zenit des Tages immer ein Menschenstrom, der sich zu allen Zeiten gleicht. Immer aber verbergen sich in ihm auch der Beobachtung unzugängliche Momente von Einmaligkeit, gleichsam das Walten des Schicksals spiegelnd, das nach langem Säumen plötzlich übereilt Gericht hält und selbst Tote nachträglich straft, freilich auch an Lebenden Vergeltung übt. Wir merken es zwar nicht, doch in dem Menschenstrom zieht Geschichte mit.

Juli 1954, ein Sonntag in Moskau, der Platz vor dem Kursker Bahnhof. Ein D-Zug aus dem Süden ist angekommen, die Reisenden strömen aus den Bahnhofstunneln auf den Platz. Alles wie heute! Alle haben es eilig. Wer sind die beiden, die zwischen die Verkaufsbuden getreten sind und in der Nische eilig eine Verabredung treffen? Jetzt haben sie sich getrennt, und der eine, ein Braungebrannter mit zottigem, von der südlichen Sonne gelblichweiß gewordenem Haar, stürzt davon. Sein Gesicht verschwindet fast in zartem, sonnengebleichtem Gewöll, die graublauen Augen sehen ernst daraus hervor. Hager, mit flinken Bewegungen eilt er zur Metrostation. Es ist heiß. Sein dünnes hellgraues Hemd ist weit aufgeknöpft. Den bis zum Ellbogen zimtbraunen jugendlichen Arm, der den Koffer trägt, überziehen verzweigte starke Venen. Es ist der Kandidat der biologischen Wissenschaften Fjodor Deshkin. Jetzt ist er schon im Metroeingang. Er hinkt gar nicht mehr.

Der andere, von dem er sich zwischen den Buden hastig verabschiedet hat, ist längst verschwunden, er ist uns entwischt. Hätten wir rechtzeitig auf ihn achtgegeben, dann wüßten wir vielleicht jetzt, wo und auf welche Weise Fjodor sich vier Jahre lang so gut versteckt halten konnte.

Bald nach Stalins Tod drangen erregende Gerüchte über bevorstehende Veränderungen in den weit von jeder Bahnlinie entfernten Sowchos, wo Fjodor jahraus, jahrein von früh bis spät auf einem Kartoffelacker die vor Kassian gerettete neue Sorte anbaute und züchtete. Die Sowchosarbeiter sagten, man würde bald alle Politischen aus den Lagern entlassen, eine große Amnestie sei zu erwarten. Fjodor hatte es immer eilig und arbeitete wie ein Besessener, im Frühjahr und im Herbst in Wattejacke und Stiefeln, im Sommer im Turnhemd, mit einem salzigen grauen Fleck auf dem Rücken – streute Dung, bekämpfte Unkraut, schwang die Hacke oder ging durch die Reihen und riß die Stauden aus, deren Aussehen ihn als Pflanzenzüchter nicht zufriedenstellte. Er züchtete eine Super-Super-Elite. Die im blauen Rucksack mitgebrachten vierzig Kartoffeln und die von Onkelchen Borik geschickten hatte er so vermehrt, daß die neue Sorte einen ganzen Hektar einnahm. Wenn die kräftigen Sowchosarbeiterinnen, die Fjodor auf dem Feld halfen, ihren bärtigen Brigadier so ackern und wie einen Traktor arbeiten sahen, fragten sie manchmal, wieviel seine Versuchs- oder Forschungsstation – oder wie die sonst heißen mochte – ihm denn dafür zahle. Es erwies sich, daß jede von ihnen mehr verdiente als er. Dann muß es an der neuen Sorte liegen, sagten sie sich. Für die neue Sorte war ihm schließlich eine Prämie sicher. Daher also die unerhörte Interessiertheit, der Arbeitseifer! Ein Schlaukopf war er, ihr Brigadier.

In diesem Sommer beschloß Fjodor, sich in Moskau sehen zu lassen. Ein brennendes Problem verlangte eine Lösung, vielleicht sogar riskantes Eingreifen. In seiner schwierigen Lage, die ihm die Hände band, konnte er die wichtige Sache nicht weit genug voranbringen, wenn er nicht auch gefährliche Aktionen wagte. Denn ganz zum Schluß hatte sich alles unerwartet und hoffnungslos festgefahren.

Fjodor lebte und arbeitete in einem Sowchos, der vertraglich an eine Versuchsstation gebunden war, durfte sich jedoch selbst als Brigadier nicht in der Station sehen lassen. Er wurde dort lediglich in einer Liste geführt und bezog ein kleines Gehalt. Das brachte eine Reihe von Komplikationen mit sich, die Fjodor durch besondere, vertrauliche Beziehungen zum Direktor der Station einigermaßen eindämmen konnte. Der gutmütige Mann hatte ihn bei sich eingestellt und zur Arbeit an der neuen Sorte in den Sowchos geschickt. Schon seit 1920 Parteimitglied, war er für die Leistungen auf seinem angestammten Spezialgebiet, der Zucht von Obstbäumen, sogar für einen Orden vorgeschlagen worden. Wäre herausgekommen, daß der Direktor mitten in der härtesten Auseinandersetzung mit den Weismann-Morgan-Anhängern einen von ihnen auf seiner Station versteckte, noch dazu einen Verbrecher, der sich dem Arm der Gerechtigkeit entzogen hatte und seine Theorie selbst hier, auf staatseigenem Boden, in antiwissenschaftliche Praxis umzusetzen versuchte, hätte er sich auf einiges gefaßt machen müssen, wäre das doppelte Strafmaß das mindeste gewesen. Fjodor schätzte ihn als hochanständigen Menschen, der seinen heimlichen Überzeugungen folgte. Darum tat er alles, um sein Inkognito zu wahren, denn eine zufällige Entdekkung hätte dem guten Menschen, der obendrein Familie hatte, nicht wiedergutzumachenden Schaden zugefügt.

Der Direktor war der uns bereits bekannte Wassili Zwjach. Er hatte den Direktorposten nur übernommen, weil er Fjodor helfen mußte, Strigaljows »Hinterlassenschaft« zu bewahren und einiges davon weiterzuentwickeln. Als der Flüchtling damals vor Frühlingsbeginn ungeduldig darauf wartete, daß seine Rippen und sein Brustbein verheilten, hatten die beiden Freunde im Krankenzimmer genau besprochen, was zu tun war. Ein Direktor, der Ordnung schuf, wurde in der vernachlässigten Station dringend gebraucht. Da Arbeitskräfte nach dem Krieg knapp waren, konnte Zwjach seine offizielle Zusage von einer geheimen mündlichen Vereinbarung abhängig machen, die ihm Sonderrechte bei der Einstellung von Arbeitern einräumte. Extreme Not und Findigkeit schufen die erforderlichen günstigen Voraussetzungen.

Wenn der sparsame und diplomatische Zwjach Fjodor hin und wieder im Sowchos besuchte und das Feld mit der neuen Sorte inspizierte, bemühte er sich, ruhig zu sprechen und den in seinen vielen feinen Gesichtsfältchen nistenden Zug beherrschter Hoffnungslosigkeit zu verbergen. Fjodor, dem solche Dinge nicht entgingen, erkannte daran, daß sein Freund die ihnen beiden drohende Gefahr ständig im Auge behielt und längst auf ein Fiasko vorbereitet war, dem er sich furchtlos stellen würde. Zwjach hatte seine Entscheidung getroffen, die schlummernde Knospe hatte an dem alten Baum einen Trieb hervorgebracht, und wenn er jetzt gemächlich durch die Kartoffelreihen stapfte, trug sein etwas gebeugter Bauernrücken an dieser Bürde. Manchmal sah er Fjodor merkwürdig prüfend an, wie man einen Gegenstand betrachtet, und sagte: »Gut so, das machst du richtig. Warte mit dem Rasieren. Bloß an den Ohren nimm was weg. Da wuchert's zu sehr.«

Als sie dieses Jahr im zeitigen Frühjahr mit der Arbeit begannen, spürten sie wachsende reale Besorgnis. Den Himmel über ihnen schien der Rauch eines fernen Waldbrands zu verdunkeln. Das ging zurück auf den Mai des vergangenen Jahres. Zwjach war damals zu Fjodor aufs Feld gekommen, als er mit seiner Frauenbrigade die jungen Kartoffelpflanzen behäufelte, hatte den Brigadier beiseite genommen und ihn informiert, ohne eine Miene zu verziehen, wobei er sich sogar eine Zigarette angesteckt hatte: »Unsere Verschwörung ist in Gefahr, Fedja. Auch dein Bart hat nichts genützt. Bis zu Kassian ist zwar noch nichts gedrungen. Jemand hat Wind gekriegt und will absahnen. Spartak Petrowitsch, ein alter Kumpel von mir, er ist Chef der Sortenprüfung. Der geht mir an die Gurgel, Fedja. Erpreßt mich, fünfzig Prozent Beteiligung will er.«

Das war vor einem Jahr gewesen. Fjodor hatte damals nur den Kopf gesenkt und nachdenklich und wie abwesend dreingeschaut.

Spartak Petrowitsch hatte sich schon früher an sie gehängt. Schon im vorletzten Herbst wollte er wissen, was das denn für eine Sorte sei. Wie im Scherz ließ er Zwjach gegenüber fallen: »Du könntest mir wenigstens einmal die Züchterrechte zuschanzen, Wassili Stepanowitsch, kann dir doch nichts ausmachen. Da schufte ich mich ab für euch, organisier alles für euch, und was hab ich davon?« Zwjach hatte es ihm auch versprochen und gesagt, er wolle sich drum kümmern. »Schieb das Prüfungsverfahren an, und du kriegst dein Scheinchen«, hatte er zu ihm gesagt. Fjodor hatte er damals nicht damit beunruhigen wollen und seine Sorge für sich behalten. Aber Spartak ließ nicht mehr locker, darum mußte er Fjodor schließlich doch reinen Wein einschenken.

»Ich habe mir gedacht, soll er erst mal die Sortenprüfung einleiten, den Stationen Anweisung geben. Uns fällt dann schon was ein«, hatte er bei ihrer Aussprache im Mai des Vorjahrs gesagt, als er Fjodor von der unerfreulichen neuen Wendung unterrichtete. »Immerhin sind wir alte Freunde. Ich dachte, ich kann mich irgendwie loskaufen. Aber er hat Haare auf'n Zähnen, verstehst du, läßt keine Ausflüchte gelten. Er kennt auch Strigaljow gut, wie sich rausstellte, und ist über alles im Bilde, soviel ich weiß. Ich mußte gute Miene machen, ihn ins Restaurant einladen. Wir haben uns da viehisch besoffen. Danach hat er uns zwar die Adressen von den Stationen geschickt, du erinnerst dich. Aber die Anweisung an sie hat er zurückgehalten, so daß wir unsere Kartoffeln umsonst rausgeschickt haben.«

»Aber das war doch eine ganze Tonne!«

Danach standen sie lange beieinander, ohne noch ein Wort zu sagen. Zwjach hatte beim Abschied nur noch seufzend gemeint: »Tja, Bruder. So'n Mai ist das heuer. Wie bunt das Leben sein kann.«

Und der Himmel über ihnen schien sich mit einem feinen rötlichen Dunstschleier bezogen zu haben.

Im Februar dieses Jahres nun, des Jahres 1954, fuhr Zwjach wieder nach Moskau und traf sich mit seinem Kumpel. Wieder gingen sie ins Restaurant.

»Hör mal, Spartak. Was soll das?« fragte Zwjach. »Wir haben eine Tonne rausgeschickt! Du weißt, wie schwer 's ist, 'ne neue Sorte zu vermehren.«

»Kann ich dafür, daß du's so eilig hast? Die Anweisung ist noch gar nicht raus. Eure Kartoffeln haben die ganze Zeit dagelegen. Die Kollegen haben sie ziemlich aufgegessen.

Scheint 'ne gute Kartoffel zu sein. Die Damen in den Stationen wissen, was schmeckt!«

»Ich muß mich doch sehr wundern. Wieso hast du die Anweisung nicht rausgehen lassen?«

»Und du? Was hast du versprochen?«

Deshalb hatte Fjodor sich jetzt im Hochsommer nach Moskau aufgemacht. Er wußte nicht, was ihn dort erwartete, war aber innerlich gewappnet und auf alles gefaßt. Bis auf eine ferne vage Vorahnung war ihm noch nicht klar, was er tun würde, aber er war fest entschlossen zu handeln: Er lehnte Zwjachs weiche diplomatische Tour entschieden ab, weil sie altmodisch war und nichts einbrachte.

Vorsichtig, ohne stehenzubleiben, näherte er sich seiner Straße und seinem Haus und sauste dann wie der Wind in den zweiten Stock – eilig wie ein Dachs, der bei Tagesanbruch in seine Höhle zurückkehrt. Er betrat den halbdunklen, kühlen langen Korridor, schloß seine Tür auf und machte sie geräuschlos hinter sich zu. Die Luft in seiner »Höhle« war klar: Der Staub darin hatte sich gesetzt und war vier Jahre lang nicht aufgewirbelt worden – seit er, aus dem Krankenhaus entlassen, zum letztenmal hiergewesen war. Die durchsichtige Gardine leuchtete in der Sommersonne.

Der vergilbte Briefumschlag lag vor ihm auf dem Fußboden. Fjodor nahm das zusammengefaltete Blatt Papier heraus. Das Haar war noch drin.

Der Nachbar gab ihm einen Packen Briefe. Der, auf den Fjodor wartete, war nicht dabei. Eine Hoffnung jedoch erfüllte sich: Drei Schreiben vom Komitee für Staatssicherheit waren gekommen, alle in diesem Jahr, vor gar nicht langer Zeit. Sie waren in Abständen von zwanzig Tagen abgeschickt worden. Es waren kurze Vorladungen zu einem Gespräch. »Zur Klärung eines Sie betreffenden Sachverhalts . . . Gen. Kizenko anzurufen.« Auf den Umschlägen waren gewellte und runde Stempel. Sie haben's mit der Post geschickt, dachte Fjodor. Von verdächtiger Eile war nichts zu spüren. Es waren ganz gewöhnliche Geschäftsumschläge. Doch was mit Strigaljow und den jungen Leuten aus dem »Nest« passierte, war auch etwas ganz Gewöhnliches gewesen.

Hingehen oder nicht? Er war noch unentschlossen, steckte

aber für alle Fälle eine der Benachrichtigungen, seinen Ausweis und ein festes Kuvert mit Papieren in die Gesäßtasche und ging leicht gekleidet auf die helle Straße. Um sich um das Wichtigste zu kümmern. Die Münze fiel in den Schlitz des Telefonautomaten. Eine weibliche Stimme meldete sich: »Kommission . . .«

»Geben Sie mir bitte Spartak Petrowitsch.«

»Wer möchte ihn sprechen?«

»Im Auftrag von Wassili Stepanowitsch Zwjach.«

Im Hörer blieb es lange still, dann sagte eine leise, dumpfe, sachlich interessierte Stimme: »Ja.«

»Spartak Petrowitsch? Ich spreche im Auftrag von Wassili Stepanowitsch.«

»Wer sind Sie?«

»Sein Mitarbeiter. Ich arbeite unmittelbar an dieser Sorte.«

»Was für eine Sorte?«

»Von Wassili Stepanowitsch.«

»Können Sie in einer Stunde hier sein? Also in einer Stunde.«

Genau eine Stunde später trug heftige Erregung Fjodor wie im Schwebezustand geräuschlos durch den Korridor des ersten Stocks – jener Etage, in der gewöhnlich die großen Arbeitszimmer und Empfangsräume der Leitungen liegen. Stille, Schweigen, Teppichläufer – das war die Atmosphäre dieser Räumlichkeiten. Das ganze Haus schien von Menschen verlassen. Nachdem er an einigen stummen Türen mit schwarzen Schildern vorbeigegangen war, fand er endlich die richtige und trat ein. Eine höfliche, einer Ausländerin ähnelnde Sekretärin drückte auf den Knopf eines flachen Geräts, sprach leise etwas und sah mit ruhigen, klaren Emailleaugen zu Fjodor auf.

»Spartak Petrowitsch erwartet Sie.«

Der Mann hinter dem großen Schreibtisch trug trotz der Hitze einen gipsweißen Hemdkragen und eine erpelfedergrüne Krawatte. Das schwarze Jackett hing über der Stuhllehne. Spartak schwitzte leicht. Auf einem Tischchen hinter ihm standen zwei Flaschen Limonade, eine volle und eine angerissene. Üppiges, wergfarbenes Kraushaar umgab seinen

Kopf und zeugte von seiner körperlichen Robustheit. Eine breite Strähne hing ihm in die faltige, rübenrote Stirn. Kein einziges graues Haar. Die Gesundheit eines kräftigen Bauern, der niemand und nichts fürchtete. Spitze Nase, kräftige Kaumuskeln.

Er saß, breit auf die Ellbogen gestützt, und schien sehr damit beschäftigt, Akten in einem aufgeschlagenen Hefter durchzusehen.

»Na, wo?« knurrte er und streckte Fjodor, ohne aufzublikken, die fleischige Hand hin, bewegte die gespreizten Finger. Dabei blätterte er unablässig im Hefter und verzog gequält das Gesicht, wie wenn etwas fehlte.

Vor Fjodor saß die Begierde. In diesem mit modernsten Geräten ausgestatteten Chefzimmer begehrte der Mensch wie in biblischen Zeiten Weib, Esel und Vieh seines Nächsten. Wobei er seine unwandelbare, uralte Begierde mit Gesten kaschierte, die er sich in Büroräumen und beim Umgang mit Akten angewöhnt hatte und die signalisieren sollten, daß er ungemein beschäftigt sei. Er war leicht zu durchschauen, und Fjodors Blick nahm allmählich den von Tizian so gut getroffenen Ausdruck kühler Nachsicht an.

Ohne die Aufforderung abzuwarten, setzte er sich wortlos in einen Sessel. Spartak streckte ihm abermals die Hand hin.

»Wo hast du ihn? Kommst du vom Mond? Wo ist der Schein?«

»Einen Schein habe ich mit«, sagte Fjodor, stand auf und griff gemächlich in die Gesäßtasche, wobei er sein Gegenüber fest im Blick behielt.

»Hör mal«, sagte der andere nach einer Weile, mit den kleinen, tabakbraunen Augen lächelnd. »Findest du nicht, daß du mir Zeit stiehlst? Unsereins hat Leitungsaufgaben.«

»Ich dachte, Sie wären mit Ihrer Akte beschäftigt.«

Fjodor zog endlich das feste Kuvert aus der Tasche und suchte in den Papieren. Wieder streckte Spartak Petrowitsch ungeduldig die Hand aus.

»Gib schon her, dein Getrödel reicht mir allmählich.«

»Ich kann ihn nicht finden . . .«

»Bist du gekommen, um mich zum Narren zu halten?« Die braunen Augen wurden rund und blitzten Fjodor an.

»Wir haben schon vorvoriges Jahr alles bei Ihnen eingereicht. Wenn Sie die Beteiligung an den Züchterrechten meinen, das habe ich abgelehnt, obwohl Wassili Stepanowitsch drauf bestand.«

»Moment mal. Was für eine Beteiligung?« Fjodor traf ein scharfer, kalter Blick.

»Wassili Stepanowitsch wollte noch jemanden ... mit reinnehmen.« Fjodor sah dem anderen selbstsicher und sanft ins Gesicht. Er schlug leicht mit der flachen Hand auf die Tischplatte. »Ich habe es abgelehnt. Und nicht er sollte Ihnen Kognak ausgeben« – hier setzte er zum erstenmal im Leben bewußt sein freundliches, gewinnendes Lächeln ein –, »sondern Sie mir. Wenn Sie wollen ...«

»Wer sind Sie?«

»Der Züchter.«

»Ja, und?«

»Nichts weiter. Es gibt keine Beteiligung. Wenn die Frage so steht.«

»Was schwatzen Sie mir hier dauernd von Beteiligung? Schicken Sie das Saatgut raus und warten Sie auf die Ergebnisse, ja? Sie hätten gar nicht herzukommen brauchen.«

»Das Saatgut ist längst raus, wir warten seit anderthalb Jahren. Die Stationen haben noch gar nicht angefangen. Ein Jahr ist verloren.«

»Sie müssen sich gedulden. Sie sind nicht der einzige. Schicken Sie das Saatgut.«

»Damit es wieder aufgegessen wird!«

»Das regt Sie auf?«

»So was muß einen aufregen, Spartak Petrowitsch. Einen echten Züchter schon.«

»Dafür ist er Züchter!«

»Ja, und nicht bloß Teilhaber, Spartak Petrowitsch. Wie können Sie an der Züchtung beteiligt sein, Ihnen ist doch egal, was aus der Sorte wird. Sie wissen gar nicht, wie sie gezüchtet wurde.«

»Wozu muß ich das wissen? Was soll überhaupt das Gerede?«

»Das ist nämlich eine formale genetische Kartoffel. Eine Weismann-Morgan-Kartoffel. Mal davon gehört?«

»Was geht mich dein Weismann-Zeugs an oder wie sich das nennt. Ist das was zum Braten?«

»Wer sich mit dieser Sorte einläßt, muß gewärtig sein, daß er zur Verantwortung gezogen wird. Lassen Sie lieber die Finger davon, Spartak Petrowitsch.«

»Du verwechselst mich mit jemandem, Kerl. Kollege Züchter. Warum steht auf Ihrem Passierschein der Name Deshkin?«

»Das ist mein zweiter Name. Wissenschaftliche Arbeiten zeichne ich mit Strigaljow.«

Der Mann hinter dem Schreibtisch lief dunkelrot im Gesicht an, und seine Augen funkelten wieder gefährlich. Er griff nach der Flasche hinter sich. Während er trank, schwand das Funkeln aus seinen Augen. Er überlegte und lächelte.

»Ist das denn üblich?«

»Sie sollten lieber die Finger davon lassen, Spartak Petrowitsch. Das würde Ihnen mehr Ehre machen. Wir beide leben ja noch ein Weilchen. Bei den nächsten Sorten können wir drauf zurückkommen . . . und verhandeln.«

»Weißt du was? Geh zum . . . zu deinem unmittelbaren Vorgesetzten. Und bequatsche das mit dem. Geh zu Zwjach. Sag das alles ihm und nicht mir. Sag ihm: Spartak Petrowitsch hat nicht die Bohne verstanden von dem, was ich ihm vorgefaselt habe. Soll Zwjach herkommen und mir's im Klartext erzählen. Er kann mir hoffentlich deutlicher erklären, worum's geht.«

»Irrtum«, sagte Fjodor, während er sich erhob, ohne den sanften, forschenden Blick von ihm zu wenden. »In spätestens fünf Tagen . . .«

»Was drohst du mir?« Spartak Petrowitsch erhob sich gleichfalls. Er war einmal ein stattlicher Mann gewesen, einer von der Art, wie sie an der Wolga oder in der Gegend um Wologda geboren werden. Aber diese erste Etage, die Kämpfe und Machenschaften des Bürodaseins hatten ihn schrumpfen lassen, den einst gutaussehenden Mann gebeugt, ihm den Kopf zwischen die Schultern gedrückt, ihn deformiert. »Was drohst du mir? Na, geh schon. Dort ist die Tür.«

»In fünf Tagen, denke ich, werden Sie zur Vernunft gekommen sein und mir einen Durchschlag Ihrer Anweisung schicken«, sagte Fjodor, leicht mit den Fingern auf den Tisch trommelnd. »Adressieren Sie ihn an Iwan Iljitsch Strigaljow, in Klammern: F. I. Deshkin.«

Spartak Petrowitsch schüttelte den Kopf über so viel Frechheit. Dann warf er Fjodor unter seiner Tolle hervor einen raschen Blick zu. Zorn und Nachdenklichkeit wechselten bei ihm merkwürdig schnell.

»Ich verstehe nicht, was Sie mir damit ... Ich hab Ihnen alles gesagt, verlassen Sie jetzt mein Zimmer. Ich habe ohnehin ... Auf Wiedersehen. Eine Anweisung will er! Das soll einer ahnen. Es geht nicht danach, was Sie wollen, sondern danach, was Vorschrift ist. Gehen Sie, Kollege Strigaljow, Kollege Deshkin. Arbeiten Sie, statt andere abzuhalten.«

Das war's, dachte Fjodor, als er, ohne den Fußboden zu spüren, den stummen Korridor zurück eilte. Das war's. Jetzt zu Kizenko. Vorahnung konnte man nicht nennen, was ihn zu diesem Entschluß veranlaßte. Hier wirkte eine stark ausgeprägte Eigenschaft, für die es keinen Namen gibt. Eine Variante der inneren Stimme. Etwas, das ihm mit dem Wind zuflog oder aus eigenen rätselhaften Tiefen aufstieg, in denen sich ein fortwährender Austausch mit der sich verändernden Welt vollzieht. Dieses Etwas trieb ihn genau in die Höhle des Löwen.

Geh hin, mahnte es ihn immer eindringlicher, so daß er auf der Straße sofort nach einer Telefonzelle suchte.

»Kizenko«, meldete sich ein dünner, dienstlich klingender Tenor.

»Hier spricht Deshkin. Fjodor Iwanowitsch Deshkin. Dem Sie drei Vorladungen ...«

»Deshkin? Sofort, einen Moment. Ach, Deshkin! Tjaa. Sie sind das also ... Fjodor Iwanowitsch! Wo haben Sie denn gesteckt? Sie müssen unbedingt zu uns kommen.«

»Deshalb rufe ich an. Wann kann ich? Es ginge sogar jetzt

gleich.« Fjodor sagte das absichtlich, um herauszufinden, ob man ihn dabehalten oder einfach nur mit ihm sprechen wollte. Er dachte: Wenn sie mich auf dem Kieker haben und mich einlochen wollen, dann antwortet Kizenko: Na schön, wenn's Ihnen paßt, kommen Sie gleich. Und sagte es möglichst salopp.

Kizenko überlegte. Fjodor hörte ihn mit Papier rascheln.

»Was halten Sie von übermorgen?« kam die Frage.

»Lieber morgen. Ich bin doch auf der Durchreise«, sagte Fjodor.

»Ach so . . . Moment, wir sehen mal nach . . . Gut, kommen Sie morgen. Um zwölf. Paßt das?«

Am nächsten Tag wusch Fjodor sich den Kopf, stutzte sich mit einer Schere das Barthaar an Wangen und Kinn, zog sich eine helle Hose und ein dünnes, fein gemustertes, braunkariertes Hemd an und begab sich geschniegelt und gebügelt zu dem alten Haus auf dem Kusnezki Most, zu einer Tür, neben der auf einem schwarzen Glasschild mit Goldbuchstaben »Passierscheinbüro« stand. Es war ein gefährlicher Ort, Fjodor wußte selbst nicht, was ihn bewogen hatte, sich hier sehen zu lassen. Er kam deshalb eine gute Stunde früher, um zu sondieren. Zunächst schlenderte er wie ein Spaziergänger an dem Glasschild vorbei, schaute flüchtig zu der wegen der einsetzenden Julihitze geöffneten Tür hinein und sah im Halbdunkel reglose Gestalten an der Wand sitzen. Er ging den Kusnezki Most hinunter, wechselte die Straßenseite, schlenderte gemächlich zurück und überquerte die Straße erneut. Diesmal trat er ein und setzte sich an der Wand auf einen freien Stuhl. Es war ein normales Passierscheinbüro, nur waren die Decke niedriger und der ganze Raum enger als im Haus 62, in dem er früher gewesen war. Ein paar Schalter mit Klappen, an der hinteren Wand zwei Türen. Von den schweigsamen Leuten, die an der Wand saßen, gingen von Zeit zu Zeit welche durch eine der Türen. Die gleichen Leute kamen schweigend heraus, nahmen aber nicht wieder Platz, sondern begaben sich sofort im Dämmerlicht zum Ausgang und verschwanden durch die Tür zur Straße wie in einer grell lodernden Ofenglut.

Nachdem Fjodor das geheimnisvolle Treiben eine Weile

betrachtet hatte, zog er die Braue hoch, stand auf und ging mit schnellen Schritten ins Helle hinaus. Er mußte noch überlegen. Draußen wäre er fast mit Kescha Kondakow zusammengestoßen. Kescha starrte ihn an und erkannte ihn nur langsam.

»Du lebst!« Er streckte ihm beide Hände entgegen, und Fjodor fiel sofort ihre Schwächlichkeit auf. Auch Keschas Gesicht sah ungesund aus, als hätte er im Krankenhaus gelegen. Sein rötliches Haar war zwar nachgewachsen, aber der Lagerschnitt war ihm noch anzumerken. Auf Kinn und Wangen kräuselte sich schon rötliches Barthaar, aber Schere und Rasiermesser hatten noch nicht wieder das daraus gemacht, was einmal Keschas Gesicht gewesen war.

»Ich soll nicht mehr leben?« fragte Fjodor, ihn musternd. »Wieso?«

»Wann haben sie dich entlassen?«

»Ich hab nicht gesessen.«

Aus den kurzen Ärmeln von Keschas gelbem Kittel hingen ausgemergelte, gealterte weiße Arme. Fjodor konnte den Blick nicht davon losreißen.

»Wieso hast du nicht gesessen? Du warst doch verhaftet?«

»Ich sollte verhaftet werden, aber ich bin untergetaucht. Und was machst du hier?«

»Untergetaucht?« Kescha verstummte mißtrauisch, dann besann er sich. »Mach dich bekannt, meine Frau. Kindchen, gib dem Onkel die Hand. Ist'n guter Onkel.«

Sofort trat gehorsam eine schmächtige Sommersprossige von etwa achtzehn Jahren näher, die ein Stück entfernt gestanden hatte. Man hätte sie schlank nennen können, aber sie hatte keine Taille. Ihr seltsamer Körperbau, die Eckigkeit ihrer Bewegungen und ihre Gefügigkeit hatten etwas Rührendes. Sie hatte die mageren Finger unter den Riemen der Umhängetasche gesteckt und wollte vor den beiden Männern kokett auf einem Bein wippen. Als sie aber einen strengen Blick des Dichters auffing, stand sie sofort still und sah schamhaft an ihnen vorbei.

»Sweta«, stellte sie sich vor und gab mit einem raschen Blick auf den neuen Bekannten ihr rötliches Vogelpfötchen.

Fjodor lächelte ihr freundlich zu, trat einen Schritt zurück, um ihr Platz zu machen, und sagte ihr etwas Allgemeinverbindliches, das er selber nicht verstand.

»Kindchen«, griff Kescha ein, »der Onkel und ich haben uns lange nicht gesehen. Laß uns miteinander reden.«

Ein, zwei rasche Schritte, und sie stand am Rand des Trottoirs, verschränkte die Hände im Nacken, spreizte die mageren Ellbogen, bog das Kreuz durch und ging langsam weiter, die geschlossenen Augen der Sonne zugewandt und die Tasche schlenkernd.

»Guck dir das an.« Kescha trat zu Fjodor und grinste unter seinem Bart. »So'n Luder aber auch! Merkt, daß wir ihr nachsehen!«

Er war eifersüchtig!

»Sie ist deine rechtmäßige Frau?« fragte Fjodor. »Ist das wahr?«

»Glaubst du's nicht?«

»Aber du hast doch schon . . .«

»Der Prophet erlaubt zwölf Frauen.«

»Nur den Rechtgläubigen.«

»Die Rechtgläubigen sind wohl keine Menschen?«

»Spaß beiseite. Bist du mit ihr verheiratet?«

»Sag ich doch! Ja, verheiratet! Verheiratet! Soll ich's noch schreien? Ich bin polizeilich bei ihr gemeldet. Am Taganka-Platz.« Dann senkte Kescha die Stimme und verriet stolz: »Sie ist schwanger!«

»Und Olga Sergejewna?«

»Sag selber, was soll ich da? Der Junge ist groß geworden, er weiß schon Bescheid über den Tod seines Vaters. Und ich? Welche Rolle spiele ich?«

Kescha hatte in jeder Lebenslage recht.

»Aber früher. Früher hast du das nicht so gesehen. Nicht unter diesem Aspekt.«

»Der Aspekt ändert sich. Das Rad des Lebens bleibt nicht stehen.«

»Du verstößt gegen das Gesetz. Du hättest dich vorher scheiden lassen müssen.«

»Wenn man die Summanden vertauscht, ändert sich doch die Summe nicht. Ich fahre dieser Tage hin und laß mich scheiden.«

»Aber du warst doch so eifersüchtig! Wolltest mir dein Bett aufschwatzen. Die Büroklammern ...«

»Man geht nicht zweimal in denselben Fluß.«

»Du leidest also nicht mehr?«

»Wie soll man nicht leiden. Sie sind ja solche Biester. Ich leide, Fedja. Bloß jetzt wegen der hier. Da – sie posiert schon wieder.«

»Die Nase der Verflossenen paßt dir wohl nicht mehr?«

»Das hängt nicht von mir ab.«

»Ich nehme an, du willst hier rein?« Fjodor deutete auf die offene Tür.

»Genau wie du.«

»Und warum du?«

»Hab ich's denn nicht gesagt? Sie lassen doch jetzt viele frei, schließen die Verfahren ab.«

»Ist deins noch nicht abgeschlossen?«

»Meins doch nicht. Sweschnikows.«

»Wie! Er sitzt?«

»Ich weiß nichts von ihm. Kann sein, er liegt auch.«

Beide verstummten.

»Er hat doch eure Biologen alle gewarnt«, sagte Kondakow verdrießlich. »Weißt du das etwa nicht? Ach ja, du kannst es ja nicht wissen. Und nicht nur die Biologen. Schade natürlich. War ja alles umsonst.«

»Nein, nicht umsonst, Kescha. Er hatte eine Mission. Er war ein großartiger Mensch. Allein das, was mir bekannt ist ... Schon das reicht.«

»Ja, ja ...« Kondakows Miene verfinsterte sich noch mehr, er sah weg. »Ich weiß mehr als du.«

»Was?«

»Ich bin auch mit schuld. Er hat mich ... Mich haben sie doch wegen dem Gedicht über das Bild vorm Fenster eingebuchtet. Der Generalissimus hat keinen Spaß verstanden. Ich hatte bloß ein Exemplar davon, den Entwurf. Den haben sie bei der Haussuchung gefunden. Na, da war ich geliefert. Auf einmal werd ich zur Vernehmung geholt. Zu Sweschnikow. Und der hat in meinem Beisein das Blatt verbrannt. Hat's hochgehalten, daß ich's sehen konnte, und das Feuerzeug angeknipst. Hat's wortlos in der Hand gehalten, bis es ihm die Finger versengte. Er hatte Mitleid mit 'nem Dichter. Und das hat ihn reingerissen.«

»Ihn hat einer verraten.«

»Ich, Fedja, ich. Denk darüber, wie du willst. Der Teufel hat mich geritten. Ich bin doch'n Klatschmaul. Vertrau mir nie Geheimnisse an. Als Sweschnikow mich gehen ließ, bin ich in die Zelle zurück und hab's den Kumpels brühwarm erzählt.«

Fjodor schwieg düster.

»Ich sag dir ja: Denk, wie du willst. Ich bin schuld. Und jetzt werd ich zum drittenmal seinetwegen reinbestellt. Ich versteh das so, Fedja: Sie wollen ihn rehabilitieren.«

»Das fällt ihnen ein bißchen spät ein«, meinte Fjodor.

»Wir wurden damals gegenübergestellt. Ich habe alles gesagt, wie's war. Er hat's auch nicht geleugnet. Ihm blieb ja nichts weiter übrig. Darum hat er dem General auch gründlich Bescheid gegeben. ›Was du uns beiden hier anhängst, Kolja‹, hat er gesagt, ›ist doch Unsinn! Daß du dich nicht schämst! Warum ich's verbrannt habe? Begreifst du's wirklich nicht? Weil ich dich genau kenne, Nikolai!‹ Wo mag er jetzt sein? Denkst du, sie sagen's einem? Ich hab's versucht rauszukriegen. Sie schweigen sich aus.«

Kondakow hatte das Bedürfnis, noch länger von Sweschnikow zu reden.

»Weißt du, was der General gesagt hat? ›Eins ist mir unverständlich, Mischa. Du hast solchen Staatsfeinden zur Flucht verholfen, und alles ist dir geglückt. Und wegen so 'nem Trottel fällst du rein.‹ Sweschnikow hat natürlich gewußt, daß ich kein Trottel bin. Er sagte: ›Er ist ein Dichter, verstanden? Ein Dich-ter! Und wird noch viele gute Gedichte schreiben.‹ Sweschnikow mochte Gedichte. Er kam öfters zu mir, um sich welche anzuhören.«

Das Gespräch brach ab. Kondakow sah mürrisch auf die Uhr und verschwand im Halbdunkel des Passierscheinbüros, ohne sich zu verabschieden. Man sah ihn zwar nur von hinten, aber es fiel auf: Seine Schuhe hatten etwas Feminines. Irgendwo hatte er die schon wieder aufgetrieben.

Vierzig Minuten danach – er hatte, auf dem Kusnezki Most schlendernd, seine Entscheidung endgültig reifen lassen – betrat auch Fjodor das Passierscheinbüro. Kondakows neue Frau war nicht mehr am Eingang: Kescha hatte demnach seine Sache erledigt, sie waren gegangen. Wie sich herausstellte, war ein Passierschein gar nicht nötig – Fjodor brauchte nur ein paar Schritte zu einer dunkel gestrichenen Tür zu gehen, sie vorsichtig zu öffnen und hinter sich wieder zu schließen, um sich in einem kleinen Zimmer zwei nahezu gleichermaßen hageren, jüngeren Männern in khakifarbenen Blusen ohne Schulterstücke gegenüber zu sehen. Beide hatten tiefe, grünliche Schatten unter den Brauen. Daraus funkelten scharfe Augen hervor, die den Anblick des Feindes gewohnt waren. Auf dem Tisch lag aufgeschlagen Fjodors Akte. Seinerzeit war entschieden worden, das Verfahren vorläufig einzustellen. Doch das Verfahren lebte wie eine Kartoffel im Speicher. Und trieb jetzt einen zarten, fadendünnen Keim. Die beiden Männer am Tisch hatten vor Fjodors Hereinkommen in der Akte geblättert und verharrten nun in der Bewegung.

Fjodor fiel ein ausländischer Film ein, den er mal gesehen hatte. Der Held war im Auto auf der Flucht und raste eine Chaussee entlang. Plötzlich sah er im Rückspiegel zwei Motorradfahrer mit Helmen aus der Kurve auftauchen. Die Verfolger. Er bog auf eine andere Straße ab, und wieder waren sie da. Er bog nochmal ab und sah in den Spiegel. Das Verfolgerpaar fuhr immer noch hinter ihm, war nicht abzuschütteln.

Merkwürdigerweise kam ihm die Erinnerung gerade jetzt. Ich hätte nicht herkommen sollen, dachte er beklommen.

»Deshkin«, stellte er sich mit kühler Höflichkeit vor.

Die beiden forderten ihn auf, sich zu setzen, und musterten ihn schweigend längere Zeit, als ob sie ihm passende Kleidung aussuchen wollten. Verglichen sein bärtiges Gesicht mit dem Foto in der Akte. Dann fragte der eine – es war Kizenko – in lustigem Ton: »Wo haben Sie denn bloß die ganzen vier Jahre gesteckt, Fjodor Iwanowitsch?«

»In Sibirien, zu Hause«, log Fjodor, um zu prüfen, wieviel sie von ihm wußten. »In Atschinsk.«

»Sie haben dort gearbeitet, ja?« fragte Kizenko.

»Natürlich. Landwirtschaft. Kartoffelanbau.«

Kizenko sah seinen Nebenmann an und blätterte wieder in der Akte.

»Eins versteh ich nicht: Weshalb sind Sie damals gleich in den Untergrund gegangen? In die Anonymität«, verbesserte er sich. »Warum haben Sie sich nicht an die Obrigkeit gewandt? Nicht jede Obrigkeit ist dumm.«

»Ich bin ja nicht gleich gegangen«, sagte Fjodor. »Als erstes habe ich mich ja an die Obrigkeit gewandt. Bloß sitzen die Leute, die was zu sagen haben, nicht alle in einer Reihe, sondern übereinander. So daß zum Schluß ein Gipfel kommt, wo bloß noch einer sitzt. Über dem steht keiner mehr – nur noch Gott, der Kosmos. Also suche ich mein Recht letztlich bei diesem einen. Aber dem spukt auch so'n schwarzer Hund im Kopf rum. Es gibt so einen Hund.«

»Ja, wir kennen diese . . . Allegorie von Ihnen.«

»Und der eine schreit genauso: Haut ihn! Schreit es von oben. Das ist doch für alle Gesetz! Und der morgen an seine Stelle tritt, wird sagen: Es war ein Fehler. Wir haben uns geirrt. Lohnt es aber, Vergangenes aufzurühren? – Gut, nicht? Wir haben uns geirrt, dulden aber nicht, daß man's aufrührt. – Was soll ich also Ihrer Meinung nach unter diesen Umständen tun? Wenn ich davon überzeugt bin, daß ich recht habe, und obendrein weiß, daß Sie sich irren, wenn Sie mich verfolgen. Wenn ich ein objektives Kriterium dafür habe. Dann kann ich mich doch wohl verstecken, nicht? Damit Sie sich eine Sünde weniger aufladen.«

Sie stießen alle drei ein kurzes Lachen aus.

»Mutig, mutig«, sagte Kizenko. Fjodor gefiel ihm.

»Auf Flucht aus der Haft . . .«, begann der andere.

»Ich war nicht in Haft. Ich bin der Verhaftung zuvorgekommen. Außerdem hatte ich für ein Kind zu sorgen, für das ich verantwortlich war. Dem Volk gegenüber.«

»Ein riskantes Spiel«, bemerkte Kizenkos Nebenmann.

»Das war kein Spiel.«

»Aber ein Risiko. Sie waren ganz schön waghalsig.«

»Das Risiko war gleich Null.«

»Mal was Neues.«

»Von dem Moment an, als ich erfuhr, daß Ihre Genossen sich stark für mich interessierten, hörte das Risiko auf.

Hamlet erfuhr, daß er mit einem vergifteten Degen geritzt worden war, und beeilte sich, die verbleibenden Stunden für eine gute Sache zu nutzen.«

»Und ist es Hamlet gelungen?« fragte Kizenko.

»Zuerst dachte ich, ja. Aber wie sich kürzlich herausgestellt hat, ist es nicht restlos geglückt. Es kann jetzt noch schiefgehen.«

»Wir kommen darauf zurück. Sagen Sie . . .«, Kizenko schlug mit dünnen, leicht zitternden weißen Fingern eine Seite auf, in der ein Papierstreifen lag.

Fjodor bemerkte das Zittern, und sofort fiel es ihm schwer zu atmen.

»Unklar ist noch folgendes«, fuhr Kizenko nach einer Pause fort. »Als Sie sich davonmachten . . . Als Sie in den Laster stiegen . . . Erinnern Sie sich? Hatten Sie eine Waffe bei sich? Wo hatten Sie sie her, und wo ist sie jetzt?«

»Das war meine Hand! Meine Hand!« schrie Fjodor außer sich. »Ich hielt mir die Brust. Die tat doch wahnsinnig weh! Hielt sie mir und sah den Fahrer an. Ich hatte Angst vor ihm. So wie Sie jetzt mich ansehen. Auch er sah mich an. Es muß sich übertragen haben. Darum hat meine Hand sich in eine verborgene Pistole verwandelt. Bestimmt haben Sie gefragt, als Sie den Fahrer vernommen haben: Hatte der Mann eine Waffe?«

Die beiden auf der anderen Tischseite lachten verlegen auf.

»Nicht wir haben ihn vernommen«, sagte Kizenko. »Aber Sie haben uns nicht überzeugt.«

»Da, da!« Fjodor überfiel auf einmal eine ungekannte Wut, die ihn fast betäubte, doch er beherrschte sich. »Hier, sehen Sie, die Bescheinigung!« Er stand auf, zog das feste Kuvert aus der Gesäßtasche und entnahm ihm ein zusammengefaltetes Blatt Papier. »Aus dem Krankenhaus. Lesen Sie, da steht alles drin. Von der Waffe. Zwei Monate hab ich gelegen. Ich hatte mir die Rippen gebrochen, als ich mich kopfüber vor Ihren Helfern rettete. Vor den Freiwilligen. Denen man was von Volksfeinden, Spionen und Schädlingen, von allen möglichen Scholastikern eingeredet hatte.«

»Auch wenn Ihnen Unrecht geschehen ist – nicht durch

unsere Dienststelle. Das war ein Fehlgriff Ihrer überängstlichen Akademiemitglieder.«

Die beiden verstummten, beugten sich über das Papier. Prüften den eckigen Stempel, das Datum. Dann sahen sie sich an.

»Können Sie uns die Bescheinigung überlassen?« fragte Kizenko.

Fjodor machte eine wegwerfende Bewegung: Behaltet sie. Sein Ärger war noch nicht verraucht; er mußte sich Luft machen.

»Die Akademiemitglieder, sagen Sie. Die Akademiemitglieder! Schämen Sie sich nicht, das zuzugeben? Und Sie, was haben denn Sie getan? Wissenschaftliche Streitfragen durch Ihr strafendes Schwert gelöst?«

Sie sahen ihn aufmerksam an. Seit sie die Krankenhausbescheinigung gelesen hatten, war eine Veränderung in ihnen vorgegangen. Das Phantom der Spionswaffe hatte sich in Nichts aufgelöst, und sie wurden zugänglicher.

»Fjodor Iwanowitsch. Wir empfehlen Ihnen, dieses Kapitel in Ihrem Leben zu vergessen«, riet Kizenko. »Vergessen Sie's! Die Partei hat solche Dinge immer verurteilt. Derartige Verstöße gegen die Gesetzlichkeit hat sie entschieden abgelehnt.«

»Geben Sie mir zuerst meine Frau wieder«, versetzte Fjodor leise und dumpf mit verändertem, grollendem Unterton. »Sagen Sie mir wenigstens, ob sie noch lebt! Wo ist sie?«

»Also, Fjodor Iwanowitsch. Wir raten Ihnen, das Kapitel zu vergessen«, sagte der andere. »Und sich wieder zu rasieren.«

»Sind Sie denn verheiratet?« fragte Kizenko.

»Meine Frau, Jelena Wladimirowna Blashko, ist schon damals . . . mit den andern zusammen . . .«

»Den Trauschein«, sagte Kizenko und streckte die Hand aus.

»Einen Trauschein hab ich nicht.«

»Ja, also. Wir können Ihnen nichts sagen. Lange brauchen Sie nicht mehr zu warten.«

Wie denn! Vergessen! wollte Fjodor schreien, da besann er sich plötzlich auf seine Hauptaufgabe. Eigentlich besann er sich nicht, sie war einfach da und besänftigte ihn, ohne daß er darüber nachdachte, und augenblicklich veränderte er sich und wurde der Besonnene, der viel gelernt hatte und seine Äußerungen automatisch streng kontrollierte. Die beiden bemerkten die Veränderung an ihm. Sie schwiegen, gaben ihm Zeit, die Verwandlung abzuschließen.

»Also dann, Fjodor Iwanowitsch«, sagte der andere nochmals, aber Kizenko entschied, ein zweites Thema aufzunehmen.

»Sie hatten für ein fremdes Kind zu sorgen, wie Sie sich ausdrückten.«

»Ja. Ich habe daraus im Untergrund, wie Sie sagen – ich habe dort inzwischen diesen Jüngling daraus aufgezogen.« Fjodor entnahm dem Kuvert das von Spartak unterzeichnete Schreiben über die Anmeldung der neuen Sorte und legte es auf den Tisch. »Das ist eine der besten Sorten der Welt. Ich würde sogar sagen: Es ist keine Sorte, sondern das Leben eines Mannes. Er war schon damals schwerkrank. Ich fürchte, er lebt nicht mehr. Wenn es so ist, hat er sich in die Kartoffel verwandelt und wird damit Millionen Menschen sattmachen. Legen Sie das Schreiben auf Ihre Protokollbögen mit den Aussagen von Iwan Iljitsch Strigaljow, und Sie werden sehen, wie sich die Zeilen mit Blut füllen.«

Fjodor war wieder nahe daran zu schreien, mit der Faust auf den Tisch zu schlagen, und die beiden auf der anderen Seite spürten es und wappneten sich dagegen.

»Sie haben dem Land einen großen Züchter genommen! Schädlingsarbeit übrigens. Im höchsten Grade. Das hätten Sie sehen müssen!«

»Emotionen«, sagte Kizenko und sah zur Seite. »Emotionen.«

»Warum steht denn Ihr Name nicht in dem Schreiben?« forschte der andere.

»Ich habe keine große Rolle dabei gespielt. Als Sie ihn verhafteten, war die Sorte schon . . .«

»Wo?«

»Bei mir in Sicherheit. Er hat es geahnt und sie mir übergeben.«

»Nicht wir haben ihn verhaftet«, sagte Kizenko.

»Na ja, ich weiß. Assikritow.«

»Assikritow ist übrigens in Pension.«

»Er bezieht eine Generalsrente, wollten Sie sagen?« korrigierte Fjodor.

Der zweite Vernehmer breitete die Arme aus. »Einem General kann man keine Hauptmannsrente geben. Wir haben ihn wenigstens pensioniert. Ihr Akademiemitglied dagegen . . .«

»Der Weismannismus-Morganismus ist schließlich nicht unsere Erfindung«, unterbrach ihn Kizenko. »Darüber sollten Sie mal nachdenken.« Er brach ab und verstummte.

»Also haben Sie . . .«, der andere konnte seine Neugier nicht bezähmen. »Also haben Sie sich wegen dieser Kartoffel in Ihre Abenteuer gestürzt?«

»Nicht ganz. Nicht ganz. Kennen Sie so was nicht? Hatten Sie nie Schuldgefühle? Menschen gegenüber, denen Sie unverdientermaßen . . . Deren Leben jäh zu Ende ging, nachdem Sie ihren Weg kreuzten? Nein? Ich ja. Und ich habe noch heute welche.«

»Wo haben Sie denn gearbeitet?«

Mit dieser Frage, die ihnen beiden zugleich entfuhr, kam für einen Moment etwas Verborgenes zum Vorschein, an das Fjodor versehentlich gerührt hatte. Er begriff, daß auch sie solche Schuldgefühle hatten, nur noch nicht so starke, daß sie ihr Leben änderten.

»Ich habe Freunden das Leben zerstört. Nicht wie Sie denken. Nicht, weil ich beruflich dazu verpflichtet war«, sagte er. »Ich habe einfach leichtsinnig gelebt. Ein fremdes Leben ist schnell zerstört. Schneller, als man denkt. Aber eine Schuld wiedergutzumachen ist schwer, für viele geradezu unmöglich. Manche lachen sogar darüber«, fügte er hinzu. Er meinte in den Augen des zweiten Vernehmers ein unsicheres Lächeln bemerkt zu haben. Aber er hatte sich geirrt. Beide blickten aufmerksam und konzentriert. »Ja, und so habe ich mir vorgenommen . . . Sie hat sich selbst gestellt, die Aufgabe. Getan hab ich freilich nicht grad viel . . .«

»War das ein konkreter Mensch?« fragte der andere.

»Zwei. Beim ersten hab ich mitgeholfen, daß man ihn ... verfrachtet hat ... Den zweiten wollte ich retten. Hab's aber nicht geschafft. Ich kam zu spät.«

»Meinen Sie Strigaljow? Ja ... Da kamen Sie zu spät«, bestätigte der zweite nachdenklich und schlug mit der flachen Hand auf den Tisch. Das war die erste deutliche Bestätigung, daß Strigaljow umgekommen war. »Und deshalb sind Sie also aufs Ganze gegangen?« fuhr der zweite leise fort. »Denn aufs Ganze gegangen sind Sie!«

Die beiden hatten große Augen bekommen. Beide wurden still. Auch Fjodor schwieg.

»Ihr Vorgehen war ungewöhnlich.« Kizenko flüsterte es fast.

»So ungewöhnlich haben übrigens viele gehandelt«, sagte Fjodor. »Wenn man die alle zählen wollte ...«

»Ja, das wissen wir, das wissen wir.« Der zweite Vernehmer blickte noch nachdenklicher.

»Unter anderem auch Michail Porfirjewitsch Sweschnikow.«

»Sie kannten ihn?« fragte Kizenko interessiert.

»Lieber als ›ich kannte ihn‹ würde ich sagen ›ich kenne ihn‹. Die Vergangenheitsform läßt keine Hoffnung.«

Kizenko hob beschwichtigend die Hand.

»Wir waren Freunde«, fuhr Fjodor fort. »Zwischen uns hat sich eine Freundschaft entwickelt. Weil ich zum erstenmal im Leben einem solchen Mann begegnet bin. Das heißt, ich meine ... Ich möchte hervorheben, daß es Männer wie ihn damals sogar in Ihrer Dienststelle gab.«

»Hmm ...«, preßte der zweite zwischen den Lippen hervor. Fjodor verstand: Man durfte an solche Männer zumindest denken. Wer wollte es einem auch verbieten.

»Aber Legenden über sie wird's nicht geben«, beendete er den Gedanken.

Er erhielt keine Zustimmung.

»Ich wollte damit sagen ... Ich meine, daß sich doch auch heute Chancen bieten, so zu werden. Durchaus. Denn Sie könnten sich über Ihren konkreten Fall hinaus für manches interessieren.«

»Gerade dieses Interesse über den konkreten Fall hinaus

hat viel Unheil angerichtet«, sagte der zweite. »Das ist vorbei.«

»Fjodor Iwanowitsch hat noch nicht alles gesagt«, warf Kizenko interessiert ein. »Haben Sie noch was für uns?«

Der zweite lächelte matt, womit er gewissermaßen die Erlaubnis zum Weitermachen gab und zugleich die Schlagfertigkeit und das kluge Vorgehen des originellen und unbekümmerten Biologen würdigte, der heute bei ihnen war.

»Ich wäre vielleicht gar nicht zu Ihnen gekommen«, sagte Fjodor, »und noch, sagen wir, für zwei Jahre verschwunden geblieben, wenn das nicht gewesen wäre. Verstehen Sie. Stellen Sie sich einen Teich vor, ein stilles Wasser. Zuerst war nichts zu sehen, nichts als spiegelglatte Wasserfläche. Nur ein Baumknorren lag drin. Um ihn rum wimmelt's von kleinem Getier – er liegt und rührt sich nicht. Doch auf einmal macht der Knorren ein Auge auf, dann noch eins, bewegt sich – und erweist sich als mittelgroßes Krokodil. Das direkt auf mich zu schwimmt und mich ganz lässig am Bein packt. Und das Opfer kann sich nicht wehren, denn es hat ein Kind zu beschützen. Es darf auch nicht schreien, muß still sein. Aber nicht mein Bein interessiert das Krokodil, sondern das Kind. Es will mich runterziehen. Ich kann Ihnen die Telefonnummer geben.«

»Geht's nicht genauer?« Dabei sah der andere Kizenko an.

»Ich sagte ja: Ihn interessiert das Kind. Es ist ein Chef von der Sortenprüfung, Spartak Petrowitsch heißt er. Hat sich an mir festgebissen wie eine Zecke – er will beteiligt werden, mit mindestens fünfzig Prozent. Ein Jahr lang hält er uns schon hin. Die Sorte kommt schon mit einem Jahr Verspätung! Und alles verhandelt er über einen Dritten.«

»Wollen Sie Anzeige erstatten? Setzen Sie's schriftlich auf, drüben im Passierscheinbüro hängt ein Kasten. Werfen Sie's ein.«

»Ne-ein. Gott bewahre, doch keine Anzeige. Hören Sie, er wartet ja nur darauf, daß ich ihm in den Rachen schwimme. Der wartet auch noch ein zweites Jahr. Aber wenn Sie jetzt bei ihm anriefen . . . Sie brauchen die Bescheinigung doch?«

»Ja, ja, natürlich«, sagte Kizenko.

»Ich genauso. Wenn Sie ihn jetzt anrufen und ganz harmlos um einen Durchschlag bitten. Am besten mit allen Einzelheiten. Wann wir Strigaljows Sorte bei ihm eingereicht haben. Wie der jetzige Stand ist. Er ist doch ein Feigling! Man braucht bloß in die Hände zu klatschen, und er taucht sofort auf den Grund, der miese Lump.«

»Das geht uns leider nichts an«, Kizenko schürzte die Lippen. »Wir haben andere Aufgaben.«

»Doch, das geht Sie an. Hören Sie! Warum leiden gute Menschen am meisten? Da steht einer allein gegen die ganze Gesellschaft und hält ihr sein Geschenk hin. Aber die Gesellschaft schlägt ihm auf die ausgestreckte Hand, trampelt auf ihm rum! Im Kollektiv, in Versammlungen. Damit man später keinen Schuldigen findet. Und wenn der Mann nicht mehr lebt und der Wert seines Geschenks erkannt wird und bei Tisch schon Ruhe eingetreten ist . . . Die Ruhe, von der Puschkin sagte: Lippen kauen. Wenn man ihn wenigstens jetzt in Frieden ließe. Aber nein, unter den Kauenden macht einer Rechte auf die Züchtung geltend und verlangt fünfzig Prozent!«

»Da wird nichts draus, Fjodor Iwanowitsch. Sie werden mich nicht überreden«, sagte Kizenko.

»Kann man diese Gesetzmäßigkeit wirklich nicht umstoßen? Stoßen Sie sie wenigstens diesmal um! Machen Sie auch mal eine ungewöhnliche Anstrengung! Rufen Sie den Fettwanst an, jagen Sie ihm Angst ein!«

»Sehen Sie, Angst einjagen. Gerade damit ist Schluß. Uns geht das absolut nichts an!«

»Ich verstehe. Als ein hervorragender Wissenschaftler gejagt werden sollte, da ging es Sie was an! Ich will nichts weiter sagen. Ich nehme mir meine Bescheinigung wieder. Sehen Sie, ich stecke sie in die Tasche. Brauchen Sie was Schriftliches? Rufen Sie ihn an, er wird's Ihnen schikken.«

»Na gut. Geben Sie mir die Telefonnummer.« Kizenko lächelte dem Nebenmann zu und winkte ab. »Wir brauchen die Bescheinigung ja wirklich. Kollege Deshkin hat uns ausgetrickst.«

In der Stille surrte die Wählscheibe. Kizenko wählte die

Nummer, sah zur Decke auf und klopfte mit dem Bleistift auf den Tisch.

»Hier ist das Komitee für Staatssicherheit«, sagte er in dienstlichem Ton. »Geben Sie mir bitte Spartak Petrowitsch. Bitte.« Er sah die beiden neben ihm an, die näher herangerückt waren. »Spartak Petrowitsch? Hier Kizenko vom Komitee für Staatssicherheit. Bei Ihnen wurde eine Kartoffelsorte zur Prüfung eingereicht. Soweit mir bekannt ist, vor einem Jahr. Der Züchter heißt Strigaljow. Nein, sagen Sie mir, wurde sie eingereicht? Sie werden sich gleich erinnern, ich habe hier ein Dokument mit Ihrer Unterschrift vor mir. Ich kann Ihnen das Datum nennen. Wissen Sie's wieder? Können Sie mir einen kleinen Bericht schicken? Wann die Sorte eingereicht wurde. In welcher Form konkret. Ja, ebendas meine ich. Das Datum des Beschlusses. Welche Anordnungen ergangen sind, von wem, der genaue Inhalt. Wie die Sache vorangeht . . .«

Der Hörer summte eilfertig. Spartak zappelte am Haken, versuchte eifrig etwas klarzumachen. Kizenko unterbrach ihn nicht, nickte. Er spielte seine Rolle ausgezeichnet.

»Verzeihen Sie, Spartak Petrowitsch, lassen Sie mich wiederholen. Sie sagten also, Strigaljow wurde von den Organen festgenommen. Ein bekannter Weismann-Morgan-Anhänger. Richtig? Akademiemitglied Rjadno hat das im Seminar erwähnt? Ah, so . . . Und wer hat die neue Sorte eingereicht? Deshkin? Fjodor Iwanowitsch? Verstehe. Deshkin hat die Sorte eingereicht«, wiederholte Kizenko, als notiere er. »Was wurde verheimlicht? Ach, Strigaljows Verhaftung! Deshkin hat das verheimlicht? Deshkin hat sich als Strigaljow ausgegeben? Erscheint in den Ministerien als Strigaljow! Gut, alles klar. Ja . . . Spartak Petrowitsch, ist das alles? Sagen Sie . . . Ja, ich habe verstanden. Sagen Sie . . . Habe ich Sie denn *danach* gefragt? Haben Sie sich notiert, worum ich Sie gebeten habe? Bitte, seien Sie so gut, schreiben Sie mir das alles genauestens auf. Und möglichst innerhalb von zwei Tagen.«

Kizenko legte auf.

»Deshkin hat recht, das ist ein Krokodil.«

»Und was für eins! Wie's im Buche steht!« versicherte Fjodor. »Vor zwei Jahren wäre er in dieser Situation als Sortenzüchter anerkannt worden, verstehen Sie?«

»Morgen rufe ich ihn wieder an und mahne ihn«, sagte Kizenko.

Der zweite Vernehmer warf seinem Kollegen einen Blick zu und deutete auf Kizenkos Armbanduhr, und sofort schlugen beide, sich besinnend, die vor ihnen liegende Akte zu. Anscheinend für immer. Kizenko schob sie ins unterste Schreibtischfach, entnahm ihm eine andere, etwas dickere, aus der ein Büschel eingelegter Papierstreifen hing, und legte sie vor sich hin. Dann sahen beide Fjodor an. Sie hatten sich bereits voll auf das nächste Schicksal eingestellt, über das zu enscheiden war.

»Es war sehr interessant mit Ihnen«, sagte Kizenko eilig, Fjodor höflich verabschiedend.

»Und aufschlußreich«, fügte der zweite im gleichen Ton hinzu.

Fjodor stand sofort auf. Für einen Moment begegneten sich ihre Blicke. Alle drei dachten etwas dabei. Wer sind sie nun wirklich? ging es ihm flüchtig durch den Kopf. Die Kultur des Schweigens. Wie tief das eingewurzelt ist. Ich habe mich breit über alles ausgelassen, und sie? Kein Wort zuviel. Sie dürfen nicht. Auch wenn es möglich wäre – sie dürften nicht.

Sie waren wohl doch nicht von dieser Dienststelle. Er verließ das Zimmer, ohne sich über die beiden klar geworden zu sein. Eine andere Welt. Ein Rätsel, ein Traum. Aber auch er war für sie etwas noch nicht Dagewesenes. Das verriet ihr Schweigen.

Schweigen kann auch Nuancen haben.

»Was Ihre Frau betrifft«, sagte plötzlich Kizenko, der Fjodors Verdrossenheit auf seine Weise auslegte, »haben wir keinerlei Informationen. Und nachzuforschen sind wir nicht berechtigt. Bei uns steht man Schlange.« Er legte die Hand auf den neuen Hefter.

»Da wäre noch was . . .«, begann der andere plötzlich zögernd, als wolle er ein Geheimnis preisgeben. »Sie kennen sicher Krasnow.«

»Kommt drauf an, welchen.« Etwas trieb Fjodor zu dieser

vorsichtigen Reaktion, die dem schweigsamen Mann seine Geheimnisse entlocken konnte.

»Na, welchen schon! Den Vorsitzenden Ihrer Forschungsgesellschaft. Den Sie erst vor zwei Monaten einstimmig gewählt haben!«

Dieses »einstimmig« sagte Fjodor sehr viel. Über den Krasnow von heute und über diejenigen, die ihn gewählt hatten.

»Interessieren Sie Fakten oder Meinungen?« fragte er.

»Vorzugsweise Fakten.«

»Fakt ist folgendes«, sagte Fjodor. »An seiner rechten Hand ist eine Narbe. Hier an der Stelle, deutlich zu sehen. Ein kleines Kreuz. Es heißt, eines Nachts wäre er in Strigaljows Garten eingestiegen, um für Akademiemitglied Rjadno eine Beere von einer Kartoffelstaude zu stehlen. In dieser Beere steckte Strigaljows ganze Begabung und ein halbes Leben Arbeit. Was wohl genug über den Dieb aussagt. Als er über den Zaun geklettert war, wollte er die Pforte aufklinken – es gab noch einen kleinen Innenhof. Da schnellte ein scharfer Vierkantbolzen aus der Klinke und durchschlug ihm die Hand. Die Vorrichtung war extra für ihn eingebaut worden. Eine ganze Brigade hatte dran gearbeitet – ein Akademiemitglied, ein Ingenieur und ein hochqualifizierter Schlosser. Übrigens heißt er gar nicht Krasnow.«

»Das ist bekannt. Aber die Narbe an der Hand – das ist uns neu. Interessant.«

Eine andere Welt, andere Menschen. Alles ist wie ein wirrer Traum, dachte Fjodor, als er die unsichtbare Grenze zum stillen Halbdämmer des Warteraums überschritt, durch dessen geöffnete Ausgangstür immer noch grelles Tageslicht flutete. Nach seinem Besuch in dem Zimmer, das er jetzt hinter sich ließ, nach Kizenkos Anruf bei Spartak fiel die ständige Sorge um Strigaljows »Hinterlassenschaft« auf einmal von ihm ab. Das Erbe war nun von nichts mehr bedroht. Fjodor kehrte in die Welt zurück, der er schon entwöhnt war – in die Welt, wo man sich nicht erst vorsichtig umschaute, bevor man auf die Straße ging, wo man nicht ständig auf neue Schicksalsschläge gefaßt sein mußte.

Er fuhr sich mit der Hand übers Gesicht, spürte einen fremden weichen Pelz auf den Wangen und dachte: Wozu das? Ein Mann erwachte aus fünfjährigem Traum, kehrte zurück. Doch nein, er träumte noch: Lena geisterte noch in geheimen Winkeln dieses Traums. Sie neigte sich traurig über den Säugling auf ihrem Arm. Kaum war Fjodor die Sorge um die »Hinterlassenschaft« los, schien die Wirkung der Betäubungsspritze nachzulassen. Die frische Wunde schmerzte bei jeder Bewegung, die schwere innere Blutung schwächte ihn. Er sank auf einen freien Stuhl an der Wand. Plötzlich brach es seufzend aus ihm hervor: »Lenotschka.« Und ehe Fjodor sich versah, seufzte er wieder und wieder, zwanghaft. Allzu lange hatte er alles in sich verschlossen. Er preßte die Lippen zusammen, ballte die Fäuste, ein ungekannter Krampf verzerrte ihm den Mund, etwas brannte ihm in der Nase, stieg ihm in die Augen. Sobald er merkte, daß es Tränen waren, kniff er die Augen fest zusammen und blieb still sitzen, bis es vorüber war.

Auf einmal schien er wieder zu träumen. Einen unglaublichen Traum. In der Lichtflut des hinter der Ausgangstür flimmernden Julitags erschien, sie zu einem Viertel verdrängend, die graue Flanke eines Autos. Glitt heran, hielt. Die jenseitige Wagentür ging auf, und gebückt stieg ein korpulenter Mann in grauem Anzug mit grünen Falten aus. Ein Schritt, und die Anzugfalten wurden rot. Während er eilig hinter seinem Auto hervorkam, wechselten die Falten mehrfach zwischen Grün und Rot. Dann trat der breitschultrige, beleibte Mann ins Halbdunkel des Wartezimmers, und sein ganzer Anzug wurde dunkelblau. Das Farbenspiel fesselte, lenkte ab. Dadurch konnte der Mann rasch den Raum durchqueren und hinter der Tür verschwinden, aus der Fjodor gerade gekommen war. Erst als sie sich schloß, kam Fjodor die Erleuchtung: Das war ja er! Der vor zwei Monaten einstimmig Gewählte. Der Vorsitzende all derer, die auf die Liste von Kaftanows Anweisung gesetzt worden waren – aller Entlassenen, Eingesperrten, Umgekommenen und am Leben Gebliebenen.

Wenn die langjährige Sorge Fjodor nicht freigegeben hätte, wäre er das Risiko einer Begegnung mit Krasnow nicht eingegangen. Und wäre er ihm begegnet, hätte er ihm vielleicht sogar zugelächelt. Aber er war die Sorge los, das *Kind* war versorgt. Darum vergaß er augenblicklich alles und wartete nur noch, stumm und gespannt, mit der Geduld des Rächers.

Pech für den Bergsteiger, daß er für eine Wahlfunktion vorgeschlagen worden war, die ihn so exponierte. Pech, daß er gerade jetzt hierher bestellt war. Fjodors Gespräch mit den beiden Mitarbeitern, die die Verfahren überprüften, war für ihn ungünstig verlaufen. Besonders, als der Name Krasnow fiel. Auch seinen auffälligen Anzug hatte der Sportler extrem ungünstig gewählt, und er hätte das schreiende Symbol seiner Prosperität zu keinem ungünstigeren Zeitpunkt anziehen können.

Eine gute Stunde lang blieb alles still. Dann ging die Tür auf, und Krasnow strebte eilig heraus, den Blick starr ins Weite gerichtet. Mit drei raschen Schritten würde er die Dämmerzone, in der er nach dem hellen Zimmer nur Augen schimmern sah, durchquert haben, würde auf den Sitz seines Wagens sinken, den Gang einschalten und erleichtert davonfahren.

Doch er konnte nur einen Schritt tun. Eine Gestalt mit wucherndem Vollbart vertrat ihm im Halbdunkel den Weg. Eine unsichtbare Hand packte ihn am Jackettaufschlag.

»Wohin so schnell? Moment.« Die bekannte, gepreßte Stimme raubte ihm die Kraft.

»Fjodor Iwanowitsch . . .«, konnte er noch murmeln, dann traf ihn ein knallharter Schlag zwischen die Augen. Und noch einer. Er hing an seinem Jackettrevers, als wäre er an einem Haken aufgespießt. Der Stoff riß, und der schwere Körper plumpste zu Boden.

Fjodor hatte weder Boxen noch Karate gelernt. Seine erste Bewegung, als er mit gespreizten Fingern, den Mund wie zum Kuß gespitzt, Krasnow gestoppt, am Jackett gepackt und geschüttelt hatte – diese erste Bewegung hatte etwas Unbekanntes, Wildes in ihm freigesetzt und alles andere nach sich gezogen. Aber als er den Feind mit zerknautschtem und eingerissenem Jackettaufschlag am Boden liegen sah, mit Blut auf der zitternden, winselnden Lippe, war seine Wut im Nu verraucht. Mit hängenden Schultern stand er da und wartete auf das Erscheinen von Vertretern der Staatsgewalt. Da lösten sich von den Wänden, an denen stumme Gestalten mit schimmernden Augen gesessen hatten, mehrere Männer, packten ihn an den Armen und drehten sie ihm sinnlos auf den Rücken. Sofort überkam es ihn wieder, blind, stärker diesmal. Er schüttelte die Männer, die ihn festhielten, mit einer heftigen Bewegung ab. Im gleichen Moment sah er im Halbdunkel eine weiße Porzellanvase mit blauen Blümchen auf dem Fußboden stehen, die ihn magisch anzog. Er packte das glatte, schwere Gefäß, hob es über den Kopf – und um Krasnow wäre es geschehen gewesen, wenn Fjodor nicht der ganze Kippen- und Aschevorrat ins Gesicht gefallen wäre, der sich in der Vase angesammelt hatte. Er sah sich gleichsam mit den Augen eines Unbeteiligten, und der absurde Anblick brachte ihn zur Besinnung. Asche kitzelte ihn in der Nase, blendete ihm die Augen. Er gab jemandem vorsichtig die Vase, wurde energisch an den Ellbogen gepackt, in ein Zimmer geführt und auf einen Stuhl gesetzt. Krasnow hörte er schluchzend stammeln: »Ich habe keine Forderungen.«

Dann wurde er wieder abgeführt, diesmal auf die Straße. Er wurde neben dem von krampfhaftem Schluchzen geschüttelten Krasnow in ein Auto gesetzt. Das Auto fuhr zwei oder drei Nebenstraßen weiter und hielt. Abermals wurde er in einen Raum geführt. Es war ein Milizrevier. Man setzte ihn vor eine blaugestrichene Barriere, hinter der an einem Telefon der Diensthabende saß. Die beiden Milizionäre, die ihn hergebracht hatten, erstatteten halblaut und lachend Bericht.

»Ich habe keine Forderungen«, wiederholte Krasnow. »Keine Forderungen an ihn.«

Die Milizionäre erörterten des längeren ein Problem, dann telefonierten sie. Fjodor mußte seinen Vor- und Nachnamen und sein Geburtsdatum angeben. Er wollte erklären, daß er Krasnow deshalb geschlagen hätte, weil er viele ins Lager gebracht hatte, darunter auch seine, Fjodors, Frau. Aber man ließ ihn nicht ausreden: »Wissen wir. Dazu wird er ja herbestellt. Um zu klären, was er den Leuten damals alles angehängt hat.«

Der Diensthabende sah den Sprecher streng an, worauf der sofort verstummte, und sagte dann: »Krasnow, Sie können gehen. Gehen Sie in die Toilette, waschen Sie sich.«

»Ich würde gern noch ... mit dem Kollegen reden«, bat der Sportler leise.

»Geh, mach schon, wasch dich.«

Krasnow ging, sich den eingerissenen Jackettaufschlag haltend.

»Sonst redet er noch mal mit dir«, fügte der Diensthabende hinzu, als Krasnow draußen war. Das war deutlich für den anderen Festgenommenen gesagt.

Fjodor, der das Wohlwollen für sich spürte, bat, ebenfalls auf die Toilette gehen zu dürfen, um sich die Augen auszuspülen.

»Gedulde dich. Wenn dein Freund weg ist, kannst du gehen«, entschied der diensthabende Milizionär. »Sonst fällst du wieder über ihn her. Hast ihn ganz schön zugerichtet.«

»Der andere hat seine Frau ins Lager gebracht«, sagte einer der beiden, die Fjodor eskortiert hatten, leise und schüttelte den Kopf. »Der muß noch nicht genug haben, reden will er noch mit ihm.«

»Er wird hier nicht das erstemal geschlagen«, bemerkte der zweite Milizionär.

»Ausgerechnet immer, wenn wir Dienst haben«, sagte der erste, und beide lachten.

»Die schlagen ganz schön zu. Auf Lagerart«, meinte der Diensthabende. »Alles Rehabilitierte. Oder Verwandte. Und er wird immer wieder vorgeladen. Er hat sich schon drauf eingestellt, läßt sich jedesmal sofort fallen.«

»Er simuliert«, meinte der zweite Milizionär im Hinausgehen. Dann kam er zurück. »Er ist weg. Jetzt können Sie.«

Während Fjodor sich über dem Waschbecken wusch, behielt ein Milizionär ihn durch die offene Tür im Auge. Danach begleitete er ihn ins Dienstzimmer.

»Bleiben Sie noch ein Weilchen sitzen. Auf der Bank. Zehn Minuten. Dann dürfen Sie gehen.«

»Nicht zehn, zwanzig Minuten«, sagte der Diensthabende

streng mit erhobener Stimme. »Weißt du denn nicht mehr? Sonst kriegt er ihn doch ein!«

»Ich rühr ihn nicht mehr an«, sagte Fjodor.

»Warum, hau ihn«, gestattete der Diensthabende großmütig, »bloß nicht in unserm Revier.«

Zwei Stunden später war Fjodor schon zu Hause. Er rasierte sich, packte den Koffer für die Reise. Die alten Moskauer Angelegenheiten waren erledigt. Das Sowchosfeld wartete auf ihn, sein Hektar. Gegen Abend rief er Zwjach in seiner Moskauer Wohnung an. Er beglückwünschte Wassili Stepanowitsch, daß ihr kräftezehrendes Versteckspiel nun ein Ende hatte. Erzählte ihm alles, erwähnte auch die Abrechnung mit Krasnow.

»Sieh einer an«, meinte Zwjach. »Und das, ohne was getrunken zu haben. Hättest ihn lieber nicht verprügeln sollen. Wir beide müssen im Dunkeln bleiben.«

»Jetzt haben wir's nicht mehr nötig. Und was Krasnow angeht – ich hab gar nicht gewußt, wozu ich alles fähig bin.«

Zwjach mußte noch ungefähr eine Woche in Moskau bleiben. Sie verabredeten, daß er vor der Abreise in Fjodors Wohnung gehen und die inzwischen eingegangene Post mitbringen sollte. Beide warteten auf den Brief von Spartak.

Ungefähr zehn Tage später kam der aus Moskau angereiste Zwjach auf das Sowchosfeld. Sein jetzt sauber rasierter Freund jätete mit seiner Brigade die bestens gedeihenden, kräftigen Kartoffeln. Der Direktor nahm die weiße lappige Mütze ab, wischte sich mit dem Taschentuch die verschwitzte Stirn und sah den Leuten bei der Arbeit zu.

»Also folgendes«, sagte er endlich. »Bis Feierabend sind's noch zwei Stunden. Der gesamte Frauentrupp kann nach Hause. Der Brigadier hat heut einen Glückstag, er läßt euch gehen.«

Als die etwas verwunderten Frauen fort waren, setzte Zwjach nach einer feierlichen Pause zu seiner Mitteilung an.

»Womit fang ich an? Ich weiß selber nicht. Vielleicht mach ich's chronologisch. Du kippst mir sonst noch um, wenn ich mit der Tür ins Haus falle. Hör das erste. Hier ist'n Brief für dich. Du mußt Spartak ganz schön angst gemacht haben. Das Ekel hat den Widerstand aufgegeben. Er hat den

Stationen Anweisung erteilt und schickt dir 'n Durchschlag. Wie 'n normaler Mensch. Auf einem Kopfbogen, wie sich das gehört. Daß sie unsere Kartoffeln aufgegessen haben, nehmen wir ihnen nicht krumm. Da ziehn wir uns nicht dran hoch. Wir haben Kartoffeln, im Herbst schicken wir noch mal welche. Jetzt das zweite.«

Sie gingen auf dem festen Weg entlang, der den Kartoffelschlag teilte.

»Das zweite, Fedja, ist was Unerwartetes, was mit Trauerrand. Krasnow ist gestorben. Gestern war die Beerdigung.«

Der Unglückliche war abermals zu peinlichen Befragungen vorgeladen worden. Ein Verfahren betreffend, das eingestellt werden mußte, damit ein Unschuldiger freigelassen werden konnte. Während Krasnow im Vorraum auf seinen Aufruf wartete, hatte er einen Anfall gehabt. Eine Gesichtshälfte war ertaubt, ein Bein abgestorben. Er wurde ins Krankenhaus gebracht, und tags darauf endete sein sonderbares Leben, das von Anfang an »verquer gelaufen« war, wie Zwjach sich ausdrückte.

»Ein Widerspruch«, sagte Zwjach nachdenklich. »Breweschkow kam in die Stadt und staunte, was es da alles gab. Restaurants ziehn sie immer besonders an. Und die angemalten Dämchen mit Ohrringen und Handtäschchen. Er hat immer mehr haben wollen, als er produzieren konnte. Für so einen wimmelt das Leben von Versuchungen. Und überall hängt 'n Schloß davor. Das juckt ihn, das kränkt ihn, das versteht er nicht. Wie soll er seinen Appetit stillen? Da sucht er nach Möglichkeiten. Wer seiner Begabung entsprechend produzieren kann, sieht nicht bloß seinen Vorteil, ist nicht aufs Konsumieren aus. Der geht so in der Arbeit auf, daß er's Essen vergißt. Aber Breweschkow guckt in die Röhre. Und die Möglichkeiten springen ins Auge, verstehst du ... Ihm standen doch alle Wege offen, geschickte Hände und 'ne flinke Zunge hatte er ja. Und was nicht noch alles. Solche Gedanken kamen mir. Fedja, als ich vor dem Sarg stand.«

»Sie haben auch den Sarg gesehen?«

»Ja, Fedja, und nicht bloß den. Neben dem Sarg saß Antonina Tumanowa. In ihrem Tarantas. Die Hand auf dem

Sarg, so, weißt du, hat sie den Toten angesehen. Und seine Familie stand ratlos dahinter.

»Tja-a«, sagte Fjodor gedehnt, zog die Braue hoch und neigte den Kopf. Beide schwiegen eine ganze Weile.

»Ein aufschlußreicher Anblick, kann ich dir sagen. Übrigens dachte ich, sie sähe nur ihn und sonst nichts. Aber sie hat auch mich mitgekriegt. Später, als sie ihn raustrugen ... Ich bin nicht mitgefahren. Eine von ihren beiden Omas hat mich abgepaßt und mir 'n Zettel zugesteckt. Hier ist er. Das betrifft dich.«

Fjodor faltete den Zettel auseinander. Mit Bleistift stand in großen Krakeln darauf: »Wir müssen Fedja ausfindig machen. Richten Sie ihm aus: Lenotschka hat sich gefunden. Er soll zu mir kommen. Nicht vor dem 26.«

Er kam um zehn Uhr morgens in der Stadt an. Im halbleeren Obus fuhr er durch das in Grün versinkende Saretschje, vorbei an niedrigen Häuschen und langen Baracken, vorbei an einem langen Zaun, hinter dem ein großes Werk dicke Rauchschwaden ausstieß. Dann der Park, das lustige Restaurantschild. Aber der Bus ließ keine Zeit für Erinnerungen und rollte auf die Brücke, und durch die geöffneten Fenster wehte eine frische Brise vom Fluß.

Nach der langen Brücke begann ein steiler Anstieg. Die Bäume der Grünanlage, die Ehrentafel huschten vorüber. Danach bog der Obus auf die Sawodskaja-Straße ein. An der Haltestelle stieg Fjodor aus, in einer Hand den kleinen Koffer, in der anderen ein in Packpapier gewickeltes, verschnürtes Bild.

Wieder spürte er den bekannten Asphalt unter den Füßen, denselben wie 1949. Fünf Sommer und fünf Winter waren so spurlos verflogen, wie sein Schritt vor einer Sekunde verhallt war. Als ob es sie nicht gegeben hätte. Und was gewesen war, was auf keinen Fall in Vergessenheit geraten durfte, war auch schon ins Reich harmloser Träume gerückt, von Staub zugedeckt, der die Unebenheiten der Welt von gestern überzieht. Übrigens nicht alle. Du brauchst den weichen Staub nur aufzurühren und findest darunter ein gestern unentbehrliches, täglich benutztes Utensil. Einen Zeugen vergessener Ereignisse, der sich durchaus noch mal verwenden ließe.

Und du wirst eine verdächtige Spur daran entdecken, die nicht mehr verwischt werden konnte. Weil der Spurentilger, der es tun wollte und nicht mehr dazu kam, genauso dem großen Gesetz des Vergessens anheimfiel und sich verflüchtigt hat, sein gestriges Dasein ebenso erst bewiesen werden muß. Falls jemandem daran gelegen sein sollte.

An der Ehrentafel blieb Fjodor nicht stehen, stellte aber fest, daß das Foto von Alexander Shukow nicht mehr dran hing. Alles waren neue Gesichter. Er bog in die Nebenstraße ab, die auf kürzestem Wege zur Tumanowa führte. Die Beine gingen von selbst schneller, und schon nach ungefähr zehn Minuten stand er, mit offenem Mund atmend, vor der bekannten dunklen Tür im zweiten Stock. Es war noch derselbe netzbespannte runde Rachen der Sprechanlage, aus dem immer Antonina Tumanowas klangvolle Stimme tönte, wenn man auf den Klingelknopf drückte. Aber etwas war neu. Fjodor drückte auf den Knopf, noch einmal, ein drittes Mal – hinter dem Netz blieb es totenstill. Er klopfte, drückte die Klinke der fest verschlossenen Tür, klingelte nochmals. Kein Laut kam als Antwort. Die Tür vor ihm schwieg, schien schon zum Altertum geworden zu sein. Stumm, als sei sie nur auf die Wand gemalt, hütete sie das Geheimnis der Vergangenheit.

Nicht vor dem 26., dachte er, nicht vor dem 26. Wenn nicht morgen, dann übermorgen.

Langsam schritt er die Nebenstraße zurück, aber sein Herz klopfte noch immer heftig. Ich muß hingehen und das Bild abgeben, dachte er matt und merkte gar nicht, daß er schon auf der Sowjetskaja-Straße war. Dort war der Torbogen. Das Hofgebäude war fremd geworden, dort lebten jetzt Fremde. Einer der neuen Bewohner hatte ein Messingschild mit seinem beachtenswerten Namen an seiner Tür angebracht, mit Schnörkeln ringsum. Einer angeschnittenen Zwiebel ähnlich. Ein Zeitgenosse, der Ansprüche ans Leben stellte.

»Tjurdenew«, murmelte Fjodor.

Das bekannte Knarren der Türfeder ließ ihn zusammenfahren. Er stieg in den dritten Stock, sah die mit schwarzem Kunstleder bespannte und mit Messingknöpfen verzierte

Tür. Er klingelte. Auch diese Tür war verzaubert und schwieg, als wäre sie auf die Mauer gemalt. Ein Tag der verschlossenen Türen, dachte Fjodor.

Er ging die ganze in der Julihitze dösende Sowjetskaja-Straße hinunter, passierte die Brücke über den Bach und schwenkte unverhofft zum Brombeergestrüpp ab. Er wollte es mal wiedersehen. Die vertrauten Dornen lauerten in der Hitze, bereit, jeden Eindringling in blutigem Kampf zu stellen. Doch sie drohten nur zum Schein. Mitten durch das Dickicht hatte die Zeit einen breiten, von Fahrspuren zerfurchten Weg gebahnt, auf dem einer nach dem anderen lehmbeschmierte Kipper entlang rollten. Weiter hinten ragten Betonkonstruktionen und Kranausleger aus dem Grün. Dort war eine Baustelle, und wie sich herausstellte, standen die Kräne genau dort, wo früher die einseitige Straße mit den Holzhäusern verlaufen war, die mit Strigaljows Haus anfing. Die Holzbauten waren restlos abgetragen worden.

Fjodor sah der ruhigen Arbeit der Zeit eine Weile zu und wandte sich zum Gehen, um zur Brücke zurückzukehren, als ihm plötzlich auffiel, daß die dicken Eisenrohre nicht mehr dalagen. Sie waren verschwunden. An ihrer Stelle war jetzt eine weitreichende, von niederem, zählebigem Brombeergestrüpp bedeckte Lichtung.

»Sagen Sie, bitte«, sprach er einen vorbeigehenden Arbeiter in kalkbespritzter schwarzer Arbeitskleidung und kalkbeschmierten Stiefeln an, »hier sind doch mal Rohre gewesen. Ziemlich große. Sie lagen hier entlang.« Er zeigte es mit der Hand.

»Hier waren keine Rohre«, sagte der Arbeiter, und Fjodor glaubte darin die Antwort des Schicksals zu hören, das ihm einst auf sein zaghaftes He! mit vibrierender Stimme geantwortet hatte.

»Wieso, ich hab das Rohr gesehen. Es ist wohl eingegraben worden?«

»Ich bin schon das zweite Jahr hier, hier war kein Rohr«, sagte der Arbeiter, ohne sich umzudrehen oder langsamer zu gehen.

Hier war kein Rohr, wiederholte Fjodor in Gedanken, als er auf der Pflasterstraße auf den in der Ferne dunkelnden

Park zuschritt. Hier war kein Rohr! Er spürte plötzlich deutlich, daß auch sein persönliches Rohr, durch das er die fünf Jahre lang ununterbrochen und ohne Zaudern gegangen war, ein Ende hatte. Auch die unerwartet aufgebrochene schlummernde Knospe hatte ihren Wachstumszyklus abgeschlossen – das spürte er deutlich. Aber so recht wahrgenommen hatte er ihr Wachsen und Blühen gar nicht – zu ernst war alles gewesen, was in diesem Rohr vorging, da war keine Zeit zu Selbsteinschätzungen gewesen. Fünf Jahre lang war er mit einem hochgewachsenen, besonnenen Mann zusammen durch dieses Rohr gegangen, der nicht wußte, was Mut ist, weil Mut sich seiner nie selbst bewußt ist. Fünf Jahre hatte das gedauert. Der Mann an seiner Seite konnte die innere Stimme hören und besaß die Fähigkeit, auf einen plötzlichen Ausfall des Feindes sparsam und genau zu reagieren. Fünf Jahre war er mit diesem Mann den gleichen Weg gegangen, ohne auch nur einmal zu sagen: Das bin ich!

Weiße Gewänder! Er hatte sie nie an sich bemerkt.

Im übrigen ist das verständlich. Dem Menschen ist es nicht gegeben zu sehen, wann er aus »erhabenen Gefühlen« handelt. Er weiß nicht, daß das Werte sind, die man festhalten und vorweisen könnte. Darum wird dieser Begriff auch meist auf die falschen Adressaten angewendet. Wie Fjodor schon in seiner Studentenzeit erkannt hatte, heißt Gutsein leiden. Die »mit den weißen Gewändern angetan« sind, kommen aus der großen Trübsal. Wenn man leidet, ist einem nicht danach, seine Qualitäten zu analysieren. Den Leidenden zieht es nicht vor den Spiegel. Darum kamen Fjodor jetzt schmerzliche Erinnerungen. Er sah Strigaljow aus seiner kleinen Flasche trinken, sah Sweschnikow, wie er sich mit blutigem Gesicht durch das Brombeerdickicht kämpfte. Aber nie sah er sich neben ihnen! Das Blut in seinem eigenen Gesicht sah er nicht, obwohl er sich doch mit Sweschnikow zusammen durchs Dornengestrüpp gezwängt hatte.

Auch jetzt, als der aus der schlummernden Knospe geschossene Trieb verwelkt und zusammen mit dem Rohr verschwunden war, grübelte Fjodor nicht lange darüber nach und sagte nicht: Das war ich. Das Leben riß ihn mit, ging weiter.

Das Leben war für Fjodor jetzt das große Kartoffelfeld, an dem er auf der bekannten Pflasterstraße entlang schritt. Das Feld war dunkelgrün und dicht mit weißen Blütensternen übersät. Es war das Sowchosfeld, das damals stark unter dem Junifrost gelitten hatte.

Fjodor setzte den Koffer und das Bild am Feldrain ab und drang ins grüne Meer der Stauden ein, schlenderte zwischen den Reihen entlang. Die bekannte Blattform der Stauden veranlaßte ihn zu einer Richtungsänderung. Hier wuchs die »Maiblume«! Fjodor fuhr mit der Hand über die Krautspitzen und dachte an ein bestimmtes Gesicht, einen federnden schnellen Schritt, einen nach oben gerichteten, einer unsichtbaren Leitung folgenden Blick. Sah ein Fläschchen an einer Schnur. Auf einmal bückte er sich und riß wütend eine Staude heraus, warf sie an den Feldrand. Silesia! Wie kam die hierher? Noch eine solche Staude ärgerte ihn von weitem, streckte die breiten grünen »Münzen« himmelwärts, mit denen jedes Blatt endete. Fluchend riß Fjodor sie aus dem Acker.

»Was machen Sie hier?« klang es unwirsch hinter ihm.

Ein Mann in Stiefeln und blauer Satinjacke rannte durch die Reihen auf ihn zu. Er war sonnengebräunt und trug eine Brille mit dünner Metallfassung.

»Warum wollen Sie das wissen?« fragte Fjodor sanft und sah ihn an.

»Ich bin der Agronom des Sowchos. Was tun Sie hier?«

»Meiner Meinung nach wollen Sie hier Pflanzgut gewinnen. Sie haben die ›Maiblume‹ angebaut.«

»Ja, das stimmt. Aber wer gibt Ihnen das Recht, hier eigenmächtig Stauden rauszureißen?«

»Meine Kenntnisse. Die Wissenschaft. Ihre Elitesorte ist verunreinigt. Ihr Lagerverwalter hat einen Sack ›Silesia‹ ins Pflanzgut geschüttet. Er hat wohl zuwenig gehabt. Da, noch eine.« Fjodor bückte sich und riß eine Staude heraus.

»Moment. Wie kommen Sie dazu? Wo wollen Sie ›Silesia‹ gefunden haben? Das ist ein sortenreines Feld! Sehen Sie denn die Blüten nicht?«

»Na, sehen Sie doch! Hier das Blatt. Eine Münze am Ende, das ist typisch. Da, sehen Sie, hier ist es leicht gespalten. Das gibt's bei keiner anderen Sorte. Regen Sie sich ab, Sie haben keinen Grund. Und nehmen Sie einen gutgemeinten Ratschlag an. Sie müssen das ganze Feld durchgehen und Ihre Elite säubern. Sonst haben Sie später Ernteausfälle. Dann schieben Sie's auf die Sorte. Auf den Züchter.«

»Wer sind Sie denn?«

»Ein Kartoffelfachmann. Ein Freund und Mitarbeiter des Züchters.«

»Von Akademiemitglied Rjadno?«

»Nein, von dem nicht. Gehen Sie in Ihr Kontor zurück, verlangen Sie das Zertifikat, darin finden Sie den Namen des Züchters. In diesem sind zwei Namen angegeben. Der wirkliche Züchter steht an zweiter Stelle. Iwan Iljitsch Strigaljow. Akademiemitglied Rjadno hat sich die Sorte angeeignet.«

Bei diesen Worten sah der Agronom wütend auf.

». . . und den Züchter ins Lager gebracht«, fuhr Fjodor fort. »Dort ist er dann umgekommen.«

»Das kann nicht sein. Was Sie da zusammenfaseln. Wofür hätte man ihn denn . . .?«

»Für die Kartoffel hier. Die Weismann-Morgan-Anhänger wurden doch beschimpft, erinnern Sie sich?«

»Jetzt doch auch noch. Sie haben ja nichts Gescheites . . .«

»Und was ist das? Was ist hier angebaut?«

»Aber das ist doch die Leistung von unserm hochverehrten . . . Der alle Kräfte in den Dienst des Volkes . . . Er ist doch ein Titan!«

Weil er im Unrecht war und Angst hatte, kletterte er höher und höher, erklomm sofort die Höhe, von der aus der unten Liegende leichter zu treffen ist. Fjodor musterte den Agronomen mit einem nachsichtigen, kühlen Blick.

»Für wen sagen Sie das? Wenn wir die Kartoffeln um uns als Zuhörer nehmen – die sind geschlossen gegen Ihren Titanen.«

Der Agronom erinnerte sich an alles, wußte alles, aber er traute den Veränderungen nicht und war noch nicht zu einem riskanten Gespräch bereit, nicht mal ohne Zeugen. Ihm klangen noch die Losungen der Akademietagung im Ohr, die er im Radio gehört hatte. Wie Fjodor ihn so vor sich sah, fühlte er sich aus der blühenden Sommerwelt in eine Welt versetzt, in der eben noch Krieg getobt hatte. Hier, ganze sechzig Kilometer von Moskau entfernt, gab es noch ausgebrannte Panzer, wurde noch geschossen, hatte man das Fürchten noch nicht verlernt, erwartete man, jeden Augenblick einen feindlichen Soldaten in Feldgrau mit erhobenen Händen aus dem Schützengraben klettern zu sehen.

»Wer sind Sie eigentlich?« fragte der Agronom. Hinter seinen Brillengläsern funkelte Argwohn.

»Interessiert Sie mein Name? Ich heiße Deshkin. Fjodor Iwanowitsch.«

»Derselbe? Der hier am Institut war?«

»Derselbe.«

Sie schwiegen. Der Agronom sah weg.

»Haben Sie noch Fragen?« sagte Fjodor schließlich, des Schweigens müde. Und fügte, ohne die Antwort abzuwarten, hinzu: »Gehen Sie trotzdem mal durch die Reihen. Und säubern Sie Ihr Feld. Da ist eine ›Silesia‹, ich reiße sie Ihnen raus. Nehmen Sie die Staude und vergleichen Sie. Es ist nicht schwer, sie zu unterscheiden. Sie werden's schnell lernen.«

Damit ging er, ohne sich umzudrehen, zu seinem Koffer und dem Bild am Straßenrand. Der Agronom sah ihm nach. Er würde sich an den Tag erinnern, an dem ihn plötzlich ein Gespenst auf dem Feld besuchte, unvorstellbares Zeug redete und für immer verschwand. Er würde sich sein Leben lang an diese Begegnung erinnern, weil ihn in naher Zukunft eine qualvolle Wende im Denken erwartete.

Das Institutsstädtchen schlummerte in üppigem Juligrün. Wie früher hob es sich noch durch sein freundliches Rosarot von der Umgebung ab. Vor dem Haus, in dem sich der bekannte Korridor und das Gästezimmer befanden, direkt vor der Vortreppe, lag ein dickes, fettes Schwein – ein Doppelgänger des vorigen. Grunzte, ohne die Augen aufzumachen, und zuckte, als Fjodor darüber hinwegstieg. Tante Polja begrüßte ihren ehemaligen Mieter herzlich.

»Du kriegst dein altes Bett, ich bezieh's dir neu. Und geb dir 'n besseres Kissen. 'n schönes strammes. Hier triffst du keinen an, alle sind auf ihren Datschen oder in den Ferien.«

Sie gab ihm frisches Bettzeug, schüttelte das Kissen auf, damit es »schön stramm« war.

Dann tranken sie Tee zusammen, an dem Tisch, auf dem die vertrauten Zeichen eingeritzt waren: zwei sich kreuzende Linien. Fjodor erkundigte sich nach den Kollegen vom Institut. Waritschew war nicht mehr da, wie sich herausstellte. Er war in Moskau bei seinem Akademiemitglied. Die Wonljarljarskis machten noch ihre Läufe, er wie sie. Beide seien jetzt in Rente. Die Bogumilowna – die sei noch da.

»Was hast du denn da mitgebracht?« fragte Tante Polja endlich, sie hatte schon die ganze Zeit nach dem verschnürten Ding geschielt.

»Das ist für die Frau von Swetosar Alexejewitsch. Die ehemalige. Ich muß es bei ihr abgeben.«

»Warum nich, da wirst du's los. Sie und Adrjuscha sind noch hier, sind nirgends hingefahren.«

»Ich bin dagewesen, die Tür ist verschlossen.«

»Du mußt abends hingehen. Tagsüber ist sie bei ihren Bullenkälbern.«

So stieg er gegen sieben, als sich das erste Gelb ins Tageslicht mischte, abermals im Haus hinter dem Torbogen zum dritten Stock hinauf. Diesmal wurde ihm geöffnet. Olga Sergejewna stand vor ihm, in einem leichten Kleiderrock von unbestimmter Farbe – als hätten Kinder den weißen Untergrund mit blauen und schwarzen Buntstiften bekritzelt. Sie wirkte weniger auffällig als früher. Weißblond war sie zwar immer noch, aber ohne das rußige Schwarz um die Augen.

»Guten Tag«, sagte er und trat ein. Zwischen ihnen entspann sich ein Gespräch ohne Worte. Das ausgedehnte Schweigen beider sagte genug. Danach bat sie ihn ins saubere Zimmer – es war das, in dem früher Flaschen auf dem Fußboden gestanden hatten.

»Trinken wir Tee?« fragte sie.

»Ich habe gerade welchen getrunken.«

»Trotzdem, ein Täßchen.« Sie ging in die Küche.

Seufzend und mit zusammengepreßten Lippen deckte sie den runden Tisch. Sie machte sich Mut.

»Ich bin eigentlich nur gekommen, um einen Auftrag zu erfüllen«, sagte Fjodor, der das spürte, und lehnte das Bild an die Wand.

Olga Sergejewna erfaßte sofort, was für ein Auftrag das war.

»Andrjuscha ist noch draußen. Er kommt frühestens in einer halben Stunde.«

Fjodor hörte die Erwartung heraus, ob er nicht auch für sie einen Auftrag hätte. Er reagierte nicht und gab ihr so zu verstehen, daß er auf Andrjuscha warten wolle und ihm nichts weiter aufgetragen sei.

»Mir wurde eine beträchtliche Geldsumme übergeben. Für die gemeinsame Sache«, brach er das peinliche Schweigen und legte ein in Zeitungspapier gewickeltes Bündel Scheine auf den Tischrand. »Ich bin sparsam damit umgegangen. Etwas ist noch übrig.«

»Wir brauchen nichts«, sagte sie förmlich und heftete ihre vor Unmut kreisrunden Augen auf ihn. Fjodor verstand, daß es Possoschkow ziemlich schwergefallen war, mit ihr auszukommen.

»Sie nehmen's nicht? Ich zähle: Eins, zwei, drei . . . Gut.« Er steckte das Geld in die Hosentasche, die gleich anschwoll.

Sie lächelte spöttisch, ging in die Küche und kam lange nicht wieder. Fjodor sah sich im Zimmer um. Von früher war nichts geblieben. Nichts, was an den Dichter erinnerte. Doch nein: Hinter dem Schrank prangte ein großes Plakat mit der fetten Aufschrift: Innokenti Kondakow. Und mit Keschas zähnefletschendem Künstlerlächeln.

»Begucken Sie sich Ihren Dichter?« fragte sie, während sie einen Aluminiumteekessel hereinbrachte.

Nicht meinen, sondern Ihren, lag es Fjodor auf der Zunge. Aber er besann sich, daß Kescha dieser Tage herkommen wollte, um die Scheidung zu besprechen. Der Dichter gehörte auch ihr nicht mehr.

»Und wie geht's Ihnen jetzt?« fragte er.

»Na ja, es geht so. Wir warten auf unsern zweiten Papa, aber er kommt und kommt nicht.«

»Was ist er schon für ein ... Auch als zweiter«, entfuhr es Fjodor.

»Wer hat keine Fehler? Dichter darf man nicht aus der Nähe betrachten, sondern lieber von weitem«, sagte sie und goß ihm Tee ein. Sie war anders als Kescha. Ihr Lebensrad war gewissermaßen zum Stillstand gekommen, saß aber noch fest auf der Achse. Sie wartete auf ihren Dichter.

»Wissen Sie, wo Kondakow jetzt ist?« fragte sie. »Man hat ihn doch ...«

»Ja, ja«, antwortete er hastig.

»Endlich werden sie ihn freilassen. Was meinen Sie? Kommt er bald? Immerhin ist er mein rechtmäßiger Mann. Ihm wird dort nichts passieren, er ist doch Optimist!«

»D-das stimmt.«

»Bloß Andrjuscha ist groß geworden.«

»Stellt er Fragen?«

»Schlimmer. Er schweigt. Erfährt irgendwo was und schweigt.«

»Das war zu erwarten. Aber Sie haben einen Vorteil. Er ist noch ein Junge, ist erst ...«

»Zwölf«, soufflierte sie.

»Und Sie ...«

»Ich bin über dreißig. Trotzdem, Kinder können Erwachsene ganz schön ... Nicht mal eine Antwort wollen sie.«

»Natürlich, in solch einer Situation. Unter solchen Umständen. Da ergeben sich Fragen. Möglicherweise nicht mal Fragen, sondern Einsichten. Die keiner Worte bedürfen.«

Nach dieser unverhofften Freimütigkeit beeilte Fjodor sich, an seinem Tee zu nippen, denn er ahnte, damit schwierige Eröffnungen eingeleitet zu haben.

»Sie sind sein Schüler, und ich war seine Schülerin. Sagt Ihnen das was? Ich war seine Schülerin! Und habe russische Viehrassen nach der Rjadno-Methode verdorben. Alte, bewährte russische Rassen. So leichtfertig war ich, hab mich von ihm verleiten lassen. Bis ich anfing, klarer zu sehen.«

»Hat Ihnen der Dichter zu der Klarheit verholfen?«

Sie errötete heftig, wie nur Hellblonde erröten können. Scham hemmte sie, aber nur für einen Moment.

»Der Dichter hat mir was anderes klargemacht. Wenn in der Steppe ein Tier, ein unglückliches Wesen, eine Antilope verendet ... Dann kreist sofort ein Raubvogel über ihr. Sie lauern nur darauf.«

»Das sind Possoschkows Worte«, sagte Fjodor. »Er meinte ...«

»Ach, wirklich? Aber das sind meine Worte. Das habe ich mal zu ihm gesagt. Ich sagte: Wie das nur kommt – ein Raubvogel, der meilenweit entfernt fliegt, wittert todsicher, wann ein Wesen in Not ist.«

»Ich hab's auch Kondakow erzählt. Er hat geantwortet ...«

»Sagen Sie's nicht, ich weiß es.« Sie errötete wieder. »Ich hab es ihm auch gesagt, ins Gesicht. Und er hat mir genauso ins Gesicht geantwortet: In der Natur darf kein Fleisch verkommen. So was knallt er mir an den Kopf.«

»Aber das ist doch Kescha!«

»Ja. Es gab eine Zeit, da war ich am Verenden. Da verlor ich den Verstand, dachte, ich hätte mit keinem Giganten gelebt, sondern mit einem Phantom. Ich hatte ihn ja nicht wegen seiner Körperkraft geheiratet, sondern weil er was leistete, weil er so begabt war. Ich hatte das Bild geheiratet, das ich mir von ihm machte! Das Bild eines Menschen vergeht nicht so schnell wie seine körperliche Frische. Daraus erklärt sich, daß man auch einen alten Mann lieben kann. Einen Mazeppa. Man möchte weiter nichts als den Giganten berühren, Fjodor Iwanowitsch! Und merkt plötzlich, daß er gar keiner gewesen ist.«

»Er war trotzdem einer, Olga Sergejewna. Und er war ein lebendiger Mensch, er hat Sie geliebt. Das war nicht einfach. Offenbar haben Sie ihm, während sie ihn als Giganten vergötterten, Augenblicke geschenkt, die ihn zeitweilig lähmten. Sie hätten ihn weniger lieben sollen.«

»Leicht gesagt, weniger lieben.« Sie lächelte spöttisch. »Sie haben mit ihm über mich gesprochen?«

»Ja, wir hatten einmal ein langes Gespräch. Er hat ja genauso ein Bild geliebt, wissen Sie. Er hat da drüben, Ihrem

Balkon gegenüber . . . Nein, das sage ich Ihnen nicht. Außerdem, sind Sie nicht zu streng zu ihm? Nicht er hat den Fleischwolf gedreht, Olga Sergejewna. Er ist reingeraten.«

»Natürlich! Hätte er ihn gedreht, dann hätte ich ihn nicht mal angeguckt. Aber er hat mitgemacht. Und gut dabei gelebt.«

»Er hat es für Sie getan.«

»Ich gehörte ja zu seinem schönen Leben! Als Teil seines Komforts. Als ich das merkte, wurde mir . . .«

»Da fing die Antilope an zu lahmen?«

»Ja. Und sofort kreiste ein Raubvogel über der Kraftlosen. Das, was er wollte, durfte ja nicht verkommen. Und jetzt warten wir auf ihn. Voller Ungeduld.«

»Sogar das!« sagte Fjodor entsetzt.

»Wieso? Sie sagen das so merkwürdig. Der Mann hat doch gelitten. In jener Hölle. Ich meine, aus der man als ein anderer zurückkehrt. Ich weiß nicht, wie's werden wird. Ich hab mich an ihn gewöhnt. Wenn jemandem so was zustößt wie ihm, wird er einem besonders vertraut.«

»Aber er war ein Gigant, Olga Sergejewna.«

»Wenn er's gewesen wäre, wäre alles anders gekommen.«

»›Der Brief, in welchem du um Geld mich batest, hat mich bis heute leider nicht erreicht‹«, deklamierte Fjodor als Antwort.

Sie verstummte und blickte in ihre Tasse, um den Sinn der seltsamen Worte zu ergründen, der ihr schon vage zu dämmern schien, denn sie errötete. Aber so ganz klar war er ihr noch nicht.

»Ja, und?« fragte sie endlich.

»Immerhin haben Sie den Giganten berührt. Genau wie Sie's wollten. Das Bild war echt, ohne Falsch. Aber Sie haben Ihren Giganten vom Ziel abgelenkt. Haben zugelassen, daß er sich ein Nest baute. Haben wohl selbst mit dran gebaut. War ja auch richtig. Doch dann waren Sie enttäuscht, er gefiel Ihnen nicht im Schlafrock. Dabei ist er doch wieder zum Giganten geworden, nachdem er sich von Ihnen befreit hatte. Er hat sein Schicksal angenommen. Das hätte er aber nicht gebraucht. Wenn Sie sich fest entschieden hätten. Fürs

Schlafzimmer mit Röschentapete. Oder wenn Sie den Schrank aufgemacht und ihm gezeigt hätten: Hier, ich hab uns beiden Wattejacken gekauft. Und Segeltuchstiefel. Pfeif auf die Röschentapete, pack mich nicht in Watte, bleib ein Gigant. Laß uns wegfahren, wir wollen kein Vieh mehr verderben, wollen den Redegewandten vom Lügen heilen. Ja? Hätten Sie das gekonnt?«

»Utopie, Utopie, Fjodor Iwanowitsch!« erklärte sie etwas zu heftig und ironisch. »Alles, was ich hätte tun und sagen sollen, war doch Sache des Mannes. Bürden Sie einer Frau nicht zuviel auf.« Sie sah ihn nicht dabei an.

»Kann sein, kann sein. Aber Sie sagen selber: Andrjuscha schweigt. Denn Sie sind keinem Giganten gefolgt. Sondern einem, der Aas aufpickt. Daran wird alles klar. Entwickeln Sie Ihre Argumente nie vor Andrjuscha.«

Heftig errötend blickte sie in die Tasse, fischte mit dem Löffel nach Teeblättchen. Dann stand sie auf.

»Ich gehe ihn suchen.«

Kescha hat nicht gelogen, er kommt bestimmt. Wie kann ich sie nur darauf vorbereiten? dachte Fjodor zum soundsovielten Mal.

»Wenn Sie nun plötzlich . . . ein unvorhergesehenes Leid betreffen sollte«, sagte er nachdenklich. »Ich weiß nicht, ob ich jetzt über die linke Schulter spucken soll. Wenn so was unerwartet über Sie hereinbricht . . . kann alles wieder ins Lot kommen. Dann hört auch Andrjuscha auf zu schweigen.«

»Ich gehe ihn suchen.«

Der Junge kam allein. Kam hereingeprescht und ließ die Wohnungstür offen.

»Guten Tag.«

Er war sehr gewachsen. Die schlanke Figur und das blonde Haar hatte er von der Mutter, die Kopfform vom Vater: in den Schläfen breit und nach unten zu schmaler.

»Kennst du mich noch?« fragte Fjodor. »Ich war mit deinem Papa befreundet. Er hat mir aufgetragen, dir das zu übergeben.«

Der Junge knüpfte sofort den Bindfaden auf und zog die knisternde Papierhülle vom Bild. Eine Arbeiterin in rotem

Kopftuch mit roten Fahnen im Hintergrund kam zum Vorschein. Rein und streng blickte sie aus ihren zwanziger Jahren. Ein Briefumschlag rutschte heraus und fiel zu Boden. Der Junge griff danach, öffnete ihn umständlich und vorsichtig, zog endlich den Brief heraus. Er überflog zuerst die Rückseite, bewegte den Kopf, den Zeilen folgend, hin und her. Fjodor, der ihm gespannt zusah, konnte mit raschem Blick die Anrede erfassen. »Mein lieber kleiner Blondschopf! Goldjunge!« Dann sah er weg, um nicht weiter in fremde Geheimnisse einzudringen. Mit dem Papier raschelnd, las der Junge begierig wieder und wieder. Dann holte er aus dem anderen Zimmer ein Etui aus weißem Karton, legte den Briefbogen behutsam hinein, strich ihn glatt, achtete darauf, daß er gut lag.

»Selber gemacht?«

»Ja«, antwortete der Junge deutlich.

»Andrjuscha«, sagte Fjodor zu ihm. »Es ist vielleicht wichtig für dich, das zu erfahren. Ich war doch ein Kollege von deinem Papa. Ich möchte dir sagen, daß er ein guter Mensch war. Aber das haben nicht alle gewußt. Das war damals eine Zeit, Andrjuscha . . . Da wurde ein guter Mensch mitunter nicht verstanden. Alle sind über ihn hergefallen und haben ihn schlechtgemacht. Aber sie haben aus Angst geschrien, nicht, weil er wirklich schlecht war. Das war so üblich damals. Sie haben auch Versammlungen gemacht, sogar ziemlich oft, die wirklich Schlechten. Sie haben verlangt, alle sollten wie sie sein. Und wer gut heucheln konnte, den haben sie gut genannt. Aber um richtig gut zu sein . . . Das heißt, um Gutes zu tun und nicht bloß davon zu reden . . . Um so zu sein, mußte man manchmal so tun, als wäre man schlecht. Weil anders gar nichts zu machen war. Und wer offen wie ein Guter auftrat, vor dem mußte man sich in acht nehmen. Den mußte man prüfen und nochmals prüfen. Denn es konnte sein, daß er heuchelte.«

»Sie erklären's mir wie einem Kind«, sagte der Junge, ohne zu lächeln. »Trotzdem danke. Sie haben alles so verständlich ausgedrückt. Er war ein Weismann-Morgan-Anhänger, ich weiß. Und mußte Vorlesungen über die Vererbung erworbener Merkmale halten.«

»Du hast es noch klarer gesagt.« Fjodor lächelte erstaunt und verwirrt.

»Ich weiß das alles. Ich habe einen Brief von ihm erhalten. Vor einer Woche. Zum Geburtstag.«

»Mit der Post?«

»Ja, mit der Post.«

»Aber ich meine, es war wichtig für dich, es von dem zu erfahren, der . . .«

»Sie haben mich nicht verstanden. Das war ja wichtig für mich. Ganz wichtig. Und was damals geschrien wurde, untersuche ich schon seit langem genau . . . Fjodor Iwanowitsch, ich habe nämlich eine ganze Mappe voll Material.«

»Spielst du denn auch Fußball?«

»Was hab ich denn jetzt auf dem Hof gemacht?«

»Schön, entschuldige. Hast du in deiner Mappe eure Institutszeitung, Jahrgang 1949?«

»Wo Iwan Iljitsch Strigaljow beschimpft wird? Klar, hab ich!«

»Iwan Iljitsch war auch ein Freund deines Vaters. Aber du hättest mir ruhig zulächeln können. Ich habe ja nicht gewußt, daß du dich so ernsthaft mit diesen Dingen beschäftigst. Und mit dir geredet, wie man eben mit einem Jungen deines Alters spricht. Du bist doch zwölf?«

»Ja.«

»Und ich bin siebenunddreißig. Ich bin von mir ausgegangen. Weißt du, als ich zwölf war . . . Ich habe geraucht mit zwölf, mich geprügelt.« Fjodor erinnerte sich an seine größte Tat, die er als Zwölfjähriger vollbracht hatte. Er verstummte, betrachtete den vor ihm stehenden Jungen lange. »Ja, Andrjuscha. Mit zwölf war ich ganz, ganz anders. Und ich bin mir nicht sicher, daß das gut war . . .«

Als er zu seinem rötlichen Institutskomplex zurückkam, war die Sonne schon untergegangen. Das Schwein grunzte laut, winselte und rammelte im Schuppen gegen die Bretter. Es wollte fressen. Mit einem Eimer in der Hand kam seine Besitzerin aus dem Schuppen.

»Tante Polja«, sagte Fjodor und ging ihr entgegen. »Swetosar Alexejewitsch hat mir damals Geld gegeben. Für die

Sache. Mit der bin ich jetzt fertig. Von dem Geld ist noch was übrig. Olga Sergejewna nimmt's nicht. Ich denke, Sie haben ein Recht darauf.«

Tante Polja sah ihn an, kniff die Augen zusammen und befahl streng: »Und wo ist dein Fräulein? Sitzt? Heb's für sie auf.«

Noch am gleichen Abend rief er mehrmals Antonina Tumanowa an, aber niemand nahm ab. Am nächsten Morgen wollte er im Park spazierengehen, schlug aber schon auf dem Weg dahin eine andere Richtung ein und eilte fast im Laufschritt zur Brücke und weiter zum Neubauviertel. Vor der Tür der Tumanowa wollte er gerade auf den Klingelknopf drücken, als er plötzlich merkte, daß die Tür zu einem Drittel geöffnet war. Sogar ein Eimer stand davor, damit sie nicht zuging. Offenbar wurde gelüftet. Er drückte gegen die Tür – sie gab geräuschlos nach und das Wohnungsinnere frei. Im Hintergrund blitzte das Nickel des »Tarantas«. Fjodor trat in den Korridor und hörte im gleichen Moment Antonina herrisch rufen: »Teufel noch mal! Kannst du dich nicht richtig dagegenstemmen?«, und unmittelbar danach bat ihre melodische, volle Stimme, die der Silva, die einst am hiesigen Theater erklungen war: »Zieh doch, zieh stärker. Hörst du nicht. So zieh doch!« Hierauf folgte eine kurze Serie deftiger Mannesflüche, die man ihr nicht zugetraut hätte. Die beiden Omas ächzten. Fjodor hörte das weiche Aufschlagen über den Fußboden rollender Körper. Drinnen schien eine Art Ringkampf vor sich zu gehen.

Er wollte vorsichtig zur zweiten Tür durchgehen. Doch da schaute eine der beiden Omas heraus – mit aufgelöstem grauem Haar, das ihr auf Brust und Schultern hing –, scheuchte ihn weg und zischte: »Fort, fort! Geh schon! Komm frühestens in einer Stunde wieder.« Als er schon draußen war und sie die Tür hinter ihm zugemacht hatte, flüsterte sie ihm noch durch den Türspalt nach: »Wir turnen!«

Als er eine Stunde später wiederkam und auf den Klingelknopf drückte, lief alles nach dem Programm ab wie vor fünf Jahren. Etwas schnappte, und aus dem netzbespannten runden Rachen der Sprechanlage ertönte die noch immer klangvolle Stimme: »Bist du's? Bist also wieder da, mein Lieber? Na, komm rein.«

Die Tür öffnete sich. Er ging zwischen den beiden alten Frauen hindurch, die dunklen Sträuchern mit hängenden Zweigen glichen, an der Küche vorbei, am »Tarantas« vorbei und zur letzten Tür hinein. Hier mußte er eine unsichtbare Barriere überwinden, die ihn anfangs geradezu körperlich zurückstieß. Im Bett zwischen den Kissen sah er den Tod. Er hielt seine noch lebende, zappelnde Beute in den Fängen, und die brachte es fertig, bei Fjodors Anblick strahlend zu lächeln.

Die Vision hielt noch an, aber Fjodor, der stets auf Überraschungen gefaßt war, hatte sich schon wieder in der Gewalt und stellte sich auf die neue Situation ein – er nahm ab sofort keine Nebensächlichkeiten mehr wahr. Doch das ging, wie bei einem Flugzeug, das die Schallmauer durchbricht, nicht ohne kurzzeitigen unkontrollierten Fall. Die Tumanowa, die die feinen Veränderungen in Fjodors Mienenspiel gierig beobachtete, verzog für einen Moment kläglich den geschminkten Mund. Nur für einen Moment, dann blitzten wieder Ironie über das Schicksal und Herausforderung an die Natur aus ihren lebhaften schwarzen Augen.

»Was ist, Bruderherz? Ist deine Primadonna alt geworden? Wer weiß, was noch alles kommt, Fedja.«

Dabei langte ihre Hand schon nach den Zigaretten. Mühsam, unter Schmerzen ergriff sie die Packung, zog sie zu sich aufs Kissen. Wag es nicht, ihr zu helfen! hielt ihn seine innere Stimme zurück. Laß sie ja alles allein machen!

Die andere Hand war geschickter. Sie nahm die Packung, steckte eine Zigarette in den Mund, führte ein an einer Schnur hängendes selbstgebasteltes Feuerzeug an die Zigarette. Rauchschwaden stiegen auf wie Nebel über einer Gebirgslandschaft, und der Tod trat beiseite.

»Und ich?« fragte Fjodor. »Bin ich etwa nicht alt geworden?«

»Du auch, Fedja«, half sie ihm.

»Für uns beide gilt die gleiche Zeitrechnung, Antonina Prokofjewna. Für uns gibt's keine Veränderungen.«

»Dann wollen wir Tee trinken. Mäuschen! Kommt, ihr Guten, bewirten wir Fjodor Iwanowitsch! Ich weiß, Fedja, ich weiß, Tee interessiert dich nicht. Deine Frau hat sich gemeldet. Sie lebt in der Region Krasnojarsk, wir haben die genaue Adresse. Eine Postfachnummer. Morgen fährst du zu ihr. Hier, lies.« Sie zog ein mit einem Bändchen umwickeltes Bündel Briefe unter einem Kissen hervor. »Lies laut, ich möchte zuhören. Das geht mich auch was an.«

»›Mein lieber Fedja! Wenn du wüßtest, wie ich jetzt aussehe‹«, begann er und stürzte mit jedem Wort gleichsam in einen unerwarteten Abgrund. »›Ich bin jetzt ein robustes, knochiges Weib!‹« Hier hielt er inne und sah in die Ferne, bis die Sehnsuchtswelle vorüber war. Er las weiter. »›Und mein Gesicht! Früher hab ich nie geheult, aber hier heule ich in einem fort.‹« Er sah abermals auf und begegnete dem brennenden, aufmerksamen Blick der Tumanowa. »›Ich lege Fjodor Fjodorowitsch hin, aber er schläft nicht . . .‹« Wen meint sie? Die Frage zwang ihn, sich zu unterbrechen. »›. . . aber er schläft nicht, sein Bäuchlein ist nicht in Ordnung. Er pupst andauernd. Dann wird er endlich schläfrig, und ich wiege ihn ein.‹ – Sie wiegt ihn ein!« rief Fjodor.

»Deinen Sohn«, sagte die Tumanowa. »Fjodor Fjodorowitsch.«

»›Ich wiege ihn ein und weine leise vor mich hin‹«, las er mit brüchiger Stimme weiter. »›Die Tränenströme müssen sich schon ein Bett in mein Gesicht gegraben haben. Ob sie wohl mal aufhören?‹«

Die Tumanowa beobachtete ihn nach wie vor, die Zigarette in der Hand. Ohne den forschenden Blick von ihm zu wenden, sagte sie: »Die Vogelbeere wird süßer, wenn sie Frost kriegt.«

»›Wenn ich Dich nur fände‹«, las er weiter. »›Falls Du noch lebst. Jetzt hab ich schon wieder geheult. Ich weiß es ja, mein Fedja! Herzallerliebster . . .‹« Fjodor stockte wieder.

»Lies alles vor«, befahl die Tumanowa.

»›. . . Du mein Einziger. Meine schönsten Erinnerungen verbinden sich mit Dir. Ich weiß doch, sie haben Dich gejagt! Stell Dir vor, das ist sogar bis hierher gedrungen. Bei uns hier gibt's Leute, die allerlei wissen.‹«

»Du hast mich also hintergangen«, sagte die Tumanowa ein bißchen neidisch, was sie auch nicht verhehlte. »Sogar mich alte Frau hast du hinters Licht geführt. Ich sage ihm die ganze Zeit, das ist ein feines Mädchen, die mußt du nehmen, schimpfe mit ihm – und er hat schon zugegriffen!«

»›Unser kleiner Fedja hat schon zehn Zähne‹«, las er in einem anderen Brief. »›Er kriegt sie ein bißchen spät. Aber laufen tut er – nichts ist vor ihm sicher. Ich bringe ihn in die Krippe – und ab in meine Wäscherei.‹«

»Sie wird dort als Mutter wahrscheinlich schonender behandelt«, sagt die Tumanowa.

»›Wenn Du wüßtest, welche Wäscheberge durch meine Hände gehen‹«, las Fjodor. »›Abends lege ich den kleinen Fjodor schlafen und wiege ihn ein, und mich gleich mit. Dabei weine ich still vor mich hin. Meine einzige Freude hier. Weißt Du, warum ich ihn Fjodor genannt habe? Ahnst Du's wirklich nicht? Er ist Dir wie aus dem Gesicht geschnitten. Auch das Grübchen am Kinn – wie ein kleiner Halbmond. Und lächeln kann er! Das müßtest Du sehen. Als ob ein Lichtstrahl vom Himmel scheint. Dostojewski hat mal so was vom Lächeln kleiner Kinder gesagt.‹«

»Na, was schweigst du?« Die Tumanowa hatte sich mitsamt ihren Kissen in Rauch gehüllt. »Lies weiter. Genier dich doch nicht, heul ruhig. Wer nicht heulen kann, ist so gut wie tot.«

»›Ich habe jetzt vieles verstanden‹«, las er einen neuen Brief. »›Wir haben uns damals mit Kindereien abgegeben. Es waren Kindereien, Fedja, starrer Pionieridealismus hat uns die diktiert. Starrer roter Idealismus, wenn Du's wissen willst. Und dafür solche Vergeltung. Kinder darf man nicht in solche Spiele reinziehen. Weil es neben begeisterten Kindern auch noch nüchterne Erwachsene gibt, die keinerlei Mitleid kennen. Na, und wenn man uns schon reingezogen hat und wir uns die Begeisterung bewahrt haben, gibt's auch nichts zu bereuen. Du hast den Weg gewählt, also rechne mit Vergeltung. So und nicht anders muß man das Wort ›Sei bereit‹ verstehen. Wir beide, Fedja, haben damit gerechnet!‹«

Die Zeit verging, der Tee auf dem Tischchen wurde kalt,

und Fjodor las und las, einen Brief nach dem anderen. Drei Jahre lang war die Post zu Antonina Tumanowa gekommen, nicht allzu oft, aber regelmäßig.

»›Nur beschränkte Gehirne konnten diese Anklage zusammenzimmern. Auch Dein alter Bekannter, der schwarze Hund, mußte herhalten‹«, las Fjodor. »›Man müßte ihm ein Denkmal setzen, dem schwarzen Hund. Wie Pawlows Hund in Koltuschi. Wenn ich rauskomme, kauf ich mir ein Porzellanhündchen und male es schwarz an. Du warst ja überhaupt großartig! Hast die ganze Zeit vor mir dicht gehalten. Dabei hat die innere Stimme mir schon immer zugeraunt, was ich jetzt weiß. Und ich habe noch gezaudert!‹«

»Sie hat mich selber gefunden«, bemerkte die Tumanowa. »Weißt du, wie? Über die Sozialfürsorge. Ich bin doch Rentnerin! Und dort kennen sie mich natürlich.«

»›Wenn unser kleiner Fjodor mal groß ist, erzählen wir ihm alles‹«, las Fjodor. »›Er weiß schon jetzt viel von Dir. Heute wird er fünf Jahre.‹«

»Fahr hin, fahr hin«, sagte die Tumanowa. »Bald werden sie freigelassen. Fahr hin und hol dein Frauchen. Du hast sie verdient und sie dich.«

Nachdem er den letzten Brief zu Ende gelesen hatte, stand er auf.

»Wohin so schnell?« fragte die Tumanowa.

»Packen. Ich muß fahren.«

»Bleib noch ein bißchen. Bleib noch, der Zug fährt sowieso erst morgen früh. Schnapp dir nachher die beiden Koffer da. Die bringst du ihr von mir. Für den Knirps ist auch was drin.«

Jetzt endlich merkte Fjodor, was ihm an ihrem frisch frisierten schwarzen Haar so anders vorgekommen war. Der Platinzweig hatte keine Brillanten mehr.

»Na, und?« sagte Antonina, die seinen Blick auffing. »Ich hab sie flüssig gemacht. Was ist schon dabei, auch wenn's die letzten Steine waren. Wer braucht die schon? Der Zweig macht's wohl noch ein Weilchen.« Sie sog heftig an ihrer Zigarette, wedelte matt den Rauch fort. »Bis zum Tod scheint's noch 'ne Weile hin zu sein. Wohin bringst du deine Familie? Nach Moskau? Kommt erst mal alle drei zu mir. Wenigstens einmal möcht ich glückliche Menschen sehn. Ich hab etliche erlebt, die angeblich glücklich waren. Richtig Glückliche noch nie. Wirkliches Glück zu sehen – heißt das nicht leben?«

Wer Akademiemitglied Rjadno von seinen populären Reden an Universitätskathedern und Klubtribünen kannte, die in den vierziger Jahren Beifallsstürme ausgelöst hatten, wer sich an den brillanten Rhetoriker erinnerte, der ungewöhnliche Ausdrucksweise mit verblüffenden Tricks wie dem Taschentuch mit Erde zu kombinieren verstand, dem erschien der Kassian Damianowitsch der frühen sechziger Jahre als ein völlig anderer. Das lag nicht etwa daran, daß er stark gealtert und ergraut war. Er war nicht mehr begierig, öffentlich oder vor Studenten zu sprechen. Das war jetzt gefährlich, die Leute hatten gelernt, schwierige Fragen zu stellen. Sogar auf Akademietagungen vermied er es zu reden. Er saß meist in der ersten Reihe, und die Plätze rechts und links von ihm waren leer: Die anderen Akademiemitglieder erinnerten sich an das, was gewesen war, und setzten sich nicht neben ihn.

Mittags aß er gewöhnlich im Speiseraum der Akademie, allein an einem Vierertisch. Niemand wollte ihm Gesellschaft leisten.

Den größten Teil des Tages verbrachte Rjadno jetzt in einem sauberen grauen Kittel in seinem Arbeitszimmer bei seinen getrockneten botanischen Wunderdingen, deren Geheimnisse ihn wie früher faszinierten. Doch jetzt hatte er kein Verlangen mehr danach, die Welt mit seinen Entdekkungen zu verblüffen. In einem Glas Tee rührend, um eine große Tablette aufzulösen, grübelte er über die Rätsel der Natur nach, strich sich mitunter übers Gesicht und schüttelte den ergrauten, hageren Kopf, weil er keine Antwort fand. Auch seine Mitarbeiter wußten nicht, womit sie sich beschäftigen sollten. Ihre Reihen lichteten sich zusehends. Jeden Tag erfuhr der Alte von einem neuen Abtrünnigen.

Um ihn machte sich Leere bemerkbar. Er wußte natürlich, woher das kam, hatte es sogar für sich vorausgesagt. Deshalb hatte er ja für einen »zweiten Umlauf« seines Sterns gesorgt. Aber auch der war zu Ende gegangen, die achtfach verzweigte Wunderähre war beim wiederholten Aussäen leider nicht wieder aufgetreten. Rjadnos neuer Gönner war sehr enttäuscht, machte dem verdienten Wissenschaftler jedoch keine Vorwürfe, weil er selbst an die geplatzte Illusion geglaubt hatte. Er sah in Akademiemitglied Rjadno einen gleichgesinnten gescheiterten Romantiker und ließ den Alten in Ruhe, womit er den Grund für seine Einsamkeit legte.

Doch seit einiger Zeit züngelten aus der erloschenen Glut des öffentlichen Interesses für das Akademiemitglied wieder lebhafte Flämmchen. Der Alte knüpfte während des Essens im Akademiespeiseraum Gespräche an, die bald den Namen »Mittagsvorträge« von Akademiemitglied Rjadno erhielten. An seinen Tisch setzte sich nach wie vor niemand, aber Rjadno fand stets einen Bekannten unter den Umsitzenden, den er ansprach und geschickt in einen Disput verwickelte, der sich dann zum Vortrag auswuchs.

Das Gerücht von den Vorträgen erreichte auch Fjodor, der zu Beginn der sechziger Jahre Doktor der Wissenschaften war und das Labor einer großen wissenschaftlichen Einrichtung leitete. Die »Mittagsvorträge« drohten in Mode zu kommen, fand er. Also begab er sich an einem Wintertag in diesen Speiseraum, setzte sich an einen Tisch an der hinteren Wand und wartete gespannt.

Zuerst entstand ein Geraune an den Tischen: »Kassian, Kassian ist gekommen!« Durch die Tür zur Garderobe sah Fjodor den schwarzen Pelzmantel mit den rostroten Fuchsfellen. Die Bewegungen des Mantels verlangsamten sich: Er wurde Rjadno abgenommen. Danach trat der Alte vor den Spiegel, legte die Hand auf die Stirn und drehte sie flink. Nachdem er seinen stark ergrauten Pony in Form gebracht hatte, setzte er sich eckig in Bewegung und hielt feierlich Einzug. Die nassen Spuren seiner Filzstiefel führten quer durch den Saal zu einem der leeren Tische am Ende. Sein Tisch, erriet Fjodor. Der Alte nahm in bedrohlicher Nähe zu ihm steif und gerade Platz. Fjodor sah, wie sehr er gealtert war. Die das knochige Gesicht umspannende Haut hing am Hals faltig herab wie bei einer Echse. Er gab der Kellnerin, die er Klawa nannte, eine kurze Anweisung, dann spreizte er die dürren Finger beider Hände und schob sie ineinander wie zwei Kämme. Nachdem er das knochige Gebilde auf den Tisch gelegt hatte, sagte er hörbar »Uch . . .« und suchte den geräumigen Saal nach einem Gesprächspartner ab, an dem er sich reiben konnte. Um den Vortrag zu provozieren.

»Nasar Maximowitsch!« tönte es plötzlich wie aus einem hölzernen Horn durch den Saal. »Versteck dich nicht, ich seh dich. Bist doch mein ständiger Opponent. Ich hab heut an dich gedacht. Auf der Leningrader Chaussee.«

Nasar Maximowitsch antwortete nicht.

»Dort gibt's 'n Imbiß«, fuhr Rjadno gutgelaunt fort. »Mit 'm Schaufenster. Dicht an der Scheibe hängt 'n Vogelbauer. Mit Kanarienvögeln. Im Bauer is 'n Nest, da sitzt 'n Weibchen drin und brütet. Von der Straße aus gut zu sehen. Die Vogelmutter hat sich alle Federn rausgezupft auf 'm Bauch und wärmt die Eier so nackig. So'n kleines Wesen. Wo nich überall Leben drin steckt. Und wie se mit 'm Pfötchen schlenkert und die Eier umdreht. Is das wirklich bloß Instinkt? Schlag ihr mal 'n Ei kaputt – da leidet sie doch. Du sagst nein, Nasar?«

Nasar schwieg wie bisher. Er war nicht zu sehen.

»Und was ich noch gesehen hab! Am Nestrand saß das Männchen. Ein Prachtexemplar. Gesungen hat der! 'n Triller von 'ner halben Stunde. Gleich hat sie mit 'm Eierwenden aufgehört, zum Kuckuck mit'n Eiern, zum Kuckuck mit'm Instinkt! Hat ihm's Köpfchen zugereckt, dicht vor seinen Kropf, der hat bloß so gepuppert vom Trillern. Und sie hat gelauscht! Du sagst, 's gibt keinen Gott. Ich will dir's auch nich einreden. Aber is das Leben wirklich so einfach, is der Mensch wirklich so blind, daß er glaubt, bloß er selber kann denken und fühlen und schöpferisch sein? Ich hab dem Pärchen zugeguckt und gedacht: Das muß sich Nasar ansehn.«

Nasar schwieg.

Kassian ließ nicht locker. »Was is mehr? Das, was der Mensch von sich und der lebendigen Natur weiß, oder das, Nasar, was ihr ganzes, volles Programm ausmacht? Was verkriechste dich hinter deiner Flasche?«

Nasar schwieg, er ließ sich von Rjadno nicht provozieren.

»Guck dir mal 'ne Zeitlupenaufnahme an. Komm zu mir

ins Institut, ich zeig dir eine. Da siehste, wie die Pflanzen sich gegenseitig Aufmerksamkeit schenken. Daß se Gefühle haben. Du sagst nichts? Da bleibt dir die Spucke weg, Nasar . . .«

Inzwischen war die Kellnerin an Rjadnos Tisch gekommen und hatte eine zweihenklige weiße Tasse mit goldglänzender Bouillon und einen Teller mit Toastscheiben vor ihn hingestellt. Der Alte machte sich ans Essen. Mit seinen Brücken klappernd, schlürfte er ein paar Löffel Brühe. Fjodor schüttelte es, gegen seinen Willen verzog er das Gesicht und ahmte das Geräusch nach.

»Gott bewahr dich davor, Nasar, daß du beim Erkennen der Lebensgesetze die Grenze des Erlaubten überschreitest«, sagte Rjadno nachdenklich. »Die jungen Leute halten mich für'n Kauz. Hörst du, Nasar? Akademiemitglied Rjadno is'n Kauz! Nehm ich ihnen nicht krumm.« Er stieß eine Art Schluchzer aus. »Jeder ernsthafte Denker wirkt wie'n Kauz. Was meinste, warum Dostojewski seinen Roman »Der Idiot« genannt hat? Glaubste, er hat seinen Fürst für'n Idioten gehalten? Für'n Heiligen, für'n Heiligen hat er'n gehalten. Und 'n Weisen. Darum hat er'n so genannt. Weil 'n Weiser und Heiliger, der in 'ne Gesellschaft geschleudert wird, immer als Idiot angesehn wird. Einverstanden?«

»Kassian Damianowitsch, du weißt genau, daß ich nie mit dir einer Meinung war«, ließ sich endlich Nasars heisere Stimme vernehmen.

»Wer weiß schon, wann du mit mir einer Meinung bist und wann nich. Wo du so'n großer Schweiger bist. Zwar haste immer 'ne Faust in der Tasche gemacht.«

»Auch jetzt bin ich nicht deiner Meinung. Dostojewski stimm ich zu, aber dir nicht.«

Im Saal wurde es so still, als wäre er leer. Ein spannendes Wortgefecht stand bevor.

»Und darf ich fragen, warum du nich meiner Meinung bist, Nasar?«

»Ich bin nicht der Meinung, daß du ein Weiser bist. Und ein Heiliger. Dostojewskis Fürst . . . hat keine Akademiemitglieder ins Grab gebracht. Hat nicht vom Unglück anderer gezehrt.«

»Ha! Hab ich's doch gewußt! Wie mir das bekannt vorkommt!« sagte Rjadno mit dem Schluchzer, der bei ihm Lachen bedeutete. »Du stößt mit 'n Narren ins gleiche Horn! Fällst auf die Propaganda der Weismann-Morgan-Anhänger rein! Mein Gott, wie sich der Mensch ändern kann! Du bist doch mal 'n richtiger Biologe gewesen! Wir beide ...«

»Wenn du glaubst, Biologe sein heißt, Leute verfrachten ... Du weißt, wohin. So ein Biologe war ich nicht.«

»Puh! Unter die Erde gebracht! Verfrachtet! Und mich haben sie wohl nich alle gemacht, die Leute, die du verteidigst?« Der Alte schlürfte einen Löffel Brühe. »Guck doch, was von mir übriggeblieben is – Haut und Knochen.«

»Das sagt gar nichts«, meinte Nasar unwillig. »Sieben dürre Kühe fraßen sieben fette Kühe und wurden nicht fetter davon. Kein bißchen!«

An den Tischen gab es ein kurzes Gelächter.

»Ich soll andere ins Grab gebracht haben! Das war 'n Kampf der Ideen! Meiner Wissenschaft steht noch 'ne Renaissance bevor! Meine Wissenschaft, Nasar, hat keine Opfer gebraucht. Die konnte alleine bestehen und sich selber erhalten. Durch die Fakten.«

»Wieso hast du den Leuten dann deinen Bonbon mit dem Hammer ins Maul gedroschen?« fragte Nasar mit heiserem Spott.

»Guck an! Er kann ja bissig sein«, meinte Rjadno gleichsam anerkennend. »Zaust mich alten Mann wie'n Köter. Ich hab auch noch 'n paar Zähne im Mund. Aber für Hahnenkämpfe sind se mir zu schade.«

Er schüttelte belustigt den Kopf und konzentrierte sich endgültig auf seine Bouillon. Fjodor hatte schon vergessen, daß der Mann ihn einst »auf die ideologische Ebene verlagert« hatte, vergessen, daß diesen sich mühsam über die Zähne schiebenden Lippen ein ganzes »Nest« seinen Namen verdankte. Auch die Anweisungen des Ministers Kaftanow hatte er vergessen! Der Kampfgeist, die Bereitschaft, den Feind jederzeit an der Gurgel zu packen, hatten Fjodor längst verlassen, er kannte keine Rachegefühle mehr. Und das alles nur, weil der Feind am Boden lag und jetzt jeder nach Belieben auf ihm rumtrampelte. Dieser Nasar, den Fjodor immer noch nicht sehen konnte, hatte den Alten eben tatsächlich gezaust wie einen Köter, so daß Fjodor »Väterchens« Beherrschung bewunderte und sich an seine Stelle versetzte, Mitleid empfand. Akademiemitglied Rjadno, dieser von der Natur benachteiligte, beschränkte Geist, der sich gegen das unbarmherzige Schicksal aufgelehnt und dabei auf seine beiden unzweifelhaften Begabungen – Gespür für menschliche Schwächen und blumige Beredsamkeit – gesetzt hatte, klammerte sich immer noch an die schwindenden Freuden des Lebens.

Im Moment schlürfte er zerstreut und hörbar seine Brühe, vermutlich ohne sie zu schmecken, klapperte mit dem Löffel und dachte nach. Inzwischen waren die vier vom Nebentisch, die Fjodor verdeckten, aufgestanden und hatten Fjodor den Blicken des Alten freigegeben. Seine verblichenen Augen hellten sich gleich auf und strahlten.

»Oh! Der hat mir noch gefehlt. Der gibt mir jetz 'n Rest! Fedja, was sitzte da so alleine? Komm zu mir, wir essen zusammen, machen 'n Schwatz wie in alten Zeiten.«

Fjodor lächelte dem Alten schmerzlich zu und setzte sich zu ihm an den Tisch.

»Ich hab schon gedacht, was für'n Überzieher hängt denn da, der kommt dir doch bekannt vor!« gackerte Rjadno erfreut. »Ich seh, mein Paßgänger hat mich nich vergessen, denkt noch an mich.«

»Das ist nicht mein Überzieher«, sagte Fjodor. »Er gehört jemand anderem.«

»Gut, gut, verstell dich nur. Ich durchschau dich. Grüß dich, Renegat!« Die letzten Worte raunte der Alte Fjodor freundschaftlich ins Ohr.

Grüß dich, Rasputin! flüsterte der in die haarbewachsene, welke große Muschel des Alten. Doch nein – Mitleid und Traurigkeit verschlossen ihm den Mund. Er errötete bei dem bloßen Gedanken, er könnte so etwas ausgesprochen haben, und flüsterte Rjadno etwas ganz anderes zu: »Kassian Damianowitsch, wie können Sie sich derart . . .«

»Wart mal, Fedja. Ich muß ihm was sagen. Nasar! Du könntst mir mal folgendes beantworten. Kann 'n Feuerzeug denken?« Er schwieg einen Moment. »Ich mein nich den

Kollegen, der mir vorhin das mit 'm Bonbon und 'm Hammer... Ich ulke nich. 'n einfaches Feuerzeug, wie du's in der Tasche hast. Denkt das?«

Ringsum erscholl Gelächter, verstummte aber gleich wieder und wich gespannter Stille. In der Tat, Rjadno wußte auch in schwierigen Augenblicken, wie arglosen, neugierigen Gemütern beizukommen war. Wie er wohl damals in den Teestunden gesprochen haben mag, dachte Fjodor.

»Ich übertreib natürlich. Du mußt den Kern sehn, den Kern. Jetzt mal 'ne prinzipielle Frage. Zu dei'm Nihilismus. Wenn du beim Feuerzeug kein' Ansatz von Denken gelten läßt... Wo's doch organisierte Materie is.. Mußte da nich auch'm Menschen die Denkfähigkeit absprechen? Kennste die Widerspiegelungstheorie? Spiegelt 'n Feuerzeug Einwirkungen wider? Oder machen wir da 'ne Ausnahme? Das willste nich? Ich seh, das willste nich. Genauso is es doch beim menschlichen Denken. Das is auch 'ne Widerspiegelung, bloß 'ne höhere Form.«

»Was soll das?« flüsterte Fjodor, die Pause ausnutzend. »Wozu sagen Sie das alles?«

Rjadno winkte ab. Er war in Fahrt und wandte sich voll Nasar zu, der irgendwo hinter Fjodor saß.

»Nimm jetz 'ne Rechenmaschine. Die liefert dir's Ergebnis von ihren Operationen. Fühlt sie aber, was sie macht? Ich zum Beispiel, wenn ich'n Denkprodukt liefre, ich fühl dabei auch was. Bin mit mei'm Produkt zufrieden oder nich. Sagen wir, wenn ich Dame spiel. Jetzt liefert mein Gehirn 'ne Kombination. Wenn du willst, könn' wir's mal probieren. Ich hau dich in die Pfanne, nimm's lieber nich mit mir auf. Und ich bin zufrieden mit mei'm Einfall und reib mir die Hände. Das heißt, der Prozeß is so weit gegangen, daß er sich schon ins Gegenteil verkehrt. Jetzt sag ich dir 'ne Hypothese, kannst mich auslachen. Hör gut zu. Leg deinen Knochen weg, du lutscht doch bloß noch dran rum.«

»Ich höre, ich höre«, sagte Nasar widerwillig.

»Jetz paß auf, 'ne Rechenmaschine, die für Dame programmiert is, die fühlt Erregung wie'n Spieler. In allen vom Menschen erdachten Maschinen... Schließlich is er 'n Schöpfer wie die Natur, kopiert Naturvorgänge... In jeder

Maschine bildet sich, wenn sie zu arbeiten anfängt, 'ne Einstellung zu der Arbeit. Im Verhältnis zur Schwierigkeit. Da geb ich dir Brief und Siegel drauf. Nimm 'ne Drehbank. Wenn der Stahl bricht, das weiß jeder Dreher, da kreischt die Maschine vor Wut. Nur daß se nich flucht. Du fragst, wo se sich denn erregt? Na da, wo se ihre Aufgabe löst. Genau wie der Mensch. In hundert Jahren wird die Wissenschaft mein' Unsinn bestätigen. Bis dahin darf mich jeder auslachen, der's will. Ich hörs mir an.«

Nachdem Rjadno das gesagt hatte, zerschnitt er, mit seinen an Blech erinnernden Augen funkelnd, nervös die ihm von der Kellnerin inzwischen hingestellte Kohlroulade.

»Klawa, gib ihm auch so was«, sagte der Alte gackernd zu ihr und zeigte mit dem Messer auf Fjodor.

Er maskiert sich! flüsterte tief in Fjodor eindringlich seine innere Stimme. Er will nicht als Mörder hochbegabter Menschen dastehen, die für ihr Volk gearbeitet haben, die die Blüte des Volkes waren. Ein Kauz möchte er sein. Darum hat er auch den »Idioten« erwähnt. Einem Idioten sieht man manches nach.

»Jetzt hören Sie mir mal zu«, sagte Fjodor leise. Er beugte sich sogar zu dem Alten hinüber, damit ihn niemand hörte. Er spürte, daß Rjadno litt, auch wenn er es geschickt verbarg. »Kassian Damianowitsch. Wozu sagen Sie das alles? Man versteht Sie doch ganz genau. Das sieht fatal einer Sache ähnlich . . . Und nicht nur ich habe die Ähnlichkeit bemerkt. Wissen Sie, woran mich das, was Sie sagten, erinnert? An einen Prozeß, der vor ein paar Jahren in der Zeitung stand. Ein Mörder wurde verurteilt. Er hatte einen einzigen Menschen ins Jenseits befördert. Nur einen. Ich glaube, es war irgendwo im Norden.«

»Ja, und?« Rjadno sah ihn finster und argwöhnisch an. »Ich erinnere mich an den Prozeß. Ich kann mir denken, worauf du hinaus willst. Sag's schon.«

»Vor Gericht setzte er alle in Erstaunen. Weil er anfing zu simulieren. Den Verrückten spielte. Auf allen vieren durch den Gerichtssaal kroch. Sogar gebellt hat er, verstehen Sie.«

Rjadno verzehrte ein Stück Kohlroulade, trank einen

Schluck Mineralwasser und maß Fjodor mit einem langen, trüben Blick.

»Ich weiß, daß du das aus edler Absicht . . .«, brummte er vertraulich, fast ausschließlich durch die offenbar erfrischte Nase. »Drum sag ich dir, als dem Deibel . . . Der dauernd um meine Seele rumgeistert . . . Schon als du mir'n Rücken geschrubbt hast . . . Denkste, ich hab's vergessen? Der meine Gedanken kennt . . . Ich brauchte's natürlich nich zuzugeben. Aber um die Mystik perfekt zu machen, Fedja, geb ich's zu: Ich hab deine geniale Anspielung verstanden. Sogar vorausgesehn. Drauf gewartet. Bild dir aber nich ein, daß ich deswegen leide. Siehste, ich hab dir das gesagt und esse ruhig weiter. Du mußt auch nich leiden. Iß, laß dir's schmecken. Wach auf, Dummkopf, das Essen steht vor dir. Wir wolln beide essen – wir sind doch Philosophen.«

Fjodor ergriff mechanisch Messer und Gabel und machte sich an seine Kohlroulade.

»Das alles hat's nich gegeben, merk dir's, Fedja«, sagte der Alte, gelassen kauend. »Das, worauf du hier anspielst. Auch deine Anspielung nich. Auch nich, was ich dir jetzt sage. Gegeben hätt's das, wenn die Leute sich'n Kopp drüber machen würden. Wenn's viele solche Leute gäbe. Daß 'ne Meinung draus entstehen könnte. Die sich selbständig machen könnte.«

»Aber es sind viele!« flüsterte Fjodor heftig.

»Die zählen nich, die du meinst. Die haben keinen Grips im Kopf, sondern Stroh. Und was nich in'n Köpfen is, das kannste vergessen. Was sich in dei'm persönlichen Grips festgesetzt hat, kann ich halbwegs verkraften. Ich bin ja gewohnt, dir in die Augen zu sehn. In deine schlauen, gescheiten Waschbäraugen. Dir allein glaubt sowieso keiner. Außerdem kenn ich dich doch. Du bist'n Intelligenzler, Fedja! Weil du mir das alles gesagt hast, biste schon zufrieden. Du treibst's nich weiter. Is doch langweilig – rumzulaufen und immer wieder dasselbe zu erzählen. Die Leute mögen solche Geschichtenverbreiter nich. Nee, das bleibt alles in der Familie.«

»Kassian Damianowitsch, ein Mann mit Ihren Fähigkeiten zum originellen Denken ... Warum befassen Sie sich nicht mit wahrer Wissenschaft?«

»Ha! Wahrer ... Is meine etwa falsch?«

»Im Ernst. Dann wäre ich Ihr Mitarbeiter geworden. Dann hätten wir keine Zeit damit vergeudet, Birken in Erlen zu verwandeln. Winterweizen in Sommerweizen. Hafer in Wildhafer. Weil Sie wüßten, was möglich ist und was nicht.«

»Ich will dir noch was gestehn, dir Deibel. Der mir nich von der Pelle rückt. Dir kann ich's ja sagen. Ich hab'n weißen Fleck im Auge, Fedja. Das heißt, natürlich nich im Auge, du verstehst schon, wo. Ich kann nich sehn, was Wahrheit is. Und ich hab keine Geduld. Zu warten, bis ich was sehe. 's ganze Leben zu warten! Wo's in der Wissenschaft doch ohne Geduld nich geht. Ich kann natürlich mit Intuition tief in was eindringen. Stell Hypothesen auf. Meine Ideen dulden kein' Stillstand, die wollen nich landen, die fliegen, fliegen ... Da liegt meine Begabung. Ich bin 'n reiner Theoretiker. 'n Philosoph und Dialektiker. Induktion und Deduktion – das is meine Welt. Ich hab doch Erfolg gehabt! Und was für welchen!«

Der Alte verstummte und sah in die Ferne, weit über den Speisesaal hinaus, bis zurück ins Jahr 1948, in seinen Ohren verebbten Beifallsstürme. Dann strich er sich erwachend mit der Hand übers Gesicht.

»Warum ich dich immer als Partner haben wollte. Du kannst dich an die Wahrheit ranarbeiten. Du hast Ausdauer. Ich hätt die Hypothesen geliefert. Das hätt geflutscht bei uns ...«

»Und wer hätte in dem Gespann das Kommando gehabt?«

»Ha! So kenn ich dich! Manchmal läßte die Katze aus'm Sack! Schon damals, wie du'n Doktor aufs Tapet brachtest. Mein Ehrgeiz, Fjodor, kann sich nie mit 'ner zweitrangigen Position zufriedengeben. Das hat uns auch auseinandergebracht. Du bist genau wie ich, Söhnchen ... Zum Befehlen geboren. Zum Kommandieren. Ich seh doch, dich hat's schon nach oben gezogen. Dich treibt's schon. Du kannst noch so zappeln, dich treibt's. Ich weiß nich mal, was ich dir raten soll. Du siehst ja, wie's mitunter kommt.«

Er lächelte sanft, aber etwas säuerlich. Und spuckte nach

Bauernart kräftig unter den Tisch. Als ob er auf einer Heufuhre säße.

»Eins versteh ich nich«, sagte er, die Spucke mit dem Filzstiefel breittretend. »Wie viele warn sie? Tausende. Und ich einer. Warum haben sie vor mir gekuscht? Und noch was. Warum erleide ich heut 'ne Niederlage? Das kann keiner verstehn. Nich mal du mit deinem Grips.«

In dieser Atmosphäre der Leere, Verstellung und unlösbarer Rätsel lebte Akademiemitglied Rjadno noch etliche Jahre und übte seine zahlreichen Funktionen bis ins hohe Alter aus. Er trug so manchen Gegner zu Grabe und ging ins neunte Jahrzehnt. Die komplizierte Atmosphäre verließ den Alten auch dann nicht, als er in einem besonders heißen Sommer, allmählich erstarrend, endlich für immer verschied.

Auch nach seinem Ableben brachten die Zeitungen merkwürdigerweise keine Nachrufe oder Würdigungen des namhaften Wissenschaftlers. Die wichtige Neuigkeit erreichte mich verspätet – beim Kofferpacken: ich wollte auf Dienstreise gehen. Zufällig las ich die Anzeige beim Einwickeln einer Wurst in der Ecke des fettigen Zeitungsbogens. Dem Datum nach war es noch nicht zu spät, an der Trauerfeier teilzunehmen, die auf zwölf Uhr angesetzt war. Ich verschob also meine Reise und eilte in das Forschungsinstitut, in dem die Feier stattfinden sollte.

Als ich mich dem Institut näherte, sah ich schon von weitem acht leere Busse vor dem Gebäude stehen. Daneben wartete ein Milizauto mit Blaulichtglocke auf dem Verdeck. Zwei Milizionäre mit weißen Handschuhen schlenderten vor der Busreihe in der Sonne auf und ab.

Alle sind schon im Konferenzsaal, erriet ich und eilte die Stufen zum Portal hinauf, um die historischen Reden zu hören, mir einzuprägen und aufzuschreiben, die vor der sterblichen Hülle, genauer gesagt, vor einem nun der Vergangenheit angehörendem Phänomen, gehalten werden würden. Aber ich brauchte die Eichenholztür gar nicht erst anzufassen. Ihre beiden Flügel öffneten sich von selbst, und heraus schritt, um sich blickend, ein breithüftiger Zwerg mit krummem Rücken, der ein rotes Atlaskissen mit Orden und Medaillen vor sich her trug. Er warf mir im Vorbeigehen einen strahlenden, süßlichen Blick zu.

Hinter ihm erschien eine nur aus fünfzehn oder zwanzig Personen bestehende Prozession, die sich um einen hoch erhobenen, mit geriffeltem rotem Kattun bespannten langen Gegenstand drängte. Unter ihnen fiel ein schwerfälliger Riese in reichlich weitem zementgrauem Anzug auf. Sein unbedeckter Kopf erinnerte an eine Kartoffel mit tiefsitzenden Augen – Mund, Augen und Ohren des Mannes.

Nach ihnen mußte die Menge der Anhänger des Akademiemitglieds, der Anhänger seiner wissenschaftlichen Richtung herausströmen, für die die Busse bestellt waren. Aber es kam niemand weiter zum Vorschein, und die beiden Eichenholztürflügel schlossen sich zögernd wieder. Eine Art Unruhe befiel mich – wie es geschieht, wenn man unverhofft Zeuge eines Unfalls oder plötzlichen Todes wird.

Die kleine Prozession schritt auf dem Trottoir zu dem letzten Bus. In dessen Rückwand ging eine Klapptür auf, durch die der lange rote Gegenstand hineingeschoben wurde. Alle, die ihn begleitet hatten, stiegen mit in diesen Bus, nahmen mit düsterer Miene Platz.

Ein Ordner kam gelaufen und gab ein Zeichen. Alle acht Busse wurden zugleich gestartet. Ein Milizionär ging langsam, mit großen Schritten feierlich auf die Straßenmitte und hob seinen Zebrastab. Bremsen quietschten, der Verkehr kam zum Stillstand. Auf dem Milizwagen ging das Blaulicht an. Auf den Gehsteigen blieben Schaulustige stehen. Mit nervenden blauen Warnsignalen überquerte das Milizauto die freie Straße, wendete und fuhr langsam weiter. Sofort schloß der erste Bus – der mit der kleinen Trauergemeinde –, einen Halbkreis beschreibend, zu ihm auf. Nacheinander folgten ihm durchsichtig leer die übrigen sieben – eine künstliche öffentliche Ehrenerweisung für jemanden, den niemand mehr schätzte. Ein weiterer Wagen, ein blasser Wolga, holte sie ein und beschloß die seltsame Kolonne.

»Sehen Sie hin, Lehrer! Sehen Sie sich's gut an! Ein historischer Augenblick!« hörte ich eine bekannte Männerstimme hinter mir sagen. »So was werden Sie kaum noch mal erleben.«

»Meinen Sie? Ach, Onkelchen Borik«, antwortete ein zweiter Mann, »die Unendlichkeit ist voller Varianten. Die Phantasie der Natur ist noch nicht erschöpft.«

Der bekannte Name ließ mich aufhorchen, ich drehte mich um. Hinter mir standen auf den Portalstufen zwei Männer und eine Frau. Ja, mein alter Freund Boris Porai war dabei. Er war auch schon in vorgerücktem Alter, doch der humorvolle Beobachter in ihm lebte immer noch. Er bemerkte mich zunächst nicht – alle drei sahen den Autobussen nach, obwohl sie den Blicken schon entschwunden waren. Boris schüttelte dabei den Kopf und zuckte kaum merklich mit den Schultern – kommentierte den Vorgang still für sich.

Das gab mir Gelegenheit, die beiden anderen ungestört zu betrachten. Die Frau war vielleicht fünfunddreißig und von der Art, bei der man gern ein zweites Mal hinsieht, was ich auch unwillkürlich tat. Um von ihr ertappt und mit einem strengen Heben ihrer starken, dunklen Braue bestraft zu werden. Ich schlug sofort die Augen nieder wie ein kleiner Junge. Sie hatte ein kluges, etwas müdes Gesicht. Das von einem engen Gürtel umspannte, rosa gestreifte weiße Leinenkleid betonte die lebendigen und gleichsam sprechenden Linien ihrer blühenden Figur. Sie hatte sich leicht bei ihrem etwa vierzigjährigen Begleiter eingehängt, einem Hageren mit breitem magerem Gesicht und auffallender Nase. Er hatte schöne, wohltrainierte, braungebrannte Arme mit starken Handgelenken. Das dünne hellgraue Hemd mit den aufgekrempelten Ärmeln verbarg nicht seinen kräftigen, sehnigen Körperbau. Noch etwas prägte sich sofort ein: eine durchgehende vertikale Linie in der unteren Gesichtshälfte. Eine gleich unter der Nase beginnende, die Lippen berührende tiefe Kerbe endete in einem geschwungenen Grübchen am Kinn. Der Mann merkte gleichfalls, daß ich ihn eingehend betrachtete, und warf mir einen ernsten Blick zu, als wolle er ein Geheimnis wahren.

Doch noch etwas Wichtiges fiel mir auf. Die beiden strahlten Ruhe aus. Man hatte den Eindruck, hier hatte sich ein Traum erfüllt. Ich kannte viele glückliche Familien, in denen es Liebe, Kinder und Geld gab. Aber wenn ich sie betrachtete, hatte ich nie dieses deutliche, anrührende Gefühl gehabt.

Es konnte natürlich ein Irrtum sein. Doch alles sollte sich auf interessante Weise bestätigen.

Als wir zu viert auf den Portalstufen standen und mit der ganzen Straße zusammen der sich entfernenden befremdlichen Prozession leerer Autobusse nachsahen, bemerkte Onkelchen Borik mich schließlich doch noch, und meine Bekanntschaft mit Fjodor und Lena kam zustande. Vierzehn Tage danach wurde ich schon zu ihnen eingeladen.

Ein Zettel mit der Adresse half mir, den neuen Achtgeschosser aus fleischfarbenen Ziegeln zu finden. Im dritten Stock klingelte ich. Mir öffnete die Hausfrau in luftigem, weißgepunktetem hellblauen Kattunkleid. Sie hieß mich mit einer einladenden kleinen Verbeugung willkommen und trat beiseite, und ihren Platz nahm ein stämmiger, sehniger Mann mit gelblichem Grauhaar ein. Er kam mir ungeheuer schlau vor.

»Zwjach. Wassili Stepanowitsch«, sagte er mit festem, hartem Händedruck, der weiße Spuren auf meinen Fingern hinterließ.

Er und Onkelchen Borik, dessen zahnloses Lächeln über uns strahlte, waren Freunde des Hauses.

Während ich, von Fjodor begleitet, rasch die beiden Zimmer durchschritt, sah ich viele Gegenstände, die wie Ausstellungsstücke wirkten. Bei jenem ersten Besuch erschienen sie mir belanglos. Zum Beispiel gab es dort eine sicherlich hundert Jahre alte rustikale Truhe mit gespaltenem Deckel. Hinter der Glasscheibe des Schranks blinkte dunkles Messing: ein Mikroskop aus dem vorigen Jahrhundert, deutsches Fabrikat. Sein matter Tubus stand senkrecht wie der Schornstein der Stephensonschen Lokomotive. Eine große Tischlampe fiel besonders ins Auge. Den grünen Fayenceschirm hielten drei verführerisch um eine unsichtbare Achse tanzende nackte Schöne aus Porzellan. Naturgemäß besah ich mir die am längsten, zumal keine Damen in der Nähe waren. Später, als ich um die Bedeutung dieser Dinge wußte, merkte ich, daß unsere erhöhte Aufmerksamkeit manchmal ebenso wenig wert ist wie unsere Geringschätzung.

Als wir uns zu Tisch setzten, verweilte der Blick unwillkürlich auf der großen, kugelrunden versilberten Zinnteekanne in der Tischmitte. Sie stand auf einem wackligen Untersatz aus verschnörkelten Zinnmonogrammen. Es war die Teekanne der Großmutter, der die Familie ein ehrendes Andenken bewahrte. Es war ihr nicht mehr beschieden gewesen, ihre Urenkel zu sehen.

Deren gab es zwei. Der jüngere, ein etwa dreizehnjähriger Junge, hatte sich Mutters Schürze umgebunden und brachte aus der Küche eine dampfende Schüssel sauber gepellter, leckerer Kartoffeln. Die weißen Knollen glitzerten vor Stärke. Jemand sagte, sie kämen »frisch vom Feuer«. Man aß sie hier ohne Butter, streute nur etwas Salz darauf. Mir gefiel diese neue Art, Kartoffeln zu essen.

»Die Hybride mit der ›Contumax‹?« fragte Onkelchen Borik, mit einer der glänzenden weißen Kugeln in der Hand. »Um die's ging?«

»Genau die«, sagte der ältere Sohn der Gastgeber, Student an der Universität und offenbar Biologe. »Aber es wird noch dran gearbeitet.«

Plötzlich war etwas wie eine leise Regung, ein Hauch von Gemeinsamkeit zwischen Eltern und Kindern zu spüren. Ein Quentchen von dem Geheimnis, das die vier verband, hatte über unseren gemeinsamen Freund Borik auch ich bereits erfahren. Die Regung erfaßte alle. Wir verstummten. Etwas überkam mich, trübte mir leicht den Verstand, ich sah unruhig umher, erhob mich sogar kurz. Ich wollte eine Rede halten!

Aber Zwjach kam mir zuvor, er räusperte sich bereits und sah sich ein bißchen hilflos um.

»Ja, also, Freunde«, begann er, sich erhebend. »Ich hätte ein paar Worte zu sagen. Angesichts der Schüssel Kartoffeln. Wenn's keine Einwände gibt.«

Die sofortige allgemeine Zustimmung machte ihm Mut.

»Mir kam da ein Gedanke«, fuhr er fort, sich die Wange kratzend und die Schläfen streichend. »Wenn ich den nicht gleich ausspreche, ist er weg. Morgen würde ich bestimmt umsonst versuchen, wieder draufzukommen.«

»Wassili Stepanowitsch! Wir hören!« rief man ihm zu.

Zwjach sammelte sich und wurde ernst.

»Welten fliegen«, verkündete er plötzlich in drohendem Flüsterton und straffte sich. »Welten fliegen. Jahre fliegen. Dunkel starrt das All uns an mit leerem Blick. Und du, Seele, sprichst, du müde, stumpfe, noch einmal, wievielmal noch? – von Glück?«

Er schwieg, überflog alle mit strengem Blick, ohne jemanden zu sehen.

»Ich will jetzt nicht bis zu Ende zitieren, Leute. Gestattet mir bloß noch das . . .« Er straffte sich abermals und fuhr fort, nun eher bittend als bedrohlich: »Was ist Glück? Ein kurzer Nu, Vergessen, Sorgen-Atempause, Traumestrug . . . Du erwachst – und weiter wie besessen, herzbeklemmend, geht der dunkle Flug . . .«

Behutsam, mit einer sanften Bewegung hinderte er Onkelchen Borik, das Gedicht weiter aufzusagen.

»Die Verse sind mir plötzlich eingefallen. Sie haben mich mal tief beeindruckt. Genauso ist es wohl. Du jagst ihm nach, hast's gepackt. Und es zerrinnt dir in den Händen. Du mußt weiter suchen. Schön hat der Dichter das gesagt. Um's mal konkret zu veranschaulichen: Nehmen wir Kassian Damianowitsch. Sein ganzes Leben war doch faktisch 'ne Jagd nach Glück. Geehrt zu werden, begabte Leute zu beherrschen, Macht auszuüben – das lockte ihn Tag und Nacht. Danach hat er unaufhörlich gesucht. Er hatte es anscheinend auch. Aber nicht restlos. Wie Trug zerstob es ihm unter den Händen, auch wenn er's nicht wahrhaben wollte. Sein Erfolg war nicht echt, als sein ehemaliger Mitarbeiter weiß ich das. Die, über die er herrschte, heuchelten. Weil sie Angst hatten. Und er wußte das! Er tat aber so, als wüßte er's nicht. Aufrichtige Verehrung muß noch bitterer gewesen sein. Er hat doch gesehen, wer ihn verehrte – Dummköpfe und Ignoranten! Die Sache mit dem Birkenzweig damals . . . Das war für ihn ein Augenblick höchsten Glücks! Ein kurzer Nu! Wie er danach gegriffen hat! Um gleich darauf zu erleben, wie sich's trübte . . . und verschwand. Es hat ihn von Anfang an zum Narren gehalten. Denn man kann doch nicht Pioniere – oder so eine . . . Lehrerin – zu Richtern machen, wo Erwachsene noch nicht klar sehen. Er hat's gewußt und sich verstellt! Schließlich mußte der Spuk ja noch unters Mikroskop, das revolutionäre, das die Tollheit entlarvte! Block hat also hundertprozentig recht gehabt. Bloß in einem hat er sich geirrt. Er spricht vom Glücksverlangen einer Seele, die über ihre Glücklosigkeit bekümmert ist. Die müde und stumpf ist und sucht, immer wieder sucht . . . So war auch Kassian. Der Irrtum des Dichters besteht darin, daß man das Glück nicht suchen kann. Aussichtsloses Unterfangen! Wer sucht, erstrebt naturgemäß etwas für sich selber. Und das sind zweitrangige Anstrengungen. Die gefallen dem Glück nicht. Wer es sucht, wie man nach Steinpilzen sucht, dem weicht es aus. Kassian hat so gesucht. So sucht ein Freund von mir, Spartak. Fedja kennt ihn. Und so wie sie sucht ein beträchtlicher Teil der Menschheit. Spartak hat mal zu mir gesagt: Ich möcht zu gern mal Hummer probieren. Das Geständnis hat er mir in einem Restaurant gemacht, als der Suff ihm die Zunge gelöst hatte. Leute, bevor einer auf Hummer verfällt, muß er schon alles mögliche gekostet und stehengelassen haben. Er beißt rein, zieht 'ne Schnute und läßt's stehen. Jetzt soll's also Hummer vom Meeresgrund sein. Immer rein damit ins kochende Wasser. Ich selber habe noch nie Hummer gegessen. Bestimmt 'ne paradiesische Delikatesse. Aber ich weiß, ich weiß doch – nur so lange, bis man davon gegessen hat. Danach ergeht's dem Hummer wie dem gewöhnlichen Krebs. Wie dem Birkenzweig. Wonach wollen wir dann noch suchen? Wann haben wir mal genug?«

Zwjach machte eine Pause. Um plötzlich alle mit neuen Versen zu überraschen. »Dem Stein aus urgewalt'ger Schleuder gleich, pflügst du das Erdenlicht – und suchst nach Ruhe. Gib das Suchen auf. Denn Ruhe gibt es nicht.«

So war er. Setzte uns alle in Erstaunen, beschämte uns sogar, weil keiner wußte, von wem die Verse waren.

»Kartoffeln wie diese gab's im Restaurant nicht«, sagte er und nahm einen glänzenden weißen Erdapfel aus der Schüssel. »Sonst hätte ich Spartak geraten, eine zu essen. Also hab ich ihm Schwarzbrot gegeben. Kau mal, hab ich gesagt. Nicht aus Bauernstolz, das nicht. Aus solchem Stolz hat mein Vater mal 'ne Handvoll Erde in den Mund gesteckt und gegessen. Um 'nem intelligenten Landmesser zu imponieren. Ne-ein, ich hab was anderes damit gewollt. Schwarzbrot ist doch 'ne Gottesgabe. Ein Hummer dagegen – bloß 'n Tier. Schwarzbrot ist dem Russen vertraut, es hat ihn durch die Geschichte begleitet. Durch Leid und Glück. Der Hummer nicht. Wer im Krieg war und gehungert hat, weiß, daß Schwarzbrot am allerbesten schmeckt. Da sind Nuancen drin. Eine Harmonie. Du nimmst ein Stück trockenes Brot, schnupperst dran ... Und erinnerst dich an die Augen eines Kameraden. An eine Hand, die kalt wurde. Und bist glücklich, daß es dieses Trauma in dir gibt. Daß es in dir Platz gefunden hat. Was wär mein Leben denn gewesen ohne dieses Trauma? Spartak aber hat bloß geguckt und 'ne Schnute gezogen – da hab ich gleich gewußt: Der Mann ist oberflächlich, ist dazu verdammt, dem Glück nachzujagen. Das Erdenlicht zu pflügen. Und es nie zu erjagen, das Glück. Er ist kein Mensch, sondern ein Objekt. Genau wie Kassian.«

Zwjach verstummte. Er wägte die warme weiße Knolle in der Hand.

»Diese Kartoffel ... Eine Hybride! Ein Nahrungsmittel! Das ist nicht bloß was, das für den Augenblick satt macht. Das ist ein Konzentrat. Ein Konzentrat von Leben. Wahr gewordener Traum. Man getraut sich gar nicht, sie zu essen, wenn man sich erinnert, was alles ihretwegen geschehen ist. Und begreift den Sinn der Worte, die geschrieben stehen: ›Das ist mein Leib.‹ Dieser Glorienschein um sie, dieser Sinn wird nie verlorengehen. Und die Quintessenz von alledem? Die Welt ist uns so gegeben, wie sie ist. Wir können nichts hinzutun und nichts wegnehmen. Glück aber gibt's darin nicht. Erspare dir also den Irrtum, ihm unnütz nachzulaufen. Vergiß es, denk nicht daran. Das Glück liegt in dir selber. Wenn du Leib und Leben opferst, damit deine Nächsten satt zu essen haben. Wenn du Blut vergießt, ein Meer von Leiden durchschwimmst und halbtot ans Ufer kriechst ... Dann findet das Glück dich von allein. Wenn du gar nicht dran denkst. Es bietet sich dir dar. Und wird dir nie über.«

Zwjachs Rede ging zu Ende. In allen seinen Worten

spürte man einen feinen Bezug zu denen, die hier am Tisch saßen. Ich hatte Ähnliches sagen wollen, kannte aber keine Fakten, darum wäre meine Rede verschwommener geworden. Wassili Stepanowitsch hatte alles wunderbar zum Ausdruck gebracht. Ich hatte nur vor einem Angst: Daß Zwjach zum Schluß noch mit feierlichen, erläuternden Worten um sich werfen, die Dinge beim Namen nennen und damit das Geheimnis totreden könnte, das keinen Beifall vertrug, dem schon die Andeutung förmlicher Ehrungen schaden würde.

Doch der weise Wassili Stepanowitsch verkniff sich solche überflüssigen Worte. Er fügte nur hinzu: »Ganz beherrschen wir die Natur noch nicht! Das Glück wählt noch frei den Würdigen. Es läßt sich nicht fangen. Sonst hätten die Glücksjäger es längst in ihre Truhen gesperrt, schon vor tausend Jahren. Dann hätte Kassian uns nach seiner Buchführung davon zugeteilt. Wie gut, wie gut hat's dagegen doch die Natur eingerichtet!«

Er hob triumphierend die Arme und schüttelte sie. Dann setzte er sich und fing an, Kartoffeln zu essen, und wir alle taten es ihm nach. Die Schüssel leerte sich im Handumdrehen. Denn es war tatsächlich eine ungewöhnlich wohlschmeckende Sorte.